中文时序之觉新

中国现代文学述往

上 册

谭 鸿 著

长春出版社

国家一级出版社

全国百佳图书出版单位

图书在版编目(CIP)数据

中文时序之觉新：中国现代文学述往 / 谭鸿著. ——
长春：长春出版社,2021.8
ISBN 978-7-5445-6438-0

Ⅰ.①中… Ⅱ.①谭… Ⅲ.①中国文学–文学史研究
–近现代 Ⅳ.①I209

中国版本图书馆 CIP 数据核字(2021)第 152922 号

中文时序之觉新：中国现代文学述往

著　　者：谭　鸿
责任编辑：孙振波
封面设计：宁荣刚

出版发行：**长 春 出 版 社**　　　总编室电话:0431-88563443
　　　　　编辑室电话:0431-88561184　　发行部电话:0431-88561180
地　　址：吉林省长春市长春大街 309 号
邮　　编：130041
网　　址：www.cccbs.net
制　　版：荣辉图文
印　　刷：吉林省昌信数字印刷有限公司
经　　销：新华书店

开　　本：880 毫米×1230 毫米　1/32
字　　数：802 千字
印　　张：31
版　　次：2021 年 8 月第 1 版
印　　次：2021 年 8 月第 1 次印刷
定　　价：168.00 元(全二册)

"文变染乎世情，兴废系乎时序。"以飞鸿传书之式，窥惊鸿一瞥之时。述往事，思来者。

谭　鸿

2021 年 8 月

我以为诗同一切的艺术应是时代的经线，同地方纬线所编织成的一匹锦；因为艺术不管它是生活的批评也好，是生命的表现也好，总是从生命产生出来的，而生命又不过时间与空间两个东西底势力所遗下的脚印罢了。……选择是创造艺术的程序中最紧要的一层手续，自然的不都是美的；美不是现成的。其实没有选择便没有艺术，因为那样便无以鉴别美丑了。

　　　　　　　　　　　　——闻一多《〈女神〉之地方色彩》

目　录

第一辑

1917 年 1 月—1927 年 4 月

第一章　文坛概观（一）

文学者，随时代而变迁者也。一时代有一时代之文学。

——胡适《文学改良刍议》

　　1917 年 1 月至 1927 年 4 月的中国文坛历程，始于文学革命的发生，终于四一二反革命政变动荡时局的沉寂。文学创作在中西文学思潮的融汇塑成中，在先驱者们的砥砺奋进中，经历了破旧革新的锋芒初试、站稳脚跟的声威初显，以及革命文学的蕴蓄初露。

一　文学革命的发生与发展

　　始于 1917 年的文学革命，标志着中国古典文学或旧文学的结束，现代文学或新文学的起始。关于文学革命的发生与发展，笔者大抵归纳为"文学革命发生发展的内外推力"和"先驱者们的自觉奋斗"两大部分。前者包括"文学发展的趋势""政治与教育的变革""国语运动的助力""白话文学传统的基奠""外来文学的影响""新文化运动的波澜"六个方面；后者包括"文学革命理论主张的孕育""文学革命与新文学运动的理论主张""文学革命与新文学运动的论争"三个方面。在以上种种因素的合力作用下，文学革命理有固然而势所必至，并迅速取得全面且彻底的胜利。

（一）文学革命发生发展的内外推力

1. 文学发展的趋势

晚清，梁启超（号任公，又号饮冰室主人，清光绪举人，1873—1929）发起"文界革命"（"读德富苏峰所著《将来之日本》及《国民丛书》数种，德富氏为日本三大新闻主笔之一。其文雄放隽快，善以欧西文思入日本文，实为文界开一别生面者。余甚爱之。中国若有文界革命，当亦不可不起点于是也。"①）、"诗界革命"（"要之中国非有诗界革命，则诗运殆将绝。虽然诗运无绝之时也，今日者，革命之机渐熟。"②）和"小说界革命"（"今日欲改良群治，必自小说界革命始！欲新民，必自新小说始！"③）等一系列革新运动，可谓之文学革命的先锋力量，带给清末民初文坛深远的影响。

梁启超在《清代学术概论》中自述其"新文体"："启超夙不喜桐城古文；幼年为文，学晚汉魏晋，颇尚矜炼；至是自解放，务为平易畅达，时杂以俚语韵语及外国语法，纵笔所至不检束；学者竞效之，号新文体；老辈则痛恨，诋为野狐，然其文条理明晰，笔锋常带情感，对于读者，别有一种魔力焉。"④

钱玄同（1887—1939）在《寄陈独秀》（1917年2月25日）中就梁启超革新文学的功绩评曰："梁任公先生实为近来创造新文学

---

① 任公：《汗漫录》，载《清议报》1900年第36期，第4页。补注：原文未有标点或使用旧式标点的，依《标点符号用法》增补或修改；原文使用繁体字和异体字的，据《通用规范汉字表》以简体规范字更改；原文使用通假字、非推荐词形的，一仍其旧。下同。

② 任公：《汗漫录》，载《清议报》1900年第35期，第5页。

③ 梁启超：《论小说与群治之关系》，载《饮冰室合集》（文集第四册之十），上海：中华书局，1936年4月，第10页。

④ 梁启超：《清代学术概论》，上海：商务印书馆，1923年6月四版，第142页。

之一人。虽其政论诸作，因时变迁，不能得国人全体之赞同，即其文章，亦未能尽脱帖括蹊径，然输入日本文之句法，以新名词及俗语人文，视戏曲小说与论记之文平等，（梁先生之作《新民说》《新罗马传奇》《新中国未来记》，皆用全力为之，未尝分轻重于其间也。）此皆其识力过人处。鄙意论现代文学之革新，必数及梁先生。"①

朱光潜（1897—1986）在《现代中国文学》（《文学杂志》1948年第 2 卷第 8 期）中就这时期文学发展的趋势评述："由古文学到新文学，中间经过一个很重要底过渡时期。在这时期一些影响很大底作品既然够不上现在所谓'新'，却也不像古人所谓'古'。梁启超的《新民丛报》，林纾的翻译小说，严复的翻译学术文，章士钊的政论文以及白话文未流行以前底一般学术文与政论文都属于这一类。他们还是运用文言，却已打破古文的许多拘束，往往尽情流露，酣畅淋漓，容易引人入胜。我们年在五十左右底人大半都还记得幼时读《新民丛报》底热忱与快感。这种过渡期的新文言对于没落期的古文已经是一个大解放，进一步底解放所要做底事不过把文言换成白话而已。"②

2. 政治与教育的变革

清末民初政治与教育的变革，为文学革命提供了坚实基础。胡适（1891—1962）和朱光潜对此都发表过深切的见解。胡适在《〈中国新文学大系（建设理论集）〉导言》（1935 年 9 月 3 日）中写道："此外，还有几十年的政治的原因。第一是科举制度的废除（一九〇五）。八股废了，试帖诗废了，策论又跟着八股试帖废了，

---

① 钱玄同：《寄陈独秀》，载胡适编选《中国新文学大系》（第一集：建设理论集），上海：上海良友图书印刷公司，1935 年 10 月，第 52 页。

② 朱光潜：《现代中国文学》，载《文学杂志》1948 年第 2 卷第 8 期，第 13—14 页。

那笼罩全国文人心理的科举制度现在不能再替古文学做无敌的保障了。第二是满清帝室的颠覆,专制政治的根本推翻,中华民国的成立(一九一一——一二)。这个政治大革命虽然不算大成功,然而它是后来种种革新事业的总出发点,因为那个顽固腐败势力的大本营若不颠覆,一切新人物与新思想都不容易出头。戊戌(一八九八)的百日维新,当不起一个顽固老太婆的一道谕旨,就全盘推翻了。独秀说:适之等若在三十年前提倡白话文,只需章行严一篇文章便驳得烟消灰灭。这话是很有理的。我们若在满清时代主张打倒古文,采用白话文,只需一位御史的弹本就可以封报馆捉拿人了。但这全是政治的势力,和'产业发达,人口集中'无干。当我们在民国时代提倡白话文的时候,林纾的几篇文章并不曾使我们烟消灰灭,然而徐树铮和安福部的政治势力却一样能封报馆捉人。今日的'产业发达,人口集中'岂不远过民国初元了?然而一两个私人的政治势力也往往一样可以阻碍白话文的推行发展。幸而帝制推倒以后,顽固的势力已不能集中作威福了,白话文运动虽然时时受点障害,究竟还不到'烟消灰灭'的地步。这是我们不能不归功到政治革命的先烈的。"[1]

朱光潜在《现代中国文学》(《文学杂志》1948年第2卷第8期)中写道:"近五十年里中国经过了她在历史上未曾经过底大变动,文学的变动是时代变动的反映。这时代变动的起源是东西文化的接触。这接触期间正值欧美强盛而中国衰弱,一接触之后,两两相形,中国的各方面的弱点陡然暴露,于是知识界起了一个维新大运动。这运动中有几件大事。第一件是教育方式的改革——学校代替了科

---

[1] 胡适:《〈中国新文学大系〔建设理论集〕〉导言》,载胡适编选《中国新文学大系》(第一集:建设理论集),上海:上海良友图书印刷公司,1935年10月,第16页。

举，近代科学代替了古代经籍的垄断。在早期这种改革诚不免肤浅幼稚，却收了很大底效果。就文学而言，它解放了八股与经义的桎梏，使语文变成较适用于现实人生底一种工具。新闻事业随着教育事业发达，作者与读者都逐渐多起来，作者运用语文于时事的叙述和讨论，读者从语文中得到较切实底知识，发生较亲切底兴趣。语文与实际生活接近，这一点是不容忽视底，在从前，语文是专为读经籍与讨论经籍用底，与现实人生多少已脱了节。文学不能在广泛底人生中吸取泉源，原因也就在此。第二件大事是政体的改革——民主政治代替了君主专制。这改革在初期也很幼稚肤浅，却也收了很大底效果。就文学而言，读者群变了，作者的对象和态度也随之而变了。二千余年来中国文学在大体上是宫廷文学，叫得好听一点是庙堂文学。它是一个进身之阶，读书人都借此取禄获宠，所以写作的对象是皇帝和达官贵人，而写作的态度也就不免要逢迎当时朝廷的习尚。周秦的游说，两汉的辞赋，六朝的清谈艳语，唐宋的词，元代的曲，明清的八股时文，都是这样起来底。从战国到满清，奏疏策议成为文学中重要底体裁之一，这在外国都无先例可征。君主既推翻了，宫廷文学也就随之失势。于今作者的写作对象不是达官贵人而是一般看报章杂志底民众，作者与读者是平辈人，彼此对面说话，从前那些'行上'和'行下'的态度和口吻都用不着了。这个变迁是非常重要底。文学从此可以脱离官场的虚骄和谄媚，变成比较家常亲切，不摆空架子；尤其重要底是它从此可以在全民族的生活中吸取滋养与生命力。"[1]

3. 国语运动的助力

"国语"一词，《现代汉语词典》释为："指本国人民共同使用的

---

[1] 朱光潜：《现代中国文学》，载《文学杂志》1948 年第 2 卷第 8 期，第 13 页。

语言。在我国是汉语普通话的旧称。旧时指中小学等的语文课。"①
黎锦熙（1890—1978）在《〈国语运动史纲〉序》（1934 年 8 月 31
日于北平）中写道："民国十五年一月《全国国语运动大会宣言》
的一段：这种公共的语言并不是人造的，乃是自然的语言中之一
种；也不就把这几百年来小说戏曲所传播的'官话'视为满足，
还得采用现代社会的一种方言，就是北平的方言。北平的方言，
就是标准的方言，就是中华民国公共的语言，就是用来统一全国
的标准国语。这也是自然的趋势，用不着强迫的：因为交通上、
文化上、学艺上、政治上，向来都是把北平地方作中枢，而标准
的语言照例必和这几项事情有关系，然后内容能丰富，可以兼采
八方荟萃的方言和外来语，可以加入通俗成语和古词类；然后形
式能完善，可以具有论理上精密的组织，可以添加艺术上优美的
色彩。这仿佛是一种理想的语言，但北平的方言，因环境和时代
的关系，实已具有这种自然的趋势，所以采定北平语为标准国语，
比较地可算资格相当（原文'京'，今改'平'）。"②

　　自先秦到清末民初，"国语"大致有以下几种称谓：雅言、通
语、正音、汉语、官话、中国音。《论语》载："子所雅言。诗书
执礼皆雅言也。"③《方言》载："娥、嬴，好也。秦曰娥。宋魏之
间谓之嬴。秦晋之间，凡好而轻者谓之娥。自关而东河济之间谓之
媌，或谓之姣。赵魏燕代之间曰姝，或曰妦。自关而西秦晋之故

---

　　①中国社会科学院语言研究所词典编辑室编：《现代汉语词典》，北京：
商务印书馆，2012 年第 6 版，第 498 页。
　　②黎锦熙：《〈国语运动史纲〉序》，载《国语运动史纲》，上海：商务印
书馆，1934 年，第 24—25 页。
　　③《论语》（卷四：述而第七，载朱熹《论语集注》，上海：中华书局，
1941 年，第 4 页。

都曰妍。好，其通语也。"① 《魏书》载："高祖曰：'自上古以来及诸经籍，焉有不先正名，而得行礼乎？今欲断诸北语，一从正音。年三十以上，习性已久，容或不可卒革；三十以下，见在朝廷之人，语音不听仍旧。若有故为，当降爵黜官。各宜深戒。如此渐习，风化可新。若仍旧俗，恐数世之后，伊洛之下复成被发之人。王公卿士，咸以然不？'"② 《元史》载："丙午，河南、福建行中书省臣请诏用汉语，有旨以蒙古语谕河南，汉语谕福建。"③ 《官话指南》载："'阁下在敝国三年，官话能说得这么好，实在是聪明绝顶，佩服佩服。''承阁下过奖了，我这不过粗知大概，那里（儿）就能说到会呢。''阁下的口音与敝国人的口音毫无差别，不是我当面奉承，像阁下这样聪明的人实在是罕见的（了）。'"④ 太平天国起义之初东王杨秀清起草颁布的《奉天讨胡檄布四方谕》载："中国有中国之语言，今满洲造为京腔，更中国之音，是以胡言胡语惑中国也。"⑤

《康熙字典》《音韵阐微》《音韵述微》三部由清政府出版的著作，为"国语"在中国的全面推广奠定了坚实基础。（清）永瑢等撰写的《四库全书总目提要》对这三本著作有如下简要介绍。

《康熙字典四十二卷》载："康熙五十五年，圣祖仁皇帝御定。

①《方言》（卷一：輶轩使者绝代语释别国方言第一），载扬雄记、郭璞注《方言》，上海：商务印书馆，1936 年 6 月，第 1—2 页。

②魏收：《魏书》（卷二十一上：献文六王列传第九上），北京：中华书局，1974 年 6 月，第 536 页。

③宋濂等：《元史》（卷十七：世祖十四），北京：中华书局，1976 年 4 月，第 358 页。

④九江书会：《官话指南》（卷四："官话问答"之第十八章），出版地不详：九江印书局，1893 年，第 185 页。

⑤《奉天讨胡檄布四方谕》，载陈邦直《太平天国》，北京：新民印书馆，1944 年 12 月，第 32—33 页。

古小学存于今者，惟《说文》《玉篇》为最旧。《说文》体皆篆籀，不便施行。《玉篇》字无次序，亦难检阅。《类篇》以下诸书，则惟好古者藏弆之，世弗通用。所通用者，率梅膺祚之《字汇》、张自烈之《正字通》。然《字汇》疏舛，《正字通》尤为芜杂，均不足依据。康熙四十九年，乃谕大学士陈廷敬等删繁补漏，辨疑订讹，勒为此书。仍两家旧目，以十二辰纪十二集，而每集分三子卷，凡一百一十九部。冠以《总目》《检字》《辨似》《等韵》各一卷。殿以《补遗》《备考》各一卷。部首之字，以画之多寡为序，部中之字亦然。每字之下，则先列《唐韵》《广韵》《集韵》《韵会》《正韵》之音。《唐韵》久佚，今能一一征引者，徐铉校《说文》所用即《唐韵》之翻切也。次训释其义，次列别音别义，次列古音，均引证旧典，详其始末，不使一语无稽。有所考辨，即附于注末。又每字必载古体，用《说文》例。改从隶书，用《集韵》例。兼载重文、别体、俗书、讹字，用《干禄字书》例。皆缀于注，后用《复古编》例。仍从其字之偏旁，别出于诸部，用《广韵》互见例。至于增入之字，各依字画多寡，列于其数之末，则《说文》之新附、《礼部韵略》之续降例也。其《补遗》一卷，收稍僻之字。《备考》一卷，收不可施用之字。凡古籍所载，务使包括无遗。盖拘泥古义者，自《说文》九千字外，皆斥为伪体。遂至音韵必作音均，衣裳必作衣常，韩愈书为韩瘉，诸葛亮书为诸葛谅。动生滞碍，于事理难通，固为不可。若夫孙休之所自造，王起之所未识，傅奕之称塑人，段成式之作龗字，皆考之古而无征，用之今而多骇。存而并列，则通儒病其荒唐；削之不登，则浅儒疑其挂漏。别为附录，等诸外篇，尤所谓去取得中、权衡尽善者矣。御制《序》文谓：古今形体之辨，方言声气之殊，部分班列，开卷了然。无一义之不详，无一音之不备。信乎六书之渊海，七音之准绳也。"①

---

①《康熙字典四十二卷》，载永瑢等《四库全书总目提要》（九·经部四十一·小学类二），上海：商务印书馆，1931年4月，第28页。

《钦定音韵阐微十八卷》载："康熙五十四年奉敕撰，雍正四年告成。世宗宪皇帝御制序文，具述圣祖仁皇帝指授编纂之旨，刊刻颁行。自汉明帝时，西域切韵之学与佛经同入中国，所谓以十四音贯一切字是也。然其书不行于世。至汉、魏之间，孙炎创为翻切。齐梁之际，王融乃赋双声。等韵渐萌，实暗合其遗法。迨神珙以后，其学大行。传于今者，有司马光《指掌图》、郑樵《七音略》、无名氏《四声等子》、刘鉴《切韵指南》。条例日密，而格碍亦日多。惟我国书十二字头，用合声相切，缓读则为二字，急读则为一音，悉本乎人声之自然。证以《左传》之丁宁为钲、句渎为彀，《国语》之勃鞮为披，《战国策》之勃苏为胥，于三代古法，亦复相协。是以特诏儒臣，以斯立准。首列韵谱，定四等之轻重。每部皆从今韵之目，而附载《广韵》之子部，以存旧制，因以考其当合当分。其字以三十六母为次，用韩道昭《五音集韵》、熊忠《韵会举要》之例。字下之音，则备载诸家之异同，协者从之，不有心以立异，不协者改用合声，亦不迁就以求同。大抵以上字定母，皆取于《支》《微》《鱼》《虞》《歌》《麻》数韵。以此数韵，能生诸音，即国书之第一部也。以下字定韵，清声皆取于影母，浊声皆取于喻母。以此二母，乃本韵之喉音，凡音皆出于喉，而收于喉也。其或有音无字者，则借他韵他母之字，相近者代之。有今用、协用、借用三例，使宛转互求，委曲旁证，亦即汉儒训诂，某读如某，某音近某之意。惟辨别毫芒，巧于比拟，非古人所及耳。自有韵书以来，无更捷径于此法者，亦更无精密于此书者矣。"①

《钦定音韵述微三十卷》载："乾隆三十八年奉敕撰。其合声切字，一本《钦定音韵阐微》。其稍变者，《阐微》以三十六母为字纽

---

①《钦定音韵阐微十八卷》，载永瑢等《四库全书总目提要》（九·经部四十二·小学类三），上海：商务印书馆，1931年4月，第52—53页。

之次序，故《东韵》首公字之类，与部首标目，或相应，或不相应，在所不拘。今则部首一字属何母，即以其母为首，其下诸母所领字，以次相从，使归于画一。其部分仍从御定《佩文诗韵》。其稍变者，从《音韵阐微》分《文》《殷》为两部，而以《殷部》附《真部》，不附《文部》。其字数自《佩文诗韵》所收一万二百五十二字外，凡所续收每纽之下，以据《音韵阐微》增者在前，据《广韵》增者次之，据《集韵》增者又次之。或有点画小异，音训微殊，旧韵两收，而实不可复押者，则删不录。至于旧韵所无，而今所恒用者，如阿字旧惟作陵阿之义，收入《歌韵》。今为国书十二字头之首，则收入《麻韵》。鎗字旧训为酒器，收入《庚韵》。今则酒器无此名，而军器有此字，则增入《阳韵》。又如查本浮木，而今训察核。参本稽考，而今训纠弹。炮本飞石，而今训火器。埽本氾除，而今训楗茭。既已万口同音，即属势不可废。此如《麻韵》之字，古音皆与鱼、虞相从，自字母入中国，始有《麻韵》一呼，遂不能不增此一韵。姬本周姓，自战国以后，始以为妾御之名，亦遂不能不增此一解。盖从宜从俗，义各有当，又不可以古法拘也。其互注之例，凡一字两部皆收，义同者注曰又某韵，义异者注曰与某韵义异。体例与《礼部韵略》同。其与他韵一同一异者，注曰又某韵与某韵音异。或字有数训，而仅一解可通者，则注曰惟某义与某韵同，馀异。则较《韵略》为加密。其诠释之例，凡《说文》《玉篇》《广韵》《集韵》所有者，书非稀睹，无庸赘著篇名。其他则一字一句，必著所出，以明有据，亦诸韵书之所无。盖《音韵阐微》所重在字音，故训诂不欲求详。此书所重在字义，故考据务期核实。两书相辅而并行，小学之蕴奥，真毫发无遗憾矣。"①

---

①《钦定音韵述微三十卷》，载永瑢等《四库全书总目提要》（九·经部四十二·小学类三），上海：商务印书馆，1931 年 4 月，第 55—56 页。

　　清雍正六年（1728）八月，雍正帝下达谕旨《雍正六年八月初六日奉》："上谕。凡官员有莅民之责，其语言必使人人共晓，然后可以通达民情，熟悉地方事宜，而办理无误。是以古者六书之制，必使谐声会意娴习语音，皆所以成遵道之风，著同文之治也。朕每引见大小臣工，凡陈奏履历之时，惟有福建广东两省之人仍系乡音，不可通晓。夫伊等以现登仕籍之人，经赴部演礼之后，其敷奏对扬，尚有不可通晓之语，则赴任他省，又安能于宣读训谕。审断词讼，皆历历清楚，使小民共知而共解乎。官民上下语言不通，必致吏胥从中代为传述，于是添饰假借，百弊丛生，而事理之贻误者多矣。且此两省之人，其语言既皆不可通晓，不但伊等历任他省不能深悉下民之情，即伊等身为编氓亦必不能明白官长之意。是上下之情扞格不通，其为不便实甚。但语言自幼习成，骤难改易，必徐加训导，庶几历久可通。应令福建广东两省督抚转饬所属各府州县有司及教官，遍为传示，多方教导，务期语言明白，使人通晓，不得仍前习为乡音。则伊等将来引见殿陛，奏对可得详明，而出仕他方，民情亦易于通达矣。"① 作为上述谕旨的应令，一场以建正音书院为执行代表的正乡音习官话运动遂迅速在闽粤地区推广开来，该项运动持续数十年，至乾隆末年以失败告终。

　　清光绪年间，国语运动在先驱者们的共同努力下开展起来。黎锦熙在《〈国语运动史纲〉绪言》中写道："大凡一种'运动'，总是起于少数先知先觉者。一种有意的宣传，跟着社会上一般人士，受其影响而相与追随，跟着政府也就受其影响，而起了反应。我们根据这个运动历程，可以把三十多年以来的'国语运动'划分为四个时期，每一个时期，就拿政府对于这种运动反应的事实

---

①《雍正六年八月初六日奉》，载胤祯《世宗宪皇帝谕旨》（第二十册），光绪乙末春浙江官书局敬摹重刊，第4页。

作一个纲领。真凑巧！恰好每十年成一个段落：一八九八（清光绪二十四年，戊戌，即商务印书馆开幕的次年）。七月二十八日，军机大臣奉上谕：调取卢憨章等所著之书，详加考验具奏。这年的前后，可定为国语运动的第一期——'切音'运动时期。一九〇八（清光绪三十四年，戊申）七月十四日，劳乃宣进呈简字谱录，奏请钦定颁行天下；奉旨：学部议奏。这是国语运动的第二期——'简字'运动时期。一九一八（民国七年，旧历戊午）十一月二十三日，教育部公布注音字母。这是国语运动的第三期——'注音字母'与'新文学'联合运动时期。一九二八（民国十七年，旧历戊辰）九月二十六日，中华民国大学院公布国语罗马字。这是国语运动的第四期——'国语罗马字'与'注音符号'推进运动时期。"①

国语运动如何成为文学革命的助力？陈子展在《文学革命运动》中有详细且透彻的说明。"文学上的革命，起初总是要求'文的形式'的解放，——语言文字或文字体的解放。三百年前，欧洲各国国语文学起来代替拉丁文学固如此。近几十年来，西洋诗界的革命亦如此，其在中国，一千一百多年以前，韩愈倡散文，去骈俪，起八代之衰，是如此；这次文学革命运动要求'国语的文学，文学的国语'更是如此。说起'国语'二字，我们还得先为说及三十年来的'国语运动'。一八九五年，正是甲午新败之后，一般人如大梦初醒，才知道人家所以富强的原因，是由于教育普及，而不单是船坚炮利胜人；教育之所以普及，却又是用拼音文字的便利。我国因文字这种工具太笨拙太繁重，以致教育只作畸形的发展，一般民智太低，而影响于国家的前途无振作之望。

---

① 黎锦熙：《〈国语运动史纲〉绪言》，载《国语运动史纲》，上海：商务印书馆，1934 年，第 2—3 页。

因之谭嗣同、梁启超等都曾倡过汉字改革之说。谭嗣同曾在他的《仁学》里，有废汉字的主张，这算是对着不适于现代的汉字放了第一炮。接着一八九八年，戊戌政变，引起了一班有志之士对于国事的关心。同时对于文字问题，也多讨论。如粤之王炳耀，闽之蔡锡勇，苏之沈学，还有其他的人，先后都倡改造文字之说。在《时务报》，《万国公报》，发表了许多改造文字的文章。并且都曾草创拼音字母印行。一九〇四年（光绪三十年），直隶王照的官话字母出版。先是古文家吴汝纶曾把它带到日本去，在留学生中宣传，后来又带回北京，在兵营中宣传。不久，浙江劳乃宣更作简字谱，于一九〇七年在南京刊行。明年，进呈简字谱于光绪皇帝。官府也加入宣传。端方替他在南京方面宣传，袁世凯替他在直隶方面宣传，都设有简字学堂。劳氏更造出京音谱吴音谱闽广音谱等，势力大盛，几乎推行全国。因之他们又主张简字独立。这是国语运动的第一期。一九一一年，民国成立，教育部召集读音统一会，议定注音字母三十九个。一九一六年，教育部设立注音字母传习所，同年，八月，北京成立中华民国国语研究会。一九一八年，教育部正式公布注音字母，同时设立国语统一筹备会。明年，重新颁定注音字母次序。国音字典出版。是为国语运动第二期。正在这个时候，文学革命运动，——国语文学运动，已经风靡全国了。国语运动自然于无形之中推动了国语文学运动，替它增加了不少的声势。不过国语运动是‘为教育的’，是用国语为‘开通民智’的工具；国语文学运动是‘为文学的’，是用国语为‘创造文学’的工具。前者是提倡白话，不废古文；后者是提倡白话文学，攻击古文为死文学。所以前者只可叫做文字改革运动，后者才是文学革命运动。只因文学革命运动，是从‘文的形式方面’下手，要求语言文字或文体的解放，所以说文字改革运动也给文学革命运动增加了不少的助力。"①

4. 白话文学传统的基奠

胡适著《白话文学史》（上海新月书店，1928 年 6 月）一书以全新的视角立论中国文学发展的脉络。其中，《〈白话文学史〉自序》载有关于白话文学的诠释："我把'白话文学'的范围放的很大，故包括旧文学中那些明白清楚近于说话的作品。我从前曾说过，'白话'有三个意思：一是戏台上说白的'白'，就是说得出，听得懂的话；二是清白的'白'，就是不加粉饰的话；三是明白的'白'，就是明白晓畅的话。依这三个标准，我认定《史记》《汉书》里有许多白话，古乐府歌辞大部分是白话的，佛书译本的文字也是当时的白话或很近于白话，唐人的诗歌——尤其是乐府绝句——也有很多的白话作品。"②

《〈白话文学史〉引子》载有关于白话文学传统与文学革命的关系的阐明："我为什么要讲白话文学史呢？第一，我要大家知道白话文学不是这三四年来几个人凭空捏造出来的；我要大家知道白话文学是有历史的，是有很长又很光荣的历史的。我要人人都知道国语文学乃是一千几百年历史进化的产儿。国语文学若没有这一千几百年的历史，若不是历史进化的结果，这几年来的运动决不会有那样的容易，决不能在那么短的时期内变成一种全国的运动，决不能在三五年内引起那么多的人的响应与赞助。现在有些人不明白这个历史的背景，以为文学的运动是这几年来某人某人提倡的功效，这是大错的。我们要知道，一千八百年前的时候，就有人用白话做书了；一千年前，就有许多诗人用白话做诗做词

---

①陈子展：《文学革命运动》，载阿英编选《中国新文学大系》（第十集：史料·索引），上海：上海良友图书印刷公司，1936 年 2 月，第 23—24 页。

②胡适：《〈白话文学史〉自序》，载《白话文学史》，上海：新月书店，1928 年 6 月，第 13 页。

了；八九百年前，就有人用白话讲学了；七八百年前，就有人用白话做小说了；六百年前，就有白话的戏曲了；《水浒》《三国》《西游》《金瓶梅》是三四百年前的作品；《儒林外史》《红楼梦》是一百四五十年前的作品。我们要知道，这几百年来，中国社会里销行最广，势力最大的书籍，并不是四书五经，也不是程朱语录，也不是韩柳文章，乃是那些'言之不文，行之最远'的白话小说！这就是国语文学的历史的背景。这个背景早已造成了，《水浒》《红楼梦》……已经在社会上养成了白话文学的信用了，时机已成熟了，故国语文学的运动者能于短时期中坐收很大的功效。我们今日收的功效，其实大部分全靠那无数白话文人白话诗人替我们种下了种子，造成了空气。我们现在研究这一二千年的白话文学史，正是要我们明白这个历史进化的趋势。我们懂得了这段历史，便可以知道我们现在参加的运动已经有了无数的前辈，无数的先锋了；便可以知道我们现在的责任是要继续那无数开路先锋没有做完的事业，要替他们修残补缺，要替他们发挥光大。第二，我要大家知道白话文学在中国文学史上占一个什么地位。老实说罢，我要大家都知道白话文学史就是中国文学史的中心部分。中国文学史若去掉了白话文学的进化史，就不成中国文学史了，只可叫做'古文传统史'罢了。……有人说：'照你那样说，白话文学既是历史进化的自然趋势，那么，白话文学迟早总会成立的，——也可以说白话文学当《水浒》《红楼梦》风行的时候，早已成立了，——又何必要我们来做国语文学的运动呢？何不听其自然呢？岂不更省事吗？'这又错了。历史进化有两种：一种是完全自然的演化；一种是顺着自然的趋势，加上人力的督促。前者可叫做演进，后者可叫做革命。演进是无意识的，很迟缓的，很不经济的，难保不退化的。有时候，自然的演进到了一个时期，有少数人出来，认清了这个自然的趋势，再加上一种有意的鼓吹，加上人工的促进，使这个自然进化的趋势赶快实现；时间可以缩短十年百年，成效可以增加十倍百倍。因为时间忽然缩短了，因为成效忽然增加了，故表面上看去很像一个革命。其实革命不过是人力在那自然演进的缓步徐行的历程上，有意的加上了一鞭。白话文学的历史也是如此……这几年来的'文学革命'，所以当得起'革命'二字，正因为这是一种有意的主张，是一种人力的促进。《新青年》的贡献只在他在那缓步徐行的文学演进的历程上，猛力加上了一鞭。……故一千多年的白话文学种下了近年文学革命的种子，近年的文学革命不过是给一段长历史作一个小结束。从此以后，中国文学永永脱离了盲目的自然演化的老路，走上了有意的创作的新路了。"[1]

5. 外来文学的影响

由清代文学可知，林纾（字琴南，1852—1924）是介绍西方文学的先驱。自 1899 年第一部译著《巴黎茶花女遗事》出版始，林纾译英、美、法、俄、西班牙、比利时、瑞士等国小说近 200 部。中国人赏读西洋文学，实从林纾的译著启。

周作人（1885—1967）在《鲁迅与清末文坛》中回忆："对于鲁迅有很大的影响的第三个人，不得不举出林琴南来了。鲁迅还在南京学堂的时候，林琴南已经用了冷红生的笔名，译出了小仲马的《茶花女遗事》，很是有名。鲁迅买了这书，同时还得到两本有光纸印的书，一名《包探案》，是福尔摩斯故事，一名《长生术》，乃是神怪小说，……我们对于林译小说有那么的热心，只要他印出一部，来到东京，便一定跑到神田的中国书林，把它买来，看过之后鲁迅还拿到订书店去，改装硬纸板书面，背脊用的是青

---

① 胡适：《〈白话文学史〉引子》，载《白话文学史》，上海：新月书店，1928 年 6 月，第 1—7 页。

灰洋布。"①

与林纾同时，严复（1854—1921）注重翻译西方学术思想著作；时间稍后，苏玄瑛（法号曼殊，1884—1918）译英诗，与陈独秀（1879—1942）合译雨果的《悲惨世界》；再之后，鲁迅（1881—1936）、周作人两兄弟译《域外小说集》二集。上述译作多用文言翻译。到1917年前后，投身文学革命的作家们，受西方文学的影响更显巨大。外来文学对文学革命产生发酵作用，新文学在外来文学的影响下发生发展。

这里以梁启超和王国维（1877—1927）两位同时代的国学大师受西学影响之历程，窥测他们对西学的深刻了解以及中西融合思想的塑成之因在。梁启超在《三十自述》（1902年11月）中载有其初识西学的经过："其年秋，始交陈通甫，通甫时亦肄业学海堂，以高才生闻。既而通甫相语曰：'吾闻南海康先生上书请变法不达，新从京师归，吾往谒焉，其学乃为吾与子所未梦及，吾与子今得师矣。'于是乃因通甫修弟子礼事南海先生。时余以少年科第，且于时流所推重之训诂词章学，颇有所知，辄沾沾自喜。先生乃以大海潮音，作师子吼，取其所挟持之数百年无用旧学，更端驳诘，悉举而摧陷廓清之。自辰入见，及戌始退，冷水浇背，当头一棒，一旦尽失其故垒，惘惘然不知所从事，且惊且喜，且怨且艾，且疑且惧，与通甫联床竟夕不能寐。明日再谒，请为学方针，先生乃教以陆王心学，而并及史学西学之梗概，自是决然舍去旧学。自退出学海堂，而间日请业南海之门，生平知有学自兹始。"②

①周作人：《鲁迅与清末文坛》，载《快乐阅读：经典教学》2010年第3期，第9—10页。
②梁启超：《三十自述》，载《饮冰室合集》（文集第四册之十一），上海：中华书局，1936年4月，第16—17页。

1898 年，戊戌变法失败后，梁启超流亡日本，广泛接触近代西方思潮，仅光绪二十八年（1902）一年，就发表《天演学初祖达尔文之学说及其略传》① 《法理学大家孟德斯鸠之学说》② 等数篇介绍西学的文章。

其中，《格致学沿革考略》③ 一文用上古、中古、近古三节系统阐述西方自然科学史；《论学术之势力左右世界》④ 一文列举哥白尼、卢梭、富兰克林、亚当斯密、达尔文等学术"十贤"为人类文明进步做出的杰出贡献。

《近世文明初祖二大家之学说》一文先分论培根和笛卡尔的学说，再做言简意赅的总结："倍氏笛氏之学派虽殊，至其所以有大功于世界者，则惟一而已，曰破学界之奴性是也。学者之大患，莫甚于不自有其耳目，而以古人之耳目为耳目；不自有其心思，而以古人之心思为心思。审如是也，则吾之在世界，不成赘疣乎。审如是也，则天但生古人可矣，而复生此百千万亿无耳目无心思之人以蠕缘虫蚀此世界，将安取之。故倍氏之意，以为无论大圣鸿哲谁某之所说，苟非验诸实物而有征者，吾弗屑从也；笛氏之意，以为无论大圣鸿哲谁某之所说，苟非反诸本心而悉安者，吾不敢信也。其气魄之沈雄也如彼，其主义之切实也如此，此所以能摧陷千古之迷梦，卓然为一世宗也。虽谓近世文明为二贤之精神所贯注所创造，非过言也。我中国数千年来学术莫盛于战国无

----

①梁启超：《天演学初祖达尔文之学说及其略传》，载《饮冰室合集》（文集第五册之十三），上海：中华书局，1936 年 4 月，第 12—18 页。

②梁启超：《法理学大家孟德斯鸠之学说》，载《饮冰室合集》（文集第五册之十三），上海：中华书局，1936 年 4 月，第 18—29 页。

③梁启超：《格致学沿革考略》，载《饮冰室合集》（文集第四册之十一），上海：中华书局，1936 年 4 月，第 3—14 页。

④梁启超：《论学术之势力左右世界》，载《饮冰室合集》（文集第三册之六），上海：中华书局，1936 年 4 月，第 110—116 页。

他，学界之奴性未成也。……呜呼！有闻倍根笛卡儿之风而兴者乎？第一，勿为中国旧学之奴隶；第二，勿为西人新学之奴隶。我有耳目，我物我格；我有心思，我理我穷。车驱之，车驱之，何渠不若汉！"①

　　1904年，梁启超又在续写的《〈论中国学术思想变迁之大势〉近世之学术》中明确指出："言泰西近世文明进步之原动力者，必推倍根，以其创归纳论理学扫武断之弊，凡论一事，阐一理，必经积累试验然后下断案也。审如是也，则吾中国三百年来所谓考证之学，其价值固自有不可诬者。何也？以其由演绎的而进于归纳的也。泰西自十五世纪文学复兴以后，学者犹不免涉诡辩，陷于空想。自倍根兴而始一矫之。有明末叶，正中国之诡辩空想时代也。及明之亡，顾、黄、颜、刘诸子，倡实践实用之学。得其大者，阎、胡、二万、王、梅诸君，同时蔚起，各明其一体。其时代与倍根同，其学统组织之变更，亦颇相类。顾泰西以有归纳派而思想日以勃兴，中国以有归纳派而思想日以销沈。非归纳派之罪，而所以用之者误其涂径也。本朝学者以实事求是为学鹄，颇饶有科学的精神，而更辅以分业的组织。惜乎其用不广，而仅寄诸琐琐之考据，所谓科学的精神，何也？善怀疑，善寻问，不肯妄徇古人之成说，一己之臆见，而必力求真是真非之所存，一也；既治一科，则原始要终，纵说横说，务尽其条理，而备其左证，二也；其学之发达，如一有机体，善能增高继长，前人之发明者，启其端绪，虽或有未尽，而能使后人因其所启者而竟其业，三也；善用比较法，胪举多数之异说，而下正确之折衷，四也。凡此诸端，皆近世各种科学所以成立之由。而本朝之汉学家皆备

---

　　①梁启超：《近世文明初祖二大家之学说》，载《饮冰室合集》（文集第五册之十三），上海：中华书局，1936年4月，第11—12页。

之。故曰其精神近于科学。所谓分业的组织何也？生计家言，谓社会愈进于文明，则分业愈趋于细密。此不徒生计界为然也，学界亦然。挽近实学益昌，而学者亦益以专门为贵，分科之中，又分科焉。硕儒大师，往往终身专执一科以名其家，盖昔之学者，其所研究博而浅，今之学者，其所研究狭而深。本朝汉学家之治经，亦有类于是。故曰其组织近于分业，夫本朝考据学之支离破碎，汩殁性灵，此吾侪十年来所排斥不遗余力者也。虽然，平心论之，其研究之方法，实有不能不指为学界进化之一征兆者。至其方法，何以不用诸开而用诸闭，不用诸实而用诸虚，不用诸新而用诸陈，则别有种种原因焉。若民性之遗传，若时主之操纵，皆其最巨者也，盖未可尽以为诸儒病也。"[1]

第一次世界大战结束后，1919 年 2 月，梁启超抵达伦敦，开启欧洲游历之旅。载于上海《教育公报》1920 年第 7 卷第 4—11 期的《欧游心影录》（后收入文集时作有删减并易名为《欧游心影录节录》），全面反映了他此次战后对欧洲的观察感想。此文可谓梁启超思想趋于成熟的理性之作，内含其对中西文明的感知见解，以下节录述之。

第一章"欧游中之一般观察及一般感想"上篇"大战前后之欧洲"第七节"科学万能之梦"全文："大凡一个人，若使有个安心立命的所在，虽然外界种种困苦，也容易抵抗过去。近来欧洲人，却把这件没有了。为什么没有了呢？最大的原因，就是过信'科学万能'。原来欧洲近世的文明有三个来源：第一是封建制度，第二是希腊哲学，第三是耶稣教。封建制度，规定各人和社会的关系，形成一个道德的条件和习惯。哲学是从智的方面研究宇宙

---

① 梁启超：《〈论中国学术思想变迁之大势〉近世之学术》，载《饮冰室合集》（文集第三册之七），上海：中华书局，1936 年 4 月，第 86—87 页。

最高原理及人类精神作用，求出个至善的道德标准。宗教是从情的意的两方面，给人类一个'超世界'的信仰，那现世的道德，自然也跟着得个标准。十八世纪前的欧洲，就是靠这个过活。自法国大革命后，封建制度完全崩坏，古来道德的条件和习惯，大半不适于用，欧洲人的内部生活，渐渐动摇了。社会组织变更，原是历史上常态。生活就跟着他慢慢蜕变，本来没有什么难处。但这百年来的变更却与前不同。因科学发达结果，产业组织，从根柢翻新起来。变既太骤，其力又太猛，其范围又太广，他们要把他的内部生活凑上来和外部生活相应，却处处措手不及。最显著的就是现在都会的生活和从前堡聚的村落的生活截然两途。聚了无数素不相识的人在一个市场或一个工厂内共同生活，除了物质的利害关系外，绝无情感之可言，此其一；大多数人无恒产，恃工为活，生活根据，飘摇无着，好像枯蓬断梗，此其二；社会情形太复杂，应接不暇，到处受刺戟，神经疲劳，此其三；劳作完了想去要乐，要乐未完又要劳作，昼夜忙碌，无休养之余裕，此其四；欲望日日加高，百物日日加贵，生活日日加难，竞争日日加烈，此其五。以上所说，不过随手拈出几条，要而言之，近代人因科学发达，生出工业革命，外部生活变迁急剧，内部生活随而动摇，这是很容易看得出的。内部生活，本来可以凭宗教哲学等力量，离去了外部生活依然存在。近代人却怎样呢？科学昌明以后，第一个致命伤的就是宗教。人类本从下等动物蜕变而来，那里有什么上帝创造？还配说人为万物之灵吗？宇宙间一切现象，不过物质和他的运动，那里有什么灵魂？更那里有什么天国？讲到哲学，从前康德和黑格尔时代，在思想界俨然有一种权威像是统一天下，自科学渐昌，这派唯心论的哲学便四分五裂。后来冈狄的实证哲学和达尔文的种源论同年出版，旧哲学更是根本动摇，老实说一句，哲学家简直是投降到科学家的旗下了。依着科学家的新心理学，所谓人类心灵这件东西，就不过物质运动现象之一种。精神和物质的对待，就根本不成立。所谓宇宙大原则，是要用科学的方法试验得来，不是用哲学的方法冥想得来的。这些唯物派的哲学家，托庇科学宇下建立一种纯物质的纯机械的人生观，把一切内部生活外部生活，都归到物质运动的'必然法则'之下。这种法则，其实可以叫做一种变相的运命前定说。不过旧派的前定说，说运命是由八字里带来或是由上帝注定。这新派的前定说，说运命是由科学的法则完全支配。所凭借的论据虽然不同，结论却是一样。不惟如此，他们把心理和精神看成一物，根据实验心理学，硬说人类精神，也不过一种物质，一样受'必然法则'所支配，于是人类的自由意志，不得不否认了。意志既不能自由，还有什么善恶的责任？我为善不过那'必然法则'的轮子推着我动，我为恶也不过那'必然法则'的轮子推着我动，和我什么相干？如此说来，这不是道德标准应如何变迁的问题，真是道德这件东西能否存在的问题了。现今思想界最大的危机，就在这一点。宗教和旧哲学，既已被科学打得个旗靡辙乱，这位'科学先生'便自当仁不让起来，要凭他的试验发明个宇宙新大原理。却是那大原理且不消说，敢是各科各科的小原理，也是日新月异，今日认为真理，明日已成谬见，新权威到底树立不来，旧权威却是不可恢复了。所以全社会人心，都陷入怀疑沈闷畏惧之中，好像失了罗针的海船遇着风遇着雾，不知前途怎生是好。既然如此，所以那些什么乐利主义强权主义越发得势，死后既没有天堂，只好尽这几十年尽地快活。善恶既没有责任，何妨尽我的手段来充满我个人欲望。然而享用的物质增加速率，总不能和欲望的腾升同一比例，而且没有法子令他均衡。怎么好呢？只有凭自己的力量自由竞争起来，贡而言之，就是弱肉强食。近年来，甚么军阀甚么财阀，都是从这条路产生出来，这回大战争，便是一个报应。诸君又须知，我们若是终久立在这种唯物的机械的人生观上头，岂独军阀财阀的专横，可憎可恨，就是工团的同盟抵抗乃至社会革命，还不同是一种强权作用。不过从前强权，在那一班少数人手里。往后的强权，移在这一班多数人手里罢了。总之，在这种人生观底下，那么千千万万人前脚接后脚的来这世界走一趟住几十年，干什么呢？独一无二的目的就是抢面包吃。不然就是怕那宇宙间物质运动的大轮子缺了发动力，特自来供给他燃料。果真这样，人生还有一毫意味，人类还有一毫价值吗？无奈当科学全盛时代，那主要的思潮，却是偏在这方面。当时讴歌科学万能的人，满望着科学成功黄金世界便指日出现。如今功总算成了，一百年物质的进步，比从前三千年所得还加几倍，我们人类不惟没有得着幸福，倒反带来许多灾难。好像沙漠中失路的旅人，远远望见个大黑影，拼命往前赶，以为可以靠他向导。那知赶上几程，影子却不见了，因此无限凄惶失望。影子是谁？就是这位'科学先生'。欧洲人做了一场科学万能的大梦，到如今却叫起科学破产来。这便是最近思潮变迁一个大关键了。（自注）读者切勿误会因此菲薄科学，我绝不承认科学破产，不过也不承认科学万能罢了。"①

　　第一章"欧游中之一般观察及一般感想"下篇"中国人之自觉"第五节"尽性主义"全文："第五，国民树立的根本义，在发展个性。中庸里头有句话说得最好：'唯天下至诚为能尽其性。'我们就借来起一个名叫做'尽性主义'。这尽性主义，是要把各人的天赋良能，发挥到十分圆满。就私人而论，必须如此，才不至成为天地间一赘疣。人人可以自立，不必累人，也不必仰人鼻息。

　　①梁启超：《欧游心影录节录》，上海：中华书局，1936 年 3 月，第 10—12 页。

就社会国家而论，必须如此，然后人人各用其所长，自动的创造进化，合起来便成强固的国家进步的社会。这回德国致败之原，就是因为国家主义发达得过于偏畸，人民个性，差不多被国家吞灭了。所以碰着英法美等个性最发展的国民，到底抵敌不过。因为'人自为战'的功用丧失了，所以能胜而不能败。德国式的国家主义，拿国家自身目的做个标准，把全国人放在个一定的模子里鼓铸出来，要供国家之用。结果犹且不胜其敝。我国则并无所谓国家目的，徒以社会上畸形的组织，学说上惰性的权威，把各人的本能，从小就桎梏斫丧起来。如今人开口便说是中国民智不开，或说是人才消乏，诚然不错，但又须知，在这种旧社会束缚驰骤之下，才智是断不能发生。因为旧社会也有一个模子，将中国人一式铸造，脱了模就要在社会上站不住，无论何人，总要带几分矫揉的态度来迁就他，天赋良能，绝不能自由扩充到极际。近来中国人，才智不逮欧西，都是为此。今日第一要紧的，是人人抱定这尽性主义，如陆象山所谓'总要还我堂堂地做个人'，将自己的天才（不论大小，人人总有些）尽量发挥，不必存一毫瞻顾，更不可带一分矫揉，这便是个人自立的第一义，也是国家生存的第一义。"[1]

第一章"欧游中之一般观察及一般感想"下篇"中国人之自觉"第十三节"中国人对于世界文明之大责任"全文："以上十二段，我都是信手拈来，没有什么排列组织。但我觉得我们因此反省自己从前的缺点，振奋自己往后的精神，循着这条大路，把国家挽救建设起来，决非难事。我们的责任，这样就算尽了吗？我以为还不止此。人生最大的目的，是要向人类全体有所贡献。为

---

[1]梁启超：《欧游心影录节录》，上海：中华书局，1936年3月，第24—25页。

什么呢？因为人类全体才是'自我'的极量，我要发展'自我'，就须向这条路努力前进。为什么要有国家？因为有个国家，才容易把这国家以内一群人的文化力聚拢起来继续起来增长起来，好加入人类全体中助他发展，所以建设国家是人类全体进化的一种手段，就像市府乡村的自治结合，是国家成立的一种手段。就此说来，一个人不是把自己的国家弄到富强便了，却是要叫自己国家有功于人类全体。不然，那国家便算白设了。明白这道理，自然知道我们的国家，有个绝大责任横在前途。什么责任呢？是拿西洋的文明来扩充我的文明，又拿我的文明去补助西洋的文明，叫他化合起来成一种新文明。我在巴黎曾会着大哲学家蒲陀罗Boutreu（柏格森之师），他告诉我说：'一个国民，最要紧的是把本国文化，发挥光大，好像子孙袭了祖父遗产，就要保住他，而且叫他发生功用，就算很浅薄的文明，发挥出来，都是好的。因为他总有他的特质，把他的特质和别人的特质化合，自然会产出第三种更好的特质来。你们中国，着实可爱可敬。我们祖宗里块鹿皮拿把石刀在野林里打猎的时候，你们不知已出了几多哲人了。我近来读些译本的中国哲学书，总觉得他精深博大，可惜老了，不能学中国文，我望中国人总不要失掉这分家当才好。'我听着他这番话，觉得登时有几百斤重的担子加在我肩上。又有一回，和几位社会党名士闲谈，我说起孔子的'四海之内皆兄弟''不患寡而患不均'，跟着又讲到井田制度，又讲些墨子的'兼爱''寝兵'，他们都跳起来说道：'你们家里有这些宝贝，却藏起来不分点给我们，真是对不起人啊。'我想我们还彀不上说对不起外人，先自对不起祖宗罢了。近来西洋学者，许多都想输入些东方文明，令他们得些调剂。我子细想来，我们实在有这个资格。何以故呢？从前西洋文明，总不免将理想实际分为两橛，唯心唯物，各走极端，宗教家偏重来生，唯心派哲学高谭玄妙，离人生问题，都是很远。

科学一个反动，唯物派席卷天下，把高尚的理想又丢掉了。所以我从前说道：'顶时髦的社会主义，结果也不过抢面包吃。'这算得人类最高目的么？所以最近提倡的实用哲学创化哲学，都是要把理想纳到实际里头，图个心物调和。我想我们先秦学术，正是从这条路上发展出来。孔老墨三位大圣，虽然学派各殊，'求理想与实用一致'却是他们共同的归着点。如孔子的'尽性赞化''自强不息'，老子的'各归其根'，墨子的'上同于天'，都是看出有个'大的自我''灵的自我'和这'小的自我''肉的自我'同体。想要因小通大，推肉合灵，我们若是跟着三圣所走的路，求'现代的理想与实用一致'，我想不知有多少境界可以辟得出来哩。又佛教虽创自印度，而实盛于中国。现在大乘各派，五印全绝，正法一脉，全在中国。欧人研究佛学，日盛一日，梵文所有经典，差不多都翻出来。但向梵文里头求大乘，能得多少？我们自创的宗派，更不必论了，像我们的禅宗，真可以算得应用的佛教。世间的佛教，的确是要印度以外才能发生，的确是表现中国人特质，叫出世法和现世法并行不悖。现在柏格森、倭铿等辈，就是想走这条路还没走通。我常想，他们若能读唯识宗的书，他的成就一定不止这样。他们若能理解禅宗，成就更不止这样。你想，先秦诸哲，隋唐诸师，岂不都是我们仁慈圣善的祖宗积得好几大宗遗产给我们吗？我们不肖，不会享用，如今倒要闹学问饥荒了，就是文学美术各方面，我们又何尝让人？国中那些老辈，故步自封，说什么西学都是中国所固有，诚然可笑。那沈醉西风的，把中国甚么东西，都说得一钱不值。好像我们几千年来，就像土蛮部落，一无所有。岂不更可笑吗？须知凡一种思想，总是拿他的时代来做背景。我们要学的，是学那思想的根本精神，不是学他派生的条件。因为一落到条件，就没有不受时代支配的。譬如孔子，说了许多贵族性的伦理，在今日诚然不适用，却不能因此菲薄孔子。

柏拉图说奴隶制度要保存，难道因此就把柏拉图抹杀吗？明白这一点，那么研究中国旧学，就可以得公平的判断，去取不至谬误了。却还有很要紧的一件事，要发挥我们的文化，非借他们的文化做涂径不可。因为他们研究的方法，实在精密，所谓'欲善其事，必先利其器'不然。从前的中国人，那一个不读孔夫子，那一个不读李太白。为甚么没有人得着他好处呢？所以我希望我们可爱的青年，第一步，要人人存一个尊重爱护本国文化的诚意；第二步，要用那西洋人研究学问的方法去研究他，得他的真相；第三步，把自己的文化综合起来，还拿别人的补助他，叫他起一种化合作用，成了一个新文化系统；第四步，把这新系统往外扩充，叫人类全体都得着他好处。我们人数居全世界人口四分之一，我们对于人类全体的幸福，该负四分之一的责任，不尽这责任，就是对不起祖宗，对不起同时的人类，其实是对不起自己。我们可爱的青年啊！立正，开步走，大海对岸那边有好几万万人，愁着物质文明破产，哀哀欲绝的喊救命，等着你来超拔他哩。我们在天的祖宗三大圣和许多前辈，眼巴巴盼望你完成他的事业，正在拿他的精神来加佑你哩。"①

　　世人称梁启超为善变的豪杰。他本人亦早于 1899 年 10 月 15 日便写下辩护词《善变之豪杰》："吉田松阴，初时主公武合体之论（公者王室也，武者武门也，即指大将军也，当时日本通行语），其后乃专主尊王讨幕（幕府者大将军也），非首鼠两端也。其心为一国之独立起见，苟无伤于平和，而可以保独立，则无宁勿伤也。既而深察其腐败之已极，虽欲已而无可已，乃决然冲破其罗网，摧坏其基础，以更造之。其方法虽变，然其所以爱国者

---

　　①梁启超：《欧游心影录节录》，上海：中华书局，1936 年 3 月，第 35—38 页。

未尝变也。加布儿（意大利之伟人，近人所译《泰西新史揽要》称为嘉富洱者），初时入秘密党，倡革命下狱，其后佐撒尔尼亚王为大宰相，卒成大功，统一意国，非反覆变节也。其心为一国之独立起见，既主权者无可与语，不得不投身激湍以图之；既而见撒王之可以为善，而乘时借势，可以行其所志，为同胞造无量之福，故不惜改弦以应之。其方法虽变，然其所以爱国者未尝变也。《语》曰：'君子之过也，如日月之食焉，人皆见之；及其更也，人皆仰之。'大丈夫行事磊磊落落，行吾心之所志，必求至而后已焉。若夫其方法，随时与境而变，又随吾脑识之发达而变。百变不离其宗，但有所宗，斯变而非变矣，此乃所以磊磊落落也。"①

郑振铎（1898—1958）在《梁任公先生》（1929 年 2 月于上海）中对此有平实且深刻地评述："梁任公最为人所恭维的——或者可以说，最为人所诟病的——一点是'善变'。无论在学问上，在政治活动上，在文学的作风上都是如此。他在很早的时候，曾著一篇《善变之豪杰》（见《饮冰室自由书》），其中有几句话道：'语曰：君子之过也，如日月之食焉，人皆见之。及其更也，人皆仰之。大丈夫行事磊磊落落，行吾心之所志，必求至而后已焉。若夫其方法随时与境而变，又随吾脑识之发达而变，百变不离其宗。'他又有一句常常自诵的名语，是'不惜以今日之吾与昨日之吾宣战'，我们看他，在政治上则初而保皇，继而与袁世凯合作，继而又反抗袁氏，为拥护共和政体而战，继而又反抗张勋，反抗清室的复辟；由保皇而至于反对复辟，恰恰是一个敌面，然而梁氏在六七年间，主张却已不同。至此，这难道便是如许多人所诟病于他的'反复无常'么？我们看他，在学问上则初而沈浸于词

---

① 梁启超：《善变之豪杰》，载《饮冰室自由书》，上海：广智书局，1907年 3 月六版，第 42—43 页。

章训诂，继而从事于今文运动，说伪经，谈改制，继而又反对康有为氏的保教尊孔的主张，继而又从事于介绍的工作，继而又从事于旧有学说的整理；由主张孔子改制而至于反对孔教，又恰恰是一个对面，然而梁氏却不惜于十多年间一反其本来的见解，这不又是世人所讥诮他的'心无定见'么？然而我们当明白他，他之所以'屡变'者，无不有他的最强固的理由，最透澈的见解，最不得已的苦衷。他如顽执不变，便早已落伍了，退化了，与一切的遗老遗少同科了；他如不变，则他对于中国的供献与劳绩也许要等于零了。他的最伟大处，最足以表示他的光明磊落的人格处便是他的'善变'，他的'屡变'。他的'变'，并不是变他的宗旨，变他的目的；他的宗旨他的目的是并未变动的，他所变者不过方法而已，不过'随时与境而变'，又随他'脑识之发达而变'其方法而已。他的宗旨，他的目的便是爱国。'其方法虽变，然其所以爱国者未尝变也。'凡有利于国的事，凡有益于国民的思想，他便不惜'屡变'，而躬自为之，躬自倡导着。"①

王国维，字静安，号观堂，清秀才。1925 年任教于清华研究院，1927 年自沉于北京颐和园昆明湖。1929 年 6 月 3 日，国立清华大学研究院师生在清华大学校园内敬立"海宁王静安先生纪念碑"。纪念碑由陈寅恪撰文，林志钧书丹，马衡篆额，梁思成拟式。陈寅恪在《清华大学王观堂先生纪念碑铭》中写道："惟此独立之精神，自由之思想，历千万祀，与天壤而同久，共三光而永光。"②

王国维的哲学、文学理论及戏剧史学等若干研究，都彰显出

---

①郑振铎：《梁任公先生》，载《小说月报》1929 年第 20 卷第 2 期，第 346 页。

②陈寅恪：《清华大学王观堂先生纪念碑铭》，载《〈陈寅恪集〉金明馆丛稿二编》，北京：生活·读书·新知三联书店，2009 年 9 月，第 246 页。

其受西方文学影响之深。作于光绪三十一年（1905）八月的《〈静庵文集〉自序》载："余之研究哲学。始于辛壬之间。癸卯春，始读汗德之《纯理批评》，苦其不可解，读几半而辍。嗣读叔本华之书而大好之。自癸卯之夏，以至甲辰之冬，皆与叔本华之书为伴侣之时代也。其所尤惬心者，则在叔本华之《知识论》，汗德之说得因之以上窥。然于其人生哲学观，其观察之精锐，与议论之犀利，亦未尝不心怡神释也。后渐觉其有矛盾之处，去夏所作《〈红楼梦〉评论》，其立论虽全在叔氏之立脚地，然于第四章内已提出绝大之疑问。旋悟叔氏之说，半出于其主观的气质，而无关于客观的知识。此意于《叔本华及尼采》一文中始畅发之。今岁之春，复返而读汗德之书，嗣今以后·将以数年之力，研究汗德。他日稍有所进，取前说而读之，亦一快也。故并诸杂文刊而行之。以存此二三年间思想上之陈迹云尔。"[①]

《〈红楼梦〉评论》《人间词话》《宋元戏曲考》三部具有开创性的文学理论作品，代表着王国维中西文学、哲学乃至美学思想融汇结晶的集大成。陈寅恪在《王静安先生遗书序》（1934 年 6 月 3 日）中评曰："先生之学博矣，精矣，几若无涯岸之可望，辙迹之可寻。然详绎遗书，其学术内容及治学方法，殆可举三目以概括之者。一曰取地下之实物与纸上之遗文互相释证。凡属于考古学及上古史之作，如《殷卜辞中所见先公先王考》及《鬼方昆夷猃狁考》等是也。二曰取异族之故书与吾国之旧籍互相补正。凡属于辽金元史事及边疆地理之作，如《萌古考》及《元朝秘史之主因亦儿坚考》等是也。三曰取外来之观念与固有之材料互相参证。凡属于文艺批评及小说戏曲之作，如《〈红楼梦〉评论》及

《宋元戏曲考》等是也。此三类之著作，其学术性质固有异同，所用方法亦不尽符会，要皆足以转移一时之风气，而示来者以轨则。吾国他日文史考据之学，范围纵广，途径纵多，恐亦无以远出三类之外。此先生之遗书所以为吾国近代学术界最重要之产物也。"①

《〈红楼梦〉评论》（《教育世界》1904年第76期）分"人生及美术之概观""《红楼梦》之精神""《红楼梦》之美学上之价值""《红楼梦》之伦理学上之价值""余论"五章。文中第一次从人生与美术（美学）两个视角评判《红楼梦》之价值："今既述人生与美术之概略如下，吾人且持此标准以观我国之美术，而美术中以诗歌戏曲小说为其顶点，以其目的在描写人生，故吾人于是得一绝大著作曰《红楼梦》。"② 比较《红楼梦》与《浮士德》："夫欧洲近世之文学中，所以推格代之《法斯德》为第一者，以其描写博士法斯德之苦痛及其解脱之途径最为精切故也。若《红楼梦》之写宝玉，又岂有以异于彼乎？彼于缠陷最深之中，而已伏解脱之种子，故听《寄生草》之曲而悟立足之境；读《胠箧》之篇而作焚花散麝之想。所以未能者，则以黛玉尚在耳。至黛玉死而其志渐决。然尚屡失于宝钗，几败于五儿，屡蹶屡振，而终获最后之胜利。读者观自九十八回以至百二十回之事实，其解脱之行程，精进之历史，明了精切何如哉！且法斯德之苦痛，天才之苦痛；宝玉之苦痛，人人所有之苦痛也。其存于人之根柢者为独深，而其希救济也为尤切。"③ 引证叔本华之论述："由叔本华之说，悲剧

---

① 陈寅恪：《王静安先生遗书序》，载《王国维遗书》（第一至四册：序），上海：上海古籍书店，1983年9月，第1页。

② 王国维：《〈红楼梦〉评论》（第一章），载《王国维遗书》（第五册：静庵文集），上海：上海古籍书店，1983年9月，第44页。补注：因原文文字竖排，故将"如左""如右"径改为"如下""如上"。下同。

③ 王国维：《〈红楼梦〉评论》（第二章），载《王国维遗书》（第五册：静庵文集），上海：上海古籍书店，1983年9月，第48—49页。

之中又有三种之别：第一种之悲剧，由极恶之人极其所有之能力以交构之者。第二种由于盲目的运命者。第三种之悲剧，由于剧中之人物之位置及关系而不得不然者，非必有蛇蝎之性质与意外之变故也，但由普通之人物、普通之境遇逼之，不得不如是。彼等明知其害，交施之而交受之，各加以力而各不任其咎。此种悲剧，其感人贤于前二者远甚。何则？彼示人生最大之不幸非例外之事，而人生之所固有故也。若前二种之悲剧，吾人对蛇蝎之人物与盲目之命运，未尝不悚然战慄然，以其罕见之故，犹幸吾生之可以免，而不必求息肩之地也。但在第三种，则见此非常之势力足以破坏人生之福祉者，无时而不可坠于吾前。且此等惨酷之行，不但时时可受诸己，而或可以加诸人，躬丁其酷，而无不平之可鸣，此可谓天下之至惨也。若《红楼梦》，则正第三种之悲剧也。兹就宝玉、黛玉之事言之，贾母爱宝钗之婉嫕而惩黛玉之孤僻，又信金玉之邪说而思压宝玉之病。王夫人固亲于薛氏，凤姐以持家之故，忌黛玉之才而虞其不便于己也。袭人惩尤二姐、香菱之事，闻黛玉'不是东风压西风，就是西风压东风'之语（第八十一回），惧祸之及而自同于凤姐，亦自然之势也。宝玉之于黛玉信誓旦旦，而不能言之于最爱之之祖母，则普通之道德使然，况黛玉一女子哉！由此种种原因，而金玉以之合，木石以之离，又岂有蛇蝎之人物、非常之变故行于其间哉？不过通常之道德、通常之人情、通常之境遇为之而已。由此观之，《红楼梦》者，可谓悲剧中之悲剧也。"[1]

有别于《〈红楼梦〉评论》主要以西学思想立论，稍后完成的《人间词话》和《宋元戏曲考》则突显出中西汇通。贯穿整个《人

---

[1]王国维：《〈红楼梦〉评论》（第三章），载《王国维遗书》（第五册：静庵文集），上海：上海古籍书店，1983 年 9 月，第 50—51 页。

间词话》的"境界说"即是中西结合的理论阐述："词以境界为最
上。有境界则自成高格，自有名句。五代北宋之词所以独绝者在
此。有造境，有写境，此理想与写实二派之所由分。然二者颇难
分别，因大诗人所造之境必合乎自然，所写之境亦必邻于理想故
也。有有我之境，有无我之境。'泪眼问花花不语，乱红飞过秋千
去'，'可堪孤馆闭春寒，杜鹃声里斜阳暮'，有我之境也。'采菊东
篱下，悠然见南山'，'寒波澹澹起，白鸟悠悠下'，无我之境也。
有我之境，以我观物，故物皆著我之色彩。无我之境，以物观物，
故不知何者为我，何者为物。古人为词，写有我之境者为多，然未
始不能写无我之境，此在豪杰之士能自树立耳。无我之境，人唯于
静中得之。有我之境，于由动之静时得之。故一优美，一宏壮也。
自然中之物互相关系，互相限制。然其写之于文学及美术中也，必
遗其关系限制之处。故虽写实家亦理想家也。又虽如何虚构之境，
其材料必求之于自然，而其构造亦必从自然之法律，故虽理想家亦
写实家也。境非独谓景物也，喜怒哀乐亦人心中之一境界。故能写
真景物真感情者，谓之有境界。否则谓之无境界。……古今之成大
事业大学问者，必经过三种之境界：'昨夜西风凋碧树。独上高
楼，望尽天涯路'，此弟一境也。'衣带渐宽终不悔，为伊消得人
憔悴'，此弟二境也。'众里寻他千百度。回头蓦见那人正在灯火
阑珊处'，此弟三境也。此等语皆非大词人不能道。然遽以此意解
释诸词，恐晏欧诸公所不许也。"①

　　上述西学之优美与宏壮的论述可详见于王国维在《古雅之在
美学上之位置》（《教育世界》1907 年第 144 期）中的阐释："'美
术者天才之制作也'，此自汗德以来百余年间学者之定论也。然天

---

　　①王国维：《人间词话》，载《王国维遗书》（第十五册），上海：上海古
籍书店，1983 年 9 月，第 1—4 页。

下之物，有决非真正之美术品，而又决非利用品者。又其制作之人，决非必为天才，而吾人之视之也，若与天才所制作之美术无异者。无以名之，名之曰古雅。欲知古雅之性质，不可不知美之普遍之性质。美之性质，一言以蔽之曰：可爱玩而不可利用者是已。虽物之美者，有时亦足共吾人之利用，但人之视为美时，决不计及其可利用之点。其性质如是，故其价值亦存于美之自身，而不存乎其外。而美学上之区别美也，大率分为二种：曰优美，曰宏壮。自巴克及汗德之书出，学者殆视此为精密之分类矣。至古今学者对优美及宏壮之解释，各由其哲学系统之差别而各不同。要而言之，则前者由一对象之形式不关于吾人之利害，遂使吾人忘利害之念，而以精神之全力沈浸于此对象之形式中。自然及艺术中普通之美，皆此类也。后者则由一对象之形式，越乎吾人知力所能驭之范围，或其形式大不利于吾人，而又觉其非人力所能抗，于是吾人保存自己之本能，遂超越乎利害之观念外，而达观其对象之形式。如自然中之高山大川烈风雷雨，艺术中伟大之宫室悲惨之雕刻象，历史画戏曲小说等皆是也。此二者，其可爱玩而不可利用也，同若夫所谓古雅者则何如?"①

而"境界"一说，（唐）王昌龄《诗格》、（元）揭傒斯《诗法正宗》等皆有论述。《诗格》载："诗有三境：一曰物境。二曰情境。三曰意境。物境一。欲为山水诗，则张泉石云峰之境，极丽绝秀者，神之于心，处身于境，视境于心，莹然掌中，然后用思，了然境象，故得形似。情境二。娱乐愁怨，皆张于意而处于身，然后驰思，深得其情。意境三。亦张之于意，而思之于心，则得

---

① 王国维：《古雅之在美学上之位置》，载《王国维遗书》（第五册：静庵文集续编），上海：上海古籍书店，1983年9月，第22—23页。

其真矣。"①

《诗法正宗》载："唐司空图教人学诗须识味外味，坡公尝举以为名言，如所举'绿树连村暗''棋声花院闲''花影午时天'等句是也。人之饮食为有滋味，若无滋味之物，谁复饮食之为？古人尽精力于此，要见语少意多，句穷篇尽，目中恍然别有一境界意思。而其妙者，意外生意，境外见境，风味之美，悠然甘辛酸咸之表，使千载隽永，常在颊舌。今人作诗，收拾好语，襞积故实，秤停对偶，迁就声韵，此于诗道有何干涉？大抵句缚于律而无奇，语周于意而无余，语句之间救过不暇，均为无味，槁壤黄泉，蚓而后甘其味耳。若学陶、王、韦、柳等诗，则当于平淡中求真味，初看未见，愈久不忘，如陆鸿渐品尝天下泉味，如杨子中泠为天下第一水味，则淡非果淡，乃天下至味，又非饮食之味所可比也。但知饮食之味者已鲜，知泉味又极鲜矣。"②

《宋元戏曲考》（1915 年 9 月上海商务印书馆发行单行本时易名为《宋元戏曲史》）是中国文学史上第一部戏曲史，也是王国维用西方进化论与文学史观实践于中国文学史研究的理论成果。《〈宋元戏曲考〉自序》开篇写道："凡一代有一代之文学：楚之骚、汉之赋、六代之骈语、唐之诗、宋之词、元之曲，皆所谓一代之文学，而后世莫能继焉者也。独元人之曲，为时既近，托体稍卑，故两朝史志与四库集部，均不著于录。后世儒硕，皆鄙弃不复道。而为此学者，大率不学之徒，即有一二学子，以余力及此，亦未有能观其会通，窥其奥窔者。遂使一代文献，郁埋沈晦者且数百

---

①王昌龄：《诗格》，载陈应行《陈学士吟窗杂录》（第二册：卷四）。补注：王昌龄《诗格》卷上为《文镜秘府论》引用，卷下为《吟窗杂录》引用。

②揭傒斯：《诗法正宗》，乾隆二十四年敦本堂刻诗学指南本影印原书版（上海图书馆藏）。

年，愚甚惑焉。"①《宋元戏由考》"余论"载有关于中国乐曲与外国之关系的考究。

就研习戏曲史的缘由，写于光绪二十九年（1903）八月的《〈静庵文集续编〉自序（二）》载："但余所以有志于戏曲者，又自有故。吾中国文学之最不振者，莫戏曲若。元之杂剧，明之传奇，存于今日者，尚以百数。其中之文字，虽有佳者，然其理想及结构，虽欲不谓至幼稚，至拙劣，不可得也。国朝之作者，虽略有进步，然比诸西洋之名剧，相去尚不能以道里计。此余所以自忘其不敏，而独有志乎是也。"②

此外，王国维还撰写了数篇西方哲学和文学类文章。前者有《希腊圣人苏格拉底传》（《教育世界》1904 年第 88 期）、《希腊大哲学家柏拉图传》（《教育世界》1904 年第 89 期）、《德国哲学大家叔本华传》（《教育世界》1904 年第 84 期）、《德国教育学大家裴奈楷传、德国文化大改革家尼采传》（《教育世界》1904 年第 76 期）、《论新学语之输入》（《教育世界》1905 年第 96 期）、《英国哲学大家休蒙传》（《教育世界》1906 年第 118 期）等；后者有《德国文豪格代、希尔列尔合传》（《教育世界》1904 年第 70 期）、《脱尔斯泰传》（《教育世界》1907 年第 143—144 期）、《戏曲大家海别尔》（《教育世界》1907 年第 145 期，147—148 期）、《英国小说家斯提逢孙传》（《教育世界》1907 年第 149—150 期）等。

其中，《论哲学家与美术家之天职》（《教育世界》1905 年第 99 期）文中阐明中国哲学美术不发达的因由之一："披我中国之哲学史，凡哲学家无不欲兼为政治家者，斯可异已。孔子大政治家也，

①王国维：《〈宋元戏曲考〉自序》，载《王国维遗书》（第十五册：宋元戏曲考），上海：上海古籍书店，1983 年 9 月，第 1 页。

②王国维：《〈静庵文集续编〉自序（二）》，载《王国维遗书》（第五册：静庵文集续编），上海：上海古籍书店，1983 年 9 月，第 22 页。

墨子大政治家也，孟荀二子皆抱政治上之大志者也。汉之贾董，宋之张程朱陆，明之罗王无不然。岂独哲学家而已，诗人亦然。'自谓颇腾达，立登要路津。致君尧舜上，再使风俗淳'，非杜子美之抱负乎？'胡不上书自荐达，坐令四海如虞唐'，非韩退之之忠告乎？'寂寞已甘千古笑，驰驱犹望两河平'，非陆务观之悲愤乎？如此者，世谓之大诗人矣。至诗人之无此抱负者，与夫小说戏曲图画音乐诸家，皆以侏儒倡优自处，世亦以侏儒倡优畜之。所谓'诗外尚有事在''一命为文人便无足观'，我国人之金科玉律也。呜呼，美术之无独立之价值也，久矣。此无怪历代诗人，多托于忠君爱国，劝善惩恶之意，以自解免，而纯粹美术上之著述，往往受世之迫害，而无人为之昭雪者也。此亦我国哲学美术不发达之一原因也。"①

《论近年之学术界》（《教育世界》1905 年第 93 期）文末写道："然由上文之说，而遂疑思想上之事，中国自中国，西洋自西洋者，此又不然。何则？知力人人之所同有，宇宙人生之问题，人人之所不得解也。其有能解释此问题之一部分者，无论其出于本国或出于外国，其偿我知识上之要求而慰我怀疑之苦痛者，则一也。同此宇宙，同此人生，而其观宇宙人生也，则各不同。以其不同之故，而遂生彼此之见，此大不然者也，学术之所争，只有是非真伪之别耳。于是非真伪之别外，而以国家人种宗教之见杂之，则以学术为一手段，而非以为一目的也。未有不视学术为一目的而能发达者，学术之发达，存于其独立而已。然则吾国今日之学术界，一面当破中外之见，而一面毋以为政论之手段，则庶可有发达之日欤。"②

①王国维：《论哲学家与美术家之天职》，载《王国维遗书》（第五册：静庵文集），上海：上海古籍书店，1983 年 9 月，第 101—102 页。
②王国维：《论近年之学术界》，载《王国维遗书》（第五册：静庵文集），上海：上海古籍书店，1983 年 9 月，第 97 页。

6. 新文化运动的波澜

梁启超的《五十年中国进化概论》记载:"古语说得好:'学然后知不足。'近五十年来,中国人渐渐知道自己的不足了。这点子觉悟,一面算是学问进步的原因,一面也算是学问进步的结果。第一期,先从器物上感觉不足。这种感觉,从鸦片战争后渐渐发动,到同治年间借了外国兵兵平内乱,于是曾国藩李鸿章一班人,很觉得外国的船坚炮利,确是我们所不及。对于这方面的事项,觉得有舍己从人的必要,于是福建船政学堂上海制造局等等渐次设立起来。但这一期内,思想界受的影响很少。其中最可纪念的,是制造局里头译出几部科学书。这些书现在看起来虽然很陈旧很肤浅,但那群翻译的人,有几位颇忠实于学问。他们在那个时代,能够有这样的作品,其实是亏他。因为那时读书人都不会说外国话,说外国话的都不读书,所以这几部译本书,实在是替那第二期'不懂外国话的西学家'开出一条血路了。第二期,是从制度上感觉不足。自从和日本打了一个败仗下来,国内有心人,真像睡梦中著了一个霹雳,因想道堂堂中国为什么衰败到这田地,都为的是政制不良,所以拿'变法维新'做一面大旗,在社会上开始运动。那急先锋就是康有为梁启超一班人,这班人中国学问是有底子的,外国文却一字不懂。他们不能告诉人:'外国学问是什么,应该怎么学法?'只会日日大声疾呼,说:'中国旧东西是不够的,外国人许多好处是要学的。'这些话虽然像是囫囵,在当时却发生很大的效力。他们的政治运动,是完全失败,只剩下前文说的废科举那件事,算是成功了。这件事的确能够替后来打开一个新局面,国内许多学堂,外国许多留学生,在这期内蓬蓬勃勃发生。第三期新运动的种子,也可以说是从这一期播殖下来。这一期学问上最有价值的出品,要推严复翻译的几部书,算是把十九世纪主要思潮的一部分介绍进来,可惜国里的人能够领略的太少了。第三期,便是从文化根本上感觉不足。第二期所经过时间，比较的很长——从甲午战役起到民国六七年间止，约二十年的中间，政治界虽变迁很大，思想界只能算同一个色彩。简单说，这二十年间，都是觉得我们政治法律等等，远不如人，恨不得把人家的组织形式，一件件搬进来。以为但能够这样，万事都有办法了。革命成功将近十年，所希望的件件都落空，渐渐有点废然思返，觉得社会文化是整套的，要拿旧心理运用新制度，决计不可能，渐渐要求全人格的觉悟。恰值欧洲大战告终，全世界思潮都添许多活气，新近回国的留学生，又很出了几位人物，鼓起勇气做全部解放的运动，所以最近两三年间，算是划出一个新时期来了。这三期间思想的进步，试把前后期的人物做个尺度来量他一下，便很明白。第一期，如郭嵩焘张佩纶张之洞等辈，算是很新很新的怪物。到第二期时，嵩焘佩纶辈已死去，之洞却还在。之洞在第二期前半，依然算是提倡风气的一个人。到了后半，居然成了老朽思想的代表了。在第二期，康有为梁启超章炳麟严复等辈，都是新思想界勇士，立在阵头最前的一排。到第三期时，许多新青年跑上前线。这些人一躺一躺被挤落后，甚至已经全然退伍了。这种新陈代谢现象，可以证明这五十年间思想界的血液流转得很快，可以证明思想界的体气实已渐趋康强。"①

　　上述论说中所写第三期"许多新青年"的代表即有陈独秀。陈独秀，安徽怀宁人，早年留学日本，曾参加辛亥、癸丑两次革命。1915 年 9 月，时年 36 岁的陈氏在上海创办《青年杂志》（1916年 9 月自第 2 卷起易名为《新青年》），新文化运动以此启始。陈氏在创刊词《敬告青年》中对青年提出"自主的而非奴隶的""进

---

　　①梁启超：《五十年中国进化概论》，载《饮冰室合集》（文集第十四册之三十九），上海：中华书局，1936 年 4 月，第 43—45 页。

步的而非保守的""进取的而非退隐的""世界的而非锁国的""实利的而非虚文的""科学的而非想像的"① 六条期许。

此后，新文化运动深入发展，《新青年》集中阐释思想主张。1919 年 1 月 15 日，为回应封建顽固派和复古派的攻击谩骂，陈独秀在《〈新青年〉罪案之答辩书》（《新青年》1919 年第 6 卷第 1 期）中对"五四"以前《新青年》的主张陈述："本志经过三年，发行已满三十册；所说的都是极平常的话，社会上却大惊小怪，八面非难，那旧人物是不用说了，就是咭咭叫的青年学生，也把《新青年》看作一种邪说，怪物，离经叛道的异端，非圣无法的叛逆。本志同人，实在是惭愧得很；对于吾国革新的希望，不禁抱了无限悲观。社会上非难本志的人，约分二种：一是爱护本志的，一是反对本志的。第一种人对于本志的主张，原有几分赞成；惟看见本志上偶然指斥那世界公认的废物，便不必细说理由，措词又未装出绅士的腔调，恐怕本志因此在社会上减了信用。像这种反对，本志同人，是应该感谢他们的好意。这第二种人对于本志的主张，是根本上立在反对的地位了。他们所非难本志的，无非是破坏孔教，破坏礼法，破坏国粹，破坏贞节，破坏旧伦理（忠孝节），破坏旧艺术（中国戏），破坏旧宗教（鬼神），破坏旧文学，破坏旧政治（特权人治），这几条罪案。这几条罪案，本社同人当然直认不讳。但是追本溯源，本志同人本来无罪，只因为拥护那德莫克拉西（Democracy）和赛因斯（Science）两位先生，才犯了这几条滔天的大罪。要拥护那德先生，便不得不反对孔教，礼法，贞节，旧伦理，旧政治；要拥护那赛先生，便不得不反对旧艺术，旧宗教；要拥护德先生又要拥护赛先生，便不得不反对国粹和旧文

----

① 陈独秀：《敬告青年》，载《独秀文存》（卷一：论文），上海：亚东图书馆，1922 年 11 月，第 1—10 页。

学。大家平心细想，本志除了拥护德、赛两先生之外，还有别项罪案没有呢？若是没有，请你们不用专门非难本志，要有气力有胆量来反对德、赛两先生，才算是好汉，才算是根本的办法。……西洋人因为拥护德、赛两先生，闹了多少事，流了多少血，德、赛两先生才渐渐从黑暗中把他们救出，引到光明世界。我们现在认定只有这两位先生，可以救治中国政治上道德上学术上思想上一切的黑暗。若因为拥护这两位先生，一切政府的压迫，社会的攻击笑骂，就是断头流血，都不推辞。此时正是我们中国用德先生的意思废了君主第八年的开始，所以我要写出本志得罪社会的原由，布告天下。"①

1917 年年初，陈独秀被聘为北京大学文科学长，《新青年》随迁北京。时任北京大学校长的蔡元培（1868—1940）实行"思想自由，兼容并包"的办学方针，新旧思潮皆可在北大讲坛共存。蔡元培在写于 1919 年 3 月 18 日的《答林琴南书》中曰："至于弟在大学，则有两种主张如下：（一）对于学说，仿世界各大学通例，循'思想自由'原则，取兼容并包主义，与公所提出之'圆通广大'四字，颇不相背也。无论为何种学派，苟其言之成理，持之有故，尚不达自然淘汰之运命者，虽彼此相反，而悉听其自由发展。此义已于《月刊》之发刊词言之，抄奉一览。……（二）对于教员，以学诣为主。在校讲授，以无背于第一种之主张为界限。其在校外之言动，悉听自由。本校从不过问，亦不能代负责任。例如复辟主义，民国所排斥也，本校教员中，有拖长辫而持复辟论者，以其所授为英国文学，与政治无涉，则听之。筹安会之发起人，清议所指为罪人者也，本校教员中有其人，以其所授为古

---

①陈独秀：《〈新青年〉罪案之答辩书》，载《独秀文存》（卷一：论文），上海：亚东图书馆，1922 年 11 月，第 361—363 页。

代文学，与政治无涉，则听之。"①

新文化运动借着北大自由的学术氛围和云集的人才资源波澜兴起，进而助推了1919年的五四运动。陈独秀、胡适等北大革新派教授的思想见解，透过《新青年》杂志的传播，在大学生和知识分子群体间塑成一种"否定旧传统，创立新文化"的思潮。

陈独秀在写于1917年5月1日的《旧思想与国体问题——在北京神州学会讲演》（《新青年》1917年第3卷第3期）中指出："如今要巩固共和，非先将国民脑子里所有反对共和的旧思想，一一洗刷干净不可。因为民主共和的国家组织社会制度伦理观念，和君主专制的国家组织社会制度伦理观念全然相反，一个是重在平等精神，一个是重在尊卑阶级，万万不能调和的。"②

胡适在写于1919年11月1日的《新思潮的意义》（《新青年》1919年第7卷第1期）中诠释"新思潮"："新思潮的精神是一种评判的态度。新思潮的手段是研究问题与输入学理。新思潮的将来趋势，依我个人的私见看来，应该是注重研究人生社会的切要问题，应该于研究问题之中做绍介学理的事业。新思潮对于旧文化的态度，在消极一方面是反对盲从，是反对调和；在积极一方面，是用科学的方法来做整理的工夫。新思潮的唯一目的是什么呢？是再造文明。文明不是拢统造成的，是一点一滴的造成的。进化不是一晚上拢统进化的，是一点一滴的进化的。现今的人爱谈'解放与改造'，须知解放不是拢统解放，改造也不是拢统改造。解放是这个那个制度的解放，这种那种思想的解放，这个那个人的解放，是一点一滴的解放。改造是这个那个制度的改造，

①蔡元培：《答林琴南书》，载胡适编选《中国新文学大系》（第一集：建设理论集），上海：上海良友图书印刷公司，1935年10月，第168—170页。
②陈独秀：《旧思想与国体问题——在北京神州学会讲演》，载《独秀文存》（卷一：论文），上海：亚东图书馆，1922年11月，第149页。

这种那种思想的改造，这个那个人的改造，是一点一滴的改造。再造文明的下手工夫，是这个那个问题的研究。再造文明的进行，是这个那个问题的解决。"①

因为"打倒旧文学，建立新文学"这一共同目标，文学革命与新文化运动自然合流，文学革命成为新文化运动的重要组成部分，新文化运动加速了文学革命的进程。

（二）先驱者们的自觉奋斗

1. 文学革命理论主张的孕育

文学革命的发难之作，毫无疑义系胡适的《文学改良刍议》（《新青年》1917 年第 2 卷第 5 期）。胡适，字适之，安徽绩溪人，1962 年于台北去世，蒋中正亲书挽联："适之先生千古，新文化中旧道德的楷模，旧伦理中新思想的师表。"关于发难文章的思想孕育，胡适在《逼上梁山——文学革命的开始》（《东方杂志》1934 年第 31 卷第 1 期）中有详细记载，追述他 1915—1917 年留美期间，动念探索与系统思考文学革命的经过。该文收录在《中国新文学大系（第一集：建设理论集）》（上海良友图书印刷公司，1935 年 10 月），列为"历史的引子"，以下简述之。

1915 年夏，华盛顿清华学生监督处的书记钟文鳌触动胡适发难。胡适追忆："提起我们当时讨论'文学革命'的起因，我不能不想到那时清华学生监督处的一个怪人。这个人叫做钟文鳌，他是一个基督教徒，受了传教士和青年会的很大的影响。他在华盛顿的清华学生监督处做书记，他的职务是每月寄发各地学生应得的月费。他想利用他发支票的机会来做一点社会改革的宣传。他印了一些宣传品，和每月的支票夹在一个信封里寄给我们。他的

---

① 胡适：《新思潮的意义》，载《胡适文存》（卷四），上海：亚东图书馆，1922 年 3 月再版，第 163—164 页。

小传单有种种花样，大致是这样的口气：'不满二十五岁不娶妻。''废除汉字，取用字母。''多种树，种树有益。'支票是我们每月渴望的；可是钟文鳌先生的小传单未必都受我们的欢迎。我们拆开信，把支票抽出来，就把这个好人的传单抛在字纸篓里去。可是钟先生的热心真可厌！他不管你看不看，每月总照样夹带一两张小传单给你。我们平时厌恶这种青年会宣传方法的，总觉得他这样滥用职权是不应该的。有一天，我又接到了他的一张传单，说中国应该改用字母拼音；说欲求教育普及，非有字母不可。我一时动了气，就写了一封短信去骂他，信上的大意是说：'你们这种不通汉文的人，不配谈改良中国文字的问题。你要谈这个问题，必须先费几年工夫，把汉文弄通了，那时你才有资格谈汉字是不是应该废除。'这封信寄出去之后，我就有点懊悔了。等了几天，钟文鳌先生没有回信来，我更觉得我不应该这样'盛气凌人'。我想，这个问题不是一骂就可完事的。我既然说钟先生不够资格讨论此事，我们够资格的人就应该用点心思才力去研究这个问题。不然，我们就应该受钟先生的训斥了。"①

恰好这一年，美国东部的中国留学生会，新成立了一个"文学科学研究部"，作为文学股委员的胡适，负有准备年会时分股讨论的责任。他和同期留学的赵元任（1892—1982）商量决定以"中国文字的问题"作为年会文学股的论题，并由二人各写一篇论文，讨论这个问题的两个方面：赵君专论《吾国文字能否采用字母制，及其进行方法》，胡适题为《如何可使吾国文言易于教授》。

胡适回忆："赵君后来觉得一篇不够，连做了几篇长文，说吾

---

① 胡适：《逼上梁山——文学革命的开始》，载胡适编选《中国新文学大系》（第一集：建设理论集），上海：上海良友图书印刷公司，1935年10月，第3—4页。

国文字可以采用音标拼音，并且详述赞成与反对的理由。他后来是'国语罗马字'的主要制作人，这几篇主张中国拼音文字的论文是国语罗马字的历史的一种重要史料。我的论文是一种过渡时代的补救办法。我的日记里记此文大旨如下：（一）汉文问题之中心在于'汉文究可为传授教育之利器否'一问题。（二）汉文所以不易普及者，其故不在汉文，而在教之之术之不完。同一文字也，甲以讲书之故而通文，能读书作文；乙以徒事诵读不求讲解之故而终身不能读书作文。可知受病之源在于教法。（三）旧法之弊，盖有四端：（1）汉文乃是半死之文字，不当以教活文字之法教之。（活文字者，日用语言之文字，如英法文是也，如吾国之白话是也。死文字者，如希腊拉丁，非日用之语言，已陈死矣。半死文字者，以其中尚有日用之分子在也。如犬字是已死之字，狗字是活字；乘马是死语，骑马是活语。故曰半死之文字也。）旧法不明此义，以为徒事朗诵，可得字义，此其受病之源。教死文字之法，与教外国文字略相似，须用翻译之法，译死语为活语，前谓'讲书'是也。（2）汉文乃是视官的文字，非听官的文字。凡一字有二要，一为其声，一为其义：无论何种文字，皆不能同时并达此二者。字母的文字但能传声，不能达意，象形会意之文字，但可达意而不能传声。今之汉文已失象形会意指事之特长；而教者又不复知说文学。其结果遂令吾国文字既不能传声，又不能达意。向之有一短者，今乃并失其所长。学者不独须强记字音，又须强记字义，是事倍而功半也。欲救此弊，当鼓励字源学，当以古体与今体同列教科书中；小学教科当先令童蒙习象形指事之字，次及浅易之会意字，次及浅易之形声字。中学以上皆当习字源学。（3）吾国文本有文法。文法乃教文字语言之捷径，今当鼓励文法学，列为必须之学科。（4）吾国向不用文字符号，致文字不易普及；而文法之不讲，亦未始不由于此，今当力求采用一种规定之

47

符号，以求文法之明显易解，及意义之确定不易。（以上引一九一五年八月二十六日记）"①

那年夏天，胡适与任鸿隽（字叔永，1886—1961）、梅光迪（字觐庄，1890—1945）等几位留学生在康乃尔大学所在地绮色佳（Ithaca）度假时，常常讨论中国文学，其中就古文是半死或全死文字等见解有过争辩。过了夏，最守旧的梅光迪前往哈佛大学之时，9月17日胡适作长诗送行，诗中有如下两段大胆的宣言："梅生梅生毋自鄙！神州文学久枯馁，百年未有健者起。新潮之来不可止；文学革命其时矣！吾辈势不容坐视。且复号召二三子，革命军前杖马箠，鞭笞驱除一车鬼，再拜迎入新世纪！以此报国未云菲：缩地戡天差可拟。梅生梅生毋自鄙！作歌今送梅生行，狂言人道臣当烹。我自不吐定不快，人言未足为重轻。"② 在这首诗里，胡适第一次使用名词"文学革命"。原诗共四百二十字，含十一个外国字的译音。任叔永用这些外国字作了一首游戏诗送胡适往纽约转学至哥伦比亚大学："牛敦爱迭孙，培根客尔文，索虏与霍桑，'烟士披里纯'。鞭笞一车鬼，为君生琼英。文学今革命，作歌送胡生。"③

接下来的几个月，胡适与朋友们的争辩持续进行着，在来来回回的辩论中，他越发理清了思路。1916 年 3 月，胡适写信给梅光迪，指出宋元白话文学的重要价值，梅光迪在回信中赞同其见解："来书论宋元文学，甚启聋聩，文学革命自当从'民间文学'（Folklore，Popular poetry，Spoken language，etc.）入手，此无待言。惟非经一番大战争不可。骤言俚俗文学，必为旧派文家所讪

---

① 胡适：《逼上梁山——文学革命的开始》，载胡适编选《中国新文学大系》（第一集：建设理论集），上海：上海良友图书印刷公司，1935 年 10 月，第 4—5 页。

② 同上，第 6—7 页。

③ 同上，第 7 页。

笑攻击。但我辈正欢迎其讪笑攻击耳。（三月十九日）"①

　　1916 年 4 月 5 日，胡适在日记中记录了用文学革命审视中国文学史的见解："我在四月五日把我的见解写出来，作为两段很长的日记。第一段说：文学革命，在吾国史上，非创见也。即以韵文而论：三百篇变而为骚，一大革命也。又变为五言七言之诗，二大革命也。赋之变为无韵之骈文，三大革命也。古诗之变为律诗，四大革命也。诗之变为词，五大革命也。词之变为曲，为剧本，六大革命也。何独于吾所持文学革命论而疑之！第二段论散文的革命：文亦几遭革命矣。孔子至于秦汉，中国文体始臻完备。……六朝之文亦有绝妙之作。然其时骈俪之体大盛，文以工巧雕琢见长，文法遂衰。韩退之之'文起八代之衰'，其功在于恢复散文，讲求文法，此亦一革命也。唐代文学革命家，不仅韩氏一人；初唐之小说家皆革命功臣也。'古文'一派，至今为散文正宗，然宋人谈哲理者，似悟古文之不适于用，于是语录体兴焉。语录体者，以俚语说理记事。……此亦一大革命也。……至元人之小说，此体始臻极盛。……总之，文学革命至元代而登峰造极。其时词也，曲也，剧本也，小说也，皆第一流之文学，而皆以俚语为之。其时吾国真可谓有一种'活文学'出世。倘此革命潮流（革命潮流即天演进化之迹。自其异者言之，谓之革命。自其循序渐进之迹言之，即谓之进化，可也）不遭明代八股之劫，不受诸文人复古之劫，则吾国之文学必已为俚语的文学，而吾国之语言早成为言文一致之语言，可无疑也。但丁（Dante）之创意大利文，却叟（Chaucer）之创英吉利文，马丁路得（Martin Luther）之创德意志文，未足独有千古矣。惜乎，五百余年来，半死

————————

　　①胡适：《逼上梁山——文学革命的开始》，载胡适编选《中国新文学大系》（第一集：建设理论集），上海：上海良友图书印刷公司，1935 年 10 月，第 10 页。

之古文。半死之诗词，复夺此'活文学'之地位，而'半死文学'遂苟延残喘以至于今日。今日之文学，独我佛山人，南亭亭长，洪都百炼生诸公之小说可称'活文学'耳。文学革命何可更缓耶？何可更缓耶！（四月五日夜记）"①

1916 年 6 月中旬，胡适前往克利佛兰（Cleveland）参加学术会议的途中，停留绮色佳，又和他的朋友们讨论改良中国文学的方法。他追述："这时候我已有了具体的方案，就是用白话作文，作诗，作戏曲。"② 在 7 月 6 日的日记里，列举了九点纲要，其中第九点对白话文学的必要性论述得深刻生动："（九）文言的文字可读而听不懂；白话的文字既可读，又听得懂。凡演说，讲学，笔记，文言决不能应用。今日所需，乃是一种可读，可听，可歌，可讲，可记的言语。要读书不须口译，演说不须笔译；要施诸讲坛舞台而皆可，诵之村姬妇孺皆可懂。不如此者，非活的言语也，决不能成为吾国之国语也，决不能产生第一流的文学也。（七月六日追记）"③

1916 年 7 月，因为任叔永的一首诗，胡适与朋友们展开了一场笔战。22 日，胡适作白话游戏长诗给梅光迪，摘录几行以见其情："'人闲天又凉'，老梅上战场。拍桌骂胡适，说话太荒唐！说什么'中国有活文学！'说什么'须用白话做文章！'文字那有死活！白话俗不可当！……老梅牢骚发了，老胡呵呵大笑。且请平心静气，这是什么论调！文字没有古今，却有死活可道。古人叫做'欲'，今人叫做'要'。古人叫做'至'，今人叫做'到'。古人

①胡适：《逼上梁山——文学革命的开始》，载胡适编选《中国新文学大系》（第一集：建设理论集），上海：上海良友图书印刷公司，1935 年 10 月，第 10—11 页。

②同上，第 13 页。

③同上，第 13—14 页。

叫做'溺'，今人叫做'尿'。本来同是一字，声音少许变了。并无雅俗可言，何必纷纷胡闹？至于古人叫'字'，今人叫'号'；古人悬梁，今人上吊；古名虽未必不佳，今名又何尝不妙？至于古人乘舆，今人坐轿；古人加冠束帻，今人但知戴帽；这都是古所没有，而后人所创造。若必叫帽作巾，叫轿作舆，岂非张冠李戴，认虎作豹？"①

梅光迪回信写道："读大作如儿时听《莲花落》，真所谓革尽古今中外诗人之命者！足下诚豪健哉！"② 又写道："文章体裁不同。小说词曲固可用白话，诗文则不可。"③ 任叔永也来信写道："足下此次试验之结果，乃完全失败；盖足下所作，白话则诚白话矣，韵则有韵矣，然却不可谓之诗。盖诗词之为物，除有韵之外，必须有和谐之音调，审美之辞句，非如宝玉所云'押韵就好'也。"④ 又写道："要之，白话自有白话用处（如作小说演说等），然不能用之于诗。"⑤

梅、任二人的观点，胡适自述："这样看来，白话文学在小说词曲演说的几方面，已得梅任两君的承认了。觐庄不承认白话可作诗与文，叔永不承认白话可用来作诗。觐庄所谓'文'，自然是指《古文辞类纂》一类的书里所谓'文'（近来有人叫做'美文'）。在这一点上，我毫不狐疑，因为我在几年前曾做过许多白话的议论文，我深信白话文是不难成立的。现在我们的争点，只

---

①胡适：《逼上梁山——文学革命的开始》，载胡适编选《中国新文学大系》（第一集：建设理论集），上海：上海良友图书印刷公司，1935年10月，第16—17页。

②同上，第18页。

③同上。

④同上。

⑤同上。

在'白话是否可以作诗'的一个问题了。白话文学的作战，十仗之中，已胜了七八仗。现在只剩一座诗的壁垒，还须用全力去抢夺。待到白话征服这个诗国时，白话文学的胜利就可说是十足的了，所以我当时打定主意，要作先锋去打这座未投降的壁垒：就是要用全力去试做白话诗。"①

1916 年 7 月 26 日，胡适致任叔永的信中言："吾志决矣。吾自此以后，不更作文言诗词。"② 8 月 4 日的信写得更悲壮："古人说：'工欲善其事，必先利其器。'文字者，文学之器也。我私心以为文言决不足为吾国将来文学之利器。施耐庵、曹雪芹诸人已实地证明作小说之利器在于白话。今尚需人实地试验白话是否可为韵文之利器耳。……我自信颇能用白话作散文，但尚未能用之于韵文。私心颇欲以数年之力，实地练习之。倘数年之后，竟能用文言白话作文作诗，无不随心所欲，岂非一大快事？我此时练习白话韵文，颇似新辟一文学殖民地。可惜须单身匹马而往，不能多得同志，结伴同行。然我去志已决。公等假我数年之期。倘此新国尽是沙碛不毛之地，则我或终归老于'文言诗国'，亦未可知。倘幸而有成，则辟除荆棘之后，当开放门户，迎公等同来莅止耳。'狂言人道臣当烹。我自不吐定不快，人言未足为轻重。'足下定笑我狂耳。……"③ 这封信乃胡适致一班讨论文学的朋友们的告别书。

自那后，胡适不再和梅、任诸君打笔墨官司。他自述："信中说的'可惜须单身匹马而往，不能多得同志，结伴同行'，也是我

---

① 胡适：《逼上梁山——文学革命的开始》，载胡适编选《中国新文学大系》（第一集：建设理论集），上海：上海良友图书印刷公司，1935 年 10 月，第 18—19 页。

② 同上，第 21 页。

③ 同上，第 21—22 页。

当时心里感觉的一点寂寞。我心里最感觉失望的，是我平时最敬爱的一班朋友都不肯和我同去探险。一年多的讨论，还不能说服一两个好朋友，我还妄想要在国内提倡文学革命的大运动吗?"①

8月23日，胡适作白话诗《朋友》（收录《尝试集》时易名为《蝴蝶》），描述孤单之情："两个黄蝴蝶，双双飞上天。不知为什么，一个忽飞还。剩下那一个，孤单怪可怜；也无心上天，天上太孤单。"②

从1915年夏到1916年8月，胡适与友人们关于文学革命问题的争辩，有针锋相对，亦有和睦融洽，思想主张就这样愈辩愈明。他追述："我回想起来，若没有那一班朋友和我讨论，若没有那一日一邮片，三日一长函的朋友切磋的乐趣，我自己的文学主张决不会经过那几层大变化，决不会渐渐结晶成一个有系统的方案，决不会慢慢的寻出一条光明的大路来。况且那年（一九一六）的三月间，梅觐庄对于我的俗话文学的主张，已很明白的表示赞成了。后来他们的坚决反对，也许是我当时的少年意气太盛，叫朋友难堪，反引起他们的反感来了，就使他们不能平心静气的考虑我的历史见解，就使他们走上了反对的路上去。但是因为他们的反驳，我才有实地试验白话诗的决心。庄子说得好：'彼出于是，是亦因彼。'一班朋友做了我多年的'他山之错'，我对他们，只有感激，决没有丝毫的怨望。"③

2. 文学革命与新文学运动的理论主张

《新青年》1917年第2卷第5期刊出的胡适论文《文学改良刍

①胡适：《逼上梁山——文学革命的开始》，载胡适编选《中国新文学大系》（第一集：建设理论集），上海：上海良友图书印刷公司，1935年10月，第22页。

②同上，第22—23页。

③同上，第23页。

议》（1917年1月），系文学革命理论主张的发难之作。文中写道：
"今之谈文学改良者众矣，记者末学不文，何足以言此？然年来颇
于此事再四研思，辅以友朋辩论，其结果所得，颇不无讨论之价
值。因综括所怀见解，列为八事，分别言之，以与当世之留意文
学改良者一研究之。吾以为今日而言文学改良，须从八事入手。
八事者何？一曰，须言之有物。二曰，不摹仿古人。三曰，须讲
求文法。四曰，不作无病之呻吟。五曰，务去烂调套语。六曰，
不用典。七曰，不讲对仗。八曰，不避俗字俗语。……上述八事，
乃吾年来研思此一大问题之结果。远在异国，既无读书之暇晷，
又不得就国中先生长者质疑问难，其所主张容有矫枉过正之处。
然此八事皆文学上根本问题，一一有研究之价值。故草成此论，
以为海内外留心此问题者作一草案。谓之刍议，犹云未定草也，
伏惟国人同志有以匡纠是正之。"[1] 胡适在《再寄陈独秀答钱玄同》
（1917年5月10日）中自评："适之改良文学一论虽积思于数年，
而文成于半日，故其中多可指摘之处。"[2]

　　发难之作所及八事的概述，虽如胡适所言不甚完美，然都切
中古文之弊，尤以"须言之有物"最为精要。文中还具体指出所
谓"物"，约有二事：情感与思想。周作人在《文学革命运动》
（《中国新文学的源流》第五讲）中对此有生动阐释："白话文的难
处，是必须有感情或思想作内容，古文中可以没有这东西，而白
话文缺少了内容便作不成。白话文有如口袋装进什么东西去都可
以，但不能任何东西不装。而且无论装进什么，原物的形状都可
以显现得出来。古文有如一只箱子，只能装方的东西，圆东西则

---

　　[1] 胡适：《文学改良刍议》，载胡适编选《中国新文学大系》（第一集：建
设理论集），上海：上海良友图书印刷公司，1935年10月，第34—43页。
　　[2] 胡适：《再寄陈独秀答钱玄同》，载胡适编选《中国新文学大系》（第一
集：建设理论集），上海：上海良友图书印刷公司，1935年10月，第60页。

盛不下，而最好还是让他空着，任何东西都不装。大抵在无话可讲而又非讲不可时，古文是最有用的。譬如远道接得一位亲属写来的信，觉到对他讲什么都不好，然而又必须回答，在这样的时候，若写白话，简单的几句便可完事，当然不相宜的；若用古文，则可以套用旧调，虽则空洞无品，但八行书准可写满。"①

紧接着，《新青年》1917年第2卷第6期刊出陈独秀的论文《文学革命论》。文中写道："文学革命之气运，酝酿已非一日，其首举义旗之急先锋，则为吾友胡适。余甘冒全国学究之敌，高张'文学革命军'大旗，以为吾友之声援。旗上大书特书吾革命军三大主义：曰，推倒雕琢的阿谀的贵族文学，建设平易的抒情的国民文学；曰，推倒陈腐的铺张的古典文学，建设新鲜的立诚的写实文学；曰，推倒迂晦的艰涩的山林文学，建设明了的通俗的社会文学。"②

这篇文章对文学革命的主张立论，虽缺乏切实的系统说明，然口号式的对仗文字具有极大的鼓吹作用。全文措辞强烈，情感壮怀，这里摘录首尾两段以见文之气势。首段："今日庄严灿烂之欧洲，何自而来乎？曰，革命之赐也。欧语所谓革命者，为革故更新之义，与中土所谓朝代鼎革，绝不相类；故自文艺复兴以来，政治界有革命，宗教界亦有革命，伦理道德亦有革命，文学艺术，亦莫不有革命，莫不因革命而新兴而进化。近代欧洲文明史，宜可谓之革命史。故曰，今日庄严灿烂之欧洲，乃革命之赐也。"③尾段："欧洲文化，受赐于政治科学者固多，受赐于文学者亦不

---

① 周作人：《文学革命运动》，载阿英编选《中国新文学大系》（第十集：史料·索引）），上海：上海良友图书印刷公司，1936年2月，第10页。

② 陈独秀：《文学革命论》，载胡适编选《中国新文学大系》（第一集：建设理论集），上海：上海良友图书印刷公司，1935年10月，第44页。

③ 同上。

少。予爱卢梭巴士特之法兰西，予尤爱虞哥左喇之法兰西；予爱康德赫克尔之德意志，予尤爱桂特郝卜特曼之德意志；予爱培根达尔文之英吉利，予尤爱狄铿士王尔德之英吉利。吾国文学界豪杰之士，有自负为中国之虞哥左喇桂特郝卜特曼狄铿士王尔德者乎？有不顾迂儒之毁誉，明目张胆以与十八妖魔宣战者乎？予愿拖四十二生的大炮，为之前驱！"①

无论是胡适在《文学改良刍议》中提倡的"文学者，随时代而变迁者也。一时代有一时代之文学"②，还是陈独秀在《文学革命论》中主张的"今欲革新政治，势不得不革新盘踞于运用此政治者精神界之文学"③，都充分阐明了先驱者们破旧立新的文学进化论观。

随后，钱玄同的《寄陈独秀》（《新青年》1917 年第 3 卷第 1 期）、《新文学与今韵问题》（《新青年》1918 年第 4 卷第 1 期）、《中国今后之文字问题》（《新青年》1918 年第 4 卷第 4 期）；刘半农（名复，1891—1934）的《我之文学改良观》（《新青年》1917 年第 3 卷第 3 期）、《应用文之教授——商榷于教育界诸君及文学革命诸同志》（《新青年》1918 年第 4 卷第 1 期）；傅斯年（1896—1950）的《文学革新申议》（《新青年》1918 年第 4 卷第 1 期）、《文言合一草议》（《新青年》1918 年第 4 卷第 2 期）等文章对文学革命做了积极讨论并提出了建设性意见。

此外，《新青年》1917 年第 3 卷第 3 期刊出胡适的短文《历史

① 陈独秀：《文学革命论》，载胡适编选《中国新文学大系》（第一集：建设理论集），上海：上海良友图书印刷公司，1935 年 10 月，第 46—47 页。
② 胡适：《文学改良刍议》，载胡适编选《中国新文学大系》（第一集：建设理论集），上海：上海良友图书印刷公司，1935 年 10 月，第 35 页。
③ 陈独秀：《文学革命论》，载胡适编选《中国新文学大系》（第一集：建设理论集），上海：上海良友图书印刷公司，1935 年 10 月，第 46 页。

的文学观念论》。《新青年》1918 年第 4 卷第 3 期刊出《文学革命之反响——王敬轩君来信》一文，内含新旧文学论战的两封信：一封是顽固守旧派王敬轩以文言行文，历数新文学种种罪状的来信；一封是新文学派刘半农以白话行文的复信《复王敬轩书》，对王敬轩的来信进行有理有据的驳斥。

1918 年 4 月，已留学回国任教于北京大学的胡适发表长文《建设的文学革命论——国语的文学，文学的国语》（《新青年》1918 年第 4 卷第 4 期）。该文是一篇从消极破坏转向积极建设的翔实的文学革命指导宣言，被视作胡适理论成熟之作。

《建设的文学革命论——国语的文学，文学的国语》一文分四节，各节梗概如下。第一节开篇明义："我的《文学改良刍议》发表以来，已有一年多了。这十几个月之中，这个问题居然引起了许多很有价值的讨论，居然受了许多很可使人乐观的响应。我想我们提倡文学革命的人，固然不能不从破坏一方面下手。但是我们仔细看来，现在的旧派文学实在不值一驳。什么桐城派的古文哪，文选派的文学哪，江西派的诗哪，梦窗派的词哪，聊斋志异派的小说哪，——都没有破坏的价值。他们所以还能存在国中，正因为现在还没有一种真有价值，真有生气，真可算作文学的新文学起来代他们的位置。有了这种'真文学'和'活文学'，那些'假文学'和'死文学'，自然会消灭了。所以我望我们提倡文学革命的人，对于那些腐败文学，个个都该存一个'彼可取而代也'的心理，个个都该从建设一方面用力，要在三五十年内替中国创造出一派新中国的活文学。我现在做这篇文章的宗旨，在于贡献我对于建设新文学的意见。我且先把从前所主张破坏的八事引来做参考的资料：一，不做'言之无物'的文字。二，不做'无病呻吟'的文字。三，不用典。四，不用套语烂调。五，不重对偶：——文须废骈，诗须废律。六，不做不合文法的文字。七，不摹仿古人。八，不避俗话俗字。这是我的'八不主义'，是单从消极的，破坏的一方面着想的。自从去年归国以后，我在各处演说文学革命，便把这'八不主义'都改作了肯定的口气，又总括作四条，如下：一、要有话说，方才说话。这是'不做言之无物的文字'一条的变相。二、有什么话，说什么话；话怎么说，就怎么说。这是（二）（三）（四）（五）（六）诸条的变相。三、要说我自己的话，别说别人的话。这是'不摹仿古人'一条的变相。四，是什么时代的人，说什么时代话。这是'不避俗话俗字'的变相。这是一半消极，一半积极的主张。"① 文中"八事"第五项"不重对偶"之后注有"文须废骈，诗须废律"八字，表明胡适坚定维护他一以贯之的新诗主张。

第二节概其宗旨："我的《建设新文学论》的唯一宗旨只有十个大字：'国语的文学，文学的国语'。我们所提倡的文学革命，只是要替中国创造一种国语的文学。有了国语的文学，方才可有文学的国语。有了文学的国语，我们的国语才可算得真正国语。国语没有文学，便没有生命，便没有价值，便不能成立，便不能发达。这是我这一篇文字的大旨。……我们为什么爱读《木兰辞》和《孔雀东南飞》呢？因为这两首诗是用白话做的。为什么爱读陶渊明的诗和李后主的词呢？因为他们的诗词是用白话做的。为什么爱杜甫的《石壕吏》《兵车行》诸诗呢？因为他们都是用白话做的。为什么不爱韩愈的《南山》呢？因为他用的是死字死话。……简单说来，自从《三百篇》到于今，中国的文学凡是有一些价值有一些儿生命的，都是白话的，或是近于白话的。其余

---

① 胡适：《建设的文学革命论——国语的文学，文学的国语》，载胡适编选《中国新文学大系》（第一集：建设理论集），上海：上海良友图书印刷公司，1935 年 10 月，第 127—128 页。

的都是没有生气的古董，都是博物院中的陈列品！再看近世的文学，何以《水浒传》《西游记》《儒林外史》《红楼梦》可以称为'活文学'呢？因为他们都是用一种活文字做的。若是施耐庵、吴承恩、吴敬梓、曹雪芹都用了文言做书，他们的小说一定不会有这样生命，一定不会有这样价值。"①

第三节解惑"如何能有国语的文学"："上节所说，是从文学一方面着想，若要活文学，必须用国语。如今且说从国语一方面着想，国语的文学有何等重要。有些人说：'若要用国语做文学，总须先有国语。如今没有标准的国语，如何能有国语的文学呢？'我说这话似乎有理，其实不然。国语不是单靠几位言语学的专门家就能造得成的；也不是单靠几本国语教科书和几部国语字典就能造成的。若要造国语，先须造国语的文学。有了国语的文学，自然有国语。这话初听了似乎不通。但是列位仔细想想便可明白了。天下的人谁肯从国语教科书和国语字典里面学习国语？所以国语教科书和国语字典，虽是很要紧，决不是造国语的利器。真正有功效有势力的国语教科书，便是国语的文学；便是国语的小说，诗文戏本。国语的小说，诗文戏本通行之日，便是中国国语成立之时。试问我们今日居然能拿起笔来做几篇白话文章，居然能写得出好几百个白话的字，可是从什么白话教科书上学来的吗？可不是从《水浒传》《西游记》《红楼梦》《儒林外史》等书学来的吗？这些白话文学的势力，比什么字典教科书都还大几百倍。……所以我以为我们提倡新文学的人，尽可不必问今日中国有无标准国语。我们尽可努力去做白话的文学。我们可尽量采用《水浒》《西

---

① 胡适：《建设的文学革命论——国语的文学，文学的国语》，载胡适编选《中国新文学大系》（第一集：建设理论集），上海：上海良友图书印刷公司，1935 年 10 月，第 128—129 页。

游记》《儒林外史》《红楼梦》的白话；有不合今日的用的，便不用他；有不够用的，便用今日的白话来补助；有不得不用文言的，便用文言来补助。这样做去，决不愁语言文字不够用，也决不用愁没有标准白话。中国将来的新文学用的白话，就是将来中国的标准国语。造中国将来白话文学的人，就是制定标准国语的人。"①

第四节指明具体的步骤方法："上文所说，'国语的文学，文学的国语'，乃是我们的根本主张。如今且说要实行做到这个根本主张，应该怎样进行。我以为创造新文学的进行次序，约有三步：（一）工具，（二）方法，（三）创造。前两步是预备，第三步才是实行创造新文学。（一）工具。……预备的方法，约有两种：（甲）多读模范的白话文学。……（乙）用白话作各种文学。……（二）方法。……大凡文学的方法可分三类：（1）集收材料的方法。……（甲）推广材料的区域。……（乙）注重实地的观察和个人的经验。……（丙）要用周密的理想作观察经验的补助。（2）结构的方法。……（甲）剪裁。……（乙）布局。……（3）描写的方法。……1. 写人。2. 写境。3. 写事。4. 写情。……（三）创造。上面所说工具与方法两项，都只是创造新文学的预备。工具用得纯熟自然了，方法也懂了，方才可以创造中国的新文学。至于创造新文学是怎样一回事，我可不配开口了。我以为现在的中国，还没有做到实行预备创造新文学的地步，尽可不必空谈创造的方法和创造的手段，我们现在且先去努力做那第一第二两步预备的工夫罢！"②

---

①胡适：《建设的文学革命论——国语的文学，文学的国语》，载胡适编选《中国新文学大系》（第一集：建设理论集），上海：上海良友图书印刷公司，1935 年 10 月，第 130—131 页。

②同上，第 133—140 页。

　　另，第四节文中写有一条高明的文学方法："怎样预备方才可得着一些高明的文学方法？我仔细想来，只有一条法子，就是赶紧多多的翻译西洋的文学名著做我们的模范。我这个主张，有两层理由：第一，中国文学的方法实在不完备，不够作我们的模范。即以体裁而论，散文只有短篇，没有布置周密，论理精严，首尾不懈的长篇；韵文只有抒情诗，绝少纪事诗，长篇诗更不曾有过；戏本更在幼稚时代，但略能纪事掉文，全不懂结构；小说好的，只不过三四部，这三四部之中，还有许多疵病；至于最精采的'短篇小说'，'独幕戏'，更没有了。若从材料一方面看来，中国文学更没有做模范的价值。才子佳人，封王挂帅的小说；风花雪月，涂脂抹粉的诗；不能说理，不能言情的'古文'；学这个，学那个的一切文学，这些文字，简直无一毫材料可说。至于布局一方面，除了几首实在好的诗之外，几乎没有一篇东西当得'布局'两个字！——所以我说，从文学方法一方面看去，中国的文学实在不够给我们作模范。第二，西洋的文学方法，比我们的文学，实在完备得多，高明得多，不可不取例。即以散文而论，我们的古文家至多比得上英国的倍根（Bacon）和法国的孟太恩（Montaigne），至于像柏拉图（Plato）的'主客体'，赫胥黎（Huxley）等的科学文字，包士威尔（Boswell）和莫烈（Morley）等的长篇传记，弥儿（Mill）弗林克令（Franklin）吉朋（Gibbon）等的'自传'，太恩（Taine）和白克儿（Buckle）等的史论；……都是中国从不曾梦见过的体裁。更以戏剧而论，二千五百年前的希腊戏曲，一切精构的工夫，描写的工夫，高出元曲何止十倍。近代的莎士比亚（Shakespcare）和莫逆尔（Moliére）更不用说了，最近六十年来，欧洲的散文戏本，千变万化。远胜古代，体裁也更发达了。最重要的，如'问题戏'专研究社会的种种重要问题；'象征戏'（Symbolic Drama），专以美术的手段作的'意在言外'的戏本；

'心理戏'，专描写种种复杂的心境，作极精密的解剖；'讽刺戏'，用嬉笑怒骂的文章，达愤世嫉世的苦心：——我写到这里，忽然想起今天梅兰芳正在唱新编的《天女散花》，上海的人还正在等着看新排的《多尔滚》呢！我也不往下数了。——更以小说而论，那材料之精确，体裁之完备，命意之高超，描写之工切，心理解剖〔之〕细密，社会问题讨论之透切，……真是美不胜收。至于近百年新创的'短篇小说'，真如芥子里面藏着大千世界；真如百炼的精金，曲折委婉，无所不可；真可说是开千古未有的创局，掘百世不竭的宝藏。——以上所说，大旨只在约略表示西洋文学方法的完备，因为西洋文学真有许多可给我们作模范的好处，所以我说，我们如果真要研究文学的方法，不可不赶紧翻译西洋的文学名著做我们的模范。"①

《新青年》1918 年第 5 卷第 6 期刊出周作人的《人的文学》，此文系新文学开山立说的明灯之作，对整个新文学运动产生了深远影响。诚如郑振铎 1934 年 1 月在《〈文学季刊〉发刊词》（《文学季刊》第 1 卷第 1 期）中开篇所述："胡适之先生的《文学改良刍议》，开始了文学革命运动，周作人先生的《人的文学》，奠定了新文学的建设基础。"② 又如罗常培（1899—1958）1942 年 7 月 1 日在昆明广播电台的讲演《中国文学的新陈代谢》（《国文月刊》1943 年第 19 期）中所写："简单说来，他们的中心理论只有两个：一个是要建立一种'活的文学'，一个是要建立一种'人的文学'。

---

①胡适：《建设的文学革命论——国语的文学，文学的国语》，载胡适编选《中国新文学大系》（第一集：建设理论集），上海：上海良友图书印刷公司，1935 年 10 月，第 138—139 页。补注：原文中明显的别字、漏字等，在相应位置加 "〔 〕" 更正。下同。

②郑振铎：《〈文学季刊〉发刊词》，载《文学季刊》1934 年第 1 卷第 1 期，第 1 页。

前一个理论是文字工具的革新，后一个理论是文学内容的革新。中国新文学运动的一切理论可以包括在这两个中心思想的里头。"①

《人的文学》全文以"我们现在应该提倡的新文学，简单的说一句，是'人的文学'，应该排斥的，便是反对的非人的文学。新旧这名称，本来很不妥当，其实'太阳底下，何尝有新的东西？'思想道理，只有是非，并无新旧。要说是新，也单是新发见的新，不是新发明的新。"② 开头，以"养成人的道德，实现人的生活"③结尾。文中主张"人的灵肉二重的生活"④"灵肉一致的要义"⑤和"须营一种利己而又利他，利他即是利己的生活"⑥。定义"人的文学"："用这人道主义为本，对于人生诸问题，加以记录研究的文字，便谓之人的文学。其中又可以分作两项，（一）是正面的。写这理想生活，或人间上达的可能性。（二）是侧面的。写人的平常生活，或非人的生活，都狠可以供研究之用。这类著作，分量最多，也最重要。因为我们可以因此明白人生实在的情状，与理想生活比较出差异与改善的方法，这一类中写非人的生活的文学，世间每每误会，与非人的文学相溷，其实却大有分别。譬如法国 Maupassant 的小说《一生》（*Une Vie*）是写人间兽欲的人的文学，中国的《肉蒲团》却是非人的文学。俄国 Kuprin 的小说《坑》（*Jama*）是写娼妓生活的人的文学，中国的《九尾龟》却是非人的文学。这区别就只在著作的态度不同，一个严肃，一个游

①罗常培：《中国文学的新陈代谢》，载《中国人与中国文》，重庆：开明书店，1945 年 5 月，第 12 页。

②周作人：《人的文学》，载胡适编选《中国新文学大系》（第一集：建设理论集），上海：上海良友图书印刷公司，1935 年 10 月，第 193 页。

③同上，第 199 页。

④同上，第 194 页。

⑤同上，第 195 页。

⑥同上。

戏，一个希望人的生活，所以对于非人的生活，怀著悲哀或愤怒，一个安于非人的生活，所以对于非人的生活，感著满足，又多带著玩弄与挑发的形迹。简明说一句，人的文学与非人的文学的区别，便在著作的态度，是以人的生活为是呢？非人的生活为是呢？这一点上。"[①] 倡导"人的文学，当以人的道德为本"[②]，道德问题举例有男女平等、恋爱结婚、亲子互爱。文末写有对于古今中外文学的态度："我们立论，应抱定'时代'这一个观念，又将批评与主张，分作两事。批评古人的著作，便认定他们的时代，给他一个正直的评价，相应的位置。至于宣传我们的主张，也认定我们的时代，不能与相反的意见通融让步，唯有排斥的一条方法。……其次，对于中外这个问题，我们也只须抱定时代这一个观念，不必再划出什么别的界限。地理上历史上，原有种种不同，但世界交通便了，空气流通也快了，人类可望逐渐接近，同一时代的人，便可相存存在。……因为人类的运命是同一的，所以我要顾虑我的运命，便同时须顾虑人类共同的运命。所以我们只能说时代，不能分中外。我们偶有创作，自然偏于见闻较确的中国一方面，其余大多数都还须介绍译述外国的著作，扩大读者的精神，眼里看见了世界的人类，养成人的道德，实现人的生活。"[③]

《每周评论》1919 年第 5 期刊出仲密（周作人）的《平民文学》，该文的重要性在于正式倡导"人生的艺术派"，并谈及与"以美为主的纯艺术派"文学主张的区别。文章从正反两面对平民文学做有颇为翔实的说明，其中，正面讲述平民文学的两义："第一，平民文学应以普通的文体，记普通的思想与事实。我们不必

---

①周作人：《人的文学》，载胡适编选《中国新文学大系》（第一集：建设理论集），上海：上海良友图书印刷公司，1935 年 10 月，第 196 页。

②同上，第 197 页。

③同上，第 199 页。

记英雄豪杰的事业，才子佳人的幸福，只应记载世间普通男女的悲欢成败。……世上既然只有一律平等的人类，自然也有一种一律平等的人的道德。第二，平民文学应以真挚的文体，记真挚的思想与事实。既不坐在上面，自命为才子佳人，又不立在下风，颂扬英雄豪杰。只自认是人类中的一个单体，浑在人类中间，人类的事，便也是我的事。……但既是文学作品，自然应有艺术的美，只须以真为主，美即在其中。这便是人生的艺术派的主张，与以美为主的纯艺术派所以有别。"①

　　反面讲述平民文学的两义："第一，平民文学决不单是通俗文学。白话的平民文学比古文原是更为通俗，但并非单以通俗为唯一之目的。因为平民文学不是专做给平民看的，乃是研究平民生活——人的生活——的文学。他的目的，并非要想将人类的思想趣味，竭力按下，同平民一样，乃是想将平民的生活提高，得到适当的一个地位。……正同植物学应用在农业药物上一样，文学也须应用在人生上。……第二，平民文学决不是慈善主义的文学。在现在平民时代，所有的人都只应守着自立与互助两种道德，没有什么叫慈善。慈善这句话，乃是富贵人对贫贱人所说，正同皇帝的行仁政一样，是一种极侮辱人类的话。平民文学所说，近在研究全体的人的生活，如何能够改进到正当的方向，决不是说施粥施棉衣的事。"②

　　1920 年 1 月 6 日，周作人在北平少年学会发表讲演《新文学的要求》，针对当时新文坛中已经出现的"艺术派"与"人生派"的分野提出见解："从来对于技术的主张，大概可以分作两派：一

---

　　①周作人：《平民文学》，载胡适编选《中国新文学大系》（第一集：建设理论集），上海：上海良友图书印刷公司，1935 年 10 月，第 211 页。
　　②同上，第 211—212 页。

是艺术派，一是人生派。艺术派的主张，是说艺术有独立的价值，不必与实用有关，可以超越一切功利而存在。艺术家的全心只在制作纯粹的艺术品上，不必顾及人世的种种问题：譬如做景泰蓝或雕刻的工人，能够做出最美丽精巧的美术品，他的职务便已尽了，于别人有什么用处，他可以不问了。这'为什么而什么'的态度，固然是许多学问进步的大原因；但在文艺上，重技工而轻情思，妨碍自己表现的目的，甚至于以人生为艺术而存在，所以觉得不甚妥当。人生派说艺术要与人生相关，不承认有与人生脱离关系的艺术。这派的流弊，是容易讲到功利里边去，以文艺为伦理的工具，变成一种坛上的说教。正当的解说，是仍以文艺为究极的目的；但这文艺应当通过了著者的情思，与人生的接触。换一句话说，便是著者应当用艺术的方法，表现他对于人生的情思，使读者能得艺术的享乐与人生的解释。这样说来，我们所要求的当然是人的艺术派的文学。在研究文艺思想变迁的人，对于各时代各派别的文学，原应该平等看待，各各还他一个本来的位置；但在我们心想创作文艺，或从文艺上得到精神的粮食的人，却不能不决定趋向，免得无所适从：所以我们从这两派中，就取了人生的艺术派。但世间并无绝对的真理，这两派的主张都各自有他的环境与气质的原因：我们现在的取舍，也正逃不脱这两个原因的作用，这也是我们应该承认的。如欧洲文学在十九世纪中经过了传奇主义与写实主义两次的大变动，俄国文学总是一种理想的写实主义：这便因俄国人的环境与气质的关系，不能撇开了社会的问题，趋于主观与客观的两极端。我们称述人生的文学，自己也以为是从学理上立论；但事实也许还有下意识的作用：背义过去的历史，生在现今的境地，自然与唯美及快乐主义不能多有同情。这感情上的原因，能使理性的批判更为坚实，所以我们相信人生的文学实在是现今中国唯一的需要。"①

　　3. 文学革命与新文学运动的论争

　　虽然文学革命伴随着新文化运动的激流裹挟前进，锐不可当，但是仍存有一些守旧保守派势力的抵抗，如林纾、严复、辜鸿铭等。

　　因翻译西方小说贡献卓著而成为文坛领袖的林纾，写有《论古文白话之相消长》《致蔡鹤卿书》等文章和《荆生》等含沙射影的小说。《致蔡鹤卿书》（《公言报》1919 年 3 月 18 日）节选："弟不解西文，积十九年之笔述，成译著一百二十三种，都一千二百万言。……若云死文字有碍生学术，则科学不用古文，古文亦无碍科学。……若尽废古书，行用土语为文字，则都下引车卖浆之徒，所操之语，按之皆有文法，不类闽广人为无文法之喁啾，据此则凡京津之稗贩，均可用为教授矣。若《水浒》《红楼》，皆白话之圣，并足为教科之书，不知《水浒》中辞吻，多采岳珂之《金陀萃篇》；《红楼》亦不止为一人手笔，作者均博极群书之人。总之，非读破万卷，不能为古文，亦并不能为白话。"②

　　蔡元培《答林琴南书》一文剖理明晰，义正辞严，摘录一段有趣的文字："次考察'白话是否能达古书之义？'大学教员所编之讲义，固皆文言矣。而上讲坛后，决不能以背诵讲义塞责，必有赖于白话之讲演。岂讲演之语，必皆编为文言而后可欤？吾辈少时，读《四书集注》，《十三经注疏》，使塾师不以白话讲演之，而编为类似集注类似注疏之文言以相授，吾辈其能解乎？若谓白

────────

　　①周作人：《新文学的要求》，载郑振铎编选《中国新文学大系》（第二集：文学论争集），上海：上海良友图书印刷公司，1935 年 10 月，第 141—142 页。

　　②林琴南：《致蔡鹤卿书》，载胡适编选《中国新文学大系》（第一集：建设理论集），上海：上海良友图书印刷公司，1935 年 10 月，第 171—172 页。

话不足以讲说文，讲古籀，讲钟鼎之文，这岂于讲坛上，当背诵徐氏《说文解字系传》，郭氏《汗简》，薛氏《钟鼎款识》之文，或编为类此之文言，而后可，必不容以白话讲演之欤？"①

曾热心翻译西方学术著作的严复在给友人的信件《书札六十四》中表达了对古文的信心："北京大学陈胡诸教员主张文言合一，在北京久已闻之，彼之为此，意谓西国然也。不知西国为此，乃以语言合之文字，而彼则反是，以文字合之语言。今夫文字语言之所以为优美者，以其名辞富有，著之手口，有以导达奥妙精深之理想，状写奇异美丽之物态耳。如刘勰云：'情在词外曰隐，状溢目前曰秀。'梅圣俞云：'含不尽之意，见于言外。状难写之景，如在目前。'又如沈隐侯云：'相如工为形似之言，二班长于情理之说。'今试问欲为此者，将于文言求之乎？抑于白话求之乎？诗之善述情者，无若杜子美之北征，能状物者，无若韩吏部之南山。设用白话，则高者不过《水浒》《红楼》，下者将同戏曲中之皮簧脚本。就令以此教育，易于普及，而遗弃周鼎，实此康匏，正无如退化何耳。须知此事全属天演，革命时代，学说万千，然而施之人间，优者自存，劣者自败，虽千陈独秀，万胡适钱玄同，岂能劫持其柄。则亦如春鸟秋虫，听其自鸣自止可耳，林琴南辈与之较论，亦可笑也。"②

辜汤生（1856—1928），字鸿铭，通晓英、德、法、拉丁、希腊等多种语言，号称"清末怪杰"，有"生在南洋，学在西洋，婚在东洋，仕在北洋"的履历之总括。他出生于英属马来西亚，自十岁起随义父赴欧洲开始接受系统教育，先后在英国爱丁堡大学

①蔡元培：《答林琴南书》，载胡适编选《中国新文学大系》（第一集：建设理论集），上海：上海良友图书印刷公司，1935年10月，第167页。

②严复：《书札六十四》，载郑振铎编选《中国新文学大系》（第二集：文学论争集），上海：上海良友图书印刷公司，1935年10月，第96—97页。

和德国莱比锡大学获得学位。1885 年归国，入张之洞幕府。代表作有《论语》《中庸》《大学》《孝经》等儒学译作，《*The Story of a Chinese Oxford Movement*》（《中国的牛津运动》，原名《清流传》）《*The Spirit of Chinese People*》（《中国人的精神》，原名《春秋大义》）等英文著作，以及《读易草堂文集》《张文襄幕府纪闻》等中文著作。

文学革命时期辜鸿铭正在北大执教。1919 年 7 月 12 日和 8 月 16 日上海《密勒氏远东评论》（*Millard's Review of the Far East*）分别刊出辜氏的英文文章。一篇题为《反对中国文学革命》（*Against the Chinese Literary Revolution*），主张中国的文言如莎士比亚高雅的英文一般，绝非"死文学"。一篇题为《留学生与文学革命——读写能力与教育》（*Returned Student and Literary Revolution，Literacy and Education*），对初归国的留学生欲将传统文化一夜之间摧毁表达了深切的忧虑。

1922 年，"学衡派"提出系列反对批判主张。此派以 1922 年 1 月在南京创刊的《学衡》杂志得名，《学衡弁言》（《学衡》1922 年第 1 期）载："杂志通例，弁以宣言，综其旨要，不逾二辙，自襮则夸饰，斥人则诋诃，句必盈尺，字或累万，同人浅劣，谢未能也，出版之始，谨矢四义：一、诵述中西先哲之精言以翼学；二、解析世宙名著之共性以邮思；三、籀绎之作必趋雅音以崇文；四、平心而言不事谩骂以培俗。揭橥真理，不趋众好，自勉勉人，期于是而已。庄生有言：'瞽者无以与乎文章之观，聋者无以与乎钟鼓之声，岂惟形骸有聋盲哉？夫知亦有之。'同人不敏，求知不敢懈，第祝斯志之出，不聋盲吾国人，则幸矣。附《学衡杂志》简章第一条宗旨：'论究学衡，阐求真理，昌明国粹，融化新知；以中正之眼光，行批评之职事；无偏无党，不激不随。'"[1]

---

[1]《学衡弁言》，载阿英编选《中国新文学大系》（第十集：史料·索引），上海：上海良友图书印刷公司，1936 年 2 月，第 162—163 页。

　　主要撰稿人吴宓（1894—1978）、梅光迪、胡先骕（1894—
1968）等都曾留学美国，其口吴、梅二人多着眼于反对新文化运
动，而胡先骕则侧重批判新文学。《中国新文学大系（第十集：史
料·索引）》之卷三"作家小传"载："胡先骕。理论者。《学衡》
杂志编辑人。反新文学运动最烈。……如林琴南为反新文学之第
一代代表人，那么，胡先骕是代表了第二代，而章士钊又当为第
三代了。"[1]"学衡派"基于文化传承与学理建树视角形成的系统批
评，代表着文学重构中另一种趋向稳健的抉择。兹将他们的主张
简述如下：

　　吴宓的《论新文化运动》（《学衡》1922 年第 4 期）主张："今
欲造成中国之新文化，自当兼取中西文明之精华而镕铸之，贯通
之。吾国古今之学术德教文艺典章，皆当研究之，保存之，昌明
之，发挥而光大之。而西洋古今之学术德教文艺典章，亦当研究
之，吸取之，译述之，了解而受用之。若谓材料广博，时力人才
有限，则当分别本末轻重小大精粗，择其尤者而先为之。中国之
文化，以孔教为中枢，以佛教为辅翼。西洋之文化，以希腊罗马
之文章哲理与耶教融合孕育而成。今欲造成新文化，则当先通知
旧有之文化。盖以文化乃源远流长，逐渐酝酿，孳乳煦育而成，
非无因而遽至者，亦非摇旗呐喊，揠苗助长而可致者也。今既须
通知旧有之文化矣，则当于以上所言之四者：孔教，佛教，希腊
罗马之文章哲学及耶教之真义，首当着重研究，方为正道。"[2]

　　梅光迪的《评提倡新文化者》（《学衡》1922 年第 1 期）开篇
指责："……独所谓提倡'新文化'者，犹以工于自饰，巧于语言

---

　　[1]阿英编选：《中国新文学大系》（第十集：史料·索引），上海：上海良
友图书印刷公司，1936 年 2 月，第 216 页。
　　[2]吴宓：《论新文化运动》，载《学衡》1922 年第 4 期，第 14 页。

奔走，颇为幼稚与流俗之人所趋从。故特揭其假面，穷其真相，缕举而条析之，非余好为苛论，实不得已耳。"① 另，文中有段文字值得关注："彼等又谓思想之在脑也，本为白话，当落纸成文时，乃由白话而改为文言，犹翻译然，诚虚伪与不经济之甚者也。然此等经验，乃吾国数千年来文人所未尝有，非彼等欺人之谈而何。"②

关于白话与文言的翻译，蔡元培的《国文之将来——在女子高等师范学校演说》（《北京大学日刊》1919 年第 490 期）和罗家伦（1897—1969）的《驳胡先骕君的中国文学改良论——解答几种对于白话文学的疑难》（《新潮》1919 年第 1 卷第 5 期）中也有论述。前者写道："白话是用今人的话，来传达今人的意思，是直接的。文言是用古人的话，来传达今人的意思，是间接的。间接的传达，写的人与读的人，都要费一番翻译的工夫，这是何苦来？"③ 后者写道："请问胡君得到一个新思想的时候，还是先有白话的意思呢？还是先有文言的意思呢？我想无论什么人都不敢说他一有思想，就成文言。若是先有白话的意思，则表白的时候，自己翻成文言，令读者了解的时候，又翻成白话，无论几次翻过，真意全失，就是对于时间同精力也太不经济了。"④

胡先骕先后发表《中国文学改良论》（《东方杂志》1919 年第 16 卷第 3 期）、《评〈尝试集〉》（《学衡》1922 年第 1—2 期）、《评

---

① 梅光迪：《评提倡新文化者》，载郑振铎编选《中国新文学大系》（第二集：文学论争集），上海：上海良友图书印刷公司，1935 年 10 月，第 127 页。
② 同上，第 128 页。
③ 蔡元培：《国文之将来——在女子高等师范学校演说》，载郑振铎编选《中国新文学大系》（第二集：文学论争集），上海：上海良友图书印刷公司，1935 年 10 月，第 97 页。
④ 罗家伦：《驳胡先骕君的中国文学改良论——解答几种对于白话文学的疑难》，载郑振铎编选《中国新文学大系》（第二集：文学论争集），上海：上海良友图书印刷公司，1935 年 10 月，第 110 页。

胡适〈五十年来中国之文学〉》(《学衡》1923年第18期)等文提出反对主张。

《中国文学改良论》节选："自陈独秀胡适之创中国文学革命之说，而盲从者风靡一时，在陈胡所言，固不无精到可采之处，然过于偏激，遂不免因噎废食之讥，而盲从者方为彼等外国毕业及哲学博士等头衔所震，遂以为所言者，在在合理，而视中国大学，果皆陈腐卑下不足取，而不惜尽情推翻之。殊不知彼等立言，大有所蔽也。彼故作堆砌难涩之文者，固以艰深以文其浅陋。而此等文学革命家，则以浅陋以文其浅陋，均一失也。而前者尚有先哲之规模，非后者毫无大学之价值者，所可比焉。……向使以白话为文，随时变迁，宋元之文，已不可读，况秦汉魏晋乎。此正中国言文分离之优点，乃论者以之为劣，岂不谬哉。且《般庚》《大诰》之所以难于《尧典》《舜典》者，即以前者为殷人之白话，而后者乃史官文言之记述也。故宋元语录与元人戏曲，其为白话大异于今，多不可解。然宋元人之文章则与今日无别。……故欲创造新文学，必浸淫于古籍，尽得其精华，而遗其糟粕，乃能应时势之所趋，而创造一时之新文学，如厮始可望其成功。……故居今日而言创造新文学，必以古文学为根基而发扬光大之，则前途当未可限量，否则徒自苦耳。"①

对于"学衡派"的主张，新文化、新文学运动的支持者群起撰文批驳。其中，鲁迅的《估〈学衡〉》(北京《晨报副刊》1922年2月9日)言辞犀利，开篇写道："我在二月四日的《晨报副刊》上看见式芬先生的杂感，很诧异天下竟有这样拘迂的老先生，竟

---

① 胡先骕：《中国文学改良论》，载郑振铎编选《中国新文学大系》（第二集：文学论争集），上海：上海良友图书印刷公司，1935年10月，第103—107页。

不知世故到这地步，还来同《学衡》诸公谈学理。夫所谓《学衡》者，据我看来，实不过聚在'聚宝之门'左近的几个假古董所放的假毫光；虽然自称为'衡'，而本身的称星尚且未曾钉好，更何论于他所衡的轻重的是非。所以，决用不着较准，只要估一估就明白了。"① 接着列举数条言辞实例，后以下文结束："总之，诸公掊击新文化而张皇旧学问，倘不自相矛盾，倒也不失其为一种主张。可惜的是于旧学并无门径，并主张也还不配。倘使字句未通的人也算是国粹的知己，则国粹更要惭惶煞人！'衡'了一顿，仅仅'衡'出了自己的铢两来，于新文化无伤，于国粹也差得远。我所佩服诸公的只有一点，是这种东西也居然会有发表的勇气。"②

1925 年，"甲寅派"发起论争。时任北洋政府教育总长的章士钊（1881—1973）于 1925 年 7 月在北京恢复停办了 8 年之久的《甲寅》杂志为周刊，大力倡导复古运动，用稿标准声明："文字须求雅驯，白话恕不刊布。"③ 早于 1923 年 8 月 21—22 日，章氏便在上海《新闻报》上发表《评新文化运动》，反对新文化运动，并对"文化"做了如下定义："文化二字，作何诂乎？此吾人第一欲知之事也。以愚所思，文化者非飘然而无倚，或泛应而俱当者也。盖不脱乎人地时之三要素。凡一民族，善守其历代相传之特性，适应与接之环境，曲迎时代之精神，各本其性情之所近，嗜好之所安，力能之所至，孜孜为之，大小精粗，俱得一体。而于典章文物，内学外艺，为其代表人物所树立布达者，悉呈一种欢

---

① 鲁迅：《估〈学衡〉》，载《热风》，上海：鲁迅全集出版社，1941 年 10 月，第 96 页。

② 同上，第 99 页。

③ 转引自钱理群、温儒敏、吴福辉：《中国现代文学三十年（修订本）》，北京：北京大学出版社，1998 年 7 月，第 11 页。

乐雍容情文并茂之观，斯为文化。"①

1925 年 10 月，章氏又在《评新文学运动》（《甲寅》1925 年第 1 卷第 14 期）中批评新文学之倡："今乃反其道而行之，距今以前，所有良法美意，孕育于礼与文者。不论粗精表里，一切摧毁不顾。而惟以人之一时思想所得之，口耳所得传，淫情滥绪，弹词小说所得描写，袒裼裸裎，使自致于世，号曰至美，是相率而返于上古獉獉狉狉之境。所谓苦拘囚而乐放纵，避艰贞而就平易，出于天赋之自然，不待教而知，不待劝而能者也。胡君倡为新文学，被荷如彼其远，而乃不言而人喻，能收大辩若嘿之效者以此。……且文言贯乎数千百年，意无二致，人无不晓；俚言则时与地限之，二者有所移易，讽习往往难通。"②

对于"甲寅派"的批判，新文学阵线给予了全力反击。如胡适的《老章又反叛了！》（《国语周刊》1925 年第 12 期）、成仿吾（1897—1984）的《读章氏〈评新文学运动〉》（《洪水》1925 年第 1 卷第 6 期）、鲁迅的《十四年的"读经"》③ 等，而章士钊的复古主张也随着北洋政府之倒塌而幻灭。

二　文学革命的胜利与收获

自 1918 年第 4 卷第 1 期起，《新青年》改版为白话文，同期刊载胡适、沈尹默和刘半农的 9 首白话诗。1918 年年内《新青年》陆续刊出新文学的第一篇小说、第一篇散文和第一篇文学批评。

---

① 章士钊：《评新文化运动》，载郑振铎编选《中国新文学大系》（第二集：文学论争集），上海：上海良友图书印刷公司，1935 年 10 月，第 196 页。
② 章士钊：《评新文学运动》，载郑振铎编选《中国新文学大系》（第二集：文学论争集），上海：上海良友图书印刷公司，1935 年 10 月，第 222—223 页。
③ 鲁迅：《十四年的"读经"》，载《华盖集》，上海：鲁迅全集出版社，1941 年 10 月，第 123—127 页。

1918 年 12 月，《每周评论》由陈独秀和李大钊（1889—1927）在北京合作创刊，1919 年 8 月 31 日被北洋军阀查封关闭，共刊出 37 期，1 至 25 期陈独秀主编，26 期始，胡适主编。

1919 年 1 月，傅斯年、罗家伦等北大学生以北京大学新潮社社刊名义创办《新潮》月刊。《新潮》对新文学的贡献甚大，催生了包括日后成长为文坛健将的叶圣陶（叶绍钧，1894—1988）、朱自清（1898—1948）、俞平伯（1900—1990）、欧阳予倩（1889—1962）等一大批新文学作家。1922 年 3 月，因人员和资金问题刊至第 3 卷第 2 期停办，共出版 12 期。

1919 年 7 月，"少年中国学会"会刊《少年中国》在北京创办，李大钊任主编，遂即成为新文化运动和文学革命的生力军。1924 年 5 月停刊，共出 4 卷 48 期。

1919 年 5 月 4 日，五四运动爆发，举国涌现民主潮和期刊热，胡适曾预料做三五十年长期奋斗的文学革命就这样意外且神速地走向了胜利。胡适在《文学革命运动》（《五十年来之中国文学》第十讲）中对此有明晰认识："林蔡的辩论是八年三月中间的事。过了一个多月，巴黎和会的消息传来，中国的外交完全失败了。于是有'五四'的学生运动，有'六三'的事件，全国的大响应居然逼迫政府罢免了曹汝霖、陆宗舆、章宗祥三人。这时代，各地的学生团体里忽然发生了无数小报纸，形式略仿《每周评论》，内容全用白话。此外又出了许多白话的新杂志。有人估计，这一年（一九一九）之中，至少出了四百种白话报。内中如上海的《星期评论》，如《建设》，如《解放与改造》（现名《改造》），如《少年中国》，都有很好的贡献。一年以后，日报也渐渐的改了样子了。从前报的附张往往记载戏子妓女的新闻，现在多改登白话的论文译著小说新诗了。北京的《晨报副刊》，上海《民国日报》的《觉悟》，《时事新报》的《学灯》，在这三年之中，可算是三个最重要的白话文的机关。时势所趋，就使那些政客军人办的报也不能不寻几个学生来包办一个白话的附张了。民国九年以后，国内几个持重的大杂志，如《东方杂志》，《小说月报》，……也都渐渐的白话化了。"①

1919 年 2 月，上海商务印书馆出版胡适著作《中国哲学史大纲》，这是用白话文和新式标点写作的第一部"新书"。早在 1916 年 1 月，《科学》1916 年第 2 卷第 1 期刊出胡适文章《论句读及文字符号》，文前"编者识"载："本报自出版之始即采用西文句读法，海内外颇有以好新无谓非之者。然科学文字贵明了不移；奥理新义，多非中土所有。西人以浅易句读文字为之，读者犹费思索。若吾人沿旧习，长篇累牍，不加点乙，恐辞义之失于章句者将举不胜举矣。胡君适有鉴乎文字符号之不容缓也，因为是文，以投本报。同人既喜其能补本报凡例之不及，且足以答海内外见难之辞；因刊之此期。读者不以越俎代谋讥之，则幸甚矣。"② 全文分"绪言""第一章：文字符号概论""第二章：句读论""第三章：文字之符号及其用法""附录一：论无引语符号之害""附录二：论第十一种符号（破号）"六部分。其中，"第一章：文字符号概论"中论及无文字符号之害有三："（一）无符号则文字之意旨不能必达，而每多误会之虞。……（二）无符号则文字之用不能及于粗识字义之人，而教育决不能收普及之效。……（三）无符号则文字之结构，与句中文法上之关系，皆无由见也。"③"第三章：文字之符号及其用法"中写道："文字之符号约有十种：一曰住。……二曰豆。……三曰分。……四曰冒。……五曰问……六

---

① 胡适：《文学革命运动》，载阿英编选《中国新文学大系》（第十集：史料·索引），上海：上海良友图书印刷公司，1936 年 2 月，第 18 页。

② 胡适：《论句读及文字符号》，载《科学》1916 年第 2 卷第 1 期，编者按，第 9 页。

③ 同上，第 10—13 页。

曰诧。……七曰括。……八曰引。……九曰不尽。……十曰线。"①

1919 年 11 月 29 日，由马裕藻、朱希祖、钱玄同、周作人、刘复、胡适 6 人联名提议，胡适修正的《请颁行新式标点符号议案（修正案）》，提出新式标点符号 13 种，分别是（一）句号。或.（二）点号、或，（三）分号；（四）冒号：（五）问号？（六）惊叹号！（七）引号『』「」（八）破折号——（九）删节号……（十）夹注号（）［　］（十一）私名号孔丘（十二）书名号汉魏六朝百三冢集。文中载："我们以为文字没有标点符号，便发生种种困难；有了符号的帮助，可使文字的效力格外完全，格外广大。综计没有标点符号的大害处约有三种，小害处不可胜举。（一）没有标点符号，平常人不能'断句'，书报便都成无用，教育便不能普及。此害易见，不须例证。（二）没有标点符号，意思有时不能明白表示，容易使人误解。……（三）没有标点符号，决不能教授文法。因为一篇之中，有章节的分段；一章一节之中有句的分断；一句之中，有分句（Clause），兼词（Phrase，严复译为'仂语'），小顿（Pause，高元译为'读'）的区别；分句之中，又有主句和从句的分别：凡此种种区分，若没有标点符号，决不能明白表示；既不能明白表示这些区别，文法的教授必不能满意。……因为这些害处，所以这几年以来国内国外的中国学者狠有些人提倡采用一种新式的标点符号。鼓吹最早的是《科学》杂志。《科学》虽是横行的，也曾讨论直行标点的用法。后来《新青年》《太平洋》《新潮》《每周评论》《北京法政学报》等直行的杂志也尽量采用新式的标点。国立北京大学所出版的《大学丛书》《大学月刊》，及《模范文选》《学术文录》等书也多用标点。上海的《东方杂志》也有全用标点的

---

① 胡适：《论句读及文字符号》，载《科学》1916 年第 2 卷第 1 期，第 20 页。

文章。这几年的实地试验，引起了许多讨论，现在国内明白事理的人，对于符号的形式虽然还有几点异同的意见，但是对于标点符号的重要用处，大概都没有怀疑的了。因此我们想请教育部把这几种标点符号颁行全国，使全国的学校都用符号帮助教授；使全国的报馆渐渐采用符号，以便读者；使全国的印刷所和书店早日造就出一班能排印符号的工人，渐渐的把一切书籍都用符号排印，以省读书人的脑力，以谋教育的普及。这是我们的希望。"①

1920 年 2 月，北洋政府教育部颁布《教育部通令采用新式标点符号文》（训令第 53 号）："据国语统一筹备会函送新式标点符号全案请予颁行等因前来查原案内容远仿古昔之成规近采世界之通则足资文字上辨析义蕴辅助理解之用合亟检同印刷原案一册令行该厅查照酌量分配转发所属学校俾备采用此令。"②

1920 年 1 月，北洋政府教育部发布训令全国各国民学校先将一二年级国文改为语体文："案据全国教育会联合会呈送该会议决《推行国语以期言文一致案》，请予采择施行；又据国语统一筹备会函请将小学国文科改授国语，迅予议行各等因到部。查吾国以文言纷歧，影响所及，学校教育固感受进步迟滞之痛苦，即人事社会亦欠具统一精神之利器。若不急使言文一致，欲图文化之发展，其道无由。本部年来对于筹备统一国语一事，既积极进行，现在全国教育界舆论趋向，又咸以国民学校国文科宜改授国语为言；体察情形，提倡国语教育，实难再缓。兹定自本年秋季起，

---

①胡适等：《请颁行新式标点符号议案（修正案）》，载阿英编选《中国新文学大系》（第十集：史料·索引），上海：上海良友图书印刷公司，1936年2月，第231—240页。

②《教育部通令采用新式标点符号文》，载阿英编选《中国新文学大系》（第十集：史料·索引），上海：上海良友图书印刷公司，1936年2月，第240页。

凡国民学校一二年级，先改国文为语体文，以期收言文一致之效。合亟令行该口转令遵照办理可也。"① 到 1923 年三年级以上、初中高中一律改国文为语文体。

文学革命促成言文一致的国语运动，国语运动拓展新文学的变革天地和影响力。黎锦熙在《国语运动史纲》中对此有详细阐释："胡适于四月间做了一篇《建设的文学革命论》，他说：我的'建设新文学论'的唯一宗旨只有十个大字：'国语的文学，文学的国语'……这篇文章发表后，'文学革命'与'国语统一'遂呈双潮合一之观。北京的《晨报》和现在这种时行的小张周刊的创造者《每周评论》，都是这年十二月出版的。北京大学学生傅斯年罗家伦组织与《新青年》互相应和的《新潮》，是次年一月出版的，白话文，注音字母，新式标点都打扮着正式登场了。思想解放即从文字的解放而来；解放之后，新机固然大启，就是一切旧有的东西，都各自呈露其本面目，所以现代史家把这年作为中国'文艺复兴（Renaissance）时代'底开场。……'五四运动'突起，'六三'事件发生，全国人心激昂，……教育界改国文为国语的要求，居然压倒千余年来科举的余威，使行政机关毫无犹豫地办到了！本来这团体（研究会）要与那机关（统一会）分开，为的是便于与社会潮流合作；而潮流激荡的结果，不但使这团体的团员陡然加到差不多一万人，并且替那辅助行政的机关排除了许多的障碍：这真是出人意表的事。"②

文学革命胜利以后，受不同文艺思潮和创作手法影响的作家，各自聚集为文学社团，文坛呈现出繁荣富饶的景象。其中以文学研

---

①黎锦熙：《国语运动史纲》，上海：商务印书馆，1934 年，第 109—110 页。

②同上，第 70—73 页。

究会、创造社、新月社和《语丝》最具代表性，影响和贡献亦最大。大体说来，文学研究会较多受俄国和欧洲现实主义思潮的影响，除为新文学作品提供广大坚实的园地外，还及时、系统地引介外国文学，予以中国新文学丰富养料；创造社则主要受欧洲启蒙主义和浪漫主义思潮的影响，最大的贡献在于使文艺思潮发生对抗而形成多元；新月社和《语丝》的贡献则分别侧重在新诗和散文。

1921 年 1 月，文学研究会在北京成立，由周作人、蒋百里、郑振铎、沈雁冰（茅盾，1896—1981）、王统照（1897—1957）、叶绍钧、许地山（1893—1941）、孙伏园（1894—1966）等 12 人发起，后来成员发展至 170 余人。文学研究会主要有两大机关刊物，一是上海商务印书馆已发行 11 年之久的《小说月报》，1921 年第 12 卷第 1 期起由沈雁冰接任主编，实行革新，改用白话文，后由郑振铎接编至 1931 年第 12 卷第 12 期．因 1932 年一·二八淞沪抗战爆发而终刊。《小说月报》前后发行 22 年，共出 22 卷 263 期，是中国早期文学刊物中出版时间最长、影响最大的刊物。它以 1921 年为界，前 11 年为鸳鸯蝴蝶派的主要刊物，后 11 年为文学研究会的主要阵地。二是 1921 年 5 月在上海创办的《文学旬刊》（自 1923 年第 81 期起改为周刊），郑振铎、谢六逸（1898—1945）、叶圣陶、赵景深（1902—1985）历任主编，1929 年 12 月出至第 9 卷第 5 期停刊，前后共出 380 期，存八年之久。

《文学研究会宣言》（《小说月报》1921 年第 12 卷第 1 期）全文："我们发起这个会，有三种意思，要请大家注意。一、是联络感情。本来各种会章里，大抵都有这一项，但在现今文学界里，更有特别注重的必要。中国向来有'文人相轻'的风气，因为现在不但新旧两派不能协和，便是治新文学的人里面，也恐因了国别派别的主张，难免将来不生界限。所以我们发起本会，希望大家时常聚会，交换意见，可以互相理解，结成一个文学中心的团体。二、是增进知识。研究一种学问,本不是一个人关了门可以成功的,至于中国的文学研究,在此刻正是开端,更非互相补助,不容易发达。整理旧文学的人也须应用新的方法,研究新文学的更是专靠外国的资料。但是一个人的见闻及经济力总是有限,而且此刻在中国要搜集外国的书籍,更不是容易的事。所以我们发起本会,希望渐渐造成一个公共的图书馆研究室及出版部,助成个人及国民文学的进步。三、是建立著作工会的基础。将文艺当作高兴时的游戏或失意时的消遣的时候,现在已经过去了。我们相信文学是一种工作,而且又是于人生很切要的一种工作。治文学的人也当以这事为他终身的事业,正同劳农一样。所以我们发起本会,希望不但成为普通的一个文学会,还是著作同业的联合的基本,谋文学工作的发达与巩固,这虽然是将来的事,但也是我们的一个重要的希望。因以上的三个理由,我们所以发起本会,希望同志的人们赞成我们的意思,加入本会,赐以教诲,共策进行,幸甚。十年,一,十日。"①

《文学研究会简章》(《小说月报》1921 年第 12 卷第 1 期)第二条:"本会以研究介绍世界文学,整理中国旧文学,创造新文学为宗旨。"②

《〈小说月报〉改革宣言》(《小说月报》1921 年第 12 卷第 1 期)之意见(二):"同人以为今日谭革新文学非徒事模仿西洋而已,实将创造中国之新文艺,对世界尽贡献之责任:夫将欲取远大之规模尽贡献之责任,则预备研究,愈久愈博愈广,结果愈佳,即不论如何相反之主义咸有研究之必要。故对于为艺术的艺术与

①《文学研究会宣言》,载阿英编选《中国新文学大系》(第十集:史料·索引),上海:上海良友图书印刷公司,1936 年 2 月,第 71—72 页。

②《文学研究会简章》,载阿英编选《中国新文学大系》(第十集:史料·索引),上海:上海良友图书印刷公司,1936 年 2 月,第 74 页。

为人生的艺术，两无所袒。必将忠实介绍，以为研究之材料。"①之意见（五）："同人等深信一国之文艺为一国国民性之反映，亦惟能表见国民性之文艺能有其价值，能在世界的文学中占一席地。对于此点，亦甚愿尽提倡之责任。"②

《〈文学旬刊〉宣言》（《文学旬刊》1921年第1期）全文："我们确信文学的重要与能力。我们以为文学不仅是一个时代，一个地方，或是一个人的反映，并且也是超与时与地与人的；是常常立在时代的前面，为人与地改造的原动力。在所有的人们的记录里，惟有他能曲曲将人们的思想与感情，悲哀与喜乐，痛苦与愤怒，恋爱与怨憎，轻轻的在最感动最美丽的形式里传达而出；惟有他能有力的使异时异地的人们，深深的使作者的同化，把作者的情感，重生在心里；作者笑，也笑；作者哭，也哭；作者飘飘而远思，也飘飘而远思，甚至连作者的一微呻，一蹙鼙，也足以使他们也微呻，也蹙鼙。人们的最高精神的联锁，惟文学可以实现之。无论世界上说那一种语言的人们，他们都有他们自己的文学，也同时有别的人们的最好的文学，就是，同时把自己的文学贡献给别人，同时也把别人的文学介绍来给自己。世界文学的联锁，就是人们的最高精神的联锁了。我们狠惭愧，惟有我们说中国话的人们，与世界的文学界相隔得最写远：不惟无所与，而且也无所取。因此，不惟我们的最高精神不能使世界上说别种语言的人了解，而我们也完全不能了解他们。与世界的文学界断绝关系，就是与人们的最高精神断绝关系了。这实在是我们的非常大的羞辱，与损失——我们全体的非常大的羞辱与损失！以前在

---

①《〈小说月报〉改革宣言》，载阿英编选《中国新文学大系》（第十集：史料·索引），上海：上海良友图书印刷公司，1936年2月，第77页。
②同上。

世界文学界中黯然无色的诸种民族，现在都渐渐的有复兴之望了。爱尔兰，日本，波兰，吐光芒于前，印度，犹太，匈牙利，露刃颖于后。惟有我们中国的人们还是长此酣睡，毫无贡献。我们实是不胜惭愧！现在虽有一班人努力于创作，努力于介绍，但究竟是非常寂寞而且难闻回响。不要说创作之林，没有永久普遍的表现我们最高精神的作品，就是介绍也是取一漏万，如泰山之一石。在此寂寞的文学墟坟中，我们愿意加入当代作者译者之林，为中国文学的再生而奋斗，一面努力介绍世界文学到中国，一面努力创造中国的文学，以贡献于世界的文学界中。虽然我们自知我们的能力非常薄弱，这个小小的《旬刊》，也决不此大有助于我们的目的；然而'登高自卑'，悬鹄自不能不远而且大。总之，我们存在一天，我们总要继续奋斗一天。结果如何，是非我们所顾及的。如能因我们的努力，而中国的文学界能稍有一丝的曙光露出，我们虽牺牲一切，——全部的心和身——也是不顾恤的！"①

　　文学研究会的文学主张，沈雁冰和郑振铎的理论文章可做代表。《中国新文学大系》（第二集：文学论争集）辑有沈雁冰文论《新文学研究者的责任与努力》《文学与人生》《什么是文学——我对于现文坛的感想》《大转变时期何时来呢》《杂感》《自然主义与中国现代小说》6篇。

　　《什么是文学——我对于现文坛的感想》中写道："中国旧有的文学观念不外乎（一）文以载道。（二）游戏态度两种。文以载道，是极严重的限制；游戏态度，是不严重而散漫无羁，二者恰恰相反，便成了中国旧有文学中的两个相敌的极端。现在我把这两个极端解释出来，作比较的观察，而下公平的判断。（一）主张

---

　　①《〈文学旬刊〉宣言》，载阿英编选《中国新文学大系》（第十集：史料·索引），上海：上海良友图书印刷公司，1936年2月，第78—79页。

文以载道的以为文学必包含圣贤之大道，把古昔人的解说，奉为圭璧；要是一篇文学作品中不包含道义的，便不能算是文学。这种主张，汉时已经有了；譬如杨雄的诗赋，文字较为逸秀，在文学上看来，自然比他的《扬子法言》一书好些，但相传因侧重'文以载道'的缘故，便看重《扬子法言》了。道义的文学界限，说得太狭隘了。他的弊病尤在把真实的文学弃去，而把含有重义的非纯文学当做文学作品；因此以前的文人往往把经史子集，都看做文学，这真是我们中国文学掩没得暗无天日了。把文学的界说缩得小些，还没有大碍，不过把文学的范围缩小了一些，要是把文学的界说放大，将非文学的都当做文学，那么非但把真正的文学埋没了，还使人不懂文学的真义，这才是遗害不少哩。（二）把文学当做游戏，吾国一般文人，多犯着这个通病，他们对于文艺作品，不过兴之所至，视为不甚重要，或且以为是不关人生的色彩饰物。这类文人，对于自己的作品，视为消闲遣闷；他的行为思想，也就散漫无羁，把世上一切都不放在眼里，还常常自命风流，以'狂'为尚，仿佛不狂的便不是天才，所以他们拼命学着疏懒，不拘小节，养成傲慢的习惯，常把世界当做玩意儿般，满口玩世飘忽，才子风流。结果只造成了一班奇形怪状的废物——《儒林外史》里所讽刺的那一班斗方名士，就是这些所谓风流名士的代表，也就是游戏文学的一些成绩。……名士派毫不注意文学于社会的价值，他们的作品，重个人而不重社会；所以拿消遣来做目的，假文学骂人，假文学媚人，发自己的牢骚。新文学的作品，大都是社会的；即使有抒写个人情感的作品，那一定是全人类共有的真情感的一部份，一定能和人共鸣的，决不像名士派之一味无病呻吟可比。新文学作品重在读者所爱的影响，对于社会的影响，不将个人意见显出自己文才。新文学中也有主张表现个性，但和名士派的绝对不同，名士派只是些假情感或是无病呻吟，新文学是普遍的真感情，和社会同情不悖的。新文学和名士派中还有很不同的地方，新文学是积极的，名士派是消极的。新文学描写社会黑暗，用分析的方法来解决问题，诗中多抒个人情感，其效用使人读后，得社会的同情，安慰和烦闷。名士派呢，面上看来，确似达观，把人间一切事务，都看得无足重轻，其实这种达观不过是懒的结晶而已。"①

《中国新文学大系》（第二集：文学论争集）辑有郑振铎文论《新文学观的建设》《新文学之建设与国故之新研究》《光明运动的开始》3篇。

《新文学观的建设》主张："中国虽然是自命为'文物之邦'，但是中国人的传统的文学观，却是谬误的，而且是极为矛盾的。约言之，可分为二大派，一派是主张'文以载道'的；他们以为文非有关世道不作。于小说则卑之以为不足道，于抒写性灵的小诗词，则可持排斥的态度，于曲本则以为小道不足登大雅之堂。所以四库总目不录《西厢》《还魂记》诸曲本，亦不列小说一门。一派则与之极端相反。他们以为文学只是供人娱乐的。在文人自身则以雕斫文词，吟风弄月之诗赋，为自娱之具。在一般读者，则以谈神说怪，空诞无稽之小说，为消遣暇暑的东西。这两派都是不明白文学究竟是什么的？他们不知道文学存在的原因，也不知道文学存在的真使命之所在。中国文学所以虽称极盛，而实则没有什么伟大的作品者，即以此故。……总之，娱乐派的文学观，是使文学堕落，使文学失其天真，使文学陷溺于金钱之阱的重要原因的；传道派的文学观，则使是文学干枯失泽，使文学陷于教

---

①沈雁冰：《什么是文学——我对于现文坛的感想》，载郑振铎编选《中国新文学大系》（第二集：文学论争集），上海：上海良友图书印刷公司，1935年10月，第153—157页。

训的桎梏中，使文学之树不能充分长成的重要原因。我们要想改造中国的旧文学，要想建设中国的新文学，却不能不把这两种传统的文学观尽力的廓清，尽力的打破，同时即去建设我们的新文学观，就是：文学是人生的自然的呼声。人类情绪的流泄于文字中的，不是以传道为目的，更不是以娱乐为目的。而是以真挚的情感来引起读者的同情的。"①

郑振铎在《〈中国新文学大系（文学论争集）〉导言》中对"文学研究会"总括评曰："文学研究会活跃的时期的开始是一九二〇年的春天。这时候，《小说月报》，一个已经有了十几年的历史的文学刊物，在文学研究会的会员们的支持之下，全部革新了；几乎变成了另一种全新的面目。和《小说月报》相呼应着的有附刊在上海《时事新报》的《文学旬刊》，这旬刊由郑振铎主编，后来刊行到四百余期方才停刊。这两个刊物都是鼓吹着为人生的艺术，标示着写实主义的文学的；他们反抗无病呻吟的旧文学；反抗以文学为游戏的鸳鸯蝴蝶派的'海派'文人们。他们是比《新青年》派更进一步的揭起了写实主义的文学革命的旗帜的。他们不仅推翻传统的恶习，也力拯青年们于流俗的陷溺与沈迷之中，而使之走上纯正的文学大道。他们排斥旧诗旧词，他们打倒鸳鸯蝴蝶派的代表《礼拜六》派的文士们。他们翻译俄国，法国及北欧的名著，他们介绍托尔斯泰，屠格涅夫，高尔基，安特列夫，易卜生以及莫泊桑等人的作品。他们提倡血与泪的文学，主张文人们必须和时代的呼号相应答，必须敏感着苦难的社会而为之写作。文人们不是住在象牙塔里面的，他们乃是人世间的'人物'，

---

① 郑振铎：《新文学观的建设》，载郑振铎编选《中国新文学大系》（第二集：文学论争集），上海：上海良友图书印刷公司，1935 年 10 月，第 159—161 页。

更较一般人深切的感到国家社会的苦痛与灾难的。"①

　　创造社于 1921 年 6 月在日本东京成立，由郭沫若（1892—1978）、成仿吾、郁达夫（1896—1945）、田汉（1898—1968）、张资平（1893—1959）、郑伯奇（1895—1979）等在日留学生组创。较之运营平稳、实力雄厚的文学研究会，创造社在上海创办的系列机关刊物屡仆屡起，艰辛挣扎。1922 年 3 月创刊的《创造季刊》共出 6 期，于 1924 年 2 月停刊；1923 年 5 月创刊的《创造周报》共出 52 期，于 1924 年 5 月停刊；1923 年 7 月创刊的《创造日》（上海《中华新报》文艺副刊），仅出 101 期，于同年 11 月停刊；1924 年 8 月创刊的《洪水》，历经停刊复刊，断断续续出了 36 期，后于 1927 年 12 月停刊；1926 年 3 月创刊的《创造月刊》共出 18 期，于 1929 年 1 月停刊；1928 年 1 月创刊的《文化批判》出至第 5 期改名为《文化》，旋即停刊；1928 年 3 月创刊的《流沙》共出 6 期，于同年 5 月停刊。从 1921 年成立到 1929 年结束，创造社的文学观呈现出两个截然不同的阶段，前期主张"为艺术而艺术"，中后期倡导"从文学革命向革命文学"转变。

　　创造社的文学理论，以成仿吾和郭沫若的文章为代表。早期阶段，成仿吾有《新文学之使命》（《创造周报》1923 年第 2 期）、《写实主义与庸俗主义》（《创造周报》1923 年第 5 期）、《艺术之社会的意义》（《创造周报》1924 年第 41 期）等文论。《新文学之使命》主张："我想我们的新文学，至少应当有以下的三种使命：一、对于时代的使命，二、对于国语的使命，三、文学本身的使命，……而且文学也不是对于我们没有一点积极的利益的。我们

———————

　　①郑振铎：《〈中国新文学大系（文学论争集）〉导言》，载郑振铎编选《中国新文学大系》（第二集：文学论争集），上海：上海良友图书印刷公司，1935 年 10 月，第 8—9 页。

的时代对于我们的智与意的作用赋税太重了。我们的生活已经到了干燥的尽处。我们渴望着有美的文学来培养我们的优美的感情，把我们的生活洗刷了。文学是我们的精神生活的粮食，我们由文学可以感到多少生的欢喜！可以感到多少生的跳跃！我们要追求文学的全！我们要实现文学的美！"①

郭沫若有《我们的文学新运动》（《创造周报》1923 年第 3 期）、《整理国故的评价》（《创造周报》1924 年第 36 期）、《文艺之社会的使命》（《文学》1925 年第 4 期）等文论。《文艺之社会的使命》（1923 年 5 月 2 日）主张："文艺也如春日的花草，乃艺术家内心之智慧的表现。诗人写出一篇诗，音乐家谱出一个曲，画家绘成一幅画，都是他们天才的自然流露：如一阵春风吹过池面所生的微波，是没有所谓目的。"②

创造社中后期的文学理论，以郭沫若的《革命与文学》（《创造月刊》1926 年第 1 卷第 3 期）、《文艺家的觉悟》（《洪水》1926 年第 2 卷第 16 期）和成仿吾的《革命文学与他的永远性》（《创造月刊》1926 年第 1 卷第 4 期）、《从文学革命到革命文学》（《创造月刊》1927 年第 1 卷第 9 期）为代表。

郭沫若在写于 1924 年 8 月 9 日的《孤鸿——致仿吾的一封信》（《创造月刊》1926 年第 1 卷第 2 期）中自述其文艺思想的转变："我现在对于文艺的见解也全盘变了。我觉得一切技俩上的主义都不能成为问题，所可成为问题的只是昨日的文艺，今日的文艺，和明日的文艺。昨日的文艺是不自觉的得占生活的优先权的

①成仿吾：《新文学之使命》，载郑振铎编选《中国新文学大系》（第二集：文学论争集），上海：上海良友图书印刷公司，1935 年 10 月，第 176—180 页。

②郭沫若：《文艺之社会的使命》，载张若英编《中国新文学运动史资料》，上海：光明书局，1934 年 4 月，第 339—340 页。

贵族们的消闲圣品，如像太戈儿的诗。杜尔斯泰的小说，不怕他们就在讲仁说爱，我觉得他们只像在布施饿鬼。今日的文艺，是我们现在走在革命途上的文艺，是我们被压迫者的呼号，是生命穷促的喊叫，是斗士的咒文，是革命豫期的欢喜。这今日的文艺便是革命的文艺，我认为是过渡的现象，但这是不能避免的现象。明日的文艺又是甚么呢？芳坞哟，这是你几时说过的超脱时代性和局部性的文艺。但这要在社会主义实现后，才能实现呢。在社会主义实现后的那时，文艺上的伟大的天才们得遂其自由完全的发展，那时的社会一切阶级都没有，一切生活的烦苦除去自然的生理的之外都没有了，那时人才能还其本来，文艺才能以纯真的性为其对象，这才有真正的纯文艺出现。在现在而谈纯文艺是只有在年青人的春梦里，有钱人的饱暖里，吗啡中毒者的 Euphorie 里，酒精中毒者的酩酊里，饿得快要断气者的 Balluination 里呢！芳坞哟，我们是革命途上的人，我们的文艺只能是革命的文艺。我对于今日的文艺，只在他能够促进社会革命之实现上承诺他有存在的可能。而今日的文艺亦只能在社会革命之促进上才配受得文艺的称号，不然都是酒肉余腥，麻醉剂的香味，算得甚么！算得甚么呢？真实的生活只有这一条路，文艺是生活的反映，应该是只有这一种是真实的。芳坞哟，我这是最坚确的见解，我得到这个见解之后把文艺看得很透明，也恢复了对于它的信仰了，现在是宣传的时期，文艺是宣传的利器，我彷徨不定的趋向，于今固定了。"①

　　郭沫若在写于 1926 年 4 月 13 日的《革命与文学》中主张："那吗我们更可以归纳出一句话来：就是文学是永远革命的，真正的文学是只有革命文学的一种。所以真正的文学永远是革命的先

---

　　①郭沫若：《孤鸿——致仿吾的一封信》，载《孤鸿》，上海：光华书局，1933 年 4 月，第 24—26 页。

驱，而革命的时期中总会有一个文学的黄金时代出现。……凡是表同情于无产阶级而且同时是反抗浪漫主义的便是革命文学。……所以我们对于个人三义的自由主义要根本铲除，我们对于浪漫主义的文艺也要取一和彻底反抗的态度。"①

简述成仿吾和郭沫若的文论后，我们来了解 1927 年 8 月 15 日脱离创造社的郁达夫的文学主张。他在写于 1927 年 8 月 31 日的《五六年来创造生活的回顾》（《文学周报》1928 年第 276—300 期）中阐述："关于这一层，我也和一位新进作家讨论过好几次，我觉得没有这一宗经验的人，决不能凭空捏造，做关于这一宗事情的小说。所以我主张，无产阶级的文学，非要由无产阶级自身来创造不可。他反驳我说：'那么许多大文豪的小说里，有杀人做贼的事情描写在那里，难道他们真的去杀了人做了贼了么?'我觉得他这一句话，仍旧是驳我不倒。因为那些大文豪的小说里所描写的杀人做贼，只是由我们这些和作家一样的也无杀人做贼的经验的人看起来有趣而已，若果真教杀人者做贼者看起来，恐怕他们不但不能感动，或者也许要笑作家的浅薄哩! 所以我对于创作，抱的是这一种态度，起初就是这样，现在还是这样，将来大约也是不会变的。我觉得作者的生活，应该和作者的艺术紧抱在一块，作品里的 Individuality 是决不能丧失的。若有人以为这一种见解是错的，那么请他指出证据来，或者请他自己做出几篇可以证明他的主张的作品来，那更是我所喜欢的了。"②

新月社启于 1923 年徐志摩（1897—1931）、胡适在北平的聚会组织，后陆续加入的有陈西滢（1896—1970）、林语堂（1895—

①郭沫若：《革命与文学》，载《孤鸿》，上海：光华书局，1933 年 4 月，第 59—71 页。

②郁达夫：《五六年来创作生活的回顾》，载《过去集》，上海：北新书局，1931 年版，第 11—12 页。

1976)、闻一多（1899—1946）、梁实秋（1903—1987）等，成员大都有英美留学背景。1926 年 4 月创办北京《晨报副刊〈诗刊〉》（又名北京《晨报副刊〈诗镌〉》），共发行 11 期，于 1926 年 6 月停刊。接着，1926 年 6 月创办北京《晨报副刊〈剧刊〉》，共发行 15 期，于 1926 年 9 月停刊。1926 年下半年，由于北洋政府的压迫，作家们大规模南迁。1927 年 7 月在上海开设"新月书店"，1928 年 3 月在上海创办《新月》杂志，1931 年 1 月在上海创办《诗刊》，新月社进入极盛时期。1931 年 11 月，徐志摩因飞机失事丧生后，新月社日趋衰落。《诗刊》于 1932 年 7 月停刊，《新月》于 1933 年 6 月停刊。1923 年—1933 年的新月社，在重建新诗格律与开展新诗试验以及新剧发展等方面为中国新文学做出了突出贡献。

徐志摩在写于 1926 年 3 月 30 日的《〈诗刊〉弁言》（北京《晨报副刊〈诗刊〉》1926 年第 1 期）中宣言："我们几个人都共同着一点信心：我们信诗是表现人类创造力的一个工具，与音乐与美术是同等同性质的；我们信我们这民族这时期的精神解放或精神革命没有一部像样的诗式的表现是不完全的；我们信我们自身灵性里以及周遭空气里多的是要求投胎的思想的灵魂，我们的责任是替它们构造适当的躯壳，这就是诗文与各种美术的新格式与新音节的发见；我们信完美的形体是完美的精神唯一的表现；我们信文艺的生命是无形的灵感加上有意识的耐心与动力的成绩；最后我们信我们的新文艺，正如我们的民族本体，是有一个伟大美丽的将来的。"[①]

《语丝》于 1924 年 11 月在北京创刊，第 1 期至第 156 期由周

---

①徐志摩：《〈诗刊〉弁言》，载阿英编选《中国新文学大系》（第十集：史料·索引），上海：上海良友图书印刷公司，1936 年 2 月，第 119 页。

作人编辑，1927 年 10 月被奉系军阀张作霖查禁，已编好的第 155
和第 156 两期，于同年 11 月由迁往上海的北新书局印行。自 1927
年 12 月出版的第 4 卷第 1 期始，由鲁迅接编，至 1929 年 1 月第 52
期止，第 5 卷第 1—26 期由柔石（1902—1931）编辑，第 27—52
期由李小峰（1897—1971）编辑，1930 年 3 月出至第 5 卷第 52 期
停刊，京沪两地共计出版 260 期。《语丝》虽然仅仅是一个期刊，
但因在周作人、鲁迅、林语堂、刘半农、孙伏园、俞平伯等撰稿
作家们的共同努力下促成了一种有"语丝体"之称的散文形态，
完成了中国散文由古典形态向现代形态的转型，具有不可替代的
文学史价值。

　　鲁迅在写于 1929 年 12 月 22 日的《我和〈语丝〉的始终》
（《萌芽月刊》1930 年第 1 卷第 2 期）中交待了他与《语丝》由始
至终的关系。内含《语丝》创刊的缘起，即北京《晨报副刊》编
辑孙伏园不满刘勉己抽掉鲁迅的打油诗愤而辞职后另办刊物，以
及"语丝体"的由来和鲁迅妙趣横生地总括对于《语丝》的情感：
"于是《语丝》的固定的投稿者，至多便只剩了五六人，但同时也
在不意中显了一种特色，是：任意而谈，无所顾忌，要催促新的
产生，对于有害于新的旧物，则竭力加以排击，——但应该产生
怎样的'新'，却并无明白的表示，而一到觉得有些危急之际，也
还是故意隐约其词。……谭王璧先生有一句用我的小说的名目，
来批评我的作品的经过的极伶俐而省事的话道：'鲁迅始于《呐
喊》，而终于《彷徨》'（大意），我以为移来叙述我和《语丝》由
始以至此时的历史，倒是很确切的。"①

　　《〈语丝〉发刊词》（北京《晨报副刊》1924 年 11 月 16 日）全

---

　　①鲁迅：《我和〈语丝〉的始终》，载《三闲集》，上海：鲁迅全集出版
社，1947 年 10 月版，第 164—165 页。

文："我们几个人发起这个周刊，并没有什么野心和奢望。我们只觉得现在中国的生活太是枯燥，思想界太是沉闷，感到一种不愉快，想说几句话，所以创刊这张小报，作自由发表的地方。我们并不期望这于中国的生活或思想上会有什么影响，不过姑且发表自己所要说的话，聊以消遣罢了。我们并没有什么主义要宣传，对于政治经济问题也没有什么兴趣，我们所想的只是想冲破一点中国的生活和思想界的昏浊停滞的空气，我们个人的思想尽是不同，但对于一切专断与卑劣之反抗则没有差异。我们这个周刊的主张是提倡自由思想，独立判断，和美的生活。我们的力量弱小或者不能有什么著实的表现，但我们总是向着这一方面努力。这个周刊由我们几个人担任选稿，我们所想说的话大抵在这里发表，但国内同志的助力也极欢迎。和我们辩驳的文字，倘若关于学理方面的，我们也愿揭载，至于主张上相反的议论则只好请其在别处发表，我们不能代为传布，虽然极愿加以研究和讨论。周刊上的文字，大抵以简短的感想和批评为主，但也兼采文艺创作及关于文学美术和一般思想的介绍与研究，在得到学者的援助时也要发表学术上的重要论文。我们唯一的奢望是，同志逐渐加多，文字和经济的供给逐渐稳固，使周刊成为三日刊，二日刊以至日刊：此外并无什么弘愿。或者力量不给，由周刊而退为两周刊或四周刊，以至于不刊，也说不定：这也是我们的预料之一。两者之中到底是那样呢，此刻有谁能够知道。现在也大可不必管它，我们还是来发刊这第一号罢。"①

《语丝》的文学主张，可由周作人的理论文章代表。周作人的文论颇丰，多收录在《自己的园地》《谈龙集》《雨天的书》三部

---

①《〈语丝〉发刊词》，载阿英编选《中国新文学大系》（第十集：史料·索引），上海：上海良友图书印刷公司，1936年2月，第112—113页。

散文集中。其中,《自己的园地》(北京晨报社出版部,1923 年 9
月),收录《自己的园地》《文艺上的宽容》《国粹与欧化》《贵族的
与平民的》《诗的效用》《古文学》《文艺的统一》《文艺上的异物》
《论小诗》《文艺与道德》等;《谈龙集》(上海开明书店,1927 年
12 月),收录《文艺批评杂话》《地方与文艺》《〈竹林的故事〉序》
《文学谈》《个性的文学》等;《雨天的书》(北京新潮社,1925 年
12 月),收录《十字街头的塔》《托尔斯泰的事情》《生活之艺术》
《与友人论国民文学书》等。

　　《自己的园地》(北京《晨报副刊》1922 年 1 月 22 日)节选:
"总之艺术是独立的,却又原来是人性的,所以既不必使他隔离人
生,又不必使他服侍人生,只任他成为浑然的人生的艺术便好了。
'为艺术'派以个人为艺术的工匠,'为人生'派以艺术为人生的仆
役;现在却以个人为主人,表现情思而成艺术,即为其生活之一部,
初不为福利他人而作,而他人接触这艺术,得到一种共鸣与感兴,
使其精神生活充实而丰富,又即以为实生活的基本;这是人生的艺
术的要点,有独立的艺术美与无形的功利。我所说的蔷薇地丁的种
作,便是如此:有些人种花聊以消遣,有些人种花志在卖钱,真种
花者以种花为其生活,——而花亦未尝不美,未尝于人无益。"①

　　《文艺上的宽容》全文:"英国伯利(Bury)著《思想自由史》
第四章上有几句话道,'新派对于罗马教会的反叛之理智上的根
据,是私人判断的权利,便是宗教自由的要义。但是那改革家只
对于他们自己这样主张,而上一到他们将自己的信条造成了之后,
又将这主张取消了。'这个情形不但在宗教上是如此,每逢文艺上
一种新派起来的时候,必定有许多人,——自己是前一次革命成

────────

　　①周作人:《自己的园地》,载《自己的园地》,北京:晨报社出版部,
1923 年 10 月再版,第 3—4 页。

功的英雄，拿了批评上的许多大道理，来堵塞新潮流的进行。我们在文艺的历史上看见这种情形的反复出现，不免要笑，觉得聪明的批评家之稀有，实不下于创作的天才。主张自己的判断的权利而不承认他人中的自我，为一切不宽容的原因；文学家过于尊信自己的流别，以为是唯一的'道'，至于蔑视别派为异端，虽然也无足怪，然而与文艺的本性实在很相违背了。文艺以自己表现为主体，以感染他人为作用，是个人的而亦为人类的，所以文艺的条件是自己表现，其余思想与技术上的派别都在其次，——是研究的人便宜上的分类，不是文艺本质上叛分优劣的标准。各人的个性既然是各各不同（虽然在终极仍有相同之一点，即是人性），那么表现出来的文艺，当然是不相同。现在倘若拿了批评上的大道理要去强迫统一，即使这不可能的事情居然实现了，这样文艺作品已经失了他唯一的条件，其实不能成为文艺了。因为文艺的生命是自由不是平等，是分离不是合并，所以宽容是文艺发达的必要的条件。然而宽容决不是忍受。不滥用权威去阻遏他人的自由发展是宽容，任凭权威来阻遏自己的自由发展而不反抗是忍受。正当的规则是，当自己求自由发展时对于迫压的势力，不应取忍受的态度；当自己成了已成势力之后，对于他人的自由发展，不可不取宽容的态度。聪明的批评家自己不妨属于已成势力的一分子，但同时应有对于新兴潮流的理解与承认。他的批评是印象的鉴赏，不是法理的判决，是诗人的而非学者的批评。文学固然可以成为科学的研究，但只是已往事实的综合与分析，不能作为未来的无限发展的轨范。文艺上的激变不是破坏文艺的法律，乃是增加条文：譬如无韵诗的提倡，似乎是破坏了'诗必须有韵'的法令，其实他只是改定了旧时狭隘的范围，将他放大，以为'诗可以无韵'罢了。表示生命之颤动的文学，当然没有不变的科律；历代的文艺在他自己的时代都是一代的成就，在全体上只是一个过程。要问文艺到什么程度是大成了，那犹如问文化怎样是极顶一样，都是不能回答的事，因为进化是没有止境的。许多人错把全体的一过程认做永久的完成，所以才有那些无聊的争执，其实只是自扰，何不将这白费的力气去做正当的事，走自己的路程呢。近来有一群守旧的新学者，常拿了新文学家的'发挥个性，注重创造'的话做挡牌，以为他们不应该'而对于为文言者仇雠视之'；这意思似乎和我所说的宽容有点相像，但其实是全不相干的。宽容者对于过去的文艺固然予以相当的承认与尊重，但是无所用其宽容，因为这种文艺已经过去了，不是现在的势力所能干涉，便再没有宽容的问题了。所谓宽容乃是说已成势力对于新兴流派的态度，正如壮年人的听任青年的活动。其重要的根据，在于活动变化是生命的本质，无论流派怎么不同，但其发展个性注重创造，同是人生的文学的方向，现象上或是反抗，在全体上实是继续，所以应该宽容，听其自由发育。若是'为文言'或拟古（无论拟古典或拟传奇派）的人们，既然不是新兴的更进一步的流派，当然不在宽容之列。——这句话或者有点语病，当然不是说可以'仇雠视之'，不过说用不着人家的宽容罢了。他们遵守过去的权威的人，背后得有大多数人的拥护，还怕谁去迫害他们呢。老实说，在中国现在文艺界上宽容旧派还不成为问题，倒是新派究竟已否成为势力，应否忍受旧派的迫压，却是未可疏忽的一个问题。临末还有一句附加的兑明，旧派的不在宽容之列的理由，是他们不合发展个性的条件。服从权威正是把个性汨没了，还发展什么来。新古典派——并非英国十八世纪的——与新传奇派，是融和而非模拟，所以仍是有个性的。至于现代的古文派，却只有一个拟古的通性罢了。"[1]

---

[1] 周作人：《文艺上的宽容》，载《自己的园地》，北京：晨报社出版部，1923 年 10 月再版，第 5—8 页。

　　《国粹与欧化》全文："在《学衡》上的一篇文章里，梅光迪君说，'实则模仿西人与模仿古人，其所模仿者不同，其为奴隶则一也。况彼等模仿西人，仅得糟粕，国人之模仿古人者，时多得其神髓乎。'我因此引起一种对于模仿与影响，国粹与欧化问题的感想。梅君以为模仿都是奴隶，但模仿而能得其神髓，也是可取的。我的意见则以为模仿都是奴隶，但影响却是可以的；国粹只是趣味的遗传，无所用其模仿，欧化是一种外缘，可以尽量的容受他的影响，当然不以模仿了事。倘若国粹这一个字，不是单指那选学桐城的文章和纲常名教的思想，却包括国民性的全部，那么我所假定遗传这一个释名，觉得还没有什么不妥。我们主张尊重各人的个性，对于个性的综合的国民性自然一样尊重，而且很希望其在文艺上能够发展起来，造成有生命的国民文学。但是我们的尊重与希望无论怎样的深厚，也只能以听其自然长发为止，用不著多事的帮助，正如一颗小小的稻或麦的种子，里边原自含有长成一株稻或麦的能力，所需要的只是自然的养护，倘加以宋人的揠苗助长，便反不免要使他'则苗槁矣'了。我相信凡是受过教育的中国人，以不模仿什么人为唯一的条件，听凭他自发的用任何种的文字，写任何种的思想，他的结果仍是一篇'中国的'文艺作品，有他的特殊的个性与共通的国民性相并存在，虽然这上边可以有许多外来的影响。这样的国粹直沁进在我们的脑神经里，用不著保存，自然永久存在，也本不会消灭的；他只有一个敌人，便是'模仿'。模仿者成了人家的奴隶，只有主人的命令，更无自己的意志，于是国粹便跟了自性死了。好古家却以为保守国粹在于模仿古人，岂不是自相矛盾么？他们的错误，由于以选学桐城的文章，纲常名教的思想为国粹，因为这些都是一时的现象，不能永久的自然的附著于人心，所以要勉强的保存，便不得不以模仿为唯一的手段，奉模仿古人而能得其神髓者为文学正宗了。其实既然是模仿了，决不会再有'得其神髓'这一回事；创作的古人自有他的神髓，但模仿者的所得却只有皮毛，便是所谓糟粕。奴隶无论怎样的遵守主人的话，终于是一个奴隶而非主人；主人的神髓在于自主，而奴隶的本分在于服从，叫他怎样的去得呢？他想做主人，除了从不做奴隶入手以外，再没有别的方法了。我们反对模仿古人，同时也就反对模仿西人；所反对的是一切的模仿，并不是有中外古今的区别与成见。模仿杜少陵或太戈尔，模仿苏东坡或胡适之，都不是我们所赞成的，但是受他们的影响是可以的，也是有益的，这便是我对于欧化问题的态度。我们欢迎欧化是喜得有一种新空气，可以供我们的享用，造成新的活力，并不是注射到血管里去，就替代血液之用。向来有一种乡愿的调和说，主张中学为体西学为用，或者有人要疑我的反对模仿欢迎影响说和他有点相似，但其间有这一个差异：他们有一种国粹优胜的偏见，只在这条件之上才容纳若干无伤大体的改革，我却以遗传的国民性为素地，尽他本质上的可能的量去承受各方面的影响，使其融和沁透，合为一体，连续变化下去，造成一个永久而常新的国民性，正如人的遗传之逐代增入异分子而不失其根本的性格。譬如国语问题，在主张中学为体西学为用者的意见，大抵以废弃周秦古文而用今日之古文为最大的让步了；我的主张则就单音的汉字的本性上尽最大可能的限度，容纳'欧化'，增加他表现的力量，却也不强他所不能做到的事情。照这样看来，现在各派的国语改革运动都是在正轨上走著，或者还可以逼紧一步，只不必到'三株们的红们的牡丹花们'的地步：曲折语的语尾变化虽然是极便利，但在汉文的能力之外了。我们一面不赞成现代人的做骈文律诗，但也并不忽视国语中字义声音两重的对偶的可能性，觉得骈律的发达正是运命的必然，非全由于人为，所以国语文学的趋势虽然向著自由的发展，而这个自然的倾向也大可以利用，炼成音乐与色彩的言语，只要不以词害意就好了。总之我觉得国粹欧化之争是无用的；人不能改变本性，也不能拒绝外缘，到底非大胆的是认两面不可。倘若偏执一面，以为彻底，有如两个学者，一说诗也有本能，一说要‘取消本能’，大家高论一番，聊以快意，其实有什么用呢?”①

《个性的文学》（1921年1月）节选：“假的，模仿的，不自然的著作，无论他是旧是新，都是一样的无价值，这便因为他没有真实的个性。印度那图夫人（Sarojini Naidu）的诗集《时鸟》（*Bird of Time*，1915）上，有一篇英国戈斯（Edmund Gosse）的序文。他说，那图夫人留学英国的时候，曾拿一卷诗稿给他看。诗也还好，只是其中夜莺呵，蔷薇呵，多是一派英国诗歌里的见习语，所以他老实的告诉她，叫她先将这诗稿放到废纸篓里，再开手去做真的她自己的诗。其结果便是《黄金的门》（*The Golden Threshold*）以下几部有名的诗集。……因此我们可以得到结论：（1）创作不宜完全没煞自己去模仿别人，（2）个性的表现是自然的，（3）个性是个人唯一的所有，而又与人类有根本上的共通点，（4）个性就是在可以保存范围内的国粹，有个性的新文学便是这国民所有的真的国粹的文学。”②

《地方与文艺——为杭州〈之江日报〉十周纪念作》（1923年3月22日）节选：“我们所希望的，便是摆脱了一切的束缚，任情地歌唱，无论人家文章怎样的庄严，思想怎样的乐观，怎样的讲爱国报恩，但是我要做风流轻妙，或讽刺谴责的文字，也是我的自由，而且无论说的是隐逸或是反抗，只要是遗传环境所融合而

---

①周作人：《国粹与欧化》，载《自己的园地》，北京：晨报社出版部，1923年10月再版，第9—12页。

②周作人：《个性的文学》，载《谈龙集》，上海：开明书店，1930年4月四版，第251—253页。

成的我的真的心搏，只要不是成见的执著主张派别等意见而有意造成的，也便都有发表的权利与价值。这样的作品，自然的具有他应具的特性，便是国民性，地方性与个性，也即是他的生命。我们不能主张浙江的文艺应该怎样，但可以说他总应有一种独具的性质。我们说到地方，并不以籍贯为原则，只是说风土的影响，推重那培养个性的土之力。尼采在《察拉图斯忒拉》中说，'我恳愿你们，我的兄弟们，忠于地。'我所说的也就是这'忠于地'的意思，因为无论如何说法，人总是'地之子'，不能离地而生活，所以忠于地可以说是人生的正当的道路。现在的人太喜欢凌空的生活，生活在美丽而空虚的理论里，正如以前在道学古文里一般，这是极可惜的，须得跳到地面上来，把土气息泥滋味透过了他的脉搏，表现在文字上，这才是真实的思想与文艺。"[1]

此外，这里补充两篇周作人对文论创作的自评文章，他将《平民的文学》《人的文学》《新文学的要求》三篇新文学运动的经典文章编入《艺术与生活》集。《〈艺术与生活〉自序》（1926 年 8月 10 日）中自述："这里边的文章与思想都是没有成熟的，似乎没有重印出来给人家看的价值，但是我看这也不妨。因为我们印书的目的并不在宣传，去教训说服人，只是想把自己的意思说给人听，无论偏激也好浅薄也好，人家看了知道这大略是怎么一个人，那就够了。至于成熟那自然是好事，不过不可强求，也似乎不是很可羡慕的东西，——成熟就是止境，至少也离止境不远。我如有一点对于人生之爱好，那即是她的永远的流转；到得一个人官能迟钝，希望'打住'的时候，大悲的'死'就来救他脱离此苦，这又是我所有对于死的一点好感。这集里所表示的，可以说是我

---

① 周作人：《地方与文艺——为杭州〈之江日报〉十周纪念作》，载《谈龙集》，上海：开明书店，1930 年 4 月四版，第 11—15 页。

今日之前的对于艺术与生活的意见之一部分，至于后来怎样，我可不能知道。但是，总该有点不同罢。其实这在过去也已经可以看出一点来了，如集中一九二四年以后所写的三篇，与以前的论文便略有不同，照我自己想起来，即梦想家与传道者的气味渐渐地有点淡薄下去了。一个人在某一时期大抵要成为理想派，对于文艺与人生抱着一种什么主义。我以前是梦想过乌托邦的，对于新村有极大的憧憬，在文学上也就有些相当的主张。我至今还是尊敬日本新村的朋友，但觉得这种生活在满足自己的趣味之外恐怕没有多大的觉世的效力，人道主义的文学也正是如此，虽然满足自己的趣味，这便已尽有意思，足为经营这些生活或艺术的理由。以前我所爱好的艺术与生活之某种相，现在我大抵仍是爱好，不过目的稍有转移，以前我似乎多喜欢那边所隐现的主义，现在所爱的乃是在那艺术与生活自身罢了。"①

《〈自己的园地〉序》（1923 年 7 月 25 日）节选："我们太要求不朽，想于社会有益，就太抹杀了自己；其实不朽决不是著作的目的，有益社会也并非著者的义务，只因他是这样想，要这样说，这才是一切文艺存在的根据。我们的思想无论如何浅陋，文章如何平凡，但自己觉得要说时便可以大胆的说出来，因为文艺只是自己的表现，所以凡庸的文章正是凡庸的人的真表现，比讲高雅而虚伪的话要诚实的多了。世间欺侮天才，欺侮着而又崇拜天才的世间也并轻蔑庸人，人们不愿听荒野的叫声，然而对于酒后茶余的谈笑，又将凭了先知之名去加以诃斥。这都是错的。我想，世人的心与口如不尽被虚伪所封锁，我愿意倾听'愚民'的自诉衷曲，当能得到如大艺术家所能给予的同样的慰安。我是爱好文

---

①周作人：《〈艺术与生活〉自序》，载《艺术与生活》，上海：中华书局，1936 年 12 月，第 1—3 页。

艺者，我想在文艺里理解别人的心情，在文艺里找出自己的心情，得到被理解的愉快。在这一点上，如能得到满足，我总是感谢的，所以我享乐——我想——天才的创造，也享乐庸人的谈话。世界的批评家法兰西（Anatole France）在《文学生活》（第一卷）上说，'著者说他自己的生活，怨恨，喜乐与忧患的时候，他并不使我们觉得厌倦。……因此我们那样的爱那大人物的书简和日记，以及那些人所写的，他们即使并不是大人物，只要他们有所爱，有所信，有所望，只要在笔尖下留下了他们自身的一部分。若想到这个，那庸人的心的确即是一个惊异。'"[1]

除文学研究会、创造社等文学团体外，还有以冯至（1905—1993）、林如稷（1902—1976）、陈翔鹤（1901—1969）、陈炜谟（1903—1955）等为主要成员的浅草社和沉钟社，这是前后连续的两个文学社团。浅草社于1922年在上海成立，于1923年3月至1925年2月间出版《浅草》季刊，《浅草》停刊后，遂在北京成立沉钟社，1925年10月创办《沉钟》周刊，中间经停刊、复刊，1934年2月出至第34期后终刊。

鲁迅在《〈中国新文学大系（小说二集）〉导言》（1935年3月2日）中评曰："发祥于上海的浅草社，其实也是'为艺术而艺术'的作家团体，但他们的季刊，每一期都显示着努力：向外，在摄取异域的营养，向内，在挖掘自己的魂灵，要发见心灵的眼睛和喉舌，来凝视这世界，将真和美歌唱给寂寞的人们。……次年，中枢移入北京，社员好像走散了一些，《浅草》季刊改为篇叶较少的《沉钟》周刊了，但锐气并不稍衰，第一期的肩端就引着吉辛（G. Gissing）的坚决的句子——'而且我要你们一齐都证实……我

---

[1] 周作人：《〈自己的园地〉序》，载《自己的园地》，北京：晨报社出版部，1923年10月再版，第2—3页。

要工作啊，一直到我死之一日。'……沉钟社却确是中国的最坚勒
〔韧〕，最诚实，挣扎得最久的团体。它好像真要如吉辛的话，工
作到死掉之一日；如《沉钟》的铸造者，死也得在水底里用自己
的脚敲出洪大的钟声。然而他们并不能做到，他们是活着的，时
移世易，百事俱非；他们是要歌唱的，而听者却有的睡眠，有的
槁死，有的流散，眼前只剩下一片茫茫白地，于是也只好在风尘澒
洞中，悲哀孤寂地放下了他们的箜篌了。"①

三　文坛时局与潮流趋向

1917 年 1 月至 1927 年 4 月，中国正值军阀割据混战时期。
1926 年、1927 年，政局尤其动荡。北京城的境况正如闻一多《死
水》（北京《晨报副刊〈诗刊〉》1926 年第 3 期）和徐志摩《死
城——北京的一晚》（《新月》1929 年第 1 卷第 11 期）两篇文学作
品的真实写照。1926 年 7 月，孙中山领导的国民革命军誓师北伐，
北方作家部分参加革命，部分不堪困境纷纷南下，遂形成自北向
南的大迁徙。

作家们的困境主要来自生活和思想两方面。生活上，北洋政
府积欠薪水，经济陷于困顿。梁实秋在《忆〈新月〉》中回忆：
"民国十六年春，国民革命军北伐到了南京近郊，当时局势很乱。
我和余上沅都在东南大学教书，同住在学校对门蓁巷四号。我们
听到炮声隆隆，看到街上兵慌马乱，成群的散兵游勇在到处拉夫
抓车，我们便商量应变的方策，决定携眷到上海再说。于是把衣
物书籍装箱存在学校图书馆里，我们闯到下关搭船到了上海。学

①鲁迅：《〈中国新文学大系（小说二集）〉导言》，载鲁迅编选《中国新
文学大系》（第四集：小说二集），上海：上海良友图书印刷公司，1935 年 7
月，第 5—6 页。

校一时无法开学，后来开学之后我们也不在被续聘之列，我们只好留在上海。我们到上海，是受了内战之赐。这时节北方还在所谓'军阀'的统治下，北平的国立八校经常在闹'索薪'风潮，教员的薪俸积欠经年，在请愿、坐索、呼吁之下每个月也只能领到三几成薪水，一般人生活非常狼狈，学校情形亦不正常，有些人开始逃荒，其中一部份逃到上海。徐志摩、丁西林、叶公超、闻一多、饶子离等都在这时候先后到了上海。胡适之先生也是这时候到了上海居住。"①

　　思想上，北洋政府封闭刊物，禁售新文学作品。阮无名在《新文学初期的禁书》中写道："胡适在一九二四年七月三日，写给国务总理张国淦的信，这信是揭载在同年七月六日北京《晨报副刊》上的，后来不曾收集：乾若先生：六月八日见着先生和少川先生时，曾以警厅禁卖《胡适文存》的事奉询，蒙先生允为访问：过了两天，梦麟先生代达尊意，说已代询过内务部及警厅，据云，《胡适文存》及《独秀文存》并未曾禁卖；并云，前次向各书店收去检阅的书，均已发还原店了。当时我自然很觉得满意；但迄今已近一月，而警厅仍在干涉各书摊，不许他们发卖这两部书，前次没收的书也并不曾发还。我曾把先生转告的话说给一两家书摊掌柜的，他们信以为真，就试把一两部《胡适文存》摆出来看看。不料各区警察署仍派便衣侦探干涉此书，不准售卖。我想再奉托先生再为一问，究竟北京的政令是什么机关作主？究竟我的书为什么不许售卖。禁卖书籍为什么不正式布告该禁的理由？为什么要没收小贩子出钱卖〔买〕来的书？（我所知道的，南城有一家书摊被收去《胡适文存》三部，《独秀文存》七部。西城锦什

---

　　① 梁实秋：《忆〈新月〉》，载梁实秋著，陈子善编《梁实秋文学回忆录》，长沙：岳麓书社，1989 年 1 月，第 106 页。

坊街有一家被收去两种文存约十几部。）我很盼望先生替我一问，因为现在各书摊的掌柜疑心我说讹；我既然不能疑心梦麟先生和先生说讹，自然只好请先生再为一问了。最奇怪的是现在警察厅禁售的书，不但有这两部文存，还有便衣侦探把一张禁售的书单传给各书摊，内中有什么《爱的成年》《爱美的戏剧》《自己的园地》等书。这真是大笑话！《爱的成年》乃是英国著名老宿嘉本德（Edward Carpenter）的名著，世界各国文字皆有译本，不料在中国竟遭禁卖之厄。《自己的园地》乃是周作人先生评论文学的小品文字的结集，为近年文学界希有的作品，亦不知为何遭此灾厄。这些书固然于我无关，但这种昏谬的禁令实在太可笑了，我连带说及一句，也很盼望先生们能设法消除这种笑话，不要太丢中国的脸。匆匆奉闻，乞恕琐屑。胡适敬上，十三，七，三。"[1]

除生活思想上的困境外，同时期还发生了多起政治血案。《京报》于 1926 年 4 月 26 日被奉军查封，社长邵飘萍（1886—1926）被杀害，1927 年 4 月 28 日李大钊等革命者被杀害。持续发生的政治迫害，使作家们感受到了严重威胁。与此同时，北洋政府查封和压制报刊，《语丝》《现代评论》等在 1927 年前后都被迫相继停刊，并迁往上海办刊。

1917 年 1 月至 1927 年 4 月的文学创作潮流趋向，主要表现为在不同文学思潮影响下对旧文学的革新以及新文学的创作，大致可从以下三个方面概略了解。一是 1919 年 5 月 4 日前后，新文学锋芒初试，先驱者们的文学创作呈现出破旧革新的潮流趋向。二是 1919 年 5 月 4 日至 1926 年 3 月 18 日，新文学声威初显，文坛始现"为人生的艺术"与"为艺术的艺术"两个思潮趋向的创作

---

[1] 阮无名：《新文学初期的禁书》，载阿英编选《中国新文学大系》（第十集：史料·索引），上海：上海良友图书印刷公司，1936 年 2 月，第 261—262 页。

流派，客观写实与主观抒情等多种创作手法充分自由发展。新文学第一代作家们注重提倡文学或为改造社会人生的工具，或为自我个性情感的抒写，与此同时，美好的光明理想与压抑的黑暗现实之间的巨大落差又使得他们感伤且彷徨。三是 1926 年 3 月 18 日至 1927 年 4 月 12 日，从三一八惨案到四一二反革命政变，政局加剧动荡，文坛日益沉寂，部分作家投身革命，催生了"革命文学"的创作思潮，为下个时代左翼文学的兴起做好铺垫。

第二章　小说（一）

今日欲改良群治，必自小说界革命始！欲新民，必自新小说始！

——梁启超《论小说与群治之关系》

1917年1月至1927年4月的中国新小说，开启于获得文学正宗之地位，历经和结束于以文学研究会为主的客观写实，以创造社为主的主观抒情两种小说流派的形成和成熟。与新小说相对而言的旧小说，为适应新时代的要求，维持着自身"通俗性"特征的同时又注重加强"现代性"。

一　小说获得文学正宗之地位

"当我留心文学的时候，情形和现在很不同：在中国，小说不算文学，做小说的也决不能称为文学家，所以并没有人想在这一条道路上出世。我也并没有要将小说抬进'文苑'里的意思，不过想利用他的力量，来改良社会。"[①] 鲁迅的《我怎么做起小说来》（1933年3月5日）中的这段文字释明，中国的小说在清末民初之

———————

[①] 鲁迅：《我怎么做起小说来》，载《南腔北调集》，上海：同文书店，1934年3月，第109页。

时仍未能改变它非文学正宗的命运。

中国小说自先秦《〈庄子〉外物》始见起，一直被文人雅士视作"小道"，此文学观至晚清戊戌维新时期始有较大改观。1898年春，上海大同译书局发行康有为（1858—1927）编撰的《日本书目志》，该志共列十五门，"小说门"与"文学门"并列，总录小说1056种。《"小说门"按语》载："易逮于民治，善入于愚俗，可增《七略》为八，四部为五，蔚为大国，直隶《王风》者，今日急务，其小说乎？仅识字之人，有不读经，无有不读小说者。故六经不能教，当以小说教之；正史不能入，当以小说入之；语录不能谕，当以小说谕之；律例不能治，当以小说治之。天下通人少，而愚人多，深于文学之人少，而粗识之无之人多。六经虽美，不通其义，不识其字，则如明珠夜投，按剑而怒矣。孔子失马，子贡求之不得，圉人求之而得，岂子贡之智不若圉人哉？物各有群，人各有等，以龙伯大人与僬侥语，则不闻也。今中国识字人寡，深通文学之人尤寡，经义史故亟宜译小说而讲通之。"①

1900年，康有为作《闻菽园居士欲为政变说部诗以速之》七言诗云："我游上海考书肆，群书何者销流多。经史不如八股盛，八股无如小说何。郑声不倦雅乐睡，人情所好圣不呵。自从戊戌八月后，天昏雾黑暗山河。房州闭废金轮覆，大鹏遮天眹双目。天宫忽遇南风扇，莲花留得六郎宿。吕家少帝岂刘氏，潘后童女为魏续。天柱尔朱假大权，内总禁卫外旗绿。兵马元帅都天下，坐观玄黄闻鬼哭。姚宋才名甘作辅，何况无耻陈伯玉。顷者开科买士心，秀才得意群呻吟。君国沦忘彼岂识，科第偷窃众所钦。旧党献谀狂一国，大周受命颂骙骙。是非颠倒人心变，哀哉神州

---

① 康有为：《"小说门"按语》，载姜义华、张荣华编校《康有为全集》（第三集），北京：中国人民大学出版社，2007年9月，第522页。

其陆沉。颇欲移挽恨无术，绉眉搔首天雨阴。闻君董狐说小说，以敌八股功最深。衿缨市井皆快睹，上达下达真妙音。方今大地此学盛，欲争六艺为七岑。去年卓如欲述作，荏苒不成失灵药。或托乐府或稗官，或述前圣或后觉。拟出一治更一乱，普问人心果何乐。庶俾四万万国民，茶余睡醒用戏谑。以君妙笔为写生，海潮大声起木铎。乞放霞光照大千，十日为期速画诺。"①

承继康有为思想并做发扬的是其弟子梁启超。梁启超的成名作《变法通议》于 1896 年、1897 年在《时务报》上连载，其中《〈变法通议〉论幼学》（《时务报》1896 年第 16—19 期）写有关于新小说最初的主张："五曰说部书。古人文字与语言合，今人文字与语言离，其利病既缕言之矣。今人出话，皆用今语，而下笔必效古言，故妇孺农氓，靡不以读书为难事，而《水浒》《三国》《红楼》之类，读者反多于六经（寓华西人亦读《三国演义》最多以其易解也）。夫小说一家，《汉志》列于九流，古之士夫，未或轻之。宋贤语录，满纸恁地这个，韪直不事修饰，抑亦有微意存焉。日本创伊吕波等四十六字母，别以平假名片假名，操其土语以辅汉文，故识字读书阅报之人日多焉。今即未能如是，但使专用今之俗语，有音有字者以著一书，则解者必多，而读者当亦愈夥。自后世学子，务文采而弃实学，莫肯辱身降志，弄此楮墨。而小有才之人，因而游戏恣肆以出之，诲盗诲淫，不出二者。故天下之风气，鱼烂于此间而莫或知，非细故也。今宜专用俚语，广著群书，上之可以借阐圣教，下之可以杂述史事，近之可以激发国耻，远之可以旁及彝情，乃至宦途丑态，试场恶趣，鸦片顽

---

① 康有为：《闻菽园居士欲为政变说部诗以速之》，载《康南海先生诗集四册》（卷五：大庇阁诗集），上海：商务印书馆，1941 年 4 月，第 35—37 页。

癖，缠足虐刑，皆可穷极异形，振厉末俗，其为补益，岂有量耶！"①

1898 年，梁启超又在《译印政治小说序》（《清议报》1898 年第 1 期）中大段引用康有为《"小说门"按语》的论述，并以外国为例进一步说明小说对政治变革的作用："在昔欧洲各国变革之始，其魁儒硕学，仁人志士，往往以其身之所经历，及胸中所怀政治之议论，一寄之于小说。于是彼中缀学之子，黉塾之暇，手之口之，下而兵丁、而市侩、而农氓、而工匠、而车夫马卒、而妇女、而童孺，靡不手之口之。往往每一书出，而全国之议论为之一变。彼美、英、德、法、奥、意、日本各国政界之日进，则政治小说为功最高焉。英名士某君曰：'小说为国民之魂。'岂不然哉！岂不然哉！"②

1902 年，《新小说》在日本横滨创刊，自第 2 卷起改在上海发行，1906 年 1 月停刊，共刊出 2 卷 24 期。《新民丛报》1902 年第 14 期刊载广告《中国唯一之文学报〈新小说〉》："'本报宗旨专在借小说家言，以发起国民政治思想，激厉其爱国精神，一切淫猥鄙野之言，有伤德育者，在所必摈''本报所登载各篇著译各半，但一切精心结撰，务求不损中国文学之名誉''本报文言俗语参用，其俗语之中官话与粤语参用，但其书既用某体者则全部一律''本报之内容如下：一图画、二论说、三历史小说、四政治小说、五哲理科学小说、六军事小说、七冒险小说、八探侦小说、九写情小说、十语怪小说、十一札记体小说、十二传奇体小说、十三世界名人逸事、十四新乐府、十五粤讴及广东戏本，其余或有应

①梁启超：《〈变法通议〉论幼学》，载《饮冰室合集》（文集第一册之一），上海：中华书局，1936 年 4 月，第 54 页。
②任公：《译印政治小说序》，载《清议报》1898 年第 1 期，第 54 页。

增之门类随时补入。'"① 其中，"论说"写道："本报论说专属于
小说之范围，大指欲为中国说部创一新境界，如论文学上小说之
价值、社会上小说之势力、东西各国小说学进化之历史及小说家
之功德、中国小说界革命之必要及其方法等题尚夥多不能豫定。"②

《新小说》1902年第1卷第1期"论说"专栏的文章是梁启超
撰写的"小说界革命"纲领性论文《论小说与群治之关系》，全文
如下："欲新一国之民，不可不先新一国之小说。故欲新道德，必
新小说；欲新宗教，必新小说；欲新政治，必新小说；欲新风俗，
必新小说；欲新学艺，必新小说；乃至欲新人心，欲新人格，必
新小说。何以故？小说有不可思议之力支配人道故。吾今且发一
问：人类之普通性，何以嗜他书不如其嗜小说？答者必曰：以其
浅而易解故，以其乐而多趣故。是固然。虽然，未足以尽其情也。
文之浅而易解者，不必小说；寻常妇孺之函札，官样之文牍，亦
非有艰深难读者存也，顾谁则嗜之？不宁惟是，彼高才赡学之士，
能读坟典索邱，能注虫鱼草木，彼其视渊古之文与平易之文，应
无所择，而何以独嗜小说？是第一说有所未尽也。小说之以赏心
乐事为目的者固多，然此等顾不甚为世所重，其最受欢迎者，则
必其可惊可愕可悲可感，读之而生出无量噩梦，抹出无量眼泪者
也。夫使以欲乐故而嗜此也，而何为偏取此反比例之物而自苦也？
是第二说有所未尽也。吾冥思之，穷鞠之，殆有两因：凡人之性，
常非能以现境界而自满足者也，而此蠢蠢躯壳，其所能触能受之
境界，又顽狭短局而至有限也。故常欲于其直接以触以受之外，
而间接有所触有所受，所谓身外之身，世界外之世界也。此等识

①《中国唯一之文学报〈新小说〉》（广告），载《新民丛报》1902年第
14期。
②同上。

想，不独利根众生有之，即钝根众生亦有焉。而导其根器，使日趋于钝，日趋于利者，其力量无大于小说。小说者，常导人游于他境界，而变换其常触常受之空气者也。此其一。人之恒情，于其所怀抱之想像，所经阅之境界，往往有行之不知，习矣不察者。无论为哀、为乐、为怨、为怒、为恋、为骇、为忧、为惭，常若知其然而不知其所以然，欲摹写其情状，而心不能自喻，口不能自宣，笔不能自传。有人焉，和盘托出，澈底而发露之，则拍案叫绝曰：善哉善哉！如是如是！所谓'夫子言之于我心有戚戚焉'。感人之深，莫此为甚。此其二。此二者实文章之真谛，笔舌之能事。苟能批此窾，导此窍，则无论为何等之文，皆足以移人。而诸文之中能极其妙而神其技者，莫小说若。故曰：小说为文学之最上乘也！由前之说，则理想派小说尚焉；由后之说，则写实派小说尚焉。小说种目虽多，未有能出此两派范围外者也。抑小说之支配人道也，复有四种力：一曰熏。熏也者，如入云烟中而为其所烘，如近墨朱处而为其所染，《楞伽经》所谓'迷智为识，转识成智'者，皆恃此力。人之读一小说也，不知不觉之间，而眼识为之迷漾，而脑筋为之摇扬，而神经为之营注，今日变一二焉，明日变一二焉，刹那刹那，相断相续，久之而此小说之境界，遂入其灵台而据之，成为一特别之原质之种子。有此种子故，他日又更有所触所受者，旦旦而熏之，种子愈盛，而又以之熏他人，故此种子遂可以遍世界。一切器世间、有情世间之所以成、所以住，皆此为因缘也。而小说则巍巍焉具此威德以操纵众生者也。二曰浸，熏以空间言，故其力之大小，存其界之广狭。浸以时间言，故其力之大小，存其界之长短。浸也者，入而与之俱化者也。人之读一小说也，往往既终卷后，数日或数旬而终不能释然。读《红楼》竟者，必有余恋，有余悲；读《水浒》竟者，必有余快，有余怒。何也？浸之力使然也。等是佳作也，而其卷帙愈繁、事实愈多者，则其浸人也亦愈甚！如酒焉，作十日饮，则作百日醉。我佛从菩提树下起，便说偌大一部《华严》，正以此也。三曰刺，刺也者，刺激之义也。熏、浸之力，利用渐；刺之力，利用顿。熏、浸之力，在使感受者不觉；刺之力，在使感受者骤觉。刺也者，能入于一刹那顷，忽起异感而不能自制者也。我本蔼然和也，乃读林冲雪天三限、武松飞云浦厄，何以忽然发指？我本愉然乐也，乃读晴雯出大观园、黛玉死潇湘馆，何以忽然泪流？我本肃然庄也，乃读实甫之琴心、酬简，东塘之眠香、访翠，何以忽然情动？若是者，皆所谓刺激也。大抵脑筋愈敏之人，则其受刺激力也愈速且剧。而要之必以其书所含刺激力之大小为比例。禅宗之一棒一喝，皆利用此刺激力以度人者也。此力之为用也，文字不如语言。然语言力所被，不能广、不能久也，于是不得不乞灵于文字。在文字中，则文言不如其俗语，庄论不如其寓言，故具此力最大者，非小说末由！四曰提，前三者之力，自外而灌之使人。提之力，自内而脱之使出，实佛法之最上乘也。凡读小说者，必常若自化其身焉，入于书中，而为其书之主人翁。读《野叟曝言》者，必自拟文素臣；读《石头记》者，必自拟贾宝玉；读《花月痕》者，必自拟韩荷生若韦痴珠；读梁山泊者，必自拟黑旋风若花和尚；虽读者自辩其无是心焉，吾不信也。夫既化其身以入书中矣，则当其读此书时，此身已非我有，截然去此界以入于彼界，所谓华严楼阁，帝网重重，一毛孔中万亿莲花，一弹指顷百千浩劫，文字移人，至此而极！然则吾书中主人翁而华盛顿，则读者将化身为华盛顿；主人翁而拿破仑，则读者将化身为拿破仑；主人翁而释迦、孔子，则读者将化身为释迦、孔子，有断然也。度世之不二法门，岂有过此？此四力者，可以卢牟一世，亭毒群伦，教主之所以能立教门，政治家所以能组织政党，莫不赖是。文家能得其一，则为文豪；能兼其四，则为文圣。有此四力而用之于善，则可以福亿兆人；有此四力而用之于恶，则可以毒万千载。而此四力所以最易寄者惟小说。可爱哉小说！可畏哉小说！小说之为体，其易入人也既如彼，其为用之易感人也又如此，故人类之普通性，嗜他文不如其嗜小说，此殆心理学自然之作用，非人力之所得而易也。此又天下万国凡有血气者莫不皆然，非直吾赤县神州之民也。夫既已嗜之矣，且遍嗜之矣，则小说之在一群也，既已如空气如菽粟，欲避不得避，欲屏不得屏，而日日相与呼吸之餐嚼之矣。于此其空气而苟含有秽质也，其菽粟而苟含有毒性也，则其人之食息于此间者，必憔悴，必萎病，必惨死，必堕落，此不待蓍龟而决也。于此而不洁净其空气，不别择其菽粟，则虽日饲以参苓，日施以刀圭，而此群中人之老、病、死、苦，终不可得救。知此义，则吾中国群治腐败之总根原，可以识矣。吾中国人状元宰相之思想何自来乎？小说也，吾中国人佳人才子之思想何自来乎？小说也；吾中国人江湖盗贼之思想何自来乎？小说也；吾中国人妖巫狐鬼之思想何自来乎？小说也。若是者，岂尝有人焉，提其耳而诲之，传诸钵而授之也？而下自屠爨贩卒妪娃童稚，上至大人先生高才硕学，凡此诸思想必居一于是。莫或使之，若或使之。盖百数十种小说之力直接间接以毒人，如此其甚也（即有不好读小说者，而此等小说，既已渐溃社会，成为风气；其未出胎也，固已承此遗传焉；其既入世也，又复受此感染焉。虽有贤智，亦不能自拔，故谓之间接）。今我国民，惑堪舆，惑相命，惑卜筮，惑祈禳，因风水而阻止铁路，阻止开矿，争坟墓而阖族械斗，杀人如草，因迎神赛会而岁耗百万金钱，废时生事，消耗国力者，曰惟小说之故。今我国民慕科第若膻，趋爵禄若骛，奴颜婢膝，寡廉鲜耻，惟思以十年萤雪，暮夜苞苴，易其归骄妻妾、武断乡曲一日之快，遂至名节大防，扫地以尽者，曰惟小说之故。今我国民轻弃信义，权谋诡诈，云翻雨覆，苛刻凉薄，驯至尽人皆机心，举国皆荆棘者，曰惟小说之故。今我国民轻薄无行，沈溺声色，绻恋床第，缠绵歌泣于春花秋月，销磨其少壮活泼之气；青年子弟，自十五岁至三十岁，惟以多情、多感、多愁、多病为一大事业，儿女情多，风云气少，甚者为伤风败俗之行，毒遍社会，曰惟小说之故。今我国民绿林豪杰，遍地皆是，日日有桃园之拜，处处为梁山之盟，所谓'大碗酒，大块肉，分秤称金银，论套穿衣服'等思想，充塞于下等社会之脑中，遂成为哥老、大刀等会，卒至有如义和拳者起，沦陷京国，启召外戎，曰惟小说之故。呜呼！小说之陷溺人群，乃至如是！乃至如是！大圣鸿哲数万言谆诲之而不足者，华士坊贾一二书败坏之而有馀！斯事既愈为大雅君子所不屑道，则愈不得不专归于华士坊贾之手。而其性质，其位置，又如空气然，如菽粟然，为一社会中不可得避、不可得屏之物，于是华士坊贾，遂至握一国之主权而操纵之矣。呜呼！使长此而终古也，则吾国前途，尚可问耶？尚可问耶？故今日欲改良群治，必自小说界革命始！欲新民，必自新小说始！"[①]

"政治小说"专栏的作品是梁启超以"小说救国"视角创作的政治小说《新中国未来记》，全书起笔于义和团事变，叙至其后五十年止，结构上采用中国传统小说从未有过的"幻梦倒影之法"（倒叙法）叙述。梁氏译作《佳人奇遇》（连载于《清议报》1898年、1899年）和《十五小豪杰》（横滨新民社，1903年5月）皆是倒叙手法的小说，他将这一外来写作方法借鉴于中国小说的创作实践。虽然这部"小说界革命"最早的创作成果未能终稿，且新小说的其他创作成绩亦寥寥，但这些开创性工作影响深远。

---

① 梁启超：《论小说与群治之关系》，载《饮冰室合集》（文集第四册之十），上海：中华书局，1936年4月，第6—10页。

　　《新小说》的创办为雨后春笋般涌现的小说刊物提供了一种杂志范式，如与《新小说》合称"晚清四大小说杂志"的《绣像小说》（1903 年）、《月月小说》（1906 年）、《小说林》（1907 年）。1906 年 11 月，《月月小说》在上海创刊发行，吴趼人（1866—1910）在《〈月月小说〉序》中自述："吾执吾笔，将编为小说，即就小说以言小说焉，可也。奈之何举社会如是种种之丑态而先表暴之，吾盖有所感焉。吾感天饮冰子《小说与群治之关系》之说出，提倡改良小说，不数年而吾国之新著新译之小说，几于汗万牛充万栋，犹复日出不已而未有穷期也。求其所以然之故，曰随声附和故。"①

　　在康梁开创的小说理论影响下，文学革命进一步巩固了小说的文学正宗之地位。《胡适口述自传》第十一章"从旧小说到新红学"写道："所以我们这一文学革命运动，事实上是负责把这一大众所酷好的小说，升高到它们在中国活文学上应有的地位。"②

　　以坚实的新小说创作成绩来践行康梁小说"改良社会"理论的是鲁迅。《〈呐喊〉自序》（1922 年 12 月 3 日于北京）明确道出鲁迅投身文艺源于在日本仙台医学院观看日俄战争的幻灯片："有一回，我竟在画片上忽然会见我久违的许多中国人了，一个绑在中间，许多站在左右，一样是强壮的体格，而显出麻木的神情。据解说，则绑着的是替俄国做了军事上的侦探，正要被日军砍下头颅来示众，而围着的便是来赏鉴这示众的盛举的人们。这一学年没有完毕，我已经到了东京了，因为从那一回以后，我便觉得医学并非一件紧要事，凡是愚弱的国民，即使体格如何健全，如何

---

　　①吴趼人：《〈月月小说〉序》，载《月月小说》1906 年第 1 卷第 1 期，第 4—5 页。

　　②胡适口述，唐德刚译注：《胡适口述自传》，桂林：广西师范大学出版社，2015 年 2 月，第 263 页。

苗壮，也只能做毫无意义的示众的材料和看客，病死多少是不必以为不幸的。所以我们的第一要著，是在改变他们的精神，而善于改变精神的是，我那时以为当然要推文艺，于是想提倡文艺运动了。"①

　　文学革命发难后的小说批评文章有：刘半农的《诗与小说精神上之革新——介绍约翰生樊戴克两氏之文学思想》（《新青年》1917 年第 3 卷第 5 期）和《中国之下等小说》（《北京大学日刊》1918 年第 142—153 期）、志希（罗家伦）的《今日中国之小说界——中国人之中国人做中国小说观，外国人之中国人译外国小说观》（《新潮》1919 年第 1 卷第 1 期）等，这里重点介绍胡适与周作人在北京大学的两篇讲演稿。

　　1918 年 3 月 15 日，胡适在北京大学国文研究所小说科讲演《论短篇小说》（《新青年》1918 年第 4 卷第 5 期）。全文分三节，主要观点如下，第一节"什么叫做'短篇小说'？"："我如今且下一个'短篇小说'的界说：短篇小说是用最经济的文学手段，描写事实中最精采的一段，或一方面，而能使人充分满意的文章。"② 第二节"中国短篇小说的略史"。从先秦诸子的寓言起："中国最早的短篇小说，自然要数先秦诸子的寓言了。《庄子》《列子》《韩非子》《吕览》诸书所载的'寓言'，往往有用心结构可当'短篇小说'之称的。"③ 经汉、魏晋、唐、宋以及明清历代小说概况，勾勒出小说的演进。第三节"结论"："最近世界文学的趋势，都是由长趋短，由繁多趋简要。——'简'与'略'不同，故这句话与上

①鲁迅：《〈呐喊〉自序》，载《呐喊》，北京：新潮社，1923 年 8 月，第 4 页。
②胡适：《论短篇小说》，载《胡适文存》，上海：亚东图书馆，1922 年 3 月再版，第 176 页。
③同上，第 179 页。

文说'由略而详'的进步，并无冲突。诗的一方面，所重的在于'写情短诗'（Lyrical Poetry，或译'抒情诗'）。像 Homer，Milton，Dante 那些几十万字的长篇，几乎没有人做了，就有人做（十九世纪尚多此种），也很少人读了。戏剧一方面，莎士比亚的戏，有时竟长到五出二十幕（此所指乃 Hamlet 也）。后来变到五出五幕，又渐渐变成三出三幕，如今最注重的是'独幕戏'了。小说一方面，自十九世纪中段以来，最通行的是'短篇小说'。长篇小说如 Tolstoy 的《战争与和平》，竟是绝无而仅有的了。所以我们检直可以说，'写情短诗''独幕剧''短篇小说'三项，代表世界文学最近的趋向。这种趋向的原因，不止一种。（一）世界的生活竞争一天忙似一天，时间越宝贵了，文学也不能不讲究'经济'；若不经济，只配给那些吃了饭没事做的老爷太太们看，不配给那些在社会上做事的人看了。（二）文学自身的进步，与文学的'经济'有密切关系。斯宾塞说，论文章的方法，千言万语，只是'经济'一件事。文学越进步，自然越讲求'经济'的方法。有此两种原因，所以世界的文学都趋向这三种'最经济的'体裁。"[①]

1918 年 4 月 19 日，周作人在北京大学文科研究所小说研究会讲演《日本近三十年小说之发达》（《新青年》1918 年第 5 卷第 1 期），全文从"日本近三十年来小说变迁的大概"[②]来论述其"逐渐发达的径路"[③]，旨在为中国新小说的发展探寻道路。文章开篇

---

① 胡适：《论短篇小说》，载《胡适文存》，上海：亚东图书馆，1922 年 3 月再版，第 191—193 页。

② 周作人：《日本近三十年小说之发达》，载胡适编选《中国新文学大系》（第一集：建设理论集），上海：上海良友图书印刷公司，1935 年 10 月，第 292 页。

③ 同上，第 283 页。

道出要旨："日本的文化，大约可说是'创造的模拟'。"[1] 接着写道："在文学一方面，也是如此。所以从前虽受了中国的影响，但他们的纯文学，却仍有一种特别的精神。如列代的和歌，平安朝（780—1180）的物语，江户时代（610—1870）的平民文学，——俳句川柳之类，都是极好的例。到了维新以后，西洋思想占了优势，文学也生了一个极大变化。明治四十五年中，差不多将欧洲文艺复兴以来的思想，逐层通过；一直到了现在，就已赶上了现代世界的思潮，在'生活的河'中，一同游泳。从表面上看，也可说是'模仿'西洋；但这话也不尽然。照上面所说，正是创造的模拟。这并不是说，将西洋新思想和东洋的国粹合起来，算是好；凡是思想，愈有人类的世界的倾向，便愈好。日本新文学便是不求调和，只去模仿的好；——又不只模仿思想形式，却将他的精神，倾注在自己心里，混和了，随后又倾倒出来；模拟而独创的好。譬如有两个人，都看《佛经》，一个是饱受了人世的忧患的人，看了便受了感化，时常说些人生无常的话，虽然是从《佛经》上看来，一面却就是他自己实感的话。又一个是富贵的读书人，也看了一样的话，可只是背诵那经上的话。这便是两样模拟的分别，也就是有诚意与无诚意的分别。日本文学界，因为有自觉肯服善，能有诚意的去'模仿'，所以能生出许多独创的著作，造成二十世纪的新文学。"[2] 文末得出结论："我们要想救这弊病，须得摆脱历史的因袭思想。真心的先去模仿别人。随后自能从模仿中，蜕化出独创的文学来，日本就是个榜样。照上文所说，中国现时小说情形，仿佛明治十七八年时的样子；所以目下切要办

---

①周作人：《日本近三十年小说之发达》，载胡适编选《中国新文学大系》（第一集：建设理论集），上海：上海良友图书印刷公司，1935 年 10 月，第282 页。

②同上，第 282—283 页。

法，也便是提倡翻译及研究外国著作。但其先又须说明小说的意义，方才免得误会，被一般人拉去归入子部杂家，或并入《精忠岳传》一类闲书。——总而言之，中国要新小说发达，须得从头做起；目下所缺第一切要的书，就是一部讲小说是什么东西的《小说神髓》。"①

除小说文论外，小说史学的开山之作，鲁迅的《中国小说史略》于1923年12月由北大第一院新潮社出版。《〈中国小说史略〉序言》（1923年10月7日于北京）写有创作缘由："中国之小说自来无史；有之，则先见于外国人所作之中国文学史中，而后中国人所作者中亦有之，然其量皆不及全书之什一，故于小说仍不详。"② 胡适在《〈白话文学史〉自序》（1928年6月5日）中评曰："在小说的史料方面，我自己也颇有一点点贡献。但最大的成绩自然是鲁迅先生的《中国小说史略》。这是一部开山的创作，搜集甚勤，取材甚精，断制也甚谨严，可以替我们研究文学史的人节省无数精力。"③

西洋小说自晚清以来的大量引入，对中国小说从观念到文体，从形式到语言的影响至深至巨。新小说在几乎同时吸收着浪漫主义、写实主义、现代主义等文学理论的基础上，形成了客观写实和主观抒情两种主要流派既独立又相互渗透的发展轨迹。就文学体裁而言，短篇小说的引进与成熟成为中国小说现代化的标志。

---

①周作人：《日本近三十年小说之发达》，载胡适编选《中国新文学大系》（第一集：建设理论集），上海：上海良友图书印刷公司，1935年10月，第293页。

②鲁迅：《〈中国小说史略〉序言》，载《中国小说史略》，北京：北大第一院新潮社，1923年12月，第1页。

③胡适：《〈白话文学史〉自序》，载《白话文学史》，上海：新月书店，1928年6月，第9页。

关于西洋文学的影响，鲁迅在《我怎么做起小说来》中自述："但我的来做小说，也并非自以为有做小说的才能，只因为那时是住在北京的会馆里的，要做论文罢，没有参考书，要翻译罢，没有底本，就只好做一点小说模样的东西塞责，这就是《狂人日记》。大约所仰仗的全在先前看过的百来篇外国作品和一点医学上的知识，此外的准备，一点也没有。"① 又在《〈草鞋脚〉（英译中国短篇小说集）小引》（1934 年 3 月 23 日于上海）开篇写道："在中国，小说是向来不算文学的。在轻视的眼光下，自从十八世纪末的《红楼梦》以后，实在也没有产生什么较伟大的作品。小说家的侵入文坛，仅是开始'文学革命'运动，即一九一七年以来的事。自然，一方面是由于社会的要求的，一方面则是受了西洋文学的影响。"②

叶圣陶在《我写小说》（1951 年 2 月 1 日发表，原为《〈叶圣陶选集〉序》）开篇写道："我写小说，并没有师承，十几岁的时候就喜欢自己瞎摸。如果不读英文，不接触那些用英文写的文学作品，我决不会写什么小说。读了些英文的文学作品，英文没有读通，连浅近的文法都没有搞清楚，可是文学的兴趣引起来了。这是意外的收获。当然，看些翻译作品也有关系。翻译作品，在我青年时代看起来，简直在经史百家以外另外有一种境界。我羡慕那种境界，常常想，如果表现得出那种境界，多么好。现在想起来，短篇小说这一类东西，我国绝对没有固然不能说，但是，严格的说，确是我国向来没有的，因而叫我感觉新鲜。感觉新鲜，

①鲁迅：《我怎么做起小说来》，载《南腔北调集》，上海：同文书店，1934 年 3 月，第 110—111 页。
②鲁迅：《〈草鞋脚〉（英译中国短篇小说集）小引》，载《且介亭杂文》，上海：三闲书屋，1937 年 7 月，第 18 页。

愿意试一试，那是青年们通常的心情。"①

二 鲁迅的《呐喊》与《彷徨》

鲁迅，原名周树人。出生于浙江绍兴，1898 年入南京江南水师学堂学习，后转入江南陆师学堂附设矿务铁路学堂。1902 年赴日本留学，1906 年从仙台医学专门学校（现日本东北大学医学部）退学，从事文学工作。在日留学期间，广泛接触东西方文化，加之从小接受儒家正统教育与沂东民间风俗的熏陶，并在此教育背景基础上，经历 19 世纪末 20 世纪初中国社会、政治、文化的巨大变迁，这一切塑成了鲁迅的思想。

毛泽东（1893—1976）同志在《新民主主义论——一九四〇年一月十九日》中评曰："鲁迅是中国文化革命的主将，他不但是伟大的文学家，而且是伟大的思想家与伟大的革命家。鲁迅的骨头是最硬的，他没有丝毫的奴颜与媚骨，这是殖民地半殖民地人民最可宝贵的性格。鲁迅是在文化战线上，代表全民族的大多数，向着敌人冲锋陷阵的最正确、最勇敢、最坚决、最忠实、最热忱的空前的民族英雄。鲁迅的方向，就是中华民族新文化的方向。"②

鲁迅弃医从文后所写的论文《人之历史——德国黑格尔氏种族发生学之一元研究诠释》（原题为《人间之历史》，载于日本东京《河南》1907 年第 1 期，后收入杂文集《坟》）开启了他一生对人和哲学的研究。文学革命发难以后，《狂人日记》（《新青年》1918 年第 4 卷第 5 期）成为中国新文学史上第一篇现代白话小说。

第一本短篇集《呐喊》（北京新潮社，1923 年 8 月），收录

---

① 叶圣陶：《我写小说》，载叶至善、叶至美、叶至诚编《叶圣陶集》（第九卷），南京：江苏教育出版社，1990 年 4 月，第 325 页。

② 毛泽东：《新民主主义论——一九四〇年一月十九日》，载《毛泽东选集》（卷二），哈尔滨：东北书店，1948 年 5 月，第 264 页。

《狂人日记》《孔乙己》《药》《明天》《一件小事》《头发的故事》《风波》《故乡》《阿 Q 正传》《端午节》《白光》《兔和猫》《鸭的喜剧》《社戏》《不周山》15 篇小说。"所以有时候仍不免呐喊几声，聊以慰藉那在寂寞里奔驰的猛士，使他不惮于前驱。"① 这句《〈呐喊〉自序》里的文辞可视作《呐喊》集的题旨。

　　第二本短篇集《彷徨》（北京北新书局，1926 年 8 月），收录《祝福》《在酒楼上》《幸福的家庭》《肥皂》《长明灯》《示众》《高老夫子》《孤独者》《伤逝》《弟兄》《离婚》11 篇小说。集子扉页上引有屈原《离骚》诗句："朝发轫于苍梧兮，夕余至乎县圃；欲少留此灵琐兮，日忽忽其将暮。吾令羲和弭节兮，望崦嵫而勿迫；路漫漫其修远兮，吾将上下而求索。"② 鲁迅写于 1932 年的《题彷徨》诗句"寂寞新文苑，平安旧战场，两间余一卒，荷戟独彷徨。"③ 可视作《彷徨》集的题旨。

　　严家炎（1933—　）在《〈呐喊〉〈彷徨〉的历史地位》中评曰："中国现代小说在鲁迅手中开始，又在鲁迅手中成熟，这在历史上是一种并不多见的现象。"④ 而鲁迅在《〈中国新文学大系（小说二集）〉导言》中自评："从一九一八年五月起，《狂人日记》《孔乙己》《药》等，陆续的出现了，算是显示了'文学革命'的实绩，又因那时的认为'表现的深切和格式的特别'，颇激动了一

　　①鲁迅：《〈呐喊〉自序》，载《呐喊》，北京：新潮社，1923 年 8 月，第 9 页。

　　②鲁迅：《彷徨》，北京：北新书局，1927 年 1 月，扉页。

　　③鲁迅：《题彷徨》，载《集外集》，上海：群众图书公司，1935 年 5 月，第 118 页。

　　④严家炎：《〈呐喊〉〈彷徨〉的历史地位》，载《世纪的足音》，北京：作家出版社，1996 年 10 月，第 64 页。

部分青年读者的心。"① 综上，我们就从"表现的深切和格式的特别"两方面来鉴赏鲁迅的这两部同时标志着中国现代小说开端与成熟的短篇小说集。

鲁迅在《〈总退却〉序》(1933年12月25日)中谈及"五四"以后小说主角的变换："古之小说，主角是勇将策士，侠盗藏官，妖怪神仙，佳人才子，后来则有妓女嫖客，无赖奴才之流。'五四'以后的短篇里却大抵是新的智识者登了场，因为他们是首先觉到了在'欧风美雨'中的飘摇的，然而总还不脱古之英雄和才子气。现在可又不同了，大家都已感到飘摇，不再要听一个特别的人的运命。某英雄在柏林枏髀看天，某天才在泰山捶胸泣血，还有谁会转过脸去呢？他们要知道，感觉得更广大，更深邃了。"② 又在《我怎么做起小说来》中自述："自然，做起小说来，总不免自己有些主见的。例如，说到'为什么'做小说罢，我仍抱着十多年前的'启蒙主义'，以为必须是'为人生'，而且要改良这人生。我深恶先前的称小说为'闲书'，而且将'为艺术的艺术'，看作不过是'消闲'的新式的别号。所以我的取材，多采自病态社会的不幸的人们中，意思是在揭出病苦，引起疗救的注意。"③ 又在回答两位文学青年的来信《关于小说题材的通信》中写道："不过选材要严，开掘要深，不可将一点琐屑的没有意思的事故，

① 鲁迅：《〈中国新文学大系〔小说二集〕〉导言》，载鲁迅编选《中国新文学大系》(第四集：小说二集)，上海：上海良友图书印刷公司，1935年7月，第1页。

② 鲁迅：《〈总退却〉序》，载《南腔北调集》，上海：同文书店，1934年3月，第236页。

③ 鲁迅：《我怎么做起小说来》，载《南腔北调集》，上海：同文书店，1934年3月，第111页。

便填成一篇，以创作丰富自乐。"① 正是基于上述文学观，鲁迅选取了开创中国现代文学的两大题材：农民和知识分子。一类是当时中国人口占比最庞大的人群，一类是担负着"五四"启蒙革新思想的先驱人群。此两类人或独立或交织出现在他的作品中。

在农民和知识分子两大题材基础上，鲁迅小说"表现的深切"具体包含两个方面：一是人物刻画和表现的深刻性与复杂性，二是故事情节的多层次与多线索。鲁迅在《〈呐喊〉自序》中写道："所以我们的第一要著，是在改变他们的精神。"② 又在《中国小说的历史的变迁》（1924 年 7 月西安讲学）第四讲"宋人之'说话'及其影响"中，论《三国演义》的缺点之一是："描写过实。写好的人，简直一点坏处都没有；而写不好的人，又是一点好处都没有。其实这在事实上是不对的，因为一个人不能事事全好，也不能事事全坏。譬如曹操，他在政治上也有他的好处；而刘备、关羽等，也不能说毫无可议，但是作者并不管它，只是任主观方面写去，往往成为出乎情理之外的人。"③ 又在第六讲"清小说之四派及其末流"中论述："至于说到《红楼梦》的价值，可是在中国底小说中实在是不可多得的。其要点在敢于如实描写，并无讳饰，和从前的小说叙好人完全是好，坏人完全是坏的，大不相同，所以其中所叙的人物，都是真的人物。总之自有《红楼梦》出来以后，传统的思想和写法都打破了。"④

---

①鲁迅：《关于小说题材的通信》，载《二心集》，上海：合众书店，1932年 10 月，第 225 页。

②鲁迅：《〈呐喊〉自序》，载《呐喊》，北京：新潮社，1923 年 8 月，第4 页。

③鲁迅：《中国小说的历史的变迁》，载《中国小说史略》，天津：百花文艺出版社，2002 年 1 月，第 253 页。

④同上，第 268 页。

从前述"改变他们的精神"、合乎"情理"以及"如实描写"等文学观出发，小说人物的深刻性与复杂性得以突显。《药》全篇仅用"满幅补丁的夹被"[1] 暗示华家生活的不易，而平铺直叙描写的则是华老栓和华大妈"这样的人血馒头，什么痨病都包好!"[2] 的精神愚昧。孙伏园在《〈鲁迅先生二三事〉药》中回忆："曾听鲁迅先生自己讲述他那创作某篇时的动机，背景，和艺术，所以至今印象还很清楚的。例如《药》。《药》描写群众的愚昧，和革命者的悲哀；或者说，因群众的愚昧而来的革命者的悲哀；更直捷说，革命者为愚昧的群众奋斗而牺牲了，愚昧的群众并不知道这牺牲为的是谁，却还要因了愚昧的见解，以为这牺牲可以享用，增加群众中的某一私人的福利。"[3]

《故乡》不重墨描写闰土生活的"辛苦"："母亲和我都叹息他的景况：多子，饥荒，苛税，兵，匪，官，绅，都苦得他像一个木偶人了。"[4] 而突出刻画闰土心灵的"麻木"："他站住了，脸上现出欢喜和凄凉的神情；动着嘴唇，却没有作声。他的态度终于恭敬起来了，分明的叫道：'老爷! ……'我似乎打了一个寒噤；我就知道，我们之间已经隔了一层可悲的厚障壁了。我也说不出话。"[5]

《祝福》描绘祥林嫂性格的复杂性，写她甘心做奴隶："然而她反满足，口角边渐渐的有了笑影，脸上也白胖了。"[6] 这里使笔者想起鲁迅《灯下漫笔》（1925 年 4 月 29 日）写旧中国历史进程

---

① 鲁迅：《药》，载《呐喊》，北京：新潮社，1923 年 8 月，第 38 页。

② 同上，第 40 页。

③ 孙伏园：《〈鲁迅先生二三事〉药》，载《鲁迅先生二三事》，重庆：作家书屋，1942 年 4 月，第 14—15 页。

④ 鲁迅：《故乡》，载《呐喊》，北京：新潮社，1923 年 8 月，第 107 页。

⑤ 同上，第 104—105 页。

⑥ 鲁迅：《祝福》，载《彷徨》，北京：北新书局，1927 年 1 月，第 12 页。

中只有两种时代："一、想做奴隶而不得的时代；二、暂时做稳了奴隶的时代。"① 写她"大约因为在念书人家做过事，所以与众不同"② 而在被卖成亲那天表现出顽强的抗争："她一路只是嚎，骂，抬到贺家墺，喉咙已经全哑了。拉出轿来，两个男人和她的小叔子使劲的擒住她也还拜不成天地。他们一不小心，一松手，阿呀，阿弥陀佛，她就一头撞在香案角上，头上碰了一个大窟窿，鲜血直流，用了两把香灰，包上两块红布还止不住血呢。"③ 写她带着疑问死去："'一个人死了之后，究竟有没有魂灵的？'……'那么，也就有地狱了？'……'那么，死掉的一家的人，都能见面的？'"④ 文中补充道："对于魂灵的有无，我自己是向来毫不介意的；但在此刻，怎样回答她好呢？我在极短期的踌躇中，想，这里的人照例相信鬼，然而她，却疑惑了，——或者不如说希望：希望其有，又希望其无……。"⑤

祥林嫂悲剧的社会原因，毛泽东在写于1927年3月的《湖南农民运动考察报告》中有精当的总结："中国的男子普通要受三种有系统的权力支配，即：（一）由一国一省一县以至一乡的国家系统（政权），（二）由宗祠支祠以至家长的家族系统（族权），（三）由阎罗天子城隍庙王以至土地的阴间系统及由玉皇上帝以至各种神怪的神仙系统——总称之为鬼神系统（神权）。至于女子除受上述三种支配外，还受男子的支配（夫权）。这四种权力——政权、神权、族权、夫权，代表了全部封建宗法的思想制度，乃束缚中

---

① 鲁迅：《灯下漫笔》，载《坟》，上海：鲁迅全集出版社，1941年12月，第195页。
② 鲁迅：《祝福》，载《彷徨》，北京：北新书局，1927年1月，第17页。
③ 同上，第17—18页。
④ 同上，第4—5页。
⑤ 同上，第5页。

国人特别是农民的四条极大的绳索。"①

故事情节的多层次与多线索，则实践为"看与被看"模式，往往又生发成复调格式。所谓复调格式，即用全面对话取代传统单一独白体的方式。《示众》没有一般小说的故事情节，只有一个"看犯人"的场景。全文通过对十几个不知姓名的人物的外貌特征和动作举止描写，旨在提炼这个群像"异中之同"的精神共性，以及丰富这个群像"同中之异"的画面色彩。他们在看"示众"的同时，自己也被"示众"，由此构成"看与被看"模式。

《药》里那些"很像久饿的人见了食物一般，眼里闪出一种攫取的光"② 的人们赶去"看"杀启蒙先驱者夏瑜，而夏瑜怀着"这大清的天下是我们大家的"③ 崇高信念而做的奋斗与牺牲却成为茶客们"被看"的闲聊谈资。作品将"看与被看"进一步生发成"吃与被吃"，愚昧的华家人"吃"夏瑜血浸的"人血馒头"。

《孔乙己》先借酒店小伙计充当叙述者，以近距离的旁观者身份观察酒客与孔乙己之间"看与被看"的模式。随着情节展开，小伙计逐渐参与到故事中来，成为仿佛是作者的"我"的"被看"对象，从而形成第三个层次的"看与被看"结构。

这个仿佛是作者的"我"，怀着悲悯（《药》）、孤寂（《孤独者》）、恐怖（《狂人日记》）、愤激（《头发的故事》）等刻骨铭心的情绪"看"着"看与被看"们，揭示和讽刺着他们精神的麻木与残酷。诚如鲁迅在《什么是"讽刺"？——答文学社问》（1935 年 5 月 3 日）中所述："我想：一个作者，用了精炼的，或者简直有些夸张的笔墨——但自然也必须是艺术地——写出或

---

① 毛泽东：《湖南农民运动考察报告》，载《毛泽东选集》（卷一），哈尔滨：东北书店，1948 年 5 月，第 40—41 页。

② 鲁迅：《药》，载《呐喊》，北京：新潮社，1923 年 8 月，第 33 页。

③ 同上，第 42 页。

一群人的或一面的真实来，这被写的一群人，就称这作品为‘讽刺’。‘讽刺’的生命是真实；不必是曾有的实事，但必须是会有的实情。所以它不是‘捏造’，也不是‘诬蔑’；既不是‘揭发阴私’，又不是专记骇人听闻的所谓‘奇闻’或‘怪现状’。它所写的事情是公然的，也是常见的，平时是谁都不以为奇的，而且自然是谁都毫不注意的。不过这事情在那时却已经是不合理可笑，可鄙，甚而至于可恶。但这么行下来了，习惯了，虽在大庭广众之间，谁也不觉得奇怪；现在给它特别一提，就动人。……在或一时代的社会里，事情越平常，就越普遍，也就愈合于作讽刺。讽刺作者虽然大抵为被讽刺者所憎恨，但他却常常是善意的，他的讽刺，在希望他们改善，并非要捺这一群到水底里。然而待到同群中有讽刺作者出现的时候，这一群却已是不可收拾，更非笔墨所能救了，所以这努力大抵是徒劳的，而且还适得其反，实际上不过表现了这一群的缺点以至恶德，而对于敌对的别一群，倒反成为有益。我想：从别一群看来，感受是和被讽刺的那一群不同的，他们会觉得‘暴露’更多于‘讽刺’。如果貌似讽刺的作品，而毫无善意，也毫无热情，只使读者觉得一切世事，一无足取，也一无可为，那就并非讽刺了，这便是所谓‘冷嘲’。”①

上面提及的仿佛是作者的“我”，在叙述小说情节的同时，也叙述作者自己，两者相互渗透，相互影响。《故乡》采取“横截面”的结构方式，从“我冒了严寒，回到相隔二千余里，别了二十余年的故乡去”② 写起。“苍黄的天底下，远近横着几个萧索的荒村，没有一些活气。”③ 的现实图景逐渐取代“二十年来时时记

①鲁迅：《什么是“讽刺”？——答文学社问》，载《且介亭杂文二集》，上海：鲁迅全集出版社，1940年10月再版，第109—111页。
②鲁迅：《故乡》，载《呐喊》，北京：新潮社，1923年8月，第93页。
③同上。

得的故乡？"① 的心理幻影。见到闰土和杨二嫂时，他们所表现出的言行举止，进一步催生"我"剥离虚幻与现实。再度离乡的"我"，心由希望而绝望："老屋离我愈远了；故乡的山水也都渐渐远离了我，但我却并不感到怎样的留恋。我只觉得我四面有看不见的高墙，将我隔成孤身，使我非常气闷；那西瓜地上的银项圈的小英雄的影象，我本来十分清楚，现在却忽地模胡了，又使我非常的悲哀。"②

《在酒楼上》里有一段写"我"的自白："觉得北方固不是我的旧乡，但南来又只能算一个客子，无论那边的干雪怎样纷飞，这里的柔雪又怎样的依恋，一我都没有什么关系了。"③ 这里所体现的无乡可依的漂泊感，表明了现代知识分子与乡土中国"在"却"不属于"的关系，揭示了他们在追逐梦想与照进现实之间矛盾的生存困境。这背后是鲁迅内心深深的绝望与苍凉，但他对此又提出质疑。于是，有了《故乡》的结尾："我在朦胧中，眼前展开一片海边碧绿的沙地来，上面深蓝的天空中挂着一轮金黄的圆月。我想：希望是本无所谓有，无所谓无的。这正如地上的路；其实地上本没有路，走的人多了，也便成了路。"④ 有了《在酒楼上》的结尾："我独自向着自己的旅馆走，寒风和雪片扑在脸上，倒觉得很爽快。见天色已是黄昏，和屋宇和街道都织在密雪的纯白而不定的罗网里。"⑤ 有了《孤独者》的结尾："我快步走着，仿佛要从一种沈重的东西中冲出，但是不能够。耳朵中有什么挣扎

①鲁迅：《故乡》，载《呐喊》，北京：新潮社，1923年8月，第93页。
②同上，第109页。
③鲁迅：《在酒楼上》，载《彷徨》，北京：北新书局，1927年1月，第35页。
④鲁迅：《故乡》，载《呐喊》，北京：新潮社，1923年8月，第110—111页。
⑤鲁迅：《在酒楼上》，载《彷徨》，北京：北新书局，1927年1月，第51—52页。

着，久之，久之，终于挣扎出来了，隐约像是长嗥，像一匹受伤的狼，当深夜在旷野中嗥叫，惨伤里夹杂着愤怒和悲哀。我的心地就轻松起来，坦然地在潮湿的石路上走，月光底下。"① 写完上面这段文字，笔者似乎读懂了鲁迅在散文《希望》中反复引用匈牙利诗人裴多菲（Petofi Sandor）的警句"绝望之为虚妄，正与希望相同"② 的意旨，也似乎读懂了鲁迅《自题小像》诗云"灵台无计逃神矢，风雨如磐黯故园。寄意寒星荃不察，我以我血荐轩辕"③ 的内涵所在。

茅盾在《读〈呐喊〉》（《时事新报副刊〈文学〉》1923 年第91 期）中评曰："在中国新文坛上，鲁迅君常常是创造'新形式'的先锋；《呐喊》里的十多篇小说几乎一篇有一篇新形式，而这些新形式又莫不给青年作者以极大的影响，必然有多数人跟上去试验。丹麦的大批评家布兰兑斯曾说：'有天才的人，应该也有勇气。他必须敢于自信他的灵感，他必须自信，凡在他脑膜上闪过的幻想都是健全的，而那些自然来到的形式，即使是新形式，都有要求被承认的权利。'这位大批评家这几句话，我们在《呐喊》中得了具体的证明。除了欣赏惊叹而外，我们对于鲁迅的作品，还有什么可说呢？"④

"创造'新形式'的先锋"便是鲁迅自评"格式的特别"的最好诠释。除了上述谈及诸多作品中所使用的复调格式的特别以外，最值得探讨的非《狂人日记》莫属。《狂人日记》之所以被称为中

---

① 鲁迅：《孤独者》，载《彷徨》，北京：北新书局，1927 年 1 月，第 176 页。
② 鲁迅：《希望》，载《野草》，北京：北新书局，1927 年 7 月，第 24 页。
③ 鲁迅：《自题小像》，载《集外集拾遗》，上海：鲁迅全集出版社，1947 年 10 月版，第 319 页。
④ 茅盾：《读〈呐喊〉》，载《茅盾论创作》，上海：上海文艺出版社，1980 年 5 月，第 109 页。

国第一篇现代白话小说，其中最重要的原因之一，应是它的格式打破了注重首尾相连、依次展开、环环相扣的铺陈情节式的中国传统小说结构。全文借一个患"迫害狂"之类的病人记录的十三则"语颇错杂无伦次，又多荒唐之言；亦不著月日，惟墨色字体不一，知非一时所书。间亦有略具联络者"①的精神活动日记，对中国旧社会进行振聋发聩的讽刺。在彼时的中国，《狂人日记》开创了用白话写日记体式的小说。此外，它还有一项富有创造性的尝试，即在白话文体的日记正文前精心设计了文言体的"小序"，旨在进一步增强日记文本内容的真实感和可信性的同时，亦可能提供多一种叙述视角和对话方式。

除"表现的深切和格式的特别"外，鲁迅小说的语言含蓄、节制、简练。他在《我怎么做起小说来》中写道："所以我力避行文的唠叨，只要觉得够将意思传给别人了，就宁可什么陪衬拖带也没有。中国旧戏上，没有背景，新年卖给孩子看的花纸上，只有主要的几个人（但现在的花纸却多有背景了），我深信对于我的目的，这方法是适宜的，所以我不去描写风月，对话也决不说到一大篇。……忘记是谁说的了，总之是，要极省俭的画出一个人的特点，最好是画他的眼睛。我以为这话是极对的，倘若画了全副的头发，即使细得逼真，也毫无意思。我常在学学这一种方法，可惜学不好。可省的处所，我决不硬添，做不出的时候，我也决不硬做。"②

《故乡》里那幅"神异的图画"："深蓝的天空中挂着一轮金黄的圆月，下面是海边的沙地，都种着一望无际的碧绿的西瓜，其

①鲁迅：《狂人日记》，载《呐喊》，北京：新潮社，1923年8月，第1页。
②鲁迅：《我怎么做起小说来》，载《南腔北调集》，上海：同文书店，1934年3月，第111—114页。

间有一个十一二岁的少年，项带银圈，手捏一柄钢叉，向一匹猹尽力的刺去，那猹却将身一扭，反从他的跨下逃走了。"①《祝福》里寥寥几笔祥林嫂最后的"肖像"："五年前的花白的头发，即今已经全白，全不像四十上下的人；脸上瘦削不堪，黄中带黑，而且消尽了先前悲哀的神色，仿佛是木刻似的；只有那眼珠间或一轮，还可以表示她是一个活物。"②

《在酒楼上》用约六千字描写两个还乡游子的叙旧和迁葬幼弟以及顺姑之情三个人生片段，所有描写都满溢着中国的土香土色。试读两段文字，一段描写雪景："楼上'空空如也'，任我拣得最好的坐位：可以眺望楼下的废园。这园大概是不属于酒家的，我先前也曾眺望过许多回，有时也在雪天里。但现在从惯于北方的眼睛看来，却很值得惊异了：几株老梅竟斗雪开着满树的繁花，仿佛毫不以深冬为意；倒塌的亭子边还有一株山茶树，从暗绿的密叶里显出十几朵红花来，赫赫的在雪中明得如火，愤怒而且傲慢，如蔑视游人的甘心于远行。我这时又忽地想到这里积雪的滋润，著物不去，晶莹有光，不比朔雪的粉一般干，大风一吹，便飞得满空如烟雾。……"③ 一段描写迁葬："这在那边那里能如此呢？积雪里会有花，雪地下会不冻。就在前天，我在城里买了一口小棺材，——因为我豫料那地下的应该早已朽烂了，——带着棉絮和被褥，雇了四个土工，下乡迁葬去。我当时忽而很高兴，愿意掘一回坟，愿意一见我那曾经和我很亲睦的小兄弟的骨殖：这些事我生平都没有经历过。到得坟地，果然，河水只是咬进来，离坟已不到二尺远。可怜的坟，两年没有培土，也平下去了。我

---

① 鲁迅：《故乡》，载《呐喊》，北京：新潮社，1923 年 8 月，第 95 页。
② 鲁迅：《祝福》，载《彷徨》，北京：北新书局，1927 年 1 月，第 3—4 页。
③ 鲁迅：《在酒楼上》，载《彷徨》，北京：北新书局，1927 年 1 月，第 34—35 页。

站在雪中，决然的指着他对土工说，'掘开来！'我实在是一个庸人，我这时觉得我的声音有些希奇，这命令也是一个在我一生中最为伟大的命令。但土工们却毫不骇怪，就动手掘下去了。待到掘着圹穴，我便过去看，果然，棺木已经快要烂尽了，只剩下一堆木丝和小木片。我的心颤动着，自去拨开这些，很小心的，要看一看我的小兄弟。然而出乎意外！被褥，衣服，骨骼，什么也没有。我想，这些都消尽了，向来听说最难烂的是头发，也许还有罢。我便伏下去，在该是枕头所在的泥土里仔仔细细的看，也没有。踪影全无！"[1]

鲁迅在《我怎么做起小说来》中谈及塑造人物形象的艺术经验时写道："所写的事迹，大抵有一点见过或听到过的缘由，但决不全用这事实，只是采取一端，加以改造，或生发开去，到足以几乎完全发表我的意思为止。人物的模特儿也一样，没有专用过一个人，往往嘴在浙江，脸在北京，衣服在山西，是一个拼凑起来的脚色。有人说，我的那一篇是骂谁，某一篇又是骂谁，那是完全胡说的。"[2] 又在《俄文译本阿Q正传序及著者自叙传略——〈阿Q正传〉序》（1925年5月26日于北京）里自述："我虽然已经试做，但终于自己还不能很有把握，我是否真能够写出一个现代的我们国人的魂灵来。别人我不得而知，在我自己，总仿佛觉得我们人人之间各有一道高墙，将各个分离，使大家的心无从相印。……要画出这样沈默的国民的魂灵来，在中国实在算一件难事，因为，已经说过，我们究竟还是未经革新的古国的人民，所以也还是各不相通，并且连自己的手也几乎不懂自己的足。我虽

---

①鲁迅：《在酒楼上》，载《彷徨》，北京：北新书局，1927年1月，第40—41页。

②鲁迅：《我怎么做起小说来》，载《南腔北调集》，上海：同文书店，1934年3月，第112页。

然竭力想摸索人们的魂灵，但时时总自憾有些隔膜。在将来，围在高墙里面的一切人众，该会自己觉醒，走出，都来开口的罢，而现在还少见，所以我也只得依了自己的觉察，孤寂地姑且将这些写出，作为在我的眼里所经过的中国的人生。"① 又在《再谈保留》（1933 年 5 月 17 日）中自述："十二年前，鲁迅作的一篇《阿Q正传》，大约是想暴露国民的弱点的，虽然没有说明自己是否也包含在里面。然而到得今年，有几个人就用'阿Q'来称他自己了，这就是现世的恶报。"②

"一个拼凑起来的脚色"，"要画出这样沈默的国民的魂灵来"，"作为在我的眼里所经过的中国的人生"，"想暴露国民的弱点"的创作意旨，加之简练的语言，配以"表现的深切与格式的特别"的实践手法，诞生了阿Q、祥林嫂、孔乙己等不朽的文学人物典型。诚如鲁迅在《〈阿Q正传〉的成因》（1926 年 12 月 3 日于厦门）中自述："据我的意思，中国倘不革命，阿Q便不做，既然革命，就会做的。我的阿Q的运命，也只能如此，人格也恐怕并不是两个。民国元年已经过去，无可追踪了，但此后倘再有改革，我相信还会有阿Q似的革命党出现。我也很愿意如人们所说，我只写出了现在以前的或一时期，但我还恐怕我所看见的并非现代的前身，而是其后，或者竟是二三十年之后。"③ 亦如陈西滢在《新文学运动以来的十部著作（上）》中评曰："鲁迅先生描写他回忆中的故乡的人民风物，都是很好的作品。可是《孔乙己》《风

---

①鲁迅：《俄文译本阿Q正传序及著者自叙传略——〈阿Q正传〉序》，载《集外集》，上海：群众图书公司，1935 年 5 月，第 63—64 页。

②鲁迅：《再谈保留》，载《伪自由书》，上海：青光书局，1933 年 10 月，第 155 页。

③鲁迅：《〈阿Q正传〉的成因》，载《华盖集续编》，上海：北新书局，1935 年 9 月六版，第 235 页。

波》《故乡》里面的乡下人，虽然口吻举止，惟妙惟肖，还是一种外表的观察，皮毛的描写。我们记忆中的乡下人，许多就是那样的，虽然我们没有那本领写下来。到了《阿Q正传》就大不相同了。'阿Q'不仅是一个 type，而且是一个活泼泼的人。他是与李达、鲁智深、刘老老同样生动，同样有趣的人物，将来大约会同样的不朽的。"[1]

在用鲁迅的文学观简述完《呐喊》《彷徨》之后，这里以陀思妥耶夫斯基为例补充外国作家给予他文学观形成的影响。鲁迅为陀思妥耶夫斯基早期小说《穷人》中译本作过序，在《〈穷人〉小引》（1926年6月2日）中写道："千八百八十年，是陀思妥夫斯基完成了他的巨制之一《卡拉玛卓夫兄弟》这一年；他在手记上说：'以完全的写实主义在人中间发见人。这是彻头彻尾俄国底特质。在这意义上，我自然是民族底的。……人称我为心理学家（Psychologist）。这不得当。我但是在高的意义上的写实主义者，即我是将人的灵魂的深，显示于人的。'第二年，他就死了。显示灵魂的深者，每要被人看作心理学家；尤其是陀思妥夫斯基那样的作者。他写人物，几乎无须描写外貌，只要以语气，声音，就不独将他们的思想和感情，便是面目和身体也表示着。又因为显示着灵魂的深，所以一读那作品，便令人发生精神的变化。灵魂的深处并不平安，敢于正视的本来就不多，更何况写出？因此有些柔软无力的读者，便往往将他只看作'残酷的天才'。陀思妥夫斯基将自己作品中的人物们，有时也委实太置之万难忍受的，没有活路的，不堪设想的境地，使他们什么事都做不出来。用了精神的苦刑，送他们到那犯罪，痴呆，酗酒，发狂，身杀的路上去。

---

[1] 陈西滢：《新文学运动以来的十部著作（上）》，载《西滢闲话》，上海：新月书店，1929年5月再版，第339页。

有时候，竟至于似乎并无目的，只为了手造的牺牲者苦恼，而使他受苦，在骇人的卑污的状态上，表示出人们的心来。这确凿是一个‘残酷的天才’，人的灵魂的伟大的审问者。然而，在这‘在高的意义上的写实主义者’的实验室里，所处理的乃是人的全灵魂。他又从精神底苦刑，送他们到那反省，矫正，忏悔，苏生的路上去；甚至于又是自杀的路。到这样，他的‘残酷’与否，一时也难于断定，但对于爱好温暖或微凉的人们，却还是没有什么慈悲的气息的。相传陀思妥夫斯基不喜欢对人述说自己，尤不喜欢述说自己的困苦；但和他一生相纠结的却正是困难和贫穷。便是作品，也至于只有一回是并没有豫支稿费的著作。但他掩藏着这些事。他知道金钱的重要，而他最不喜于使用的又正是金钱；直到病的寄养在一个医生的家里了，还想将一切来诊的病人当作佳客。他所爱，所同情的是这些——贫病的人们，——所记得的是这些，所描写的是这些；而他所毫无顾忌地解剖，详检，甚而至于鉴赏的也是这些。不但这些，其实，他早将自己也加以精神底苦刑了，从年青时候起，一直接问到死灭。凡是人的灵魂的伟大的审问者，同时也一定是伟大的犯人。审问者在堂上举劾着他的恶，犯人在阶下陈述他自己的善；审问者在灵魂中揭发污秽，犯人在所揭发的污秽中阐明那埋藏的光耀。这样，就显示出灵魂的深。在甚深的灵魂中，无所谓‘残酷’，更无所谓慈悲；但将这灵魂显示于人的，是‘在高的意义上的写实主义者’。陀思妥夫斯基的著作生涯一共有三十五年，虽那最后的十年很遍重于正教的宣传了，但其为人，却不妨说是始终一律。即作品，也没有大两样。从他最初的《穷人》起，最后的《卡拉玛卓夫兄弟》止，所说的都是同一的事，即所谓‘捉住了心中所实验的事实，使读者追求着自己思想的径路，从这心的法则中，自然显示出伦理的观念来。’这也可以说：穿掘着灵魂的深处，使人受了精神底苦刑而得到创伤，又即从这得伤和养伤和愈合中，得到苦的涤除，而上了苏生的路。"①

从对陀思妥耶夫斯基的论述中，其实也正可看出鲁迅对自我认知的投射。他在《忆韦素园君》（1934 年 7 月 16 日）中写道："壁上还有一幅陀思妥也夫斯基的大画像。对于这先生，我是尊敬、佩服的，但我又恨他残酷到了冷静的文章。他布置了精神上的苦刑，一个个拉了不幸的人来，拷问给我们看。现在他用沈郁的眼光，凝视着素园和他的卧榻，好像在告诉我。这也是可以收在作品里的不幸的人。"② 又在《陀思妥夫斯基的事——为日本三笠书房〈陀思妥夫斯基全集〉普及本作》（1935 年 11 月 20 日）中写道："到了关于陀思妥夫斯基，不能不说一两句话的时候了。说什么呢？他太伟大了，而自己却没有很细心的读过他的作品。回想起来，在年青时候，读了伟大的文学者的作品，虽然敬服那作者，然而总不能爱的，一共有两个人。一个是但丁，那《神曲》的炼狱里，就有我所爱的异端在；有些鬼魂还在把很重的石头，推上峻峭的岩壁去。这是极吃力的工作，但一松手，可就立刻压烂了自己。不知怎地，自己也好像很是疲乏了。于是我就在这地方停住，没有能够走到天国去。还有一个，就是陀思妥夫斯基。一读他二十四岁时所作的《穷人》，就已经吃惊于他那暮年似的孤寂。到后来，他竟作为罪孽深重的罪人，同时也是残酷的拷问官而出现了。他把小说中的男男女女，放在万难忍受的境遇里，来试炼它们，不但剥去了表面的洁白，拷问出藏在底下的罪恶，而且还要拷问出藏在那罪恶之下的真正的洁白来。而且还不肯爽利

---

① 鲁迅：《〈穷人〉小引》，载《集外集》，上海：群众图书公司，1935 年 5 月，第 77—79 页。

② 鲁迅：《忆韦素园君》，载《且介亭杂文》，上海：三闲书屋，1937 年 7 月，第 75 页。

的处死，竭力要放它们活得长久。而这陀思妥夫斯基，则彷佛就在和罪人一同苦恼，和拷问官一同高兴着似的。这决不是平常人做得到的事情，总而言之，就因为伟大的缘故。但我自己，却常常想废书不观。医学者往往用病态来解释陀思妥夫斯基的作品。这伦勃罗梭式的说明，在现今的大多数的国度里，恐怕实在也非常便利，能得一般人们的赞许的。但是，即使他是神经病者，也是俄国专制时代的神经病者，倘若谁身受了和他相类的重压，那么，愈身受，也就会愈懂得他那夹着夸张的真实，热到发冷的热情，快要破裂的忍从，于是爱他起来的罢。不过作为中国的读者的我——却还不能熟悉陀思妥夫斯基式的忍从——对于横逆之来的真正的忍从。在中国，没有俄国的基督。在中国，君临的是'礼'，不是神。百分之百的忍从，在未嫁就死了定婚的丈夫，坚苦的一直硬活到八十岁的所谓节妇身上，也许偶然可以发见罢，但在一般的人们，却没有。忍从的形式，是有的，然而陀思妥夫斯基式的掘下去，我以为恐怕也还是虚伪。因为压迫者指为被压迫者的不德之一的这虚伪，对于同类，是恶，而对于压迫者，却是道德的。但是，陀思妥夫斯基式的忍从，终于也并不只成了说教或抗议就完结。因为这是当不住的忍从，太伟大的忍从的缘故。人们也只好带着罪业，一直闯进但丁的天国，在这里这才大家合唱着，再来修练天人的功德了。只有中庸的人，固然并无堕入地狱的危险，但也恐怕进不了天国的罢。"[1]

　　鲁迅在《论睁了眼看》（1925 年 7 月 22 日）中写道："虚生先生所做的时事短评中，曾有一个这样的题目：《我们应该有正眼看

---

　　[1]鲁迅：《陀思妥夫斯基的事——为日本三笠书房〈陀思妥夫斯基全集〉普及本作》，载《且介亭杂文二集》，上海：鲁迅全集出版社，1940 年 10 月再版，第 191—193 页。

各方面的勇气》(《猛进》十九期)。诚然，必须敢于正视，这才可望敢想、敢说、敢作、敢当。倘使并正视而不敢，此外还能成什么气候。然而，不幸这一种勇气，是我们中国人最所缺乏的。但现在我所想到的是别一方面——中国的文人，对于人生，——至少是对于社会现象，向来就多没有正视的勇气。我们的圣贤，本来早已教人'非礼勿视'的了；而这'礼'又非常之严，不但'正视'，连'平视''斜视'也不许。……文艺是国民精神所发的火花，同时也是引导国民精神的前途的灯火。这是互为因果的，正如麻油从芝麻榨出，但以浸芝麻，就使它更油。倘以油为上，就不必说；否则，当参入别的东西，或水或砒去。中国人向来因为不敢正视人生，只好瞒和骗，由此也生出瞒和骗的文艺来，由这文艺，更令中国人更深地陷入瞒和骗的大泽中，甚而至于已经自己不觉得。世界日日改变，我们的作家取下假面，真诚地，深入地，大胆地看取人生并且写出他的血和肉来的时候早到了；早就应该有一片崭新的文场，早就应该有几个凶猛的闯将！现在，气象似乎一变，到处听不见歌吟花月的声音了，代之而起的是铁和血的赞颂。然而倘以欺瞒的心，用欺瞒的嘴，则无论说 A 和 O，或 Y 和 Z，一样是虚假的；只可以吓哑了先前鄙薄花月的所谓批评家的嘴，满足地以为中国就要中兴。可怜他在'爱国'的大帽子底下又闭上了眼睛了——或者本来就闭着。没有冲破一切传统思想和手法的闯将，中国是不会有真的新文艺的。"[1]

鲁迅又在《当陶元庆君的绘画展览时——我所要说的几句话》(1927 年 12 月 13 日) 中自述："陶元庆君绘画的展览，我在北京所见的是第一回。记得那时曾经说过这样意思的话：他以新的形，

---

[1]鲁迅：《论睁了眼看》，载《坟》，上海：鲁迅全集出版社，1941 年 12 月，第 215—220 页。

尤其是新的色来写出他自己的世界，而其中仍有中国向来的魂灵——要字面免得流于玄虚，则就是：民族性。我觉得我的话在上海也没有改正的必要。中国现今的一部份人，确是很有些苦闷。我想，这是古国的青年的迟暮之感。世界的时代思潮早已六面袭来，而自己还拘禁在三千年陈的桎梏里。于是觉醒，挣扎，反叛，要出而参与世界的事业——我要范围说得小一点：文艺之业。倘使中国之在世界上不算在错，则这样的情形我以为也是对的。然而现在外面的许多艺术界中人，已经对于自然反叛，将自然割裂，改造了。而文艺史界中人，则舍了用惯的向来以为是'永久'的旧尺，另以各时代各民族的固有的尺，来量各时代各民族的艺术，于是向埃及坟中的绘画赞叹，对黑人刀柄上的雕刻点头，这往往使我们误解，以为要再回到旧日的桎梏里。而新艺术家们勇猛的反叛，则震惊我们的耳目，又往往不能不感服。但是，我们是迟暮了，并未参与过先前的事业，于是有时就不过敬谨接收，又成了一种可敬的身外的新桎梏。陶元庆君的绘画，是没有这两重桎梏的。就因为内外两面，都和世界的时代思潮合流，而又并未桎亡中国的民族性。……意思只在说：他并非'之乎者也'，因为用的是新的形和新的色；而又不是'Yes''No'，因为他究竟是中国人。所以，用密达尺来量，是不对的，但也不能用什么汉朝的虑傂尺或清朝的营造尺，因为他又已经是现今的人。我想，必须用存在于现今想要参与世界上的事业的中国人的心里的尺来量，这才懂得他的艺术。"[1]

鲁迅正是用"冲破一切传统思想和手法"创作了"内外两面，都和世界的时代思潮合流，而又并未桎亡中国的民族性"，"现今

---

①鲁迅：《当陶元庆君的绘画展览时——我所要说的几句话》，载《而已集》，上海：北新书局，1929 年 7 月三版，第 171—173 页。

想要参与世界上的事业的中国人"的文学,而成为中国现代文学的奠基者和开拓者。他那用无羁的创造力与想象力铸造的极富生命力的文学作品,深刻且久远地影响着一代又一代的知识分子。但鲁迅于他的时代而言,又是超前的,诚如郁达夫在《怀鲁迅》(《文学》1936 年第 7 卷第 5 期)中所言:"真是晴天的霹雳,在南台的宴会席上,忽而听到了鲁迅的死!发出了几通电报,会萃了一夜行李,第二天我就匆匆跳上了开往上海的轮船。22 日上午 10 时船靠了岸,到家洗一个澡,吞了两口饭,跑到胶州路万国殡仪馆去,遇见的只是真诚的脸,热烈的脸,悲愤的脸,和千千万万将要破裂似的青年男女的心肠与紧捏的拳头。这不是寻常的丧葬,这也不是沉郁的悲哀,这正像是大地震要来,或黎明将到时充塞在天地之间的一瞬间的寂静。生死,肉体,灵魂,眼泪,悲叹,这些问题与感觉,在此地似乎太渺小了,在鲁迅的死的彼岸,还照耀着一道更伟大、更猛烈的寂光。没有伟大的人物出现的民族,是世界上最可怜的生物之群;有了伟大的人物,而不知拥护、爱戴、崇仰的国家,是没有希望的奴隶之邦。因鲁迅的一死,使人们自觉出了民族的尚可以有为,也因鲁迅之一死,使人家看出了中国还是奴隶性很浓厚的半绝望的国家。鲁迅的灵柩,在夜阴里被埋入浅土中去了;西天角却出现了一片微红的新月。"①

三 以文学研究会为主的客观写实小说

"五四"前后,家族礼教、妇女地位、婚恋家庭、社会前途等青年关心的诸多题材汇成一段"问题小说"创作潮流。鲁迅、王统照、庐隐(1899—1934)、许地山等文学研究会成员都有过相关创作。王统照,字剑三,主要作品有短篇集《春雨之夜》(上海商务

---

① 郁达夫:《怀鲁迅》,载《中学语文》2002 年第 8 期,第 17 页。

印书馆，1924 年 1 月），收录《雪后》《沉思》《鞭痕》《遗音》《春雨之夜》《月影》《微笑》等 20 篇小说。瞿世英（1900—1976）在《〈春雨之夜〉序》中评曰："剑三是对于人生问题下工夫的。他以为人生应该美化，美为人生的必要，是人类生活的二生命。……剑三的理想，是爱与美的实现，爱即是美，美即是爱。小说作家的作品的内容，大致是描写实际生活与理想生活不融洽之点，而极力描写他理想的生活的丰富和美丽，剑三的小说，也是如此。他所咒诅的是与爱和美的生活不调和的生活，想像中建设的是爱和美的社会。"①

　　"问题小说"创作数量最多、影响最大的是冰心（本名谢婉莹，1900—1999）。她在《从"五四"到"四五"》（1979 年 4 月 10 日）中追忆："五四运动时期，我是北京协和女子大学理预科的一年生，在学生自治会里当个文书。运动起来后，我们的学生自治会也加入了北京女学界联合会，我也成了联合会宣传股之一员，跟着当代表的大姐姐们去大会旁听，写宣传文章等等。从写宣传文章，发表宣传文章开始，这奔腾澎湃的划时代的中国青年爱国运动，文化革新运动，这个强烈的时代思潮，把我卷出了狭小的家庭和教会学校的门槛，使我由模糊而慢慢地看出了在我周围的半封建半殖民地的中国社会里的种种问题！在我们的日常生活里，几乎处处都有问题。这里面有血，有泪，有凌辱和呻吟，有压迫和呼喊……静夜听来，连凄清悠远的'赛梨的萝卜咧'的叫卖声，以及敲震心弦的算命的锣声，都会引起我的许多感喟。这时，我抱着满腔的热情，白天上街宣传，募捐，开会，夜里就笔不停挥地写'问题小说'。但是我所写的社会问题，还不是我所从未接触

---

　　① 瞿世英：《〈春雨之夜〉序》，载《春雨之夜》，上海：商务印书馆，1928 年 10 月五版，第 2—3 页。

过的工人农民中的问题，而是我自己周围社会生活中的问题，比如《斯人独憔悴》就写的是被顽固的父亲所禁锢，而不能参加学生运动的青年的苦恼；《秋雨秋风愁煞人》写的是一个有志于服务社会的女青年，中学一毕业，就被迫和一个富家子弟结了婚，过了'少奶奶'的生活，从而断送了她的一生；《庄鸿的姐姐》，写的是一个女孩子，因为当公务员的家长，每月只能从'穷困'的政府那里拿到半薪，又因为这个家庭重男轻女，她就被迫停学，抑郁致死。在这些小说里，给予他们的就只是灰色的阴暗的结局，问题中的主人翁，个个是消沉了下去，憔悴了下去，抑郁了下去。我没有给他们以一线光明的希望！理由是：我不是身当其境的人，就还不会去焦思苦想出死中求生的办法，而在我自己还没有找到反帝反封建的主力军——工农大众，而坚决和他们结合之前，这一线光明我是指不出来的！那时，我还没有体会到这一些，我只想把我所看到听到的种种问题，用小说的形式写了出来。"①

冰心的主要作品有短篇集《冰心小说集》（上海北新书局，1933年1月），收录《世界上有的是快乐光明》《一个兵丁》《是谁断送了你》《三儿》《鱼儿》《国旗》等28篇小说。其中，《两个家庭》用新旧家庭的对照描写，提出一系列有关家庭、教育、社会等问题；《去国》写一位满怀壮志学成归国的留美学生，终于灰心去国，暴露军阀统治的腐败与黑暗问题；《最后的安息》批判童养媳制度问题；《一个军官的笔记》揭露军阀混战荒谬残酷的问题；《分》里在同一家医院分属不同家庭的两个婴儿同时落地，作者从出生、交谈、分别三个连续片段探讨了人与人之间不同的现实命运问题。

———

① 冰心：《从"五四"到"四五"》，载《文艺研究》1979年第1期，第24页。

《超人》（《小说月报》1921年第12卷第4期）通过讲述超然人生的"冷心肠的青年"何彬，被"禄儿"母子的爱所感动并觉悟，在给"禄儿"的信中写道："小朋友禄儿：我先要深深的向你谢罪，我的恩德，就是我的罪恶。你说你要报答我，我还不知道我应当怎样的报答你呢！你深夜的呻吟，使我想起了许多的往事。头一件就是我的母亲，她的爱可以使我止水似的感情，重要荡漾起来。我这十几年来，错认了世界是虚空的，人生是无意识的，爱和怜悯都是恶德。我给你那医药费，里面不含着丝毫的爱和怜悯，不过是拒绝你的呻吟，拒绝我的母亲，拒绝了宇宙和人生，拒绝了爱和怜悯。上帝呵！这是什么念头呵！我再深深的感谢你从天真里指示我的那几句话。小朋友呵！不错的，世界上的母亲和母亲都是好朋友，世界上的儿子和儿子也都是好朋友，都是互相牵连，不是互相遗弃的。"①

《悟》里借星如答复苦闷朋友钟梧的来信阐述冰心的母爱哲学："我的环境和你的不同，说别的你或不懂，而童年的母爱的经验，你的却和我的一般。自此推想，你就可了解了世界。茫茫的大地上，岂止人类有母亲？凡一切有知有情，无不有母亲。有了母亲，世上便随处种下了爱的种子。于是溪泉欣欣的流着，小鸟欣欣的唱着，杂花欣欣的开着，野草欣欣的青着，走兽欣欣的奔跃着，人类欣欣的生活着。万物的母亲彼此互爱着；万物的子女，彼此互爱着；同情互助之中，这载着众生的大地，便不住的纡徐前进。懿哉！宇宙间的爱力，从兹千变万化的流转运行了！"②

茅盾在《冰心论》（《文学》1934年第3卷第2期）中评曰：

①冰心：《超人》，载《冰心小说集》，上海：北新书局，1933年1月，第110—111页。
②冰心：《悟》，载《冰心小说集》，上海：北新书局，1933年1月，245页。

"让我们举出冰心的《〈往事集〉自序》——一首长诗——中间的一段话：……在这里，我们觉得冰心女士所谓'人世间只有同情和爱恋，人世间只有互助和匡扶'，——这样'理想的人间世'，就指的文艺原素之一的'微笑'；而所谓'人生的虚无'就指'苦难的现实'，就意味着所谓'泪珠'。而且她明白说：她要讴歌'理想的'，她不愿描画'现实'，赚取人们的'泪珠'。世间有专从人生中看出丑恶来的作家，他们那'正视现实'的勇气，我们佩服，然而人间世何尝只有'丑恶'，他们的毛病是'短视'。世间也有专一讴歌'理想的'底作家，他们那'乐观'，我们也佩服，然而他们也有毛病：只遥想着天边的彩霞，忘记了身旁的棘刺。所谓'理想'，结果将成为'空想'。譬犹对饥饿的人夸说山珍海味之腴美，在你是一片好心的慰安，而在他，饿肚子的人，只更增加了痛苦。这原是非常浅显的事理，然而肚子饱的'理想主义者'却不大弄得明白。我们的'现实世界'充满了矛盾和丑恶，可是也胚胎着合理的和美的光明的幼芽；真正的'乐观'，真正的慰安，乃在举示那矛盾和丑恶之必不可免的末日，以及那合理的美的光明的幼芽之必然成长。真正的'理想'是从'现实'升华，从'现实'出发。撇开了'现实'而侈言'理想'，则所谓'讴歌'将只是欺诳，所谓'慰安'将只是揶揄了!"[1]

　　从"问题小说"起步，成长为人生派写实小说代表作家的是叶圣陶。他1919年加入北京大学新潮社，开始白话文学创作，主要作品有短篇集《隔膜》（上海商务印书馆，1922年3月），共收录20篇小说。其中，《一生》（原题为《这也是一个人?》，初载于《新潮》1919年第1卷第3期）、《低能儿》（《小说月报》1921年第

---

　　①茅盾：《冰心论》，载《茅盾论创作》，上海：上海文艺出版社，1980年5月，第186—188页。

12 卷第 2 期）等属于一般性"问题小说"，其他几篇"问题小说"的关注点则集中在人与人之间关系的隔膜。《一个朋友》（《小说月报》1921 年第 12 卷第 2 期）写夫妻之间的隔膜，因缺乏思想情感沟通仅剩下"共同生活"的表象；《苦菜》（《小说月报》1921 年第 12 卷第 4 期）写知识分子与农民之间的隔膜，知识分子认为种菜有趣，农民却认为这是维持生计的辛苦劳作；《隔膜》写人与人之间精神淡漠却又不得不虚伪敷衍的隔膜。

　　短篇集《火灾》（上海商务印书馆，1923 年 11 月），收录《晓行》《悲哀的重载》《先驱者》《饭》等 20 篇小说。其中，《饭》等暴露当时教育界各种黑暗腐败问题。顾颉刚在《〈火灾〉序》（1923 年 3 月 25 日）中写道："圣陶做小说的一贯的宗旨：人心本是充满着爱的，但给附生物遮住了，以致成了隔膜的社会。人心本是充满着生趣和愉快的，但给附生物纠缠住了，以致成了枯燥的社会。然而隔膜和枯燥，只能在人事的外表糊得密不通风，却不能截断内心之流；只能逼迫成年人和服务于社会的人就它的范围，却不能损害到小孩子和乡僻的人。这一点仅存的'爱，生趣，愉快'是世界的精魂，是世界所以能够维系着的缘故。唤起世界的精魂，鼓吹全人类对于人的本性都有眷恋的感情，寻觅的愿望，这是圣陶的责任。'如何可以使得人的本性不受现实生活的损害？'这是我们读了圣陶的小说以后应当激起的烦闷，应当要求解决的问题。"[1]

　　短篇集《线下》（上海商务印书馆，1925 年 10 月），收录《孤独》《平常的故事》《游泳》《桥上》《校长》《潘先生在难中》等 11 篇小说。其中，《潘先生在难中》（《小说月报》1925 年第 16 卷第 1

---

　　[1]顾颉刚：《〈火灾〉序》，载《火灾》，上海：商务印书馆，1930 年 5 月六版，第 6—7 页。

期），是叶圣陶风格从"问题小说"转为人生派写实小说的代表作
之一，故事讲述主人公潘先生在战乱中举家逃难的种种行径，塑
造了一个小市民知识分子的灰色典型形象。

此外，叶圣陶还写有中国第一部童话集《稻草人》（上海商务
印书馆，1923 年 11 月），收录《小白船》《傻子》《燕子》《一粒种
子》等 23 篇小说。郑振铎在《〈稻草人〉序》（1923 年 9 月 5 日）
中写道："圣陶最初动手作童话在我编辑《儿童世界》的时候。那
时，他还梦想一个美丽的童话的人生，一个儿童的天真的国土。
我们读他的《小白船》《傻子》《燕子》《芳儿的梦》《新的表》及
《梧桐子》诸篇，显然可以看出他努力想把自己沈浸在孩提的梦境
里，又想把这种美丽的梦境表现在纸面。然而，渐渐地，他的著
作情调不自觉地改变了方向。他在去年一月十四日写给我的信上
曾说，'今又呈一童话，不识嫌其太不近于"童"否?'在成人的
灰色云雾里，想重现儿童的天真，写儿童的超越一切的心理，几
乎是个不可能的企图。圣陶的发生疑惑，也是自然的结果。我们
试看他后来的作品，虽然他依旧想用同样的笔调写近于儿童的文
字，而同时却不自禁地融化了许多'成人的悲哀"在里面。固然，
在文字方面，儿童是不会看不懂的，而那透过纸背的深情，儿童
未必便能体会。大概他隐藏在他的童话里的'悲哀'分子，也与
柴霍甫（A. Tchekhov）在他短篇小说和戏曲里所隐藏的一样，渐
渐地，一天一天地浓厚而且增加重要。他的《一粒种子》《地球》
《大喉咙》《旅行家》《鲤鱼的遇险》《眼泪》等篇，所述还不很深
切，他还想把'童心'来完成人世间所永不能完成的美满的结局。
然而不久，他便无意地自己抛弃了这种幼稚的幻想的美满的'大
团圆'。如《画眉鸟》，如《玫瑰和金鱼》，如《花园之外》，如《瞎
子和聋子》，如《克宜的经历》等篇，色彩已显出十分灰暗。及至
他写到快乐的人的薄幕的破裂，他的悲哀已造极顶，即他所信的

田野的乐园此时也已摧毁。最后，他对于人世间的希望便随了稻草人而俱倒。'哀者不能使之欢乐'，我们看圣陶童话里的人生的历程，即可知现代的人生怎样地凄凉悲惨；梦想者即欲使它在理想的国里美化这么一瞬，仅仅一瞬，而事实上竟不能办到。人生的美丽的生活在那里可以找到呢？如果'地国'的乐园不曾实现，人类的这个寻求恐怕永没有终止的时候。写到这里，我想，我们最好暂且放下这个无答案的冷酷的人生问题，转一个方向，谈谈圣陶的艺术上的成就。……我们一翻开这集子，就读到：'一条小溪是各种可爱东西的家。小红花站在那里，只是微笑，有时做很好看的舞蹈。绿草上滴了露珠，好像仙人的衣服，耀人眼睛。溪面铺着萍叶，矗起些桂黄的萍花，仿佛热带地方的睡莲——可以说是小人国里的睡莲。小鱼儿成群来往，针一般地微细，独有两颗眼珠大而发光。'（《小白船》）这是何等移人的美妙的叙述呀；当我们阅读时，我们的心似乎立刻被带到一条小溪之旁，站在那里赏玩这种美景。然而还不止此，如果我们继续读下面的几段：'许多梧桐子，他们真快活呢。他们穿了碧绿的新衣，一齐站在窗沿上游戏。四面张着绿绸的幕；风来时，绿绸的幕飘飘地吹动，像个仙人的住宅。从幕的缝里，他们可以看见深蓝的天，天空的飞鸟，仙人的衣服似的白云；晚上可以看见永久笑嘻嘻的月亮，美眼流转的星，玉桥一般的银河，提灯游行的萤虫。他们看得高兴，就提起小喉咙唱歌。那时候隔壁的柿子也唱了，下面的秋海棠也唱了，阶下的蟋蟀也唱了。'（《梧桐子》）……有许多人或许要疑惑，像《瞎子和聋子》及《稻草人》《画眉鸟》等篇，带着极深挚的成人的悲哀与极惨切的失望的呼声，给儿童看是否会引起什么障碍；幼稚的和平纯洁的心里应否即投入人世间的扰乱与丑恶的石子。这个问题，以前也曾有许多人讨论过。我想，这个疑惑似未免过于重视儿童了。把成人的悲哀显示给儿童，可以说是应该的。他们需要知道人间社会的现状，正如需要知道地理和博物的知识一样，我们不必也不能有意地加以防阻。"①

除叶圣陶外，《新潮》杂志基本作家汪敬熙（1893—1968）和文学研究会成员老舍（1899—1966）都属于人生派写实作家。汪敬熙，1919 年毕业于北京大学，1923 年获美国约翰斯·霍普金斯大学博士学位，1924 年回国执教中州大学、中山大学和北京大学，1934 年起任中央研究院心理学研究所所长，1948 年赴巴黎，任职于联合国教科文组织，1953 年赴美工作直至去世。

汪敬熙在北京大学念书时，积极参与新文学运动，处女作短篇小说《雪夜》发表在《新潮》1919 年创刊号上。主要作品有短篇集《雪夜》（上海亚东图书馆，1925 年 10 月），收录《雪夜》《一个勤学的学生》《砍柴的女儿》《死与生》《瘸子王二的驴》等 9 篇作于 1919—1925 年的小说。其中，《一个勤学的学生》和《瘸子王二的驴》两篇被鲁迅选入《中国新文学大系》（小说二集）。前者是篇辛辣讽刺的写实小说，叙述 28 岁的大学生丁怡参加高等文官考试，发榜前患得患失，中榜后乐不可支，在做了一夜荒唐梦境后清晨不愿起床，旷了课，以致破坏了勤学的好名声。后者描写瘸腿的、忠厚老实的王二横在面对兵匪连天的苦难中，表现出豁达、乐观、勤俭、诚实的人格品质的故事。

汪敬熙在《〈雪夜〉自序》（1925 年 8 月于北京）中自述："我写这些篇小说的时候，是力求着去忠实的描写我所见的几种人生经验。我只求描写的忠实，不掺入丝毫批评的态度。虽然一个人叙述一件事实之时，他的描写是免不了受他的人生观之影响，但我总是在可能的范围之内，竭力保持一种客观的态度。因为持了

---

① 郑振铎：《〈稻草人〉序》，载叶圣陶《稻草人》，上海：开明书店，1948 年 6 月十六版，第 4—8 页。

这种客观态度的缘故，我这些短篇小说是不会有什么批评人生的意义。我只写出我所见的几种经验给读者看罢了。读者看了这些小说，心中对于这些种经验有什么评论，是我所不问的。"①

老舍，原名舒庆春，字舍予，满族人，生于北京，他在《老舍四十自拟小传》中自述："三岁失怙，可谓无父；志学之年，帝王不存，可谓无君；无父无君，特别孝爱老母。"② 1913 年考入北京师范学校，1924 年赴英国旅居，在伦敦大学东方学院任中国语教师，异国他乡的生活激发了老舍的文学创作兴趣，陆续写成《老张的哲学》（《小说月报》1926 年第 17 卷第 7—12 期，上海商务印书馆，1928 年 4 月）、《赵子曰》（《小说月报》1927 年第 18 卷第 3—11 期，上海商务印书馆，1928 年 5 月）、《二马》3 部长篇小说。

老舍小说因其地道的北京白话，使得胡适提倡的"国语的文学，文学的国语"得以近乎完美地呈现。同时，其作品开创了小说的幽默之风。罗常培在《我与老舍——为老舍创作二十周年》中写道："《老张的哲学》在《小说月报》分期发表后，因为语言的流利，风趣的幽默，描写的生动，讽刺的深刻，在当时文坛上耳目一新，颇为轰动，不久，合印成书，销路畅旺，称得起脍炙人口。接着《赵子曰》和《二马》相继问世，老舍遂在'幽默大师'还靠着语音学吃饭的时候（跟我现在一样），业已因突梯滑稽名满天下了。"③

老舍在《我怎样写〈老张的哲学〉》中自述："假若我专靠着

①汪敬熙：《〈雪夜〉自序》，载《雪夜》，上海：亚东图书馆，1928 年 3 月三版，第 1—2 页。

②转引自胡金铨：《老舍和他的作品》，北京：北京联合出版公司，2018 年 10 月，第 14—15 页。

③罗常培：《我与老舍——为老舍创作二十周年》，载《中国人与中国文》，重庆：开明书店，1945 年 5 月，第 120 页。

感情，也许我能写出有相当伟大的悲剧，可是我不澈底：我一方面用感情咂摸世事的滋味，一方面我又管束着感情，不完全以自己的爱憎判断。这种矛盾是出于我个人的性格与环境。我自幼便是个穷人，在性格上又深受我母亲的影响——她是个棱〔楞〕挨饿也不肯求人的，同时对别人又是很义气的女人。穷，使我好骂世；刚强，使我容易以个人的感情与主张去判断别人；义气，使我对别人有点同情心。有了这点分析，就很容易明白为什么我要笑骂，而又不赶尽杀绝。我失了讽刺，而得到幽默。据说，幽默中是有同情的。我恨坏人，可是坏人也有好处；我爱好人，而好人也有缺点。'穷人的狡猾也是正义'，还是我近来的发现；在十年前我只知道一半恨一半笑的去看世界。"①

　　老舍又在《我怎样写〈赵子曰〉》中写道："'老张'是讲些中年人们，那么这次该换些年轻的了。写法可是不用改，把心中记得的人与事编排到一处就行。'老张'是揭发社会上那些我所知道的人与事，'老赵'是描写一群学生。不管是谁与什么吧，反正要写得好笑好玩；一回吃出甜头，当然想再吃；所以这两本东西是同窝的一对小动物。可是，这并不完全正确。怎么说呢？'老张'中的人多半是我亲眼看见的，其中的事多半是我亲身参加过的；因此，书中的人与事才那么拥挤纷乱；专凭想像是不会来得这么方便的。……'五四'把我与'学生'隔开。我看见了五四运动，而没在这个运动里面，我已作了事。是的，我差不多老没和教育事业断缘，可是到底我于这个大运动是个旁观者。看戏的无论如何也不能完全明白演戏的，所以《赵子曰》之所以为《赵子曰》，一半是因为我立意要幽默，一半是因为我是个看戏的。我

---

①老舍：《我怎样写〈老张的哲学〉》，载《老牛破车》，上海：新新书店，1939 年 11 月，第 4—5 页。

在'招待学员'的公寓里住过，我也极同情于学生们的热烈与活动，可是我不能完全把自己当作个学生，于是我在解放与自由的声浪中，在严重而混乱的场面中，找到了笑料，看出了缝子。在今天想起来，我之立在五四运动外面使我的思想吃了极大的亏，《赵子曰》便是个明证，它不鼓舞，而在轻搔新人物的痒痒肉！有了这点说明，就晓得这两本书的所以不同了。'老张'中事实多，想像少；《赵子曰》中想像多，事实少。"①

除上述作家外，人生派写实小说的主体由文学研究会的乡土小说作家群构筑。早在 1910 年 12 月，周作人为匈牙利作家育珂摩耳小说《黄蔷薇》译作写序时评曰："《黄蔷薇》，是书一八九三年作，育珂年已六十九矣。文学史家贝谛（Beothy Zsolt）评骘素严，乃极称许之，谓足以永作国民文学之华饰云。书之体式，取法于牧歌。牧歌（Eidyllia，idyll）者始于希腊，相传佃牧女神（Artemis）祭日，牧人吟诗竞胜，是其滥觞，至谛阿克列多斯（Theokritos）（生'基督'三百余年前）始著为文。初本诗歌，后嬗衍成小说，叙农牧生活，二世纪中朗戈斯（Longos）著《列色波思故事》（Lesbiaka）四卷最胜。文艺复兴后，传入欧洲，一时牧歌小说（Pastoral）盛行于世，至十八世纪而衰。育珂生传奇之世，多思乡怀古之情，故推演史事者既多，复写此以为故乡纪念，源虽出于牧歌，而描画自然，用理想亦不离现实，则较古人为胜，实近世乡土文学之杰作也。书中所言阿尔拂德，为纯粹摩陀尔（Magyar）种人所居地，平原广远，介帖萨多瑙二川之间，帖萨者即退伊思，匈加利有此，犹俄国之有伏尔伽大川，古今文人往往取材于此，诃多巴格即临其流，其地风俗物色，皆极瑰异，育珂少时久居其乡，故

①老舍：《我怎样写〈赵子曰〉》，载《老牛破车》，上海：新新书店，1939 年 11 月，第 8—10 页。

能言之甚晰。奥匈人赖息（Emil Reich）著《匈加利文学史论》，有云，平原（Puszta）之在匈加利者，数凡三千，而夺勃来钦左近之讷多巴格最有名，常见于裴象飞吟咏。诸平原为状，各各殊异。或皆田圃，植大麦烟草，荏粟成林，或为平芜下隰，间以池塘，且时或茂密，时或荒寒，时或苍凉，时或艳美。……"①

1921 年 8 月 16 日，周作人翻译劳斯（W. H. D. Bouse）《希腊岛小说集》序文时，在译者阰记中写道："中国现在文艺的根芽，来自异域，这原是当然的；但种在这古国里，吸收了特殊的土味与空气，将来开出怎样的花卉，实在是很可注意的事。希腊的民俗研究，可以使我们了解希腊古今的文学；若在中国想建设国民文学，表现大多数民众的性情生活，本国的民俗研究也是必要，这虽然是人类学范围内的学问，却于文学有极重要的关系。"②

1923 年 3 月 22 日，周作人在《地方与文艺——为杭州〈之江日报〉十周纪念作》中论述："风土与住民有密切的关系，大家都是知道的，所以各国文学各有特色，就是一国之中也可以因了地域显出一种不同的风格，譬如法国的南方普洛凡斯的文人作品，与北法兰西便有不同，在中国这样广大的国土当然更是如此。这本是不足为奇，而且也是很好的事。我们常说好的文学应是普遍的，但这普遍的只是一个最大的范围，正如算学上的最大公倍数，在这范围之内，尽能容极多的变化，决不是像那不可分的单独数似的不能通融的。这几年来口国新兴文艺渐见发达，各种创作也都有相当的成绩，但我们觉得还有一点不足。为什么呢？这便因为太抽象化了，执著普遍的一个要求，努力去写出预定的概念，

---

①周作人：《黄蔷薇序》，载《苦雨斋序跋文》，上海：天马书店，1934 年 3 月，第 10—11 页。

②周作人：《在希腊诸岛·译者附记》，载《永日集》，上海：北新书局，1929 年 5 月，第 100—101 页。

却没有真实地强烈地表现出自己的个性，其结果当然是一个单调。我们的希望即在于摆脱这些自加的锁枢，自由地发表那从土里滋长出来的个性。"①

　　1923年4月，周作人给刘大白的诗集作序《旧梦》，文中写道："我于别的事情都不喜讲地方主义，唯独在艺术上常感到这种区别。……我们这时代的人，因为对于褊隘的国家主义的反动，大抵养成一种'世界民'（Kosmopolites）的态度，容易减少乡土的气味，这虽然是不得已却也是觉得可惜的。我仍然不愿取消世界民的态度，但觉得因此更须感到地方民的资格，因为这二者本是相关的，正如我们因是个人，所以是'人类一分子'（Homaraus）一般。我轻蔑那些传统的爱国的假文学，然而对于乡土艺术很是爱重：我相信强烈的地方趣味也正是'世界的'文学的一个重大成分。具有多方面的趣味，而不相冲突，合能和谐的全体，这是'世界的'文学的价值，否则是'拔起了的树木'，不但不能排到大林中去，不久还将枯槁了。我常怀著这种私见去看诗文，知道的因风土以考察著作，不知道的就著作以推想风土；虽然倘若固就成见，过事穿凿，当然也有弊病，但我觉得有相当的意义。"②

　　上述乡土文学的理论主张，加之《祝福》《孔乙己》《阿Q正传》《故乡》等乡土小说范式作品的涌现，现代乡土小说迎来创作高潮。王鲁彦（1901—1944），有短篇集《柚子》（上海北新书局，1926年10月），收录《秋夜》《狗》《秋雨的诉苦》《灯》《柚子》《自立》《许是不至于罢》《阿卓呆子》《菊英的出嫁》《小雀儿》《美丽的头发》11篇小说。其中，代表作《柚子》以湖南长沙地方军阀行刑杀人为主

---

　　①周作人：《地方与文艺——为杭州〈之江日报〉十周纪念作》，载《谈龙集》，上海：开明书店，1930年4月四版，第11—12页。
　　②周作人：《旧梦》，载《自己的园地》，北京：晨报社出版部，1923年10月再版，第154—155页。

线，辅以麻木不仁的蜂拥围观者们，旨在揭示世态的炎凉。文末"湖南的柚子呀！湖南人的头呀！"①"这样便宜的湖南的柚子呀！"②两句倾诉了作者想要表达的对军阀视人命如草芥的愤怒情绪。

茅盾在《王鲁彦论》（《小说月报》1928 年第 19 卷第 1 期）中评曰："王鲁彦小说里最可爱的人物，在我看来，是一些乡村的小资产阶级，例如《黄金》里的主人公，和《许是不至于罢》里的王阿虞财主。我总觉得他们和鲁迅作品里的人物有些差别：后者是本色的老中国的儿女，而前者却是多少已经感受着外来工业文明的波动。或者这正是我的偏见，但是我总觉得两者的色味有点不同；有一些本色中国人的天经地义的人生观念，曾是强烈的表现在鲁迅的乡村生活描写里的，我们在王鲁彦的作品里就看见已经褪落了。原始的悲哀，和 humble 生活着而仍又是极泰然自得的鲁迅的人物，为我们所热忱地同情而又忍痛地憎恨着的，在王鲁彦的作品里是没有的；他的是成了危疑扰乱的被物质欲支配着的人物，（虽然也只是浅淡的痕迹）似乎正是工业文明打碎了乡村经济时应有的人们的心理状况。"③

彭家煌（1898—1933），短暂的创作生涯留下《怂恿》（上海开明书店，1927 年 8 月）、《茶杯里的风波》（上海现代书局，1928 年 6 月）、《平淡的事》（上海大东书局，1929 年 5 月）、《喜讯》（上海现代书局，1933 年 12 月）、《出路》（上海大东书局，1934 年 1 月）5 个短篇集和 1 部书信体小说《皮克的情书》（上海现代书局，1928 年 7 月）。其中《怂恿》《活鬼》等小说表现带有湖南乡土气息的农村生活。

①王鲁彦：《柚子》，载《柚子》，上海：北新书局，1926 年 10 月，第 57 页。

②同上，第 58 页。

③茅盾：《王鲁彦论》，载《茅盾论创作》，上海：上海文艺出版社，1980 年 5 月，第 149 页。

　　茅盾在《〈中国新文学大系（小说一集）〉导言》（1935 年 3 月 10 日）中评曰："彭家煌的独特的作风在《怂恿》里就已经很圆熟。这时候他的态度是纯客观的（他不久就抛弃了这纯客观的观点）。在这几乎称得是中篇的《怂恿》内，他写出朴质善良而无知的一对夫妇夹在'土财主'和'破靴党'之间，怎样被播弄而串了一出悲喜剧。浓厚的'地方色彩'，活泼的带着土音的'对话'，紧张的'动作'，多样的'人物'，错综的故事的发展，——都使得这一篇小说成为那时期最好的农民小说之一。"①

　　台静农（1903—1990），有短篇集《地之子》（北平未名社出版部，1928 年 11 月），收录《我的邻居》《红灯》《弃婴》《新坟》《烛焰》等 14 篇小说；短篇集《建塔者》（北平未名社出版部，1930 年 8 月），收录《建塔者》《昨夜》《死室的彗星》《历史的病轮》《遗简》等 10 篇小说。他的作品多描写故乡安徽农村的底层生活，如《烛焰》《蚯蚓们》《负伤者》写农村"冲喜""卖妻""典妻"的恶俗。鲁迅在《〈中国新文学大系（小说二集）〉导言》中评曰："台静农……要在他的作品里吸取'伟大的欢欣'，诚然是不容易的，但他却贡献了文艺；而且在争写着恋爱的悲欢，都会的明暗的那时候，能将乡间的死生，泥土的气息，移在纸上的，也没有更多，更勤于这作者的了。"②

　　蹇先艾（1906—1994），有短篇集《朝雾》（上海北新书局，1927 年 8 月），收录《秋天》《雪暮》《失去的芳邻》《家庭访问》

　　①茅盾：《〈中国新文学大系（小说一集）〉导言》，载茅盾编选《中国新文学大系》（第三集：小说一集），上海：上海良友图书印刷公司，1935 年 5 月，第 28—29 页。

　　②鲁迅：《〈中国新文学大系（小说二集）〉导言》，载鲁迅编选《中国新文学大系》（第四集：小说二集），上海：上海良友图书印刷公司，1935 年 7 月，第 16 页。

《到家》《一帧小照》《水葬》《旧侣》《回顾》《慧瞳》《狂喜之后》
11 篇小说；短篇集《一位英雄》（上海北新书局，1930 年 4 月），
收录《诗翁》《初秋之夜》《一位英雄》《公园里的名剧》《巧》《老
仆人的故事》6 篇小说；短篇集《酒家》（上海新中国书局，1934
年 11 月），收录《诗人朗佛罗》《到镇溪去》《四川绅士和湖南女
伶》《血泡粑的典礼》《美丽的梦》《酒家》《迁居》《盐巴客》《仆人
之书》《被遗忘的人的故事》10 篇小说。

　　其中，写贵州乡土题材的《水葬》被编入《中国新文学大系
（小说二集）》，鲁迅在《〈中国新文学大系（小说二集）〉导言》中
评曰："蹇先艾的作品是简朴的，如他在小说集《朝雾》里说——
'……我已经是满过二十岁的人了，从老远的贵州跑到北京来，灰
沙之中彷徨了也快七年，时间不能说不长，怎样混过的，并自身
都茫然不知。是这样匆匆地一天一天的去了，童年的影子越发模
糊消淡起来，像朝雾似的，袅袅的飘失，我所感到的只有空虚与
寂寞。这几个岁月，除近两年信笔涂鸦的几篇新诗和似是而非的
小说之外，还做了什么呢？每一回忆，终不免有点惨寥撞击心头。
所以现在决然把这个小说集付印了，……借以纪念从此阔别的可
爱的童年。……若果不失赤子之心的人们肯毅然光顾，或者从中
间也寻得出一点幼稚的风味来罢？……'诚然，虽然简朴，或者
如作者所自谦的'幼稚'，但很少文饰，也足够写出他心曲的哀
愁。他所描写的范围是狭小的，几个平常人，一些琐屑事，但如
《水葬》，却对我们展示了'老远的贵州'的乡间习俗的冷酷，和
出于这冷酷中的母性之爱的伟大，——贵州很远，但大家的情境
是一样的。"①

①鲁迅：《〈中国新文学大系〔小说二集〕〉导言》，载鲁迅编选《中国新
文学大系》（第四集：小说二集），上海：上海良友图书印刷公司，1935 年 7
月，第 8 页。

许杰（1901—1993），有短篇集《惨雾》（上海商务印书馆，1926 年 10 月），收录《惨雾》《醉人的湖风》《菜芽与小牛》《小草》等 7 篇小说。其中，《惨雾》《赌徒吉顺》《隐匿》《台下的喜剧》系其乡土小说代表作。

《语丝》撰稿作家许钦文（1897—1984），有短篇集《故乡》（北京北新书局，1926 年 4 月），收录《这一次的离故乡》《凡生》《传染病》《博物先生》《上学去》《疯妇》《父亲的花园》等 27 篇小说。该集子被列为鲁迅主持的"乌合丛书"第二种，第一种即鲁迅划时代的短篇集《呐喊》。高长虹（1898—1954）在《〈故乡〉小引》（1926 年 4 月 10 日）中写道："人都相信他的耳朵，不相信他的眼睛，所以无论对于什么，常苦于不能认识其真价。据我所知，则许钦文先生的小说，确曾在这样的不幸中，好久地被忽视过去了。至少，我自己便是这样。但终于，一个新的机会来了。一天，鲁迅先生把这《故乡》的原稿交给了我，要我选一下；如可以时，并且写一篇分析的序。于是，我开始读的，便是那第一篇《这一次的离故乡》，我开始惊异了。在这篇短的故事里，乡村的描写，感情的流露，心理的分析，人间的真实性，都是向来所不容易看见过的。我继续读了下去，而为我所最感到趣味的，尤其是这书中的青年心理的描写。"①

关于这时期的乡土小说，鲁迅在《〈中国新文学大系（小说二集）〉导言》中总评："蹇先艾叙述过贵州，裴文中关心着榆关，凡在北京用笔写出他的胸臆来的人们，无论他自称为用主观或客观，其实往往是乡土文学，从北京这方面说，则是侨寓文学的作者。但这又非如勃兰兑斯（G. Brandes）所说的'侨民文学'，侨寓

---

① 高长虹：《〈故乡〉小引》，载许钦文《故乡》，北京：北新书局，1926 年 4 月，第 1—2 页。

的只是作者自己，却不是这作者所写的文章，因此也只见隐现着乡愁，很难有异域情调来开拓读者的心胸，或者眩耀他的眼界。许钦文自名他的第一本短篇小说集为《故乡》，也就是在不知不觉中自招为乡土文学的作者。"①

四　以创造社为主的主观抒情小说

1920 年 2 月 29 日，周作人在译作《晚间的来客——俄国库普林著》（《新青年》1920 年第 7 卷第 5 期）附记中，首次运用"抒情诗的小说"概念："库普林的这一篇小品，做法很特别，只因为听到敲门声，便发生许多感想，写了一大篇文章。我译这篇，除却介绍库普林的思想之外，就因为要表示在现代文学里，有这一种形式的短篇小说。小说不仅是叙事写景，还可以抒情；因为文学的特质是在感情的传染，便是那纯自然派所描写，如淑拉（Zola）说，也仍然是'通过了作者的性情的自然'，所以这抒情诗的小说，虽然形式有些特别，却具有文学的特质，也就是真实的小说。内容上必要有悲欢离合，结构上必要有葛藤，极点，收场，才得谓之小说：这种意见，正如十八世纪的戏曲的三一律，已经是过去的东西了。"②

中国现代抒情小说的最初体式是由创造社开创且为主体的"自叙传"主观抒情小说。创造社的主要成员都有日本留学背景，他们大都接受过日本"私小说"和欧洲浪漫主义文学的影响。1921 年 10 月，郁达夫的短篇集《沉沦》的出版开辟出一股"自叙传"

---

①鲁迅：《〈中国新文学大系（小说二集）〉导言》，载鲁迅编选《中国新文学大系》（第四集：小说二集），上海：上海良友图书印刷公司，1935 年 7 月，第 9 页。

②周作人：《晚间的来客——俄国库普林著》，载《点滴》（上），北京：北京大学出版部，1920 年 8 月，第 166—167 页。

主观抒情小说的创作潮流。

在人生派客观写实小说占主潮的新文坛，郁达夫能有如此开先河的文学成就，正是实践着他在《五六年来创作生活的回顾》（1927年8月31日于上海）中阐述的文学主张："至于我的对于创作的态度，说出来，或者人家要笑我，我觉得'文学作品，都是作家的自叙传'这一句话，是千真万真的。客观的态度，客观的描写，无论你客观到怎么样一个地步，若真的纯客观的态度，纯客观的描写是可能的话，那艺术家的才气可以不要，艺术家存在的理由，也就消灭了。左拉的文章，若是纯客观的描写的标本，那么他著的小说上，何必要署左拉的名呢？他的弟子做的文章，岂不是同他一样的么？他的弟子的弟子做的文章，又岂不是也和他一样的吗？所以我说，作家的个性，是无论如何，总须在他的作品里头保留着的。作家既有了这一种强的个性，他只要能够修养，就可以成功一个有力的作家。修养是什么呢？就是他一己的体验。美国有一位有钱的太太，因为她儿子想做一个小说家（她儿子是曾在哈佛大学文科毕业的），有一次写信去问 Maugham，要如何才可以使她的儿子成功。M.氏回答她说：给他两千块金洋钱一年，由他去鬼混去（Give him two thousand dollars a year, and let him go to devils）！我觉得这就是作家要尊重自己一己的体验的证明。"[1]

郁达夫，1913年赴日本留学，先后就读于名古屋第八高等学校（现名古屋大学）和东京帝国大学（现东京大学），创造社发起人之一。作为"创造社丛书"第三种的短篇集《沉沦》（上海泰东图书局，1921年10月），是郁达夫的处女小说集和成名作，也是

---

[1] 郁达夫：《五六年来创作生活的回顾》，载《过去集》，上海：北新书局，1931年，第10—11页。

新文学第一部白话小说集。该集子收录《沉沦》《南迁》《银灰色的死》3篇小说。此外，郁达夫的作品还有中篇小说《迷羊》（上海北新书局，1928年1月）；短篇集《薇蕨集》（上海北新书局，1930年12月）；文学合集《达夫自选集》（上海天马书店，1933年3月），收录《二诗人》《采石矶》《离散之前》《烟影》《迟桂花》《过去》《在寒风里》《春风沉醉的晚上》《薄奠》《微雪的早晨》10篇小说。

郁达夫在《〈沉沦〉自序》（1921年7月30日于东京）中自述："第一篇《沉沦》是描写著一个病的青年的心理，也可以说是青年忧郁病 Hypochondair 的解剖，里边也带叙著现代人的苦闷，——便是性的要求与灵肉的冲突——但是我的描写是失败了。"[1] 主人公在"向善的焦躁"和"贪恶的苦闷"的矛盾之间，在"道德"与"欲望"的纠缠之中苦苦挣扎，最终走向沉沦。他在自杀前念着："祖国呀祖国！我的死是你害我的！你快富起来，强起来罢！你还有许多儿女在那里受苦呢！"[2] 小说以这样的结尾方式将病态青年的人生与祖国民族的贫苦命运联系在一起，倾述了一代青年追求自由、渴望祖国富强的心声。这里王完美诠释了郭沫若在《论郁达夫》（《人物杂志》1948年第1卷第3期）中所述："许多人都以为达夫有点'颓唐'，其实是皮相的见解。记得是李初黎说过这样的话：'达夫是摩拟的颓唐派，本质的清教徒。'这话最能够表达了达夫的实际。"[3]

---

① 郁达夫：《〈沉沦〉自序》，载《沉沦》，上海：泰东图书局，1926年3月八版，第1页。

② 郁达夫：《沉沦》，载《沉沦》，上海：泰东图书局，1926年3月八版，第72页。

③ 郭沫若：《论郁达夫》，载《人物杂志（三年选集）一九四六年一月——一九四九年四月》，上海：人物杂志社，1949年9月，第9页。

《春风沉醉的晚上》（1923年7月15日），写一名落魄青年作家与一位香烟厂女工在贫民窟比邻而居发生交往的故事。白居易千古绝唱"同是天涯沦落人，相逢何必曾相识"（《琵琶行》）的现代生活写照在女工同情落魄青年作家的对白文字中得以生动诠释："她看了我这个样子，以为我也是一个无家可归的流浪人，脸上就立时起了一种孤寂的表情，微微的叹着说：'唉！你也是同我一样的么？'"①

《过去》（1927年1月10日）与《春风沉醉的晚上》一般，有着"哀而不伤，乐而不淫"的古典文学格调。情节梗概如下：李白时漂泊到M港市养病，傍晚在细雨蒙蒙的街头邂逅上海的旧识——陈家老三姑娘，两人演绎了一段往事回忆加再续情缘而不得的故事。男女主人公在上海失之交臂的爱情，成为不可挽回的"过去"，不仅留下涂抹不掉的人生遗憾，且永久地改变了各自的人生轨迹。诚如老三姑娘向李先生哭诉："李先生！我们的……我们的事情，早已……早已经结束了。那一年，要是那一年……你能……你能够像现在一样的爱我，那我……我也不会……不会吃这一种苦的。我……我……你晓得……我……我……这两三年来……！"②

黎锦明在《达夫的三时期（〈沉沦〉—〈寒灰集〉—〈过去〉）》（1927年8月17日于上海闸北）中评曰："艺术的估值……思想的范围……道德的标准……第一种作家这般想着。计划着，希望着。他们能伟大自不是偶然的事。第二种作家却全然打破这些计划，想望这是将一个人的个性、情感、生活诚实的铺

---

①郁达夫：《春风沉醉的晚上》，载《达夫自选集》，上海：天马书店，1933年3月，第236页。

②郁达夫：《过去》，载《达夫自选集》，上海：天马书店，1933年3月，第190页。

在纸上。他们能伟大更不是偶然的事。……我觉得达夫的作品是属于第二种作家的。……《沉沦》是一件艺术品，周作人先生这么说过，诚然，它的艺术的优美，完全在那凄婉动人的文字上；当时文坛，实无有出其右者。我们在许多外国作品中感想到许多的伟大艺术。然在《沉沦》口所觉到的这种平铺直叙的艺术，都感到一种毫不为艺术形式所蒙蔽的真实性来。打破了传统（Tradition）习见（Convention），《沉沦》出世的影响不但在文坛上，在现今中国社会上，道德上的变动，我可以大胆的说一句是发自它的原动。今日公开的性的讨论，那神圣的光，是《沉沦》启导的；今日青年在革命上所生的巨大的反抗性，可以说是从《沉沦》中那苦闷到了极端的反应所生的。虽然，《沉沦》并不是一部记述关于性的问题，革命心理的文字，然而那真实的情感的启示（Revelation）比《呐喊》那较明显的激动，尤其来得深远。"①

陈西滢在《新文学运动以来的十部著作（上）》中评曰："新文学的作品，要算短篇小说的出产顶多，也要算它的成绩顶好了。我要举的代表作品是郁达夫先生的《沉沦》，和鲁迅先生的《呐喊》。郁先生的作品，严格的说起来，简直是生活的片断，并没有多少短篇小说的格式。里面的主人，大都是一个放浪的，牢骚的，富于感情的，常常是堕落的青年。一篇文字开始时，我们往往不知道为什么那时才开始，收来时，也不知道为什么到那时就结束，因为在开始以先，在结束以后，我们知道还是有许多同样的情调，只要作者继续的写下去，几乎可以永远不绝的。所以有一次他把一篇没有写完的文章发表了，读时也不感缺少。有时他有意的想写一个有力的结束，好像《沉沦》那一篇，我们反感觉非常的不

①黎锦明：《达夫的三时期（〈沉沦〉—〈寒灰集〉—〈过去〉）》，载姚乃麟编《现代作家论》，上海：上海万象书屋，1937 年 3 月，第 208—214 页。

自然。他的小说虽然未免因此有些单调，可是他的力量也就在这里。他的小说里的主人翁可以说是现代的青年的一个代表，同时又是一个自有他生命的个性极强的青年。我们谁都认识他。"①

沈从文（1902—1988）在《论中国创作小说》（《文艺月刊》1931 年第 2 卷第 4—5/6 期）中评曰："郁达夫，以衰弱的病态的情感，怀着卑小的可怜的神情，写成了他的《沉沦》。这一来，却写出了所有年青人为那故事而眩目的忧郁了。生活的卑微，在这卑微生活里所发生的感触，欲望上进取，失败后的追悔，由一个年青独身男子用一种坦白的自曝方法，陈述于读者，郁达夫，这个名字从《创造周报》上出现，不久以后成为一切年青人最熟习的名字了。人人皆觉得郁达夫是个可怜的人，是个朋友，因为人人皆可从他作品中，发现自己的模样。郁达夫在他作品中，提出的是当前一个重要问题。'名誉、金钱、女人取联盟样子，攻击我这零落孤独的人……'这一句话把年青人心说软了。在作者的作品上，年青人，在渺小的平凡生活里，用憔悴的眼看四方，再看看自己，有眼泪的都不能悭吝他的眼泪了。这是作者一人的悲哀么？不，这不是作者；却是读者。多数的读者，诚实的心是为这个而鼓动的。多数的读者，由郁达夫作品，认识了自己的脸色与环境。作者一枝富有才情的笔，却使每一个作品，在组织上即或完全略忽，也仍然非常动人。一个女子可以嘲笑冰心，因为冰心缺少气概显示自己另一面生活，不如稍后一时淦女士对于自白的勇敢。但一个男子，一个端重的对生存不儿戏的男子，他却不能嘲笑郁达夫。放肆的无所忌诞的为生活有所喊叫。到现在却成了一个可嘲笑的愚行，因为时代带走了一切陈腐，新的方向据说个人应当牺牲。然

---

① 陈西滢：《新文学运动以来的十部著作（上）》，载《西滢闲话》，上海：新月书店，1929 年 5 月再版，第 338—339 页。

而展览苦闷由个人转为群众，十年来新的成就，是还无人能及郁达夫的。说明自己，分析自己，刻画自己，作品所提出的一点纠纷处，正是国内大多数青年心中所感到的纠纷处。郁达夫，因为新的生活使他沉默了，然而作品提出的问题，说到的苦闷，却依然存在于中国多数年青人生沽里，一时不会失去。感伤的气分，使作者在自己作品上，写到放荡无节制的颓废里，作为苦闷的解决，关于这一点，暗示到读者，给年青人在生活方面，生活态度有大影响，这影响，便是'同情'于《沉沦》上人物的'悲哀'，也同时'同意'于《沉沦》上人物的'任性'。这便是作者从作品上发生的不良结果，虽为时较后，用'大众文学''农民文学'作呼号，却没有多少补救的。作者所长是那种自白的诚恳，虽不免夸张，却毫不矜持，又能处置文字，运用词藻，在作品上那种神经质的人格，混合美恶，揉杂爱增，不完全处，缺憾处，乃反而正是给人十分尊敬处。郭沫若用英雄夸大样子，有时使人发笑，在郁达夫作品上，用小丑的卑微神气出现，却使人忧郁起来了。鲁迅使人忧郁，是客观的写到中国小都市的一切，郁达夫，只会写他本身，但那却是我们青年人自己，中国农村是崩溃了，毁灭了，为长期的混战，为土匪骚扰，为新的物质所侵入，可赞美的或可憎恶的，皆在渐渐失去原来的型范。鲁迅不能凝视新的一切了。但年青人心灵的悲剧，却依然存在，在沉默里存在，郁达夫，则以另以意义而沉默了的。"[①]

创造社的其他几位青年小说家，承续着郁达夫的抒情风格。倪贻德（1901—1970），有短篇集《玄武湖之秋》（上海泰东图书局，1924 年 4 月），收录《江力》《花影》《怅惘》《下弦月》《玄武

[①]沈从文：《论中国创作小说》，载《文艺月刊》1931 年第 2 卷第 4 期，第 9—11 页。

湖之秋》等 10 篇小说。陶晶孙（1897—1952），有文学合集《音乐会小曲》（上海创造社出版部，1927 年 10 月），收录《音乐会小曲》《两情景》《黑衣人》《木犀》《剪春萝》《洋娃娃》《水葬》《尼庵》《理学士》等 20 篇作品。周全平（1902—1983），有短篇集《梦里的微笑》（上海光华书局，1925 年 2 月），收录《林中》《圣诞之夜》《爱与血的交流》《旧梦》4 篇小说。叶鼎洛（1897—1958），有短篇集《白痴》（上海真美善书店，1928 年 8 月），收录《霜寒》《妓女的归家》《前程》《白痴》《沙明五之死》5 篇小说；中篇小说《双影》（上海现代书局，1929 年 1 月）。

滕固（1901—1941），文学研究会会员，代表作有短篇小说《壁画》（《创造季刊》1922 年第 1 卷第 3 期）和"自叙传"中篇小说《银杏之果》（上海群众图书公司，1925 年 3 月）。另一位文学研究会会员王以仁（1902—1926），充分实践了郁达夫笔下"零余者"的人生。主要作品是"自叙传"中篇小说《孤雁》（上海商务印书馆，1926 年 10 月），由《孤雁》《落魄》《流浪》《还乡》《沉缅》《殂落》6 篇连贯且独立的书信组成，情节展示的是一个时代知识青年失业、流浪、还乡、沉沦、殂落的生命历程。王以仁在《〈孤雁〉我的供状（代序）——致不识面的友人的一封信》里自述："你说我的小说很受达夫的影响；这不但你是这般说，我的一切朋友都这般说，就是我自己也觉得带有达夫的彩色的。"[1] 郁达夫在写于 1927 年 2 月 26 日的《新生日记》中对此也有记载："王以仁是我直系的传代者，他的文章很像我，他在他的短篇集序文（孤雁集序）里也曾说及。我对他也很抱有希望，可是去年夏天，因为失业失恋的结果，行踪竟不明了。"[2]

---

[1] 王以仁：《〈孤雁〉我的供状（代序）——致不识面的友人的一封信》，载《孤雁》，上海：商务印书馆，1935 年 4 月版，第 7 页。

[2] 郁达夫：《新生日记》，载《达夫日记集》，上海：北新书局，1935 年 7 月，第 105 页。

　　庐隐和冯沅君（1900—1974）这两位女性作家的小说都带着浓厚的自叙传性质。庐隐，文学研究会会员，自幼缺少父母关爱，小学就读于教会学校——北京慕贞学院，1912 年考入国立女子师范学校，经历两次婚姻，1934 年死于难产。处女短篇集《海滨故人》（上海商务印书馆，1925 年 7 月），收录《一个著作家》《一封信》《两个小学生》《灵魂可以卖吗》《思潮》《余泪》《月下的回忆》《或人的悲哀》《丽石的日记》《彷徨》《海滨故人》《沦落》《旧稿》《前尘》14 篇小说。其他作品还有短篇集《曼丽》（北平古城书社，1928 年 1 月）、《归雁》（上海神州国光社，1930 年 6 月）、《灵海潮汐》（上海开明书店，1931 年 1 月）、《玫瑰的刺》（上海中华书局，1933 年 3 月），以及《庐隐自传》（上海第一出版社，1934 年 6 月）。无论是《丽石的日记》《海滨故人》等早期作品，还是《玫瑰的刺》《归雁》等后期作品，皆是讲述知识青年女性爱情婚姻的坎坷。

　　茅盾在《庐隐论》（《文学》1934 年第 3 卷第 1 期）中评曰："在小品文中，庐隐很天真地把她的'心'给我们看。比我们在她的小说中看她更觉明白。她不掩饰自己的矛盾（她这种又天真又严肃的态度在她的小说中也是一贯，这是她叫人敬重的一点）。现在我们引她那篇《醉后》里的几句话结束这篇短论罢：我是世界上最怯弱的一个，我虽然硬着头皮说'我的泪泉干了，再不愿向人间流一滴半滴眼泪'，因此我曾博得'英雄'的称许，在那强振作的当儿，何尝不是气概轩昂……我静静在那里忏悔。我的怯弱，为什么总打不破小我的关头。我记得，我曾想象我是'英雄'的气概，手里拿着明晃着的雌雄剑，独自站在喜马拉亚的高峰上，傲然的下视人寰。仿佛说：我是为一切的不平，而牺牲我自己的，我是为一切的罪恶，而挥舞我的双剑的呵！'英雄'，伟大的英雄，这是多么可崇拜的，又是多么可欣慰的呢！但是怯弱的人们，是经不起撩拨的……"①

　　冯沅君，笔名淦女士，哲学家冯友兰的妹妹。1923 年毕业于北京女子高等师范学校，1925 年毕业于北京大学国学研究所。1929 年与文学史家陆侃如结婚，后与丈夫一起专研中国文学史而不再从事文学创作。1932 年赴法国留学，获巴黎大学研究院文学博士学位。1935 年回国先后在金陵女子大学、复旦大学、中山大学等任教。小说作品有短篇集《卷施》（上海北新书局，1927 年 1 月），收录《隔绝》《旅行》《慈母》《隔绝之后》4 篇小说；短篇集《春痕》（上海北新书局，1928 年 10 月），收录《今天 a》《我之》《今天 b》《去年》《昨晚》《十四》《前天》《从家》《这许》等 50 篇书信体小说；短篇集《劫灰》（上海北新书局，出版时间不详），收录《劫灰》《贞妇》《缘法》《林先生的信》《我已在爱神犯罪了》《晚饭》《潜悼》《EPOCH MAKING》8 篇小说。

　　短篇集《春痕》是由时间跨度在 1926 年 12 月 27 日至 1927 年 5 月 20 日的 50 封书信构成。在第一封信件中，女主角瑷如精神境地悲观失望："你见了我的生命过程中留下的伤痕，心中颇感到不安。其实我现在的生活以之与往日相较，尚如九天之与重洞。从前是河流遇了阻力，现在是河流渐就枯干。从前是病而呻吟，现在是病而不能呻吟。从前是喜则狂笑，悲则痛哭，现在是欲哭无泪，欲笑无声。（近来作不成诗，想亦因此）。虽然我行年不过廿多岁，我的精神却销沈颓废过于老人。此生已矣，夫复何言！璧君，我相信人之一生有三种阶段：第一是不知人生有痛苦。第二是感到苦痛而反抗痛哭。第三是屈伏于社会大势力之下，而不能反抗，不敢痛哭，生命之流渐渐干了。境遇好的人或许不至经过

第二第三阶段，但此种人世间能有几个。我现在已走到第三阶段。你愿我的人生观同你一样快乐，感谢！感谢！生命同河水一般，谁知道将来如何呢。"① 一个住在"水木清华"的名叫璧如的男子给予女主角温柔体贴的精心呵护，两人最终结成眷属并以合摄影为定情之证。陆侃如在《〈春痕〉后记》（1928 年 2 月 25 日）中写道："《春痕》作者告诉我：《春痕》是五十封信，假定为一女子寄给她的情人的，从爱苗初长到摄影定情，历时约五阅月。作者又说：这五十封并无长篇小说的结构，虽然女主人的性格是一致的，事实也许是衔接的。又说：每一信里也许讲的两件事，故标题极难定；现在避难就易，姑以首二字命篇。因记之以告读是书者。"②

《旅行》《慈母》被编入《中国新文学大系（小说二集）》，鲁迅在《〈中国新文学大系（小说二集）〉导言》中评曰："冯沅君有一本短篇小说集《卷葹》——是'拔心不死'的草名，也是一九二三年起，身在北京，而以'淦女士'的笔名，发表于上海创造社的刊物上的作品。其中的《旅行》是提炼了《隔绝》和《隔绝之后》（并在《卷葹》内）的精粹的名文，虽嫌过于说理，却还未伤其自然；那'我很想拉他的手，但是我不敢，我只敢在间或车上的电灯被震动而失去它的光的时候，因为我害怕那些搭客们的注意。可是我们又自己觉得很骄傲的，我们不客气的以全车中最尊贵的人自命。'这一段，实在是'五四'运动直后，将毅然和传统战斗，而又怕敢毅然和传统战斗，遂不得不复活其'缠绵悱恻之情'的青年们的真实的写照。和'为艺术而艺术'的作品中的主角，或夸耀其颓唐，或衔鬻其才绪，是截然两样的。然而也

---

① 冯沅君：《春痕》，上海：北新书局，1928 年 10 月，第 1—2 页。
② 陆侃如：《〈春痕〉后记》，载冯沅君《春痕》，上海：北新书局，1928年 10 月，第 1—2 页。

可以很归于平安。陆侃如在《卷施》再版后记里说：'"淹"训
"沈"，取《庄子》"陆沈"之义。现在作者思想变迁，故再版时改
署沉君。……只因作者秉性疏懒，故托我代说。'诚然，三年后的
《春痕》，就只剩了散文的断片了，更后便是关于文学史的研究。
这使我又记起匈牙利的诗人彼兑菲（Petofi Sandor）题 B. S. 夫人
照像的诗来——'听说你使你的男人很幸福，我希望不至于此，
因为他是苦恼的夜莺，而今沈默在幸福里了。苛待他罢，使他因
此常常唱出甜美的歌来。'我并不是说：苦恼是艺术的渊源，为了
艺术，应该使作家们永久陷在苦恼里。不过在彼兑菲的时候，这
话是有些真实的；在十年前的中国，这话也有些真实的。"①

　　除了创造社，创作抒情小说的，还有浅草社和沉钟社作家。陈
翔鹤，有短篇小说《茫然》（《浅草》1923 年第 1 卷第 1 期）；短篇
集《不安定的灵魂》（上海北新书局，1927 年 6 月），收录《See!》
《悼——》《西风吹到了枕边》《莹子》《姑母》《不安定的灵魂》
《他》7 篇小说。陈炜谟的短篇小说《轻雾》（《浅草》1923 年第 1
卷第 1 期）和林如稷的短篇小说《将过去》（《浅草》1925 年第 1
卷第 4 期）等都是以抒发个人苦闷和感伤情绪为主的抒情作品。

　　鲁迅在《〈中国新文学大系（小说二集）〉导言》中概述此伤
感情绪："一九二四年中发祥于上海的浅草社，其实也是'为艺术
而艺术'的作家团体，……但那时觉醒起来的智识青年的心情，
是大抵热烈，然而悲凉的，即使寻到一点光明，'径一周三'，却
是分明的看见了周围的无涯际的黑暗。摄取来的异域的营养又是
'世纪末'的果汁：王尔德（Oscar Wilde），尼采（Fr. Nietzsche），

----

①鲁迅：《〈中国新文学大系（小说二集）〉导言》，载鲁迅编选《中国新
文学大系》（第四集：小说二集），上海：上海良友图书印刷公司，1935 年 7
月，第 7 页。

波特莱尔（Ch. Baudelaire），安特莱夫（L. Andrev）们所安排的。'沈自己的船'还要在绝处求生，此外的许多作品，就往往'春非我春，秋非我秋'，玄发朱颜，低唱着饱经忧患的不欲明言的断肠之曲。虽是冯至的饰以诗情，莎子的托辞小草，还是不能掩饰的。凡这些，似乎多出于蜀中的作者，蜀中的受难之早，也即此可以想见了。"①

以抒情见长的乡土小说作家是冯文炳与沈从文。冯文炳（1901—1967），笔名废名。1922年考入北京大学预科，1929年毕业留校任教。在北大读书期间开始文学创作，成为《语丝》的基本作家。主要作品有短篇集《竹林的故事》（北京北新书局，1925年10月），收录《讲究的信封》《柚子》《少年阮仁的失踪》《病人》《浣衣母》《半年》《我的邻舍》《初恋》《阿妹》《火神庙的和尚》《鹧鸪》《竹林的故事》《河上柳》《去乡》14篇小说；短篇集《桃园》（北京古城书社编译所，1928年2月），收录《张先生与张太太》《文学者》《晌午》《石勒的杀人》《追悼会》《审判》《浪子的笔记》《一段记载》《桃园》《菱荡》10篇小说。

冯文炳的作品多以湖北家乡的风土人情为主题。周作人在《〈竹林的故事〉序》（1925年9月30日）中写道："冯文炳君的小说是我所喜欢的一种。……我不知怎地总是有点'隐逸的'，有时候很想找一点温和的读，正如一个人喜欢在树荫下闲坐，虽然晒太阳也是一件快事。我读冯君的小说便是坐在树荫下的时候。冯君的小说我并不觉得是逃避现实的。他所描写的不是什么大悲剧大喜剧，只是平凡人的平凡生活——，这却正是现实。特别的光

---

①鲁迅：《〈中国新文学大系〔小说二集〕〉导言》，载鲁迅编选《中国新文学大系》（第四集：小说二集），上海：上海良友图书印刷公司，1935年7月，第5—6页。

明与黑暗固然也是现实之一部，但这尽可以不去写它，倘若自己不曾感到欲写的必要，更不必说如没有这种经验。文学不是实录，乃是一个梦：梦并不是醒生活的复写，然而离开了醒生活梦也就没有了材料，无论所做的是反应的或是满愿的梦。冯君所写多是乡村的儿女翁媪的事，这便因为他所见的人生是这一部分，——其实这一部分未始不足以代表全体：……冯君著作的独立的精神也是我所佩服的一点。他三四年来专心创作，沿著一条路前进，发展他平淡朴讷的作风，这是很可喜的。……冯君从中外文学里涵养他的趣味，一面独自走他的路，这虽然寂寞一点，却是最确实的走法，我希望他这样可以走到比此刻的更是独殊地他自己的艺术之大道上去。"①

沈从文用抒情笔调描写乡村题材的创作风格受冯文炳影响较大，他在《夫妇》（1929 年 7 月 14 日）附记中自述："自己有时常常觉得有两种笔调写文章，其一种，写乡下，则仿佛有与废名先生相似处。由自己说来，是受了废名先生的影响，但风致稍稍不同，因为用抒情诗的笔调写创作，是只有废名先生才能那种经济的。这一篇即又有这痕迹，读我的文章略多而又欢喜废名先生文章的人，他必能找出其相似中稍稍不同处的，这样文章在我是有两个月不曾写过了，添此一尾记自己这时的欣喜。"② 又在《论冯文炳》（1933 年 7 月 21 日）中做对比："作者的作品，是充满了一切农村寂静的美。差不多每篇都可以看得到一个我们所熟悉的农民，在一个我们所生长的乡村，如我们同样生活过来的活到那地上。不但那农村少女动人清朗的笑声，那聪明的姿态，小小的一

---

①周作人：《〈竹林的故事〉序》，载冯文炳《竹林的故事》，北京：北新书局，1927 年 9 月再版，第 1—3 页。

②沈从文：《夫妇》，载《小说月报》1929 年第 20 卷第 11 期，第 1734 页。

条河，一株孤零零的长在菜园一角的葵树，我们可以从作品中接近，就是那略带牛粪气味与略带稻草气味的乡村空气，也是仿佛把书拿来就可以嗅出的。作者所显示的神奇，是静中的动，与平凡的人性的美。用淡淡文字，画一切风物姿态轮廓。……把作者，与现代中国作者风格并列，如一般所承认，最相称的一位，是本论作者自己。一则因为对农村观察相同，一则因背景地方风俗习惯也相同，然从同一方向中，用同一单纯的文体，素描风景画一样把文章写成，除去文体在另一时如人所说及'同是不讲文法的作者'外，结果是仍然在作品上显出分歧的。如把作品的一部并列，略举如下的篇章作例：《桃园》（单行本），《竹林故事》《火神庙和尚》《河上柳》（单篇）。《雨后》（单行本），《夫妇》《会明》《龙朱》《我的教育》（单篇）。则冯文炳君所显示的是最小一片的完全，部分的细微雕刻，给农村写照，其基础，其作品显出的人格，是在各样题目下皆建筑到'平静'上面的。有一点忧郁，一点向知与未知的欲望，有对宇宙光色的眩目，有爱，有憎，——但日光下或黑夜，这些灵魂，仍然不会骚动，一切与自然谐和，非常宁静，缺少冲突。作者是诗人（诚如周作人所说），在作者笔下，一切皆由最纯粹农村散文诗形式下出现，作者文章所表现的性格，与作者所表现的人物性格，皆柔和具母性，作者特点在此。《雨后》作者倾向不同。同样去努力为仿佛我们世界以外那一个被人疏忽遗忘的世界，加以详细的注解，使人有对于那另一世界憧憬以外的认识，冯文炳君只按照自己的兴味做了一部分所欢喜的事。使社会的每一面，每一棱，皆有一机会在作者笔下写出，是《雨后》作者的兴味与成就。用矜慎的笔，作深入的解剖，具强烈的爱憎有悲悯的情感。表现出农村及其他去我们都市生活较远的人物姿态与言语，粗糙的灵魂，单纯的情欲，以及在一切由生产关系下形成的苦乐，《雨后》作者在表现一方面言，似较冯文炳君为宽而且优。创作基础成于生活各方面的认识，冯文炳君在这一点上，似乎永远与《雨后》作者异途了。"①

汪曾祺（1920—1997）在《从哀愁到沉郁——何立伟小说集〈小城无故事〉序》（1985年11月1日于北京）中写道："废名是一位被忽视的作家。在中国被忽视，在世界上也被忽视了。废名作品数量不多，但是影响很大，很深，很远。我的老师沈从文承认他受过废名的影响。他曾写评论，把自己的几篇小说和废名的几篇对比。沈先生当时已经成名。一个成名的作家这样坦率而谦逊的态度是令人感动的。虽然沈先生对废名后期的小说十分不以为然。何其芳在《给艾青先生的一封信》提到刘西渭（李健吾）非常认真地读了《画梦录》，但'主要地只看出了我受了废名影响的那一点'。那么受了废名影响的这一点，何其芳是承认的。我还可以开出一系列受过废名影响的作家的名单，只是因为本人没有公开表态，我也只好为尊者讳了。'但开风气不为师'，废名是开了一代文学风气的，至少在北方。这样一个影响深远的作家，生前死后都很寂寞，令人怃然。我读过废名的小说，《桃园》《竹林的故事》《桥》《枣》……都很喜欢。在昆明（也许在上海）读过周作人写的《怀废名》。他说废名的小说的一个特点是注重文章之美。说他的小说如一湾溪水，遇到一片草叶都要抚摸一下，然后再汩汩地向前滚去（大意），这其实就是意识流，只是当时在中国，'意识流'的理论和小说介绍进来的还不多。这也是很有意思的事。西方的意识流的理论和小说还没有介绍进来，中国已经有用意识流的方法写的小说，并且比之西方毫无逊色，说明意识流并非是外来的。人类生活发展到一定阶段，对意识的认识发展到

①沈从文：《论冯文炳》，载《沫沫集》，上海：大东书局，1934年4月，第3—10页。

一定阶段，就会产生意识流的作品。这是不能反对，无法反对的。废名也许并不知道'意识流'，正象他以前不知道弗金尼·沃尔芙。他只是想真切地反映生活，他发现生活，意识是流动的，于是找到了一种新的对于生活的写法，于是开了一代风气。这种写法没有什么奥秘，只是追求：更象生活。"①

沈从文，生于湘西凤凰县，苗族人。1917 年自县第一小学高小毕业，同年 8 月入地方军队当兵。受"五四"文化思潮影响，1923 年只身前往北京闯荡。处女作《一封未曾付邮的信》以"休芸芸"笔名发表在 1924 年 12 月 22 日北京《晨报副刊》上，1931 年始先后在青岛大学、西南联大、北京大学任教。

沈从文这时期的作品主要有文学合集《鸭子》（北京北新书局，1926 年 11 月），收录《盲人》等 9 个剧本，《月下》等 7 篇散文，《残冬》等 5 首新诗，《雨》《往事》《玫瑰与九妹》《夜渔》《代狗》《腊八粥》《船上》《估领》《槐花镇》9 篇小说；短篇集《蜜柑》（上海新月书店，1927 年 9 月），收录《初八那日》《晨》《早餐》《蜜柑》《乾生的爱》《看爱人去》《草绳》《猎野猪的故事》8 篇小说；文学合集《入伍后》（上海北新书局，1928 年 2 月），收录《入伍后》《我的小学教育》《岚生同岚生太太》《松子君》《屠桌边》《炉边》《记陆弢》《传事兵》8 篇小说，《过年》《蒙恩的孩子》2 个剧本；短篇集《老实人》（上海现代书局，1928 年 7 月），收录《船上岸上》《雪》《连长》《我的邻》《在私塾》《老实人》《一件心的罪孽》《一个妇女的日记》8 篇小说。

上述作品多以湘西辰河流域的乡土人事为题材，沈从文在《我的写作与水的关系》中自述："在我一个自传里，我曾经提到

①汪曾祺：《从哀愁到沉郁——何立伟小说集〈小城无故事〉序》，载《文学自由谈》1986 年第 1 期，第 121—122 页。

过水给我的种种印象。檐溜，小小的河流，汪洋万顷的大海，莫不对于我有过极大的帮助。我学会用小小脑子去思索一切，全亏得是水，我对于宇宙认识的深一点，也亏得是水。'孤独一点，在你缺少一切的时节，你就会发现原来还有个你自己。'这是一句真话。我有我自己的生活与思想，可以说是皆从孤独得来的。我的教育，也是从孤独中得来的。然而这点孤独，与水不能分开。……到十五岁以后，我的生活同一条辰河无从离开，我在那条河流边住下的日子约五年。这一大堆日子中我差不多无日不与河水发生关系。走长路皆得住宿到桥边与渡头，值得回忆的哀乐人事常是湿的。至少我还有十分之一的时间，是在那条河水正流与支流各样船只上消磨。从汤汤流水上，我明白了多少人事，学会了多少知识，见过了多少世界！我的想像是在这条河水上扩大的。我把过去生活加以温习，或对未来生活有何安排时，必依赖这一条河水。这条河水有多少次差一点儿把我攫去，又幸亏他的流动，帮助我作着那种横海扬帆的远梦，方使我能够依然好好的在人世中过着日子！再过五年，我手中的一支笔，居然已能够尽我自由运用了，我虽离开了那条河流，我所写的故事，却多数是水边的故事。故事中我所最满意的文章，常用船上水上作为背影，我故事中人物的性格，全为我在水边船上所见到的人物性格。我文字中一点忧郁气分，便因为被过去十五年前南方的阴雨天气影响而来。我文字风格，假若还有些值得注意处，那只因为我记得水上人的言语太多了。再过五年后，我的住处已由干燥的北京移到一个明朗华丽的海边。海既那么宽泛无涯无际，我对人生远景凝眸的机会便较多了些。海边既那么寂寞，他培养了我的孤独心情。海放大了我的感情与希望，且放大了我的人格。"[1]

---

[1] 沈从文：《我的写作与水的关系》，载沈从文、萧乾《废邮存底》，上海：文化生活出版社，1937年1月，第38—42页。

许地山，笔名落华生，生于台湾，1917年入燕京大学读书，文学研究会发起人之一。1922年与梁实秋、冰心等赴美国哥伦比亚大学学习，获硕士学位。1924年前往英国牛津大学学习，1926年回国在燕京大学教书，1935年赴香港大学任教。抗战期间，曾任中华全国文艺界抗敌协会香港分会常务理事等职。1941年因积劳成疾病逝。

许地山的主观抒情小说带有浓郁的宗教色彩，这时期的作品主要有短篇集《缀网劳蛛》（上海商务印书馆，1925年1月），收录《命命鸟》《商人妇》《换巢鸾凤》《黄昏后》《缀网劳蛛》《无法投递之邮件》《海世间》《海角底孤星》《醍醐天女》《枯杨生花》《读〈芝兰与茉莉〉因而想及我底祖母》《慕》12篇小说。

处女作《命命鸟》是用抒情的笔调写自由婚姻与封建专制之间矛盾的"问题小说"。佛教"涅槃节"的晚上，一对恋人携手走向绿绮湖以死殉情，成为《佛说阿弥陀经》等佛经记载的"共命之鸟"，即"命命鸟"。小说把人世间的爱情寄托给宗教信仰，末尾有段伤感文字："现在他们去了！月光还是照着他们所走底路；瑞大光远远送一点鼓乐底声音来；动物园底野兽也都为他们唱很雄壮的欢送歌；惟有那不懂人情底水，不愿意替他们守这旅行底秘密，要找机会把他们底躯壳送回来。"①

《黄昏后》写一个名叫关不的鳏夫对亡妻的追忆与思念。他独自一人抚养两个女儿，终生守在亡妻墓园，每夜临睡之前，必到墓碑前与亡妻对话。全文充溢着感人至深的忠贞爱情以及为之动容的暖暖亲情。摘取三段父亲对女儿的话以见哀婉的情愫："我们买了这所房子，连后边的荔枝园。二人就在这里过很欢乐的日子。

①落华生：《命命鸟》，载《缀网劳蛛》，上海：商务印书馆，1925年12月再版，第25页。

在这里住不久，你就出世了。我们给你起个名字叫承欢。……"①
"那时你妈妈每日的功课就是乳育你；我在技术室做些经常的生活
以外，有工夫还出去巡视园里底果树。好几年的工夫，我们都是
这样地过，实在快乐啊！"② "你和你妈妈离别时年纪还小，也许记
不清她底模样，可是你须知道不论要认识什么物体都不能以外貌
为准的，何况人面是最容易变化的呢？你要认识一个人，就得在
他底声音容貌之外找寻，这形体不过是生命中极短促的一段罢了。
树木在春天发出花叶，夏天结了果子，一到秋冬，花、叶、果子
多半失掉了；但是你能说没有花、叶底就不是树木么？池中底蝌
蚪，渐渐长大成为一只虾蟆，你能说蝌蚪不是小虾蟆么？无情的
东西变得慢，有情的东西变得快。故此，我常以你妈妈底坟墓为
她底变化身：我觉得她底身体已经比我长得大，比我长得坚强；
她底声音，她底容貌，是偏一切处的。我到她底坟上，不是盼望
她那卧在土中底肉身从墓碑上挺起来；我瞧她底身体就是那个坟
墓，我对着那墓碑就和在这屋对你们说话一样。"③

　　《缀网劳蛛》写基督信徒尚洁，在每次面对生活的不公和艰难
时，都能以平静的心态坦然处之。她将自己比作蜘蛛，命运就是
蜘蛛网，如果网被风雨吹破了，她就默默地将它补缀好。小说开
篇用一首诗作道出意旨："'我像蜘蛛，命运就是我的网。'我把网
结好，还住在中央。/呀，我的网甚时节受了损伤！这一坏，教我
怎地生长？生的巨灵说：'补缀补缀罢，'世间没有一个不破的网。
我再结网时，要结在玳瑁梁栋。珠玑帘栊；或结在断井颓垣，荒
烟蔓草中呢？生的巨灵按手在我头上说：'自己选择去罢，你所在

---

　　①落华生：《黄昏后》，载《缀网劳蛛》，上海：商务印书馆，1925年12
月再版，第93页。
　　②同上。
　　③同上，第99—100页。

的地方无不兴隆，亨通。'／且然，我再结的网还是像从前那么脆弱，敌不过外力冲撞；我网的形式还要像从前那么整齐——平行的丝连成八角，十二角的形状吗？他把'生的万花筒'交给我，说：'望里看罢，你爱怎样，就结成怎样。'／呀，万花筒里等等的形状和颜色仍与从前没有什么差别！求你再把第二个给我，我好谨慎地选择。／'咄咄：贪得而无智的小虫！自而今回溯到濛鸿，从没有人说过里面有个形式与前相同。去罢，生的结构都由这几十颗"彩琉璃屑"幻成种种，不必再看第二个生的万花筒'。"①

以心理描写见长的女性作家凌叔华（1900—1990），出生于北京的一个仕宦与书画世家。1922 年考入燕京大学，1929 年与丈夫陈西滢一同任教于武汉大学，1947 年后侨居异国数十载。主要作品有短篇集《花之寺》（上海新月书店，1928 年 1 月），收录《酒后》《绣枕》《吃茶》《再见》等 12 篇小说；短篇集《女人》（上海商务印书馆，1930 年 4 月），收录《小刘》《李先生》《杨妈》《病》《送车》《疯了的诗人》《他俩的一日》《女人》8 篇小说；短篇集《小哥儿俩》（上海良友图书印刷公司，1935 年 10 月），收录《小哥儿俩》《搬家》《小蛤蟆》《弟弟》《小英》等 13 篇小说。

契诃夫对凌叔华的小说创作影响很大，她在《致胡适二十六通（十一）》中自述："我近日把契诃夫小说读完，受了他的暗示真不少。平时我本来自觉血管里有普通人的热度，现在遇事无大无小都能付之于浅笑，血管旦装着好像都是要冻的水，无论如何加燃料都热不了多少。有人劝我抛了契诃夫读一些有气魄的书，我总不能抛下，契的小说入脑已深，不可救拔。我日内正念罗曼·罗兰的 *John Christopher*，想拿他的力赶一赶契诃夫的魔法，

---

① 落华生：《缀网劳蛛》，载《缀网劳蛛》，上海：商务印书馆，1925 年 12 月再版，第 106—109 页。

总不行。不错，我也觉得罗曼·罗兰写的真好，但是我不信我会爱读他比爱读契诃夫更深些。通伯是偏心契的，志摩是私淑许多作家的，我觉得问他们不能解惑吧?"[1]

《绣枕》(《现代评论》1925年第1卷第15期)被编入《中国新文学大系（小说二集）》，鲁迅在《〈中国新文学大系（小说二集）〉导言》中评曰："《现代评论》比起日报的副刊来，比较的着重于文艺，但那些作者，也还是新潮社和创造社的老手居多。凌叔华的小说，却发祥于这一种期刊的，她恰和冯沅君的大胆，敢言不同，大抵很谨慎的，适可而止的描写了旧家庭中的婉顺的女性。即使间有出轨之作，那是为了偶受着文酒之风的吹拂，终于也回复了她的故道了。这是好的，——使我们看见和冯沅君，黎锦明，川岛，汪静之所描写的绝不相同的人物，也就是世态的一角，高门巨族的精魂。"[2]

试读《绣枕》中一段心理描写："大小姐只管对着这两块绣花片子出神，小妞儿末了说的话，一句都听不清了。她只回忆起她做那鸟冠子曾拆了又绣，足足三次，一次是汗污了嫩黄的线，绣完才发见；一次是配错了石绿的线，晚上认错了色；末一次记不清了。那荷花瓣上的嫩粉色的线她洗完手都不敢拿，还得用爽身粉擦了手，再绣。……荷叶太大块，更难绣，用一样绿色太板滞，足足配了十二色绿线。……做完那对靠垫以后，送了给白家，不少亲戚朋友对她的父母进了许多谀词。她的闺中女伴，取笑了许多话，她听到常常自己红着脸微笑。还有，她夜里也曾梦到她从

---

①凌叔华：《致胡适二十六通（十一）》，载陈学勇编《凌叔华文存》（下），成都：四川文艺出版社，1998年12月，第905页。
②鲁迅：《〈中国新文学大系（小说二集）〉导言》，载鲁迅编选《中国新文学大系》（第四集：小说二集），上海：上海良友图书印刷公司，1935年7月，第11—12页。

来未经历过的娇羞傲气，穿戴着此生未有过的衣饰，许多小姑娘追她看，很羡慕她，许多女伴面上显出嫉妒颜色。那种是幻境，不久她也懂得。所以她永远不愿再想起它来撩乱心思。今天却不由得——想起来。"[1]

除作家身份外，自幼师从慈禧御用画师缪嘉蕙（1841—1918）的凌叔华还是位才华横溢的画家。朱光潜在《论自然画与人物画——凌叔华作〈小哥儿俩〉序》（《天下周刊》1946 年第 1 卷第 1 期）中评曰："作者生平用工夫较多的艺术是画，她的画稿大半我都看过。在这里面我所认识的是一个继承元明诸大家的文人画师，在向往古典的规模法度之中，流露她所特有的清逸风怀和细致的敏感。她的取材大半是数千年来诗人心灵中荡漾涵泳的自然。一条轻浮天际的流水衬着几座微云半掩的青峰，一片疏林映着几座茅亭水阁，几块苔藓盖着的卵石中露出一丛深绿的芭蕉，或是一湾谧静清莹的湖水旁边几株水仙在晚风中回舞，都自成一个世外的世界，令人悠然意远。看她的画和过去许多文人画一样，我们在静穆中领略生气的活跃，在本色的大自然中找回本来清净的自我。这种怡情山水的生活在古来叫做'隐逸'，在近代有人说是'逃避'，它带有几分'出世想'的气息是毫无疑问的，但是另一方面看，这也是一种'解放'，人为什么一定要困在现实生活所画的牢狱中呢？我们企图作一点对于无限的寻求，在现实世界之上创造一些与现实世界成明暗对比的意像的世界，这不更能印证人类精神价值的崇高么？"[2]

凌叔华将工笔、留白、写意等绘画手法运用于小说创作。苏

---

[1] 凌叔华：《绣枕》，载《花之寺》，上海：新月书店，1928 年 1 月，第 20—21 页。

[2] 朱光潜：《论自然画与人物画——凌叔华作〈小哥儿俩〉序》，载《天下周刊》1946 年第 1 卷第 1 期，第 5 页。

轼云："味摩诘之诗，诗中有画；观摩诘之画，画中有诗。"（《东坡题跋·书摩诘〈蓝田烟雨图〉》）这里则是：观叔华之文，文中有画。试读《疯了的诗人》（《新月》1928年第1卷第2期）中一段文字的色彩美："转下了石坡，天色渐渐的光亮起来，九龙山的云雾渐渐聚集成几团白云，很快的扬着微风向山头飞去。天的东南方渐渐露出浅杏黄色的霞采，天中青灰的云，也逐渐的染上微暗的蔚蓝色了。忽然温润的岩石上面反闪着亮光，小路上的黄土嵌着红砂颗子使人觉得一阵暖气，山坡下的杂树里吱喳吱喳的闹着飞出两三群小麻雀来，太阳渐渐的拥着淡黄色的霞采出来了。太阳一出，九龙山的横轴清清楚楚的挂在目前。山峰是一层隔一层，错综的重重垒着，山色由灰黛紫赭色一层比一层淡下去，最后一层淡得像一层玻璃纱，把天空的颜色透出来。这重重的山影，数也数不过来了。山脚下可以看得很清楚，那绕着山脚发白亮的一长条是河吧，沿着河的长树林，上边缀着暗红淡粉的不知是桃是杏的花，近山脚下是几堆嫩黄的柳树掩映着几墩黄土房屋，有几家房上起了雪白的炊烟，直冲上去，迷糊了远些的树色与岚光。"[1]

短篇集《小哥儿俩》所收录的小说皆为儿童文学，凌叔华在《〈小哥儿俩〉自序》（1935年9月于珞珈山）中写道："书里的小人儿都是常在我心窝上的安琪儿，有两三个可以说是我追忆儿时的写意画。我有个毛病，无论什么时候，说到幼年时代的事，觉得都很有意味，甚至记起自己穿木屐走路时掉了几回底子的平凡事，告诉朋友一遍又一遍都不嫌烦琐。怀恋着童年的美梦，对于一切儿童的喜乐与悲哀，都感到兴味与同情。这几篇作品的写作，

---

[1] 凌叔华：《疯了的诗人》，载《女人》，上海：商务印书馆，1933年9月版，第108—109页。

在自己是一种愉快。如这本小书能引几个读者重温理一下旧梦，作者也就得到很大的酬报了。"①

凌叔华与徐志摩交情深厚。徐氏在小说集《〈轮盘〉自序》（1929 年 5 月）末尾写道："这册小书我敬献给我的好友通伯和叔华。"② 徐氏逝世后，受徐父之托，凌叔华借"冷月葬花魂"（《红楼梦》）题墓碑字"冷月照诗魂"。《新月》1928 年第 1 卷第 1 期刊出《花之寺》广告词："写小说不难，难在作者对人生能运用他的智慧化出一个态度来。从这个态度我们照见人生的真际，也从这个态度我们认识作者的性情。这态度许是嘲讽，许是悲悯，许是苦涩，许是柔和，那都不碍，只要它能给我们一个不可错误的印象，它就成品，它就有格；这样的小说就分着哲学的尊严，艺术的奥妙。……《花之寺》是一部成品有格的小说，不是虚伪情感的泛滥，也不是草率尝试的作品，它有权利要求我们悉心的体会。……作者是有默的，最恬静最耐寻味的默，一种七弦琴的余韵，一种素兰在黄昏人静时微透的清芬。……——节录徐志摩本书序文"③

五　旧小说（一）

所谓旧小说，是相对文学革命的新小说而言。旧小说流派被新文学家们称之为"鸳鸯蝴蝶派"。该名得于（清）魏子安的小说《花月痕》第三十一回中的叹句："卅六鸳鸯同命鸟，一双蝴蝶可怜虫！"④

①凌叔华：《〈小哥儿俩〉自序》，载《小哥儿俩》，上海：上海良友图书印刷公司，1935 年 10 月，第 1—2 页。

②徐志摩：《〈轮盘〉自序》，载《轮盘》，上海：中华书局，1930 年 4 月，第 7 页。

③《花之寺》广告词，载《新月》1928 年第 1 卷第 1 期，刊首。

④魏子安：《花月痕》，上海　大达图书供应社，1935 年 5 月再版，第196 页。

代表刊物是 1914 年 6 月在上海创办的《礼拜六》，王钝根和周瘦鹃等任编辑。代表作有徐枕亚（1889—1937）的《玉梨魂》（上海民权出版部，1913 年 9 月）、吴双热（1884—1934）的《孽冤镜》（上海民权出版部，1914 年 2 月）、李定夷（1890—1963）的《霣玉怨》（上海国华书局，1914 年 8 月）、李涵秋（1873—1923）的《广陵潮》（上海震亚图书局，1917 年 10 月）、平江不肖生（向恺然，1889—1957）的《留东外史》（上海民权出版部，1916 年 5 月—1918 年 2 月）等。其中，《留东外史》专事揭露留日学生丑态，成为"黑幕小说"的滥觞之作。

在文学革命发生之初，由留学生和先进知识分子阶层组成的新小说读者群体，与传统章回体旧小说庞大的市民受众较之，显然处于寡不敌众的境地。于是乎，新文学家们撰写一系列批评文章发起主动攻击。如宋云彬（1897—1979）、钱玄同的《"黑幕"书》（《新青年》1919 年第 6 卷第 1 期）；周作人的《论"黑幕"》《再论"黑幕"》（同载于《新青年》1919 年第 6 卷 2 期）两文。

胡适在《建设的文学革命论——国语的文学，文学的国语》（《新青年》1918 年第 4 卷第 4 期）中提及："现在的小说（单指中国人自己著的），看来看去，只有两派。一派最下流的，是那些学《聊斋志异》的札记小说。篇篇都是'某生，某处人，生有异禀，下笔千言，……一日于某地遇一女郎，……好事多磨，……遂为情死；'或是'某地某生，游某地，眷某妓。情好綦笃，遂订白头之约……，而大妇妒甚，不能相容，女抑郁以死，……生抚尸一恸几绝；'……此类文字，只可抹桌子，固不值一驳。还有那第二派是那些学《儒林外史》或是学《官场现形记》的白话小说。上等的如《广陵潮》，下等的如《九尾龟》。这一派小说，只学了《儒林外史》的坏处，却不曾学得他的好处。《儒林外史》的坏处在于体裁结构太不紧严，全篇是杂凑起来的。例如娄府一群人，自成一段；杜府两子自成一段；马二先生又成一段；虞博士又成一段；萧云仙，郭孝子又各自成一段。分出来，可成无数札记小说；接下去，可长至无穷无极。《官场现形记》便是这样。如今的章回小说，大都犯这个没有结构，没有布局的懒病。却不知道《儒林外史》所以能有文学价值者，全靠一副写人物的画工本领。我十年不曾读这书了，但是我闭了眼睛，还觉得书中的人物，如严贡生，如马二先生，如杜少卿，如权勿用，……个个都是活的人物。正如读《水浒》的人，过了二三十年，还不会忘记鲁智深、李逵、武松、石秀……一班人。请问列位读过《广陵潮》和《九尾龟》的人，过了两三个月，心目中除了一个'文武全才'的章秋谷之外，还记得几个活灵活现的书中人物?"①

《小说月报》1922 年第 13 卷第 5 期刊出周赞襄、长虹、雁冰（茅盾）三人的《通信：自然主义的论战》，同卷第 6 期刊出周志伊、王锴鸣、雁冰三人的《通信：自然主义的怀疑与解答》。除上述两期以通信形式的关于新旧小说的论争外，沈雁冰在《自然主义与中国现代小说》（《小说月报》1922 年第 13 卷第 7 期）中批评道："中国现代的小说，就他们的内容与形式或思想与结构看来，大约可以分作新旧两派，而旧派中又可分为三种。第一种是旧式章回体的长篇小说。章回体的旧小说里头，原也有好几部杰作，如《石头记》《水浒》之类。章回的格式，本来颇嫌束缚呆板，使作者不能自由纵横发展，《石头记》《水浒》的作者靠着一副天才，总算克胜了难关，此外天才以下的人受死板的章回体的束缚，把好材料好思想白白糟蹋了的，从古以来，不知有多少! ……总而言之，

---

① 胡适：《建设的文学革命论——国语的文学，文学的国语》，载胡适编选《中国新文学大系》（第一集：建设理论集），上海：上海良友图书印刷公司，1935 年 10 月，第 135 页。

他们做一篇小说，在思想方面惟求博人无意识的一笑，在艺术方面，惟求报账似的报得清楚。这种东西，根本上不成其为小说，何论价值？但是因为他们现在尚为群众的读物，尚被群众认为小说，所以我也姑且把他们放在'现代小说'一题目之下。"①

在新文学阵营的攻击下，为适应时代的需求，旧小说维持自身"通俗"特征的同时加强"现代性"，逐步形成社会言情、武侠、侦探、历史四种基本的题材类型。社会言情小说代表作有：海上说梦人（朱瘦菊，1892—1966）的《歇浦潮》（上海世界书局，1924年正月）、《新歇浦潮》（1922年始连载于《红杂志》）；"文坛笑匠"徐卓呆（1881—1958）的《小说材料批发所》（《半月》1921年第1卷第3期）、《浴堂里的哲学家》（《半月》1922年第1卷第18期）、《万能术》（《民众文学》1923年第4卷第1—13期，1924年第5卷第1—4期）；程瞻庐（1879—1943）的《茶寮小史》（上海商务印书馆，1920年3月）、《葫芦》（《红玫瑰》1928年第4卷第1—20期）；张恨水（1895—1967）的《春明外史》（世界日/晚报社，1925年10月）；包天笑（1876—1973）的《上海春秋》（上海大东书局）；李涵秋的《战地莺花录》（上海新民图书馆，1919年5月、1919年10月）。

武侠小说代表作有：平江不肖生的《江湖奇侠传》（上海世界书局）、《近代侠义英雄传》；赵焕亭（1877—1951）的《奇侠精忠传》（上海益新书社）；姚民哀（1893—1938）的《山东响马传》（上海世界书局，1924年5月）。

侦探小说代表作有：周瘦鹃（1895—1968）、程小青（1893—

---

① 沈雁冰：《自然主义与中国现代小说》，载郑振铎编选《中国新文学大系》（第二集：文学论争集），上海：上海良友图书印刷公司，1935年10月，第378—380页。

1976）等译的《福尔摩斯侦探案全集（1—12 册）》（上海中华书局）；周瘦鹃、程小青等译的《欧美名家侦探小说大观》（上海交通图书馆，1919 年 11 月）；程小青的《倭刀记》（上海商务印书馆，1920 年 6 月）和《东方福尔摩斯探案》（上海大东书局，1926年 5 月），后者收录《试卷》《怪别墅》《断指余波》《自由女子》《霍桑的小友》《黑鬼》《异途同行》7 篇小说。

历史演义类小说代表作有：叶楚伧（1887—1946）的《古戍寒笳记》（上海小说丛报社，1917 年）；包天笑的《留芳记》（上海中华书局，1922 年 3 月）；蔡东藩（1877—1945）的《历朝通俗演义》（上海会文堂新记书局）。

第三章　新诗（一）

　　"尝试成功自古无"，放翁这话未必是。我今为下一转语：自
古成功在尝试！莫想小试便成功，那有这样容易事！有时试到千
百回，始知前功尽抛弃。即使如此已无愧，即此失败便足记。告
人此路不通行，可使脚力莫浪费。我生求师二十年，今得"尝试"
两个字。作诗做事要如此，虽未能到颇有志。作"尝试歌"颂吾
师，愿大家都来尝试！

——胡适《尝试篇（代序二）》

　　1917 年 1 月至 1927 年 4 月的中国新诗，在清末民初"诗界革
命"的推动下，开启于白话新诗的诞生，历经和结束于自由诗派、
格律诗派、象征诗派、无产阶级诗派四种流派的形成与发展。

一　从"诗界革命"到白话新诗崛起

　　1868 年，黄遵宪（字公度，1848—1905）作诗《杂感》五篇，
其二云："大块凿混沌，浑浑旋大圜。隶首不能算，知有几万年？
羲轩造书契，今始岁五千。以我视后人，若居三代先。俗儒好尊
古，日日故纸研。六经字所无，不敢入诗篇。古人弃糟粕，见之
口流涎。沿习甘剽盗，妄造丛罪愆。黄土同抟人，今古何愚贤？
即今忽已古，断自何代前？明窗敞流离，高炉蒸香烟。左陈端溪

砚，右列薛涛笺。我手写我口，古岂能拘牵？即今流俗语，我若登简篇。五千年后人，惊为古斓斑。"① 胡适在《五十年来之中国文学》中对该诗篇评曰："这种话很可以算是诗界革命的一种宣言。末六句（我手写我口，古岂能拘牵？即今流俗语，我若登简篇。五千年后人，惊为古斓斑）竟是主张用俗话作诗了。"②

　　1900 年，梁启超在《汗漫录》（又名《一名半九十录》，《清议报》1900 年第 35 期）中正式提出"新意境""新语句"与"古人之风格"三长兼备的"诗界革命"，并对当时"新派诗"代表黄遵宪和"新学诗"代表夏曾佑（字穗卿）、谭嗣同（字复生）的诗学改良作有评价。文中写道："欹为诗界之哥仑布玛赛郎，不可不备三长。第一要新意境，第二要新语句，而又须以古人之风格入之，然后成其为诗。不然，如移木星金星之动物以实美洲，瑰伟则瑰伟矣，其如不类何。若三者具备，则可以为二十世纪中国之诗王矣。宋明人善以印度之意境语句入诗。有三长具备者，如东坡之溪声便是广长舌，山色岂非清净身，夜来八万四千偈，他日如何举似人之类。真觉可爱，然此境至今日，又已成旧世界。今欲易之，不可不求之于欧洲。欧洲之意境语句，甚繁富而玮异。得之可以陵轹千古，涵盖一切。今尚未有其人也。时彦中能为诗人之诗而锐意欲造新国者，莫如贾公度。其集中有《今别离》四首及《吴太夫人寿诗》等，皆纯以欧洲意境行之，然新语句尚少。盖由新语句与古风格，常相背驰。公度重风格者，故勉避之也。夏穗卿谭复生，皆善选新语句，其语句则经子生涩语佛典语欧洲语杂用，颇错落可喜，然已不备诗家之资格。……要之中国非有诗界

①黄遵宪：《杂感》，载《人境庐诗草》，上海：商务印书馆，1937 年 3 月，第 6—7 页。
②胡适：《五十年来之中国文学》，上海：申报馆，1924 年 3 月，第 35 页。

革命，则诗运殆将绝。虽然诗运无绝之时也，今日者，革命之机渐熟。"①

梁启超不仅提出"诗界革命"的诗学主张，而且自觉实践新诗创作（《汗漫录》文中所录新诗）。与此同时，他还在1900年前后创刊的《清议报》和《新民丛报》分设"诗文辞随录""诗界潮音集"两个诗歌专栏，刊载新派诗，促进"诗界革命"发展。

1902年8月22日，黄遵宪在给梁启超的书信中提出新的诗体改革探索与主张："报中有韵之文，自不可少，然吾以为不必仿白香山之《新乐府》、尤西堂之《明史乐府》，当斟酌于弹词粤讴之间，句或三或九或七或五或长或短，或壮如《陇上陈安》，或丽如《河中莫愁》，或浓如《焦仲卿妻》，或古如《成相篇》，或俳如俳技词，易乐府之名，而曰杂歌谣，弃史籍而采近事。（壬寅八月二十二日与梁任公书）"②

梁启超接受黄遵宪的诗学主张建言，在1902年开创的《新小说》特辟"杂歌谣"一栏，刊载此类新体诗，为"诗界革命"的诗体改革做出新的尝试，遂把"诗界革命"推向最高成就的阶段。

这场"诗界革命"对诗体改革做出了理论主张和创作实践的新探索，但如梁启超在《汗漫录》中对黄遵宪评价："盖由新语句与古风格，常相背驰。公度重风格者，故勉避之也。"③虽已认知"新语句与古风格""常相背驰"，然更看重"古风格"，"诗界革命"的局限即在于此，改革亦止于此。诚如梁氏在《清代学术概论》中所写："康有为、梁启超、谭嗣同辈，即生育于此种'学问饥荒'之环境中，冥思枯索，欲以构成一种'不中不西即中即西'

---

① 任公：《汗漫录》，载《清议报》1900年第35期，第3—5页。

② 黄遵宪著，钱仲联笺注：《人境庐诗草笺注》，上海：上海古籍出版社，1981年6月，第1245—1246页。

③ 任公：《汗漫录》，载《清议报》1900年第35期，第3页。

之新学派，而已为时代所不容。盖固有之旧思想，既深根固蒂，而外来之新思想，又来源浅觳，汲而易竭，其支绌灭裂，固宜然矣。"①

尽管如此，"诗界革命"不仅推动了晚清的诗学向前进一步，实更为白话新诗的崛起做了先导和准备，其经验教训为后者提供了内在的历史依据并起到了重要的借鉴作用。

1909 年 11 月 13 日，文学流派"南社"在苏州成立，发起人为陈去病（1874—1933）、高旭（1877—1925）、柳亚子（1887—1958）三人。柳亚子在成立大会上赋诗曰："寂寞湖山歌舞尽，无端豪俊又重来。天边鸿雁联群至，篱角芙蓉晚艳开。莫笑过江典午卿，岂无横槊建安才！登高能赋寻常事，要挽银河注酒杯。"②高旭在《愿无尽斋诗话》中则认为："世界日新，文界、诗界当造出一新天地，此一定公例也。黄公度诗独辟异境，不愧中国诗界之哥仑伦矣，近世洵无第二人。然新意境、新理想、新感情的诗词，终不若守国粹的、用陈旧语句为愈有味也。"③

胡适在写于 1916 年 10 月的《寄陈独秀》中云："当谓今日文学之腐败极矣；其下焉者，能押韵而已矣。稍进，如南社诸人，夸而无实，滥而不精，浮夸淫琐，几无足称者。（南社中间亦有佳作，此所讥评，就其大概言之耳。）更进，如樊樊山、陈伯严、郑苏盦之流，视南社为高矣，然其诗皆规摹古人，以能神似某人某人为至高目的，极其所至，亦不过为文学界添几件赝鼎耳，文学

① 梁启超：《清代学术概论》，上海：商务印书馆，1923 年 6 月四版，第 161 页。

② 柳亚子：《南社会于虎丘之张东阳祠，……诗以纪之》，载王晶垚等编《柳亚子选集》，北京：人民出版社，1989 年 1 月，第 688 页。

③ 高旭：《愿无尽斋诗话》，载郭长海、金菊贞编《高旭集》，北京：社会科学文献出版社，2003 年 5 月，第 544 页。

云乎哉！"①

胡适又在《文学改良刍议》(《新青年》1917年第2卷第5期)中对上述所提陈伯严（陈三立，1853—1937）的诗作评曰："昨见陈伯严先生一诗云：'涛园钞杜句，半岁秃千毫。所得都成泪，相过问奏刀。万灵噤不下，此老仰弥高。胸腹回滋味，徐看薄命骚。'此大足代表今日'第一流诗人'摹仿古人之心理也。其病根所在，在于以"半岁秃千毫"之工夫作古人的钞胥奴婢，故有'此老仰弥高'之叹。若能洒脱此种奴性，不作古人的诗，而惟作我自己的诗，则决不致如此失败矣。"②

可见，南社等不仅没有进一步开拓新诗，促其发展，反而有使与旧体诗的断裂重新弥合的趋势。"诗界革命"未能彻底完成历史任务，一场新诗运动刻不容缓，势在必行。

二 白话新诗的诞生与早期白话诗

《新青年》1917年第2卷第6期刊出胡适的《白话诗八首》：《朋友》(后改名为《蝴蝶》)《赠朱经农》《孔丘》《月》《他》等。《新青年》1917年第3卷第4期刊出胡适的《白话词》：《采桑子江上雪》《生查子》等。朱自清在《〈中国新文学大系（诗集）〉导言》(1935年8月11日于北平清华园)中写道："胡适之氏是第一个'尝试'新诗的人，起手是民国五年七月。新诗第一次出现在《新青年》四卷一号上，作者三人，胡氏之外，有沈尹默、刘半农二氏；诗九首，胡氏作四首，第一首便是他的《鸽子》。这时是七年

---

① 胡适：《寄陈独秀》，载胡适编选《中国新文学大系》(第一集：建设理论集)，上海：上海良友图书印刷公司，1935年10月，第32页。

② 胡适：《文学改良刍议》，载胡适编选《中国新文学大系》(第一集：建设理论集)，上海：上海良友图书印刷公司，1935年10月，第36页。

正月。他的《尝试集》，我们第一部新诗集，出版是在九年三月。"①

《新青年》1918 年第 4 卷 1 期刊出九首白话新诗：胡适四首，沈尹默三首，刘半农两首。这里各取一首，供读者品味先驱诗人们创作白话新诗的艰辛以及诗句的涩嫩。胡适的《鸽子》："云淡天高，好一片晚秋天气！有一群鸽子，在空中游戏。看他们，三三两两，回环来往，夷犹如意，——忽地里，翻身映日，白羽衬青天，鲜明无比！"② 沈尹默的《月夜》："霜风呼呼的吹着，月光明明的照着。我和一株顶高的树并排立着，却没有靠着。"③ 刘半农的《相隔一层纸》："屋子里拢着炉火，老爷分付开窗买水果，说'天气不冷火太热，别任他烤坏了我。'屋子外躺着一个叫化子，咬紧了牙齿，对着北风呼'要死'！可怜屋外与屋里，相隔只有一层薄纸！"④

《新青年》1918 年第 4 卷第 5 期刊出鲁迅以"唐俟"署名的《桃花》《梦》《爱之神》三首诗。《桃花》："春雨过了，太阳又很好，随便走到园中。桃花开在园西，李花开在园东。我说，'好极了！桃花红，李花白。'（没说，桃花不及李花白。）桃花可是生了气，满面涨作'杨妃红'。好小子！真了得！竟能气红了面孔。我的话可并没得罪你，你怎的便涨红了面孔！唉！花有花道理，我不懂。"⑤

---

①朱自清：《〈中国新文学大系（诗集）〉导言》，载朱自清编选《中国新文学大系》（第八集：诗集），上海：上海良友图书印刷公司，1935 年 10 月，第 1 页。

②胡适：《鸽子》，载《新青年》1918 年第 4 卷第 1 期，第 41 页。

③沈尹默：《月夜》，载《新青年》1918 年第 4 卷第 1 期，第 42 页。

④刘半农：《相隔一层纸》，载《新青年》1918 年第 4 卷第 1 期，第 42 页。

⑤鲁迅：《桃花》，载《集外集》，上海：群众图书公司，1935 年 5 月，第 22 页。

《新青年》1919 年第 6 卷 2 期刊出周作人的诗篇《小河》（1919 年 1 月 24 日）："一条小河，稳稳的向前流动。经过的地方，两面全是乌黑的土，生满了红的花，碧绿的叶，黄的果实。一个农夫背了锄来，在小河中间筑起一道堰。下流干了，上流的水被堰拦着，下来不得；不得前进，又不能退回，水只在堰前乱转。水要保她的生命，总须流动，便只在堰前乱转。堰下的土，逐渐淘去，成了深潭。水也不怨这堰，——便只是想流动，想同从前一般，稳稳的向前流动。一日农夫又来，土堰外筑起一道石堰。土堰坍了，水冲着坚固的石堰，还只是乱转。堰外田里的稻，听着水声，皱眉说道，——'我是一株稻，是一株可怜的小草，我喜欢水来润泽我，却怕他在我身上流过。小河的水是我的好朋友，他曾经稳稳的流过我面前，我对他点头，他向我微笑。我愿他能够放出了石堰，仍然稳稳的流着，向我们微笑，曲曲折折的尽量向前流着，经过的两面地方，都变成一片锦绣。他本是我的好朋友，只怕他如今不认识我了，他在地底里呻吟，听去虽然微细，却又如何可怕！这不像我朋友平日的声音，被轻风搀着走上沙滩来时，快活的声音。我只怕他这回出来的时候，不认识从前的朋友了，——便在我身上大踏步过去。我所以正在这里忧虑。'田边的桑树，也摇头说，——'我生的高，能望见那小河，——他是我的好朋友，他送清水给我喝，使我能生肥绿的叶，紫红的桑葚。他从前清澈的颜色，现在变了青黑，又终年挣扎，脸上添出许多痉挛的皱纹。他只向下钻，早没有工夫对了我的点头微笑。堰下的潭，深过了我的根了。我生在小河旁边，夏天晒不枯我的枝条。冬天冻不坏我的根。如今只怕我的好朋友，将我带倒在沙滩上，拌着他卷来的水草。我可怜我的好朋友，但实在也为我自己着急。'田里的草和虾蟆，听了两个的话，也都叹气，各有他们自己的心事。水只在堰前乱转，坚固的石堰，还是一毫不摇动。筑

195

堰的人，不知到那里去了。"①

胡适在《谈新诗——八年来一件大事》中对《小河》评曰："最明显的例就是周作人君的《小河》长诗（《新青年》六卷二号）。这首诗是新诗中的第一首杰作，但是那样细密的观察，那样曲折的理想，决不是那旧式的诗体词调所能达得出的。"②

周作人在《苦茶庵打油诗》（1944 年 9 月 10 日）中对《小河》自评云："我的打油诗本来写的很是拙直，只要第一不当他作游戏话，意思极容易看得出，大约就只有忧与惧耳。孔子说，仁者不忧，勇者不惧。吾侪小人诚不足与语仁勇，唯忧生悯乱，正是人情之常，而能惧思之人亦复为君子所取，然则知忧惧或与知惭愧相类，未始非人生入德之门乎。从前读过《诗经》，大半都已忘记了，但是记起几篇来，觉得古时诗人何其那么哀伤，每读一过令人不欢。如王风《黍离》云，知我者谓我心忧，不知我者谓我何求，悠悠苍天，此何人哉。其心理状态则云中心摇摇，终乃如醉以至如噎。又《兔爰》云，我生之初，尚无为，我生之后，逢此百罹，尚寐无吪。小序说明原委，则云君子不乐其生。幸哉我们尚得止于忧惧，这里总还有一点希望，若到了哀伤则一切已完了矣。大抵忧惧的分子在我的诗文里由来已久，最好的例是那篇《小河》，民国八年所作的新诗，可以与二十年后的打油诗做一个对照。这是民八的一月廿四日所作，登载在《新青年》上，共有五十七行，当时觉得有点别致，颇引起好些注意。或者在形式上可以说，摆脱了诗词歌赋的规律，完全用语体散文来写，这是一

---

①周作人：《小河》，载朱自清编选《中国新文学大系》（第八集：诗集），上海：上海良友图书印刷公司，1935 年 10 月，第 43—44 页。

②胡适：《谈新诗——八年来一件大事》，载《胡适文存》（卷一），上海：亚东图书馆，1922 年 3 月再版，第 228 页。

种新表现。夸奖的话只能说到这里为止，至于内容那实在是很旧的，假如说明了的时候，简直可以说这是新诗人所大抵不屑为的，一句话就是那种古老的忧惧。这本是中国旧诗人的传统，不过他们不幸多是事后的哀伤，我们还算好一点的是将来的忧虑，其次是形式也就不是直接的，而用了譬喻，其实外国民歌中很多这种方式，便是在中国，《中山狼传》里的老牛老树也都说话，所以说到底连形式也并不是什么新的东西。鄙人是中国东南水乡的人民，对于水很有情分，可是也十分知道水的利害，《小河》的题材即由此而出。古人云，民犹水也，水能载舟，亦能覆舟。法国路易十四云，朕等之后有洪水来。其一戒惧如周公，其一放肆如隋炀，但二者的话其归趋则一，是一样的可怕。把这类的思想装到诗里去，是做不成好诗来的，但这是我诚恳的意思，……"①

　　1920 年 1 月，上海新诗社出版部发行新文学第一部诗选集《新诗集》（第一编），收录胡适、刘半农、罗家伦、康白情（1896—1959）、周作人等人的诗作 103 首，附录胡适的《我为什么要做白话诗?》《谈新诗——八年来一件大事》和刘半农的《诗的精神上之革新》3 篇文论。朱自清在《〈中国新文学大系（诗集）〉选诗杂记》中写道："那时新诗已有两种选本，一是《新诗集》，一是《分类白话诗选》（一名《新诗五百首》），但我们都不知道。这回选诗，承赵家璧先生觅寄，方才得见。这两种选本，大约只是杂凑而成，说不上'选'字；难怪当时没人提及。"② 这许是朱自清在《〈中国新文学大系（诗集）〉导言》中将胡适《尝试集》称为"我们第

---

　　①周作人：《苦茶庵打油诗》，载《立春以前》，上海：太平书局，1945 年8 月，第 160—161 页。

　　②朱自清：《〈中国新文学大系（诗集）〉选诗杂记》，载朱自清编选《中国新文学大系》（第八集：诗集），上海：上海良友图书印刷公司，1935 年 10月，第 15 页。

一部新诗集"的缘由。

1920 年 3 月,胡适第一本白话诗集亦是中国新文学第一部新诗集《尝试集》,由上海亚东图书馆发行。卷首是钱玄同《尝试集序》(《新青年》1918 年第 4 卷第 2 期)和胡适《尝试集自序》(正题为《我为什么要做白话诗?》,《新青年》1919 年第 6 卷第 5 期)两篇序文;1920 年 9 月再版发行,卷首添加胡适《再版自序》,诗作有部分改动;1922 年 2 月三版发行少有变动;1922 年 10 月增订四版,删除钱玄同《尝试集序》和胡适《尝试集序》《再版自序》,增加《五年八月四日答任叔永书(代序一)》《尝试篇(代序二)》和《四版自序》,诗作有部分删除和增改;四版以后的版本,虽偶有微调,但基本都是第四版的重版。

这里选录集中的三首诗作。一首是胡适在《〈尝试集〉再版自序》里称"我的'新诗'成立的纪元"① 的《关不住了》(译诗,1919 年 2 月 26 日):"我说'我把心收起,像人家把门关了,叫爱情生生的饿死,也许不再和我为难了。'/但是五月的湿风,时时从屋顶上吹来;还有那街心的琴调,一阵阵的飞来。/一屋里都是太阳光,这时候爱情有点醉了,他说,'我是关不住的,我要把你的心打碎了!'"②

另两首则是四版新增的诗作。一首是作于 1921 年 10 月 4 日、后被广为传唱的《希望》(歌曲《兰花草》的原诗):"我从山中来,带得兰花草,种在小园中,希望开花好。/一日望三回,望到花时过;急坏看花人,苞也无一个。/眼见秋天到,移花供在家;明年

---

① 胡适:《〈尝试集〉再版目序》,载《尝试集》,上海:亚东图书馆,1920 年 9 月再版,第 2 页。

② 胡适:《关不住了》,载《尝试集》,上海:亚东图书馆,1923 年 3 月五版,第 51—52 页。

春风回，祝汝满盆花。"①

一首是写给他夫人的《我们的双生日——赠冬秀》："（九年十二月十七日，即阴历十月初八日，是我的阳历生日，又是冬秀的阴历生日。）他干涉我病里看书，常说，'你又不要命了！'我也恼他干涉我，常说，'你闹，我更要病了！'/我们常常这样吵嘴，——每回吵过也就好了。今天是我们的双生日，我们订约，今天不许吵了。/我可忍不住要做一首生日诗。他喊道，'哼，又做什么诗了！'要不是我抢的快，这首诗早被他撕了。"②

胡适《尝试篇（代序二）》（1916 年 9 月 30 日）道出《尝试集》名字的缘由："'尝试成功自古无'，放翁这话未必是。我今为下一转语：自古成功在尝试！莫想小试便成功，那有这样容易事！有时试到千百回，始知前功尽抛弃。即使如此已无愧，即此失败便足记。告人此路不通行，可使脚力莫浪费。我生求师二十年，今得'尝试'两个字。作诗做事要如此，虽未能到颇有志。作'尝试歌'颂吾师，愿大家都来尝试！"③

《尝试集》的问世，引发了文坛热议。苏雪林（1897—1999）在《论胡适的〈尝试集〉》（《新北辰》1935 年第 11 期）中评曰："假如我们要著一部新诗史，明义开宗第一章的地位，不得不把来让给胡适的《尝试集》。一则因为他是新诗国度里探险的第一人，二则因为《尝试集》的出世最早。"④

---

① 胡适：《希望》，载《尝试集》，上海：亚东图书馆，1923 年 3 月五版，第 118—119 页。

② 胡适：《我们的双生日——赠冬秀》，载《尝试集》，上海：亚东图书馆，1923 年 3 月五版，第 98—99 页。

③ 胡适：《尝试篇（代序二）》，载《尝试集》，上海：亚东图书馆，1923 年 3 月五版，第 1 页。

④ 苏雪林：《论胡适的〈尝试集〉》，载《新北辰》1935 年第 11 期，第 1153 页。

负面评议中最具代表性的莫属南社会员胡先骕的长篇批评文《评〈尝试集〉》(《学衡》1922年第1—2期),其文末总评:"《尝试集》之真正价值及其效用究竟何若。苟绝无价值与效用者。何作者不惜穷两旬之日力。诜诜然作二万数千言以评之乎。曰《尝试集》之价值与效用,为负性的,夫我国青年既与欧洲文化相接触。势不能不受其影响。而青年识力浅薄对于他国文化之优劣。无抉择之能力。势不能不于各派耆有所模仿。然以模仿颓废派之故。至有如是之失败。则入迷途之少年。或能憬悟主张偏激之非而知中道之可贵。洞悉溃决一切法度之学说之谬妄。而知韵文自有其天然之规律。庶能按部就班力求上达也。且同时表示现世代之文学尚未产出。旧式之名作。亦有时不能尽餍吾人之望。虽今日新诗人创作新诗之方法错误。然社会终有求产出新诗之心。苟一般青年知社会之期望。而勤求创作之方。虽难,此路不通。终有他路可通之一日。是胡君者真正新诗人之前锋。亦犹创乱者为陈胜吴广而享其成者为汉高。此或《尝试集》真正价值之所在欤。"[1]

除上述诗篇外,早期白话新诗代表作还有刘半农的《教我如何不想她》、玄庐(沈定一,1883—1928)的《十五娘》、周无(周太玄,1895—1968)的《过印度洋》等。

刘半农(刘复),1920年9月4日在英国伦敦大学留学期间创作诗篇《情歌》(北京《晨报副镌》1923年9月16日,收入《扬鞭集》时改名为《教我如何不想她》)。汉字中的"他"本无男女之分,女性代词"她"由刘半农首创,著有论文《"她"字问题》(上海《时事新报》副刊《学灯》1920年8月9日)。语言学家赵元任将诗篇《教我如何不想她》谱成歌曲,收入他的第一部音乐作品集

---

① 胡先骕:《评〈尝试集〉》,载郑振铎编选《中国新文学大系》(第二集:文学论争集),上海:上海良友图书印刷公司,1935年10月,第295页。

《新诗歌集》（上海商务印书馆，1928 年 6 月）。

诗篇《情歌》："天上浮着些微云，地上吹着些微风。啊，微风吹动我头发，——教我如何不想她？／月光恋爱着海洋，海洋恋爱着月光。啊，这般蜜也似的银夜，——教我如何不想她？／水面落花慢慢流，水底鱼儿慢慢游。啊，燕子你说些什么话？——教我如何不想她？／枯树在冷风里摇，野火在暮色中烧。啊，西天还有些儿残霞，——教我如何不想她？"[①]

玄庐的《十五娘》（上海《民国日报〈觉悟〉》1920 年第 12 卷第 21 期），是白话叙事诗最初的尝试之作。全诗叙述了农家青年夫妇的纯真爱情和所经历的生离死别，哀而不伤，具有浓郁的中国传统民歌和古典词曲的韵味情调："（一）菜子黄，百花香，软软的春风，吹得锄头技痒；把隔年的稻根泥，一块块翻过来晒太阳，不问晴和雨，箬帽蓑衣大家有分忙，偏是他，闲得两只手没处放！（二）'看了几分蚕，赊了几担桑，我只顾得自己个人忙。有的是田，地，和山，荡。他都要忙也哪里许他忙？——坐吃山空总是没个好下场。昨天听人说"哪里的地方招垦荒。"'（三）'五十'高兴极了，三脚两步，慌慌张张：'喂，十五娘，我们底人家做成了；我要张罗着出门去，你替我相帮！'就在这霎时间欢喜和悲伤在伲俩底心窝中横冲直撞。（四）一夜没睡，补缀了些破衣裳，一针一欢喜，一线一悲伤，密密地从针里穿过线里引出，默默地'祝他归时，不再穿这衣裳；更不要丢掉这衣裳！'（五）此刻都不曾哭，怎么伲俩底眼泡皮都像胡桃样？一张破席卷了半床旧被胎，跳上埠船，像煞没介事儿一样。他抬起头来，伊便低下头去，像是全世界底固结性形成伲俩底状况。他恨不得说一声'不去'，——船儿已过村梢头，只听见船头水响。（六）一个邮夫东问西问'十五

①刘复：《情歌》，载北京《晨报副镌》1923 年 9 月 16 日。

娘'。伊接到信却一字不识，仿佛蚂蚁爬在热锅上，'测字先生，你替我详详？这不是我家"五……"他来的信么？'测字先生很郑重地说：'你要给我铜版一双，他平安到了一个地方！'（七）'信该到了？茧该摘了？桑叶债该还了？伊该不哭了？'四周围异地风光，包围着他一个人底凝想。——就是要不想也只是想这个'不想'。（八）月光照着纺车响，门前河水微风漾，一缕情丝依着棉纱不断的纺。邻家嫂嫂太多情，说道'十五娘你也太辛苦了，明朝再作又何妨。'伊便停住摇车，但是这从来不断过的情丝，一直牵伊到枕上，梦中，还是乌乌，接着纺。不过从接信后的十五娘，只是勤奋，只是快慰，只是默默地想。（九）本来两想合一想，料不到勇猛的'五十'一朝陷落在环境底铁蒺藜上。工作乏了他也——不是，瘟疫染了他也——不是，掘地底机器，居然也妒嫉他来，把勇猛的五十榨成了肉酱，无意识的工作中正在凝想底人儿，这样收场。但只是粉碎了他底身躯，倒完成了他和伊相合的一个爱底想。（十）才了蚕桑，卖掉茧来纺纱织布做衣裳。一件又一件，单的夹的棉的，堆满一床，压满一箱。伊单估着堆头也觉得心花放。'五十啊！你再迟回来几年每天得试新衣裳？为什么从那一回后再不听见邮差问"十五娘？"'（十一）明月照着冻河水，尖风刺着小屋霜。满抱着希望的狙眠人睡在合欢床上，有时笑醒，有时哭醒，有经验的梦也不问来的地方。破瓦棱里透进一路月光，照着伊那甜蜜蜜的梦，同时也照着一片膏腴垦殖场。"[1]

周无的乡愁诗篇《过印度洋》（《少年中国》1919年第1卷第2期）："圆天盖著大海、黑水托着孤舟。也看不见山、那天边只有云头。也看不见树、那水上只有海鸥。那里是非洲？那里是欧洲？

---

[1] 玄庐：《十五娘》，载朱自清编选《中国新文学大系》（第八集：诗集），上海：上海良友图书印刷公司，1935年10月，第86—89页。

我美丽亲爱的故乡却在脑后！怕回头、只回头、一阵大风雪浪上船头。飓飓，吹散一天云雾一天愁。"①

三 早期白话诗的理论批评

1915 年胡适在美留学期间构思文学革命之初，即有"诗国革命"的理论主张。我们从胡适的《逼上梁山——文学革命的开始》（《东方杂志》1934 年第 31 卷第 1 期）中窥探一二："九月二十日，我离开绮色佳，转学到纽约去进哥仑比亚大学，在火车上用叔永的游戏诗的韵脚，写了一首很庄重的答词，寄给绮色佳的各位朋友：'诗国革命何自始？要须作诗如作文。琢镂粉饰丧元气，貌似未必诗之纯。小人行文颇大胆，诸公一一皆人英。愿共僇力莫相笑，我辈不作腐儒生。'在这短诗里，我特别提出了'诗国革命'的问题，并且提出了一个'要须作诗如作文'的方案。从这个方案上，惹出了后来做白话诗的尝试。我认定了中国诗史上的趋势，由唐诗变到宋诗，无甚玄妙，只是作诗更近于作文！更近于说话。近世诗人欢喜做宋诗，其实他们不曾明白宋诗的长处在那儿。宋朝的大诗人的绝大贡献，只在打破了六朝以来的声律的束缚，努力造成一种近于说话的诗体。我那时的主张颇受了读宋诗的影响，所以说'要须作诗如作文'，又反对'琢镂粉饰'的诗。"②

由上述引文可知，"作诗如作文"的主张，即在黄遵宪诗歌实验的基础上做进一步的彻底变革。因此，以胡适为代表的"诗国革命"正是将梁启超"诗界革命"的成果作为理论出发点，有承继更有开创。

---

①周无：《过印度洋》，载《少年中国》1919 年第 1 卷第 2 期，第 19 页。
②胡适：《逼上梁山——文学革命的开始》，载胡适编选《中国新文学大系》（第一集：建设理论集），上海：上海良友图书印刷公司，1935 年 10 月，第 7—8 页。

　　文学革命发难之后，1913 年 6 月 5 日，朱经农自美国写信给胡适，信中写道："适之足下：《新青年》第四卷第四号已收到。《建设的文学革命论》所主张甚是；比之从前的'八不主义'及文规四条，更周密，更完备了。……弟以为文字的死活，不是如此分法。古人所作的文言，也有'长生不死'的；而'用白话做的书，未必皆有价值有生命'，足下已经说过，不用我重加引申了。平心而论，曹雪芹的《红楼梦》，施耐庵的《水浒》固是'活文学'；左丘明的《春秋传》，司马迁的《史记》，未必就'死'了。我读项羽本纪中的樊哙何尝不与《水浒》中的武松、鲁智深、李达一样有精神呢？（其余写汉高祖，写荆轲，豫让聂政等，亦皆活灵活现）。就是足下所译的老洛伯诗：'羊儿在栏，牛儿在家，静悄悄的黑夜，'比起《诗经》里的'鸡栖于埘，日之夕矣，羊牛下来'等其趣味也差不多。所以我说文言有死有活。不宜全行抹杀。我的意思，并不是反对以白话作文，不过'文学的国语'，对于'文言''白话'，应该并采兼收而不偏废。其重要之点，即'文学的国语'并非'白话'，亦非'文言'，须吸收文字之精华，弃却白话的糟粕，另成一种'雅俗共赏'的'活文学'。……还有一句简单的话，就是'白话诗'应该立几条规则。我们学过 Rhetoric，都知道'诗'与'文'之别，用不着我详加说明。总之足下的'白话诗'是很好的，念起来有音，有韵，也有神味，也有新意思，我决不敢妄加反对。不过《新青年》中所登他人的'白话诗'，就有些看不下去了。须知——足下未发明'白话诗'以前，曾学杜诗，（在上海做'落日下无'的时代）。后来又得力于苏东坡陆放翁诸人的诗集，并且宋词元曲融会贯通，又读了许多西人的诗歌，现在自成一派；好像'小叫天'唱戏随意变更旧调总是不脱板眼的。别人学他，每每弄得不堪入耳。所以我说，要想'白话诗'发达，规律是不可不有的。此不特汉文为然，西文何尝不是一样。如果诗无规律，不如把诗废了，专做'白话文'的为是。"①

　　1918 年 6 月 8 日，任叔永写信给胡适阐述如下文学主张："适之足下：读《新青年》第四卷中足下之《建设的文学革命论》大为赞成。……据我一个人的鄙见，以为现在讲改良文学：第一，当在实质上用工夫；第二，只要有完全驱使文字的能力，能用工具而不为工具所用就好了。白话不白话，倒是不关紧要的。……诗体问题。久已要向足下讲讲。现在趁此机会，略说几句，一并请足下指教。今人倡新体的，动以'自然'二字为护身符。殊不知'自然'也要有点研究。不然，我以为自然的，人家不以为自然，又将奈何？足下记得尊友威廉女士的新画'Two Rhythms'足下看了，也是'莫名其妙'，再差一点，对于此种新美术，素乏信仰的，就少不得要皱眉了。但是画画的人，岂不以其画为自然得很吗？所以我说'自然'二字也要加以研究，才有一个公共的理解。大凡有生之物，凡百活动，不能一往不返，必有一个循环张弛的作用。譬如人体血液之循环，呼吸之往复，动作寝息之相间，皆是这一个公理的现象。文中之有诗，诗中之有声有韵，音乐中之有调和，（harmony）也不过是此现象的结果罢了。……七言既成了诗句的最长极限，所以宋元的词曲起而代之。长短句掺杂互用，倒可免通体长句，或通体短句的不便处。但是他们的音调平仄，也越发讲究。我以为此种律例，用在看来，自然是可厌。但是塑造新体的人，却不能不讲究。就是以后做诗的人，也不可不遵循一点。实在讲起来。古人留下来的诗体，竟可说是'自然'的代表，甚么缘故。因为古人作诗的时候，也是想发挥其'自然'

　　────────────

　　①朱经农、胡适：《新文学问题之讨论》，载郑振铎编选《中国新文学大系》（第二集：文学论争集），上海：上海良友图书印刷公司，1935 年 10 月，第 48—51 页。

的动念，断没有先作一个形式来缚束自己的。现在存留下的，更是经了几千百年无数人的试验，以为可用。所以我要说，现在各种诗体，说他们不完备不新鲜，则可，说他们不自然，却未必然。"①

胡适关于早期白话新诗的理论批评，主要集中在《谈新诗——八年来一件大事》（1919 年 10 月）、《〈尝试集〉自序》（1919 年 8 月 1 日）、《〈尝试集〉再版自序》（1920 年 8 月 15 日）、《〈尝试集〉四版自序》（1922 年 3 月 10 日）4 篇文论，以及《五十年来中国之文学》（1922 年 3 月 3 日）一书。其中，就《谈新诗——八年来一件大事》，朱自清在《〈中国新文学大系（诗集）〉导言》中评曰："新诗运动从诗体解放下手；胡氏以为诗体解放了，'丰富的材料，精密的观察，高深的理想，复杂的感情，方才能跑到诗里去'。这四项其实只是泛论，他具体的主张见于《谈新诗》。消极的不作无病之呻吟，积极的以乐观主义入诗。他提倡说理的诗。音节，他说全靠（一）语气的自然节奏，（二）每句内部所用字的自然和谐，平仄是不重要的。用韵，他说有三种自由：（一）用现代的韵，（二）平仄互押，（三）有韵固然好，没有韵也不妨。方法，他说须要用具体的做法。这些主张大体上似乎为《新青年》诗人所共信；《新潮》《少年中国》《星期评论》，以及文学研究会诸作者，大体上也这般作他们的诗。《谈新诗》差不多成为诗的创造和批评的金科玉律了。"②

《谈新诗——八年来一件大事》全文共五节，重点主张摘录如

---

①任鸿隽、胡适、钱玄同：《新文学问题之讨论》，载郑振铎编选《中国新文学大系》（第二集：文学论争集），上海：上海良友图书印刷公司，1935 年 10 月，第 54—56 页。

②朱自清：《〈中国新文学大系（诗集）〉导言》，载朱自清编选《中国新文学大系》（第八集：诗集），上海：上海良友图书印刷公司，1935 年 10 月，第 2 页。

下："这两年来的成绩，国语的散文是已过了辩论的时期，到了多数人实行的时期了。只有国语的韵文——所谓'新诗'——还脱不了许多人的怀疑。……中国近年的新诗运动可算得是一种'诗体的大解放'。因为有了这一层诗体的解放，所以丰富的材料，精密的观察，高深的理想，复杂的感情，方才能跑到诗里去。五七言八句的律诗决不能容丰富的材料，二十八字的绝句决不能写精密的观察，长短一定的七言五言决不能委婉达出高深的理想与复杂的感情。最明显的例就是周作人君的《小河》长诗（《新青年》六卷二号）。……以上举的几个例，都可以表示诗体解放后诗的内容之进步。我们若用历史进化的眼光来看中国诗的变迁，便可看出自《三百篇》到现在，诗的进化没有一回不是跟着诗体的进化来的。……直到近来的新诗发生，不但打破五言七言的诗体，并且推翻词调曲谱的种种束缚；不拘格律，不拘平仄，不拘长短；有什么题目，做什么诗；诗该怎样做，就怎样做。这是第四次的诗体大解放。这种解放，初看去似乎很激烈，其实只是《三百篇》以来的自然趋势。自然趋势逐渐实现，不用有意的鼓吹去促进他，那便是自然进化。自然趋势有时被人类的习惯性守旧性所阻碍，到了该实现的时候均不实现，必须用有意的鼓吹去促进他的实现，那便是革命了。一切文物制度的变化，都是如此。上文我说新体诗是中国诗自然趋势所必至的，不过加上了一种有意的鼓吹，使他于短时期内猝然实现，故表面上有诗界革命的神气。这种议论，很可以从现有的新体诗里寻出许多证据。我所知道的'新诗人'，除了会稽周氏弟兄之外，大都是从旧式诗，词，曲里脱胎出来的。沈尹默君初作的新诗是从古乐府化出来的。……我现在且谈新体诗的音节。现在攻击新诗的人，多说新诗没有音节。不幸有一些做新诗的人也以为新诗可以不注意音节。这都是错的。攻击新诗的人，他们自己不懂得'音节'是什么，以为句脚有韵，句里有

'平平仄仄''仄仄平平'的调子，就是有音节了。……诗的音节全靠两个重要分子：一是语气的自然节奏，二是每句内部所用字的自然和谐。至于句末的韵脚，句中的平仄，都是不重要的事。语气自然，用字和谐，就是句末无韵也不要紧。例如上文引晁补之的词：'愁来不醉，不醉奈愁何？汝南周，东阳沈，劝我如何醉？'这二十个字，语气又曲折，又贯串，故虽隔开五个'小顿'方才用韵，读的人毫不觉得。新体诗中也有用旧体诗词的音节方法来做的。最有功效的例是沈尹默君的《三弦》（《新青年》五，二。）：'中午时候，火一样的太阳，没法去遮阑，让他直晒长街上。静悄悄少人行路；只有悠悠风来，吹动路旁杨树。谁家破大门里，半院子绿茸茸细草，都浮着闪闪的金光。旁边有一段低低的土墙，挡住了个弹三弦的人，却不能隔断那三弦鼓荡的声浪。门外坐着一个穿破衣裳的老年人，双手抱着头，他不声不响。'这首诗从见解意境上和音节上看来，都可算是新诗中一首最完全的诗。看他第二段'旁边'以下一长句中，旁边是双声；有一是双声；段，低，低，的，土，挡，弹，的，断，荡，的，十一个都是双声。这十一个字都是'端透定'（D，T）的字，模写三弦的声响，又把'挡''弹''断''荡'四个阳声的字和七个阴声的双声字（段，低，低，的，土，的，）参错夹用，更显出三弦的抑扬顿挫。……这种音节方法，是旧诗音节的精采（参看清代周春的《杜诗双声叠韵谱》），能够容纳在新诗里，固然也是好事。但是这是新旧过度时代的一种有趣味的研究，并不是新诗音节的全部。新诗大多数的趋势，依我们看来，是朝着一个公共方向走的。那个方向便是'自然的音节'。自然的音节是不容易解说明白的。我且分两层说：第一，先说'节'——就是诗句里面的顿挫段落。旧体的五七言诗是两个字为一'节'的。随便举例如下：风绽——雨肥——梅（两节半）……新体诗句子的长短，是无定的；就是句里的节奏，也是依着意义的自然区分与文法的自然区分来分析的。白话里的多音字比文言多得多，并且不止两个字的联合，故往往有三个字为一节，或四五个字为一节的。例如：万一——这首诗——赶得上——远行人。……第二，再说'音'，——就是诗的声调。新诗的声调有两个要件：一是平仄要自然，二是用韵要自然。白话里的平仄，与诗韵里的平仄有许多大不相同的地方。同一个字，单独用来是仄声，若同别的字连用，成为别的字的一部分，就成了很轻的平声了。例如'的'字，'了'字，都是仄声字，在'扫雪的人'和'扫净了东边'里，便不成仄声了。我们检直可以说，白话诗里只有轻重高下，没有严格的平仄。……至于用韵一层，新诗有三种自由：第一，用现代的韵，不拘古韵，更不拘平仄韵。第二，平仄可以互相押韵，这是词曲通用的例，不单是新诗如此。第三，有韵固然好，没有韵也不妨。新诗的声调既在骨子里，——在自然的轻重高下，在语气的自然区分，——故有无韵脚都不成问题。例如周作人君的《小河》虽然无韵，但是读起来自然有很好的声调，不觉得是一首无韵诗。……内部的组织，——层次，条理，排比，章法，句法——乃是音节的最重要方法。我的朋友任叔永说，'自然二字也要点研究。'研究并不是叫我们去讲究那些'蜂腰''鹤膝''合掌'等等玩意儿，乃是要我们研究内部的词句应该如何组织安排，方才可以发生和谐的自然音节。……我这篇随便的诗谈做得太长了，我且略谈'新诗的方法'作一个总结的收场。有许多人曾问我做新诗的方法，我说，做新诗的方法根本上就是做一切诗的方法；新诗除了'新体的解放'一项之外，别无他种特别的做法。这话说得太拢统了。听的人自然又问，那么做一切诗的方法究竟是怎样呢？我说，诗须要用具体的做法，不可用抽象的说法。凡是好诗，都是具体的；越偏向具体的，越有诗意诗味。凡是好诗，都能使我们脑子里发生一种——或许多种——明显逼人的影像。这便是诗的具体性。……"①

《〈尝试集〉自序》主张:"若要做真正的白话诗,若要充分采用白话的字,白话的文法和白话的自然音节,非做长短不一的白话诗不可。这种主张,可叫做'诗体的大解放'。诗体的大解放就是把从前一切束缚自由的枷锁镣铐,一切打破;有什么话,说什么话;话怎么说,就怎么说。这样方才可有真正的白话诗,方才可以表现白话的文学可能性。"②

《五十年来之中国文学》主张:"古文学的公同缺点就是不能与一般的人生出交涉。大凡文学有两个主要分子:一是'要有我',二是'要有人'。有我就是要表现著作人的性情见解,有人就是要与一般的人发生交涉。"③

早期白话诗在践行胡适理论主张的同时,面临着新危机与新突破的内在要求,此发展趋势已然在先驱诗人们的理论批评中有所预见。俞平伯的诗歌理论批评集中在《白话诗的三大条件》(《新青年》1919 年第 6 卷第 3 期)、《社会上对于新诗的各种心理观》(《新潮》1919 年第 2 卷第 1 期)、《诗底自由和普遍》(《新潮》1921 年第 3 卷第 1 期)和《诗底进化的还原论》(《诗》1922 年第 1卷第 1 期)等文。

《白话诗的三大条件》主张:"《新青年》提倡新文学以来,招社会非难,也不知道多少。……而其中独以新体诗招人反对最力。……我对白话诗的意见。大凡无论何种文章,一方是文字之组织,一方是所代表的意义。在一般通俗文章,尽可专注意于内质,文词只

①胡适:《谈新诗——八年来一件大事》,载《胡适文存》(卷一),上海:亚东图书馆,1922 年 3 月再版,第 226—255 页。
②胡适:《〈尝试集〉自序》,载《胡适文存》(卷一),上海:亚东图书馆,1922 年 3 月再版,第 277 页。
③胡适:《五十年来之中国文学》,上海:申报馆,1924 年 3 月,第 57 页。

要明显，种种修词，概可免去。但诗歌一种，确是发抒美感的文学，虽主写实，亦心力求其遣词命篇之完密优美。因为雕琢是陈腐的，修饰是新鲜的，文词粗俗，万不能发抒高尚的理想。这是一定不易的道理。现在我对于白话诗，胡乱拟出三条，供诸位商榷。（一）用字要精当、做句要雅洁、安章要完密。……（二）音节务求谐适、却不限定句末用韵。这条亦是做白话诗应该注意的。因为诗歌明是一种韵文，无论中外，都是一样。中国语既系单音，音韵一道，分析更严。现在句末虽不定用韵，而句中音节，自必力求和谐。否则做出诗来，岂不成了一首短篇的散文吗？何以见得他是诗呢？做白话诗的人，固然不必细剖宫商，但对于声气音调顿挫之类，还当考求，万不可轻轻看过，随便动笔。（三）说理要深透、表情要切至、叙事要灵活。"①

　　《社会上对于新诗的各种心理观》主张："中国现行白话，不是做诗的绝对适宜的工具。我这句话，很容易引起误会，好像我对于白话做诗，自己也不很能相信的。其实不然，我觉得在现今这样情形之下，白话实在是比较最适宜的工具，再寻不到比他更好的工具；但是一方面，我总时时感用现今白话做诗的苦痛。白话虽然已比文言便利得多，但是缺点也还不少呵，所以实际上虽认现行白话为很适宜的工具，在理想上却很不能满足。原来现行白话是从历史上蜕化来的，从汉到清白话久已丧失制作文学的资格，文言真是雅言，白话真是俗语了。现在所存白话的介壳，无非是些'这个''什么''太阳''月亮'等字，稍为关于科学哲学的名词，都非'借材异地'不可，至于缺乏美术的培养，尤为显

_____

　　① 俞平伯：《白话诗的三大条件》，载郑振铎编选《中国新文学大系》（第二集：文学论争集），上海：上海良友图书印刷公司，1935年10月，第263—264页。

明之现象。……文法这个东西不适宜应用在诗上。中国本没有文法书，那些主词客词谓词的位置更没有规定，我们很可以利用他，把句子造得很变化很活泼。那章法的错综也是一样的道理。从前人讲文章的'起承转合'，仿佛有规定的格式似的，荒谬是不消说了。我们看来，篇段句子前后的位置实在没有一定；而且诗总要层层叠叠话中有话，平直的往前说去做篇散文就完了，况且好的散文也不是这样的。章法句法的前后变换，目的总在引起人的注意，鼓动人的兴味。"[1]

康白情在《新诗底我见》（《少年中国》1920 年第 1 卷第 9 期）中主张："劈头一个问题，诗究竟是甚么？怀疑是不中用的，这不妨姑且独断的说：在文学上，把情绪的想像的意境，音乐的刻绘的写出来，这种的作品，就叫做诗。那么都是诗了，怎样又有新诗呢？新诗所以别于旧诗而言。旧诗大体遵格律，拘音韵，讲雕琢，尚典雅。新诗反之，自由成章而没有一定的格律，切自然的音节而不必拘音韵，贵质朴而不讲雕琢，以白话入行而不尚典雅。新诗破除一切桎梏人性底陈套，只求其无悖诗底精神罢了。……音呀，韵呀，平仄呀，清浊呀，有一端在里面，都可以使作品愈增其美，不过总须听其自然，让妙手偶然得之罢了。诗要写，不要做；因为做足以伤自然的美。不要打扮，而要整理；因为整理足以助自然的美。做的是失之太过，不整理的是失之不及。新诗本不尚音，但整理一两个音就可以增自然的美，就不妨整理整理他。新诗本不尚韵，但整理一两个韵就可以增自然的美，又不妨整理整理他。新诗本不尚平仄清浊，但整理一两个平仄清浊就可

---

[1] 俞平伯：《社会上对于新诗的各种心理观》，载胡适编选《中国新文学大系》（第一集：建设理论集），上海：上海良友图书印刷公司，1935 年 10 月，第 353—358 页。

以增自然的美，也不妨整理整理他。……文法也是一个偶像。本来中国文里，没有成文的文法；就使有文法，只要在词能达意底范围里，也不宜过拘。在散文里要顾忌文法，我已觉得怪腻烦的；作诗又要奉戴一个偶像，更嫌没有自由了。而且零乱也是一个美底元素。我们只求其美，何必从律？'红稻啄余鹦鹉粒，碧梧栖老凤凰枝。'这种的倒装句法，本为修辞家所许可的，不能以通不通去责他。所以我在诗坛，要高唱'打倒文法底偶像'！……'平民的诗'，是理想，是主义；而'诗是贵族的'，却是事实，是真理。……新诗是新诗人创造的，那么要预备新诗的工具，根本上就要创造新诗人——就是要作新诗人底修养。一个新诗人要怎么样修养呢？（一）'问渠那得清如许，为有源头活水来。'不是说要清源才有清流么？我尝说，'苏轼底文章以理胜，韩愈底文章以气胜；而他们俩的都能出奇制胜，奔放自如。但初读苏轼的，觉得他底文笔很好；而续读韩愈的之后，才觉得他的一落千丈了。这就是他底人格底高尚不及韩愈。'推到诗坛，要得高雅的作品，先要诗人有高尚的理想，优美的情绪；要得他有高尚的理想，优美的情绪，先要他有高尚的人格；要得他有高尚的人格，先就不可不让他作人格底修养。人格是个性的。我们完成我们底个性，使他尽量从偏方面发展，就是完成我们底人格。如李白底飘逸，杜甫底沈郁，高岑底悲壮，孟郊底刻苦，都各有所偏；偏到尽头，就是他们底人格底真价。如有主张要有中和之气的，就要极端的偏于中和；中和到尽头，也就是他底人格底真价。人格底修养没有甚么，只是要发展一个绝对的个性罢了。……"[1]

周无在《诗的将来》（《少年中国》1920年第1卷第8期）中

---

[1] 康白情：《新诗底我见》，载胡适编选《中国新文学大系》（第一集：建设理论集），上海：上海良友图书印刷公司，1935年10月，第324—338页。

主张："（一）诗是主情的，是想像的，是偏于主观的。因主情，故不重形式；因是想像，故不病凌虚；因偏于主观，故不期于及他的效果。……（二）诗有节韵，——与旧诗的音律不同，……诗也是在他主要范围以内发展，绝不会变成记录的说理的；虽然也混合些理解和主见，但他仍旧偏重在主情想像主观方面。至于韵节也是他特有要素，只有进化改善，没有根本除去的。比如散文诗，骤看起来是没有节凑和音韵。其实他是散文诗，并非散文，他诗里的要素，除了主情想像主观以外，还有幽渺自然的节韵的。须知律声是补助节韵，节韵是用来引起美情。是音律——和声律节韵言——为美情，并非美情为音律。什么叫音律，全以能否引起美情为断。但是音律又不能独立，必附着于实体。美情的发生，即是音律实体相加之和；即是音律必以增长实体，扶助实体为原则。使实体不能实现，固不算音律。即实体的实现因音律而减色，这种音律也不应存在的。"[1]

四 变革中的新诗

1922 年 11 月 1 日，北京清华文学社发行闻一多、梁实秋合著的《〈冬夜〉〈草儿〉评论》一书。其中，闻一多在评俞平伯诗篇《〈冬夜〉评论》中指出："胡适之先生自序再版《尝试集》，因为他的诗由词曲的音节进而为纯粹的'自由诗'的音节，很自鸣得意。其实这是很可笑的事。旧词曲的音节并不全是词曲自身的音节。音节之可能性寓于一种方言中；有一种方言，自有一种'天赋的'inherent 音节。声与音的本体是文字里内含的质素；这个质素发于诗歌底艺术，则为节奏，平仄，韵，双声，叠韵等表象。寻常的

---

①周无：《诗的将来》，载胡适编选《中国新文学大系》（第一集：建设理论集），上海：上海良友图书印刷公司，1935 年 10 月，第 343—344 页。

语言差不多没有表现这种潜伏的可能性底力量，厚载情感的语言才有这种力量。诗是被热烈的情感蒸发了的水汽之凝结，所以能将这种潜伏的美十足的充分的表现出来。所谓'自然音节'最多不过是散文的音节，散文的音节当然没有诗底音节那样完美。俞君能镕铸词曲的音节于其诗中，这是一件极合艺术原则的事，也是一件极自然的事。用的是中国底文字，作的是诗，并且存心要作好诗，声调铿锵的诗，怎能不收那样的成效呢？我们若根本地不承认带词曲气味的音节为美，我们只有两条路可走：甘心作坏诗——没有音节的诗，或用别国底文字做诗。……现今诗人，除了极少数的——郭沫若君同几位'豹隐'的诗人梁实秋君等——以外，都有一种极沈痼的通病，那就是弱于或竟完全缺乏幻想力，因此他们诗中很少浓丽繁密而且具体的意象。……幻象在中国文学里素来似乎很薄弱。新文学——新诗里尤其缺乏这种质素，所以读起来，总是淡而寡味，而且有时野俗得不堪。"[1]

成仿吾在《诗之防御战》（《创造周报》1923 年第 1 期）中主张："文学始终是以情感为生命的，情感便是他的终始。至少对于诗歌我们可以这样说。不仅诗的全体要以他所传达的情绪之深浅决定他的优劣，而且一句一字亦必以情感的贫富为选择的标准。……诗的职务只在使我们兴感 to feel 而不在使我们理解 to understand。使我们理解，有更明了更自由的散文。诗的作用只在由不可捕捉的创出可捕捉的东西，于抽象的东西加以具体化，而他的方法只在运用我们的想像，表现我们的情感。一切因果的理论与分析的说明是打坏诗之效果的。固然，真的智慧是直观的，是诗的，而且是我们所希求的；然而凡智的欢喜只是一时的，变迁

---

①闻一多：《〈冬夜〉评论》，载闻一多、梁实秋《〈冬夜〉〈草儿〉评论》，北京：清华文学社，1922 年 11 月，第 3—29 页。

的，只有真情的愉悦是永远的，不变的。"①

周作人在写于 1926 年 5 月 30 日的《〈扬鞭集〉序》（《语丝》1926 年第 82 期）中主张："新诗的手法我不很佩服白描，也不喜欢唠叨的叙事，不必说唠叨的说理，我只认抒情是诗的本分，而写法则觉得所谓'兴'最有意思，用新名词来讲或可以说是象征。让我说一句陈腐话，象征是诗的最新的写法，但也是最旧，在中国也'古已有之'，我们上观国风，下察民谣，便可以知道中国的诗多用兴体，较赋与比要更普遍而成就亦更好。譬如《桃之夭夭》一诗，既未必是将桃子去比新娘子，也不是指定桃花开时或是种桃子的家里有女儿出嫁，实在只因桃花的浓艳的气分与婚姻有点共通的地方，所以用来起兴，但起兴云者并不是陪衬，乃是也在发表正意，不过用别一说法罢了。中国的文学革命是古典主义（不是拟古主义）的影响，一刃作品都像是一个玻璃球，晶莹透澈得太厉害了，没有一点儿朦胧，因此也似乎缺少了一种余香与回味。正当的道路恐怕还是浪漫主义，——凡诗差不多无不是浪漫主义的，而象征实在是其精意。这是外国的新潮流，同时也是中国的旧手法；新诗如往这一路去，融合便可成功，真正的中国新诗也就可以产生出来了。"②

1922 年 4 月，湖畔诗社发行汪静之（1902—1996）、冯雪峰（1903—1976）、潘漠华（1902—1934）、应修人（1900—1933）等的合集《湖畔》。1922 年 8 月，上海亚东图书馆发行汪静之个人诗集《蕙的风》。1923 年 12 月，湖畔诗社发行汪静之、冯雪峰、潘漠华、应修人的合集《春的歌集》。文学史上称这四位诗人为"湖畔

---

① 成仿吾：《诗之防御战》，载郑振铎编选《中国新文学大系》（第二集：文学论争集），上海：上海良友图书印刷公司，1935 年 10 月，第 318—319 页。

② 周作人：《〈扬鞭集〉序》，载《语丝》1926 年第 82 期，第 18 页。

诗人"。

朱自清在《〈蕙的风〉朱序》（1922 年 2 月 1 日）中评曰："他的诗多是赞颂自然，咏歌恋爱。所赞颂的又只是清新，美丽的自然，而非神秘，伟大的自然；所咏歌的又只是质直，单纯的恋爱，而非缠绵，委屈的恋爱。这才是孩子们洁白的心声，坦率的少年的气度！而表现法底简单，明了，少宏深，幽渺之致，也正显出作者底本色。他不用捶炼底工夫，所以无那精细的艺术。但若有了那精细的艺术，他还能保留孩子底心情么?"[1]

胡适在《〈蕙的风〉胡序》（1922 年 6 月 6 日）中写道："我现在看着这些彻底解放的少年诗人，就像一个缠过脚后来放脚的妇人望着那些真正天足的女孩子们跳来跳去，妒在眼里，喜在心头。他们给了我许多'烟士披里纯'，我是很感谢的。"[2]

冯文炳在《湖畔》中评价"湖畔诗人"："他们一点也没有与旧诗发生过关系，他们是不求解放而自解放，在大家要求不要束缚的时候，这几个少年人便应声而自由的歌唱起来了。他们的新诗可以说是最不成熟，可是当时谁也没有他们的新鲜，他们写诗的文字在他们以前是没有人写过的，他们写来是活泼自由的白话文字。"[3]

汪静之的诗篇《伊底眼》（1922 年 6 月 4 日）："伊底眼是温柔的太阳；不然，何以伊一望着我，我受了冻的心就热了呢? /伊底眼是解结的剪刀；不然，何以伊一瞧着我，我被镣〔镣〕铐的灵

①朱自清：《〈蕙的风〉朱序》，载汪静之《蕙的风》，上海：亚东图书馆，1923 年 9 月再版，第 2 页。

②胡适：《〈蕙的风〉胡序》，载汪静之《蕙的风》，上海：亚东图书馆，1923 年 9 月再版，第 14 页。

③冯文炳：《湖畔》，载《谈新诗》，北京：新民印书馆，1944 年 11 月，第 149 页。

魂就自由了呢? /伊底眼是快乐的钥匙;不然,何以伊一瞅着我,我就住在乐园里了呢? /伊底眼变成忧愁的引火线了;不然,何以伊一盯着我,我就沉溺在愁海里了呢?"[1]

1923 年,冰心的《繁星》(上海商务印书馆,1923 年 1 月)、《春水》(北京新潮社,1923 年 5 月)和宗白华(1897—1986)的《流云》(上海亚东图书馆,1923 年 12 月)3 部诗集的同时出版,引起了文坛对"小诗"的关注。"小诗"是在周作人翻译日本诗歌和郑振铎翻译印度诗人泰戈尔《飞鸟集》(上海商务印书馆,1922年 10 月)的影响下产生的。

自 1916 年起,周作人陆续发表系列文论探讨新诗发展。《日本之俳句》(《若社丛刊》1916 第 3 期)一文首次提到"小诗"。《古诗今译》(《新青年》1918 年第 4 卷第 2 期)写有对新诗最早的构思:"口语作诗,不能用五七言,也不必定要押韵;止要照呼吸的长短作句便好。现在所译的歌,就用此法,且来试试;这就是我的所谓'自由诗'。"[2]《译诗的困难》(1920 年 10 月 20 日)写道:"中国话多孤立单音的字,没有文法的变化,没有经过文艺的淘炼和学术的编制,缺少细致的文词,这都是极大的障碍。讲文学革命的人,如不去应了时代的新要求,努力创造,使中国话的内容丰富,组织精密,不但不能传述外来文艺的情调,便是自己的略为细腻优美的思想,也怕要不能表现出来了。"[3]

《新诗》(1921 年 5 月)表达对新诗的忧虑:"诗的改造,到现在实在只能说到了一半,语体诗的真正长处,还不曾有人将他完全的

---

①汪静之:《伊底眼》,载《蕙的风》,上海:亚东图书馆,1923 年 9 月再版,第 31—32 页。

②周作人:《古诗今译》,载《新青年》1918 年第 4 卷第 2 期,第 124 页。

③周作人:《译诗的困难》,载《谈虎集(上卷)》,上海:北新书局,1928 年 1 月,第 22 页。

表示出来，因此根基并不十分稳固。……所以革新的人非有十分坚持的力，不能到底取胜。新诗提倡已经五六年了，论理至少应该有一个会，或有一种杂志，专门研究这个问题的了。现在不但没有，反日见消沉下去，我恐怕他又要蹈前人的覆辙了。"①

《日本的诗歌》（1921 年 3 月 20 日）就诗歌在日本非常普遍的原因提出观点："这诗歌的空气的普遍，确是日本的一种特色。推究他的原因，大约只是两端。第一，是风土人情的关系。日本国民天生有一种艺术的感受性；对于天物之美，别能领会，引起优美的感情。如用形色表现，便成种种美术及工业的作品，多极幽雅纤丽；如用言语表现，便成种种诗歌。就在平常家庭装饰，一花一石，或食用事物，一名一字，也有一种风趣，这是极普通易见的事。第二，是言语的关系。日本语原是复音的言语，但用'假名'写了，却规定了一字一音，子母各一合并而成，联读起来，很是质朴，却又和谐。每字都用母音结尾，每音又别无长短的区别，所以叶韵及平仄的规则，无从成立，只要顺了自然的节调，将二三及三四两类字音排列起来，便是诗歌的体式了。日本诗歌的规则，但有'音数的限制'一条；这个音数又以五七调为基本，所以极为简单。从前有人疑心这是从汉诗五七言变化而出的，但英国亚斯顿（W. G. Aston）著《日本文学史》，以为没有凭据，中根淑在《歌谣字数考》里更决定说是由于日本语的性质而来的了。以上所谓原因，第一种是诗思的深广，第二种是诗体的简易；二者相合，便造成上面所说的诗歌普遍的事实。"②

《论小诗》（《民国日报〈觉悟〉》1922 年第 6 卷第 29 期）主

---

①周作人：《新诗》，载《谈虎集（上卷）》，上海：北新书局，1928 年 1 月，第 39—40 页。

②周作人：《日本的诗歌》，载《艺术与生活》，上海：中华书局，1936 年 12 月，第 217—218 页。

张："所谓小诗，是指现今流行的一行至四行的新诗。这种小诗在形式上似乎有点新奇，其实只是一种很普通的抒情诗，自古以来便已存在的。本来诗是'言志'的东西，虽然也可用以叙事或说理，但其本质以抒情为主。情之热烈深切者，如恋爱的苦甜，离合生死的悲喜，自然可以造成种种的长篇巨制，但是我们日常的生活里，充满着没有这样迫切而也一样的真实的感情；他们忽然而起，忽然而灭，不能长久持续，结成一块文艺的精华，然而足以代表我们这刹那刹那的内生活的变迁，在或一意义上这倒是我们的真的生活。如果我们'怀着爱惜这在忙碌的生活之中浮到心头又复随即消失的刹那的感觉之心'，想将他表现出来，那么数行的小诗便是最好的工具了。中国古代的诗，如传说的周以前的歌谣，差不多都很简单，不过三四句。《诗经》里有许多篇用叠句式的，每章改换几个字，重覆咏叹，也就是小诗的一种变体。后来文学进化，诗体渐趋于复杂，到于唐代算是极盛，而小诗这种自然的要求还是存在，绝句的成立与其后词里的小令等的出现都可以说是这个要求的结果。……由此可见小诗在中国文学里也是'古已有之'，……中国的新诗在各方面都受欧洲的影响，独有小诗仿佛是在例外，因为他的来源是在东方的：这里边又有两种潮流，便是印度与日本，在思想上是冥想与享乐。"①

随着"小诗"的写作风潮，一些批评家提出相应见解。如云菱（刘延陵，1894—1988）在《小诗的流行》（《诗》1922 年第 1 卷第 3 期）中写道："圣陶兄来信云：'近来短诗盛行，触目皆是，使我颇生疑念。何以前此少有短诗而近来大家所得的情感却都宜于作短诗？若先存体裁的观念而诗料却随后来到，则短诗也就是五律七绝了。

---

① 周作人：《论小诗》，载《自己的园地》，北京：晨报社出版部，1923 年 10 月再版，第 53—56 页。

看的越多，兴味越淡。即如某先生之作，也觉稍带勉强的意味。'"①

佩弦（朱自清）在《短诗与长诗》（《诗》1922 年第 1 卷第 4 期）中写道："现在短诗底流行，可算盛极！作者固然很多，作品尤其丰富；……这种短诗底来源，据我所知，有以下两种：（一）周启明君翻译的日本诗歌，（二）太戈尔《飞鸟集》里的短诗。前一种影响甚大。但所影响的似乎只是诗形，而未及于意境与风格。因为周君所译日本诗底特色便在它们的淡远的境界和俳谐的气息；而现在流行的短诗里却没有这些。后一种影响较小；但在受它们影响的作品里，太戈尔底轻倩，曼婉的作风，却能随着简短的诗形一齐表现。而有几位作者所写理知的诗，——格言式的短诗——更显然是从太戈尔而来。但受这种影响的作品究竟是少数；其余的流行的短诗，在新的瓶子里，到底装着些甚么呢？据我所感，便只有感伤的情调和柔靡的风格；正和旧诗，词和散曲里所有的一样！因此不能引起十分新鲜的兴味；……所以我希望现在短诗底作家能兼采日本短诗与《飞鸟集》之长，先涵养些新鲜的趣味；以后自然能改变他们单调的作风。那时，短诗便真有繁兴底意义了。"②

周作人在《日本的小诗》（《诗》1923 年第 2 卷第 1 期）对"小诗"创作问题以及批评家对"小诗"的质疑阐释如下："日本诗人如与谢野晶子，内藤鸣雪等都以为各种诗形自有一定的范围，诗人可以依了他的感兴，拣择适宜的形式拿来应用，不至有牵强的弊，并不以某种诗形为唯一的表现实感的工具，意见很是不错。现在的错误，是在于分工太专，诗歌俳句，都当作专门的事业，想把人生的复杂反应装在一定某种诗形内，于是不免生出许多勉强的事情来了。中国新诗坛里也常有这样的事，做长诗的人轻视

---

① 云萎：《小诗的流行》，载《诗》1922 年第 1 卷第 3 期，第 4 页。
② 佩弦：《短诗与长诗》，载《诗》1922 年第 1 卷第 4 期，第 47 页。

短诗，做短诗的又想用他包括一切，未免如叶圣陶先生所说有'先存体裁的观念而诗料却随后来到'的弊病，其实这都是不自然的。俳句在日本虽是旧诗，有他特别的限制，中国原不能依样的拟作，但是这多含蓄的一两行的诗形也足备新诗之一体，去装某种轻妙的诗思，未始无用。或者有人说，中国的小诗原只是绝句的变体，或说和歌俳句都是绝句的变体，受他影响的小诗又是绝句的逆输入罢了。这些话即使都是对的，我也觉得没有什么关系，我们只要真是需要这种短诗形，便于表现我们特种的感兴，那便是好的，此外什么都不成问题。正式的俳句研究是一种专门学问，不是我的微力所能及，但是因为个人的兴趣所在，枝枝节节的略为叙说，而且觉得于中国新诗也不无关系，这也就尽足为我的好事的（Dilettante）闲谈的辩解了罢。"①

1924 年 6 月，胡怀琛（1386—1938）出版《小诗研究》一书，在周作人总结"小诗"自中国古诗、日本和印度三个来源基础上，提出"小诗"的另一来源是中国新诗自身。第八章"小诗的来源（下）"中写道："前两章所说的小诗的来源，一是日本的短歌，一是太戈尔的诗：这不过是多数人如此说罢了。其实在日本短歌及太戈尔的诗输入以前，中国的新诗坛上，已有这样很短的小诗。"②

综上，以周作人为代表的"小诗"论者，构建了较完备的理论体系，旨趣在为新诗的变革提供一种发展范式。冰心在《〈繁星〉自序》中写道："一九一九年的冬夜，和弟弟冰仲围炉读太戈尔（R. Tagore）的《迷途之鸟》（Stray Birds），冰仲和我说：'你不是常说有时思想太零碎了，不容易写成篇段么？其实也可以这样

---

①周作人：《日本的小诗》，载《艺术与生活》，上海：中华书局，1936 年 12 月，第 261—262 页。

②胡怀琛：《小诗研究》，上海：商务印书馆，1924 年 6 月，第 45—46 页。

的收集起来。'从那时起，我有时就记下在一个小本子里。"①

在对"小诗"进行历时性考察以后，我们来欣赏其简练之美。冰心的诗篇《〈繁星〉一》："繁星闪烁着——深蓝的太空，何曾听得见他们对语？沈默中，微光里，他们深深的互相颂赞了。"② 诗篇《〈繁星〉二》："童年呵！是梦中的真，是真中的梦，是回忆时含泪的微笑。"③ 诗篇《〈繁星〉一一六》："海波不住的问着岩石，岩石永久沉默着不曾回答；然而他这沉默，已经过百千万回的思索。"④

宗白华的诗篇《夜》："一时间/觉得我的微躯/是一颗小星，莹然万星里/随着星流。一会儿/又觉着我的心/是一张明镜。宇宙的万星/在里面灿着。"⑤

朱自清在《〈中国新文学大系（诗集）〉导言》中写道："《流云》出后，小诗渐渐完事，新诗跟着也中衰。"⑥ 1922 年 1 月，刘延陵、叶圣陶、朱自清、俞平伯创办中国第一个新诗刊物《诗》，1923 年 5 月出至第 2 卷第 2 期停刊。新诗运动沉寂近三年后，直到 1926 年 4 月由徐志摩主编的北京《晨报副刊〈诗刊〉》（又名北京《晨报副刊〈诗镌〉》）创刊才恢复活力。《诗镌》虽仅出 11 期即被停刊，但影响扩展至 1928 年 3 月和 1931 年 1 月分别在上海

① 冰心：《〈繁星〉自序》，载《繁星》，上海：商务印书馆，1923 年 7 月再版，第 1 页。

② 冰心：《繁星》，上海：商务印书馆，1923 年 7 月再版，第 1 页。

③ 同上，第 1—2 页。

④ 同上，第 62 页。

⑤ 宗白华：《夜》，载《流云》，上海：亚东图书馆，1923 年 12 月，第 7—8 页。

⑥ 朱自清：《〈中国新文学大系（诗集）〉导言》，载朱自清编选《中国新文学大系》（第八集：诗集），上海：上海良友图书印刷公司，1935 年 10 月，第 4 页。

创办的《新月》杂志与《诗刊》季刊。

关于《诗镌》的主张、成就和影响，朱自清在《〈中国新文学大系（诗集）〉导言》中给予总括说明："十五年四月一日，北京《晨报〈诗镌〉》出世。这是闻一多、徐志摩、朱湘、饶孟侃、刘梦苇、于赓虞诸氏主办的。他们要'创格'，要发见'新格式与新音节'。闻一多氏的理论最为详明，他主张'节的匀称'，'句的均齐'，主张'音尺'，重音，韵脚。他说诗该具有音乐的美，绘画的美，建筑的美；音乐的美指音节，绘画的美指词藻，建筑的美指章句。他们真研究，真试验；每周有诗会，或讨论，或诵读。梁实秋氏说：'这是第一次一伙人聚集起来诚心诚意的试验作新诗。'虽然只出了十一号，留下的影响却很大——那时候大家都做格律诗；有些从前极不顾形式的，也上起规矩来了。'方块诗'，'豆腐干块'等等名字，可看出这时期的风气。"[①]

《诗镌》的文学主张由闻一多的理论文章为代表。他在评价郭沫若诗集《〈女神〉之地方色彩》中主张："现在的一般新诗人——新是作时髦解的新——似乎有一种欧化的狂癖，他们的创造中国新诗底鹄的，原来就是要把新诗作成完全的西文诗（有位作者曾在《诗》里讲道，他所谓后期底作品'已与以前不同而和西洋诗相似'，他认为这是新诗底一步进程，……是件可喜的事）。……但是我从头到今，对于新诗的意义似乎有些不同。我总以为新诗径直是'新'的，不但新于中国固有的诗，而且新于西方固有的诗；换言之，它不要作纯粹的本地诗，但还要保存本地的色彩，它不要做纯粹的外洋诗，但又尽量的吸收外洋诗的长处；他要做中西

---

①朱自清：《〈中国新文学大系（诗集）〉导言》，载朱自清编选《中国新文学大系》（第八集：诗集），上海：上海良友图书印刷公司，1935年10月，第5—6页。

艺术结婚后产生的宁馨儿。我以为诗同一切的艺术应是时代的经线，同地方纬线所编织成的一匹锦；因为艺术不管它是生活的批评也好，是生命的表现也好，总是从生命产生出来的，而生命又不过时间与空间两个东西底势力所遗下的脚印罢了。在寻常的方言中有'时代精神'同'地方色彩'两个名词，艺术家又常讲自创力（originality），各作家有各作家的时代与地方，各团体有各团体的时代与地方，各不皆同；这样自创力自然有发生的可能了。我们的新诗人若时时不忘我们的'今时'同我们的'此地'，我们自会有了自创力，我们的作品自既不同于今日以前的旧艺术，又不同于中国以外的洋艺术。这个然后才是我们翘望默祷的新艺术了！我们的旧诗大体上看来太没有时代精神的变化了，从唐朝起，我们的诗发育到成年时期了，以后便似乎不大肯长了，直到这回革命以前，诗底形式同精神还差不多是当初那个老模样（词曲同诗相去实不甚远，现行的新诗却大不同了）。不独艺术为然，我们底文化底全体也是这样，好像吃了长生不老的金丹似的。新思潮底波动便是我们需求时代精神的觉悟。于是一变而矫枉过正，到了如今，一味的时髦是骛，似乎又把'此地'两字忘到踪影不见了。现在的新诗中有的是'德谟克拉西'，有的是泰果尔，亚坡罗，有的是'心弦''洗礼'等洋名词。但是，我们的中国在那里？我们四千年的华胄在那里？那里是我们的大江、黄河、昆仑、泰山、洞庭、西子？又那里是我们的《三百篇》、《楚骚》、李、杜、苏、陆？"[1]

闻一多的《诗的格律》（北京《晨报副刊〈诗刊〉》1926 年第 7 期）全文分两节，第一节写新诗不应废除格律的原因："假定'游戏本能说'能够充分的解释艺术的起源，我们尽可以拿下棋来

---

[1] 闻一多：《〈女神〉之地方色彩》，载《闻一多全集》（丁集：诗与批评），上海：开明书店，1948 年 8 月，第 195—196 页。

比作诗；棋不能废除规矩，诗也就不能废除格律。（格律在这里是 form 的意思。'格律'两个字最近含着一点坏的意思；但是直译 form 为形体或格式也不妥当。并且我们若是想起 form 和节奏是一种东西，便觉得 form 译作格律是没有什么不妥的了。）假如你拿起棋子来乱摆布一气，完全不依据下棋的规矩进行，看你能不能得到什么趣味？游戏的趣味是要在一种规定的格律之内出奇致胜。做诗的趣味也是一样的。假如诗可以不要格律，做诗岂不比下棋，打球，打麻将还容易些吗？难怪这年头儿的新诗'比雨后的春笋还多些'。我知道这些话准有人不愿意听。但是 Bliss Perry 教授的话来得更古板。他说'差不多没有诗人承认他们真正给格律缚束住了。他们乐意戴着脚镣跳舞，并且要戴别个诗人的脚镣。'这一段话传出来，我又断定许多人会跳起来，喊着'就算它是诗，我不做了行不行？'老实说，我个人的意思以为这种人就不作诗也可以，反正他不打算来戴脚镣，他的诗也就做不到怎样高明的地方去。杜工部有一句经验语很值得我们揣摩的'老去渐于诗律细'。诗国里的革命家喊道'皈返自然'！其实他们要知道自然界的格律，虽然有些像蛛丝马迹，但是依然可以找得出来。不过自然界的格律不圆满的时候多，所以必须艺术来补充它。这样讲来，绝对的写实主义便是艺术的破产。'自然的终点便是艺术的起点'，王尔德说得很对。自然并不尽是美的。自然中有美的时候，是自然类似艺术的时候。最好拿造型艺术来证明这一点。我们常常称赞美的山水，讲它可以入画。的确中国人认为美的山水，是以像不像中国的山水画做标准的。欧洲文艺复兴以前所认为女性的美，从当时的绘画里可以证明，同现代女性美的观念完全不合；但是现代的观念不同希腊的雕像所表现的女性美相符了。这是因为希腊雕像的出土，促成了文艺复兴，文艺复兴以来，艺术描写美人，都拿希腊的雕像做蓝本，因此便改造了欧洲人的女性美的观念。

我在赵瓯北的一首诗里发现了同类的见解。'绝似盆池聚碧屑，嵌空石笋满江湾。化工也爱翻新样，反把真山学假山。'这径直是讲自然在模仿艺术了。自然界当然不是绝对没有美的。自然界里面也可以发现出美来，不过那是偶然的事。偶然在言语里发现一点类似诗的节奏，便说言语就是诗，便要打破诗的音节，要它变得和言语一样——这真是诗的自杀政策了。（注意我并不反对用土白作诗，我并且相信土白是我们新诗的领域里，一块非常肥沃的土壤，理由等将来再仔细的讨论。我们现在要注意的只是土白可以'做'诗；这'做'字便说明了土白须要一番锻炼选择的工作然后才能成诗。）诗的所以能激发情感，完全在它的节奏；节奏便是格律。莎士比亚的诗剧里往往遇见情绪紧张到万分的时候，便用韵语来描写。歌德作《浮士德》也曾用同类的手段，在他致席勒的信里并且提到了这一层。韩昌黎'得窄韵则不复傍出，而因难见巧，愈险愈奇……'这样看来，恐怕越有魄力的作家，越是要戴着脚镣跳舞才跳得痛快，跳得好。只有不会跳舞的才怪脚镣碍事，只有不会做诗的才感觉得格律的缚束。对于不会作诗的，格律是表现的障碍物；对于一个作家，格律便成了表现的利器。又有一种打着浪漫主义的旗帜来向格律下攻击令的人。对于这种人，我只要告诉他们一件事实。如果他们要像现在这样的讲什么浪漫主义，就等于承认他们没有创造文艺的诚意。因为，照他们的成绩看来，他们压根儿就没有注重到文艺的本身，他们的目的只在披露他们自己的原形。顾影自怜的青年们一个个都以为自身的人格是再美没有的，只要把这个赤裸裸的和盘托出，便是艺术的大成功了。你没有听见他们天天唱道'自我的表现'吗？他们确乎只认识了文艺的原料，没有认识那将原料变成文艺所必须的工具。他们用了文字作表现的工具，不过是偶然的事，他们最称心的工作是把所谓'自我'披露出来，是让世界知道'我'也是一个多

才多艺，善病工愁的少年；并且在文艺的镜子里照见自己那偬傀
的风姿，还带着几滴多情的眼泪，啊！啊！那是多么有趣的事！
多么浪漫！不错，他们所谓浪漫主义，正浪漫在这点上，和文艺
的派别绝不发生关系。这种人的目的既不在文艺，当然要他们遵
从诗的格律来做诗，是绝对办不到的；因为有了格律的范围，他
们的诗就根本写不出来了，那岂不失了他们那'风流自赏'的本
旨吗？所以严格一点讲起来，这一种伪浪漫派的作品，当它作把
戏看可以，当它作西洋镜看也可以，但是万不能当它作诗看。格
律不格律，因此就谈不上了。让他们来反对格律，也就没有辩驳
的价值了。上面已经讲了格律就是 form。试问取消了 form，还有
没有艺术？上面又讲到格律就是节奏。讲到这一层更可以明了格
律的重要；因为世上只有节奏比较简单的散文，决不能有没有节
奏的诗。本来诗一向就没有脱离过格律或节奏。这是没有人怀疑
过的天经地义。如今却什么天经地义也得有证明才能成立，是不
是？但是为什么闹到这种地步呢——人人都相信诗可以废除格律？
也许是'安拉基'精神，也许是好时髦的心理，也许是偷懒的心
理，也许是藏拙的心理，也许是……那我可不知道了。"①

　　第二节写新诗的格律特征："前面已经稍稍讲了讲诗为什么不
当废除格律。现在可以将格律的原质分析一下了。从表面上看来，
格律可以从两方面讲：（一）属于视觉方面的，（二）属于听觉方
面的。这两类其实又当分开来讲，因为它们是息息相关的。譬如
属于视觉方面的格律有节的匀称，有句的均齐。属于听觉方面的
有格式，有音尺，有平仄，有韵脚；但是没有格式，也就没有节
的匀称，没有音尺，也就没有句的均齐。关于格式，音尺，平仄，

─────────

　　①闻一多：《诗的格律》，载《闻一多全集》（丁集：诗与批评），上海：
开明书店，1948 年 8 月，第 245—248 页。

韵脚等问题，本刊上已经有饶孟侃先生《论新诗的音节》的两篇文章讨论得很精细了。不过他所讨论的是从听觉方面着眼的。至于视觉方面的两个问题，他却没有提到。当然视觉方面的问题比较占次要的位置。但是在我们中国的文学里，尤其不当忽略视觉一层，因为我们的文字是象形的，我们中国人鉴赏文艺的时候，至少有一半的印象是要靠眼睛来传达的。原来文学本是占时间又占空间的一种艺术。既然占了空间，却又不能在视觉上引起一种具体的印象——这是欧洲文字的一个缺憾。我们的文字有了引起这种印象的可能，如果我们不去利用它，真是可惜了。所以新诗采用了西文诗分行写的办法，的确是很有关系的一件事。姑无论开端的人是有意的还是无心的，我们都应该感谢他。因为这一来，我们才觉悟了诗的实力不独包括音乐的美（音节），绘画的美（词藻），并且还有建筑的美（节的匀称和句的均齐）。这一来，诗的实力上又添了一支生力军，诗的声势更加扩大了。所以如果有人要问新诗的特点是什么，我们应该回答他：增加了一种建筑美的可能性是新诗的特点之一。……诚然，律诗也是具有建筑美的一种格式；但是同新诗里的建筑美的可能性比起来，可差得多了。律诗永远只有一个格式，但是新诗的格式是层出不穷的。这是律诗与新诗不同的第一点。做律诗，无论你的题材是什么？意境是什么？你非得把它挤进这一种规定的格式里去不可，仿佛不拘是男人，女人，大人，小孩，非得穿一种样式的衣服不可。但是新诗的格式是相体裁衣。例如《采莲曲》的格式决不能用来写《昭君出塞》，《铁道行》的格式决不能用来写《最后的坚决》，《三月十八日》的格式决不能用来写《寻找》。在这几首诗里面，谁能指出一首内容与格式，或精神与形体不调和的诗来，我倒愿意听听他的理由。试问这种精神与形体调和的美，在那印板式的律诗里找得出来吗？在那乱杂无章，参差不齐，信手拈来的自由诗里找得出来吗？律诗的格律与内容不发生关系，新诗的格式是根据内容的精神制造成的，这是它们不同的第二点。律诗的格式是别人替我们定的，新诗的格式可以由我们自己的意匠来随时构造。这是它们不同的第三点。有了这三个不同之点，我们应该知道新诗的这种格式是复古还是创新，是进步还是退化。"①

此外，徐志摩写于 1926 年 3 月 30 日的《诗刊弁言》（北京《晨报副刊〈诗刊〉》1926 年第 1 期）中提及诗人群聚会的环境和研习的气氛："我在早三两天前才知道闻一多的家是一群新诗人的乐窝，他们常常会面，彼此互相批评作品，讨论学理。上星期六我也去了。一多那三间画室，布置的意味先就怪。他把墙壁涂成一体墨黑，狭狭的给镶上金边，像一个裸体的非洲女子手臂上脚踝上套着细金圈似的情调。有一间屋子朝外壁上挖出一个方形的神龛，供著的，不消说，当然是米鲁薇纳丝一类的雕像。他的那个也够尺外高，石色黄澄澄的像蒸熟的糯米，衬著一体黑的背景，别饶一种澹远的梦趣，看了叫人想起一片倦阳中的荒芜的草原，有几条牛尾几个羊头在草丛口掉动。这是他的客室。那边一间是他做工的屋子，基角上支著画架，壁上挂著几幅油色不曾干的画。屋子极小，但你在屋里觉不出你的身子大；带金圈上的黑公主有些杀伐气，但她不至于吓瘪你的灵性；裸体的女神（她屈著一支腿挽着往下沈的亵衣）免不了几分引诱性，但她决不容许你逾分的妄想。白天有太阳进来，黑壁上也沾著光；晚上黑影进来，屋子里仿佛有梅斐士滔佛利士的踪迹；夜间黑影与灯光交斗，幻出种种不成形的怪象。这是一多手造的'阿房'，确是一个别有气象的所在，不比我们单知道买花洋纸糊墙，买花席子铺地，买洋式

---

① 闻一多：《诗的格律》，载《闻一多全集》（丁集：诗与批评），上海：开明书店，1948 年 8 月，第 248—250 页。

木器填屋子的乡蠢。有意识的安排，不论是一间屋一身衣服，一瓶花，就有一种激发想像的暗示，就有一种特具的引力。难怪一多家里见天有那些诗人去团聚，——我羡慕他！我写那几间屋子因为他们不仅是一多自己习艺的背景，它们也就是我们这诗刊的背景，这搭题居然被我做上了：我期望我们将来不至辜负这制背景人的匠心，不辜负那发糯米光的爱神，不辜负那戴金圈的黑姑娘。不辜负那梅斐士滔佛利士出没的空气！"[①]

五　新诗派别

朱自清在《〈中国新文学大系（诗集）〉导言》中将 1918 年至 1927 年的诗坛分为三派，文末写道："若要强立名目，这十年来的诗坛就不妨分为三派：自由诗派，格律诗派，象征诗派。"[②] 笔者在此增加无产阶级革命诗派。以下简要介绍四派代表诗人及其作品。

（一）自由诗派

胡适、刘半农等开创自由诗派的先驱诗人前面已有论述，这里介绍郭沫若、冯至、朱自清三位代表诗人。

郭沫若，出生于四川乐山，其名取自家乡的两条河流"沫水"和"若水"。1914 年赴日本留学，1918 年入九州帝国大学医学部。后弃医从文，以新诗和戏剧著。

1920 年 1 月 18 日，郭沫若在致宗白华的信（收入《三叶集》）中写道："我想我们的诗只要是我们心中的诗意诗境底纯真

①徐志摩：《诗刊弁言》，载阿英编选《中国新文学大系》（第十集：史料·索引），上海：上海良友图书印刷公司，1936 年 2 月，第 117—118 页。
②朱自清：《〈中国新文学大系（诗集）〉导言》，载朱自清编选《中国新文学大系》（第八集：诗集），上海：上海良友图书印刷公司，1935 年 10 月，第 8 页。

的表现，命泉中流出来的 Strain，心琴上弹出来的 Melody，生底颤动，灵底喊叫；那便是真诗，好诗，便是我们人类底欢乐底源泉，陶醉底美酿，慰安底天国。……我想诗这样东西到可以用个方式来表示他了：诗＝（直觉＋情调＋想像）Inhalt＋（适当的文字）Form。"① 1920 年 2 月 16 日，在致田寿昌（田汉）的信（收入《三叶集》）中又写："我近来趋向到诗的一元论上来了。……形式方面我主张绝端的自由，绝端的自主。"②

正是践行上述文学主张，郭氏第一部诗集《女神》（上海泰东书局，1921 年 8 月），强力表现出"五四"时代精神的主题，诗篇的内容与形式都呈现出自由的风貌。其中的代表作有长诗《女神之再生》《凤凰涅槃》等。

《女神》问世后，闻一多妾连发表两篇评论文章：《〈女神〉之时代精神》（《创造周报》1923 年第 4 期）和《〈女神〉之地方色彩》（《创造周报》1923 年第 5 期）。前者给予《女神》极高的评价："若讲新诗，郭沫若君的诗才配称新呢，不独艺术上他的作品与旧诗词相去最远，最要紧的是他的精神完全是时代的精神——二十世纪底时代的精神。有人讲文艺作品是时代底产儿。《女神》真不愧为时代底一个肖子。（一）二十世纪是个动的世纪。这种的精神映射于《女神》中最为明显。《笔立山头展望》最是一个好例——'大都会底脉搏呀！生底鼓动呀！打着在，吹着在，叫着在，……喷着在，飞着在，跳着在……四面的天郊烟幕蒙笼了！……'……（二）二十世纪是个反抗的世纪。'自由'底伸张给了我们一个对待权威的利器，因此革命流血成了现代文明底一个特色了。《女

①田寿昌、宗白华、郭沫若：《三叶集》，上海：亚东图书馆，1920 年 5 月，第 6—8 页。

②同上，第 49 页。

神》中这种精神更了如指掌。只看《匪徒颂》里的一些。——
'一切……革命底匪徒们呀！万岁！万岁！万岁！'……（三）《女
神》底诗人本是一位医学专家。《女神》里富有科学底成分也是无
足怪的。况且真艺术与真科学本是携手进行的呢。然而这里又可
以见出《女神》里的近代精神了。略微举几个例——'你去，去
寻那与我的振动数相同的人；你去！去寻那与我的燃烧点相等的
人。'（《序诗》）……（四）科学底发达使交通底器械将全世界人
类底相互关系捆得更紧了。因有史以来世界之大同的色彩没有像
今日这样鲜明的。郭沫若底《晨安》便是这种 cosmopolitanism 底
证据了。……'晨安！梳人灵魂的晨风呀！晨风呀！你请把我的
声音传到四方去罢！'（《晨安》）（五）物质文明底结果便是绝望与
消极。然而人类底灵魂究竟没有死，在这绝望与消极之中又时时
忘不了一种挣扎抖擞底动作。二十世纪是个悲哀与兴奋底世纪。
二十世纪是黑暗的世界，但这黑暗是先导黎明的黑暗。二十世纪
是死的世界，但这死是预言更生的死。这样便是二十世纪，尤其
是二十世纪底中国。'流不尽的眼泪，洗不净的污浊，浇不熄的情
炎，荡不去的羞辱。'（《凤凰涅槃》）……啊！现代的青年是血与
泪的青年，忏悔与奋兴的青年。《女神》是血与泪的诗，忏悔与奋
兴的诗。"①

　　后者就吸收西方文学特色和保留民族色彩的问题提出批评：
"《女神》不独形式十分欧化，而且精神也十分欧化的了。……《女
神》中所用的典故，西方的比中国的多多了，例如 Apollo, Venus,
Cupid, Bacchus, Prometheus, Hygeia, ……是属于神话的；其余属
于历史的更不胜枚举了。《女神》中底西洋的事物名词处处都是，

---

　　①闻一多：《〈女神〉之时代精神》，载《闻一多全集》（丁集：诗与批
评），上海：开明书店，1948 年 8 月，第 185—192 页。

数都不知从那里数起。《凤凰涅槃》底凤凰是天方国底'菲尼克斯',并非中华的凤凰。诗人观画观的是 Millet 底 Shepherdess,赞像赞的是 Beethoven 底像。他听羡慕的工人是炭坑里的工人,不是人力车夫。他听鸡声,不想着笛簧的律吕而想着 orchestra 底音乐。地球底自转公转,在他看来,'就好像一个跳着舞的女郎',太阳又'同那月桂冠儿一样'。他的心思分驰时,他又'好像个受着磔刑的耶稣'。他又说他的胸中像个黑奴。当然《女神》产生的时候,作者是在一个盲从欧化的日本,他的环境当然差不多是西洋环境,而且他读的书又是西洋的书;无怪他所见闻,所想念的都是西洋的东西。但我还以为这是一个非常的例子,差不多是个畸形的情况。若我在郭君底地位,我定要用一种非常的态度去应付,节制这种非常的情况。那便是我要时时刻刻想着我是个中国人,我要做新诗,但是中国的新诗,我并不要做个西洋人说中国话,也不要人们误会我的作品是翻译的西文诗;那么我著作时,庶不致这样随便了。郭君是个不相信'做'诗的人,我也不相信没有得着诗的灵感者就可以从揉炼字句中作出好诗来。但郭君这种过于欧化的毛病也许就是太不'做'诗的结果。选择是创造艺术的程序中最紧要的一层手续,自然的不都是美的;美不是现成的。其实没有选择便没有艺术,因为那样便无以鉴别美丑了。《女神》还有一个最明显的缺憾,那便是诗中夹用可以不用的西洋文字了。《雪朝》《演奏会上》两首诗径直是中英合璧了,我们以为很多的英文字实没有用原文底必要。如 pantheism, rhythm, energy, disillusion, orchestra, pioneer 都不是完全不能翻译的,并且有的在本集中他处已经用过译文的。实在很多次数,他用原文,并非因为意义不能翻译的关系,乃因音节关系,例如——'我是全宇宙底 energy 底总量'。像这种地方的的确确是兴会到了,信口而出,到了那地方似乎为音节的圆满起见,一个单音是不够的,于是就以

'恩勒结'（energy）三个音代'力'底一个音。无论作者有意地欧化诗体，或无意地失于检点，这总是有点讲不大过去的。这虽是小地方，但一个成熟的艺术家，自有余裕的精力顾到这里，以谋其作品之完美。所以我的批评也许不算过分吧？"①

　　在"五四"昂扬的高潮过后，郭沫若的心境跌入孤寂彷徨的低潮。作于1921年10月24日带着羡慕之情的《天上的市街》（《创造季刊》1922年第1卷第1期）："远远的街灯明了，好像闪着无数的明星。天上的明星现了，好像点着无数的街灯。/我想那缥缈的空中，定然有美丽的街市。街市上陈列的一些物品，定然是世上没有的珍奇。/你看，那浅浅的天河，定然是不甚宽广。我想那隔河的牛女，定能够骑着牛儿来往。/我想他们此刻，定然在天街闲游。不信，请看那朵流星，那怕是他们提着灯笼在走。"②

　　《瓶》（上海创造社出版部，1927年4月）是部抒情诗集，郁达夫在《〈瓶〉附记》（1926年3月10日）中写道："我们看过他的文艺论集序文的人，大概都该知道，沫若近来的思想剧变了。这抒情诗四十二首，还是去年的作品。他本来不愿意发表，是我们硬把它们拿来发表的。我想诗人的社会化也不要紧，不一定要诗里有手枪炸弹，连写几百个革命革命的字样，才能配得上称真正的革命诗。把你真正的感情，无掩饰地吐露出来，把你的同火山似的热情喷发出来，使读你的诗的人，也一样的可以和你悲啼喜笑，才是诗人的天职。革命事业的勃发，也贵在有这一点热情。这一点热情的培养，要赖柔美圣洁的女性的爱。推而广之可以烧落专制帝王的宫殿，可以捣毁白斯底儿的囚狱。南欧的丹农雪奥，

　　①闻一多：《〈女神〉之地方色彩》，载《闻一多全集》（丁集：诗与批评），上海：开明书店，1948年8月，第195—198页。
　　②郭沫若：《天上的市街》，载《沫若诗集》，上海：现代书局，1930年8月四版，第203—204页。

作纯粹抒情诗时，是象牙塔里的梦者，挺身入世，可以作飞艇上的战士。中古有一位但丁，追放在外，不妨对故国的专制，施以热烈的攻击，然而作抒情诗时，正应该望理想中的皮阿曲利斯而遥拜。我说沫若，你可以不必自羞你思想的矛盾，诗人本来是有两重人格的。况且这过去的感情的痕迹，把它们再现出来，也未始不可以做一个纪念。"①

《瓶》集中四十二首诗的开篇诗作《献诗》（1925 年 3 月 9 日）："月影儿快要圆时，春风吹来了一番花信。我便踱往那西子湖边，汲取了清洁的湖水一瓶。/我攀折了你这枝梅花，虔诚地在瓶中供养，我做了个巡礼的蜂儿，吮吸着你的清香。/啊，人如要说我痴迷，我也有我的针刺。试问人是谁不爱花，他虽是学花无语。/我爱兰也爱蔷薇，我爱寺也爱图画，我如今又爱了梅花，我于心有何惧怕？/梅花呀，我谢你幽情，你带回了我的青春。我久已干涸了的心泉又从我化石的胸中飞迸。/我这个小小的瓶中每日有清泉灌注，梅花哟，我深深祝你长存，永远的春风和煦。"②

1926 年 7 月，郭沫若参加北伐军，1927 年 8 月加入中国共产党。1928 年 6 月，上海现代书局发行汇编《沫若诗集》，在该汇编诗集里，郭氏不仅对初版诗集所辑诗篇做有删减，而且基于艺术润色和思想变动等因素，对诗篇内容做有部分修订。

如《女神》集里作于 1920 年 4 月初的诗篇《巨炮之教训》最末一节被修订为："'同胞！同胞！同胞！'列宁先生却只在一旁酣叫，'为阶级消灭而战哟！为民族解放而战哟！为社会改造而战哟！至高的理想只在农劳！最终的胜利总在吾曹！同胞！同胞！同胞！……'

<hr>

① 郁达夫：《〈瓶〉附记》，载郭沫若《瓶》，上海：创造社出版部，1927 年 4 月，第 83—84 页。

② 郭沫若：《献诗》，载《瓶》，上海：创造社出版部，1927 年 4 月，第 1—3 页。

他这霹雳的几声，把我从梦中惊醒了。"①

《女神》（北京人民文学出版社，2000年7月）一书中，《巨炮之教训》诗篇注释写有："以上四句，一九二一年《女神》初版本作：'列宁先生却在一旁酣叫，"为自由而战哟！为人道而战哟！为正义而战哟！"'一九二八年编入《沫若诗集》时作者改今本。"②

又如《女神》集里作于1919年年末的诗篇《匪徒颂》第二节被修订为："发现阶级斗争的谬论，穷而无赖的马克斯呀！不能克绍箕裘，甘心附逆的恩格尔斯呀！亘古的大盗，实行共产主义的列宁呀！西北南东去来今，一切社会革命的匪徒们呀！万岁！万岁！万岁！"③

《女神》（北京人民文学出版社，2000年7月）一书中，《匪徒颂》诗篇注释写有："以上三句，在一九二一年《女神》初版本中作：'倡导社会改造的狂生，瘐而不死的罗素呀！倡导优生学的怪论，妖言惑众的哥尔栋呀！亘古的大盗，实行波尔显威克的列宁呀！'一九二八年编入《沫若诗集》时，作者改今本。"④

冯至，1921年入北京大学学习，1927年赴哈尔滨一所中学教书，1930年赴德国留学，1935年获海德堡大学哲学博士学位回国，先后任教于同济大学、西南联大和北京大学。

他的第一部诗集《昨日之歌》（北京北新书局，1927年4月），

---

① 郭沫若：《巨炮之教训》，载《沫若诗集》，上海：现代书局，1930年8月四版，第105—106页。

② 郭沫若：《巨炮之教训》，载《女神》，北京：人民文学出版社，2000年7月，第105页。

③ 郭沫若：《匪徒颂》，载《沫若诗集》，上海：现代书局，1930年8月四版，第108页。

④ 郭沫若：《匪徒颂》，载《女神》，北京：人民文学出版社，2000年7月，第109页。

分上下两卷，上卷基本是抒情短诗，下卷是四首叙事长诗。鲁迅在《〈中国新文学大系（小说二集）〉导言》中评曰："中国最为杰出的抒情诗人冯至。"①

冯至抒情诗的特色有三：一是取材多系日常平凡生活。如《绿衣人》《"晚报"》，朱自清在《诗与感觉》中评价冯至："是在平淡的日常生活里发现了诗。"② 二是情感表达含蓄节制，或蕴含于简单情节的娓娓叙述，或外化为具体象征的客观形象。前者如《宴席上》《雨夜》，后者如《我是一条小河》《蛇》。三是有着幽婉的音乐美，节奏舒缓，音韵轻柔。如《在郊原》《风夜》。

下卷由《吹箫人》《帷幔》《蚕马》《寺门之前》四首叙事长诗组成，通过传奇故事演绎"王四"文化中对封建婚姻制度的鞭挞以及对自由爱情的理想追求。朱自清在《〈中国新文学大系（诗集）〉诗话》中评价冯至："叙事诗堪称独步。"③

诗集中第一首诗篇《绿衣人》（1921 年 4 月 21 日于北京路上）："一个绿衣邮夫，低着头儿走路；——也有时看看路旁。他的面貌很是平常，——大半安于他的生活，——带不着一点悲伤。谁来注意他，日日的来来往往！但，他小小手里，拿了些梦中人的运命。当他正在敲这个人的门，谁又留神或想——'这个人可怕的时候，到了！'"④

①鲁迅：《〈中国新文学大系（小说二集）〉导言》，载鲁迅编选《中国新文学大系》（第四集：小说二集），上海：上海良友图书印刷公司，1935 年 7 月，第 5 页。

②朱自清：《诗与感觉》，载《新诗杂话》，上海：作家书屋，1947 年 12 月，第 21 页。

③朱自清：《〈中国新文学大系（诗集）〉诗话》，载朱自清编选《中国新文学大系》（第八集：诗集），上海：上海良友图书印刷公司，1935 年 10 月，第 28 页。

④冯至：《绿衣人》，载《创造季刊》1923 年第 2 卷第 1 期，第 108 页。

冯至在《〈西郊集〉后记》（1957 年 8 月 30 日）中追忆了《绿衣人》诗篇的创作背景："远在一九二一年，我是一个没有满十六岁的青年，从一个四年制的中学毕了业，不知道将来要做什么，看不清面前的道路。那时的北京城是一片灰色，街头巷尾，到处是贫苦的形象和声音，我们爱说当时青年口头上的一句话：'没有花，没有光，没有爱。'傍晚时刻，我常在一条又一条的胡同里散步。在这些胡同走来走去，好像永久走不完，胡同里家家狭窄的黑门都紧紧地关闭着，不知里边隐藏些什么样的生活，只觉得门内门外同样是死一般地沉寂。一天，我又在散步，对面走来一个邮务员，穿着一身绿色的制服，他的面貌是平静的，和这沉寂的街道一样平静，他手里握着一束信件，有时把信件投入几家紧紧关闭的门缝里。我看着这个景象，脑里起了幻想，我想这个多灾多难的国家，不是天灾，就是兵祸，这些信又给那些收信的人家送来了什么样的不幸的消息呢？这些信会使那些收信的人家起些什么样的变化呢？我当时根据这点空洞的、不切实的想像写下了我青年时期第一部诗集里的第一首诗。我写诗，是这样开始的。"①

第二部诗集是《北游及其他》（北平沉钟社，1929 年 8 月），诗篇大都系冯至 1927 年大学毕业赴殖民地色彩浓郁的哈尔滨就业后创作的。全集分"无花果""北游""暮春的花园"三辑。

第二辑"北游"创作于 1927 年冬，采用组诗的形式，共十二小节。叙写畸形繁荣的现代都市的诗篇《哈尔滨》节选："听那怪兽般的摩托，在长街短道上肆意地驰跑，瘦马拉着破烂的车，高伸着脖子嗷嗷地呼叫。苏俄，白俄，乌克兰，犹太的银行，希腊的酒馆，日本的浪人，高丽的妓院，都聚在这不东不西的地方，

---

①冯至：《〈西郊集〉后记》，载《西郊集》，北京：作家出版社，1958 年 2 月，第 129—130 页。

吐露出十二分的心足意满！还有那中国的同胞，……我像是游行地狱，一步比一步深——我不敢望那欲雨不雨的天空，天空一定充满了阴沉，阴沉……"①

第三辑中诗篇《花之朝》系请朋友为自己写的墓志铭："谁说那欢乐的日子是容易消逝，就是这寂寞的岁月也何常为我稍停——一旦我将要在一个黑暗的地方长住，朋友，请替我写上，这样的几句碑铭：/'他也曾在花开的早晨寂寂地狂欢，他也曾在花落的早晨寞寞地长叹；花却永久无意地开落在人间，在他的怀中并不曾带走了一瓣。'"②

朱自清，字佩弦，1916 年考入北京大学，1925 年任教于清华大学。这时期作品有诗集《雪朝》（上海商务印书馆，1922 年 6 月），系朱自清、周作人、俞平伯、郑正铎等 8 人的诗作合集；文学合集《踪迹》（上海亚东图书馆，1924 年 12 月），分"新诗""散文"两辑。

朱自清的散文诗《匆匆》："燕子去了，有再来的时候；杨柳枯了，有再青的时候；桃花谢了，有再开的时候。但是，聪明的，你告诉我，我们的日子为什么一去不复返呢？——是有人偷了他们罢：那是谁？又藏在何处呢？是他们自己逃走了罢：现在又到了那里呢？/我不知道他们给了我多少日子；但我的手确乎是渐渐空虚了。在默默里算着，八千多日子已经从我手中溜去；像针尖上一滴水滴在大海里，我的日子滴在时间的流里，没有声音，也没有影子。我不禁头涔涔而泪潸潸了。/去的尽管去了，来的尽管来着；去来的中间，又怎样地匆匆呢？早上我起来的时候，小屋

---

①冯至：《哈尔滨》，载《北游及其他》，北平：沉钟社，1929 年 8 月，第 44—45 页。

②冯至：《花之朝》，载《北游及其他》，北平：沉钟社，1929 年 8 月，第 92 页。

里射进两三方斜斜的太阳。太阳他有脚啊，轻轻悄悄地挪移了；我也茫茫然跟着旋转。于是——洗手的时候，日子从水盆里过去；吃饭的时候，日子从饭碗里过去；默默时，便从凝然的双眼前过去。我觉察他去的匆匆了，伸出手遮挽时，他又从遮挽着的手边过去，天黑时，我躺在床上，他便伶伶俐俐地从我身上跨过，从我脚边飞去了。等我睁开眼和太阳再见，这算又溜走了一日。我掩着面叹息。但是新来的日子的影儿又开始在叹息里闪过了。/在逃去如飞的日子里，在千门万户的世界里的我能做些什么呢？只有徘徊罢了，只有匆匆罢了；在八千多日的匆匆里，除徘徊外，又剩些什么呢？过去的日子如轻烟，被微风吹散了，如薄雾，被初阳蒸融了；我留着些什么痕迹呢？我何曾留着像游丝样的痕迹呢？我赤裸裸来到这世界，转眼间也将赤裸裸的回去罢？但不能平的，为什么偏要白白走这一遭啊？/你聪明的，告诉我，我们的日子为甚么一去不复返呢？"[1]

（二）格律诗派

格律诗派的代表诗人有闻一多、徐志摩、朱湘（1904—1933）、饶孟侃（1902—1967）、刘梦苇（1900—1926）、于赓虞（1902—1963）诸氏，闻氏和徐氏无疑是其中的领导者。闻一多的赤诚之心、爱国情怀，以及"戴着脚镣跳舞才跳得痛快，跳得好。只有不会跳舞的才怪脚镣碍事，只有不会做诗的才感觉得格律的缚束"[2] 的诗风，使我们联想到集律诗于大成且忧国忧民的杜甫；徐志摩的轻灵飘逸、真挚纯粹，以及其人其诗染渍的浓厚西方色彩，使我们想起满身异域风情又超凡脱俗的李白。

---

①朱自清，《匆匆》，载《踪迹》，上海：亚东图书馆，1936 年 8 月五版，第 68—70 页。

②闻一多：《诗的格律》，载《闻一多全集》（丁集：诗与批评），上海：开明书店，1948 年 8 月，第 247 页。

闻一多，1912 年考入北京清华留美预备学校（清华大学前身），1922 年赴美国留学，在芝加哥美术学院、珂泉科罗拉多大学和纽约艺术学院学习。1925 年 5 月回国，先后任职于北京艺术专科学校、吴淞国立政治大学、南京第四中山大学、国立青岛大学、清华大学以及战时的西南联大。1946 年 7 月 15 日被国民党特务暗杀。

闻氏第一部诗集是《红烛》（上海泰东图书局，1923 年 9 月），第二部诗集是《死水》（上海新月书店，1928 年 1 月）。两部诗集所录诗作的最大特色是咏怀中国。朱自清在《中国学术的大损失——悼闻一多先生》（《文艺复兴》1946 年第 2 卷第 1 期）中评曰："大家都知道闻先生是一位诗人。他的《红烛》，尤其他的《死水》，读过的人很多。这些集子的特色之一，是那些爱国诗。在抗战以前，他也许是唯一的爱国新诗人。这里可以看出他对文学的态度。新文学运动以来，许多作者都认识了文学的政治性和社会性而有所表现，可是闻先生认识得特别亲切，表现得特别强调。他在过去的诗人中最敬爱杜甫，就因为杜诗的政治性和社会性最浓厚。后来他更进一步，注意原始人的歌舞；这是集团的艺术，也是与政治社会与生活打成一片的艺术。他要的是热情，是力量，是火一样的生命。"[1]

闻氏的诗学主张可从下述文论略见。《〈女神〉之地方色彩》自述："我个人同《女神》底作者底态度不同之处是在：我爱中国固因他是我的祖国，而尤因他是有他那种可敬爱的文化的国家；《女神》之作者爱中国，只因他是他的祖国，因为是他的祖国，便有那种不能引他敬爱的文化·他还是爱他。爱祖国是情绪底事，

---

[1] 朱自清：《中国学术的大损失——悼闻一多先生》，载《文艺复兴》1946 年第 2 卷第 1 期，第 4 页。

爱文化是理智底事。一般所提倡的爱国专有情绪的爱就够了；所以没有理智的爱并不足以诟病一个爱国之士。……东方的文化是绝对的美的，是韵雅的。东方的文化而且又是人类所有的最彻底的文化。"①

《文艺与爱国——纪念三月十八》（北京《晨报副刊〈诗刊〉》1926 年第 1 期）主张："'爱国精神在文学里'，我让德林克瓦特讲，'可以说是与四季之无穷感兴，与美的逝灭，与死的逼近，与对妇人的爱，是一种同等重要的题目'。爱国精神之表现于中外文学里已经是层出不穷，数不胜数了。爱国运动能够和文学复兴互为因果，我只举最近的一个榜样——爱尔兰，便是明确的证据。我们的爱国运动和新文学运动何尝不是同时发轫的？他们原来是一种精神的两种表现。在表现上两种运动一向是分道扬镳的。我们也可以说正因为他们没有携手，所以爱国运动的收效既不大，新文学运动的成绩也就有限了。爱尔兰的前例和我们自己的事实已经告诉我们了：这两种运动合起来便能够互收效益，分开来定要两败俱伤。所以《诗刊》的诞生刚刚在铁狮子胡同大流血之后，本是碰巧的；我却希望大家要当他不是碰巧的。我希望爱自由，爱正义，爱理想的热血要流在天安门，流在铁狮子胡同，但是也要流在笔尖，流在纸上。同是一个热烈的情怀，犀利的感觉，见了一片红叶掉下地来，便要百感交集，'泪浪滔滔'，见了十三龄童的赤血在地下踩成泥浆子，反而漠然无动于中。这是不是不近人情？我并不要诗人替人道主义同一切的什么主义捧场。因为讲到主义便是成见了。理性铸成的成见是艺术的致命伤；诗人应该能超脱这一点。诗人应该是一张留声机的片子，钢针一碰着他就

---

①闻一多：《〈女神〉之地方色彩》，载《闻一多全集》（丁集：诗与批评），上海：开明书店，1948 年 8 月，第 198—201 页。

响。他自己不能决定什么时候响，什么时候不响。他完全是被动的。他是不能自主，不能自救的。诗人做到了这个地步，便包罗万有，与宇宙契合了。换句话说，就是所谓伟大的同情心——艺术的真源。"①

　　《诗与批评》（《火之源》1944 年第 2/3 期）表达了重视诗的社会价值："这两种态度都是不对的。因为单独的价值论或是效率论都不是真理。我以为，从批评诗的正确的态度上说，是应该二者兼顾的。……批评家应该懂得人生，懂得诗，懂得什么是效率，懂得什么是价值的这样一个人。我以为诗是应该自由发展的。什么形式什么内容的诗我们都要。我们设想我们的选本是一个治病的药方，那未里面可以有李白、杜甫、陶渊明、苏东坡、歌德、济慈、莎士比亚；我们可以假想李白是一味大黄吧，陶渊明是一味甘草吧，他们都有用，我们只要适当的配合起来，这个药方是可以治病的。所以，我们与其去管诗人，叫他负责，我们不如好好的找到一个批评家，批评家不单给我们以好诗，而且可以给社会以好诗。历史是循环的，所以我现在想提到历史来帮助我们了解我们的时代，了解时代赋予诗的意义，了解我们批评的态度。封建的时代我们看得出只有社会，没有个人，《诗经》给他们一个证明。《诗经》的时代过去了．个人从社会里边站出来，于是我们发觉《古诗十九首》实在比《诗经》可爱，《楚辞》实在比《诗经》可爱。因为我们自己现在是个人主义社会里的一员，我们所以喜爱那个人的表现，我们因之觉得《古诗十九首》比《诗经》对我们亲切。《诗经》的时代过去了之后，个人主义社会的趋势已经非常明显了。而且实实在在就果然进到了个人主义社会。这时

---

①闻一多：《文艺与爱国——纪念三月十八》，载《闻一多全集》（丁集：诗与批评），上海：开明书店，1948 年 8 月，第 239—240 页。

候只有个人，没有社会。个人是耽沈于自己的享乐，忘记社会，个人是觅求'效率'以增加自己愉悦的感受，忘记自己以外的人群。陶渊明时代有多少人过极端苦闷的日子，但他不管，他为他自己写下闲逸的诗篇。谢灵运一样忘记社会，为自己的愉悦而玩弄文字——当我们想到那时别人的苦难，想着那幅流民图，我们实实在在觉得陶渊明与谢灵运之流是多么无心肝，多么该死——这是个人主义发展到极端了，到了极端，即是宣布了个人主义的崩溃，灭亡。杜甫出来了，他的笔触到广大的社会与人群，他为了这个社会与人群而共同欢乐，共同悲苦，他为社会与人群而振呼。杜甫之后有了白居易，白居易不单是把笔濡染着社会，而且他为当前的事物提出他的主张与见解。诗人从个人的圈子走出来，从小我而走向大我，《诗经》时代只有社会，没有个人，再进而只有个人没有社会，进到这时候，已经是成为了个人社会（lndividual Society）了。到这里，我应提出我是重视诗的社会的价值了。我以为不久的将来，我们的社会一定会发展成为 Society of lndividual，lndividual for Society（社会属于个人，个人为了社会）的，诗是与时代共同呼吸的，所以，我们时代不单要用效率论来批评诗，而更重要的是以价值论诗了，因为加在我们身上的将是一个新时代。诗是要对社会负责了，所以我们需要批评。《诗经》时代何以没有批评呢？因为，那些作品都是负责的，那些作品没有'效率'，但有'价值'，而且全是'教育的价值'，所以不用批评了。（自然，一篇实在没有价值的东西也可以说得出价值来的，对这事我们可以不必论及了。）个人主义时代也不要批评，因为诗就是给自己享受享受而已，反正大家标准一样，批评是多余的；那时候不论价值，因为效率就是价值。（《诗话》一类的书就只在谈效率，全不能算是批评。）但今天，我们需要批评，而且需要正确而健康的批评。春秋时代是一个相当美的时代，那时候政治上保持一种均势。

孔子删诗，孔子对于诗作过最好的，最合理的批评。在《左传》上关于诗的批评我认为是对的，孔子注重诗的社会价值。自然，正确的批评是应该兼顾到效率与价值的。从目前的情形看，一般都只讲求效率了，而忽视了价值，所以我要大声疾呼请大家留心价值。有人以为着重价值就会忽略了效率，就会抹煞了效率。我以为不会。这种担心是多余的。我们不要以为效率会被抹煞，只要看看普遍的情形，我们不是还叫读诗叫欣赏诗吗？我们不是还很重视于字句声律这些东西吗？社会价值是重要的，我们要诗成为'负责的宣传'，就非得着重价值不可，因为价值实在是被'忽视'了。诗是社会的产物，若不是于社会有用的工具，社会是不要他的。诗人掘发出了这原料，让批评家把他做成工具，交给社会广大的人群去消化。所以原料是不怕多的，我们什么诗人都要，什么样的诗都要，只要制造工具的人技术高，技术精。我以为诗人有等级的，我们假设说如同别的东西一样分做一等二等三等，那么杜甫应该是一等的，因为他的诗博，大，有人说黄山谷，韩昌黎，李义山等都是从杜甫来的，那么，杜甫是包罗了这么多'资源'，而这些资源大部是优良的美好的，你只念杜甫，你不会中毒，你只念李义山就糟了，你会中毒的，所以李义山只是二等诗人了。陶渊明的诗是美的，我以为他诗里的资源是类乎珍宝一样的东西，美丽而没有用，是则陶渊明应列在杜甫之下。所以，我们需要懂得人生，懂得诗，懂得什么是效率，懂得什么是价值的批评家为我们制造工具，编制选本，但是，谁是批评家呢？我不知道。"[1]

《给左明先生》（1928 年 2 月）的信中写道："左明兄：许久没有给你回信，太懒了！近来听说你在《新月》帮忙，生活既有着

---

①闻一多：《诗与批评》，载《闻一多全集》（己集：演讲录），上海：开明书店，1948 年 8 月，第 44—49 页。

落，定可安心习作，可喜可慰。承询各问题条答如下：一、韵脚不易安好，乃因少读少做耳。二、词不达意，乃因少读书的原故。三、标点不成问题，有的作家甚至废弃标点。故不必为此操心。四，太明显，确乎是大毛病。根本原因是态度太主观。譬如划船姑娘固然可以引起你的爱怜，但是也未始不可引起一般人的爱怜。你若把你和她两人的关系说得太琐碎，太写实了，读者便觉得那是你们两人的私事，与第三者无关。你要引起读者的同情，必须注意文学的普遍性，然后读者便觉得那种经验在他自身也有发生的可能，他便不但表同情于姑娘，并且同情于你。然后读者与作者契合为一，——那便是文学的大成功了。我自己作诗，往往不成于初得某种感触之时，而成于感触已过，历时数日，甚或数月之后，到这时琐碎的枝节往往已经遗忘了，记得的只是最根本最主要的情绪的轮廓。然后再用想像来装成那模糊影响的轮廓，表现在文字上，其结果虽往往失之于空疏，然而刻露的毛病决不会有了。空疏的作品读者看了不发生印象，刻露的作品，往往叫读者发生坏印象。所以与其刻露，不如空疏。英诗人华茨渥司作诗，也用这种方法。你无妨试验试验。我相信你很能作诗，不是客气话。不久我要到上海来一趟，那时我们再细谈。祝你进步！"[①]

《论〈悔与回〉》（《新月》1930 年第 3 卷第 5/6 期）中写道："玮德的文字比梦家来得更明彻，是他的长处，但明彻则可，赤裸却要不得。这理由又极明显。赤裸了便无暗示之可言，而诗的文字那能丢掉暗示性呢？"[②]

闻一多的诗作正是践行着前述文学主张。《七子之歌》（《现代

　　①闻一多：《给左明先生》，载《闻一多全集》（庚集：书信），上海：开明书店，1948 年 8 月，第 43—44 页。
　　②闻一多：《论〈悔与回〉》，载《闻一多全集》（丁集：诗与批评），上海：开明书店，1948 年 8 月，第 283 页。

评论》1925 年第 2 卷第 30 期）创作于 1925 年 3 月在美留学期间，诗前有小序："邶有七子之母不安其室。七子自怨自艾，冀以回其母心。诗人作《凯风》以愍之。吾国自尼布楚条约迄旅大之租让，先后丧失之土地，失养于祖国，受虐于异类，臆其悲哀之情，盖有甚于《凯风》之七子。因挈其与中华关系最亲切者七地，为作歌各一章，以抒其孤苦亡告，眷怀祖国之哀忱，亦以励国人之奋兴云尔。国疆崩丧，积日既久，国人视之膜然。不见夫法兰西之 Alsace—Lorraine 耶？'精诚所至，金石能开。'诚如斯，中华'七子'之归来其在旦夕乎！"[1]

"七子"之一的《〈七子之歌〉澳门》于 1998 年 12 月被电视纪录片《澳门岁月》改编成主题曲，1999 年 12 月 20 日又成为澳门回归祖国主题曲。诗篇《〈七子之歌〉澳门》："你可知'妈港'不是我的真名姓？……我离开你的襁褓太久了，母亲！但是他们掳去的是我的肉体，你依然保管着我内心的灵魂。三百年来梦寐不忘的生母啊！请叫儿的乳名，叫我一声'澳门'！母亲！我要回来，母亲！"[2]

倡奉献的诗篇《红烛》："（'蜡炬成灰泪始干'——李商隐）红烛啊！这样红的烛！诗人啊！吐出你的心来比比，可是一般颜色？/红烛啊！是谁制的蜡——给你躯体？是谁点的火——点着灵魂？为何更须烧蜡成灰，然后才放光出？一误再误；矛盾！冲突！/红烛啊！不误，不误！原是要'烧'出你的光来——这正是自然底方法。/红烛啊！既制了，便烧着！烧罢！烧罢！烧破世人底梦，烧沸世人底血——也救出他们的灵魂，也捣破他们的监狱！/红烛啊！

---

①闻一多：《七子之歌》，载《现代评论》1925 年第 2 卷第 30 期，第 15 页。
②闻一多：《〈七子之歌〉澳门》，载《现代评论》1925 年第 2 卷第 30 期，第 16 页。

你心火发光之期，正是泪流开始之日。/红烛啊！匠人造了你，原是
为烧的。既已烧着，又何苦伤心流泪？哦！我知道了！是残风来侵
你的光芒，你烧得不稳时，才着急得流泪！/红烛啊！流罢！你怎能
不流呢？请将你的脂膏，不息地流向人间，培出慰藉底花儿，结成
快乐的果子！/红烛啊！你流一滴泪，灰一分心。灰心流泪你的果，
创造光明你的因。/红烛啊！'莫问收获，但问耕耘。'"①

怀中国的诗篇《祈祷》："请告诉我谁是中国人，启示我，如何
把记忆抱紧；请告诉我这民族的伟大，轻轻的告诉我，不要喧哗！/
请告诉我谁是中国人，谁的心里有尧舜的心，谁的血是荆轲聂政
的血，谁是神农黄帝的遗孽。/告诉我那智慧来得离奇，说是河马
献来的馈礼；还告诉我这歌声的节奏，原是九苞凤凰的传授。/请
告诉我戈壁的沈默，和五岳的庄严？又告诉我泰山的石溜还滴着
忍耐，大江黄河又流着和谐？/再告诉我，那一滴清泪是孔子吊唁
死麟的伤悲？那狂笑也得告诉我才好，——庄周，淳于髡，东方
朔的笑。/请告诉我谁是中国人，启示我，如何把记忆抱紧；请告
诉我这民族的伟大，轻轻的告诉我，不要喧哗！"②

爱中国的诗篇《一句话》："有一句话说出就是祸，有一句话
能点得着火。别看五千年没有说破，你猜得透火山的缄默？说不
定是突然着了魔，突然青天里一个霹雳爆一声：'咱们的中国！'/
这话教我今天怎么说？你不信铁树开花也可，那么有一句话你听
着。等火山忍不住了缄默，不要发抖，伸舌头，顿脚，等到青天
里一个霹雳爆一声：'咱们的中国！'"③

---

①闻一多：《红烛》，载《闻一多全集》（丁集：诗与批评），上海：开明
书店，1948 年 8 月，第 37—39 页。

②闻一多：《祈祷》，载《死水》，上海：新月书店，1928 年 1 月，第
60—63 页。

③闻一多：《一句话》，载《死水》，上海：新月书店，1928 年 1 月，第
64—65 页。

写北京（北洋军阀统治下）的诗篇《死水》："这是一沟绝望的死水，清风吹不起半点漪沦。不如多扔些破铜烂铁，爽性泼你的剩菜残羹。/也许铜的要绿成翡翠，铁罐上锈出几瓣桃花；再让油腻织一层罗绮，微菌给他蒸出些云霞。/让死水酵成一沟绿酒，飘满了珍珠似的白沫；小珠笑一声变成大珠，又被偷酒的花蚊咬破。/那么一沟绝望的死水，也就夸得上几分鲜明。如果青蛙耐不住寂寞，又算死水叫出了歌声。/这是一沟绝望的死水，这里断不是美的所在，不如让给丑恶来开垦，看他造出个什么世界。"①

哀悲伤的诗篇《也许（葬歌）》："也许你真是哭得太累，也许，也许你要睡一睡，那么叫苍鹰不要咳嗽，蛙不要号，蝙蝠不要飞，/不许阳光拨你的眼帘，不许清风刷上你的眉，无论谁都不许惊醒你，我吩咐山灵保护你睡，/也许你听着蚯蚓翻泥，听那细草的根儿吸水，也许你听这般的音乐比那咒骂的人声更美；/那么你先把眼皮闭紧，我就让你睡，我让你睡，我把黄土轻轻盖着你，我叫纸钱儿缓缓的飞。"②

话幽默的诗篇《闻一多先生的书桌》："忽然一切的静物都讲话了，忽然间书桌上怨声腾沸：黑〔墨〕盒呻吟道'我渴得要死！'字典喊雨水渍湿了他的背；/信笺忙叫道弯痛了他的腰；钢笔说烟灰闭塞了他的嘴；毛笔讲火柴烧秃了他的须，铅笔抱怨牙刷压了他的腿；/香炉咕噜着'这些野蛮的书早晚定规要把你挤倒了！'大钢表叹息快睡锈了骨头；'风来了！风来了！'稿纸都叫了；/笔洗说他分明是盛水的，怎么吃得惯臭辣的雪茄灰；桌子怨一年洗不上两回澡，墨水壶说'我两天给你洗一回。'/'什么主

---

①闻一多：《死水》，载《死水》，上海：新月书店，1928 年 1 月，第 39—41 页。

②闻一多：《也许（葬歌）》，载《死水》，上海：新月书店，1928 年 1 月，第 27—29 页。

人？谁是我们的主人?'一切的静物都同声骂道，'生活若果是这般的狼狈，倒还不如没有生活的好!'/主人咬着烟斗迷迷的笑，'一切的众生应该各安其位。我何曾有意的糟蹋你们，秩序不在我的能力之内。'"①

徐志摩，1916 年入北京大学学习，1918 年赴美国留学，先后在克拉克大学和哥伦比亚大学学习。1920 年赴英国伦敦政治经济学院和康桥大学（现剑桥大学）学习。1922 年归国，1923 年在北京创办新月社，先后任教于北京大学、光华大学、大夏大学和南京大学。

徐氏第一部诗集是《志摩的诗》（上海中华书局，1925 年 8 月），第二部诗集是《翡冷翠的一夜》（上海新月书店，1927 年 9 月）。朱自清在《〈中国新文学大系（诗集）〉导言》中评曰："《诗镌》里闻一多氏影响最大。徐志摩氏虽在努力于'体制的输入与试验'，却只顾了自家，没有想到用理论来领导别人。闻氏才是'最有兴味探讨诗的理论和艺术的'；徐氏说他们几个写诗的朋友多少都受到《死水》作者的影响。……但作为诗人论，徐氏更为世所知。他没有闻氏那样精密，但也没有他那样冷静。他是跳着溅着不舍昼夜的一道生命水。他尝试的体制最多，也译诗；最讲究用比喻——他让你觉着世上一切都是活泼的，鲜明的。"②

陈西滢在《新文学运动以来的十部著作（下）》中评曰："《女神》里的诗几乎全是自由诗，很少体制的尝试。《志摩的诗》几乎全是体制的输入和试验。经他试验过有散文诗，自由诗，无

---

①闻一多：《闻一多先生的书桌》，载《死水》，上海：新月书店，1928 年 1 月，第 88—91 页。

②朱自清：《〈中国新文学大系（诗集）〉导言》，载朱自清编选《中国新文学大系》（第八集：诗集），上海：上海良友图书印刷公司，1935 年 10 月，第 6—7 页。

韵体诗，骈句韵体诗，奇偶韵体诗，章韵体诗。虽然一时还不能说到它们的成功与失败，它们至少开辟了几条新路。可是徐先生的贡献不仅仅在此，他的最大的贡献在他的文字。他的文字是受了很深的欧化的，然而它不是我们平常所谓欧化的文字。他的文字是把中国文字，西洋文字，融化在一个洪炉里，炼成的一种特殊而又曲折如意的工具。它有时也许生硬，有时也许不自然，可是没有时候不流畅，没有时候不达意，没有时候不表示它是徐志摩独有的文字。再加上很丰富的意像，与他的华丽的字句极相称，免了这种文字最易发生的华而不实的大毛病。可是徐先生虽然用功体制的试验，他的艺术的毛病却在太没有约束。在文字方面，有时不免堆砌得太过，甚至叫读者感觉到烦腻，在音调方面，也没有下研究的工夫。因为他喜欢多用实字，双双的叠字，仄声的字，少用虚字，平声的字，他的诗的音调多近羯鼓铙钹，很少提琴洞箫等抑扬缠缠的风趣。他的平民风格的诗，尤其是土白诗，音节就很悦耳，正因为在那些寺里地不能不避去上面所说的毛病。"[1]

徐志摩在《自剖》中自述："我是个好动的人；每回我身体行动的时候，我的思想也仿佛就跟着跳荡。我做的诗，不论它们是怎样的'无聊'，有不少是在行旅期中想起的。我爱动，爱看动的事物，爱活泼的人，爱水，爱空中的飞鸟，爱车窗外掣过的田野山水。星光的闪动，草叶上露珠的颤动，花须在微风中的摇动，雷雨时云空的变动，大海中波涛的汹涌，都是在在触动我感兴的情景。是动，不论是什么性质，就是我的兴趣，我的灵感。是动就会催快我的呼吸，加添我的生命。"[2]

①陈西滢：《新文学运动以来的十部著作（下）》，载《西滢闲话》，上海：新月书店，1929年5月再版，第342—343页。

②徐志摩：《自剖》，载《自剖》，上海：新月书店，1928年1月，第3页。

　　简述完批评者的评价和徐志摩的自剖后，我们来赏读徐氏这一时期的诗作代表。诗篇《雪花的快乐》："假如我是一朵雪花，翩翩的在半空里潇洒，我一定认清我的方向——飞扬，飞扬，飞扬，——这地面上有我的方向。/不去那冷寞的幽谷，不去那凄清的山麓，也不上荒街去惆怅——飞扬，飞扬，飞扬，——你看，我有我的方向！/在半空里娟娟的飞舞，认明了那清幽的住处，等着她来花园里探望——飞扬，飞扬，飞扬，——啊，她身上有朱砂梅的清香！/那时我凭借我的身轻，盈盈的，沾住了她的衣襟，贴近她柔波似的心胸——消溶，消溶，消溶——溶入了她柔波似的心胸！"[1]

　　诗篇《沙扬娜拉——赠日本女郎》："最是那一低头的温柔，像一朵水莲花不胜凉风的娇羞，道一声珍重，道一声珍重，那一声珍重里有蜜甜的忧愁——沙扬娜拉！"[2]

　　诗篇《五老峰》："不可摇撼的神奇，不容注视的威严，这耸峙，这横蟠，这不可攀援的峻险！看！那巉严缺处透露著天，窈远的苍天，在无限广博的怀抱间，这旁礴的伟象显现！/是谁的意境，是谁的想像？是谁的工程与搏造的手痕？在这亘古的空灵中陵慢著天风，天体与天氛！有时朵朵明媚的彩云，轻颤的妆缀著老人们的苍鬓，像一树虬干的古梅在月下吐露了艳色鲜葩的清芬！/山麓前伐木的村童，在山洞的清流中洗濯，呼啸，认识老人们的嗔謩，迷雾海沫似的喷涌，铺罩，淹没了谷内的青林，隔绝了鄱阳的水色袅渺，陡壁前闪亮著火电，听呀！五老们在渺茫的雾海外狂笑！/朝霞照他们的前胸，晚霞戏逗著他们赤秃的头颅；

　　①徐志摩：《雪花的快乐》，载《志摩的诗》，上海：新月书店，1932年9月五版，第1—3页。
　　②徐志摩：《沙扬娜拉——赠日本女郎》，载《志摩的诗》，上海：新月书店，1932年9月五版，第4页。

黄昏时，听异鸟的欢呼，在他们鸠盘的肩旁怯怯的透露不昧的星光与月彩：柔波里缓泛著的小艇与轻舸。听呀！在海会静穆的钟声里，有朝山人在落叶林中迂路！/更无有人事的虚荣，更无有尘世的仓促与噩梦，灵魂！记取这从容与伟大，在五老峰前饱啜自由的山风！这不是山峰，这是古圣人的祈祷，凝聚成这‘冻乐’似的建筑神工，给人间一个不朽的凭证，——一个‘崛强的疑问’在无极的蓝空！”①

诗篇《偶然》：“我是天空里的一片云，偶尔投影在你的波心——你不必讶异，更无须欢喜——在转瞬间消灭了踪影。/你我相逢在黑夜的海上，你有你的，我有我的，方向；你记得也好，最好你忘掉，在这交会时互放的光亮！”②

（三）象征诗派

“诗怪”李金发（1900—1976）开创象征诗派。朱自清在《〈中国新文学大系（诗集）〉导言》中，把王独清（1898—1940）、穆木天（1900—1971）、冯乃超（1901—1983）、戴望舒（1905—1950）、姚蓬子（1891—1969）都列入这一派。笔者在这里加入梁宗岱（1903—1983）。

李金发，1919年赴法国留学，在第戎美术专门学校和巴黎帝国美术学校学习雕塑。1925年归国先后供职于高校、外交部以及驻外领馆。诗集作品有《微雨》（北京北新书局，1925年11月）、《为幸福而歌》（上海商务印书馆，1926年11月）、《食客与凶年》（北京北新书局，1927年5月）。

朱自清在《〈中国新文学大系（诗集）〉导言》中评曰：“留

①徐志摩：《五老峰》，载《志摩的诗》，上海：新月书店，1932年9月五版，第73—77页。

②徐志摩：《偶然》，载《翡冷翠的一夜》，上海：新月书店，1927年9月，第16—17页。

法的李金发氏又是一支异军；他民九就作诗，但《微雨》出版已经是十四年十一月。《导言》里说不顾全诗的体裁，'苟能表现一切'；他要表现的是'对于生命欲挪揄的神秘及悲哀的美丽'。讲究用比喻，有'诗怪'之称；但不将那些比喻放在明白的间架里。他的诗没有寻常的章法，一部分一部分可以懂，合起来却没有意思。他要表现的不是意思而是感觉或情感；仿佛大大小小红红绿绿一串珠子，他却藏起那串儿，你得自己穿着瞧。这就是法国象征诗人的手法；李氏是第一个人介绍它到中国诗里。许多人抱怨看不懂，许多人却在模仿着。他的诗不缺乏想像力，但不知是创造新语言的心太切，还是母舌太生疏，句法过分欧化，教人像读着翻译；又夹杂着些文言里的叹词语助词，更加不像——虽然也可说是自由诗体制。他也译了许多诗。"①

朱自清又在《诗的形式》中写道："这当儿李金发先生等的象征诗兴起了。他们不注重形式而注重词的色彩与声音。他们要充分发挥词的暗示的力量；一面创造新鲜的隐喻，一面参用文言的虚字，使读者不致滑过一个词去。他们是在向精细的地方发展。这种作风表面上似乎回到自由诗，其实不然；可是格律运动却暂时像衰歇了似的。一般的印象好像诗只须'相体裁衣'，讲格律是徒然。"②

诗篇《夜之歌》节选："噫吁！数千年如一日之月色，终久明白我的想像，任我在世界之一角，你必把我的影儿倒映在无味之沙石上。"③ 诗篇《寒夜之幻觉》节选："窗外之夜色，染蓝了孤客

---

①朱自清：《〈中国新文学大系（诗集）〉导言》，载朱自清编选《中国新文学大系》（第八集：诗集），上海：上海良友图书印刷公司，1935年10月，第7—8页。

②朱自清：《诗的形式》，载《新诗杂话》，上海：作家书屋，1947年12月，第142页。

③李金发：《夜之歌》，载《微雨》，北京：北新书局，1925年11月，第34—35页。

之心。更有不可拒之冷气，欲裂碎一切空间之留存与心头之勇气。"①

从以上两首李金发的诗作中可见，文言在以白话为主体的诗中的杂用。当白话成为文学主体地位之后，文言的适当回引，使其成为现代文学的一部分，是应予提倡的。诚如周作人在《国语文学谈》（《京报副刊》1926 年第 394 期）中所写："五四前后，古文还坐著正统宝位的时候，我们的恶骂力攻都是对的，到了已经逊位列入齐民，如还是不承认他是华语文学的一分子，……我相信古文与白话文都是汉文的一种文章语，他们的差异大部分是文体的，文字与文法只是小部分。……所以讲国语文学的人不能对于古文有所歧视，因为他是古代的文章语，是现代文章语的先人，虽然中间世系有点断缺了，这个系属与趋势总还是暗地里接续著，白话文学的流派决不是与古文对抗从别个源头发生出来的。……我们要表现自己的意思，所以必当弃模拟古文而用独创的白话，但同时也不能不承认这个事实，把古文请进国语文学里来，改正以前关于国语文学的谬误观念。"②

穆木天，1920 年赴日本留学，1921 年加入创造社，1926 年从东京大学法国文学专业毕业后归国，先后在中山大学、北京孔德学校等任教。

穆氏在《谭诗——寄沫若的一封信》（《创造月刊》1926 年第 1 卷第 1 期）中主张："我们要求的是纯粹诗歌（the Pure Poetry），我们要住的是诗的世界，我们要求诗与散文的清楚的分界。我们要求纯粹的诗的感兴（Inspiration）。……中国的新诗的运动，我以为胡适是最大的罪人。胡适说：作诗须得如作文。那是他的大错。

---

① 李金发：《寒夜之幻觉》，载《微雨》，北京：北新书局，1925 年 11 月，第 88 页。

② 周作人：《国语文学谈》，载《艺术与生活》，上海：中华书局，1936 年 12 月，第 122—125 页。

所以他的影响给中国造成一种 Prose in Verse 一派的东西。他给散文的思想穿上了韵文的衣裳。……诗不是说明的，诗是得表现的。……我主张句读在诗上废止。句读究竟是人工的东西。对于旋律上句读却有害，句读把诗的律，诗的思想限狭小了。诗是流动的律的先验的东西，决不容别个东西打搅。把句读废了，诗的朦胧性愈大，而暗示性因越大。……先当散文去思想，然后译成韵文，我以为是诗道之大忌。……用诗的思考法去想，用诗的文章构成法去表现，这是我的结论。"[1]

　　诗集《旅心》（上海创造社出版部，1927 年 4 月）实践了上述诗学主张。诗篇《雨后》（1925 年 4 月 3 日）："穿上你的轻飘的木屐穿上你的轻软的外衣，趁着细雨濛濛我们到湿润的田里，/我们要听翠绿的野草上水珠儿低语，我们要听鹅黄的稻波上微风的足迹，/我们要听白茸茸的薄的云纱轻轻飞起，我们要听纤纤的水沟弯曲曲的歌曲，/我们要听徐徐渡来的远寺的钟声，我们要听茅屋顶上吐着一缕一缕的烟丝，/我们要瞅着神秘的扉开在灰绿的林隙，我们要等过来了跣足的牧儿披着蓑衣，/我们要等河上凝着的淡雾慢慢的卷开，我们要等薰醉的树枝滴滴净了他的珠玉，/我们直走到各各的幽径都遍了你的足迹，我们直走到你的桃红的素足软软的浸湿，/我们直走到万有都映着我们的影子，我们直走到我们的心波寂蛰在朦胧的怀里。/穿上你的轻飘的木屐披上你的轻软的外衣，趁看这细雨濛濛我们到湿润的田里。"[2]

　　梁宗岱，1923 年入广州岭南大学学习，1924 年赴法国留学，1932 年回国后任教于北京大学、复旦大学等。

---

　　[1] 穆木天：《谭诗——寄沫若的一封信》，载《旅心》，上海：创造社出版部，1927 年 4 月，第 132—140 页。

　　[2] 穆木天：《雨后》，载《旅心》，上海：创造社出版部，1927 年 4 月，第 33—35 页。

梁氏的第一部诗集《晚祷》（上海商务印书馆，1924 年 12 月），收录 19 首诗作。诗篇《晚祷（二）——呈敏慧》（1924 年 6 月 1 日）："我独自地站在篱边。主呵，在这暮霭底茫昧中。温软的影儿恬静地来去，牧羊儿正开始他野蔷薇底幽梦。我独自地站在这里，悔恨而沉思着我狂热的从前，痴妄地采撷世界底花朵。我只含泪地期待着——期望有幽微的片红，给春暮阑珊的东风，不经意地吹到我底面前：虔诚地，轻谧地在黄昏星忏悔底温光中，完成我感恩底晚祷。"[①]

（四）无产阶级革命诗派

无产阶级革命诗派的代表诗人有蒋光慈（1901—1931）、郭沫若。1921 年，中国共产党成立，1922 年创办的中国社会主义青年团机关刊物《先驱》始载具有革命性质的诗歌。早期的共产党员陆续撰文倡导革命诗歌的创作，如邓中夏（1894—1933）的《新诗人的棒喝》（《中国青年》1923 年第 1 卷第 7 期）和《贡献于新诗人之前》（《中国青年》1923 年第 1 卷第 10 期），肖楚女（1893—1927）的《诗的生活与方程式的生活》（《中国青年》1923 年第 1 卷第 11 期），远定的《诗人与诗》（《中国青年》1924 年第 1 卷第 17 期）等。

邓中夏在《贡献于新诗人之前》中主张："我们承认人们是有感情的动物。我们承认革命固是因生活压迫而不能不起的经济的政治的奋斗，但是做醒人们使他们有革命的自觉，和鼓吹人们使他们有革命的勇气，却不能不首先要激励他们的感情。激动感情的方法，或仗演说，或仗论文，然而文学却是最有效用的工具。诗歌的声调抑扬，辞意生动，更能挑拨人们的心弦，激发人们的

---

① 梁宗岱：《晚祷（二）——呈敏慧》，载《晚祷》，上海：商务印书馆，1927 年 6 月再版，第 50 页。

情绪，鼓励人们的兴趣，紧张人们的精神，所以我们不特不反对新诗人，而且有厚望于新诗人呢。不过现在的新诗人实在太令我们失望了。他们几乎是'不知有汉，遑论魏晋'，不明白自己所处的是什么样的一个时代和环境。他们对于社会全部的状况是模糊的，对于民间的真实疾苦是淡视的；他们的作品，上等的不是怡性陶情的快乐主义，便是怨天尤人的颓废主义，总归一句话，是不问社会的个人主义；下等的，便是无病而呻，莫名其妙了。……但是我们终以为这不过是青年们一时迷惑的现象，我们终以为他们必有醒悟和改正之一日。现在我不揣简陋，写出几种意见，贡献于新诗人之前。第一，须多做能表现民族伟大精神的作品。……第二，须多作描写社会实际生活的作品。……第三，新诗人须从事革命的实际活动。"①

　　蒋光慈，又名侠僧、光赤。1921 年赴苏联莫斯科东方大学学习，1922 年加入中国共产党，1924 年回国任教于上海大学，并从事文学活动。1924 年发表《无产阶级革命与文化》（《新青年》1924 年第 3 期），同年与沈泽民（1900—1933）等以春雷文学社的名义通过《民国日报〈觉悟〉》编辑出版《文学专号》，发表有关革命文学的论文。1925 年 2 月参加创造社。1928 年年初，与孟超（1902—1976）、钱杏邨（1900—1977）等人创办革命文学团体太阳社。

　　蒋氏的第一部诗集《新梦》（上海书店，1925 年 1 月）开创了无产阶级革命诗歌。之后陆续发行《哀中国》（汉口长江书店，1927 年 1 月）、《哭诉》（上海春野书店，1928 年 1 月）、《战鼓》（上海北新书局，1929 年 6 月）、《乡情集》（上海北新书局，1930 年 2 月）等诗集。

　　蒋氏在《〈新梦〉自序》（1924 年 3 月 1 日于莫斯科）中写道：

---

①邓中夏：《贡献于新诗人之前》，载丁丁编《革命文学论》，上海：泰东图书局，1927 年 1 月，第 106—109 页。

"我的年龄还轻，我的作品当然幼稚。但是我生适值革命怒潮浩荡之时，一点心灵早燃烧着无涯际的红火。我愿勉力为东亚革命的歌者！俄国诗人布洛克说：'用你的全身，全心，全意识——静听革命啊！'我说：'用你的全身，全心，全意识——高歌革命啊！'"①

诗篇《莫斯科吟》（1923 年 12 月）节选："十月革命，又如通天火柱一般，后面燃烧着过去的残物，前面照耀着将来的新途径。哎！十月革命，我将我的心灵献给你罢，人类因你出世而重生。"②

诗篇《哀中国》（1924 年 11 月 20 日）节选："满国中到处起烽烟，满国中景象好凄惨！恶魔的军阀只是互相攻打啊，可怜小百姓的身家性命不值钱！卑贱的政客只是图谋私利啊，那管什么葬送了这锦秀的河山？提起来我的心头寒，我的悲哀的中国啊！你几时才跳出这黑暗之深渊？"③

郭沫若的《前茅》（上海创造社出版部，1928 年 2 月）和《恢复》（上海创造社出版部，1928 年 3 月）两部诗集的出版，标志着诗人从前期自由诗派向无产阶级革命诗派的转变。

《〈前茅〉序诗》（1928 年 1 月 11 日）："这几首诗或许未免粗暴，这可以说是革命时代的前茅。这是我五六年前的声音，这是我五六年前的喊叫。/在当时是应者寥寥，还听着许多冷落的嘲笑。但我现在可以大胆的宣言：我的友人是已经不少。"④

诗篇《黄河与扬子江对话》（1922 年 7 月 12 日于日本）节选：

---

① 蒋光慈：《〈新梦〉自序》，载《新梦》，上海：上海书店，1925 年 5 月再版，第 1—2 页。

② 蒋光慈：《莫斯科吟》，载《新梦》，上海：上海书店，1925 年 5 月再版，第 121 页。

③ 蒋光慈：《哀中国》，载《民国日报〈觉悟〉》1924 年第 11 卷第 23 期，第 2 页。

④ 郭沫若：《〈前茅〉序诗》，载《前茅》，上海：创造社出版部，1928 年 2 月，第 1 页。

"那歌声沿着黄河扬子江而上，又顺流而下；更沿着黄河扬子江的一切支流而上，又顺流而下；就这样，那澎湃的歌声传遍了中国：'人们哟，醒！醒！醒！你们非如北美独立战争一样，自行独立，拒税抗粮；你们非如法兰西大革命一样，男女老幼各取直接行动，把一大群的路易十六弄到断头台上；你们非如俄罗斯无产专政一样，把一切的陈根旧蒂和盘推翻，另外在人类史上吐放一片新光；人们哟，中华大陆的人们哟！……'"①

诗篇《诗的宣言》（1928年1月7日）："你看，我是这样的真率，我是一点也没有甚么修饰。我爱的是那些工人和农人，他们赤着脚，裸着身体。/我也赤着脚，裸着身体，我仇视那富有的阶级：他们美，他们爱美，他们的一身：绫罗，香水，宝石。/我是诗，这便是我的宣言，我的阶级是属于无产；不过我觉得还软弱了一点，我应该还要经过爆裂一番。/这怕是我才恢复不久，我的气魄总没有以前雄厚。我希望我总有一天，我要如暴风一样怒吼。"②

从1921年的诗集《女神》到1928年的诗集《恢复》，记录着郭沫若从自由主义者到无产阶级革命者的心路历程，展示了"五四"到第一次国内革命战争时期的历史画卷。

---

① 郭沫若：《黄河与扬子江对话》，载《前茅》，上海：创造社出版部，1928年2月，第9—10页。
② 郭沫若：《诗的宣言》，载《恢复》，上海：创造社出版部，1929年3月再版，第27—28页。

第四章　散文（一）

> 这风致是属于中国文学的，是那样地旧而又这样地新。……现代的散文好像是一条湮没在沙土下的河水，多少年后又在下流被掘了出来；这是一条古河，却又是新的。
>
> ——周作人《〈杂拌儿〉题记（代跋）》

1917 年 1 月至 1927 年 4 月的中国现代散文，开启于《新青年》"随感录"的杂文风，繁盛于鲁迅的"自言自语"，周作人的"言志"、郁达夫的"自叙传"，以及文学研究会、创造社、"语丝派""现代评论派"等散文形态与流派，共同促成这一新文学运动最有成就的文学体裁。

一　"五四"时期的散文

小节的开篇，我们先从郁达夫和周作人的文学观里去了解散文。郁达夫在《〈中国新文学大系（散文二集）〉导言》（1935 年 4 月）中写有对散文的名字、外形和内容的诠释。其中，"散文这一个名字"载："中国向来只说仓颉造文字，然后书契易结绳而治，所以文字的根本意义，还在记事。到了春秋战国，孔子说'焕乎其有文章'，于是'夫子之文章可得而闻'了；在这里，于文字之上，显然又加上了些文彩。至于文章的内容，大抵总是或'妙发性灵，独拔怀抱'（《〈梁书〉文学传》），或'达幽显之情，明天人之际'（《〈北齐书〉文苑传序》），或以为'六经者道之所在，文则所以载夫道者也'（《〈元史〉儒学传》），程子亦说：'道者文之根本，文者道之枝叶'。而六经之中，除《诗经》外，全系散文；《易经》《书经》与《春秋》，其间虽则也有韵语，但都系偶然的流露，不是作者的本意。从此可以知道，中国古来的文章，一向就以散文为主要的文体，韵文系情感满溢时之偶一发挥，不可多得，不能强求的东西。正因为说到文章，就指散文，所以中国向来没有'散文'这一个名字。若我的臆断不错的话，则我们现在所用的'散文'两字，还是西方文化东渐后的产品，或者简直是翻译也说不定。自六朝骈俪有韵之文盛行以后，唐宋以来，各人的文集中，当然会有散体或散文等成语，用以与骈体骈文等对立的；但它的含义，它的轮廓，决没有现在那么的确立，亦决没有现代人对这两字那么的认识得明白而浅显。所以，当现代而说散文，我们还是把它当作外国字 Prose 的译语，用以与韵文 Verse 对立的，较为简单，较为适当。古人对于诗与散文，亦有对称的名字，像小杜的'杜诗韩笔愁来读，似遣麻姑痒处搔'，袁子才的'一代正宗才力薄，望溪文学阮庭诗'之类；不过这种称法，既不明确，又不普遍；并且原作大抵限于音韵字数，不免有些牵强之处，拿来作我们有科学智识的现代人的界说或引证，当然有些不对。"[1]

"散文的外形"载："散文既经由我们决定是与韵文对立的文体，那么第一个消极的条件，当然是没有韵的文章。所谓韵者，系文字音韵上的性质与规约，在中国极普通的说法，有平上去入

---

[1] 郁达夫：《〈中国新文学大系（散文二集）〉导言》，载郁达夫编选《中国新文学大系》（第七集：散文二集），上海：上海良友图书印刷公司，1935年8月，第1—2页。

或平仄之分，在外国极普通的有长音短音或高低抑扬之别。照这些平仄与抑扬排列起来，对偶起来，自然又有许多韵文的繁琐方式与体裁，但在散文里，这些就都可以不管了，尤其是头韵脚韵和那些所谓洽韵的玩意儿。所以在散文里，音韵可以不管，对偶也可以不问，只教辞能达意，言之成文就好了，一切字数，骈对，出韵，失粘，蜂腰，鹤膝，叠韵，双声之类的人工限制与规约，是完全没有的。不过在散文里，那一种王渔洋所说的神韵，若不依音调死律而讲，专指广义的自然的韵律，就是西洋人所说的Rhythm 的回味，却也可以有；因为四季的来复，阴阳的配合，昼夜的循环，甚至于走路时两脚的一进一出，无一不合于自然的韵律的；散文于音韵之外，暗暗把这意味透露于文字之间，也是当然可以有的事情；但渔洋所说的神韵及赵秋谷所说的声调，还有语病，在散文里似以情韵或情调两字来说，较为妥当。这一种要素，尤其是写抒情或写景的散文时，包含得特别的多。散文的第一消极条件，既是无韵不骈的文字排列，那么自然散文小说，对白戏剧（除诗剧以外的剧本）以及无韵的散文诗之类，都是散文了啦；所以英国文学论里有 Frose Fiction，Prose Poem 等名目。可是我们一般在现代中国平常所用的散文两字，却又不是这么广义的，似乎是专指那一种既不是小说，又不是戏剧的散文而言。近来有许多人说，中国现代的散文，就是指法国蒙泰纽 Montaigne 的 Essais，英国培根 Bacon 的 Essays 之类的文体在说，是新文学发达之后才兴起来的一种文体，于是乎一译再译，反转来又把像英国 Essays 之类的文字，称作了小品。有时候含糊一点的人，更把小品散文或散文小品的四个字连接在一气，以祈这一个名字的颠扑不破，左右逢源；有几个喜欢分析，自立门户的人，就把长一点的文字称作了散文，而把短一点的叫作了小品。其实这一种说法，这一种翻译名义的苦心，都是白费的心思，中国所有的东西，又何必完全和西洋一样？西洋所独有的气质文化，又那里能完全翻译到中国来？所以我们的散文，只能约略的说，是 Prose 的译名，和 Essays 有些相像，系除小说，戏剧之外的一种文体；至于要想以一语来道破内容，或以一个名字来说尽特点，却是万万办不到的事情。"①

"散文的内容"载："在四千余年古国的中国，又被日本人鄙视为文字之国的中国，散文的内容，自然早已发达到了五花八门，无以复加。我们只须一翻开桐城派正宗的古文辞类纂来看，曰论辨，曰序跋，曰奏议……一直到辞赋哀祭之类，它的内容真富丽错综，活像一部二十四史零售的百货商店。这一部古文辞类纂的所以风行二百余年，到现在还有人在那里感激涕零的理由，一半虽在它的材料的丰富但一半也在它的分门别类，能以一个类名来决定内容。但言为心声，人心不同又各如其面，想以外形的类似而来断定内容的全同，是等于医生以穿在外面的衣服而来推论人体的组织；我们不必引用近代修辞学的分类来与它对比，就有点觉得靠不住了。所以近代的选家，就更进了一步，想依文章本体的内容，来分类而辨体。于是乎近世论文章的内容者，就又把散文分成了描写（Description）叙事（Narration）说明（Exposition）论理（Persnasion including Argumentation）的四大部类；还有人想以实写、抒情、说理的三项来包括的。从文章的本体来看，当然是以后人分类方法为合理而简明；但有些散文，是既说理而又抒情，或再兼以描写记叙的，到这时候，你若想把它们来分类合并，当然又觉得困难百出了，所以我们来论散文的内容，就打算先避掉这分类细叙的办法。我以为一篇散文的最重要的内容，第一要

①郁达夫：《〈中国新文学大系（散文二集）〉导言》，载郁达夫编选《中国新文学大系》（第七集：散文二集），上海：上海良友图书印刷公司，1935年8月，第2—3页。

寻这'散文的心';照中国旧式的说法,就是一篇的作意,在外国修辞学里,或称作主题(Subject)或叫它要旨(Theme)的,大约就是这'散文的心'了。有了这'散文的心'后,然后方能求散文的体,就是如何能把这心尽情地表现出来的最适当的排列与方法。到了这里,文字的新旧等工具问题,方始出现。中国古代的国体组织,社会因袭,以及宗族思想等等,都是先我们之生而存在的一层固定的硬壳;有些人虽则想破壳而出,但因为麻烦不过,终于只能同蜗牛一样,把触角向外面一探就缩了进去。有些人简直连破壳的想头都不敢有,更不必说探头出来的勇气了。这一层硬壳上的三大厚柱,叫作尊君,卫道,与孝亲;经书所教的是如此,社会所重的亦如此,我们不说话不行事则已,若欲说话行事,就不能离反这三种教条,做文章的时候,自然更加要严守着这些古圣昔贤的明训了;这些就是从秦汉以来的中国散文的内容,就是我所说的从前的'散文的心'。当然这中间也有异端者,也有叛逆儿,但是他们的言行思想,因为要遗毒社会,危害君国之故,不是全遭杀戮,就是一笔抹杀(禁灭),终不能为当时所推重,或后世所接受的。从前的散文的心是如此,从前的散文的体也是一样。行文必崇尚古雅,模范须取诸六经;不是前人用过的字,用过的句,绝对不能任意造作,甚至于之乎也者等一个虚字,也要用得确有出典,呜呼嗟夫等一声浩叹,也须古人叹过才能启口。此外的起承转合,伏句提句结句等种种法规,更加可以不必说了,一行违反,就不成文;你想,在这两重械梏之下,我们还写得出好的散文来么?"①

---

① 郁达夫:《〈中国新文学大系(散文二集)〉导言》,载郁达夫编选《中国新文学大系》(第七集:散文二集),上海:上海良友图书印刷公司,1935年8月,第3—4页。

周作人在《〈杂拌儿〉题记（代跋）》（1928 年 5 月 16 日于北京）里对现代散文历史背景有扼要且明通的论述："唐宋文人也作过些性灵流露的散文，只是大都自认为文章游戏，到了要做'正经'文章时便又照着规矩去做古文；明清时代也是如此，但是明代的文艺美术比较地稍有活气，文学上颇有革新的气象。公安派的人能够无视古文的正统，以抒情的态度作一切的文章，虽然后代批评家贬斥它为浅率空疏，实际却是真实的个性的表现，其价值在竟陵派之上。以前的文人对于著作的态度，可以说是二元的，而他们则是一元的，在这一点上与现代写文章的人正是一致，现在的人无论写什么都用白话文，也就是统一的一例，与庚子前后的新党在爱国白话报上用白话，自己的名山事业非用古文不可的绝不相同了。以前的人以为文是'以载道'的东西，但此外另有一种文章却是可以写了来消遣的；现在则又把它统一了，去写或读可以说本于消遣，但同时也就是传了道了，或是闻了道。除了还是想要去以载道的老少同志以外，我想现在的人的文学意见大抵是这样，这也可以说是与明代的新文学家的意思相差不远的。在这个情形之下，现代的文学——现在只就散文说——与明代的有些相像，正是不足怪的，虽然并没有去模仿，或者也还很少有人去读明文，又因时代的关系在文字上很有欧化的地方，思想上也自然要比四百年前有了明显的改变。现代的散文好像是一条湮没在沙土下的河水，多少年后又在下流被掘了出来；这是一条古河，却又是新的。"[1]

周作人又在《〈燕知草〉跋》（1928 年 11 月 22 日）中写道："我也看见有些纯粹口语体的文章，在受过新式中学教育的学生手里写得很是细腻流丽，觉得有造成新文体的可能，使小说戏剧有

---

[1] 周作人：《〈杂拌儿〉题记（代跋）》，载俞平伯《杂拌儿》，上海：开明书店，1928 年 8 月，第 2—4 页。

一种新发展，但是在论文——不，或者不如说小品文，不专说理叙事而以抒情分子为主的，有人称他为'絮语'过的那种散文上，我想必须有涩味与简单味，这才耐读，所以他的文词还得变化一点。以口语为基本，再加上欧化语、古文、方言等分子，杂揉调和，适宜地或吝啬地安排起来，有知识与趣味的两重的统制，才可以造出有雅致的俗语文来。我说雅，这只是说自然，大方的风度，并不要禁忌什么字句，或者装出乡绅的架子。"[①]

文学革命发难后最早发表的散文应是胡适的《旅京杂记》（《新青年》1918 年第 4 卷第 3 期）。《新青年》自 1918 年第 4 卷第 4 期起设"随感录"栏目，专刊以议论时政的杂感短文为主的杂文。稍后，《每周评论》《新生活》《新社会》等杂志陆续开辟"随感录"专栏，形成声势浩大的杂感散文创作浪潮。

李大钊、陈独秀、刘半农、钱玄同、鲁迅、周作人等新文学运动的先驱者们，用他们的随感文奠定了杂文在中国现代散文史上的地位。如李大钊的《青春》（《新青年》1916 年第 2 卷第 1 期）、《新的！旧的！》（《新青年》1918 年第 4 卷第 5 期）、《宰猪场式的政治》（《每周评论》1919 年第 18 期）、《太上政府》（《每周评论》1919 年第 23 期）等；陈独秀的《偶像破坏论》（《新青年》1918 年第 5 卷第 2 期）、《下品的无政府党》（《新青年》1921 年第 9 卷第 2 期）、《青年底误会》（《新青年》1921 年第 9 卷第 2 期）、《反抗舆论的勇气》（《新青年》1921 年第 9 卷第 2 期）等；钱玄同的《随感录（二八、二九、三〇、三一、三二）》（《新青年》1918 年第 5 卷第 3 期）、《随感录（四四、四五）》（《新青年》1919 年第 6 卷第 1 期）、《随感录（五〇、五一、五二）》（《新青年》1919 年第 6 卷

---

①周作人：《〈燕知草〉跋》，载《永日集》，上海：北新书局，1929 年 5 月，第 179—180 页。

第 2 期）、《随感录（五五）》（《新青年》1919 年第 6 卷第 3 期）等；刘半农的《"作揖主义"》（《新青年》1918 年第 5 卷第 5 期）等；鲁迅的《随感录（三十三）》（《新青年》1918 年第 5 卷第 4 期）、《随感录（三十五）》（《新青年》1918 年第 5 卷第 5 期）等。

鲁迅在《小品文的危机》（1933 年 8 月 27 日）中回顾了"五四"时期的散文境况："到五四运动的时候，才又来了一个展开，散文小品的成功，几乎在小说戏曲和诗歌之上。这之中，自然含着挣扎和战斗，但因为常常取法于英国的随笔（Essay），所以也带一点幽默和雍容，写法也有漂亮和缜密的，这是为了对于旧文学的示威，在表示旧文学之自以为特长者，白话文学也并非做不到。"①

朱自清在写于 1928 年 7 月 31 日北平清华园的《〈背影〉序》（该序以《论现代中国的小品散文》为题发表在《文学周报》1929 年第 326—350 期）中，对"五四"时期的散文境况有与鲁迅一致的认识："胡先生那时预言，'十年之内的中国诗界，定有大放光明的一个时期'，现在看看，似乎丝毫没有把握。短篇小说的情形，比前为好，长篇差不多和从前一样。戏剧的演作两面，都已有可注意的成绩，这令人高兴。最发达的，要算是小品散文。三四年来风起云涌的种种刊物，都有意或无意地发表了许多散文，近一年这种刊物更多。各书店出的散文集也不少。《东方杂志》从二十二卷（一九二五年）起，增开'新语林'一栏，也载有许多小品散文。夏丏尊、刘薰宇两先生编的《文章作法》，于记事文，叙事文，说明文，议论文而外，有小品文的专章。去年《小说月报》的'创造号'（七号），也特辟小品一栏。小品散文，于是乎极一时之盛。……但就散文论散文，这三四年的发展，确是绚烂极了：有种种的样式，种种的流派，

①鲁迅：《小品文的危机》，载《南腔北调集》，上海：同文书店，1934 年 3 月，第 181—182 页。

表现着，批评着，解释着人生的各面，迁流曼衍，日新月异：有中国名士风，有外国绅士风，有隐士，有叛徒，在思想上是如此。或描写，或讽刺，或委曲，或缜密，或劲健，或绮丽，或洗炼，或流动，或含蓄，在表现上是如此。"①

"五四"时期的散文为何有如此发达之盛况？我们可从周作人和郁达夫的见解里一窥究竟。前者从外援与内应的联合作用视角诠释，主要观点见于以下三篇文论。

《〈近代散文钞〉序》（1930 年 9 月 21 日）云："小品文是文艺的少子，年纪顶小的老头儿子。文艺的发生次序大抵是先韵文，次散文，韵文之中又是先叙事抒情，次说理，散文则是先叙事，次说理，最后才是抒情。借了希腊文学来作例，一方面是史诗和戏剧，抒情诗，格言诗，一方面是历史和小说，哲学，——小品文，这在希腊文学盛时实在还没有发达，虽然那些哲人（Sophistai）似乎有这一点气味，不过他们还是思想家，有如中国的诸子，只是勉强去仰攀一个渊源，直到基督纪元后希罗文学时代才可以说真是起头了，正如中国要在晋文里才能看出小品文的色彩来一样。我卤莽地说一句，小品文是文学发达的极致，它的兴盛必须在王纲解纽的时代。未来的事情，因为我到底不是问心处，不能知道，至于过去的史迹却还有点可以查考。……在朝廷强盛，政教统一的时代，载道主义一定占势力，文学大盛，统是平伯所谓'大的高的正的'。可是又就'差不多总是一堆垃圾，读之昏昏欲睡'的东西，一到了颓废时代，皇帝祖师等等要人没有多大力量了，处士横议，百家争鸣，正统家大叹其人心不古，可是我们觉得有许多新思想好文章都在这个时代发生，这自然因为我们是诗言志派

---

① 朱自清：《〈背影〉序》，载《背影》，上海：开明书店，1946 年 4 月十一版，第 2—8 页。

的。小品文则在个人的文学之尖端，是言志的散文，它集合叙事说理抒情的分子，都浸在自己的性情里，用了适宜的手法调理起来。所以是近代文学的一个潮头，它站在前头，假如碰了壁时自然也首先碰壁。"①

《〈陶庵梦忆〉序》（1926 年 11 月 5 日）云："我常这样想，现代的散文在新文学中受外国的影响最少，这与其说是文学革命的还不如说是文艺复兴的产物，虽然在文学发达的程途上复兴与革命是同一样的进展。在理学与古文没有全盛的时候，抒情的散文也已得到相当的长发，不过在学士大夫眼中自然也不很看得起。我们读明清有些名士派的文章，觉得与现代文的情趣几乎一致，思想上固然难免有若干距离，但如明人所表示的对于礼法的反动则又很有现代的气息了。"②

《〈中国新文学大系（散文一集）〉导言》（1935 年 8 月 24 日）总括："我相信新散文的发达成功有两重的因缘，一是外援，一是内应。外援即是西洋的科学哲学与文学上的新思想之影响，内应即是历史的言志派文艺运动之复兴。假如没有历史的基础，这成功不会这样容易，但假如没有外来思想的加入，即使成功了也没有新生命，不会站得住。"③

后者则从现代散文所具有的四个特征去探讨。《〈中国新文学大系（散文二集）〉导言》记载现代散文的第一个特征："五四运

---

①周作人：《〈近代散文钞〉序》，载沈启元编《近代散文钞》，北京：人文书店，1934 年 5 月再版，第 3—6 页。

②周作人：《〈陶庵梦忆〉序》，载《周作人散文钞》，上海：开明书店，1932 年 8 月，第 73—74 页。

③周作人：《〈中国新文学大系（散文一集）〉导言》，载周作人编选《中国新文学大系》（第六集：散文一集），上海：上海良友图书印刷公司，1935 年 8 月，第 10 页。

动的最大的成功，第一要算'个人'的发见。从前的人，是为君而存在，为道而存在，为父母而存在的，现在的人才晓得为自我而存在了。我若无何有乎君，道之不适于我者还算什么道，父母是我的父母；若没有我，则社会，国家，宗族等那里会有？以这一种觉醒的思想为中心，更以打破了械梏之后的文字为体用，现代的散文，就滋长起来了。现代的散文之最大特征，是每一个作家的每一篇散文里所表现的个性，比从前的任何散文都来得强。古人说，小说都带些自叙传的色彩的，因为从小说的作风里人物里可以见到作者自己的写照；但现代的散文，却更是带有自叙传的色彩了，我们只消把现代作家的散文集一翻，则这作家的世系、性格、嗜好、思想、信仰，以及生活习惯等等，无不活泼泼地显现在我们的眼前。这一种自叙传的色彩是什么呢，就是文学里所最可宝贵的个性的表现。……因为说到了散文中的个性（我的所谓个性，原是指 Individuality ［个人性］与 Personality ［人格］的两者合一性而言），所以也想起了近来由林语堂先生等所提出的所谓个人文体 Personal Style 那一个的名词。文体当然是个人的；即使所写的是社会及他人的事情，只教是通过作者的一番翻译介绍说明或写出之后，作者的个性当然要渗入到作品里去的。"①

　　第二个特征："现在散文的第二特征，是在它的范围的扩大。这散文内容范围的扩大，虽然不就是伟大，但至少至少，也是近代散文超越过古代散文的一个长足的进步。从前的人，是非礼弗听，非礼弗视，非礼弗……的，现在可不同了。……美国有一位名尼姊（Nitchie）的文艺理论家，在她编的一册文艺批评论里说：

---

　　①郁达夫：《〈中国新文学大系（散文二集）〉导言》，载郁达夫编选《中国新文学大系》（第七集：散文二集），上海：上海良友图书印刷公司，1935年8月，第5—7页。

'在各种形式的散文（按此地的散文两字，系指广义的散文而言）之中，我们简直可以说 Essay 是种类变化最多最复杂的一种。自从蒙泰纽最初把他对于人和物的种种观察名作 Essais 或试验以来，关于这一种有趣的试作的写法及题材，并不曾有过什么特定的限制。尤其是在那些不拘形式的家常闲话似的散文里，宇宙万有，无一不可以取来作题材，可以幽默，可以感伤，也可以辛辣，可以柔和，只教是亲切的家常闲话式的就对了。在正式的散文（The formal Essay）项下也可以有种种的典型，数目也很多，种类也很杂，这又是散文的范围极大的另一左证。像马可来（Macaulay）的有些散文，性质就是历史式的传记式的，正够得上称作史笔与传记而无愧。也有宗教的或哲学的散文，德义的散文，批评的散文，或教训的散文。这些散文中的任何一种，它的主要目的，都是在诉之于我们的智性的。……可是比正式的散文更富于艺术性，由技巧家的观点说来，觉得更不容易写好的那种散文，却是平常或叫作 Informal（不拘形式的）或叫作 Familiar（家常闲话式的）或叫作 Personal（个人文体式的）Essays 这种种散文的名称，就在暗示着它的性质与内容。它是没有一定的目的与一定的结构的。它的目的并不是在教我们变得更聪明一点，却是在使我们觉得更快乐一点。……'（Nitchie：The Criticism of Literature Pp. 270，271—2.）所以现代的散文之内容范围，竟能扩大到如此者，正因为那种不拘形式的散文的流行，正因为引车卖浆者流的语气，和村妇骂街的口吻，都被收入到了散文里去的缘故。"①

　　第三个特征："现代散文的第三个特征：是人性，社会性，与

---

　　①郁达夫：《〈中国新文学大系（散文二集）〉导言》，载郁达夫编选《中国新文学大系》（第七集：散文二集），上海：上海良友图书印刷公司，1935年8月，第8—9页。

大自然的调和。从前的散文，写自然就专写自然，写个人便专写个人，一议论到天下国家，就只说古今治乱，国计民生，散文里很少人性，及社会性与自然融合在一处的，最多也不过加上一句痛哭流涕长太息，以示作者的感愤而已；现代的散文就不同了，作者处处不忘自我，也处处不忘自然与社会。就是最纯粹的诗人的抒情散文里，写到了风花雪月，也总要点出人与人的关系，或人与社会的关系来，以抒怀抱；一粒沙里见世界，半瓣花上说人情，就是现代的散文的特征之一。从哲理的说来，这原是智与情的合致，但时代的潮流与社会的影响，却是使现代散文不得不趋向到此的两重客观的条件。这一种倾向，尤其是在五卅事件以后的中国散文上，表现得最为显著。统观中国新文学内容变革的历程，最初是沿旧文学传统而下，不过从一角新的角度而发见了自然，同时也就发见了个人；接着便是世界潮流的尽量的吸收，结果又发见了社会。而个人终不能遗世而独立，不能餐露以养生，人与社会，原有连带的关系，人与人类，也有休戚的因依的；将这社会的责任，明白剀切地指示给中国人看的，却是五卅的当时流在帝国主义枪炮下的几位上海志士的鲜血。艺术家是善感的动物，凡世上将到而未到的变动，或已发而未至极顶的趋势，总会先在艺术家的心灵里投下一个淡淡的影子；五卅的惨案，早就在五四时代的艺术品里暗示过了，将来的大难，也不难于今日的作品里去求得线索的。这一种预言者的使命，在小说里原负得独多，但散文的作者，却要比小说家更普遍更容易来挑起这一肩重担。近年来散文小品的流行，大锣大鼓的小说戏剧的少作，以及散文中间带着社会性的言辞的增加等等，就是这一种倾向的指示。"①

---

① 郁达夫：《〈中国新文学大系（散文二集）〉导言》，载郁达夫编选《中国新文学大系》（第七集：散文二集），上海：上海良友图书印刷公司，1935年8月，第9—10页。

　　第四个特征："最后要说到近来才浓厚起来的那种散文上的幽默味了，这当然也是现代散文的特征之一，而且又是极重要的一点。幽默似乎是根于天性的一种趣味，大英帝国的国民，在政治上商业上倒也并不幽默，而在文学上却个个作家，多少总含有些幽默的味儿：上自乔叟，莎士比亚起，下迄现代的 Robert Lynd，Bernard Shaw，以及 A. A. Milne，Aldons Huxley 等辈，不管是在严重的长篇大著之中，或轻松的另章断句之内，正到逸兴遄飞的时候，总板着面孔忽而来它一下幽默：会使论敌也可以倒在地下而破颜，愁人也得停着眼泪而发一笑。北国的幽默，像契诃夫的作品之类，是幽郁的，南国的幽默，像西班牙的塞范底斯之类，是光明的；这与其说是地理风土的关系，还不如说因人种（民族）时代的互异而使然；我们的中华民族，一向就是不懂幽默的民族，但近来经林语堂先生等一提倡，在一般人的脑里，也懂得点什么是幽默的概念来了，这当然不得不说是一大进步。有人说，近来的散文中幽默分子的加多，是因为政治上的高压的结果：中华民族要想在苦中作一点乐，但各处都无法可想，所以只能在幽默上找一条出路，现在的幽默会这样兴盛的原因，此其一；还有其次的原因，是不许你正说，所以只能反说了，人掩住了你的口，不容你叹息一声的时候，末了自然只好泄下气以舒肠，作长歌而当哭。这一种观察，的确是不错；不过这两层也须是幽默兴盛的近因，至于远因，恐怕还在历来中国国民生活的枯燥，与夫中国散文的受了英国 Essay 的影响。……英国散文的影响于中国，系有两件历史上的事情，做它的根据的；第一，中国所最发达也最有成绩的笔记之类，在性质和趣味上，与英国的 Essay 很有气脉相通的地方，不过少一点在英国散文里是极普遍的幽默味而已：第二，中国人的吸收西洋文化，与日本的最初由荷兰文为媒介者不同，大抵是借用英文的力量的，但看欧洲人的来我国者，都以第三国语的英文为普通语，与中国人的翻外国人名地名，大半以英语为据的两点，就可以明白；故而英国散文的影响，在我们的智识阶级中间，是再过十年二十年也决不会消减的一种根深底固的潜势力。像已故的散文作家梁遇春先生等，且已有人称之为中国的爱利亚了，即此一端，也可以想见得英国散文对我们的影响之大且深。至如鲁迅先生所翻的厨川白村氏在《出了象牙之塔》里介绍英国 Essay 的一段文章，更为弄弄文墨的人，大家所读过的妙文，在此地也可以不必再说。总之，在现代的中国散文里，加上一点幽默味，使散文可以免去板滞的毛病，使读者可以得一个发泄的机会，原是很可欣喜的事情。不过这幽默要使它同时含有破坏而兼建设的意味，要使它有左右社会的力量，才有将来的希望；否则空空洞洞，毫无目的，同小丑的登台，结果使观众于一笑之后，难免得不感到一种无聊（Nonsense）的回味，那才是绝路。"①

　　小节的最后，抄录李大钊的散文《"今"》（《新青年》1918 年第 4 卷第 4 期）以便赏读，全文如下："我以为世间最可宝贵的就是'今'，最易丧失的也是'今'。因为他最容易丧失，所以更觉得他可以宝贵。为什么'今'最可宝贵呢？最好借哲人耶曼孙所说的话答这个疑问：'尔若爱千古，尔当爱现在。昨日不能唤回来，明天还不确实，尔能确有把握的就是今日。今日一天，当明日两天。'为甚么'今'最易丧失呢？因为宇宙大化刻刻流转，绝不停留。时间这个东西，也不因为吾人贵他爱他稍稍在人间留恋。试问吾人说'今'说'现在'，茫茫百千万劫，究竟那一刹那是吾人的'今'，是吾人的'现在'呢？刚刚说他是'今'是'现在'，

————————
　　①郁达夫：《〈中国新文学大系（散文二集）〉导言》，载郁达夫编选《中国新文学大系》（第七集：散文二集），上海：上海良友图书印刷公司，1935 年 8 月，第 10—12 页。

他早已风驰电掣的一般，已成'过去'了。吾人若要糊糊涂涂把他丢掉，岂不可惜？有的哲学家说，时间但有'过去'与'未来'，并无'现在'。有的又说，'过去''未来'皆是'现在'。我以为'过去未来皆是现在'的话倒有些道理。因为'现在'就是所有'过去'流入的世界，换句话说，所有'过去'都埋没于'现在'的里边。故一时代的思潮，不是单纯在这个时代所能凭空成立的。不晓得有几多'过去'时代的思潮，差不多可以说是由所有'过去'时代的思潮，一凑合而成的。吾人投一石子于时代潮流里面，所激起的波澜声响，都向永远流动传播，不能消灭。屈原的《离骚》，永远使人人感泣。打击林肯头颅的枪声，呼应于永远的时间与空间。一时代的变动，绝不消失，仍遗留于次一时代，这样传演，至于无穷，在世界中有一贯相联的永远性。昨日的事件与今日的事件，合构成数个复杂事件。此数个复杂事件，与明日的数个复杂事件，更合构成数个复杂事件。势力结合势力，问题牵起问题。无限的'过去'，都以'现在'为归宿，无限的'未来'都以'现在'为渊源。'过去''未来'的中间全仗有'现在'以成其连续，以成其永远，以成其无始无终的大实在。一掣现在的铃，无限的过去未来皆遥相呼应。这就是过去未来皆是现在的道理。这就是'今'最可宝贵的道理。现实有两种不知爱'今'的人：一种是厌'今'的人，一种是乐'今'的人。厌'今'的人也有两派。一派是对于'现在'一切现象都不满足，因起一种回顾'过去'的感想。他们觉得'今'的总是不好，古的都是好。政治、法律、道德、风俗，全是'今'不如古。此派人唯一的希望在复古。他们的心力全施于复古的运动。一派是对于'现在'一切现象都不满足，与复古的厌'今'派全同，但是他们不想'过去'，但盼'将来'。盼'将来'的结果，往往流于梦想，把许多'现在'可以努力的事业都放弃不做，单是耽溺于虚无缥缈的空玄境界。这两派人都是不能助益进化，并且很足阻滞进化的。乐‘今’的人大概是些无志趣无意识的人，是些对于‘现在’一切满足的人，觉得所处境遇可以安乐优游，不必再商进取，再为创造。这种人丧失‘今’的好处，阻滞进化的潮流，同厌‘今’派毫无区别。原来厌‘今’为人类的通性。大凡一境尚未实现以前，觉得此境有无限的佳趣，有无疆的福利。一旦身陷其境，却觉不过尔尔，随即起一种失望的念，厌‘今’的心。又如吾人方处一境，觉得无甚可乐，而一旦其境变易，却又觉得其境可恋，其情可思。前者为企望‘将来’的动机，后者为反顾‘过去’的动机。但是回想‘过去’，毫无效用，且空耗努力的时间。若以企望‘将来’的动机，而尽‘现在’的努力，则厌‘今’思想却大足为进化的原动。乐‘今’是一种惰性（Inertia），须再进一步，了解‘今’所以可爱的道理，全在凭他可以为创造‘将来’的努力，决不在得他可以安乐无为。热心复古的人，开口闭口都是说‘现在’的境象若何黑暗，若何卑污，罪恶若何深重，祸患若何剧烈。要晓得‘现在’的境象倘若真是这样黑暗，这样卑污，罪恶这样深重，祸患这样剧烈，也都是‘过去’所遗留的宿孽，断断不是‘现在’造的。全归咎于‘现在’，是断断不能受的。要想改变他，但当努力以回复‘过去’。照这个道理讲起来，大实在的瀑流，永远由无始的实在向无终的实在奔流。吾人的‘我’，吾人的生命，也永远合所有生活上的潮流，随着大实在的奔流，以为扩大，以为继续，以为进转，以为发展。故实在即动力，生命即流转。忆独秀先生曾于《一九一六年》文中说过青年欲达民族更新的希望，‘必自杀其一九一五年之青年，而自重其一九一六年之青年’。我尝推广其意，也说过人生唯一的蕲向，青年唯一的责任，在‘从现在青春之我，扑杀过去青春之我，促今日青春之我，禅让明日青春之我’‘不仅以今ヨ青春之我，追杀今日白首之我，并宜以今日青春之我，豫杀来日白首之我'。实则历史的现象，时时流转，时时变易，同时还遗留永远不灭的现象和生命于宇宙之间，如何能杀得？所谓杀者，不过使今日的'我'不仍旧沈滞于昨天的'我'。而在今日之'我'中，固明明有昨天的'我'存在。不止有昨天的'我'，昨天以前的'我'，乃至十年二十年百千万亿年的'我'，都俨然存在于'今我'的身上。然则'今'之'我'，'我'之'今'，岂可不珍重自将，为世间造些功德。稍一失脚，必致遗留层层罪恶种子于'未来'无量的人，即未来无量的'我'，永不能消除，永不能忏悔。我请以最简明的一句话写出这篇的意思来：吾人在世，不可厌'今'而徒回思'过去'梦想'将来'，以耗误'现在'的努力；又不可以'今'境自足，毫不拿出'现在'的努力谋'将来'的发展。宜善用'今'，以努力为'将来'之创造。由'今'所造的功德罪孽，永久不灭。故人生本务，在随实在之进行，为后人造大功德，供永远的'我'享受，扩张，传袭，至无穷极，以达'宇宙即我，我即宇宙'之究竟。"[1]

二　鲁迅的"自言自语"散文

在鲁迅逝世一周年之际，郁达夫发表纪念文《鲁迅的伟大》（日本东京《改造》1937第19卷第3期），全文如下："如问中国自有新文学运动以来，谁最伟大？谁最能代表这个时代？我将毫不踌躇地回答：是鲁迅。鲁迅的小说，比之中国几千年来所有这方面的杰作，更高一步。至于他的随笔杂感，更提供了前不见古人，而后人又绝不能追随的风格，首先其特色为观察之深刻，谈锋之犀利，文笔之简洁，比喻之巧妙，又因其飘溢几分幽默的气氛，就难怪读者会感到一种即使喝毒酒也不怕死似的凄厉的风味。当

---

① 李大钊：《"今"》，载《新青年》1918年第4卷第4期，第307—310页。

我们见到局部时，他见到的却是全面。当我们热中去掌握现实时，他已把握了古今与未来。要全面了解中国的民族精神，除了读《鲁迅全集》以外，别无捷径。"[1]

1919年8月至9月《国民公报》的"新文艺"栏，连载鲁迅以"神飞"署名的散文《自言自语》，分《序》《火的冰》《古城》《螃蟹》《波儿》《我的父亲》《我的兄弟》七节。其中第一、二节发表于8月19日；第三节发表于8月20日；第四节发表于8月21日；第五节发表于9月7日；第六、七节发表于9月9日，第七节末原注"未完"。鲁迅没有把《自言自语》收入文集，但我们从《朝花夕拾》里的《父亲的病》能读出《我的父亲》的踪影，从《野草》里的《风筝》《死火》可见《我的兄弟》《火的冰》的痕迹。

《〈自言自语〉序》（1919年8月8日）记载"自言自语"的缘起："水村的夏夜，摇着大芭蕉扇，在大树下乘凉，是一件极舒服的事。男女都谈些闲天，说些故事。孩子是唱歌的唱歌，猜谜的猜谜。只有陶老头子，天天独自坐着。因为他一世没有进过城，见识有限，无天可谈。而且眼花耳聋，问七答八，说三话四，很有点讨厌，所以没人理他。他却时常闭着眼，自己说些什么。仔细听去，虽然昏话多，偶然之间，却也有几句略有意思的段落的。夜深了，乘凉的都散了。我回家点上灯，还不想睡，便将听得的话写了下来，再看一回，却又毫无意思了。其实陶老头子这等人，那里真会有好话呢，不过既然写出，姑且留下罢了。留下又怎样呢？这是连我也答复不来。"[2]

"自言自语"，即"闲话反""独语体"的雏形，作者与读者之

---

① 郁达夫：《鲁迅的伟大》，载《鲁迅研究月刊》2000年第7期，第48页。
② 鲁迅：《〈自言自语〉序》，载《集外集拾遗补编》，北京：人民文学出版社，1993年12月，第85页。

间自然朴实平等互动的坦诚对话，有别于"五四"时期盛行的
"我（作者）启你（读者）蒙"的演讲风。在《自言自语》之后，
便是为现代散文开创"闲话风""独语体"体式的散文集《朝花夕
拾》与《野草》。

《朝花夕拾》（北京未名社，1928年9月），1926年以"旧事重
提"名在《莽原》连载。收录《狗·猫·鼠》《阿长与〈山海
经〉》《二十四孝图》《五猖会》《无常》《从百草园到三味书屋》
《父亲的病》《琐记》《藤野先生》《范爱农》10篇散文。

作于1927年5月1日的《〈朝花夕拾〉小引》自述："我常想
在纷扰中寻出一点闲静来，然而委实不容易。目前是这么离奇，
心里是这么芜杂。一个人做到只剩了回忆的时候，生涯大概总要
算是无聊了罢，但有时竟会连回忆也没有。中国的做文章有轨范，
世事也仍然是螺旋。前几天我离开中山大学的时候，便想起四个
月以前的离开厦门大学；听到飞机在头上鸣叫，竟记得了一年前
在北京城上日日旋绕的飞机。我那时还做了一篇短文，叫做《一
觉》。现在是，连这'一觉'也没有了。广州的天气热得真早，夕
阳从西窗射入，逼得人只能勉强穿一件单衣。书桌上的一盆'水
横枝'，是我先前没有见过的，就是一段树，只要浸在水中，枝叶
便青葱得可爱。看看绿叶，编编旧稿，总算也在做一点事。做着
这等事，真是虽生之日，犹死之年，很可以驱除炎热的。前天，
已将《野草》编定了，这回便轮到陆续载在《莽原》上的《旧事
重提》，我还替他改了一个名称：《朝花夕拾》。带露折花，色香自
然要好得多，但是我不能够。便是现在心目中的离奇和芜杂，我
也还不能使他即刻幻化，转成离奇或芜杂的文章。或者，他日仰
看流云时，会在我的眼前一闪烁罢。我有一时，曾经屡次忆起儿
时在故乡所吃的蔬果：菱角、罗汉豆、茭白、香瓜。凡这些，都
是极其鲜美可口的；都曾是使我思乡的蛊惑。后来，我在久别之

后尝到了，也不过如此；惟独在记忆上，还有旧来的意味留存。他们也许要哄骗我一生，使我时时反顾。这十篇就是从记忆中抄出来的，与实际容或有些不同，然而我现在只记得是这样。文体大概很杂乱，因为是或作或辍，经了九个月之多。环境也不一：前两篇写于北京寓所的东壁下；中三篇是流离中所作，地方是医院和木匠房；后五篇却在厦门大学的图书馆的楼上，已经是被学者们挤出集团之后了。"①

作于1926年5月25日的《五猖会》(《莽原》1926年第1卷第11期)写威严的父亲在鲁迅"笑着跳着"准备前往东关看赛会之时，强迫他背《鉴略》："给我读熟。背不出，就不准去看会。"②等他终于完成封建家长不合时宜交办的任务以后，看赛会的兴致却消失了："我却并没有他们那么高兴。开船以后，水路中的风景，合子里的点心，以及到了东关的五猖会的热闹，对于我似乎都没有什么大意思。直到现在，别的完全忘却，不留一点痕迹了，只有背诵《鉴略》这一段，却还分明如昨日事。我至今一想起，还诧异我的父亲何以要在那时候叫我来背书。"③

作于1926年9月18日的《从百草园到三味书屋》(《莽原》1926年第1卷第19期)写从"乐园"到"苦海"的纯真童心："我家的后面有一个很大的园，相传叫作百草园。现在是早已并屋子一起卖给朱文公的子孙了，连那最末次的相见也已经隔了七八年，其中似乎确凿只有一些野草；但那时却是我的乐园。不必说碧绿的菜畦，光滑的石井栏，高大的皂荚树，紫红的桑椹；也不

---

①鲁迅：《〈朝花夕拾〉小引》，载《朝花夕拾》，上海：鲁迅全集出版社，1947年10月版，第5—6页。

②鲁迅：《五猖会》，载《朝花夕拾》，上海：鲁迅全集出版社，1947年10月版，第37页。

③同上，第39页。

必说鸣蝉在树叶里长吟，肥胖的黄蜂伏在菜花上，轻捷的叫天子
（云雀）忽然从草间直窜向云霄里去了。单是周围的短短的泥墙根
一带，就有无限趣味。油蛉在这里低唱，蟋蟀们在这里弹琴。翻
开断砖来，有时会遇见蜈蚣；还有斑蝥，倘若用手指按住它的脊
梁，便会拍的一声，从后窍喷出一阵烟雾。何首乌藤和木莲藤缠
络着，木莲有莲房一般的果实，何首乌有拥肿的根。有人说，何
首乌根是有像人形的，吃了便可以成仙，我于是常常拔它起来，
牵连不断地拔起来，也曾因此弄坏了泥墙，却从来没有见过有一
块根像人样。如果不怕刺，还可以摘到覆盆子，像小珊瑚珠攒成
的小球，又酸又甜，色味都比桑椹要好得远。长的草里是不去的，
因为相传这园里有一条很大的赤练蛇。……冬天的百草园比较的
无味；雪一下，可就两样了。拍雪人（将自己的全形印在雪上）
和塑雪罗汉需要人们鉴赏，这是荒园，人迹罕至，所以不相宜，
只好来捕鸟。薄薄的雪，是不行的；总须积雪盖了地面一两天，
鸟雀们久已无处觅食的时候才好。扫开一堆雪，露出地面，用一
枝短棒支起一面大的竹筛来，下面撒些秕谷，棒上系一条长绳，
人远远地牵着，看鸟雀下来啄食，走到竹筛底下的时候，将绳子
一拉，便罩住了。但所得的是麻雀居多，也有白颊的'张飞鸟'，
性子很躁，养不过夜的。这是闰土的父亲所传授的方法，我却不大
能用。明明见它们进去了，拉了绳，跑去一看，却什么都没有，费
了半天力，捉住的不过三四只。闰土的父亲是小半天便能捕获几十
只，装在叉袋里叫着撞着的。我曾经问他得失的缘由，他只静静地
笑道：你太性急，来不及等它走到中间去。我不知道为什么家里的
人要将我送进书塾里去了，而且还是全城中称为最严厉的书塾。也
许是因为拔何首乌毁了泥墙罢，也许是因为将砖头抛到间壁的梁家
去了罢，也许是因为站在石井栏上跳了下来罢，……都无从知道。
总而言之：我将不能常到百草园了。Ade，我的蟋蟀们！Ade，我

的覆盆子们和木莲们！出门向东，不上半里，走过一道石桥，便是我的先生的家了。从一扇黑油的竹门进去，第三间是书房。中间挂着一块扁道：三味书屋；扁下面是一幅画，画着一只很肥大的梅花鹿伏在古树下。没有孔子牌位，我们便对着那扁和鹿行礼。第一次算是拜孔子，第二次算是拜先生。第二次行礼时，先生便和蔼地在一旁答礼。他是一个高而瘦的老人，须发都花白了，还戴着大眼镜。我对他很恭敬，因为我早听到，他是本城中极方正，质朴，博学的人。不知从那里听来的，东方朔也很渊博，他认识一种虫，名曰'怪哉'，冤气所化，用酒一浇，就消释了。我很想详细地知道这故事，但阿长是不知道的，因为她毕竟不渊博。现在得到机会了，可以问先生。'先生，"怪哉"这虫，是怎么一回事？……'我上了生书，将要退下来的时候，赶忙问。'不知道！'他似乎很不高兴，脸上还有怒色了。我才知道做学生是不应该问这些事的，只要读书，因为他是渊博的宿儒，决不至于不知道，所谓不知道者，乃是不愿意说。年纪比我大的人，往往如此，我遇见过好几回了。我就只读书，正午习字，晚上对课。先生最初这几天对我很严厉，后来却好起来了，不过给我读的书渐渐加多，对课也渐渐地加上字去，从三言到五言，终于到七言。三味书屋后面也有一个园，虽然小，但在那里也可以爬上花坛去折腊梅花，在地上或桂花树上寻蝉蜕。最好的工作是捉了苍蝇喂蚂蚁，静悄悄地没有声音。然而同窗们到园里的太多，太久，可就不行了，先生在书房里便大叫起来：——'人都到那里去了？'人们便一个一个陆续走回去；一同回去，也不行的。他有一条戒尺，但是不常用，也有罚跪的规则，但也不常用，普通总不过瞪几眼，大声道：——'读书！'于是大家放开喉咙读一阵书，真是人声鼎沸。有念'仁远乎哉我欲仁斯仁至矣'的，有念'笑人齿缺曰狗窦大开'的，有念'上九潜龙勿用'的，有念'厥土下上上错厥贡苞茅橘柚'的……先生自己也念书。后来，我们的声音便低下去，静下去了，只有他还大声朗读着：——'铁如意，指挥倜傥，一座皆惊呢；金叵罗，颠倒淋漓噫，千杯未醉嗬……'我疑心这是极好的文章，因为读到这里，他总是微笑起来，而且将头仰起，摇着，向后拗过去，拗过去。先生读书入神的时候，于我们是很相宜的。有几个便用纸糊的盔甲套在指甲上做戏。我是画画儿，用一种叫作'荆川纸'的，蒙在小说的绣像上一个个描下来，像习字时候的影写一样。读的书多起来，画的画也多起来；书没有读成，画的成绩却不少了，最成片段的是《荡寇志》和《西游记》的绣像，都有一大本。后来，为要钱用，卖给一个有钱的同窗了。他的父亲是开锡箔店的；听说现在自己已经做了店主，而且快要升到绅士的地位了。这东西早已没有了罢。"[1]

作于 1926 年 10 月 7 日的《父亲的病》(《莽原》1926 年第 1 卷第 21 期)，详细记叙了鲁迅父亲生病就医的过程："大约十多年前罢，S 城中曾经盛传过一个名医的故事：——他出诊原来是一元四角，特拔十元，深夜加倍，出城又加倍。有一夜，一家城外人家的闺女生急病，来请他了，因为他其时已经阔得不耐烦，便非一百元不去。他们只得都依他。待去时，却只是草草地一看，说道'不要紧的'，开一张方，拿了一百元就走。……我曾经和这名医周旋过两整年，因为他隔日一回，来诊我的父亲的病。……这样有两年，渐渐地熟识，几乎是朋友了。父亲的水肿是逐日利害，将要不能起床；我对于经霜三年的甘蔗之流也逐渐失了信仰，采办药引似乎再没有先前一般踊跃了。正在这时候，他有一天来诊，问过病状，便极其诚恳地说：——'我所有的学问，都用尽了。

---

[1] 鲁迅：《从百草园到三味书屋》，载《朝花夕拾》，上海：鲁迅全集出版社，1947 年 10 月版，第 50—56 页。

这里还有一位陈莲河先生，本领比我高。我荐他来看一看，我可以写一封信。可是，病是不要紧的，不过经他的手，可以格外好得快……。'……陈莲河的诊金也是一元四角。但前回的名医的脸是圆而胖的，他却长而胖了：这一点颇不同。还有用药也不同，前回的名医是一个人还可以办的，这一回却是一个人有些办不妥帖了，因为他一张药方上，总兼有一种特别的丸散和一种奇特的药引。芦根和经霜三年的甘蔗，他就从来没有用过。最平常的是'蟋蟀一对'，旁注小字道：'要原配，即本在一窠中者。'似乎昆虫也要贞节，续弦或再醮，连做药资格也丧失了。……'我有一种丹，'有一回陈莲河先生说，'点在舌上，我想一定可以见效。因为舌乃心之灵苗……。价钱也并不贵，只要两块钱一盒……。'我父亲沈思了一会，摇摇头。'我这样用药还会不大见效，'有一回陈莲河先生又说，'我想，可以请人看一看，可有什么冤愆……。医能医病，不能医命，对不对？自然，这也许是前世的事……。'我的父亲沈思了一会，摇摇头。……不肯用灵丹点在舌头上，又想不出'冤愆'来，自然，羊吃了一百多天的'败鼓皮丸'有什么用呢？依然打不破水肿，父亲终于躺在床上喘气了。还请一回陈莲河先生，这回是特拔，大洋十元。他仍旧泰然的开了一张方，但已停止败鼓皮丸不用，药引也不很神妙了，所以只消半天，药就煎好，灌下去，却从口角上回了出来。从此我便不再和陈莲河先生周旋，……"[1]

此前的 1922 年 12 月 3 日，鲁迅在《〈呐喊〉自序》中写了走上学医之路的历程："我有四年多，曾经常常，——几乎是每天，出入于质铺和药店里，年纪可是忘却了，总之是药店的柜台正和

---

[1] 鲁迅：《父亲的病》，载《朝花夕拾》，上海：鲁迅全集出版社，1947 年 10 月版，第 57—64 页。

我一样高，质铺的是比我高一倍。我从一倍高的柜台外送上衣服或手饰去，在侮蔑里接了钱，再到一样高的柜台上给我久病的父亲去买药。回家之后，又须忙别的事了，因为开方的医生是最有名的，以此所用的药引也奇特：冬天的芦根，经霜三年的甘蔗，蟋蟀要原对的，结子的平地木，……多不是容易办到的东西。然而我的父亲终于日重一日的亡故了。有谁从小康人家而坠入困顿的么，我以为在这途路中，大概可以看见世人的真面目；我要到 N 进 K 学堂去了，仿佛是想走异路，逃异地，去寻求别样的人们。我的母亲没有法，办了八元的川资，说是由我的自便；然而伊哭了，这正是情理中的事，因为那时读书应试是正路，所谓学洋务，社会上便以为是一种走投无路的人，只得将灵魂卖给鬼子，要加倍的奚落而且排斥的，而况伊又看不见自己的儿子了。然而我也顾不得这些事，终于到 N 去进了 K 学堂了，在这学堂里，我才知道世上还有所谓格致，算学，地理，历史，绘图和体操。生理学并不教，但我们却看到些木版的《全体新论》和《化学卫生论》之类了。……因为这些幼稚的知识，后来便使我的学籍列在日本一个乡间的医学专门学校里了，我的梦很美满，豫备卒业回来，救治像我父亲似的被误的病人的疾苦，战争时候便去当军医，一面又促进了国人对于维新的信仰。"[1]

《野草》（北京北新书局，1927 年 7 月），收录《秋夜》《影的告别》《求乞者》《我的失恋》《复仇》《复仇（其二）》《希望》《雪》《风筝》《好的故事》《过客》《死火》《狗的驳诘》《失掉的好地狱》《墓碣文》《颓败线的颤动》《立论》《死后》《这样的战士》《聪明人和傻子和奴才》《腊叶》《淡淡的血痕中》《一觉》23 篇

---

①鲁迅：《〈呐喊〉自序》，载《呐喊》，北京：新潮社，1923 年 8 月，第
1—3 页。

散文。

《〈野草〉题辞》（1927 年 4 月 26 日于广州白云楼上）全文："当我沈默着的时候，我觉得充实；我将开口，同时感到空虚。过去的生命已经死亡。我对于这死亡有大欢喜，因为我借此知道它曾经存活。死亡的生命已经朽腐。我对于这朽腐有大欢喜，因为我借此知道它还非空虚。生命的泥委弃在地面上，不生乔木，只生野草，这是我的罪过。野草，根本不深，花叶不美，然而吸取露，吸取水，吸取陈死人的血和肉，各各夺取它的生存。当生存时，还是将遭践踏，将遭删刈，直至于死亡而朽腐。但我坦然，欣然。我将大笑，我将歌唱。我自爱我的野草，但我憎恶这以野草作装饰的地面。地火在地下运行，奔突；熔岩一旦喷出，将烧尽一切野草，以及乔木，于是并且无可朽腐。但我坦然，欣然。我将大笑，我将歌唱。天地有如此静穆，我不能大笑而且歌唱。天地即不如此静穆，我或者也将不能。我以这一丛野草，在明与暗，生与死，过去与未来之际，献于友与仇，人与兽，爱者与不爱者之前作证。为我自己，为友与仇，人与兽，爱者与不爱者，我希望这野草的死亡与朽腐，火速到来。要不然，我先就未曾生存，这实在比死亡与朽腐更其不幸。去罢，野草，连着我的题辞！"[1]

"他知道小粉红花的梦，秋后要有春；他也知道落叶的梦，春后还是秋。"[2] 这句《秋夜》（1924 年 9 月 15 日）中的言辞与《〈野草〉题辞》一般，阐释着鲁迅文学里的哲思。诚如《语丝》撰稿人章依萍在《古庙杂谈（五）》（《京报副刊》1925 年第 105 期）中所述："'由他去罢！'是鲁迅先生对于一切无聊行为的愤慨态度。

---

[1] 鲁迅：《〈野草〉题辞》，载《野草》，北京：北新书局，1927 年 7 月，第 1—3 页。

[2] 鲁迅：《秋夜》，载《野草》，北京：北新书局，1927 年 7 月，第 2 页。

我却不能这样，我不能瞧着鸡们的争斗，因为'我不愿意'！其实'我不愿意'也是鲁迅先生一种对于无聊行为的反抗态度。《野草》上明明的说着，然而人们都说'不懂得'。我也不敢真说懂得，对于鲁迅先生的《野草》。鲁迅先生自己却明白的告诉过我，他的哲学都包括在他的《野草》里面。"①

写于 1924 年 9 月 24 日的《影的告别》全文："人睡到不知道时候的时候，就会有影来告别，说出那些话——。有我所不乐意的在天堂里，我不愿去；有我所不乐意的在地狱里，我不愿去；有我所不乐意的在你们将来的黄金世界里，我不愿去。然而你就是我所不乐意的。朋友，我不想跟随你了，我不愿住。我不愿意！呜乎呜乎，我不愿意，我不如彷徨于无地。我不过一个影，要别你而沈没在黑暗里了。然而黑暗又会吞并我，然而光明又会使我消失。然而我不愿彷徨于明暗之间，我不如在黑暗里沈没。然而我终于彷徨于明暗之间，我不知道是黄昏还是黎明。我姑且举灰黑的手装作喝干一杯酒，我将在不知道时候的时候独自远行。呜呼呜乎，倘若黄昏，黑夜自然会来沈没我，否则我要被白天消失，如果现是黎明。朋友，时候近了。我将向黑暗里彷徨于无地。你还想我的赠品。我能献你甚么呢？无已，则仍是黑暗和虚空而已。但是，我愿意只是黑暗，或者会消失于你的白天；我愿意只是虚空，决不占你的心地。我愿意这样，朋友——我独自远行，不但没有你，并且再没有别的影在黑暗里。只有我被黑暗沈没，那世界全属于我自己。"②

写于 1925 年 1 月 1 日的《希望》全文："我的心分外地寂寞。

---

①章依萍：《古庙杂谈（五）》，载《京报副刊》1925 年第 105 期，第 5 页。

②鲁迅：《影的告别》，载《野草》，北京：北新书局，1927 年 7 月，第 5—7 页。

然而我的心很平安：没有爱憎，没有哀乐，也没有颜色和声音。我大概老了。我的头发已经苍白，不是很明白的事么？我的手颤抖着，不是很明白的事么？那么，我的魂灵的手一定也颤抖着，头发也一定苍白了。然而这是许多年前的事了。这以前，我的心也曾充满过血腥的歌声：血和铁，火焰和毒，恢复和报仇。而忽而这些都空虚了，但有时故意地填以没奈何的自欺的希望。希望，希望，用这希望的盾，抗拒那空虚中的暗夜的袭来，虽然盾后面也依然是空虚中的暗夜。然而就是如此，陆续地耗尽了我的青春。我早先岂不知我的青春已经逝去了？但以为身外的青春固在：星，月光，僵坠的胡蝶，暗中的花，猫头鹰的不祥之言，杜鹃的啼血，笑的渺茫，爱的翔舞……。虽然是悲凉漂渺的青春罢，然而究竟是青春。然而现在何以如此寂寞？难道连身外的青春也都逝去，世上的青年也多衰老了么？我只得由我来肉薄这空虚中的暗夜了。我放下了希望之盾，我听到 Petofi Sándor（1823—49）的'希望'之歌：希望是甚么？是娼妓：她对谁都蛊惑，将一切都献给；待你牺牲了极多的宝贝——你的青春——她就弃掉你。这伟大的抒情诗人，匈牙利的爱国者，为了祖国而死在可萨克兵的矛尖上，已经七十五年了。悲哉死也，然而更可悲的是他的诗至今没有死。但是，可惨的人生！桀骜英勇如 Petofi，也终于对了暗夜止步，回顾着茫茫的东方了。他说：绝望之为虚妄，正与希望相同。倘使我还得偷生在不明不暗的这'虚妄'中，我就还要寻求那逝去的悲凉漂渺的青春，但不妨在我的身外。因为身外的青春倘一消灭，我身中的迟暮也即凋零了。然而现在没有星和月光，没有僵坠的胡蝶以至笑的渺茫，爱的翔舞。然而青年们很平安。我只得由我来肉薄这空虚中的暗夜了，纵使寻不到身外的青春，也总得自己来一掷我身中的迟暮。但暗夜又在那里呢？现在没有星，没有月光以至笑的渺茫和爱的翔舞；青年们很平安，而我的面前又竟至于并且没有真的暗夜。绝望之为虚妄，正与希望相同！"①

　　鲁迅在《〈鲁迅自选集〉序言》（1932 年 12 月 14 日于上海）里回顾了文学创作的心路历程，全文如下："我做小说，是开手于一九一八年，《新青年》上提倡'文学革命'的时候的。这一种运动，现在固然已经成为文学史上的陈迹了，但在那时，却无疑地是一个革命的运动。我的作品在《新青年》上，步调是和大家大概一致的，所以我想：这些确可以算作那时的'革命文学'。然而我那时对于'文学革命'，其实也并没有怎样的热情。见过辛亥革命，见过二次革命，见过袁世凯称帝，张勋复辟，看来看去，就看得怀疑起来，于是失望，颓唐得很了。民族主义的文学家在今年的一种小报上说，'鲁迅多疑'，是不错的，我也正在疑心这批人们也并非真的民族主义文学者，变化正未可限量呢。不过我却又怀疑于自己的失望，因为我又知道，我所见过的人们，事件，是极其有限的，这一个想头，就给了我提笔的力量。'绝望之为虚妄，正与希望相同。'既不是直接对于'文学革命'的热情，为什么常常提笔的呢？想起来，大半倒是为了对于热情者们的同感。这些战士，我想，虽在寂寞和艰难中，那想头却不错的，也来喊几声助助威罢。——首先，就是为此。在这中间，自然也不免夹杂些将旧社会的病根暴露出来，催人留心，设法加以治疗的愿望。但为达到这愿望起见，是必须与前驱者取同一的步调的，我于是遵着将令，删削些黑暗，装点些欢容，使作品比较的显出若干亮色，那就是后来结集起来的《呐喊》，一共有十四篇。所以，这些'革命文学'，也可以说，就是'遵命文学'。不过我所遵奉的，是那时在压迫之下的革命的前驱者的命令，也是我自己本来愿意遵

①鲁迅：《希望》，载《野草》，北京：北新书局，1927 年 7 月，第 21—24 页。

奉的命令，决不是皇上的圣旨，也不是金元和真的指挥刀。后来，《新青年》的团体散掉了，有的高升，有的退隐，有的前进，我又经历了一回同一战阵中的火伴不久还是会这么变化，并且落得一个所谓'小说家'的头衔，依然在沙漠上走来走去，不过已经逃不脱在散漫的刊物上做文字 叫作随便谈谈。从此有了小感触，我便写些短文，夸大点说，就是散文诗，自洗手不作之后，即印成一本书，谓之《野草》。得到较为整齐的材料，则还是做短篇小说，只因为变了散伏的游勇，布不成阵了，所以技术虽然比先前好一些，思路也似乎较无拘束，而战斗的意气却冷得不少。新的战友在那里呢？我想，这样下去，是很不好的，于是集印了这时期的十一篇作品，谓之《彷徨》，别了别了，愿以后不再这模样。'路漫漫其修远兮，吾将上下而求索。'不料这大口竟夸得无影无踪，逃出北京，躲进厦门，只在荒凉的大楼上写了几则《故事新编》和十篇《朝花夕拾》，前者是神话，传说及史实的演义，后者则只是回忆罢了。此后就一无所作，'空空如也'。够得上勉强称为创作的，在我，至今就只有这五种，原可以顷刻读了的，然而出版者希望我自选一本集。推测起来，大约因为这么一办，一者能够节省读者的耗费，二则，以为由作者自选，该能比别人格外知道得清楚罢。关于第一层，我没有异议，至第二层，我却觉得也很难。因为我向来就没有格外出力或格外偷懒的作品，所以也没有自以为格外高妙，配得上特别提拔出来的作品。没有法，就将材料，写法，略有些不同，可供读者参考的东西，取出二十二篇来，凑成了一本，但将太给人一种'重压之感'的文字，却特地竭力抽掉了。这想头，也还是和我那先前的一样：'并不愿将自以为苦的寂寞，再来传染给也如我那年青时候似的正做着好梦的青年。'然而这又已经不似做那《呐喊》时候的隐瞒，因为现在我相信，现在和将来的青年是不会有这样的心境的了。"①

三 周作人与"言志派"散文

郁达夫在《〈中国新文学大系（散文二集）〉导言》中评价鲁迅和周作人两兄弟："鲁迅，周作人在五十几年前，同生在浙江绍兴的一家破落的旧家，同是在穷苦里受了他们的私塾启蒙的教育。二十岁以前，同到南京去进水师学堂学习海军，后来同到日本去留学。到这里为止，两人的经历完全是相同的，而他们的文章倾向，却又何等的不同！鲁迅的文体简炼得像一把匕首，能以寸铁杀人，一刀见血。重要之点，抓住了之后，只消三言两语就可以把主题道破——这是鲁迅作文的秘诀，详细见《两地书》中批评景宋女士《驳覆校中当局》一文的语中——次要之点，或者也一样的重要，但不能使敌人致命之点，他是一概轻轻放过，由它去而不问的。与此相反，周作人的文体，又来得舒徐自在，信笔所至，初看似乎散漫支离，过于繁琐！但仔细一读，却觉得他的漫谈，句句含有分量，一篇之中，少一句就不对，一句之中，易一字也不可，读完之后，还想翻转来从头再读的。当然这是指他从前的散文而说，近几年来，一变而为枯涩苍老，炉火纯青，归入古雅遒劲的一途了。两人文章里的幽默味，也各有不同的色彩；鲁迅的是辛辣干脆，全近讽刺，周作人的是湛然和蔼，出诸反语。从前在《语丝》上登的有一篇周作人的《碰伤》，记得当时还有一位青年把它正看了，写了信去非难过。其次是两人的思想了；他们因为所处的时代和所学的初基，都是一样，故而在思想的大体上根本上，原也有许多类似之点；不过后来的趋向，终因性格环

---

① 鲁迅：《〈鲁迅自选集〉序言》，载《鲁迅自选集》，上海：天马书店，1933年3月，第1—5页。

境的不同，分作了两歧。鲁迅在日本学的是医学，周作人在日本由海军而改习了外国语。他们的笃信科学，赞成进化论，热爱人类，有志改革社会，是弟兄一致的；而所主张的手段，却又各不相同。鲁迅是一味急进，宁为玉碎的，周作人则酷爱和平，想以人类爱来推进社会，用不流血的革命来实现他的理想（见《新村的理想与实际》等数篇）。周作人头脑比鲁迅冷静，行动比鲁迅夷犹，遭了三一八的打击以后，他知道空喊革命，多负牺牲，是无益的，所以就走进了十字街头的塔，在那里放散红绿的灯光，悠闲地，但也不息地负起了他的使命；他以为思想上的改革，基本的工作当然还是要做的，红的绿的灯光的放送，便是给路人的指示；可是到了夜半清闲，行人稀少的当儿，自己赏玩赏玩这灯光的色彩，玄想玄想那天上的星辰，装聋做哑，喝一口苦茶以润润喉舌，倒也是于世无损，于己有益的玩意儿。这一种态度，废名说他有点像陶渊明。可是'陶潜诗喜说荆轲'，他在东篱下采菊的时候，当然也忘不了社会的大事，'少时壮且厉，抚剑独行游'的气概，还可以在他的作反语用的平淡中想见得到。鲁迅的性喜疑人——这是他自己说的话——所看到的都是社会或人性的黑暗面，故而语多刻薄，发出来的尽是诛心之论；这与其说他的天性使然，还不如说是环境造成的来得恰对，因为他受青年受学者受社会的暗箭，实在受得太多了，伤弓之鸟惊曲木，岂不是当然的事情么？在鲁迅的刻薄的表皮上，人只见到他的一张冷冰冰的青脸，可是皮下一层，在那里潮涌发酵的，却正是一腔沸血，一股热情；这一种弦外之音，可以在他的小说，尤其是《两地书》里面，看得出来。我在前面说周作人比他冷静，这话由不十分深知鲁迅和周作人的人看来，或者要起疑问。但实际上鲁迅却是一个富于感情的人，只是勉强压住，不使透露出来而已；而周作人的理智的固守，对事物社会见解的明确，却是谁也知道的事情。周作人的理智既经发达，又时时加以灌溉，所以便造成了他的博识；但他的态度却不是卖智与炫学的，谦虚和真诚的二重内美，终于使他的理智放了光，博识致了用。他口口声声在说自己是一个中庸的人，若把中庸当作智慧感情的平衡，立身处世的不苟来解，那或者还可以说得过去；若把中庸当作了普通的说法，以为他是一个善于迎合，庸庸碌碌的人，那我们可就受了他的骗了。中国现代散文的成绩，以鲁迅周作人两人的为最丰富最伟大，我平时的偏嗜，亦以此二人的散文为最所溺爱。一经开选，如窃贼入了阿拉伯的宝库，东张西望，简直迷了我取去的判断；忍心割爱，痛加删削，结果还把他们两人的作品选成了这一本集子的中心，从分量上说，他们的散文恐怕要占得全书的十分之六七。"[1]

　　周作人对于现代散文首要的突出贡献，是从西方引入"美文"概念，旨在"给新文学开辟出一块新的土地来"。胡适在《文学革命运动》中写道："至于这五年以来白话文学的成绩，因为时间过近，我们还不便一一的下评判。但是我们从大势上看来，也可以指出几个要点：……第三，白话散文很进步了。长篇议论文的进步，那是显而易见的，可以不论。这几年来，散文方面最可注意的发展乃是周作人等提倡的'小品散文'。这一类的小品，用平淡的谈话，包藏着深刻的意味；有时很像笨拙，其实是滑稽。这一类的作品的成功，就可彻底打破那'美文不能用白话'的迷信了。"[2]

　　周作人写于1921年5月的《美文》全文："外国文学里有一种所谓论文，其中大约可以分作两类。一批评的，是学术性的。二

───────

　　①郁达夫：《〈中国新文学大系（散文二集）〉导言》，载郁达夫编选《中国新文学大系》（第七集：散文二集），上海：上海良友图书印刷公司，1935年8月，第14—15页。
　　②胡适：《文学革命运动》，载阿英编选《中国新文学大系》（第十集：史料·索引），上海：上海良友图书印刷公司，1936年2月，第21页。

记述的，是艺术性的，又称作美文，这里边又可以分出叙事与抒情，但也很多两者夹杂的。这种美文似乎在英语国民里最为发达，如中国所熟知的爱迭生，阑姆，欧文，霍桑诸人都做有很好的美文，近时高尔斯威西，吉欣，契斯透顿也是美文的好手。读好的论文，如读散文诗，因为他实在是诗与散文中间的桥。中国古文里的序，记与说等，也可以说是美文的一类。但在现代的国语文学里，还不曾见有这类文章，治新文学的人为什么不去试试呢？我以为文章的外形与内容，的确有点关系，有许多思想，既不能作为小说，又不适于做诗（此只就体裁上说，若论性质则美文也是小说，小说也就是诗，《新青年》上库普林作的《晚间的来客》，可为一例），便可以用论文式去表他。他的条件，同一切文学作品一样，只是真实简明便好。我们可以看了外国的模范做去，但是须用自己的文句与思想，不可去模仿他们。《晨报》上的浪漫谈，以前有几篇倒有点相近，但是后来（恕我直说）落了窠臼，用上多少自然现象的字面，衰弱的感伤的口气，不大有生命了。我希望大家卷土重来，给新文学开辟出一块新的土地来，岂不好么？"[1]

周氏的散文创作极丰，这时期有《自己的园地》《雨天的书》《泽泻集》《谈龙集》《谈虎集》5个散文集。《自己的园地》（北京晨报社出版部，1923年9月），分"自己的园地""绿州""杂文"三部分，共收录《自己的园地》《文艺上的宽容》《国粹与欧化》《贵族的与平民的》《诗的效用》等53篇散文。

《雨天的书》（北京北新书局，1925年12月），收录《苦雨》《鸟声》《若子的病》《体操》《怀旧》《初恋》《故乡的野菜》《生活之艺术》等50篇散文；《泽泻集》（北京北新书局，1927年9月），

---

① 周作人：《美文》，载《谈虎集（上卷）》，上海：北新书局，1928年1月，第41—42页。

收录《苍蝇》《镜花缘》《北京的茶食》《乌篷船》《喑辞》等21篇散文；《谈龙集》（上海开明书店，1927年12月），收录《文艺批评杂话》《地方与文艺》《三个文学家的纪念》《关于希腊人之哀歌》《个性的文学》等44篇散文。

《谈虎集（上卷）》（上海北新书局，1928年1月），收录《祖先崇拜》《思想革命》《译诗的困难》《翻译与批评》《批评的问题》等76篇散文；《谈虎集（下卷）》（上海北新书局，1928年2月），收录《双十节的感想》《酒后主语小引》《小书》《寻路的人》《两个鬼》《我学国文的经验》等56篇散文。

《〈雨天的书〉自序一》（1923年11月5日于北京）全文："今年冬天特别的多雨，因为是冬天了，究竟不好意思倾盆的下，只是蜘蛛丝似的一缕缕的洒下来。雨虽然细得望去都看不见，天色却非常阴沈，使人十分气闷。在这样的时候，常引起一种空想，觉得如在江村小屋里，靠玻璃窗，烘着白炭火钵，喝清茶，同友人谈闲话，那是颇愉快的事。不过这些空想当然没有实现的希望，再看天色，也就愈觉得阴沈。想要做点正经的工作，心思散漫，好像是出了气的烧酒，一点味道都没有，只好随便写一两行，并无别的意思，聊以对付这雨天的气闷光阴罢了。冬雨是不常有的，日后不晴也将变成雪霰了。但是在晴雪明朗的时候，人们的心里也会有雨天，而且阴沈的期间或者更长久些，因此我这雨天的随笔也就常有续写的机会了。"①

《〈雨天的书〉自序二》（1925年11月13日）节选："我从小知道'病从口入祸从口出'的古训，后来又想溷迹于绅士淑女之林，更努力学为周慎，无如旧性难移，燕尾之服终不能掩羊脚，

---

①周作人：《〈雨天的书〉自序一》，载《雨天的书》，北京：北新书局，1931年9月五版，第1—2页。

检阅旧作，满口柴胡，殊少敦厚温和之气；鸣呼，我其终为'师爷派'矣乎？虽然，此亦属没有法子，我不必因自以为是越人而故意如此，亦不必因其为学士大夫所不喜而故意不如此：我有志为京兆人，而自然乃不容我不为浙人，则我亦随便而已耳。我近来作文极慕平淡自然的景地。但是看古代或外国文学才有此种作品，自己还梦想不到有能做的一天，因为这有气质境地与年龄的关系，不可勉强，像我这样褊急的脾气的人，生在中国这个时代，实在难望能够从容镇静地做出平和冲淡的文章来。我只希望，祈祷，我的心境不要再粗糙下去，荒芜下去，这就是我的大愿望。"①

《北京的茶食》（1924 年 2 月）节选："我们于日用必需的东西以外，必须还有一点无用的游戏与享乐，生活才觉得有意思。我们看夕阳，看秋河，看花，听雨，闻香，喝不求解渴的酒，吃不求饱的点心，都是生活上必要的——虽然是无用的装点，而且是愈精炼愈好。"②

《喝茶》（1924 年 12 月）节选："茶道的意思，用平凡的话来说，可以称作'忙里偷闲，苦中作乐'，在不完全的现世享乐一点美与和谐，在刹那间体会永久，……喝茶当于瓦屋纸窗之下，清泉绿茶，用素雅的陶瓷茶具，同二三人共饮，得半日之闲，可抵十年的尘梦。喝茶之后，再去继续修各人的胜业，无论为名为利，都无不可，但偶然的片刻优游乃正亦断不可少。"③

《谈酒》（1926 年 6 月 20 日）节选："喝酒的趣味在什么地方？

① 周作人：《〈雨天的书〉自序二》，载《雨天的书》，北京：北新书局，1931 年 9 月五版，第 5—6 页。

② 周作人：《北京的茶食》，载《雨天的书》，北京：北新书局，1931 年 9 月五版，第 68—69 页。

③ 周作人：《喝茶》，载《雨天的书》，北京：北新书局，1931 年 9 月五版，第 71—73 页。

这个我恐怕有点说不明白。有人说，酒的乐趣是在醉后的陶然的境界。但我不很了解这个境界是怎样的，因为我自饮酒以来似乎不大陶然过，不知怎的我的醉大抵都只是生理的，而不是精神的陶醉。所以照我说来，酒的趣味只是在饮的时候，我想悦乐大抵在做的这一刹那，倘若说是陶然那也当是杯在口的一刻罢。醉了，困倦了，或者应当休息一会儿，也是很安舒的，却未必能说酒的真趣是在此间。昏迷，梦魇，呓语，或是忘却现世忧患之一法门；其实这也是有限的，倒还不如把宇宙性命都投在一口美酒里的耽溺之力还要强大。"①

《寻路的人》（1923 年 7 月 30 日）节选："我是寻路的人。我日日走着路寻路，终于还未知道这路的方向。现在才知道了：在悲哀中挣扎着正是自然之路，这是与一切生物共同的路，不过我们意识着罢了。路的终点是死，我们便挣扎着往那里去，也便是到那里以前不得不挣扎著。……我们谁不坐在散车上走著呢？有的以为是往天国去，正在歌笑；有的以为是下地狱去，正在悲哭；有的醉了，睡了。我们——只想缓缓的走着，看沿路景色，听人家谈论，尽量的享受这些应得的苦和乐；至于路线如何，或是由西四牌楼往南，或是由东单牌楼往北，那有什么关系？"②

除《美文》及散文创作的贡献外，周作人引领了一脉以闲适抒情旨趣为主的"言志"散文流派，影响久远。俞平伯、钟敬文（1903—2002）、冯文炳等皆为此派的散文作家。俞平伯有散文集《杂拌儿》（上海开明书店，1928 年 8 月）和《燕知草》（上海开明书店，1928 年），收录《陶然亭的雪》《桨声灯影里的秦淮河》《湖

---

①周作人：《谈酒》，载《泽泻集》，北京：北新书局，1927 年 9 月，第56—57 页。

②周作人：《寻路的人》，载《谈虎集（下卷）》，上海：北新书局，1929年 6 月三版，第 391—392 页。

楼小撷》《西湖的六月十八夜》《重过西园码头》等散文名篇。钟
敬文有散文集《荔枝小品》（上海北新书局，1927 年 9 月），收录
《荔枝》《谈雨》《游山》《水仙花》《花的故事》等 22 篇散文。冯文
炳有《竹林的故事》《桥》《桃园》等小说式散文。

四　文学研究会作家的散文

文学研究会的散文代表作家有冰心、朱自清、许地山、叶圣
陶、郑振铎、茅盾、王统照、梁遇春（1906—1932）、丰子恺（1898—
1975）等。这里先介绍前三位作家，其他作家待下个时期再叙。

冰心的散文，深受青少年读者的喜爱，多次被选入中小学语
文教材。这时期的散文集有《往事》（上海开明书店，1930 年 1
月），收录《悟》《六一姊》《剐后》《往事（其二）》《剧后》《梦》
《到青龙桥去》7 篇散文；《寄小读者》（北京北新书局，1926 年 5
月），收录通信 29 篇，山中杂记 10 篇。

阿英（钱杏邨）在《谢冰心小品序》中评曰："谢冰心这个名
字，和中国新文学运动初期的历史，是很密切的联结着的。她作
为优秀的创作家而存在，她也作为卓越的小品文作家而存在。她
的《除夕》，《十字架》（北京《晨报副刊》），《笑》（超人），《梦》
《到青龙桥去》（往事），特别是《往事》（二篇），《山中杂记》（寄
小读者），以及《寄小读者》全书，在青年的读者之中，是曾经有
过极大的魔力。一直到现在，从许多青年的作品中，我们还可以
看到这种'冰心体'的文章。在当时，是更不必说了。青年的读
者，有不受鲁迅影响的，可是，不受冰心文字影响的，那是很少，
虽然从创作的伟大性及其成功方面看，鲁迅远超过冰心。……冰
心的小品文，有些怎样的优点呢？'文字是那样的清新隽丽，笔调
是那样的轻情灵活，充满着画意和诗情，真如镶嵌在夜空里的一
颗颗晶莹的星珠。又如一池春水，风过处，扬起锦似的涟漪'（李

素伯《小品文研究》）。在文字方面，冰心的小品文，确是有这样的特色。不过，相应着上面所论的，我想发展的说一点，就是冰心小品文在当时所以能激起那样大的影响，第一，是由于广大的青年读者对于她的'爱的哲学'的共鸣，特殊是母爱，儿童爱，自然爱，这是蕴藏在每个人心胸里的，谁都具有着的爱的心情。第二，是由于他们对于冰心所选用的题材上的共鸣，冰心的题材，主要的当然是母亲，儿童和自然，青年读者在记忆里所有的，大概也很少的出于这三者之外，即出于三者之外，也必然的包含着三者于内，他们对于这样的作家，怎能不作为自己的表白者看呢？第三，是冰心的文字富于情感，虽然不是奔进的，热烈的，但那'乙乙欲抽'的情怀，在什么地方都表露着在，都在袭击着读者。第四，我想说的，就是前面引用了的所谓冰心文字上的'清新隽丽'了。有此四种特点，遂建立了冰心当时在创作界的权威。"①

郁达夫在《〈中国新文学大系（散文二集）〉导言》中评曰："冰心女士散文的清丽，文字的典雅，思想的纯洁，在中国好算是独一无二的作家了；记得雪莱的咏云雀的诗里，仿佛曾说过云雀是初生的欢喜的化身，是光天化日之下的星辰，是同月光一样来把歌声散溢于宇宙之中的使者，是虹霓的彩滴要自愧不如的妙音的雨师，是……，这一首千古的杰作，我现在记也记不清了，总而言之，把这一首诗全部拿来，以诗人赞美云雀的清词妙句，一字不易地用在冰心女士的散文批评之上，我想是最适当也没有的事情。女士的故乡是福建，福建的秀丽的山水，自然也影响到了她的作风，虽然她并不是在福建长大的。十余年前，当她二十几岁的时候孤身留学在美国，慰冰湖，青山，沙穰，大西洋海滨，

①阿英：《谢冰心小品序》，载《现代十六家小品》，上海：光明书局，1935年10月再版，第135—137页。

白岭，戚叩落亚，银湖，洁澍等佳山水处，都助长了她的诗思，美化了她的文体。对父母之爱，对小弟兄小朋友之爱，以及对异国的弱小儿女，同病者之爱，使她的笔底有了像温泉水似的柔情。她的写异姓爱的文字不多，写自己的两性间的苦闷的地方独少的原因，一半原是因为中国传统的思想在那里束缚她，但一半也因为她的思想纯洁，把她的爱宇宙化了秘密化了的缘故。我以为读了冰心女士的作品，就能够了解中国一切历史上的才女的心情；意在言外，文必己出，哀而不伤，动中法度，是女士的生平，亦即是女士的文章之极致。"①

冰心在《〈记事珠〉自序》中写道："书名为《记事珠》，……其实就是说明每一段文字都像一串珠中的一颗，互不相干，只是用'我'这一根细线，把它们穿在一起而已。"② 又曾在《遗书》里借小说人物之口表述其文学观："文体方面我主张'白话文言化''中文西文化'，这'化'字天有奥妙，不能道出的，只看作者如何运用罢了！我想如现在的仵家能无形中融会古文和西文，拿来应用于新文学，必能为今日中国的文学界，放一异彩。"③

和乐融爱的童年生活以及成年后出国留学等经历，成为冰心歌颂母爱、儿童爱、自然爱与邦国爱的源泉，而这些高洁的爱又以文言、白话与西文调合的文字被她——"这一根细线""穿在一起"。

《往事（一）·七》（1922 年 7 月 21 日）全文："父亲的朋友

<hr>

① 郁达夫：《〈中国新文学大系（散文二集）〉导言》，载郁达夫编选《中国新文学大系》（第七集：散文二集），上海：上海良友图书印刷公司，1935 年 8 月，第 16 页。
② 冰心：《〈记事珠〉自序》，载《记事珠》，北京：人民文学出版社，1982 年 1 月，第 1 页。
③ 冰心：《遗书》，载《超人》，上海：商务印书馆，1947 年 3 月版，第 93 页。

送给我们两缸莲花，一缸是红的，一缸是白的，都摆在院子里。八年之久，我没有在院子里看莲花了——但故乡的园院里，却有许多：不但有并蒂的，还有三蒂的，四蒂的，都是红莲。九年前的一个月夜，祖父和我在园里乘凉。祖父笑着和我说，'我们园里最初开三蒂莲的时候，正好我们大家庭中添了你们三个姊妹。大家都欢喜，说是应了花瑞。'半夜里听见繁杂的雨声，早起是浓阴的天，我觉得有些烦闷。从窗内往外看时，那一朵白莲已经谢了，白瓣儿小船般散飘在水面。梗上只留个小小的莲蓬，和几根淡黄色的花须，那一朵红莲，昨夜还是菡萏的，今晨却开满了，亭亭地在绿叶中间立着。仍是不适意！——徘徊了一会子，窗外雷声作了，大雨接着就来，愈下愈大。那朵红莲，被那繁密的雨点，打得左右欹斜。在无遮蔽的天空之下，我不敢下阶去，也无法可想。对屋里母亲唤着，我连忙走过去，坐在母亲旁边——一回头忽然看见红莲旁边的一个大荷叶，慢慢的倾侧了来，正覆盖在红莲上面……我不宁的心绪散尽了！雨势并不减退，红莲却不摇动了。雨点不住的打着，只能在那勇敢慈怜的荷花上面，聚了些流转无力的水珠。我心中深深的受了感动——母亲呵！你是荷叶，我是红莲。心中的雨点来了，除了你，谁是我在无遮拦天空下的荫蔽？"[1]

《往事（二）·六》（1923年9月26日夜于闭楼壁）节选："乡愁麻痹到全身，我掠着头发，发上掠到了乡愁；我捏着指尖，指上捏着了乡愁。是实实在在的躯壳上感着的苦痛，不是灵魂上浮泛流动的悲哀！……痛定思痛，我觉悟了明月为何千万年来，伤了无数的客心！静夜的无限光明之中，将四围衬映得清晰浮动。

---

[1]冰心：《往事（一）·七》，载《冰心散文集》，上海：北新书局，1933年2月三版，第32—33页。

使他澈底的知道，一身不是梦，是明明白白的去国客游。一切离愁别恨，都不是淡荡的，犹疑的；是分明的，真切的，急如束湿的。"①

《往事（二）·八》（1923年8月28日于太平洋舟中）节选："这是两年前的事了，我自此后，禁绝思虑，又十年不见灯塔，我心不乱。这半个月来，海上瞥见了六七次，过眼时只悄然微叹。失望的心情，不愿他再兴起。而今夜浓雾中的独立，我竟极奋迅的起了悲哀！丝雨濛濛里，我走上最高层，倚着船阑，忽然看见天幕下，四塞的雾点之中，夹岸两嶂淡墨画成似的岛山上，各有一点星光闪烁——船身微微的左右欹斜，这两点星光，也徐徐的在两旁隐约起伏，光线穿过雾层，莹然，灿然，直射到我的心上来，如招呼，如接引，我无言，久——久，悲哀的心弦，开始的策策而动！有多少无情有恨之泪，趁今夜都向这雨点星光挥洒！凭吟啸的海风，带这两年前已死的密愿，直到塔前的光下——从兹了结！拾得起，放得下，愿不再为灯塔动心，也永不作灯塔的梦，无希望的永古不失望，不希冀那不可希冀的，永古无悲哀！"②

《寄小读者·通讯二十》（1924年7月22日于默特佛）节选："故乡没有这明媚的湖光，故乡没有汪洋的大海，故乡没有葱绿的树林，故乡没有连阡的芳草。北京只是尘土飞扬的街道，泥泞的小胡同，灰色的城墙，流汗的人力车夫的奔走，我的故乡，我的北京，是一无所有！小朋友，我不是一个乐而忘返的人，此间纵是地上的乐园，我却仍是'在客'。我寄母亲信中曾说：'……北京似乎是一无所有！——北京纵是一无所有，然已有了我的爱，有了我的爱，

①冰心：《往事（二）·六》，载《往事》，上海：开明书店，1930年8月三版，第81—83页。
②冰心：《往事（二）·八》，载《往事》，上海：开明书店，1930年8月三版，第94—95页。

便是有了一切！灰色的城围里，住着我最宝爱的一切的人，飞扬的尘土呵，何时容我再嗅着我故乡的香气……'"①

《山中杂记（七）说几句爱海的孩气的话》节选："山也是可爱的，但和海比，的确比不起，我有我的理由！人常常说'海阔天空'，只有在海上的时候，才觉得天空阔远到了尽量处，在山上的时候，走到岩壁中间，有时只见一线天光。即或是到了山顶，而因着天末是山，天与地的界线便起伏不平，不如水平线的齐整。海是蓝色灰色的，山是黄色绿色的。拿颜色来比，山也比海不过。蓝色灰色含着庄严淡远的意味，黄色绿色却未免浅显小方一些，固然我们常以黄色为至尊，皇帝的龙袍是黄色的；但皇帝称为'天子'，天比皇帝还尊贵，而天却是蓝色的。海是动的，山是静的，海是活泼的，山是呆板的。昼长人静的时候，天气又热，凝神望着青山，一片黑郁郁的连绵不动，如同病牛一般。而海呢，你看她没有一刻静止！从天边微波粼粼的直卷到岸边，触着崖石，更欣然的溅跃了起来，开了灿然万朵的银花！四围是大海，与四围是乱山，两者相较，是如何滋味，看古诗便可知道。比如说海上山上看月出，古诗说，'南山塞天地，日月石上生。'细细咀嚼，这两句形容乱山，形容得极好，而光景何等臃肿，崎岖，僵冷，读了不使人生快感。而'海上生明月，天涯共此时。'也是月出，光景却何等妩媚，遥远，璀璨！原也是的，海上没有红白紫黄的野花，没有蓝雀红襟等等美丽的小鸟。然而野花到秋冬之间，便都萎谢，反予人以雕落的凄凉。海上的朝霞晚霞，东方一片大海，天上水里反映到不止红白紫黄这几个颜色，这一片花，却是四时不断的。说到飞鸟，蓝雀红襟自然也可爱，而海上的沙鸥，白胸

①冰心：《寄小读者·通讯二十》，载《寄小读者》，上海：北新书局，1936年3月四版，第164—165页。

翠羽，轻盈的飘浮在浪花之上，'凌波微步，罗袜生尘'。看见蓝雀红襟，只使我联忆到'山禽自唤名'，而见海鸥，却使我联忆到千古颂赞美人，颂赞到绝顶的句子，是'婉若游龙，翩若惊鸿'！在海上又使人有透视的能力。这句话天然是真的！你倚栏俯视，你不由自主的要想起这万顷碧琉璃之下，有什么明珠，什么珊瑚，什么龙女，什么鲛纱。在山上呢，很少使人想到山石黄泉以下，有什么金银铜铁。因为海水透明，天然的有引人们思想往深里去的趋向。简直越说越没有完了，总而言之，统而言之，我以为海比山强得多。"①

朱自清的散文，与冰心的一样，也常常被选入中小学语文教材。郁达夫在《〈中国新文学大系（散文二集）〉导言》中评曰："朱自清虽则是一个诗人，可是他的散文，仍能够满贮着那一种诗意。文学研究会的散文作家中，除冰心女士外，文字之美，要算他了。以江北人的坚忍的头脑，能写出江南风景似的秀丽的文章来者，大约是因为他在浙江各地住久了的缘故。"②

1948 年 8 月朱自清因病去世后，文坛诸家相继发表悼念文章。沈从文在《不毁灭的背影》（《新路周刊》1948 年第 1 卷第 16 期）开篇评曰："'其为人也，温美如玉，外润而内贞'。旧人称赞'君子'的话，用来形容一个现代人，或不免稍稍迂腐。因为现代是个粗犷、夸侈、褊私、疯狂的时代。艺术和人生，都必象征时代失去平衡的颠跛，方能吸引人视听。'君子'在这个时代虽稀有难得，也就像是不切现实。惟把这几句作为佩弦先生身后的题词，

①冰心：《山中杂记（七）说几句爱海的孩气的话》，载《寄小读者》，上海：北新书局，1936 年 3 月四版，第 217—219 页。

②郁达夫：《〈中国新文学大系（散文二集）〉导言》，载郁达夫编选《中国新文学大系》（第七集：散文二集），上海：上海良友图书印刷公司，1935 年 8 月，第 18 页。

或许比起别的称赞更恰当具体。佩弦先生人如其文，可爱可敬处即在凡事平易而近人情，拙诚中有妩媚，外随和而内耿介，这种人格或性格的混和，在作人方面比文章还重要。经传中称的圣贤，应当是个什么样子，话很难说。但历史中所称许的纯粹君子，佩弦先生为人实已十分相近。"①

　　杨振声（1890—1956）在写于1948年8月24日的《朱自清先生与现代散文》（《中建（北平）》1948年第1卷第4期）中论述："自新文学运动以来，合戏剧，小说，新诗，散文计算一下成绩，要推散文的成就最高。其次是小说，也因为与散文最近的原因。诗是迟放的花枝。戏剧呢，直至抗战以来，因为它是宣传比较有力的工具，才吸引了许多有才能的作家，不断努力的写作。到今天似又为电影所转移。但无论如何，都还比不上散文的成就。在散文上成就甚早并且提倡小品文使它成为一时风气的，朱自清先生便是最重要的一个。近代散文本早已撕破了昂然道貌的假面具，摘去了假发，卸下了皂袍；它与一切问题短兵相接，与人生日常生活相厮混，共游戏。一句话，它不再装腔作势，专为传道者与说理者作工具，而只是每个人宣情达意的语言符号。这里便发生了三个问题：一、我们叫这种散文是小品文，意思若是说另有一种大品文又或雅文，专供大人先生之用，这误会还小；若是认为小品文其品不庄，只供文人游戏笔墨，以是不敢当散文之正统，只能自居于散文之旁支小道，这误会可就大了。直截了当的说，现代散文就是这个样子。随便你怎么叫，叫它身边随笔（Personal essay）也好，叫它小品文也好，它虽不完全接受散文的传统，却自然而然的成为散文的正宗。它可以写身边琐事，也可以讨论国

――――――――

　　①沈从文：《不毁灭的背影》，载《新路周刊》1948年第1卷第16期，第19页。

家大事；它可以说理，也可以抒情；它可以诙谐，也可以庄重。它只是把一切问题，那怕是哲学的与科学的，说的更自然，更亲切，'能近取譬'罢了。'呼，仆夫，宜君王之欲杀汝而立职也'，不失为正经；'颗颐涉之为王沉沉者'，也不失为正史。韩愈的《毛颖传》，虽句句规模史记，其内容仍是游戏；柳宗元的《李赤传》，虽章法取诸正史，虚诞比之寓言。可知小品不小品，并不在乎文字的雅俗。现代散文可以让孔子'莞尔而笑'，这并不失为圣人之徒，只不是假道学罢了。二、散文与戏剧，小说，甚至诗，并没有严格的此疆彼界。《左传》《檀弓》《史记》《庄子》更多的是戏剧与小说成份。惟其如此，乃更为后来谈古文者所推崇。不以语录，戏曲，小说入文，只是想自立宗派的人妄立信条。可怪的是：他们本想模仿《左》《史》，却正把《左》《史》的好处遗漏了。至若后起的散文诗（Poetic Prose），更说明了诗境可以用散文写，而诗与散文并无界限了。现代散文的运用，就在它打破了过去的桎梏，成为一种综合的艺术。它写人物（Characterization）可以如小说，写紧张局面（Dramatic Situation）可以如戏剧，抒情写景又可以如诗。不，有些地方简直就是小说，就是戏剧，就是诗。它的方便处，在写小说而不必有结构，写戏剧而不必讲场面，写诗而不必用韵脚，所以说它本体还是散文。三、上面所说的两种特质，朱先生的散文都做到了。不但例〔做〕到，而又做得好。所以他的散文，在新文学运动初期，便已在领导着文坛。至此我倒想讨论他散文的第三点，也许是最重要的一点，那便是他散文所用的语言。自新文学运动以来，一般最大的缺陷是对于文学所用的语言缺乏研究与努力，而语言却又正是文学建立的基础。不错，大家改用语体文了。可是用的是怎样的语体呢？一般说来，是蓝青官话。有的掺杂上过去的语录与白话小说的白话，有的揉合了外国的语法与学术上的名词。结果是不文不白，却雅俗共赏；不南不北，却南北皆通，不中不西，却翻译适用。因此也就马马虎虎把语言这一关混过去了。混是混过去了，应用也勉强可以，可是缺乏了一种东西，那便是语言的灵魂，怎么说，它也不够生动，没有个性，又不贴近日常生活。这也就说明了新文学为什么打不进民间去。在抗战前我们便有'大众语'的运动，可是很少有人去从大众学习语言。抗战期间我们又有'文学入伍'与'文学下乡'的口号，可是文学始终不肯入伍，也不肯下乡。文学体裁与内容诚然有问题，而最基本的问题还是语言的隔行。朱先生自始就注重北平的方言，尤其近几年来，他在这方面的成就很可观。在他的文章中，许多的语句都那末活生生地捉到纸上去，使你感到文章的生动，自然与亲切。同时他用来很有分寸，你不觉得像听北平话那末——油嘴子似的。这里发生了一个问题：我们能不能完全用一种方言——比如北平话，写文章，用方言，文字才生动，才有个性，也才能在民间生根。可是方言有时就不够用，特别在学术用语方面。并且若是全用北平话，也觉得流利的有点俗。朱先生在这方面的主张，是以北平话作底子而又不全用北平话。那也就包含一个结论，便是：我们文章的语言，必须是出发于一种方言，这是语言的真生命；然后再吸收他种方言术语，加以扩大，成为自创的语言。这个问题是值得我们继续研究与不断努力的。最后，我觉得朱先生的性情造成他散文的风格。你同他谈话处事或读他的文章，印象都是那么诚恳，谦虚，温厚，朴素而并不缺乏风趣。对人对事对文章，他一切处理的那末公允，妥当，恰到好处。他文如其人，风华是从朴素出来，幽默是从忠厚出来，腴厚是从平淡出来。他的散文，确实给我们开出一条平坦大道，这条道将永久领导我们自迩以至远，自卑以升高。"[1]

①杨振声：《朱自清先生与现代散文》，载《中建（北平）》1948年第1卷第4期，第10—11页。

这时期朱自清的作品有文学合集《踪迹》（上海亚东图书馆，1924 年 12 月），分新诗和散文两辑，后者收录《歌声》《温州的踪迹》《航船中的文明》《桨声灯影里的秦淮河》4 篇散文；散文集《背影》（上海开明书店，1928 年 10 月），分甲乙两辑，共收录《背影》《飘零》《荷塘月色》《儿女》《旅行杂记》等 15 篇散文。

《荷塘月色》（1927 年 7 月于北京清华园）全文："这几天心里颇不宁静。今晚在院子里坐着乘凉，忽然想起日日走过的荷塘，在这满月的光里，总该另有一番样子吧。月亮渐渐地升高了，墙外马路上孩子们的欢笑，已经听不见了；妻在屋里拍着闰儿，迷迷糊糊地哼着眠歌。我悄悄地披了大衫，带上门出去。沿着荷塘，是一条曲折的小煤屑路，这是一条幽僻的路；白天也少人走，夜晚更加寂寞。荷塘四面，长着许多树，蓊蓊郁郁的。路的一旁，是些杨柳，和一些不知道名字的树。没有月光的晚上，这路上阴森森的，有些怕人。今晚却很好，虽然月光也还是淡淡的。路上只我一个人，背着手踱着。这一片天地好像是我的；我也像超出了平常的自己，到了另一世界里。我爱热闹，也爱冷静；爱群居，也爱独处。像今晚上，一个人在这苍茫的月下，什么都可以想，什么都可以不想，便觉是个自由的人。白天里一定要做的事，一定要说的话，现在都可不理。这是独处的妙处；我且受用这无边的荷香月色好了。曲曲折折的荷塘上面，弥望的是田田的叶子。叶子出水很高，像亭亭的舞女的裙。层层的叶子中间，零星地点缀着些白花，有袅娜地开着的，有羞涩地打着朵儿的；正如一粒粒的明珠，又如碧天里的星星，又如刚出浴的美人。微风过处，送来缕缕清香，仿佛远处高楼上渺茫的歌声似的。这时候叶子与花也有一丝的颤动，像闪电般，霎时传过荷塘的那边去了。叶子本是肩并肩密密地挨着，这便宛然有了一道凝碧的波痕。叶子底下是脉脉的流水，遮住了，不能见一些颜色；而叶子却更见风致了。月光如流水一般，静静地泻在这一片叶子和花上。薄薄的青雾浮起在荷塘里。叶子和花仿佛在牛乳中洗过一样；又像笼着轻纱的梦。虽然是满月，天上却有一层淡淡的云，所以不能朗照；但我以为这恰是到了好处——酣眠固不可少，小睡也别有风味的。月光是隔了树照过来的，高处丛生的灌木，落下参差的斑驳的黑影，峭楞楞如鬼一般；弯弯的杨柳的稀疏的倩影，却又像是画在荷叶上。塘中的月色并不均匀；但光与影有着和谐的旋律，如梵婀玲上奏着的名曲。荷塘的四面，远远近近，高高低低都是树，而杨柳最多。这些树将一片荷塘重重围住；只在小路一旁，漏着几段空隙，像是特为月光留下的。树色一例是阴阴的，乍看像一团烟雾；但杨柳的丰姿，便在烟雾里也辨得出。树梢上隐隐约约的是一带远山，只有些大意罢了。树缝里也漏着一两点路灯光，没精打采的，是渴睡人的眼。这时候最热闹的，要数树上的蝉声与水里的蛙声；但热闹是它们的，我什么也没有。忽然想起采莲的事情来了。采莲是江南的旧俗，似乎很早就有，而六朝时为盛；从诗歌里可以约略知道。采莲的是少年的女子，她们是荡着小船，唱着艳歌去的。采莲人不用说很多，还有看采莲的人。那是一个热闹的季节，也是一个风流的季节。梁元帝《采莲赋》里说得好：'于是妖童媛女，荡舟心许：鷁首徐回，兼传羽杯；棹将移而藻挂，船欲动而萍开。尔其纤腰束素，迁延顾步；夏始春余，叶嫩花初，恐沾裳而浅笑，畏倾船而敛裾。'可见当时嬉游的光景了。这真是有趣的事，可惜我们现在早已无福消受了。于是又记起《西洲曲》里的句子：'采莲南塘秋，莲花过人头；低头弄莲子，莲子清如水。'今晚若有采莲人，这儿的莲花也算得'过人头'了；只不见一些流水的影子，是不行的。这令我到底惦着江南了。——这样想着，猛一抬头，不觉已是自己的门前；轻轻地推门进去，什么声息也没有，妻已睡熟好久了。"①

落华生（许地山），主要作品有散文集《空山灵雨》（上海商务印书馆，1925 年 6 月），收录《心有事》《蝉》《蛇》《笑》《三迁》《香》《愿》《信仰底哀伤》《海》《梨花》《落花生》等 44 篇散文；书信集《无法投递之邮件》（北京文化学社，1928 年 6 月），收录《给诵幼》《给劳云》《复真龄》等 17 封书信。

沈从文在《论落华生》中评曰："在中国，以异教特殊民族生活，作为创作基本，以佛经中邃智明辨笔墨，显示散文的美与光，色香中不缺少诗，落华生为最本质的使散文发展到一个和谐的境界的作者之一（另外的周作人、徐志摩、冯文炳诸人当另论）。这调和，所指的是把基督教的爱欲，佛教的明慧，近代文明与古旧情绪，揉合在一处，毫不牵强的融成一片。作者的风格是由此显示特异而存在的。最散文底诗质底是这人文章。佛的聪明，基督的普遍的爱，透达人情，而于世情不作顽固之拥护与排斥，以佛经阐明爱欲所引起人类心上的一切纠纷，然而在文字中，处处不缺少女人的爱娇姿式，在中国，不能不说这是唯一的散文作家了！作者用南方国度，如缅甸等处，作为背景，所写成的各样文章，把僧侣家庭，及异方风物，介绍得那么亲切，作品中，咖啡与孔雀，佛法同爱情，仿佛无关系的一切连系在一处，使我们感到一种异国情调。读《命命鸟》，读《空山灵雨》那一类文章，总觉得这是另外一个国度的人，学着另外一个国度里的故事（虽然在文字上那种异国情调的夸张性却完全没有）。他用的是中国的乐器，是我们最相熟的乐器，奏出了异国的调子，就是那调子，那声音，那永远是东方底，静底，微带厌世倾向的，柔软忧郁底调子，使

①朱自清：《荷塘月色》，载《背影》，上海：开明书店，1946 年 4 月十一版，第 60—64 页。

312

我们读到它时，不知不觉发生悲哀了。对人生，所下诠解，那东方底，静底，柔软忧郁的特质，反映在作者一切作品上，在作者作品以外是可以得到最相当的说明的。作者似乎为台湾人，长于福建，后受基督教之高等教育，肄业北京之燕京大学，再后过牛津，学宗教考古学，识梵文及其他文字。作者环境与教育，更雄辩的也更朗然的解释了作者作品的自然倾向了。生于僧侣的国度（？），育于神学宗教学薰染中，始终用东方的头脑，接受一切用诗本质为基础的各种思想学问，这人散文在另一意义上，则将永远成为奢侈的，贵族的，情绪的滋补药品，不会像另一散文长才冯文炳君那么把文字融解到农村生活的骨里髓里去，也是很自然的事情了。在'奢侈的，贵族的，情绪滋补'的一句话上，有必须那样加以补充的，是作者在作品里那种静观的反照的明澈。关于这点，并非在同一机会下的有教养的头脑，是不会感到那种古典的美的存在的。在这意义上，冯文炳君因为所理解的关于文字效率和运用，与作者不同，是接近'大众'或者接近'时代'许多了。《缀网劳蛛》一文上，述一基督教徒的女人，用佛家的慈悲，拯救了一个逾墙跌伤的贼。第二天，其夫回来时，无理性的将女人刺伤。女人转到另一热带地方去做小事情，看采珠，从那事上找出东方式的反省。有一天，朋友吕姓夫妇寻来，告及一切，到后女人被丈夫欢迎回去。女人回去以后，丈夫因心中有所不安，仍然是那种东方民族性的反省不安，故走去就不回来了。全篇意思在人类纠纷，有情的人在这类纠纷上发现缺陷，各处的弥补，后来作者忍受不来，加以追究的疑问了。缺处的发现，以及对手缺处的处置，作者是更东方底把事情加以自己意见了的。《命命鸟》上敏明的梦，《空山灵雨》上的梦，作者还是在继续追究意识下，对人生的万象感到扰乱的认识兴味。那认识是兴味也是苦恼，所以《命命鸟》取喜剧形式作悲剧收场。用最工整细致的笔，按着纸，在纸上画出小小的螺纹，在螺纹上我们可以看出有聪明人对人生的注意那种意义，可以比拟作者'情绪古典的'工作的成就。语言的伶俐，形式上，或以为这规范，是有一小部分出之于《红楼梦》中贾哥哥同林妹妹的体裁的。《空山灵雨》的《鬼赞》中，有这样的鬼话：'人哪，你在当生，来生的时候，有泪就尽量的流，有声就尽量的唱；有苦就尝，有情就施，有欲就取，有事就……等到你疲劳，等到你歇息的时候，你就有福了。'那么积极的对于'生的任性'加以赞美，而同时把福气归到灭亡，作者心情与时代是显然起了分解，现在再不能在文学上有所表现，渐被世人忘却，也是当然的事了。作者的容易被世人忘却，虽为当然的事，然而有不能被人忘却的理由，为上所述及那特质的优长，我们可以这样结束了讨论这个人的一切，仍然采取了作者的句子：'你底暮气满面，当然会把这歌忘掉。''暮'字似乎应当酌改，因为时代的旋转，是那朝气，使作者的作品陷到遗忘的陷阱里去的。"①

《落花生》全文："我们屋后有半亩隙地。母亲说：'让他荒芜着怪可惜，既然你们那么爱吃花生，就辟来做花生园罢。'我们几姊弟和几个小丫头都很喜欢——买种底买种，动土底动土，灌园底灌园；过不了几个月，居然收获了！妈妈说：'今晚我们可以做一个收获节，也请你们爹爹来尝尝我们底新花生，如何？'我们都答应了。母亲把花生做成好几样底食品，还吩咐这节期要在园里底茅亭举行。那晚上底天色不大好，可是爹爹也到来，实在很难得！爹爹说：'你们爱吃花生么？'我们都争着答应，'爱！''谁能把花生底好处说出来？'姊姊说：'花生底气味很美。'哥哥说：'花生可以制油。'我说：'无论何等人都可以用贱价买他来吃；都喜

---

① 沈从文：《论落华生》，载《沫沫集》，上海：大东书局，1934年4月，第25—30页。

欢吃他。这就是他底好处.'爹爹说：'花生底用处固然很多，但有一样是很可贵的。这小小的豆不像那好看的苹果、桃子、石榴，把他们底果实悬在枝上，鲜红嫩绿的颜色，令人一望而发生羡慕底心。他只把果子埋在地底，等到成熟，才容人把他挖出来，你们偶然看见一颗花生瑟缩地长在地上，不能立刻辨出他有没有果实，非得等到你接触他才能知道.'我们都说：'是的'，母亲也点点头。爹爹接下去说：'所以你们要像花生，因为他是有用的，不是伟大、好看的东西.'我说：'那么，人要做有用的人，不要做伟大、体面的人了.'爹爹说：'这是我对于你们底希望.'我们谈到夜阑才散，所有花生食品虽然没有了，然而父亲底话现在还印在我心版上。"①

五　创造社作家的散文

"现代的散文，却更是带有自叙传的色彩了，我们只消把现代作家的散文集一翻，则这作家的世系，性格，嗜好，思想，信仰，以及生活习惯等等，无不活泼泼地显现在我们的眼前。"② 这段郁达夫在《〈中国新文学大系（散文二集）〉导言》中的论述移来评价他自己的散文特征是最恰当不过的了。

　郁达夫的散文带着浓郁的自传色彩。这时期的作品有文学合集《茑萝集》（上海泰东图书局，1923 年 10 月），收录《献纳之辞》《自序》《写完了茑萝集的最后一篇》3 篇散文；《日记九种》（上海北新书局，1927 年 9 月），收录《劳生日记》《病闲日记》《村居日记》

---

①落华生：《落花生》，载《空山灵雨》，上海：商务印书馆，1926 年 4 月再版，第 110—111 页。

②郁达夫：《〈中国新文学大系（散文二集）〉导言》，载郁达夫编选《中国新文学大系》（第七集：散文二集），上海：上海良友图书印刷公司，1935 年 8 月，第 5 页。

《穷冬日记》《新生日记》《闲情日记》《五月日记》《客杭日记》《厌炎日记》9 篇。

阿英在《郁达夫小品序》中评曰："在郁达夫的小品文字中，一般的说，多的是'解剖自己，阐明苦闷的心理的记载'（论日记文学），以及对于现实的不满之谈。纪游的小品，如《钓台的春昼》之类，固以'清新'胜；这一类的小品，则抒情的较多，《一个人在途上》《灯蛾埋葬之夜》，是最为人所传诵的。纪叙的小品文，如《移家琐记》之类，是以简明老炼见长。至于《猥言琐说》，或讽刺，或愤激，也都是些社会生活紧张极度的具现。日记文，郁达夫写作得尤多，在《忏余集》上发表的《沧洲日记》，《水明楼日记》，较之《日记九种》的文字，是老炼得多，其他，也有许多很可读的小品。郁达夫的小品文，是充分的表现了一个富有才情的智识分子，在动乱的社会里的苦闷心怀。即使是记游文罢，如果不是从文字的浮面来了解作者的话，我感到他的愤闷也是透露在字里行间的。他说出游并非'写忧'，而'忧'实际上是存在的。超出景物的描写，人事的叙述之外，来了解作者，在这个时代是有着必要。"①

郁达夫为纪念他 5 岁孩子龙儿之死而于 1926 年 10 月 5 日创作了《一个人在途上》（《创造月刊》1926 年第 1 卷第 5 期），文章催人泪下："在东车站的长廊下和女人分开以后，自家又剩了孤零丁的一个。频年飘泊惯的两口儿，这一回的离散，倒也算不得什么特别，可是端午节那天，龙儿刚死，到这时候北京城里虽已起了秋风，但是计算起来，去儿子的死期，究竟还只有一百来天。在车座里，稍稍把意识恢复转来的时候，自家就想起了卢骚晚年的

---

①阿英：《郁达夫小品序》，载《现代十六家小品》，上海：光明书局，1935 年 10 月再版，第 344—345 页。

作品《孤独散步者的梦想》的头上的几句话：'自家除了己身以外，已经没有弟兄，没有邻人，没有朋友，没有社会了。自家在这世上，像这样的，已经成了一个孤独者了。……'然而当年的卢骚还有弃养在孤儿院内的五个儿子，而我自己哩，连一个抚育到五岁的儿子都还抓不住！离家的远别。本来也只为想养活妻儿。去年在某大学的被逐，是万料不到的事情。其后兵乱迭起，交通阻绝，当寒冬的十月，会病倒在沪上，也是谁也料想不到的。今年二月，好容易到得南方，归息了一年之半，谁知这刚养得出趣的龙儿，又会遭此凶疾呢？龙儿的病报，本是在广州得着，匆促北航，到了上海，接连接了几个北京来的电报，换船到天津，已经是旧历的五月初十。到家之夜，一见了门上的白纸条儿，心里已经是跳得忙乱，从苍茫的暮色里赶到哥哥家中，见了衰病的她，因为在大众之前，勉强将感情压住，草草吃了夜饭，上床就寝，把电灯一灭，两人只有紧抱的痛哭，痛哭，痛哭，只是痛哭，气也换不过来，更那里有说一句话的余裕？受苦的时间，的确脱煞过去得太悠徐，今年的夏季，只是悲叹的连续。晚上上床，两口儿，那敢提一句话？可怜这两个迷散的灵心，在电灯灭黑的黝暗里，所摸走的荒路，每凑集在一条线上，这路的交叉点里，只有一块小小的墓碑，墓碑上只有'龙儿之墓'的四个红字。妻儿因为在浙江老家内不能和母亲同住，不得已而搬往北京当时我在寄食的哥哥家去，是去年的四月中旬，那时候龙儿正长得肥满可爱，一举一动，处处教人欢喜。到了五月初，从某地回京，觉得哥哥家太狭小，就在什刹海的北岸，租定了一间渺小的住宅。夫妻两个，日日和龙儿伴乐，闲时也常在北海的荷花深处，及门前的杨柳阴中带龙儿去走走。这一年的暑假，总算过得最快乐，最闲适。秋风吹叶落的时候，别了龙儿和女人，再上某地大学去为朋友帮忙，当时他们俩还往西车站去送我来哩！这是去年秋晚的事情，想起来还同昨日的情形一样。过了一月，某地的学校里发生事情，又回京了一次，在什刹海小住了两星期，本来打算不再出京了，然碍于朋友的面子，又不得不于一天寒风刺骨的黄昏，上西车站去趁车。这时候因为怕龙儿要哭，自己和女人，吃过晚饭，便只说要往哥哥家里去，只许他送我们到门口。记得那一天晚上他一个人和老妈子立在门口，等我们俩去了好远，还'爸爸！爸爸！'的叫了好几声。啊啊，这几声的呼唤，是我在这世上听到的他叫我的最后的声音！出京之后，到某地住了一宵，就匆促逃往上海。接续便染了病，遇了强盗辈的争夺政权，其后赴南方暂住，一直到今年的五月，才返北京。想起来，龙儿实在是一个填债的儿子，是当乱离困厄的这几年中间，特来安慰我和他娘的愁闷的使者！自从他在安庆生落地以来，我自己没有一天脱离过苦闷，没有一处安住到五个月以上。我的女人，也和我分担着十字架的重负，只是东西南北的奔波飘泊。然当日夜难安，悲苦得不了的时候，只教他的笑脸一开，女人和我就可以把一切穷愁，丢在脑后。而今年五月初十待我赶到北京的时候，他的尸体，早已在妙光阁的广谊园地下躺着了。他的病，说是脑膜炎。自从得病之日起，一直到旧历端午节的午时绝命的时候止，中间经过有一个多月的光景。平时被我们宠坏了的他，听说此番病里，却乖顺得非常。叫他吃药，他就大口的吃，叫他用冰枕，他就很柔顺的躺上。病后还能说话的时候，只问他的娘，'爸爸几时回来?''爸爸在上海为我定做的小皮鞋，已经做好了没有?'我的女人，于惑乱之余，每幽幽的问他：'龙！你晓得你这一场病，会不会死的?'他老是很不愿意的回答说：'那儿会死的哩?'据女人含泪的告诉我说，他的谈吐，绝不似一个五岁的小儿。未病之前一个月的时候，有一天午后他在门口玩耍，看见西面来了一乘马车，马车里坐着一个带灰白帽子的青年。他远远看见，就急忙丢下了伴侣，跑进屋里去叫他娘出来，说：'爸爸回来了，爸爸回来了！'因为我去年离京时所带的，是一样的一顶白灰呢帽。他娘跟他出来到门前，马车已经过去了，他就死劲的拉住了他娘，哭喊着说：'爸爸怎么不家来吓？爸爸怎么不家来吓？'他娘说慰了半天，他还尽是哭着，这也是他娘含泪和我说的。现在回想起来，自己实在不该抛弃了他们，一个人在外面流荡，致使那小小的灵心，常有望远思亲之痛。去年六月，搬往什刹海之后，有一次我们在堤上散步，因为他看见了人家的汽车，硬是哭着要坐，被我痛打了一顿。又有一次，他是因为要穿洋服，受了我的毒打。这实在只能怪我做父亲的没有能力，不能做洋服给他穿，雇汽车给他坐，早知他要这样的早死，我就是典当强劫，也应该去弄一点钱来，满足他无邪的欲望，到现在追想起来，实在觉得对他不起，实在是我太无容人之量了。我女人说，频〔濒〕死的前五天，在病院里，叫了几夜的爸爸！她问他'叫爸爸干什么？'他又不响了，停一会儿，就又再叫起来。到了旧历五月初三日，他已入了昏迷状态，医师替他抽骨髓，他只会直叫一声'干吗？'喉头的气管，咯咯在抽咽，眼睛只往上吊送，口头流些白沫，然而一口气总不肯断。他娘哭叫几声'龙！龙！'他的眼角上，就迸流下眼泪出来，后来他娘看他苦得难过，倒对他说：'龙！你若是没有命的，就好好的去吧！你是不是想等爸爸回来？就是你爸爸回来，也不过是这样的替你医治罢了。龙！你有什么不了的心愿呢？龙！与其这样的抽咽受苦，你还不如快快的去吧！'他听了这一段话，眼角上的眼泪，更是涌流得厉害。到了旧历端午节的午时，他竟等不着我的回来，终于断气了。丧葬之后，女人搬往哥哥家里，暂住了几天。我于五月十日晚上，下车赶到什刹海的寓宅，打门打了半天，没有应声，后来抬头一看，才见了一张告示邮差送信的白纸条。自从龙儿生病以后，连日连夜看护久已倦了的她，又那里经得起最后的这一个打击？自己当到京之夜，见了她的衰容，见了她的泪眼，又那里能够不痛哭呢？在哥哥家里小住了两三天，我因为想追求龙儿生前的遗迹，一定要女人和我仍复搬回什刹海的住宅去住它一两个月。搬回去那天，一进上屋的门，就见了一张被他玩破的今年正月里的花灯。听说这张花灯，是南城大姨妈送他的，因为他自家烧破了一个窟窿，他还哭泣好几次来的。其次，便是上房里砖上的几堆烧纸钱的痕迹！当他下殁时烧的。院子里有一架葡萄，两颗枣树，去年采取葡萄枣子的时候，他站在树下，兜起了大褂，仰头在看树上的我。我摘取一颗，丢入了他的大褂斗里，他的哄笑声，要继续到三五分钟。今年这两颗枣树结满了青青的枣子，风起的半夜里，老有熟极的枣子辞枝自落。女人和我，睡在床上，有时候且哭且谈，总要到更深人静，方能入睡。在这样的幽幽的谈话中间，最怕听的，就是这滴答的坠枣之声。到京的第二日，和女人去看他的坟墓。先在一家南纸铺里买了许多冥府的钞票，预备去烧送给他。直到到了妙光阁的广谊园茔地门前，她方从呜咽里清醒过来，说：'这是钞票，他一个小孩如何用得呢？' 就又回车转来，到琉璃厂去买了些有孔的纸钱。她在坟前哭了一阵，把纸钱钞票烧化的时候，却叫着说：'龙！这一堆是钞票，你收在那里，待长大了的时候再用，要买什么，你先拿这一堆钱去用吧！' 这一天在他的坟上坐着，我们直到午后七点，太阳平西的时候，才回家来。临走的时候，他娘还哭叫着说：'龙！龙！你一个人在这里不怕冷静的么？龙！龙！人家若来欺你，你晚上来告诉娘吧！你怎么不想回来了呢？你怎么梦也不来托一个呢？' 箱子里，还有许多散放着的他的小衣服。今年北京的天气，到七月中旬，已经是很冷了。当微凉的早晚，我们俩都想换上几件夹衣，然而因为怕见到他旧时的夹衣袍袜，我们俩却尽是一天一天的捱着，谁也不说出口来，说'要换上件夹衫'。有一次和女人在那里睡午觉，她骤然从床上坐了起来，鞋也不拖，光著袜子，跑上了上房起坐室里，并且更掀帘跑上外面院子里去。我也莫名其妙跟着她跑到外面的时候，只见她在那里四面找寻什么。找寻不着，呆立了一会，她忽然放声哭了起来，并且抱住了我急急的追问说：'你听不听见？你听不听见？'哭完之后，她才告诉我说，在半醒半睡的中间，她听见'娘！娘！'的叫了两声，的确是龙的声音，她很坚硬的说：'的确是龙回来了。'北京的朋友亲戚，为安慰我们起见，今年夏天常请我们俩去吃饭听戏，她老不愿意和我同去，因为去年的六月，我们无论上那里去玩，龙儿是常和我们在一处的。今年的一个暑假，就是这样的，在悲叹和幻梦的中间消逝了。这一回南方来催我就道的信，过于匆促，出发之前，我觉得还有一件大事情没有做了。中秋节前新搬了家，为修理房屋，部署杂事，就忙了一个星期。出发之前，又因了种种琐事，不能抽出空来，再上龙儿的墓地里去探望一回。女人上东车站来送我上车的时候，我心里尽是酸一阵痛一阵的在回念这一件恨事。有好几次想和她说出来，教她于两三日后再往妙光阁去探望一趟，但见了她的憔悴尽的颜色，和苦忍住的悽楚，又终于一句话也没有讲成。现在去北京远了，去龙儿更远了，自家只一个人，只是孤零丁的一个人，在这里继续此生中大约是完不了的飘泊。"①

郭沫若，这时期有散文集《橄榄》（上海创造社出版部，1926 年 9 月），分"飘流三部曲""行路难""山中杂记""路畔的蔷薇"4 辑。"飘流三部曲"收录《歧路》《炼狱》《十字架》3 篇；"行路难"收录《行路难》1 篇；"山中杂记"收录《菩提树下》《三诗人之死》《芭蕉花》《铁盔》《鸡雏》《人力以上》《卖书》《曼陀罗华》《红瓜》9 篇；"路畔的蔷薇"收录《路畔的蔷薇》《夕暮》《水墨画》《山茶花》《墓》

①郁达夫：《一个人在途上》，载周作人编选《中国新文学大系》（第六集：散文一集），上海：上海良友图书印刷公司，1935 年 8 月，第 153—158 页。

《白发》6 篇。其中，"路畔的蔷薇"所辑 6 篇散文即《小品六章》（北京《晨报副刊》1924 年 12 月 28—31 日，1925 年 1 月 6—7 日）。此外，散见的名篇还有《月蚀》（《创造周报》1923 年第 17—18 期）、《百合与番茄》（《创造周报》1924 年第 30—32 期）等。

　　阿英在《郭沫若小品序》中评曰："郭沫若的《小品六章》最初在北京《晨报副刊》发表的时候，本来是有一篇序引的，里面有'我在日本时生活虽是赤贫，但时有牧歌的情绪袭来，慰我孤寂的心地。我这几章小品便是随时随处把这样的情绪记录下来的东西。'我想，这'牧歌的情趣'五字是最足以说明郭沫若的小品的特色的，无论是《小品六章》也好，《卖书》等篇也好。所以然富于这种情趣的原因，当然是由于郭沫若是诗人的原故。……他所写的小品文，实际上是不多，而影响最大的，可说是《小品六章》《芭蕉花》《卖书》三篇，写田园诗人般的生活，写母爱的回忆，写生活上的苦恼，这些都是最足以引起青年读者共鸣的小品文。而这三篇以及其他各篇的内容，也都如他在《塔》的序引里所说，'无情的生活一天一天地把我逼到十字街头，像这样幻美的追寻，异乡的情趣，怀古的幽思，怕没有再来顾我的机会了。啊，青春哟！我过往的浪漫时期哟！我在这儿和你告别了！我悔我把握你得太迟，离别你得太速，但我现在也无法挽留你了。以后是炎炎的夏日当头，'是走向十字街头之前的作品，虽写作的时期也在生活的苦难之中。这些小品，他的话，'幻美的追寻，异乡的情趣，怀古的幽思'是可以说尽内容的。他有了这样生活的底子，用着他如长江大河一泻千里的流畅的笔写了出来，处处渲染着他所特具的丰富热烈的情感，遂成为一代的不朽之作，而激起小品文运动的大的狂浪，予以不少的推动力了。"①

---

　　①阿英：《郭沫若小品序》，载《现代十六家小品》，上海：光明书局，1935 年 10 月再版，第 307—309 页。

　　《卖书》全文："我平生苦受了文学的纠缠，我弃它也不知道弃过多少次数了。我小的时候便喜欢读楚辞庄子史记唐诗，但在民国二年出省的时候，我便全盘把它们丢了。民国三年的正月我初到日本来的时候，只带着一部《文选》，这是二年的年底在北京琉璃厂的旧书店里买的了。走的时候本也想丢掉它，是我大哥劝我，终竟没有把它丢掉。但我在日本的起初的一两年，它在我的笥里是没有取出过的呢。在日本住久了，文学的趣味不知不觉之间又抬起头来，我在高等学校快要毕业的时候，又收集了不少的中外的文学书籍了。那是民国七年的初夏，我从冈山的第六高等学校毕了业，以后是要进医科大学的了。我决心要专精于医学的研究，文学的书籍又不能不和它们断缘了。我起了决心，又先后把我贫弱的藏书送给了友人们，明天便是我永远离开冈山的时候了。剩着《庾子山全集》和《陶渊明全集》两书还在我的手里。这两部书我实在是不忍丢去，但我又不能不把它们丢去。这两部书和科学的精神尤为是不相投合的呢。那时候我因为手里没有多少钱，便想把这两位诗人拿去拍卖。我想日本人是比较尊重汉籍的，这两部书也比较珍奇，在书店里或者可以多卖些价格。那是晚上，天在落雨。我打起一把雨伞向冈山市上走去，走到了一家书店，我进去问了一声。我说：'我有几本中国书……'话还没有说完，坐店的一位年青的日本人怀着两只手粗暴地反问着我：'你有几本中国书？怎么样？'我说：'想让给你。''哼'，他从鼻孔里哼了一声，又把下颚向店外指了一下：'你去看看招牌罢，我不是买旧书的人！'说着把头一掉便各自去做他的事情去了。我碰了这样一个大钉子，失悔得甚么似的，心里又是恼恨，这位书贾太不把人当钱了，我就偶尔把招牌认错，也犯不着以这样侮慢的态度待我！我抱着书仍旧回我的寓所去。路从冈山图书馆经过的时候，我突然对于它生出无限的惜别意来。这儿是使我认识了 Spinoza，

Tagore，Kabir，Goethe，Heine，Nietzsche 诸人的地方，我的青年时代的一部分是埋葬在这儿的了。我便想把我肘下挟着的两部书寄付在这儿。我一起了决心，便把书抱进馆去。那时因为下雨，馆里看书的没有一个人。我向着一位馆员交涉了，说我愿寄付两部书。馆员说馆长已去了，叫我明天再来。我觉得这是再好没有的，便把书交给了馆员，诿说明天再来，便各自走了。啊，我平生没有遇着过这样快心的事情。我把书寄付了之后，觉得心里非常的恬静，非常的轻灵，雨伞上滴落着的雨点声都带着音乐的谐调，赤足上蹑触着的行潦也觉得爽腻。啊，那爽腻的感觉我想就是耶稣的脚上受着 Magdalen 用香油涂抹时的感觉，也不过是这样罢？——这样的感觉，我到现在也还能记忆，但是已经隔了六年了。自从把书寄付后的第二天我便离去了冈山，我在那天不消说是没有往图书馆里去过。六年以来，我坐火车虽然前前后后地经过了冈山五六次，但都没有机会下车。在冈山的三年间的生活的回忆是时常在我脑中苏活着的，但我恐怕永没有重到那儿的希望了罢？呵，那儿有我和芳坞同过学的学校，那儿有我和晓芙同栖的小屋，那儿有我时常去登临的操山，那儿有我时常弄着舟的旭川，那儿有我每朝清晨上学，每晚放学回家，必然通过的清丽的后乐园，那儿有过一位最后送我上车的处女，这些都是使我永远不能忘怀的地方，但我现在最初想到的是我那庾子山和陶渊明集的两部书呀！我那两部书不知道果安然寄放在图书馆里没有？无名氏的寄付，未经馆长的过目，不知道究竟遭了登录没有？看那样的书籍的人，我怕近代的日本人中终竟少有罢？即使遭了登录，我想来定被置诸高阁，或者是被蠹虫食了。啊，但是哟，我的庾子山！我的陶渊明！我的旧友们哟！你们没要怨我抛撇！你们也没有怨知音的寥落罢！我虽然把你们抛撇了，但我到了现在也还在镂心刻骨地思念你们。你们即使不遇知音，但假如在图书馆中健存，也比落在贪婪的书贾手中经过一道铜臭的烙印的，总还要幸福些罢？啊，我的庾子山！我的陶渊明！旧友们哟！现在已是夜深，也是正在下雨的时候，我寄居在这儿的山中，也和你们冷藏在图书馆里一样的呢。但我想起六年前和你们别离的那个幸福的晚上，我觉得我也算不曾虚度此生了，我现在也还要希望甚么呢？也还要希望甚么呢？啊，我现在的身体比从前更加不好了，新添了三个儿子已渐渐长大了起来，生活的严威紧逼着我，我不知道能够看着他们长到几时？但我要把他们养大，送到社会上去做个好人，也是我生了他们的一番责任呢。我在今世假使没有重到冈山来看望你们的时候，我死后的遗言，定要叫我的儿子们便道来看望。你们的生命是比我长久的，我的骨化成灰，肉化成泥时，我的神魂是借着你们永在。"①

六 "语丝派"与"现代评论派"散文

"语丝派"系 1924 年 11 月在北京创刊的《语丝》杂志的固定创作群体。《语丝》自第 1 卷第 2 期始设"随感录"专栏，承续《新青年》杂感风的同时，发展出一种有"语丝体"称谓的散文形态。撰稿作家除鲁迅、周作人外，最有特色的要属喜用幽默的林语堂。

林语堂，1912 年考入上海圣约翰大学，1919 年赴美国哈佛大学留学。1921 年赴德国莱比锡大学攻读博士学位。1923 年学成归国先后任教于北京大学、厦门大学。1924 年起成为《语丝》的基本作家。第一本散文集《剪拂集》（上海北新书局，1928 年 12 月），收录序文 1 篇，以及《祝土匪》《悼刘和珍杨德群女士》《文妓说》

① 郭沫若：《卖书》，载《橄榄》，上海：创造社出版部，1928 年 5 月六版，第 204—209 页。

《谈理想教育》《论语丝文体》等 28 篇散文。

郁达夫在《〈中国新文学大系（散文二集）〉导言》中评曰："林语堂生性戆直，浑朴天真，假令生在美国，不但在文学上可以成功，就是从事事业，也可以睥睨一世，气吞小罗斯福之流。《剪拂集》时代的真诚勇猛，的是书生本色，至于近来的耽溺风雅，提倡性灵，亦是时势使然，或可视为消极的反抗，有意的孤行。周作人常喜引外国人所说的隐士和叛逆者混处在一道的话，来作解嘲；这话在周作人身上原用得着，在林语堂身上，尤其是用得着。他是一个生长在牧师家庭里的宗教革命家，是一个受外国教育过度的中国主义者，反对道德因袭以及一切传统的拘谨自由人；他的性格上的矛盾，思想上的前进，行为上的合理，混和起来，就造成了他的幽默的文章。他的幽默，是有牛油气的，并不是中国向来所固有的《笑林广记》。他的文章，虽说是模仿语录的体裁，但奔放处，也赶得上那位疯狂致死的超人尼采。唯其戆直，唯其浑朴，所以容易上人家的当；我只希望他勇往直前，勉为中国二十世纪的拉勃来，不要因为受了人家的暗算，就矫枉过正，走上了斜途。人生到了四十，可以不惑了；林语堂今年四十，且让我们刮目来看他的后文罢！"①

《祝土匪》（1925 年 12 月 28 日）全文："莽原社诸朋友来要稿，论理莽原社诸先生既非正人君子又不是当代名流，当然有与我合作之可能，所以也就慨然允了他们。写几字凑数，补白。然而又实在没有工夫，文士们（假如我们也可冒充文士）欠稿债，就同穷教员欠房租一样，期一到就焦急。所以没工夫也得挤，所

---

①郁达夫：《〈中国新文学大系（散文二集）〉导言》，载郁达夫编选《中国新文学大系》（第七集：散文二集），上海：上海良友图书印刷公司，1935年 8 月，第 16—17 页。

要者挤出来的是我们自己的东西，不是挪用，借光，贩卖的货物，便不至于成文妖。于短短的时间，要做长长的文章，在文思迟滞的我是不行的。无已，姑就我要说的话有条理的或无条理的说出来。近来我对于言论界的职任及性质渐渐清楚。也许我一时所见是错误的，然而我实在还未老，不必装起老成的架子，将来升官或入研究系时再来更正我的主张不迟。言论界，依中国今日此刻此地情形，非有些土匪傻子来说话不可。这也是祝莽原恭维莽原的话，因为莽原即非太平世界，莽原之主稿诸位先生当然很愿意揭竿作乱，以土匪自居。至少总不愿意以'绅士''学者'自居，因为学者所记得的是他的脸孔，而我们似乎没有时间顾到这一层。现在的学者最要紧的就是他们的脸孔，倘是他们自三层楼滚到楼底下，翻起来时，头一样想到是拿起手镜照一照看他的假胡须还在乎？金牙齿没掉么？雪花膏未涂污乎？至于骨头折断与否，似在其次。学者只知道尊严，因为要尊严，所以有时骨头不能不折断，而不自知，且自告人曰，我固完肤也，呜呼者！呜呼所谓学者！因为真理有时要与学者的脸孔冲突，不敢为真理而忘记其脸孔者则终必为脸孔而忘记真理，于是乎学者之骨头折断矣。骨头既断，无以自立，于是'架子'，木脚，木腿来了。就是一副银腿银脚也要觉得讨厌，何况还是木头做的呢？托尔斯泰曾经说过极好的话，论真理与上帝孰重。他说以上帝为重于真理者，继必以教会为重于上帝，其结果必以其特别教门为重于教会，而终必以自身为重于其特别教门。就是学者斤斤于其所谓学者态度，所以失其所谓学者，而去真理一万八千里之遥。说不定将来学者反得让我们土匪做。学者虽讲道德，士风，而每每说到自己脸孔上去；所以道德，士风将来也非由土匪来讲不可。一人不敢说我们要说的话，不敢维持我们良心上要维持的主张，这边告诉人家我是学者，那边告诉人家我是学者，自己无贯澈强毅主张，倚门卖笑，双方讨好，不必说真理招呼不来，真理有知，亦早已因一见学者脸孔而退避三舍矣。惟有土匪，既没有脸孔可讲，所以比较可以少作揖让，少对大人物叩头。他们既没有金牙齿，又没有假胡须，所以自三层楼上滚下来，比较少顾虑，完肤或者未必完肤，但是骨头可以不折，而且手足嘴脸，就使受伤，好起来时，还是真皮真肉。真理是妒忌的女神，归奉她的人就不能不守独身主义，学者却家里还有许多老婆，姨太太，上坑老妈，通房丫头。然而真理并非靠学者供养的，虽然是妒忌，却不肯说话，所以学者所真怕的还是家里老婆，不是真理。惟其有许多要说的话学者不敢说，惟其有许多良心上应维持的主张学者不敢维持，所以今日的言论界还得有土匪傻子来说话。土匪傻子是顾不到脸孔的，并且也不想将真理贩卖给大人物。土匪傻子可以自慰的地方就是有史以来大思想家都被当代学者称为'土匪''傻子'过。并且他们的仇敌也都是当代的学者，绅士，君子，士大夫……。自有史以来，学者，绅士，君子，士大夫都是中和稳健；他们的家里老婆不一，但是他们的一副面团团的尊容，则无古今中外东西南北皆同。然而土匪有时也想做学者，等到当生者夭灭殇亡之时。到那时候，却要请真理出来登极。但是我们没有这种狂想，这个时候还远着呢，我们生于草莽，死于草莽，遥遥在野外莽原，为真理喝彩，祝真理万岁，于愿足矣。只不要投降！"[1]

除杂感文外，"语丝派"亦有抒情小品，如孙伏园的游记散文集《伏园游记》（北京北新书局，1926 年 10 月），孙福熙（1898—1962）的游记散文集《山野掇拾》（北京新潮社，1925 年 2 月），川岛（1901—1981）的散文集《月夜》（北京新潮社，1924 年 8 月）

---

　　[1]林语堂：《祝土匪》，载郁达夫编选《中国新文学大系》（第七集：散文二集），上海：上海良友图书印刷公司，1935 年 8 月，第 297—299 页。

里的名篇《月夜》《莺哥儿》等。

"现代评论派"系以 1924 年 12 月在北京创刊的《现代评论》杂志为创作基地的一个成员多从欧美留学归国的作家群体，散文作家有陈西滢、徐志摩等。

陈西滢，有散文集《西滢闲话》（上海新月书店，1928 年 6 月），收录《中山先生大殡给我的感想》《民众的戏剧》《哀思》《小戏院的试验》《再论线装书》《线装书与白话文》《中国的精神文明》《文化的交流》等 78 篇散文。

徐志摩，虽以诗著，然散文毫不逊色。梁实秋在写于 1970 年 11 月 19 日的《徐志摩的诗与文》（原载台北正中书局 1983 年 3 月《雅舍杂文》）中写道："讲到散文，志摩也是能手。自古以来，有人能诗不能文，也有人能文不能诗。志摩是诗文并佳，我甚且一度认为他的散文在他的诗之上。一般人提起他的散文就想起他的《浓得化不开》。那两篇文字确是他自己认为得意之作，我记得他写成之后，情不自禁，自动的泥我听他朗诵。他不善于读诵，我勉强听完。这两篇文字列入小说集中，其实是两篇散文游记，不过他的写法特殊，以细密的笔法捕捉繁华的印象。我不觉得这两篇文字是他的散文代表作。《巴黎的鳞爪》与《自剖》两集才是他的散文杰作。他的散文永远是亲切的，是他的人格的投射，好象是和读者晤言一室之内。他的散文自成一格，信笔所之，如行云流水。他自称为文如'跑野马'，没有固定的目标，没有拟好的路线。严格讲，这不是正规的文章作法。志摩仗恃他有雄厚的本钱——热情与才智，故敢于跑野马，而且令人读来也觉得趣味盎然。这种写法是别人学不来的。"[1]

---

[1] 梁实秋：《徐志摩的诗与文》，载梁实秋著，陈子善编《梁实秋文学回忆录》，长沙：岳麓书社，1989 年 1 月，第 217 页。

　　梁实秋在《谈徐志摩》（台北远东图书公司，1958 年 4 月）中写有林语堂对徐志摩散文的评价："民国十七年十二月，志摩欧游前一日给林语堂先生写白居易《新丰折臂翁》，林先生于二十五年正月十三日跋云：'志摩，情才，亦一奇才也，以诗著，更以散文著，吾于白话诗念不下去，独于志摩诗念得下去。其散文尤奇，运句措辞，得力于传奇，而参任西洋语句，了无痕迹。然知之者皆谓其人尤奇。志摩与余善，亦与人无不善，其说话爽，多出于狂叫暴跳之间，乍愁乍喜，愁则天崩地裂，喜则叱咤风云，自为天地自如。不但目之所痛，且耳之所过，皆非真物之状，而志摩心中之所幻想之状而已。故此人尚游，疑神、疑鬼，尝闻黄莺惊跳起来，曰："此雪莱之夜莺也"。'志摩的字颇娟秀，有时酷似郑孝胥。林语堂先生的描写亦颇传神。凡知志摩者，盖无不有一深刻之印象。"①

　　徐志摩的散文作品主要有《落叶》《巴黎的鳞爪》《自剖》《秋》4 个散文集，以及短篇小说集《轮盘》（上海中华书局，1930 年 4 月）中所收录的《"浓得化不开"——星家坡》《"浓得化不开之二"——香港》《死城——北京的一晚》3 篇散文。

　　《落叶》（北京北新书局，1926 年夏），收录《落叶》《青年运动》《话》《政治生活与王家三阿嫂》《守旧与"玩"旧》《列宁忌日——谈革命》《论自杀》《海滩上种花》8 篇散文。

　　《巴黎的鳞爪》（上海新月书店，1927 年 8 月），收录《巴黎的鳞爪》《翡冷翠山居闲话》《吸烟与文化》《我所知道的康桥》《拜伦》《罗曼罗兰》《达文謇的剪影》《济慈的〈夜莺歌〉》《天目山中笔记》《从小说讲到大事》10 篇散文，以及《鸱鹰与芙蓉雀》

---

　　① 梁实秋：《谈徐志摩》，载梁实秋著，陈子善编《梁实秋文学回忆录》，长沙：岳麓书社，1989 年 1 月，第 190—191 页。

（W. H. Hudson）《生命的报酬》（Yoi Maraini）2 篇译作。

《自剖》（上海新月书店，1928 年 1 月），分"自剖辑""哀思辑""游俄辑"三辑。"自剖辑"收录《自剖》《再剖》《求医》《想飞》《迎上前去》《北戴河海滨幻想》6 篇散文；"哀思辑"收录《我的祖母之死》《悼沈叔薇》《我的彼得》《伤双括老人》《吊刘叔和》5 篇散文；"游俄辑"收录《开篇》《自愿的充军》《离京》《旅伴》《两个生客》《西伯利亚》《西伯利亚》《莫斯科》《托尔斯泰》《犹太人的梦》《契科夫的墓园》《一宿有话》《血》13 篇散文。

遗作散文集《秋》（上海良友图书印刷公司，1931 年 11 月），书前辑有赵家璧写的《篇前》和《写给飞去了的志摩》，内收徐志摩在暨南大学的演讲稿《秋》（原题为《秋声》），书末附徐志摩的英文《翡冷翠日记四页》。

《翡冷翠山居闲话》（1925 年 7 月）全文："在这里出门散步去，上山或是下山，在一个晴好的五月的向晚，正像是去赴一个美的宴会，比如去一果子园，那边每株树上都是满挂着诗情最秀逸的果实，假如你单是站著看还不满意时，只要你一伸手就可以采取，可以恣尝鲜味，足够你性灵的迷醉。阳光正好暖和，决不过暖；风息是温驯的，而且往往因为他是从繁花的山林里吹度过来，他带来一股幽远的澹香，连着一息滋润的水气，摩挲著你的颜面，轻绕著你的肩腰，就这单纯的呼吸已是无穷的愉快；空气总是明净的，近谷内不生烟，远山上不起霭，那美秀风景的全部正像画片似的展露在你的眼前，供你闲暇的鉴赏。作客山中的妙处，尤在你永不须踌躇你的服色与体态；你不妨摇曳著一头的蓬草，不妨纵容你满腮的苔藓；你爱穿什么就穿什么；扮一个牧童，扮一个渔翁，装一个农夫，装一个走江湖的杰卜闪，装一个猎户；你再不必提心整理你的领结，你尽可以不用领结，给你的颈根与胸膛一半日的自由，你可以拿一条这边艳色的长巾包在你的头上，学一个太平军的头目，或是拜伦那埃及装的姿态；但最要紧的是穿上你最旧的旧鞋，别管他模样不佳，他们是顶可爱的好友，他们承着你的体重却不叫你记起你还有一双脚在你的底下。这样的玩顶好是不要约伴，我竟想严格的取缔，只许你独身；因为有了伴多少总得叫你分心，尤其是年轻的女伴，那是最危险最专制不过的旅伴，你应得躲避她像你躲避青草里一条美丽的花蛇！平常我们从自己家里走到朋友的家里，或是我们执事的地方，那无非是在同一个大牢里从一间狱室移到另一间狱室去，拘束永远跟著我们，自由永远寻不到我们；但在这春夏间美秀的山中或乡间，你要是有机会独身闲逛时，那才是你福星高照的时候，那才是你实际领受，亲口尝味，自由与自在的时候，那才是你肉体与灵魂行动一致的时候；朋友们，我们多长一岁年纪，往往只是加重我们头上的枷，加紧我们脚胫上的练，我们见小孩子在草里在沙堆里在浅水里打滚作乐，或是看见小猫追他自己的尾巴，何尝没有羡慕的时候。但我们的枷，我们的练，永远是制定我们行动的上司！所以只有你单身奔赴大自然的怀抱时，像一个裸体的小孩扑入他母亲的怀抱时，你才知道灵魂的愉快是怎样的，单是活着的快乐是怎样的，单就呼吸单就走道单就张眼看耸耳听的幸福是怎样。因此你得严格的为己，极端的自私，只许你，体魄与性灵，与自然同在一个脉搏里跳动，同在一个音波里起伏，同在一个神奇的宇宙里自得。我们浑朴的天真是像含羞草似的娇柔，一经同伴的抵触，他就卷了起来，但在澄静的日光下，和风中，他的姿态是自然的，他的生活是无阻碍的。你一个人漫游的时候，你就会在青草里坐地仰卧，甚至有时打滚，因为草的和暖的颜色自然的唤起你童稚的活泼；在静僻的道上你就会不自主的狂舞，看着你自己的身影幻出种种诡异的变相，因为道旁树木的阴影在他们于徐的婆娑里暗示你舞蹈的快乐；你也会得信口的歌唱，偶尔记起断片的音调，与你自己随口的小曲，因为树林中的莺燕告诉你春光是应得赞美的；更不必说你的胸襟自然会跟着曼长的山径开拓，你的心地会看着澄蓝的天空静定，你的思想和著山壑间的水声，山罅里的泉响，有时一澄到底的清澈，有时激起成章的波动，流，流，流入凉爽的橄榄林中，流入妩媚的阿诺河去……并且你不但不须应伴，每逢这样的游行，你也不必带书。书是理想的伴侣，但你应得带书，是在火车上，在你住处的客室里，不是在你独身漫步的时候。什么伟大的深沉的鼓舞的清明的优美的思想的根源不是可以在风籁中，云彩里，山势与地形的起伏里，花草的颜色与香气里寻得？自然是最伟大的一部书，葛德说，在他每一页的字句里，我们读得最深奥的消息。并且这书上的文字是人人懂得的；阿尔帕斯与五老峰，雪西里与普陀山，莱因河与扬子江，梨梦湖与西子湖，建兰与琼花，杭州西溪的芦雪与威尼市夕照的红潮，百灵与夜莺，更不提一般黄的黄麦，一般紫的紫藤，一般青的青草，同在大地上生长，同在和风中波动——他们应用的符号是永远一致的，他们的意义是永远明显的，只要你自己性灵上不长疮瘢，眼不盲，耳不塞，这无形迹的最高等教育便永远是你的名分，这不取费的最珍贵的补剂便永远供你的受用；只要你认识了这一部书，你在这世界上寂寞时便不寂寞，穷困时不穷困，苦恼时有安慰，挫折时有鼓励，软弱时有督责，迷失时有南针。"[1]

《想飞》（1925 年）全文："假如这时候窗子外有雪——街上，城墙上，屋脊上，都是雪，胡同口一家屋檐下偎着一个戴黑兜帽的巡警，半拢着睡眼，看棉团似的雪花在半空中跳着玩……假如这夜是一个深极了的啊，不是壁上挂钟的时针指示给我们看的深

---

[1] 徐志摩：《翡冷翠山居闲话》，载《巴黎的鳞爪》，上海：新月书店，1927 年 8 月，第 34—39 页。

夜，这深就比是一个山洞的深，一个往下钻螺旋形的山洞的深……假如我能有这样一个深夜，它那无底的阴森捻起我遍体的毫管；再能有窗子外不住往下筛的雪，筛淡了远近间扬动的市谣，筛泯了在泥道上挣扎的车轮，筛灭了脑壳中不妥协的潜流……我要那深，我要那静。那在树荫浓密处躲着的夜鹰轻易不敢在天光还在照亮时出来睁眼。思想：它也得等。青天里有一点子黑的。正冲着太阳耀眼，望不真，你把手遮着眼，对着那两株树缝里瞧，黑的，有榧子来大，不，有桃子来大——嘿，又移着往西了！我们吃了中饭出来到海边去（这是英国康槐尔极南的一角，三面是大西洋）。勓丽丽的叫响从我们的脚底下匀匀的往上颤，齐着腰，到了肩高，过了头顶，高入了云，高出了云。阿，你能不能把一种急震的乐音想像成一阵光明的细雨，从蓝天里冲着这平铺着青绿的地面不住的下？不，那雨点都是跳舞的小脚，安琪儿的。云雀们也吃过了饭，离开了它们卑微的地巢飞往高处做工去。上帝给它们的工作，替上帝做的工作。瞧着，这儿一只，那边又起了两！一起就冲着天顶飞，小翅膀动活的多快活，圆圆的，不踌躇的飞，——它们就认识青天。一起就开口唱，小嗓子动活的多快活，一颗颗小精圆珠子直往外唾，亮亮的唾，脆脆的唾，——它们赞美的是青天。瞧着，这飞得多高，有豆子大，有芝麻大，黑刺刺的一屑，直顶着无底的亢顶细细的摇，——这全看不见了，影子都没了！但这光明的细雨还是不住的下着……飞。'其翼若垂天之云……背负苍天，而莫之夭阏者'；那不容易见着。我们镇上东关厢外有一座黄泥山，山顶上有一座七层的塔，塔尖顶著天。塔院里常常打钟，钟声响动时，那在太阳西晒的时候多，一枝艳艳的大红花贴在西山的鬓边回照著塔山上的云彩，——钟声响动时，绕著塔顶尖，摩着塔顶天，穿著塔顶云，有一只两只有时三只四只有时五只六只蜷着爪往地面瞧的'饿老鹰'，撑开了它们灰苍苍的大翅膀没挂恋似的在盘旋，在半空中浮着，在晚风中泅着，仿佛是按着塔院钟的波荡来练习圆舞似的。那是我做孩子时的‘大鹏’。有时好天抬头不见一瓣云的时候听着貔忧忧的叫响，我们就知道那是宝塔上的饿老鹰寻食吃来了，这一想像半天里秃顶圆睛的英雄，我们背上的小翅膀骨上就仿佛豁出了一锉锉铁刷似的羽毛，摇起来呼呼响的，只一摆就冲出了书房门，钻入了玳瑁镶边的白云里玩儿去，谁耐烦站在先生书桌前晃着身子背早上上的多难背的书！阿飞！不是那在树枝上矮矮的跳着的麻雀儿的飞；不是那奏天黑从堂扁后背冲出来赶蚊子吃的蝙蝠的飞；也不是那软尾巴软嗓子做窠在堂檐上的燕子的飞。要飞就得满天飞，风拦不住云挡不住的飞，一翅膀就跳过一座山头，影子下来遮得阴二十亩稻田的飞，到天晚飞倦了就来绕着那塔顶尖顺着风向打圆圈做梦……听说饿老鹰会抓小鸡！飞。人们原来都是会飞的。天使们有翅膀，会飞，我们初来时也有翅膀，会飞。我们最初来就是飞了来的，有的做完了事还是飞了去，他们是可羡慕的。但大多数人是忘了飞的，有的翅膀上吊了毛不长再也飞不起来，有的翅膀叫胶水给胶住了再也拉不开，有的羽毛叫人给修短了像鸽子似的只会在地上跳，有的拿背上一对翅膀上当铺去典钱使过了期再也赎不回……真的，我们一过了做孩子的日子就掉了飞的本领。但没了翅膀或是翅膀坏了不能用是一件可怕的事。因为你再也飞不回去，你蹲在地上呆望着飞不上去的天，看旁人有福气的一程一程的在青云里逍遥，那多可怜。而且翅膀又不比是你脚上的鞋，穿烂了可以再问妈要一双去，翅膀可不成，折了一根毛就是一根，没法给补的。还有，单顾着你翅膀也还不定规到时候能飞，你这身子要是不谨慎养太肥了，翅膀力量小再也拖不起，也是一样难不是？一对小翅膀驮不起一个胖肚子，那情形多可笑！到时候你听人家高声的招呼说，朋友，回去罢，趁这天还有紫色的光，你听他们的翅膀在半空中沙沙的摇响，朵朵的春云跳过来拥着他们的肩背，望着最光明的来处翩翩的，冉冉的，轻烟似的化出了你的视域，像云雀似的只留下一泻光明的骤雨——'Thou art unseen, but yet I hear thy shrill delight'——那你，独自在泥涂里淹着，够多难受，够多懊恼，够多寒伧！趁早留神你的翅膀，朋友。是人没有不想飞的。老是在这地面上爬着够多厌烦，不说别的。飞出这圈子，飞出这圈子！到云端里去，到云端里去！那个心里不成天千百遍的这么想？飞上天空去浮着，看地球这弹丸在大空里滚着，从陆地看到海，从海再看回陆地。凌空去看一个明白——这才是做人的趣味，做人的权威，做人的交代。这皮囊要是太重挪不动，就掷了它，可能的话，飞出这圈子，飞出这圈子！人类初发明用石器的时候，已经想长翅膀。想飞。原人洞壁上画的四不像，它的背上掮着翅膀；拿着弓箭赶野兽的，他那肩背上也给安了翅膀。小爱神是有一对粉嫩的肉翅的。挨开拉斯（Icarus）是人类飞行史里第一个英雄，第一次牺牲。安琪儿（那是理想化的人）第一个标记是帮助他们飞行的翅膀。那也有沿革——你看西洋画上的表现。最初像是一对小精致的令旗，蝴蝶似的粘在安琪儿们的背上，象真的，不灵动的。渐渐的翅膀长大了，地位安准了，毛羽丰满了。画图上的天使们长上了真的可能的翅膀。人类初次实现了翅膀的观念，彻悟了飞行的意义。挨开拉斯闪不死的灵魂，回来投生又投生。人类最大的使命，是制造翅膀；最大的成功是飞！理想的极度，想像的止境，从人到神！诗是翅膀上出世的；哲理是在空中盘旋的。飞：超脱一切，笼盖一切，扫荡一切，吞吐一切。你上那边山峰顶上试去，要是度不到这边山峰上，你就得到这万丈的深渊里去找你的葬身地。'这人形的鸟会有一天试他第一次的飞行，给这世界惊骇，使所有的著作赞美，给他所从来的栖息处永久的光荣。'啊达文赛！但是飞？自从挨开拉斯以来，人类的工作是制造翅膀，还是束缚翅膀？这翅膀，承上了文明的重量，还能飞吗？都是飞了来的，还都能飞了回去吗？钳住了，烙住了，压住了，——这人形的鸟会有试他第一次飞行的一天吗？……同时天上那一点子黑的已经迫近在我的头顶，形成了一架鸟形的机器，忽的机沿一侧，一球光直往下注，硼的一声炸响，——炸碎了我在飞行中的幻想，青天里平添了几堆破碎的浮云。"①

---

①徐志摩：《想飞》，载《自剖》，上海：新月书店，1928年1月，第37—45页。

第五章　戏剧（一）

　　闹剧是一种感性的感受，喜剧是一种理性的感受；感性的感受可以不假思索，理性的感受必须经过思考，根据观众各人自己的生活经验，通过演员的表演，而和剧作家发生共鸣。闹剧只要有声有色，而喜剧必须有味；喜剧和闹剧都使人发笑；但闹剧的笑是哄堂、捧腹，喜剧的笑是会心的微笑。

——丁西林《〈孟丽君〉前言》

　　1917 年 1 月至 1927 年 4 月的中国现代戏剧，在清末民初的新剧发展基础上，始于新文学运动的新旧剧评议，终于"小剧场"与"爱美剧"的提倡与实践。

一　清末民初的新剧

　　"戏剧一词首见于杜牧的诗《西江怀古》：'魏帝缝囊真戏剧，苻坚投箠更荒唐'，意指诙谐可笑的动作与言谈；或见于杜光庭的《仙传拾遗》：'有音乐、戏剧，众皆观之'，其含义是语言、动作、音乐相结合的滑稽幽默的演出。"① 而戏剧作为一门文艺在中国的历史可谓源远流长，发展到晚清之时，因受内外思潮的影响，始有旧剧和新剧

---

　　①转引自王杭、孟小槟：《褐木庐——一个逝去的戏剧图书馆》，载《图书馆建设》2012 年第 2 期，第 32 页。

之别。

"上海是新剧的发祥地，远在一八八〔九〕九年就有教会学校圣约翰书院学生演出的《官场丑史》。一九〇〇年（光绪二十六年）有南洋公学演的时事新剧《六君子》《经国美谈》《义和团》等三个戏。一九〇三年育材学堂演出了《张文祥刺马》《英兵掳去叶名琛》《张廷标被难》《监生一班》四个戏。一九〇五年有汪仲贤（即汪优游）兄弟等组织的文友会，演出了《捉拿安德海》《江西教案》两个戏。一九〇六年有朱双云、汪优游、王幻身、瞿保年等组织的开明演剧会，他们所提出的有所谓六大改良：一、政治改良（演五大臣出洋考察宪政）；二、军事改良（练新兵）；三、僧道改良（颇迷信）；四、社会改良（禁烟赌）；五、家庭改良（诫盲婚）；六、教育改良（嘲私塾）。朱双云、汪优游都是新剧运动中的健将，那个时候他们所提的六大改良是有积极意义的。"[1] 欧阳予倩在《谈文明戏》（1957年夏）中的以上文字概述了新剧在中华大地上最初的境况。

1906年冬，日本已盛行由西方传入的戏剧，为区别歌舞伎，取名"新派剧"。中国留日学生李叔同（弘一法师，1880—1942）、曾孝谷（1873—1937）等在此氛围影响下，组创剧团"春柳社"，陆续加入的主要成员有欧阳予倩、唐肯、吴我尊、陆镜若等。春柳社《演艺部专章》宣称："演艺之大别有二：曰新派演艺（以言语动作感人为主，即今欧美流行者）；曰旧派演艺（如吾国之昆曲、二黄、秦腔、杂调皆是）。本社以研究新派为主。"[2]

1907年2月，李叔同、曾孝谷、唐肯等在日本东京中华基督教青年会礼堂，为中国苏北灾民赈灾义演法国戏作家小仲马的名

① 欧阳予倩：《谈文明戏》，载《欧阳予倩戏剧论文集》，上海：上海文艺出版社，1984年1月，第176页。

② 转引自钱理群、温儒敏、吴福辉：《中国现代文学三十年（修订本）》，北京：北京大学出版社，1998年7月，第144页。

著《茶花女》第三幕，李叔同饰茶花女，曾孝谷饰亚猛的父亲，唐肯饰亚猛，孙宗文饰配唐。几位表演者留下了经典的荧幕影像，春柳社的开山之作大获成功。同年6月1日和2日，春柳社又在东京本乡座剧场上演由曾孝谷据林纾、魏易合译的美国小说《黑奴吁天录》（上海文明书局，1905年8月）版本改编的五幕剧，演出受到一致好评。同年冬天，又在常磐馆上演《生相怜》《画家与其妹》两个独幕剧。其后，经过短暂的剧事凋零期，春柳社社友欧阳予倩、陆镜若等，以"申酉会"剧社名义，于1908年在东京锦辉馆上演了《鸣不平》等3个独幕剧，1909年初夏又演出四幕剧《热泪》，该剧改编自日本新派戏剧作者田口菊町据法国作家萨都名作《杜司克》编译的《热血》。

在春柳社于东京如火如荼开展新剧实践的同时，1907年6月，王钟声于上海组建新派剧团"春阳社"，先后上演《黑奴吁天录》《张文祥刺马》《迦茵小传》等新剧，可惜只成立未及一年即告解散。

1910年冬到1912年秋，由任天知发起组建的，聚集了汪仲贤（1888—1937）、陈大悲（1887—1944）等人的职业性新剧团体"进化团"，以《血蓑衣》（改编自上海商务印书馆编译所据日本村井宏斋原著译述，1906年6月发行的政治义侠小说）、《东亚风云》（朝鲜爱国者安重根刺杀日本首相伊藤博文）、《新茶花》（知识分子从军）、《共和万岁》（辛亥革命）、《黄鹤楼》（武昌起义）等剧开启了新剧宣传革命的社会教化功能。

1912年3月，从日本回国的陆镜若，在上海组织成立了新剧同志会，先后参加的有马绛士、罗曼士、吴我尊、欧阳予倩等，续以春柳剧场的名义上演《家庭恩怨记》《不如归》《猛回头》《社会钟》《鸳鸯剑》《热血》等新剧。1914年前后，仅上海一地，就有新民社、民鸣社、启民社、开明社等数十个剧团进行了《空谷兰》《梅花落》《血泪碑》等新剧的演出活动。与此同时，上海涌

现出《新剧杂志》《俳优杂志》《剧场月报》《戏剧丛报》等一批新
剧刊物，遂促成新剧史上"甲寅中兴"的出现。此外，由于新剧
同志会、进化团等组织亦在上海以外的省市演出新剧，使得新剧
在全国范围内迅速扩展，盛极一时。

　　1915年陆镜若因劳累病逝，新剧同志会遂告解散，春柳剧场
也一并解散。随后两年新民社、民鸣社、启民社相继解散，新剧
到了1918年已然停滞不前，日趋衰败。洪深（1894—1955）在
《〈中国新文学大系（戏剧集）〉导言》中对当日"文明戏"境况
概乎言之："所谓文明戏，是整个的倒坍了。戏与演员，同时退
化，同时失败的。……在这个时代，所谓文明戏，是怎样一个东西
呢。（一）从来没有一部编写完的剧本的，只将一张很简单的幕
表，贴在后台上场处。（二）有时连这张幕表，也不肯郑重遵守。
（三）绝对不排练，不试演，不充分预备的。（四）有时演员上场，
甚至连全剧的情节，还不大清楚。（五）演员在外面，过了很放荡的
生活，到台上时，疲倦，想瞌睡，没有精神。（六）新进的演员，未
受教育，亦无大志，目的只在混饭吃。（七）没有艺术的目的，自好
者仅知保全饭碗，不良者欲借戏为工具，以获得不正当的出名。
（八）即有要好好努力的演员，也只能自顾自，无术使全部改善。
（九）布景道具灯光编剧等，不顾事实，不计情理。——这样一个东
西，还能够不失败么！结果！好一点的人才，都另外去寻途径了。"[1]

　　职业新剧衰落之时，以北京清华学校与天津南开学校为代表
的学生业余演剧，却在象牙塔的氛围中，坚持戏剧艺术，注重剧
本创作，逐步建立起较健全的演剧体制。1916年洪深编导、清华

---

　　[1] 洪深：《〈中国新文学大系（戏剧集）〉导言》，载洪深编选《中国新文
学大系》（第九集：戏剧集），上海：上海良友图书印刷公司，1935年7月，
第15页。

学生出演的《贫民惨剧》，1918 年张彭春编导、南开学生出演的《新村正》成为学生业余演剧的代表作。

清末民初的新剧实践，给新文学戏剧运动铺好道路，正如梁启超倡行的"诗界革命"对新诗运动的作用一般，异曲同工。

二　新文学运动的戏剧改革

文学革命开展的戏剧工作，始于先驱者们对中国旧戏和新剧的评议。钱玄同、傅斯年、刘半农、胡适、欧阳予倩、宋春舫（1892—1938）、周作人、鲁迅等都参与过有关讨论。

钱玄同在《寄陈独秀》（《新青年》1917 年第 3 卷第 1 期）中主张："小说与戏剧在文学上之价值，窃谓当以胡先生所举'情感'与'思想'两事来判断。其无'高尚思想'与'真挚情感'者，便无价值之可言。……至于戏剧，南北曲及昆腔，虽鲜高尚之思想，词句尚斐然可观；若今之京调戏，理想既无，文章又极恶劣不通，固不可因其为戏剧之故，遂谓为有文学上之价值也（假使当时编京调戏本者能全用白话，当不至滥恶若此）。又中国旧戏，专重唱工，所唱之文句，听者本不求甚解，而戏子打脸之离奇，舞台设备之幼稚，无一足以动人情感。夫戏中扮演，本期确肖实人实事，即观向来'优孟衣冠'一语，可知戏子扮演古人，当如优孟之像孙叔敖，苟其不肖，即与演剧之义不合；顾何以今之戏子绝不注意此点乎！戏剧本为高等文学，而中国之旧戏，编自市井无知之手，文人学士不屑过问焉，则拙劣恶滥，固其宜耳。"[1]

胡适在《历史的文学观念论》（《新青年》1917 年第 3 卷第 3 期）中论说："词曲如《牡丹亭》《桃花扇》，已不如元人杂剧之通

---

①钱玄同：《寄陈独秀》，载胡适编选《中国新文学大系》（第一集：建设理论集），上海：上海良友图书印刷公司，1935 年 10 月，第 51—52 页。

俗矣。然昆曲卒至废绝，而今之俗剧（吾徽之'徽调'与今日'京调'、'高腔'皆是也）乃起而代之。今后之戏剧或将全废唱本而归于说白，亦未可知。此亦由文言趋于白话之一例也。"[①]

《新青年》1918 年第 4 卷第 6 期"易卜生号"，刊出袁振英的《易卜生（Henrik Ibsen）传》和胡适的《"易卜生主义"》两篇文章，以及胡适、罗家伦合译的《娜拉（A Doll's House）》，陶履恭译的《国民之敌》，吴弱男译的《小爱友夫》三个剧本。

关于挪威剧作家易卜生，鲁迅早在作于 1907 年的《文化偏至论》和《摩罗诗力说》两文中对其剧作已有高度评价。春柳社陆镜若的《伊蒲生之剧》（《俳优杂志》1914 年第 1 期）则是中国戏剧界正式介绍易卜生戏剧的文章。陈独秀在《现代欧洲文艺史谭》（《新青年》1915 年第 1 卷第 3—4 期）中指出："现代欧洲文坛第一推重者，厥唯剧本。诗与小说，退居第二流。以其实现于剧场，感触人生愈切也。至若散文，素不居文学重要地位。作剧名家，若那威之易卜生，俄罗斯人安德雷甫（L. N. Andreyev，今尚生存），英人王尔德，白纳少（Brnard Shaw），伽司韦尔第（Galsworthy），德意志之郝卜特曼（Hauptmann），法人布若（Brieud），比利时之梅特尔林克，皆其国之代表作家，以剧称名于世界者也。"[②]"西洋所谓大文豪，所谓代表作家，非独以其文章卓越时流，乃以其思想左右一世也。三大文豪之左喇，自然主义之魁杰也。易卜生之剧，刻画个人自由意志者也。托尔斯泰者，尊人道，恶强权，批评近世文明。其宗教道德之高尚，风动全球，益非可以一时代之文章家目之也。西洋大文豪，类为大哲人，非独现代

---

①胡适：《历史的文学观念论》，载胡适编选《中国新文学大系》（第一集：建设理论集），上海：上海良友图书印刷公司，1935 年 10 月，第 57 页。

②陈独秀：《现代欧洲文艺史谭》，载《新青年》1915 年第 1 卷第 3 期，第 2 页。

如斯，自古尔也。若英之沙士皮亚（Shakespeare），若德之桂特（Goethe），皆以盖代文豪而为大思想家著称于世者也。"①

　　胡适的《易卜生主义》共六节，前五节具体介绍易卜生的创作方法及其戏剧。第六节系作者对于"易卜生主义"的理解："易卜生的人生观只是一个写实主义。易卜生把家庭社会的实在情形都写了出来，叫人看了动心，叫人看了觉得我们的家庭社会原来是如此黑暗腐败，叫人看了觉得家庭社会真正不得不维新革命：——这就是'易卜生主义'。表面上看去，像是破坏的，其实完全是建设的。譬如医生诊了病，开了一个脉案，把病状详细写出，这难道是消极的破坏的手续吗？但是易卜生虽开了许多脉案，却不肯轻易开药方。他知道人类社会是极复杂的组织，有种种绝不相同的境地，有种种绝不相同的情形。社会的病，种类纷繁，决不是什么'包医百病'的药方所能治得好的。因此他只好开了脉案，说出病情，让病人各人自己去寻医病的药方。虽然如此，但是易卜生生平却也有一种完全积极的主张。他主张个人须要充分发达自己的天才性，须要充分发展自己的个性。他有一封信给他的朋友白兰戴说道：'我所最期望于你的是一种真实纯粹的为我主义。要使你有时觉得天下只有关于我的事最要紧，其余的都算不得什么。……你要想有益于社会，最好的法子莫如把你自己这块材料铸造成器。……有的时候我真觉得全世界都像海上撞沉了船，最要紧的还是救出自己。'（《尺牍》第八四）最可笑的是有些人明知世界'陆沈'，却要跟着'陆沈'，跟着堕落，不肯'救出自己'！却不知道社会是个人组成的，多救出一个人便是多备下一个再造新社会的分子。所以孟轲说'穷则独善其身'，这便是易卜

---

　　①陈独秀：《现代欧洲文艺史谭》，载《新青年》1915 年第 1 卷第 4 期，第 1 页。

生所说'救出自己'的意思。这种'为我主义'，其实是最有价值的利人主义。所以易卜生说，'你要想有益于社会，最妙的法子莫如把你自己这块材料铸造成器。'……所以易卜生的一生目的只是要社会极力容忍，极力鼓励斯铎曼医生一流的人物（斯铎曼事见上文四节）；要想社会上生出无数永不知足，永不满意，敢说老实话攻击社会腐败情形的《国民公敌》；要想社会上有许多人都能像斯铎曼医生那样宣言道：'世上最强有力的人就是那个最孤立的人！'社会国家是时刻变迁的，所以不能指定那一种方法是救世的良药：十年前用补药，十年后或者须用泄药了；十年前用凉药，十年后或者须用热药了。况且各地的社会国家都不相同，适用于日本的药，未必完全适用于中国；适用于德国的药，未必适用于美国。只有康有为那种'圣人'，还想用他们的'戊戌政策'来救戊午的中国，只有辜鸿铭那班怪物，还想用二千年前的'尊王大义'来施行于二十世纪的中国。易卜生是聪明人，他知道世上没有'包医百病'的仙方，也没有'施诸四海而皆准，推之百世而不悖'的真理，因此他对于社会的种种罪恶污秽，只开脉案，只说病状，却不肯下药。但他虽不肯下药，却到处告诉我们一个保卫社会健康的卫生良法。他仿佛说道：'人的身体全靠血里面有无量数的白血轮时时刻刻与人身的病菌开战，把一切病菌扑灭干净，方才可使身体健全，精神充足。社会国家的健康也全靠社会中有许多永不知足，永不满意，时刻与罪恶分子龌龊分子宣战的白血轮，方才有改良进步的希望。我们若要保卫社会的健康，须要使社会里时时刻刻有斯铎曼医生一般的白血轮分子。但使社会常有这种白血轮精神，社会决没有不改良进步的道理。'"①

---

① 胡适：《易卜生主义》，载胡适编选《中国新文学大系》（第一集：建设理论集），上海：上海良友图书印刷公司，1935 年 10 月，第 188—192 页。

　　此外，"易卜生号"还以《新文学及中国旧戏》为题刊出当时正在北京大学读书的张厚载（1895—1955）的读者来信，以及胡适、陈独秀等的答复。张厚载在来信中写道："记者足下：仆自读《新青年》后，思想上获益甚多。陈、胡、钱、刘诸先生之文学改良说，翻陈出新，尤有研究之趣味。……仆尤有怀疑者一事，即最近贵志所登之诗是也。贵志第四卷第二号登沈尹默先生《宰羊》一诗，纯粹白话，固可一洗旧诗之陋习，而免窒碍性灵之虞。但此诗从形式上观之，竟完全似从西诗翻译而成，至其精神，果能及西诗否，尚属疑问。中国旧诗虽有窒碍性灵之处，然亦可以自由变化于一定范围之中，何必定欲作此西洋式的诗，始得为进化耶？……先生等作中国诗，乃弃中国固有之诗体，而一味效法西洋式的诗，是否矫枉过正之讥，仆于此事，实在怀疑之至。……盖凡一事物之改革，必以渐，不以骤；改革过于偏激，反失社会之信仰，所谓'欲速则不达'，亦即此意。改良文学，是何等事，决无一走即到之理。先生等皆为大学教师，实行改良文学之素志，仆佩服已非一日。但仆怀疑之点，亦不能不为胡、沈诸先生一吐，故敢致书于贵记者之前，恳割贵志之余白，以容纳仆之意见，并极盼赐以明了之教训，则仆思想上之获益，当必有更进者。又：……中国戏曲，其劣点固甚多，然其本来面目，亦确自有其真精神。固欲改良，亦必以近事实而远理想为是。否则理论甚高，最高亦不过如柏茂图之'乌托邦'，完全不能成为事实耳。"①

　　胡适就诗答复："今试问何者为西洋式之诗？来书谓沈刘两君及我之《宰羊》《人力车夫》《鸽子》《老鸦》《车毯》等作皆为'西

---

　　①张厚载：《新文学及中国旧戏》，载郑振铎编选《中国新文学大系》（第二集：文学论争集），上海：上海良友图书印刷公司，1935年10月，第404—407页。

洋式的长短句'。岂长短句即为'西洋式'耶？实则西洋诗固亦有
长短句，然终以句法有一定长短者为多。亦有格律极严者。然则
长短句不必即为西洋式也。中国旧诗中长短句多矣。三百篇中，
往往有之。乐府中尤多此体。《孤儿行》《蜀道难》皆人所共晓。
至于词'旧皆名长短句'。词中除'生查子''玉楼春'等调之外，
皆长短句也。长短句乃诗中最近语言自然之体，无论中西皆有之。
作长短句未必即为'西洋式的诗'也。平心论之，沈君之《人力
车夫》最近《孤儿行》，我之《鸽子》最近词。此外则皆创体也。
沈君生平未读西洋诗，吾稍读西洋诗而自信无模仿西洋诗体之处。
来书所云，非确论也。"[①]

　　陈独秀就剧答复："谬子君鉴：尊论中国剧，根本谬点，乃在
纯然囿于方隅，未能旷观域外也。剧之为物，所以见重于欧洲者，
以其为文学、美术、科学之结晶耳。吾国之剧，在文学上、美术
上、科学上果有丝毫价值邪？尊谓刘筱珊先生颇知中国戏曲固有
之优点，愚诚不识其优点何在也，欲以'隐寓褒贬'当之邪？夫
褒贬作用，新史家尚鄙弃之，更何论于文学美术，且旧剧如《珍
珠衫》《战宛城》《杀子报》《战蒲关》《九更天》等，其助长淫杀心
理于稠人广众之中；诚世界所独有，文明国人观之，不知作何感
想。至于'打脸''打把子'二法，尤为完全暴露我国人野蛮暴戾
之真相，而与美感的技术立于绝对相反之地位，若谓其打有定法，
脸有脸谱，而重视之邪？则作八股文之路闰生等，写馆阁字之黄
自元等，又何尝无细密之定法，'从极整齐极规则的工夫中练出
来'，然其果有文学上美术上之价值乎？演剧与歌曲，本是二事；

　　①胡适：《新文学及中国旧戏》，载郑振铎编选《中国新文学大系》（第二
集：文学论争集），上海：上海良友图书印刷公司，1935年10月，第407—
408页。

适之先生所主张之'废唱而止于说白',及足下所谓'绝对的不可能',皆愿闻其详。"①

　　傅斯年在《论编制剧本》(1918年10月2日)中主张:"辩论旧戏的当废,和新剧的必要,我在前月做前篇文章时,已经说过都是费话。现在更觉得多费唇舌,真正无聊。旧戏本没一驳的价值;新剧主义,原是'天经地义',根本上决不待别人匡正的,从此以后,破坏的议论,可以不发了。我将来若果继续讨论戏剧,总要在建设方面下笔。我想编制剧本是预备时代最要办的,不妨提出这个问题,大家讨论讨论,——讨论剧本的体裁,讨论剧本的主义。关于这个问题,我也有几层意思,把他写在下面。(一)剧本的材料,应当在现在社会里取出,断断不可再做历史剧。(二)中国剧最通行的款式,是结尾出来个大团圆;这是顶讨厌的事。戏剧做得精致,可以在看的人心里,留下个深切不能忘的感想。可是结尾出了大团圆,就把这些感想和情绪一笔勾销。最好的戏剧,是没结果,其次是不快的结果。这样不特动人感想,还可以引人批评的兴味。拿小说作榜样,中国最好的小说,是《水浒》《红楼梦》;一个没结果,一个结果极不快,所以这两部书才有价值。剧本的《西厢记》本是没结果的,后来妄人硬是把他添起足来;并且说,'愿天下有情人,都成眷属'。若果天下有情人都成眷属,天下没有文章了。我很希望的剧本,不要再犯这个通病。(三)剧本里的事迹,总要是我们每日的生活,纵不是每日的生活,也要是每年的生活。这样才可以亲切;若果不然,便要生几种流弊:第一,引人想入非非,破坏人精密思想的想像力;第二,文学的

---

　　①陈独秀:《新文学及中国旧戏》,载郑振铎编选《中国新文学大系》(第二集:文学论争集),上海:上海良友图书印刷公司,1935年10月,第409—410页。

细致手段，无从运用；第三，可以引起下流人的兴味，不能适合有思想人的心理。（四）剧本里的人物总要平常，旧戏里最少的是平常人，好便好得出奇，坏便坏得出奇。——简直是不能有的人，退一步说，也是不常有的人。弄这样人物上台，完全无意义。小孩子喜欢这个，成年人却未必喜欢这个。若说拿这些奇怪人物作教训，作鉴戒，殊不知世上不常有的事，那里能含着教训鉴戒的效用。平常人的行事，好的却真可作教训。坏的却真可作鉴戒。因为平常，所以可以时时刻刻，作个榜样。况且人物奇异，文学的运用，必然粗疏；人物愈平常，文章愈不平庸哩。（五）中国人恭维戏剧，总是说，善恶分明；其实善恶分明，是最没趣味的事。善恶分明了，不容看戏的人加以批评判断了。新剧的制作，总要引起看的人批评判断的兴味，也可以少许救治中国人无所用心的毛病。（六）旧戏的做法，只可就戏论戏，戏外的意义一概没有的；就是勉强说有，也都浅陋得很。编制新剧本，应当在这里注意，务必使得看的人还觉得戏里的动作言语以外，有一番真切道理做个主宰。以上六条，都是极浅的说话，并不是不能行的说话。还有我在前篇说过的，不再说了。十年以前，已经有新剧的萌芽，到现在被人摧残，没法振作，最大的原因，正为着没有剧本文学，作个先导。所以编制剧本，是现在刻不容缓的事业。但是若果编制不好，或者文学的价值虽有，却不能适用在舞台上，可又要被人摧残了，再经一度摧残，新剧的发达，更没望了。我极盼望有心改良戏剧的人，在编剧方法上，格外注意！"①

《新青年》1918年第5卷第4期"戏剧改良专号"，刊出胡适的《文学进化观念与戏剧改良》，傅斯年的《戏剧改良各面观》和

①傅斯年：《论编制剧本》，载胡适编选《中国新文学大系》（第一集：建设理论集），上海：上海良友图书印刷公司，1935年10月，第390—391页。

《再论戏剧改良》，欧阳予倩的《予之戏剧改良观》，宋春舫的《近世名戏百种目》，以及张厚载为旧戏辩护的《我的中国旧戏观》等文章。

张厚载在《我的中国旧戏观》中指出："（一）中国旧戏是假像的。中国旧戏第一样的好处就是把一切事情和物件都用抽象的方法表现出来。抽象是对于具体而言。中国旧戏，向来是抽象的，不是具体的。六书有会意的一种。会意是'指而可识'的。中国旧戏描写一切事情和物件，也就是用'指而可识'的方法。譬如一拿马鞭子，一跨腿，就是上马。这种地方人都说是中国旧戏的坏处。其实这也是中国旧戏的好处。……（二）有一定的规律。中国旧戏，无论文戏武戏，都有一定的规律。昆腔的'格律谨严'，是人人都晓得的。就是皮簧戏，一切过场穿插，亦多是一定不变的。文戏里头的'台步''身段'，武戏里头的'拉起霸'，'打把子'，没有一件不是打'规矩准绳'里面出来的。唱功的板眼，说白的语调，也是如此，甚而至于'跑龙套'的总是一对一对的出来。而且总是一面站两个人，或四个人，一切'报名''念引'也差不多出出戏都是一样。这种都可以说是中国旧戏的习惯法。无论如何变化，这种法律，是牢不可破的。要是破坏了这种法律，那中国旧戏也就根本不能存在了。又象王梦生《梨园佳话》所说'痛必倒仰，怒必吹须，富必撑胸，穷必散发'，这都是中国旧戏做作上的规律，也可以算是一种做作上的艺术 Art of acting。……（三）音乐上的感触和唱工上的感情。中国旧戏向来是跟音乐有连带密切的关系。无论昆曲，高腔，皮簧，梆子，全不能没有乐器的组织。因此唱工也是中国旧戏里头最重要的一部份。中国戏剧的发源，是在歌跟舞（Dance and Song）。中国的戏，在古时本也有不歌而但舞的。然而歌的一部份，渐渐发展，成了戏剧上的元素。所以现今一般人多把（歌）跟（戏）两种观念，联络起来。俗语'唱戏'

两个字，就是（歌）（戏）两种观念，联络的表示。中国旧戏拿音乐和唱工来感触人，是有两个好处。（A）有音乐的感触。（B）有感情的表示。……王梦生《梨园佳话》说'戏之佳处，全在声音悦人。患寂者弦管以哗之，患郁者金鼓以震之，抱不平者妙歌缓节以柔下之，悲作客者，闲情艳唱以慰劳之'就是这个道理，总之音乐于人类性情，最有关系。所以于社会风俗，也最有关系。中国旧戏有音乐上的感触，这也是中国旧戏的好处。中国旧戏是以音乐为主脑，所以他的感动的力量，也常常靠着音乐表示种种的感情，譬如《四郎探母》的杨延辉在番邦思念他的母亲，要不用唱工而但用白话来表示他思母的苦情，那杨延辉自己说了一番想念的话，便就毫无情致。如今用唱工来表示他思念的苦情，'引子''诗''白'多念完，到末了一句'思想起来，好不伤感人也'，下接西皮慢板，唱'杨延辉坐宫院自思自叹'一大段，这么样唱来就可以把想念母亲的感情，用可以感动的方法，表示出来。这岂不是唱工最可以表示感情的一端吗？所以拿唱工来表示感情，比拿说白来表示，最是分外的有精神，分外的有意思。这也是中国旧戏的一件好处。……以上所说，都是中国旧戏的好处。有人说中国旧戏因为有这许多的情形所以不好。都是我实在不敢附和。我以为要说中国旧戏的不好，只能说他这几种用的太过分，不能说他有这几种，就说不好。所以我们只能说中国旧戏用假像的地方太多，却不能说用假像就是不好。只能说他用规律的地方太多，不能说用规律就是不好。只能说他用音乐的地方太多，不能说用音乐唱工，就是不好。'因噎废食'，那是极端的主张，不是公平的论调。我做这一篇文字，不过随便写出几样中国旧戏的好处。其实此外的好处还有，一时也说不了许多。就先提出三样稍为重要的来，跟大家斟酌斟酌。我的结论，以为中国旧戏，是中国历史社会的产物，也是中国文学美术的结晶。可以完全保存。社会急进派必定要如何如何的改良，多是不可能，除非竭力提倡纯粹新戏，和旧戏来抵抗。但是纯粹的新戏，如今狠不发达。拿现在的社会情形看来，恐怕旧戏的精神，终究是不能破坏或消灭的了。"①

　　胡适在《文学进化观念与戏剧改良》中主张："现在中国戏剧有西洋的戏剧可作直接比较参考的材料，若能有人虚心研究，取人之长，补我之短；扫除旧日的种种'遗形物'，采用西洋最近百年来继续发达的新观念，新方法，新形式，如此方才可使中国戏剧有改良进步的希望。我现在且不说这种'比较的文学研究'可以得到的种种高深的方法与观念，我且单举两种极浅近的益处。（一）悲剧的观念——中国文学最缺乏是悲剧的观念。无论是小说，是戏剧，总是一个美满的团圆。现今戏园里唱完戏时总有一男一女出来一拜，叫做'团圆'，这便是中国人的'团圆迷信'的绝妙代表。有一两个例外的文学家，要想打破这种团圆的迷信，如《石头记》的林黛玉不与贾宝玉团圆，如《桃花扇》的侯朝宗不与李香君团圆；但是这种结束法是中国文人所不许的，于是有《后石头记》《红楼圆梦》等书，把林黛玉从棺材里掘起来好同贾宝玉团圆；于是有顾天石的《南桃花扇》使侯公子与李香君当场团圆！又如朱买臣弃妇，本是一桩'覆水难收'的公案，元人作《渔樵记》，后人作《烂柯山》，偏要设法使朱买臣夫妇团圆。又如白居易的《琵琶行》写的本是'同是天涯沦落人，相逢何必曾相识'两句，元人作《青衫泪》，偏要叫那琵琶娼妇过船，跟白司马同去团圆！又如岳飞被秦桧害死一件事，乃是千古的大悲剧，后人做《说岳传》偏要说岳雷圭帅打平金兀术，封王团圆！这种

---

　　①张厚载：《我的中国旧戏观》，载郑振铎编选《中国新文学大系》（第二集：文学论争集），上海：上海良友图书印刷公司，1935年10月，第413—418页。

'团圆的迷信'乃是中国人思想薄弱的铁证。做书的人明知世上的真事都是不如意的居大部分，他明知世上的事不是颠倒是非，便是生离死别，他却偏要使'天下有情人都成了眷属'，偏要说善恶分明，报应昭彰。他闭着眼睛不肯看天下的悲剧惨剧，不肯老老实实写天工的颠倒惨酷，他只图说一个纸上的大快人心。这便是说谎的文学。更进一层说：团圆快乐的文字，读完了，至多不过能使人觉得一种满意的观念，决不能叫人有深沉的感动，决不能引人到澈底的觉悟，决不能使人起根本上的思量反省。例如《石头记》写林黛玉与贾宝玉一个死了，一个出家做和尚去了，这种不满意的结果方才可以使人伤心感叹，使人觉悟家庭专制的罪恶，使人对于人生问题和家族社会问题发生一种反省。若是这一对有情男女竟能成就'木石姻缘'团圆完聚，事事如意，那么曹雪芹又何必作这一部大书呢？这一部书还有什么'余味'可说呢？故这种'团圆'的小说戏剧，根本说来，只是脑筋简单，思力薄弱的文学，不耐人寻思，不能引人反省。西洋的文学自从希腊的厄斯奇勒（Aeschylus）、沙浮克里（Sophocles）、虞里彼底（Euripides）时代即有极深密的悲剧观念。悲剧的观念：第一，即是承认人类最浓挚最深沉的感情不在眉开眼笑之时，乃在悲哀不得意无可奈何的时节；第二，即是承认人类亲见别人遭遇悲惨可怜的境地时，都能发生一种至诚的同情，都能暂时把个人小我的悲欢哀乐一齐消纳在这种至诚高尚的同情之中；第三，即是承认世上的人事无时无地没有极悲极惨的伤心境地，不是天地不仁，'造化弄人'（此希腊悲剧中最普通的观念），便是社会不良使个人销磨志气，堕落人格，陷入罪恶不能自脱（此近世悲剧最普通的观念）。有这种悲剧的观念，故能发生各种思力深沉，意味深长，感人最烈，发人猛省的文学。这种观念乃是医治我们中国那种说谎作伪思想浅薄的文学绝妙圣药。这便是比较的文学研究的一种大益处。

（二）文学的经济方法——我在《论短篇小说》一篇里，已说过'文学的经济'的道理了。本篇所说，专指戏剧文学立论。戏剧在文学各类之中，最不可不讲经济。为什么呢？因为：（1）演戏的时间有限；（2）做戏的人的精力与时间都有限；（3）看戏的人的时间有限；（4）看戏太长久了，使人生厌倦；（5）戏台上的设备，如布景之类，有种种困难，不但须要图省钱，还要图省事；（6）有许多事实情节是不能在戏台上一一演出来的，如千军万马的战争之类。有此种种原因，故编戏时须注意下列各项经济的方法：（1）时间的经济须要能于最简短的时间之内，把一篇事实完全演出。（2）人力的经济须要使做戏的人不致筋疲力竭；须要使看戏的人不致头昏眼花。（3）设备的经济须要使戏中的陈设布景不致超出戏园中设备的能力。（4）事实的经济须要使戏中的事实样样都可在戏台上演出来；须要把一切演不出的情节一概用间接法或补叙法演出来。我们中国的戏剧最不讲究这些经济方法。如《长生殿》全本至少须有四五十点钟方可演完，《桃花扇》全本须用七八十点钟方可演完。有人说，这种戏从来不唱全本的；我请问，既不唱全本，又何必编全本的戏呢？那种连台十本，二十本，三十本的'新戏'，更不用说了。这是时间的不经济。中国戏界最怕'重头戏'，往往有几个人递代扮演一个脚色，如《双金钱豹》，如《双四杰村》之类。这是人力的不经济。中国新开的戏园试办布景，一出《四进士》要布十个景；一出《落马湖》要布二十五个景（这是严格的说法，但现在的戏园里武场一大段不布景）！这是设备的不经济。再看中国戏台上，跳过桌子便是跳墙；站在桌上便是登山；四个跑龙套便是一千人马；转两个湾便是行了几十里路；翻几个筋斗，做几件手势，便是一场大战。这种粗笨愚蠢，不真不实，自欺欺人的做作，看了真可使人作呕！既然戏台上不能演出这种事实，又何苦硬把这种情节放在戏里呢？西洋的戏剧最讲究经济的方法。

即如本期张镠子君《我的中国旧戏观》中所说外国戏最讲究的‘三种联合’，便是戏剧的经济方法。张君引这三种联合来比中国旧戏中身段台步各种规律，便大错了。三种联合原名 The Law of Three Unities，当译为‘三一律’。‘三一’即是：（1）一个地方，（2）一个时间，（3）一桩事实。我且举一出《三娘教子》做一个勉强借用的例。《三娘教子》这出戏自始至终，只在一个机房里面，只须布一幕的景，这便是‘一个地方’；这出戏的时间只在放学回来的一段时间，这便是‘一个时间’；这出戏的情节只限于机房教子一段事实，这便是‘一桩事实’。这出戏只挑出这一小段时间，这一个小地方，演出这一小段故事；但是看戏的人因此便知道这一家的历史；便知道三娘是第三妾，他的丈夫从军不回，大娘、二娘都再嫁了，只剩三娘守节抚孤；这儿子本不是三娘生的；……这些情节都在这小学生放学回来的一个极短时间内，从三娘薛宝口中，一一补叙出来，正不用从十几年前叙起：这便是戏剧的经济。但是《三娘教子》的情节很简单，故虽偶合‘三一律’，还不算难。西洋的希腊戏剧遵守‘三一律’最严；近世的‘独幕戏’也严守这‘三一律’。其余的‘分幕剧’只遵守‘一桩事实’的一条，于时间同地方两条便往往扩充范围，不能像希腊剧本那种严格的限制了（看《新青年》四卷六号以来的易卜生所做的《娜拉》与《国民之敌》两剧便知）。但西洋的新戏虽不能严格的遵守‘三一律’，却极注意剧本的经济方法：无五折以上的戏，无五幕以上的布景，无不能在台上演出的情节。张镠子君说，‘外国演陆军剧，必须另筑大戏馆。’这是极外行的话。西洋戏剧从没有什么‘陆军剧’；古代虽偶有战斗的戏，也不过在戏台后面呐喊作战斗之声罢了；近代的戏剧连这种笨法都用不着，只隔开一幕，用几句补叙的话，便够了。《元曲选》中的《薛仁贵》一本，便是这种写法，比《单鞭夺槊》与《气英布》两本所用观战员详细报告的写法更经济了。元人的杂剧，限于四折，故不能不讲经济的方法，虽不能上比希腊的名剧，下比近世的新剧，也就可以比得上十六七世纪英国、法国戏剧的经济了（此单指体裁段落，并不包括戏中的思想与写生工夫）。南曲以后，编戏的人专注意词章音节一方面，把体裁的经济方法完全抛掉，遂有每本三四十出的笨戏，弄到后来，不能不割裂全本，变成无数没头没脑的小戏！现在大多数编戏的人，依旧是用'从头至尾'的笨法，不知什么叫做'剪裁'，不知什么叫做'戏剧的经济'。补救这种笨伯的戏剧方法，别无他道，止有研究世界的戏剧文学，或者可以渐渐的养成一种文学经济的观念。这也是比较的文学研究的一种益处了。以上所说两条，——悲剧的观念，文学的经济，——都不过是最浅近的例，用来证明研究西洋戏剧文学可以得到的益处。"①

　　傅斯年在《戏剧改良各面观》中主张："编剧问题。我起初想来，中国现在尚没独立的新文学发生，编制剧本，恐怕办不好，爽性把西洋剧本翻译出来，用到剧台上，文笔思想，都极妥当，岂不省事。后来转念道，西洋剧本是用西洋社会做材料，中国社会，却和西洋社会隔膜的紧。在中国剧台上排演直译的西洋戏剧，看的人不知所云，岂不糟了。这样说来，还要自己编制，但是不妨用西洋剧本做材料，采取他的精神，弄来和中国人情合拍了，就可应用了。换一句话说来，直译的剧本，不能适用，变化形式，存留精神的改造本，却是大好。至于做独立的编制，更要在选择材料上，格外谨慎。旧戏最没道理的地方，就是专拿那些极不堪的小说作来源；新戏要有新精神，所以这一点万不可再蹈覆辙。

---

　　①胡适：《文学进化观念与戏剧改良》，载胡适编选《中国新文学大系》（第一集：建设理论集），上海：上海良友图书印刷公司，1935 年 10 月，第382—385 页。

材料总要在当今社会里取出；更要对于现在社会，有了内心的观察，透澈的见地，才可以运用材料，不至于变成'无意识'。我希望将来的戏剧，是批评社会的戏剧，不是专形容社会的戏剧，是主观为意思，客观为文笔的戏剧，不是纯粹客观的戏剧。"[1]

欧阳予倩在《予之戏剧改良观》中主张："试问今日中国之戏剧，在世界艺术界，当占何等位置乎！吾敢言中国无戏剧，故不得其位置也，何以言之？旧戏者，一种之技艺。昆曲者，曲也。新戏萌芽初苗，即遭蹂躏，目下如腐草败叶，不堪过问。舍是更何戏剧之可言？戏剧者，必综文学，美术，音乐，及人身之语言动作，组织而成。有其所本焉，剧本是也。剧本文学既为中国从来所未有，则戏剧自无从依附而生。元明以来之剧，曲，传奇等，颇有可采，然决不足以代表剧本文学。其他如皮簧唱本，更无足道。盖戏剧者，社会之雏形，而思想之影像也。剧本者，即此雏形之模型，而此影像之玻璃版也。剧本有其作法，有其统系。一剧本之作用，必能代表一种社会，或发挥一种理想，以解决人生之难问题，转移误谬之思潮。演剧者，根据剧本，配饰以相当之美术品（如布景衣装等），疏荡以适宜之音乐，务使剧本与演者之精神一致表现于舞台之上，乃可利用于今日鱼龙曼衍之舞台也。然则吾人之主张当如何？予以为（一）须组织关于戏剧之文字，（二）须养成演剧之人才。文字约分三种：一、剧本。剧本文学为中国从来所无，故须为根本的创设。其事宜多翻译外国剧本以为模范，然后试行仿制。不必故为艰深；贵能以浅显之文字，发挥优美之思想。……二、剧评。……吾所谓正当之剧评者，必根据

---

①傅斯年：《戏剧改良各面观》，载胡适编选《中国新文学大系》（第一集：建设理论集），上海：上海良友图书印刷公司，1935 年 10 月，第 372—373 页。

剧本，必根据人情事理以立论。剧评家必有社会心理学，伦理学，美学，剧本学之智识。剧评有监督剧场及俳优，启人猛省，促进改良之责；……三、剧论。剧论之范围甚广。凡关于戏剧之理论皆属焉。最要者，在名剧本之分析，及舞台上之研究。……"①

宋春舫的《近世名戏百种目》一文，推荐了莎士比亚、莫里哀、易卜生、萧伯纳、托尔斯泰、高尔基、王尔德、霍普特曼、梅特林克等来自 13 个国家共 58 位剧作家的代表作 100 篇，这些西洋戏剧目录极大开拓了中国戏剧改革的文本视野。

宋春舫，1910 年入读上海圣约翰大学，1912 年赴欧洲游学。1916 年回国，先于母校上海圣约翰大学任教，1917 年转入清华大学任教，1918 年受聘于北京大学，教授西方戏剧课程。此乃西方戏剧作为一门学科正式进入中国高等学府之始。同年，北京大学开设元曲科目，教授传统戏剧。

1923 年 3 月，《宋春舫论剧（第一集）》由上海中华书局发行。这是当时中国剧坛唯一一本系统介绍世界戏剧思潮流派，以及思考中国戏剧未来发展的专著。收录《剧场新运动》《戏曲上"德模克拉西"之倾向》《现代意大利戏剧之特点》《戏剧改良平议》《中国新剧剧本之商榷》《改良中国戏剧》等 16 篇文论，以及《世界名剧谭》《新欧剧本三十六种》两篇附录。

《戏剧改良平议》（1918 年于北京）节选："欧洲戏剧分二大类，一曰歌剧（Opera），一曰非歌剧（Drama）。歌剧又可分为二，一曰纯粹歌剧（即 Opera），是纯用歌曲不用说白者，二曰滑稽歌剧（Operette），有说白而兼小曲，纯具滑稽性质者也，其余如纯

---

① 欧阳予倩：《予之戏剧改良观》，载胡适编选《中国新文学大系》（第一集：建设理论集），上海：上海良友图书印刷公司，1935 年 10 月，第 387—389 页。

粹歌剧而具滑稽性质者为 Comic Opera，则仅为 Opera 之附属品矣。非歌剧亦分为二，一曰诗剧（Poetic Drama），二曰白话剧（Prose Drama）。以予个人之观察，歌剧今日在欧美之势力似反驾非歌剧而上之。……中国能专恃白话剧，而屏弃一切乎，吾不敢知，吾国昆曲京剧均非白话体裁，昆曲类诗剧而有曲谱，则是歌剧耳，京剧性质纯是欧洲歌剧体裁，英语所谓 Operatic 是也，京剧如《李陵碑》《空城计》《二进宫》等可名之谓纯粹歌剧 Opera，如《黑风帕》《梅龙镇》则类 Comic Opera（即纯粹歌剧而具滑稽性质者），《小上坟》《小放牛》等则颇类滑稽歌剧 Operette，中国戏剧数百年从未与音乐脱离关系，音乐为中国戏剧之主脑，可无疑也。不仅此也，南人多不解北语，而京剧乃能盛行于江浙诸省，对牛弹琴而反受欢迎，虽为时尚所趋要，亦音乐魔力之大，有以致之耳，北人讥南人，只知看戏不知听戏，殊不知欧美人之赴歌剧者，亦往往不明伶人所歌之辞意，但求领略音乐妙处，赏心悦耳而已，岂有他哉。近数年新剧（即白话剧）之失败，固非以白话体裁而失败也，剧本之恶劣，新剧伶人道德之堕落，实有以致之然，其废弃旧有之音乐，而以淫词芜语代之，或为其失败原因之一欤。激烈派之主张改革戏剧，以为吾国旧剧脚本恶劣，于文学上无丝毫之价值，于社会亦无移风易俗之能力，加以刺耳取厌之锣鼓，赤身露体之对打，剧场之建筑既不脱中古气象，有时布景则类东施效颦，反足阻碍美术之进化，非屏弃一切专用白话体裁之剧本，中国戏剧将永无进步之一日。主张此种论说者，大抵对于吾国戏剧毫无门径，又受欧美物质文明之感触，遂致因噎废食，创言破坏。不知白话剧不能独立必恃歌剧以为后盾，世界各国皆然，吾国宁能免乎？虽然歌剧对社会之影响，不如白话剧远甚，歌剧仅求娱悦耳目（莫斯科巴黎之歌剧场，其布景之精妙，为吾国人仅看过上海新舞台之布景所梦想不到者）而已，白话剧则对于社会

有远大之影响迥非歌剧所能望其肩背也。顾吾国旧剧保守派以为
'一国有一国之戏剧，即英语所谓 National Drama，不能与他国相
混合，吾国旧剧有如吾国四千年之文化，具有特别之精神，断不
能任其消灭，且鉴于近数年来新剧之失败，将白话剧一概抹杀'。
此种囿于成见之说，对于世界戏剧之沿革，之进化，之效果，均
属茫然，亦为有识者所不取也。旧剧如何保存，新剧如何提倡，
异日得暇，再当详论之。"①

　　1931 年，宋春舫在青岛建立了收藏世界戏剧文献的私人图书馆，
取名"褐木庐"。此称谓系褐伦伊（Corneille，今译：高乃依）、木里
瑞（Moliere，今译：莫里哀）和卢辛（Racine，今译：拉辛）三位
法国戏剧家的中译名首字组合而成，以示他对戏剧大师们的崇敬。
梁实秋在《书房》中谈及"褐木庐"："我看见过的考究的书房当
推宋春舫先生的褐木庐为第一，在青岛的一个小小的山头上，这
书房并不与其寓邸相连，是单独的一栋。环境清幽，只有鸟语花
香，没有尘嚣市扰。《太平清话》：'李德茂环积坟籍，名曰书城。'
我想那书城未必能和褐木庐相比。在这里，所有的图书都是放在
玻璃柜里，柜比人高，但不及栋。我记得藏书是以法文戏剧为主。
所有的书都是精装，不全是 buckram（胶硬粗布），有些是真的小
牛皮装订（half calf，ooze calf，etc.），烫金的字在书脊上排着队闪
闪发亮。也许这已经超过了书房的标准，微近于藏书楼的性质，
因为他还有一册精印的书目，普通的读书人谁也不会把他书房里
的图书编目。"②

　　梁实秋的文字中所提及的"一册精印的书目"，即宋春舫 1934

　　①宋春舫：《戏剧改良平议》，载《宋春舫论剧》（第一集），上海：中华
书局，1930 年 4 月三版，第 261—265 页。
　　②梁实秋：《书房》，载《雅舍小品》，北京：中国妇女出版社，2019 年 7
月，第 6 页。

年出版的《褐木庐藏剧目》。他在《〈褐木庐藏剧目〉自序》中自述："予自弱冠西行，听讲名都，探书邻国，尔时所好，尽在戏曲，图府之秘籍，私家之珍本，涉猎所及，殆尽万卷。民国四年，初游法京，入 Bibliotheque de L'opera，寝馈其间，三月忘返。民六返沪，择所爱好，挟以俱归。十年再渡，道出德奥，时则大战甫平，币值下降，遂罄囊橐，捆载而东，后因疾疹，并束高阁。近五六载，沪杭平津，奔走往来，不宁其厥处。去岁，斥金四千，始建褐木庐于青岛之滨，聚书其中，今春复辞青市府参事，扃户写目，匝月乃竟。盖二十年来，辛苦搜求，所获不过三千余册，财力不足，闻见有限，无足怪也，犹幸所藏，尽限一类，范围既隘，择别较易，即此区区，已为难得。以言戏曲，粗备梗要，中土所藏，此或第一，持较法京，才百一耳。"[1]

1936 年 3 月，《宋春舫论剧（第二集）》由文学出版社发行，收录《从剧本方面推测到戏剧未来的趋势》《象征主义》《大战以前的法国戏曲》《战后法国戏剧的复兴》《一年来国剧之革新运动》《两性问题的剧本》《中国戏剧社》等 11 篇文论，以及《Octavian & Cleopatra》（海根著）、《别墅出售》（吉得利著）、《梅毒》（白里安著）3 篇译文。

1937 年 4 月，《宋春舫论剧（第三集）——凯撒大帝登台》由上海商务印书馆发行，收录《凯撒大帝登台》《一七七七年至一八九三年》《从莎士比亚说到梅兰芳》《戏剧家王尔德——附〈同名异娶〉剧本》《大战时欧洲各国戏曲概况》《比利时的戏曲》《戏剧的对白》《观众成分的变迁》《话剧的将来》《吾不小觑平剧》等 13 篇文论。

---

①转引自王杭、孟小槟：《褐木庐——一个逝去的戏剧图书馆》，载《图书馆建设》2012 年第 2 期，第 33 页。

除戏剧理论的造诣外，宋春舫在戏剧创作上亦有佳作，如多幕剧《五里雾中》（文学出版社，1936 年 3 月）、独幕剧《一幅喜神》（上海新月书店，1932 年正月）等。

1938 年 11 月，被疾病折磨十余年的宋春舫去世。在他逝世两周年之际，《剧场艺术》1940 年第 2 卷第 8/9 期推出"宋春舫先生纪念特辑"，刊载宋春舫的照片和遗作文论《戏剧理论史略》，以及多位戏剧家撰写的深情回忆宋春舫给予他们的启蒙影响的文章，如《纪念宋春舫先生》（顾仲彝）、《宋春舫先生》（李健吾）、《宋春舫论》（赵景深）、《追思宋春舫先生》（于伶）、《学习宋春舫先生的精神》（松青）等。该期杂志还预告即将出版宋春舫的遗著《宋春舫论剧（第四集）》，后因故未能发行。

松青（李伯龙）在《学习宋春舫先生的精神》（《剧场艺术》1940 年第 2 卷第 8/9 期）中透露了《〈宋春舫论剧〉（第四集）自序》的内容，我们可从中了解和学习宋春舫身上体现的对戏剧的热情、坚韧的毅力和治学的艰辛："予治戏曲，二十余年矣，中间大病数四，百事俱废，独此恋恋不忍舍，好之深故为之勤也。去夏草论集，稿甫就而病骤作，呕血盈斗，愈不能兴，辍笔者累月。迨后治肺，养病上海，闲居无事，续有写作，积稿既多……不谓晨抄暝写，触动旧疾，几几不能卒业，今幸讫事矣，此后能否续作，当在不可知之数，苟天假以年，终当更草五集也，出此为券。"[1]

《新青年》1919 年第 6 卷 3 期刊出胡适的独幕剧《终身大事》，正式敲开戏剧创作的大门。文学革命发难以后，较之其他文体，戏剧的处女作出现最迟。《终身大事》的主题是反对封建迷信，争取婚姻自由，塑造了中国现代戏剧史上第一个追求独立人格自由

---

[1]松青：《学习宋春舫先生的精神》，载《剧场艺术》1940 年第 2 卷第 8/9 期，第 239 页。

的"娜拉"式女主形象。

　　女主角田亚梅与陈先生的恋爱遭到父母的反对，母亲听信算命先生的话："这门亲事是做不得的。要是你家这位姑娘嫁了这男人，将来一定没有好结果。……这男命是寅年亥日生的，女命是巳年申时生的，正合著命书上说的'蛇配虎，男克女。猪配猴，不到头。'这是合婚最忌的八字。属蛇的和属虎的已是相克的了。再加上亥日申时，猪猴相克，这是两重大忌的命。这两口儿要成了夫妇，一定不能团圆到老。仔细看起来，男命强得多，是一个夫克妻之命。应该女人早年短命，田太太，我不过据命直言，你不要见怪。"① 以及观音娘娘箴诗："夫妻前生定，因缘莫强求。逆天终有祸，婚姻不到头。"② 父亲虽不迷信，但思想守旧："《论语》上有个陈成子，旁的书上都写作田成子，便是这个道理，两千五百年前，姓陈的和姓田的只是一家。后来年代久了，那写做田字的，便认定姓田，写作陈字的便认定姓陈，外面看起来，好像是两姓，其实是一家。所以两姓祠堂里都不准通婚。"③ 在家绝望的田亚梅看到正在屋外等着的陈先生托女仆李妈送进来的纸条："此事只关系我们两人，与别人无关，你该自己决断。"④ 她鼓起勇气给父母留下字条："这是孩儿终身大事。孩儿应该自己决断。孩儿现在坐了陈先生的汽车去了。暂时告辞了。"⑤ 遂离家出走。

　　戏剧发展之所以迟缓且不易，我们可从洪深的论述中有所了解。他在《〈中国新文学大系（戏剧集）〉导言》中就戏剧创作的

---

　　①胡适：《终身大事》，载洪深编选《中国新文学大系》（第九集：戏剧集），上海：上海良友图书印刷公司，1935年7月，第1页。

　　②同上，第2页。

　　③同上，第6页。

　　④同上，第7页。

　　⑤同上，第8页。

艰辛写道："从事戏剧，比较从事别的文艺，似乎更加难些。戏剧者必须有丰富的生活经验，健全的人生哲学，充分的处理文字工具的能力，这和诗人小说家是一样的。可是诗人小说家们在把他们的作品写落在纸上的时候，他们底艺术创作的工作，可算已是完毕，但在戏剧者，他才只做得三份之一呢。他还得把这个剧本搬上舞台；他便不能没有处理舞台的能力——适当地运用布景、光影、服装、道具、化装等等物事。他又得把这个剧本付托几个演员将里面所描写的人生，艺术地'活化'；他便不能没有应付社会的能力。"① 就当日戏剧职业之地位写道："我有两个观念，第一，我以为做影戏，是正当职业，在电影界劳心劳力混口饭吃，也同人力车夫，跑了一身大汗，赚两角小洋车钱一般，不是什么可耻的事，第二，凡是道德人格名誉，乃是个人的事，与职业没有多大关系的，试问政界商界，不论什么界，什么职业，那里会没有几个败类，我大胆说一句，电影界里，就有败类，成分也未见比政界商界会高许多，不过不幸社会对于电影界，格外的苛求，格外的注意罢了。当初我在美国，执意要专习戏剧的时候，就有人劝我，说'中国不比欧美，一向优伶人格卑贱，为人所轻视的'；我不为动。我在三年前，将要加入电影界，又有人劝我说'就是美国的电影界，道德观念，也很薄弱，你是受过教育的人，现有正当的职业，又不是没有得吃，很犯不着'，我又不为动，中国电影界为社会所轻视，我不是今天才知道的。"②

《终身大事》发表后，陆续有田汉的《环珴璘与蔷薇》（《少年中国》1920 年第 2 卷第 5 期），叶圣陶的《恳亲会》（《小说月报》

---

① 洪深：《〈中国新文学大系（戏剧集）〉导言》，载洪深编选《中国新文学大系》（第九集：戏剧集），上海：上海良友图书印刷公司，1935 年 7 月，第 52 页。

② 同上，第 87—88 页。

1921 年第 12 卷第 7 期）和《艺术的生活》（《戏剧》1921 年第 1 卷第 5 期）等剧本问世。

　　总体而言，文学革命初期开展的戏剧工作，处在探索学习阶段，剧本创作寥寥可数，剧论评议轰轰烈烈。《新青年》"易卜生号"开启介绍外国戏剧理论和翻译外国戏剧作品的热潮，《新潮》紧随其后，潘家洵翻译的易卜生的《群鬼》（《新潮》1919 年第 1 卷第 5 期）、萧伯纳的《华伦夫人之职业》（《新潮》1919 年第 2 卷第 1 期）、苏德曼的《福利慈欣》（《新潮》1920 年第 2 卷第 5 期）陆续发表。西方戏剧史上各流派以及莎士比亚、萧伯纳、托尔斯泰等数十位剧作家及其作品的先后涌入，带来完全不同于传统戏曲的美学观，促进了中国戏剧的多元发展。

　　三　"小剧场"与"爱美剧"的提倡与实践

　　所谓"小剧场"，宋春舫作于 1919 年 10 月的《小戏院的意义、由来及现状》（《东方杂志》1920 年第 17 卷第 8 期）一文，率先介绍了西方的小剧场戏院。文末总括："总而言之，这小戏院实在是近代戏院历史里面一种最有意义的运动。他的特色，就是——（一）反对营利主义，提高戏剧的位置。（二）重实验的精神，使戏剧可以容易进步。（三）容易举办，不比得大戏院要费很大的工程，及资本。我们现在讲改良中国戏剧，这一种小戏院，是最可以做的事情，（一）是因为容易兴办，（二）是因为假使我们要改良中国戏剧，这一种实验的与同反对营业主义的精神，也断断是少不来的。"① 其后，汪仲贤著有译文《美国最近组织的"小剧场"》（《戏剧》1921 年第 1 卷第 2 期）。

---

　　①宋春舫：《小戏院的意义、由来及现状》，载《宋春舫论剧（第一集）》，上海：中华书局，1930 年 4 月三版，第 64 页。

　　"爱美剧"系"爱美的戏剧"简称，"爱美"两字是英文 Amateur 的音译，即业余。陈大悲早于 1921 年 4 月 20 日就在《北京晨报》连载长文《爱美的戏剧》，提倡"爱美剧"，又在《戏剧指导社会与社会指导戏剧》（《戏剧》1921 年第 1 卷第 2 期）中主张："要从事于中国戏剧底根本改造，在今日这种恶浊腐败的职业戏剧里谋发动，当然是无望的了。何以故呢？因为他们既受雇于服从社会恶势力的资本家，但求朝朝暮暮有台演戏，借以博得养家，糊口、奢侈放纵生活的金钱，就算大愿已遂，对于将来，只不过抱一个'听天由命'的处世秘诀。我们枉用心机去希望他们自动自觉，这个当已经上够了。'笑骂由他笑骂'，已成了现在新剧家处世的不二法门。我们赶快从这条路上来一个'向后转'罢。我们理想中的指导社会的戏剧家是'爱美的'Amateur 戏剧家（即非职业的戏剧家）。爱美的戏剧家不受资本家底操纵，不受座资底支配。爱美的戏剧家不必要是学生，然而每一个人必须要受过能够助他发展戏剧的教育。"①

　　"五四"以后的戏剧团体实践开启于"民众戏剧社"。1921 年 5 月新文学第一个戏剧团体"民众戏剧社"在上海成立，成员有沈雁冰、郑振铎等新文学运动中坚分子和欧阳予倩、熊佛西（1900—1965）等戏剧研究创作者，以及汪仲贤、陈大悲等职业戏剧演员。1921 年 5 月 31 日，由民众戏剧社编辑、上海中华书局发行的《戏剧》月刊在上海创刊。这是民众戏剧社的机关刊物，也是现代文学史上最早的专门性戏剧期刊。

　　《民众戏剧社简章》（《戏剧》1921 年第 1 卷第 1 期）载："本

---

　　①转引自洪深：《〈中国新文学大系（戏剧集）〉导言》，载洪深编选《中国新文学大系》（第九集：戏剧集），上海：上海良友图书印刷公司，1935 年 7 月，第 32 页。

会以非营业的性质，提倡艺术的新剧为宗旨。"① 《民众戏剧社宣言》（《戏剧》1921年第1卷第1期）全文："萧伯纳曾说：'戏场是宣传主义的地方'，这句话虽然不能一定是，但我们至少可以说一句：当看戏是消闲的时代现在已经过去了。戏院在现代社会中确是占着重要的地位，是推动社会使前进的一个轮子，又是搜寻社会病根的X光镜；他又是一块正直无私的反射镜；一个人民程度的高低，也赤裸裸地在这面大镜子里反照出来，不得一毫遁形。这种样的戏院正是中国目前所未曾有，而我们不量能力薄弱，想努力创造的。我们知道，法国在十九世纪初就有一个恩塔纳（Antoive）建立了一个自由戏院，尽力做宣传艺术戏剧的运动，到底造成了法国的现代剧。英国在十九世纪末二十世纪初的戏剧家也都尽力宣传英国的自由戏院的运动，倒底也建立了英国现代剧。自由戏院是要拿艺术化的戏剧表现人类高尚的理想；和营业性质的戏院消闲主义的戏剧很有过一番冲突：初时虽只有一小部分的听客，但至终把一般人的艺术观念提高。我们翻开各国的近代戏剧史，到处都见有这种的自由戏院运动，很勇猛而有成绩。这种样子的运动，中国未曾有过，而是目前所急需的；我们现在所要实行宣传的，就是这个运动了。我们因为目前尚没有恩塔纳那样的能力，不能立刻建立一个自由戏院，我们只可勉强追随英国诸戏剧家的后尘，先来做文字的宣传，所以我们将先出一种月刊，名为《戏剧》，借以发表我们的主张，介绍西洋的学说，并且想国人讨论，同道君子如赞成我们的宗旨，肯惠然赐教，我们是非常的欢迎！"②

---

①《民众戏剧社简章》，载阿英编选《中国新文学大系》（第十集：史料·索引），上海：上海良友图书印刷公司，1936年2月，第133页。

②《民众戏剧社宣言》，载阿英编选《中国新文学大系》（第十集：史料·索引），上海：上海良友图书印刷公司，1936年2月，第132—133页。

　　郑振铎在《光明运动的开始》（《戏剧》1921 年第 1 卷第 3 期）文末主张："爱美的剧团的组织，最适宜团员是学生，或是已有了别的职业的人。无聊的人是决不能加入的。演剧的地点最好在学校中，偶然借各剧场来演唱也可以。以不收剧券为原则。就是偶然收费也要收得极廉。所演的剧本必须用极有价值，极能与团员的理想相符合的。无论自己编或是翻译别国的著作，他的精神必须是：平民的。并且必须是：带有社会问题的色彩与革命的精神的。纯艺术的戏剧，决不是现在——尤其在中国，所应该演的。因为在现在的丑恶，黑暗的环境中，艺术是应该负一部分制造光明的责任的。戏剧感人的力量尤深，这种责任也更大。仅仅以纯艺术的东西来取媚于听者，不但是不应该，也是有心肝者所不忍为吧！所以我们的责任有两重，一重是改造戏剧，一重是改造社会。光明的制造者，应该牢牢的记住这句话，不要把自己的使命忘了。"①

　　1922 年，民众戏剧社中心迁往北京，改组为新中华戏剧协社。《戏剧》自 1922 年第 2 卷第 1 期起由北京晨报社发行，共出 4 期，于 1922 年 4 月停刊，前后一年，共计 10 期。

　　《戏剧》1922 年第 2 卷第 2 期刊出《〈戏剧〉杂志底宗旨》："本杂志是新中华戏剧协社底言论机关。新中华戏剧协社，联合中华民国各地方爱美的剧团，爱美的剧人，以及真正爱戏剧者，共同研究与提倡现代的，教化的，艺术的'新中华戏剧'。"②

　　1922 年冬，蒲伯英（1875—1934）、陈大悲等在北京创办"人

---

　　①郑振铎：《光明运动的开始》，载郑振铎编选《中国新文学大系》（第二集：文学论争集），上海：上海良友图书印刷公司，1935 年 10 月，第 427—428 页。

　　②《〈戏剧〉杂志底宗旨》，载阿英编选《中国新文学大系》（第十集：史料·索引），上海：上海良友图书印刷公司，1936 年 2 月，第 134 页。

艺戏剧专门学校"，简称"人艺剧专"。《人艺戏剧专门学校章程》科目设定有："国语、雄辩术、跳舞、武技、音乐原理、音乐实习、化装术、动作法、剧本实习、布景术、戏剧史、编剧术、外国语、艺术学纲要。"① "人艺剧专"是中国第一所现代戏剧学校，虽因内部纠纷于1924年冬关校，仅维持两年，但为现代戏剧培养了吴瑞燕、王泊生、徐公美、万籁天等戏剧人才，也为小剧场实验获取了不错的理论和实践成绩。

1922年12月，谷剑尘（1897—1976）、应云卫（1904—1967）等在上海成立"戏剧协社"，之后汪仲贤、欧阳予倩、洪深等相继加入。1933年10月，因组织涣散、经济拮据等因素，戏剧协社走向解体。戏剧协社长达十二年的历史横跨中国现代戏剧发展初期最关键的时段，推动了戏剧创作实践走上正规化、专门化与科学化的道路。

戏剧协社演出了《孤军》（古剑尘编）、《英雄与美人》（陈大悲编）、《泼妇》（欧阳予倩编）、《回家以后》（欧阳予倩编）、《好儿子》（汪仲贤编）、《月下》（徐半梅编）、《少奶奶的扇子》（洪深改译）、《第二梦》（洪深、应云卫导）、《威尼斯商人》（应云卫导）、《怒吼吧！中国》（应云卫导）等剧目，编印了《剧本汇刊（第一集）》（上海商务印书馆，1925年3月）、《剧本汇刊（第二集）》（上海商务印书馆，1928年5月）两集剧本汇刊。

欧阳予倩在《〈剧本汇刊（第一集）〉序》中简述了戏剧协社的概况："戏剧协社最初为中华职业学校一部份学生所组织，因演员不敷，遂联合校外同志相与共事。当时任重要脚色者如谷应陈李诸君皆非校友，演剧之天才本不多见，求其胜任亦费物色。职

①转引自向阳：《人艺戏剧专门学校始末考》，载《戏剧艺术》2014年第3期，第67页。

业学校诸君深知艺术之重要，不以校中消遣为满足，然不能分其勤学之力以从事，故任有人能专之者，其嘱甚远，其意至善，而戏剧协社之发达于此基焉。予倩以癸亥初秋，由汪君仲贤介绍进社，未几即约洪深君一同加入。凡吾社友莫不知洪君，洪君亦深信吾社友，洪君入社之第一日，谷君剑尘即以其排演主任一席嘱洪君，洪君毅然不辞，且约曰：诸君以是命不佞者，于排演时当严守其纪律，有不惬于不佞之主张者，毕事而后斟酌之。盖凡对于排演主任者应如是也。佥曰：然！自洪君入社，实行男女合演，计所排演者为：《终身大事》《泼妇》《好儿子》《少奶奶的扇子》共四剧。自演《少奶奶的扇子》后，新剧男女合演之必要，渐能为人所信，而吾社之试验亦有相当之成绩。盖以为当行，则行之不疑；以为能任，则任之不疑；知其可信，则信之不疑；各竭其才，始终以之，吾辈之责也。凡兹遇合，殊非偶然，积之累之，前程何限。惟一秋之获，劳以经年；名山深曲，必穷跻攀。若谓荒漠难耕，崎岖窘步，怯者所以自阻；非吾社之志也。"[1]

古剑尘在《〈剧本汇刊（第二集）〉序》中写道："我们戏剧协社的同志在历届所表演的戏剧，固不敢深信在'剧场的技术'上已臻成功的境域，然而把剧场的'收获'暂丢一旁，剧前的'耕耘'已是很值得记述的了。我们的演剧的宗旨并不正大，我们却不高兴拿戏剧作'戏者戏也'看，我们承认戏剧是值得努力去工作的艺术事业，没有一天不在那里用真诚的态度去从事。……我们只望我们的戏剧日后在社会上得有相当的立足点，一切人物都兴起艺术的热烈情感，逐次有纯艺术的剧本产生，有纯艺术的演员介绍给观众，至此完成了在中国的'剧场运动'于愿已足，

---

① 欧阳予倩：《〈剧本汇刊（第一集）〉序》，载上海戏剧协社编《剧本汇刊（第一集）》，上海：商务印书馆，1925 年 3 月，第 1—2 页。

并且我很希望社会一般人从今后多加一点助力以完成此种工作!"①

洪深在《〈中国新文学大系（戏剧集）〉导言》中就戏剧协社成功的原因写道："戏剧社协的所以能够在那时候获得很大的成功，当然是由于肯下苦工排演。……事实上协社的成功，还有更大的几个原由：（一）组织的合理，他们是采用委员制的，一切事情都是公开讨论，众意决定了才进行的；（二）责任的平均，每个社员都有一定的职务，各人在自己的范围内努力；（三）劳作的精神，凡是制布景搬道具装电灯等平常依赖木匠工友们做的，现在都自己做；（四）生活的刻苦，社中的基金，是每人五元十元这样募集的，总共只有二百余元，大部分用在造布景印特刊上面，社员们绝不妄用一个钱，必要时预备一点饭食点心，也是十分简陋；而最重要的是：（五）社员间的感情融洽；旧社员如欧阳予倩、汪仲贤、谷剑尘、王梨云、应云卫、陈宪谟、钱剑秋、王毓清等对洪深完全信任，允许他充分地使展他底才能——那国内戏剧界久已感觉到须要向西洋效习的改译外国剧的技术，表演时动作与发音的技术，处理布景，光影，大小道具的技术，化装与服装的技术，甚至广告宣传的技术，到表演《少奶奶的扇子》的时候，都获得了相当的满意的实践了。所以他们的成功，是整个'社'的成功，而不是洪深个人的成功。"② 就戏剧协社后来社团发展出现的问题写道："一部分社员的劣根性都拿了出来：闹意气，争地位，抢主角，不尽本分，不肯刻苦（排戏需用汽车接送了），对于戏剧，完全抱着高兴主义（我是高兴才来玩玩的，那个敢再提起

---

①古剑尘：《〈剧本汇刊（第二集）〉序》，载上海戏剧协社编《剧本汇刊（第二集）》，上海：商务印书馆，1928 年 5 月，第 1—5 页。

②洪深：《〈中国新文学大系（戏剧集）〉导言》，载洪深编选《中国新文学大系》（第九集：戏剧集），上海：上海良友图书印刷公司，1935 年 7 月，第 62—64 页。

纪律）！所以在表演和管理方面，一齐都退步了。"①

此外，"新月社"也在戏剧领域有诸多努力和实践，取得了一些成绩。1925 年 5 月，余上沅（1897—1970）、赵太侔（1889—1968）、闻一多等留学生把"北京美术专门学校"部分资源改建为"国立北京艺术专门学校"，简称"北京艺专"，增设音乐、戏剧两系，使戏剧人才的培养工作在"人艺剧专"停办之后得以衔接不辍。

1926 年 6 月 17 日，北京《晨报副刊〈剧刊〉》创办，徐志摩发表创刊词《〈剧刊〉始业》（《剧刊》1926 年第 1 期），主张："戏剧是艺术的艺术。因为它不仅包含诗、文学、画、雕刻、建筑、音乐、舞蹈各类的艺术，它最主要的成分尤其是人生的艺术。古希的大师说，艺术是人生的模仿，近代的评衡家说，艺术是人生的批评。随你怎么看法，那一样艺术能有戏剧那样集中性的，概包性的，'模仿'或是'批评'人生？如其艺术是激发乃至赋与灵性的一种法术，那一样艺术有戏剧那样打得透，钻得深，摇得猛，开得足？小之振荡个人的灵性，大之摇撼一民族的神魂，已往的事迹曾经给我们明证，戏剧在各项艺术中是一个最不可错误的势力。但戏是要人做有舞台来演的；戏尤其是集合性的东西，你得配合多数人不同的努力才可以收获某种期望的效果，不比是一首诗或是一幅画可以由一个人单独做成的。先不说它那效力有多大，一个戏的成功是一件极复杂，极柔纤，极繁琐，不容有一丝陋缝的一种工作：一句话声调的高矮，一盏灯光线的强弱，一种姿势的配合，一扇门窗的位置，在一个戏里都占有不容含糊的重要。

---

①洪深：《〈中国新文学大系〈戏剧集〉〉导言》，载洪深编选《中国新文学大系》（第九集：戏剧集），上海：上海良友图书印刷公司，1935 年 7 月，第 84 页。

这幻景，这演台上的'真'，是完全人造的，但一极小部分的不到家，往往可以使这幻景的全体破裂。这不仅是集合性的艺术，这也是集合性的技术。技术的意思是够格的在行。我们有几个朋友，对于戏剧的技术（不说艺术），多少可以说是在行，虽则够格不够格还得看下文。我们想合起来做一点事。这回不光是'写'一两个剧本，或是'做'一两次戏就算完事；我们的意思是要在最短的期内办起一个'小剧院'——记住，一个剧院。这是第一部工作；然后再从小剧院作起点，我们想集合我们大部分可能的精力与能耐从事戏剧的艺术。我们现在已经有了小小的根据地，那就是艺专的戏剧科，我们现在借晨副地位发行每周的《剧刊》，再下去就盼望小剧院的实现，这是我们几个梦人梦想中的花与花瓶，我这里单说我们这《剧刊》是怎么回事。第一是宣传；给社会一个剧的观念，引起一班人的同情与注意，因为这戏剧这件事没有社会相当的助力是永远做不成器的。第二是讨论；我们不限定派别，不论那一类表现法，只要它是戏剧范围内的，我们都认为有讨论的价值，当然，我们就自以为见得到的特别拿来发挥，只是我们决不在中外新旧间在讨论上有什么势利的成心。第三是批评与介绍；批评国内的剧本，已有的及将来的，介绍世界的名著。第四是研究；关于剧艺各类在行的研究，例如剧场的布置，配景学，光影学，导演术等等，这是大概。同时，我们也征求剧本，虽则为篇幅关系，不能在本刊上发表，我们打算另出丛书，印行剧本以及论剧的著作，详细的办法随后再发表。"[①]

　　与此同时，在徐志摩的支持下，余上沅、梁实秋、赵太侔等开展了"国剧运动"。1927年9月，由余上沅编辑，胡适题字，上

　　[①]徐志摩：《〈剧刊〉始业》，载阿英编选《中国新文学大系》（第十集：史料·索引），上海：上海良友图书印刷公司，1936年2月，第123—124页。

海新月书店发行的《国剧运动》一书，收录《剧刊》刊出的《旧剧之图画的鉴赏》等23篇文章，以及《北京艺术剧院计画大纲》《中国戏剧社组织大纲》《余上沅致张嘉铸书》3篇附录。

余上沅在《〈国剧运动〉序》（1927年8月）中主张："中国人对于戏剧，根本上就要由中国人用中国材料去演给中国人看的中国戏。这样的戏剧，我们名之曰'国剧'。……新文化运动期的黎明，伊卜生给旗鼓喧闹的介绍到中国来了。固然，西洋戏剧的复兴，最得力处仍是伊卜生的介绍，可是在中国又迷入了歧途。我们只见他在小处下手，却不见他在大处着眼。中国戏剧界，和西洋当初一样，依然兜了一个画在表面上的圈子。政治问题，家庭问题，职业问题，烟酒问题，各种问题，做了戏剧的目标；演说家，雄辩家，传教师，一个个跳上台去，读他们的词章，讲他们的道德。艺术人生，因果倒置。他们不知道探讨人心的深邃，表现生活的原力，却要利用艺术去纠正人心，改善生活。结果是生活愈变愈复杂，戏剧愈变愈繁琐；问题不存在了，戏剧也随之而不存在。通性既失，这些戏剧便不成其为艺术（本来它就不是艺术）。从好处方面说，即令有些作品也能媲美伊卜生，这种运动，仍然是'伊卜生运动'，决不是'国剧运动'。我们所希望的是爱尔兰文艺复兴运动中的辛额，决不是和辛额辈先合后分的马丁。目的错误，这是近年来中国戏剧运动之失败的第一个理由。第二个理由，是不明方法。旧剧何尝不可以保存，何尝不应该整理，……"①

俞宗杰在《旧剧之图画的鉴赏》中主张："旧剧中的脚色，名称繁多，命名也复杂，大致可分为'生'，'旦'，'净'，'末'，'丑'，'贴'，'副'，'外'，'杂'九种。各色命名之由来，前人解

①余上沅：《〈国剧运动〉序》，载余上沅编《国剧运动》，上海：新月书店，1927年9月，第1—3页。

说很多，暂不细述，惟各色各有各的代表性。剧中人物，有了这种特征性的脚色去表演，全剧的内容一如画面上各色的调子，把各种情调分析出来，可以得到显明的比较。若把所有各种脚色，细细分别出来：按体质可有'文''武'两大别；按体性则有'生''旦'两大类；按性格可分'正''邪'两派；按年龄则有'老''中''小'之别；按地位则有正副之分。所以剧中各人物，先要把它的'体质'，'体性'，'性格'，'年龄'和'地位'等，统盘加以分析妥定，然后分配相当的脚色饰演，这可以说是一种分工制，用科学方法管理的。"①

余上沅在《国剧》（英文作，林传鼎译）中主张："中国的戏剧，是完完全全和国画雕刻以及书法一样，它的舞台艺术，正可以和书法相比拟着，简单一点说，中国全部的艺术，可以用下面几个字来形容：——它是写意的，非模拟的，形而外的，动力的，和有节奏的。如果一个人不晓得鉴赏中国的山水画，静物画，他对于中国的戏剧，一定不能发生什么反应。这两种艺术的形式，是我们日常生活里，所没有的，它是非实在的，但确实它也都能够给我们以欢乐和灵感。因为它的目的，不在于纪录一段事迹，摄取一个景象，它只是要表现一些日常生活中可有可无的现象……我们建设国剧要在'写意的'和'写实的'两峰间，架起一座桥梁。"②

余上沅诸人创办"北京艺专"和《剧刊》时，正值北伐前夕，大革命风暴逼迫他们陆续离开北京。"北京艺专"由熊佛西接续主持，《剧刊》办至第15期于1926年9月终刊。我们从徐志摩撰文

---

① 俞宗杰：《旧剧之图画的鉴赏》，载余上沅编《国剧运动》，上海：新月书店，1927年9月，第212—213页。

② 转引自洪深：《〈中国新文学大系（戏剧集）〉导言》，载洪深编选《中国新文学大系》（第九集：戏剧集），上海：上海良友图书印刷公司，1935年7月，第76—77页。

的《〈剧刊〉终期（一）》（《剧刊》1926 年第 15 期）中可见当日之境况以及《剧刊》的主张与成绩："凋零：又是一番秋信。天冷了。阶前的草花有焦萎的，有风刮糊的，有虫咬的；剩下三两茎还开着的也都是低着头，木迟迟的没一丝光彩。人事亦是一般的憔悴。旧日的荣华已呈衰象，新的生机，即使有，也还在西风的背后。这不是悲观，这是写实。前天正写到刘君梦苇与杨君子惠最可伤的夭死，我们的《诗刊》看来也绝少复活的希冀，在本副刊上，或是别的地方。闻一多与饶孟侃此时正困处在锋镝丛中，不知下落。孙子潜已经出国。我自己虽则还在北京，但与诗久已绝缘，这整四月来竟是一行无著，在醒时或在梦中。《诗刊》是完了的。《剧刊》的地位本是由《诗刊》借得，原意暑假后交还，但如今不但《诗刊》无有影踪，就《剧刊》自身也到了无可维持的地步。这终期多少不免凄恻的尾声，不幸又轮着我来演唱。……我已说了《剧刊》不能不告终止的理由是为朋友们四散，但这十五期多少也算是一点工作，我们在关门的时候，也应得回头看看，究竟我们做了点什么事，超过或是不及我们开门时的期望，留下了什么影响，如其有，在一般的读者感想是怎么样，我们自己的感想又怎么样。先谈我们做了点什么事。在《剧刊》上发表的论文共有十篇：赵太侔论《国剧》，夕夕（即一多）论《戏剧的歧途》，西滢论《新剧与观众》，郑以蛰论《戏剧与道德的进化》，杨振声论《中国语言与中国戏剧》，梁实秋的《戏剧艺术辨正》，郑以蛰论《戏剧与雕刻》，熊佛西的《论剧》，余上沅论《戏剧批评》，以及冯友兰译的狄更生的《论希腊的悲剧》。批评文字有八篇：张嘉铸评艺专演习，叶崇智评辛额（J. M. Synge），余上沅论中国旧戏，张嘉铸评英国三个写剧家，萧伯纳、高斯倭绥与贝莱勋爵，以及杨声初君的《兵变之后》与俞宗杰君的《旧戏之图画的鉴赏》。论旧剧二篇：顾颉刚君的《九十年前的北京戏剧》，与恒诗峰君的《明清以来戏剧的变迁说略》。论剧场技术的有七篇：余上沅的《演剧的困难》，戈登克雷的《剧院艺术》，该岱士的《剧场的将来》，太侔的《光影》与《布景》，舲客（即上沅）的《论表演艺术》，马楷的《小剧院之勃兴》。此外另有十几篇不易归类的杂著及附录。"①

　　这时期，还有一个艰苦创业的戏剧团体——南国社。田汉1923年夏脱离"创造社"，1924年1月与妻子易漱瑜创办《南国》（半月刊）开始了奋斗之路。因精力财力原因，该刊于1924年3月出至第4期停刊。1925年8月《醒狮周报副刊〈南国特刊〉》在上海创办，因思想分歧于1926年3月出至第28期停刊。1926年成立南国电影剧社，1927年冬"南国电影剧社"改为"南国社"。1928年创办"南国艺术学院"，复刊《南国》（半月刊），出第5、6期，因经费困难遂停刊。1929年5月，《南国月刊》创刊，至1930年7月共出10期。1929年8月，《南国周刊》创刊，至1930年6月共出16期。此外，还有一些《南国》不定期刊物。上述所有期刊在南国社1930年9月被当局查封时一并终刊。

　　《南国》系列期刊伴随着南国社的始终，为中国现代戏剧积累了丰富的理论和实践经验。田汉带领南国社，秉承艰苦卓绝的奋斗精神，诚如洪深在《南国社与田汉先生》中所述："我们有五重困难，我们缺少了五样要紧的东西：一、没有剧本；二、没有演员；三、没有金钱；四、没有剧场；五、没有观众。幸而田汉是个跌不怕，打不怕，骂不怕，穷不怕的硬汉，没有剧本么？他自己来创作，来翻译。没有演员么？寻几个同志，组织一个南国社，刻苦的练习起来。没有金钱么？索性不希望国家的津贴，有钱人

---

　　①徐志摩：《〈剧刊〉终期（一）》，载阿英编选《中国新文学大系》（第十集：史料·索引），上海：上海良友图书印刷公司，1936年2月，第124—126页。

的资助，自己负了债来穷干。没有剧场么？先寻一个小剧场，或者借人家的剧场。没有观众么？我们自己走到观众那里去，拿出些东西给他们看看，再对他们说，还有比这更好的东西藏在家里呢，慢慢地引起观众走入我们的门里来。"①

四　话剧文学的开创者及其创作

上节提到的各团体各期刊的共同努力，推动了"爱美剧""小剧场"在中国的实践，促进了欧阳予倩、洪深、田汉三位中国现代戏剧奠基人的诞生，以及对戏剧大家熊佛西、丁西林（1893—1974）等的培育，共同开创了中国现代戏剧最初的繁荣。

欧阳予倩，1907 年在日本留学时开始投身戏剧工作，对春柳社、民众剧社、戏剧协社、南国社等推动中国戏剧早期进程的重要组织的发展都做出了极大的贡献。这时期创作的剧本有独幕剧《回家以后》（《东方杂志》1924 年第 21 卷第 20 期）、五幕剧《潘金莲》（《新月》1928 年第 1 卷第 4 期）等。

洪深，1916 年从清华学校毕业赴美留学，获哈佛大学文学戏剧硕士学位，1922 年回国，将西方戏剧系统训练所学贡献于中国戏剧协社、南国社、复旦剧社等组织的拓殖。这时期创作的剧本有九幕剧《赵阎王》（《东方杂志》1923 年第 20 卷第 1—2 期）、五幕剧《贫民惨剧》（《留美学生季报》1920 年第 7 卷第 2—4 期）等。

田汉，1916 年赴日本东京高等师范学校留学，其间加入"少年中国学会"，参与筹建"创造社"。1924 年开始南国社奋斗之路。这时期创作的剧本有四幕剧《环珴璘与蔷薇》（《少年中国》1920 年第 2 卷第 5—6 期）、独幕剧《咖啡店之一夜》（《创造季刊》1922

---

①转引自陈军：《论南国社对中国现代戏剧的贡献》，载《文艺争鸣》2003 年第 4 期，第 75 页。

年第 1 卷第 1 期）、独幕剧《获虎之夜》（收在上海现代书局 1933
年 2 月发行的《田汉戏曲集（第二集）》）等。

熊佛西，1920 年入燕京大学学习，1924 年赴美国哥伦比亚大
学攻读硕士学位，1926 年归国后任国立北京艺术专门学校戏剧系
主任。这时期创作的剧本有戏剧集《佛西戏剧第一集》（北京古城
书社，1927 年 12 月），收录三幕剧《一片爱国心》、三幕剧《洋状
元》、二幕剧《童神》3 个剧本。

丁西林，1913 年毕业于清政府交通部工业专门学校（上海交
通大学前身），1914 年赴英国伯明翰大学攻读理科硕士学位，1920
年归国历任北京大学物理系教授、国立中央研究院物理研究所研
究员。因特有的自然科学教育背景，丁氏的戏剧呈现出科学与艺
术的结合之美。

这时期创作的剧本有戏剧集《西林独幕剧》（上海新月书店，
1931 年 8 月），收录《一只马蜂》《亲爱的丈夫》《酒后》《北京的
空气》《瞎了一只眼》《压迫》6 部独幕剧。有别于同时期剧作题材
多以社会伦理为主，丁氏戏剧善于聚焦日常生活的喜剧趣味，形
式上侧重独幕剧的创作实验，剧本语言则以机智幽默表达。

处女作《一只马蜂》中余小姐与吉先生的一段对白："余：
喔，一个人可以随便说谎么？吉：自然不能'随便'。不过我们处
在这个不自然的社会里面，不应该问的话，人家要问，可以讲的
话，我们不能讲，所以只有说谎的一个方法，可以把许多丑事遮
盖起来。余：我们从小就知道，说谎是不道德的。吉：道德是没
有标准的，随时代随个人而变的东西，平常'所谓'道德，不是
多数人对于少数人的迷信，就是这班人对于那班人的偏见。……
余：为甚么不想结婚？吉：因为一个人最宝贵的是美神经，一个
人一结了婚，他的美神经就迟钝了。余：这样说，还是不结婚的
好。吉：是的，你可以不可以陪我？余：陪你做甚么？吉：陪我

不结婚（走至余前，伸出两手）。陪我不要结婚！余：（为他俩目的诚意与爱情所动）。可以〔以手兴之〕。……吉：对，我知道，我们是天生的说谎一对（趁其不防，双手抱之）!"①

《亲爱的丈夫》中老刘与原先生的一段对白："刘：您不觉得奇怪？原：我也觉得很奇怪，不过这不是你们太太的奇怪，这是老爷的奇怪，你们老爷是怎样的一个人，你知道不知道？刘：不知道。原：啊，你们老爷是一个诗人。你知道不知道怎样叫做诗人？啊，你不知道。一个诗人，是人家看不见的东西，他看得见；人家看得见的东西，他看不见；人家想不到的东西，他想得到；人家想得到的东西，他想不到；人家做得出〔的〕事，他做不出，人家做不出的事，他做得出。"②

《压迫——纪念刘叔和》末尾租到房子的男客人与刚刚扮演妻子的女客人的一段对白："男客：（关上门，想起了一个老早就应该问而还没有问的问题，忽然转过头来）啊，你姓甚么？女客：我——啊——我——"③

除语言表达的机智幽默外，丁氏的戏剧创作在结构设置上则体现出科学性。《酒后》剧中丈夫与妻子，以及台词极少的喝醉了酒睡在厅屋沙发上的男性客人。《压迫》剧中房东太太与男客人，以及具有灵活变通思维的女客人。这些或引起戏剧冲突，或提供戏剧冲突解决方案的结构设置，旨在呈现一种因观念或认知视角不同而有的参照非对立的关系，目的不在引导正反好坏高低这样

---

① 丁西林：《一只马蜂》，载《西林独幕剧》，上海：新月书店，1931 年 8 月，第 32—36 页。

② 丁西林：《亲爱的丈夫》，载《西林独幕剧》，上海：新月书店，1931 年 8 月，第 46 页。

③ 丁西林：《压迫——纪念刘叔和》，载《西林独幕剧》，上海：新月书店，1931 年 8 月，第 170 页。

绝对思维的单一性的结论共识，而是鼓励多维度多层次的解读，给予受众在理性与感性的交互品味下最大限度的思考。诚如丁西林在《压迫——纪念刘叔和》（1925 年 12 月 7 日）中自述："叔和：这篇短剧是供献给你的。……你是一个很有 humor 的人，一定不会怪我写一篇喜剧来纪念一个已死的朋友。我的生性是不悲观的，然而你可以相信，我写完了这篇剧本，思念到你，我感觉到的只是无限的凄凉与悲哀。"[①]

又如丁西林在《〈孟丽君〉前言》（《剧本》1961 年第 7/8 期）中自述："什么是喜剧？最近也在报刊上读到剧论家讨论这个问题的文章。他们对于喜剧的构成——即必须有什么、要怎样，才构成喜剧，确有不同的意见。但对于一点，我相信他们的意见是一致的，即喜剧与闹剧有别。年仅几岁的孩子们可以欣赏闹剧，而很难欣赏喜剧，为什么？能不能这样说呢：闹剧是一种感性的感受，喜剧是一种理性的感受；感性的感受可以不假思索，理性的感受必须经过思考，根据观众各人自己的生活经验，通过演员的表演，而和剧作家发生共鸣。闹剧只要有声有色，而喜剧必须有味；喜剧和闹剧都使人发笑；但闹剧的笑是哄堂、捧腹，喜剧的笑是会心的微笑。剧本《孟丽君》是按喜剧的要求写的，虽然其中有近乎闹剧的场面，但它们应该是喜剧的有机组成部分而不是胡闹。如果剧本《孟丽君》有上演的荣幸，希望不要强调这些近乎闹剧的场面，不要追求人物动作的滑稽，更不要加添噱头，而把它演成一个闹剧。"[②]

章节的最后，我们简单了解下亲历者如何阐释，学者如何研

---

① 丁西林：《压迫——纪念刘叔和》，载《西林独幕剧》，上海：新月书店，1931 年 8 月，第 137—139 页。

② 丁西林：《〈孟丽君〉前言》，载孙庆升编《丁西林研究资料》，北京：中国戏剧出版社，1986 年 11 月，第 68—69 页。

究：中国现代戏剧建立过程初期"新剧""文明戏""话剧"等同时被使用的名词术语的消长变化。

陈大悲《文明戏怪称之由来》（《申报》1938 年 11 月 8 日）载："旧戏伶人多半属于北方籍，北方人称新名词为'文明词儿'，因为新剧对白中包涵著许多当时觉得非常新奇的新名词，而且不用锣鼓与京胡，所以旧戏伶人就共称新剧为'文明戏'。……但是到民国二年的秋季，竟有若干新剧团体在名牌与广告上自称为'文明新剧'了。这就是'文明戏'怪称之由来。"①

欧阳予倩《谈文明戏》载："初期话剧所有的剧团都只说演的是'新剧'，没有谁说文明新戏。新戏就是新型的戏，有别于旧戏而言，文明两个字是进步或者先进的意思。文明新戏正当的解释是进步的新的戏剧，最初也不过广告上这样登一登，以后就在社会上成了个流行的名词，并简称为文明戏。"②

赵铭彝（1907—1999）《左翼戏剧家联盟是怎样组成的》载："1928 年三月是挪威戏剧家易卜生诞生一百周年纪念。'南国艺术学院'曾约集少数文艺界人士举行一次小型的纪念会。过了不久，欧阳予倩从武汉来，经过上海去广东，上海一些戏剧界人士举行欢迎会，会上提出了纪念易卜生延辰举行一次盛大的联合公演，……这次虽然没有联合起来，但却对洪深的建议一致赞同。洪深建议取消'新剧'改用'话剧'这个名称。他认为过去的'新剧'为'文明戏'所倡导，当时不过是有别于旧的戏剧而言。戏剧最大的类别是歌唱的与说话的两种，我们用的是说话的，应该称'话剧'

①陈大悲：《文明戏怪称之由来》，载《申报》1938 年 11 月 8 日，第十三版。

②欧阳予倩：《谈文明戏》，载《欧阳予倩戏剧论文集》，上海：上海文艺出版社，1984 年 1 月，第 176 页。

才恰当。以后话剧这个名称就通行起来了。"①

　　王凤霞《从〈申报〉广告看"文明戏"称谓的变化（1906—
1949）》载："《申报》上对文明戏称谓变化大致可概括为三个阶
段。1906 年到 1916 年为第一个阶段，特点是以'新剧'为主，兼
称'文明戏'。1917 年到 1930 年为第二个阶段，特点是'文明戏'
'新剧'混称，以'文明戏'为主。1930 年到 40 年代末为第三个
阶段，特点是'新剧''白话新剧''话剧''文明戏'混称，后期
以'话剧'为主。"②

　　①赵铭彝：《左翼戏剧家联盟是怎样组成的》，载《新文学史料》1978 年
第 1 期，第 196 页。
　　②王凤霞：《从〈申报〉广告看"文明戏"称谓的变化（1906—1949）》，
载《文艺争鸣》2010 年第 12 期，第 100 页。

第二辑

1927 年 5 月—1937 年 6 月

第六章 文坛概观（二）

批评的成就是自我的发见和价值的决定。发见自我就得周密，决定价值就得综合。一个批评家是学者和艺术家的化合，有颗创造的心灵运用死的知识。他的野心在扩大他的人格，增深他的认识，提高他的鉴赏，完成他的理论。创作家根据生料和他的存在，提炼出来他的艺术；批评家根据前者的艺术和自我的存在，不仅说出见解，进而企图完成批评的使命，因为它本身也正是一种艺术。……批评最大的挣扎是公平的追求。但是，我的公平有我的存在限制，我用力甩掉我深厚的个性（然而依照托尔斯泰，个性正是艺术上成就的一个条件），希冀达到普遍而永久的大公无私。

——刘西渭《〈咀华集〉跋》

1927 年 5 月至 1937 年 6 月的中国文坛历程，始于四一二反革命政变后沉寂时局的复苏，终于七七事变全面抗战爆发前风起云涌的变革。文学创作在这段第一次国共合作破裂以及西方工业文明侵袭共同影响下的中国历史和社会变革中，促成了左翼、海派、京派三个流派的共生共存。

一 文学发展线路

1927 年 5 月至 1937 年 6 月的文学发展，主要沿着下面几条路线进行：第一，从"革命文学"的倡导到"左联"的成立；第二，从《语丝》的停刊到《论语》等的续刊；第三，《小说月报》的停刊与《现代》的创刊；第四，新月书店与《新月》《诗刊》的始终；第五，文化生活出版社及其系列丛刊的坚守；第六，立达学园与开明书店的耕耘；第七，北京天津文坛的复兴。沿着前述发展路线而生的拥有着不同理论宣言之刊物的出版及其努力，共同丰富着这时期的文学创作。

（一）从"革命文学"的倡导到"左联"的成立

早在中国共产党成立初期，共产党人就开始探索文学为革命斗争服务以及倡导无产阶级文学。如恽代英（1895—1931）的《八股?》（《中国青年》1923 年第 1 卷第 8 期），沈泽民的《我所景慕的批评家》（《中国青年》1924 年第 1 卷第 17 期）和《文学与革命的文学》（《民国日报〈觉悟〉》1924 年第 11 卷第 6 期），瞿秋白（1899—1935）的《赤俄新文艺时代的第一燕》（《小说月报》1924 年第 15 卷第 6 期）等文章。

1923 年，郭沫若在《我们的文学新运动》（《创造周报》1923 年第 3 期）中提出："我们反抗资本主义的毒龙。我们反抗不以个性为根底的既成道德。我们反抗否定人生的一切既成宗教。我们反抗藩篱人生的一切不合理的畛域。我们反抗由以上种种所产生出的文学上的情趣。我们反抗盛容那种情趣的奴隶根性的文学。我们的运动要在文学之中爆发出无产阶级的精神，精赤裸裸的人性。我们的目的要以生命的炸弹来打破这毒龙的魔宫。"[1]

1924 年，蒋侠僧（蒋光慈）在《无产阶级革命与文化》（《新青年》1924 年第 3 期）中提出建设和发展无产阶级文学："无产阶级革命的目的是消灭社会阶级，建设无产阶级社会，实现共产主

---

[1]郭沫若：《我们的文学新运动》，载张若英编《中国新文学运动史资料》，上海：光明书局，1934 年 4 月，第 332 页。

义。……阶级既归消灭，文化的阶级性亦随之而失去，全人类的文化方有开始发展之可能。……无产阶级亦与其他阶级一样，在共产主义未实现以前，当然能够创造出自己特殊的文化——无产阶级的文化。而在别一方面说，这种无产阶级的文化为真正全人类文化的开始。真正全人类的文化，在无产阶级完全得到胜利之后，才能实现：无产阶级消灭各阶级之后，全人类成为一体，文化再没有含着阶级性的可能。此种共产主义的文化——全人类的文化——现在我们暂且不说，我们所要说的，就是在过渡时代，无产阶级能否创造自己特殊的文化。"①

1925 年，光赤（蒋光慈）在《现代中国社会与革命文学》（《民国日报〈觉悟〉》1925 年第 1 卷第 1 期）中主张："近视眼不能做革命的文学家，无革命性的不能做革命的文学家，安于现社会生活的不能做革命的文学家，市侩不能做革命的文学家。倘若厌弄现社会，而又对于将来社会无希望的也不能做革命的文学家。"②

1926 年，郭沫若的《文艺家的觉悟》（《洪水》1926 年第 2 卷第 16 期）、《革命与文学》（《创造月刊》1926 年第 1 卷第 3 期）等文，成仿吾的《革命文学与他的永远性》（《创造月刊》1926 年第 1 卷第 4 期）等文，清算了他们过去"为艺术而艺术"的文学主张，正式提出"革命文学"的口号。

1927 年四一二反革命政变后，国共合作破裂。一部分从事国民革命工作的作家如郭沫若、成仿吾、郑伯奇、钱杏邨、洪灵菲（1901—1933）、李一氓（1903—1990）、阳翰笙（1902—1993）等，一部分自海外归国参加文学活动的青年作家如冯乃超、李初梨

---

①蒋侠僧：《无产阶级革命与文化》，载《新青年》1924 年第 3 期，第 20—21 页。

②光赤：《现代中国社会与革命文学》，载《民国日报〈觉悟〉》1925 年第 1 卷第 1 期，第 4—5 页。

(1900—1994)、彭康（1901—1968）、朱镜我（1901—1941）等，相继驻留在上海。政治形势的突变和革命事业的挫败，以及苏联、日本等海外无产阶级文学思潮的活跃及其运动的高涨，给予中国革命作家推动与鼓舞。他们以创造社和太阳社为组织，通过《创造月刊》《文化批判》《太阳月刊》等刊物，开展革命文学运动，阐述无产阶级革命文学主张。

麦克昂（郭沫若）在《英雄树》（《创造月刊》1927年第1卷第8期）中宣称："文艺是应该领导着时代走的，然而中国的文艺落在时代后边尚不知道有好几万万里。个人主义的文艺老早过去了，……代替你们而起的新的文艺斗士快要出现了。你们不要乱吹你们的破喇叭，暂时当一个留声机器罢！当一个留声机器——这是文艺青年们的最好的信条。……这种革命的呼声便是无产阶级的文艺！只要你有倾向社会主义的热诚，你有真实的革命情趣，你都可以来参加这个新的文艺战线。……阶级文艺是途中的文艺。她是一道桥——不必是多么华美的桥——架设到彼岸。"①

成仿吾在《从文学革命到革命文学》（《创造月刊》1927年第1卷第9期）中指出："资本主义已经发展到了最后的阶段（帝国主义），全人类社会的改革已经来到目前。在整个的资本主义与封建势力二重压迫下的我们，也已经曳着跛脚开始了我们的国民革命，而我们的文学运动——全解放运动的一个分野——却还睁着双眼，在青天白日里找寻已往的迷离的残梦。我们远落在时代的后面。我们在以一个将被'奥伏赫变'的阶级为主体，以它的'意德沃罗基'为内容，创制一种非驴非马的'中间的'语体，发挥小资产阶级的恶劣的根性。我们如果还要挑起革命的'印贴利更追亚'的责任起来，我们还得再把自己否定一遍（否定的否定），我们要

①麦克昂：《英雄树》，载《创造月刊》1927年第1卷第8期，第2—4页。

努力获得阶级意识，我们要使我们的媒质接近农工大众的用语，我们要以农工大众为我们的对象。换一句话，我们今后的文学运动应该为一步的前进，前进一步，从文学革命到革命文学！"①

　　创造社后期青年成员李初梨在《怎样地建设革命文学？》（《文化批判》1928年第2期）中主张："文学的本来面目是什么？Upton Sinclair 在他的《拜金艺术》（*Mammonart*）里面，大胆地宣言说：All art is propaganda. It is universally and inescapally propaganda; sometimes unconsciously, but often deliberately propaganda. 一切的艺术，都是宣传。普遍地，而且不可逃避地是宣传；有时无意识地，然而常时故意地是宣传。文学是艺术的一部门，所以，我们可以说：一切的文学，都是宣传。普遍地，而且不可逃避地是宣传；有时无意识地，然而常时故意地是宣传。……革命文学，不要谁的主张，更不是谁的独断，由历史的内在的发展——连络，它应当而且必然地是无产阶级文学。……无产阶级文学是：为完成他主体阶级的历史的使命，不是以观照的——表现的态度，而以无产阶级的阶级意识，产生出来的一种的斗争的文学。"②

　　1929年6月，国民党召开宣传会议，制定"三民主义文艺政策"。1930年6月《前锋周报》在上海创刊，该刊第2、3期连载刊出《民族主义文艺运动宣言》，文章提倡民族主义文艺运动，对左翼文学展开激烈批评。1930年8月《文艺月刊》在南京创刊，1931年1月《絮茜》在上海创刊。国民党的这些文艺政策及其相关措施终因理论和作品的贫瘠而成效甚微。

　　与此同时，为对抗国民党的文化攻势，创造社、太阳社联合

---

　　①成仿吾：《从文学革命到革命文学》，载张若英编《中国新文学运动史资料》，上海：光明书局，1934年4月，第386页。

　　②李初梨：《怎样地建设革命文学？》，载《文化批评》1928年第2期，第5—14页。

鲁迅、茅盾等作家，组织统一的革命文学团体。1930 年 3 月 2 日，中国左翼作家联盟（简称"左联"）在上海举行成立大会，大会选举沈端先、冯乃超、钱杏邨、鲁迅、田汉、郑伯奇、洪灵菲 7 人为常务委员，周全平、蒋光慈为候补委员。

《左翼作家联盟底成立》（《萌芽月刊》1930 年第 1 卷第 4 期）全文记载："从二月十六日由停留上海的新文学运动者开了一讨论会，在会中产生了一个组织国内左翼作家的筹备委员会以后，只二星期间便有一个'中国左翼作家联盟'正式成立了。成立大会是在三月二日开的，加入联盟者有五十余人，当日到会者有四十余人。大会上的情形，是在诸联盟员的热烈的演说后，即通过联盟的理论的纲领，成立常务委员会，通过成立'马克思主义文艺理论研究会'，'国际文化研究会'，'文艺大众化研究会'，创刊联盟机关杂志，参加革命诸团伙等等的提案。兹将联盟的理论纲领录载如下。'中国左翼作家联盟底理论纲领——一九三〇年三月二日成立大会通过——社会变革期中的艺术，不是极端凝结为保守的要素，变成拥护顽固的统治之工具，倾向进步的方向勇往迈进，作为解放斗争的武器。也只有和历史的进行取同样的步伐，艺术才能够唤发它的明耀的光芒。诗人如果是预言者，艺术家如果是人类的导师，他们不能不站在历史的前线，为人类社会的进化，清除愚昧顽固的保守势力，负起解放斗争的使命。然而，我们并不抽象的理解历史的推行和社会发张的真相。我们知道帝国主义的资本主义制度已经变成人类进化的桎梏，而其"掘墓人"的无产阶级负起其历史的使命，在这"必然的王国"中作人类最后的同胞战争——阶级斗争，以求人类澈底的解放。那么，我们不能不站在无产阶级的解放斗争的战线上，攻破一切反动的保守的要素，而发展被压迫的进步的要素，这是当然的结论。我们的艺术不能不呈献给"胜利不然就死"的血腥的斗争。艺术如果以人类之悲喜哀乐为内容，我们的艺术不能不以无产阶级在这黑暗的阶级社会之"中世纪"里面所感觉的感情为内容。因此，我们的艺术是反封建阶级的，反资产阶级的，又反对"失掉社会地位"的小资阶级的倾向。我们不能不援助而且从事无产阶级艺术的产生。我们的理论要指出运动之正确的方向，并使之发展，常常提出新的问题而加以解决，加紧具体的作品批评，同时不要忘记学术的研究，加强对过去艺术的批判工作，介绍国外无产阶级艺术的成果，而建设艺术理论。我们对现实社会的态度不能不参加世界无产阶级的解放运动，向国际反无产阶级的反动势力斗争。'联盟正式成立之后，即已开始积极工作，如各研究会均已相继成立，并机关杂志亦不久即可出版，杂志名'世界文化'，代发行所为泰东书局。对于左翼作家联盟，我们期待以马克思主义文化的伟大前途！"①

　　鲁迅在"左联"成立大会上做讲话《对于左翼作家联盟的意见——在左翼作家联盟成立大会上的演说》（《萌芽月刊》1930年第1卷第4期），主张："我以为在现在，'左翼'作家是很容易成为'右翼'作家的。为什么呢？第一，倘若不和实际的社会斗争接触，单关在玻璃窗内做文章，研究问题，那是无论怎样的激烈，'左'，都是容易办到的；然而一碰到实际，便即刻要撞碎了。关在房子里，最容易高谈澈底的主义，然而也最容易'右倾'。……第二，倘不明白革命的际实情形，也容易变成'右翼'。革命是痛苦，其中也必然混有污秽和血，决不是如诗人所想像的那般有趣，那般完美；革命尤其是现实的事，需要各种卑贱的，麻烦的工作，决不如诗人所想像的那般浪漫；革命当然有破坏，然而更需要建设，破坏是痛快的，但建设却是烦麻的事。所以对于革命抱着浪漫谛克

____

　　①《左翼作家联盟底成立》，载《萌芽月刊》1930年第1卷第4期，第265—268页。

的幻想的人，一和革命接近，一到革命进行，便容易失望。……还有，以为诗人或文学家高于一切人，他底工作比一切工作都高贵，也是不正确的观念。……现在，我说一说我们今后应注意的几点。第一，对于旧社会和旧势力的斗争，必须坚决，持久不断，而且注重实力。……第二，我以为战线应该扩大。……第三，我们应当造出大群的新的战士，因为现在人手实在太少了，……最后，我以为联合战线是以有共同目的为必要条件的。"①

"左联"大会上成立的"马克思主义文艺理论研究会""国际文化研究会"和"文艺大众化研究会"三个研究会做出了极有影响力的工作。马克思主义文艺理论研究会，旨在加强对马克思主义文艺理论的译介和研究工作。瞿秋白、鲁迅、茅盾、胡风（1902—1985）、冯雪峰、周扬（1908—1989）、钱杏邨等翻译、撰写文艺理论文章，并尝试用马克思主义文艺批评理论探讨中国新文学的创作实践。画室（冯雪峰）在《〈社会的作家论〉题引》（1929年11月）中阐释了马克思主义文艺批评理论："不以向来的玄妙的术语在狭小的艺术范围内工夫所谓批评的不知所以然的文章，而依据社会潮流阐明作者思想与其作品底构成，并批判这社会潮流与作品倾向之真实否，等等，这才是马克斯主义批评家的特质。"②

马克思主义文艺理论研究会收获的成果有鲁迅的《壁下译丛》（上海北新书局，1929年4月），收录《小说的浏览和选择》《思索的惰性》《自然主义的理论及技巧》等25篇日本和俄国译文；卢那卡尔斯基的《艺术论》（鲁迅译，上海大江书铺，1929年6月）；蒲力汗诺夫的《艺术论》（鲁迅译，上海光华书局，1930年7月）；

---

①鲁迅：《对于左翼作家联盟的意见——在左翼作家联盟成立大会上的演说》，载《萌芽月刊》1930年第1卷第4期，第23—29页。

②画室：《〈社会的作家论〉题引》，载伏洛夫斯基著，画室译：《社会的作家论》，上海：光华书局，1930年3月再版，第3—4页。

卢那卡尔斯基的《文艺与批评》（鲁迅译，上海水沫书店，1929 年
10 月）；何凝（瞿秋白）的《〈鲁迅杂感选集〉序言》（上海青光书
局，1933 年 7 月）；鲁迅的《白莽作〈孩儿塔〉序》（《且介亭杂文
末编》，上海三闲书屋，1937 年 7 月）；茅盾的《徐志摩论》（《现
代》1933 年第 2 卷第 4 期）；胡风的《林语堂论》（《文学》1935 年
第 4 卷第 1 期）等。

　　国际文化研究会旨在加强与世界文学的交流。具体工作是翻
译以俄国文学为主的世界文学著作。鲁迅与郁达夫合编的《奔
流》，鲁迅与茅盾合编的《译文》，郑振铎主持编辑的《世界文库》
等刊物都做了积极的译介工作。高尔基的《母亲》（沈端先译，上
海大江书铺，1930 年 11 月）、A. 法捷耶夫的《毁灭》（隋洛文译，
上海大江书铺，1931 年 9 月）、果戈理的《死魂灵》（鲁迅译，上
海文化生活出版社，1935 年 11 月）、Giovanni Boccaccio 的《十日
谈》（伍光建译，上海商务印书馆，1936 年 1 月）、西万提斯的
《吉诃德先生》（蒋瑞青译，上海世界书局，1933 年 3 月）、卢骚的
《卢骚忏悔录》（张竞生译，上海世界书局，1929 年 9 月）、Char-
lotte Bronte 的《简爱自传》（李霁野译，上海生活书店，1936 年 9
月）等作品就是在此时期被译介来中国的。与此同时，中国作家
的一部分作品也被译介到国外。

　　文艺大众化研究会旨在推行"文学的大众化"的文艺方针。
《中国无产阶级革命文学的新任务——一九三一年十一月中国左翼
作家联盟执行委员会的决议》（《文学导报》1931 年第 1 卷第 8 期）
明确记载："为完成当前迫切的任务，中国无产阶级革命文学必须
确定新的路线。首先第一个重大的问题，就是文学的大众化。"[①]

　　[①]《中国无产阶级革命文学的新任务——一九三一年十一月中国左翼作
家联盟执行委员会的决议》，载《文学导报》1931 年第 1 卷第 8 期，第 4 页。

大众化问题作为左翼文学的理论重点，进而延伸到文学现代性与民族性的探讨。仅 1934 年，鲁迅就在至少三篇文章中论及，写于 5 月 2 日的《论"旧形式的采用"》文中主张："为了大众，力求易懂，也正是前进的艺术家正确的努力。旧形式是采取，必有所删除，既有删除，必有所增益，这结果是新形式的出现，也就是变革。"① 写于 6 月 4 日的《拿来主义》文末总结："总之，我们要拿来。我们要或使用，或存放，或毁灭。那么，主人是新主人，宅子也就会成为新宅子。然而首先要这人沈着，勇猛，有辨别，不自私。没有拿来的，人不能自成为新人，没有拿来的，文艺不能自成为新文艺。"② 写于 6 月中旬的《〈木刻纪程〉小引》文末指出："采用外国的良规，加以发挥，使我们的作品更加丰满是一条路；择取中国的遗产，融合新机，使将来的作品别开生面也是一条路。"③

"左联"拥有一批机关刊物，如 1931 年 4 月在上海创刊的《前哨》（第 2 期起改名为《文学导报》）、1930 年 1 月在上海创刊的《拓荒者》、1930 年 1 月在上海创刊的《萌芽月刊》、1931 年 9 月在上海创刊的《北斗》等。这些刊物以发展无产阶级革命文学运动为使命，一度成为文坛主导。苏雪林在《与蔡孑民先生论鲁迅书》中描述："今日新文化已为左派垄断，宣传共产主义之书报，最得青年之欢迎，一报之出，不胫而走，一书之出，纸贵洛阳。"④

---

①鲁迅：《论"旧形式的采用"》，载《且介亭杂文》，上海：三闲书屋，1937 年 7 月，第 24 页。

②鲁迅：《拿来主义》，载《且介亭杂文》，上海：三闲书屋，1937 年 7 月，第 43—44 页。

③鲁迅：《〈木刻纪程〉小引》，载《且介亭杂文》，上海：三闲书屋，1937 年 7 月，第 53 页。

④苏雪林：《与蔡孑民先生论鲁迅书》，载《奔涛》1937 年第 1 卷第 2 期，第 69 页。

　　"左联"作为国际革命作家联盟中国支部，先后从苏联引进"唯物辩证法的创作方法"和"社会主义的现实主义"两种无产阶级文学创作方法。《中国无产阶级革命文学的新任务———一九三一年十一月中国左翼作家联盟执行委员会的决议》（《文学导报》1931年第1卷第8期）中记载："国际革命作家联盟（IUWR）第二次大会指出反帝国主义，及帝国主义进攻苏联的战争，以及同时防止右倾机会主义及左倾空谈的两条战线上的斗争，是无产阶级革命文学目今当前的主要任务。而作为国际革命作家联盟中国支部的中国左翼作家联盟，目前就正要在大会所昭示的原则之下，向新时期的第一步迈进！……在方法上，作家必须从无产阶级的观点，从无产阶级的世界观，来观察，来描写。作家必须成为一个唯物的辩证法论者。中国无产阶级革命文学的作家，指导者及批评家，必须现在就开始这方面的艰苦勤劳的学习。必须研究马克思列宁主义，研究一切伟大的文学遗产，研究苏联及其他国家的无产阶级的文学作品及理论和批评。同时要和到现在为止的那些观念论，机械论，主观论，浪漫主义，粉饰主义，假的客观主义，标语口号主义的方法及文学批评斗争（特别要和观念论及浪漫主义斗争）。"①

　　周起应（周扬）的《关于"社会主义的现实主义与革命的浪漫主义"———"唯物辩证法的创作方法"之否定》（《现代》1933年第4卷第1期）一文对"社会主义的现实主义"创作方法做全面介绍。文章开篇讲明否定"唯物辩证法的创作方法"的缘由："在去年十月二十九日至十一月三日在莫斯科举行的全苏联作家同盟组织委员会第一次大会上，跟清算'拉普'（以前的普罗作家同

---

①《中国无产阶级革命文学的新任务———一九三一年十一月中国左翼作家联盟执行委员会的决议》，载《文学导报》1931年第1卷第8期，第3—6页。

盟）的功绩和错误一同，重新展开了关于创作方法问题的讨论，批判了从来'唯物辩证法的创作方法'的不正确，提出了'社会主义的现实主义'这个新的口号来代替它。"①

"左联"在武汉、南京、广州等城市设有小组，在日本东京设有分盟，在北平建有北方左翼作家联盟。为服从抗日民族统一战线政策，1936 年春"左联"解散，它前后运行六年，对中国文学发展产生了巨大且深远的影响。

（二）从《语丝》的停刊到《论语》等的续刊

1927 年 8 月 15 日，郁达夫在《申报》刊登《郁达夫启事》公开声明脱离创造社："人心险恶，公道无存，此番创造社被人欺诈，全系达夫不负责任，不先事预防之所致。今后达夫与创造社完全脱离关系，凡达夫在国内外新闻杂志上所发表之文字当由达夫个人负责，与创造社无关。特此声明，免滋误会。"② 1928 年 6 月，《奔流》在上海创刊，由鲁迅、郁达夫合编，北新书局发行，林语堂、张天翼（1906—1985）、白薇等为主要撰稿人，1929 年 12 月至第 2 卷第 5 期停刊共出 15 期。迁往上海办刊的《语丝》于 1930 年 3 月终刊。1930 年 5 月，周作人在北平创办《骆驼草》，废名、冯至为编辑，李健吾（1906—1982）、吴伯箫（1906—1982）、俞平伯等为主要撰稿人，共出 26 期，于同年 11 月停刊。

1932 年 9 月，《论语》在上海创刊，由中国美术刊行社发行，前 26 期由林语堂主编，中间经休刊、复刊，于 1949 年 5 月停刊，前后共出 177 期。1934 年 4 月，《人间世》在上海创刊，由林语堂主编，共出 42 期，于 1935 年 12 月停刊。1935 年 9 月，《宇宙风》

①周起应：《关于"社会主义的现实主义与革命的浪漫主义"》——"唯物辩证法的创作方法"之否定》，载《现代》1933 年第 4 卷第 1 期，第 21 页。
②《郁达夫启事》，载《申报》1927 年 8 月 15 日，第一版。

在上海创刊，由宇宙风社发行，林语堂、陶亢德编辑，后辗转香港、桂林等多个城市出版，共出 152 期，于 1947 年 8 月停刊。以上三个刊物皆以提倡幽默、闲适的小品文创作为主。早在 1924 年 5 月 23 日和 6 月 9 日北京《晨报副刊》刊出的《征译散文并提倡"幽默"》《幽默杂话》两文中，林语堂就将西语"humour"译成"幽默"并大加宣扬，这即是现今通用的幽默一词的缘起。

《论语社同人戒条》（《海光》1932 年第 4 卷第 12 期）载："一、不反革命。二、不评论我们看不起的人。但我们所爱护的，要尽量批评（如我们的祖国，现代武人，有希望的作家，及非绝对无望的革命家）。三、不破口骂人（要谑而不虐，尊国贼为父固不可，名之为忘八蛋也不必）。四、不拿别人的钱，不说他人的话（不为任何方作有津贴的宣传，但可做义务的宣传，甚至反宣传）。五、不附庸风雅，更不附庸权贵（决不捧旧剧明星，电影明星，交际明星，文艺明星，政治明星，及其他任何明星）。六、不互相标榜；反对肉麻主义（避免一切如'学者''诗人''我的朋友胡适之'等口调）。七、不做痰迷诗；不登香艳词。八、不主张公道；只谈老实的私见。九、不戒癖好（如吸烟，啜茗，看梅，读书等），并不劝人戒烟。十、不说自己的文章不好。"[1]

《〈人间世〉发刊词》（《人间世》1934 年第 1 期）载："十四年来中国现代文学唯一之成功，小品文之成功也。创作小说，即有佳作，亦由小品散文训练而来。盖小品文，可以发挥议论，可以畅泄衷情，可以摹绘人情，可以形容世故，可以札记琐屑，可以谈天说地，本无范围，特以自我为中心，以闲适为格调，与各体别，西方文学所谓个人笔调是也。故善治情感与议论于一炉，而成现代散文之技巧。《人间世》之创刊，专为登载小品文而设，盖

---

①《论语社同人戒条》，载《海光》1932 年第 4 卷第 12 期，第 28 页。

欲就其已有之成功，扶波助澜，使其愈臻畅盛。小品已成功之人，或可益加兴趣，多所写作，即未知名之人，亦可因此发见。盖文人作文，每等还债，不催不还，不邀不作。或因未得相当发表之便利，虽心头偶有佳意，亦听其埋没，何等可惜。或且因循成习，绝笔不复作，天下苍生翘首如望云霓，而终不见涓滴之赐，何以为情。且现代刊物，纯文艺性质者，多刊创作，以小品作点缀耳。若不特创一刊，提倡发表，新进作家即不复接踵而至。吾知天下有许多清新可喜文章，亦正藏在各人抽屉，供鱼蠹之侵蚀，不亦大可哀乎。内容如上所述，包括一切，宇宙之大，苍蝇之微，皆可取材，故名之为《人间世》。除游记诗歌题跋赠序尺牍日记之外，尤注重清俊议论文及读书随笔，以期开卷有益，掩卷有味，不仅吟风弄月，而流为玩物丧志之文学已也。"①

　　林语堂在《论小品文笔调》（《人间世》1934 年第 6 期）中论述："西洋分文为叙事，描景，说理，辩论四种，亦系以内容而言，亦非叙事与描景各有不同笔法。惟另有一分法，即以笔调为主，如西人在散文中所分小品文（familiar essay）与学理文（treatise）是也。古人亦有'文''笔'之分，然实与此不同。大体上，小品文闲适，学理文庄严，小品文下笔随意，学理文起伏分明，小品文不妨夹入遐想及常谈琐碎，学理文则为题材所限，不敢越雷池一步。此中分别，在中文可谓之'言志派'与'载道派'，亦可谓之'赤也派'与'点也派'。言志文系主观的，个人的，所言系个人思感，载道文系客观的，非个人的，所述系'天经地义'。故西人称小品笔调为'个人笔调'（personal stlye）又称之为 familiar style。后者颇不易译，余前译为'闲适笔调'，约略得之，亦可译为'闲谈体'，'娓语体'，盖此种文字，认读者为'亲熟的'

---

①《〈人间世〉发刊词》，载《人间世》1934 年第 1 期，第 2 页。

(familiar) 故交，作文时略如良朋话旧，私房娓语。此种笔调，笔墨上极轻松，真情易于吐露，或者谈得畅快忘形，出辞乖戾，达到如西文所谓'衣不钮扣之心境'（unbuitoned moods），略乖新生活条件，然瑕疵俱存，好恶皆见，而作者与读者之间，却易融洽，冷冷清清，宽适许多，不似太守冠帽膜拜恭读上谕一般样式。且无形中，文之重心由内容而移至格调，此种文之佳者，不论所谈何物，皆自有其吸人之媚态。……此种小品文，可以说理，可以抒情，可以描绘人物，可以评论时事，凡方寸中一种心境，一点佳意，一股牢骚，一把幽情，皆可听其由笔端流露出来，是之谓现代散文之技巧。故余意在现代文中发扬此种文体，使其侵入通常议论文及报端社论之类，乃笔调上之一种解放，与白话文言之争为文字上之一种解放，同有意义也。……《人间世》以专登小品为宗旨，所以关于小品之解释，必影响于来稿之性质，而来稿之性质，又必限制本刊之个性。在此本刊个性尚在形成期间，似应把小品范围认清。余意此地所谓小品，仅系一种笔调而已。理想中之《人间世》，似乎是一种刊物，专提倡此种娓语式笔调，听人使用此种笔调，去论谈人间世之一切，或抒发见解，切磋学问，或记述思感，描绘人情，无所不可，且必能解放小品笔调之范围，使谈情说理，皆足以当之，方有意义。本刊之意义，只此而已，即同于《论语》中所云，'集健谈好友几人，半月一次，密室闲谈'，至谈话内容与题材只看各位旨趣之高下耳。宇宙之大万象之繁，岂乏谈话材料。或谈古书，相与勖励，而合于'相与观所尚，时还读我书'之意。或谈现代人生，在东西文化接触，中国思想剧变之时，对于种种人生心灵上问题，加以研究，即是牛毛细一样题目，亦必穷其究竟，不使放过。非小品文刊物所弃而不谈者，我必谈之，或正经文章之廓大虚空题目，我反不谈。场面似不如大品文章好看，而其入人处反深。须知牛毛细问题辨得清，则方寸灵明未乱，国家大事亦容易辨得是非来。读书养性，正在此等工夫，世人不察也。其与非小品文刊物，所不同者，在取较闲适之笔调语出性灵，无拘无碍而已。若非有感而作，陈言滥调，概弃不录。至于笔调，或平淡，或奇峭，或清新，或放傲，各依性灵天赋，不必勉强。惟看各篇能谈出味道来，便是佳作。味愈醇，文愈熟，愈可贵。但倘有酸辣辣如里老骂座者，亦在不弃之列。因论小品文笔调，想及本刊，附书数语于此。"①

《宇宙风》创刊号上刊出的林语堂"姑妄言之"系列两篇短文被视作其办刊主旨。《孤崖一枝花》载："行山道上，看见崖上一枝红花，艳丽夺目，向路人迎笑。详细一看，原来根生于石罅中，不禁叹异。想宇宙万类，应时生灭，然必尽其性。花树开花，乃花之性，率性之谓道，有人看见与否，皆与花无涉。故置花热闹场中花亦开，使生万山丛里花亦开，甚至使生于孤崖顶上，无人过问花亦开。香为兰之性，有蝴蝶过香亦传，无蝴蝶过香亦传，皆率其本性，有欲罢不能之势。拂其性禁之开花，则花死。有话要说必说之，乃人之本性，即使王庭庙庑，类已免开尊口，无话可说，仍会有人跑到山野去向天高啸一声。屈原明明要投汨罗，仍然要哀号太息。老子骑青牛上明明要过函谷关，避绝尘世，却仍要留下五千字……岂真关尹子所能相强哉？古人著书立说，皆率性之作。经济文章，无补于世，也会不甘寂寞，去著小说。虽然古时著成小说，一则无名，二则无利，甚至有杀身之祸可以临头，然自有不说不快之势。中国文学可传者类皆此种隐名小说作品，并非一篇千金的墓志铭。这也是属于孤崖一枝花之类。故说话为文美术图画及一切表现亦人之本性。"②

①林语堂：《论小品文笔调》，载《人间世》1934年第6期，第10—11页。
②林语堂：《孤崖一枝花》，载《宇宙风》1935年第1期，第1页。

《无花蔷薇》载："世上有有刺有花的蔷薇，也有无花有刺的蔷薇。但是有花有刺的蔷薇，人皆乐为种植，偶然被刺，皮破血流，总因爱其花之美丽而怜惜之。惟有无花的蔷薇，满枝是刺，虽然也有雄赳赳革命之势，且刺伤人时旁人可以顾而乐之，但因终究不见开花，看刺到底不能过瘾，结果必连根带干拔而除之。因为无花有刺之花，在生物学上实属谬种，且必元气不足也。在一人作品，如鲁迅先生讽刺的好的文章，虽然'无花'也很可看。但办什〔杂〕志不同。杂志，也可有花，也可有刺，但单叫人看刺是不行的。虽然肆口谩骂，也可助其一时销路，而且人类何以有此坏根性，喜欢看旁人刺伤，使我不可解，但是普通人刺看完之后，也要看看所开之花怎样？到底世上看花人多，看刺人少，所以有刺无花之刊物终必灭亡。我这样讲，虽然我不是赞成有花无刺之蔷薇。"[1]

综上可见，《论语》《人间世》《宇宙风》三个刊物的旨趣格调皆与《语丝》一脉相承，且《语丝》的老作家们多为这些刊物的撰稿人，如鲁迅、周作人、老舍、郁达夫、刘半农、俞平伯、赵元任、孙伏园、废名、章川岛等。因此，《论语》等三刊物可谓《语丝》的延续和发展。

（三）《小说月报》的停刊与《现代》的创刊

在 1932 年淞沪抗战之前，由商务印书馆发行的《小说月报》在沈雁冰和郑振铎两位主编的主持下，成为文坛最重要的文学刊物，以兼收并蓄的办刊方针记录了中国一代文学家艰辛跋涉的足迹。淞沪抗战使得商务印书馆印刷厂、编译所及东方图书馆全部毁于炮火，《小说月报》出至第 22 卷第 12 期，于 1932 年 1 月被迫终刊。五年后，1937 年 5 月，商务印书馆聘请朱光潜主编《文学

---

①林语堂：《无花蔷薇》，载《宇宙风》1935 年第 1 期，第 1 页。

杂志》，接续《小说月报》的使命。

1932 年 5 月，《现代》月刊在上海创刊，由现代书局发行，前两卷由施蛰存（1905—2003）独立编辑，自第 3 卷起，由施蛰存与杜衡（戴杜衡，1907—1964）合编。除施蛰存、杜衡两位基本作家外，鲁迅、瞿秋白、茅盾、郭沫若、穆时英、叶灵凤（1905—1975）、老舍、巴金（1904—2005）、郁达夫等各派作家皆在该刊发表作品，如瞿秋白的《文艺的自由和文学家的不自由》（《现代》1932 年第 1 卷第 6 期）和鲁迅的《论“第三种人”》（《现代》1932 第 2 卷第 1 期）等文。《现代》因其多元开放的办刊理念成为这一时期颇受关注的刊物，可惜共出 34 期，于 1935 年第 6 卷第 4 期停刊。

施蛰存在写于 1932 年 5 月 1 日的《创刊宣言》（《现代》1932 年第 1 卷第 1 期）中主张：“因为不是同人杂志，故本志并不预备造成任何一种文学上的思潮，主义，或党派。因为不是同人杂志，故本志希望能得到中国全体作家的协助，给全体的文学嗜好者一个适合的贡献。因为不是同人杂志，故本志所刊载的文章，只依照着编者个人的主观为标准，至于这个标准，当然是属于文学作品的本身价值方面的。”[1]

（四）新月书店与《新月》《诗刊》的始终

1927 年 6 月 27—28 日，上海《申报》刊载《新月书店启事》：“我们许多朋友，有的写了书没有适当的地方印行，有的搁了笔已经好久了。要鼓励出版事业，我们发起组织新月书店，一方面印书，一方面代售。预备出版的书，都经过严密的审查，贩来代售的书，也经过郑重的考虑。如果因此能在教育和文化上有点贡献，

---

①施蛰存：《创刊宣言》，载《现代》1932 年第 1 卷第 1 期，第 2 页。

那就是我们的荣幸了。创办人：胡适、宋春舫、张歆海、张禹九、徐志摩、徐新六、吴德生、余上沅同启。"① 1927 年 6 月 29 日—7月 1 日，《申报》刊载《新月书店开张启事》："本店设在上海华龙路法国公园附近麦赛而蒂罗路一五九号，定于七月一日正式开张，略备茶点，欢迎各界参观，尚希贲临赐教为盼。新月书店谨启。"②

梁实秋在《谈徐志摩》中对书店的创办有翔实记载："民国十六年春，国民革命军北伐，占领南京，当时局势很乱，我和季淑方在新婚，匆匆由南京逃到上海，偕行的是余上沅夫妇。同时北平学界的朋友们因为环境的关系纷纷离开故都。上海成为比较最安定的地方，很多人都集中在这地方。'新月书店'便是在这情形下在上海成立的。'新月社'原是在北平创立的，是一种俱乐部的性质，是由一批银行界的开明人士及一些文人共同组织的，志摩当然是其中的主要分子。'新月'二字便是由太戈耳诗集《新月集》套下来的。上海的新月书店和北平新月社，没有正式关联。新月书店的成立，当然是志摩奔走最力，邀集股本不过两千元左右，大股一百元，小股五十元（现任台湾银行董事长张滋闿先生是一百元的大股东之一），在环龙路环龙别墅租下了一幢房屋。余上沅夫妇正苦无处居住，便住在楼上，名义是新月书店经理，楼下营业发行。当时主要业务是发刊《新月》杂志。参加业务的股东有胡适之先生、志摩、上沅、丁西林、叶公超、潘光旦、刘英士、罗努生、闻一多、饶子离、张禹九，和我。胡先生当然是新月的领袖，事实上志摩是新月的灵魂。我们这一群人，并无严密组织，亦无任何野心，只是一时际会，大家都多少有自由主义的倾向，不期然而然的聚集在一起而已。后来业务发展，便在四马路

①《新月书店启事》，载《申报》1927 年 6 月 27—28 日，第二版，第四版。
②《新月书店开张启事》，载《申报》1927 年 6 月 29 日—7 月 1 日，第三版。

405

租下了铺面，正式经营出版业务，以张禹九为经理，我任编辑。"①

  1928 年 3 月，《新月》月刊在上海创办，由新月书店发行，徐志摩、闻一多、饶孟侃、梁实秋等先后主编，自第 4 卷第 2 期起迁往北平发行，共出 4 卷 43 期停刊。徐志摩在《"新月"的态度》（《新月》1928 年第 1 卷第 1 期）中写道："我们这月刊题名新月，不是因为曾经有过什么'新月社'，那早已散消，也不是因为有'新月书店'，那是单独一种营业，它和本刊的关系只是担任印刷与发行。《新月》月刊是独立的。我们舍不得新月这名字，因为它虽则不是一个怎样强有力的象征，但它那纤弱的一弯分明暗示着，怀抱着未来的圆满。我们这几个朋友，没有什么组织除了这月刊本身，没有什么结合除了在文艺和学术上的努力，没有什么一致除了几个共同的理想。凭这点集合的力量，我们希望为这时代的思想增加一些体魄，为这时代的生命添厚一些光辉。但不幸我们正逢著一个荒歉的年头，收成的希望是枉然的。这又是个混乱的年头，一切价值的标准，是颠倒了的。要寻出荒歉的原因并且给它一个适当的补救，要收拾一个曾经大恐慌蹂躏过的市场，再进一步要扫除一切恶魔的势力，为要重见天日的清明，要溶治活力的来源，为要解放不可制止的创造的活动——这项巨大的事业当然不是少数人，尤其不是我们这少数人所敢妄想完全担当的。但我们自分还是有我们可做的一部分的事。连著别的事情我们想贡献一个谦卑的态度。这态度，就正面说，有它特别侧重的地方，就反面说，也有它郑重矜持的地方。先说我们这态度所不容的。我们不妨把思想（广义的，现代刊物的内容的一个简称）比作一个市场，我们来看看现代我们这市场上看得见的是些什么？如同在别

  ①梁实秋：《谈徐志摩》，载梁实秋著，陈子善编《梁实秋文学回忆录》，长沙：岳麓书社，1989 年 1 月，第 187—188 页。

的市场上，这思想的市场上也是摆满了摊子，开满了店铺，挂满了招牌，扯满了旗号，贴满了广告，这一眼看去辨认得清的至少有十来种行业，各有各的色彩，各有各的引诱，我们把它们列举起来看看——一、感伤派；二、颓废派；三、唯美派；四、功利派；五、训世派；六、攻击派；七、偏激派；八、纤巧派；九、淫秽派；十、热狂派；十一、稗贩派；十二、标语派；十三、主义派。商业上有自由，不错。思想上言论上更应得有充分的自由，不错。但得在相当的条件下。最主要的两个条件是（一）不妨害健康的原则（二）不折辱尊严的原则。买卖毒药，买卖身体，是应得受干涉的，因为这类的买卖直接违反康健与尊严两个原则。同时这些非法的或不正当的营业还是一样在现代的大都会里公然的进行——鸦片，毒药，淫业，那一宗不是利市三倍的好买卖？但我们却不能因它们的存在就说它们不是不正当而默许它们存在的特权。在这类的买卖上我们不能应用商业自由的原则。我们正应得觉到切肤的羞恶，眼见这些危害性的下流的买卖公然在我们所存在的社会里占有它们现有的地位。同时在思想的市场上我们也看到种种非常的行业，例如上面列举的许多门类。我们不说这些全是些'不正当'的行业，但我们不能不说这里面有很多是与我们所标举的两大原则——健康与尊严——不相容的。我们敢说这现象是新来的。因为连着别的东西思想自由这观念本身就是新来的。这也是个反动的现象，因此，我们敢说，或许是暂时的。先前我们在思想上是绝对没有自由，结果是奴性的沈默；现在，我们在思想上是有了绝对的自由，结果是无政府的凌乱。思想的花式加多本来不是件坏事，在一个活力旁薄的文化社会里往往看得到，偎傍著刚直的本干，普盖的青荫，不少盘错的旁枝，以及恣蔓的藤萝。那本不关事，但现代的可忧正是为了一个颠倒的情形。盘错的，恣蔓的尽有，这里那里都是的，却不见了那刚直的与普盖的。这就比是一个商业社会上不见了正宗的企业，却只有种种不正当的营业盘据著整个的市场，那不成了笑话？即如我们上面随笔写下的所谓现代思想或言论市场的十多种行业，除了'攻击'，'纤巧'，'淫秽'诸宗是人类不怎样上流的根性得到了自由（放纵）当然的发展，从此多少是由外国转运来的投机事业。我们不说这时代就没有认真做买卖的人，我们指摘的是这些买卖本身的可疑。碍着一个迷误的自由的观念，顾著一个容忍的美名，我们往往忘却思想是一个园地，它的美观是靠著我们随时的种植与铲除，又是一股水流，它的无限的效用有时可以转变成不可收拾的奇灾。我们不敢附和唯美与颓废，因为我们不甘愿牺牲人生的阔大，为要雕镂一只金镶玉嵌的酒杯。美我们是尊重而且爱好的，但与其咀嚼罪恶的美艳还不如省念德性的永恒，与其到海陀罗凹腔里去收集珊瑚色的妙药还不如置身在扰攘的人间倾听人道那幽静的悲凉的清商。我们不敢赞许伤感与热狂，因为我们相信感情不经理性的清滤是一注恶浊的乱泉，它那无方向的激射至少是一种精力的耗废。我们未尝不知道放火是一桩新鲜的玩艺，但我们却不忍为一时的快意造成不可救济的惨象。'狂风暴雨'有时是要来的，但狂风暴雨是不可终朝的。我们愿意在更平静的时刻中提防天时的诡变，不愿意借口风雨的猖狂放弃清风白日的希翼。我们当然不反对解放情感，但在这头骏悍的野马的身背上我们不能不谨慎的安上理性的鞍索。我们不崇拜任何的偏激，因为我们相信社会的纪纲是靠著积极的情感来维系的，在一个常态社会的天平上，情爱的分量一定超过仇恨的分量，互助的精神一定超过互害与互杀的动机。我们不意愿套上著色眼镜来武断宇宙的光景。我们希望看一个真，看一个正。我们不能归附功利，因为我们不信任价格可以混淆价值，物质可以替代精神，在这一切商业化恶浊化的急坂上我们要留住我们倾颠的脚步。我们不能依傍训世，因为我们不信现成的道德观念可以用作评价的准则，我们不能听任思想的矫健僵化成冬烘的臃肿。标准，纪律，规范，不能没有，但每一个时代都得独立去发见它的需要，维护它的健康与尊严，思想的懒惰是一切准则颠覆的主要的根由。末了还有标语与主义。这是一条天上安琪儿们怕践足的蹊径。可怜这些时间与空间，那一间不叫标语与主义的芒刺给扎一个鲜艳！我们的眼是迷眩了的，我们的耳是震聋了的，我们的头脑是闹翻了的，辩认已是难事，评判更是不易。我们不否认这些殷勤的叫卖与斑斓的招贴中尽有耐人寻味的去处，尽有诱惑的迷宫。因此我们更不能不审慎，我们更不能不磨厉我们的理智，那剖解一切纠纷的锋刀，澄清我们的感觉，那辨别真伪和虚实的本能，放胆到这嘈杂的市场上去做一番审查和整理的工作。我们当然不敢预约我们的成绩，同时我们不踌躇预告我们的愿望。这混杂的现象是不能容许它继续存在的，如其我们文化的前途还留有一线的希望。这现象是不能继续存在的，如其我们这民族的活力还不曾消竭到完全无望的地步。因为我们认定了这时代是变态，是病态，不是常态。是病就有治。绝望不是治法。我们不能绝望。我们在绝望的边缘搜求着希望的根芽。严重是这时代的变态。除了盘错的，恣蔓的寄生，那是遍地都看得见，几于这思想的田园内更不见生命的消息。梦人们妄想着花草的鲜明与林木的葱茏。但他们有什么根据除了飘渺的记忆与相〔想〕像？但记忆与想像！这就是一个灿烂的将来的根芽！悲惨是那个民族，它回头望不见一个庄严的已往。那个民族不是我们。该得灭亡是那个民族，它的眼前没有一个异象的展开。那个民族也不应得是我们。我们对我们光明的过去负有创造一个伟大的将来的使命；对光明的未来又负有结束这黑暗的现在的责任。我们第一要提醒这个使命与责任。我们前面说起过人生的尊严与健康。在我们不会发见更简赅的信仰的象征，我们要充分的发挥这一双伟大的原则——尊严与健康。尊严，它的声音可以唤回在歧路上彷徨的人生。健康，它的力量可以消灭一切侵蚀思想与生活的病菌。我们要把人生看作一个整的。支离的，偏激的看法，不论怎样的巧妙，怎样的生动，不是我们的看法。我们要走大路。我们要走正路。我们要从根本上做工夫。我们只求平庸，不出奇。我们相信一部纯正的思想是人生改造的第一个需要。纯正的思想是活泼的新鲜的血球，它的力量可以抵抗，可以克胜，可以消灭一切致病的微菌。纯正的思想，是我们自身活力得到解放以后自然的产物，不是租借来的零星的工具，也不是稗贩来的琐碎的技术。我们先求解放我们的活力。我们说解放因为我们不怀疑活力的来源。淤塞是有的，但还不是枯竭。这些浮荇，这是〔些〕绿腻，这些潦泥，这些腐生的蜫蚋——可怜的清泉，它即使有奔放的雄心，也不易透出这些寄生的重围。但它是在著，没有死。你只须拨开一些污潦就可以发见它还是在那里汩汩的溢出，在可爱的泉眼里，一颗颗珍珠似的急溜著。这正是我们工作的机会。爬梳这壅塞，粪除这秽浊，浚理这淤积，消灭这腐化；开深这潴水的池潭，解放这江湖的来源。信心，忍耐。谁说这'一举手一投足'的勤劳不是一件伟大事业的开端，谁说这涓涓的细流不是一个壮丽的大河流域的先声？要从恶浊的底里解放圣洁的泉源，要从时代的破烂里规复人生的尊严——这是我们的志愿。成见不是我们的，我们先不问风是在那一个方向吹。功利也不是我们的，我们不计较稻穗的饱满是在那一天。无常是造物的喜怒，茫昧是生物的前途，临到'闭幕'的那俄顷，更不分凡夫与英雄，痴愚与圣贤，谁都得撒手，谁都得走；但在那最后的黑暗还不曾覆盖一切以前，我们还不一样的得认真来扮演我们的名分？生命从它的核心里供给我们信仰，供给我们忍耐与勇敢。为此我们方能在黑暗中不害怕，在失败中不颓丧，在痛苦中不绝望。生命是一切理想的根源，它那无限而有规律的创造性给我们在心灵的活动上一个强大的灵感。它不仅暗示我们，逼迫我们，永远望创造的，生命的方向走，它并且启示给我们的想像，物体的死只是生的一个节目，不是结束，它的威吓只是一个谎骗，我们最高的努力的目标是与生命本体同绵延的，是超越死线的，是与天外的群星相感召的。为此，虽则生命的势力有时不免比较的消歇，到了相当的时候，人们不能不醒起。我们不能不醒起，不能不奋争，尤其在人与生的尊严与健康横受凌辱与侵袭的时日！来罢，那天边白隐隐的一线，还不是这时代的'创造的理想主义'的高潮的前驱？来罢，我们想像中曙光似的闪动，还不是生命的又一个阳光充满的清朝的预告？"①

　　1931 年 1 月，《诗刊》季刊在上海创办，由新月书店发行，1932 年 7 月停刊。徐志摩在《〈诗刊〉序语》（1930 年 12 月 28 日）中写道："我们在《新月》月刊的预告中曾经提到前五年载在北京《晨报副镌》上的十一期诗刊。那刊物，我们得认是现在这份的前身。在那时候也不知那来的一阵风忽然吹旺了少数朋友研求诗艺的热，虽则为时也不过三两个月，但那一点子精神，真而纯粹，实在而不浮夸，是值得纪念的。现在我们这少数朋友，隔了这五六年，重复感到'以诗会友'的兴趣，想再来一次集合的研求。因为我们有共同的信点。第一我们共信（新）诗是有前途的；同时我们知道这前途不是容易与平坦，得凭很多人共力去开拓。其次我们共信诗是一个时代最不可错误的声音，由此我们可以听出民族精神的充实抑空虚，华贵抑卑琐，旺盛抑销沈。一个少年人偶尔的抒情的颤动竟许影响到人类的终古的情绪；一支不经意的

　　①徐志摩：《"新月"的态度》，载《新月》1928 年第 1 卷第 1 期，第 3—10 页。

歌曲，竟许可以开成千百万人热情的鲜花，绽出瑰丽的英雄的果实。更次我们共信诗是一种艺术。艺术精进的秘密当然是每一个天才不依傍的致力，各自翻出光荣的创例，但有时集合的纯理的探讨与更高的技术的寻求，乃至根据于私交的风尚的兴起，往往可以发生一种殊特的动力，使这一种或那一种艺术更意识的安上坚强的基筑，这类情形在文艺史上可以见到很多。因此我们这少数天生爱好，与希望认识诗的朋友，想斗胆在功利气息最浓重的地处与时日，结起一个小小的诗坛，谦卑的邀请国内的志同者的参加，希冀早晚可以放露一点小小的光。小，但一直的向上；小，但不是狂暴的风所能吹熄。我们记得古希阿加孟龙王战胜的消息传归时，帕南苏斯群山的山顶一致点起燎天的烽火，照出群岛间的雄涛在莽苍的欢舞。我们对着晦盲的未来，岂不也应有同样光明的指望？"①

　　1931 年 9 月，陈梦家（1911—1966）编选的《新月诗选》由上海新月书店发行，该诗选可谓新月诗派最主要的文学创作成绩。陈梦家在《〈新月诗选〉序言》（1931 年 8 月）中自述："在这里入选的共十八人，诗八十首。其中，有的人写的不多，只好少选。各诗的来处如下：民国十五年四月至六月北京《晨报副刊》的《诗镌》共十一期，十六年三月起《新月》月刊共三卷，二十年《诗刊》共三期，《死水》（闻著），《志摩的诗》，《翡冷翠的一夜》，《猛虎集》（以上徐著），《梦家诗集》，（以上新月出版），《草莽集》（朱湘著，开明出版）。此外有从别处来的，为数极少。"②

　　1931 年 11 月，徐志摩空难身亡，灵魂人物的逝去给本就处在

---

　　①徐志摩：《〈诗刊〉序语》，或《诗刊》1931 年第 1 期，第 1—2 页。
　　②陈梦家：《〈新月诗选〉序言》，载陈梦家编选《新月诗选》，上海：新月书店，1933 年 4 月再版，第 20 页。

经营困难阶段的新月书店带来沉重打击。1933 年 9 月，新月书店整体转给上海商务印书馆，至此，"新月"陨落。

（五）文化生活出版社及其系列丛刊的坚守

　　1935 年 5 月，留日学生吴朗西、伍禅等在上海创办"文化生活社"，同年 9 月改名为"文化生活出版社"，由巴金担任总编辑。在 1935 年至 1949 年共计十四年的总编工作岗位上，巴金主编了以《文学丛刊》《译文丛书》《文化生活丛刊》为主的系列丛刊。其中《译文丛书》《文化生活丛刊》两个丛刊共出版外国译作 100 部左右，在中国现代文学翻译史上留下了浓墨重彩的一笔。译作以屠格涅夫、托尔斯泰、契诃夫等俄国现实主义作家作品居多，可见当时中国文坛受西方现实主义思潮的影响之重。而《文学丛刊》先后刊印十集，每集十六部作品，共计一百六十部。第一集便收录有我们耳熟能详的作品：鲁迅的《故事新编》、沈从文的《八骏图》、卞之琳（1910—2000）的《鱼目集》、曹禺（1910—1996）的《雷雨》等。出版人巴金以海纳百川的广阔胸襟与孜孜不倦的敬业情怀记录了中国一段时期现代文学发展的缩影。

　　《文学丛刊》广告词中可见巴金的办刊主旨："我们编辑这一部文学丛刊，并没有什么大的野心。我们既不敢杠起第一流作家的招牌欺骗读者，也没有胆量出一套国语文范本贻误青年。我们这部小小的丛书虽然也包括文学的各部门，但是作者既非金字招牌的名家，编者也不是文坛上的闻人。不过我们可以给读者担保的，就是这丛刊里面没有一本使读者读了一遍就不要再读的书。而在定价方面我们也力求低廉，使贫寒的读者都可购买。我们不谈文化，我们也不想赚钱。然而，我们的文学丛刊却也有四大特色：编选谨严，内容充实，印刷精良，定价低廉。"①

---

　　①《文学丛刊》广告词，载曹禺《雷雨》，上海：文化生活出版社，1939年 2 月十四版，文末。

　　较之个人的文学创作，巴金对中国现代文学出版事业所做的贡献是杰出的，可谓劳苦功高。在《对默默无闻者的极大敬意——为上海文艺出版社成立三十年而作》（《解放日报》1982年6月1日）中，巴金自述："我在文化生活出版社工作了十四年，写稿、看稿、编辑、校对，甚至补书，不是为了报酬，是因为人活着需要多做工作，需要发散、消耗自己的精力。我一生始终保持着这样一个信念：生命的意义在于付出，在于给与；而不是在于接受，也不是在于争取。所以做补书的工作我也感到乐趣，能够拿几本新出的书送给朋友，献给读者，我认为是莫大的快乐。"①

　　萧乾（1910—1999）在《挚友、益友和畏友巴金》（《文汇月刊》1982年第1期）中评曰："看到巴金的文集长达十四卷，有人称他为'多产'。可是倘若他没从1935年的夏天就办起文化生活出版社（以及50年代初期的平明出版社），倘若他没把一生精力最充沛的二十年献给进步的文学出版事业，他的文集也许应该是四十卷。尽管我最初的三本书（包括《篱下集》）是商务印书馆出的，在文艺上，我自认是文化生活出版社（下简称'文生'）拉扯起来的。在我刚刚迈步学走的时候，它对我不仅是一个出版社，而是个精神上的'家'，是创作道路上的引路人。谈巴金而不谈他惨淡经营的文学出版事业，那是极不完整的。如果编巴金的《言行录》，那么那十四卷以及他以后写的作品，是他的'言'，他主持的文学出版工作则是他主要的'行'。因为巴金是这样一位作家：他不仅自己写、自己译，也要促使别人写和译，而且为了给旁人创造写译的机会和便利，他可以少写，甚至不写。他不是拿着个装了五号电池小手电筒只顾为自己照路的人，他是双手高举着一

------

　　①巴金：《对默默无闻者的极大敬意——为上海文艺出版社成立三十年而作》，载《出版工作》1982年第9期，第7页。

盏大马灯，为周围所有的人们照路的人。"①

　　（六）立达学园与开明书店的耕耘

　　立达学园，1925 年由匡互生、陶载良、丰子恺、朱光潜等在上海创办，后搬迁至四川办学，1946 年迁回上海，1952 年由松江县政府接管。开明书店，1926 年 8 月由原商务印书馆编辑章锡琛在上海创办，1937 年淞沪抗战中，梧州路总店毁于战火，后迁往桂林、重庆，1946 年迁回上海。1953 年迁至北京，与青年出版社合并成立中国青年出版社。

　　以立达学园和开明书店为中心，聚集了夏丏尊（1886—1946）、丰子恺、朱光潜、叶圣陶、匡互生（1891—1933）等一群朴实无华辛勤耕耘的作家兼教育家，他们编辑刊物并出版著作，对中国青少年的成长产生了深远影响。编辑刊物中，以《一般》《月报》《中学生》等最具影响力。《一般》于 1926 年 9 月创刊，由立达学会编辑，开明书店发行，夏丏尊、方光焘先后主编，1929 年 12 月出至第 9 卷第 4 期终刊。《月报》于 1937 年 1 月创办，由开明书店发行，胡愈之（1896—1986）、孙怀仁（1909—1992）、叶圣陶等编辑，共出 7 期于同年 7 月终刊。

　　《中学生》于 1930 年 1 月创刊，由开明书店发行，夏丏尊、张锡琛、丰子恺等编辑，1937 年 8 月因全面抗日战争爆发停刊，后辗转桂林、重庆等地复刊，1946 年 7 月迁回上海，后与北平《进步青年》合并改名为《进步青年》。

　　《〈中学生〉发刊辞》（《中学生》1930 年第 1 期）载："中等教育为高等教育的豫备，同时又为初等教育的延长，本身原已够复杂了。自学制改革以后，中学含义更广，于是遂愈增加复杂性。

---

　　①萧乾：《挚友、益友和畏友巴金》，载《挚友、益友和畏友巴金》，成都：四川文艺出版社，2019 年 1 月，第 20—21 页。

合数十万年龄悬殊趋向各异的男女青年于含混的'中学生'一名词之下，而除学校本身以外，未闻有人从旁关心于其近况与前途，一任其彷徨于纷叉的歧路，饥渴于寥廓的荒原，这不可谓非国内的一件怪事和憾事了。我们是有感于此而奋起的。愿借本志对全国数十万的中学生诸君，有所贡献。本志的使命是：替中学生诸君补校课的不足；供给多方的趣味与知识；指导前途；解答疑问；且作便利的发表机关。啼声新试，头角何如？今当诞生之辰，敢望大家乐予养护，给以祝福！"①

上海开明书店出版的代表著作有：林语堂编、丰子恺绘图的《开明英文第一读本》《开明英文第二读本》《开明英文第三读本》（1928 年 8 月），朱光潜的《给青年的十二封信》（1929 年 3 月），朱自清的《背影》（1928 年 10 月），叶圣陶的《开明国语课本》（1932 年 6 月），茅盾的《子夜》（1933 年 1 月），臧克家（1905—2004）的《烙印》（1934 年 3 月）等。

（七）北京天津文坛的复兴

简述完上海文坛的境况后，我们从沈从文的《从现实学习》（天津《大公报〈星期文艺〉》1946 年 11 月 3 日、10 日第 4—5 期）中来了解此时期北京天津文坛的景貌："在北方，在所谓死沉沉的大城里，却慢慢生长了一群有实力有生气的作家。曹禺、芦焚、卞之琳、萧乾、林徽因、李健吾、何其芳、李广田……是在这个时期中陆续为人所熟习的，而熟习的不仅是姓名，却熟习他们用个谦虚态度产生的优秀作品！因为在游离涣散不相黏附各自为战情形中，即有个相似态度，争表现，从一个广泛原则下自由争表现。再承认另一件事实，即听凭比空洞理论还公正些的'时间'来陶冶清算，证明什么将消灭，什么能存在。这个发展虽若

①《〈中学生〉发刊辞》，载《中学生》1930 年第 1 期，第 1 页。

缓慢而呆笨，影响之深远却到目前尚有作用，一般人也可看出的。提及这个扶育工作时，《大公报》对文学副刊的理想，朱光潜、闻一多、郑振铎、叶公超、朱自清诸先生主持大学文学系的态度，巴金、章靳以主持大型刊物的态度，共同作成的贡献是不可忘的。"①

　　"共同作成的贡献"的"扶育工作"有三：一是"《大公报》对文学副刊的理想"。指 1902 年 6 月在天津创刊的《大公报》，其文学副刊经由沈从文与萧乾的主持编辑，成为京派文学的主要阵地，扶育了李广田（1906—1968）、卞之琳、林徽因（原名林徽音，1904—1955）等新作家的成长。1937 年 5 月 15 日，《大公报》颁发了唯一一次文艺奖金，后因卢沟桥事变平津失守停刊而终止。何其芳（1912—1977）的散文集《画梦录》、曹禺的戏剧《日出》、芦焚（师陀，1910—1988）的小说集《谷》成为那年文艺奖金的获奖作品。

　　二是"朱光潜、闻一多、郑振铎、叶公超、朱自清诸先生主持大学文学系的态度"。指时任清华大学中文系主任的朱自清，执教于清华大学中文系的闻一多、叶公超，主持燕京大学中文系的郑振铎，执教于北京大学中文系的朱光潜诸位文坛大家对大学文学系发展做出的贡献。

　　三是"巴金、章靳以主持大型刊物的态度"。指 1936 年 6 月由巴金和章靳以（1909—1959）合编的《文季月刊》在上海创刊，出至第 2 卷第 1 期，于 1936 年 12 月停刊，共 7 期。《文季月刊》系《文学季刊》的复刊，《文学季刊》于 1934 年 1 月在北平创刊，巴金、章靳以等编辑，1935 年 12 月停刊。《〈文季月刊〉复刊词》（《文季月刊》1936 年第 1 卷第 1 期）记载："四个月以前我们怀着苦痛的心告别了读者，在《告别的话》里面我们解说了我们所处

---

　　①沈从文：《从现实学习》，载《沈从文全集》（第十三卷），太原：北岳文艺出版社，2002 年 12 月，第 385—386 页。

的'环境'。我们曾痛切地说：'文化的招牌如今还高高地挂在商店的门榜上，而我们这文坛也被操纵在商人的手里，在商店的周围再聚集着一群无文的文人。读者的需要是从来被忽视了的。在文坛上活动的就只有那少数为商人豢养的无文的文人。于是虫蛀的古籍和腐儒的呓语大批地被翻印而流布了，才子佳人的传奇故事之类，也一再地被介绍到青年中间，在市场上就只充满了一切足以使青年忘掉现实的书报。……在这种情形下面我们只得悲痛地和朋友们告别。'然而连这样软弱的话句也遭受了藏在王道精神后面的刀斧。当我们的呼声被窒息的时候别人甚至不许我们发出一声呻吟，申辩一下是非。于是各种各样的流言就在外面散布了，据说。我们这季刊的休刊，原因是读者的不需要。我们自然没法替自己辩护，但同时却有不少的读者用了笔和舌给我们送来安慰和鼓舞。这安慰和鼓舞始终没有间断过，到后来就离了语言文字而被用行动来表现了。这一次是真实的读者出来表示了他们的需要。这事实使我们得以从被强迫的沈默中翻了身。我们这季刊是复活了，而且正如我们所期望的，是以新生的姿态复活了。但我们并不是忘恩的背信的。我们在《告别的话》中所允许过朋友们的一些约言，我们要尽力去实践。以前的季刊是我们和朋友们共同努力的结果，以后的月刊也应该是的。我们不是盲人，我们看得见我们这民族正站在一个可怕的深渊的边沿上，所以我们依旧没有余裕跟在商人后面奢谈文化，或者搬出一些虫蛀的古籍和腐儒的呓语来粉饰这民族的光荣，我们是青年，我们只愿意跟着这一代向上的青年叫出他们的渴望。在这一点上我们的季刊曾尽过一点责任，我们的月刊也会沿着这路线进行的。至于我们这一次能否完成这工作，那全靠朋友们的大量的支持了。"①

①文学季刊社：《〈文季月刊〉复刊词》，载《文季月刊》1936年第1卷第1期，第2—3页。

二 文学批评

"《红楼梦》是中国许多人所知道，至少，是知道这名目的书。谁是作者和续者姑且勿论，单是命意，就因读者的眼光而有种种：经学家看见《易》，道学家看见淫，才子看见缠绵，革命家看见排满，流言家看见宫闱秘事……。"[1] 这是鲁迅《〈绛洞花主〉小引》（1927年1月14日于厦门）的开篇文字，文末附有注释："关于《红楼梦》的命意，旧时有各种看法。清代张新之在《石头记读法》中说，《红楼梦》'全书无非《易》道也'。清代梁恭辰在《北东园笔录》中说，'《红楼梦》一书，诲淫之甚者也。'清代花月痴人在《红楼幻梦序》中说：'《红楼梦》何书页？余答曰：情书也'。蔡元培在《石头记索隐》中说：'作者持民族主义甚挚，书中本事在吊明之亡，揭清之失'。清代'索隐派'的张维屏在《国朝诗人征略二编》中说它写'故相明珠家事'，王梦阮、沈瓶庵在《〈红楼梦〉索隐》中则说它写'清世祖与董小宛事'。"[2]

上述文字阐明，由于批评者所取立场的迥异，同一作品在不同人眼里的评价大相径庭。此时，中华民族正处在外侵内乱的危难之际，革命作家视文学为改造社会的战斗武器。这一时代背景决定了文学批评的特点：从文学内部关系出发的文学批评基础上，增加从文学与革命、阶级等外部关系出发的文学批评。

这时期的文学批评大事件主要有："革命文学"论争和"文艺自由"论辩；文学批评者代表有：周作人、刘西渭（李健吾）、朱光潜、梁实秋、李长之（1910—1978）、沈从文等。

---

① 鲁迅：《〈绛洞花主〉小引》，载《集外集拾遗补编》，北京：人民文学出版社，1993年12月，第141页。

② 同上，第142页，注释。

（一）文学批评大事件

1. "革命文学"论争

关于"革命文学"论争，李何林编有一本文论集《中国文艺论战》（中国书店，1929 年 10 月）。他在《〈中国文艺论战〉序言》（1929 年 4 月 5 日于北大学院图书馆）中写道："虽然不能像苏联，对于文艺问题曾经党之最高机关召集全国大会讨论过，而且确定了党之一贯的文艺政策；但一九二八年的中国文艺界也曾起了一场颇剧烈的论争。自创造社一般人嚷出了'革命文学'的口号以后，代表中国几个文艺集团的刊物如《语丝》《小说月报》《新月》……等都先后有文字发表；虽然各个的立场不同，其对创造社一般人表示反对的态度的一层则完全一致，同时创造社一般人对于他们也都一一的反攻——批评，尤以对'语丝派'一般人为尤甚。这论争从一九二八年的春天起，足足的继续了有一年之久——现在似乎是渐渐消沉下去了——，在这个时期各方所发表的论战的文字，统计不下百余篇；其中《小说月报》和《新月》的文字只在表明自己的文艺态度或稍露其对于创造社的'革命文学'的不满而已。至于以鲁迅为中心的'语丝派'则和创造社一般人立于针锋相对的地位！——也就是它们两方作成了这一次论战的两个敌对阵营的主力。"①

鲁迅在《〈三闲集〉序言》（1932 年 4 月 24 日）中自述："我记得起来了，这两年正是我极少写稿，没处投稿的时期。我是在二七年被血吓得目瞪口呆，离开广东的，那些吞吞吐吐，没有胆子直说的话，都载在《而已集》里。但我到了上海，却遇见文豪们的笔尖的围剿了，创造社，太阳社，'正人君子'们的新月社中

---

① 李何林：《〈中国文艺论战〉序言》，载李何林编《中国文艺论战》，北京：中国书店，1929 年 10 月再版，第 1—2 页。

人，都说我不好，连并不标榜文派的现在多升为作家或教授的先生们，那时的文字里，也得时常暗暗地奚落我几句，以表示他们的高明。我当初还不过是'有闲即是有钱''封建余孽'或'没落者'，后来竟被判为主张杀青年的棒喝主义者了。这时候，有一个从广东自云避祸逃来，而寄住在我的寓里的廖君，也终于忿忿的对我说道：'我的朋友都看不起我，不和我来往了，说我和这样的人住在一处。'那时候，我是成了'这样的人'的。自己编着的《语丝》，实乃无权，不单是有所顾忌（详见卷末《我和〈语丝〉的始终》），至于别处，则我的文章一向是被'挤'才有的，而目下正在'剿'我投进去干什么呢。所以只写了很少的一点东西。现在我将那时所做的文字的错的和至今还有可取之处的，都收纳在这一本里。至于对手的文字呢，《鲁迅论》和《中国文艺论战》中虽然也有一些，但那都是峨冠博带的礼堂上的阳面的大文，并不足以窥见全体，我想另外搜集也是'杂感'一流的作品，编成一本，谓之《围剿集》。如果和我的这一本对比起来，不但可以增加读者的趣味，也更能明白别一面的，即阴面的战法的五花八门。这些方法一时恐怕不会失传，去年的'左翼作家都为了卢布'说，就是老谱里面的一着。自问和文艺有些关系的青年，仿照固然可以不必，但也不妨知道知道的。其实呢，我自己省察，无论在小说中，在短评中，并无主张将青年来'杀，杀，杀'的痕迹，也没有怀着这样的心思。我一向是相信进化论的，总以为将来必胜于过去，青年必胜于老人，对于青年，我敬重之不暇，往往给我十刀，我只还他一箭。然而后来我明白我倒是错了。这并非唯物史观的理论或革命文艺的作品蛊惑我的，我在广东，就目睹了同是青年，而分成两大阵营，或则投书告密，或则助官捕人的事实！我的思路因此轰毁，后来便时常用了怀疑的眼光去看青年，不再无条件的敬畏了。然而此后也还为初初上阵的青年们呐喊几声，不过也没有什么大帮助。"①

"到了上海，却遇见文豪们的笔尖的围剿了"指的便有 1928
年年初至 1929 年年底持续近两年，鲁迅与创造社、太阳社等的
"革命文学"论争。在简述这场论争前，我们先从以下三篇写于
1927 年的文论中了解论争发生前鲁迅的革命文学主张。

《革命时代的文学——四月八日在黄埔军官学校讲》（1927 年
4 月 8 日）论说："但在这革命地方的文学家，恐怕总喜欢说文学
和革命是大有关系的，例如可以用这来宣传，鼓吹，煽动，促进
革命和完成革命。不过我想，这样的文章是无力的，因为好的文艺
作品，向来多是不受别人命令，不顾利害，自然而然地从心中流露
的东西；如果先挂起一个题目，做起文章来，那又何异于八股，在
文学中并无价值，更说不到能否感动人了。为革命起见，要有'革
命人'，'革命文学'倒无须急急，革命人做出东西来，才是革命文
学。所以，我想：革命，倒是与文章有关系的。革命时代的文学和
平时的文学不同，革命来了，文学就变换色彩。……大革命与文学
有什么影响呢？大约可以分开三个时候来说：（一）大革命之前，所
有的文学，大抵是对于种种社会状态，觉得不平，觉得痛苦，就叫
苦，鸣不平，在世界文学中关于这类的文学颇不少。……（二）到
了大革命的时代，文学没有了，没有声音了，因为大家受革命潮
流的鼓荡，大家由呼喊而转入行动，大家忙着革命，没有闲空谈
文学了。还有一层，是那时民生凋敝，一心寻面包吃尚且来不及，
那里有心思谈文学呢？守旧的人因为受革命潮流的打击，气得发
昏，也不能再唱所谓他们底文学了。……（三）等到大革命成功
后，社会底状态缓和了，大家底生活有余裕了，这时候就又产生

————
①鲁迅：《〈三闲集〉序言》，载《三闲集》，上海：鲁迅全集出版社，
1947 年 10 月版，第 8—10 页。

文学。……中国现在的社会情状，止有实地的革命战争；一首诗吓不走孙传芳，一炮就把孙传芳轰走了。自然也有人以为文学于革命是有伟力的，但我个人总觉得怀疑，文学总是一种余裕的产物，可以表示一民族的文化，倒是真的。"①

《革命文学》（1927 年）指出："世间往往误以两种文学为革命文学：一是在一方的指挥刀的掩护之下，斥骂他的敌手的；一是纸面上写着许多'打，打'，'杀，杀'，或'血，血'的。如果这是'革命文学'，则做'革命文学家'，实在是最痛快而安全的事。……我以为根本问题是在作者可是一个'革命人'，倘是的，则无论写的是什么事件，用的是什么材料，即都是'革命文学'。从喷泉里出来的都是水，从血管里出来的都是血。'赋得革命，五言八韵'，是只能骗骗盲试官的。"②

《文艺与政治的歧途——在暨南大学讲演》（1927 年 12 月 26 日）自述："我没有整篇的鸿论，也没有高明的见解，只能讲讲我近来所想到的。我每每觉到文艺和政治时时在冲突之中；文艺和革命原不是相反的，两者之间，倒有不安于现状的同一。惟政治是要维持现状，自然和不安于现状的文艺处在不同的方向。……政治想维系现状使它统一，文艺催促社会进化使它渐渐分离；文艺虽使社会分裂，但是社会这样才进步起来。"③

创造社后期青年成员冯乃超的《艺术与社会生活》（《文化批判》1928 年第 1 期）一文开启了"革命文学"论争之端。全文旨

---

① 鲁迅：《革命时代的文学——四月八日在黄埔军官学校讲》，载《而已集》，上海：北新书局，1929 年 7 月三版，第 12—22 页。

② 鲁迅：《革命文学》，载《而已集》，上海：北新书局，1929 年 7 月三版，第 166—168 页。

③ 鲁迅：《文艺与政治的歧途——在暨南大学讲演》，载《集外集》，上海：群众图书公司，1935 年 5 月，第 87—88 页。

在"就中国浑沌的艺术界的现象作全面的批判",文中列举五位代表作家来"分析文学革命以后的中国文坛":"从主张提倡自然主义的一派——文学研究会的团队中,可以抽出叶圣陶。他是一个静观人生的作家,他只描写个人(——当然是很寂寞的有教养的一个知识阶级)和守旧的封建社会,他方面和新兴的资产阶级的社会的'隔膜'。他是中华民国的一个最典型的厌世家,他的笔尖只涂抹灰色的'幻灭的悲哀'。他反映着负担没落的运命的社会。别一方面他的倾向又证明文学研究会标榜着自然主义的口号的误谬,这是非革命的倾向!鲁迅这位老生——若许我用文学的表现——是常从幽暗的酒家的楼头,醉眼陶然地眺望窗外的人生。世人称许他的好处,只是圆熟的手法一点,然而,他不常追怀过去的昔日,追悼没落的封建情绪,结局他反映的只是社会变革期中的落伍者的悲哀,无聊赖地跟他弟弟说几句人道主义的美丽的说话。隐遁主义!好在他不效 L. Tolstoy 变成卑污的说教人。郁达夫的悲哀,令一般青年切实地同感的原因,因为他所表现的愁苦与贫穷是他们所要申诉的,——他们都是《沉沦》中的主人公。但是,他对于社会的态度与上述二人没有差别。……"①

接着,李初梨在《怎样地建设革命文学?》(《文化批判》1928年第2期)中追问:"鲁迅究竟是第几阶级的人,他写的又是第几阶级的文学?他所曾诚实地发表过的,又是第几阶级的人民的痛苦?"②

一系列推波助澜的"笔尖围剿"文章相继发表,如成仿吾的《打发他们去》(《文化批判》1928年第2期)、钱杏邨的《死去了

---

①冯乃超:《艺术与社会生活》,载《文化批判》1928年第1期,第3—13页。

②李初梨:《怎样地建设革命文学?》,载《文化批判》1928年第2期,第15页。

的阿 Q 时代》（《太阳月刊》1928 年第 3 期）、李初梨的《请看我们中国的 Don Quixote 的乱舞——答鲁迅〈醉眼中的朦胧〉》（《文化批判》1928 年第 4 期）、袁康的《"除掉"鲁迅的"除掉"!》（《文化批判》1928 年第 4 期）、氓（李一氓）的《鲁迅投降我了》（《流沙》1928 年第 6 期）等。

把"笔尖围剿"推向极盛的文章，莫属石厚生（成仿吾）的《毕竟是"醉眼陶然"罢了》（《创造月刊》1928 年第 1 卷第 11 期）和杜荃（郭沫若）的《文艺战上的封建余孽——批评鲁迅的〈我的态度气量和年纪〉》（《创造月刊》1928 年第 2 卷第 1 期）。

前者文中写道："这位胡子先生倒是我们中国的 Don Quixote（珰吉诃德）——珰鲁迅！……我们中国的珰吉诃德，不仅害了神经错乱与夸大妄想诸症，而且同时还在'醉眼陶然'；不仅见了风车要疑为神鬼，而且同时自己跌坐在虚构的神殿之上，在装做鬼神而沉入了恍惚的境地。……回到这《醉眼中的朦胧》，我们的英勇的骑士纵然唱得很起劲，但是，他究竟暴露了些甚么呢？暴露了自己的朦胧与无知，暴露了知识阶级的厚颜，暴露了人道主义的丑恶罢。毕竟是'醉眼陶然'罢了。"[1]

后者结尾概述："鲁迅先生的时代性和阶级性，就此完全决定了。他是资本主义以前的一个封建余孽。资本主义对于社会主义是反革命，封建余孽对于社会主义是二重的反革命。鲁迅是二重性的反革命的人物。以前说鲁迅是新旧过渡期的游移分子，说他是人道主义者，这是完全错了。他是一位不得志的 Fascist（法西斯谛）!"[2]

---

①石厚生：《毕竟是"醉眼陶然"罢了》，载李何林编《中国文艺论战》，北京：中国书店，1929 年 10 月再版，第 222—231 页。

②杜荃：《文艺战上的封建余孽——批评鲁迅的〈我的态度气量和年纪〉》，载李何林编《中国文艺论战》，北京：中国书店，1929 年 10 月再版，第 220—221 页。

　　此外，针对茅盾的文学创作，钱杏邨在《茅盾与现实》（《新流月报》1929 年第 4 期）中评曰："《幻灭》是一部描写革命时代及革命以前的小资产阶级女子的游移不定的心情，及对于革命的幻灭，同时又描写青年的恋爱狂的一部具有时代色彩的小说。全书把小资产阶级的病态心理写得淋漓尽致，而且叙述得很细致。描写只是后半部失败了，至于意识不是无产阶级的，依旧是小资产阶级的，是革命失败后堕落的青年的心理与生活的表现。……那么，一个真正的代表着时代的作家，他是应该做'大勇者，真正革命者'的代言人呢，还是做'幻灭动摇的没落人物'的代言人呢，究竟应该怎样才能完成这时代的作家的任务呢？——接着，我们应该解决这个问题。所谓'大勇者，真正革命者'代表着什么呢？他们是必然的代表着时代的进展，必然的是代表着有着前途，有着希望的向上的人类，他们是创造着新的时代的脚色。'幻灭动摇的人物'却不然，他们所能代表的只是追不上时代的车轮的脚色，只是担负不起新的时代的创造者或推进者的责任的证明，只是为时代所丢弃的没落阶级的象征，他们是没有前途，没有希望，只有毁灭。"①

　　李初梨在《对于所谓"小资产阶级革命文学"底抬头，普罗列搭利亚文学应该怎样防卫自己？——文学运动底新阶段》（《创造月刊》1929 年第 2 卷第 6 期）长文中，以"普罗列搭利亚文学运动底回顾""所谓'小资产阶级革命文学'""'小资产阶级革命文学'发生底社会的根据""'小资产阶级革命文学'发展底今后的预测及其社会的任务""茅盾怎样地理解了普罗列搭利亚文学？""所谓'读者对象'问题""什么叫'标语口号文学'""形式问题"

---

　　①钱杏邨：《茅盾与现实》，载《批评六大文学作家》，上海：亚东图书局，1932 年，第 185—220 页。

八节阐述其主张。

　　面对前述文章蜂拥而至的攻击，写于 1928 年 2 月 23 日的《"醉眼"中的朦胧》是鲁迅最初的回应。之后，还有《我的态度气量和年纪》《扁》《路》《现今的新文学的概观》《文坛的掌故》等文，大都收在《三闲集》中。我们从《文艺与革命（并冬芬来信）》和《〈现代新兴文学的诸问题〉小引》两文可略见鲁迅就此论争的主要观点。

　　《文艺与革命（并冬芬来信）》（1928 年 4 月 4 日）主张："现在所号称革命文学家者，是斗争和所谓超时代。超时代其实就是逃避，倘自己没有正视现实的勇气，又要挂革命的招牌，便自觉地或不自觉地必然地要走入那一条路的。身在现世，怎么离去？这是和说自己用手提着耳朵，就可以离开地球者一样地欺人。社会停滞着，文艺决不能独自飞跃，若在这停滞的社会里居然滋长了，那倒是为这社会所容，已经离开革命，其结果，不过多卖几本刊物，或在大商店的刊物上挣得揭载稿子的机会罢了。斗争呢，我倒以为是对的。人被压迫了，为什么不斗争？正人君子者流深怕这一着，于是大骂'偏激'之可恶，以为人人应该相爱，现在被一班坏东西教坏了。他们饱人大约是爱饿人的，但饿人却不爱饱人，黄巢时候，人相食，饿人尚且不爱饿人，这实在无须斗争文学作怪。我是不相信文艺的旋乾转坤的力量的，但倘有人要在别方面应用他，我以为也可以。譬如'宣传'就是。美国的辛克来儿说：一切文艺是宣传。我们的革命的文学者曾经当作宝贝，用大字印出过；而严肃的批评家又说他是'浅薄的社会主义者'。但我——也浅薄——相信辛克来儿的话。一切文艺，是宣传，只要你一给人看。即使个人主义的作品，一写出，就有宣传的可能，除非你不作文，不开口。那么，用于革命，作为工具的一种，自然也可以的。但我以为当先求内容的充实和技巧的上达，不必忙于挂招牌。'稻香村'，'陆稿荐'，已经不能打动人心了，'皇太后鞋店'的顾客，我看见也并不比'皇后鞋店'里的多。一说'技巧'，革命文学家是又要讨厌的。但我以为一切文艺固是宣传，而一切宣传却并非全是文艺，这正如一切花皆有色（我将白也算作色），而凡颜色未必都是花一样。革命之所以于口号、标语、布告、电报、教科书……之外，要用文艺者，就因为它是文艺。"①

《〈现代新兴文学的诸问题〉小引》（1929年2月14日）主张："至于翻译这篇的意思，是极简单的。新潮之进中国，往往只有几个名词，主张者以为可以咒死敌人，敌对者也以为将被咒死，喧嚷一年半载，终于火灭烟消。如什么罗曼主义，自然主义，表现主义，未来主义……仿佛都已过去了，其实又何尝出现。现在借这一篇，看看理论和事实，知道势所必至，平平常常，空嚷力禁，两皆无用，必先使外国的新兴文学在中国脱离'符咒'气味，而跟着的中国文学才有新兴的希望——如此而已。"②

茅盾的回应，则集中体现在《从牯岭到东京》《读〈倪焕之〉》《写在〈野蔷薇〉的前面》三篇文章。作于1928年7月16日的《从牯岭到东京》（《小说月报》1928年第19卷第10期）写道："从今年起，烦闷的青年渐多读文艺作品了；文坛上也起了'革命文艺'的呼声。革命文艺当然是一个广泛的名词，于是有更进一步直捷说出明日的新的文艺应该是无产阶级文艺。但什么是无产阶级文艺呢？似乎还不见有极明确的介绍或讨论；因为一则是不便说，二则是难得说。我惭愧得很，不曾仔细阅读国内的一切新的文艺定期刊，只就朋友们的谈话中听来，好象下列的几个

---

①鲁迅：《文艺与革命（并冬芬来信）》，载《三闲集》，上海：鲁迅全集出版社，1947年10月版，第86—87页。

②鲁迅：《〈现代新兴文学的诸问题〉小引》，载片上伸著，鲁迅译《现代新兴文学的诸问题》，上海：大江书铺，1932年10月三版，第2—3页。

观点是提倡革命文艺的朋友们所共通而且说过了的：（1）反对小资产阶级的闲暇态度，个人主义；（2）集体主义；（3）反抗的精神；（4）技术上有倾向于新写实主义的模样。（虽然尚未见有可说是近于新写实主义的作品）主张是无可非议的，但表现于作品上时，却亦不免未能适如所期许。就过去半年的所有此方向的作品而言，虽然有一部分人欢迎，但也有更多的人摇头。为什么摇头？因为他们是小资产阶级么？如果有人一定要拿这句话来闭塞一切自己检查自己的路，那我亦不反对。但假如还觉得这么办是类乎掩耳盗铃的自欺，那么，虚心的自己批评是必要的。我敢严正的说，许多对于目下的‘新作品’摇头的人们，实在是诚意地赞成革命文艺的，他们并没有你们所想象的小资产阶级的惰性或执拗，他们最初对于那些‘新作品’是抱有热烈的期望的，然而他们终于摇头，就因为‘新作品’终于自己暴露了不能摆脱‘标语口号文学’的拘囿。……这都是关于革命文艺本身上的话，其次有一个客观问题，即今后革命文艺的读者的对象。或者觉得我这问题太奇怪。但实在这不是奇怪的问题，而是需要用心研究的问题。一种新形式新精神的文艺而如果没有相对的读者界，则此文艺非萎枯便只能成为历史上的奇迹，不能成为推动时代的精神产物。什么是我们革命文艺的读者对象？或许有人要说：被压迫的劳苦群众。是的，我很愿意我很希望，被压迫的劳苦群众‘能够’做革命文艺的读者对象。但是事实上怎样？请恕我又要说不中听的话了。事实上是你对劳苦群众呼吁说‘这是为你们而作’的作品，劳苦群众并不能读，不但不能读，即使你朗诵给他们听，他们还是不了解。他们有他们真心欣赏的‘文艺读物’，便是滩簧小调花鼓戏等一类你所视为含有毒质的东西。说是因此须得更努力作些新东西来给他们么？理由何尝不正确，但事实总是事实，他们还是不能懂得你的话，你的太欧化或是太文言化的白话。如果先要使他们听得懂，惟有用方言来做小说，编戏曲，但不幸'方言文学'是极难的工作，目下尚未有人尝试。所以结果你的'为劳苦群众而作'的新文学是只有'不劳苦'的小资产阶级知识分子来阅读了。你的作品的对象是甲，而接受你的作品的不得不是乙；这便是最可痛心的矛盾现象！也许有人说，'这也好，比没有人看好些。'但这样的自解嘲是不应该有的罢！你所要唤醒而提高他们革命情绪的，明明是甲，而你的为此目的而作的作品却又明明不能到达甲的面前，这至少也该说是能力的误费罢？自然我不说竟可不作此类的文学，但我总觉得我们也该有些作品是为了我们现在事实上的读者对象而作的。如果说小资产阶级都是不革命，所以对他们说话是徒劳，那便是很大的武断。中国革命是否竟可抛开小资产阶级，也还是一个费人研究的问题。我就觉得中国革命的前途还不能全然抛开小资产阶级。说这是落伍的思想，我也不愿多辩；将来的历史会有公道的证明。"①

　　作于 1929 年 5 月 4 日的《读〈倪焕之〉》(《文学周报》1929年第 8 卷第 20 期)补充："《从牯岭到东京》这篇随笔里，我表示了应该以小资产阶级生活为揾写的对象那样的意见。这句话平常得很，无非就是上文所说一个作者'应该拣自己最熟习的事来描写'的同样的意义。再详细说，就是要使此后的文艺能够在尚能跟上时代的小资产阶级广大群众间有一些儿作用。我并没说过要创造小资产阶级文艺。我虽然不喜欢在嘴头上搬弄'革命文学家'所夸炫的一点点社会科学常识或是辩证法，然而我将他们的谈论看来看去，总不曾发见有什么理论是出了我所有的关于那一方面的书籍的范围以外；再说得不客气些，他们的议论并不能比我从

---

　　①茅盾：《从牯岭到东京》，载《茅盾论创作》，上海：上海文艺出版社，1980 年 5 月，第 37—40 页。

前教学生的讲义要多一些什么。所以想拿那一点点辩证法来'克
服'我，实在不能领情。因而，从武断我是主张创造小资产阶级
文学，又发见了新大陆似的说明小资产阶级文学不能成立，那样
的他们的议论，在我是只觉得又听得了卖膏药式的喇叭。实在当
他们忿忿地痛骂我以前，他们对于描写小资产阶级生活的文艺已
经抱着一种极不应该有的成见。他们对于描写小资产阶级生活的
作品往往不问内容很武断地斥为'落伍'。自然，描写小资产阶级
生活的小说中间一定很有些'落伍'的人物，但这是书中人物的
'落伍'，而不是该著作的'落伍'。如果把书中人物的'落伍'就
认作是著作的'落伍'，或竟是作者的'落伍'，那么，描写强盗
的小说作家就是强盗了么？然而不幸这样地幼稚不通的批评居然
会见世面！象这样的武断不通的'批评'会引幼稚的中国文坛到
一条什么四不象的路，我们很可以拿一九二八年春初的所谓'革
命文学'作品来借镜。如果我们能够平心静气地来考量，我们便
会承认，即使是无例外地只描写些'落伍'的小资产阶级的作品，
也有它反面的积极性。这一类的黑暗描写，在感人——或是指导，
这一点上，恐怕要比那些超过真实的空想的乐观描写，要深刻得
多罢！在读者的判断力还是普遍地很薄弱的现代中国，反讽的作
品常常要被误解，所以黑暗的描写或者也有流弊，但是批评家的
任务却就在指出那些黑暗描写的潜伏的意义，而不是成见很深地
斥为'落伍'，更无论连原作还看不清楚就大肆谩骂那样的狂妄举
动了。"①

　　作于 1929 年 5 月 9 日的《写在〈野蔷薇〉的前面》（上海大江
书铺，1929 年 7 月）主张："我们，生在这光明和黑暗交替的现代

---

①茅盾：《读〈倪焕之〉》，载《茅盾论创作》，上海：上海文艺出版社，
1980 年 5 月，第 239—240 页。

的人，但使能奉 Verdandi 作为精神上的指导，或者不至于遗讯
'落伍'罢？人言亦有云：'信赖将来！对于将来之确信，是必要
的'！善哉言！自从 Pandora 开了那致命的黑檀木箱以来，人类原
是生活在'希望'里的。宗教底地而且神秘底地对于将来之信赖，
既已亘千余年之久成为人类活力的兴奋剂，现在是科学底地而且
历史底地对于将来之信赖，鼓舞着人们踏过了血泊而前进了！善
哉言：'信赖着将来呀'！知道信赖着将来的人，是有福的，是应
该被赞美的。但是，慎勿以'历史的必然'当作自身幸福的预约
券，且又将这预约券无限止地发卖。没有真正的认识而徒借预约
券作为吗啡针的'社会的活大'是沙上的楼阁，结果也许只得了
必然的失败。把未来的光明粉饰在现实的黑暗上，这样的办法，
人们称之为勇敢；然而掩藏了现实的黑暗，只想以将来的光明为
掀动的手段，又算是什么呀！真的勇者是敢于凝视现实的，是从
现实的丑恶中体认出将来的必然，是并没把它当作预约券而后始
信赖。真的有效的工作是要使人们透视过现实的丑恶而自己去认
识人类伟大的将来，从而发生信赖。不要感伤于既往，也不要空
夸着未来，应该凝视现实，分析现实，揭破现实；不能明确地认
识现实的人，还是很多着。"①

　　"革命文学"论争因中国左翼作家联盟的组织而终止。左联成
立以后，1931 年 8 月 12 日，鲁迅在《上海文艺之一瞥——八月十
二日在社会科学研究会讲》中对"革命文学"论争作有如下概述：
"到了前年，'革命文学'这名目这才旺盛起来了，主张的是从
'革命策源地'回来的几个创造社元老和若干新份子。革命文学之
所以旺盛起来，自然是因为由于社会的背景，一般群众，青年有

---

　　①茅盾：《写在〈野蔷薇〉的前面》，载《茅盾论创作》，上海：上海文艺
出版社，1980 年 5 月，第 49—50 页。

了这样的要求。当从广东开始北伐的时候，一般积极的青年都跑到实际工作去了，那时还没有什么显著的革命文学运动，到了政治环境突然改变，革命遭了挫折，阶级的分化非常显明，国民党以'清党'之名，大戮共产党及革命群众，而死剩的青年们再人〔入〕于被压迫的境遇，于是革命文学在上海这才有了强烈的活动。所以这革命文学的旺盛起来，在表面上和别国不同，并非由于革命的高扬，而是因为革命的挫折；虽然其中也有些是旧文人解下指挥刀来重理笔墨的旧业，有些是几个青年被从实际工作排出，只好借此谋生，但因为实在具有社会的基础，所以在新份子里，是很有极坚实正确的人存在的。但那时的革命文学运动，据我的意见，是未经好好的计画，很有些错误之处的。例如，第一，他们对于中国社会，未曾加以细密的分析，便将在苏维埃政权之下才能运用的方法，来机械的运用了。再则他们，尤其是成仿吾先生，将革命使一般人理解为非常可怕的事，摆着一种极左倾的凶恶的面貌，好似革命一到，一切非革命者就都得死，令人对革命只抱着恐怖。其实革命是并非教人死而是教人活的。这种令人'知道点革命的厉害'，只图自己说得畅快的态度，也还是中了才子＋流氓的毒。激烈得快的，也平和得快，甚至于也颓废得快。倘在文人，他总有一番辨护自己的变化的理由，引经据典。譬如说，要人帮忙时候用克鲁巴金的互助论，要和人争闹的时候就用达尔文的生存竞争说。无论古今，凡是没有一定的理论，或主张的变化并无线索可寻，而随时拿了各种各派的理论来作武器的人，都可以称之为流氓。"①

---

　　①鲁迅：《上海文艺之一瞥——八月十二日在社会科学研究会讲》，载《二心集》，上海：鲁迅全集出版社，1941年10月，第95—96页。

2. "文艺自由"论辩

因九一八事变影响，胡秋原（1910—2004）放弃日本早稻田大学学业，并于 1931 年 12 月，与朋友一起在上海创办《文化评论：社会、文化、思想、教育批评旬刊》（简称《文化评论》），由文化评论社发行，1932 年 4 月停刊。《文化评论》创刊号上刊出的发刊词《真理之檄》载："真理之光自不因此而绝灭。然而现在正是需要我们来澈底重新估定一切价值的时代。……今后的文化运动，就是要继续完成五四之遗业，以新的科学的方法，彻底清算，再批判封建意识形态之残骸与变种。……我们是真理之守护者。我们要以古印度学者的严竣精神，以真实的科学方法，为真理之光复，铁也似的抨击一切非真理的思想。同时我们是自由的智识阶级，完全站在客观的立场，说明一切批评一切。我们没有一定的党见，如果有，那便是爱护真理的信心。"[1]

创刊号上还刊出了胡秋原写于 1931 年 12 月 15 日的《阿狗文议论》（又名《艺术非至下》）一文，文中写道："艺术虽然不是'至上'，然而决不是'至下'的东西。将艺术堕落到一种政治的留声机，那是艺术的叛徒。艺术家虽然不是神圣，然而也决不是叭儿狗。以不三不四的理论，来强奸文学，是对于艺术尊严不可恕的冒渎。"[2]

上述文艺主张引起左翼作家的驳斥。谭四海在写于 1931 年 12 月 30 日的《"自由智识阶级"的"文化"理论》（《中国与世界》1932 年第 7 期）指出："'逍遥自在的书生'们，打起好好的反民族主义文学，反法西文化的旗帜，都因他们的'自由智识'，想在

---

①文化评论社：《真理之檄》，载苏汶编《文艺自由论辩集》，上海：现代书局，1933 年 3 月，第 302—304 页。

②胡秋原：《艺术非至下》，载苏汶编《文艺自由论辩集》，上海：现代书局，1933 年 3 月，第 7 页。

严阵激战之中，找第三个'安身地'，结果是'为虎作伥'！"①

　　1932 年 1 月 18 日，左翼机关刊物上刊出署名"文艺新闻社"的《请脱弃"五四"的衣衫》（《文艺新闻》1932 年第 45 期）一文，文中抨击："这种值得我们注意的，就是一种看来听来颇使人悦耳服心的'号召'，当我们发现了'恢复五四运动的精神'及'要继续完成五四之遗业'这类文句的时候。果真五四运动的精神是有它被'恢复'的根据吗？果真它还有未竟的'遗业'在等待一九三二年代的努力者来'继续'吗？"②

　　1932 年 4 月 20 日，《文化评论》第 4 期刊出胡求原的《是谁为虎作伥？——答谭四海君》《文化运动问题——关于"五四"答〈文艺新闻〉记者》《勿侵略文艺》三篇反击文章。其中，《勿侵略文艺》提出："我们固然不否认文艺与政治意识之结合，但是：1.那种政治主张，应该是高尚的，合乎时代最大多数民众之需要的，如朴列汉诺夫所说，'艺术之任务，其描写使社会人起兴味，使社会人昂奋的一切东西。'2.那种政治主张不可主观地过剩，破坏了艺术之形式；因为艺术不是宣传，描写不是议论。不然，都是使人烦厌的。"③

　　1932 年 5 月 18 日，署名"文艺新闻社"的《"自由人"的文化运动——答覆胡秋原和〈文化评论〉》（《文艺新闻》1932 年第56 期）写道："这真是自由主义的自由人了，而'自由人'的立场，'智识阶级的特殊使命论'的立场，正是'五四'的衣衫，

　　①谭四海：《"自由智识阶级"的"文化"理论》，载苏汶编《文艺自由论辩集》，上海：现代书局，1933 年 3 月，第 15—16 页。
　　②文艺新闻社：《请脱弃"五四"的衣衫》，载苏汶编《文艺自由论辩集》，上海：现代书局，1933 年 3 月，第 305 页。
　　③胡秋原：《勿侵略文艺》，载苏汶编《文艺自由论辩集》，上海：现代书局，1933 年 3 月，第 11—12 页。

'五四'的皮，'五四'的资产阶级自由主义的遗毒。'五四'的民
权革命的任务是应当澈底完成的，而'五四'的自由主义的遗毒
却应当肃清!"①

紧接着，胡秋原写于1932年3月12日的长文《钱杏邨理论之
清算与民族文学理论之批评》(《读书杂志》1932年第2卷第1期)，
采用左右开弓法："钱杏邨理论之清算"针对左翼文学，"民族文
艺理论之批评"针对国民党的文艺政策。其中，"钱杏邨理论之清
算"总评："总而言之：钱杏邨的批评与理论，是充满理论混乱，
观念论的，主观主义的，右倾机会主义与左倾小儿病的空谈的，
非真理批评的成分。——凡这些，不仅使中国马克斯主义批评走
到不正确的路线，而这痼疾，也传染于二三左翼作家创作之中。"②

该文发表后，洛扬（冯雪峰）在写于1932年5月29日的《致
〈文艺新闻〉的一封信》(《文艺新闻》1932年第58期发表时题为
《"阿狗文艺"论者的丑脸谱》)中声明："首先第一，钱杏邨的文
艺批评，自他的开始一直到现在，都不是正确的马克思主义的批
评，并且对于他的批评的不满现在已成为一个普遍的意见，杏邨
自己也早在大家面前承认，要求同志们给他批判。这是无论在什
么时候，在什么人面前，我们都用不着给我们自己辩护的，我们
为什么要给自己辩护呢？杏邨的错误，我们自己就早要给他批判
和斗争的；其次，杏邨的到现在为止的理论并不是代表目前中国
普罗革命文学运动的指导路线的理论，而现在我们的路线是绝对
正确的。杏邨，无疑是普罗革命文学运动中的干部份子之一，他
个人的错误当然就是我们自己的部分的错误，但敌人想借了'清

①文艺新闻社：《"自由人"的文化运动——答覆胡秋原和〈文化评论〉》，
载苏汶编《文艺自由论辩集》，上海：现代书局，1933年3月，第328—329页。
②胡秋原：《钱杏邨理论之清算与民族文学理论之批评》，载苏汶编《文
艺自由论辩集》，上海：现代书局，1933年3月，第54页。

算'他的错误的名而企图进攻整个普罗革命文学运动的阴谋，是不能损害我们的！"①

论辩进展到这里，引起了《文艺自由论辩集》一书的编者苏汶的关注。苏汶即是与施蛰存合编《现代》的戴杜衡，他发表了一篇题为《关于"文新"与胡秋原的文艺论辩》（《现代》1932年第1卷第3期）的文章，文中首提"第三种人"的说法，在梳理论辩双方的文学观点后得出："从这里，我们看出两个绝对不同的立场了。一方面重实践，另一方面只要书本；一方面负着政治的使命，另一方面却背着真理的招牌。于是这两种马克斯主义是愈趋愈远，几乎背道而驰了。……在'智识阶级的自由人'和'不自由的，有党派的'阶级争着文坛的霸权的时候，最吃苦的，却是这两种人之外的第三种人。这第三种人便是所谓作者之群。作者，老实说，是多少带点我前面所说起的死抱住文学不肯放手的气味的；否则，他也决不会在成千成万的事业中选定了这个最没出息的事业（也许说职业好一点吧）来做。……最初，在根本还没有什么阶级文学的观念打到作者脑筋里去的时候，作者还在梦想文学是个纯洁的处女。"②

不久，《现代》1932年第1卷第6期同时刊出五篇文艺自由论辩的文章：易嘉（瞿秋白）的《文艺的自由与文学家的不自由》、周起应的《到底是谁不要真理，不要文艺？——读〈关于文新与胡秋原的文艺论辩〉》、苏汶的《"第三种人"的出路——论作家的不自由并答覆易嘉先生》、舒月的《从"第三种人"说到左联》、苏汶的《答舒月先生》。

---

①洛扬：《致〈文艺新闻〉的一封信》，载苏汶编《文艺自由论辩集》，上海：现代书局，1933年3月，第56—57页。

②苏汶：《关于"文新"与胡秋原的文艺论辩》，载苏汶编《文艺自由论辩集》，上海：现代书局，1933年3月，第71—73页。

其中，易嘉的《文艺的自由与文学家的不自由》（1932年7月）一文分"'万华撩乱'的胡秋原"和"'难乎其为作家'的苏汶"两节对"文艺自由论"进行抨击。文末写道："真有'爱好艺术'的勇气的，真正能够死抱住所谓文学的人，什么也不应当怕的。有一点怕，就算不得死抱住了。……'艺术的价值'也是美——抽象的美，无所附丽的美。为着'美'牺牲一切是'第三种人'的唯一出路！"[①]

苏汶的《"第三种人"的出路——论作家的不自由并答覆易嘉先生》（1932年9月1日）文末总结："在这时代，我们是只能自安于这两句老话的——不必尽如人（别人）意，但求无愧我心。总括拢来说，'第三种人'的唯一出路并不是为着美而出卖自己，而是，与其欺骗，与其做冒牌货，倒还不如努力去创造一些属于将来（因为他们现在是不要的）的东西吧。"[②]

《现代》1932年第2卷第1期同时刊出两篇虽各抒己见、然有礼有节的文章：鲁迅的《论"第三种人"》（1932年10月10日）和苏汶的《论文学上的干涉主义》，前者主张："左翼作家并不是从天上掉下来的神兵，或国外杀进来的仇敌，他不但要那同走几步的'同路人'，还要招诱那些站在路旁看看的看客也来同走呢。……这'第三种人'的'搁笔'，原因并不在左翼批评的严酷。真实原因的所在，是在做不成这样的'第三种人'，做不成这样的人，也就没有了第三种笔，搁与不搁，还谈不到。生在有阶级的社会里而要做超阶级的作家，生在战斗的时代而要离开战斗而独立，生在现在而要做给与将来的作品，这样的人，实在也是一个心造的幻

---

① 易嘉：《文艺的自由与文学家的不自由》，载苏汶编《文艺自由论辩集》，上海：现代书局，1933年3月，第99页。

② 苏汶：《"第三种人"的出路——论作家的不自由并答覆易嘉先生》，载苏汶编《文艺自由论辩集》，上海：现代书局，1933年3月，第132页。

影，在现实世界上是没有的。……所以虽是'第三种人'，一定超不出阶级的。"①

后者认为："每当文学做成了某种政治势力的留声机的时候，它便根本失去做时代的监督那种效能了。它不但不能帮助历史的演化，反之，它是常常做了历史演化的障碍，因为它有时不得不掩藏了现实去替这种政治势力粉饰太平。……艺术家是宁愿为着真实而牺牲正确的；政治家却反之，他往往重视正确，而把真实只放在第二的观点上。……我们要求真实的文学更甚于那种只在目前对某种政治目的有利的文学，因为我们要求文学能够永远保持着它的对人生的任务。"②

1932 年 11 月 3 日，中共中央机关报《斗争》第 30 期刊出时任中共中央宣传部部长张闻天（1900—1976）以"歌特"为笔名写于 1932 年 10 月 31 日的《文艺战线上的关门主义》一文，此文成为论争的转折点。文章指出："中国左翼文艺运动，所以一直到今天没有发展的原因，是由于我们在文化运动中一些做领导工作同志的右倾消极与左倾空谈。不论在介绍世界无产阶级的文艺上，尤其是介绍苏联无产阶级的文艺上，不论在无产阶级的文艺批评上，不论在开展群众的革命文艺运动上，更不必说在无产阶级文艺的创作上，我们都很少成绩。我们一些做领导工作的同志一天到晚讲着文艺的大众化，然而我们还没有看到在这一方面的真正努力。通俗的白话小报，工农通讯，壁报，报告文学等等的大众文艺运动简直还没有开始。许多工作讨论了，决定了，然而对于自己决定的执行，却表示出非常迟缓与不充分，甚至消极怠工。

---

① 鲁迅：《论"第三种人"》，载苏汶编《文艺自由论辩集》，上海：现代书局，1933 年 3 月，第 263—264 页。

② 苏汶：《论文学上的干涉主义》，载苏汶编《文艺自由论辩集》，上海：现代书局，1933 年 3 月，第 183—191 页。

无疑的，右倾机会主义在文艺运动中同样是目前的主要危险。但是，使左翼文艺运动始终停留在狭窄的秘密范围内的最大的障碍物，却是'左'的关门主义。换句话说，在左翼文艺运动中，我们同样的看到了以'左'倾空谈掩盖了实际工作中的机会主义的现象。试翻阅最近一些文艺杂志上关于文艺性质与文学的大众化等问题的讨论，我们立刻可以看到在我们的同志中间所存在着的非常严重的'左'的关门主义。这种关门主义不克服，我们决没有法子使左翼文艺运动变为广大的群众运动。这种关门主义，第一，表现在'第三种人'与'第三种文学'的否认。我们的几个领导同志，认为文学只能是资产阶级的或是无产阶级的，一切不是无产阶级的文学，一定是资产阶级的文学，其中不能有中间，即所谓第三种文学。这当然是非常错误的极左的观点。因为在中国社会中除了资产阶级与无产阶级的文学之外，显然还存在着其他阶级的文学，可以不是无产阶级的，而同时又是反对地主资产阶级（的）革命的小资产阶级的文学。这种文学不但存在着，而（且）是中国目前革命文学最占优势的一种。（甚至那些自称无产阶级文学家的文学作品，实际上也还是属于这类文学的范围）排斥这种文学，骂倒这些文学家，说他们是资产阶级的走狗，这实际上就是抛弃文艺界上革命的统一战线，使幼稚到万分的无产阶级文学处于孤立，削弱了同真正拥护地主资产阶级的反动文学做坚决斗争的力量。当然，这并不是说，我们应该抛弃我们无产阶级的立场，同革命的小资产阶级文学混淆起来。却正相反，我们的任务是在正确的估计那些小资产阶级文学作家的革命方面，给以鼓励与赞扬，使小资产阶级文学中的革命性发展起来，同时指出这种文学中所存在着的一切弱点，使他们在我们的具体指示之下（决不是谩骂！）走向革命的斗争。革命的小资产阶级的文学家，不是我们的敌人，而是我们的同盟者。我们对于他们的任务，不是排斥，不是谩骂，而是忍耐的解释说服与争取。只有这样才能实现无产阶级对于小资产阶级的领导，实现广泛的革命的统一战线。这种'左'的关门主义，第二，表现在文艺只是某一阶级'煽动的工具'，'政治的留声机'的理论。照这种'理论'看来，凡不愿做无产阶级煽动家的文学家，就只能去做资产阶级的走狗。这种观点，显然把文学的范围大大的缩小了，显然大大的束缚了文学家的'自由'。在革命的小资产阶级的文学家中间，有不少的文学家固然不愿意做无产阶级的'煽动工具'或'政治的留声机'，但是他们同时也不愿意做资产阶级的'煽动工具'或'政治的留声机'，他们愿意'真实的''自由的'创造一些'艺术的作品'。对于这类文学家，我们的任务不简单在指出在帝国主义国民党的反动文化政策之下，不能有文艺的创造的自由，指出在有阶级的社会中间文艺决没有超阶级的自由，而且还要去领导这些革命（的）小资产阶级的文学家，为了争取自由而进行反帝国主义与反国民党的斗争。只有这样，才能使小资产阶级的文学家了解到我们所指示的道路的正确，而走到我们的道路上来。此外，在'煽动的工具'，'政治的留声机'中固然有文艺的作品，然而决不是一切宣传鼓动的作品都是文艺的作品。在有阶级的社会中间，文艺作品都有阶级性，但决不是每一文艺作品，都是这一阶级利益的宣传鼓动的作品。甚至许多文艺作品的价值，并不是因为他们是某一阶级利益的宣传鼓动品，而只是因为他们描写了某一时代的真实的社会现象。……我们对于不能象我们一样做的文艺家，应该给他们以'自由'，因为事实上我们也没有法子强迫他们象我们一样的去做。我们的任务是在教育他们，领导他们，把他们团集在我们的周围，而不是在把他们从我们这里推开去。对于革命的文学家，就是不是无产阶级的文学家，我们都应该爱护。马克思对于海涅，列宁对于高尔基那种亲爱的态度，应该给我们很好的榜样。"①

《现代》1932年第2卷第2期刊出胡秋原写于1932年10月24日的《浪费的论争——对于批判者的若干答辩》，对前几篇批评文章答辩。《现代》1933年第2卷第3期刊出洛扬（瞿秋白）写于1932年11月10日的《并非浪费的论争》、丹仁（冯雪峰）写于1932年11月26日的《关于"第三种文学"的倾向与理论》两文回应，此两篇文章的论争态度已发生转变。其中，《关于"第三种文学"的倾向与理论》写道："对于一般作家，我们要携手，决非'拒人于千里之外'，更非视为'资产阶级的走狗'。自然，个别的同志会有而且曾有'指友为敌'的错误的，然而一有这种错误，我们自己即首先要给纠正了。……我们不能否认我们——左翼的批评家往往犯着机械论的（理论上）和左倾宗派主义的（策略上）错误。因为在我们的面前，有着小资产阶级文学以及革命的小资产阶级文学存在。然而我们要纠正易嘉和起应在这次论文中所表现的错误，我们尤其要反对那'干脆不过'的，'左'的舒月先生的那种理论和态度。但也不能同意苏汶先生对于阶级性及其作用的无足轻重的态度。……我们认为苏汶先生的'第三种文学'的真的出路，是这一种革命的，多少有些革命的意义的，多少能够反映现在社会的真实的现实的文学。他们不需要和普罗革命文学对立起来，而应当和普罗革命文学联合起来的。——这个，以及我们——'左翼文坛'的左倾宗派主义的错误的纠正，是这次论争所能得到，应当得到的有实际的意义的结论吧。"②

《现代》1933年第2卷第3期刊出苏汶的《一九三二年的文艺

①歌特：《文艺战线上的关门主义》，载《新文学史料》1982年第2期，第180—182页。

②丹仁：《关于"第三种文学"的倾向与理论》，载苏汶编《文艺自由论辩集》，上海：现代书局，1933年3月，第267—288页。

论辩之清算》，这是一篇论辩总结也是代表这场论辩结束的文章。之后，苏汶将此文在内的共计 28 篇与论辩相关的文章编订为《文艺自由论辩集》，由上海现代书局于 1933 年 3 月出版。该篇文章对论争总结如下："文艺自由的问题，自从胡秋原先生在去年年底提出讨论，以迄今日，差不多刚巧经过了一年的时间。在问题提出的当初，是谁也没有料想到会有良好的结果的；尤其是洛扬先生等对于胡先生，以及易嘉先生等对于我的猛烈的攻击，更引得两方面都做了许多过份的，而实际上是无聊的事情。我早就以为或许将永远地'道不同不相为谋'吧；而胡先生也在最近还觉得他的'论争'是'浪费'的。然而，很值得欣幸地，我们有陈雪帆先生、鲁迅先生等，先后地发表了虽然不同，但同样是公允的意见；而终于，还看到了洛扬先生对于胡秋原的答覆（并非浪费的论争）以及何丹仁先生对于我的诚恳的批判（关于'第三种文学'的倾向与理论）。这最后两篇文章，是应当放在一块儿看的；它们有互相补充之处，它们应当连同一起算是左翼文坛对于这次论争的态度和理论的最后的表示。在前面列举的许多人的意见里，我们可以找到许多重要的，宝贵的，而且的确是对各方面都有利的结论；这些结论便是这次论争的最实际的意义。第一，文艺创作自由的原则是一般地被承认了。当然在这里，我是指那种我自己认为是比较进步的，而现在的左翼文坛也承认多少是进步的文艺而言。我，至少我个人，从来也没有要求过那种反时代的文艺的自由。……第二，左翼方面的狭窄的排斥异己的观念是被纠正了。本来，这里所谓'异'，是左翼看来的'异'，实际上却往往并非'异'到如他们所想像的那么厉害，或甚至未始不是'同'。……第三，武器文学的理论是被修正到更正确的方面了。以前，我的确对于左翼的武器文学观表示过许多的怀疑；但是，我至今还这样相信，我只反对那种狭义的武器文学观。"①

此次论辩中间有些枝末，在此略作简述。1932 年 7 月在上海创刊的左联刊物《文学月报》，自第 1 卷第 3 期始改由周扬主编，第 1 卷第 4 期刊出署名"芸生"创作的长诗《汉奸的供状》，诗中使用辱骂恐吓等语言攻击的方式。作为精神领袖的鲁迅为端正左联斗争方式，致信周扬就该诗篇的文风提出批评，即发表在《文学月报》1932 年第 1 卷第 5/6 期的鲁迅写于 1932 年 12 月 10 日的通信：《辱骂和恐吓决不是战斗——致〈文学月报〉编辑的一封信》，文中写道："起应兄：前天收到《文学月报》第四期，……我对于'芸生'先生的一篇诗，却非常失望。这诗，一目了然，是看了前一期的别德纳衣的讽刺诗而作的。然而我们来比一比罢，别德纳衣的诗虽然自认为'恶毒'，但其中最甚的也不过是笑骂。这诗怎么样？有辱骂，有恐吓，还有无聊的攻击：其实是大可以不必作的。例如罢，开首就是对于姓的于玩笑。一个作者自取的别名，自然可以窥见他的思想，譬如'铁血'，'病鹃'之类，固不妨由此开一点小玩笑。但姓氏籍贯，却不能决定本人的功罪，因为这是从上代传下来的，不能由他自主。……尤其不堪的是结末的辱骂。现在有些作品，往往并非必要而偏在对话里写上许多骂语去，好像以为非此便不是无产者作品，骂詈愈多，就愈是无产者作品似的。其实好的工农之中，并不随口骂人的多得很，作者不应该将上海流氓的行为，涂在他们身上的。即使有喜欢骂人的无产者，也只是一种坏脾气，作者应该由文艺加以纠正，万不可再来展开，使将来的无阶级社会中，一言不合，便祖宗三代的闹得不可开交。况且既是笔战，就也如别的兵战或拳斗一样，不妨伺隙乘虚，以

---

①苏汶：《一九三二年的文艺论辩之清算》，载苏汶编《文艺自由论辩集》，上海：现代书局，1933 年 3 月，第 290—294 页。

一击制敌人的死命，如果一味鼓噪，已是《三国志演义》式战法，至于骂一句爹娘，扬长而去，还自以为胜利，那简直是'阿Q'式的战法了。接着又是什么'剖西瓜'之类的恐吓，这也是极不对的，我想。无产者的革命，乃是为了自己的解放和消灭阶级，并非因为要杀人，即使是正面的敌人，倘不死于战场，就有大众的裁判，决不是一个诗人所能提笔判定生死的。……不过我并非主张要对敌人陪笑脸，三鞠躬。我只是说，战斗的作者应该注重于'论争'；倘在诗人，则因为情不可遏而愤怒，而笑骂，自然也无不可。但必须止于嘲笑，止于热骂，而且要'喜笑怒骂，皆成文章'，使敌人因此受伤或致死，而自己并无卑劣的行为，观者也不以为污秽，这才是战斗的作者的本领。"[①]

此外，1933年1月创刊于上海仅存2期的左联刊物《现代文化》，在第1卷第1期刊出方萌的《论胡秋原的亚细亚生产方式》、首甲的《关于胡秋原苏汶与左联的文艺论战》、欧阳霞举的《"自由人"的秘密——驳斥胡秋原的亚细亚生产方法论》等文抨击"自由人"。《现代文化》第1卷第2期刊出首甲（祝秀侠）等四人写的《对鲁迅先生的〈恐吓辱骂决不是战斗〉有言》，在为芸生的《汉奸的供状》一诗辩护的同时抨击鲁迅。

瞿秋白为这篇指责鲁迅的文章写下《鬼脸的辩护——对于首甲等的批评》一文予以驳斥，文中写道："去年年底，芸生在《文学月报》上发表了一篇诗，是骂胡秋原'丢那妈'的，此外，骂加上一些恐吓的话，例如'切西瓜'——斫脑袋之类。胡秋原究竟是怎样一个人，我们不想在此地来说，因为对于这个问题其实不关重要。问题倒发生于鲁迅给《文学月报》一封信说《恐吓辱

①鲁迅：《辱骂和恐吓决不是战斗——致〈文学月报〉编辑的一封信》，载《南腔北调集》，上海：鲁迅全集出版社，1947年10月版，第37—40页。

骂决不是战斗》，而署名首甲、方萌、郭冰若、丘东平的四个人就出来判定鲁迅'带上了极浓厚的右倾机会主义的色彩'（《现代文化》杂志第二期）。……'恐吓决不是战斗'的鲁迅决没有什么右倾机会主义的色彩。而自己愿意戴上鬼脸的首甲等却的确是'左'倾机会主义的观点。……'革命诗人'要表示'愤恨'的时候，他还应当记得自己的'革命'是为着群众，自己的诗总也是写给群众读的，他难道不应当找些真正能够表现愤恨的内容的词句给群众，而只去钞袭宗法社会里的辱骂的滥调?! 除非是只想装些凶狠的鬼脸，而不是什么真正的革命诗人，才会如此。所以鲁迅说'辱骂决不是战斗'是完全正确的。替这种辱骂来辩护，那才不知道是什么倾向的什么主义了。可以说，这是和封建'文化'妥协的尾巴主义……他们的立场是离开真正的战斗，而用一些空洞的词句，阿Q式的咒骂和自欺，来代替战斗了。我们认为鲁迅那封《恐吓辱骂决不是战斗》的信倒的确是提高文化革命斗争的任务的，值得我们的研究；我们希望首甲等不单在口头上反对'左'倾关门主义和右倾机会主义，而能够正确的了解和纠正自己的机会主义的错误。"①

（二）文学批评者代表

1. 周作人

此时期周作人的文艺理论思想，主要集结在散文集《周作人散文钞》（上海开明书店，1932年8月）所录《〈陶庵梦忆〉序》《草木虫鱼小引》等篇章，著作《中国新文学的源流》（北平人文书店，1932年9月），以及《〈中国新文学大系（散文一集）〉导言》（上海良友图书印刷公司，1935年8月）。

---

① 瞿秋白:《鬼脸的辩护——关于首甲等的批评》，载《瞿秋白文集》（第二卷：文艺杂著续辑），北京：人民文学出版社，1953年10月，第407—411页。

这些文艺思想中最核心的旨趣是，掘深和拓展周作人所秉持的个性文学观。具体的建树则体现为"言志与载道"和"即兴与赋得"两组赋时代新意予传统阐释的文学主张。《中国新文学的源流》第二讲"中国文学的变迁"写道："上次讲到文学最先是混在宗教之内的，后来因为性质不同分化了出来。分出之后，在文学的领域内马上又有了两种不同的潮流：（甲）诗言志——言志派（乙）文以载道——载道派。"① 第三讲"清代文学的反动（上）——八股文"写道："言志派的文学，可以换一名称，叫做'即兴的文学'，载道派的文学也可以换一名称，叫做'赋得的文学'。古今来有名的文学作品，通是即兴文学。例如诗经上没有题目，庄子也原无篇名，他们都是先有意思，想到就写下来，写好后再从文字里将题目抽出。'赋得的文学'是先有题目然后再按题作文。自己想出的题目，作时还比较容易，考试所出的题目便有很多的限制，自己的意见不能说，必须揣摩题目中的意思。"②

关于言志与载道，周作人在《自己所能做的》（1937年4月24日）中补充："我当时用这两个名称的时候的确有一种主观，不曾说得明了，我的意思以为言志是代表诗经的，这所谓志即是诗人各自的情感，而载道是代表唐宋文的，这所谓道乃是八大家共通的教义，所以二者是绝不相同的。现在如觉得有点缠夹，不妨加以说明云：凡载自己之道者即是言志，言他人之志者亦是载道。"③

周作人所构建的文学理论以及对散文乃至整个新文学领域做出的卓越功绩，因他本人初始的文学信仰以及后来在面对左右两派文学纷争选择逃避现实而趋向消沉。初始的文学信仰除前面所

①周作人：《中国新文学的源流》，北平：人文书店，1932年9月，第34页。
②同上，第70—71页。
③周作人：《自己所能做的》，载《秉烛后谈》，北京：新民印书馆，1944年9月，第5—6页。

述外，这里补充文学批评见解。早在写于 1923 年 7 月 25 日的
《〈自己的园地〉序》中，周作人就表达了如下批评观："这五十三
篇小文，我要申明一句，并不是什么批评。我相信批评是主观的
欣赏不是客观的检察，是抒情的论文不是盛气的指摘；然而我对
于前者实在没有这样自信，对于后者也还要有一点自尊，所以在
真假的批评两方面都不能比附上去。简单的说，这只是我的写在
纸上的谈话，虽然有许多地方更为生硬，但比口说或者也更为明
白一点了。"①

　　面对左右两派文学纷争逃避现实则主要表现在，先是 1930 年
秋所作的《草木虫鱼小引》（《骆驼草》1930 年第 23 期）中，周作
人自述："在写文章的时候，我常感到两种困难，其一是说什么，
其二是怎么说。据胡适之先生的意思这似乎容易解决，因为只要
'要说什么就说什么'和'话怎么说就怎么说'便好了，可是在我
这就是大难事。有些事情固然我本不要说，然而也有些是想说的，
而现在实在无从说起。不必说到政治大事上去，即使偶然谈谈儿
童或妇女身上的事情，也难保不被看出反动的痕迹，其次是落伍
的证据来，得到古人所谓笔祸。……但是我个人却的确是相信文
学无用论的。我觉得文学好像是一个香炉，他的两旁边还有一对
蜡烛台，左派和右派。无论那一边是左是右都没有什么关系，这
总之是有两位，即是禅宗与密宗，假如容我借用佛教的两个名称。
文学无用，而这左右两位是有用，有能力的。……我在此刻还觉
得有许多事不想说，或是不好说，只可挑选一下再说，现在便姑
且择定了草木虫鱼，为什么呢？第一，这是我所喜欢，第二，他
们也是生物，与我们很有关系，但又到底是异类，由得我们说话。

　　①周作人：《〈自己的园地〉序》，载《自己的园地》，北京：晨报社出版
部，1923 年 10 月再版，第 1 页。

448

万一讲草木虫鱼还有不行的时候，那么这也不是没有办法，我们可以讲讲天气罢。"①

接着，周作人在《中国新文学的源流》第一讲"关于文学之诸问题"中写道："从前面我所说的许多话中，大家当可看得出：文学是无用的东西。因为我们所说的文学，只是以达出作者的思想感情为满足的，此外再无目的之可言。……我说：欲使文学有用也可以，但那样已是变相的文学了。椅子原是作为座位用的，墨盒原是为写字用的，然而，以前的议员们岂不是曾在打架时作为武器用么？在打架的时候，椅子墨盒可以打人，然而打人却终非椅子和墨盒的真正用处。文学亦然。"② 附录一"论八股文"中写道："八股算已经死了，不过，它正如童话里的妖怪，被英雄剁做几块，它老人家整个是不活了，那一块一块的却都活着，从那妖形怪势上看来，可以证明老妖的不死。……吴稚晖公说过，中国有土八股，有洋八股，有党八股，我们在这里觉得未可以入废言。"③

最后，1934 年发生的自寿诗风波将其推向高潮。《人间世》1934 年创刊号上刊出苦茶庵（周作人）的《偶作打油诗二首》："前世出家今在家，不将袍子换袈裟。街头终日听谈鬼，窗下通年学画蛇。老去无端玩骨董，闲来随分种胡麻。旁人若问其中意，且到寒斋吃苦茶。"④ "半是儒家半释家，光头更不着袈裟。中年意趣窗前草，外道生涯洞里蛇。徒羡低头咬大蒜，未妨拍桌拾芝麻。

①周作人：《草木虫鱼小引》，载《周作人散文钞》，上海：开明书店，1932 年 8 月，第 112—116 页。

②周作人：《中国新文学的源流》，北平：人文书店，1932 年 9 月，第 29—31 页。

③同上，第 117—123 页。

④苦茶庵：《偶作打油诗二首》，载《人间世》1934 年第 1 期，第 4 页。

谈狐说鬼寻常事，只欠工夫吃讲茶。"①

彼时正值周作人五十寿辰，此二首打油诗也被冠以"五十自寿诗"之名，同期刊出沈尹默、刘半农、林语堂三人的唱和诗《和岂明先生五秩寿诗原韵》。稍后，蔡元培、沈兼七、钱玄同等友人相继在《人间世》第二、三期发表唱和诗助兴。周作人消极的自寿诗以及文坛大家们的和诗事件，一时惹得舆论哗然，群起而攻之。我们在早已与周作人失和的兄长鲁迅于1934年4月30日致友人的信件《致曹聚仁》中，可见他对和诗风波的看法以及当时之境况："周作人自寿诗，诚有讽世之意，然此种微辞，已为今之青年所不憭，群公相和，则多近于肉麻，于是火上添油，遂成众矢之的，而不作此等攻击文字，此外近日亦无可言。此亦'古已有之'，文人美女，必负亡国之责，近似亦有人觉国之将亡，已在卸责于清流或舆论矣。"②

周作人在《苦茶庵打油诗》（1944年9月10日）中对此事件自述云："民国二十三年的春天，我偶然写了两首打油诗，被林语堂先生拿去在《人间世》上发表，硬说是五十自寿，朋友们觉得这倒好嬉子，有好些人寄和诗来，其手写了直接寄在我这里的一部分至今都还保存着。如今计算起来已是十个年头荏苒的过去了，从书箱的抽屉里把这些手迹从新拿出来看，其中有几位朋友如刘半农、钱玄同、蔡子民诸先生现今都已不在，半农就在那一年的秋间去世，根据十年树木的例，墓木当已成抱了，时移世变，想起来真有隔生之感。有友人问，今年再来写他两首么。鄙人听了甚为惶悚，唯有采取作揖主义，连称不敢。为什么呢？当年那两

---

①苦茶庵：《偶作打油诗二首》，载《人间世》1934年第1期，第4页。

②鲁迅：《致曹聚仁》，载《鲁迅书信集》（上卷），北京：人民文学出版社，1976年8月，第534页。

首诗发表之后，在南方引起了不少的是非口舌，闹嚷嚷的一阵，不久也就过去了，似乎没甚妨害，但是拔草寻蛇，自取烦恼，本已多事，况且众口烁金，无实的毁谤看似无关重要，世间有些重大的事件往往可由此发生，不是可以轻看的事情。鄙人年岁徒增，修养不足，无菩萨投身饲狼之决心，日在戒惧，犹恐难免窥伺，更何敢妄作文诗，自蹈覆辙，此其一。以前所写的诗本非自寿，唯在那时所作，亦尚不妨移用，此次若故意去做，不但赋得难写得好，而且也未免肉麻了。"①

　　周作人在《〈自己的园地〉序》中主张的文学批评观在当时即引起郭沫若的质疑。郭沫若在《批评—欣赏—检察》（《创造周刊》1923 年第 25 期）中指出："《自己的园地》大多是介绍和批评——虽然作者自己不承认'批评'这个称谓，但我在此苦无适当的名词，……我想感谢我们作者的恐不仅止我一个人，而我一个人对于作者尤不得不感谢的，是读了作者自序中的一段话，使我对于'批评'的理论，加了一番考察和思索。……作者的谦逊态度，在这几句话里面我们尽可以看出。作者不自承是批评，并预先申明，望读者没误会：大约作者的文字，在一般俗见很容易误认为批评，所以他才预先设此防线。但据我读后的印象，我觉得集子里面尽有叙述主观欣赏的抒情的论文，便照作者对于批评的信念，也尽可以称为批评了，所以我说作者是在谦逊。作者的谦逊，是我们可羡而却难于企及的态度，这里面有自己的修养和自然的契机（如禀赋与年龄之类）存在，决不是可以一朝一夕勉强貌为的。但我对于作者关于批评的信念，则不免有几分怀疑。……我们人类精神绝没有离去客观世界而能绝然自动可能，文艺批评中的成分

---

　　①周作人：《苦茶庵打油诗》，载《立春以前》，上海：太平书局，1945 年 8 月，第 153 页。

客观的检察和主观的欣赏原只是互相联贯的作用。文艺批评在我国的文学史上，本无一定的系统和一定的方法可言，我们所谓近代的文艺是近世世界潮流的嫡衍，我们颇谓文艺批评也是这样。'批评'一字我们是从 Criticism 译来，而 Criticism 是从希腊的 Krinein 演出的。语源的意义本是'分别而判断'，我国译成'批评'，可以说是恰如其义了。'批评'的历史在欧西古代，亦如未受近代化以前的我国一样，虽有亚旦士多德的诗论和十六七世纪之交法国波亚罗 Boileau（1637—1711）的形式批评，但与我们的近代精神可以说是漫无何等关系。我们所谓近代的文艺批评是从法国的申徒白吾氏 Sainte—Beuve（1804—1869）开始。申徒白吾提倡自然主义的批评，注重'媒层'Milieu 的研究。他以为要研究一种作品当先研究作者的人格，作者的状态，作者的遗传，作者的境遇，作者的生涯等，然后再在作品中洞察其潜在的意义。他尊重他如此所得出的印象，如此所生出的感情，而破除旧有的形式批评论。他这种划分时期的精神和态度，英国的大批评家阿诺德氏 Malthew Arnold 称他为'人类所能达到的最完全的批评家'，他实可以无愧。他的批评方法和态度，但在他的后起者便分裂而不能复合了。泰奴 Taine 和安奈宽 Henne uin 的'科学的批评'，便承受他注重媒层研究的一个南极，幼尔鲁美特尔 Jule Lemaitre 和佛朗司 Anatole France 的'印象批评'，便是他尊重印象和感情的一个北极。泰奴氏在他的《英文学史》的绪言上把文艺的原动力归于人种，环境和时代的三项，他以为一国的文学只是国民状态的数学的总和，一人的文艺绝不是作家自主的产物，只是这三种外部因原的必然的成果。他把作家的个性抛弃了，把审美的情趣也抛弃了，只图在物质上冥收，而从事于科学的构成，他以为文艺研究和生物学的研究是一样。他这是为之太过，逐流而忘返，英国的申池白里氏 Saints bury 批评他，说他英文学史中所'散见的见解，并不是一个人的见解，是从一个学说所生出来的见解'。我们可以说不是酷评，如泰奴氏的批评法我们可以说是不是批评的正道。但是佛朗司氏等的印象主义的批评，亦只有批评之名而无批评之实。佛朗司氏他自己便是否定批评的人，他以为关于艺术的批评对于艺术的创作不唯无益而且有害。他们澈底的怀疑，澈底的享乐，他们以为学说、主义、好尚等均是一世的流行，个人的感想是孤独的梦想。艺术批评家只须在他人的作品之前保持着微妙的感性，如实地谈说他所得的印象。艺术的批评不在乎忠实地理解他人之作品，宁在乎以作品为媒介所生出的感想的艺术的表现。他们的受动的情思，只如小小的灯蛾，在灯前栩栩的飞舞，这怕是便是佛朗司所说的'灵魂的冒险'罢？文艺批评的可能性本依据于我们对于艺术作品的理解力。艺术作品由他的形式，内容和资料等等给予我们以种种的印象，而我们以这种种的印象依作品所暗示的一个方向复合而成为一个完整的世界：这便是我们对于一种作品的理解。所谓美的对象便是我们这第二次所构成的空中楼阁，这个空中楼阁便是我们的批评的对象。批评的精神不许我们只在这楼阁中盘桓欣赏，批评的精神要督率我们探讨这楼阁的构造和其所以美的来源，更要望我们生出一个有统一中心的自觉。瓦特斐德氏 Walter Pater 在他的《文艺复兴论》Renaissance 的序言上有一段极可注意的话：'审美的批评家把他所应接的一切物像；一切艺术的作品，和自然与人生的更优美的表形，看作势力或威力，各能生出多少特殊或独到的快感的。他感受这种影响，他希望用分析和还元的方法去说明。……审美批评家的职务便在表明，分析，净化出这种特质，凡是一张画，一种风景，一个生存的或书上的美的人格所借以生出特殊的"美"或"快乐"的印象的特质，在指示出那个印象的源泉是甚么，并且在甚么状态之下经验得那个印象。当他把那种特质解析清楚，而且记录下来，如像化学家

453

为他自己或他人，把一些自然的原素记录下来的一样，他的目的
便达到了；对于要达到这种目的的人有一定的规律很正确地表现
在一个近代的批评家批评申徒白吾的话里：——专心于精讨优美
的事物，且自养积到落落的方家，多能的古典文学者的地步。'……
我以为要这才是真正的批评的职务，要这才是对于批评家的真正
的要求。真正的批评家要谋理性与感性的统一，要泯却科学的态
度与印象主义的畛域，他不是漫无目标的探险家，他也不是知其
然而不知其所以然的盲目的陶醉者。批评的三段过程：（1）感受
to feel （2）解析 to disengage （3）表明 to set lorth，这是批评家所
必由之路。印象批评只在第一段上盘桓，科学的批评是在第二段
上走错了路：科学的批评家发现了一个空中楼阁，而他不寻求楼
阁之所以壮美，他却没头到追求构成楼阁的资料上去了。我在此
处还要附加我一层私人的意见，我以为真正的批评的动机除对于
美的欣赏以外，同时也还可以有一种对于丑的憎恨。创作的天才
不必常有，文艺的杰作也不必常见，在黄钟毁弃瓦釜雷鸣的时候，
对于瓦釜加以不恤的打击，我以为这也是批评家所当取的态度。
恶紫所以爱朱，黑郑声所以护雅，纠正一般作家与群然的谬误，
唤醒真正的文艺精神，拨云雾而见青天，我以为这种消极的审美
批评也可以存立。所以'盛气的指摘'不必便是假的批评，只要
批评家对于丑的对象感受了谠实的憎恨，他要解释他丑之所以丑
而阐示于群众，这在丑的作家或者难以为情，然为尊重文艺起见，
批评家尽可以执行其良心的命令。我以为批评的真假不能以批评
的方法和趋向上区分，批评的真假应该以批评家的人格为准则。
阿诺德以为批评是一种没利害的努力，（A disintested endeavor）：
这种没利害的心境 disinterestedness 是做批评家的先决条件，瓦特
裴德所主张的纯一的生活，也就这种态度的努力。"①

----

①郭沫若：《批评—欣赏—检察》，载《沫若全集》，上海：新文化书局，
1931 年 11 月，第 337—346 页。

2. 刘西渭（李健吾）

刘西渭（李健吾的笔名），剧作家、文学批评家、翻译家。1930年毕业于清华大学，1931年赴法国巴黎留学，1933年回国先后在国立暨南大学、上海孔德研究所、上海市戏剧专科学校、北京大学、中国科学院等任职。渊博明通的中外学识，温柔敦厚的美德习性，严正不苟的批评精神，以及孤寂典雅的品鉴旨趣，加之《边城》《画梦录》《鱼目集》《上海屋檐下》等同时代不同体例的批评对象，这一切塑成了此时期中国文坛出类拔萃的文学批评者——刘西渭，其作品也因见解宏富、行文舒畅而成为文学批评的典范。代表作有《福楼拜评传》（上海商务印书馆，1935年12月）和《咀华集》（上海文化生活出版社，1936年12月）。

我们在前述文学论争事件以及周作人自寿诗风波中可见当时文坛批评之境况，批评不仅局限在文学的内部关系，更多的则是基于文学的外部关系。对此，刘西渭在《〈咀华集〉跋》（1936年10月21日）中提出："犹如书评家，批评家的对象也是书。批评的成就是自我的发见和价值的决定。发见自我就得周密，决定价值就得综合。一个批评家是学者和艺术家的化合，有颗创造的心灵运用死的知识。他的野心在扩大他的人格，增深他的认识，提高他的鉴赏，完成他的理论。创作家根据生料和他的存在，提炼出来他的艺术；批评家根据前者的艺术和自我的存在，不仅说出见解，进而企图完成批评的使命，因为它本身也正是一种艺术。但是，临到实际，我是说临到价值的决定，一切只是束手无策，尽人心焉而已。这就是为什么，到了自己，我不得不降心以从，努力来接近对方——一个陌生人——的灵魂和它的结晶。我也许误入歧途，我也许废话连篇，我也许不免隔靴搔痒。但是，我用我全份的力量来看一个人潜在的活动，和聚在这深处的蚌珠。我必须记住考勒瑞几对于年轻人的忠告：it is always unwise to judge of anything by its defects：the first attempt ought to be to discover its excellences. 我用心发见对方好的地方。这不容易，往往因为资质粗陋，最后我倒多是望洋兴叹。我这样安慰自己：一个人生命有限，与其耗费于无谓的营养，不如用来多读几部作品，既然自己不能制造几部值得一读的作品。所以，我的工作只是报告自己读书的经验。如若经验浅肤，这至少还是我的。批评最大的挣扎是公平的追求。但是，我的公平有我的存在限制，我用力甩掉我深厚的个性（然而依照托尔斯泰，个性正是艺术上成就的一个条件），希冀达到普遍而永久的大公无私。人力有限，我或许中道溃败，株守在我与世无闻的家园。当一切不尽可靠，还有自我不至于滑出体验的核心。然而，另外一个原因，不如说另外一个反动，是由于我厌憎既往（甚至于现时）不中肯然而充满学究气息的评论或者攻讦。批评变成一种武器，或者等而下之，一种工具。句句落空，却又恨不把人凌迟处死。谁也不想了解谁，可是谁都抓住对方的隐匿，把揭发私人的生活看做批评的根据。大家眼里反映的是利害，于是利害仿佛一片乌云，打下一阵暴雨，弄湿了弄脏了彼此的作品。于是，批评变成私人和字句的指摘，初不知字句属于全盘的和谐，私人有损一己的道德。但是，正相反，我并不打算信口开河，一意用在蓁维。莫瑞（Middleton Murry）先生曾经特别叮咛，尤其是在现时，一个批评者应当诚实于自己的恭维。用不着谩骂，用不着誉扬，因为临到读书的时节，犹如德·拉·麦尔 Walter de la Mare 诗人所谓，分析一首诗好像把一朵花揉成片片。冷静下头脑去理解，潜下心去体味，然后，实际得到补益的是我，而受到损失的，已然就是被我咀嚼的作品——那朵每早饮露餐阳的鲜花。"①

---

① 刘西渭：《〈咀华集〉跋》，载《咀华集》，上海：文化生活出版社，1936 年 12 月，第 1—3 页。

正是践行着上述文学批评信条，刘西渭选择了曹禺创作生涯初期的《雷雨》作为批评对象。他在《〈咀华二集〉跋》中有述："《咀华集》缩小了批评的圈子：'共有十七篇文章，被批评的作者是十一二个，这些作家除巴金例外，其余都是不被社会文艺界的人们所注意的。'刘西渭先生很是赧然，原来他所褒贬的著作，'除巴金例外'，它们的作者全都无名。当然，刘西渭先生颂扬曹禺先生的时候，几乎没有多少人'注意'。然而如今欧阳先生早经入木，曹禺先生却已妇孺皆知。"①

彼时创作虽进入成熟期，然并未驰誉文坛的沈从文也成为李健吾的关切对象。《〈篱下集〉——萧乾先生作》写道："一家铺面的门额，通常少不了当地名流的款识。一个外乡人，孤陋寡闻，往往忽略落款的题签，一径去寻找那象征的标志，例如一面酒旗子，纸幌子，种种奇形怪状的本色，那样富有野蛮气息，那样燃灼愚人的智慧，而又那样呈有无尽的诗意或者画意。《篱下集》好比乡村一家新张的店铺，前面沈从文先生的题记正是酒旗子一类名实相符的物什。我这落魄的下第才子，有的是牢骚，有的是无聊，然而不为了饮，却为了品，所以不顾酒保无声的殷勤，先要欣赏一眼竿头迎风飘飘的布招子。短短一千余字的题记却是一篇有力的宣言，态度率直的解释。沈从文先生把人——文人——分做乡下人城里人。他厌恶庸俗的后者，崇拜有朝气的前者。引人注目的更是他（一个乡下人）写作的信仰。我们不妨把这段话完全抄来，做为推考的凭证：'曾经有人询问我"你为什么要写作?"''我告他我这个乡下人的意见："因为我活到这世界里有所爱。美丽，清洁，智慧，以及对全人类幸福的幻影，皆永远觉得

---

① 刘西渭：《〈咀华二集〉跋》，载《咀华二集》，上海：文化生活出版社，1942 年 1 月，第 160—161 页。

是一种德性，也因此永远使我对它崇拜和倾心。这点情绪同宗教情绪完全一样。这点情绪促我来写作，不断的写作，没有厌倦，只因为我将在各个作品各种形式里，表现我对于这个道德的努力。……生活或许使我平凡与堕落，我的感情还可以向高处跑去，生活或许使我孤单独立，我的作品将同许多人发生爱情同友谊。'"我们必须承认，这是也作品里面自来表现的人生观的透辟的启示。如《边城》，这颗精莹的明珠，当我们看完思索的时候，我们便要觉出这段启示的真诚和分量。他颂扬人类的'美丽与智慧'。人类的'幸福'即使是'幻影'，对于他也是一种'德性'，因而'努力'来抓住，用'各种形式'表现出来。这不仅是一种心向往之的理想，而是和'宗教情绪完全一样'的情绪。但是，读者，当我们放下《边城》那样一部证明人性皆善的杰作，我们的情思是否坠着沈重的忧郁？我们不由问自己，何以和朝阳一样明亮温煦的书，偏偏染着夕阳西下的感觉？为什么一切良善的歌颂，最后总埋在一阵凄凉的幽噎？为什么一颗赤子之心，渐渐褪向一个孤独者淡淡的灰影？难道天真和忧郁竟然不可分开吗？自然，这和故事的进展相成相长。然而什么使作者这样编排他的故事，换一句话，有什么势力在意识里作祟，隐隐底定这样一部作品的色彩，感觉和趋止？不知道读者如何解答，至于我，涌上我心头的，是浪漫主义一个名词，或者说准确些，卢骚这些浪漫主义者的形像。我不是说沈从文先生，甚至于萧乾先生，属于浪漫主义。一个名词不是一部辞海，也不是一张膏药，可以点定一个复杂的心灵活动的方向。天才之所以成为天才，不在两两相同，而在各自禀赋的殊异。然而，这止不住一种共同或者近似的气息流贯在若干人的作品中间。一个人的每部作品不见其属于同一情调，而同一情调往往主有若干不同作家的作品。《九歌》《九章》可以成为两种境界，《服鸟赋》可以具有《离骚》的情绪。所以，浪漫主义在文学史上作成一个时代的区分，到了批评上，却用来解释普遍的人性的一面。让我们引来卢骚一段话，饶恕上面的赘疣：'世上除去人，还有什么东西知道观察此外的一切，估量，筹划，逆料它们的行动，它们的效律，把共同生存的情绪和单独生存的情绪连结在一起的？……我能够爱善，行善；而我拿自己和兽相比，卑贱的人，是你可怜的哲学把你弄得和它们相仿；或者不如说，你白想弄糟你自己；你的禀赋天生和你的原则作对；你行善的心情否认你的理论，甚至于你官能的妄用，随你怎样也罢，全证明你官能的优越。'人为万物之灵。犹如孟子，浪漫主义者相信人性本善，罪恶由于社会组织的不良，或者学识的发展。人生来寻找幸福，因为寻找幸福，反而陷入痛苦的漩涡。同时寂寞，在这四顾茫茫的人海，注定是超人的命运。他把情绪藏在心头，把苦楚放在纸上。火在里面烧起，一直延到无远无近的地域。因而读到十九世纪初叶的文学，我们遇见的几乎全是眼泪鼻涕和呜咽。人类的良善和自然的美好终结在个性的发扬，而个性不蒙社会青眼，或者出于有意，独自站在山头傲啸，或者出于无心，听其沈在人海湮迹。精神上全是孤独。忧郁是这里仅有的花朵。所以，与其把忧郁看做一种结果，不如看做一种本质。沈从文先生（实际谁又不是？例如萧乾先生）具有浪漫主义的气质，同时拥有广大的同情和认识。说到这里，我们不由想起桑乔治，特别当她晚年，她把女性的品德扩展成人类的汎爱（唯其是女子，尤为难得），她有一封信说到自己道：'你太爱文学；这会毁了你，而你毁不了人类的愚骏。至于我，可怜的亲爱的愚骏，我不唯不恨，反而用母亲的眼睛看着；因为这是一个童年，而童年全属神圣。……你忘记了还有超于艺术之上的东西：例如智慧。艺术再高，也只是它的表现。智慧含有一切：美丽，真实，良善，因而热情。它教我们观看我们以外的更高尚的事物，教我们因思维和赞美而渐渐和它同化。'她的幸福就是接受人生，即今人生丑恶也罢。然而沈从文先生，不像卢骚，不像桑乔治，在他的忧郁和同情之外，具有深湛的艺术自觉，犹如唐代传奇的作者，用故事的本身来撼动，而自己从不出头露面。这是一串绮丽的碎梦，梦里的男女全属良民。命运更是一阵微风，掀起裙裾飘带，露出永生的本质——守本分者的面目，我是说，忧郁。"[1]

上述批评文章显出刘西渭通透的艺术直感，如同他首提批评"本身也正是一种艺术"[2]。巴金在读过刘西渭的《〈爱情的三部曲〉——巴金先生作》批评文后，提笔在《〈爱情的三部曲〉作者的自白》答辩文中写道："当你说：'雾的对象是迟疑，雨的对象是矛盾，电的对象是行动'，那时候你似乎逼近了我的'思想的中心'，但一转眼你就滑了过去（好流畅的文笔！真是一泻千里，叫人追不上）！再一望，你已经流到千里以外了，我读你的文章，我读一段我赞美一段。"[3]

3. 朱光潜

朱光潜，中学毕业入读武昌高等师范学校，后进香港大学文学院攻读，1922 年毕业。1925 年赴英国爱丁堡大学、法国斯特拉斯堡大学等研究文学、心理学，获硕士和博士学位。1933 年回国历任北京大学、四川大学、武汉大学等教职，1946 年起一直任教于北京大学。

朱光潜的批评著作偏重从美学、心理学视角探究文学，代表作

---

①刘西渭：《〈篱下集〉——萧乾先生作》，载《咀华集》，上海：文化生活出版社，1936 年 12 月，第 87—93 页。

②刘西渭：《〈咀华集〉跋》，载《咀华集》，上海：文化生活出版社，1936 年 12 月，第 1 页。

③巴金：《〈爱情的三部曲〉作者的自白》，载刘西渭《咀华集》，上海：文化生活出版社，1936 年 12 月，第 39 页。

有《给青年的十二封信》（上海开明书店，1929 年 3 月）、《谈美》
（上海开明书店，1932 年 12 月）、《孟实文钞》（上海良友图书印刷公
司，1936 年 4 月）和《文艺心理学》（上海开明书店，1936 年 7 月）。

《谈美》，收录《我们对于一棵古松的三种态度——实用的，
科学的，美感的》《当局者迷旁观者清——艺术和实际人生的距
离》《"子非鱼安知鱼之乐"——宇宙的人情化》《希腊女神的雕像
和血色鲜丽的英国姑娘——美感与快感》《记得绿罗裙处处怜芳
草——美感与联想》《灵魂在杰作中的冒险——考证批评与欣赏》
《情人眼底出西施——美与自然》《依样画葫芦——写实主义和理想
主义的错误》《大人者不失其赤子之心——艺术与游戏》《空中阁
楼——创造的想像》《超以象外得其环中——创造与情感》《从心
所欲不逾矩——创造与格律》《不似则失其所以为诗似则失其所以
为我——创造与摹仿》《读书破万卷下笔如有神——天才与灵感》
《慢慢走欣赏啊——人生的艺术化》15 篇文论。

《我们对于一棵古松的三种态度——实用的，科学的，美感
的》节选："实用的态度以善为最高目的，科学的态度以真为最高
目的，美感的态度以美为最高目的。在实用态度中，我们的注意
力偏在事物对于人的利害，心理活动偏重意志；在科学的态度中，
我们的注意力偏在事物间的互相关系，心理活动偏重抽象的思考；
在美感的态度中，我们的注意力专在事物本身的形相，心理活动
偏重直觉。真善美都是人所定的价值，不是事物所本有的特质。
离开人的观点而言，事物都混然无别，善恶真伪美丑就漫无意义。
真善美都含有若干主观的成分。"[1]

《当局者迷旁观者清——艺术和实际人生的距离》主张："种

---

[1] 朱光潜：《我们对于一棵古松的三种态度——实用的，科学的，美感
的》，载《谈美》，上海：开明书店，1932 年 12 月，第 10—11 页。

田人常羡慕读书人，读书人也常羡慕种田人。……人常是不满意自己的境遇而羡慕他人的境遇，所以俗语说：'家花不比野花香'。人对于现在和过去的态度也有同样的分别。本来是很酸辛的遭遇到后来往往变成很甜美的回忆。……这些经验你一定也注意到的。它们是什么缘故呢？这全是观点和态度的差别。看倒影，看过去，看旁人的境遇，看稀奇的景物，都好比站在陆地上远看海雾，不受实际的切身的利害牵绊，能安闲自在的玩味目前美妙的景致。看正身，看现在，看自己的境遇，看习见的景物，都好比乘海船遇着海雾，只知它妨碍呼吸，只嫌它耽误程期，预兆危险，没有心思去玩味它的美妙。持实月的态度看事物，它们都只是实际生活的工具或障碍物，都只能引起欲念或嫌恶。要见出事物本身的美，我们一定要从实用世界跳开，以'无所为而为'的精神欣赏它们本身的形相。总而言之，美和实际人生有一个距离，要见出事物本身的美，须把它摆在适当的距离之外去看。……我说'距离'时总不忘冠上'适当的'三个字，这是要注意的。'距离'可以太过，可以不及。艺术一方面要能使人从实际生活牵绊中解放出来，一方面也要使人能了解，能欣赏。'距离'不及，容易使人回到实用世界，距离太远，又容易使人无法了解欣赏。……一般人不能把切身的经验放在一种距离以外去看，所以情感尽管深刻，经验尽管丰富，终不能创造艺术。"①

《孟实文钞》，收录《序》《我与文学》《谈学文艺的甘苦》《谈趣味》《诗的主观与客观》等 16 篇文章。

《诗的隐与显——关于王静安的〈人间词话〉的几点意见》全文："从前中国谈诗的人往往欢喜拈出一两个字来做出发点，比如

---

①朱光潜：《当局者迷旁观者清——艺术和实际人生的距离》，载《谈美》，上海：开明书店，1932 年 12 月，第 15—23 页。

严沧浪所说的'兴趣'，王渔洋所说的'神韵'，以及近来王静安所说的'境界'，都是显著的例。这种办法确实有许多方便，不过它的毛病在笼统。我以为诗的要素有三种：就骨子里说，它要表现一种情趣；就表面说，它有意象，有声音。我们可以说，诗以情趣为主，情趣见于声音，寓于意象。这三个要素本来息息相关，折不开来的；但是为正名析理的方便，我们不妨把它们分开来说。诗的声音问题牵涉太广，因为篇幅的限制，我把它丢开，现在专谈情趣与意象的关系。近二三十年来中国学者关于文学批评的著作，就我个人所读过的来说，似以王静安先生的《人间词话》为最精到。比如他所说的诗词中'隔'与'不隔'的分别是从前人所未道破的。我现在就拿这个分别做讨论'诗的情趣和意象'的出发点。王先生说：'问隔与不隔之别。曰，陶谢之诗不隔，延年则稍隔矣；东坡之诗不隔，山谷则稍隔矣。"池塘生春草"，"空梁〔梁〕落燕泥"等二句妙处唯在不隔。词亦如是。即以一人一词论，如欧阳公《少年游·咏春草》上半阕云："阑干十二独凭春，晴碧远连云，二月三月，千里万里，行色苦愁人。"语语都在目前，便是不隔，至云"谢家池上，江淹浦畔"，则隔矣。'（《人间词话》十八至十九页）王先生不满意于姜白石，说他'格韵虽高，然如雾里看花，终隔一层'。在这些实例中王先生只指出隔与不隔的分别，却没有详细说明他的理由，对于初学似有不方便处。依我看来，隔与不隔的分别就从情趣和意象的关系中见出。诗和一切其他艺术一样，须寓新颖的情趣于具体的意象。情趣与意象恰相熨贴，使人见到意象便感到情趣，便是不隔。意象含糊或空洞，情趣浅薄，不能在读者心中产生明了深刻的印象便是隔。比如'谢家池上'是用'池塘生春草'的典，'江淹浦畔'是用《别赋》'春草碧色，春水绿波，送君南浦，伤如之何？'的典。谢诗江赋原来都不隔，何以入欧词便隔呢？因为'池塘生春草'和'春草

碧色'数句都是很具体的意象，都有很新颖的情趣。欧词因春草
的联想而把它们拉来硬凑成典故，'谢家池上，江淹浦畔'意象既
不明了，情趣又不真切，所以'隔'。王先生论隔与不隔的分别，
说隔'如雾里看花'，不隔为'语语都在目前'，也嫌不很妥当，
因为诗原来有'显'和'隐'的分别，王先生的话太偏重'显'
了。'显'与'隐'的功用不同，我们不能要一切诗'显'。说赅
括一点，写景的诗要'显'，言情的诗却要'隐'。梅圣俞说诗
'状难写之景如在目前，含不尽之意见于言外'，就是看到写景宜
显写情宜隐的道理。写景不宜隐，隐易流于晦；写情不宜显，显
易流于浅。谢朓的'余霞散成绮，澄江静如练'，杜甫的'细雨鱼
儿出，微风燕子斜'，以及林逋的'疏影横斜水清浅，暗香浮动月
黄昏'诸诗在写景中为杰作，妙处正在能'显'，如梅圣俞所说的
'状难写之景如在目前'。秦少游的《水龙吟》首二句'小楼连苑
横空，下窥绣毂雕鞍骤'，苏东坡讥诮他说，'十三个字只说得一
个人骑马楼前过'。它的毛病也就在不显。言情的杰作如古诗：
'步出城东门，遥望江南路，前日风雪中，故人从此去'，'河汉清
且浅，相去复几许？盈盈一水间，脉脉不得语'！李白的'玉阶生
白露，夜久侵罗袜，却下水晶帘，玲珑望秋月'以及晏几道的
'昨夜西风凋碧树，独上高楼，望尽天涯路'诸诗妙处亦正在
'隐'，如梅圣俞所说的，'含不尽之意，见于言外'。深情都必缠绵
委婉，显易流于露，露则浅而易尽。温庭筠的《忆江南》：'梳洗
罢，独倚望江楼，过尽千帆皆不是，斜晖脉脉水悠悠。肠断白蘋
洲。'在言情诗中本为妙品，但是收语就微近于'显'，如果把
'肠断白蘋洲'五字删去，意味更觉无穷。他的《瑶瑟怨》的境界
与此词略同，却没有这种毛病'冰簟银床梦不成，碧天如水夜云
轻，雁声远过潇湘去，十二楼中月自明。'我们细味二诗的分别，
便可见出'隐'的道理了。王渔洋常取司空图的'不着一字，尽

得风流'和严羽的'羚羊挂角，无迹可寻'四语为'诗学三昧'。这四句话都是'隐'字的最好的注脚。懂得诗的'显'与'隐'的分别，我们就可以懂得王静安先生所看出来的另一个分别，这就是'有我之境'与'无我之境'的分别。他说：'有有我之境，有无我之境。"泪眼问花花不语，乱红飞过秋千去"，"可堪孤馆闭春寒，杜鹃声里斜阳暮"，有我之境也；"采菊东篱下，悠然见南山"，"寒波澹澹起，白鸟悠悠下"，无我之境也。有我之境，以我观物，故物皆著我之色彩；无我之境，以物观物，故不知何者为我，何者为物。'王先生在这里所指出的分别实在是一个很精微的分别，不过从近代美学观点看，他所用的名词有些欠妥。他所谓'以我观物，故物皆著我之色彩'，就是近代美学所谓'移情作用'。'移情作用'的发生是由于我在凝神观照事物时，霎时间由物我两忘而至物我同一，于是以在我的情趣移注于物：换句话说，移情作用就是'死物的生命化'，或是'无情事物的有情化'。这种现象在注意力专注到物我两忘时才发生，从此可知王先生所说的'有我之境'实在是'无我之境'。他的'无我之境'的实例为'采菊东篱下，悠然见南山'，'寒波澹澹起，白鸟悠悠下'，都是诗人在冷静中所回味出来的妙境，都没有经过移情作用，所以其实都是'有我之境'。我以为与其说'有我之境'和'无我之境'，不如说'超物之境'和'同物之境'。'感时花溅泪，恨别鸟惊心'，'徘徊花上月，虚度可怜宵'，'数峰清苦，商略黄昏雨'，都是同物之境。'鸢飞戾天，鱼跃于渊'，'微雨从东来，好风与之俱'，'兴阑啼鸟散，坐久落花多'，都是超物之境。王先生以为'有我之境'（其实是'无我之境'，即'同物之境'）比'无我之境'（其实是'有我之境'，即'超物之境'）品格较低，但是没有说出理由来。我以为'超物之境'所以要于'同物之境'者就由于'超物之境'隐而深，'同物之境'显而浅。在'同物之境'中物我两忘，我设身于物而分享其生命，人情和物理相渗透而我不觉其渗透。在'超物之境'中，物我对峙，人情和物理卒然相遇，默默相契，骨子里它们虽是欣合，而表面上却仍是两回事。在'同物之境'中作者说出物理中所寓的人情，在'超物之境'中作者不言情而情自见。'同物之境'有人巧，'超物之境'见天机。要懂得这个道理，我们最好比较下面三个实例看：一、水似眼波横，山似眉峰聚。二、数峰清苦，商略黄昏雨。三、采菊东篱下，悠然见南山。山气日夕佳，飞鸟相与还。第一例是修词学中的一种显喻（simile），第二例是隐喻（metaphor），二者隐显不同，深浅自见。第二例又较第三例为显，前者是'同物之境'，后者便是'超物之境'，一尖新，一混厚，品格高低也很易辨出。显与隐的分别还可以从另一个观点来说，西方人曾经说过：'艺术最大的秘诀就是隐藏艺术。'有艺术而不叫人看出艺术的痕迹来，有才气而不叫人看出才气来，这也可以说是'隐'。这种'隐'在诗极为重要。诗的最大目的在抒情不在逞才。诗以抒情为主，情寓于象，宜于恰到好处为止。情不足而济之以才，才多露一分便是情多假一分。做诗与其失之才胜于情，不如失之情胜于才。情胜于才的仍不失其为诗人之诗，才胜于情的往往流于雄辩。穆勒说过：'诗和雄辩都是情感的流露而却有分别。雄辩是"让人听到的"（heard），诗是"无意间被人听到的"（overheard）。'我们可以说，雄辩意在'炫'，诗虽有意于'传'而却最忌'炫'。'炫'就是露才，就是不能'隐'。我们可以举一个例来说明这个分别。秦少游《踏莎行》中'郴江幸自绕郴山，为谁流下潇湘去'二语最为苏东坡所赏识，王静安在《人间词话》里却说：'少游词境最为凄惋，至"可堪孤馆闭春寒，杜鹃声里斜阳暮"，则变而为凄厉矣。东坡赏其后二语，犹为皮相。'专就这一首词说，王的趣味似高于苏，但是他的理由却不十分充足。'可堪孤馆闭春寒'二句胜于'郴江幸自绕郴山'二句，不仅因为它'凄厉'，而尤在它能以情御才而才不露。'郴江'二句虽亦具深情，究不免有露才之玷。'前日风雪中，故人从此去'，'平畴交远风，良苗亦怀新'，'但屈指西风几时来，又不道流年暗中偷换'，都是不露才之语；'树摇幽鸟梦'，'桃花乱落如红雨'，'大江东去，浪淘尽千古风流人物'，都是露才之语。这种分别虽甚微而却极重要。以诗而论，李白不如杜甫，杜甫不如陶潜；以词而论，辛弃疾不如苏轼，苏轼不如李后主，分别全在露才的等差。中国诗愈到近代，味愈薄，趣愈偏，亦正由于情愈浅，才愈露。诗的极境在兼有平易和精炼之胜。陶潜的诗表面虽然平易而骨子里却极精炼，所以最为上乘。白居易止于平易，李长吉、姜白石都止于精炼，都不免较逊一筹。诗的'隐'与'显'的分别在谐趣中尤能见出。诗人的本领在能于哀怨中见出欢娱。在哀怨中见出欢娱有两种，一是豁达，一是滑稽。豁达者澈悟人生世相，觉忧患欢乐都属无常，物不能羁縻我而我则能超然于物，这种'我'的醒觉便是欢娱所自来。滑稽者见到事物的乖讹，只一味持儿戏态度，谑浪笑傲以取乐。豁达者虽超世而却不忘情于淑世，滑稽者则由厌世而玩世。陶潜、杜甫是豁达者，东方朔、刘伶是滑稽者，阮籍、嵇康、李白则介乎二者之间。豁达者和滑稽者都能诙谐，但是却有分别。豁达者的诙谐是从悲剧中看透人生世相的结果，往往沈痛深刻，直入人心深处。滑稽者的诙谐起于喜剧中的乖讹，只能取悦浮浅的理智，乍听可惊喜，玩之无余味。豁达者的诙谐之中有严肃，往往极沈痛之致，使人卒然见到，不知是笑好还是哭好，例如古诗：'何不策高足，先据要路津？无为守穷贱，轗轲长〔长〕辛苦〔苦辛〕！'看来虽似作随俗浮沈的计算而其实是愤世嫉俗之谈。表面虽似诙谐而骨子里却极沈痛。陶潜《责子》诗末二句：'天运苟如此，且进杯中物！'和《挽歌辞》末二句：'但恨在世时，饮酒不得足！'都应该作如是观。滑稽者的诙谐往往表现于打油诗和其他的文学游戏，例如《论语》嘲笑苛捐杂税的话：'自古未闻粪有税，如今只剩屁无捐。'和王壬秋嘲笑时事的对联：'男女平权，公说公有理，婆说婆有理，阴阳合历，你过你的年，我过我的年。'乍看来都会使你发笑，使你高兴一阵，但是决不能打动你的情感，决不能使你感发兴起。诗最不易谐。如果没有至性深情，谐最易流于轻薄。古诗《焦仲卿妻》叙夫妻别离时的誓约说：'君当作磐石，妾当作蒲苇，蒲苇纫如丝，磐石无转移。'后来焦仲卿听到兰英被迫改嫁的消息，便引用这个比喻来讽刺她：'府君谓新妇，贺君得高迁！磐石方且厚，可以卒千年；蒲苇一时纫，便作旦夕间。'这种诙谐已近于轻薄，因为生离死别不是深于情者所能用讽刺的时候；但是它没有落入轻薄，因为它骨子里是沈痛语。同是谐趣，或为诗的极境，或简直不成诗，分别就在隐与显。'隐'为谐趣之中寓有沈痛严肃，'显'者一语道破，了无余味，'打油诗'多属于此类。陶潜和杜甫都是诗人中达到谐趣的胜境者。陶深于杜，他的谐趣都起于沈痛后的豁达。杜诗的谐趣有三种境界，一种为《茅屋为西风所破》和《示从孙济》所代表的境界，豁达近于陶而沈痛不及。一种为《北征》（'平生所娇儿'段）和《羌村》所代表的境界，是欣慰时的诙谐。一种为《饮中八仙歌》所代表的境界，颇类似滑稽者的诙谐。唐人除杜甫以外，韩愈也颇以谐趣著闻。但是他的谐趣中滑稽者的成分居多。滑稽者的诙谐常见于文字的游戏。韩愈做诗好用拗字险韵怪句，和他作《送穷文》《进学解》《毛颖传》一样，多少要以文字为游戏，多少要在文字上逞才气。例如他的《赠刘师复》：'羡君齿牙牢且洁，大肉硬饼如刀截。我今呀豁落者多，所存十余皆兀臲。匙钞烂饭稳送之，合口软嚼如牛呞。妻儿恐我生怅望，盘中不饤粟与梨。'就颇近于打油诗了。这种情境一两句笑话就可以说尽，本无做诗的必要，而他偏要做，不过觉得戏弄文字是一件趣事罢了。宋人的谐趣大半学韩愈和《饮中八仙歌》所代表的杜甫。他们缺乏至性深情，所以沈痛的诙谐最少见，而常见的诙谐大半是文字的游戏。苏轼是宋人最好的代表。他做诗好和韵，做词好用回文体，仍是带有韩愈用拗字险韵的癖性。他的赞美黄州猪肉的诗也可以和韩愈的'大肉硬饼如刀截'先后媲美。我们姑且选一首比较著名的诗来看着宋人的谐趣：'东坡先生无一钱，十年家火烧凡铅。黄金可成河可塞，只有霜须无由玄。龙邱居士亦可怜，谈空说有夜不眠。忽闻河东狮子吼，拄丈落手心茫然。'（苏轼《寄吴德仁兼简陈季常》诗首八句），这首诗的神貌都极似《饮中八仙歌》，其中谐趣出于滑稽者多，它没有落到打油诗的轻薄，全赖有几分豁达的风味来补救。它在诗中究非上乘，比较'何不策高足'、《责子》、《挽歌辞》以及《北征》诸诗就不免缺乏严肃沈痛之致了。"[1]

《从"距离说"辩护中国艺术》主张："艺术的世界仍然是在我们日常所接触的世界中发见出来的。艺术的创造都是旧材料的新综合。希腊神像的模型仍是有血有肉的凡人，但丁的地狱也还是拿我们的世界做蓝本。惟其是旧材料，所以观者能够了解；惟其是新综合，所以和实际人生有距离，不易引起日用生活的纷乱的联想。艺术一方面是人生的返照，一方面也是人生隔着一层透视镜而现出的返照。艺术家必了解人情世故，可是他能不落到人情世故的圈套里。欣赏者也是如此，一方面要拿实际经验来印证作品，一方面又要脱净实际经验的束缚。无论是创造或是欣赏，这'距离'都顶难调配得恰到好处。太远了，结果是不能了解；太近了，结果是不免让实际人生的联想压倒美感。……再说诗，

---

[1]朱光潜：《诗的隐与显——关于王静安的〈人间词话〉的几点意见》，载《孟实文钞》，上海：上海良友图书印刷公司，1936 年 4 月，第 32—46 页。

它和散文不同，因为它是一种更'形式的'艺术，和实际人生的'距离'比较更远。诗决不能完全是自然的，自然语言不讲究音韵，诗宜于讲究一点音韵。音韵是形式的成分，它的功用在把实用的理智'催眠'，引我们到纯粹的意象世界里去。……艺术取材于实际人生，却须同时于实际人生之外另辟一世界，所以要借种种方法把所写的实际人生的距离推远。戏剧的脸谱和高声歌唱，雕刻的抽象化，图画的形式化，以及诗的音韵之类都不是'自然的'，但并不是不合理的。它们都可以把我们搬到另一世界里去，叫我们暂时摆脱日常实用世界的限制，无沾无碍地聚精会神地谛视美的形相。"①

　　《文艺心理学》全书分为十七章，附录"近代实验美学"包含"颜色美""形体美""声音美"三章。其中第十章"什么叫做美"主张："艺术的美丑既不是自然的美丑，它们究竟是什么呢？有人问圣奥古斯丁：'时间究竟是什么？'他回答说：'你不问我，我本来很清楚地知道它是什么；你问我，我倒觉得茫然了。'世间许多习见周知的东西都是如此，最显著的就是'美'。我们天天都应用这个字，本来不觉得它有什么难解，但是哲学家们和艺术家们摸索了两三千年，到现在还没有寻到一个定论。听他们的争辩，我们不免越弄越糊涂。我们现在研究这个似乎易懂的字何以实在那么难懂。……研究任何问题，都须先明白它的难点所在，忽略难点或是回避难点，总难得到中肯的答案。美的问题难点就在它一方面是主观的价值，一方面也有几分是客观的事实。历来讨论这个问题的学者大半只顾到某一方面而忽略另一方面，所以寻来寻去，终于寻不出美的真面目。……艺术美不就是自然美，研究美不能像研究红色一样，专门在物本身着眼，同时还要着重观赏者

---

　　①朱光潜：《从"距离说"辩护中国艺术》，载《孟实文钞》，上海：上海良友图书印刷公司，1936年4月，第71—80页。

在所观赏物中所见到的价值。我们只问'物本身如何才是美？'还不够，另外还要问'物如何才能使人觉到美？'或是'人在何种情形之下才估定一件事物为美'？……美不仅在物，亦不仅在心，它在心与物的关系上面；但这种关系并不如康德和一般人所想像的，在物为刺激，在心为感受；它是心借物的形相来表现情趣。世间并没有天生自在，俯拾即是的美，凡是美都要经过心灵的创造。我们在第一章已详细分析过，在美感经验中，我们须见到一个意象或形相，这种'见'就是直觉或创造；所见到的意象须恰好传出一种特殊的情趣，这种'传'就是表现或象征；见出意象恰好表现情趣，就是审美或欣赏。创造是表现情趣于意象，可以说是情趣的意象化；欣赏是因意象而见情趣，可以说是意象的情趣化。美就是情趣意象化或意象情趣化时心中所觉到的'恰好'的快感。'美'是一个形容字，它所形容的对象不是生来就是名词的'心'或'物'，而是由动词变成名词的'表现'或'创造'，……创造之中都寓有欣赏，欣赏之中也都寓有创造。比如陶潜在写'采菊东篱下，悠然见南山'那首诗时，先在环境中领略到一种特殊情趣，心里所感的情趣与眼中所见的意象卒然相遇，默然相契。这种契合就是直觉，表现或创造。他觉得这种契合有趣，就是欣赏。惟其觉得有趣，所以他借文字为符号把它留下印痕来，传达给别人看。这首诗印在纸上时只是一些符号。我如果不认识这些符号，它对于我就不是诗，我就不能觉得它美，印在纸上的或是听到耳里的诗还是生糙的自然，我如果要觉得它美，一定要认识这些符号，从符号中见出意象和情趣，换句话说，我要回到陶潜当初写这首诗时的地位，把这首诗重新在心中'再造'出来，才能够说欣赏。陶潜由情趣而意象而符号，我由符号而意象而情趣，这种进行次第先后容有不同，但是情趣意象先后之分究竟不甚重要，因为它们在分立时艺术都还没有成就，艺术的成就在情趣意象契合融化为一整体时。无论是创造者或是欣赏者都必须见到情趣意象混化的整体（创造），同时也都必觉得它混化得恰好（欣赏）。"①

4. 梁实秋

梁实秋，1915 年考入清华大学，1923 年赴美国留学，获哈佛大学文学硕士学位。1926 年回国，先后在东南大学、暨南大学、青岛大学、北京大学等任教。梁氏的文学成绩主要在散文、翻译和文学批评三个方面。散文集《雅舍小品》是现代散文经典之作，耗时 38 年完成的译作《莎士比亚全集》四十卷，是新文学极重要的译书成就。文学批评著作主要有文论集《浪漫的与古典的》（上海新月书店，1927 年 8 月），收录《现代中国文学之浪漫的趋势》《戏剧艺术辩正》《诗与图画》《与自然同化》《喀赖尔的文学批评观》《亚里士多德的诗学》《亚里士多德以后之希腊文学批评》《西塞罗的文学批评》《文学批评辩》9 篇文章；文论集《文学的纪律》（上海新月书店，1928 年 5 月），收录《文学的纪律》《何瑞思的〈诗的艺术〉》《王尔德的唯美主义》《〈艺术就是选择〉说》《霍斯曼的情诗》等 13 篇文章；文论集《偏见集》（南京正中书局，1934年 7 月），收录 31 篇文章，其中《科学时代中之文学心理》《现代文学论》《文学与科学》《文学批评的将来》《谈"十四行诗"》《文学遗产》等为一般性文论，《文学与革命》《文学是有阶级性的吗?》《论鲁迅先生的"硬译"》等则是与左翼作家的论争文章。

梁实秋建构的文学批评体系：如何定义文学批评，如何阐释文学批评与文学创作、文学鉴赏、哲学、伦理学、科学等的联系和区别，以及他心中将来的文学批评应是怎样等，以下鉴略之。

《文学批评辩》主张："考希腊文'批评'一字，原是'判断'

---

① 朱光潜：《文艺心理学》，上海：开明书店，1947 年 4 月八版，第146—157 页。

之意，并不涵有攻击破坏的意思。判断有两层步骤，——判与断。判者乃分辨选择的工夫，断者乃等级价值之确定。其判断的标准乃固定的普遍的，其判断之动机，乃为研讨真理而不计功利。吹毛求疵固非批评家之正务，但文学作品果属有疵，批评家亦未尝不可吹而求之。吾人对于专事攻击的文字既置不满，而对于专事赞扬的文字亦不能认为批评。凡不以固定普遍之标准为批评的根据者，皆不得谓为公允之批评。阿诺德文学批评之定义曰：'文学批评者，乃一种无所为而为之努力，借以学习并传播世界上最优美之智慧思想者也。'这个定义至少有一点值得注意，便是文学批评的'无所为而为'的精神。若无这种超然的精神，便难有客观的判断的批评。文学批评既非艺术，更非科学。文学的创作力与文学的鉴别力是心灵上两种不同的活动。虽然最上乘的文学创作必涵有理性选择的成分，但徒有理性亦不能成为创作；虽然最上乘的文学批评对于作家必有深刻的鉴赏，但徒有鉴赏亦不能成为批评。以批评与艺术混为一谈者，乃是否认批评家判断力之重要，把批评家限于鉴赏者的地位。再确切些说，乃是创作天才与批评家品味之混乱。而文学批评的印象主义便完全根据这种混乱而生。近代批评中印象主义最显明的代表便是培特。他对于'Mona Lisa'的批评，乃是一篇绝妙的创作。继培特而起者，有王尔德，他以文学批评为创作中之创作，说见其艺术家之批评家'Critic as Artist'至于佛朗司乃更变本加厉，以文学批评为'文学杰作中之心灵的游历'。专凭主观印象以从事批评，势必至完全视批评者一时之心境为转移，其最好的成绩成为非正式的文学创作，下焉者只是偏见，无论如何，绝非批评。近代文学趋向是注重文学的创作性与独创性，所以文学批评也渐渐的成为创作文学。文学创作的本身已倾向于'情感之自然流露'所以文学批评亦为感情用事之印象主义所支配。但是文学批评一定要有标准，其灵魂乃是品味，而非创作，其任务乃是判断，而非鉴赏，其方法是客观的，而非主观的。如其吾人能划清这些区别，便当承认文学批评不是创作的艺术。文学批评也不是科学。以科学方法（假如世界上有所谓'科学方法'者）施于文学批评，有绝大之缺憾。文学批评根本的不是事实的归纳，而是伦理的选择，不是统计的研究，而是价值的估定。凡是价值问题以内的事务，科学便不能过问。近代科学——或假科学——发达的结果，文学批评亦有变成科学之势。例如台恩，他的一部英国文学史，只是由无数的搜集来的事实抽出几条原理，证明文学与社会环境的关系。再如圣伯甫，他的批评方法，以作家之传记的研究所得，说明作品与作家之关系。这种归纳的考据的工作，自有其本身之价值，但非纯正之文学批评。因为文学批评的任务是在确定作品的价值，而不在说明文学作品的内容与其对外界之关系。所以说，文学批评不是科学。至于以'心理分析'为文学批评的方法者，则更是假科学的批评之最下乘了。文学批评要有标准，这是一般人比较可以承认的原理，但批评标准究竟安在，才是最要的问题。吾人欲得一固定的普遍的标准必先将'机械论'完全撇开，必先承认文学乃'人性'之产物，而'人性'又绝不能承受科学的实证主义的支配。我们在另一方面又必先将'感情主义'撇开，因为'人性'之所以是固定的普遍的，正以其有理性的纪律以为基础。常态的人性与常态的经验便是文学批评的最后的标准，纯正的人性，绝不如柏格森所谓之'不断的流动'。人性根本是不变的。吾人不可希望文学批评的标准能采取条律的形式，因为'人性'既不能以条律相绳范，文学作品自不能以条律为衡量。不过我们确信文学批评有超于规律的标准。凡以'理知主义'趋诸极端者，和'绝智主义'一样，同是不合于'人性'。而纯正之'人性'乃文学批评唯一之标准。……文学批评和哲学是不能分开的，但文学批评的本身绝对不是哲学。文学批评的出发点是人对人生的态度，这是一个哲学的问题。可是文学批评的方法是具体的，是以哲学的态度施之于文学的问题。自亚里士多德以至于今日，文学批评的发展的痕迹与哲学如出一辙，其运动之趋向，与时代之划分几乎完全吻合，当然，在最古的时候，批评家就是哲学家。后来虽渐有分工之势，而其密切之关联不曾破坏。但是我们要注意，文学批评与哲学只是有关联，二者不能合而为一。即以文学批评对哲学的关联而论，其对伦理学较对艺术学为尤重要。艺术学是哲学的一部分，其对象是'美'。艺术学史即是'美'的哲学史。文学批评包括'何者为美何者为丑'的问题，但文学批评不再追问'美之所以为美丑之所以为丑'的问题。再例如：一个艺术学家要分析'快乐'的内容，区别'快乐'的种类，但在文学批评家看来最重要的问题乃是'文学应该不应该以快乐为最终目的'。这'应该'两个字，是艺术学所不过问，而是伦理学的中心问题。假如我们以'生活的批评'为文学的定义，那么文学批评实在是生活的批评的批评，而伦理学亦即人生的哲学。所以说，文学批评与哲学之关系，以对伦理学为最密切。物质的状态是变动的，人生的态度是歧异的；但人性的质素是普遍的，文学的品味是固定的。所以伟大的文学作品能禁得起时代和地域的试验。依里亚德在今天尚有人读，莎士比亚的戏剧，到现在还有人演，因为普遍的人性是一切伟大的作品之基础。所以文学作品的伟大，无论其属于什么时代或什么国土，完全可以在一个固定的标准之下衡量起来。无论各时各地的风土、人情、地理、气候，是如何的不同，总有一点普遍的质素，用柏拉图的话说，便是'多中之一'。是故文学批评不在说明某一时代某一国土的文学标准，而在于超出时代与地域之限制，建立一个普遍文学的标准，然后再说明某一时代某一国土的文学品味对于这个标准是符合抑是叛异。晚近科学把'进步的观念'

已经推论得过分，以为宇宙万物以及人性均可变迁，而变迁即认为进步。假如文学全部有一个进步的趋向，其进步必非堆积的，而是比较的。而就实际观察，文学并没有进步之趋势，一切伟大的文学都是倾向一个公同的至善至美的中心，距中心较远，便是第二第三流的文学，最下乘的是和中心背道而驰的。文学批评史的本身也是以至善至美的中心为中心，故其任务不在叙述文学批评全部的进步的历程，而在叙说各时代各国土的文学品味之距离中心的程度。文学批评是以批评家为单位，而不是以民众为单位。一般的民众可以规定文学作品的市价，但是，他们没有严正的鉴别力，不能给文学作品以批评的价值，并且民众的意见，纵或有时是纯正的，亦必无具体的形式。所以只有文学批评家的批评才是批评的正宗，批评家的意见无论其与民众的品味是相合或相反，总是那一时代的最精到的意见。因为近来平等思想的发达，德谟克拉西的精神渐渐扩到文学的范围以内，但是文学批评根本的不是文学鉴赏；民众对文学的关系是鉴赏的，不是批评的；所以文学批评绝对的不是民众的文学鉴赏；我们固然不必信仰什么'伟人主义'，但热狂的平民主义之漫无纪律，决非事理之宜。"①

《科学时代中之文学心理》主张："著者伊斯特曼先生是以他的那部《诗歌之欣赏》（'*Enjoyment of Poetry*'）而著名的，他是一位诗人，也是一位批评家，他是从心理学的见地来批评文学的，所以他自命是以真正的科学方法究研文学，他所最引为同调的当代批评家是最近在北平清华大学教书的瑞查兹教授（I. A. Richards），因为瑞查兹的文学批评原理也是从心理学和生理学的观点出发的。《科学时代中之文学心理》便是伊斯特曼的文学思想之详

____

① 梁实秋：《文学批评辩》，载《浪漫的与古典的》，上海：新月书店，1927 年 8 月，第 164—173 页。

尽的说明。现今的时代，似乎无论什么都逃不开科学的势力，但在这科学势力膨胀之际，自然而然的在人的思想上形成了一个敌对的壁垒，一方面取攻势，要推广科学势力到一切的学术思想上去，另一方面取守势，要拒绝科学势力的完全侵入。……科学以实证的方法研究自然与社会的现象，文学以经验的想像的方法来说明人生，科学的方法没有文学的方法之优美动人，文学方法亦没有科学方法之准确精细。文学与科学是无所谓领域的冲突，因为是不在一个层境上。文学与科学之分工是方法上观点上的分工，不是领域的瓜分。伊斯特曼要在领域方面分工，所以把文学挤到催眠术那一角落去了。……文学不像伊斯特曼所想像那样的易于败退，文学的根基是和人性一样的稳固，文学的前途是无限量的。文学永远不躲避人生，永远积极的来面对人生。一切的摩登派的花样并非是受科学打击的后退，实在是缺乏面对人生的勇气而躲避。……科学征服了宗教，征服了玄学，现在又有人用科学的名义来征服文学。但是文学抵抗了哲学，抵抗了宗教，现在又有抵抗科学的机会了。"[1]

《现代文学论》主张："文学的精髓在其对于人性之描写。人生是宽广的，人性是复杂的，我们对于人生的经验是无穷的，我们对于人性的了解是无穷极的，因此文学的泉源是永远不竭，文学的内容形式是长久的变化。伟大之文学家能洞悉人生的奥妙，能澈悟人性之最基本的所在。所以文学作品之是否伟大，要看它所表现的人性是否深刻真实。文学的任务即在于表现人性，使读者能以深刻的了解人生之意义。"[2]

---

① 梁实秋：《科学时代中之文学心理》，载《偏见集》，南京：正中书局，1934 年 7 月，第 117—144 页。

② 梁实秋：《现代文学论》，载《偏见集》，南京：正中书局，1934 年 7 月，第 156 页。

《文学与科学》主张："文学无所谓进步，而科学，尤其是近代实验的科学，是一日千里的。科学进步的现象之一是日趋于专门，于是从事于科学者每瘁毕生精力于极微细之研求，而科学之结果亦因日趋于专门化之故，渐不易传达于无科学训练之文学家。文学家科学家之隔阂遂不可免。最著名的一例，即是达尔文，……这个科学家太注意了'真'，所以失掉了'美''善'的赏识。……以后文学与科学应该有更密切的联合，科学家是人，所以不能不理解文学，文学家要做有知识的人，便不该不努力理解科学。文学要吸取科学的知识，科学也要'人化'。"①

《文学批评的将来》主张："《圣经》上说'Judge not or ye shall be judged'。这意思是说，评判人者，亦将受评判。在文学批评里，真有这样的现象。批评家引经据典的恣意批评作家作品，冷不防就又有其他的批评家来批评他的批评。以至批评这件事成了世界上最受批评的一端。几千年来，无论是在中国或是西洋，批评总是纠缠不清的一个是非之场。古典派、浪漫派、自然派、写实派、印象派……此仆彼兴，层出不绝，可是将来的批评界依然要这样乌烟瘴气的闹下去呢？还是另有途径可循把批评做为一种齐整鲜明的学科呢？这是一极有兴味的问题。……古典派的批评家，上焉者以伦理的眼光评衡一切，下焉者根据死板的规律来评衡一切，都不算难。浪漫派的批评家可以逞其文采随意褒贬，爱则赞之上天，恶则诅之入地，均非难事。而将来的批评家，则因为科学的文学批评之起来的原故，将必须对于批评对象做一精密之考察，然后才能下论断。……理想中之将来的批评家，将不仅是一个文字学家、道德家、艺术史家，他将是一个集众家之长

---

① 梁实秋：《文学与科学》，载《偏见集》，南京：正中书局，1934年7月，第203—207页。

的一个人，他要有古典派的严肃的态度，浪漫派的同情，和充分的社会科学的史的知识。但是，此种人才之难于产生，也许将和第二个亚里士多德之难于产生相差不多。然而批评的前途，是这样的。"①

《关于文艺批评》认为："一个作家在学识方面差一些，所受的正式教育也不多，但是偶然也能成为伟大作家。这在诗方面例证尤多。所以严沧浪才有'诗有别才，非关学也'之叹。但是在文艺批评方面，则不然。文学史上有的是天才诗人天才戏剧家天才小说家，但几曾听说过有天才批评家？批评之有赖于天才者，似乎不及其有赖于学识。一个好的批评家也需要'才气'，要有清楚的头脑和犀利的眼光，一个禀赋平庸的人写不出好的批评文字。但是在中外文学史上尚没有一个人能专靠了才气而成为批评家。大概批评家必须多少具备一点'学者'的气质，对于文艺作品不仅要博览，而且要精研，对于文艺发展的历史必须有系统的探讨，对于有关文艺的学科必须有相当彻底的领悟。"②

梁实秋与左翼作家的文学论争，最为人所知的便是鲁梁两人持续八年的漫长"论战"。如梁实秋在《"不满于现状"，便怎样呢?》（《新月》1929年第2卷第8期）中批评鲁迅："有一种人，只是一味的'不满于现状'，今天说这里有毛病，明天说那里有毛病，有数不清的毛病，于是也有无穷尽的杂感，等到有些个人开了药方，他格外的不满；这一副药太冷，那一副药太热，这一副药太猛，那一副药太慢。把所有的药方都褒贬得一文不值，都挖苦得不留余地，好像惟恐一旦现状令他满意起来，他就没有杂感

①梁实秋：《文学批评的将来》，载《偏见集》，南京：正中书局，1934年7月，第219—229页。
②梁实秋：《关于文艺批评》，载《梁实秋文集》（第一卷），厦门：鹭江出版社，2002年10月，第570页。

可作的样子。这可是什么心理呢？'不满于现状'，便怎样呢？我们要的是积极的一个诊断，使得现状渐趋（或突变）于良善。现状如此之令人不满，有心的人恐怕不忍得再专事嘲骂只图一时口快笔快了罢？你不满于别人的主张，你自己的主张呢？自己也许没有能力指示改善现状的途径，但是总该按捺住一时的暴燥，静心的等候着罢？"①

鲁迅撰文《新月社批评家的任务》（《萌芽月刊》1930 年第 1 卷第 1 期）回击："新月社中的批评家，是很憎恶嘲骂的，但只嘲骂一种人，是做嘲骂文章者。新月社中的批评家，是很不以不满于现状的人为然的，但只不满于一种现状，是现在竟有不满于现状者。这大约就是'即以其人之道，还治其人之身'，挥泪以维持治安的意思。譬如，杀人，是不行的。但杀掉'杀人犯'的人，虽然同是杀人，又谁能说他错？打人，也不行的。但大老爷要打斗殴犯人的屁股时，皂隶来一五一十的打，难道也算犯罪么？新月社批评家虽然也有嘲骂，也有不满，而独能超然于嘲骂和不满的罪恶之外者，我以为就是这一个道理。但老例，刽子手和皂隶既然做了这样维持治安的任务，在社会上自然要得到几分的敬畏，甚至于还不妨随意说几句话，在小百姓面前显显威风，只要不大妨害治安，长官向来也就装作不知道了。现在新月社的批评家这样尽力地维持了治安，所要的却不过是'思想自由'，想想而已，决不实现的思想。而不料遇到了别一种维持治安法，竟连想也不准想了。从此以后，恐怕要不满于两种现状了罢？"②

又如，梁实秋针对冯乃超的文章而作的《资本家的走狗》

---

①梁实秋：《"不满于现状"，便怎样呢？》，载《新月》1929 年第 2 卷第 8 期，第 2—3 页。

②鲁迅：《新月社批评家的任务》，载《三闲集》，上海：鲁迅全集出版社，1947 年 10 月版，第 155—156 页。

（《新月》1929年第2卷第9期）写道："《拓荒者》第二期第六七一页起有一篇文章，题目是《阶级社会的艺术》，……这篇文章的作者给了我一个称号，——'资本家的走狗'。这个名称虽然不雅，然而在无产阶级文学家的口里这已经算是很客气的称号了。我不生气，因为我明了他们的情形，他们不这样的给我称号，他们将要如何的交代他们的工作呢？'资本家的走狗'。那意思很明显，他们已经知道我不是资本家了，不过是走狗而已。我既不是资本家，我可算是那一个阶级的呢？不是资产阶级，便是无产阶级了。……大凡做走狗的都是想讨主子的欢心因而得到一点点恩惠，《拓荒者》说我是资本家的走狗，是那一个资本家，还是所有的资本家？我还不知道我的主子是谁，我若知道，我一定要带着几分杂志去到主子面前表功，……钱我是想要的，因为没有钱便无法维持生计。可是钱怎样的去得到呢？我只知道不断的劳动下去，便可以赚到钱来维持生计，至于如何可以做走狗，如何可以到资本家的帐房去领金镑，……这一套的本领，我可怎么能知道呢？"[1]

鲁迅作《"丧家的""资本家的乏走狗"》（《萌芽月刊》1930年第1卷第5期）辩驳："梁实秋先生为了《拓荒者》上称他为'资本家的走狗'，就做了一篇自云'我不生气'的文章。……凡走狗，虽或为一个资本家所豢养，其实是属于所有的资本家的，所以它遇见所有的阔人都驯良，遇见所有的穷人都狂吠。不知道谁是它的主子，正是它遇见所有阔人都驯良的原因，也就是属于所有的资本家的证据。即使无人豢养，饿的精瘦，变成野狗了，但还是遇见所有的阔人都驯良，遇见所有的穷人都狂吠的，不过

---

① 梁实秋：《资本家的走狗》，载《新月》1929年第2卷第9期，第8—10页。

这时它就愈不明白谁是主子了。梁先生既然自叙他怎样辛苦，好像'无产阶级'（即梁先生先前之所谓'劣败者'），又不知道'主子是谁'，那是属于后一类的了，为确当计，还得添个字，称为'丧家的''资本家的走狗'。"①

除上述内容外，论争就文学与人性和阶级性等问题进行了深入探讨。梁实秋的《文学的纪律》（《新月》1928年第1卷第1期）主张："文学发于人性，基于人性，亦止于人性。人性是很复杂的，（谁能说清楚人性所包括的是几样成分?）唯因其复杂，所以才是有条理可说，情感想像都要向理性低首。在理性指导下的人生是健康的常态的普遍的；在这种状态下所表现出的人性亦是最标准的；在这标准之下所创作出来的文学才是有永久价值的文学。所以在想像里，也隐隐然有一个纪律，其质地必须是伦理的常态的普遍的。亚里士多德所谓的'或能律'（Theory of Probability）亦即是使想像（亚里士多德所谓'幻想'者即吾人所谓想像）就人性的范围的一个原则。想像是由平凡走到深奥的一条桥梁，不是由常态走到变态的一个栈道。有人驳难我说：'……所谓"固定的普遍的常态的人性"这个标准，根本就办不到。即使宇宙到消灭的那一天，也决不会有什么"一个万古不变的普遍的常态的，可以通用古今中外一切的人类社会的人性"这回事。人性终究是多方面的，或许有变迁的，不普遍的。……'我所谓文学须要表现常态的人性，并不是说文学里绝对的不可把变态的人物做题材。最变态的性格，我们可以用最常态的态度去处理。文学里很重要的是作者的态度。……意大利文艺复兴期的批评家罗伯台利（Robortelli）在评释亚里士多德《诗学》的时候首先提起了这一点

①鲁迅：《"丧家的""资本家的乏走狗"》，载《二心集》，上海：鲁迅全集出版社，1941年10月，第61—62页。

似是而非的驳难。他说诗人有两种，一种诗人的创造是按照自然的，一种是超越自然的；在后者的状况之下，诗人以处置吾人已知的事物之法律处置吾人所不知的事物。（参看斯宾冈《文艺复兴期之文学批评》卷一论'模仿'一段）所以由他看来，希腊悲剧中种种荒诞不经不合人性的题材，正好在'或能律'之下丝毫不妨碍作者伦理的态度。古典的批评家并不限制作品的题材，他要追问的是作者的态度，和作品的质地。"①

梁实秋的《文学与革命》（《新月》1928年第1卷第4期）主张："一切的文明，都是极少数的天才的创造。科学，艺术，文学，宗教，哲学，文字，以及政治思想，社会制度，都是少数的聪明才智过人的人所产生出来的。当然天才不是含有丝毫神圣的意味，天才也是基于人性的。天才之所以成为天才不过是因为他的天赋特别的厚些，眼光特别的远些，理智特别的强些，感觉特别的敏些，一般民众所不能感觉，所不能思解，所不能透视，所不能领悟的，天才偏偏的能。……真的天才永远不是社会的寄生虫，而是一般民众所不能少的引导者。所以在常态的状况之下，民众对于艺术的天才是赞美，对于科学的天才是钦佩，对于政治的天才是拥护。……我们划分文学的种类派别是根据于最根本的性质与倾向，外在的事实如革命运动复辟运动都不能借用做量衡文学的标准。并且伟大的文学乃是基于固定的普遍的人性，从人心深处流出来的情思才是好的文学，文学难得的是忠实——忠于人性；至于与当时的时代潮流发生怎样的关系，是受时代的影响，还是影响到时代，是与革命理论相合，还是为传统思想所拘束，满不相干，对于文学的价值不发生关系。因为人性是测量文学的

①梁实秋：《文学的纪律》，载《文学的纪律》，上海：新月书店，1931年7月再版，第19—22页。

唯一的标准。……文学家就是民众的非正式的代表。此地所谓的代表，并非如代表民意之政治的代表一般，文学家所代表的是那普遍的人性，一切人类的情思，对于民众并不是负着什么责任与义务，更不会负着什么改良生活的担子。所以文学家的创造并不受着什么外在的拘束，文学家的心目当中并不含有固定的阶级观念，更不含有为某一阶级谋利益的成见。文学家永远不失掉他的独立。在革命期中的文学家作品，往往隐示着民间的苦痛，讽刺着时代的虚伪，这并不是文学家衔着民众的谕旨，也不是文学家自动的要完成他对于民众的使命。文学家不接受任谁的命令，除了他自己的内心的命令；文学家没有任何使命，除了他自己内心对于真善美的要求使命。"①

《新月》1929 年第 2 卷第 6/7 期刊出梁实秋的《文学是有阶级性的吗？》《论鲁迅先生的"硬译"》两文。其中，《文学是有阶级性的吗？》主张："卢梭说：'资产是文明的基础'。但是卢梭也是最先攻击资产制度的一个人，因为他以为文明是罪恶的根源。……文学的国土是最宽泛的，在根本上和在理论上没有国界，更没有阶级的界限。一个资本家和一个劳动者，他们的不同的地方是有的，遗传不同，教育不同，经济的环境不同，因之生活状态也不同，但是他们还有同的地方。他们的人性并没有两样，他们都感到生老病死的无常，他们都有爱的要求，他们都有怜悯与恐怖的情绪，他们都有伦常的观念，他们都企求身心的愉快。文学就是表现这最基本的人性的艺术。无产阶级的生活的苦痛固然值得描写，但是这苦痛如其真是深刻的必定不是属于一阶级的。人生现象有许多方面都是超于阶级的。例如，恋爱（我说的是恋爱的本

---

① 梁实秋：《文学与革命》，载《偏见集》，南京：正中书局，1934 年 7 月，第 1—8 页。

身，不是恋爱的方式）的表现，可有阶级的分别吗？例如，歌咏山水花草的美丽，可有阶级的分别吗？没有的。如其文学只是生活现象的外表的描写，那么，我们可以承认文学是有阶级性的，我们也可以了解无产文学是有它的理论根据；但是文学不是这样肤浅的东西，文学是从人心中最深处发出来的声音。如其'烟囱呀！''汽笛呀！''机轮呀！''列宁呀！'便是无产文学，那么无产文学就用不着什么理论，由它自生自灭罢。我以为把文学的题材限于一个阶级的生活现象的范围之内，实在是把文学看得太肤浅太狭隘了。文学家就是一个比别人感情丰富感觉敏锐想像发达艺术完美的人。他是属于资产阶级或无产阶级，这于他的作品有什么关系？托尔斯泰是出身贵族，但是他对于平民的同情真可说是无限量的，然而他并不主张阶级斗争；许多人奉为神明的马克斯，他自己并不是什么无产阶级中的人物；终身穷苦的约翰孙博士，他的志行高洁吐属文雅比贵族还有过无不及。我们估量文学的性质与价值，是只就文学作品本身立论，不能连累到作者的阶级和身分。一个人的生活状况对于他的创作自然不能说没有影响，可是谁也不能肯定的讲凡无产阶级文学必定是无产阶级的人才能创作。……文学界里本来已有了不少的纷争，无产文学呼声起来之后又添了一种纷争，因为无产文学家要攻击所谓资产阶级的文学。什么是资产阶级的文学，我实在是不知道；大概除了无产文学运动那一部分的文学以外，古今中外的文学都可以算做资产文学罢。我们承认这个名词，我们也不懂资产阶级的文学为什么就要受攻击？是为里面没有马克斯主义，唯物史观，阶级斗争？文学为什么一定要有这些东西呢？攻击资产阶级文学是没有理由的，等于攻击无产阶级文学一样的无理由，因为文学根本没有阶级的区别。假如无产阶级革命家一定要把他的宣传文字唤做无产文学，那总算是一种新兴文学，总算是文学国土里的新收获，用不着高呼打倒资产的文学来争夺文学的领域，因为文学的领域太大了，新的东西总有它的位置的。假如无产阶级可以有'无产文学'，我也不懂资产阶级为什么便不可有'资产文学'？资产阶级不消灭，资产阶级的文学也永远不会被攻击倒的；文明一日不毁坏，资产也一日不会废除的。……我的意思是：文学就没有阶级区别，'资产阶级文学''无产阶级文学'都是实际革命家造出来的口号标语，文学并没有这种的区别。"①

就文学与人性和阶级性等问题，鲁迅的观点主要集中在以下三篇文章。写于1927年12月23日的《文学和出汗》（《语丝》1928年第4卷第5期）主张："人性是永久不变的么？类人猿，类猿人，原人，古人，今人，未来的人……，如果生物真会进化，人性就不能永久不变。不说类猿人，就是原人的脾气，我们大约就很难猜得着的，则我们的脾气，恐怕未来的人也未必会明白。要写永久不变的人性，实在难哪。譬如出汗罢，我想，似乎于古有之，于今也有，将来一定暂时也还有，该可以算得较为'永久不变的人性'了。然而'弱不禁风'的小姐出的是香汗，'蠢笨如牛'的工人出的是臭汗。不知道倘要做长留世上的文字，要充长留世上的文学家，是描写香汗好呢，还是描写臭汗好？这问题倘不先行解决，则在将来文学史上的位置，委实是'岌岌乎殆哉'。听说，例如英国，那小说，先前是大抵写给太太小姐们看的，其中自然是香汗多；到十九世纪后半，受了俄国文学的影响，就很有些臭汗气了。那一种的命长，现在似乎还在不可知之数。"②

写于1928年8月10日的《文学的阶级性（并恺良来信）》

①梁实秋：《文学是有阶级性的吗？》，载《偏见集》，南京：正中书局，1934年7月，第22—36页。
②鲁迅：《文学和出汗》，载《而已集》，上海：北新书局，1929年7月三版，第182—183页。

（原题《通信·其二》，《语丝》1928年第4卷第34期）一文，是鲁迅答复来信中所提林癸未夫著的《文学上之个人性与阶级性》，回信如下："恺良先生：我对于唯物史观是门外汉，不能说什么。但就林氏的那一段文字而论，他将话两次一换，便成为'只有'和'全然缺少'，却似乎决定得太快一点了。大概以弄文学而又讲唯物史观的人，能从基本的书籍上一一钩剔出来的，恐怕不很多，常常是看几本别人的提要就算。而这种提要，又因作者的学识意思而不同，有些作者，意在使阶级意识明了锐利起来，就竭力增强阶级性说，而别一面就也容易招人误解。作为本文根据的林氏别一篇论文，我没有见，不能说他是否因此而走了相反的极端，但中国却有此例，竟会将个性，共同的人性（即林氏之所谓个人性），个人主义即利己主义混为一谈，来加以自以为唯物史观底申斥，倘再有人据此来论唯物史观，那真是糟糕透顶了。来信的'吃饭睡觉'的比喻，虽然不过是讲笑话，但脱罗兹基曾以对于'死之恐怖'为古今人所共同，来说明文学中有不带阶级性的分子，那方法其实是差不多的。在我自己，是以为若据性格、感情等，都受'支配于经济'（也可以说根据于经济组织或依存于经济组织）之说，则这些就一定都带着阶级性。但是'都带'，而非'只有'。所以不相信有一切超乎阶级，文章如日月的永久的大文豪，也不相信住洋房，喝咖啡，却道'唯我把握住了无产阶级意识，所以我是真的无产者'的革命文学者。有马克斯学识的人来为唯物史观打仗，在此刻，我是不赞成的。我只希望有切实的人，肯译几部世界上已有定评的关于唯物史观的书——至少，是一部简单浅显的，两部精密的——还要一两本反对的著作。那么，论争起来，可以省说许多话。"[1]

---

[1]鲁迅：《文学的阶级性（并恺良来信）》，载《三闲集》，上海：鲁迅全集出版社，1947年10月版，第127—128页。

《"硬译"与"文学的阶级性"》(《萌芽月刊》1930年第1卷第3期)一文,鲁迅主张:"文学不借人,也无以表示'性',一用人,而且还在阶级社会里,即断不能免掉所属的阶级性,无需加以'束缚',实乃出于必然。自然,'喜怒哀乐,人之情也',然而穷人决无开交易所折本的懊恼,煤油大王那会知道北京检煤渣老婆子身受的酸辛,饥区的灾民,大约总不去种兰花,像阔人的老太爷一样,贾府上的焦大,也不爱林妹妹的。'汽笛呀!列宁呀!'固然并不就是无产文学,然而'一切东西呀!''一切人呀!''可喜的事来了,人喜了呀!'也不是表现'人性'的'本身'的文学。倘以表现最普通的人性的文学为至高,则表现最普遍的动物性——营养,呼吸,运动,生殖——的文学,或者除去'运动',表现生物性的文学,必当更在其上。倘说,因为我们是人,所以以表现人性为限,那么,无产者就因为是无产阶级,所以要做无产文学。……在阶级社会中,文学家虽自以为'自由',自以为超了阶级,而无意识底地,也终受本阶级的阶级意识所支配,那些创作,并非别阶级的文化罢了。例如梁先生的这篇文章,原意是在取消文学上的阶级性,张扬真理的。但以资产为文明的祖宗,指穷人为劣败的渣滓,只要一瞥,就知道是资产家的斗争的'武器',——不,'文章'了。"①

5. 李长之

李长之,1931年考入清华大学,与同期就读的季羡林(1911—2009)、林庚(1910—2006)、吴组缃(1908—1994)并称清华大学"四剑客"。批评著作有《王国维文艺批评著作批判》(《文学季刊》1934年第1卷第1期)、《科学的文学史之建立》(《文学季刊》1934

---

① 鲁迅:《"硬译"与"文学的阶级性"》,载《二心集》,上海:鲁迅全集出版社,1941年10月,第26—29页。

年第 1 卷第 2 期）、《论研究中国文学者之路》（《现代》1934 年第 5 卷第 3 期）和《鲁迅批判》（上海北新书局，1936 年 1 月）等。

《鲁迅批判》是鲁迅研究史上第一部系统的评论专著，见解独到。时年 20 多岁的李长之因此作奠定了其在新文学批评史上的地位。全书分为"序""一、导言：鲁迅之思想性格与环境""二、鲁迅之生活及其精神进展上的几个阶段""三、鲁迅作品之艺术的考察""四、鲁迅之杂感文""五、总结：诗人和战士的鲁迅：鲁迅之本质及其批评"几部分。

其中，"三、鲁迅作品之艺术的考察"又分"鲁迅创作之一般的考察及鲁迅创作中之最完整的艺术""《阿 Q 正传》之艺术价值的新估""鲁迅作品中的抒情成分""鲁迅在文艺创作上的失败之作"四节，以下分节摘录赏读。

"鲁迅创作之一般的考察及鲁迅创作中之最完整的艺术"节选："鲁迅的笔是抒情的，大凡他抒情的文章特别好。大家总可以记得的，不久以前，发表在《文学》上的一篇《忆韦素园君》，再以前，发表在《现代》上的一篇《为了忘却的纪念》，关于柔石的。我们知道，这类的文章，在鲁迅是未必愿意写的，因为他对文学，另有别的信念，所以为数不多，可是在我们看，却够珍贵的了：含蓄、凝练、深长的意味，和丰盈充溢的感情。"①

"《阿 Q 正传》之艺术价值的新估"节选："艺术必须得和实生活有一点距离。因为，这点距离的所在，正是审美的领域的所在。像医生吧，他无论多末慈悲，动手的时候，却必须有似乎残忍，他的心可以是软的，然而手却还得是硬的。在这种比方上，我们可以了解《阿 Q 正传》。鲁迅那种冷冷的，漠不关心的，从容的笔，却是传达了他那最热烈，最愤慨，最激昂，而同情心到了极

———————

①李长之：《鲁迅批判》，上海：北新书局，1936 年 1 月，第 63 页。

点的感情。阿Q已不是鲁迅所诅咒的人物了，阿Q反而是鲁迅最关切，最不放心，最为所焦灼。总之，是爱着的人物。别人给阿Q以冷落，别人给阿Q以荒凉，别人给阿Q以精神上的刺痛和创伤，可是鲁迅是抚爱着他的，虽然远远地。别人可以给阿Q以弃逐，可是鲁迅是要阿Q逃在自己的怀里的；阿Q自己也莫明其妙，荒凉而且悲哀，可是鲁迅是为他找着了安慰，找着了归宿，阿Q的聪明、才智、意志、情感、人格，……是被压迫得一无所有了，有为之过问、关怀，而可怜见的么？没有的，除了鲁迅。阿Q还不安分，也有他生活上糊涂的幻想，有人了解，而且垂听，又加以斟酌的么？也没有的，除了鲁迅。自然，鲁迅不是没有冷落阿Q之意的，鲁迅也不一定初意在抒写他的同情心，更不必意识到他这篇东西之隆重的艺术的与社会的意义。然而这是无碍的，而且恰恰因此，这篇东西的永久价值才确立了，因为：真。因为真，所以这篇东西，是一篇有生命的东西，一个活人所写的一个活人的东西。它是没夹杂任何动机，任何企图，任何顾忌。作者没受任何限制，却只是从从容容地在完成他的创作。因此，这篇东西是绝对有纯粹艺术价值的东西。"[1]

"鲁迅作品中的抒情成分"节选："广泛的讲，鲁迅的作品可说都是抒情的。别人尽管以为他的东西泼辣，刻毒，但我以为这正是浓重的人道主义的别一面目，和热泪的一涌而出，只不过隔一层纸。……比较更纯粹的抒情文字，却是《伤逝》。《伤逝》作于一九二五，是鲁迅最成功的一篇恋爱小说，其中有对于女性最深切的了解，有对于自己最明晰的自剖，有以那最擅长抒情的笔，所写了的最真实的'寂静和空虚'之感。像《阿Q正传》可以代表鲁迅写农民的故事似的，《伤逝》可以代表鲁迅的一切抒情的制

①李长之：《鲁迅批判》，上海：北新书局，1936年1月，第85—86页。

作。无疑地，这篇托名为涓生的手记，就是作者的自己，因为，那个性，是明确的鲁迅的个性故。他一种多疑、孤傲、倔强和深文周纳的本色，表现于字里行间。"①

"鲁迅在文艺创作上的失败之作"节选："故事简单，是材料的问题，独白而落于单调，是手法的问题。这都不是根本，根本是，鲁迅不宜于写都市生活，他那性格上的坚韧，固执，多疑，文笔的凝炼，老辣，简峭都似乎更宜于写农村。写农村，恰恰发挥了他那常觉得受奚落的哀感，寂寞和荒凉，不特会感染了他自己，也感染了所有的读者。同时，他自己的倔强、高傲，在愚蠢、卑怯的农民性之对照中，也无疑给人们以兴奋与鼓舞。都市生活却不同了，它是动乱的，脆弱的，方面极多，局面极大，然而松，匆促，不相连属，像使一个乡下人之眼花撩乱似的，使一个惯于写农民的灵魂的作家，也几乎不能措手。在鲁迅写农民时所有的文字的优长，是从容，幽默，带着抒情的笔调，转到写都市的小市民，却就只剩下沉闷、松弱和驳杂了。《端午节》《肥皂》和《弟兄》都是的。"②

"五、总结：诗人和战士的鲁迅：鲁迅之本质及其批评"全章十三节，节选如下。第一节："……倘若诗人的意义，是指在从事于文艺者之性格上偏于主观的，情绪的，而离庸常人所应付的实生活相远的话，则无疑地，鲁迅在文艺上乃是一个诗人；至于在思想上，他却止于是一个战士。"③

第二节："我说鲁迅是一个诗人，却丝毫没有把他派作是吟风弄月的雅士的意思，因为，他在灵魂的深处，是没有那末消闲，

---

① 李长之：《鲁迅批判》，上海：北新书局，1936 年 1 月，第 95—104 页。
② 同上，第 118 页。
③ 同上，第 171 页。

没有那末优美，也没有那末从容；他所有的，乃是一种强烈的情感，和一种粗暴的力。鲁迅澈头澈尾是在情绪里，R. M. Bartlett 在他的《新中国的思想界领袖》里说鲁迅的作品很像朵斯退益夫斯基和高尔基的文艺，'极富于同情人和热烈的情绪'（原文载美国的 Current History 一九二七年十月号，由石民译出，见《当代》一卷一期），钱杏村在一九三〇年二月《拓荒者》上作的《鲁迅》一文里，也说鲁迅于《阿 Q 正传》中，对旧势力之一一加以讽笑，是'含'了'泪'，这两人的看法我认为都是对的。鲁迅的情绪，是浓烈到如此的地步了，甚而使他不能宁贴起来，景宋有批评他的话，说他：'性情太特别，一有所憎，即刻不能耐，坐立不安。'（《两地书》，页一六四）又说他：'对于一些人过于深恶痛绝，简直不愿在一地呼吸，而对有些人又期望太殷。不惜赴汤蹈火，一旦觉得不副所望，便悲哀起来了。'（同，页一六五）因为这样的缘故，他是不能够在心情上轻松的，所以他才有'目前是这末离奇，心里是这末芜杂'的自白（《朝花夕拾》，小引页一）。从这里，我忽然想到鲁迅是一个颇不能鉴赏美的人。——虽然他自己却可创作出美的文艺，供别人鉴赏的。因为，审美的领域，是在一种绰有余裕，又不太迫切，贴近的心情下才能存在，然而这却正是鲁迅所缺少的。创作时不同一点，自然，鲁迅依然是持有丰盛强烈的情感的，可是因为太丰盛而强烈了，倒似乎在那时可以别着一口气，反而更有去冷冷地刻画一番的能力，这样，在似乎残忍而且快意的外衣下，那热烈的同情是含蕴于其中了，于是未始不可以成了审美的对象。逢到他自己去赏鉴，却是另一会事了。他自己说：'对于自然美，自恨并无敏感，所以即使恭逢良辰美景，也不甚感动'（《华盖集续编》，页二三一），所以，我方才说的，我们不能派他作吟风弄月的雅士者，这意思自然一方面是他不屑，然而在另一方面却是他也有所不能。他是枯燥的，他讨厌梅兰芳的戏片子（《两地书》，页八九），他不喜欢徐志摩那样的诗（《集外集》，序言页三），这都代表他的个性的一个共同点。他曾说：'只要一叫而人们大抵震悚的怪鸱的真的恶声在那里'（《集外集》，页四六），这是他要求的。他曾说：'生命的泥委弃在地面上，不生乔木，只生野草，……野草，根本不深，花叶不美'（《野草》，题词页一），这是他自知的。艺术之中，不错，他也有所称赞的，但却就只限于'力的表现'的木刻；鲁迅对于优美的，带有女性的意味的艺术却是不大热心的。一如他在思想上之并不圆通一样，在美的鉴赏上并不能兼容。强烈的情感，和粗暴的力，才是鲁迅所有的。"①

　　第三节："鲁迅在性格上是内倾的，他不善于如通常人之处理生活。他宁愿孤独，而不欢喜'群'。……我们见不少为鲁迅作的访问记都说，他的衣饰是质朴的，并不讲究，这一方面当然是根于他的并不爱美的天性，另一方面却也表现他不善于注意生活上的小节了。在这种地方，我们不难想像倘若是一个精明强干，长于任事的人，是如何重视着的，于此便也可以见一个好对照。……他和群愚是立于一种不能相安的地步，所以他说：'我在群集里面，是向来坐不久的'（《两地书》，页一八），所以他说：'离开了那些无聊人，亦不必一同吃饭，听些无聊话了，这就很舒服'（《两地书》，页九六）。在应酬方面，他是宁使其少，而不使其多，甚而加以拒绝。关于这，景宋当然知道得最清楚（《两地书》，页一六三），林语堂却也有同样的记载，以为：'常常辞谢宴会的邀请'，已是'他的习惯'（见其用英文写在中国《评论周报》上的《鲁迅》一文）。这种不爱'群'，而爱孤独，不喜事，而喜驰骋于思索情绪的生活，就是我们所谓'内倾'的。在这里，可说发现了鲁迅第一个

---

　　①李长之：《鲁迅批判》，上海：北新书局，1936 年 1 月，第 172—175 页。

不能写长篇小说的根由了，并且说明了为什末他只有农村的描写成功，而写到都市就失败的原故。这是因为，写小说得客观些，得各样的社会打进去，又非取一个冷然的观照的态度不行。长于写小说的人，往往在社会上是十分活动，十分适应，十分圆通的人，虽然他内心里须仍有一种倔强的哀感在。鲁迅不然，用我们用过的说法，他对于人生，是太迫切，太贴近了，他没有那末从容，他一不耐，就愤然而去了，或者躲起来，这都不便利于一个人写小说。宴会就加以拒绝，群集里就坐不久，这尤其不是小说家的风度。然而他写农村是好的，这是因为那是他早年的印象了，他心情上还没至于这末厌憎环境。所以他可以有所体验，而渲染到纸上。此后他的性格，却慢慢定形了，所以虽生长在都市，却没有体会到都市，因而他没有写都市人生活的满意的作品。一旦他的农村的体验写完了，他就已经没有什末可写，所以他在一九二五年以后，便几乎没有创作了。在当代的文人中，恐怕再没有鲁迅那样留心各种报纸的了吧，这是从他的杂感中可以看得出的，倘若我们想到这是不能在实生活里体验，因而不得不采取的一种的补偿时，就可见是多末自然的事了！就在这种意味上，所以我愿意确定鲁迅是诗人，主观而抒情的诗人，却并不是客观的多方面的小说家。"①

第四节："许多人以为鲁迅世故，甚而称之为'世故的老人'，叫我看，鲁迅却是最不世故了；不错，他是常谈世故的，然而这恰恰代表出他之不世故来。因为，世故惯了的人，就以为没有什末新奇可说了，而把世故运用巧的人，也就以为世故是不便于说了，所谓'善易者不言易'，鲁迅之'言'，却就证明他还没'善'。然而鲁迅是常有新的世故的获得了，而且常常公布出来了，这就

①李长之：《鲁迅批判》，上海：北新书局，1936年1月，第175—180页。

都在说明鲁迅和世故处于并不厮熟，也还没用巧的地步。……又如他在北京时与人们的来往，也大抵是并没利用别人，而是为人利用；所以他说：'我在静夜中，回忆先前的经历，觉得现在的社会，大抵是可利用时则竭力利用，可打击时则竭力打击，只要于他有利。我在北京这末忙，来客不绝，但一受段祺瑞章士钊们的压迫，有些人立刻来索还原稿，不要我选定、作序了。其甚者还要乘机下石，连我请他吃过饭也是罪状了，这是我在运动他；请他吃过好茶也是罪状了，这是我奢侈的证据。'（《两地书》页一五六）他和这个战，他和那个战，结果这里迫害，那里迫害。他不知道有多少次，纠合了一些他以为有希望的青年，预备往前进，然而骗他的有，堕落的有，甚而反来攻击他的也有，结果还是剩下他自己。他那里有世故呢？他实在太不世故了。我们一想，应该觉得很自然，鲁迅，我说过，是情绪的，内倾的，因此，他不会世故。"[1]

第五节："鲁迅在情感方面，是远胜理智的。他的过度发挥其情感的结果，令人不禁想到他的为人在某一方面颇有病态。以一个创作家论，病态不能算坏。而且在一种更广泛、更深切的意义上，一切的创作家，都是病态的。你看，别人感不到的，他感到；别人不以为大事件的，他以为大事件；别人以为平常，他却以为不平常；别人以为不值一笑，他却以为大可痛哭；……这不是病态是什么？但正因为他病态，所以他才比普通人感到的锐利，爆发的也才浓烈，于是给通常人在实生活里以一种警醒、鼓舞、推动、和鞭策。这是一般的诗人的真价值，而鲁迅正是的。……他常常是到了'深文周纳'的地步，因为他想的太过了。他每每有这种话：'——但这也许是后来的回忆的感觉，那时其实是还没有

---

① 李长之：《鲁迅批判》，上海：北新书局，1936 年 1 月，第 180—183 页。

如此分明的。'(《三闲集》，页三一）所以，他往往由于情感之故，而加添上些什末去了，这也就是通常人所以为的'刻毒'。因为陷在情感里，他的生活的重心是内倾的，是偏向于自我的，于是他不能没有一种寂寞的哀愁。这种衰愁是太习见于他的作品中了；因为真切，所以这往往是他的作品在艺术上最成功的一点，也是在读者方面最获得同情的一点。也因为陷在情感里吧，他容易把事情看得坏，这形成他一种似乎忧郁和迫害的心情：'这上面的夜的天空，奇怪而高，我生平没有见过这样的奇怪而高的天空。他仿佛要离开人间而去，使人仁仰面不再看见。但现在却非常之蓝，闪闪地映着几十个星星的眼，冷眼。'(《野草》，页一）我一再说过，这恐怕是他早年情感上受了损伤的结果，然而一个人因为常常触动他的情感，也更容易陷于一个圈子中，而不能自拔起来。但在鲁迅动用理智的时候，却就很意识到自己这一层，他说：'我的作品，太黑暗了，因为我常觉得"黑暗与虚无"乃是"实有"，却偏要向这些作绝望的抗战，所以很多着偏激的声音。'(《两地书》，页一一）他又说：'我所说的话，常与所想的不同，至于何以如此，则我已在《呐喊》的序上说过：不愿将自己的思想，传染给别人。何以不愿，则因为我的思想太黑暗，而自己终不能确知是否正确之故。'(《两地书》，页五六）别人的反抗，在他认为那是对于未来的光明还有信赖之牧，但他的反抗，'却不过是与黑暗捣乱'。在这种地方，我认为见出鲁迅的病态。鲁迅像一般的小资产阶级一样，情感一方面极容易兴奋，然而一方面却又极容易沮丧。他非常脆弱，心情也常起伏……这种忽喜忽厌的态度也不是健康的。鲁迅又多疑。……他的锐感，他的深文周纳，他的寂寞的悲哀，他的忧郁和把事情看得过于坏，以及他的脆弱，多疑，在在都见他情感上是有些过了。所以我认为这都是病态的。"[1]

---

[1]李长之：《鲁迅批判》，上海：北新书局，1936 年 1 月，第 183—188 页。

第六节："鲁迅虽然多疑，然而他的心肠是好的，他是一个再良善也没有的人。……和平，人道主义，这才是鲁迅更内在的一方面。他的为人极真。在文字中表现的尤觉诚实无伪。他常说他不一定把真话告诉给读者，又说所想到的与所说出的也不能尽同，然而我敢说他并没隐藏了什么。容或就一时一地而论，他的话只是表露了一半，但就他整个的作品看，我认为他是赤裸裸地，与读者相见以诚的。鲁迅的虚伪，充其量不过如人们传说的'此地无银五百两'式的虚伪，在鲁迅的作品里，不惟他已暴露了血与肉，连灵魂，我也以为没有掩饰。……他对于事情也极其负责，……与人的相处，他更其不苟，他看见一个人'嘴里都是油滑话'，又背后语人'谁怎样不好'，'就看不起他了'（《两地书》，页九五），他多末不容易放过，他有一颗多末单纯而质实的心。他自己则是勤奋的，……他在情感上病态是病态了，人格上是全然无缺的。"[①]

第七节："以抱有一颗荒凉而枯燥的灵魂的鲁迅，不善于实生活，又常陷在病态的情绪中，然而他毅然能够活下去者，不是件奇异的事么？这就是在他有一种'人得要生存'的单纯的生物学的信念故。鲁迅是没有什么深邃的哲学思想的，倘若说他有一点根本信念的话，则正是在这里。鲁迅像一个动物一样，他有一种维持其生命的本能。他的反抗，以不侵害生命的为限，到了这个限度，他就运用其本能的适应环境之方了：一是麻痹，二是忌〔忘〕却（《而已集》，页六八）。也就是林语堂所说的蛰伏或装死。这完全像一个动物。鲁迅劝人的：'须是有不平而不悲观，常抗战而自卫'（《两地书》，页一二），可说鲁迅自己是首先实行着的。他既然锐感，当然苦痛是多的，这样就有碍于生存之道了，但是他也有法子，便是：'傲慢'和'玩世不恭'（《两地书》，页六），用

---

①李长之：《鲁迅批判》，上海：北新书局，1936年1月，第188—192页。

以抵挡了眼前的刺戟。"①

第八节:"鲁迅小资产阶级的根性很利害。大凡生活上内倾的,很容易走入个人主义。鲁迅在许多机会都标明他的个人主义的立场。他说:'还是切己的琐事比世界的哀愁关心'(《三闲集》,页一七)又说:'老实说,这地方在革命,不相识的人们在革命,我是的确有点高兴的,然而——没有法子,索性老实说吧,——如果我的身边革起命来,或者我所熟识的人去革命,我就没有这末高兴听,有人说我应该革命,我自然不敢不以为然,但如叫我静静地坐下,调给我一杯罐头牛奶喝,我往往更感激'(《三闲集》,页二六)……鲁迅除了在个人主义的立场上,表现其为小资产阶级的根性外,再就是我说过的鲁迅的'脆弱',以及一种空洞的偏颇和不驯状了。倘若文字的表现方式,是在一种极其内在的关系上代表一个人的根性时,则鲁迅有两种惯常的句形,似乎正代表鲁迅精神上的姿态。一是:'且也没有竟'怎末样,二是:'由他去吧'。……因为他'脆弱',所以他自己常常想到如此,而竟没有如此,便'但也没有竟'如何如何了,又因为自己如此,也特别注意到别人如此,所以这样的句子就多起来。'由他去吧',是不管的意思,在里面有一种自纵自是的意味,偏颇和不驯,是显然的。这都代表小资产阶级的知识分子的一种型。"②

第九节:"倘若哭和怒同是富有情感的表现的话,哭的情感是女性的,怒的情感却是男性的,鲁迅的情感则是属于后者的。鲁迅善怒。……"③

第十节:"鲁迅在灵魂的深处,尽管粗疏、枯燥、荒凉、黑

---

① 李长之:《鲁迅批判》,上海:北新书局,1936年1月,第192—193页。
② 同上,第193—196页。
③ 同上,第196—198页。

暗、脆弱、多疑、善怒，然而这一切无碍于他是一个永久的诗人，和一个时代的战士。在文艺上，无疑他没有理论家那样丰富正确的学识，也没有理论家那样分析组织的习性，但他在创作上，却有惊人的超越的天才。他说：'怎样写的问题，我是一向未曾想到的'（《三闲集》，页一四），这也恰恰是创作家的态度。单以文字的技巧论，在十七年来（一九一八——一九三五）的新文学的历史中，实在找不出第二个可以与之比肩的人。天才和常人的分别，是在天才为突进的。像歌德一创造《少年维特》就好似的，鲁迅之第一个短篇《狂人日记》已经蒙上了难以磨灭的颜色。在《阿Q正传》里那种热烈的同情，和从容、幽默的笔调，敢说它已保证了倘若十七年来的文学作品都次第被将来的时代所淘汰的话，则这部东西即非永存，也必是最后，最顽强，最能够抵抗淘汰的一个。美好的东西是要克服一切的，时间一长，自有一种真是非。鲁迅文艺创作之出，意义是大而且多的，从此白话文的表现能力，得到一种信赖；从此反封建的奋战，得到一种号召；从此新文学史上开始有了真正的创作，从此中国小说的变迁上开始有了真正的短篇；章回体、'聊斋'体的结构是过去了，才子佳人，黑幕大观，仙侠鬼怪的内容是结束了，那种写实的，以代表了近来农村崩溃，都市中生活之苦的写照，是有了端倪了；而且，那种真正的是中国地方色彩的忠实反映，真正的是中国语言文字的巧为运用，加之以人类所不容易推却的寂寞的哀感，以及对于弱者与被损伤者的热烈的抚慰和同情，还有对于为〔伪〕善者愚妄者甚至人类共同缺陷的讽笑和攻击，这都在在显示着是中国新文学的作品加入世界的国际的作品之林里的第一步了。"①

　　第十一节："鲁迅在理智上，不像在情感上一样，却是健康的。

---

　　①李长之：《鲁迅批判》，上海：北新书局，1936年1月，第198—199页。

所谓健康的，就是一种长大发扬的，开拓的，前进的意味。……鲁迅永远对受压迫者同情，永远与强暴者抗战。他为女人辨（《准风月谈》，页九四），他为弱者辨（《准风月谈》，页七，页一五七，页一五六）。他反抗群愚，他反抗奴性。他攻击国民性，只有一个目标，就是卑怯，这是从《热风》（页一一五），《呐喊》（页四，页八，页一一），《华盖》（页二二），以至《准风月谈》（页四六，页七〇），所一贯的靠了他的韧性所奋战着的。为什么他反对卑怯呢，就因为卑怯是反生存的，这代表着他的健康的思想的中心。在正面，他对前进者总是宽容的。他在自己，是不悔少作（《集外集》，序言页一；《坟》，页二九七；《而已集》页五八）；对别人，是劝人不怕幼稚（《热风》，页三三；《三闲集》，页九；《鲁迅在广东》，页八九）。战斗和前进，是他所永远礼赞着的。他之反对'导师'之流，就是因为那般人'自以为有正路。有捷径，而其实却是劝人不走的人'（《集外集》，页六八），我觉得鲁迅在思想方面的真价值却即在劝人'走'。他给人的是鼓励，是勇气，是不妥协的反抗的韧性，所以我认为他是健康的。"[1]

　　第十二节："然而鲁迅不是思想家。因为他是没有深邃的哲学脑筋，他所盘桓于心目中的，并没有幽远的问题。他似乎没有那样的趣味，以及那样的能力。倘若以专门的学究气的思想论，他根底上，是一个虚无主义者，他常说不能确知道对不对，对于正路如何走，他也有些渺茫。他的思想是一偏的，他往往只迸发他当前所要攻击的一方面，所以没有建设。即如对于国故的见解，便可算是一个例。他缺少一种组织的能力，这是他不能写长篇小说的第二个原故，因为长篇小说得有结构，同时也是他在思想上没有建立的原故，因为大的思想得有体系。系统的论文，是为他

---

　　[1]李长之：《鲁迅批判》，上海：北新书局，1936年1月，第200—201页。

所难能的，方便的是杂感。我们所要求于鲁迅的好像不是知识，从来没有人那末想、在鲁迅自己，也似乎憎恶那把人弄柔弱了的智识，在一种粗暴骠悍之中，他似乎不耐烦那些智识分子，却往往开开玩笑。然而所有这一切，在鲁迅作一个战士上，都是毫无窒碍，而且方便着的。因为他不深邃，恰恰可以触着目前切急的问题；因为他虚无，恰恰可以发挥他那反抗性，而一无顾忌，因为一偏，他往往给时代思想以补充或纠正；因为无组织，对于匆忙的人士，普遍的读者，倒有一种简而易晓的效能，至于他憎恶智识，则可以不致落了文绉绉的老套，又被牵入旧圈子里去。这样，他在战士方面，是成了一个国民性的监督人，青年人的益友，新文化运动的保护者了，这是我们每一思念及我们的时代，所不能忘却的！"①

第十三节："因为鲁迅在情感上的病态，使青年人以为社会、文化、国家过于坏，这当然是坏的，然而使青年人锐敏，从而对社会、世事、人情，格外关切起来，这是他的贡献。因为鲁迅在理智上的健康，使青年人能够反抗，能够前进，能够不妥协，这是好的。同时，一偏的，不深于思索的习惯之养成，却不能不说是坏的。撇开功利不谈，诗人的鲁迅，是有他的永久价值的，战士的鲁迅，也有他的时代的价值！"②

6. 沈从文及其他

沈从文，有文论著作《沫沫集》（上海大东书局，1934年4月），收录《论冯文炳》《论郭沫若》《论落华生》《鲁迅的战斗》等12篇文学批评。此外，还有《郁达夫张资平及其影响》（《新月》1930年第3卷第1期）、《文学界联合战线所有的意义》（《大众知

---

① 李长之：《鲁迅批判》，上海：北新书局，1936年1月，第202—203页。
② 同上，第203—204页。

识》1936 年第 1 卷第 3 期）等多篇文论散见在各期刊上。

《文学界联合战线所有的意义》主张："第一，文学观的改变，流行性与持久性的共同注意：第二，新的'经典'概念的展宽，包括一切有建设性的，向上的，团结的统一的，抗敌的作品；第三，理论得有事实来支持：这样来共同努力。我们文学界联合战线的意义应该包含下面三点：（一）现在一个广大范围中联合了，至少以后不再有私人的吵嘴，肉麻的批判。（二）希望作家各是努力来创作'经典'的作品，真的对于大众有益，引导人向健康、勇敢、团结的光明大路走。（三）许可另一种经典也能产生，就是那类增加人类的智慧，爱，提高民族精神，丰饶这民族的情感的读物。……除此我还说到作家间底'宽容'。'宽容'基于对于事物的认识或了解，作品是写人间的种种相，要博大精深，正确亲切，自然要对于一切人类有认识或了解——这认识与了解不特是社会的，经济的，还是生理的，心理的。现在的作品大都浮光掠影所写成，联合战线的意义，在这方面可以使作者下笔要谨严些，因为写作态度已经不同了。这联合战线能否持久，能否有意义，也可以看'宽容'在作家间能否存在，能否继续存在。"①

除前述几位批评者代表外，这时期比较活跃的还有苏雪林和梁宗岱。苏氏有《论闻一多的诗》（《现代》1934 年第 4 卷第 3 期）、《〈阿 Q 正传〉及鲁迅创作的艺术》（《国闻周报》1934 年第 11 卷第 44 期）、《沈从文论》（《文学》1934 年第 3 卷第 3 期）等文论；梁氏则有文论集《诗与真》（上海商务印书馆，1935 年 2 月）、《诗与真二集》（上海商务印书馆，1936 年 10 月）。

---

① 沈从文：《文学界联合战线所有的意义》，载《文摘》1937 年第 1 卷第 1 期，第 124 页。

　　三　文坛时局与潮流趋向

　　1927年5月至1937年6月的文坛时局，由于1927年四一二反革命政变，第一次国共合作开始破裂，加之西方工业文明的侵入和冲击，中国历史和社会处于风起云涌的震荡变革中：以上海为中心的东南沿海城市加速资本主义现代化模式的进程，广大内地农村则在封建宗法传统农业文明的坚守中分崩离析，由此产生了现代都市与传统乡村的相互对峙与渗透。震荡变革的时代进程激发了知识分子对中国未来何去何从的彷徨与焦虑，体现在文学领域，即是这一时期左翼、海派、京派三大文学流派的形成与发展。

　　左翼作家倡导文学为无产阶级革命斗争服务，自觉以革命文学为己任，对封建宗法的传统农业文明与资本主义工业文明同时展开批判，谋求以政改为目的的中国社会变革之路。代表人物有早期共产党员作家邓中夏、瞿秋白等；创造社作家李初梨、冯乃超等；太阳社作家蒋光慈、钱杏邨等；《奔流》作家鲁迅、郁达夫等；东北作家萧红（1911—1942）、萧军（1907—1988）等。

　　海派诞生在深受资本主义工业文明侵袭下的以上海为中心的东南沿海城市，商业市场的繁荣促使其文学创作有着自觉的先锋意识。但在享受五彩斑斓的现代都市文明生活的同时，又因面临着一系列与之相伴的都市"文明病"的困扰，在文学作品中则呈现出对都市文明既憧憬又幻灭的复杂心境。代表人物是《现代》杂志作家施蛰存、戴望舒等。而以《论语》系列刊物、新月书店、文化生活出版社和开明书店等为创作阵地的作家群体也都在上海这座中国最早的现代化都市里生存发展。

　　京派是以北京、天津等北方城市为中心的学者型非职业化的文人作家群体。他们是象牙塔里坚守文学独立自由的理想主义者，文学主张是既反对文学从属于政治，又反对文学从属于资本。代表人物有《大公报〈文艺副刊〉》作家沈从文、萧乾、林徽因等；清华大学、燕京大家、北京大学作家朱光潜、闻一多、郑振铎、叶公超、朱自清等。

1927 年 5 月至 1937 年 6 月的文学创作潮流趋向，主要表现为对上一时期两个文学思潮的改变以及由此产生的文学主题、叙述方式等创作上的变化，大致可从以下两个方面概略了解。一是上一时期"为艺术的艺术"的文学主张，被这一时期的主流文坛否定：创造社的自我批判在此不再赘述，沈从文、梁实秋、朱光潜等非左翼文学家的理论宣言，都不约而同地呈现出探寻人生、社会以及民族命运的思索。诚如朱光潜在《文学杂志》创刊号上发表的《我对于本刊的希望》（《文学杂志》1937 年第 1 卷第 1 期）宣言："在现代中国，我们一提到文艺，就要追问到思想。这是不可避免的。在任何时代，文艺多少都要反映作者对于人生的态度和他的特殊时代的影响。各时代的文艺成就大小，也往往以它从文化思想背景所吸收的滋养料的多寡深浅为准。整部的文学史，无论是东方的或西方的，都是这条原则的例证。十九世纪所盛行的'为文艺而文艺'的主张是一种不健全的文艺观，在今日已为多数人所公认。并且，无论它是否健全，它究竟有一个思想上的出发点。每种文艺观都必同时是一种人生观，所以'为文艺而文艺'的信条自身就隐含着一种矛盾。着重文艺与文化思想的密切关联，并不一定走到'文以载道'的窄路。从文化思想背景吸收滋养，使文艺播根于人生沃壤，是一回事；取教训的态度，拿文艺做工具去宣传某一种道德的，宗教的或政治的信条，又另是一回事。这个分别似微妙而实明显。从历史的教训看，文艺上的伟大收获都有丰富的文化思想做根源，强文艺就范于某一种窄狭信条的尝试大半是失败。"[1] 而上一时期"为人生的艺术"的文学主

---

[1] 朱光潜：《我对于本刊的希望》，载《文学杂志》1937 年第 1 卷第 1 期，第 1—2 页。

张，新文学第一代作家们注重将文学作为改造社会人生的工具，这一时期在对人生问题的思考基础上，着重拓展对社会性质、出路以及发展等问题的探寻。

二是伴随着上述两个文学思潮的改变，文学题材和叙述手法也相应产生变化。前者由表现知识分子个人的心路历程转而向工农、小资产阶级、民族资本家等社会各阶层命运变迁的全视野考察；后者则由抒情为主的叙述手法转向偏重叙事。与此同时，较之上一个时期新文学以吸收外来文学营养为主，这一时期更多地继承传统，批判地吸收传统文学的营养，显示出新文学自觉的独创的发展特征。诚如茅盾在《叙事诗的前途》（《文学》1937 年第 8 卷第 2 期）中评论此时期新诗的变化："这一二年来，中国的新诗有一个新的倾向：从抒情到叙事，从短到长。这是新诗人们和现实密切拥抱之必然的结果；主观的生活的体验和客观的社会的要求，都迫使新诗人们觉得抒情的短章不够适应时代的节奏，不能把新诗从'书房'和'客厅'扩展到十字街头和田野了。因此我觉得'从抒情到叙事'，'从短到长'虽然表面上好像只是新诗的领域的开拓，可是在底层的新的文化运动的意义上，这简直可说是新诗的再解放和再革命。我以为最可注意的，是田间的《中国农村底故事》，藏〔臧〕克家的《自己写照术》，和蒲风的《六月流火》。田间先已发表过诗集《中国牧歌》。其中有不少佳作。飞迸的热情，新鲜的感觉，奔放的想像，镕铸在他的独创的风格，这是可贵的；他的完全摆脱新诗已有的形式的大胆，想采取民谣的长处，而不为民谣的形式所束缚（民谣的造句虽然简直，可是字数却颇齐整），这又是很可喜的。"[1]

---

[1] 茅盾：《叙事诗的前途》，载《文摘》1937 年第 1 卷第 3 期，第 131—132 页。

中文时序之觉新

中国现代文学述往

下 册

谭 鸿 著

长春出版社

国家一级出版社

全国百佳图书出版单位

第七章 小说（二）

惟以人性无常，善恶随其环境，惟上智者能战胜。忠孝仁义等，号称美德，其中亦多虚伪。然世界浮沤，人生朝露，非此又不足以维秩序而臻安乐。空口提倡，人必谓之老生常谈，乃寄于小说之中，以期潜移默化。

——还珠楼主《给徐国桢的书信》

1927 年 5 月至 1937 年 6 月的中国新小说，因政治和商业的明显介入，上一时期形成的客观写实与主观抒情两个流派，分化成左翼、京派、海派三个流派。旧小说则在社会言情和武侠两个类型题材上呈现出焕然一新的现代化进程局面。

一 左翼小说及其他

蒋光慈等无产阶级文学先驱，开拓了以左联为核心的左翼小说创作形式，此类小说为大革命前后影响一代青年知识分子走上革命道路起到了积极作用。

蒋光慈，处女作书信体小说《少年飘泊者》（上海亚东图书馆，1926 年 1 月），叙述农村少年汪中在经验艰难曲折的流浪历程后最终走上革命事业的道路。蒋氏在《〈少年飘泊者〉自序》（1925 年 11 月 1 日于上海）中写道："在现在唯美派小说盛行的文学界中，我知道我这一本东西，是不会博得人们喝采的。人们方群沉醉于什么花呀，月呀，好哥哥，甜妹妹的软香巢中，我忽然跳出来做粗暴的叫喊，似觉有点太不识趣了。不过读者切勿误会我是一个完全粗暴的人！我爱美的心，或者也许比别人更甚一点；我也爱幻游于美的国度里。但是，现在我所耳闻目见的，都不能令我起美的快感，更那能令我发美的歌声呢？朋友们！我也实在没有法子呵！倘若你们一些文明的先生们说我是粗暴，则我请你们莫要理我好了。我想，现在粗暴的人们毕竟占多数，我这一本粗暴的东西，或者不至于不能得着一点儿同情的应声。"[1]

在处女作之后，蒋光慈陆续发表《短裤党》（上海泰东书局，1927 年 11 月）、《野祭》（上海创造社出版部，1927 年 11 月）和《菊芬》（上海现代书局，1928 年 4 月）等小说。其中，《丽莎的哀怨》（上海现代书局，1929 年 8 月），受到左翼批评家的严苛批评。生命的最后时光，饱受疾病折磨的蒋氏坚持创作完成了长篇进步小说《咆哮了的土地》（《拓荒者》1930 年第 1 卷第 3—4/5 期，上海湖风书局，1932 年 4 月出版单行本改名为《田野的风》），该部作品最早反映了中共领导下的早期农村革命运动的面貌。

柔石，本名赵平复，1921 年加入"晨光文学社"开始从事新文学运动。1925 年，在北京大学当旁听生。1928 年在上海结识鲁迅，后加入左联。早期作品有短篇集《疯人》（宁波华生印局，1925 年元旦），收录《疯人》《前途》《无聊的谈话》《船中》《爱的隔膜》《一线的爱呀》6 篇追求爱与美的小说。

长篇小说《旧时代之死》（上海北新书局，1929 年 10 月），分为"未成功的破坏"和"冰冷冷的接吻"上下两册，通过塑造朱胜瑀这样一位既憎恶旧时代又缺乏斗争勇气，既向往新生活又无

---

①蒋光慈：《〈少年飘泊者〉自序》，载《少年飘泊者》，上海：亚东图书馆，1927 年 4 月四版，第 1—2 页。

力实现的主人公，来控诉社会毁灭青年的罪恶，揭示知识青年的"时代病"。小说除对旧时代的不满与仇恨的描写外，最后一节"余音"洋溢着对新时代的憧憬与期待。柔石在《〈旧时代之死〉自序》（1929 年 8 月 16 日于上海闸北）中写道："回忆向前溯，说几句几年以前的事罢。那时正是段琪瑞在天安门前大屠杀北京学生的时候，我滞留在上海。那时心内的一腔愤懑，真恨的无处可发泄。加之同住在上海的几位朋友，多半失着业，叫着苦；……这部小说我是意识地野心地掇拾青年苦闷与呼号，凑合青年的贫穷与愤恨，我想表现着'时代病'的传染与紧张。"①

中篇小说《二月》（上海春潮书局，1929 年 11 月），以青年婚姻恋爱为题材，描绘大时代下中国知识青年苦闷徘徊的思想面貌。鲁迅在《〈二月〉小引》（1929 年 8 月 20 日于上海）中写道："冲锋的战士，天真的孤儿，年青的寡妇，热情的女人，各有主义的新式公子们，死气沈沈而交头接耳的旧社会，倒也并非如蜘蛛张网，专一在待飞翔的游人，但在寻求安静的青年的眼中，却化为不安的大苦痛，这大苦痛，便是社会的可怜的椒盐，和战士孤儿等辈一同，给无聊的社会一些味道，使他们无聊地持续下去。浊浪在拍岸，站在山冈上者和飞沫不相干，弄潮儿则于涛头且不在意，惟有衣履尚整，徘徊海滨的人，一溅水花，便觉得有所沾湿，狼狈起来。这从上述的两类人们看来，是都觉得诧异的。但我们书中的青年萧君，便正落在这境遇里。他极想有为，怀着热爱，而有所顾惜，过于矜持，终于连安住几年之处，也不可得。他其实并不能成为一小齿轮，跟着大齿轮转动，他仅是外来的一粒石子，所以轧了几下，发几声响，便被挤到女佛山——上海去了。他幸

①柔石：《〈旧时代之死〉自序》，载《旧时代之死》，上海：北新书局，1929 年 10 月，第 1—2 页。

而还坚硬，没有变成润泽齿轮的油。但是，翟昙（释迦牟尼）从夜半醒来，目睹宫女们睡态之丑，于是慨然出家，而霍善斯坦因以为是醉饱后的呕吐。那么，萧君的决心遁走，恐怕是胃弱而禁食的了，虽然我还无从明白其前因，是由于气质的本然，还是战后的暂时的劳顿。我从作者用了工妙的技术所写成的草稿上，看见了近代青年中这样的一种典型，周遭的人物，也都生动，便写下一些印象，算是序文。大概明敏的读者，所得必当更多于我，而且由读时所生的诧异或同感，照见自己的姿态的罢？那实在是很有意义的。"①

短篇小说《为奴隶的母亲》（《萌芽月刊》1930 年第 1 卷第 3 期，香港齿轮编译社，1941 年 5 月），通过刻画春宝娘这样一位为别人充当生子工具的人物形象，来揭示和控诉旧社会惨无人道的"典妻"现象。

胡也频（1903—1931），1921 年入山东烟台海军预备学校。1924 年与项拙在北京编辑《京报副刊〈民众文艺周刊〉》，开始文学创作。1925 年与丁玲（1904—1986）结婚。1928 年在上海编辑《中央日报副刊〈红与黑〉》，1929 年与丁玲、沈从文三人合办《人间》《红黑》期刊，1930 年加入左联。小说作品主要有短篇集《圣徒》（上海新月书店，1927 年 9 月）、《活珠子》（上海光华书局，1928 年 4 月）、《诗稿》（上海现代书局，1928 年 9 月）；中篇小说《一幕悲剧的写实》（上海中华书局，1930 年 1 月）、《到莫斯科去》（上海光华书局，1930 年 6 月）；长篇小说《光明在我们的前面》（上海春秋书店，1930 年 10 月）。

丁玲在《一个真实人的一生——记胡也频》（1950 年 11 月 15

---

① 鲁迅：《〈二月〉小引》，载《二月》，上海：春潮书局，1929 年 11 月，第 1—2 页。

日于北京）中回忆："要做技术专家的梦，已经完全破灭，在每天都可以饿肚子的情况下，一些新的世界、古典文学、浪漫主义的生活情调与艺术气质，一天一天就侵蚀着这个孤单的流浪青年，把他极简单的脑子引向美丽的、英雄的、神奇的幻想，而且与他的现实生活并不配衬。……也频却是一个坚定的人。他还不了解革命的时候，他就诅咒人生，讴歌爱情，但当他一接触革命思想的时候，他就毫不怀疑，勤勤恳恳去了解那些他从来也没听到过的理论。他先是读那些马克思主义的文艺理论。后来也涉及到一些社会科学书籍。"[①]

沈从文在写于1931年8月至9月的《记胡也频》（上海光华书局，1932年5月）中评曰："这个海军学生，我们年龄相差并不很远，我们的性格，可完全不同了。这海军学生，南方人的热情，如南方的日头，什么事使他一胡涂时，无反省，不旁顾，就能勇敢的想像到另外一个世界里的一切，且只打量走到那个新的理想中去。把自己生活，同另一个人的生活，在少少几回见面里，就成立了一种特殊的友谊，且就用这印象，建筑一种希望，这种南方人热情，当时是使我十分吃惊的。……他是一个有自信的人。他的自信在另外一些人看来，用'刚愎'或'固执'作为性格的解释，都不至于相失太远。但这性格显然是一个男子必需的性格，在爱情上或事业上，都依赖到这一种性格，才能有惊人特出的奇景。这种性格在这个海军学生一方面，因了它的存在，到后坚固了他生活的方向。虽恰恰因为近于正面凝视到人生，于是受了这个时代猛力的一击，生命与创作，同时结束到一个怵目的情境里，然而敢于正视生活的雄心，这男性的强悍处，却正是这个时代所

---

① 丁玲：《一个真实人的一生——记胡也频》，载胡也频《胡也频选集》，北京：开明书店，1951年7月，第14—17页。

不能少的东西。"①

　　左翼革命现实主义小说的整体定位在继蒋光慈、柔石、胡也频几位先驱者的创作之后，呈现出以茅盾、沙汀（1904—1992）、吴组缃、叶紫（1910—1939）等的社会剖析小说为主，以张天翼等的社会讽刺小说，艾芜（1904—1992）、萧红等的社会抒情小说为辅的局面。

　　茅盾，原名沈德鸿，字雁冰，出生于浙江省桐乡县乌镇。1913 年入北京大学预科，1916 年赴上海商务印书馆编译所工作，1930 年加入左联。小说作品主要有长篇小说"爱情三部曲"《蚀》（上海开明书店，1930 年 5 月），含《幻灭》（《小说月报》1927 年第 18 卷第 9—10 期）、《动摇》（《小说月报》1928 年第 19 卷第 1—3 期）、《追求》（《小说月报》1928 年第 19 卷第 6—9 期）3 篇小说；长篇小说《虹》（上海开明书店，1930 年 3 月）和《子夜》（上海开明书店，1933 年 1 月）；短篇集《野蔷薇》（上海大江书铺，1929 年 7 月），收录《创造》《自杀》《一个女性》《诗与散文》《昙》5 篇小说；短篇集《春蚕》（上海开明书店，1933 年 5 月），收录《春蚕》《秋收》《小巫》《林家铺子》等 8 篇小说，《春蚕》《秋收》与《残冬》（《文学》1933 年第 1 卷第 1 期）合称"农村三部曲"。

　　茅盾这时期的文学主张主要见于以下四篇文论。《读〈倪焕之〉》（《文学周报》1929 年第 8 卷第 20 期）谈论"五四"文学："即使是善忘的人们，想亦不会忘记了十年前的今日曾经掀发了划时代的五四运动。谁也还能够想象出，或是清晰地回忆到，那时候的初觉醒的人心的热力！……现在我们回过头去看。高高地堆在那里的这个伟大的'五四'的骸骨是些什么呢？几本翻译的哲

　　① 沈从文：《记胡也频》，上海：光华书局，1932 年 5 月，第 11—12 页，第 33—34 页。

学书；几卷'新'字排行的杂志，其中并列着而且同样地热心鼓
吹着各种冲突的'新思想'；几本翻译的法国俄国文学作品。新文
学的提倡差不多成为'五四'的主要口号，然而反映这个伟大时
代的文学作品并没有出来。当时最有惊人色彩的鲁迅的小说——
后来收进《呐喊》里的，在攻击传统思想这一点上，不能不说是
表现了'五四'的精神，然而并没反映出'五四'当时及以后的
刻刻在转变着的人心。《呐喊》中间有封建社会崩坍的响声，有粘
附着封建社会的老朽废物的迷惑失措和垂死的挣扎，也有那受不
着新思潮的冲激，'不知有汉，无论魏晋'的老中国的暗陬的乡
村，以及生活在这些暗陬的老中国的儿女们，但是没有都市，没
有都市中青年们的心的跳动。……在《彷徨》中，有两篇都市人
生的描写：《幸福的家庭》和《伤逝》。这两篇涂着恋爱色彩的作
品，暗示的部分要比题面大得多。'五四'以后青年的苦闷，在这
里有一个显明的告白。弹奏着'五四'的基调的都市的青年知识
分子生活的描写，至少是找到了两个例了。然而也正象《呐喊》
中的乡村描写只能代表了现代中国人生的一角，《彷徨》中这两篇
也只能表现了'五四'时代青年生活的一角；因而也不能不使人
犹感到不满足。鲁迅而外的作家大都用现代青年生活作为描写的
主题了。郁达夫的《沉沦》，许钦文的《赵先生的烦恼》，王统照
的《春雨之夜》，周全平的《梦里的微笑》，张资平的《苔莉》等，
都是卓越的例证。但是这些作品所反映的人生还是极狭小的，局
部的；我们不能从这些作品里看出'五四'以后的青年心灵的震
幅。最近罗美给我的信中说：'我觉得在这一时期中，"彷徨"的
心理实是非常普遍的一种心理。其他的 Key—note 就是知识者物质
生活的穷困；这在许多小说中表现得从来没有的 sharp'。（原信见
《文学周报》第八卷第十号）这个论断是很对的，可是我犹以为这
一时期中的作品实在还未能充分表现了实生活中的青年的彷徨的

心情。进一步说，这时期的作品并没表现出'彷徨'的广阔深入的背景，——比如思想界的混乱，社会基层的动摇，新旧势力之错综肉搏而无显著的进退，——而只描写了一些表面的苦闷。也就是因为了这个原因，所以此一时期的作品缺乏浓郁的社会性。"①

《旧形式、民间形式与民族形式》（《戏剧春秋》1940 年第 1 卷第 2 期）主张："新中国文艺的民族形式的建立，是一件艰巨而久长的工作，要吸收过去民族文艺的优秀的传统，更要学习外国古典文艺以及新现实主义的伟大作品的典范，要继续发展五四以来的优秀作风，更要深入于今日的民族现实，提炼镕铸其新鲜活泼的质素。"②

《激烈的抗议者，愤怒的揭发者，伟大的批判者》（《人民日报》1960 年 11 月 26 日）盛赞托尔斯泰的作品："以惊人的艺术力量概括了极其纷繁的社会现象，并且揭示出各种复杂现象之间的内在联系，提出许多重大的社会问题。托尔斯泰作品的宏伟的规模、复杂的结构、细腻的心理分析、表现心理活动的丰富手法以及他的无情地撕毁一切假面具的独特手法，都大大提高了艺术作品反映现实的可能性，丰富和发展了现实主义的艺术创作方法。"③

《从牯岭到东京》（《小说月报》1928 年第 19 卷第 10 期）写道："有一位英国批评家说过这样的话：左拉因为要做小说，才去经验人生；托尔斯泰则是经验了人生以后才来做小说。这两位大师的出发点何其不同，然而他们的作品却同样的震动了一世了！

---

①茅盾：《读〈倪焕之〉》，载《茅盾论创作》，上海：上海文艺出版社，1980 年 5 月，第 225—228 页。

②茅盾：《旧形式、民间形式与民族形式》，载《戏剧春秋》1940 年第 1 卷第 2 期，第 4 页。

③茅盾：《激烈的抗议者，愤怒的揭发者，伟大的批判者》，载《人民日报》1960 年 11 月 26 日，第七版。

左拉对于人生的态度至少可说是'冷观的'，和托尔斯泰那样的热爱人生，显然又是正相反；然而他们的作品却又同样是现实人生的批评和反映。我爱左拉，我亦爱托尔斯泰。我曾经热心地——虽然无效地而且很受误会和反对，鼓吹过左拉的自然主义，可是到我自己来试作小说的时候，我却更近于托尔斯泰了。自然我不至于狂妄到自拟于托尔斯泰；并且我的生活、我的思想，和这位俄国大作家也并没几分的相象；我的意思只是：虽然人家认定我是自然主义的信徒，——现在我许久不谈自然主义了，也还有那样的话，——然而实在我未尝依了自然主义的规律开始我的创作生涯；相反的，我是真实地去生活，经验了动乱中国的最复杂的人生的一幕，终于感得了幻灭的悲哀，人生的矛盾，在消沉的心情下，孤寂的生活中，而尚受生活执着的支配，想要以我的生命力的余烬从别方面在这迷乱灰色的人生内发一星微光，于是我就开始创作了。我不是为的要做小说，然后去经验人生。"①

茅盾正是基于上述文学主张以及真实体验了动乱的中国的经历，于是有了代表作《子夜》的诞生。小说把民族资本家吴荪甫置于政治、经济、社会等多方面错综复杂的关系中，通过对他的经历的叙述，较完整地呈现出 1930 年代中国社会城市各阶层的思想、性格、命运及其转变流动的丰富性与复杂性。茅盾在《〈子夜〉后记》（1932 年 12 月）中自述："就在那时候，我有了大规模地描写中国社会现象的企图。……我的原定计划比现在写成的还要大许多。"② 又在《〈子夜〉是怎样写成的》（新疆《日报副刊〈绿州〉》1939 年 6 月 1 日）中写道："在我病好了的时候，正是

①茅盾：《从牯岭到东京》，载《茅盾论创作》，上海：上海文艺出版社，1980 年 5 月，第 28—29 页。

②茅盾：《〈子夜〉后记》，载《子夜》，上海：开明书店，1933 年 6 月三版，第 577 页。

中国革命转向新的阶段，中国社会性质论战得激烈的时候，我那时打算用小说的形式写出以下的三个方面：（一）民族工业在帝国主义经济侵略的压迫下，在世界经济恐慌的影响下，在农村破产的环境下，为要自保，使用更加残酷的手段加紧对工人阶级的剥削；（二）因此引起了工人阶级的经济的政治的斗争；（三）当时的南北大战，农村经济破产以及农民暴动又加深了民族工业的恐慌。这三者是互为因果的。我打算从这里下手，给以形象的表现。"① 又在写于 1977 年 10 月 9 日的《再来补充几句》（原载《子夜》，人民文学出版社 1977 年 12 月版）中补充："《子夜》原来的计划是打算通过农村（那里的革命力量正在蓬勃发展）与城市（那里敌人力量比较集中因而也是比较强大的）两者革命发展的对比，反映出这个时期中国革命的整个面貌，加强作品的革命乐观主义。……这本书写了三个方面：买办资产阶级，民族资产阶级，革命运动者及工人群众。三者之中，前两者是作者与有接触，并且熟悉，比较真切地观察了其人与其事的；后一者则仅凭'第二手'的材料，即身与其事者乃至第三者的口述。"②

叶圣陶在《略谈雁冰兄的文学工作》（《文哨》1945 年第 1 卷第 3 期）中评曰："他作小说一向是先定计划的，计划不只藏在腹中，还要写在纸上，写在纸上的不只是个简单的纲要，竟是细磨细琢的详尽的纪录。据我的记忆，他这种工夫，在写《子夜》的时候用得最多。我有这么个印象，他写《子夜》，是兼具文艺家写创作与科学家写论文的精神的。近来他写《霜叶红似二月花》与《走上岗位》，想来仍然是这样。对于极相信那可恃而不可恃的天

---

① 茅盾：《〈子夜〉是怎样写成的》，载《茅盾论创作》，上海：上海文艺出版社，1980 年 5 月，第 59 页。

② 茅盾：《再来补充几句》，载《茅盾论创作》，上海：上海文艺出版社，1980 年 5 月，第 63 页。

才的人们，他的态度该是个可取的模式。"①

茅盾小说主要创造了民族资本家与时代新女性两类系列形象，注重将人物置于不同历史时期的广阔社会中，勾勒出人物性格、心理情感乃至命运的发展变化。通过阐述中国民族资产阶级与新女性所走的历史道路，展示他们在不同阶段的不同特征。诚如茅盾在《从牯岭到东京》中自述："并且《幻灭》《动摇》《追求》这三篇中的女子虽然很多，我所着力描写的，却只有二型：静女士，方太太，属于同型；慧女士，孙舞阳，章秋柳，属于又一的同型。静女士和方太太自然能得一般人的同情——或许有人要骂她们不彻底，慧女士，孙舞阳，和章秋柳，也不是革命的女子，然而也不是浅薄的浪漫的女子。如果读者并不觉得她们可爱可同情，那便是作者描写的失败。"②

茅盾小说的结构方式也经历了一个发展过程。第一部作品《蚀》，从单线结构的《幻灭》到双线结构的《动摇》，再到多条线结构的《追求》；之后的《虹》则以时空的转移为发展线索；从《子夜》始，采取更适合于繁复生活的蛛网式结构，"把好几个线索的头，同时提出然后来交错地发展下去……在结构技巧上要竭力避免平淡，但是太巧了也便显得不自然了"③。

丁玲，1921年在陈独秀等创办的上海平民女子学校学习，1923年入中国共产党创办的上海大学中文系学习。1924年赴北京，其间结识胡也频并与其结婚。1931年胡也频被捕去世，1933年她

---

①叶圣陶：《略谈雁冰兄的文学工作》，载《现代文献》1946年第1卷第1期，第90页。

②茅盾：《从牯岭到东京》，载《茅盾论创作》，上海：上海文艺出版社，1980年5月，第31页。

③茅盾：《〈子夜〉是怎样写成的》，载《茅盾论创作》，上海：上海文艺出版社，1980年5月，第61页。

自己被捕两次，1936 年赴延安。主要作品有处女作《梦珂》（《小说月报》1927 年第 18 卷第 12 期）；成名作《莎菲女士的日记》（《小说月报》1928 年第 19 卷第 2 期）；短篇集《在黑暗中》（上海开明书店，1928 年 10 月），收录《梦珂》《莎菲女士的日记》《暑假中》《阿毛姑娘》4 篇小说；短篇集《自杀日记》（上海光华书局，1929 年 5 月），收录《潜来了客的月夜》《自杀日记》《庆云里中的一间小房里》《过年》《岁暮》《小火轮上》6 篇小说；短篇集《一个女人》（上海中华书局，1930 年 4 月），收录《一个女人和一个男人》《他走后》《日》《少年孟德的失眠》《在一个晚上》《野草》6 篇小说；中篇小说《韦护》（上海大江书铺，1930 年 9 月）；短篇集《一个人的诞生》（上海新月书店，1931 年 5 月），收录《一九三〇年春上海（之一）》《一九三〇春上海（之二）》《一个人的诞生》《牺牲》4 篇小说；短篇集《水》（上海新中国书局，1933 年 2 月），收录《水》《田家冲》《一天》《从夜晚到天亮》《年前的一年》5 篇小说；短篇集《夜会》（上海现代书局，1933 年 6 月），收录《某夜》《法网》《消息》《诗人亚洛夫》《夜会》《给孩子们》《奔》7 篇小说；长篇小说《母亲》（上海良友图书印刷公司，1933 年 6 月）。1933 年 6 月 27 日《申报》刊载《母亲》一书的出版广告："这是写前一代革命女性的典型作品。作者以一九一一年辛亥革命为背景，叙述自己的母亲在大时代未来临以前，以一个年轻寡妇，在旧社会中遭遇了层层的苦痛和压迫，使她觉悟到女性的伟大使命，而独自走向光明去。"①

短篇小说《水》，是丁玲的分水岭作品。何丹仁（冯雪峰）在《关于新的小说的诞生——评丁玲的〈水〉》（《北斗》1932 年第 2

①《良友文学丛书之七丁玲女士长篇创作〈母亲〉》（广告），载《申报》1933 年 6 月 27 日，第三版。

卷第1期）中评曰："《水》所以引起读者的赞成，无疑义的是在：第一，作者取用了重大的巨大的现时的题材。题材对于小说，总是占着重要的地位，而是像水灾这样动人的，时事的，照出整个中国社会生活的题材，虽然多得'收之不尽'，却还不能使许多作家抛去穷屈的虚伪的'身边琐事'的时候，则作者快捷的加以取用，就会引起读者的热情的注意是一定的。并且也就在这点上，有着他这一种特别的意义。但是，最主要的还在：第二，在现在的分析上，显示作者对于阶级斗争的正确的坚决的理解。第三，作者有了新的描写方法，在《水》里面，不是一个或二个的主人公，而是一大群的大众，不是个人的心理的分析，而且是集体的行动的开展（这二点，当然和题材有关系的）。它的人物不是孤立的，固定的，而是全体中相互影响的，发展的。"①

茅盾在《女作家丁玲》（《文艺月报》1933年第1卷第2期）中评曰："从一九三一年夏起，丁玲再不是中国左翼作家联盟阵外的'同路人'而是阵营内战斗的一员。那时中国的左翼刊物悉遭封闭，出版左倾书报的书店都受严重的压迫，左翼作家联盟在整顿阵容，改变了战略以后，乃有《北斗》杂志出版。这是当时全中国在左联领导下的唯一的文艺刊物。丁玲女士当了编辑。她的短篇小说《水》就在这刊物上发表。《水》在各方面都表示了丁玲的表现才能的更进一步的开展。这是以一九三一年中国十六省的水灾作为背景的。遭了水灾的农民群众是故事中的主人公。他们和洪水奋斗和饿寒奋斗，最后，逃到城市的时候，又和欺骗他们的官吏绅士放赈员奋斗，终于和自己队伍中的动摇思想奋斗。全体的农民就革命化起来，这是一九三一年大水灾后农村加速度革

① 何丹仁：《关于新的小说的诞生——评丁玲的〈水〉》，载丁玲《丁玲选集》，上海：天马书店，1933年12月，第282页。

命化的文艺上的表现。虽然只是一个短篇小说，而且在事后又多用了一些观念的描写，可是这篇小说的意义是很重大的。不论在丁玲个人，或文坛全体，这都表示了过去的'革命恋爱'的公式已经被清算！"①

张天翼，1926 年考入北京大学，左联出色的讽刺小说家。早期作品有短篇小说《三天半的梦》(《奔流》1929 年第 1 卷第 10 期)和《二十一个》(《文学生活》1931 年第 1 卷第 1 期)；短篇集《从空虚到充实》(上海联合书店，1931 年 1 月)，收录《三天半的梦》《报复》《从空虚到充实》《搬家后》《三太爷与桂生》《三弟兄》6 篇小说。

1933 年至 1937 年，一批讽刺小说的陆续创作发表，形成了张天翼的讽刺艺术特征。如《脊背与奶子》(上海良友图书印刷公司，1933 年 2 月)、《蛇太爷的失败》(《文学时代》1935 年第 1 卷第 2 期)、《陆宝田》(《文丛》1937 年第 1 卷第 1 期)、《同乡们》(《文丛》1937 年第 1 卷第 3 期)、《善女人》(《文学》1935 年第 4 卷第 1 期) 等。《包氏父子》(《文学》1934 年第 2 卷第 4 期) 是其中的代表作，无节制溺爱儿子的父亲和被娇生惯养无法无天的儿子共同演绎了一出讽刺的悲剧故事。

沙汀，1922 年入四川省立第一师范学校学习，后从事革命文学工作。其小说具有浓厚的地方色彩，这色彩不是风俗图卷的描绘，而是人物与社会的复杂关联所呈现的世态人情。主要作品有短篇集《法律外的航线》(上海辛垦书店，1932 年 10 月)，收录《法律外的航线》《汉奸》《平平常常的故事》等 12 篇小说；短篇小说《兽道》(《光明》1936 年第 1 卷第 1 期)；短篇集《土饼》(上海

---

① 茅盾：《女作家丁玲》，载丁玲《丁玲选集》，上海：天马书店，1933 年 12 月，第 296—297 页。

文化生活出版社，1936 年 7 月），收录《赶路》《凶手》《丁跛公》等 10 篇小说；短篇集《苦难》（上海文化生活出版社，1937 年 7 月），收录《轮下》《龚老法团》《代理县长》等 9 篇小说。

叶紫，1926 年就读于中央军事政治学校武汉分校，后加入左联。在其短暂的一生中，为革命文学贡献了不少的作品：中篇小说《星》（上海文化生活出版社，1936 年 12 月）；短篇集《山村一夜》（上海良友图书印刷公司，1937 年 4 月），收录《偷莲》《鱼》《山村一夜》《湖上》《校长先生》《电车上》6 篇小说。这些小说大都表现了时代裹挟下洞庭湖畔几代农民的生活及成长。

短篇集《丰收》（上海奴隶社，1935 年 3 月），系"奴隶丛书"之一，收录《丰收》《火》《电网外》《夜哨线》《杨七公公过年》《乡导》6 篇小说。鲁迅在《〈丰收〉序言》（1935 年 1 月 16 日于上海）中写道："这里的六个短篇，都是太平世界的奇闻，而现在却是极平常的事情。因为极平常，所以和我们更密切，更有大关系。作者还是一个青年，但他的经历，却抵得太平天下的顺民的一世纪的经历，在转辗的生活中，要他'为艺术而艺术'，是办不到的。但我们有人懂得这样的艺术，一点用不着谁来发愁。……作者已经尽了当前的任务，也是对于压迫者的答覆：文学是战斗的！"[1]

艾芜，1921 年入读四川省立第一师范学校，后加入左联。主要作品有短篇集《南国之夜》（上海良友图书印刷公司，1935 年 3 月），收录《南国之夜》《咆哮的许家屯》《左手行礼的兵士》《伙伴》《强与弱》《欧洲的风》6 篇小说；短篇集《芭蕉谷》（上海商务印书馆，1937 年 6 月），收录《芭蕉谷》《某校纪事》《端阳节》

---

[1] 鲁迅：《〈丰收〉序言》，载叶紫《丰收》，上海：奴隶社，1936 年 3 月，第 2—3 页。

3 篇小说；短篇集《南行记》（上海文化生活出版社，1935 年 12 月），收录《人生哲学的一课》《山峡中》《松岭上》《在茅草地》《洋官与鸡》《我诅咒你那么一笑》《我们的友人》《我的爱人》8 篇小说；短篇集《夜景》（上海文化生活出版社，1936 年 11 月），收录《夜景》《儿子归来的时侯》《变》《乡下人》《张福保》《饥饿》等 10 篇小说；短篇集《山中牧歌》（上海天马书店，1935 年 9 月），收录《山中牧歌》《罂粟花》《瘴气的谷》《疯婆子》《风土画两幅》5 篇小说。代表作短篇集《南行记》以明丽清新的主观浪漫色调叙述一个漂泊的知识分子在边疆异域的见闻和经历。

萧红，一位文学创造力极佳的女作家，可惜仅 31 岁即在香港因病早逝。早期以"悄吟"之名与三郎（萧军）合著短篇集《跋涉》（哈尔滨五画印刷社，1933 年 10 月）；之后独立发行短篇集《牛车上》（上海文化生活出版社，1937 年 5 月），收录《牛车上》《家族以外的人》《红的果园》《孤独的生活》《王四的故事》5 篇小说。萧红的作品追求小说、散文、诗兼有的文体创新，正如聂绀弩（1903—1986）在《〈萧红选集〉序》中回忆萧红自述："有一种小说学，小说有一定的写法，一定要具备某几种东西，一定写得象巴尔扎克或契诃甫的作品那样。我不相信这一套，有各式各样的作者，有各式各样的小说。"①

成名作中篇小说《生死场》（上海奴隶社，1935 年 12 月），系"奴隶丛书"之三。鲁迅在《〈生死场〉序言》（1935 年 11 月 14 日）中写道："记得已是四年前的事了，时维二月，我和妇孺正陷在上海闸北的火线中，眼见中国人的因为逃走或死亡而绝迹。后来仗着几个朋友的帮助，这才得进平和的英租界，难民虽然满路，居

---

① 聂绀弩：《〈萧红选集〉序》，载萧红《萧红选集》，北京：人民文学出版社，1981 年 5 月二版，第 2—3 页。

人却很安闲。和闸北相距不过四五里罢，就是一个这么不同的世界，——我们又怎么会想到哈尔滨。这本稿子的到了我的桌上，已是今年的春天，我早重回闸北，周围又复熙熙攘攘的时候了。但却看见了五年以前，以及更早的哈尔滨。这自然还不过是略图，叙事和写景，胜于人物的描写，然而北方人民的对于生的坚强，对于死的挣扎，却往往已经力透纸背；女性作者的细致的观察和越轨的笔致，又增加了不少明丽和新鲜。精神是健全的，就是深恶文艺和功利有关的人，如果看起来，他不幸得很，他也难免不能毫无所得。听说文学社曾经愿意给她付印，稿子呈到中央宣传部书报检查委员会那里去，搁了半年，结果是不许可。人常常会事后才聪明，回想起来，这正是当然的事：对于生的坚强和死的挣扎，恐怕也确是大背‘训政’之道的。今年五月，只为了《略谈皇帝》这一篇文章，这一个气焰万丈的委员会就忽然烟消火灭，便是‘以身作则’的实地大教训。奴隶社以汗血换来的几文钱，想为这本书出版，却又在我们的上司‘以身作则’的半年之后了，还要我写几句序。然而这几天，却又谣言蜂起，闸北的熙熙攘攘的居民，又在抱头鼠窜了，路上是骆驿不绝的行李车和人，路旁是黄白两色的外人，含笑在赏鉴这礼让之邦的盛况。自以为居于安全地带的报馆的报纸，则称这些逃命者为‘庸人’或‘愚民’。我却以为他们也许是聪明的，至少，是已经凭着经验，知道了煌煌的官样文章之不可信。他们还有些记性。现在是一九三五年十一月十四的夜里，我在灯下再看完了《生死场》，周围像死一般寂静，听惯的邻人的谈话声没有了，食物的叫卖声也没有了，不过偶有远远的几声犬吠。想起来，英法租界当不是这情形，哈尔滨也不是这情形；我和那里的居人，彼此都怀着不同的心情：住在不同的世界。然而我的心现在却好像古井中水，不生微波，麻木的写了以上那些字。这正是奴隶的心！——但是，如果还是搅乱了读者的心呢？那么，我们还决不是奴才。不过与其听我还在安坐中的牢骚话，不如快看下面的《生死场》，她才会给你们以坚强和挣扎的力气。"①

萧军，有着东北人特有的粗犷与豪放，他在《〈八月的乡村〉再版感言》（1936 年 2 月 2 日）中自述："或有人说：这不像一颗成熟的果子，如果能修改一下，也许会好些。但，我是任它这样了，我个人不喜欢吃过烂的饭和过熟的果子，即使是恰熟也不怎样喜欢，那不合我的胃口，比较带些野味和生味的倒好。那么这部书也只好算一枚还嫌太愕的青杏。"②

萧军的作品主要有短篇集《羊》（上海文化生活出版社，1936 年 1 月），收录《职业》《樱花》《货船》《初秋的风》《军中》《羊》6 篇小说；短篇集《江上》（上海文化生活出版社，1936 年 8 月），收录《鳏夫》《马的故事》《江上》《同行者》4 篇小说；长篇小说《第三代》（第一、二部）（上海文化生活出版社，1937 年 2 月），以及在此基础上续写成宏大的《过去的年代》（上下册）（北京作家出版社，1957 年 6 月）。后者通过对东北人特异的"胡子"性格的刻画以及东北民魂的挖掘来展现 20 世纪初东北的社会生活画卷。

成名作《八月的乡村》（上海奴隶社，1935 年 8 月），系"奴隶丛书"之二。鲁迅在《〈八月的乡村〉序言》（1935 年 3 月 28 日）中写道："但是，不知道是人民进步了，还是时代太近，还未湮没的缘故，我却见过几种说述关于东三省被占的事情的小说。这《八月的乡村》，即是很好的一部，虽然有些近乎短篇的连续，结

---

① 鲁迅：《〈生死场〉序言》，载萧红《生死场》，上海：奴隶社，1936 年 5 月再版，第 1—3 页。

② 萧军：《〈八月的乡村〉再版感言》，载《八月的乡村》，上海：作家书屋，1947 年 8 月二版，第 1 页。

构和描写人物的手段，也不能比法捷耶夫的《毁灭》，然而严肃，紧张，作者的心血和失去的天空，土地，受难的人民，以至失去的茂草，高粱，蝈蝈，蚊子，搅成一团，鲜红的在读者眼前展开，显示着中国的一份和全部，现在和未来，死路与活路。凡有人心的读者，是看得完的，而且有所得的。"[1]

萧军在《〈八月的乡村〉前记——为抗战后〈八月的乡村〉初版而写》（1946 年 2 月 12 日）中感伤地写道："为此书写过《序言》校过错误的鲁迅先生，为此书抄过原稿，给我出版以鼓励的萧红女士，为此书印刷而尽过力的'奴隶社'友伴叶紫……想不到他们仅在此数年中，竟一个接着一个地……离我而去了！'死别已吞声，生离常恻恻！'我活着，还要好好工作下去——为了自己，为了生者，为了纪念他们：——我所尊敬的先生和伙伴！"[2]

端木蕻良（1912—1996），1932 年入读清华大学历史系，同年加入左联。代表作有短篇集《憎恨》（上海文化生活出版社，1937 年 6 月），收录《鴜鷺湖的忧郁》《爷爷为什么不吃高粱米粥》《遥远的风砂》《万岁钱》《雪夜》《吞蛇儿》《浑河的急流》《乡愁》《憎恨》《被撞破了的脸孔》10 篇小说。成名作《鴜鷺湖的忧郁》用哀婉的笔调写出鴜鷺湖这块土地上的人民遭受压抑的忧郁感。

舒群（1913—1989），代表作有短篇集《没有祖国的孩子》（上海生活书店，1936 年 9 月），收录《没有祖国的孩子》《沙漠的火花》《蒙古之夜》《已死的与未死的》等 9 篇小说。

1936 年 10 月 19 日，鲁迅因肺病早逝。《文季月刊》1936 年第 1 卷第 6 期刊出《悼鲁迅先生》一文："十月十九日下午一个不幸

---

[1] 鲁迅：《〈八月的乡村〉序言》，载萧军《八月的乡村》，上海：作家书屋，1947 年 8 月二版，第 3 页。
[2] 萧军：《〈八月的乡村〉前记——为抗战后〈八月的乡村〉初版而写》，载《八月的乡村》，上海：作家书屋，1947 年 8 月二版，第 3 页。

的消息从上海的一角发出来，在极短的时间内就传遍了全中国，全世界：鲁迅先生逝世了！花圈，唁电，挽辞，眼泪，哀号从全中国各地方，像洪流一般地汇集到上海的一角来。任何一个小城市的报纸上也载出了哀悼的文字，连最远僻的村镇里也响起了悲痛的哭声。全中国的良心从没有像现在这样地悲痛过的。这一个老人，他的一支笔，一颗心做出了那些巨人所不能完成的事业。甚至在静静地闭上眼睛把生命交还给创造者的时候，他还把那成千成万的人牵引到他的身边。无论是亲密的朋友或恨深的仇敌，都同样怀着最深的敬意在他的遗体前面哀痛地低下了头，至少在这一刻全中国的良心是联在一起了。我们没有多的言辞来哀悼这么一个伟大的人，因为一切的话语在这个人的面前都成了十分渺小。我们不能够单拿眼泪来埋葬死者，因为死者是一个至死不屈的英勇斗士。但我们也不能抑制了悲痛来否认我们的损失：跟着这个人的死我们失去了一个伟大的导师，青年失去了一个爱护他们的亲切的朋友，中国民众失去了一个代他们说话的人，民族解放运动中失去了一个英勇的战士。这缺额是无法填补的。鲁迅先生是伟大的，没有人能够否认这一句话。但我们并不想称他做巨星，比他做太阳，因为这样的比拟太抽象了。他并不是我们可望而不可即的自然界的壮观。他从没有高高地坐在中国青年的头上。一个不识者的简单的信函就可以引起他的胸怀的吐露；一个在困苦的青年的呼吁也会得着他的同情的帮忙。在中国从没有一个作家能像他这样地爱护青年的。然而把这样的一个人单看作中国文艺界的珍宝是不够的。我们固然爱惜他在文艺方面的成就，我们也和别的许多人一样以为他的作品可以列入世界不朽的名作之林。但我们应该更重视——在民族解放运动中，他是一个伟大的战士，在人类解放运动中，他是一个勇敢的先驱。鲁迅先生的人格是比他的作品更伟大的。近二三十年来，他的正义的呼声，响澈了中国的暗夜，在荆棘遍地的荒野中他执着思想的火把。领导着无数的青年向远远的一线光亮前进。现在这样的一个人从中国的地平线上消去了。他的死是全中国人民的一个不可补偿的损失。尤其是在国难加深民族解放运动炽烈的时候，失去了这样的一个伟大的导师，我们的哀痛不是没有原因的。别了，鲁迅先生！'忘掉我。'没有一个人能够忘掉你的。我们不会让你静静地死去，你会活起来，活在我们的心里，活在全中国人民的心里，你活着来看大家怎样继承你的遗志向着中华民族解放的道路迈进！"①

徐懋庸（1910—1977）的《知我罪我公已无言》（《光明》1936年第1卷第10期）节选："十九日的正午，我从一个报馆里的朋友打来的电话中，得知了鲁迅先生的噩耗，这在我心头撒下了一种成分十分复杂的痛苦。昏昏沈沈中，跑来跑去的将这消息转告许多朋友，跑了半天，回家以后，提起笔来，先在纸上写了十六个字！'敌乎，友乎？余惟自问。知我，罪我——公已无言。'然后买来了几尺白布。将这些文字写上去，算是挽联。我在我和鲁迅先生的私人关系上所感觉到的哀痛，总算是寄托在这十六个字之中了。次日上午九时，我到万国殡仪馆去瞻仰先生的遗体。看了那依然严肃，正直，强毅的遗容以及纷至沓来的瞻仰者，我才感到先生虽然已经'无言'，但是他的永留在中国大众身上的影响，就是此后'知我，罪我'的代言者！先生的生前，虽然发言行事，不无看错的时候，但即使是错误，也从一种十分纯正的立场出发，决没有卑劣的动机。他观察人物，判别友敌，纵然不一定正确，但他那爱护战友，憎恨敌人的坚强的伟大精神，是一贯的。"②

---

①《悼鲁迅先生》，载《文季月刊》1936年第1卷第6期，第1—2页。

②徐懋庸：《知我罪我公已无言》，载《光明》1936年第1卷第10期，第628页。

　　挚友蔡元培为鲁迅送上挽联："著述最严谨，非徒中国小说史；遗言太沉痛，莫作空头文学家。"上联取自《中国小说史略》，下联取自鲁迅的遗嘱。鲁迅于逝世前一个半月，1936 年 9 月 5 日在病中完成散文《死》(《中流》1936 年第 1 卷第 2 期)，文中写道："他是在上海的唯一的欧洲的肺病专家，经过打诊，听诊之后，虽然誉我为最能抵抗疾病的典型的中国人，然而也宣告了我的就要灭亡；……我并不怎么介意于他的宣告，但也受了些影响，日夜躺着，无力谈话，无力看书，连报纸也拿不动，又未曾炼到'心如古井'，就只好想，而从此竟有时要想到'死'了。不过所想的也并非'二十年后又是一条好汉'，或者怎样久住在楠木棺材里之类，而是临终之前的琐事。在这时候，我才确信，我是到底相信人死无鬼的。我只想到过写遗嘱，以为我倘曾贵为宫保，富有千万，儿子和女婿及其他一定早已逼我写好遗嘱了，现在却谁也不提起。但是，我也留下一张罢。当时好像很想定了一些，都是写给亲属的，其中有的是：一、不得因为丧事，收受任何人的一文钱。——但老朋友的，不在此例。二、赶快收敛，埋掉，拉倒。三、不要做任何关于纪念的事情。四、忘记我，管自己生活。——倘不，那就真是胡涂虫。五、孩子长大，倘无才能，可寻点小事情过活，万不可去做空头文学家或美术家。六、别人应许给你的事物，不可当真。七、损着别人的牙眼，却反对报复，主张宽容的人，万勿和他接近。此外自然还有，现在忘记了。只还记得在发热时，又曾想到欧洲人临死时，往往有一种仪式，是请别人宽恕，自己也宽恕了别人。我的怨敌可谓多矣，倘有新式的人问起我来，怎么回答呢？我想了一想，决定的是：让他们怨恨去，我也一个都不宽恕。"①

---

　　①鲁迅：《死》，载《中流》1936 年第 1 卷第 2 期，第 90 页。

在 1935 年至 1936 年生命的最后阶段，鲁迅写了五篇取材自历史和传说的小说，与 1920 年代创作的三篇合辑为短篇小说集《故事新编》（上海文化生活出版社，1936 年 1 月）。鲁迅在《〈故事新编〉序言》（1935 年 12 月 26 日）中自述："这一本很小的集子，从开手写起到编成，经过的日子却可以算得很长久了：足足有十三年。第一篇《补天》——原先题作《不周山》——还是一九二二年的冬天写成的。那时的意见，是想从古代和现代都采取题材，来做短篇小说，《不周山》便是取了'女娲炼石补天'的神话，动手试作的第一篇。首先，是很认真的，虽然也不过取了萧罗特说，来解释创造——人和文学的——的缘起。不记得怎么一来，中途停了笔，去看日报了，不幸正看见了谁——现在忘记了名字——的对于汪静之君的《蕙的风》的批评，他说要含泪哀求，请青年不要再写这样的文字。这可怜的阴险使我感到滑稽，当再写小说时，就无论如何，止不住有一个古衣冠的小丈夫，在女娲的两腿之间出现了。这就是从认真陷入了油滑的开端。油滑是创作的大敌，我对于自己很不满。我决计不再写这样的小说，当编印《呐喊》时，便将它附在卷末，算是一个开始，也就是一个收场。这时我们的批评家成仿吾先生正在创造社门口的'灵魂的冒险'的旗子底下抡板斧。他以'庸俗'的罪名，几斧砍杀了《呐喊》，只推《不周山》为佳作，——自然也仍有不好的地方。坦白的说罢，这就是使我不但不能心服，而且还轻视了这位勇士的原因。我是不薄'庸俗'，也自甘'庸俗'的；对于历史小说，则以为博考文献，言必有据者，纵使有人讥为'教授小说'，其实是很难组织之作，至于只取一点因由，随意点染，铺成一篇，倒无需怎样的手腕；况且'如鱼饮水，冷暖自知'，用庸俗的话来说，就是'自家有病自家知'罢：《不周山》的后半是很草率的，决不能称为佳作。倘使读者相信了这冒险家的话，一定自误，而我也成了误人，于是当《呐喊》印行第二版时，即将这一篇删除；向这位'魂灵'回敬了当头一棒——我的集子里，只剩着'庸俗'在跋扈了。直到一九二六年的秋天，一个人住在厦门的石屋里，对着大海，翻着古书，四近无生人气，心里空空洞洞。而北京的未名社，却不绝的来信，催促杂志的文章。这时我不愿意想到目前；于是回忆在心里出土了，写了十篇《朝花夕拾》；并且仍旧拾取古代的传说之类，预备足成八则《故事新编》。但刚写了《奔月》和《铸剑》——发表的那时题为《眉间尺》——，我便奔向广州，这事就又完全搁起了。后来虽然偶尔得到一点题材，作一段速写，却一向不加整理。现在才总算编成了一本书。其中也还是速写居多，不足称为'文学概论'之所谓小说。叙事有时也有一点旧书上的根据，有时却不过信口开河。而且因为自己的对于古人，不及对于今人的诚敬，所以仍不免时有油滑之处。过了十三年，依然并无长进，看起来真也是'无非不周山之流'；不过并没有将古人写得更死，却也许暂时还有存在的余地的罢。"①

这段序言对《故事新编》做了总的概述，同时文中所及"油滑"二字，除具体的小说创作构思外，还主要体现在古今中外杂糅的语言表达上。如以先哲老子西出函谷关创作的《山关》，鲁迅将老子置于探子、巡警、书记、账房等具有现代特征的人物之中，并使用了"留声机""起重机"等现代名词。而《理水》中"文化山"上的古代学者却言"OK""莎士比亚"等。

1999年，北京新世界出版社推出"影响我的十部短篇小说"丛书。首位中国籍诺贝尔文学奖获得者莫言在他编选的《锁孔里的房间——影响我的十部短篇小说》一书中所辑的中国小说作品

---

① 鲁迅：《〈故事新编〉序言》，载《故事新编》，上海：文化生活出版社，1936年1月，第1—4页。

便是鲁迅的《铸剑》。莫言在《序——独特的声音》中自述："第一次从家兄的语文课本上读到鲁迅的《铸剑》时，我还是一个比较纯洁的少年。读完了这篇小说，我感到浑身发冷，心里满是惊悚。那犹如一块冷铁的黑衣人宴之敖者、身穿青衣的眉间尺、下巴上撅着一撮花白胡子的国王，还有那个蒸气缭绕灼热逼人的金鼎、那柄纯青透明的宝剑、那三颗在金鼎的沸水里唱歌跳舞追逐啄咬的人头，都在我的脑海里活灵活现。我在桥梁工地上给铁匠师傅拉风箱当学徒时，看到钢铁在炉火中由红变白、由白变青，就联想到那柄纯青透明的宝剑。后来我到公社屠宰组里当小伙计，看到汤锅里翻滚着的猪头，就联想到了那三颗追逐啄咬的人头。一旦进入了这种联想，我就感到现实生活离我很远，我在我想象出的黑衣人的歌唱声中忘乎所以，我经常不由自主地大声歌唱：阿呼呜呼兮呜呼呜呼——前面是鲁迅的原文；后边是我的创造——呜哩哇啦嘻哩呜呼。我的这种歌唱大人们理解不了，但孩子们理解得很好，他们跟着我一块歌唱，……在漫天星斗的深夜里，村子里的某个角落里突然响起一声长调，宛若狼嚎，然后就此伏彼起，犹如一石激起千重浪。长大之后，重读过多少次《铸剑》已经记不清了，但每读一次，都有新的感受，渐渐地我将黑衣人与鲁迅混为一体，而我从小就将自己幻想成身穿青衣的眉间尺，……"[1]

1936 年 2 月 17 日，鲁迅在书信《致徐懋庸》中写道："《铸剑》的出典，现在完全忘记了，只记得原文大约二三百字，我是只给铺排，没有改动的。也许是见于唐宋类书或地理志上（那里的'三王冢'条下），不过简直没法查。"[2] 1936 年 3 月 28 日，又

---

①莫言：《序——独特的声音》，载莫言编选《锁孔里的房间——影响我的十部短篇小说》，北京：新世界出版社，1999 年 8 月，第 2—3 页。

②鲁迅：《致徐懋庸》，载《鲁迅全集》（第十三卷），北京：人民文学出版社，1981 年，第 312 页。

在书信《致增田涉》中写道："《故事新编》中的《铸剑》，确是写得较为认真。但是出处忘记了，因为是取材于幼时读过的书，我想也许是在《吴越春秋》或《越绝书》里面。"[1]

《铸剑》从眉间尺与老鼠搏斗起笔，母亲的话道出眉间尺优柔善良的性情："'是的，老鼠，这我知道。可是你在做什么？杀它呢，还是在救它？'"[2] 接着，母亲向眉间尺倾诉了关于丧父的血海深仇，眉间尺得知父亲生前对母亲说"你收着。明天，我只将这雌剑献给大王去。倘若我一去竟不回来了呢，那是我一定不再在人间了。你不是怀孕已经五六个月了么？不要悲哀；待生了孩子，好好地抚养。一到成人之后，你便交给他这雄剑，教他砍在大王的颈子上，给我报仇"[3]！然后，眉间尺坚毅地履行父亲临终的遗言："我已经改变了我的优柔的性情，要用这剑报仇去！"[4] 但他缺乏斗争的经验，在听了黑色人的劝说之后，"眉间尺便举手向肩头抽取青色的剑，顺手从后项窝向前一削，头颅坠在地面的青苔上，一面将剑交给黑色人"[5]。最后，这个名叫宴之敖的黑色人用眉间尺的头和剑以及自己的生命完成了复仇任务。值得注意的是宴之敖也是鲁迅曾使用过的笔名之一。

这是一个充满正义的、庄严壮烈的复仇故事，而《铸剑》的特别之处则在结尾用了相当篇幅铺陈众人辨头的荒诞行为和三头并葬出现万民瞻仰的狂欢场面："当夜便开了一个王公大臣会议，

---

[1] 鲁迅：《致增田涉》，载《鲁迅全集》（第十三卷），北京：人民文学出版社，1981 年，第 659 页。

[2] 鲁迅：《铸剑》，载《故事新编》，上海：文化生活出版社，1936 年 1 月，第 95 页。

[3] 同上，第 98 页。

[4] 同上，第 100 页。

[5] 同上，第 107 页。

想决定那一个是王的头，但结果还同白天一样。并且连须发也发生了问题。白的自然是王的，然而因为花白，所以黑的也很难处置。讨论了小半夜，只将几根红色的胡子选出；接着因为第九个王妃抗议，说她确曾看见王有几根通黄的胡子，现在怎么能知道决没有一根红的呢。于是也只好重行归并，作为疑案了。到后半夜，还是毫无结果。大家却居然一面打呵欠，一面继续讨论，直到第二次鸡鸣，这才决定了一个最慎重妥善的办法，是：只能将三个头骨都和王的身体放在金棺里落葬。七天之后是落葬的日期，合城很热闹。城里的人民，远处的人民，都奔来瞻仰国王的'大出丧'。……此后是王后和许多王妃的车。百姓看她们，她们也看百姓，但哭着。此后是大臣，太监，侏儒等辈，都装着哀戚的颜色。只是百姓已经不看他们，连行列也挤得乱七八遭，不成样子了。"①

　　复仇者与被复仇者的头骨并置公开展览，成为众人谈笑的话资，复仇的庄严在这里被极端的荒谬消解。"子夏问孔子曰：'居父母之仇如之何？'，孔子曰：'寝苦枕干不仕，弗与共天下也'。"（《礼记·檀弓上》）以及鲁迅本人"不克厥敌，战则不止"的精神在《铸剑》中得以体现的同时亦呈现出复仇后的更进一步的拷问。

　　同《铸剑》一样，存在着庄严与荒诞两种相互渗透消解色彩与语调的还有《理水》和《非攻》。《理水》取自"禹伤先人父鲧功之不成受诛，乃劳身焦思，居外十三年，过家门而不敢入"（《史记·夏禹本纪》）等古籍中关于大禹治水的零星记载。全篇共四节，前面三节描绘在洪水面前两个尖锐对立的世界：一个由官场学者、考察大员与小民奴才组成的荒诞世界；一个由夏禹及

---

①鲁迅：《铸剑》，载《故事新编》，上海：文化生活出版社，1936年1月，第121—122页。

其团队成员构建的坚毅卓苦的平民世界。最后一节将前面两个对立的世界合而为一：禹的理水成为百姓的无稽谈资，他本人成为百姓围观的对象；时任司法部长皋陶下令要求全国百姓向夏禹学习，否则就要被关进监狱；与此同时，夏禹自己也发生了异化："然而关于禹爷的新闻，也和珍宝的入京一同多起来了。百姓的檐前，路旁的树下，大家都在谈他的故事；……他终于在百姓们的万头攒动之间，进了冀州的帝都了。……'我的天下，真是全仗的你的功劳弄好的！'舜爷也永赞道。于是皋陶也和舜爷一同肃然起敬，低了头；退朝之后，他就赶紧下一道特别的命令，叫百姓都要学禹的行为，倘不然，立刻就算是犯了罪。这使商家首先起了大恐慌，但幸而禹爷自从回京以后，态度也改变一点了：吃喝不考究，但做起祭祀和法事来，是阔绰的；衣服很随便，但上朝和拜客时候的穿着，是要漂亮的。所以市面仍旧不很受影响，不多久，商人们就又说禹爷的行为真该学，皋爷的新法令也很不错；终于太平到连百兽都会跳舞，凤凰也飞来凑热闹了。"[1]

《非攻》取自《墨子·公输》等古籍，写墨子止楚伐宋的历史业绩，突出墨子的"好义"行为和"非攻"主张："'我这义的钩拒，比你那舟战的钩拒好。'墨子坚决的回答说。'我用爱来钩，用恭来拒。不用爱钩，是不相亲的，不用恭拒，是要油滑的，不相亲而又油滑，马上就离散。所以互相爱，互相恭，就等于互相利。现在你用钩去钩人，人也用钩来钩你，你用拒去拒人，人也用拒来拒你，互相钩，互相拒，也就等于互相害了。所以我这义的钩拒，比你那舟战的钩拒好。'"[2] 小说结尾："墨子在归途上，

① 鲁迅：《理水》，载《故事新编》，上海：文化生活出版社，1936 年 1 月，第 58—61 页。
② 鲁迅：《非攻》，载《故事新编》，上海：文化生活出版社，1936 年 1 月，第 157—158 页。

是走得较慢了，一则力乏，二则脚痛，三则干粮已经吃完，难免觉得肚子饿，四则事情已经办妥，不像来时的匆忙。然而比来时更晦气：一进宋国界，就被搜检了两回；走近都城，又遇到募捐救国队，募去了破包袱；到得南关外，又遭着大雨，到城门下想避避雨，被两个执戈的巡兵赶开了，淋得一身湿，从此鼻子塞了十多天。"① 墨子在这个刚被自己拯救的国度里遭遇了一系列倒霉事，他止楚伐宋的庄严功绩用这样的方式得以消解。

此外，《故事新编》的新编还体现在，鲁迅将记载在古籍里庄严不可侵犯的英雄圣贤，如女娲、羿、老子、庄子等古人还原为平常普通凡人而做出新的阐释。据《淮南子·览冥训》"羿请不死之药于西王母，姮娥窃以奔月"的记载，生发开来创作的《奔月》，别出新裁地铺叙射日英雄后羿功成名就之后由英雄变为凡人的遭遇与心境：烦恼于琐屑的日常生计，农妇对他的奚落，弟子的背叛陷害以及妻子嫦娥的离弃等。

自《庄子·至乐》中寓言构思而成的《起死》，故事讲庄子在前往楚国路上见到一个髑髅，他请司命天尊还原了髑髅的生命。"至心朝礼，司命大天尊！天地玄黄，宇宙洪荒。日月盈昃，辰宿列张。赵钱孙李，周吴郑王。冯秦褚卫，姜沈韩杨。太上老君急急如律令！救！救！救！（一阵清风，司命大神道冠布袍，黑瘦面皮，花白的络腮胡子，手执马鞭，在东方的朦胧中出现。鬼魂全都隐去。）司命——庄周，你找我，又要闹什么玩意儿了？喝够了水，不安分起来了吗？庄子——臣是见楚王去的，路经此地，看见一个空髑髅，却还存着头样子。该有父母妻子的罢，死在这里了，真是呜呼哀哉，可怜得很。所以恳请大神复他的形，还他的

---

① 鲁迅：《非攻》，载《故事新编》，上海：文化生活出版社，1936 年 1月，第 159 页。

肉，给他活转来，好回家乡去。"① 就这样，生活在过去时空的死于五百年前的"汉子"复生，与现在时空中的庄子对话，从而产生了一系列饶有兴趣的冲突，旨在揭示庄子相对主义哲学"唯无"是非观"衣服是可有可无的，也许是有衣服对，也许是没有衣服对。鸟有羽，兽有毛，然而王瓜茄子赤条条。此所谓'彼亦一是非，此亦一是非'，你固然不能说没有衣服对，然而你又怎么能说有衣服对呢？……"② 的虚妄。

借女娲和共工与颛顼争帝两个神话传说创作的《补天》，全篇共三节，分别是女娲"造人""补天"和"死后"。第一二节重心不在英雄行为本身的描写，而在行为过程中伴随的对精神和心理状态的倾述。第三节写女娲补天劳瘁致死之后，她所创造的人类中的卑劣者们，演出了几幕五恶闹剧。

借《史记·伯夷列传》等古籍创作而成的《采薇》，是一篇有着浓郁现实主义色彩的作品。小说描写了两类"先王之道"信徒：一类是真心实意的信徒，开口闭口身体力行遵循的伯夷、叔齐二人，却处处不合时宜最终得到饿死的命运；一类是虚情假意的信徒，打着旗号假以美名实际做着违反"先王之道"行为的周武王及其小穷奇与小丙君，却处处因时制宜而能风行于天下。通过此两类信徒的对照描写，旨在深刻阐释"先王之道"的本真。

茅盾在《联系实际，学习鲁迅——在鲁迅先生诞生八十周年纪念大会上的报告》（《文物》1961 年第 10 期）中评曰："《故事新编》为运用历史故事和古代传说（这本是我国文学的老传统），开辟新的天地，创造新的表现方法。这八篇小说各有其运用史实，

---

①鲁迅：《起死》，载《故事新编》，上海：文化生活出版社，1936 年 1 月，第 163—164 页。

②同上，第 169 页。

借古讽今的特点，但仍有共同之处，即：取舍史实，服从于主题，而新添枝叶，绝非无的放矢。《奔月》一篇，平空添了乌鸦，固有所讽；《采薇》却巧妙地化陈腐为神奇（鹿授乳、叔齐有杀鹿之心、妇人讥夷齐，均见《列士传》《古史考》《金楼子》等书，阿金姐这名字是鲁迅给取的），旧说已足运用，故毋须再骋幻想。至于艺术境界，八篇亦各不同；例如《补天》诡奇，《奔月》雄浑，《铸剑》悲壮，而《采薇》诙谐。……《故事新编》中的《采薇》无一事无出处；从这样一篇小说就可以窥见鲁迅的博览。"[1] "博览"的鲁迅终因其早逝而使得文学生涯遗憾地止步于《故事新编》。

除左翼作家以外，还有一些作家仍坚持着独立的人生派立场和现实主义创作方法。叶圣陶，代表作有长篇小说《倪焕之》（上海开明书店，1929 年 8 月）；短篇集《圣陶短篇小说集》（上海商务印书馆，1936 年 3 月），收录《一生》《母》《一个朋友》《一课》《饭》《李太太的头发》等 28 篇小说。其中《倪焕之》描写了一段广阔的世间，茅盾在《读〈倪焕之〉》（《文学周报》1929 年第 8 卷第 20 期）中评曰："把一篇小说的时代安放在近十年的历史过程中的，不能不说这是第一部；而有意地要表示一个人——一个富有革命性的小资产阶级知识分子，怎样地受十年来时代的壮潮所激荡，怎样地从乡村到都市，从埋头教育到群众运动，从自由主义到集团主义，这《倪焕之》也不能不说是第一部。在这两点上，《倪焕之》是值得赞美的。上文我所说'五四'时代虽则已经草草地过去，而叙述这个时代对于人心的影响的回忆气氛的小说却也是需要，这一说，从《倪焕之》便有个实例了。"[2]

---

[1] 茅盾：《联系实际，学习鲁迅——在鲁迅先生诞生八十周年纪念大会上的报告》，载《文物》1961 年第 10 期，第 20—21 页。

[2] 茅盾：《读〈倪焕之〉》，载《茅盾论创作》，上海：上海文艺出版社，1980 年 5 月，第 233—234 页。

王鲁彦，代表作有短篇集《鲁彦短篇小说集》（上海开明书店，1936 年 8 月），收录《李妈》《病》《桥上》《屋顶下》等 28 篇小说；长篇小说《野火》（上海良友图书印刷公司，1937 年 5 月）。这些作品主要专注浙江的乡土世界。

王统照，代表作有长篇小说《山雨》（上海开明书店，1933 年 9 月），通过对自耕农奚大有一家从乡村到城市一路破败的心路历程的描述，从而揭示导致农村革命的时代根源。

许地山，代表作有短篇集《危巢坠简》（上海商务印书馆，1947 年 4 月），收录《在费总理底客厅里》《三博士》《街头巷尾之伦理》《法眼》《归途》《解放者》《无忧花》《东野先生》《人非人》《春桃》《无法投递之邮件》《玉官》《危巢坠简》《铁鱼底鳃》14 篇小说。其中，《春桃》（《文学》1934 年第 3 卷第 1 期）和许地山生前最后一篇小说《铁鱼底鳃》着力突显中华民族坚忍顽强的性格特征。

吴组缃，代表作有短篇集《西柳集》（上海生活书店，1934 年 7 月），收录《离家的前夜》《两只小麻雀》等 10 篇小说。其中，《一千八百担——七月十五日宋氏大宗祠速写》（《文学季刊》1934 年第 1 卷第 1 期），借宋氏族人在宋家祠堂里一场为争夺宗祠所存一千八百担积谷的会议，以对话形式呈现出地主阶级内部的勾心斗角，旨在展示残破的农村经济全面崩溃的时代背景。

二　京派小说及其他

不同于左翼作家正式的社盟宣言，京派是由"文学研究会"未曾南下的作家们，北大、清华、燕京、南开等几所大学的学者文人们，以朱光潜、林徽因组织的文学沙龙为依托，以"乡土文学"为传承，活跃在《现代评论》与《大公报〈文艺副刊〉》等几大北方文学报刊上的文学流派。

林徽因 1936 年在《〈大公报文艺丛刊（小说选）〉题记》中

归纳了这一派别的创作特征："如果我们取鸟瞰的形势来观察这个小小的局面，至少有一个最显著的现象展在我们眼下。在这些作品中，在题材的选择上似乎有个很偏的倾向：那就是趋向农村或少受教育份子或劳力者的生活描写。这倾向并不偶然，说好一点，是我们这个时代对于他们——农人与劳力者——有浓重的同情和关心；说坏一点，是一种盲从趋时的现象。但最公平的说，还是上面的两个原因都有一点关系。描写劳工社会，乡村色彩已成一种风气，且在文艺界也已有一点成绩。……作品最主要处是诚实。诚实的重要还在题材的新鲜，结构的完整，文字的流丽之上。即是作品需诚实于作者客观所明了，主观所体验的生活。小说的情景即使整个是虚构的，内容的情感却全得借力于迫真的，体验过的情感，毫不能用空洞虚假来支持着伤感的'情节'！"①

废名（冯文炳），这时期小说作品主要有短篇集《桃园》（上海开明书店，1928年2月），收录《张先生与张太太》《文学者》《晌午》《石勒的杀人》《追悼会》《审判》《浪子的笔记》《一段记载》《桃园》《菱荡》10篇小说；短篇集《枣》（上海开明书店，1931年10月），收录《小五放牛》《毛儿的爸爸》《四火》《李教授》《卜居》《文公庙》《枣》《墓》8篇小说；长篇小说《桥》（上海开明书店，1932年4月）；中篇小说《莫须有先生传》（上海开明书店，1932年12月）。

《桥》下篇"茶铺"节选："琴子拿眼睛去看树，盘根如巨蛇，但觉得到那上面坐凉快。看树其实是说水，没有话能说。就在今年的一个晚上，其时天下雪，读唐人绝句，读到白居易的木兰花，'从此时时春梦里，应添一树女郎花'，忽然忆得昨夜做了一梦，

①林徽因：《〈大公报文艺丛刊（小说选）〉题记》，载林徽因选辑《大公报文艺丛刊（小说选）》，天津：大公报馆，1936年10月再版，第1—3页。

梦见老儿铺的这一口塘！依然是欲言无语，虽则明明的一塘春水绿。大概是她的意思与诗意不一样，她是冬夜做的梦。"①

　　周作人在《〈莫须有先生传〉序》（1932 年 2 月 6 日于北平）中评曰："人人多说莫须有先生难懂，有人来问我，我所懂未必多于别人，待去转问著者，最好的说法都已写在纸上，问就是不问。然而我实在很喜欢莫须有先生传。读莫须有先生，好像小时候在私塾背书，背到'蒹葭苍苍'，忽然停顿了，无论怎么左右频摇其身，总是不出来，这时先生的戒方夯地一声，'白露为霜'！这一下子书就痛快地背出来了。'蒹葭苍苍'之下未必一定应该'白露为霜'，但在此地却又正是非'白露为霜'不可。想不出，待得打出，虽然打，却知道了这相连两句，仿佛有机似地生成的，这乃是老学之一得，异于蒙学之一吓者也。莫须有先生的文章的好处，似乎可以旧式批语评之曰，懂生文，文生情。这好像是一道流水，大约总是向东去朝宗于海，他流过的地方，凡有什么汊港湾曲总得灌注潆洄一番，有什么岩石水草，总要披拂抚弄一下子，才再往前去，这都不是他的行程的主脑，但除去了这些也就别无行程了。这又好像是风，——说到风我就不能不想起庄子来，在他的书中有一段话讲风讲得最好，乐得借用一下。其文曰：'夫大块噫气，其名为风，是唯无作，作则万窍怒号。而独不闻之翏翏乎？山林之畏佳，大木百围之窍穴，似鼻，似口，似耳，似枅，似圈，似臼，似洼者，似污者，激者，謞者，叱者，吸者，叫者，譹者，宎者，咬者。前者唱于而随者唱喁。泠风则小和，飘风则大和，厉风济则众窍为虚。而独不见之调调之刁刁者乎？'庄生此言不但说风，也说尽了好文章。今夫天下之难懂有过于风者乎？而人人不以为难懂，刮大风群知其为大风，刮小风莫不知其为小风也。

---

　　① 废名：《桥》，上海：开明书店，1932 年 4 月，第 250—251 页。

何也？夫吹万不同，而使其自己也，咸其自取，怒者其谁耶。那些似鼻似口似耳等的窍穴本来在那里，平常非以为他们损坏了树木，便是窝藏蝎子蜈蚣，看也没有人看一眼，等到风一起来，他便爱惜那万窍，不肯让他们虚度，于是使他们同时呐喊起来，于是激者谪者叱者等就都起来了，不管蝎子会吹了掉出来或是蜈蚣喘不过气来。大家知道这是风声，不会有人疑问那似鼻者所发的怪声是为公为私，正如水流过去使那藻带飘荡几下不会有人要查究这是什么意思。能做好文章的人他也爱惜所有的意思，文字，声音，典故，他不肯草率地使用他们，他随时随处加以爱抚，好像是水遇见可飘荡的水草要使他飘荡几下，风遇见能叫号的窍穴要使他叫号几声，可是他仍然若无其事地流过去吹过去，继续他向著海以及空气稀薄处去的行程。这样，所以是文生情，也因为这样所以这文生情异于做古文者之做古文，而是从新的散文中间变化出来的一种新格式。这是我对于《莫须有先生传》的意见，也是关于好文章的理想。"[1]

刘西渭在《画梦录——何其芳先生作》中对废名及其作品评曰："此其我每次想到废名先生，一个那样和广大读众无缘的小说作家，我问自己，是否真就和海岛一样孤绝。在现存的中国文艺作家里面，没有一位更像废名先生引我好奇，更深刻地把我引来观察他的转变的。有的是比他通俗的，伟大的，生动的，新颖而且时髦的，然而很少一位像他更是他自己的。凡他写出来的，多是他自己的。他真正在创造，假定创造不是抄袭。这不是说，他没有受到外来影响。不过这些影响，无论中外古今，遇见一个善感多能的心灵，都逃不出他强有力的吸收和再生。唯其善感多能，

---

[1] 周作人：《〈莫须有先生传〉序》，载废名《莫须有先生传》，上海：开明书店，1932年12月，第4—9页。

他所再生出来的遂乃具有强烈的个性，不和时代为伍，自有他永生的角落，成为少数人留连忘返的桃源。《竹林的故事》的问世，虽说已经十有一载，然而即使今日披阅，我们依旧感到它描绘的简洁，情趣的雅致，和它文笔的精练。在这短短的岁月之中，《竹林的故事》犹然栩栩在目，而冯文炳先生和废名先生的连接竟成一种坎坷。冯文炳先生徘徊在他记忆的王国，而废名先生，渐渐走出形象的沾恋，停留在一种抽象的存在，同时他所有艺术家的匠心，或者自觉，或者内心的喜悦，几乎全用来表现他所钟情的观念。追随他历年的创作，我们从他的《枣》就可以得到这种转变的消息。他已然就他美妙的文笔，特别著眼三两更美妙的独立的字句。著眼字句是艺术家的初步工夫，然而临到字句可以单自剔出，成为一个抽象的绝句，便只属思维者的苦诣，失却艺术所需的更高的谐和。这种绝句，在一篇小说里面，有时会增加美丽，有时会妨害进行，而废名先生正好是这样一个例证。所以，纯就文学的制作来看，友谊不能决定它的类属。周作人先生有广大的趣味，俞平伯先生有美丽的幻想，而废名先生，原可以比他们更伟大，因为他有具体的想像，平适的语言；不幸他逃免光怪陆离的人世，如今收获的只是绮丽的片段。这正是他所得到的报酬，一种光荣的寂寥。他是现今从事文艺的一个良好的教训。然而他并不似我们想像的那样孤绝。所谓天下事有一利就有一弊者，我们现在不妨借来一用。不知读者如何，例如我，一个《桥》的喜爱者，明明不愿作者忍心和达观，怕它终将属于一部'未完成的杰作'，然而我玩赏这里消费的心力。如若风格可以永生，废名先生的文笔将是后学者一种有趣的探险。自然，我明白我没有多余时间谈论废名先生，但是为了某种方便起见，我不妨请读者注意他的句与句间的空白。唯其他用心思索每一句子的完美，而每一完美的句子便各自成为一个世界，所以他有句与句间最长的空白。

他的空白最长，也最耐人寻味。我们晓得，浦鲁斯蒂指出福楼拜造句的特长在其空白。然而，福氏的空白乃是一种删消，一种经济。一种美丽。而废名先生的空白，往往是句与句间缺乏一道明显的'桥'的结果。你可以因而体会他写作的方法。他从观念出发，每一个观念凝成一个结晶的句子。读者不得不在这里逗留，因为它供你过长的思维。这种现象是独特的，也就难以具有影响。可是废名先生，不似我们想像的那样孤绝。他的文笔另外有一个特征，却得到显著的效果和欣赏。有时我想，是什么阻碍他有广大的读众？他所表现的观念吗？不见得就是。他的作品无形中流露的态度吗？也是也不是。我们晓得，既属一件艺术作品，如若发生问题，多半倒在表现的本身。我的意思是说，废名先生表现的方式，那样新颖，那样独特，于是拦住一般平易读者的接识。让我们把问题缩小来看。废名先生爱用典，无论来源是诗词，戏曲或是散文。然而，使用的时节，他往往加以引申，或者赋以新义，结局用典已然是通常读者的一种隔阂，何况节外生枝，更其形成一种障碍。无论如何，一般人视为隐晦的，有时正相反，却是少数人的星光。"①

　　沈从文，这时期的小说创作趋向成熟，主要成绩是筑起湘西文学世界，主要作品有长篇小说《阿丽思中国游记》（上海新月书店，1928年7月）；中篇小说《神巫之爱》（上海光华书局，1929年7月）；短篇集《石子船》（上海中华书局，1931年1月），收录《石子船》《夜》《还乡》《渔》《道师与道场》《一日的故事》6篇小说；短篇集《沈从文甲集》（上海神州国光社，1930年6月），收录《冬的空间》《第四》《夜》《自杀的故事》《牛》《会明》《我的教育》7篇小说；短篇集《龙朱》（上海寻乐轩，1931年8月），收录

---

　　①刘西渭：《画梦录——何其芳先生作》，载《咀华集》，上海：文化生活出版社，1936年12月，第190—193页。

《龙朱》《参军》《媚金，豹子，与那羊》《阙名故事》《说故事人的故事》5 篇小说；短篇集《虎雏》（上海新中国书局，1932 年 1 月），收录《中年》《三三》《虎雏》《医生》《黔小景》5 篇小说；中篇小说《阿黑小史》（上海新时代书局，1933 年 3 月），分"油坊""秋""雨""病""婚前"5 个篇章；短篇集《月下小景》（上海现代书局，1933 年 11 月），收录《月下小景》《扇陀》《慷慨的王子》《医生》《一个农夫的故事》《寻觅》《猎人故事》《女人》《爱欲》9 篇小说；长篇小说《边城》（上海生活书店，1934 年 10 月）；短篇集《八骏图》（上海文化生活出版社，1935 年 12 月），收录《八骏图》《有学问的人》《某夫妇》《来客》《顾问官》《柏子》《雨后》《过岭者》《腐烂》9 篇小说；短篇集《新与旧》（上海良友图书印刷公司，1936 年 11 月），收录《萧萧》《山道中》《三个男子和一个女人》《菜园》《新与旧》《烟斗》《失业》《知识》《薄寒》《自杀》10 篇小说；短篇集《如蕤》（上海生活书店，1934 年 5 月），收录《如蕤》《三个女仵》《节日》《白日》《黄昏》《黑夜》《秋》等 11 篇小说。

《牛》写绰号大牛伯的农夫与他的牛的故事。大牛伯因一时生气用木榔槌把牛打瘸了。"有这样事情发生，就是桑溪荡里住，绰号大牛伯的那个人，前一天居然在荞麦田里，同他的耕牛为一点小事生气，用木榔槌打了那耕牛后脚一下。这耕牛在平时是仿佛他那儿子一样，纵是骂，也如骂亲生儿女，在骂中还不少爱抚的。但是脾气一来不能节制自己，随意敲了一下，不平常的事因此就发生了。当时这主人还不觉得，第二天，再想放牛去耕那块工作未完事的荞麦田，牛不能像平时很大方的那么走出栏外了。牛后脚有了毛病，就因为昨天大牛伯主人那么不知轻重在气头下一榔槌的结果。"[①] 大牛伯感到对牛歉疚，四处寻医给牛治疗，同时又

———

[①] 沈从文：《牛》，载《沈从文甲集》，上海：神州国光社，1930 年 6 月，第 345 页。

因农耕没有牛的帮助而平添诸多狼狈。几番周折，牛的脚医好了，恢复了快乐的劳作，大牛伯开始梦想着和牛庆祝丰收的画面。"于是乎，回到了家中，两位又有理由做那快乐幸福的梦了。"[1] 当读者正沉浸在大牛伯与牛相依为命的牧歌式情感氛围之时，故事末尾风轻云淡转变而成"苛政猛于虎"（《礼记·檀弓下》）："到了十二月，荡里所有的牛全被衙门征发到一个不可知的地方去了。大牛伯只有成天到保证家去探信一件事可做。顺眼无意中望到弃在自己屋角的木榔槌，就后悔为什么不重重的一下把那畜生的脚打断。"[2]

　　1934年1月，沈从文回湘西探望病危的母亲。历时一月左右的返乡行程，沈从文给妻子张兆和写了近五十封信。这些书信经加工集结成散文集《湘行散记》，而信件则由沈从文次子沈虎雏整理编辑成《湘行书简》（长沙岳麓书社，1992年5月）。其中，《历史是一条河》载："我因为天气太好了一点，故站在船后舱看了许久水，我心中忽然好像彻悟了一些，同时又好像从这条河中得到了许多智慧。宝宝，的的确确，得到了许多智慧，不是知识。我轻轻的叹息了好些次。山头夕阳极感动我，水底各色圆石也极感动我，我心中似乎毫无什么渣滓，透明烛照，对河水，对夕阳，对拉船人同船，皆那么爱着，十分温暖的爱着！我们平时不是读历史吗？一本历史书除了告我们些另一时代最笨的人相斫相杀以外有些什么？但真的历史却是一条河。从那日夜长流万古不变的水里石头和砂子，腐了的草木，破烂的船板，使我触着平时我们所疏忽了若干年纪若干人类的哀乐！我看到小小渔船，载了他的

----

　　① 沈从文：《牛》，载《沈从文甲集》，上海：神州国光社，1930年6月，第374页。
　　② 同上。

黑色鸬鹚向下流缓缓划去，看到石滩上拉船人的姿势，我皆异常感动且异常爱他们。我先前一时不还提到过这些人可怜的生，无所为的生吗？不，宝宝，我错了。这些人不需我们来可怜，我们应当来尊敬来爱。他们那么庄严忠实的生，却在自然上各担负自己那分命运，为自己，为儿女而活下去。不管怎么样活，却从不逃避为了活而应有的一切努力。他们在他们那分习惯生活里、命运里，也依然是哭、笑、吃、喝，对于寒暑的来临，更感觉到这四时交递的严重。三三，我不知为什么，我感动得很！我希望活得长一点，同时把生活完全发展到我自己这份工作上来。我会用我自己的力量，为所谓人生，解释得比任何人皆庄严些与透入些！三三，我看久了水，从水里的石头得到一点平时好像不能得到的东西，对于人生，对于爱憎，仿佛全然与人不同了。我觉得惆怅得很，我总像看得太深太远，对于我自己，便成为受难者了。这时节我软弱得很，因为我爱了世界，爱了人类。三三，倘若我们这时正是两人同在一处，你瞧我眼睛湿到什么样子！"[1]

"得到了许多智慧，不是知识"，"这些人不需我们来可怜，我们应当来尊敬来爱"。这些言语，可窥见沈从文对湘西世界人事物的态度，已然从"五四"的启蒙视角转为理解乃至认同，进而"湘西"也从小说素材升华为文学理想。《边城》就是这样一部寄托着沈氏理想情怀的代表作，全书描写撑渡船的老人与他的孙女翠翠相依为命的纯朴生活，以及掌水码头团总的两个儿子因同爱翠翠而造成的悲剧故事。

沈从文在《〈边城〉题记》（1934 年 4 月 24 日）中自述："对于农人与兵士，怀了不可言说的温爱，这点感情在我一切作品中，

---

①沈从文：《历史是一条河》，载沈虎雏编辑《湘行书简》，长沙：岳麓书社，2013 年 1 月，第 161—164 页。

随处皆可以看出。我从不隐讳这点感情。我生长于作品中所写到的那类小乡城，我的祖父，父亲，以及兄弟全列身军籍；死去的莫不皆在职务上死去，不死的也必然的将在职务上终其一生。就我所接触的世界一面，来叙述他们的爱憎与哀乐，即或这枝笔如何笨拙，或尚不至于离题太远。因为他们是正直的，诚实的，生活有些方面极其伟大，有些方面又极其平凡，性情有些方面极其美丽，有些方面又极其琐碎，——我动手写他们时，为了使其更有人性，更近人情，自然便老老实实的写下去。但因此一来，这作品或者便不免成为一种无益之业了。照目前风气说来，文学理论家，批评家，及大多数读者，对于这种作品是极容易引起不愉快的感情的。前者表示'不落伍'，告给人中国不需要这类作品，后者'太担心落伍'，目前也不愿意读这类作品。这自然是真事。'落伍'是什么？一个有点理性的人，也许就永远无法明白，但多数人谁不害怕'落伍'？我有句话想说：'我这本书不是为这种多数人而写的。'念了三五本关于文学理论文学批评问题的洋装书籍，或同时还念过一大堆古典与近代世界名作的人，他们生活的经验，却常常不许可他们在'博学'之外，还知道一点点中国事情。因此这个作品即或与某种文学理论相符合，批评家便加以各种赞美，这种批评其实仍然不免成为作者的侮辱。他们既并不想明白这个民族真正的爱憎与哀乐，便无法说明这个作品的得失，——这本书不是为他们而写的。关于文艺爱好者呢，他们或是大学生，或是中学生，分布于国内人口较密的都市中，常常很诚实天真的，把一部分极可宝贵的时间，来阅读国内新近出版的文学书籍。他们为一些理论家，批评家，聪明出版家，以及习惯于说谎造谣的文坛消息家，同力协作造成一种习气所控制，所支配，他们的生活，同时又实在与这个作品所提到的世界相去太远了。——他们不需要这种作品，这本书也就并不希望得到他们。

理论家有各国出版物中的文学理论可以参证，不愁无话可说，批评家有他们欠了点儿小恩小怨的作家与作品，够他们去毁誉一世。大多数的读者，不问趣味如何，信仰如何，皆有作品可读；正因为关心读者大众，不是便有许多人，据说为读者大众，永远如蛇蟠在那里转变吗？这本书的出版，即或并不为领导多数的理论家与批评家所弃，被领导的多数读者又并不完全放弃它，但本书作者，却早已存心把这个'多数'放弃了。我这本书只预备给一些'本身已离开了学校，或始终就无从接近学校，还认识些中国文字，置身于文学理论文学批评以及说谎造谣消息所达不到的那种职务上，在那个社会里生活，而且极关心全个民族在空间与时间下所有的好处与坏处'的人去看。他们真知道农村是什么，他们必也愿意从这本书上同时还知道点世界一小角隅的农村与军人。我所写到的世界，即或在他们全然是一个陌生的世界，然而他们的宽容，他们向一本书去求取安慰与知识的热忱，却一定使他们能够把这本书很从容读下去的。我并不即此而止，还预备给他们一种对照的机会，将在另外一个作品里，来提到二十年来的内战，使一些首当其冲的农民，性格灵魂被大力所压，失去了原来的朴质，勤俭，和平，正直的型范，成了一个什么样子的新东西；他们受横征暴敛以及鸦片烟的毒害，变成了如何穷困与懒惰！我将把这个民族为历史所带走向一个不可知的命运中前进时，一些小人物在变动中的忧患，与由于营养不足所产生的'活下去'以及'怎样活下去'的观念和欲望，来作朴素的叙述。我的读者应是有理性，而这点理性便基于对中国现社会变动有所关心，认识这个民族的过去伟大处与目前堕落处，各在那里很寂寞的从事与民族复兴大业的人。这作品或者只能给他们一点怀古的幽情，或者只能给他们一次苦笑，或者又将给他们一个噩梦，但同时说不定，也许尚能给他们一种勇气同信心！"①

汪曾祺在《又读〈边城〉》（《读书》1993年第1期）中写道："《边城》激怒了一些理论批评家、文学史家，因为沈从文没有按照他们的要求、他们规定的模式写作。第一条罪名是《边城》没有写阶级斗争，'掏空了人物的阶级属性'。是不是所有的作品都要写阶级斗争？……针对这样的批评，沈从文作了挑战性的答复：'你们多知道要作品有"思想"，有"血"有"泪"，且要求一个作品具体表现这些东西到故事发展上，人物言语上，甚至一本书的封面上，目录上。你们要的事多容易办！可是我不能给你们这个。我存心放弃你们……'第二条罪名，与第一条相关联，是说《边城》写的是一个世外桃源，脱离现实生活。《边城》是现实主义的还是浪漫主义的？《边城》有没有把现实生活理想化了？这是个非常叫人困惑的问题。为什么这个小说叫做《边城》？这是个值得想一想的问题。'边城'不只是一个地理概念，意思不是说这是个边地的小城。这同时是一个时间概念，文化概念。'边城'是大城市的对立面。这是'中国另一地方另外一种事情'（《边城题记》）。沈先生从乡下跑到大城市，对上流社会的腐烂生活，对城里人的'庸俗小气自私市侩'深恶痛绝，这引发了他的乡愁，使他对故乡尚未完全被现代物质文明所摧毁的淳朴民风十分怀念。便是在湘西，这种古朴的民风也正在消失。……《边城》所写的那种生活确实存在过，但到《边城》写作时（1933—1934）已经几乎不复存在。《边城》是一个怀旧的作品，一种带着痛惜情绪的怀旧。《边城》是一个温暖的作品，但是后面隐伏着作者的很深的悲剧感。可以说《边城》既是现实主义的，又是浪漫主义的，《边城》的生

----

① 沈从文：《〈边城〉题记》，载《边城》，上海：生活书店，1934年10月，第1—6页。

活是真实的，同时又是理想化了的，这是一种理想化了的现实。为什么要浪漫主义，为什么要理想化？因为想留驻一点美好的，永恒的东西，让它长在并且常新，以利于后人。……沈先生对文学的社会功能有他自己的看法，认为好的作品除了使人获得'真美感觉'之外，还有一种引人"向善"的力量，……从作品中接触另外一种人生，从这种人生景象中有所启发，对人生或生命能作更深一层的理解。'（《小说的作者与读者》）沈先生的看法'太深太远'。照我看，这是文学功能的最正确的看法。这当然为一些急功近利的理论家所不能接受。……《边城》的结构异常完美。二十一节，一气呵成；而各节又自成起讫，是一首一首圆满的散文诗。这不是长卷，是二十一开连续性的册页。《边城》的语言是沈从文盛年的语言，最好的语言。既不似初期那样的放笔横扫，不加节制；也不似后期那样过事雕琢，流于晦涩。这时期的语言，每一句都'鼓立'饱满，充满水分，酸甜合度，像一篮新摘的烟台玛瑙樱桃。"①

　　1936 年 5 月，在距离 1926 年第一本短篇集《鸭子》发行十周年之际，上海良友图书印刷公司发行《从文小说习作选》。沈从文在《〈从文小说习作选〉代序》中自述："这世界上或有想在沙基或水面上建造崇楼杰阁的人，那可不是我。我只想造希腊小庙。选山地作基础，用坚硬石头堆砌它。精致，结实，匀称，形体虽小而不纤巧，是我理想的建筑。这神庙供奉的是'人性'。作成了，你们也许嫌它式样太旧了，形体太小了，不妨事。我已说过，那原本不是特别为你们中某某人作的。它或许目前不值得注意，将来更无希望引人注意；或许比你们寿命长一点，受得住风雨寒

①汪曾祺：《又读〈边城〉》，载赵园编《沈从文名作欣赏》，北京：中国和平出版社，1993 年 6 月，第 585—591 页。

暑，受得住冷落，幸而存在，后来人还须要它。这我全不管。我
不过要那么作，存心那么作罢了。在作品上我使用'习作'字样，
不图掩饰作品的失败，得到读者的宽容，只在说明我取材下笔不
拘常例的理由。先生，关于写作我还想另外说几句话。我和你虽
然共同住在一个都市里，……只是我们应当分开。有一段很长很
长的时期，你我过的日子太不相同了。你我的生活，习惯，思想，
都太不相同了。我实在是个乡下人，说乡下人我毫无骄傲，也不
在自贬，乡下人照例有根深蒂固永远是乡巴老的性情，爱憎和哀
乐自有它独特的式样，与城市中人截然不同！他保守，顽固，爱
土地，也不缺少机警却不甚懂诡诈。他对一切事照例十分认真，
似乎太认真了，这认真处某一时就不免成为'傻头傻脑'。这乡下
人又因为从小飘江湖，各处奔跑，挨饿，受寒，身体发育受了障
碍，另外却发育了想像，而且储蓄了一点点人生经验。……我这
种乡下人的气质倘若得到你的承认你就会明白我的作品目前与多
数读者对面时如何失败的理由了，即或有一两个作品给你们留下
点好印象，那仍然不能不说是失败，我作品能够在市场上流行，实
际上近于买椟还珠，你们能欣赏我故事的清新，照例那作品背后蕴
藏的热情却忽略了，你们能欣赏我文字的朴实，照例那作品背后隐
伏的悲痛也忽略了。原因简单，你们是城市中人。城市中人生活太
匆忙，太杂乱，耳朵眼睛接触声音光色过分疲劳，加之多睡眠不足，
营养不足，虽俨然事事神经异常尖锐敏感，其实除了色欲意识以外，
别的感觉官能都有点麻木不仁。这并非你们的过失，只是你们的不
幸，造成你们不幸的是这一个现代社会。……因此，《边城》问了
世。这作品原本近于一个小房子的设计，用少料，占地少，希望
他既经济而又不缺少空气和阳光。我要表现的本是一种'人生的
形式'，一种'优美，健康，自然，而又不悖乎人性的人生形式'。
我主意不在领导读者去桃源旅行，却想借重桃源上行七百里路西

水流域一个小城小市中几个愚夫俗子，被一件人事牵连在一处时，各人应有的一分哀乐，为人类'爱'字作一度恰如其分的说明。文字少，故事又简单，批评它也方便。……虽然如此，我还预备继续我这个工作，且永远不放下我一点狂妄的想像，以为在另外一时，你们少数的少数，会越过那条间隔城乡的深沟，从一个乡下人的作品中，发现一种燃烧的感情，对于人类智慧与美丽永远的倾心，康健诚实的赞颂，以及对愚蠢自私极端憎恶的感情。这种感情且居然能刺激你们，引起你们对人生向上的憧憬，对当前一切的怀疑。先生，这打算在目前近于一个乡下人的打算，是不是。然而到另外一时，我相信有这种事。"①

与描写淳朴真挚的湘西乡村爱情形成对照的是，沈从文对都市社会虚伪的两性关系伦理道德的揭示。此类小说的代表作有《八骏图》，故事梗概如下：作家周达士先生前往青岛某大学任暑期讲座教授，在写给未婚妻的信件中，谈论与他同楼居住的七个教授："住在这个房子里一共有八个人，其余七个人我皆不相熟。这里住的有物理学家教授甲，生物学家教授乙，道德哲学家教授丙，史汉专家教授丁，以及六朝文学史专家教授戊等等。"② "你信不信？这里的人从医学观点看来，皆好像有一点病。（在这里我真有个医生资格！）"③ 他把其中六个教授的病态心理悉数告知了未婚妻，而将第七个教授庚与其有着"能说话能听话"④ 眼睛的女朋友的故事保留在日记本上，未曾告诉给未婚妻。当暑期讲座行程

①沈从文：《〈从文小说习作选〉代序》，载《从文小说习作选》，上海：上海良友图书印刷公司，1936 年 5 月，第 2—7 页。
②沈从文：《八骏图》，载《八骏图》，上海：文化生活出版社，1935 年 12 月，第 6 页。
③同上，第 13 页。
④同上，第 35 页。

即将结束之时，周达士先生即第八骏，收到教授庚的女朋友的两句短信："学校快结束了，舍得离开海吗？（一个人）"① 达士先生表现沉静："达士先生皆明白那种来信表示的意义。达士先生照例不声不响，把那种来信搁在一个大封套里。一切如常，不觉得幸福也不觉得骄傲。间或不免感到一点轻微惆怅。"② 作者在此处论说："达士先生的态度，应当由人类那个习惯负一点责。应当由那个拘束人类行为，不许向高尚纯洁发展，制止人类幻想，不许超越实际世界，一个有势力的名辞负点责。达士先生是个订过婚的人。在'道德'名分下，把爱情的门锁闭，把另外女子的一切友谊拒绝了。"③ 达士先生亲自去电报局给未婚妻拍了"瑗瑗：我今天晚车回××。达。"④ 的简短电报，后前往海滩准备给未婚妻淘点蚌壳，见沙滩上有两行认识的字迹："这个世界也有人不了解海，不知爱海。也有人了解海，不敢爱海。"⑤ 此刻，达士先生"一面仍然低头走去，一面便保护自己似的想道：'鬼聪明，你还是要失败的。你太年轻了，不知道一个人害过了某种病，就永远不至于再传染了'"⑥！当他见到"在湿砂上画好的一对美丽眼睛。旁边还那么写着：'瞧我，你认识我！'"⑦ 后变了主意，重拍电报给未婚妻："瑗瑗：我害了点小病，今天不能回来了。我想在海边多住三天；病会好的。达士。"⑧ 小说结尾写道："一件真实事情，

———

① 沈从文：《八骏图》，载《八骏图》，上海：文化生活出版社，1935年12月，第39页。
② 同上，第40页。
③ 同上。
④ 同上，第41页。
⑤ 同上，第42页。
⑥ 同上，第43页。
⑦ 同上。
⑧ 同上，第45页。

这个自命为医治人类灵魂的医生，的确已害了一点儿很蹊跷的病。这病离开海，不易痊愈的，应当用海来治疗。"①

刘西渭在《边城——沈从文先生作》中评曰："《边城》是一首诗，是二佬唱给翠翠的情歌。《八骏图》是一首绝句，犹如那女教员留在沙滩上神秘的绝句。……海是青岛唯一的特色，也是《八骏图》汪洋的背景。作者的职志并不在海，却在借海增浓悲哀的分量。他在写一个文人学者内心的情态，犹如在《边城》之中，不是分析出来的，而是四面八方烘染出来的。他的巧妙全在利用过去反衬现时，而现实只为推陈出新，仿佛剥笋，直到最后，裸露一个无常的人性。'这世界没有新'，新却不速而至。真是新的吗？达士先生勿需往这里想，因为他已经不是主子，而是自己的奴隶。利用外在烘染内在，是作者一种本领，《边城》和《八骏图》同样得到完美的使用。"②

老舍，1929 年 6 月从英国回国途中，滞留新加坡任职中学教员，1930 年春回国，先后在山东齐鲁大学和山东大学任教。这时期的作品主要有长篇小说七部：《二马》（上海商务印书馆，1931年 4 月）、《小坡的生日》（上海生活书店，1934 年 7 月）、《猫城记》（上海现代书局，1933 年 8 月）、《离婚》（上海良友图书印刷公司，1933 年 8 月）、《牛天赐传》（上海人间书屋，1936 年 3 月）、《骆驼祥子》（《宇宙风》1936 年第 25—48 期，上海人间书屋，1939 年 3月）、《选民》（1936 年、1937 年始连载于《论语》，1940 年 11 月，香港作者书社出版单行本改名为《文博士》）。短篇集三部：《赶集》（上海良友图书印刷公司，1934 年 9 月），收录《五九》《热包

---

① 沈从文：《八骏图》，载《八骏图》，上海：文化生活出版社，1935 年12 月，第 45 页。

② 刘西渭：《边城——沈从文先生作》，载《咀华集》，上海：文化生活出版社，1936 年 12 月，第 71 页、第 75 页。

子》《爱的小鬼》《同盟》《大悲寺外》《马裤先生》《微神》等 15 篇
小说；《樱海集》（上海人间书屋，1935 年 8 月），收录《上任》
《牺牲》《柳屯的》《末一块钱》《老年的浪漫》《毛毛虫》《善人》
《邻居们》《月牙儿》《阳光》10 篇小说；《蛤藻集》（上海开明书
店，1936 年 11 月），收录《老字号》《断魂枪》《听来的故事》《新
时代的旧悲剧》《且说屋里》《新韩穆烈德》《哀启》7 篇小说。

　　如同沈从文构建"湘西文学"一般，老舍的创作构建了一个
"北平文学"。正如他在《三年写作自述》（《抗战文艺》1941 年第 7
卷第 1 期）中所讲："在抗战前，我已写过八部长篇和几十个短篇。
虽然我在天津、济南、青岛和南洋都住过相当的时期，可是这一
百几十万字中十之七八是描写北平。我生在北平，那里的人、事、
风景、味道，和卖酸梅汤、杏儿茶的吆喝的声音，我全熟悉。一
闭眼我的北平就完整的，象一张彩色鲜明的图画浮立在我的心中。
我敢放胆的描画它。它是条清溪，我每一探手，就摸上条活泼泼
的鱼儿来。"[1]

　　老舍在《〈老舍选集〉自序》（1950 年 6 月）中写道："论语
言，在这几篇里，除了《月牙儿》有些故意修饰的地方，其余的
都力求收敛，不多说，不要花样，尽可能的减少油腔滑调——油
腔滑调是我的风格的一大毛病。我很会运用北京的方言，发为文
章。可是，长处与短处往往是一母所生。我时常因为贪功，力求
俏皮，而忘了控制，以至必不可免的落入贫嘴恶舌，油腔滑调。
到四十岁左右，读书稍多，青年时期的淘气劲儿也渐减，始知语
言之美并不是耍贫嘴。论内容，这五篇作品中，倒有四篇是讲到
所谓江湖上的事的：《骆驼祥子》是讲洋车夫的，《月牙儿》是讲

---

　　[1]老舍：《三年写作自述》，载胡絜青编《老舍论创作》，上海：上海文艺
出版社，1980 年 2 月，第 109 页。

暗娼的,《上任》是讲强盗的,《断魂枪》是讲拳师的。我自己是寒苦出身,所以对苦人有很深的同情。我的职业虽使我老在知识分子的圈子里转,可是我的朋友并不都是教授与学者。打拳的,卖唱的,洋车夫,也是我的朋友。与苦人们来往,我并不只和他们坐坐茶馆,偷偷的把他们的动作与谈论用小本儿记下来。我没作过那样的事。反之,在我与他们来往的时候,我并没有'处心积虑'的要观察什么的念头,而只是要交朋友。他们帮我的忙,我也帮他们的忙;他们来给我祝寿,我也去给他们贺喜,当他们生娃娃或娶媳妇的时节。这样,我理会了他们的心态,而不是仅仅知道他们的生活状况。我所写的并不是他们里的任何一位,而是从他们之中,通过我的想象与组织,产生的某一件新事或某一个新人。"①

老舍作品里的"北平文学",我们就从上述他本人总结的语言和人物两个方面来鉴赏。《赵子曰》里一段热闹的有关北京端午节的描述体现出"京腔京调":"设若诗人们睁着一只眼专看美的方面,闭着一只眼不看丑的方面,北京的端阳节是要多么美丽呢:那粉团儿似的蜀葵,衬着嫩绿的叶儿,迎着风儿一阵一阵抿着嘴儿笑。那长长的柳条,像美女披散着头发,一条一条的慢慢摆动,把南风都摆动得软了,没有力气了。那高峻的城墙长若歪着脖儿的小树,绿叶底下,青枝上面,藏着那么一朵半朵的小红牵牛花。那娇嫩刚变好的小蜻蜓,也有黄的,也有绿的,从净业湖而后海而什刹海而北海而南海,一路弯着小尾巴在水皮儿上一点一点;好像北京是一首诗,他们在绿波上点着诗的句读。……拉车的舍着命跑,讨债的汗流浃背,卖粽子的扯着脖子吆喝,卖樱桃桑椹

---

①老舍:《〈老舍选集〉自序》,载胡絜青编《老舍论创作》,上海:上海文艺出版社,1980年2月,第139页。

的一个赛着一个的嚷嚷。毒花花的太阳，把路上的黑土晒得滚热，一阵旱风吹过，粽子，樱桃，桑椹全盖上一层含有马粪的灰尘。作买卖的脸上的灰土被汗冲得黑一条白一条，好像城隍庙的小鬼。拉车的一口鲜血喷在滚热的石路上，死了。讨债的和还债的拍着胸膛吵闹，一拳，鼻子打破了。秃着脑瓢的老太太和卖粽子的为争半个铜子，老太太骂出二里多地还没解气。市场上卖大头鱼的在腥臭一团之中把一盘子白煮肉用手抓着吃了。……这些个混杂污浊也是北京的端阳节。"[1]

　　而就人物的描写，主要集中在对新老派和底层贫苦两类国民的刻画。老舍在《我怎样写〈二马〉》中谈及老马小马："老马代表老一派的中国人，小马代表晚一辈的，谁也能看出这个来。老马的描写有相当的成功：虽然他只代表了一种中国人，可是到底他是我所最熟识的；他不能普遍的代表老一辈的中国人，但我最熟识的老人确是他那个样子。他不好，也不怎么坏；他对过去的文化负责，所以自尊自傲，对将来他茫然，所以无从努力，也不想努力。他的希望是老年的舒服与有所依靠；若没有自己的子孙，世界是非常孤寂冷酷的。他背后有几千年的文化，面前只有个儿子。他不大爱思想，因为事事已有了准则。这使他很可爱，也很可恨；很安详，也很无聊。至于小马，我又失败了。前者我已经说过，五四运动时我是个旁观者；在写《二马》的时节，正赶上革命军北伐，我又远远的立在一旁，没机会参加。这两个大运动，我都立在外面，实在没有资格去描写比我小十岁的青年。我们在伦敦的一些朋友天天用针插在地图上：革命军前进了，我们狂喜；退却了，懊丧。虽然如此，我们的消息只来自新闻报，我们没亲眼看见血与肉的牺牲，没有听见枪炮的响声。更不明白的是国内

---

[1] 老舍：《赵子曰》，上海：商务印书馆，1928 年 5 月，第 229—232 页。

青年们的思想。那时在国外读书的，身处异域，自然极爱祖国；再加上看着外国国民如何对国家的事尽职责，也自然使自己想作个好国民，……"① 又在《我怎样写〈离婚〉》中谈塑造的老派人物形象张大哥："北平是我的老家，一想起这两个字就立刻有几百尺'故都景象'在心中开映。啊！我看见了北平，马上有了个'人'。我不认识他，可是在我廿岁至廿五岁之间我几乎天天看见他。他永远使我羡慕他的气度与服装，而且时时发现他的小小变化：这一天他提着条很讲究的手杖，那一天他骑上自行车——隐隐的溜着马路边儿，永远碰不了行人，也好似永远走不到目的地，太稳，隐得几乎像凡事在他身上都是一种生活趣味的展示。我不放手他了。这个便是'张大哥'。"②

《离婚》是写新老派国民的代表作。其中描写老派人物张大哥："张大哥是个博学的人，自幼便出经入史，似乎也读过《结婚的爱》。他必须读书，好证明自己的意见怎样妥当。他长着一对阴阳眼：左眼的上皮特别长，永远把眼珠囚禁着一半；右眼没有特色，一向是照常办公。这只左眼便是极细密的小筛子。右眼所读所见的一切，都要经过这半闭的左目筛过一番——那被囚禁的半个眼珠是向内看着自己的心的。这样，无论读什么，他自己的意见总是最妥善的；那与他意见不合之处，已随时被左眼给筛下去了。这个小筛子是天赐的珍宝。张大哥只对天生来的优越有点骄傲，此外他是谦卑和蔼的化身。凡事经小筛子一筛，永不会走到极端上去；走极端是使生命失去平衡，而要平地摔跟头的。张大哥最不喜欢摔跟头。他的衣裳，帽子，手套，烟斗，手杖，全是

---

① 老舍：《我怎样写〈二马〉》，载《老牛破车》，上海：新新书店，1939年11月，第17—18页。
② 老舍：《我怎样写〈离婚〉》，载《老牛破车》，上海：新新书店，1939年11月，第42页。

摩登人用过半年多，而顽固老还要再思索三两个月才敢用的时候的样式与风格。就好比一座社会的骆驼桥，张大哥的服装打扮是叫车马行人一看便放慢些脚步，可又不是完全停住不走。"① 描写漂亮又空洞的新派人物张天真："高身量，细腰，长腿，穿西服。爱'看'跳舞，假装有理想，皱着眉照镜子，整天吃蜜柑。拿着冰鞋上东安市场，穿上运动衣睡觉。每天看三份小报，不知道国事，专记影戏园的广告。"②

《骆驼祥子》是写底层贫苦国民的代表作。故事讲述一个来自农村的有着梦想的淳朴人力车夫祥子如何在城市生活的血泪击打下彻底走向堕落的悲惨人生。小说开头那位"他不怕吃苦，也没有一般洋车夫的可以原谅而不便效法的恶习，他的聪明和努力都足以使他的志愿成为事实"③ 的祥子，却走向结尾的命运："体面的，要强的，好梦想的，利己的，个人的，健壮的，伟大的，祥子，不知陪着人家送了多少回殡；不知道何时何地会埋起他自己来，埋起这堕落的，自私的，不幸的，社会病胎里的产儿，个人主义的末路鬼！"④ 作者在第十二章里提炼出祥子的不幸遭遇："一个拉车的吞的是粗粮，冒出来的是血；他要卖最大的力气，得最低的报酬；要立在人间的最低处，等着一切人一切法一切困苦的击打。"⑤

萧乾，蒙古族，生于北京贫民区。1930 年入辅仁大学读书，

---

①老舍：《离婚》，上海：上海良友图书印刷公司，1936 年 5 月四版，第 4 页。

②同上，第 100—101 页。

③老舍：《骆驼祥子》，上海：文化生活出版社，1949 年 2 月沪八版，第 4—5 页。

④同上，第 308 页。

⑤同上，第 145 页。

后转入燕京大学，1935 年毕业，主编《大公报〈文艺副刊〉》，兼任专访记者。1939 年，任教于伦敦大学，兼《大公报》驻英记者。1946 年回国执教于上海复旦大学，兼《大公报》工作。作品有短篇集《篱下集》（上海商务印书馆，1936 年 3 月），收录《篱下》《俘虏》《邮票》《蚕》《花子与老黄》《雨夕》《丑事》等 12 篇小说；长篇小说《梦之谷》（上海文化生活出版社，1938 年 11 月）。前者取"寄人篱下"（《南史·张融传》）的主题意象，抒写人间冷暖与苍凉；后者系自叙传爱情小说。

芦焚，作品有短篇集《谷》（上海文化生活出版社，1936 年 5 月），收录《头》《落雨篇》《谷》《哑歌》《过岭记》《一日间》《人下人》7 篇小说；短篇集《旦门拾记》（上海文化生活出版社，1937 年 1 月），收录《毒咒》《过客》《秋原》等 12 篇小说；短篇集《落日光》（上海开明书店，1937 年 3 月），收录《落日光》《牧歌》《一片土》等 7 篇小说。

短篇集《谷》荣获 1937 年天津《大公报》文艺奖金，《本报文艺奖金的获得人》（1937 年 5 月 15 日《大公报》）评语："用那管糅合了纤细与简约的笔，他生动地描出这时代的种种骚动。他的题材大都鲜明亲切，不发凡俗，的确创造了不少真挚确切的人型。"[1]

李健吾，作品有短篇小说《终条山的传说》（北京《晨报副刊〈文学旬刊〉》1924 年第 56 期）；短篇集《西山之云》（上海北新书局，1928 年 3 月），收录《私情》《红被》《关家的末裔》《西山之云》4 篇小说；短篇集《坛子》（上海开明书店，1931 年 4 月），收录《影》《在第二个女子的面前》《最后的一个梦》等 9 篇小说；

---

[1] 转引自王荣：《"大公报文艺奖金"及其他》，载《中国现代文学研究丛刊》2005 年第 4 期，第 234 页。

长篇小说《心病》（上海开明书店，1933 年 11 月）。

《终条山的传说》被编入《中国新文学大系（小说二集）》，鲁迅在《〈中国新文学大系（小说二集）〉导言》中评曰："这时——一九二四年——偶然发表作品的还有裴文中和李健吾。……后者的《终条山的传说》是绚烂了，虽在十年以后的今日，还可以看见那藏在用口碑织就的华服里面的身体和灵魂。"①

林徽因，美貌才华兼有的名门女子。作品有短篇小说《九十九度中》（《学文月刊》1934 年第 1 卷第 1 期），以及 1935 年起陆续发表的《钟绿》《吉公》《文珍》《绣绣》共 4 篇《模影零篇》系列小说。后者由小说中人物独特的生命体验反转到自身，感悟美的短暂和年华易逝的悲凉。

刘西渭在《九十九度中——林徽因女士作》中评曰："《九十九度中》正是一个人生的横切面。在这样溽暑的一个北平，作者把一天的形形色色披露在我们的眼前，没有组织，却有组织；没有条理，却有条理；没有故事，却有故事，而且那样多的故事；没有技巧，却处处透露匠心。这是个人云亦云的通常的人生，一本原来的面目，在它全幅的活动之中，呈出一个复杂的有机体。用她狡猾而犀利的笔锋，作者引着我们，跟随饭庄的挑担，走进一个平凡然而熙熙攘攘的世界：有失恋的，有作爱的，有庆寿的，有成亲的，有享福的，有热死的，有索债的，有无聊的，……全那样亲切，却又那样平静———我简直要说透明；在这纷繁的头绪里，作者隐隐埋伏下一个比照，而这比照，不替作着〔者〕宣传，却表示出她人类的同情。一个女性的细密而蕴藉的情感，一

---

① 鲁迅：《〈中国新文学大系（小说二集）〉导言》，载鲁迅编选《中国新文学大系》（第四集：小说二集），上海：上海良友图书印刷公司，1935 年 7 月，第 8 页。

切在这里轻轻地弹起共鸣，却又和粼粼的水纹一样轻轻地滑开。"[1]

李劼人（1891—1962），1911 年参加四川保路同志会，亲历辛亥保路运动。1919 年加入"少年中国学会成都分会"，成为《少年中国》基本作家。1919 年赴法国留学，1924 年回国，后执教于成都大学。法国名著译作有都德的《小物件》（上海中华书局，1922 年 11月）和《达哈士孔的狒狒》（上海中华书局，1924 年 8 月），卜勒浮斯特的《妇人书简》（上海中华书局，1924 年 3 月），福楼拜的《马丹波娃利》（即《包法利夫人》，上海中华书局，1925 年）等。

小说创作有中篇小说《同情》（上海中华书局，1924 年 1 月）；三部描写四川自甲午战争到辛亥革命二十年间社会景象的历史长篇小说：《死水微澜》（上海中华书局，1936 年 7 月）、《暴风雨前》（上海中华书局，1936 年 12 月）、《大波》（上中下三卷，上海中华书局，1937 年 7 月）；短篇集《好人家》（中华书局，1947 年 2月），收录《好人家》《大防》《湖中旧画》《编辑室的风波》《兵大伯陈振武的月谱》《市民的自卫》《对门》等 10 篇小说。其中，《编辑室的风波》（《文学周报》1925 年第 179 期）被编入《中国新文学大系（小说一集）》。

三　海派小说及其他

张资平、叶灵凤等聚集在上海的新文学作家，因为这座中国最早进入现代化的门户城市，伴随着消费商业市场需求而进行的"下海"创作，成为海派小说最初的代表。

张资平，创造社成员之一，代表作有《最后的幸福》（上海现代书局，1927 年 7 月）、《长途》（上海南强书局，1929 年 7 月）、

---

[1] 刘西渭：《九十九度中——林徽因女士作》，载《咀华集》，上海：文化生活出版社，1936 年 12 月，第 84—85 页。

《明珠与黑炭》（上海光明书局，1931 年 1 月）、《上帝的儿女们》（上海光明书局，1931 年 7 月）等长篇小说。

叶灵凤，代表作有《女娲氏之遗孽》（上海光华书局，1927 年 5 月）、《菊子夫人》（上海光华书局，1927 年 12 月）、《鸠绿媚》（上海光华书局，1928 年 1 月）等短篇集，以及长篇小说《红的天使》（上海现代书局，1930 年 1 月）。

张资平、叶灵凤等之后，海派由刘呐鸥（1900—1939）、穆时英（1912—1940）、施蛰存等接续：引进介绍日本新感觉派文学，并尝试创作用现代形式表达都市"城与人"的小说。

刘呐鸥，1926 年 3 月，从日本青山学院毕业回国。1928 年 9 月，与杜衡、施蛰存等创办《无轨列车》杂志，系统介绍日本新感觉派文学以及尝试创作小说。代表作短篇集《都市风景线》（上海水沫书店，1930 年 4 月），收录《游戏》《风景》《流》《热情之骨》《两个时间的不感症者》《礼仪和卫生》《残留》《方程式》8 篇小说，抒写上海既充满活力又孤独荒凉的现代生活风貌，体现出作者面对城市现代化进程时内心的芜杂。

穆时英，风行一时的海派作家，有"新感觉派圣手""鬼才"之称。作品有长篇小说《交流》（上海芳草书店，1930 年 5 月）；短篇集《南北极》（上海现代书局，1933 年 1 月），收录《黑旋风》《咱们的世界》《手指》《南北极》《生活在海上的人们》等 8 篇小说；短篇集《公墓》（上海现代书局，1933 年 6 月），收录《被当作消遣品的男子》《莲花落》《夜总会里的五个人》《Graven"A"》《公墓》《夜》《上海的狐步舞——一个断片》《黑牡丹》8 篇小说；短篇集《白金的女体塑像》（上海现代书局，1934 年 7 月），收录《白金的女体塑像》《父亲》《旧宅》《百日》《空闲少佐》等 8 篇小说；长篇小说《中国行进》（收入严家炎、李今编《穆时英全集》，北京十月文艺出版社，2008 年 1 月），分"上海的季节梦""中国一九三一""田舍风景""我们这一代"四章。

《上海的狐步舞——一个断片》,以几乎相同的两句分作开头和末尾:"上海。造在地域上面的天堂!"①"上海,造在地狱上的天堂。"② 这里摘录一段文字以见"新感觉派"的风格:"嘟的吼了一声儿,一道弧灯的光从地平线底下伸了出来。铁轨隆隆地响着,铁轨上的枕木像蜈蚣似地在光线里向前爬去,电杆木显了出来,马上又隐没在黑暗里边,一列'上海特别快'突着肚子,达达达,用着狐步舞的拍,含着颗夜明珠,龙似地跑了过去,绕着那条弧线。又张着嘴吼了一声儿,一道黑烟直拖到尾巴那儿,弧灯的光线钻到地平线下,一回儿便不见了。"③

沈从文在《论穆时英》(《大公报〈文艺〉》1935 年第 6 期)中评曰:"穆时英大部分作品,近于邪僻文字。……所长在创新句,新腔,新境,短处在做作,时时见出装模作样的做作。作品于人生隔一层。……《五月》特具穆时英风,铺排不俗。……在《五月》一文某节里,作者那么写到:'他是鸟里的鸽子,兽里的兔子,家具里的矮坐凳,食物里的嫩烩鸡,……'这是作者所描写的另一个男子,同时也就正可移来转赞作者。作者是先把自己作品当作玩物,当作小吃,然后给人那么一种不端庄不严肃的印象的。"④

施蛰存,作品有短篇集《李师师》(上海良友图书印刷公司,1931 年 11 月),收录《李师师》《旅舍》《夜行》3 篇小说;短篇集

①穆时英:《上海的狐步舞——一个断片》,载《公墓》,上海:上海现代书局,1933 年 6 月,第 194 页。

②同上,第 214 页。

③同上,第 196 页。

④沈从文:《论穆时英》,载《沈从文文集》(第十一卷),长沙:湖南人民出版社,2013 年 7 月,第 200—202 页。

《上元灯（修订版）》（上海新中国书局，1932 年 2 月），收录《扇子》《上元灯》《周夫人》《旧梦》《桃园》《渔人何长庆》《栗芋》《闵行秋日纪事》《诗人》《宏智法师底出家》10 篇小说；短篇集《将军底头》（上海新中国书局，1932 年 1 月），收录《鸠摩罗什》《将军底头》《石秀》《阿褴公主》4 篇小说；短篇集《梅雨之夕》（上海新中国书局，1933 年 3 月），收录《梅雨之夕》《在巴黎大戏院》《魔道》等 10 篇小说；短篇集《善女人行品》（上海良友图书印刷公司，1933 年 11 月），收录《狮子座流星》《雾》《港内小景》《残秋的下弦月》《妻之生辰》《春阳》等 12 篇小说。

《鸠摩罗什》是施蛰存采用心理分析法创作的分水岭作品，他在《〈将军底头〉自序》（1931 年 10 月 25 日）中自述："自从《鸠摩罗什》在《新文艺》月刊上发表以来，朋友们都鼓励我多写些这一类的小说，而我自己也努力着想在这一方面开辟一条创作的新蹊径。但是草草三年，所成者却一共只有这样四篇，其能力之薄弱，真可自愧！在本集中，这四篇小说完全是依照了作成的先后而排列的。贤明的读者，一定会看得出虽然它们同样是以古事为题材的作品，但在描写的方法和目的上，这四篇却并不完全相同了。《鸠摩罗什》是写道和爱的冲突，《将军底头》却写种族和爱的冲突了。至于《石秀》一篇，我是只用力在描写一种性欲心理，而最后的《阿褴公主》，则目的只简单地在乎把一个美丽的故事复活在我们眼前。"[1]

沈从文在《论施蛰存与罗黑芷》中评曰："略近于纤细的文体，在描写上能尽其笔之所诣，清白而优美，施蛰存君在此等成就上，是只须把《上元灯》一个集子在眼前展开，就可以明白的。

---

[1]施蛰存：《〈将军底头〉自序》，载《将军底头》，上海：新中国书局，1933 年 1 月再版，第 1 页。

柔和的线，画出一切人与物，同时能以安详的态度，把故事补充成为动人的故事，如《上元灯》中《渔人何长庆》《妻之生辰》《上元灯》诸篇，作者的成就，在中国现代短篇作家中似乎还无人可企及。《栗与芋》，从别人家庭中，见出一种秘密，因而对人生感到一点忧愁，作风近于受了一点周译日本小说集中之乡愁，到纲目去等暗示而成，然作者所画出的背景，却分明的有作者故乡松江那种特色的光与色。即如写《闵行秋日纪事》，以私贩一类题材，由作者笔下展开，也在通篇交织着诗的和谐。作者的技巧，可以说是完美无疵的。"[①]

此外，黑婴（1915—1992）的《咖啡座的忧郁》（《文艺月刊》1935 年第 7 卷第 4 期）和《女性嫌恶症患者》（《文艺月刊》1934 年第 5 卷第 2 期），禾金的《造形动力学》（《小说》1934 年第 9 期）和《蝶蝶样》（《六艺》1936 年第 1 卷第 2 期）等小说都是通过抒写都市人的种种遭遇和心理感受来展示都市的生存环境的。

巴金，出生于四川成都一个旧式大家庭，1920 年入读成都外国语专门学校，1923 年到上海、南京求学，1927 年赴法国留学，1928 年回国从事文学编辑与创作。巴金与茅盾、老舍、沈从文四人共同构筑起中国新文学长篇小说的艺术高峰。这时期中长篇小说按题材大致分为两类，一类是表现社会革命和青年精神困境的，主要有《灭亡》（上海开明书店，1929 年 10 月）、《新生》（上海开明书店，1933 年 9 月）、《雾》（上海新中国书局，1932 年 5 月）、《雨》（上海良友图书印刷公司，1933 年 1 月）、《电》（上海良友图书印刷公司，1935 年 3 月）、《爱情的三部曲》（《雾》《雨》《雷》《电》合订本，上海良友图书印刷公司，1936 年 4 月）；一类是写旧社会制度下的家庭

---

①沈从文：《论施蛰存与罗黑芷》，载《沫沫集》，上海：大东书局，1934 年 4 月，第 41—42 页。

伦理困扰等，主要有《春天里的秋天》（上海开明书店，1932 年 10 月）、《家》（上海开明书店，1933 年 5 月）、《春》（上海开明书店，1938 年 3 月）、《秋》（上海开明书店，1940 年 7 月）。

　　激流三部曲（《家》《春》《秋》）之《家》通过对高老太爷、觉新、觉慧、觉民几个典型人物的刻画，揭露封建制度下大家庭旧礼教对年轻一代身心的迫害。摘录一段文字以感受在那样的家庭中的生活："夜死了。电灯光也死了。黑暗统治着这一所大公馆。电灯光死去时所发出的那一阵凄惨的叫声还在空气里荡漾，虽然声音很低微，却是无所不在，便是屋角里也似乎有极其低微的哭泣。欢乐的时期已经过去，现在是悲泣的时候了。人们都躺下来卸下了他们白日里所载的面具，结算这一日的总账。他们打开了自己底内心把秘密展露给自己看，发见了自己底灵魂底一隅那隐秘的一隅。他们悔恨着悲泣着，为了这一日的浪费，为了这一日的损失，为了这一日的痛苦生活。自然人们中也有少数得意的人，可是他们已经满意地睡熟了，剩下那些不幸的人，失望的人在不温暖的被窝里悲泣自己底命运。无论是在白日或黑夜，世界都有着两个不同的面相，为着两种不同的人类而存在的。"[①]

　　巴金在《〈激流〉总序》（1931 年 4 月）中自述："几年前我流了眼泪读托尔斯太底小说《复活》，曾在那扉页上写了'生活本身就是一个悲剧'这样的一句话。事实并不是这样。生活并不是一个悲剧。它只是一个 Jeu。我们生活来做什么？或者说我们为什么要有这生命？罗曼·罗兰底回答是'为的是来征服它'。我以为他说得不错。我有了这生命以来，在这世界里虽然仅仅经历了二十几个寒暑，但这短短的时期也并不是白白度过的，这其间我也曾看见了不少的东西，知道了不少的事情。我底周围是无边的黑暗，

---

　　① 巴金：《家》，上海：开明书店，1949 年 1 月三十版，第 25 页。

但我并不孤独，并不绝望。我无论在什么地方总看见那一股生活之激流在动荡，在创造它自己底径路，以通过黑暗的乱山碎石中间。这激流永远动荡着，并不曾有一个时候停止过，而且也不能够停止的；没有什么东西可以阻止它。在它底途中，它曾发射出种种的水花，这里面有爱，有恨，有欢乐，也有受苦。这一切造成了一股激流，具有排山之势，向那唯一的海流去。这唯一的海是什么，而且什么时候它才可以流到这海里，就没有人能够确定地知道了。我和所有其余的人一样，生活在这世界上，是为着来征服生活。我也曾参加在这个 Jeu 里面。我有我底爱，有我底恨，有我底欢乐，也有我底受苦。但我并没有失去我底信仰，对于生活的信仰。我底生活并未终结，我不知道在前面还有什么东西等着我，然而我对于将来却也有了一点含糊的概念。因为过去并不是一个沈默的哑子，它会告诉我们一些事情。在这里我所欲展示给读者的乃是描写过去十多年间的一幅图画，自然这里只有生活底一小部分，但已经可以看见那一股由爱与恨，欢乐与受苦所组织成的生活之激流是如何地在动荡了。我不是一个说教者，所以我不能够明确地指出一条路来，但读者自己可以在里面去寻它。有人说过，路本没有，因为走的人多了，便成了一条路。又有人说路是有的，正因为有了路才有许多人走。谁是谁非，我不想判断。我还年青，我还要生活，我还要征服生活。我知道生活之激流是不会停止的，且看它把我载到什么地方去！"①

四　旧小说（二）

《〈中国新文学大系（文学论争集）〉导言》（1935 年 10 月 21

---

①巴金：《〈激流〉总序》，载《春》，上海：开明书店，1938 年 11 月五版，第 1—2 页。

日）写道："鸳鸯蝴蝶派的大本营是在上海。他们对于文学的态度，完全是抱着游戏的态度的。那时盛行着的'集锦小说'——即一人写一段，集合十余人写成一篇的小说——便是最好的一个例子。他们对于人生也便是抱着这样的游戏态度的。他们对于国家大事乃至小小的琐故，全是以冷嘲的态度出之。他们没有一点的热情，没有一点的同情心。只是迎合着当时社会的一时的下流嗜好，在喋喋的闲谈着，在装小丑，说笑话，在写着大量的黑幕小说，以及鸳鸯蝴蝶派的小说来维持他们的'花天酒地'的颓废的生活。几有不知'人间何世'的样子。恰和林琴南辈的道貌俨然是相反。有人谥之曰'文丐'，实在不是委屈了他们。但当《小说月报》初改革的时间，他们却也感觉到自己的危机的到临，曾夺其酒色淘空了的精神，作最后的挣扎。他们在他们势力所及的一个圈子里，对《小说月报》下总攻击令。冷嘲热骂，延长到好几个月还未已。可惜这一类的文字，现在也搜集不到，不能将他们重刊于此。《文学旬刊》对于他们也曾以全力对付过。几乎大部分的文字都是针对了他们而发的。却都是以严正的理论来对付不大上流的诬蔑的话。但过了一时，他们便也自动的收了场。《礼拜六》《游戏杂志》一类的刊物，便也因读者们的逐渐减少而停刊了。然而在各日报的副刊上，他们的势力还相当的大。他们的精灵也还复活在所谓'海派'者的躯壳里，直到于今而未全灭。"①

　　上述文字是郑振铎以新文学阵营立场总结 1917 年至 1927 年的旧小说，而 1928 年至 1937 年的旧小说却迎来了焕然一新的局面。这时期新文学早已站稳脚跟并取得斐然成绩。左翼文学因革命文

---

　　①郑振铎：《〈中国新文学大系（文学论争集）〉导言》，载郑振铎编选《中国新文学大系》（第二集：文学论争集），上海：上海良友图书印刷公司，1935 年 10 月，第 14 页。

学受众的需要，提出运用"旧形式"等"大众文艺"理论政策，以及开展通俗小说作品的实践尝试。与此同时，海派文学为了更好地迎合市场而倾向都市通俗作品的创作。随着新文学部分地"俗"化，旧文学却在往"雅"的方向不断学习提高。两者在"雅""俗"间的互动成为此时期的文学趋势之一。具体就创作而言，旧小说在社会言情和武侠两个类型题材上表现不俗。

张恨水其时成长为社会言情小说的集大成者。代表作长篇章回小说《金粉世家》（上海世界书局，1932年10月），以京城国务总理金铨的封建大家族为背景，通过金家七少爷金燕西与平民女子冷清秋的悲剧婚姻故事，写出巨宦豪门的兴衰史。这是张氏第一部具有现代化特征的通俗作品，完全不同于过去边登边写缺乏统一连贯的连载创作手法。此外，以倒叙开头、半开放式结尾的小说结构，以及在故事情节和人物刻画等旨趣方面，都呈现出章回小说体制的现代化特征。

张恨水在《〈金粉世家〉的背景》中自述："这是人人要问的，《金粉世家》，是指着当年北京豪门那一家？'袁'？'唐'？'孙'？'梁'？全有些象，却又不全象。我曾干脆告诉人家，那家也不是！那家也是！可是到现在，还有人不肯信。但这些好事的诸公，都不能象对《春明外史》一样，加以索隐了。我根据写《春明外史》的经验，知道以当时人，运用当时社会背景写小说，要特别加以小心。写小说的人是信手拈来，并无好恶，而人家会疑心你是有意揭发阴私的。小说就是小说，何必去惹下文字以外的枝节。所以我所取《金粉世家》的背景，完全是空中楼阁。空中楼阁，怎么能作为背景呢？再换个譬喻，乃是取的蜃楼海市。蜃楼海市是个幻影，略有科学常识的人都知道，这虽然是幻影，但并不是海怪或神仙布下的疑阵，它是太阳摄取的真实城市山林的影子，而在海上反映出来。那和照像的原理，并无二致。明乎此，就知道《金粉世家》的背景，是间接取的事实之影，而不是直接取的事实。"①

张恨水又在《〈金粉世家〉的出路》中自述："《金粉世家》的重点，既然放在'家'上，登场人物的描写，就不能忽略哪一个人。而且人数众多，下笔也须提防性格和身份写的雷同。所以在整个小说布局之后，我列有一个人物表，不时的查阅表格，以免错误。同时，关于每个人物所发生的故事，也都极简单的注明在表格下。这是我写小说以来，第一次这样做的。起初，我也觉得有些麻烦。但写了若干回之后，自己就感到头绪纷如，不时的要去检阅旧稿，就迫得我不能不那样办。……《金粉世家》在报上发表的时候，我对于每回文字长短方面，没有加意经营。有时一回长过两万字，印起书来，就嫌着太长，而和那几千字一回的，也悬殊太甚。所以在全书付印的时候，我也是经过一回修剪整理的。有了这个教训，自后我在报上陆续发表长篇，就先顾全到了这一点，借以免掉一番事后修理的功夫。一面工作，一面也就是学习。世间什么事都是这样。"②

长篇小说《啼笑因缘》（上海三友书社，1930 年 12 月），描写旅居北京的杭州青年樊家树与天桥卖唱姑娘沈凤喜的爱情悲剧故事。该小说奠定了张恨水作为旧小说大家的地位，作者在《〈啼笑因缘〉的跃出》中自述："我在北方，虽有多年的写作，而在上海所发表的，却是很少很少的。上海有上海一个写作圈子，平常是不容易突入的，我也没有在这上面注意。一个偶然的机会，民国十八年，上海的新闻记者团北上，我认识了一班朋友。……在那几年间，上海洋场章回小说，走着两条路子，一条是肉感的，一

①张恨水：《〈金粉世家〉的背景》，载《我的写作生涯》，成都：四川人民出版社，1981 年 6 月，第 40—41 页。

②张恨水：《〈金粉世家〉的出路》，载《我的写作生涯》，成都：四川人民出版社，1981 年 6 月，第 42—43 页。

条是武侠而神怪的。《啼笑因缘》，完全和这两种不同。又除了新文艺外，那些长篇运用的对话，并不是纯粹白话。而《啼笑因缘》是以国语姿态出现的，这也不同。在这小说发表起初的几天，有人看了很觉眼生，也有人觉得描写过于琐碎。但并没有人主张不向下看。载过两回之后，所有读《新闻报》的人，都感到了兴趣，独鹤先生特意写信告诉我，请我加油。不过报社方面根据一贯的作风，怕我这里面没有豪侠人物，会对读者减少吸引力，再三的请我写两位侠客。我对于技击这类事，本来也有祖传的家话（我祖父和父亲，都有极高的技击能力），但我自己不懂，而且也觉得是当时一种滥调，我只是勉强的将关寿峰、关秀姑两人，写了一些近乎传说的武侠行动。我觉得这并不过分神奇。但后来批评《啼笑因缘》的，就指着这些描写不现实，并认为我决不会和关寿峰这类人接触。当然，我不会和这类人接触。但若根据传说，我已经极力减少技击家的神奇性了。在此之外，对于该书的批评，有的认为还是章回旧套，还是加以否定。有的认为章回小说到这里有些变了，还可以注意。大致的说，主张文艺革新的人，对此还认为不值一笑。温和一点的人，对该书只是就文论文，褒贬都有。至于爱好章回小说的人，自是予以同情的多。但不管怎么样，这书惹起了文坛上很大的注意，那却是事实。并有人说，如果《啼笑因缘》可以存在，那是被扬弃了的章回小说，又要返魂。我真没有料到这书会引起这样的反应。当然我还是一贯的保持缄默。我认为被批评者自己去打笔墨官司，会失掉有则改之，无则加勉的精神，而徒然扰乱了是非。不过这些批评，无论好坏，全给该书作了义务广告。《啼笑因缘》的销数，直到现在，还超过我其它作品的销数。"①

---

① 张恨水：《〈啼笑因缘〉的跃出》，载《我的写作生涯》，成都：四川人民出版社，1981 年 6 月，第 44—46 页。

顾明道（1897—1944），开启言情武侠小说之端。代表作长篇小说《荒江女侠》（1928年始连载于上海《新闻报〈快活林〉》，后由上海三星书局发行单行本），讲述方玉琴为报父仇，与同门师兄岳剑秋并辔闯荡江湖的传奇故事。

文公直（1898—不明），以武侠与历史结合为著，代表作是以明朝忠臣于谦的事迹为线索的"碧血丹心"系列：1930年至1933年由上海振民编辑社相继出版的《碧血丹心大侠传》《碧血丹心于公传》《碧血丹心平藩传》三部长篇小说。

姚民哀，"会党武侠小说"的开创者，代表作是采用说书艺术结构创作的《四海群龙记》（上海世界书局，1930年）和《箬帽山王》（上海世界书局）两部长篇小说。前者写帮会复仇的故事，后者写"四海群龙"里的"一龙"杨龙海创立"箬帽党"的故事。

还珠楼主（1902—1961），原名李善基，后名李寿民，自小熟习武术气功。创作的约40部武侠作品，大致分为入世武侠和出世仙侠两大类，尤以气势磅礴、想象瑰丽、寓意深广的仙侠小说为著。代表作长篇小说《蜀山剑侠传》（天津励力出版社，1938年10月—1942年11月），是一部武侠小说集大成的奇作。

徐国桢在《还珠楼主及其作品的研究》（《宇宙》1948年第3—5期）中评曰："小说家不等于思想家。然而不能够运用思想的，作品就成了平庸的叙述，难有吸引读者的魔力。特别是神怪小说，说穿了无非是捕风捉影之谈，无中生有之境，更非运用思想不可。至于思想上属于那一条路线，思想的价值如何，那是因人而异的问题，不可一概而论。还珠楼主在作品中所透露的'思想面目'十分芜杂，差不多找不出中心点所在。说他是儒家，他却把释家看得至高无上；说他是道家，他却很肯为儒家说教；说他是释家，他却是对于游侠社会中人拔刀相助舍命全交的德性非常推崇；说他是阴阳家，他却援用声光电磁等等作用而演为书中的各种'法宝';说他肯接受科学,他却又是金木水火土说得光怪陆离。其芜杂在此,其作品的具有令人眼花撩乱的魔力的原因也在此。要分析他的思想,非把他的作品仔细阅读不可。我看他的小说,不过止于'趣味'而已,未尝深究。在这里,我只能引用他自己的说话。他曾经给我一封信,说起自己的写作心情,他说:'惟以人性无常,善恶随其环境,惟上智者能战胜。忠孝仁义等,号称美德,其中亦多虚伪。然世界浮沤,人生朝露,非此又不足以维秩序而臻安乐。空口提倡,人必谓之老生常谈,乃寄于小说之中,以期潜移默化。故全书(指《蜀山剑侠传》)以崇正为本,而所重在一情字;他非专指男女相爱。又:弟个性强固而复杂,于是书中人乃有七个化身,善恶皆备。'这些话,不妨视作是他的写作态度。在《万里孤侠》书中,有一段议论。他说:'暗忖:此是兵家必争之地,上下流九千余里,无量生民,安危生计所关;古往今来,不知有多少英雄豪杰,旅客羁人,由此过渡。如今两岸平沙,依旧黄流,渡口斜阳,仍照狂波。昔日往来争杀之场,只剩几处荒垆,一条浊流,胜概雄风,于今安在?那鸡虫得失之迹,连点影子都找不到。可见人生朝露,逝者如斯。即便时无刘项,遂尔称雄,幸博微名,造成佳话;然而豪情长往,朽骨何知?至多供后人怀疑笑骂,凭吊之资。有什么意思?'这些话,不妨视作是他的人生哲学。还珠楼主最风行于时的作品,与其说是小说,不如视为神话。不过这种神话,并非古代流传下来,而是出于他的创造罢了。他的神怪作品(武侠除外),和现实世界隔离得非常遥远,故事的基础,不是建立在人间社会,而是建立在仙佛妖魔鬼怪鸟兽虫鱼混合而成的一个不成其为社会的世外社会上面。虽然在书中都给人格化了,而彼此之间的斗争(斗争就是故事的骨干),在形象和性格上面,都已超脱了人间社会的羁绊。在还珠楼主的笔下:关于自然现象者,海可煮之沸,地可掀之翻,山可役之走，人可化为兽，天可隐灭无迹，陆可沉落无形，以及其他等等；关于故事的境界者，天外还有天，地底还有地，水下还有湖池，石心还有精舍，以及其他等等；对于生命的看法，灵魂可以离体，身外可以化身，借尸可以复活，自杀可以逃命，修炼可以长生，仙家却有死劫，以及其他等等；关于生活方面者，不食可以无饥，不衣可以无寒，行路可缩万里成寸尺，谈笑可由地室送天庭，以及其他等等；关于战斗方面者，风霜水雪冰，日月星气云，金木水火土，雷电声光磁，都有精英可以收摄，练成功各种凶杀利器，相生相克，以攻以守，藏可纳之于怀，发而威力大到不可思议。"①

---

①徐国桢：《还珠楼主及其作品的研究》，载《宇宙》1948年第3期，第61—62页。

第八章　新诗（二）

我不知道风是在那一个方向吹——我是在梦中，在梦的轻波里依洄。/我不知道风是在那一个方向吹——我是在梦中，她的温存，我的迷醉。/我不知道风是在那一个方向吹——我是在梦中，甜美是梦里的光辉。/我不知道风是在那一个方向吹——我是在梦中，她的负心，我的伤悲。/我不知道风是在那一个方向吹——我是在梦中，在梦的悲哀里心碎！/我不知道风是在那一个方向吹——我是在梦中，黯淡是梦里的光辉！

——徐志摩《"我不知道风是在那一个方向吹"》

1927 年 5 月至 1937 年 5 月的中国新诗，主要是在以殷夫（1910—1931）为前驱、蒲风（1911—1942）为代表的中国诗歌会，以徐志摩、陈梦家为代表的后期新月派，以戴望舒、卞之琳为代表的现代诗派三个诗歌群体多元共生的实践中发展前进。

一　中国诗歌会

1932 年 9 月，左联领导的革命诗人团体"中国诗歌会"在上海成立，发起人有杨骚、穆木天、任钧、蒲风等。任钧在《关于中国诗歌会》（《月刊》1946 年第 1 卷第 4 期）中回忆："该会成立之初，发起人就在'缘起'里说明：'在次殖民地的中国，一切都浴在急雨狂风里，许许多多的诗歌的材料，正赖我们去摄取，去表现。但是，中国的诗坛还是这么的沉寂；一般人在闹着洋化，一般人又还只是沉醉在风花雪月里。'而认为'把诗歌写得和大众距离十万八千里，是不能适应这伟大的时代的。'因此，他们特别强调：诗歌是社会现实的反映，社会进化的推进机，应该具备时代意义。在宗旨方面，除开完成新诗歌运动这一总目标之外，其主要任务为：研究诗歌理论，创造大众化诗歌，以及介绍世界各国的新诗歌；就中，创造大众化诗歌（诗歌大众化），尤被认作最急切的使命。为着要完成所负的任务和使命，该会成立之后，就着着进行下面几种工作：第一，是研究的工作，……第二，是出版的工作，……第三，是组织工作，……除开总会尽量吸收会员之外，还渐次把全国各地的分会成立起来。其目的，无非要使全国各地的分会成立起来。其目的，无非要使全国各地的'诗歌同志'团结在一起，用集体的力量来促进现实主义的新诗歌运动。结果是很不错的。广州、北平、青岛、厦门，……各地都先后成立了分会。而且，有几个分会，都创办了地方性的诗歌刊物，或利用当地报纸副刊的篇幅出诗刊。其影响实在不能算小。"①

　　"中国诗歌会"机关刊物是1933年2月创办的《新诗歌》旬刊。《发刊诗》（《新诗歌》1933年第1卷第1期）载："我们要唱新的诗歌，歌颂这新的世纪。朋友们！伟大的新世纪，现在已经开始。/我们不凭吊历史的残骸，因为那已成为过去。我们要捉住现实，歌唱新世纪的意识。/一二八的血未干，热河的炮火已经烛天。黄浦江上停着帝国主义军舰，吴淞口外花旗太阳旗日在飘翻。/千金寨的数万矿工被活埋，但是抗日义勇军不顾压迫。工人农人是越法地受剥削，但是他们反帝热情也越法高涨。/压迫，剥

---

　　①任钧：《关于中国诗歌会》，载《月刊》1946年第1卷第4期，第32—33页。

削，帝国主义的屠杀，反帝，抗日，那一切民众的高涨的情绪，我们要歌唱这种矛盾和他的意义，从这种矛盾中去创造伟大的世纪。/我们要用俗言俚语，把这种矛盾写成民谣小调鼓词儿歌，我们要使我们的诗歌成为大众歌调，我们自己也成为大众中的一个。/我们唱新的诗歌罢。唱颂这伟大的世纪，朋友们！我们一齐舞蹈歌唱罢，这伟大的世纪的开始。"[1]

"中国诗歌会"代表诗集有蒲风的《茫茫夜》（国际编译馆，1934 年 4 月）、《六月流火》（日本东京发行，1935 年 12 月）、《生活》（诗人俱乐部，1936 年 9 月）、《抗战三部曲》（诗歌出版社，1937 年 11 月）；柳倩（1911—2004）的《生命底微痕》（上海生活书店，1934 年 10 月）、《无花的春天》（思想出版社，1937 年 5 月）。

"左联"五烈士之一的白莽（殷夫），以直描手法及时详尽再现了 1929 年五一游行全过程的反映工人阶级自觉斗争的革命诗篇《一九二九年的五月一日》（1929 年 5 月 5 日），节选："我突入人群，高呼：'我们……我们……我们……'白的红的五采纸片，在晨曦中翻飞像队鸽群。/呵，响应，响应，响应，满街上是我们的呼声！我融入于一个声音的洪流，我们是伟大的一个心灵。/满街都是工人，同志——我们，满街都是粗暴的呼声，满街都是喜悦的笑，叫，夜的沉寂扫荡净尽。/呵哟，这是一阵春雷的暴吼，新时代的呱呱声音，谁都溶了一个憧憬的烟流，谁都拿起拳头欢迎自己的早晨。/'我们有的是力量，我们有的是斗争，我们的血已沸荡，我们拒绝进厂门！……'/一个巡捕拿住我的衣领，但我还狂叫，狂叫，狂叫，我已不是我，我的心合着大群燃烧。"[2]

---

[1]《发刊诗》，载《新诗歌》1933 年第 1 卷第 1 期，第 1 页。
[2] 白莽：《一九二九年的五月一日》，载《萌芽月刊》1930 年第 1 卷第 5 期，第 146—148 页。

　　诗篇《我们》（1929 年 12 月 2 日）："我们的意志如烟囱般高挺，我们的团结如皮带般坚韧，我们转动着地球，我们抚育着人类的运命！我们是流着汗血的，却唱着高歌的一群。目前，我们陷着地狱一般黑的坑里，在我们头耸着社会的岩层。没有快乐，幸福，……但我们却知道我们将要得胜。我们一步一步的共同劳动着，向着我们的胜利的早晨走近。/我们是谁？我们是十二万五千的工人农民！"[1]

　　从郭沫若作于 1920 年五六月间的诗篇《我是个偶像崇拜者》中"我崇拜偶像破坏者，崇拜我！"[2] 到殷夫作于 1929 年 12 月的诗篇《我们》中"我们是谁？我们是十二万五千万的工人农民！"，体现出诗歌主调随时代精神的变迁而转移。此外，诗篇中惯用的呐喊手法，以及以穆木天《守堤者》、蒲风《六月流火》等为代表的叙事诗的增多与发展，也都突显着诗歌大众化的革命使命，适应着慷慨悲歌的时代要求。

　　二　后期新月派

　　以徐志摩为主要旗帜的后期新月派，在 1928 年 3 月创办的《新月》与 1931 年 1 月创办的《诗刊》两个机关刊物的培育下，陈梦家、方玮德（1908—1935）、臧克家等一大批新诗人成长起来。陈氏、方氏系闻一多在南京国立第四中山大学（后改名中央大学）任教时的学生，臧氏则是闻一多在国立青岛大学任教时的学生。

　　此三人诗集主要有：陈梦家的《梦家诗集》（上海新月书店，1931 年 1 月）、《铁马集》（上海开明书店，1934 年 1 月）、《梦家存

---

①殷夫：《我们》，载《拓荒者》1930 年第 1 卷第 2 期，第 601—602 页。

②郭沫若：《我是个偶像崇拜者》，载《女神》，北京：人民文学出版社，2000 年 7 月，第 93 页。

诗》（上海时代图书公司，1936 年 3 月）；方玮德的《玮德诗文集》（上海时代图书公司，1936 年 3 月）；臧克家的《烙印》（上海开明书店，1934 年 3 月）、《罪恶的黑手》（上海生活书店，1934 年 10 月）、自传体长诗《自己的写照》（文学出版社，1936 年 7 月）。

　　《诗刊》创刊号上刊出时任国立青岛大学教员的闻一多写的《奇迹》。关于这篇诗作，当时同在该校教书的梁实秋在《谈闻一多》（台北传记文学出版社，1967 年 1 月）中解说："《死水》于十七年一月出版以后，一多对于新诗的创作即不热心，他的兴趣已转到中国文学的研究，由诗人一变而为学者，但是大学对他的属望仍殷，看徐志摩于十八年十一月底从上海写给我的信：……这是志摩为《诗刊》催稿的信中的一段，结果是一多写出了一首《奇迹》。志摩误会了，以为这首诗是他挤出来的，他写信给我说：'一多竟然也出了"奇迹"，这一半是我的神通所致，……'实际是一多在这个时候在情感上吹起了一点涟漪，情形并不太严重，因为在情感刚刚生出一个蓓蕾的时候就把它掐死了，但是在内心里当然是有一番折腾，写出诗来仍然是那样的回肠荡气。这不仅是他三年来的唯一的诗作，也可说是他最后的一篇。"[1]

　　"回肠荡气"，"最后的一篇"的诗篇《奇迹》："我要的本不是火齐的红，或半夜里桃花潭水的黑，也不是琵琶的幽怨，蔷薇的香；我不曾真心爱过文豹的矜严，我要的婉娈也不是任何白鸽所有的。我要的本不是这些，而是这些的结晶，比这一切更神奇得万倍的一个奇迹！可是，这灵魂是真饿得慌，我又不能让它缺着供养；那么，既便是粃糠，你也得募化不是？天知道，我不是甘心如此，我并非崛强，亦不是愚蠢，我是等你不及，等不及奇迹

_____

　　[1] 梁实秋：《谈闻一多》，载梁实秋著，陈子善编《梁实秋文学回忆录》，长沙：岳麓书社，1989 年 1 月，第 313 页。

的来临！我不敢让灵魂缺着供养。谁不知道一树蝉鸣，一壶浊酒，算得了什么？纵提到烟峦，曙壑，或更璀璨的星空，也只是平凡，最无所谓的平凡，犯得着惊喜得没主意；喊着最动人的名儿，恨不得黄金铸字，给妆在一支歌里？我也说但为一阕莺喊便噙不住眼泪，那未免太支离，太玄了，简直不值当。谁晓得，我可不能不那样：这心是真饿得慌，我不得不节省点，把藜藿当作膏粱。可也不妨明说，只要你——只要奇迹露一面，我马上就放抛平凡，我再不瞅着一张霜叶梦想春花的艳，再不浪费这灵魂的膂力，剥开顽石来诛求碧玉的温润；给我一个奇迹，我也不再去鞭挞着'丑'，逼他要那份儿背数的意义；实在我早厌恶了那勾当，那附会也委实是太费解了。我只要一个明白的字，舍利子似的闪着宝光；我要的是整个的，正面的美。我并非崛强，亦不是愚蠢，我不会看见团扇，悟不起扇后那天仙似的人面。那么我等着，不管等到多少轮回以后——既然当初许下心愿时，也不知道是多少轮回以前——我等，我不抱怨，只静候着一个奇迹的来临。总不能没有那一天，让雷来劈我，火山来烧，全地狱翻起来扑我，……害怕吗？你放心，反正罡风吹不熄魂灵的灯，情愿蜕壳化成灰烬，不碍事：因为那——那便是我的一刹那，一刹那的永恒：——一阵异香，最神秘的肃静（日，月，一切星球的旋动早被喝住，时间也止步了），最浑圆的和平……我听见闾阖的户枢謇然一响，紫霄上传来一片衣裙綷縩——那便是奇迹——半启的金扉中，一个戴着圆光的你！"[①]

陈梦家在《〈新月诗选〉序言》（1931 年 8 月）中主张："我们不怕格律。格律是圈，它使诗更显明，更美。形式是官感赏乐的外助。格律在不影响于内容的程度上，我们要它，如像画不拒绝

[①]闻一多：《奇迹》，载陈梦家编《新月诗选》，上海：新月书店，1931 年 9 月，第 52—57 页。

合式的金框。金框也有它自己的美，格律便是在形式上给与欣赏者的贡献。但我们决不坚持非格律不可的论调，因为情绪的空气不容许格律来应用时，还是得听诗的意义不受拘束的自由发展。我们并不是在起造自己的镣锁，我们是求规范的利用。练拳的人不怕重铅累坏两条腿，他们的累赘是日后轻腾的准备；日久当他们放松了腿上绑着的重铅，是不是他得可以跑得快跳得高，他们原先也不是有天赋的才能，约束和累赘的肩荷造就了他们的神技。匠人决不离他的规矩绳尺，即是标准。诗有格律，才不失掉合理的相称的度量。既是诗，打从初在心灵中发动起，一直到谱成文字，早就多少变了原样，因为文字到底不能表现我们情绪之整体。所以文字，原是我们的工具，我们永远摆脱不过的镣锁，倘使我们要‘写’诗。只是从熟练中，我们能渐渐把持它，操纵它，全靠我们对它深切的交接。我们会把技巧和格律化成自己运用的一部。但是合理，情绪的原来空气的保存，以及诗的价值的估量，是运用技巧或格律的前提。主张本质的醇正，技巧的周密和格律的谨严差不多是我们一致的方向，仅仅一种方向，也不知道那目的离得我们多远！我们只是虔诚的朝着那一条希望的道上走。此外，态度的严正又是我们共同的信心。认真，是写诗人的好德性，天才的自夸不是我们所喜悦的。我们写诗，因为有着不可忍受的激动，灵感的跳跃挑拨我们的心，原不计较这诗所给与人的究竟是什么。我们不曾把诗注定在那一种特定的意义上（或用义上），我们知道感情不容强迫。我们从所看的所听的而有感的想的，都一齐写来，灵感的触遇，是不可预料，没有界限的。纵使我们小，小得如一粒沙子，我们也始终忠实于自己，诚实表现自己渺小的一掬情感，不做夸大的梦。我们全是年青人，如其正恋爱着，我们自然可以不羞惭的唱出我们的情歌。但是当我们生活在别样的空气中，别样的情感煽动我们，我们也承受。世界是大，各人见闻的总只一角落，除非我们的想像，她有最能耐的翅膀辽远的飞。但我们时刻不曾忘掉自己的血，踩着的地土，并这时间的罡风，我们的情绪决不是无依凭的从天空掉下的。惑人的新奇，夸张的梦，和刺激的引诱，我们谨慎不敢沾染。把住一点儿德性上的矜持，老老实实做人，老老实实写诗。总之，我们写诗，只为我们喜爱写。比是一只雁子在黑夜的天空里飞，她飞，低低的唱，曾不记得白云上留下什么记号？只是那些歌，是她自己喜爱的！她的生命，她的欢喜！"①

"只为我们喜爱写"，"决不坚持非格律不可的论调"，上述这段被视作后期新月派诗歌宣言的文字，体现出与前期新月派既有承继又有调整的诗学观。诚如石灵在《新月诗派》（《文学》1937年第8卷第1期）中评曰："民国十五年四月一日，借着《晨报副刊》的地位，徐志摩所主编的《诗刊》第一期与世人见面，那就是'新月诗派'的前身。新月诗既成派，当然有一种共同的倾向了。那就是新诗规律化。……新月派的诗人。为叙述方便，把他们分做两组：一名前期，大致见于晨报诗刊中的；一名后期，见于以后的《新月》的。……晨报诗刊建下规律运动的根基，……后期诗人，我要说到的是孙大雨、陈梦家、林徽音、卞之琳。他们的总倾向是对字句整齐的规律诗怀疑。他们感到新月派规律本身的缺点，都在努力找新的路，于是他们的方向各不相同：陈倾向自由诗，林在实验自由诗，卞去象征派的路不远，孙则曾努力于雄伟的长诗。"②

除诗学主张的调整之外，前后新月派的区别还来自诗人诗感

---

①陈梦家：《〈新月诗选〉序言》，载陈梦家编《新月诗选》，上海：新月书店，1931年9月，第15—19页。

②石灵：《新月诗派》，载《文摘》1937年第1卷第2期，第126—127页。

随时代背景的不同而发生的变化。浓郁的时代气息渲染着后期新月派的诗篇，字里行间流露出迷茫幻灭的伤感情绪。如陈漫哉（陈梦家）成名诗篇《一朵野花》（《新月》1929 年第 2 卷第 9 期）的渺小："一朵野花在荒原里开了又落了，不想到这小生命，向着太阳发笑，上帝给他的聪明他自己知道，他的欢喜，他的诗，在风前轻摇。/一朵野花在荒原里开了又落了，他看见青天，看不见自己的渺小，听惯风的温柔，听惯风的怒号，就连他自己的梦也容易忘掉。"①

又如徐志摩诗篇《"我不知道风是在那一个方向吹"》（《新月》1928 年第 1 卷第 1 期）的低吟："我不知道风是在那一个方向吹——我是在梦中，在梦的轻波里依洄。/我不知道风是在那一个方向吹——我是在梦中，她的温存，我的迷醉。/我不知道风是在那一个方向吹——我是在梦中，甜美是梦里的光辉。/我不知道风是在那一个方向吹——我是在梦中，她的负心，我的伤悲。/我不知道风是在那一个方向吹——我是在梦中，在梦的悲哀里心碎！/我不知道风是在那一个方向吹——我是在梦中，黯淡是梦里的光辉！"②

再如徐志摩诗篇《渺小》（《新月》1931 年第 3 卷第 10 期）的哀叹："我仰望群山的苍老，他们不说一句话。阳光描出我的渺小，小草在我的脚下。/我一人停步在路隅，倾听空谷的松籁；青天里有白云盘踞——转眼间忽又不在。"③

---

① 陈梦家：《一朵野花》，载《梦家诗集》，上海：新月书店，1931 年 1 月，第 3 页。

② 徐志摩：《"我不知道风是在那一个方向吹"》，载《猛虎集》，上海：新月书店，1931 年 8 月，第 103—106 页。

③ 徐志摩：《渺小》，载《猛虎集》，上海：新月书店，1931 年 8 月，第 15—16 页。

徐志摩在《自剖》中自述："……是动，不论是什么性质，就是我的兴趣，我的灵感。是动就会催快我的呼吸，加添我的生命。近来却大大的变样了。第一我自身的肢体，已不如原先灵活；我的心也同样的感受了不知是年岁还是什么的拘挛。动的现象再不能给我欢喜，给我启示。先前我看着在阳光中闪烁的金波，就仿佛看见了神仙宫阙——什么荒诞美丽的幻觉，不在我的脑中一闪闪的掠过；现在不同了，阳光只是阳光，流波只是流波，任凭景色怎样的灿烂，再也照不化我的呆木的心灵。我的思想，如其偶尔有，也只似岩石上的藤萝，贴着枯干的粗糙的石面，极困难的蜒着；颜色是苍黑的，恣态是崛强的。我自己也不懂得何以这变迁来得这样的兀突，这样的深彻。原先我在人前自觉竟是一注的流泉，在在有飞沫，在在有闪光；现在这泉眼，如其还在，仿佛是叫一块石板不留余隙的给镇住了。我再没有先前那样蓬勃的情趣，每回我想说话的时候，就觉着那石块的重压，怎么也掀不动，怎么也推不开，结果只能自安沉默！'你再不用想什么了，你再没有什么可想的了'；'你再不用开口了，你再没有什么话可说的了'，我常觉得我沉闷的心府里有这样半嘲讽半吊唁的谆嘱。说来我思想上或经验上也并不曾经受什么过分剧烈的戟刺。我处境是向来顺的，现在，如其有不同，只是更顺了的。那么为什么这变迁？……"[1]

1931 年 8 月，上海新月书店发行徐志摩的第三本诗集《猛虎集》。《〈猛虎集〉序文》载有徐氏的写诗历程："说到我自己的写诗，那是再没有更意外的事了。我查过我的家谱，从永乐以来我们家里没有写过一行可供传诵的诗句。在二十四岁以前我对于诗的兴味远不如我对于相对论或民约论的兴味。我父亲送我出洋留

---

[1] 徐志摩：《自剖》，载《自剖》，上海：新月书店，1928 年 1 月，第 3—5 页。

学是要我将来进'金融界'的，我自己最高的野心是想做一个中国的 Hamilton！在二十四岁以前，诗，不论新旧，于我是完全没有相干。我这样一个人如果真会成功一个诗人——那还有什么话说？但生命的把戏是不可思议的！我们都是受支配的善良的生灵，那件事我们作得了主？整十年前我吹着了一阵奇异的风，也许照著了什么奇异的月色，从此起我的思想就倾向于分行的抒写。一份深刻的忧郁占定了我；这忧郁，我信，竟于渐渐的潜化了我的气质。话虽如此，我的尘俗的成分并没有甘心退让过；诗灵的稀小的翅膀，尽他们在那里腾扑，还是没有力量带了这整份的累坠往天外飞。且不说诗化生活一类的理想那是谈何容易实现，就说平常在实际生活的压迫中偶尔挣出八行十二行的诗句都是够艰难的。尤其是最近几年，有时候自己想着了都害怕：日子悠悠的过去内心竟可以一无消息，不透一点亮，不见丝纹的动。我常常疑心这一次是真的干了完了的。如同契珂腊的一身美是问神道通融得来限定日子要交还的，我也时常疑虑到我这些写诗的日子也是什么神道因为怜悯我的愚蠢暂时借给我享用的非分的奢侈。我希望他们可怜一个人可怜到底！一眨眼十年已经过去。诗虽则连续的写，自信还是薄弱到极点。'写是这样写下了，'我常自己想，'但准知道这就能算是诗吗？'就经验说，从一点意思的晃动到一篇诗的完成，这中间几字〔乎〕没有一次不经过唐僧取经似的苦难的。诗不仅是一种分娩，它并且往往是难产！这份甘苦是只有当事人自己知道。一个诗人，到了修养极高的境界，如同泰谷尔先生比方说，也许可以一张口就有精圆的珠子吐出来，这事实上我亲眼见过来的不打谎，但像我这样既无天才又少修养的人如何说得上？只有一个时期我的诗情真有些像是山洪暴发，不分方向的乱冲。那就是我最早写诗那半年，生命受了一种伟大力量的震撼，什么半成熟的未成熟的意念都在指顾间散作缤纷的花雨。我那时是绝无依傍，也不知顾虑，心头有什么郁积，就付托腕底胡乱给爬梳了去，救命似的迫切，那还顾得了什么美丑！我在短时期内写了很多，但几乎全部都是见不得人面的。这是一个教训。我的第一集诗——《志摩的诗》——是我十一年回国后两年内写的；在这集子里初期的汹涌性虽已消灭，但大部分还是情感的无关阑的泛滥，什么诗的艺术或技巧都谈不到。这问题一直要到民国十五年我和一多今甫一群朋友在《晨报副镌》刊行《诗刊》时方才开始讨论到。一多不仅是诗人，他也是最有兴味探讨诗的理论和艺术的一个人。我想这五六年来我们几个写诗的朋友多少都受到《死水》的作者的影响。我的笔本来是最不受羁勒的一匹野马，看到了一多的谨严的作品我方才憬悟到我自己的野性；但我素性的落拓始终不容我追随一多他们在诗的理论方面下过任何细密的工夫。我的第二集诗——《翡冷翠的一夜》——可以说是我的生活上的又一个较大的波折的留痕。我把诗稿送给一多看，他回信说'这比《志摩的诗》确乎是进步了——一个绝大的进步'。他的好话我是最愿意听的，但我在诗的'技巧'方面还是那楞生生的丝毫没有把握。最近这几年生活不仅是极平凡，简直是到了枯窘的深处。跟着诗的产量也尽'向瘦小里耗'。要不是去年在中大认识了梦家和玮德两个年青的诗人，他们对于诗的热情在无形中又鼓动了我奄奄的诗心，第二次又印《诗刊》，我对于诗的兴味，我信，竟可以销沈到几于完全没有。今年在六个月内在上海与北京间来回奔波了八次，遭了母丧，又有别的不少烦心的事，人是疲乏之极了的，但继续的行动与北京的风光却又在无意中摇活了我久蛰的性灵。抬起头居然又见到天了。眼睛睁开了心也跟着开始了跳动。嫩芽的青紫，劳苦社会的光与影，悲欢的图案，一切的动，一切的静，重复在我的眼前展开，有声色与有情感的世界重复为我存在；这仿佛是为了要挽救一个曾经有单纯信仰的流人怀疑的颓废，那在帷幕中隐藏着的神通又在那里栩栩的生动，显示它的博大与精微，要他认清方向，再别错走了路。我希望这是我的一个真的复活的机会。说也奇怪，一方面虽则明知这些偶尔写下的诗句，尽是些'破破烂烂'的，万谈不到什么久长的生命，但在作者自己，总觉得写得成诗不是一件坏事，这至少证明一点性灵还在那里挣扎，还有它的一口气。我这次印行这第三集诗没有别的话说，我只要借此告慰我的朋友，让他们知道我还有一口气，还想在实际生活的重重压迫下透出一些声响来的。你们不能更多的责备。我觉得我已是满头的血水，能不低头已算是好的。你们也不用提醒我这是什么日子；不用告诉我这遍地的灾荒，与现有的以及在隐伏中的更大的变乱，不用向我说正今天就有千万人在大水里和身子浸着，或是有千千万人在极度的饥饿中叫救命；也不用劝告我说几行有韵或无韵的诗句是救不活半条人命的；更不用指点我说我的思想是落伍或是我的韵脚是根据不合时宜的意识形态的……，这些，还有别的狠多，我知道，我全知道；你们一说到只是叫我难受又难受。我再没有别的话说，我只要你们记得有一种天教歌唱的鸟不到呕血不住口，它的歌里有它独自知道的别一个世界的愉快，也有它独自知道的悲哀与伤痛的鲜明；诗人也是一种痴鸟，他把他的柔软的心窝紧抵着蔷薇的花刺，口里不住的唱着星月的光辉与人类的希望，非到他的心血滴出来把白花染成大红他不住口。他的痛苦与快乐是浑成的一片。"[1]

1931 年 11 月 19 日，因参加当晚林徽因在北平为外国使者举办的中国建筑艺术演讲会，徐志摩乘中国航空公司"济南号"飞机由南京北上，不幸遭遇飞机失事而罹难。蔡元培送上挽联："谈

---

[1] 徐志摩：《〈猛虎集〉序文》，载《猛虎集》，上海：新月书店，1931 年 8 月，第 4—13 页。

话是诗，举动是诗，毕生行径都是诗。诗的意味渗透了，随遇自有乐土；乘船可死，驱车可死，斗室生卧也可死。死于飞机偶然者，不必视为畏途。"

"谈话是诗，举动是诗，毕生行径都是诗"，胡适、林徽因、梁实秋等人悼念徐志摩的文字中也有类似的描写。《徐志摩：年谱与评述》"一九二四（民国十三年）甲子二十九岁"载："四月十二日印度诗哲太戈尔（Tagore Rahindranth 一八六一——一九四一）乘'热田丸'来华至沪住沧洲饭店，……二十三日到北京，作六次的公开演讲，二十七日在京应京中各文学者的公宴。所有演讲均由志摩担任翻译。又于天坛草坪上开欢迎会，太氏登台演说，由林徽音搀扶。案吴咏《天坛史话》：'林小姐人艳如花，和老诗人挟臂而行，加上长袍白面，郊荒岛瘦的徐志摩，有如苍松竹梅的一幅三友图。徐氏在翻译太戈尔的英语演说，用了中国语汇中最美的修辞，以硖石官话出之，便是一首首的小诗，飞瀑流泉，琮琮可听。'"①

林徽音（林徽因）在《悼志摩》（《晨报学园哀悼志摩专号》1931 年 12 月）中写道："志摩的最动人的特点，是他那不可信的纯净的天真。对他的理想的愚诚，对艺术欣赏的认真，体会情感的切实全是难能可贵到极点。他站在雨中等虹；他甘冒社会的大不韪争他的恋爱自由；他坐曲折的火车到乡间去拜哈代，他抛弃博士一类的引诱卷了书包到英国，只为要拜罗素做老师，他为了一种特异的境遇，一时特异的感动，从此在生命途中冒险，从此抛弃所有的旧业，只是尝试写几行新诗——这几年新诗尝试的运命并不太令人踊跃，冷嘲热骂只是家常便饭——他常能走几里路

①陈从周：《徐志摩：年谱与评述》，上海：上海书店出版社，2008 年 12 月，第 45 页。

去采几茎花，费许多周折去看一个朋友说两句话；这些，还有许多，都不是我们寻常能够轻易了解的神秘。我说神秘，其实竟许是傻，是痴！事实上他只是比我们认真，虔诚到傻气，到痴！他愉快起来他的快乐的翅膀可以碰得到天，他忧伤起来，他的悲感是深得没有底。寻常评价的衡量在他手里失了效用，利害轻重他只有他的看法，纯是艺术的情感的脱离寻常的原则，所以往常人常听到朋友们说到他总爱带着嗟叹的口吻说：'那是志摩，你又有什么法子！'他真的是个怪人么？朋友们，不，一点都不是，他只是比我们近情，近理，比我们热诚，比我们天真，比我们对万物都更有信仰，对神，对人，对灵，对自然，对艺术！朋友们，我们失掉的不止一个朋友，一个诗人，我们丢掉的是个极难得可爱的人格。"①

梁秋实在《谈徐志摩》中写道："我记得，在民国十七、八年之际，我们常于每星期六晚在胡适之先生极斯菲尔路寓所聚餐，胡先生也是一个生龙活虎一般的人，但于和蔼中寓有严肃，真正一团和气使四座并欢的是志摩。他有时迟到，举座奄奄无生气，他一赶到，象一阵旋风卷来，横扫四座，又象是一把火炬把每个人的心都点燃，他有说，有笑，有表情，有动作，至不济也要在这个的肩上拍一下，那一个的脸上摸一把，不是腋下夹着一卷有趣的书报，便是袋里藏着一札有趣的信札，传示四座，弄得大家都欢喜不置。他的这种讨人欢喜的风度常使我忆起《世说新语》里所记载的王导：王丞相拜扬州，宾客数百人，并加沾接，人人有说色。唯有临海一客，姓任，及数胡人，为未洽。公因便还到任边云：'君出临海，便无复人。'任大喜说。因过胡人前，弹指

---

① 林徽音：《悼志摩》，载《北晨学园哀悼志摩专号》1931 年 12 月，第 12 页。

云：'兰阇，兰阇'，群胡同笑，四座并欢。照顾宾客，使无一人向隅，这是精力充沛的表现。怪不得志摩到处受人欢迎。志摩有六朝人的潇洒，而无其怪诞。"①

梁实秋在《回首旧游——纪念徐志摩逝世五十周年》（原载台北正中书局 1983 年 3 月《雅舍杂文》）中感慨："志摩的谈吐风度，在侪辈中可以说是鹤立鸡群。师长辈如梁启超先生，林长民先生把他当做朋友，忘年之交。和他同辈的如胡适之先生，陈通伯先生更是相交莫逆。比他晚一辈的很多人受他的奖掖，乐与之游。什么人都可做他的朋友，没有人不喜欢他。……我曾和他下过围棋，落子飞快，但是隐隐然颇有章法，下了三、五十着，我感觉到他的压力，他立即推枰而起，拱手一笑，略不计较胜负。他就是这样的一个潇洒的人。他饮酒，酒量不洪，适可而止。他豁拳，出手敏捷，而不咄咄逼人。他偶尔也打麻将，出版不加思索，挥洒自如，谈笑自若。他喜欢戏谑，从不出口伤人。他饮宴应酬，从不冷落任谁一个。他也偶涉花丛，但是心中无妓。他也进过轮盘赌局，但是从不长久坐定下注。志摩长我六岁，同游之日浅，相交不算深，以我所知，象他这样的一个人，当世无双。"②

徐志摩罹难后，1932 年 7 月，上海新月书店发行其遗作第四本诗集《云游集》。以下我们抄录此时期的三篇代表作来回顾徐氏的诗情。

抒情诗篇《再别康桥》（《新月》1928 年第 1 卷第 10 期）："轻轻的我走了，正如我轻轻的来；我轻轻的招手，作别西天的云彩。/那河畔的金柳，是夕阳中的新娘；波光里的艳影，在我的心

---

①梁实秋：《谈徐志摩》，载梁实秋著，陈子善编《梁实秋文学回忆录》，长沙：岳麓书社，1989 年 1 月，第 189 页。

②梁实秋：《回首旧游——纪念徐志摩逝世五十周年》，载梁实秋著，陈子善编《梁实秋文学回忆录》，长沙：岳麓书社，1989 年 1 月，第 212—213 页。

头荡漾。/软泥上的青荇，油油的在水底招摇；在康河的柔波里，我甘心做一条水草！/那榆荫下的一潭，不是清泉，是天上虹揉碎在浮藻间，沈淀着彩虹似的梦。/寻梦？撑一支长篙，向青草更青处漫溯，满载一船星辉，在星辉斑斓里放歌。/但我不能放歌，悄悄是别离的笙箫；夏虫也为我沈默，沈默是今晚的康桥！/悄悄的我走了，正如我悄悄的来；我挥一挥衣袖，不带走一片云彩。"①

灵动诗篇《黄鹂》（《新月》1930年第2卷第12期）："一掠颜色飞上了树。'看，一只黄鹂！'有人说。翘着尾尖，它不作声，艳异照亮了浓密——像是春光，火焰，像是热情。/等候它唱，我们静著望，怕惊了它。但它一展翅，冲破浓密，化一朵彩云；它飞了，不见了，没了——像是春光，火焰，像是热情。"②

伤感诗篇《两个月亮》（《诗刊》1931年第2期）："我望见有两个月亮：一般的样，不同的相。/一个这时正在天上，披敞着雀毛的衣裳；她不吝惜她的恩情，满地全是她的金银。她不忘故宫的琉璃，三海间有她的清丽。她跳出云头，跳上树，又躲进新绿的藤萝。她那样玲珑，那样美，水底的鱼儿也得醉！但她有一点子不好，她老爱向瘦小里耗；有时满天只见星点，没了那迷人的圆脸，虽则到时候照样回来，但这份相思有些难挨！/还有那个你看不见，虽则不提有多么艳！她也有她醉涡的笑，还有转动时的灵妙；说慷慨她也从不让人，可惜你望不到我的园林！可贵是她无边的法力，常把我灵波向高里提：我最爱那银涛的汹涌，浪花里有音乐的银钟；就那些马尾似的白沫，也比得珠宝经过雕琢。一轮完美的明月，又况是永不残缺！只要我闭上这一双眼，她就

---

①徐志摩：《再别康桥》，载《猛虎集》，上海：新月书店，1931年8月，第36—39页。

②徐志摩：《黄鹂》，载《猛虎集》，上海：新月书店，1931年8月，第66—67页。

婷婷的升上了天！"①

徐志摩《两个月亮》和尺棰（林徽因）《那一晚》两篇诗作，因同时发表在《诗刊》1931年第2期，故常常被放在一起讨论。诗篇《那一晚》："那一晚我的船推出了河心，澄蓝的天上照着有密密的星。那一晚两岸里闪映着灯光，你眼里含着泪，我心里着了慌。那一晚你的手牵着我的手，迷惘的星夜封锁起重愁。那一晚你和我分定了方向，两人各认取个生活的模样。／到如今我的船仍然在海面飘，细弱的扼杆常在风涛里摇。到如今太阳只在我背后徘徊，层层的阴影留守在我的周围。到如今我还记着那一晚的天，星光，眼泪，白茫茫的江边！到如今我还想念你岸上的耕种：红花儿黄花儿朵朵的生动。／那一天我希望要走到了顶层，蜜一般酿出那记忆的滋润。那一天我要跨上带羽翼的箭，望着你花园里射一个满弦。那一天你要听到鸟般的歌唱，那便是我静候着你的赞赏。那一天你要看到零乱的花影，那便是我私闯入当年的边境！"②

除诗人诗感的变化外，后期新月派的诗歌还体现出现代派倾向：描写现代都市人的复杂心境。陈梦家在《〈新月诗选〉序言》中评曰："孙大雨……的一千行《自己的写照》，是一首精心结构的惊人的长诗，是最近新诗中一件可以纪念的创造。他有阔大的概念从整个的纽约城的严密深切的观感中，托出一个现代人错综的意识。新的词藻，新的想像，与那雄浑的气魄，都是给人惊讶的。"③

---

①徐志摩：《两个月亮》，载《猛虎集》，上海：新月书店，1931年8月，第75—78页。

②尺棰：《那一晚》，载《诗刊》1931年2期，第89—91页。

③陈梦家：《〈新月诗选〉序言》，载陈梦家编《新月诗选》，上海：新月书店，1931年9月，第26—27页。

选录两首陈梦家的诗篇以见其蕴含的现代气息，《都市的颂歌》（《新月》1930 年第 3 卷第 3 期）节选："你睁开眼睛，看见纵不是青天，也是烟灰积成厚绒，铺开一张博大的幕，不许透进一丝一毫真纯的光波，关住了这一座大都市的魔鬼。"①

《自己的歌》节选："我赞扬过苍天，苍天反要讥笑我，生命原是点燃了不永明的火，还要套上那铜钱的枷，肉的迷阵，我揎起两条腿盲从那豆火的灯。／挤在命运的磨盘里再不敢作声，有谁挺出身子挡住掌磨的人？黑层层的烟灰下无数双的粗手，榨出自己的血甘心酿别人的酒。／……我是侥幸还留存着这一丝灵魂，吊我自己的丧，哭出一腔哀声；那忘了自己的人都要不幸迷住在跟别人的哭笑里再不会清苏。／我像在梦里还死抓着一把空想：有人会听见我歌的半分声响。但这终久是像骆驼往针眼里钻，只有让这歌在自己的心上回转。／我划碎了我的心胸掏出一串歌——血红的酒里渗着深毒的花朵。一遍两遍把这歌在我心上穿过。是我自己的歌，从来不曾离开我。"②

此外，后期新月派诗人以与前期同样的热情开展着诗的形式试验，孙大雨（1905—1997）的《决绝》《回答》《老话》三首十四行诗便是这样的试验之作。对于十四行诗体，闻一多、徐志摩都曾推介过。陈梦家在《〈新月诗选〉序言》中写道："十四行诗（Sonnet）是格律最谨严的诗体，在节奏上它需求韵节在链锁的关连中最密切的接合；就是意义上，也必须遵守合律的进展。孙大雨的三首商籁体给我们对于试写商籁体增加了成功的指望，因为

①陈梦家：《都市的颂歌》，载《梦家诗集》，上海：新月书店，1931 年 1 月，第 75 页。

②陈梦家：《自己的歌》，载《梦家诗集》，上海：新月书店，1931 年 1 月，第 5—8 页。

他从运用外国的格律上，得着操纵裕如的证明。"①

　　小节的最后，我们借介绍诗人孙毓棠（1911—1985）来结束对后期新月派的了解。孙毓棠，1933 年毕业于清华大学历史学系，1935 年入东京帝国大学（现东京大学）大学院学习。1937 年归国先后在西南联大、清华大学任教。诗集主要有《海盗船》（北平立达书局，1934 年 5 月）、《宝马》（上海文化生活出版社，1939 年 9 月）。代表作是长诗《宝马》（《月报》1937 年第 1 卷第 6 期）和《梦乡曲》（震东印书馆，1931 年）。

　　孙毓棠在《我怎样写〈宝马〉》（《月报》1937 年第 1 卷第 6 期）中自述："这首诗是取材于《〈史记〉大宛列传》中所记载汉武帝太初年间（元前一〇四——一〇一）贰师将军李广利西伐大宛的故事。这件事在中国民族的历史中当然占有相当重要的地位，它是张骞的凿空及汉政府推行对匈奴强硬政策的必然的结果；这次征伐胜利以后，汉的声威才远播于西域，奠定了新疆内附的基础。在今日萎靡的中国，一般人都需要静心回想一下我们古代祖先宏勋伟业的时候，我想以此为写诗的题材，应该不是完全无意义的。……这首诗写成虽然仅仅用了十几天工夫，然而蓄意远在三年以前。三年前有一天接到闻一多先生的信，叫我偷闲写篇叙事诗试试看。后来见面，一多先生劝我拿李陵的故事作底，但我总组织不起来，我自己选定了这李广利的故事。……但我仍该感谢一多先生当年的鼓励。写历史诗难处不在句词描写而在要能抓住当时的时代精神，关于这一点我自己毫无把握。在这首诗里我不奢望要织进去什么思想或意见，我只练习着来简单地叙述一个故事，烘染些当时人的精神。已往的中国对我是一个美丽的憧憬，

---

　　①陈梦家：《〈新月诗选〉序言》，载陈梦家编《新月诗选》，上海：新月书店，1931 年 9 月，第 26 页。

愈接近古人言行的纪录，愈使我认识我们祖先创业的艰难，功绩的伟大，气魄的雄浑，精神的焕发。俯览山川的隽秀，仰瞻几千年文华的绚烂，才自知生为中国人应该是一件多么光荣值得自慰的事。四千年来不知出头过多少英雄豪杰，产生过多少惊心动魄的故事。"①

气势宏大的叙事史诗《宝马》第一节："西去长安一万里草莽荒沙的路，在世界的屋脊上矗立着葱岭的千峦万峰。峰顶冠着太古积留的白雪，泻成了涩河，滚滚的浊涛盘崖绕谷，西流过一个丛山环偎的古国。七十几座域池，户口三十万：麦花摇时有云雀飞，无数的牛羊牧遍了山野；中秋葡萄几百里香，园圃也垂起金黄的果子。葡萄的歌声从西山飘到东山，飘着和平，飘着梦。葡萄熟时，村姑们跨着竹篮，乡家人赶着驴车，一筐筐高载了晶红艳紫；神庙前扎起庆贺的花灯，家家都赶酿新秋的美酒；富贵人夜宴上堆满着罍缶，琉璃的夜光杯酌醉了太平岁月。"②

三　现代诗派

1932 年 7 月，《诗刊》停刊，继之成为刊载诗歌的重要园地的是，1932 年 5 月创办的《现代》杂志。由格律诗派与象征诗派合流演变而来的现代诗派即因该杂志而得名。

《现代》主编施蛰存在《关于本刊所载的诗——给吴霆锐的复信》（《现代》1933 年第 3 卷第 5 期）中写道："散文与诗的区别并在于脚韵，散文是比较的朴素的，诗是不可避免地需要一点雕琢的；易言之，散文较为平直，诗则较为曲折。没有脚韵的诗，只

①孙毓棠：《我怎样写〈宝马〉》，载《月报》1937 年第 1 卷第 6 期，第 1328—1330 页。
②孙毓棠：《宝马》，载《月报》1937 年第 1 卷第 6 期，第 1327 页。

要作者写得好，在形似分行的散文中，同样可以表现出一种文字的或诗情的节奏。所以，关于《现代》中所登的诗，读者觉得不懂，至多是作者技巧不够，以至晦涩难解，决不是什么形式和内容的问题。但读者如果一定要一读即意尽的诗，或是可以像旧诗一样按照调子高唱的诗，那就非所以语于新诗了。"[①]

施蛰存又在《又关于本刊中的诗》（《现代》1933年第4卷第1期）中解释现代派诗风："《现代》中的诗是诗。而且是纯然的现代的诗。它们是现代人在现代生活中所感受的现代的情绪，用现代的词藻排列成的现代的诗形。所谓现代生活，这里面包含着各式各样独特的形态：汇集着大船舶的港湾，轰响着噪音的工场，深入地下的矿坑，奏着Jazz乐的舞场，摩天楼的百货店，飞机的空中战，广大的竞马场，……甚至连自然景物也与前代的不同了。这种生活所给与我们的诗人的感情，难道会与上代诗人们从他们的生活中所得到的感情相同的吗？《现代》中有许多诗的作者曾在他们的诗篇中采用一些比较生疏的古字，或甚至是所谓'文言文'中的虚字，但他们并不是有意地在'搜扬古董'。对于这些字，他们没有'古'的或'文言'的观念。只要适宜于表达一个意义，一种情绪，或甚至是完成一个音节，他们就采用了这些字。所以我说它们是现代的辞藻。胡适之先生的新诗运动，帮助我们打破了对于中国旧体诗的传统，但从胡适之先生一直到现在为止的新诗研究者却不自觉地坠入于西洋旧体诗的传统中。他们以为诗该是有整齐的用韵法的，至少该有整齐的诗节。于是乎十四行诗，'方块诗'，也还有人紧守着规范填做着。这与填词有什么分别呢？《现代》中的诗，大多是没有韵的，句子也很不整齐，但它们都有

---

① 施蛰存：《关于本刊所载的诗——给吴霆锐的复信》，载《现代》1933年第3卷第5期，第726—727页。

相当完美的'肌理'（Texture），它们是现代的诗形，是诗！……近来看见好几篇误解或不解《现代》中的诗的批评，我愿意在这里以编者的身分替它们解释一下。"①

"现代人在现代生活中所感受的现代的情绪，用现代的词藻排列成的现代的诗形。"施蛰存对于新诗的论说正如废名《新诗问答》（《人间世》1934 年第 15 期）一文所述："我觉得中国以往的诗的文学，内容总有变化，虽然总有变化，自然而然的总还是'旧诗'。以前谈诗的人，也并不是不感觉到有一个变化，但他们总以为这是一种'衰'的现像，他们大约以为愈古的愈好。我想这个态度是不合理的。他们不能理会到这是诗的内容的变化，这个变化是一定的，这正是时代的精神。……感觉的不同，我只能笼统的说是时代的关系。因为这个不同，在一个时代的大诗人手下就能产生前无所有的佳作。……我们的新诗首先要看我们的新诗的内容，形式问题还在其次。旧诗都有旧诗的内容，旧诗的形式都是与其内容适应的，至于文字问题在旧诗系统之下是不成问题的，其运用文字的意识是一致的，一贯下来的，所以我总称之曰旧诗。……新诗要别于旧诗而能成立，一定要这个内容是诗的，其文字则要是散文的。旧诗的内容是散文的，其文字则是诗的，不关乎这个诗的文字扩充到白话。"②

施蛰存的《桥洞》（《现代》1932 年第 1 卷第 2 期）和《桃色的云》（《现代》1932 年第 2 卷第 1 期），以及徐迟（1914—1996）的《春烂了时》（《矛盾月刊》1934 年第 3 卷第 1 期）等都是此类

---

① 施蛰存：《又关于本刊中的诗》，载《现代》1933 年第 4 卷第 1 期，第6—7 页。

② 废名：《新诗问答》，载《人间世》1934 年第 15 期，第 8—10 页。

"纯然的现代的诗"①。诗篇《桥洞》："小小的乌蓬船，穿过了秋晨的薄雾，要驶进古风的桥洞了。/桥洞是神秘的东西哪，经过了它，谁知道呢，我们将看见些什么？/风波险恶的大江吗？淳朴肃穆的小镇市吗？还是美丽而荒芜的平原？/我们看见殷红的乌桕子了，我们看见白雪的芦花了，我们看见绿玉的翠鸟了，感谢天，我们底旅程，是在同样平静的水道中。/但是，当我们还在微笑的时候，穿过了秋晨的薄雾，幻异地在庞大起来的，一个新的神秘的桥洞显现了，于是，我们又给忧郁病侵入了。"②

《现代》刊至 1935 年第 6 卷第 4 期终止，承继的是 1936 年 10 月在上海创办的《新诗》月刊，由新诗社发行，卞之琳、孙大雨、梁宗岱、冯至、戴望舒等编辑。1937 年 7 月出版至第 2 卷第 3/4 期终刊，共出 10 期，显示了现代诗派对新诗现代化与纯诗建设的共同努力与追求。

有着现代诗派"诗坛的首领"之称的戴望舒，上海震旦大学法文系毕业，1932 年赴法国留学，1935 年归国。这时期诗集主要有《我底记忆》（上海水沫书店，1929 年 4 月）、《望舒草》（上海现代书局，1933 年 8 月）、《望舒诗稿》（上海杂志公司，1937 年 1 月）。

戴望舒的诗学理论集中在两次发表的《诗论零札》和《谈林庚的诗见和"四行诗"》三篇文论。两次发表《诗论零札》的第一次，系《现代》1932 年第 2 卷第 1 期刊出《望舒诗论》一文，全文收录十七条诗论，文末"编者缀言"载："戴望舒先生本来答应替这一期《现代》写一篇关于诗的理论文章，但终于因为他正

---

① 施蛰存：《又关于本刊中的诗》，载《现代》1933 年第 4 卷第 1 期，第 6 页。

② 施蛰存：《桥洞》，载《现代》1932 年第 1 卷第 2 期，第 226—227 页。

急于赴法，无暇执笔。在他动身的前夜，我从他的随记手册中抄取了以上这些断片，以介绍给读者。想注意他的诗的读者，一定对于他这初次发表的诗论会得感受些好味道的。"①

《望舒诗论》一文后收入《望舒草》（上海现代书局，1933 年 8 月）易名为《诗论零札》。又以《诗论零札》题名收入《望舒诗稿》（上海杂志公司，1937 年 1 月）时存十六条诗论，其中第四条被删去，第十三条"cosmopolité"改为"universel"。第二次，系香港《华侨日报〈文艺周刊〉》1944 年第 2 期刊出仅七条诗论的《诗论零札》。

《望舒诗稿》中收录《诗论零札》十六条如下："一、诗不能借重音乐，它应该去了音乐的成分。二、诗不能借重绘画的长处。三、单是美的字眼的组合不是诗的特点。四、诗的韵律不在字的抑扬顿挫上，而在诗的情绪的抑扬顿挫上，即在诗情的程度上。五、诗最重要的是诗情上的 nuance 而不是字句上的 nuance。六、韵和整齐的字句会妨碍诗情，或使诗情成为畸形的。倘把诗的情绪去适应呆滞的、表面的旧规律，就和把自己的足去穿别人的鞋子一样。愚劣的人们削足适履，比较聪明一点的人选择较合脚的鞋子，但是智者却为自己制最合自己的脚的鞋子。七、诗不是某一个官感的享乐，而是全官感或超官感的东西。八、新的诗应该有新的情绪和表现这情绪的形式。所谓形式，决非表面上的字的排列，也决非新的字眼的堆积。九、不必一定拿新的事物来做题材（我不反对拿新的事物来做题材）旧的事物中也能找到新的诗情。十、旧的古典的应用是无可反对的，在它给予我们一个新情绪的时候。十一、不应该有只是炫奇的装饰癖，那是不永存的。

---

① 戴望舒：《望舒诗论》，载《现代》1932 年第 2 卷第 1 期，第 94 页，编者缀言。

十二、诗应该有自己的 originalité，但你须使它有 universel 性，两者不能缺一。十三、诗是由真实经过想像而出来的，不单是真实，亦不单是想像。十四、诗应当将自己的情绪表现出来，而使人感到一种东西，诗本身就像是一个生物，不是无生物。十五、情绪不是用摄影机摄出来的，它应当用巧妙的笔触描出来。这种笔触又须是活的，千变万化的。十六、只在用某一种文字写来，某一国人读了感到好的诗，实际上不是诗，那最多是文字的魔术。真的诗的好处并不就是文字的长处。"①

七条版本的《诗论零札》第一条："竹头木屑，牛溲马勃，运用得法，可成为诗，否则仍是一堆弃之不足惜的废物。罗绮锦绣，贝玉金珠，运用得法，亦可成为诗。否则还是一些徒炫眼目的不成器的杂碎。诗的存在在于它的组织。在这里，竹头木屑，牛溲马勃，和罗绮锦绣，贝玉金珠，其价值是同等的。批评别人的诗说'如七宝楼台，炫人眼目，拆碎下来，不成片段'，是一种不成理之论。问题不是在于拆碎下来成不成片段，却是在搭起来是不是一座七宝楼台。"②

第二条："西子捧心，人皆曰美，东施效颦，见者掩面。西子之所以美，东施之所以丑的，并不是捧心或眉颦，而是他们本质上美丑。本质上美的，荆钗布裙不能掩。本质上丑的，珠衫翠袖不能饰。诗也是如此，它的佳劣不在形式而在内容。有'诗'的诗，虽以佶屈聱牙的文字写来也是诗；没有'诗'的诗，虽韵律齐整音节铿锵，仍然不是诗。只有乡愚才会把穿了彩衣的丑妇当

---

① 戴望舒：《诗论零札》，载《望舒诗稿》，上海：上海杂志公司，1937 年 1 月，第 148—151 页。
② 戴望舒：《诗论零札》，载梁仁编《戴望舒诗全编》，杭州：浙江文艺出版社，1989 年 5 月，第 701 页。

作美人。"①

第三条:"说'诗不能翻译'是一个通常的错误。只有坏诗一经翻译才失去一切,因为实际它并没有'诗'包涵在内,而只是字眼和声音的炫弄,只是渣滓。真正的诗在任何语言的翻译中都永远保持着它的价值。而这价值,不但是地域,就是时间也不能损坏的。翻译可以说是诗的式金石,诗的滤罗。不用说,我是指并不歪曲原作的翻译。"②

第四条:"韵律齐整论者说:有了好的内容而加上'完整的'形式,诗始达于完美之境。此说听上去好像有点道理,仔细想想,就觉得大谬。诗情是千变万化的,不是仅仅几套形式和韵律的制服所能衣蔽。以为思想应该穿衣裳已经是专断之论了(梵乐希:《文学》),何况主张不论肥瘦高矮,都应该一律穿上一定尺寸的制服?所谓'完整'并不应该就是'与其他相同'。每一首诗应该有它自己固有的'完整',即不能移植的它自己固有的形式,固有韵律。"③

第五条:"米尔顿说,韵是野蛮人的创造;但是,一般意义的'韵律',也不过是半开化人的产物而已。仅仅非难韵实乃五十步笑百步之见。诗的韵律不应只有肤浅的存在。它不应存在于文字的音韵抑扬这表面,而应存在于诗情的抑扬顿挫这内里。在这一方面,昂德莱·纪德提出过更正确的意见:'语辞的韵律不应是表面的,矫饰的,只在于铿锵的语言的继承;它应该随着那由一种微妙的起承转合所按拍着的,思想的曲线而波动着。'"④

①戴望舒:《诗论零札》,载梁仁编《戴望舒诗全编》,杭州:浙江文艺出版社,1989年5月,第701页。

②同上,第702页。

③同上。

④同上,第702—703页。

第六条："定理：音乐：以音和时间来表现的情绪的和谐。绘画：以线条和色彩来表现的情绪的和谐。舞蹈：以动作来表现的情绪的和谐。诗：以文字来表现的情绪的和谐。对于我，音乐，绘画，舞蹈等等，都是同义字，因为它们所要表现的是同一的东西。"[1]

第七条："把不是'诗'的成分从诗里放逐出去。所谓不是'诗'的成分，我的意思是说，在组织起来时对于诗并非必需的东西。例如通常认为美丽的词藻，铿锵的韵音等等。并不是反对这些词藻、音韵本身。只当它们对于'诗'并非必需，或妨碍'诗'的时候，才应该驱除它们。"[2]

由（法）保尔·瓦莱里提出的"纯诗"[3] 概念，戴望舒在《诗论零札》中未有提及，但在《谈林庚的诗见和"四行诗"》（《新诗》1936年第2期）中有述："我的意思是，自由诗与韵律诗（如果我们一定要把它们分开的话）之分别，在于自由诗是不乞援于一般意义的音乐的纯诗。（昂德莱·纪德有一句话，很可以阐明我的意思，虽则他其他的诗的见解我不能同意；他说，'……句子的韵律，绝对不是在于只由铿锵的字眼之连续所形成的外表和浮面，但它却是依着那被一种微妙的交互关系所合着调子的思想之曲线而起着波纹的'。）而韵律诗则是一般意义的音乐成份和诗的成份并重的混合体。（有些人竟把前一个成份看得更重）。至于自由诗和韵律诗这两者之属是属非，以及我们应该何舍何从，这是一个更复杂而只有历史能够解决的问题。关于这方面，我现在不愿多

---

①戴望舒：《诗论零札》，载梁仁编《戴望舒诗全编》，杭州：浙江文艺出版社，1989年5月，第703页。

②同上。

③保尔·瓦莱里：《纯诗》，载王忠琪等译《法国作家论文学》，北京：生活·读书·新知三联书店，1984年6月，第114页。

说一句话。"①

关于戴望舒的诗风，杜衡和卞之琳都有精当的评价，杜衡在作于1933年盛暑的《〈望舒草〉序》中写道："记得他开始写新诗大概是在一九二二到一九二四那两年之间。在年轻的时候谁都是诗人，那时候朋友们做这种尝试的，也不单是望舒一个，还有蛰存，还有我自己。那时候，我们差不多把诗当做另外一种人生，一种不敢轻易公开于俗世的人生。我们可以说是偷偷地写着，秘不示人，三个人偶尔交换一看，也不愿对方当面高声朗诵，而且往往很吝惜地立刻就收回去。一个人在梦里泄露自己底潜意识，在诗作里泄露隐秘的灵魂，然而也只是像梦一般地朦胧的。从这种情境，我们体味到诗是一种吞吞吐吐的东西，术语的来说，它底动机是在于表现自己与隐藏自己之间。望舒至今还是这样。他厌恶别人当面翻阅他底诗集，让人把自己底作品拿到大庭广众之下去宣读更是办不到。……一九二五到一九二六，望舒学习法文；……象征诗人之所以会对他有特殊的吸引力，却可说是为了那种特殊的手法恰巧合乎他底既不是隐藏自己，也不是表现自己的那种写诗的动机的原故。同时，象征派底独特的音节也曾使他感到莫大的兴味，使他以后不再斤斤于被中国旧诗词所笼罩住的平仄韵律的推敲。……人往往会同时走着两条绝对背驰的道路的：一方面正努力从旧的圈套脱逃出来，而一方又拼命把自己挤进新的圈套，原因是没有发现那新的东西也是一个圈套。望舒在诗歌底写作上差不多已经把头钻到一个新的圈套里去了，然而他见得到，而且来得及把已经钻进去的头缩回来。一九二七年夏某月，望舒和我都蛰居家乡，那时候大概《雨巷》写成还不久，有一天他突然兴

---

①戴望舒：《谈林庚的诗见和"四行诗"》，载《新诗》1936年第2期，第228页。

致勃发地拿了张原稿给我看，……他所给我看的那首诗底题名便是《我的记忆》。从这首诗起，望舒可说是在无数的歧途中间找到了一条浩浩荡荡的大路，而且这样地完成了。'为自己制最合自己的脚的鞋子——零札七'的工作。"[1]

卞之琳在作于 1980 年 3 月 2 日的《〈戴望舒诗集〉序》中写道："大约在 1927 年左右或稍后几年初露头角的一批诚实和敏感的诗人，所走道路不同，可以说是根植于同一缘由——普遍的幻灭。面对狰狞的现实，投入积极的斗争，使他们中大多数没有工夫多作艺术上的考虑，而回避现实，使他们中其余人在讲求艺术中寻找了出路。望舒是属于后一路人。象这一路写诗人往往表现的那样，这种受挫折的感情，在他的诗里，从没有直接的抒发（至于他的第一本诗集《我的记忆》前半那一部份少年作，显得更多是以寄托个人哀愁为契机的抒情诗似又当别论）。虽然如此，《断指》一诗，纪念他的一位为革命事业牺牲生命的朋友，从反面也足以证明这种思想根源。然后，随了他的诗艺在那本使他建立了当时有影响诗人地位的第二本诗集《望舒草》里达到更成熟、更有成就的境地，与日俱增，这种幻灭感进一步变形为一种绝望的自我陶醉和莫名的惆怅。直到全面抗日战争爆发以后，他才转而参与了为民族解放和社会进步而斗争的有责任感的诗人的行列。这就导致他写出了他生平也许是最有意义的一首诗——《我用残损的手掌》。他在这个方向里进一步的成就原是可以期望的，但是他在日军占领香港时期被捕入狱而招致的哮喘病终于截断了他的生命。与此相应，戴望舒诗艺的发展也显出三个时期。这都有关他继承我国旧诗特别是晚唐诗词家及其直接后继人的艺术，借鉴西方诗，

---

[1] 杜衡：《〈望舒草〉序》，载戴望舒《望舒草》，上海：现代书局，1933 年 8 月，第 3—10 页。

特别是法国象征派的现代后继人的艺术，而写他既有民族特点也有个人特色的白话新体诗。他对建立白话新体诗的贡献是不容低估的，也能用写在不同时期的具体诗篇的比较和对照来作出评价。望舒最初写诗，多少可以说，是对徐志摩、闻一多等诗风的一种反响。他这种诗，倾向于把侧重西方诗风的吸取倒过来侧重中国旧诗风的继承。……接着就是望舒参与了成功的介绍法国象征派诗来补充英国浪漫派诗的介绍，作为中国人用现代白话写诗的一种有益的借鉴。在这个阶段，在法国诗人当中，魏尔伦似乎对望舒最具吸引力，因为这位外国人诗作的亲切和含蓄的特点，恰合中国旧诗词的主要传统。……这个时期的代表作《雨巷》这首他的最流行的抒情诗，就应运而生。这里，在回响着中国传统诗词的一种题材和意境的同时，也多少实践了魏尔伦'绞死''雄辩''音乐先于一切'的主张。到此高度，也就结束了戴望舒艺术发展的第一个阶段。戴望舒艺术探索的第二阶段亦即他的中期达到了恰好的火候，也就发出了一种与众不同的声调，个人独具的风格，而又是名副其实的'现代'的风味。一般评论家都认为《我的记忆》这首诗是他这个第二阶段的出发点。……在亲切的日常说话调子里舒卷自如，锐敏、精确，而又不失它的风姿，有节制的潇洒和有工力的淳朴。日常语言的自然流动，使一种远较有韧性因而远较适应于表达复杂化、精微化的现代感应性的艺术手段，得到充分的发挥。所有这种诗里的长处都见之于从《我的记忆》这首诗开始以后所写的诗里。……"①

诗篇《山行》，卞之琳评其"寄托个人哀愁为契机的抒情诗"②，抄录如下："见了你朝霞的颜色，便感到我落月的沈哀，却

---

①卞之琳：《〈戴望舒诗集〉序》，载戴望舒《戴望舒诗集》，成都：四川人民出版社，1981年1月，第2—5页。

②同上，第2页。

似晓天的云片，烦怨飘上我心来。/可是不听你啼鸟的娇音，我就要像流水地呜咽，却似凝露的山花，我不禁地泪珠盈睫。/我们彳亍在微茫的山径，让梦香吹上了征衣，和那朝霞，和那啼鸟，和你不尽的缠绵意。"①

　　诗篇《雨巷》，叶圣陶盛赞其"替新诗底音节开了一个新纪元"，②卞之琳评其"读起来好象旧诗名句'丁香空结雨中愁'的现代白话版的扩充或者'稀释'。一种回荡的旋律和一种流畅的节奏，确乎在每节六行、各行长短不一，大体在一定间隔重复一个韵的一共七节诗里，贯彻始终。用惯了的意象和用滥了的词藻，却更使这首诗的成功显得浅易、浮泛"③。抄录如下："撑着油纸伞，独自彷徨在悠长，悠长，又寂寥的雨巷，我希望逢着一个丁香一样地结着愁怨的姑娘。/她是有丁香一样的颜色，丁香一样的芬芳，丁香一样的忧愁，在雨中哀怨，哀怨又彷徨；/她彷徨在这寂寥的雨巷，撑着油纸伞像我一样，像我一样地默默彳亍着，冷漠，凄清，又惆怅。/她静默地走近走近，又投出太息一般的眼光，她飘过像梦一般地，像梦一般地凄婉迷茫，/像梦中飘过一枝丁香地，我身旁飘过这女郎；她静默地远了，远了，到了颓圮的篱墙，走尽这雨巷。/在雨的哀曲里，消了她的颜色，散了她的芬芳，消散了，甚至她的太息般的眼光，她丁香般的惆怅。/撑着油纸伞，独自彷徨在悠长，悠长又寂寥的雨巷，我希望飘过一个丁

　　①戴望舒：《山行》，载《我底记忆》，上海：水沫书店，1929年11月再版，第24—25页。
　　②转引自钱理群、温儒敏、吴福辉：《中国现代文学三十年（修订本）》，北京：北京大学出版社，1998年7月，第310页。
　　③卞之琳：《〈戴望舒诗集〉序》，载戴望舒《戴望舒诗集》，成都：四川人民出版社，1981年1月，第5页。

香一样地结着愁怨的姑娘。"①

诗篇《我底记忆》，杜衡评其"完成了'为自己制最合自己的脚的鞋子'的工作"②。抄录如下："我底记忆是忠实于我的，忠实得甚于我最好的友人。/它存在在燃着的烟卷上，它存在在绘着百合花的笔杆上，它存在在破旧的粉盒上，它存在在颓垣的木莓上，它存在在喝了一半的酒瓶上，在撕碎的往日的诗稿上，在压干的花片上，在棲暗的灯上，在平静的水上，在一切有灵魂没有灵魂的东西上，它在到处生存着，像我在这世界一样。/它是胆小的，它怕着人们底喧嚣，但在寂寥时，它便对我来作密切的拜访。它底声音是低微的，但是它底话是很长，很长，很多，很琐碎，而且永远不肯休；它底话是古旧的，老是讲着同样的故事，它底音调是和谐的，老是唱着同样的曲子，有时它还模仿着爱娇的少女底声音，它底声音是没有气力的，而且还夹着眼泪，夹着太息。/它底拜访是没有一定的，在任何时间，在任何地点，甚至当我已上床，朦胧地想睡了；人们会说它没有礼貌，但是我们是老朋友。/它是琐琐地永远不肯休止的，除非我凄凄地哭了，或者沈沈地睡了；但是我是永远不讨厌它，因为它是忠实于我的。"③

沿着戴望舒开辟的道路继续前行，注重将东西方诗学融合并形成自己独特风格的是诗作被收入《汉园集》中的三位毕业于北京大学的诗人。《汉园集》（上海商务印书馆，1936 年 3 月）是由卞之琳编的一本新诗合集，收录何其芳的《燕泥集》、李广田的

①戴望舒：《雨巷》，载《我底记忆》，上海：水沫书店，1929 年 11 月再版，第 45—49 页。

②杜衡：《〈望舒草〉序》，载戴望舒《望舒草》，上海：现代书局，1933 年 8 月，第 10 页。

③戴望舒：《我底记忆》，载《我底记忆》，上海：水沫书店，1929 年 11 月再版，第 53—56 页。

《行云集》和卞之琳的《数行集》。

何其芳，北京大学毕业后在天津等地教书。1938年与卞之琳、沙汀一起前往延安革命根据地。何其芳在《梦中道路》（《大公报诗刊》1936年第1期）中追述《燕泥集》的创作："我仅仅希望制作一些娱悦自己的玩具。这时我读着晚唐五代时期的那些精致的冶艳的诗词，蛊惑于那种憔悴的红颜上的妩媚，又在几位班纳斯派以后的法兰西诗人的篇什中找到了一种同样的迷醉。《燕妮集》中的第一辑便是这期间内制作的残留。原有的篇什在这三倍以上。这一段短促的日子我颇珍惜，因为我做了许多好梦。"[1]

《燕泥集》开篇诗《预言》（1931年秋）："这一个心跳的日子终于来临。你夜的叹息似的渐近的足音，我听得清不是林叶和夜风私语，麋鹿驰过苔径的细碎的蹄声。告诉我，用你银铃的歌声告诉我，你是不是预言中的年轻的神？/你一定来自温郁的南方，告诉我那儿的月色，那儿的日光，告诉我春风是怎样吹开百花，燕子是怎样痴恋着绿杨，我将合眼睡在你如梦的歌声里，那温馨我似乎记得又似乎遗忘。/请停下，停下你长途的奔波，进来，这儿有虎皮的褥你坐，让我烧起每一秋天拾来的落叶，听我低低唱起我自己的歌，那歌声将火光样沉郁又高扬，火光样将落叶的一生诉说。/不要前行，前面是无边的森林，古老的树现着野兽身上的斑文，半生半死的藤蟒蛇样交缠着，密叶里漏不下一颗星，你将怯怯地不敢放下第二步，当你听见了第一步空寥的回声。/一定要走吗？等我和你同行，我的足知道每条平安的路径，我将不停地唱着忘倦的歌，再给你，再给你手的温存，当夜的浓黑遮断了我们，你可不转眼地望着我的眼睛。/我激动的歌声你竟不听，你

---

[1]何其芳：《梦中道路》，载林志浩编《何其芳散文选集》，天津：百花文艺出版社，2009年6月，第52—53页。

的足竟不为我的颤抖暂停，像静穆的微风飘过这黄昏里，消失了，消失了你骄傲的足音……啊，你终于如预言所说的无语而来，无语而去了吗，年轻的神?"[1]

李广田，北京大学毕业后回济南教书，1941年任教于西南联合大学。刘西渭在《画廊集——李广田先生作》中评曰："我爱李广田先生的诗章，因为里面呈露的气质那样切近我的灵魂。李广田先生是山东人。我不晓得山东人的特性究竟如何，历来和朋友谈论，大多以为肝胆相照，朴实无华，浑厚可爱，是最好的山东人的写照。而李广田先生诗章里面流露的，正是这种质朴的气质，这种得天独厚的气质。有些聪明人把这看做文学的致命伤，然而忘记这是文学不朽的地基。在这结实的地面上，诗人会种出《笑的种子》，《生风尼》，和有时若干引起想像上喜悦的句子，而最浑厚有力，也最能表白诗人的，更是那首拙诗《地之子》。"[2]

诗篇《地之子》（1933年春）："我是生自土中，来自田间的，这大地，我的母亲，我对她有着作为人子的深情。我爱着这地面上的沙壤，湿软软的，我的襁褓；更爱着绿绒绒的田禾，野草，娬母的怀抱。我愿安息在这土地上，在这人类的田野里生长，生长又死亡。/我在地上，昂了首，望着天上。望着白的云，彩色的虹，也望着碧蓝的晴空。但我的脚却永踏着土地，我永嗅着人间的土的气息。我无心于住在天国里，因为住在天国时，便失掉了天国，且失掉了我的母亲，这土地。"[3]

---

①何其芳：《预言》，载卞之琳编《汉园集》，上海：商务印书馆，1936年3月，第4—7页。

②刘西渭：《画廊集——李广田先生作》，载《咀华集》，上海：文化生活出版社，1936年12月，第186页。

③李广田：《地之子》，载卞之琳编《汉园集》，上海：商务印书馆，1936年3月，第82—84页。

　　卞之琳，北京大学毕业后在四川大学、西南联合大学、南开大学等校教书。这时期诗集除《数行集》（收入《汉园集》）外，主要有《三秋草》（上海新月书店，1933 年 5 月）和《鱼目集》（上海文化生活出版社，1935 年 12 月）。

　　卞之琳在《〈雕虫纪历（1930—1958）〉自序》（1978 年 12 月 10 日）中追忆自己的新诗创作："'人贵有自知之明'。如果说我还有点自知，如果说写诗是'雕虫小技'，那么用在我的场合，应是更为恰当。'一个人能力有大小'，气魄自然也有大小。回顾过去，我在精神生活上，也可以自命曾经沧海，饱经风霜，却总是微不足道。人非木石，写诗的更不妨说是'感情动物'。我写诗，而且一直是写的抒情诗，也总在不能自已的时候，却总倾向于克制，仿佛故意要做'冷血动物'。规格本来不大，我偏又喜爱淘洗，喜爱提炼，期待结晶，期待升华，结果当然只能出产一些小玩艺儿。事过几十年，这些小东西，尽管还有人爱好，实际上只是在一种历史博物馆或者资料库的一个小角落里暂时可能占一个位置而已。这些小玩艺儿的产生，制造者冷暖自知，甘苦自明。现在我把它们整理一番的时候，想不妨自己作一点说明。它们是，不论在思想内容上还是在艺术形式上，都构成相当长，相当大的一番曲折的历程，一种探索的历程。……人总是生活在社会现实当中，文学反映现实，不管反映深刻还是反映肤浅，也总是要改变现实，只是有的要改过来，有的要改过去，有所理想或有所幻想等不同罢了。我自己写在三十年代的一些诗，也总不由自己，打上了三十年代的社会印记。三十年代我国左翼文学形成了一股激流。西欧、英美文学同时也有为后人过份贬抑的所谓'粉红色十年'。虽然，由于主客观条件不同，二者之间有质的区别，发展也不同，后者昙华一现，前者到抗日战争已经形成了我国的文学主流，这也总表明了三十年代不分东西的时代潮流。我自己思想感情上成

611

长较慢，最初读到二十年代西方'现代主义'文学，还好象一见如故，有所写作不无共鸣，直到 1937 年抗战起来才在诗创作上结束了前一个时期。这时期我先后写诗有许多共同的特点。当时由于方向不明，小处敏感，大处茫然，而对历史事件、时代风云，我总不知要表达或如何表达自己的悲喜反应。这时期写诗，总象是身在幽谷，虽然是心在峰巅。当时以凭吊开端，我写诗总富于怀旧，怀远的情调。我始终只写了一些抒情短诗。但是我总怕出头露面，安于在人群里默默无闻，更怕公开我的私人感情。这时期我更多借景抒情，借物抒情，借人抒情，借事抒情。没有真情实感，我始终是不会写诗的，但是这时期我更少写真人真事。我总喜欢表达我国旧说的'意境'或者西方所说的'戏剧性处境'，也可以说是倾向于小说化、典型化，非个人化，甚至偶尔用出了戏拟（Parody）。所以，这时期的极大多数诗里的'我'也可以和'你'或'他'（'她'）互换，当然要随整首诗的局面互换，互换得合乎逻辑。同时，始终是以口语为主，适当吸收了欧化句法和文言遣词（这是为了字少意多，为了求精炼）。诗体则自由体与格律体兼用，最初主要试用不成熟的格律体，一度主要用自由体，最后几乎全用自以为较熟烂的格律体以至直到解放后的新时期。……这种抒情诗创作上小说化，'非个人化'，也有利于我自己在倾向上比较能跳出小我，开拓视野，由内向到外向，由片面到全面，……我写白话新体诗，要说是'欧化'（其实写诗分行，就是从西方如鲁迅所说的'拿来主义'），那么也未尝不'古化'。一则主要在外形上，影响容易看得出，一则完全在内涵上，影响不易着痕迹。一方面，文学具有民族风格才有世界意义。另一方面，欧洲中世纪以后的文学，已成'世界的文学'，现在这个'世界'当然也早已包括了中国。就我自己论，问题是看写诗能否'化古'，'化欧'。在我自己的白话新体诗里所表现的想法和写法上，古今中外颇有不少相通的地方。例如，我写抒情诗，象我国多数旧诗一样，着重'意境'，就常通过西方的'戏剧性处境'而作'戏剧性独白'。又如，诗要精炼。我自己着重含蓄，就容易和西方有一路诗的着重暗示性，写起诗来也自然容易合拍。又如语言要丰富。我写新体诗，基本上用口语，但是我也常吸取文言词汇、文言句法（前期有一个阶段最多），解放后新时期也一度试引进个别方言，同时也常用大家也逐渐习惯了的欧化句法。"①

《一个和尚》《一个闲人》等诗篇即是卞之琳自述中所谓"非个人化"的诗作代表。而《断章》《归》等诗篇则体现出诗人自觉的哲学意识。《断章》："你站在桥上看风景，看风景人在楼上看你。/明月装饰了你的窗子，你装饰了别人的梦。"②《归》："像一个天文家离开了望远镜，从热闹中出来闻自己的足音。莫非在自己圈子外的圈子外？伸向黄昏去的路像一段灰心。"③

同样有着自觉的哲学意识的现代派诗人还有废名（冯文炳），他在《已往的诗文学与新诗》（《文学集刊》1944年第2期）中主张："上回我说中国已往的诗文学向来有两个趋势，就是元白易懂的一派同温李难懂的一派，无论那一派都是在诗的文字之下变戏法，总而言之都是旧诗。胡适之先生于旧诗中取元白一派作为我们白话新诗的前例，乃是自家接近元白的一派旧诗的原故，结果使得白话新诗失了根据。我又说，胡适之先生所认为反动派温李的诗，倒有我们今日新诗的趋势。我的意思不是把李商隐的诗同

---

①卞之琳：《〈雕虫纪历（1930—1958）〉自序》，载《新文学史料》1979年第3期，第221—230页。

②卞之琳：《断章》，载《鱼目集》，上海：文化生活出版社，1936年3月再版，第12页。

③卞之琳：《归》，载《鱼目集》，上海：文化生活出版社，1936年3月再版，第13页。

温庭筠的词算作新诗的前例，我只是推想这一派的诗词存在的根据或者正有我们今日白话新诗发展的根据了。……温词为向来的人所不能理解，谁知这不被理解的原因，正是他的艺术超乎一般旧诗的表现，即是自由表现，而这个自由表现又最遵守了他们一般诗的规矩，温词在这个意义上真令我佩服。温庭筠的词不能说是情生文文生情的，他是整个的想像。大凡自由的表现，正是表现着一个完全的东西。好比一座雕刻，在雕刻家没有下手的时候，这个艺术的生命便已完全了，这个生命的制造却又是一个神秘的开始，即所谓自由。这里不是一个酝酿，这里乃是一个开始，一开始便已是必然了，于是在我们鉴赏这一件艺术品的时候我们只有点头，仿佛这件艺术品是生成如此的。这同行云流水不一样，行云流水乃是随处纠葛，他是不自由，他的不自由乃是生长，乃是自由。我的话恐怕有点荒唐，其实未必荒唐，我们且来讲温庭筠的词，——不过在谈温词的时候，这一点总要请大家注意，即是作者是幻想，他是画他的幻想，并不是抒情，世上没有那么的美人，他也不是描写他理想中的美人，只好比是一座雕刻的生命罢了。英国一位批评家说法国自然主义的小说家是'视觉的盛宴'，视觉的盛宴这一个评语，我倒想借来说温庭筠的词，因为他的美人芳草都是他自己的幻觉，……温词无论一句里的一个字，一篇里的一两句，都不是上下文相生的，都是一个幻想，上天下地，东跳西跳，而他却写得文从字顺，最合绳墨不过，居花间之首，向来并不懂得他的人也说'温庭筠最高，其言深美闳约'了。我们所应该注意的是，温词所表现的内容，不是他以前的诗体所装得下的。从我上面所举的例子，大家总可以看得出，像这样长短句才真是诗体的解放，这个解放的诗体可以容纳得一个立体的内容，以前的诗体则是平面的。以前的诗是竖写的，温庭筠的词则是横写的。以前的诗是一个镜面，温庭筠的词则是玻璃缸的水——要养个金鱼儿或插点花儿这里都行，这里还可以把天上的云朵拉进来。因此我尝想，在已往的诗文学里既然有这么一件事情，我们今日的白话新诗恐怕很有根据，在今日的白话新诗的稿纸上，将真是无有不可以写进来的东西了。有一件事实我要请大家注意，温庭筠的词并没有用典故，他只是辞句丽而密。此事很有趣味，在他的解放的诗体里用不着典故，他可以横竖乱写，可以驰骋想像，所想像的所写的都是实物。若诗则不然，律诗因为对句的关系还可以范围大一点，由甲可以对到乙，这却正是情生文文生情，所以我们读起来是一个平面的感觉。正因此，诗不能〔不〕用典故，真能自由用典故的人正是情生文文生情。因为是典故，明明是实物，我们也还是纸上的感觉，所以是平面的，温庭筠的词则用不着用什么典故了。……温庭筠的词，可以不用典故，驰骋作者的幻想。反之，李商隐的诗，都是借典故驰骋他的幻想。因此，温词给我们一个立体的感觉，而李诗则是一个平面的。实在李诗是'人间从到海，天上莫为河'，'星沉海底当窗见，雨过河源隔座看'，天上人间什么都想到了，他的眼光要比温庭筠高得多，然而因为诗体的不同，一则引我们到空间去，一则仿佛只在故纸堆中。这便是我所想请大家注意的。……总之我以为重新考察中国已往的诗文学，是我们今日谈白话新诗最要紧的步骤，我们因此可以有根据，因此我们也无须张皇，在新诗的途径上只管抓着韵律的问题不放手，我以为正是张皇心里的表现。我们只是一句话，白话新诗是用散文的文字自由写诗。所谓散文的文字，便是说新诗里要是散文的句子。"[1]

诗篇《十二月十九夜》："深夜一枝灯，若高山流水，有身外

---

①废名：《已往的诗文学与新诗》，载《谈新诗》，北京：新民印书馆，1944 年 11 月，第 36—49 页。

之海。星之室是鸟林，是花，是鱼，是天上的梦，海是夜的镜子。思想是一个美人，是家，是日，是月，是灯，是炉火，炉火是墙上的树影，是冬夜的声音。"① 诗篇《星》："满天的星，颗颗说是永远的春花。东墙上海棠花影，簇簇说是永远的秋月。清晨醒来是冬夜梦中的事了。昨夜夜半的星，清洁真如明丽的网，疏而不失，春花秋月也都是的，子非鱼安知鱼。"②

《文学杂志》1937 年第 1 卷第 2 期刊出废名诗作《诗三首》的《编辑后记》中记载："废名先生的诗不容易懂，但是懂得之后，你也许要惊叹它真好。有些诗可以从文字本身去了解，有些诗非先了解作者不可。废名先生富敏感而好苦思，有禅家与道人的风味。他的诗有一个深玄的背景，难懂的是这背景。他自己说，他生平只做过三首好诗，一首是在《文学季刊》发表的《掐花》，一首是在《新诗》发表的《飞尘》，再一首就是本期发表的《宇宙的衣裳》。希望读者不要轻易旋过。无疑地，废名所走的是一条窄路，但是每人都各走各的窄路，结果必有许多新奇的发见。最怕的是大家都走上同一条窄路。"③

章节的最后，我们以先驱诗人冰心的诗篇结束对 1927 年 5 月至 1937 年 6 月新诗的回顾。作于 1936 年 2 月 3 日的《一句话》（《自由评论》1936 年第 25/26 期）："那天湖上是漠漠的轻阴，湿烟盖住了泼剌的游鳞。东风沉静地抚着我的肩头，'且慢，你先别说出那一句话！'/那夜天上是密密的乱星，树头棲稳了双宿的娇禽。南风戏弄地挨着我的腮旁，'完了，你竟说出那一句话！'/那夜湖

---

① 废名：《十二月十九夜》，载废名、开元《水边》，北京：新民印书馆，1944 年 4 月，第 39—41 页。

② 废名：《星》，载废名、开元《水边》，北京：新民印书馆，1944 年 4 月，第 36—38 页。

③《编辑后记》，载《文学杂志》1937 年第 1 卷第 2 期，第 188 页。

上是悽恻的月明，水面横飞着闪烁的秋萤。西风温存地按着我的嘴唇，'何必，你还思索那一句话？'/今天天上是呼呼的风沙，风里哀唤着失伴的惊鸦。北风严肃地擦着我的眼睛，'晚了，你要收回那一句？'"[1]

---

①冰心：《一句话》，载《自由评论》1936年第25/26期，第1页。

第九章　散文（二）

现代的散文，却更是带有自叙传的色彩了，我们只消把现代作家的散文集一翻，则这作家的世系，性格，嗜好，思想，信仰，以及生活习惯等等，无不活泼泼地显现在我们的眼前。

——郁达夫《〈中国新文学大系（散文二集）〉导言》

1927 年 5 月至 1937 年 6 月的中国现代散文，大抵由左翼作家的"鲁迅风"杂文，林语堂、巴金、开明同人为代表的幽默闲适科学小品，京派散文以及报告文学与游记几个板块共同组成。

一　鲁迅等左翼作家的散文

杂文因其所具有的现实批评性与论战功用，成为左翼作家常用的文体，遂出现杂文创作的繁荣期。诚如鲁迅在《〈且介亭杂文〉序言》（1935 年 12 月 30 日于上海且介亭）中所述："近几年来，所谓'杂文'的产生，比先前多，也比先前更受着攻击。例如自称'诗人'邵洵美，前'第三种人'施蛰存和杜衡即苏汶，还不到一知半解程度的大学生林希隽之流，就都和杂文有切骨之仇，给了种种罪状的。然而没有效，作者多起来，读者也多起来了。其实'杂文'也不是现在的新货色，是'古已有之'的，凡有文章，倘若分类，都有类可归，如果编年，那就只按作成的年月，不管文体，各种都夹在一处，于是成了'杂'。分类有益于揣摩文章，编年有利于明白时势，倘要知人论世，是非看编年的文集不可的，现在新作的古人年谱的流行，即证明着已经有许多人省悟了此中的消息。况且现在是多么切迫的时候，作者的任务，是在对于有害的事物，立刻给以反响或抗争，是感应的神经，是攻守的手足。潜心于他的鸿篇巨制，为未来的文化设想，固然是很好的，但为现在抗争，却也正是为现在和未来的战斗的作者，因为失掉了现在，也就没有了未来。战斗一定有倾向。这就是邵施杜林之流的大敌，其实他们所憎恶的是内容，虽然披了文艺的法衣，里面却包藏着'死之说教者'，和生存不能两立。这一本集子和《花边文学》，是我在去年一年中，在官民的明明暗暗，软软硬硬的围剿'杂文'的笔和刀下的结集，凡是写下来的，全在这里面。当然不敢说是诗史，其中有着时代的眉目，也决不是英雄们的八宝箱，一朝打开，便见光辉灿烂。我只在深夜的街头摆着一个地摊，所有的无非几个小钉，几个瓦砾，但也希望，并且相信有些人会从中寻出合于他的用处的东西。"[1]

鲁迅的杂文集主要有《热风》（北京北新书局，1925 年 11 月）、《华盖集》（北京北新书局，1926 年 6 月）、《坟》（北京未名社，1927 年 3 月）、《华盖集续编》（北京北新书局，1927 年 5 月）、《而已集》（上海北新书局，1928 年 10 月）、《三闲集》（上海北新书局，1932 年 9 月）、《二心集》（上海合众书店，1932 年 10 月）、《伪自由书》（上海青光书局，1933 年 10 月）、《南腔北调集》（上海同文书店，1934 年 3 月）、《准风月谈》（上海兴中书局，1934 年 12 月）、《集外集》（上海群众图书公司，1935 年 5 月）、《花边文学》（上海联华书局，1936 年 6 月）、《且介亭杂文》（上海三闲书屋，

---

①鲁迅：《〈且介亭杂文〉序言》，载《且介亭杂文》，上海：三闲书屋，1937 年 7 月，第 1—3 页。

1937 年 7 月)、《且介亭杂文二集》（上海三闲书屋，1937 年 7 月）、
《且介亭杂文末编》（上海三闲书屋，1937 年 7 月）、《集外集拾遗》
（许广平编定，1938 年 4 月）、《集外集拾遗补编》（北京人民文学
出版社，1993 年 12 月）、《两地书》（上海青光书局，1933 年 4
月）、《鲁迅书简》（上海三闲书屋，1937 年 6 月）、《夜记》（上海文
化生活出版社，1937 年）。

鲁迅在《〈华盖集续编〉小引》（1926 年 10 月 14 日于厦门）
中自述："还不满一整年，所写的杂感的分量，已有去年一年的那
么多了。秋来住在海边，目前只见云水，听到的多是风涛声，几
乎和社会隔绝。如果环境没有改变，大概今年不见得再有什么废
话了罢。灯下无事，便将旧稿编集起来；还豫备付印，以供给要
看我的杂感的主顾们。这里面所讲的仍然并没有宇宙的奥义和人
生的真谛。不过是，将我所遇到的，所想到的，所要说的，一任
它怎样浅薄，怎样偏激，有时便都用笔写了下来。说得自夸一点，
就如悲喜时节的歌哭一般，那时无非借此来释愤抒情，现在更不
想和谁去抢夺所谓公理或正义。你要那样，我偏要这样是有的；
偏不遵命，偏不磕头是有的；偏要在庄严高尚的假面上拨它一拨
也是有的，此外却毫无什么大举。名副其实，'杂感' 而已。"① 又
在《徐懋庸作〈打杂集〉序》（1935 年 3 月 11 日于上海）中写道：
"我觉得中国有时是极爱平等的国度。有什么稍稍显得特出，就有
人拿了长刀来削平它。以人而论，孙桂云是赛跑的好手，一过上
海，不知怎的就萎靡不振，待到到得日本，不能跑了；阮玲玉算
是比较的有成绩的明星，但 '人言可畏'，到底非一口气吃下三瓶
安眠药片不可。自然，也有例外，是捧了起来。但这捧了起来，

---

① 鲁迅：《〈华盖集续编〉小引》，载《华盖集续编》，上海：北新书局，
1935 年 9 月六版，第 1—2 页。

却不过为了接着摔得粉碎。大约还有人记得'美人鱼'罢，简直捧得令观者发生肉麻之感，连看见姓名也会觉得有些滑稽。契诃夫说过：'被昏蛋所称赞，不如战死在他手里。'真是伤心而且悟道之言。但中国又是极爱中庸的国度，所以极端的昏蛋是没有的，他不和你来战，所以决不会爽爽快快的战死，如果受不住，只好自己吃安眠药片。在所谓文坛上当然也不会有什么两样：翻译较多的时候，就有人来削翻译，说它害了创作；近一两年，作短文的较多了，就又有人来削'杂文'，说这是作者的堕落的表现，因为既非诗歌小说，又非戏剧，所以不入文艺之林，他还一片婆心，劝人学学托尔斯泰，做《战争与和平》似的伟大的创作去。……我们试去查一通美国的'文学概论'或中国什么大学的讲义，的确，总不能发见一种叫作 Tsa—wen 的东西。这真要使有志于成为伟大的文学家的青年，见杂文而心灰意懒：原来这并不是爬进高尚的文学楼台去的梯子。托尔斯泰将要动笔时，是否查了美国的'文学概论'或中国什么大学的讲义之后，明白了小说是文学的正宗，这才决心来做《战争与和平》似的伟大的创作的呢？我不知道。但我知道中国的这几年的杂文作者，他的作文，却没有一个想到'文学概论'的规定，或者希图文学史上的位置的，他以为非这样写不可，他就这样写，因为他只知道这样的写起来，于大家有益。"[1]

"如悲喜时节的歌哭一般"，"无非借此来释愤抒情"，"他以为非这样写不可，他就这样写，因为他只知道这样的写起来，于大家有益。"这样的杂感写作初衷，正如黄庭坚评苏轼的诗句"东坡之酒，赤壁之笛，嬉笑怒骂，皆成文章"（《东坡先生真赞三首》）

　　[1]鲁迅：《徐懋庸作〈打杂集〉序》，载《且介亭杂文二集》，上海：鲁迅全集出版社，1940年10月，第75—77页。

一般。

人尽皆知鲁迅作品深刻，对此，郁达夫在写于 1928 年 8 月 1 日的《对于社会的态度》（《北新》1928 年第 2 卷第 19 期）中评曰："至于我对鲁迅哩，也是无恩无怨，不过对他的人格，我是素来知道的，对他的作品，我也有一定的见解。我总以为作品的深刻老练而论，他总是中国作家中的第一人者，我从前是这样想，现在也这样想，将来总也是不会变的。"①

鲁迅杂文的时代意义，他本人在《晨凉漫记》（1933 年 7 月 28 日）中写道："儿时见过一本书，叫作《无双谱》，是清初人之作，取历史上极特别无二的人物，各画一像，一面题些诗，但坏人好像是没有的。因此我后来想到可以择历来极其特别，而其实是代表着中国人性质之一种的人物，作一部中国的'人史'。"② 又在《〈准风月谈〉后记》（1934 年 10 月 16 日）中自觉："因为'中国的大众的灵魂'，现在是反映在我的杂文里了。"③

鲁迅杂文的深远影响，钱理群在《中国现代文学三十年（修订本）》（北京大学出版社，1998 年 7 月）第十七章"鲁迅（二）"中写道："尽管人们无数次地宣布：鲁迅的杂文时代已经过去，尽管鲁迅自己也一再表示希望他的攻击时弊的杂文'与时弊同时灭亡'，但一个无情的事实却是，鲁迅的杂文始终为一切关心与思考社会、历史、思想、文化、人生、人性等问题的中国人尤其是中国青年所钟爱，任何时候都是中国现实中活生生的存在，对正在

---

① 郁达夫：《对于社会的态度》，载《北新》1928 年第 2 卷第 19 期，第 45—46 页。

② 鲁迅：《晨凉漫记》，载《准风月谈》，上海：鲁迅全集出版社，1947 年 10 月版，第 54 页。

③ 鲁迅：《〈准风月谈〉后记》，载《准风月谈》，上海：鲁迅全集出版社，1947 年 10 月版，第 239 页。

进行、发展的中国思想、文化、文学发生作用，对现实的中国人心产生影响。它们可以不断地重新发表，仍然给读者以仿佛针对当前的现实而写的感觉；它们可以一遍又一遍地阅读，每读一次都会有新的感受、新的发现，常读而常新。"①

　　鲁迅杂文的深刻性主要体现在"社会批评"与"文明批评"两个方面。他在《两地书（17）》（1925年4月28日于北京）中自述："中国现今文坛的状况（?），实在不佳，但究竟做诗及小说者尚有人。最缺少的是'文明批评'和'社会批评'，我之以《莽原》起哄，大半也就为了想由此引些新的这一种批评者来，虽在割去敝舌之后，也还有人说话，继续撕去旧社会的假面。"② 又在《小品文的危机》（1933年8月27日）中写道："生存的小品文，必须是匕首，是投枪，能和读者一同杀出一条生存的血路的东西；但自然，它也能给人愉快和休息，然而这并不是'小摆设'，更不是抚慰和麻痹，它给人的愉快和休息是休养，是劳作和战斗之前的准备。"③

　　即使有违中国的中庸与恕道文化传统，但是鲁迅仍坚持"不克厥敌，战则不止"的笔斗精神。对此，他有清晰且坚定的认知。《自嘲》（1933年）诗云："运交华盖欲何求，未敢翻身已碰头。破帽遮颜过闹市，漏船载酒泛中流。横眉冷对千夫指，俯首甘为孺子牛。躲进小楼成一统，管他冬夏与春秋。"④

　　①钱理群、温儒敏、吴福辉：《中国现代文学三十年（修订本）》，北京：北京大学出版社，1998年7月，第322页。
　　②鲁迅：《两地书（17）》，载鲁迅、景宋《两地书》，上海：青光书局，1933年4月，第44页。
　　③鲁迅：《小品文的危机》，载《南腔北调集》，上海：同文书店，1934年3月，第183页。
　　④鲁迅：《自嘲》，载《集外集》，上海：群众图书公司，1935年5月，第120—121页。

《〈华盖集〉题记》(1925 年 12 月 31 日) 载:"我今年开手作杂感时,就碰了两个大钉子:一是为了《咬文嚼字》,一是为了《青年必读书》。署名和匿名的豪杰之士的骂信,收了一大捆,至今还塞在书架下。此后又突然遇见了一些所谓学者、文士、正人、君子等等,据说都是讲公话、谈公理,而且深不以'党同伐异'为然的。可惜我和他们太不同了,所以也就被他们伐了几下,——但这自然是为'公理'之故,和我的'党同伐异'不同。这样,一直到现下还没有完结,只好'以待来年'。也有人劝我不要做这样的短评。那好意,我是很感激的,而且也并非不知道创作之可贵。然而要做这样的东西的时候,恐怕也还要做这样的东西,我以为如果艺术之宫里有这么麻烦的禁令,倒不如不进去;还是站在沙漠上,看看飞沙走石,乐则大笑,悲则大叫,愤则大骂,即使被沙砾打得遍身粗糙头破血流,而时时抚摩自己的凝血,觉得若有花纹,也未必不及跟着中国的文士们去陪莎士比亚吃黄油面包之有趣。然而只恨我的眼界小,单是中国,这一年的大事件也可以算是很多的了,我竟往往没有论及,似乎无所感触。我早就很希望中国的青年站出来,对于中国的社会,文明,都毫无忌惮地加以批评,因此曾编印《莽原周刊》,作为发言之地,可惜来说话的竟很少。在别的刊物上,倒大抵是对于反抗者的打击,这实在是使我怕敢想下去的。现在是一年的尽头的深夜,深得这夜将尽了,我的生命,至少是一部分的生命,已经耗费在写这些无聊的东西中,而我所获得的,乃是我自己的灵魂的荒凉和粗糙。但是我并不惧惮这些,也不想遮盖这些,而且实在有些爱他们了,因为这是我转辗而生活于风沙中的瘢痕。凡有自己也觉得在风沙中转辗而生活着的,会知道这意思。"[1]

---

[1] 鲁迅:《〈华盖集〉题记》,载《华盖集》,上海:鲁迅全集出版社,1941 年 10 月,第 8—9 页。

《我还不能"带住"》（1926年2月3日）载："我自己也知道，在中国，我的笔要算较为尖刻的，说话有时也不留情面。但我又知道人们怎样地用了公理正义的美名，正人君子的徽号，温良敦厚的假脸，流言公论的武器，吞吐曲折的文字，行私利己，使无刀无笔的弱者不得喘息。倘使我没有这笔，也就是被欺侮到赴诉无门的一个；我觉悟了，所以要常用，尤其是用于使麒麟皮下露出马脚。万一那些虚伪者居然觉得一点痛苦，有些省悟，知道技俩也有穷时，少装些假面目，则用了陈源教授的话来说，就是一个'教训'。只要谁露出真价值来，即使只值半文，我决不敢轻薄半句。但是，想用了串戏的方法来哄骗，那是不行的；我知道的，不和你们来敷衍。"[①]

《关于知识阶级——十月二十五日在上海劳动大学讲》（1927年10月25日）载："然而知识阶级将怎么样呢？还是在指挥刀下听令行动，还是发表倾向民众的思想呢？要是发表意见，就要想到什么就说什么。真的知识阶级是不顾利害的，如想到种种利害，就是假的，冒充的知识阶级；只是假知识阶级的寿命倒比较长一点。像今天发表这个主张，明天发表那个意见的人，思想似乎天天在进步；只是真的知识阶级的进步，决不能如此快的。不过他们对于社会永不会满意的，所感受的永远是痛苦，所看到的永远是缺点，他们预备着将来的牺牲，社会也因为有了他们而热闹，不过他的本身——心身方面总是苦痛的；因为这也是旧式社会传下来的遗物。"[②]

鲁迅的批评杂文之所以深刻，因其具有"疑心""反向"和

---

①鲁迅：《我还不能"带住"》，载《华盖集续编》，上海：北新书局，1935年9月六版，第63—64页。

②鲁迅：《关于知识阶级——十月二十五日在上海劳动大学讲》，载《集外集拾遗补编》，北京：人民文学出版社，1993年12月，第186—187页。

"个"与"类"的思维特征的创作手法。"疑心""反向"思维旨在从虚伪中揭示真相;"个"与"类"思维旨在从个别性、具体性和特殊性中概括塑造出普遍性的类型形象。

"疑心""反向"思维的主张自述见于《两地书(10)》(1925年4月8日于北京):"我的习性不大好,每不肯相信表面上的事情,所以我疑心薛先生辞职的意思,恐怕还在先,现在不过借题发挥,自以为去得格外好看。其实'声势汹汹'的罪状,未免太不切实,即使如此,也没有辞职的必要的。"①

《小杂感》(1927年9月24日):"自称盗贼的无须防,得其反倒是好人;自称正人君子的必须防,得其反则是盗贼。"②

《推背图》(1933年4月2日):"我这里所用的'推背'的意思,是说:从反面来推测未来的情形。上月的《自由谈》里,就有一篇《正面文章反看法》,这是令人毛骨悚然的文字。因为得到这一个结论的时候,先前一定经过许多苦楚的经验,见过许多可怜的牺牲。"③

"疑心""反向"思维的创作实践则有《论照相之类》(1924年11月11日于北京):"最可贵的是男人扮女人了,因为从两性看来,都近于异性,男人看见'扮女人',女人看见'男人扮',所以这就永远挂在照相馆的玻璃窗里,挂在国民的心中。"④

《忽然想到(四)》(1925年2月16日):"先前,听到二十四

---

①鲁迅:《两地书(10)》,载鲁迅、景宋《两地书》,上海:青光书局,1933年4月,第25页。

②鲁迅:《小杂感》,载《而已集》,上海:北新书局,1929年7月三版,第149页。

③鲁迅:《推背图》,载《伪自由书》,上海:青光书局,1933年10月,第97页。

④鲁迅:《论照相之类》,载《坟》,上海:鲁迅全集出版社,1947年10月版,第173页。

史不过是'相斫书'，是'独夫的家谱'一类的话，便以为诚然。后来自己看起来，明白了：何尝如此。历史上都写着中国的灵魂，指示着将来的命运，只因为涂饰太厚，废话太多，所以很不容易察出底细来。正如通过密叶投射在莓苔上面的月光，只看见点点的碎影。但如看野史和杂记，可更容易了然了，因为他们究竟不必太摆史官的架子。秦汉远了，和现在的情形相差已多，且不道。元人著作寥寥。至于唐宋明的杂史之类，则现在多有。试将记五代、南宋、明末的事情的，和现今的状况一比较，就当惊心动魄于何其相似之甚，仿佛时间的流驶，独与我们中国无关。"①

《隐士》（1935 年 1 月 25 日）全文："隐士，历来算是一个美名，但有时也当作一个笑柄。最显著的，则有剌陈眉公的'翩然一只云中鹤，飞去飞来宰相衙'的诗，至今也还有人提及。我以为这是一种误解。因为一方面，是'自视太高'，于是别方面也就'求之太高'，彼此'忘其所以'，不能'心照'，而又不能'不宣'，从此口舌也多起来了。非隐士的心目中的隐士，是声闻不彰，息影山林的人物。但这种人物，世间是不会知道的。一到挂上隐士的招牌，则即使他并不'飞去飞来'，也一定难免有些表白，张扬；或是他的帮闲们的开锣喝道——隐士家里也会有帮闲，说起来似乎不近情理，但一到招牌可以换饭的时候，那时立刻就有帮闲的，这叫作'啃招牌边'。这一点，也颇为非隐士的人们所诟病，以为隐士身上而有油可揩，则隐士之阔绰可想了。其实这也是一种'求之太高'的误解，和硬要有名的隐士，老死山林中者相同。凡是有名的隐士，他总是已经有了'悠哉游哉，聊以卒岁'的幸福的。倘不然，朝砍柴，昼耕田，晚浇菜，夜织屦，又那有

① 鲁迅：《忽然想到（四）》，载《华盖集》，上海：鲁迅全集出版社，1941 年 10 月，第 19 页。

吸烟品茗，吟诗作文的闲暇？陶渊明先生是我们中国赫赫有名的大隐，一名'田园诗人'，自然，他并不办期刊，也赶不上吃'庚款'，然而他有奴子。汉晋时候的奴子，是不但侍候主人，并且给主人种地，营商的，正是生财器具。所以虽是渊明先生，也还略略有些生财之道在，要不然，他老人家不但没有酒喝，而且没有饭吃，早已在东篱旁边饿死了。所以我们倘要看看隐君子风，实际上也只能看看这样的隐君子，真的'隐君子'是没法看到的。古今著作，足以汗牛而充栋，但我们可能找出樵夫渔父的著作来？他们的著作是砍柴和打鱼。至于那些文士诗翁，自称什么钓徒樵子的，倒大抵是悠游自得的封翁或公子，何尝捏过钓竿或斧头柄。要在他们身上赏鉴隐逸气，我敢说，这只能怪自己胡涂。登仕，是喫饭之道，归隐，也是喫饭之道。假使无法喫饭，那就连'隐'也隐不成了。'飞去飞来'，正是因为要'隐'，也就是因为要喫饭；肩出'隐士'的招牌来挂在'城市山林'里，这就正是所谓'隐'，也就是喫饭之道。帮闲们或开锣，或喝道，那是因为自己还不配'隐'，所以只好揩一点'隐'油，其实也还不外乎喫饭之道。汉唐以来，实际上是入仁并不算鄙，隐居也不算高，而且也不算穷，必须欲'隐'而不得，这才看作士人的末路。唐末有一位诗人左偃，自述他悲惨的境遇道：'谋隐谋官两无成'，是用七个字道破了所谓'隐'的秘密的。'谋隐'无成，才是沦落，可见'隐'总和享福有些相关，至少是不必十分挣扎谋生，颇有悠闲的余裕。但赞颂悠闲，鼓吹烟茗，却又是挣扎之一种，不过挣扎得隐藏一些。虽'隐'，也仍然要喫饭，所以招牌还是要油漆，要保护的。泰山崩，黄河溢，隐士们目无见，耳无闻，但苟有议及自己们或他的一伙的，则虽千里之外，半句之微，他便耳聪目明，奋袂而起，好像事件之大，远胜于宇宙之灭亡者，也就为了这缘故。其实连和苍蝇也何尝有什么相关。明白这一点，对于所谓

'隐士'也就毫不诧异了，心照不宣，彼此都省事。"①

　　"个"与"类"思维的主张自述见于《〈伪自由书〉前记》（1933年7月19日）："这些短评，有的由于个人的感触，有的则出于时事的刺戟，但意思都极平常，说话也往往很晦涩，我知道《自由谈》并非同人杂志，'自由'更当然不过是一句反话，我决不想在这上面去驰骋的。我之所以投稿，一是为了朋友的交情，一则在给寂寞者以呐喊，也还是由于自己的老脾气。然而我的坏处，是在论时事不留面子，砭锢弊常取类型，而后者尤与时宜不合。盖写类型者，于坏处，恰如病理学上的图，假如是疮疽，则这图便是一切某疮某疽的标本，或和某甲的疮有些相像，或和某乙的疽有点相同。而见者不察，以为所画的只是他某甲的疮，无端侮辱，于是就必欲制你画者的死命了。例如我先前的论叭儿狗，原也泛无实指，都是自觉其有叭儿性的人们自来承认的。这要制死命的方法，是不论文章的是非，而先问作者是那一个；也就是别的不管，只要向作者施行人身攻击了。"②

　　《〈准风月谈〉后记》（1934年10月16日）："记得《伪自由书》出版的时候，《社会新闻》曾经有过一篇批评，说我的所以印行那一本书的本意，完全是为了一条尾巴——《后记》。这其实是误解的。我的杂文，所写的常是一鼻，一嘴，一毛，但合起来，已几乎是或一形象的全体，不加什么原也过得去的了。但画上一条尾巴，却见得更加安全。所以我的要写后记，除了我是弄笔的人，总要动笔之外，只在要这一本书里所画的形象，更成为完全的一

　　①鲁迅：《隐士》，载《且介亭杂文二集》，上海：鲁迅全集出版社，1940年10月，第13—15页。
　　②鲁迅：《〈伪自由书〉前记》，载《伪自由书》，上海：青光书局，1933年10月，第3—4页。

个具象，却不是'完全为了一条尾巴'。"①

"个"与"类"思维的创作实践则有《论"费厄泼赖"应该缓行》（1925年12月29日）："它却虽然是狗，又很像猫，折中、公允、调和、平正之状可掬，悠悠然摆出别个无不偏激，惟独自己得了'中庸之道'似的脸来。"②

《二丑艺术》（1933年6月15日）："浙东的有一处的戏班中，有一种脚色叫作'二花脸'，译得雅一点，那么，'二丑'就是。他和小丑的不同，是不扮横行无忌的花花公子，也不扮一味仗势的宰相家丁，他所扮演的是侔护公子的拳师，或是趋奉公子的清客。总之：身份比小丑高，而性格却比小丑坏。义仆是老生扮的，先以谏诤，终以殉主；恶仆是小丑扮的，只会作恶，到底灭亡。而二丑的本领却不同，他有点上等人模样，也懂些琴棋书画，也来得行令猜谜，但倚靠的是权门，凌蔑的是百姓，有谁被压迫了，他就来冷笑几声，畅快一下，有谁被陷害了，他又去吓唬一下，吆喝几声。不过他的态度又并不常常如此的，大抵一面又回过脸来，向台下的看客指出他公子的缺点，摇着头装起鬼脸道：你看这家伙，这回可要倒楣哩！这最末的一手，是二丑的特色。因为他没有义仆的愚笨，也没有恶仆的简单，他是智识阶级。他明知道自己所靠的是冰山，一定不能长久，他将来还要到别家帮闲，所以当受着豢养，分着余炎的时候，也得装着和这贵公子并非一伙。"③

---

①鲁迅：《〈准风月谈〉后记》，载《准风月谈》，上海：鲁迅全集出版社，1947年10月版，第210页。

②鲁迅：《论"费厄泼赖"应亥缓行》，载《坟》，上海：鲁迅全集出版社，1947年10月版，第249页。

③鲁迅：《二丑艺术》，载《准风月谈》，上海：鲁迅全集出版社，1947年10月版，第17—18页。

《一点比喻》（1926 年 1 月 25 日）："这样的山羊我只见过一回，确是走在一群胡羊的前面，脖子上还挂着一个小铃铎，作为智识阶级的徽章。通常，领的赶的却多是牧人，胡羊们便成了一长串，挨挨挤挤，浩浩荡荡，凝着柔顺有余的眼色，跟定他匆匆地竞奔它们的前程。我看见这种认真的忙迫的情形时，心里总想开口向它们发一句愚不可及的疑问——'往那里去?!'人群中也很有这样的山羊，能领了群众稳妥平静地走去，直到他们应该走到的所在。"[①]

何凝（瞿秋白）在《〈鲁迅杂感选集〉序言》（1933 年 4 月 8 日于北平）中运用马克思主义阶级分析观点对鲁迅杂文有总括的评价："鲁迅在最近十五年来，断断续续的写过许多论文和杂感，尤其是杂感来得多。于是有人给他起了一个绰号，叫做'杂感专家'。'专'在'杂'里者，显然含有鄙视的意思。可是，正因为一些蚊子苍蝇讨厌他的杂感，这种文体就证明了自己的战斗的意义。鲁迅的杂感其实是一种'社会论文'——战斗的'阜利通'（feuilleton）。谁要是想一想这将近二十年的情形，他就可以懂得这种文体发生的原因。急遽的剧烈的社会斗争，使作家不能够从容的把他的思想和情感镕铸到创作里去，表现在具体的形象和典型里；同时，残酷的强暴的压力，又不容许作家的言论采取通常的形式。作家的幽默才能，就帮助他用艺术的形式来表现他的政治立场，他的深刻的对于社会的观察，他的热烈的对于民众斗争的同情。不但这样，这里反映着'五四'以来中国的思想斗争的历史。杂感这种文体，将要因为鲁迅而变成文艺性的论文（阜利通——feuilleton）的代名词。自然，这不能够代替创作，然而它的特点是

①鲁迅：《一点比喻》，载《华盖集续编》，上海：北新书局，1935 年 9 月六版，第 31—32 页。

更直接的更迅速的反应社会上的日常事变。"①

　　除前述深刻性的批评杂文外，鲁迅杂文里也有一些极富深情的抒情文。如为 1926 年三一八惨案中遇害的学生刘和珍而写的《记念刘和珍君》（1926 年 4 月 1 日）："……可是我实在无话可说。我只觉得所住的并非人间。四十多个青年的血，洋溢在我的周围，使我艰于呼吸视听，那里还能有什么言语？长歌当哭，是必须在痛定之后的。而此后几个所谓学者文人的阴险的论调，尤使我觉得悲哀。我已经出离愤怒了。我将深味这非人间的浓黑的悲凉；以我的最大哀痛显示于非人间，使它们快意于我的苦痛，就将这作为后死者的菲薄的祭品，奉献于逝者的灵前。真的猛士，敢于直面惨澹的人生，敢于正视淋漓的鲜血。这是怎样的哀痛者和幸福者？然而造化又常常为庸人设计，以时间的流驶，来洗涤旧迹，仅使留下淡红的血色和微漠的悲哀。在这淡红的血色和微漠的悲哀中，又给人暂得偷生，维持着这似人非人的世界。我不知道这样的世界何时是一个尽头！……惨象，已使我目不忍视了；流言，尤使我耳不忍闻。我还有什么话可说呢？我懂得衰亡民族之所以默无声息的缘由了。沈默呵，沈默呵！不在沈默中爆发，就在沈默中灭亡。……"②

　　为纪念"左联五烈士"而写的《为了忘却的纪念（五）》（1933 年 2 月 7 至 8 日）："前年的今日，我避在客栈里，他们却是走向刑场了；去年的今日，我在炮声中逃在英租界，他们则早已埋在不知那里的地下了；今年的今日，我才坐在旧寓里，人们都睡觉了，连我的女人和孩子。我又沉重的感到我失掉了很好的朋

---

　　①何凝：《〈鲁迅杂感选集〉序言》，载鲁迅《鲁迅杂感选集》，上海：青光书局，1933 年 7 月，第 2 页。

　　②鲁迅：《记念刘和珍君》，载《华盖集续编》，上海：北新书局，1935 年 9 月六版，第 99—103 页。

友，中国失掉了很好的青年，我在悲愤中沉静下去了，不料积习又从沉静中抬起头来，写下了以上那些字。要写下去，在中国的现在，还是没有写处的。年青时读向子期《思旧赋》，很怪他为什么只有寥寥的几行，刚开头却又煞了尾。然而，现在我懂得了。不是年青的为年老的写记念，而在这三十年中，却使我目睹许多青年的血，层层淤积起来，将我埋得不能呼吸，我只能用这样的笔墨，写几句文章，算是从泥土中挖一个小孔，自己延口残喘，这是怎样的世界呢。夜正长，路也正长，我不如忘却，不说的好罢。但我知道，即使不是我，将来总会有记起他们，再说他们的时候的。……"①

为"左联五烈士"之一殷夫（白莽）的遗作写序《白莽作〈孩儿塔〉序》（1936年3月11日）："春天去了一大半了，还是冷；加上整天的下雨，淅淅沥沥，深夜独坐，听得令人有些凄凉，也因为午后得到一封远道寄来的信，要我给白莽的遗诗写一点序文之类；那信的开首说道：'我的亡友白莽，恐怕你是知道的罢。……'——这就使我更加惆怅。说起白莽来，——不错，我知道的。四年之前，我曾经写过一篇《为忘却的记念》，要将他们忘却。他们就义了已经足有五个年头了，我的记忆上，早又蒙上许多新鲜的血迹；这一提，他的年青的相貌就又在我的眼前出现，像活着一样，……这《孩儿塔》的出世并非要和现在一般的诗人争一日之长，是有别一种意义在。这是东方的微光，是林中的响箭，是冬末的萌芽，是进军的第一步，是对于前驱者的爱的大纛，也是对于摧残者的憎的丰碑。一切所谓圆熟简练，静穆幽远之作，都无须来作比方，因为

---

① 鲁迅：《为了忘却的纪念（五）》，载《南腔北调集》，上海：同文书店，1934年3月，第85—86页。

这诗属于别一世界。"①

　　茅盾在《联系实际，学习鲁迅——在鲁迅先生诞生八十周年纪念大会上的报告》（《文物》1961年第10期）中评曰："大致说来，鲁迅在他的杂文中，运用了另一种艺术表现方法。这种表现方法，服从于杂文的政治任务，达到了内容与形式的统一。鲁迅称杂文为'匕首'或'投枪'，脱手一扔，能致敌人于死命。他卓越地完成了自己所规定的任务！然而'匕首'或'投枪'，倘就其作用而言，固然可以概括鲁迅的绝大部分的杂文；但鲁迅杂文的艺术手法，仍然是回黄转绿，掩映多姿。他的六百余篇、一百万字的杂文，包罗万有，除了匕首、投枪，也还有发聋振聩的木铎。有悠然发人深思的静夜钟声，也有繁弦急管的纵情欢唱。我们说鲁迅的杂文是迅速反映现实的战斗性极强的一种文艺形式，此所谓战斗性，固然指对敌人的斗争，同时也指对自己阵营内的错误倾向的斗争，对迷路的朋友们的不妥协的坚持原则性的忠告，以及对中间分子的摇摆不定的针砭。在对敌斗争时，鲁迅用的是匕首和投枪，但在对内、对友、对中间分子时，鲁迅有时用醒木，有时也用戒尺，有时则敲起警钟；故就鲁迅的杂文而言，片面性和简单化的说法是不符合于实际的。鲁迅的生活经验是极其广泛而丰富的，这在他的作品（包括杂文）中可以看到。……除了广泛的生活经验，鲁迅的学问也是极其渊博的，这表现在他的学术性著作中，也表现在他的杂文中。我在前面提到过，《故事新编》中的《采薇》无一事无出处；从这样一篇小说就可以窥见鲁迅的博览。而他的全部杂文，则展示了他对于历史（中国和外国的）、科学（特别是生物学）、古今中外的文学艺术的广博的知识和深刻

――――――――――

　　①鲁迅：《白莽作〈孩儿塔〉序》，载《且介亭杂文末编》，上海：鲁迅全集出版社，1948年5月再版，第34—35页。

的理解。正因为具有这样广博深厚的基础，所以鲁迅的杂文在思想性和艺术性的高度上可以说是前无古人的。'博'与'专'，在鲁迅作品中的辩证的统一，对于我们也是学习的典范。"①

　　鲁迅杂文对左翼作家的影响甚大。瞿秋白，有遗著文学合集《乱弹及其他》（上海霞社，1938 年 5 月），收录《世纪末的悲哀》《民族的灵魂》《财神的神通》《流氓尼德》《美国的真正悲剧》等杂文。

　　唐弢（1913—1992），有杂文集《推背集》（上海天马书店，1936 年 3 月），分"老话""说实话""物喻""乡音""读书记"五辑，收录 80 余篇杂文；《海天集》（上海新钟书局，1936 年 5 月），收录《趣味》《消闲》《论逃世》《新秋杂感》《花瓶文学》《张继诗》等 40 余篇杂文。

　　徐懋庸，有杂文集《打杂集》（上海生活书店，1935 年 6 月），收录《暧昧的语言》《苍蝇之灭亡》《神奇的四川》《英雄崇拜》《秋风偶感》等杂文；《不惊人集》（上海千秋出版社，1937 年 7 月），收录《见得多》《"揣"》《"泼臭料"》《论凑趣》《过年》《上帝的心》等杂文。

　　除杂文外，左翼作家的小品散文创作颇丰。茅盾这时期的散文作品主要有文学合集《宿莽》（上海大江书铺，1931 年 5 月），收录《叩门》《卖豆腐的哨子》《雾》《虹》《红叶》《速写一》《速写二》7 篇散文；散文集《话匣子》（上海良友图书印刷公司，1934 年 2 月），分上、下两编，收录《我的学化学的朋友》《关于"文学研究会"》《"现代化"的话》《香市》《大减价》《陌生人》《冬天》《灰色人生》《我不明白》《文学家可为而不可为》《一个文学青年的

①茅盾：《联系实际，学习鲁迅——在鲁迅先生诞生八十周年纪念大会上的报告》，载《文物》1961 年第 10 期，第 21 页。

梦》《新，老?》《花与叶》《力的表现》《批评家的神通》《批评家种种》《从"五四"说起》《我们有什么遗产》《一个译人的梦》《关于小品文》《论儿童读物》等 44 篇散文；散文集《速写与随笔》（上海开明书店，1935 年 7 月），分三部，收录《秋的公园》《雷雨前》《谈月亮》《疯子》《狂欢的解剖》《上海》等 40 篇散文。

郁达夫在《〈中国新文学大系（散文二集）〉导言》中评曰："茅盾是早就在从事写作的人，唯其阅世深了，所以行文每不忘社会。他的观察的周到，分析的清楚，是现代散文中最有实用的一种写法，然而抒情练句，妙语谈玄，不是他的所长。试把他前期所作的小品，和最近所作的切实的记载一比，就可以晓得他如何的在利用他的所长而遗弃他的所短。中国若要社会进步，若要使文章和实生活发生关系，则像茅盾那样的散文作家，多一个好一个；否则清谈误国，辞章极盛，国势未免要趋于衰颓。"①

艾芜，有散文集《漂泊杂记》（上海生活书店，1935 年 4 月）和《山中牧歌》（上海天马书店，1935 年 9 月）。叶紫有《叶紫散文集》（收录散文 16 篇，因全面抗战爆发未能出版）。悄吟（萧红）有散文集《商市街》（上海文化生活出版社，1936 年 8 月）和《桥》（上海文化生活出版社，1936 年 11 月）。

曾参加左联的郁达夫，这时期散文集主要有游记集《屐痕处处》（上海现代书局，1934 年 5 月），收录《杭江小历纪程》《浙东景物纪略》《钓台的春昼》《临平登山记》《半日的游程》《感伤的行旅》《西游日录》《出昱岭关记》《屯溪夜泊记》《游白岳齐云之记》《黄山札要》11 篇散文，附《黄山纪游》（黄肇敏著）。

---

①郁达夫：《〈中国新文学大系（散文二集）〉导言》，载郁达夫编选《中国新文学大系》（第七集：散文二集），上海：上海良友图书印刷公司，1935 年 8 月，第 18—19 页。

《达夫散文集》（上海北新书局，1936 年 4 月），收录《良友版新文学大系散文选集导言》《归航》《立秋之夜》《还乡记》《还乡后记》《海上通信》《北国的微音》《零余者》《给沫若》《志摩在回忆里》《怀四十岁的志摩》《雕刻家刘开渠》等 27 篇散文。

《闲书》（上海良友图书印刷公司，1936 年 5 月），收录《清贫慰语》《说沉默》《谈结婚》《说谎的衰落》《雨》《春愁》《故都的秋》《江南的冬景》《山水及自然景物的欣赏》《梅雨日记》《秋霖日记》《浓春日记》等 40 篇散文。

《达夫日记集》（上海北新书局，1935 年 7 月），收录《日记九种》《沧州日记》《水明楼日记》《杭州小历纪程》《西游日录》《避暑地日记》《故都日记》7 种日记，书前有《日记文学》《再谈日记》两篇文论。

《达夫游记》（上海文学创造社，1936 年 3 月），收录《桐君山的再到》《过富春江》《杭州》《西溪的晴雨》《花坞》《皋亭山》《超山的梅花》《龙门山路》《国道飞车记》《扬州旧梦寄语堂》《南游日记》《雁宕山的秋月》《青岛济南北平北戴河的巡游》以及《屐痕处处》集中除《黄山札要》外的其余 10 篇共计 23 篇游记散文。

《故都的秋》（1934 年 8 月于北平）全文："秋天，无论在什么地方的秋天，总是好的；可是啊，北国的秋，却特别地来得清，来得静，来得悲凉。我的不远千里，要从杭州赶上青岛，更要从青岛赶上北平来的理由，也不过想饱尝一尝这'秋'，这故都的秋味。江南，秋当然也是有的；但草木凋得慢，空气来得润，天的颜色显得淡，并且又时常多雨而少风；一个人夹在苏州上海杭州，或厦门香港广州的市民中间，混混沌沌地过去，只能感到一点点清凉，秋的味，秋的色，秋的意境与姿态，总看不饱，尝不透，赏玩不到十足。秋并不是名花，也并不是美酒，那一种半开，半醉的状态，在领略秋的过程上，是不合式的。不逢北国之秋，已将近十余年了。在南方每年到了秋天，总要想起陶然亭的芦花，钓鱼台的柳影，西山的虫唱，玉泉的夜月，潭柘寺的钟声。在北平即使不出门去罢，就是在皇城人海之中，租人家一椽破屋来住着，早晨起来，泡一碗浓茶，向院子一坐，你也能看得到很高很高的碧绿的天色，听得到青天下驯鸽的飞声。从槐树叶底，朝东细数着一丝一丝漏下来的日光，或在破壁腰中，静对着像喇叭似的牵牛花（朝荣）的蓝朵，自然而然地也能够感觉到十分的秋意。说到了牵牛花，我以为以蓝色或白色者为佳，紫黑色次之，淡红者最下。最好，还要在牵牛花底，教长着几根疏疏落落的尖细且长的秋草，使作陪衬。北国的槐树，也是一种能使人联想起秋来的点缀。像花而又不是花的那一种落蕊，早晨起来，会铺得满地。脚踏上去，声音也没有，气味也没有，只能感出一点点极微细极柔软的触觉。扫街的在树影下一阵扫后，灰土上留下来的一条条扫帚的丝纹，看起来既觉得细腻，又觉得清闲，潜意识下并且还觉得有点儿落寞，古人所说的梧桐一叶而天下知秋的遥想，大约也就在这些深沉的地方。秋蝉的衰弱的残声，更是北国的特产，因为北平处处全长着树，屋子又低，所以无论在什么地方，都听得见它们的啼唱。在南方是非要上郊外或山上去才听得到的。这秋蝉的嘶叫，在北方可和蟋蟀耗子一样，简直像是家家户户都养在家里的家虫。还有秋雨哩，北方的秋雨，也似乎比南方的下得奇，下得有味，下得更像样。在灰沈沈的天底下，忽而来一阵凉风，便息列索落的下起雨来了。一层雨过，云渐渐地卷向了西去，天又青了，太阳又露出脸来了，著着很厚的青布单衣或夹袄的都市闲人，咬着烟管，在雨后的斜桥影里，上桥头树底去一立，遇见熟人，便会用了缓慢悠闲的声调，微叹着互答着的说：'唉，天可真凉了——'（这了字念得很高，拖得很长。）'可不是么？一层秋雨一层凉啦！'北方人念阵字，总老像是层字，平平仄仄起来，这念错的岐韵，倒来得正好。北方的果树，到秋天，也是一种奇景。第一是枣子树；屋角，墙头，茅房边上，灶房门口，它都会一株株的长大起来。像橄榄又像鸽蛋似的这枣子颗儿，在小椭圆形的细叶中间，显出淡绿微黄的颜色的时候，正是秋的全盛时期，等枣树叶落，枣子红完，西北风就要起来了，北方便是尘沙灰土的世界，只有这枣子，柿子，葡萄，成熟到八九分的七八月之交，是北国的清秋的佳日，是一年之中最好也没有的 Golden Days。有些批评家说，中国的文人学士，尤其是诗人，都带着很浓厚的颓废色彩，所以中国的诗文里，颂赞秋的文字特别的多。但外国的诗人，又何尝不然？我虽则外国诗文念得不多，也不想开出账来，做一篇秋的诗歌散文钞，但你若去一翻英德法意等诗人的集子，或各国的诗文的 Anthology 来，总能够看到许多关于秋的歌颂与悲啼。各著名的大诗人的长篇田园诗或四季诗里，也总以关于秋的部分，写得最出色而最有味。足见有感觉的动物，有情趣的人类，对于秋，总是一样的能特别引起深沈，幽远，严厉，萧索的感触来的。不单是诗人，就是被关闭在牢狱里的囚犯，到了秋天，我想也一定会感到一种不能自已的深情，秋之于人，何尝有国别，更何尝有人种阶级的区别呢？不过在中国，文字里有一个'秋士'的成语，读本里又有着很普遍的欧阳子的《秋声》与苏东坡的《赤壁赋》等，就觉得中国的文人，与秋的关系特别深了。可是这秋的深味，尤其是中国的秋的深味，非要在北方，才感受得到底。南国之秋，当然是也有它的特异的地方的，譬如廿四桥的明月，钱塘江的秋潮，普陀山的凉雾，荔枝湾的残荷等等，可是色彩不浓，回味不永。比起北国的秋来，正像是黄酒之与白干，稀饭之与馍馍，鲈鱼之与大蟹，黄犬之与骆驼。秋天，这北国的秋天，若留得住的话，我愿意把寿命的三分之二折去，换得一个三分之一的零头。"①

二 林语堂、巴金与开明同人等的散文

不同于语丝时期《剪拂集》的时评杂文创作风格，这时期林语堂的散文倡抒性灵，著作主要有《大荒集》《我的话》《吾国与吾民》《生活的艺术》。

散文集《大荒集》（上海生活书店，1934 年 6 月），收录《论现代批评的职务》《机器与精神》《中国文化之精神》《学风与教育》《读书的艺术》《论读书》等 32 篇散文。林语堂在《〈大荒集〉序》（1933 年 8 月 25 日）中自述："在大荒中孤游的人，也有特种意味，似乎是近于孤傲，但也不一定。我想只是性喜孤游乐此不疲罢了。其佳趣在于我走我的路，一日或二三里或百里，无人干涉，不用计较，莫须商量。或是观草虫，察秋毫，或是看鸟迹，观天象，都听我自由。我行吾素，其中自有乐趣。而且在这种寂寞的孤游中，是容易认识自己及认识宇宙与人生的。有时一人的转变，就是在寂寞中思索出来，或患大病，或中途中暑，三日不省人事，或赴荒野，耶稣，保罗，卢梭……前例俱在。"②

散文集《我的话》（上海时代图书公司，1934 年 8 月），收录《我怎样买牙刷》《论政治病》《提倡俗字》《杂说》《论中西画》《作文六诀》《谈言论自由》等 40 篇杂文。

英文著作《吾国与吾民》（郑陀译，上海世界新闻出版社，1938 年 5 月上册，1938 年 12 月下册），分"中华民族之素质"和"中国人民的生活"两部分共计九章，前者包括"中国人民""中

①郁达夫：《故都的秋》，载《闲书》，上海：上海良友图书印刷公司，1936 年 5 月，第 64—69 页。
②林语堂：《〈大荒集〉序》，载《大荒集》，上海：生活书店，1934 年 6 月，第 2 页。

国人之德性""中国人的心灵""人生之理想"四章；后者包括
"妇女生活""社会生活和政治生活""文学生活""艺术家生活"
"生活的艺术"五章。

　　赛珍珠（Pearl S. Buck）在《〈吾国与吾民〉序》中评曰："可
是出乎不意，与历来的伟大著作的出世一样，《吾国与吾民》不期而
出世了。它满足了我们一切热望底要求，它是忠实的，毫不隐瞒一
切真情。它的笔墨是那样的豪放瑰丽，巍巍乎，焕焕乎，幽默而
优美，严肃而愉悦。对于古往今来，都有透澈底了解与体会。我
想这一本书是历来有关中国的著作中最忠实，最巨丽，最完备，
最重要底成绩。尤可宝贵者，他的著作者，是一位中国人，一位现
代作家，他的根蒂巩固地深植于往昔，而丰富的鲜花开于今代。"①

　　英文著作《生活的艺术》（黄嘉德译，上海西风社，1941 年 2
月），分"醒觉""关于人类的观念""我们的动物遗产""论近人
情""谁最会享受人生""人生的盛宴""悠闲的重要""家庭的享
受""生活的享受""大自然的享受""旅行的享受""文化的享受"
"与上帝的关系""思想的艺术"十四章。

　　林语堂在《〈生活的艺术〉自序》（1937 年 7 月 30 日于美国纽
约城）中写道："这是一篇私人的证言，是一篇关于我自己的思想
和生活经验的证言。我不想在客观的立场上发表意见，也不想建
立甚么不朽的真理。老实说，我颇看不起客观的哲学；我只想表
现个人的观点。……我也想以一个过着现代生活的现代人的立场
说话，不但以中国人的立场说话而已；我不想仅仅做古人的恭敬
的翻译者，我只要把我个人吸收进自己现代脑筋里的东西表现出
来。这种程序是有其缺点的，可是在大体上说来，一个人这样却

---

　　①赛珍珠：《〈吾国与吾民〉序》，载林语堂著，郑陀译《吾国与吾民》，
上海：世界新闻出版社，1938 年 5 月，第 8 页。

能做比较诚实的工作。因此，我所选择和弃掉的东西都是根据个人的见解的。"①

这时期以上海文化生活出版社为基地的巴金等作家有着丰富的散文集创作。巴金，有散文集《海行》（上海新中国书局，1932 年 12月）、《旅途随笔》（上海生活书店，1934 年 8 月）、《巴金自传》（上海第一出版社，1934 年 11 月）、《点滴》（上海开明书店，1935 年 4 月）、《生之忏悔》（上海商务印书馆，1936 年 3 月）、《忆》（上海文化生活出版社，1936 年 7 月）、《短简》（上海良友图书印刷公司，1937 年 3月）、《控诉》（上海烽火社，1937 年 11 月）。

《〈巴金自传〉最初的回忆》开篇一段写母亲的文字："'这孩子本来是给你的弟妇的，因为怕她不会好好待他，所以如今送给你。'这是母亲在她的梦里听见的送子娘娘的说话。每当晴明的午后，母亲在她的那间朝南的屋子里做着针线时，她常常对着我们弟兄姊妹（或者还有女佣在场）叙说这个奇怪的梦。'第二天就把你生下来了。'母亲说着这话时，就抬起她的圆圆脸，用那爱怜横溢的眼光看我，我那时站在她的身边。'却想不到是一个这样淘气的孩子！'母亲微微一笑，我们也都微笑。……母亲是爱我的。虽然她有时候笑着说我是淘气的孩子，可是她从没有骂过我。她使我在温柔和平的空气里度过了我的幼年时代。一张温和的圆圆脸，光滑的头发，常常带着微笑的嘴，淡青色湖绉滚宽边的大袖短袄，没有领。我每次回溯到我的最远的过去，我的头脑里就浮现了母亲的面影。我的最初的回忆是不能够和母亲分离开的。我尤其不能够忘掉的是母亲的温柔的声音。"②

<hr>

①林语堂著，黄嘉德译：《〈生活的艺术〉自序》，载《生活的艺术》，上海：西风社，1941 年 2 月，第 5—9 页。
②巴金：《〈巴金自传〉最初的回忆》，载《巴金自传》，上海：第一出版社，1934 年 11 月，第 2—4 页。

缪崇群（1907—1945），有散文集《晞露集》（北平星云堂书店，1933年2月）、《寄健康人》（上海良友图书印刷公司，1933年11月）、《归客与鸟》（南京正中书局，1935年4月）。

丽尼（1909—1968），有散文集《黄昏之献》（上海文化生活出版社，1935年12月）、《鹰之歌》（上海文化生活出版社，1936年8月）、《白夜》（上海文化生活出版社，1937年3月）。

陆蠡（1908—1942），有散文集《海星》（上海文化生活出版社，1936年8月）、《竹刀》（上海文化生活出版社，1938年3月）、《囚绿记》（上海文化生活出版社，1940年8月）。

上海开明书店的同人作家们基于教育的初衷创作散文。如刘薰宇（1896—1967）的《数学趣味》（上海开明书店，1934年9月），贾祖璋（1901—1988）的《生物素描》（上海开明书店，1936年1月）等科学小品文。

夏丏尊，有著作《文艺论ABC》（ABC丛书社，1928年9月）、《文艺讲座》（上海世界书局，1934年10月）、《开明国文讲义（三册）》（与叶圣陶、宋云彬、陈望道合编，上海开明书店，1934年11月）、《平屋杂文》（上海开明书店，1935年12月）、《阅读与写作》（与叶圣陶合著，上海开明书店，1938年4月）、《文章讲话》（与叶圣陶合著，上海开明书店，1938年4月）。

叶圣陶，有散文集《未厌居习作》（上海开明书店，1935年12月），收录《没有秋虫的地方》《牵牛花》《天井里的种植》《"苏州光复"》《"说书"》《"昆曲"》《做了父亲》《中年人》《与佩弦》等36篇散文。

郁达夫在《〈中国新文学大系（散文二集）〉导言》中评曰："叶绍钧风格谨严，思想每把握得住现实，所以他所写的，不问是小说，是散文，都令人有脚踏实地，造次不苟的感触。所作的散文虽则不多，而他所特有的风致，却早在短短的几篇文字里具备了：我以为一般的高中学生，要取作散文的模范，当以叶绍钧氏的作品最为适当。"①

《做了父亲》（1930 年 11 月）节选："假若至今还没儿女，是不是要同有些人一样，感着人生的缺憾，心头总是有这么一桩失望牵萦着的？我与妻都说不至于吧；一些人没儿女感着缺憾，因为他们认儿女是他们分所应得，应得而不得，失望是当然；也许有人说没儿女便是没有给社会尽力，对于种族的绵延不曾负责任，那是颇堂皇冠冕的话，是随后找来给自己解释的理由，查问到根底，还是个不得所应得的不满足之感而已；我们以为人生的权利固有多端，而儿女似乎不在多端之内，所以说不至于。但是儿女早已出生了，这个设想无从证实。在有了儿女的今日，设想没有儿女，自觉可以不感缺憾；倘今日真个还没儿女，也许会感到非常的寂寞，非常的惆怅吧，这是说不定的。教育是专家的事业，这句话近来几成口号，但这意义仿佛向来被承认的。然而一为父母就得兼充专家也是事实。非专家的专家担起教育的责任来，大概走两条路：一是尽许多不需要的心，结果是'非徒无益，而又害之'；一是给与一个'无所有'，本应在儿女的生活中充实些什么的，却并没有把该充实的充实进去。自家反省，非意识地走着的是后面的一条，虽然也像一般父亲一样，被一家人用作镇压孩子的偶像，于没法对付时，便'爹爹，你看某某！'这样喊出来；有时被引动了感情，骂一顿甚至打一顿的事情也有；但收场往往像两个孩子争闹似的，说着'你不那样，我也不这样了'的话，其意若曰彼此再别说这些，重复和好了吧。这中间积极的教训之

---

① 郁达夫：《〈中国新文学大系（散文二集）〉导言》，载郁达夫编选《中国新文学大系》（第七集：散文二集），上海：上海良友图书印刷公司，1935 年 8 月，第 18 页。

类是没有的。不自命为'名父'的，大多走与我同样的路。自家就没有甚么把握，一切都在学习试练之中，怎么能给后一代人豫先把立身处世的道理规定好了教他们呢？……"①

丰子恺，有散文集《缘缘堂随笔》（上海开明书店，1931年1月）、《艺术趣味》（上海开明书店，1934年11月）、《开明音乐讲义》（上海开明书店，1934年11月）、《车厢社会》（上海良友图书印刷公司，1935年5月）、《缘缘堂再笔》（上海开明书店，1937年1月）。

郁达夫在《〈中国新文学大系（散文二集）〉导言》中写道："丰子恺今年三十九岁，是生长在嘉兴石门湾的人，所以浙西人的细腻深沈的风致，在他的散文里处处可以体会得出。少时入浙江师范，以李叔同（现在的弘一法师）为师；弘一剃度之后，那一种佛学的思想，自然也影响到了他的作品。人家只晓得他的漫画入神，殊不知他的散文，清幽玄妙，灵达处反远出在他的画笔之上。对于小孩子的爱，与冰心女士不同的一种体贴入微的对于小孩子的爱，尤其是他的散文里的特色。他是一个苦学力行的人，从师范学校出来之后，在上海半工半读，自己努力学画，自己想法子到日本去留学，自己苦修外国文字，终久得到了现在的地位。我想从这一方面讲来，他的富有哲学味的散文，姑且不去管它，就单论他的志趣，也是可以为我们年青的人做模范的。"②

《手指》（1936年3月31日）全文："已故日本艺术论者上田敏的艺术论中，曾经说过这样的话：'五根手指中，无名指最美。

---

①叶圣陶：《做了父亲》，载《未厌居习作》，上海：开明书店，1935年12月，第88—93页。

②郁达夫：《〈中国新文学大系（散文二集）〉导言》，载郁达夫编选《中国新文学大系》（第七集：散文二集），上海：上海良友图书印刷公司，1935年8月，第17页。

初听这话不易相信，手指头有甚么美丑呢？但仔细观察一下，就可看见无名指在五指中，形状最为秀美。……'大意如此，原文已不记得了。我从前读到他这一段话时，觉得很有兴趣。这位艺术论者的感觉真锐敏，趣味真丰富！五根手指也要细细观察而加以美术的批评。但也只对他的感觉与趣味发生兴味，却未能同情于他的无名指最美说。当时我也为此伸出自己的手来仔细看了一会。不知是我的视觉生得不妤，还是我的手指生得不好之故，始终看不出无名指的美处。注视了长久，反而觉得恶心起来：那些手指都好像某种蛇虫，而无名指尤其蜿蜒可怕。假如我的视觉与手指没有毛病，上田氏所谓最美，大概就是指这一点罢？这会我偶然看看自己的手，想起了上田氏的话。我知道了：上田氏的所谓'美'是唯美的美。借他们的国语说，是 onnarashii（女相的）的美，不是 otokorashii（男相的）的美。在绘画上说，这是'拉费尔前派'（Pre—Raphaelists）一流的优美，不是赛尚痕（Cézanne）以后的健美。在美术潮流上说，这是世纪末的颓废的美，不是新时代感觉的力强的美。但我仍是佩服上田先生的感觉的锐敏与趣味的丰富。因为他这句话指示了我对于手指的鉴赏。我们除残废者外，大家随时随地随身带着十根手指，永不离身，也可谓相亲相近了；然而难得有人鉴赏它们，批评它们。这也不能不说是一种疏忽！仔细鉴赏起来，一只手上的五根手指，实在各有不同的姿态，各具不同的性格。现在我想为它们逐一写照：大指在五指中，是形状最难看的一人。他自惭形秽，常常退居下方，不与其他四者同列。他的身体矮而胖；他的头大而肥，他的构造简单，人家都有两个关节，他只有一个。因此他的姿态丑陋，粗俗，愚蠢而野蛮；有时看了可怕。记得我小时候，我乡有一个捉狗屎的疯子，名叫顾德金的，看见了我们小孩子，便举起手来，捏一个拳，把大指蠢立在上面，而向我们弯动大指的关节。这好像一支手枪正要向我们射发，又好像一件怪物正在向我们点头，我们见了最害怕，立刻逃回家中，依在母亲身旁。屡屡如此，后来母亲就利用'顾德金来了'一句话来作为阻止我们恶戏的法宝了。为有这一段故事，我现在看了大指的姿态愈觉可怕。但不论姿态，想想他的生活看，实在不可怕而可敬。他在五指中是工作最吃苦的工人。凡是享乐的生活，都由别人去做，轮不着他。例如吃香烟，总由中指食指持烟，他只得伏在里面摸摸香烟屁股；又如拉胡琴，总由其他四指按弦，却叫他相帮扶住琴身；又如弹风琴弹洋琴，在十八世纪以前也只用其他四指；后来德国音乐家罢哈（Sebastian Bach）总算提拔他，请他也来弹琴；然而按键的机会，他总比别人少。又凡是讨好的生活，也都由别人去做，轮不着他。例如招呼人，都由其他四人上前点头，他只得呆呆地站在一旁；又如搔痒，也由其他四人上前卖力，他只得退在后面。反之，凡是遇着吃力的工作，其他四人就都退避，让他上前去应付。例如水要喷出来，叫他死力抵住；血要流出来，叫他拼命捺住；重东西要翻倒去，叫他用劲扳住；要吃果物了，叫他细细剥皮；要读书了，叫他翻书页；要进门了，叫他揿电铃；天黑了，叫他开电灯；医生打针的时候还要叫他用力把药水注射到血管里去。种种苦工，都归他做，他决不辞劳。其他四人除了享乐的讨好的事用他不着外，稍微吃力一点的生活就都要他帮忙。他的地位恰好站在他们的对面，对无论那个都肯帮忙。他人没有了他的助力，事业都不成功。在这点上看来，他又是五指中最重要，最力强的分子。位列第一，而名之曰'大'，曰'巨'，曰'拇'，诚属无愧。日本人称此指曰'亲指'（coyayubi），又用为'丈夫'的记号；英国人称'受人节制'曰 under one's thumb。其重要与力强于此尽可想见。用人群作比，我想把大拇指比方农人。难看，吃苦，重要，力强，都比大拇指稍差，而最常与大拇指合作的，是食指。

这根手指在形式上虽与中指无名指小指这三个有闲阶级同列，地位看似比劳苦阶级的大拇指高得多，其实他的生活介乎两阶级之间，比大拇指舒服得有限，比其他三指吃力得多！这在他的姿态上就可看出。除了大拇指以外，他最苍老：头团团的，皮肤硬硬的，指爪厚厚的。周身的姿态远不及其他三指的窈窕，都是直直落落的强硬的曲线。有的食指两旁简直成了直线，而且从头至尾一样粗细，犹似一段香肠。因为他实在是个劳动者。他的工作虽不比大拇指的吃力，却比大拇指的复杂。拿笔的时候，全靠他推动笔杆，拇指扶着，中指衬着，写出种种复杂的字来。取物的时候，他出力最多，拇指来助，中指等难得来衬。遇到龌龊的，危险的事，都要他独个人上前去试探或冒险。秽物，毒物，烈物，他接触的机会最多；刀伤，烫伤，轧伤，咬伤，他消受的机会最多。难怪他的形骸要苍老了。他的气力虽不及大拇指那么强，然而他具有大拇指所没有的'机敏'。故各种重要工作都少他不得。指挥方向必须请他，打自动电话必须请他，扳枪机也必须请他。此外打算盘，捻螺旋，解纽扣等，虽有大拇指相助，终是要他主干的。总之，手的动作，差不多少他不来，凡事必须请他上前作主。故英人称此指为 fore finger，又称之为 index。我想把食指比方工人。五指中地位最优，相貌最堂皇的，无如中指。他住在中央，左右都有屏藩。他的身体最高，在形式上是众指中的首领人物。他的两个帖身左右，无名指与食指，大小长短均仿佛，好像关公左右的关平与周仓，一文一武，片刻不离地护卫着。他的身体夹在这两人中间，永远不受外物冲撞，故皮肤秀嫩，颜色红润，曲线优美，处处显示着养尊处优的幸福，名义又最好听：大家称他为'中'，日本人更敬重他，又尊称之为'高高指'（taka takayu-bi）。但讲到能力，他其实是徒有其形，徒美其名，徒尸其位，而很少用处的人。每逢做事，名义上他总是参加的，实际上他总不出力。譬如攫取一物，他因为身体最长，往往最先碰到物，好像取得这物是他一人的功劳。其实，他一碰到之后就退在一旁，让大拇指和食指这两个人去出力搬运，他只在旁略为扶衬而已。又如推却一物，他因为身体最长，往往与物最先接触，好像推却这物是他一人的功劳。其实，他一接触之后就退在一旁，让大拇指和食指这两个人去出力推开，他只在旁略为助势而已。《左传》：'阖庐伤将指'句下注云：'将指，足大指也。言其将领诸指。足之用力大指居多。手之取物中指为长。故足以大指为将，手以中指为将。'可见中指在众手指中，好比兵士中的一个将官，令兵士们上前杀战，而自己退在后面。名义上他也参加战争，实际他不必出力。我想把中指比方官吏。无名指和小指，真的两个宝贝！姿态的优美无过于他们。前者的优美是女性的，后者的优美是儿童的。他们的皮肤都很白嫩，体态都很秀丽。样子都很可爱。然而，能力的薄弱也无过于他们了。无名指本身的用处，只有研脂粉，醮药末，戴指戒。日本人称他为'红差指'（benisashiyubi），是说研磨胭脂用的指头。又称他为'药指'（kusuriyubi），就是说有时靠他研研药末，或者醮些药末来敷在患处。英国人称他为 ring finger，就是为他爱戴指戒的原故。至于小指的本身的用处，更加藐小，只是掘掘耳朵，爬爬鼻涕而已。他们也有被重用的时候：在丝竹管弦上，他们的能力不让于别人。当一个戴金刚钻指戒的女人要在交际社会中显示他的美丽与富有的时候，常用'兰花手指'撮了香烟或酒杯来敬呈她所爱慕的人，这两根手指正是这朵'兰花'中最优美的两瓣。除了这等享乐的光荣的事以外，遇到工作，他们只是其他三指的无力的附庸。我想把无名指比方纨袴儿，把小指比方弱者。故我不能同情于上田氏的无名指最美说，认为他的所谓美是唯美，是优美，是颓废的美。同时我也无心别唱一说，在五指中另定一根最美的手指。我只觉五指的姿态与性格，有如上之差异，却并无爱憎于其间。我觉得手指的全体，同人群的全体一样。五根手指倘能一致团结，成为一个拳头以抵抗外侮，那就根根有效用，根根有力量，不复有善恶强弱之分了。"①

王统照，有散文集《片云集》（上海生活书店，1934 年 10 月）、《青纱帐》（文学出版社，1936 年 10 月）、《欧游散记》（上海开明书店，1939 年 5 月）。

《秋林晚步》（《海滨小品三则》之一）全文："'枯桑叶易零，疲客心易惊！今兹亦何早，已闻络纬鸣。迥风灭且起，卷蓬息复征。……百物方萧瑟，坐叹从此生！'中国文人以'秋'为肃杀凄凉的节季，所以天高日回，烟霏云敛的话，常常在诗文中可以读到。实在由一个丰缛的盛夏，转到深秋，便易觉到萧凄之感。登山临水，偶然看见清脱的峰峦，澄明的潭水，或者一只远飞的孤雁，一片堕地的红叶，……这须臾中的间隔，便有'物谢岁微'，抚赏怨情的滋味，充满心头！因为那凋零的、扫落的、骚杀的、冷静的景物，自然的摇落，是悽零的声，灰淡淡的色，能够使你弹琴没有谐调，饮酒失却欢情。'春'以花艳，'夏'以叶鲜，说到'秋'来，便不能不以林显了。花欲其娇丽，叶欲其密茂，而林则以疏，以落而愈显。茂林，密林，<u>丛林</u>，固然是令人有苍苍翳翳之感，然而究不如秃枯的林木，在那些曲径之旁，飞蓬之下，分外有诗意，有异感。疏枝，霜叶之上，有高苍而带有灰色面目的晴空，有络纬，蟋蟀以及不知名的秋虫凄鸣在林下。或者是天寒荒野，或者是日暮清溪，在这种地方偶然经过，枫，柏，白杨的挺立，朴樕小树的疲舞，加上一声两声的昏鸦，寒虫，你如果到那里，便自然易生悽寥的感动。常想人类的感觉难加以详密的

---

①丰子恺：《手指》，载《缘缘堂再笔》，上海：开明书店，1937 年 1 月，第 84—91 页。

分析；即有分析也不过是物质上的说明，难得将精神的分化说得详尽。从前见太侔与人信中说：心理学家多少年的苦心的发明，恒不抵文学家一语道破，……所以像为时令及景物的变化，而能化及人的微妙的感觉，这非容易说明的。实感的精妙处，实非言语学问所能说得出，解得透。心与物的应感，时既不同，人人也不相似。'抚己忽自笑，沉吟为谁故？'即合起古今来的诗人，又那一个能够说得毫无执碍呢？还是向秋林下作一迟回的寻思吧。是在一抹的密云之后，露出淡赭色的峰峦，那里有陂陀的斜径，由萧疏的林中穿过。矫立的松柏，半落叶子的杉树，以及几行待髡的秋柳，……那乱石清流边，一个人儿独自在林下徘徊。天色是淡黄的，为落日斜映，现出凄迷朦胧的景象，不问便知是已近黄昏了。……这已近黄昏的秋林独步，像是一片凄清的音乐由空中流出。'残阳已下，凉风东升，偶步疏林，落叶随风作响，如诉其不胜秋寒者！……'这空中的画幅的作者，明明用诗的散文告诉我们秋林下的幽趣，与人的密感。远天下的鸣鸿，秋原上的枯草，正可与这秋林中的独行者相慰寂寞。秋之凄戾，晚之默对，如果那是个易感的诗人，他的清泪当潸然滴上襟袖；如果他是个少年，对此疏林中的暝色，便又在冥茫之下生出惆怅的心思。在这时所有的生动，激愤，忧切，合成一个密点的网子，融化在这秋晚的憧憬的景物之中。拾不起的，剪不断的，丢不下的，只有凄凄的微感；……这微感却正是诗人心中的灵明的火焰！它虽不能烧却野草，使之燎原，然而那无凭的，空虚的感动，已竟在暮色清寥中，将此奇秘的宇宙，融化成一个原始的中心。一切精微感觉的迫压我们，只有'不胜'二字足以代表。若使完全容纳在心中，便无复洋溢有余的寻思：若使它隔得我们远远的，至多也不过如看风景画片值得一句赞叹。然而身在实感之中，又若'不胜'，于是他不能自禁，也不能想好法来安排了。落叶如'不胜'

秋寒，而落叶林下的人儿，恐怕也觉得'不胜秋'了！况且那令人眷念怅寻的黄昏，又加上一层凋零的骚杀的意味呢！真的，这一幅小小的绘画，将我的冥思引起。疏言画成赠我，又值此初秋，令人坐对着画儿，遥听着海边的落叶声，焉能不有一点莫能言说的惆怅！"[①]

除前述作家以外，胡适、朱湘、梁遇春等亦有散文创作。胡适这时期有自传散文《四十自述》（上海亚东图书馆，1933年9月）与抒情散文《追悼志摩》（《新月》1931年第4卷第1期）。

《追悼志摩》（1931年12月3日）全文："'悄悄的我走了，正如我悄悄的来；我挥一挥衣袖，不带走一片云彩'（《再别康桥》）志摩这一回真走了！可不是悄悄的走。在那淋漓的大雨里，在那迷蒙的大雾里，一个猛烈的大震动，三百匹马力的飞机碰在一座终古不动的山上，我们的朋友额上受了一下致命的撞伤，大概立刻失去了知觉。半空中起了一团天火，像天上陨了一颗大星似的直掉下地去。我们的志摩和他的两个同伴就死在那烈焰里了！我们初得着他的死信，却不肯相信，都不信志摩这样一个可爱的人会死的这么惨酷。但在那几天的精神大震撼稍稍过去之后，我们忍不住要想，那样的死法也许只有志摩最配。我们不相信志摩会'悄悄的走了'，也不忍想志摩会死一个'平凡的死'，死在天空之中，大雨淋着，大雾笼罩着，大火焚烧着，那撞不倒的山头在旁边冷眼瞧着，我们新时代的新诗人，就是要自己挑一种死法，也挑不出更合式，更悲壮的了。志摩走了，我们这个世界里被他带走了不少的云彩。他在我们这些朋友之中，真是一片最可爱的云彩，永远是温暖的颜色，永远是美的花样，永远是可爱。他常说，

①王统照：《秋林晚步》，载《片云集》，上海：生活书店，1934年10月，第108—113页。

'我不知道风／是在那一方向吹——'我们也不知风是在那一个方向吹，可是狂风过去之后，我们的天空变惨淡了，变寂寞了，我们才感觉我们的天上的一片最可爱的云彩被狂风卷去了，永远不回来了！这十几天里，常有朋友到家里来谈志摩，谈起来常常有人痛哭。在别处痛哭他的，一定还不少。志摩所以能使朋友这样哀念他，只是因为他的为人整个的只是一团同情心，只是一团爱。叶公超先生说，'他对于任何人，任何事，从未有过绝对的怨恨，甚至于无意中都没有表示过一些憎嫉的神气。'陈通伯先生说，'尤其朋友里缺不了他。他是我们的连索，他是黏着性的，发酵性的。在这七八年中，国内文艺界里起了不少的风波，吵了不少的架，许多很熟的朋友往往弄的不能见面。但我没有听见有人怨恨过志摩。谁也不能抵抗志摩的同情心，谁也不能避开他的黏着性。他才是和事的无穷的同情，使我们老，他总是朋友中间的"连索"。他从没有疑心，他从不会妒忌。他使这些多疑善妒的人们十分惭愧，又十分羡慕。'他的一生真是爱的象征。爱是他的宗教，他的上帝。'我攀登了万仞的高冈，荆棘扎烂了我的衣裳，我向飘渺的云天外望——上帝，我望不见你！……我在道旁见一个小孩，活泼，秀丽，褴褛的衣衫，他叫声"妈"，眼里亮着爱——上帝，他眼里有你！'（《他眼里有你》）志摩今年在他的《〈猛虎集〉自序》里曾说他的心境是'一个曾经有单纯信仰的流入怀疑的颓废'。这句话是他最好的自述。他的人生观真是一种'单纯信仰'，这里面只有三个大字：一个是爱，一个是自由，一个是美。他梦想这三个理想的条件能够会合在一个人生里，这是他的'单纯信仰'。他的一生的历史，只是他追求这个单纯信仰的实现的历史。社会上对于他的行为，往往有不能谅解的地方，都只因为社会上批评他的人不曾懂得志摩的'单纯信仰'的人生观。他的离婚和他的第二次结婚，是他一生最受社会严厉批评的两件事。现在志摩的棺已盖了，而社会上的议论还未定。但我们知道这两件事的人，都能明白，至少在志摩的方面，这两件事最可以代表志摩的单纯理想的追求。他万分诚恳的相信那两件事都是他实现他那'美与爱与自由'的人生的正当步骤。这两件事的结果，在别人看来，似乎都不曾能够实现志摩的理想生活。但到了今日，我们还忍用成败来议论他吗？我忍不住我的历史癖，今天我要引用一点神圣的历史材料，来说明志摩决心离婚时的心理。民国十一年三月，他正式向他的夫人提议离婚，他告诉她，他们不应该继续他们的没有爱情没有自由的结婚生活了，他提议'自由之偿还自由'，他认为这是'彼此重见生命之曙光，不世之荣业'。他说：'故转夜为日，转地狱为天堂，直指顾间事矣。……真生命必自奋斗自求得来，真幸福亦必自奋斗自求得来，真恋爱亦必自奋斗自求得来！彼此前途无限，……彼此有改良社会之心，彼此有造福人类之心，其先自作榜样，勇决智断，彼此尊重人格，自由离婚，止绝苦痛，始兆幸福，皆在此矣。'这信里完全是青年的志摩的单纯的理想主义，他觉得那没有爱又没有自由的家庭是可以摧毁他们的人格的，所以他下了决心，要把自由偿还自由，要从自由求得他们的真生命，真幸福，真恋爱。后来他回国了，婚是离了，而家庭和社会都不能谅解他。最奇怪的是他和他已离婚的夫人通信更勤，感情更好。社会上的人更不明白了。志摩是梁任公先生最爱护的学生，所以民国十二年任公先生曾写一封很长很恳切的信去劝他。在这信里，任公提出两点：'其一，万不容以他人之苦痛，易自己之快乐。弟之此举，其于兄将来之快乐能得与否，殆茫如捕风，然先已予多数人以无量之苦痛。其二，恋爱神圣为今之少年所乐道。……兹事盖可遇而不可求。……况多情多感之人，其幻象起落鹘突，而得满足得宁帖也极难。所梦想之神圣境界恐终不可得，徒以烦恼终其身已耳。'任公又说：'呜呼志摩！天下岂有圆满之宇

宙？……当知吾侪以不求圆满为生活态度，斯可以领略生活之妙
味矣。……若沈迷于不可必得之梦境，挫折数次，生意尽矣，郁
邑佗傺以死，死为无名。死犹可也，最可畏者，不死不生而堕落
至不复能自拔。呜呼志摩，可无惧耶！可无惧耶！（十二年一月二
日信）'任公一眼看透了志摩的行为是追求一种'梦想的神圣境
界'，他料到他必要失望，又怕一少年人受不起几次挫折，就会
死，就会堕落。所以他以老师的资格警告他：'天下岂有圆满之宇
宙？'但这种反理想主义是志摩所不能承认的。他答复任公的信，
第一不承认他是把他人的苦痛来换自己的快乐。他说：'我之甘冒
世之不韪，竭全力以斗者，非特求免凶惨之苦痛，实求良心之安
顿，求人格之确立，求灵魂之救度耳。人谁不求庸德？人谁不安
现成？人谁不畏艰险？然且有突围而出者，夫岂得已而然哉？'第
二，他也承认恋爱是可遇而不可求的，但他不能不去追求。他说：
'我将于茫茫人海中访我唯一灵魂之伴侣；得之，我幸；不得，我
命，如此而已。'他又相信他的理想是可以创造培养出来的。他对
任公说：'嗟夫吾师！我尝奋我灵魂之精髓，以凝成一理想之明
珠，涵之以热满之心血，朗照我深奥之灵府。而庸俗忌之嫉之，
辄欲麻木其灵魂，捣碎其理想，杀灭其希望，污毁其纯洁！我之
不流入堕落，流入庸懦，流入卑污，其几亦微矣！'我今天发表这
三封不曾发表过的信，因为这几封信最能表现那个单纯的理想主
义者徐志摩。他深信理想的人生必须有爱，必须有自由，必须有
美；他深信这种三位一体的人生是可以追求的，至少是可以用纯
洁的心血培养出来的。——我们若从这个观点来观察志摩的一生，
他这十年中的一切行为就全可以了解了。我还可以说，只有从这
个观点上才可以了解志摩的行为；我们必须先认清了他的单纯信
仰的人生观，方才认得清志摩的为人。志摩最近几年的生活，他
承认是失败。他有一首《生活》的诗，诗的暗惨的可怕：'阴沉，

黑暗，毒蛇似的蜿蜒，生活逼成了一条甬道：一度陷入，你只可向前，手扪索着冷壁的黏潮，/在妖魔的脏腑内挣扎，头顶不见一线的天光，这魂魄，在恐怖的压迫下，除了消灭更有什么愿望？（十九年五月二十九日）'他的失败是一个单纯的理想主义者的失败。他的追求，使我们惭愧，因为我们的信心太小了，从不敢梦想他的梦想。他的失败，也应该使我们对他表示更深厚的恭敬与同情，因为偌大的世界之中，只有他有这信心，冒了绝大的危险，费了无数的麻烦，牺牲了一切平凡的安逸，牺牲了家庭的亲谊和人间的名誉，去追求，去试验一个'梦想之神圣境界'，而终于免不了惨酷的失败，也不完全是他的人生观的失败。他的失败是因为他的信仰太单纯了，而这个现实世界太复杂了，他的单纯的信仰禁不起这个现实世界的摧毁；正如易卜生的诗剧 Brand 里的那个理想主义者，抱着他的理想，在人间处处碰钉子，碰的焦头烂额，失败而死。然而我们的志摩'在这恐怖的压迫下'，从不叫一声'我投降了'！他从不曾完全绝望，他从不曾绝对怨恨谁。他对我们说：'你们不能更多的责备。我觉得我已是满头的血水，能不低头已算是好的。'（《〈猛虎集〉自序》）是的，他不曾低头。他仍旧昂起头来做人；他仍旧是他那一团的同情心，一团的爱。我们看他替朋友做事，替团体做事，他总是仍旧那样热心，仍旧那样高兴。几年的挫折，失败，苦痛，似乎使他更成熟了，更可爱了。他在苦痛之中，仍旧继续他的歌唱。他的诗作风也更成熟了。他所谓'初期的汹涌性'固然是没有了，作品也减少了；但是他的意境变深厚了，笔致变淡远了，技术和风格都更进步了。这是读《猛虎集》的人都能感觉到的。志摩自己希望今年是他的'一个真的复活的机会。'他说：'抬起头居然又见到天了。眼睛睁开了，心也跟着开始了跳动。'我们一班朋友都替他高兴。他这几年来想用心血浇灌的花树也许是枯萎的了；但他的同情，他的鼓舞，早又在别的园地里种出了无数的可爱的小树，开出了无数可爱的鲜花。他自己的歌唱有一个时代是几乎销沉了；但他的歌声引起了他的园地外无数的歌喉，嘹亮的唱，哀怨的唱，美丽的唱。这都是他的安慰，都使他高兴。谁也想不到在这个最有希望的复活时代，他竟丢了我们走了！他的《猛虎集》里有一首咏一只黄鹏的诗，现在重读了，好像他在那里描写他自己的死，和我们对他的死的悲哀：'等候他唱，我们静着望，怕惊了他。但他一展翅，冲破浓密，化一朵彩云：飞来了，不见了，没了——像是春光，火焰，像是热情。'志摩这样一个可爱的人，真是一片春光，一团火焰，一腔热情。现在难道都完了？决不！决不！志摩最爱他自己的一首小诗，题目叫做《偶然》，在他的《卞昆冈》剧本里，在那个可爱的孩子阿明临死时，那个瞎子弹着三弦，唱着这首诗：'我是天空里的一片云，偶尔投影在你的波心——你不必讶异，更无须欢喜——在转瞬间消灭了踪影。你我相逢在黑夜的海上，你有你的，我有我的方向。你记得也好，最好你忘掉，在这交会时互放的光芒！'朋友们，志摩是走了，但他投的影子会永远留在我们心里，他放的光亮也会永远留在人间，他不曾白来了一世。我们有了他做朋友，也可以安慰自己说不曾白来了一世。我们忘不了，和我们'在那交会时互放的光亮！'"[1]

朱湘，与饶孟侃、孙大雨和杨世恩并称"清华四子"，又与饶孟侃、扬子惠和刘梦苇并称"新月四子"，有散文集《海外寄霓君》（上海北新书局，1934 年 12 月）、《中书集》（上海生活书店，1934 年 10 月）、《朱湘书信集》（南开大学天津人生与文学社，1936 年 3 月）。朱湘致刘霓君的《海外寄霓君》与沈从文致张兆和的《湘行书简》、徐志摩致陆小曼的《爱眉小札》（上海良友图书印刷

---

[1] 胡适：《追悼志摩》，载《新月》1931 年第 4 卷第 1 期，第 1—10 页。

公司，1936 年 1 月）、鲁迅致许广平的《两地书》共同构成"新文学四大情书"。

为刘梦苇逝世而创作的《梦苇的死》节选："我还记得：当时你那细得如线的声音，只剩反包着的真正像柴的骨架。临终的前一天，我第三次去看你，那时我已从看护妇处，听到你下了一次血块，是无救的了。我带了我的祭子惠的诗去给你瞧，想让你看过之后，能把久郁的情感，借此发泄一下，并且在精神上能得到一种慰安，在临终之时。能够恍然大悟出我所以给你看这篇诗的意思，是我替子惠做过的事，我也要替你做的。我还记得，你当时自半意识状态转到全意识状态时的兴奋，以及诗稿在你手中微抖的声息，以及你的泪。我怕你太伤心了不好，想温和的从你手中将诗取回，但是你孩子霸食般的说：'不，不，我要！'我抬头一望，墙上正悬着一个镜框，框上有一十字架，框中是画着耶稣被钉的故事，我不觉的也热泪夺眶而出，与你一同伤心。"①

梁遇春，1922 年入读北京大学，1928 年至 1932 年先后在上海暨南大学和北京大学任助教，有散文集《春醪集》（上海北新书局，1930 年 3 月）和《泪与笑》（上海开明书店，1934 年 6 月）。

冯至在《谈梁遇春》（1983 年 8 月 27 日）中评曰："他博览群书，他受影响较多的，大体看来有下边的三个方面：他从英国的散文学习到如何观察人生，从中国的诗，尤其是从宋人的诗词学习到如何吟味人生，从俄罗斯的小说学习到如何挖掘人生。这当然不能包括他读过的所有书籍。不管这三个范畴以内或以外，许多书中的隽语警句他在文章里经常引用，它们有的与他原来的思想相契合，有的象一把钥匙打开了他的思路，但也有时引用过多，

---

① 朱湘：《梦苇的死》，载《文学界（专辑版）》2007 年第 3 期，第 10—11 页。

给文章添了些不必要的累赘。"①

三 京派散文

何其芳，有散文集《画梦录》（上海文化生活出版社，1936 年
7 月），收录《雨前》《黄昏》《独语》《梦后》《岩》《画梦录》《哀
歌》等 16 篇散文。该散文集获得 1937 年天津《大公报》文艺奖
金，《本报文艺奖金的获得人》（《大公报》1937 年 5 月 15 日）评
语："在过去，混杂于小品中间，散文一向给我们的印象多是信手
拈来的即景文章而已。在市场上虽曾走过红运，在文学部门中，
却常为人轻视。《画梦录》的出版雄辩地说明了散文本身怎样是一
种独立的艺术制作，有它超达深渊的情趣。"②

刘西渭在《〈画梦录〉——何其芳先生作》中评曰："他要一
切听命，而自己不为所用。他不是那类寒士，得到一个情境，一
个比喻，一个意象，便如众星捧月，视同瑰宝。他把若干情境揉
在一起，仿佛万盏明灯，交相映辉；又像河曲，群流汇注，荡漾
回环；又像西岳华山，峰峦叠起，但见神往，不觉险巇。他用一
切来装潢，然而一紫一金，无不带有他情感的图记。这恰似一块
浮雕，光影匀停，凹凸得宜，由他的智慧安排成功一种特殊的境
界。他有的是姿态。和一个自然美好的淑女一样，姿态有时属于
多余。但是，这年轻的画梦人，拨开纷披的一切，从谐和的错综
寻出他全幅的主调，这正是像他这样的散文家，会有句句容人深
思的对话，却那样不切说话人的环境身分和语气。他替他们想出
这些话来，叫人感到和读《圣经》一样，全由他一人出口。此其

---

①冯至：《谈梁遇春》，载《新文学史料》1984 年第 1 期，第 111—112 页。
②转引自王荣：《"大公报文艺奖金"及其他》，载《中国现代文学研究丛
刊》2005 年第 4 期，第 234 页。

我们入魔而不自知，因为他如彼自觉，而又如此自私，我们不由滑上他'梦中道路的迷离'。所有他的对话，犹如《桥》里废名先生的对话，都是美丽的独语。'①

《独语》（1934年3月2日）全文："设想独步在荒凉的夜街上，一种枯寂的声响固执的追随着你，如昏黄的灯光下的黑色影子，你不知该对它珍爱抑是不能忍耐了？那是你脚步的独语。人在孤寂时常发出奇异的语言，或是动作。动作也就是语言的一种。决绝的离开了绿蒂的'维特'，独步在阳光与垂柳的堤岸上，如在梦里，诱惑的彩色又激动了他作画家的欲望，遂决心试卜他自己的命运了：从衣袋里摸出一把小刀子，从垂柳里掷入河水中，若是能看见它的落下他就将成功一个画家，否则不。——那寂寞的一挥手使你感动吗？你了解吗？我又想起了一个西晋人物，他爱驱车独游，到车辙不通之处就痛哭而返。绝顶登高，谁不悲慨的一长啸呢？是想以他的声音填满宇宙的寥阔吗？等到追问时怕又只有沉默的低首了。我曾经走进一个古代的建筑物，画檐巨柱都争着向我有所诉说，低小的石栏也发出声息，像一些坚忍的深思的手指在上面呻吟，而我自己倒成了一个化石了。或是昏黄的灯光下，放在你面前的是一册杰出的书，你将听见里面各个人物的独语。温柔的独语，悲哀的独语，或者狂暴的独语。黑色的门紧闭着，一个永远期待的灵魂死在门内，一个永远找寻的灵魂死在门外。每一个灵魂是一个世界，没有窗户。而可爱的灵魂都是倔强的独语者。我的思想倒不是在荒野上奔驰。有一所落寞的古颓的屋子，画壁漫漶，阶石上铺着白藓，像期待着最后的脚步：当我独自时我就神往了。真有这样一个所在，或者在梦里吗？或者

---

①刘西渭：《〈画梦录〉——何其芳先生作》，载《咀华集》，上海：文化生活出版社，1936年12月，第201—202页。

不过是两章宿昔嗜爱的诗篇的揉合，没有关联的奇异的揉合；幔子半掩，地板已扫，死者的床榻上长春藤影在爬；死者的魂灵回到他熟习的屋子里，朋友伙在聚餐，嬉笑，都说着'明天明天'，无人记起'昨天'。这是颓废吗？我能很美丽的想着'死'，反不能美丽的想着'生'吗？冥冥之中牵张着一个网，'人'如一粒蜘蛛蹲伏在中央。憎固愈令彼此疏离，爱亦徒增错误的挂系。谁曾在自己的网里顾盼，跳跃，感到因冥冥之丝不足一割遂甘愿受缚的怅忧吗？而何以我又太息：'去者日以疏，生者日以亲？'是慨叹着我被人忘记了，抑是我忘记了人呢？'这里是你的帽子'，或者'这里是你的纱巾，我们出去走走吧'，我还能说这些惯口的句子。而我那有温和的沉默的朋友，我更记起他。他屋里有一个古怪的抽屉，精致的小信封，函着丁香花，或是不知名的扇形的叶子，像为着分我的寂寞而展示他温柔的记忆。墙上是一张小画片，翻过背面来，写着'月的渔女'。唉。我尝自忖度：那使人类温暖的，我不是过分的缺乏了它就是充溢了它。两者都足以致病的。印度王子出游，看见生老病死，遂发自度度人的宏愿。我也倒想有一树菩提之荫，坐在下面思索一会儿。虽然我要思索的是另外一个题目。于是，我的目光在窗上徘徊了。天色像一张阴晦的脸压在窗前，发出令人窒息的呼吸。这就是我抑郁的缘故吗？而又，在窗格的左角，我发现一个我的独语的窃听者了：像一个鸣蝉蜕弃的躯壳，向上蹲伏着，嘿默的，嘿默的，和着它一对长长的触须，三对屈曲的瘦腿。我记起了它是我用自己的手笔描画成的一个昆虫的影子，当它迟徐的爬到我窗纸上，发出孤独的银样的鸣声，在一个过逝的有阳光的秋天里。"[1]

---

　　[1]何其芳：《独语》，载《画梦录》，上海：文化生活出版社，1936年7月，第20—23页。

李广田，有散文集《画廊集》（上海商务印书馆，1936 年 3
月），收录《画廊》《种菜将军》《秋雨》《黄昏》《蝉》《天鹅》《道
旁的智慧》《怀特及其自然史》等 23 篇散文；《银狐集》（上海文化
生活出版社，1936 年 11 月），收录《平地城》《他们三个》《浪子
递解记》《桃园杂记》《老渡船》《一个好朋友》《银狐》《扇子崖》
等 17 篇散文。

刘西渭在《〈画廊集〉——李广田先生作》（1936 年 7 月）中
评曰："所有李广田先生解释介绍英人玛尔廷的《道旁的智慧》的
话，几乎全盘可以移来，成为《画廊集》的注脚。我们不妨随手
引取一段：'在玛尔廷的书里找不出什末热闹来，也没为什末奇
迹，叫做"道旁的智慧"者，只是些平常人的平常事物（然而又
何尝不是奇迹呢，对于那些不平常的人）。似乎是从尘埃的道上，
随手掇拾了来，也许是一朵野花，也许是一只草叶，也许只是从
漂泊者的行囊上落下来的一粒细砂。然而我爱这些。这些都是和
我很亲近的。在他的书里，没有什末戏剧的气氛，却只使人意味
到醇朴的人生，他的文章也没有什末雕琢的词藻，却有着素朴的
诗的静美。'"①

《山水》（1936 年 11 月 5 日）节选："我现在将以一个平原之
子的心情来诉说你们的山水：在多山的地方行路不方便，崎岖坎
坷，总不如平原上坦坦荡荡；住在山圈里的人很不容易望到天边，
更看不见太阳从天边出现，也看不见流星向地平线下消逝，因为
乱山遮住了你们的望眼；万里好景一望收，是只有生在平原上的
人才有这等眼福；你们喜欢写帆，写桥，写浪花或涛声，但在我
平原人看来，却还不如秋风禾黍或古道鞍马更为好看；而大车工

---

①刘西渭：《〈画廊集〉——李广田先生作》，载《咀华集》，上海：文化
生活出版社，1936 年 12 月，第 187—188 页。

东，恐怕也不是你们山水乡人所可听闻。此外呢，此外似乎还应该有许多理由，然而我的笔偏不听我使唤，我不能再写出来了。唉唉，我够多末愚，我想同你开一回玩笑，不料却同自己开起玩笑来了，我原是要诉说平原人的悲哀呀，我读了你那些山水文章，我乃想起了我的故乡，我在那里消磨过十数个春秋，我不能忘记那块平原的忧愁。我们那块平原上自然是无山无水，然而那块平原的子孙们是如何地喜欢一洼水，如何地喜欢一拳石啊。……平原的子孙对于远方山水真有些好想像，而他们的寂寞也正如平原之无边。先生，你几时到我们那块平原上去看看呢：树木，村落，树木，村落，无边平野，尚有我们的祖先永息之荒冢累累，唉唉，平原的风从天边驰向天边，管叫你望而兴叹了。"[1]

沈从文，有散文集《记胡也频》（上海光华书局，1932 年 5月）、《从文自传》（上海第一出版社，1934 年 7 月）、《记丁玲》（上海良友图书印刷公司，1934 年 9 月）、《湘行散记》（上海商务印书馆，1936 年 3 月）、《废邮存底》（与萧乾合著，上海文化生活出版社，1937 年 1 月）。

《从文自传》记录沈从文 20 岁之前在湘西的生活经历，收录《我所生长的地方》《我的家庭》《我读一本小书时同时又读一本大书》《辛亥革命的一课》《我上许多课仍然不放下那一本大书》《预备兵的技术班》《一个老战兵》《辰州》《清乡所见》《怀化镇》《姓文的秘书》《女难》《常德》《船上》《保靖》《一个大王》《学历史的地方》《一个转机》18 篇散文。

《女难》节选："大约正因为舅父同另外那个亲戚每天做诗的原因，我虽不会做诗，却学会了看诗。我成天看他们作诗，替他

---

[1] 李广田：《山水》，载《灌木集》，上海：开明书店，1944 年 2 月，第125—127 页。

们抄诗，工作得很有兴致。为了盼望所抄的诗被人嘉奖，我开始来学写字，为了空暇的时间仍然很多，恰恰那亲戚家中有两大箱商务印行的《说部丛书》，这些书轮流作了我最好的朋友。我记得迭更司的《冰雪因缘》《滑稽外史》《贼史》这三部书，反复约占去了我两个月的时间。我欢喜这种书，因为他告给我的正是我所要明白的。他不如别的书说道理，他只记下一些现象。即或他说的还是一种很陈腐的道理，但他却有本领把道理包含在现象中。我就是个不想明白道理却永远为现象所倾心的人。我看一切，却不把我的社会价值挽〔搀〕加进去，估定我的爱憎。我不愿问价钱上的多少来为百物作一个好坏批评，却愿意考查他在我官觉上使我愉快不愉快的分量。我永远不厌倦的是'看'一切。宇宙万汇在动作中，在静止中，我皆能抓定它的最美丽与最调和的风度，但我的爱好却不能同一般目的相合。我不明白一切同人类生活相联结时的美恶，另外一句话说来，就是我不大能领会伦理的美。接近人生时我永远是个艺术家的感情，却绝不是所谓道德君子的感情。可是，由于社会人与人的关系产生的各种无固定性的流动的美，德性的愉快，责任的愉快，在当时从别人看来，我也是毫无瑕疵的。我玩得厉害，职分上的事仍然做得极好。"[1]

《湘行散记》描写故乡湘西的山水景致和风土人情，收录《一个戴水獭皮帽子的朋友》《桃源与沅州》《鸭窠围的夜》《一九三四年一月十八》《一个多情水手与一个多情妇人》《辰河小船上的水手》《箱子岩》《五个军官与一个煤矿工人》《老伴》《虎雏再遇记》《一个爱惜鼻子的朋友》11 篇散文。

《桃源与沅州》节选："在这条河里在这种小船上作乘客，最

---

[1]沈从文：《女难》，载《从文自传》，上海：第一出版社，1934 年 7 月，第 104—105 页。

先见于记载的一人，应当是那疯疯癫癫的楚逐臣屈原。在他自己的文章里，他就说道：'朝发汪渚兮，夕宿辰阳。'若果他那文章还值得称引，我们尚可以就'沅有芷兮澧有兰'与'乘舲上沅'这些话，估想他当年或许就坐了这种小船，溯流而上，到过出产香草香花的沅州。沅州上游不远有个白燕溪，小溪谷里生芷草，到如今还随处可见。这种兰科植物生根在悬崖罅隙间，或蔓延到松树枝桠上，长叶飘拂，花朵下垂成一长串，风致楚楚。花叶形体较建兰柔和，香味较建兰淡远。游白燕溪的可坐小船去，船上人若伸手可及，多随意伸手摘花，顷刻就成一束。若崖石过高，还可以用竹篙将花打下，尽其堕入清溪里，再用手去溪里把花捞起。除了兰芷以外，还有不少香草香花，在溪边崖下繁殖。那种黛色无际的崖石，那种一丛丛幽香眩目的奇葩，那种小小洄旋的溪流，合成一个如何不可言说迷人心目的圣境！若没有这种地方，屈原便再疯一点，据我想来他文章未必就能写得那么美丽。"[①]

《一九三四年一月十八》节选："望着汤汤的流水，我心中好像忽然澈悟了一点人生，同时又好像从这条河上，新得到了一点智慧。的的确确，这河水过去给我的是'知识'，如今给我的却是'智慧'。山头一抹淡淡的午后阳光感动了我，水底各色圆如棋子的石头也感动了我。我心中似乎毫无渣滓，透明烛照，对万汇百物，对拉船人与小小船只，皆那么爱着，十分温暖的爱着！我的感情早已融入这第二故乡一切光景声色里了。我仿佛很渺小很谦卑。对一切似乎皆在伸手，且微笑的轻轻的说：'我来了，是的，我仍然同从前一样的来了。我们全是原来的样子，真令人高兴。你，充满了牛粪桐油气味的小小河街，虽稍稍不同了一点，我这

① 沈从文：《桃源与沅州》，载《湘行散记》，上海：商务印书馆，1936年3月，第19—20页。

张脸，大约也不同了一点。可是，很可喜的是我们还皆互相认识，只因为我们过去实在太熟习了！’看到日夜不断千古长流的河水里石头和砂子，以及水面腐烂的草木，破碎的船板，使我触着了一个使人感到惆怅的名词。我想起‘历史’。一套用文字写成的历史，除了告给我们一些另一时代另一群人在这地面上相斫相杀的故事以外，我们决不会再多知道一些要知道的事情。但这条河流，却告给了我若干年来若干人类的哀乐！小小灰色的渔船，船舷船顶站满了黑色沉默的鹭鸶，向下游缓缓划去了。石滩上走着脊梁略弯的拉船人。这些东西于历史似乎毫无关系，百年前或百年后皆仿佛同目前一样。他们那么忠实庄严的生活，担负了自己那分命运，为自己，为儿女，继续在这世界中活下去。不问所过的是如何贫贱艰难的日子，却从不逃避为了求生而应有的一切努力。在他们生活爱憎得失里，也依然摊派了哭，笑，吃，喝。对于寒暑的来临，他们便更比其他世界上人感到四时交替的严肃。历史对于他们俨然毫无意义，然而提到他们这点千年不变无可记载的历史，却使人引起无言的哀戚。我有点担心，地方一切虽没有什么变动，我或者变得太多了一点。”①

《一个爱惜鼻子的朋友》节选：“至于我当时的志向呢，因为就过去经验说来，我只能各处流转接受个人应得的一分命运，既无事业可作，还能希望什么好生活？不过我很明白‘时间’这个东西十分古怪。一切人一切事皆会在时间下被改变，当前的安排也许不大对，有了小小错处，我很愿意尽一份时间来把世界同世界上的人改造一下看看。我并不计划作苗官，又不能从鼻子眼睛上什么特点增加多少自信。我不看重鼻子，不相信命运，不承认

---

①沈从文：《一九三四年一月十八》，载《湘行散记》，上海：商务印书馆，1936 年 3 月，第 41—43 页。

目前形势，却尊敬时间。我不大在生活上的得失关心，却了然时间对这个世界同我个人的严重意义。我愿意好好的结结实实的来作一个人，可说不出将来我要作个什么样的人。因此一来，我当时也就算不得是个有志气的人。"[1]

老舍的散文创作不多，散见在文学合集和期刊中，如《老舍选集》（上海万象书屋，1936 年 4 月）收录的《读书》《记懒人》《讨论》《有声电影》4 篇散文，以及《趵突泉的欣赏》（《华年》1932 年第 1 卷第 17 期）、《大明湖之春》（《宇宙风》1937 年第 37 期）、《五月的青岛》（《宇宙风》1937 年第 43 期）等散文。

《想北平》（《宇宙风》1936 年第 19 期）全文："设若让我写一本小说，以北平作背景，我不至于害怕，因为我可以检着我知道的写，而躲开我所不知道的。让我单摆浮搁的讲一套北平，我没办法。北平的地方那么大，事情那么多，我知道的真觉太少了，虽然我生在那里，一直到廿七岁才离开。以名胜说，我没到过陶然亭，这多可笑！以此类推，我所知道的那点只是'我的北平'，而我的北平大概等于牛的一毛。可是，我真爱北平。这个爱几乎是要说而说不出的。我爱我的母亲。怎样爱？我说不出。在我想作一件〔事〕讨她老人家喜欢的时候，我独自微微的笑着；在我想到她的健康而不放心的时候，我欲落泪。言语是不够表现我的心情的，只有独自微笑或落泪才足以把内心揭露在外面一些来。我之爱北平也近乎这个。夸奖这个古城的某一点是容易的，可是那就把北平看得太小了。我所爱的北平不是枝枝节节的一些什么，而是整个儿与我的心灵相黏合的一段历史，一大块地方，多少风景名胜，从雨后什刹海的蜻蜓一直到我梦里的玉泉山的塔影，都

---

①沈从文：《一个爱惜鼻子的朋友》，载《湘行散记》，上海：商务印书馆，1936 年 3 月，第 135 页。

积凑到一块儿，每一小的事件中有个我，我的每一思念中有个北平，这只有说不出而已。真愿成为诗人，把一切好听好看的字都浸在自己的心血里，像杜鹃似的啼出北平的俊伟。啊！我不是诗人！我将永远道不出我的爱，一种像由音乐与图画所引起的爱。这不但是辜负了北平，也对不住我自己，因为我的最初的知识与印象都得自北平，它是在我的血里，我的性格与脾气里有许多地方是这古城所赐给的。我不能爱上海与天津，因为我心中有个北平。可是我说不出来！伦敦，巴黎，罗马与堪司坦丁堡，曾被称为欧洲的四大'历史的都城'。我知道一些伦敦的情形；巴黎与罗马只是到过而已；堪司坦丁堡根本没有去过。就伦敦，巴黎，罗马来说，巴黎更近似北平——虽然'近似'两字要拉扯得很远——不过，假使让我'家住巴黎'，我一定会和没有家一样的感到寂苦。巴黎，据我看，还太热闹。自然，那里也有空旷静寂的地方，可是又未免太旷；不像北平那样既复杂而又有个边际，使我能摸着——那长着红酸枣的老城墙！面向着积水滩，背后是城墙，坐在石上看水中的小蝌蚪或苇叶上的嫩蜻蜓，我可以快乐的坐一天，心中完全安适，无所求也无可怕，像小儿安睡在摇篮里。是的，北平也有热闹的地方，但是它和太极拳相似，动中有静。巴黎有许多地方使人疲乏，所以咖啡与酒是必要的，以使刺激；在北平，有温和的香片茶就够了。论说巴黎的布置已比伦敦罗马匀调的多了，可是比上北平还差点事儿。北平在人为之中显出自然，几乎是什么地方既不挤得慌，又不太僻静：最小的胡同里的房子也有院子与树；最空旷的地方也离买卖街与住宅区不远。这种分配法可以算——在我的经验中——天下第一了。北平的好处不在处处设备得完全，而在它处处有空儿，可以使人自由的喘气；不在有好些美丽的建筑，而在建筑的四围都有空闲的地方，使它们成为美景。每一个城楼，每一个牌楼，都可以从老远就看见。况且在街上还可以看见北山与西山呢！好学的，爱古物的，人们自然喜欢北平，因为这里书多古物多。我不好学，也没钱买古物。对于物质上，我却喜爱北平的花多菜多果子多。花草是种费钱的玩艺，可是此地的'草花儿'很便宜，而且家家有院子，可以花不多的钱而种一院子花，即使算不了什么，可是到底可爱呀。墙上的牵牛，墙根的靠山竹与草茉莉，是多么省钱省事而也足以招来蝴蝶呀！至于青菜，白菜，扁豆，毛豆角，王瓜，菠菜等等，大多数是直接由城外担来而送到家门口的。雨后，韭菜叶上还往往带着雨时溅起的泥点。青菜摊子上的红红绿绿几乎有诗似的美丽。果子有不少是由西山与北山来的，西山的沙果，海棠，北山的黑枣，柿子，进了城还带着一层白霜儿呀！哼，美国的橘子包着纸，遇到北平的带霜儿的玉李，还不愧杀！是的，北平是个都城，而能有好多自己产生的花，菜，水果，这就使人更接近了自然。从它里面说，它没有像伦敦的那些成天冒烟的工厂；从外面说，它紧连着园林，菜圃与农村。采菊东篱下，在这里，确是可以悠然见南山的；大概把'南'字变个'西'或'北'，也没有多少了不得的吧。像我这样的一个贫寒的人，或者只有在北平能享受一点清福了。好，不再说了吧；要落泪了，真想念北平呀！"①

朱自清，有散文集《你我》（上海商务印书馆，1936 年 3 月），分甲乙两辑，甲辑收录《"海阔天空"与"古今中外"》《扬州的夏日》《看花》《我所见的叶圣陶》《论无话可说》《给亡妇》《你我》《谈抽烟》《冬天》《择偶记》《南京》《潭柘寺戒坛寺》12 篇随笔；乙辑收录《忆跋》《山野掇拾》《〈子恺漫画〉代序》《白采的诗》《〈萍因遗稿〉跋》《〈子恺画集〉跋》《〈粤东之风〉序》《叶圣陶的短篇小说》《给〈一个兵和他的老婆〉的作者——李健吾先生》

---

① 老舍：《想北平》，载《宇宙风》1936 年第 19 期，第 319—321 页。

《〈燕知草〉序》《〈老张的哲学〉与〈赵子曰〉》《〈谈美〉序》《论白话——读〈南北极〉与〈小彼得〉的感想》《子夜》《读〈心病〉》《〈欧游杂记〉自序》《〈文心〉序》17 篇序跋与读书录。

《论无话可说》（1931 年 3 月）全文："十年前我写过诗；后来不写诗了，写散文；入中年以后，散文也不大写得出了——现在是，比散文还要'散'的无话可说！许多人苦于有话说不出，另有许多人苦于有话无处说；他们的苦还在话中，我这无话可说的苦却在话外。我觉得自己是一张枯叶，一张烂纸，在这个大时代里。在别处说过，我的'忆的路'是'平如砥''直如矢'的；我永远不曾有过惊心动魄的生活，即使在别人想来最风华的少年时代。我的颜色永远是灰的。我的职业是三个教书；我的朋友永远是那么几个，我的女人永远是那么一个。有些人生活太丰富了，太复杂了，会忘记自己，看不清楚自己，我是什么时候都'了了玲玲地'知道，记住，自己是怎样简单的一个人。但是为什么还会写出诗文呢？——虽然都是些废话。这是时代为之！十年前正是五四运动的时期，大伙儿蓬蓬勃勃的朝气，紧逼着我这个年轻的学生；于是乎跟着人家的脚印，也说说什么自然，什么人生。但这只是些范畴而已。我是个懒人，平心而论，又不曾遭过怎样了不得的逆境；既不深思力索，又未亲自体验，范畴终于只是范畴，此处也只是廉价的，新瓶里装旧酒的感伤。当时芝麻黄豆大的事，都不惜郑重地写出来，现在看看，苦笑而已。先驱者告诉我们说自己的话。不幸这些自己往往是简单的，说来说去是那一套；终于说的听的都腻了。——我便是其中的一个。这些人自己其实并没有什么话，只是说些中外贤哲说过的和并世少年将说的话。真正有自己的话要说的是不多的几个人；因为真正一面生活一面吟味那生活的只有不多的几个人。一般人只是生活，按着不同的程度照例生活。这点简单的意思也还是到中年才觉出的；少年时多少有些热气，想不到这里。中年人无论怎样不好，但看事看得清楚，看得开，却是可取的。这时候眼前没有雾，顶上没有云彩，有的只是自己的路。他负着经验的担子，一步步踏上这条无尽的然而实在的路。他回看少年人那些情感的玩意，觉得一种轻松的意味。他乐意分析他背上的经验，不止是少年时的那些；他不愿远远地捉摸，而愿剥开来细细地看。也知道剥开后便没了那跳跃着的力量，但他不在乎这个，他明白在冷静中有他所需要的。这时候他若偶然说话，决不会是感伤的或印象的，他要告诉你怎样走着他的路，不然就是，所剥开的是些什么玩意。但中年人是很胆小的；他听别人的话渐渐多了，说了的他不说，说得好的他不说。所以终于往往无话可说——特别是一个寻常的人像我。但沈默又是寻常的人所难堪的，我说苦在话外，以此。中年人若还打着少年人的调子，——姑不论调子的好坏——原也未尝不可，只总觉'像煞有介事'。他要用很大的力量去写出那冒着热气或流着眼泪的话；一个神经敏锐的人对于这个是不容易忍耐的，无论在自己在别人。这好比上了年纪的太太小姐们还涂脂抹粉地到大庭广众里去卖弄一般，是殊可不必的了。其实这些都可以说是废话，只要想一想咱们这年头。这年头要的是'代言人'，而且将一切说话的都看作'代言人'；压根儿就无所谓自己的话。这样一来，如我辈者，倒可以将从前狂妄之罪减轻，而现在是更无话可说了。但近来在戴译《唯物史观的文学论》里看到，法国俗语'无话可说'竟与'一切皆好'同意。呜呼，这是多么损的一句话，对于我，对于我的时代！"[1]

　　朱自清为悼念自己死去的妻子而作的《给亡妇》（1932 年 10

　　[1]朱自清：《论无话可说》，载《你我》，上海：商务印书馆，1936 年 3月，第 64—67 页。

月）全文："谦，日子真快，一眨眼你已经死了三个年头了。这三年里世事不知变化了多少回，但你未必注意这些个，我知道。你第一惦记的是你几个孩子，第二便轮着我。孩子和我平分你的世界，你在日如此；你死后若还有知，想来还如此的。告诉你，我夏天回家来着：迈儿长得结实极了，比我高一个头。闰儿，父亲说是最乖，可是没有先前胖了。采芷和转子都好。五儿全家夸她长得好看；却在腿上生了湿疮，整天坐在竹床上不能下来，看了怪可怜的。六儿，我怎么说好，你明白，你临终时也和母亲谈过，这孩子是只可以养着玩儿的，他左挨右挨，去年春天，到底没有挨过去。这孩子生了几个月，你的肺病就重起来了。我劝你少亲近他，只监督着老妈子照管就行。你总是忍不住，一会儿提，一会儿抱的。可是你病中为他撺的那一份儿心也够瞧的。那一个夏天他病的时候多，你成天儿忙着，汤呀，药呀，冷呀，暖呀，连觉也没有好好儿睡过。那里有一分一毫想着你自己。瞧着他硬朗点儿你就乐，干枯的笑容在黄蜡般的脸上，我只有暗中叹气而已。从来想不到做母亲的要像你这样。从迈儿起，你总是自己喂乳，一连四个都这样。你起初不知道按钟点儿喂，后来知道了，却又弄不惯；孩子们每夜里几次将你哭醒了，特别是闷热的夏季。我瞧你的觉老没睡足。白天里还得做菜，照料孩子，很少得空儿。你的身子本来坏，四个孩子就累你七八年。到了第五个，你自己实在不成了，又没乳，只好自己喂奶粉，另雇老妈子专管她。但孩子跟老妈子睡，你就没有放过心；夜里一听见哭，就竖起耳朵听，工夫一大就得过去看。十六年初，和你到北京来，将迈儿转子留在家里；三年多还不能去接他们，可真把你惦记苦了。你并不常提，我却明白。你后来说，你的病就是惦记出来的；那个自然也有份儿，不过大半还是养育孩子累的。你的短短的十二年结婚生活，有十一年耗费在孩子们身上；而你一点不厌倦，有多少力量用多少，一直到自己毁灭为止。你对孩子一般儿爱，不问男的女的，大的小的。也不想到什么'养儿防老，积谷防饥'，只拼命的爱去。你对于教育老实说有些外行，孩子们只要吃得好玩得好就成了。这也难怪你，你自己便是这样长大的。况且孩子们原都还小，吃和玩本来也要紧的。你病重的时候最放不下的还是孩子。病的只剩皮包着骨头了，总不信自己不会好；老说：'我死了，这一大群孩子可苦了。'后来说送你回家，你想着可以看见迈儿和转子，也愿意；你万不想到会一去不返的。我送车的时候，你忍不住哭了，说：'还不知能不能再见？'可怜，你的心我知道，你满想着好好儿带着六个孩子回来见我的。谦，你那时一定这样想，一定的。除了孩子，你心里只有我。不错，那时你父亲还在。可是你母亲死了，他另有个女人，你老早就觉得隔了一层似的。出嫁后第一年你虽还一心一意依恋着他老人家，到第二年上我和孩子可就将你的心占住，你再没有多少工夫惦记他了。你还记得第一年我在北京，你在家里。家里来信说你待不住，常回娘家去。我动气了，马上写信责备你。你教人写了一封复信，说家里有事，不能回去。这是你第一次也可以说第末次的抗议，我从此就没给你写信。暑假时带了一肚子主意回去，但见了面，看你一脸笑，也就拉倒了。打这时候起，你渐渐从你父亲的怀里跑到我这儿。你换了金镯子帮助我的学费，叫我以后还你；但直到你死，我没有还你。你在我家受了许多气，又因为我家的缘故受你家里的气，你都忍着。这全为的是我，我知道。那回我从家乡一个中学半途辞职出走。家里人讽你也走。那里走！只得硬着头皮往你家去。那时你家像个冰窖子，你们在窖里足足住了三个月。好容易我才将你们领出来了，一同上外省去。小家庭这样组织起来了。你虽不是什么阔小姐，可也是自小娇生惯养的。做起主妇来，什么都得干一两手；你居然做下去了，而且高高兴兴地做下去了。菜照例满是你做，可是吃的都是我们；你至多夹上两三筷子就算了。你的菜做得不坏，有一位老在行大大地夸奖过你。你洗衣服也不错，夏天我的绸大褂大概总是你亲自动手。你在家老不乐意闲着；坐前几个'月子'，老是四五天就起床，说是躺着家里事没条没理的。其实你起来也还不是没条理；咱们家那么多孩子，那儿来条理？在浙江住的时候，逃过两回兵难，我都在北平。真亏你领着母亲和一群孩子东藏西躲的；末一回还要走多少里路，翻一道大岭。这两回差不多只靠你一个人。你不但带了母亲和孩子们，还带了我一箱箱的书；你知道我是最爱书的。在短短的十二年里，你操的心比人家一辈子还多；谦，你那样身子怎么经得住！你将我的责任一股脑儿担负了去，压死了你；我如何对得起你！你为我的捞什子书也费了不少神；第一回让你父亲的男佣人从家乡捎到上海去。他说了几句闲话，你气得在你父亲面前哭了。第二回是带着逃难，别人都说你傻子。你有你的想头：'没有书怎么教书？况且他又爱这个玩意儿。'其实你没有晓得，那些书丢了也并不可惜；不过教你怎么晓得，我平常从来没和你谈过这些个！总而言之，你的心是可感谢的。这十二年里你为我吃的苦真不少，可是没有过几天好日子。我们在一起住，算来也还不到五个年头。无论日子怎么坏，无论是离是合，你从来没对我发过脾气，连一句怨言也没有。——别说怨我，就是怨命也没有过。老实说，我的脾气可不大好，迁怒的事儿有的是。那些时候你往往抽噎着流眼泪，从不回嘴，也不号咷。不过我也只信得过你一个人，有些话我只和你一个人说，因为世界上只你一个人真关心我，真同情我。你不但为我吃苦，更为我分苦；我之有我现在的精神，大半是你给我培养着的。这些年来我很少生病。但我最不耐烦生病，生了病就呻吟不绝，闹那侍候病的人。你是领教过一回的，那回只一两点钟，可是也够麻烦了。你常生病，却总不开口，挣扎着起来；一来怕搅我，二来怕没人做你那份儿事。我有一个坏脾气，怕听人生病，也是真的。后来你天天发烧，自己还以为南方带来的疟疾，一直瞒着我。明明躺着，听见我的脚步，一骨碌就坐起来。我渐渐有些奇怪，让大夫一瞧，这可糟了，你的一个肺已烂了一个大窟窿了！大夫劝你到西山去静养，你丢不下孩子，又舍不得钱；劝你在家里躺着，你也丢不下那份儿家务。越看越不行了，这才送你回去。明知凶多吉少，想不到只一个月工夫你就完了！本来盼望还见得着你，这一来可拉倒了。你也何尝想到这个？父亲告诉我，你回家独住着一所小住宅，还嫌没有客厅，怕我回去不便哪。前年夏天回家，上你坟上去了。你睡在祖父母的下首，想来还不孤单的。只是当年祖父母的圹太小了，你正睡在圹底下。这叫做'抗圹'，在生人看来是不安心的；等着想办法罢。那时圹上圹下密密地长着青草，朝露浸湿了我的布鞋。你刚埋了半年多，只有圹下多出一块土，别的全然看不出新坟的样子。我和隐今夏回去，本想到你的坟上来；因为她病了没来成。我们想告诉你，五个孩子都好，我们一定尽心教养他们，让他们对得起死了的母亲你！谦，好好儿放心安睡罢，你。"①

周作人，有散文集《永日集》（上海北新书局，1929 年 5 月）、《看云集》（上海开明书店，1932 年 10 月）、《知堂文集》（上海天马书店，1933 年 3 月）、《周作人书信》（上海青光书局，1933 年 5 月）、《苦雨斋序跋文》（上海天马书店，1934 年 3 月）、《夜读抄》（上海北新书局，1934 年 10 月）、《苦茶随笔》（上海北新书局，1935 年 10 月）、《苦竹杂记》（上海良友图书印刷公司，1936 年 2 月）、《风雨谈》（上海北新书局，1936 年 10 月）、《瓜豆集》（上海

---

① 朱自清：《给亡妇》，载《你我》，上海：商务印书馆，1936 年 3 月，第 68—74 页。

宇宙风社，1937年3月）。

《笠翁与随园》节选："我在这里须得交代明白，我很看重趣味，以为这是美也是善，而没趣味乃是一件大坏事。这所谓趣味里包含著好些东西，如雅，拙，朴，涩，重厚，清朗，通达，中庸，有别择等，反是者都是没趣味。"[1]

《自己的文章》节选："闲适是一种很难得的态度，不问苦乐贫富都可以如此，可是又并不是容易学得会的。这可以分作两种。其一是小闲适，如俞理初在《癸巳存稿》卷十二关于闲适的文章里有云：'秦观词云，醉卧古藤阴下，了不知南北。王铚《默记》以为其言如此，必不能至西方净土。其论甚可憎也。……盖流连光景，人情所不能无，其托言不知，意本深曲耳。'如农夫终日车水，忽驻足望西山，日落阴凉，河水变色，若欣然有会，亦是闲适，不必卧且醉也。其二可以说是大闲适罢。沈赤然著《寄傲轩读书续笔》卷四云：'宋明帝遣药酒赐王景文死，景文将饮酒，谓客曰，此酒不宜相劝。齐明帝遣赍鸩逼巴陵王子伦死，子伦将饮，顾使者曰，此酒非劝客之具，不可相奉。其言何婉而趣也。大都从容镇静之态平时尚可伪为，至临死关头不觉本性全露，若二人者可谓视死如甘寝矣。'又如陶渊明《拟挽歌辞》之三云：'向来相送人，各自还其家，亲戚或余悲，他人亦已歌。'这样的死人的态度真可以说是闲适极了，再看那些参禅看话的和尚，虽似超脱，却还念念不忘腊月二十八，难免陶公要攒眉而去。夫好生恶死人之常情也，他们亦何必那么视死如甘寝，实在是'千年不复朝，贤达无奈何'耳，唯其无奈何所以也就不必多自扰扰，只以婉而趣的态度对付之，此所谓闲适亦即是大幽默也。但此等难事唯有

---

[1] 周作人：《笠翁与随园》，载《苦竹杂记》，上海：上海良友图书印刷公司，1936年2月，第84页。

贤达能做得到，若是凡人就是平常烦恼也难处理，岂敢望这样的大解放乎。总之闲适不是一件容易学的事情，不佞安得混冒，自己查看文章，即流连光景且不易得，文章底下的焦躁总要露出头来，然则闲适亦只是我的一理想而已，而理想之不能做到如上文所说又是当然的事也。看自己的文章，假如这里边有一点好处，我想只可以说在于未能平淡闲适处，即其文字多是道德的。在《雨天的书》序二中云：'我平素最讨厌的是道学家（或照新式称为法利赛人），岂知这正因为自己是一个道德家的缘故。我想破坏他们的伪道德不道德的道德，其实却同时非意识地想建设起自己所信的新的道德来。'我的道德观恐怕还当说是儒家的，但左右的道与法两家也都掺合在内，外面又加了些现代科学常识。"[①]

四　报告文学与游记

早在"五四"时期，《每周评论》1919年所载的《旅中杂感》与《一周中北京的公民大活动》；周恩来（1898—1976）同志于1921至1922年在天津《益世报》发表的数十篇旅欧通信文章；瞿秋白的《新俄国游记——从中国到俄国的记程》（上海商务印书馆，1922年9月）等作品已初具报告文学的特征。

正式从英语词汇"reportage"译出的"报告文学"始见于左联刊物。如袁殊的《报告文学论》（《文艺新闻》1931年第18期）、戴叔周的《前线通信》（《北斗》1932年第2卷第3/4期）、白苇的《墙头三部曲》（《北斗》1932年第2卷第3/4期）等。

南强编辑部编辑的报告文学集《上海事变与报告文学》（上海南强书局，1932年4月），分"几番大战""火线以内""士兵生

---

①周作人：《自己的文章》，载《瓜豆集》，上海：宇宙风社，1937年3月，第247—249页。

活""战区印象""十字旗下""新线印象及其他"六辑，收录《曹家桥之役》《江湾血战》《在吴淞炮火线下》《到火线里去》《蓝衣的兄弟们》等 28 篇报告文学。

署名"南强编辑部"的《从上海事变说到报告文学（序一）》（1932 年 4 月 1 日）载："所谓 Reportage，报告文学，是什么意思呢？这种文学的形式，始终是近代的工业社会的产物。印刷发达之后，一切文书都用活版印刷的形态而传播，在此，产生了近代的散文，即一般的叫做 Feuilleton 的形式，报告文学就是这种文学的兄弟。和他的名称一样，报告文学的最大的力点，是在事实的报告。但这决不是和照相机摄取物象一样地，机械地将现实用文字来表现。这，必然的具有一定的目的，和一定的倾向。所以，基休在《报告文学之社会的任务》一文里说：'凡是要事实而真实的描写各种事件及事件的报告者，不论他是一个作家或者一个新闻记者，在这种经验的工作，不论好歹，终要到达一种终结的归结。这终归结就是一切表面上看来好像不同的事件，和因这种事件而引起的一切利害，常常站住共通的基础之上的这种认识。要测度具有睿智和直观的报告者，是否真的洋溢着"真理爱"的尺度，这是这种社会的认识的程度。报告文学，最初就走了这条从单纯的事实之探究走向社会主义的这路。'据他的意见，假使有人要做优秀的报告文学者，要做生活现实的报告者，非据有毫不歪曲报告的意志，强烈的社会的感情，以及企图和被压迫者紧密的连结的努力的三个条件不可。这就是 Reportage，报告文学的意义，这也就是这一本小册子编辑的主要动机。总括起来，本书编辑的意义有二：第一，是为着纪念这一次伟大的事变，使青年的读者能以比浏览纪载枯燥的新闻纸更进一步的了解这一事变经过的各方面的活动，第二，是使青年读者能以把握得 Reportage 这一种文体的在这一时代的重要性，努力的加以学习，……总之：报告文学是最新的形式的文学，是具有着无限的鼓励效果的形式，对于这种形式，是必须学习，必须活用，青年的读者绝对不能忽略的。"①

随后几年，报告文学创作涌起，如邹韬奋（1895—1944）的欧美新闻游记《萍踪寄语（初集）》（上海生活书店，1934 年 6 月）、《萍踪寄语（二集）》（上海生活书店，1934 年 9 月）、《萍踪寄语（三集）》（上海生活书店，1935 年 6 月）和《萍踪忆语》（上海生活书店，1937 年 5 月）；范长江（1909—1970）的新闻游记《中国的西北角》（大公报馆，1936 年 8 月）、《塞上行》（大公报馆，1937 年 7 月）、《西线风云》（大公报馆，1937 年 11 月）；夏衍（1900—1995）的《包身工》（《光明》1936 年第 1 卷第 1 期）；宋之的（1914—1956）的《一九三六年春在太原》（《中流》1936 年第 1 卷第 1 期）；基希的《秘密的中国》（周立波译，《文学界》1936 年第 1 卷第 1—3 期）；茅盾的《关于"报告文学"》（《中流》1937 年第 1 卷第 11 期）；周钢鸣（1909—1981）的《关于报告文学的写作》（《生活知识》1936 年第 2 卷第 3 期）等。

天津《大公报》记者萧乾描写 1935 年黄河大水灾的报告文学《大明湖畔啼哭声》节选："济南城里到处淙淙的流着小溪，也流着成群低声叹息的难民。大明湖又荡漾起秀逸的秋色了，风吹得尖长的蒲叶摇摇动撼。青簇簇的千佛山依然迎面耸矗着，湖畔可失却了它往日的宁静。张公祠、铁公祠、汇泉寺，一切为文人雅士吟诗赏景的名胜都密密地填满了人。这样狼狈褴褛的人当然不是游客。他们不希罕可餐的湖色和远山的倩影。他们直瞪着饥饿的双睛，张着乞援的胳臂，争吞着才领到的黑馍馍，嚷着要挡冷的衣裳。和幸运的同类一样，他们也曾有过房住，有过田耕，有

_____

① 南强编辑部：《从上海事变说到报告文学（序一）》，载《上海事变与报告文学》，上海：南强书局，1932 年 4 月，第 2—4 页。

过家来温暖他们劳作的身心。但跋扈横暴的黄河红眼了。它夺取了他们所有的全部，并还逼上门框，逼上炕沿，逼上屋顶，墙头甚而树梢，威胁着要他们的命。他们不服：连着几个昼夜，老少合力担土负石，拼命想堵上决口，为生存而抵抗自然。但人力已属有限，孤单散漫的人力就越发微弱了。终于，他们张着两只泥污空空的手，溃退了下来，落魄到这大城里。"[1]

报告文学集《中国的一日》（上海生活书店，1936 年 9 月），系叙写中国大部分地区各阶层人员在 1936 年 5 月 21 日这一天"所做所感所见所闻""人生之多种的面目"的近 500 篇包含各式文学体例作品的汇编。主编茅盾在《〈中国的一日〉关于编辑的经过》中写道："我们收到的来稿，以字数计，不下六百万言，以篇数计，在三千篇以上，全国除新疆、青海、西康、西藏、蒙古而外，各省市都有来稿；除了僧道妓女以及'跑江湖的'等等特殊'人生'而外，没有一个社会阶层和职业'人生'不在庞大的来稿堆中占一位置；而且我们还收到了侨居在南洋，暹罗，日本的赞助者的来稿：'五月二十一'几乎激动了国内国外所有识字的而且关心着祖国的运命的而且渴要知道在这危难关头的祖国的全般真实面目的中国人的心灵，他们来一个脑力的总动员了！"[2]

其他一些影响较大的国际游记有胡愈之的《莫斯科印象记》（上海新生命书局，1931 年 8 月）、朱自清的《欧游杂记》（上海开明书店，1934 年 9 月）、郑振铎的《欧行日记》（上海良友图书印刷公司，1934 年 10 月）、小默（刘思慕，1904—1985）的《欧游漫忆》（上海生活书店，1935 年 4 月）、李健吾的《意大利游简》（上

①萧乾：《大明湖畔啼哭声》，载《人生采访》，上海：文化生活出版社，1947 年 8 月再版，第 474—475 页。

②茅盾：《〈中国的一日〉关于编辑的经过》，载茅盾主编《中国的一日》，上海：生活书店，1936 年 9 月，第 2 页。

海开明书店，1936 年 4 月）。

郭沫若，这时期的散文作品有文学合集《水平线下》（上海创造社出版部，1928 年 5 月）、自叙传《我的幼年》（上海文艺书局，1931 年 4 月）、自叙传《创造十年》（上海现代书局，1932 年 9 月）、自叙传《北伐途次》（上海潮锋出版社，1937 年 1 月）等。其中，散文集《归去来》（上海北新书局，1946 年 5 月）收录《浪花十日》（《文学》1935 年第 5 卷第 1 期）、《鸡之归去来》《由日本回来了》等旅日杂记。

《由日本回来了》（《宇宙风》1937 年第 47 期）写有郭沫若 1937 年离开妻儿回国时酸辛动人的一幕："（七月二十五日）今天是礼拜，最后出走的期日到了。自华北事变发生以来，苦虑了十几天，最后出走的时期终竟到了。昨夜睡甚不安，今晨四时半起床，将寝衣换上了一件和服，踱进了自己的书斋。为妻及四儿一女写好留白，决心趁他们尚在熟睡中离去。昨晚由我的暗示，安那及大的两个儿子，虽然知道我已有走意，但并不知道我今天便要走。我怕通知了他们，便风声伸张了出去，同时也不忍心看见他们知道了后的悲哀。我是把心肠硬着了。留白写好了，连最小的六岁的鸿儿，我都用'片假名'（日本的楷书字母）替他写了一纸，我希望他无病息灾地成长起去。留白写好了，我又踱过寝室，见安那已醒，开了电灯在枕上看书，自然是因我的起床把她惊动了的。儿女们纵横地睡着，均甚安熟。自己禁不住淌了眼泪。揭开蚊帐，在安那额上亲了一吻，作为诀别之礼。她自然不曾知道我的用意，眼，没有离开书卷。吻后摄木屐下庭园，花木都静静地立在清晨的有凉意的空气中，尚在安睡。栀子开着洁白的花，漾着浓重的有甜味的香。儿们所掘的一个小池中，有两匹金鱼已在碧绿的正午莲叶间浮出了。我向金鱼诀了别，向栀子花诀了别，向盛开着各色的大莲花诀了别，向园中一切的景物诀了别，心里默祷着妻儿们的和一切的平安，从篱栅缺口处向田陇上走出。正门开在屋后，我避开了正门，家前的篱栅外乃一片的田畴也。稻禾长已三四寸，色作深青。璧圆的月，离地平线已不甚高，迎头望着我。今天怕是旧历六月十六日吧。田塍上的草头宿露，湿透了我的木屐。走上了大道，一步一回首地，望着妻儿们所睡的家。灯光仍从开着的雨户露出，安那定然是仍在看书。眼泪总是忍耐不着的涌。走到看不见家的最后的一步了。我自己毕竟是一个忍人，但我除走这条绝路之外，实在无法忍耐了。自事变发生以来，宪兵、刑士、正服警察，时时走来监视，作些无聊的说话。这些都已司空见惯，倒也没有什么，但国族临到了垂危的时候了，谁还能安闲地专顾自己一身一家的安全？处之死地而后生，置之亡地而后存，我自己现在所走的路，我相信正是唯一的生路。妻儿们为了我的走，恐怕是要受麻烦的吧。这，是使我数日来最悬念的事件。昨晚，安那知道了我有走意，曾在席上戒告过我。她说：走是可以的，只是我的性格不定，最足耽心。只要我是认真地在做人，就有点麻烦，也只好忍受了。女人哟，你这话是使我下定了最后决心的。你，苦难的圣母！"①

---

①郭沫若：《由日本回来了》，载《归去来》，上海：北新书局，1946年5月，145—148页。

第十章　戏剧（二）

　　我们的态度是：不墨守传统，也不因袭欧西。换言之，我们
不但不改革传统的戏剧，也不硬抄袭西洋的戏剧，虽说它们的一
部分原则和原素也是我们在创造的过程中所要参考的资料。我们
主要的依据只是大众，只是大众的生活及其环境。我们要脚踏实
地，一点一滴的，以研究实验的精神来从事这个工作。我们要脚
踏实地，就是不落空，给这工作找一个实实在在的基础；我们要
一点一滴的进行，就是不躐等，给这工作找一个有条有理的程序；
我们不自以为是也不自以为非，给这工作找一个科学的逻辑的结
果，因而我们要把戏剧大众化，要致力于大众戏剧的实践，要站
在农民当中创造一种新的农民戏剧，必须与农民打成一片，必须
深入农村！

　　　　　　　　　　　——熊佛西《〈戏剧大众化之实验〉自序》

　　1927年5月至1937年6月的中国现代戏剧，在"小剧场"与
"爱美剧"的实践基础上，随着专业化、时政性的要求，孕育出广
场戏剧与剧场戏剧两种戏剧形态，形成双峰并立的戏剧局面。

一　广场戏剧的倡导

　　1927年大革命失败以后，在挫败彷徨的政治文化背景下，
1929年秋，上海艺术剧社（简称"艺术剧社"）成立，郑伯奇任

社长，成员包括沈端先（夏衍）、叶沉（沈西苓）、冯乃超、钱杏邨、许幸之等。艺术剧社于 1930 年 1 月和 4 月分别举行了两次公演，第一次是三个译作剧本：法国罗曼罗兰的《爱与死的角逐》、德国米尔顿的《炭坑夫》、美国辛克莱的《梁上君子》；第二次是两个剧本：冯乃超创作的独幕剧《阿珍》和改编德国雷马克的《西线无战事》。

1930 年 3 月，由艺术剧社主办，夏衍主编的《艺术》月刊创刊。同年 4 月底，《艺术》月刊仅出一期，后因艺术剧社被国民政府查封而终刊。艺术剧社编辑出版了《戏剧论文集》（上海神州国光社，1930 年 6 月），收录郑伯奇的《中国戏剧运动的进路》、冯乃超的《中国戏剧运动的苦闷》、叶沉的《戏剧与时代》等 11 篇文论。

郑伯奇在《中国戏剧运动的进路》（《艺术》1930 年第 1 卷第 1 期）中主张："这两三年来，尤其是一九二八—二九年度，中国的戏剧运动现出了空前未有之盛况。这不仅是指公演的回数，或者演戏团体的数目而言——就这点讲，当然我们可惭愧的地方很多——我们应该注意的，是社会公众对于这个的关心。差不多我们可以说，社会的前进份子对于戏剧运动都抱有特别的兴会。学生大众间更表现出热烈的情趣。各学校所属的演戏团体，大的小的，正式的和非正式的，综合起来数目一定不少。这确实是值得注意的一件事实。公演的能受支持，职业剧团的能够发生，更是这个倾向的更具体的显示。这不是偶然发生的事实，更不是几多个少不更事的文学青年一种好奇的风尚；这应该有它发生的理由，有它不得不发生的社会的根据。那是什么呢？……真正的原因，我以为在于最近社会的激变。在这激变中间，最可注目的是大众势力的增化和它的集团化。从前呻吟'自我'，歌咏'恋爱'的诗篇，在大众面前成了苍白无色的东西了。描写人生，申诉痛苦的作品，只能给'读者'以间接的刺戟，而不能自由地深入到大众中间去。激动大众，组织大众，最直接而最有力，当然要推戏剧。所以革命最高潮的时代，无论广州，无论武汉，无论其他地方，戏剧都是很热烈地被要求着的。……由此我们可以晓得戏剧运动的发达，是受着这种底流的激动。群众与组织化是这底流的主力，也是这时代的势力。这种势力的要求当然是强而有力的。戏剧运动，因此便成了一个时代的要求。……中国的社会情况也告诉我们没有第二条道路可走。从前种种戏剧运动的失败，和最近新兴文学的成功都告诉了我们的进路。中国戏剧运动的进路是普罗列塔利亚演剧。"①

　　夏衍在写于 1957 年 10 月的《难忘的一九三〇年——艺术剧社与剧联成立前后》（《文汇报》1958 年 1 月 5 日）中追述："假如艺术剧社在中国话剧运动史上还值得一提的话，那么它的意义只在于这是中国共产党直接领导、并且首先提出了'普罗列塔利亚戏剧'这一个口号。在这之前，应该说，'五四'以来，中国话剧早已有了一个反帝反封建的革命传统，可是，当时的所谓民众戏剧或者革命戏剧，还缺乏一个明确的阶级观点。由于艺术剧社是党直接领导的剧团，在这一点上就比较明确而坚定了。冯乃超同志在艺术剧社编辑出版的《戏剧论文集》中说：'民众戏剧的革命化，根本地，若不站在民众自身的社会关系上，代表他们自己阶级的感情、意欲、思想，它永远不会成为民众自己的戏剧。'这很明白，已经不同于过去一个时期的革命的知识分子从小资产阶级的立场来'同情'民众，而是要求革命的知识分子下决心站到无产阶级的立场来了。……艺术剧社的寿命是很短的，从筹备到封

---

　　①郑伯奇：《中国戏剧运动的进路》，载上海艺术剧社编《戏剧论文集》，上海：神州国光社，1930 年 6 月，第 1—22 页。

闭，只不过是半年的时间，但是它的作用，我们以为不在于举行了两次公演，办过两个专业性的杂志（《艺术》《沙仑》Siren，气笛这个字的译音），和办过一次戏剧讲习班，而在于正当广大知识分子彷徨苦闷、寻找不到正确出路的时候，它响亮地喊出了'无产阶级的戏剧'这个口号，而替左翼戏剧家联盟的成立准备了条件。艺术剧社在白色恐怖最严重的时候成立，勇敢地进行了斗争，它在话剧艺术上，贡献是不多的，但，它在反对国民党文化围剿中，却起了显著的作用。"[1]

1930 年，田汉发表长文《我们的自己批判——我们的艺术运动之理论与实际》（《南国月刊》1930 年第 2 卷第 1 期），表态从过去的"二元"文学观"《南国半月刊》之发刊正当一面帮着编辑由《中华书局》出版的《少年中国》，一面与创造社底关系渐疏的时候。这时我对于社会运动与艺术运动持着两元的见解。即在社会运动方面很愿意为第四阶级而战，在艺术运动方面却仍保持着多量的艺术至上主义。"[2] 转向'南国电影剧社改组成立简称南国社，而扩大其范围为文学，绘画，音乐，戏剧，电影五部，定其宗旨为'团结能与时代共痛痒之有为的青年，作艺术上之革命运动'，也是民国十六年即一九二七年的事"[3] 的"一元"文学观。

钱杏邨在《关于南国的戏剧》（《南国周刊》1930 年第 16 期）中对南国社的发展时期总括如下："南国社过去所出演的戏本，在

①夏衍：《难忘的一九三○年——艺术剧社与剧联成立前后》，载巫岭芬编《夏衍研究专集》，杭州：浙江文艺出版社，1990 年 12 月，第 167—172 页。
②转引自洪深：《〈中国新文学大系（戏剧集）〉导言》，载洪深编选《中国新文学大系》（第九集：戏剧集），上海：上海良友图书印刷公司，1935 年 7 月，第 48 页。
③田汉：《南国社史略》，载阿英编选《中国新文学大系》（第十集：史料·索引），上海：上海良友图书印刷公司，1936 年 2 月，第 153—154 页。

第三次公演《水道》之前，大概可以分做三个时期，每一个时期有着它的独特的作为主要的精神。第一个时期的戏剧，作为它的主要的特色的，是艺术至上主义的精神。这一时期的戏剧，诗的，抒情的气分最重。第二个时期，是以社会问题作为了它的中心题材，一直发展到反军阀混战的《苏州夜话》。第三个时期的戏剧，内容比较复杂；从这一时期的戏剧里，可以看到这一集团，是怎样的通过了它的内在的矛盾与冲突，否定了它原先的信仰，逐渐的转变过来，而走向革命。……从以上的非常简明的说明里，十年来的南国戏剧的发展的过程，它是怎样的出发于艺术至上主义，而转变到人生主义的社会问题的戏剧，又怎样的再通过不彻底的革命的信仰期，转变到走向无产阶级戏剧运动的努力，是大体的加以究明了。"①

1930 年 8 月，在同年 3 月由"戏剧协社""南国社""艺术剧社""辛酉剧社""摩登社""复旦剧社""大厦剧社"等发起成立的民间组织"上海剧团联合会"基础上，改组成立"中国左翼剧团联盟"，联盟推选上海艺术剧社担任总务，摩登社和辛酉剧社担任组织，南国社担任宣传。同年秋冬又改组为"中国左翼戏剧家联盟"（简称"剧联"），成立领导核心——党团，党团成员有杨邨人、赵铭彝、侯鲁史、沈叶沉等。《文学导报》1931 年第 1 卷第 6/7 期刊出《中国左翼戏剧家联盟最近行动纲领》。

剧联的演剧实践工作主要有独立演出《马特迦》《解放》等剧目，组织"上海学生剧团联合会"和"工人蓝衣剧社"，以辅助和联合方式上演《工厂夜景》《血衣》《停电》《活路》《一九三三年前奏曲》《山海关失守》等剧目，开展工人、学生和农民的演剧运

---

① 钱杏邨：《关于南国的戏剧》，载《南国周刊》1930 年第 16 期，第 803—807 页。

动。剧联先后成立南通、北平、武汉、广州、南京五个分盟，以及青岛、杭州两个剧联小组等分支组织，并陆续创办《戏剧新闻》《戏剧通信》《艺术新闻》等机关刊物，探讨无产阶级戏剧理论。

在国民党统治区的无产阶级戏剧运动受到当局压制之时，中共中央苏区的红色戏剧运动则得到鼓励支持。1932 年春，在 1931 年秋成立的中央工农红军学校领导下，"八一剧团"成立。1932 年 9 月，以八一剧团为基础，在瑞金成立了领导苏区戏剧运动的"工农剧社"。《工农剧社章程》规定："剧社以提高工农劳苦群众政治和文化水平，宣传鼓动和动员他们积极参加民族革命战争，深入土地革命，推翻帝国主义国民党的统治，建立苏维埃新中国，激发群众的革命热情，介绍并发扬世界无产阶级艺术为宗旨。"①《工农剧社社歌》记载："我们是工农革命的战士，艺术是我〔们的〕革命武器，为苏维埃而斗争！暴露旧社会的黑暗面，指示新社会的题材与故事英雄，就在革命与战争，赤色革命的战士。创造工农大众的艺术，阶级斗争的工具，为苏维埃而斗争！"②

1933 年 4 月，工农剧社内设"蓝衫剧团学校"，后经瞿秋白提议，更名为"高尔基戏剧学校"，附设"苏维埃剧团"。《工农剧社简章》《高尔基戏剧学校章程》《苏维埃剧团组织法》等统一纳入中共教育部管理。在红色戏剧运动中，产出了《为谁牺牲》《武装起来》《我——红军》《庐山之雪》《当兵就要当红军》《武装上前线》等戏剧创作与演剧成果。

1936 年年初，根据革命形势发展的需要，中国左翼戏剧家联盟自动宣告解散。与此同时，由张庚、周钢鸣负责的"上海剧作

①转引自曹春荣：《创造工农大众艺术的辉煌路——中央苏区文艺革命运动纪实》，载《世纪风采》2018 年第 1 期，第 28 页。

②同上。

者协会"组建成立，协会制定《国防剧作纲领》，提出建设"国防剧作"，编辑《国防戏剧选》（上海民族出版社，1937 年 5 月），收录尤兢的《汉奸的子孙》、田汉的《初雪之夜》、洪深的《走私》、易扬的《打回老家去》等 9 个剧本，以及旅冈的《国防戏剧底现阶段的意义》和周钢鸣的《民族危机与国防戏剧》两篇文论。

　　周钢鸣在《民族危机与国防戏剧》（《生活知识》1936 年第 1 卷第 10 期）中指出："现在我们要提出的是建设'国防戏剧'，'国防戏剧'的主要任务是配合着当前客观形势，作推动整个争取民族解放运动中教育和组织大众底一特殊的力量。在文化领域各部门中，戏剧艺术是最有力最有效的艺术，它能用最形象的（包括面貌，动作，声音，色彩……）直接表现，把观众的情绪组织统一起来。它可以很快地把活底现实——大众英勇反帝抗×的斗争，用活底形象重现于舞台上，它能把被压迫被侮辱的人们——亡国奴的可歌可泣的历史和教训重现在观众的眼前；所以戏剧艺术力量是直感的，活底形象地，它的感动力煽动性和教育唤醒大众的手段是最有效的。因此在唤醒大众起来争取民族解放的运动中，'国防戏剧'的提出是必要的。……我们必须把每次有关民族存亡的事变，迅速地在剧作中作最明确反映和批判。"[①]

　　七七事变发生后的 1937 年 7 月 11 日，上海剧作者协会举行全体会议，更名为"中国剧作者协会"，并决议集体创作三幕剧《保卫芦沟桥》。这部分内容将在下个时期再述。

　　无产阶级戏剧与国防戏剧运动涌现出的大批剧作家中，以田汉与洪深最具代表性。田汉这时期最重要的作品是戏剧集《回春之曲》（上海普通书店，1935 年 5 月），收录三幕剧《回春之曲》、

---

　　①周钢鸣：《民族危机与国防戏剧》，载王族牧编《国防戏剧选》，上海：民族出版社，1937 年 5 月，第 5—7 页。

独幕剧《水银灯下》、独幕剧《旱灾》、独幕剧《洪水》、独幕剧《暗转》、独幕剧《雪中的行商》6 个剧本。

洪深在《〈回春之曲〉序》（1935 年 5 月 20 日）中评曰："田汉先生这部《回春之曲》剧集，在我读毕之后，使我感想到三件事：第一，田先生对于时代的感觉，是这样的灵敏；第二，他对于一般不幸的人们，是这样真挚地同情；第三，他对于将来，是这样毫不迟疑地怀着希望。近几年来，中国也有不少的写作戏剧的人，也刊行过不少的戏剧集子。但是，要寻觅一部作品，能够概括地反映最近四五年中国政治经济社会的情形，并且始终不曾失去'反封建和反帝国主义是中华民族的唯一出路'那个'自信'的，除了田先生这个集子外，竟不容易再找到第二部！这部集子的可以'传'，应当'传'，是毫无疑义的。"①

洪深这时期最重要的作品是戏剧集《农村三部曲》（上海杂志公司，1936 年 6 月），收录独幕剧《五奎桥》、三幕剧《香稻米》、四幕剧《青龙潭》3 个剧本。洪深在《〈农村三部曲〉自序》（1936 年 4 月 4 日）中自述："《五奎桥》所写的，是乡村中残留的封建势力。《香稻米》所写的，是农村经济破产。……《青龙潭》所写的，是'口惠而实不至'的结果。讲解，演说，宣传，教育，平时似乎很收效果；然而都是靠不住的！如果负责的人，不能为农民解决生活上的困难；不能使他们获得实际的利益！"②

作为中华平民教育促进会总干事晏阳初所领导的河北"定县乡村建设实验"的组成部分，熊佛西在 1932 年至 1937 年主持的戏剧大众化实验，与前述无产阶级戏剧、红色戏剧与国防戏剧有着

---

① 洪深：《〈回春之曲〉序》，载田汉《回春之曲》，上海：普通书店，1935 年 5 月，第 1 页。

② 洪深：《〈农村三部曲〉自序》，载《农村三部曲》，上海：上海杂志公司，1936 年 6 月，第 1 页。

既相通又有别的文学主张。

熊佛西编著的《戏剧大众化之实验》（南京正中书局，1937年4月）一书对戏剧大众化实验作有全面总结概括。全书分为"实验的动机""剧本问题""剧团问题""剧场问题""演出问题""农民戏剧与农民教育""推行或制度问题"七章。

"实验的动机"节选："戏剧应该大众化的主张，在戏剧系停办，南国社等组织解体前后（民国二十年左右），已引动全国的注意，但始终只停滞在理论的承认上，未有实践的行动。没有实践的理论呐喊，我们认为是不澈底的，是无补于实际的，所以我们离开戏剧系之后，便毅然决然专力从事于戏剧大众化的实践。在我们开始实践工作的当时，发生了一个重要的当头问题，就是：'谁是今日中国的大众'？所谓'大众'，据社会科学家的解释，是指大多数的被压迫的生产者而言。那末我们可以毫无疑义的答覆：'农民是今日中国的大众'。因为据专家的统计，中国的农民占全国人口总额的百分之八十五以上，中国今日有三万万五千万以上的人民住在农村。虽然也有人说，所谓大众是指工人而言，但工人虽也是被压迫的生产者，但在五千年来向以农业立国的今日中国，工商业尚未广大发达的今日中国，农民比工人要多出若干倍，也是铁一般的事实。我们既认定农民是今日中国的大众，那末我们想把新兴戏剧大众化，也可以说是要使新兴戏剧农民化。……实践是理论的事实的展开，是把口头的字面的理论演为具体的实际的作为。我们既不愿从事改革传统的戏剧入手，我们既决定采取创造的途径，那末在创造的当时，我们必须先有一个工作的态度。我们的态度是：不墨守传统，也不因袭欧西。换言之，就是我们不但不改革传统的戏剧，也不硬抄西洋的戏剧，虽说传统戏剧的一部分原则及西洋戏剧的若干原素，都也是我们在创造的过程中所要参考的资料。我们主要的依据只是大众，只是大众的生活及其环境,同时,这条戏剧大众化的路已往还没有人走过,我们虽然有理论的根据,但终不能对其结果有强度的自信。因而,我们另外的一个态度,也许较前者重要十倍,那就是:我们要脚踏实地,一点一滴的,以研究实验的精神来从事这个工作。我们要脚踏实地,就是不落空,给这工作找一个实实在在的基础;我们要一点一滴的进行,就是不躐等,给这工作找一个有条有理的程序;我们要研究实验,就是不做梦,不胡想,不自以为是也不自以为非,给这工作找一个科学的,逻辑的结果。因而我们要把戏剧大众化,要致力于大众戏剧的实践,要站在农民当中创造一种新的农民戏剧,必须与农民打成一片,必须深入农村!……就在这种情况之下,我们从事戏剧者需要一个走入农村之门,平教会需要最直接,最具体,最有力的社会式的教育,我们参与了平教会的工作,到平教会华北实验区的定县开始我们的研究实验,以期根据中国今日的农民现况,在农民当中创造一种新的农民戏剧,使戏剧大众化的理论得到事实的昭示与根据,为中国的新兴戏剧开拓一条广大的途径。"①

有关创造的具体实践方法,这里以"观众与演员混合的新式演出法"② 举例。熊佛西在"演出问题"中论述基于如下缘由:"在一方面,我们是呼应着'由分析走入综合'的一般哲学上的潮流,目的是使观众在与演员的混合之中不感觉在旁观,而感觉实际的在参加戏剧活动,以增强戏剧的力量,更深刻的表现戏剧的教育功能;而另一方面,实在是为了要适应农民的喜好。农民是不习惯于坐在黑洞洞的屋子里看戏的。他们对于戏剧的传统的观

---

①熊佛西:《戏剧大众化之实验》,南京:正中书局,1937 年 4 月,第 16—20 页。

②同上,第 95 页。

念也有一部分是很狂放的，这，主要的是由于一般的会戏，如高
跷，旱船，龙灯之类所造成。这些东西我们都知道是在观众当中
流动着表演的，自由，奔放，生动，泼剌，在直觉上使观者感到
与演者的混合。这种表演的方法我们认为是最理想的新式演出法，
虽说其内含的意义并不值得我们注意。我们就是根据这种实地的
经验，认识了农民的喜好和习惯，为适应他们的口味，为扩张戏
剧原具的功能，当然也更观照着世界剧坛的主潮，我们便很自然
的采用了观众与演员混合的新式演出法。"[1] 再根据《王四》《喇
叭》《岛国》《过渡》四次演剧实践经验，总结出四种"观众与演
员混合的新式演出法"："一、台上台下沟通式——如利用'轮道'
或台阶，使演员或观众可以自由上下，或利用演员与观众对白，
即台上与台下对话，都是使台上台下联为一个全整的有机体的表
现。二、观众包围演员式——像马戏场那样，观众在四周围观，
演员在当中表演，表演的地方或为高台，或为低地。三、演员包
围观众式——在观众的四面八方全有演员表演，把观众包在戏剧
的动作之中，像同时利用我们露天剧场的主台与副台那样。四、
流动式——如中国传统的会戏那样，观众随着戏走，走着观赏，
扩而大之，可以走出剧场，成为街头剧，车上剧等等。"[2]

二　剧场戏剧的确立

从 1929 年年初到 1931 年年末，由欧阳予倩筹办并任所长的广
东戏剧研究所，经过三年艰苦创业，取得丰富的戏剧实践成果——
创办了《戏剧》等系列期刊，附设戏剧学校培养人才，组织学生

---

[1] 熊佛西：《戏剧大众化之实验》，南京：正中书局，1937 年 4 月，第
96—97 页。

[2] 同上，第 98—99 页。

公演话剧，引导粤剧改良和推动戏剧运动等。

1929 年 11 月，欧阳予倩发表长文《戏剧运动之今后》（《戏剧》1929 年等 1 卷第 4 期）总结过去、展望未来。该文后收录在《予倩论剧》（广东戏剧研究所，1931 年 5 月）一书中，文末写道："照以上所讨论的看来，戏剧运动的径路大致不差了。总括一句话就是：多介绍些戏剧的理论，多发行些刊物，以期社会一般对于戏剧，得比较正确的认识。介绍外国剧本，奖励创作。其次养成演员，建筑舞台，使戏剧能够具体的实现。同时希望有健全的剧评以促进这个运动。至于歌剧方面，目下就可能范围先从形式，演出法，舞台装置及思想内容加以改革，以期易于实现；这样一来，音乐也当然跟着会变。于是一面组织新乐队，采集民歌，从事根本的建设。这许多事论理应当同时并进。万一来不及时，也只好做一步算一步。目下各处地方空气已经动了！微风起于青萍之末，万窍怒号，就从此始，社会对于新戏剧之需要，一天迫切一天，最近的将来，就可以证明大家的努力绝对不是空虚的。"[①]

四幕剧《雷雨》的问世，成为对欧阳予倩"最近的将来，就可以证明大家的努力绝对不是空虚的"这一历史呼唤最大的响应。《雷雨》始载《文学季刊》1934 年第 1 卷第 3 期，后于 1936 年 1 月由上海文化生活出版社发行单行本。1935 年 4 月，《雷雨》由中国留学生在日本东京首演，1935 年 5 月，东京《杂文》创刊号上刊出《〈雷雨〉在东京公演》和《〈雷雨〉再作二次公演》两文。之后，《雷雨》在上海等地陆续公演，获得空前成功。

1933 年 1 月，调来上海挂任中国左翼剧联总盟组织工作的于伶，在《战斗的一生——纪念人民艺术家金山同志》（《人民戏剧

---

①欧阳予倩：《戏剧运动之今后》，载《予倩论剧》，广州：广东戏剧研究所，1931 年 5 月，第 146—147 页。

1982 年第 8 期》）中回忆："一九三四年严寒中的一个下午，铭彝、章泯、徐韬、赵丹、金山和我，约在赵丹的住处商谈。那是在演过田汉同志的《回春之曲》以后，大家感觉到'剧联'今后应该在继续演出宣传鼓动戏剧的同时，要着手建立在大剧场演出的舞台艺术质量高的戏剧，我们初步认真地回顾了几年来致力于工、农、学生的戏剧活动和致力于自己的突击演剧的活动，这个演剧历程是光荣的，可是牺牲的代价也是巨大的。'剧联'最早的青年优秀盟员宗晖同志第一个被杀害；……当时大家谈到的名单，比我现在所记忆的还要长得多。为革命而演剧者，决不因被捕坐牢而吓倒。可是面对越来越严重的白色恐怖，我们今后在战术上要吸取教训展开更有效的斗争，在战略上要开展建立剧场艺术的运动，扩大我们的影响，显示我们的力量。……'剧联'党团会上，正式讨论了大家谈的初步意见，决定由章泯、张庚、徐韬、赵丹、金山等同志出面，团结社会人士，例如在租界工部局工作的业余戏剧活动家李伯龙同志等，于一九三五年三月组织成立了我国戏剧史上有影响的'上海业余剧人协会'，开始了我们建立剧场艺术的演出实践。"[1]

于是，1935 至 1937 年的上海出现了剧场艺术的演出热潮。茅盾在《剧运平议》（《文学》1937 年第 9 卷第 2 期）中指出："一九三七年的'整个中国情势'乃至直接与话剧有关的种种'情势'……目今最惹注意的问题正是话剧由幼稚期进入成年期，由学校的智识分子的进而为社会的小市民的乃到大众的，所应该发生的问题；因有这些问题，才证实了剧运的开展，……职业剧团的成立，常川分演话剧的固定剧场的出现，大演出的号召，旧戏

---

[1]于伶：《战斗的一生——纪念人民艺术家金山同志》，载《人民戏剧》1982 年第 8 期，第 10—11 页。

和文明戏观众之被吸引，……照目前情形而观，'职业化'尚嫌不够深；目前是演员等等成了有月薪的职员而已，剧团自身并无单独进行其'职业'的雄厚资本。应该再'职业化'些，然后能完全独立，能完全独立确定下剧运的整个计画；例如乡村的巡回演剧以及都市工人区域的小剧场，不能不是亏本的生意，惟完全自立的剧团能在经济上有所挹注而把话剧普及于大众层。"①

　　在剧场艺术热潮下，培育了以曹禺、夏衍、李健吾为代表的剧作家。曹禺，中国现代话剧史上成就最高的剧作家。原名万家宝，因"万"的繁体字"萬"上下拆开即得"草禺"，故名"曹禺"。出生于官僚家庭，自小有机会欣赏中国的传统戏曲，后在被称为"中国话剧运动摇篮"的南开中学获得丰富的舞台实践经验，又在清华大学西洋文学系读书时，广泛接触和学习西方戏剧。

　　除《雷雨》外，曹禺代表作还有四幕剧《日出》（上海文化生活出版社，1936 年 11 月）、三幕剧《原野》（上海文化生活出版社，1937 年 8 月）、三幕剧《北京人》（重庆文化生活出版社，1941年 11 月）、四幕剧《蜕变》（长沙商务印书馆，1940 年 10 月）、四幕剧《家》（重庆文化生活出版社，1942 年 12 月）等。

　　曹禺在《〈雷雨〉序》中自述："累次有人问我《雷雨》是怎样写的，或者《雷雨》是为什么写的，这一类的问题。老实说，关于第一个，连我自己也莫名其妙，第二个呢，有些人已经替我下了注释，这些注释有的我可以追认——譬如'暴露大家庭的罪恶'——但是很奇怪，现在回忆起三年前提笔的光景，我以为我不应该用欺骗来炫耀自己的见地，我并没有显明地意识着我是要匡正，讽刺或攻击些什么。也许写到末了，隐隐仿佛有一种情感的汹涌的流来推动我，我在发泄着被抑压的愤懑，毁谤着中国的

---

①茅盾：《剧运平议》，载《文学》1937 年第 9 卷第 2 期，第 255—257 页。

家庭和社会。然而在起首，我初次有了《雷雨》一个模糊的影象的时候，逗起我的兴趣的，只是一两段情节，几个人物，一种复杂而又原始的情绪。《雷雨》对我是个诱惑。与《雷雨》俱来的情绪蕴成我对宇宙间许多神秘的事物一种不可言喻的憧憬。《雷雨》可以说是我的'蛮性的遗留'，我如原始的祖先们对那些不可理解的现象睁大了惊奇的眼。我不能断定《雷雨》的推动是由于神鬼，起于命运或源于哪种显明的力量。情感上《雷雨》所象征的对我是一种神秘的吸引，一种抓牢我心灵的魔。《雷雨》所显示的，并不是因果，并不是报应，而是我所觉得的天地间的'残忍'（这种自然的'冷酷'，四凤与周冲的遭际最足以代表他们的死亡，自己并无过咎）。如若读者肯细心体会这番心意，这篇戏虽然有时为几段较紧张的场面或一两个性格吸引了注意，但连绵不断地若有若无地闪示这一点隐秘——这种种宇宙里斗争的'残忍'和'冷酷'。在这斗争的背后或有一个主宰来使用它的管辖。这主宰，希伯来的先知们赞它为'上帝'，希腊的戏剧家们称它为'命运'，近代的人撇弃了这些迷离恍惚的观念，直截了当地叫它为'自然的法则'。而我始终不能给他以适当的命名，也没有能力来形容它的真实相。因为它太大，太复杂。我的情感强要我表现的，只是对宇宙这一方面的憧憬。写《雷雨》是一种情感的迫切的需要。我念起人类是怎样可怜的动物，带着踌躇满志的心情，仿佛是自己来主宰自己的运命，而时常不是自己来主宰着。受着自己——情感的或者理解的——的捉弄，一种不可知的力量的——机遇的，或者环境的——捉弄；生活在狭的笼里而洋洋地骄傲着，以为是徜徉在自由的天地里，称为万物之灵的人物不是做着最愚蠢的事么？我用一种悲悯的心情来写剧中人物的争执。我诚恳地祈望着看戏的人们也以一种悲悯的眼来俯视这群地上的人们。所以我最推崇我的观众，我视他们，如神仙，如佛，如先知，我献给他们以未来先知的神奇。在这些人不知道自己的危机之前，蠢蠢地动着情感，劳着心，用着手，他们已澈头澈尾地熟悉这一群人的错综关系。我使他们征兆似地觉出来这蕴酿中的阴霾，预知这样不会引出好结果。我是个贫穷的主人，但我请了看戏的宾客升到上帝的座，来怜悯地俯视着这堆在下面蠕动的生物。他们怎样盲目地争执着，泥鳅似地在情感的火坑里打着昏迷的滚，用尽心力来拯救自己，而不知千万仞的深渊在眼前张着巨大的口。他们正如一匹跌在泽沼里的羸马，愈挣扎，愈深沈地陷落在死亡的泥沼里。"①

刘西渭在《〈雷雨〉——曹禺先生作》中评曰："在《雷雨》里面，作者运用（无论他有意或者无意）两个东西，一个是旧的，一个是新的：新的是环境和遗传，一个十九世纪中叶以来的新东西；旧的是命运，一个古已有之的旧东西。我得赶紧声明，说是遗传在这里不如环境显明。……但是作者真正用力写出的，却是环境与人影响之大。……透示在不同的环境之下，性格不同的发展。然而这出长剧里面，最有力量的一个隐而不见的力量，却是处处令我们感到的一个命运观念。……但是，作者真正要替天说话吗？如若这里一切不外报应，报应却是天意吗？我怕回答是否定的，这就是作者的胜利处。命运是一个形而上的努力吗？不是！一千个不是！这藏在人物错综的社会关系和人物错综的心理作用里。什么力量决定而且隐隐推动全剧的进行呢？一个旁边的力量，便是鲁大海的报复观念；一个主要的力量，便是周繁漪的报复观念。……《雷雨》虽有这种倾向，仍然不失其为一出动人的戏，一部具有伟大性质的长剧。作者卖了很大的气力，这种肯卖气力

① 曹禺：《〈雷雨〉序》，载《雷雨》，上海：文化生活出版社，1939年2月十四版，第4—7页。

的精神，值得我们推崇，这里所卖的气力也值得我们敬重。作者如若稍微借重一点经济律把无用的枝叶加以删削，多集中力量在主干的发展，用人物来支配情节，则我们怕会更要感到《雷雨》的伟大，一种罗曼谛克，狂风暴雨的情感的倾泻，材料原本出自通常的人生，因而也就更能撼动一般的同情。"[1]

《日出》荣获 1937 年天津《大公报》文艺奖金，《本报文艺奖金的获得人》（1937 年 5 月 15 日《大公报》）评语："由我们这腐烂的社会层里雕塑出那么些有血有肉的人物，贬责继之以抚爱，直像我们这个时代突然来了一位摄魂者。在题材的选择，剧情的支配以及背景的运用上，都显示着他浩大的气魄。这一切都因为他是一位自觉的艺术者：不尚热闹，却精于调遣，能透视舞台的效果。"[2]

曹禺的戏剧在中国现代戏剧史上有着非凡的重要地位，然而其剧作的命运，却呈现出接受史上的矛盾现象。钱理群在《中国现代文学三十年（修订本）》中对此论述如下："曹禺既是拥有最多读者、导演、演员与观众的现代剧作家，又是最不被理解的现代剧作家；人们空前热情地读着、演着、欣赏着、赞叹着他的戏剧，又肆无忌惮地肢解着、曲解着、误解着他的戏剧，以致他的戏剧上演了千百次，却没有一次是完整的、按原貌演出的（无论作家本人如何抗议，《日出》的第三幕、《北京人》里有关'远古北京人'的描写总是被删削，《雷雨》的序幕与尾声至今从未搬上舞台）。长期以来，读者、导演、演员、观众、研究者们只能、只愿接受曹禺戏剧中为时代主流思潮所能容忍的部分，例如他的剧

---

[1] 刘西渭：《〈雷雨〉——曹禺先生作》，载《咀华集》，上海：文化生活出版社，1936 年 12 月，第 116—125 页。

[2] 转引自王荣：《"大公报文艺奖金"及其他》，载《中国现代文学研究丛刊》2005 年第 4 期，第 234 页。

作中社会的、现实的、政治的内容，写实的、戏剧化的、悲剧性的艺术形式因素，而对与上述方面交融为一体的另一侧面，例如对人的生存困境的形而上的探索，非写实的、非戏剧性的等等因素，特别是打破常规、突破传统的个人的天才创造，则不理解，不接受，却又颇为大胆地轻率地视为局限性而大加讨伐。在某种意义上，曹禺这位天才的剧作家正是被落后于他的时代所骂杀与捧杀的。这是中国现代文学史、戏剧史上最为沉重、也最发人深省的一页。"①

夏衍，原名沈乃熙，字端先。1921年赴日本留学，1927年归国从事左翼戏剧革命工作。这时期最重要的作品是三幕剧《上海屋檐下》（上海杂志公司，1937年5月），记述上海弄堂里普通楼房五户人家十几个人一天的生活经历。

夏衍在《谈〈上海屋檐下〉的创作》（1956年11月5日对中国青年艺术剧院《上海屋檐下》全体演员的谈话记录，原载《剧本》1957年第4期）中写道："我学写戏，完全是'票友性质'，主要是为了宣传和在那种政治环境下表达一点自己的对政治的看法。写《赛金花》，是为了骂国民党的媚外求和，写《秋瑾》，也不过是所谓'忧时愤世'，因此，我并没有认真地、用严谨的现实主义去写作，许多地方兴之所至，就不免有些'曲笔'和游戏之作。人物刻画当然不够。后来很有所感，认识到戏要感染人，要使演员和导演能有所发挥，必须写人物、性格、环境……只让人物在舞台上讲几句慷慨激昂的话是不能感人的。写《上海屋檐下》我才开始注意及此。……《上海屋檐下》则大约写了两个月，在我说来，是写作方面的一个转变，注意了人物性格的刻画，内心

---

①钱理群、温儒敏、吴福辉：《中国现代文学三十年（修订本）》，北京：北京大学出版社，1998年7月，第363—364页。

活动，将当时的时代特征反映到剧中人物的身上，……剧中并没
有英雄人物，几个人物身上都带有缺点，带有阶级的烙印，葆珍、
阿牛几个小孩子希望最大，他们历史负担少，包袱少，将希望寄
托在他们身上。我们这辈人，有着历史包袱，下辈子的人会好起
来，在最后的唱歌里面，我写道：不要怕，胆子越来越大。这就
是当时的写作经过。反映上海这个畸形的社会中的一群小人物，
反映他们的喜怒哀乐，从小人物的生活中反映了这个大的时代，
让当时的观众听到些将要到来的时代的脚步声音。"①

　　刘西渭在《上海屋檐下》中评曰："从《自由魂》到《上海屋
檐下》，在这短暂的山泉一样喷涌的创作期间，作者起了'一种痛
苦的反省'，丢下英雄人物，拾起那久已活在心头，然而搁置一旁
的渺小人物。人就是这样，出奇制胜，走出范围，一次又一次冒
险，忽然如有所得，觉悟真理就在身边。夏衍先生回到现代，回
到他四周的小市民，不见经传的无名无姓之辈。真正的同情基于
正确的了解。书夜厮磨，他可以一直理会到他们的灵魂，充满了
人世坎坷的喜怒哀乐的精神存在。愚昧，愿实，哀怨，失望，堕
落，欺凌，忍受，反常，幻灭，来去交错，引人发笑，起人哀感。
这是我们人人的日常生活，没有传奇，没有光彩，灰色的，或者
如《上海屋檐下》，阴沉的，我们看不出这里有一点点引人入胜的
感觉，特别是戏剧文学，拘于舞台物质的束缚，把紧张看做成败
准衡，似乎文学不会从平常的人生产生。舞台是一座陷阱，没有
几个剧作家敢于在这里向上正视人生。没有本领创造新奇，他们
接受'沈旧的机器'。雨果鼓励剧作家反抗舞台的条例，宣称才智
而有自尊心，其唯一的作为就是以一切方法进行攻击，多逼退它

　　①夏衍：《谈〈上海屋檐下〉的创作》，载巫岭芬编《夏衍研究专集》，杭
州：浙江文艺出版社，1990年12月，第464—467页。

一步，人类的理性便多获一步保障。我们必须为人生开拓领域，它有权利要求不偏不倚的认识。具有同感，夏衍先生劝勉作者'尽量地去创造新的形式'，同时注明形式和'紧张的场面'不是一件事，和'发笑的效果'也不相干。……《上海屋檐下》的尝试是成功的；他给自己选了一个真实然而艰难的局面，必须同时把五个不同的人家呈给观众，同时必须要观众不感觉缭乱。我曾经再四体验他们的直接感受。什么东西吸住了他们。他们并不惊于形式新奇，（当然有的是人来看楼房上台，然而不久就发见）他们仅仅回到一个更真实的人生。他们看到一个生活断面，天天在演悲剧，似乎没有力量成为悲剧，如今一位作家自然而又艺术地把平凡琐碎的淤水聚成一般强烈的情感的主流。情调是单纯的，忧郁的，《上海屋檐下》的地方色彩却把色调煊染的十分斑驳。作者更有聪明让观众在沉痛之后欢笑，在欢笑之后思维。这里没有夸张，他把平凡化为真实，再把琐碎化为陪衬，然后画龙点睛，他把活人放了进去。……我们必须谴责作者，他缺乏语言与动作完成他情节上巧妙的布置。语言是抽象的，动作是细微的，这三个主要人物——特别是那对正夫妇——永远感情用事地自相表白。作者不曾深入他们的灵魂，那深致而反常的灵魂，用具体的直接动作表现他们的心境。"[1]

李健吾，这时期剧作主要有三幕剧《这不过是春天》（《文学季刊》1934年第1卷第3期）、三幕剧《以身作则》（上海文化生活出版社，1936年1月）、独幕剧《母亲的梦》（《文季月刊》1936年第1卷第1期）、四景剧《老王和他的同志们》（《文学》1936年第6卷第1期）。

---

[1]刘西渭：《上海屋檐下》，载《咀华二集》，上海：文化生活出版社，1947年4月再版，第88—97页。

《〈以身作则〉后记》（1936 年 1 月 10 日）载："我有一个癖性，我喜爱的对象，我往往捉狭他们一个不防。这里一点没有恶意，然而我那样貌似冷静，或者不如说貌似热烈，我不得不有时把自己关在友谊之外，给我一个酷苛的分析。我发见若干人类的弱点，可爱又复可怜，而我的反应竟难指实属于嘲笑或者同情。马齿越加长，世事的体验越加深，人性的观察越加细，我便越觉自己忧郁，而这忧郁，蒙着一层玩世不恭的浮尘。我爱广大的自然和其中活动的各不相同的人性。在这些活动里面，因为是一个中国人，我最感兴趣也最动衷肠的，便是深植于我四周的固有的品德。隔着现代五光十色的变动，我心想捞拾一把那最隐晦也最显明的传统的特征。我回避那不健康的名士的性灵，我害怕那不严肃的个性的发扬。我走上了一条崄巇的栈道，一条未尝不是孤独的山道，我或将永远陷于阴暗的角落，星光只有我贫窭的理智和我小小的心……什么是我所崇拜的，如若不是艺术？这也许是一个日将就暮的犄角，做成我避难的蚌壳。然而那真正的公道在人世无处寻觅，未尝不在艺术的国度保存下来。我挣扎于富有意义的人生的极境。我接受唯有艺术可以完成精神的胜利。我用艺术和人生的参差，苦自揉搓我渺微的心灵。作品应该建在一个深广的人性上面，富有地方色彩，然而传达人类普遍的情绪。我梦想去抓住属于中国的一切，完美无间地放进一个舶来的造型的形体。人性需要相当的限制，然而这相当的限制，却不应理扩展成为帝王式的规律。道德是人性向上的坦白的流露，一种无在而无不在的精神饱满作用，却不就是道学。道学将礼和人生分而为二，形成互相攘夺统治权的丑态。这美丽的丑态，又乃喜剧视同己出的天下。《以身作则》证明人性不可遏抑的潜伏的力量。有一种人把虚伪的存在当做力量，忘记他尚有一个真我，不知不觉，渐渐出卖自己。我同情他的失败，因为他那样牢不可拔，据有一个无以撼动的后天的生命。这就是为什么我创造徐守清那样一个人物，代他道歉，同时帮他要求一个可能的原谅。"①

三幕剧《这不过是春天》，以北伐中某年春天为时代背景，剖析该背景下警察厅厅长、厅长夫人、厅长秘书、革命者冯允平等各色人物的众生相。这里抄录一段映衬《这不过是春天》剧本题目趣旨的对话（冯允平与厅长夫人）："冯：我亲自从树上摘下来送你的。夫人：我真得好好谢谢你。一小枝一小枝光是花，没有叶子，你说这不像冬天的梅芼？自然，长在树上一蒲篮，另是一个花世界。可是，你爱看春天那种花儿呢？我自己，与其说欢喜桃花，不如说欢喜海棠花。冯：它们不在一个时候开。夫人：这正是大自然的美丽，美丽是从不同的变化得来的，好比——冯：好比你一天换一身衣裳。夫人：我在说大自然。真个的，有好些美丽东西的美丽，固然在它们的本身，却也在它们的安排。好比桃花现时受人欢迎，说不定正是冬天刚去的缘故。它来的正是时候，犹如——冯：犹如我来。夫人：呵！……冯：（努力从过去打出自己）。你说你欢喜海棠花，为什么？夫人：因为它有一树的绿叶衬着。虽说开了一树花，一点儿不嫌单调。而且那一团一团的小花球，走近了看，个个精而神地站在枝儿上。你呢？冯：我跟你一样。夫人：我赞成一棵树先长叶子后开花。不等叶子长出来，就开花，花也未免冒失。冯：这叫做情不自禁。"②

　　①李健吾：《〈以身作则〉后记》，载《以身作则》，上海：文化生活出版社，1936年1月，第1—3页。
　　②李健吾：《这不过是春天》，上海：商务印书馆，1937年6月，第62—64页。

第三辑

1937 年 7 月—1949 年 9 月

第十一章　文坛概观（三）

　　它所成就的那点，却是诗的先决条件——那便是生活欲，积极的，绝对的生活欲。它摆脱了一切诗艺的传统手法，不排解，也不粉饰，不抚慰，也不麻醉，它不是那捧着你在幻想中上升的迷魂音乐。它只是一片沈着的鼓声，鼓舞你爱，鼓动你恨，鼓励你活着，用最高限度的热与力活着，在这大地上。当这民族历史行程的大拐弯中，我们得一鼓作气来渡过危机，完成大业。这是一个需要鼓手的时代，让我们期待着更多的"时代的鼓手"出现。至于琴师，乃是第二步的需要，而且目前我们有的是绝妙的琴师。

　　　　　　　　　　——闻一多《时代的鼓手——读田间的诗》

　　1937 年 7 月至 1949 年 9 月的中国文坛历程，始于七七事变全面抗日战争爆发后的一致抗敌，终于中华人民共和国成立前的道路探索。文学创作在这段战乱连绵的历史进程中，主题表现为从民族救亡的爱国主义到民族命运的探寻思索，潮流则由俗文学的进步和雅文学的大众共同促成雅俗融合的趋向。

　　一　战争制约下不同政治地域的文坛时局与潮流趋向

　　1937 年 7 月 7 日卢沟桥事变爆发，中华民族全面抗日战争由此展开。作家们在战火硝烟下颠沛流离饱经风霜，出版业在大逃亡的迁徙中一次次灭亡又一次次重生。抗战胜利后，国共内战爆发，烽火一直持续到 1949 年年末。连绵的战争迫使中国处于一个极度动荡的历史时期，文学在这特殊的时代进程里，担负起了比前两个时期更多的政治使命。

战争制约下的中国被分为几个不同的政治区域：国统区（中国国民党统治的地区）、解放区（中国共产党领导的以陕甘宁边区为中心的抗日敌后根据地，解放战争中扩大为解放区）、沦陷区（日本侵略军占领的地区）和上海"孤岛"（自 1937 年 11 月上海沦陷至 1941 年 12 月珍珠港事件止的上海租界区域）。不同区域的地缘政治文化影响和制约着文学的发展和风貌。

（一）国统区文坛时局与潮流趋向

1937 年 7 月 7 日，卢沟桥的炮声一响，上两个时期形成的"为人生的艺术"以及从人生拓展到社会变革的文学思潮，都主动退出了主流，取而代之的是昂扬激奋的爱国热情和斗争精神。卢沟桥事变发生的第二天，住在上海的剧作者们便自发集会讨论，组建中国剧作者协会，并以很快的速度集体创作了三幕剧《保卫芦沟桥》。蓝海（田仲济，1907—2002）在《中国抗战文艺史》（上海现代出版社，1947 年 9 月）中记载："抗战使中国的戏剧工作者团结了起来，并集体创作了中国第一个抗战剧本，……这是中国剧作者协会一成立就产生的最有意义的成绩，而现在是具有文献的价值了。在它演出时的代序上曾这末写着：当我们——中国剧作者协会的会员们——的一个时事煽动剧——《保卫芦沟桥》付梓问世的时候，芦沟桥事件已经是在暴敌的不断压榨下迅速扩展到整个华北；芦沟桥的民族自卫抗战，已经是形成了中华民族生死存亡的关头了。"[1]

---

①蓝海：《中国抗战文艺史》，上海：现代出版社，1947 年 9 月，第 43—44 页。

1937 年 8 月 13 日上海淞沪抗战全面打响。11 月 12 日，上海沦陷，日军进逼南京。11 月 20 日，国民政府发表《国民政府移驻重庆宣言》："自芦沟桥事变发生以来，平津沦陷，战事蔓延，国民政府鉴于暴日无止境之侵略，爰决定抗战自卫，全国民众敌忾同仇，全体将士忠勇奋发，被侵各省均有极急剧之奋斗，极壮烈之牺牲，而淞沪一隅，抗战亘于三月，各地将士闻义赴难，朝命夕至，其在前线以血肉之躯筑成壕堑，有死无退，暴日倾其海陆空军之力，连环攻击，阵地虽成灰烬，军心仍如金石，临阵之勇，死事之烈，实足昭示民族独立之精神，而奠定中华复兴之基础。迩者暴日更肆贪黩，分兵西进，逼我首都，察其用意，无非欲挟其暴力，要我为城下之盟，殊不知我国自决定抗战自卫之日，即已深知此为最后关头，为国家生命计，为民族人格计，为国际信义与世界和平计，皆已无屈服之余地，凡有血气，无不具宁为玉碎不为瓦全之决心，国民政府兹为适应战况，统筹全局，长期抗战起见，本日移驻重庆，此后将以最广大之规模，从事更持久之战斗，以中华人民之众，土地之广，人人抱必死之决心，以其热血与土地凝结为一，任何暴力，不能使之分离，外得国际之同情，内有民众之团结，继续抗战，必能达到维护国家民族生存独立之目的。特此宣告，惟共勉之中华国民二十六年十一月二十日。"[1]

就在国民政府迁都重庆，落脚武汉之时，1938 年 3 月 27 日，中华全国文艺界抗敌协会（简称"文协"）在汉口成立。周恩来、孙科、蔡元培、陈立夫等为名誉理事，郭沫若、茅盾、夏衍、胡风、田汉、陈西滢、张道藩、王平陵、朱自清、朱光潜等 45 人为理事，老舍为总务部主任，主持"文协"日常工作。"文协"确定了"文章

---

[1]《国民政府移驻重庆宣言》，载《江西地方教育》1937 年第 100 期，第 16 页。

下乡，文章入伍"的文艺方针。会刊《抗战文艺》，自 1938 年 5 月 4 日创刊，至 1946 年 5 月第 10 卷第 6 期终刊，成为贯通整个全面抗战时期唯一的文艺刊物。"文协"相继在重庆、成都、昆明、香港、桂林、贵阳等地组设分会，创办刊物开展文学活动。"文协"的成立焕发了巨大的民族凝聚力，中国各党派和无党派作家捐弃前嫌，在民族救亡伟业的号召和爱国主义的共同旨趣下，实现了空前的团结统一，对战时的文学创作产生了广泛而深刻的影响。

阳翰笙在《"文协"诞生之前》（《文协成立五周年纪念特刊》1943 年 3 月 27 日）中回忆"文协"成立的缘起："自从平津沦陷，上海撤守以后，文艺界的朋友们，都随着大军，从华东华北、展转流离先后来到了武汉，到了武汉以后，为了适应抗战的迫切要求，戏剧界的朋友们，在二十六年双十节那天，成立了'剧协'，跟着电影界的朋友们，稍后些时日，也在武汉成立了'电协'。记得是'剧协'成立那天吧，由于那天会场中一种空前热烈的情绪激动了我，我忽然'灵机一动'，一下就想起了我们作家间的团结问题来，我想：在抗战的旗帜下，戏剧界的朋友们都能够精诚团结，为什么我们作家之间会不能够精诚团结呢！我想：那是决不成问题的。于是，我便想立刻在会场中找一个在中国文艺社方面负责的朋友来谈谈，我在会场中搜视了一遍，恰巧瞧见了平陵，……"①

草莱在《中华全国文艺界抗敌协会筹备经过》（《文艺月刊》1938 年第 1 卷第 9 期）中写道："由阳翰笙借座蜀珍酒家，邀集穆木天、王淑明、聂绀弩、王平陵、沙雁、端木蕻良、马彦祥等，发动了这个宏伟的建议。那一晚参加的三十余位朋友们，对于筹组全国文艺界抗敌协会这一件事，经过长时间的研究，得着一个

---

① 阳翰笙：《"文协"诞生之前》，载文天行等编《中华全国文艺界抗敌协会资料汇编》，成都：四川省社会科学院出版社，1983 年 12 月，第 2 页。

同样的结论，就是：'这在抗战的阵营上，是急需；在文艺本身的发展上，是必需。'隔了一星期，由中国文艺社借座普海春，主催留武汉的作家们第二次聚餐。前一次参加的朋友们，有的赴战地工作了，没有能出席；但新加入的有老舍、老向、胡秋原、彭芳草、安娥等十几位。……这以后，连开了五次临时筹备会议。"①

老舍在《记"文协"成立大会》（《宇宙风》1938年第68期）中对"文协"成立大会当天的情况有生动的记述："大中华民国廿七年三月廿七日，全国文艺界抗敌协会在汉口总商会礼堂开成立大会。……入了会场，大家三五成组，有的立，有的坐，……这时候，会员中作刊物编辑的先生们，都抱着自己的刊物，分发给大家。印好的大会宣言，告世界作家书，会章草案，告日本文艺作家书，本已在每个人的手中，现在又添上几种刊物，手里差不多已拿不了，只好放在怀中，立起或坐下都感到点不甚方便的喜悦。……振铃了，全体肃立。全堂再也听不到一点声音。邵力子先生宣告开会，王平陵先生报告筹备经过，并读各处的贺电。两位先生一共用了十分钟的工夫，这给予训话和演讲的人一个很好的暗示——要短而精。方治先生和陈部长的代表训话，果然都很简短而精到。鹿地亘先生讲演！全场的空气紧张到极度，由台上往下看，几乎每个人的头都向前伸着。胡风先生作了简单的介绍，而后鹿地亘先生的柔韧有劲的话，像用小石投水似的，达到每个人的心里去。几乎是每说完一段，掌声就雷动；跟着又是静寂。这一动一静之际，使人感到正义与和平尚在人间，不过只有心雄识远的人才能见到，才肯不顾世俗而向卑污黑暗进攻，给人类以光明。文艺家的责任是多么重大呀！周文〔恩〕来先生与郭沫若

①草莱：《中华全国文艺界抗敌协会筹备经过》，载《文艺月刊》1938年第1卷第9期，第185页。

先生相继演说，都简劲有力。末了，上来两位大将，冯玉祥先生与陈铭枢先生。这两位都是会员，他们不仅爱好文艺，而且对文艺运动与文化事业都非常的关心与爱护。历史上——正像周文〔恩〕来先生所说的——很难找到这样的大团结，因为文人相轻啊。可是，今天不但文人们和和气气的坐在一堂，连抗日的大将也是我们的会员呀。……空袭警报！早晨到会来时的那点不安，已因会场上与餐厅间的欢悦而忘掉。可是，到底未出所料，敌机果然来了。好像是暴敌必要在这群以笔为武器的战士们团集的时候，给予威吓，好使他们更坚决的抗日。日本军阀是那么愚蠢的东西呢！炮火屠杀只足以加强中华民族的团结与齐心呀！他们多放一个炸弹，我们便加强一分抗战的决心。感谢小鬼们！紧急警报！桌上的杯盘撤下去，大家又按原位坐好。主席上了椅子，讨论会章。正在讨论中，敌机到了上空，高射炮响成一片，震得窗子哗啦哗啦的响。还是讨论会章！会章通过，适夷先生宣读提议案，一一通过，警报还未解除。进行选举。选举票收齐，主席宣布委托筹备委员检票，选举结果在次日报纸上披露。警报解除，散会。晚报上登出大会的盛况，也载着敌机轰炸徐家棚，死伤平民二百多！报仇吧！文艺界同人们怒吼吧！中华民族不得到解放，世界上便没有和平；成立大会是极圆满的开完了，努力进行该作的事吧！"[1]

在成立大会上，老舍宣读了《中华全国文艺界抗敌协会宣言》（《文艺月刊》1938年第1卷第9期），文中指出："就工作而言，我们各有各的特长与供献，就是各自为战，也自有好处。不过，在这到处是血腥与炮火的时节，我们必须杀开血路，齐心协力的反

---

[1] 老舍：《记"文协"成立大会》，载《宇宙风》1938年第68期，第82—85页。

攻。我们必须有通盘筹妥的战略，把文艺的各部门配备起来，才能致胜。时间万不许浪费，步骤必须齐一。在统一战线上我们分工，在集团创造下我们合作。这才能化整为零，不失联络；化零为整，无虑参差。遵从团体的命令而突进奇击，才是个人的光荣；把每个人最好的意见与能力献给团体，才有雄厚的力量。在共雪国仇，维护正义下，有我们的理论。在善意的纠正，与友谊的切磋中，有我们的批评。在民族复兴，公理战胜的信念里，有我们的创作。在增多激励，与广为宣传的标准下，有我们的翻译——把国外的介绍进来，或把国内的翻译出去。有了这样的合理的，一致的配备与团结，我们所有的刊物必能由互助而更坚强的守住阵地，我们的同人由携手而更勇敢的施展才能，我们的工作由商讨而更切实的到民间与战地去，给民众以激发，给战士以鼓励。这样，我们相信，我们的文艺的力量定会随着我们的枪炮一齐打到敌人身上，定会与前线上的杀声一同引起全世界的义愤与钦仰。最辛酸，最悲壮，最有实效，最不自私的文艺，就是我们最伟大的文艺。它是被压迫的民族的怒吼，在刀影血光中，以最深切的体验，最严肃的态度，发为和平与人道的呼声。今天我们已联合起来，马上就去作这个。能作到这个，我们才会严守在全文化界中的岗位，而完成我们争取民族自由独立与解放的神圣使命。"①

随着战局的快速发展，1938 年 9、10 月，日军逼近武汉。驻留在武汉的作家，分三路撤往后方：一路沿江而上随国民政府入川，一路西入延安和西安等地，一路南下桂林等地。1938 年 10 月 21 日，广州沦陷，留守广州的作家分赴桂林、香港等地。武汉和广州相继沦陷后，重庆、桂林、香港遂成为为中继地，文人和刊

①《中华全国文艺界抗敌协会宣言》，载《文艺月刊》1938 年第 1 卷第 9 期，第 182 页。

物皆纷纷聚集在此。《大公报》《申报》以及上海良友图书印刷公司等陆续于1938年在香港创办港版刊物，"文协"香港分会于1939年3月26日成立，楼适夷、许地山、戴望舒、叶灵凤等为理事会干事，创办会刊《文协周刊》。

　　1941年12月，太平洋战争爆发，上海"孤岛"和香港相继沦陷。留守沪港的作家部分流句桂林，出版业也随之集中到桂林，促成桂林在战时的文艺繁荣。"文协"桂林分会于1939年10月2日成立，胡愈之、夏衍、王鲁彦、欧阳予倩、黄药眠、焦菊隐等为理事会干事。蓝海在《中国抗战文艺史》中讲述："一九四一年十一月太平洋战争爆发，孤岛的上海遭了真性的沦陷，和这相距约一月后的圣诞节的一天，香港也陷入了敌手。这事情发生的结果，是海外文艺运动的据点丧失，内地仰给的两处书志的来源断绝，我们海外的抗战文艺的劲旅，被切断了归路，他们不得不暂时隐避起来，或冒险突围回到自由的国土：这结果造成了一九四二年以至一九四三年秋，内地文艺界空前的繁荣。因归国的文艺作者多半集中在桂林，一九四二年春桂林成为全国最活跃的一个文艺运动的据点。除以前的杂志仍在继续出版外，随着一九四二年俱生的有王鲁彦主编的《文艺杂志》，熊佛西主编的《文学创作》，葛琴主编的《青年文艺》；冬初并出了封凤子主编的《人世间》，此外还有《创作月刊》，《文学批评》和一些用丛刊形式出版的文艺读物，……在沪港两地的书店，也多半在这里复业或筹备复业，翻印出过的书籍，并出刊新的书志。"[1]

　　1944年11月桂林沦陷，辛勤耕耘的作家们携带出版业再度流亡，奔向贵阳、昆明和重庆。丰子恺的散文《"艺术的逃难"》正

---

　　[1]蓝海：《中国抗战文艺史》，上海：现代出版社，1947年9月，第58—59页。

是对这段逃亡历史的记载。"文协"总会随国民政府迁往重庆，加上各地沦陷汇集而来的文艺工作者，促使重庆成为文艺中心，曹禺、老舍、梁实秋、吴组缃、冰心等作家皆驻地于此。赵景深在《文坛忆旧》中写道："抗战八年，把文艺界的朋友都打散了，东一处，西一处的不能聚集在一起，桂林和重庆自然是两个中心。桂林失陷后，只有重庆成为中心。其他各处，如皖南、皖北、江西、福建、浙江等地虽然只是支流，究竟也各有表现。为了战事的影响和交通的阻隔，各地可说是互不通消息，文艺作品也无从交换阅览。"①

除上述三个重要的中继地以外，作家们还聚集在其他一些地区。陈翔鹤、熊佛西、陈白尘（1908—1994）、朱光潜等在成都地区，其中陈西滢、凌淑华等在武汉大学乐山校址，傅斯年、林徽因在南溪李庄中央研究院所在地。朱自清、闻一多、沈从文、李广田、冯至、卞之琳、陈梦家等大都在北大、清华和南开三校联合的西南联合大学所在地昆明。

纵然战时有敌机轰炸，物资贫乏，交通阻隔等恶劣条件存在，文坛依然顽强蓬勃。战争的持久性、残酷性以及取得胜利的艰巨性，迫使文学向多层次思维与全方位观察转变。文学的艺术表现由抗战初期的怒放与激奋转而追求其应有的丰富与深刻，具体则体现在爱国主义主题的拓展与深入，题材挖掘的纵深与立体。

1945 年 8 月 15 日，日本政府宣布投降，抗日战争取得胜利。"中华全国文艺界抗敌协会"易名为"中华全国文艺界协会"，仍简称"文协"，机关刊物《抗战文艺》随之停刊。"文协"总部由重庆迁往上海，创办会刊《中国作家》。历经劫难的作家们又涌回上海和北平，1945 年 12 月 17 日"文协"上海分会成立，赵景深在

---

① 赵景深：《文坛忆旧》，上海：北新书局，1948 年 4 月，第 149—150 页。

《文坛忆旧》中记述了当日上海分会成立的情况："民国三十四年十二月十七日下午四时，中华文艺协上海分会举行成立大会，……振铎致词。他说：'……八年来内地作家辛勤工作，鼓励军民团结，出版了不少的书，还有些在抗战期间牺牲的。上海方面却没有多大的贡献，除戏剧以外，几乎没有作品。大家都躲在地下，不发表作品，大都是预备藏之名山的。刊物上几个人完全沉默了，不写稿子。作家们受到敌伪迫害的也不少，首先就是许广平，她曾经受到无数的苦难。夏丏尊章锡琛也曾被捕，还有柯灵李健吾，此外还有许多，这种苦难是后方作家所不曾受到的。但后方作家流离迁徙之苦，也是上海作家所不曾受到过的。……'接着由姚蓬子简略报告文协总会的工作：'文协八年的时间长，事情多，无法详叙，只有简略报告。第一，首次开会是在汉口，正遇着大警报，数十架飞机在轰炸，玻璃窗都震得格格的响，街上已经没有了行人，文协还是照常开会。……第二，抗战一开始，作家们就替政治部和教育部写作山歌大鼓，例如《台儿庄大战》之类。老舍曾经主持过通俗文学的演讲会。此外还组织慰劳队和访问团。第三，援助贫苦的作家。捐款的大多是行员、教员、学生、工人，全部节衣缩食纷纷的汇钱来，一共有五六百万。可见这一工作曾得到广大青年的爱护与同情。第四，文协所出的刊物《抗战文艺》从来不曾间断过，一直维持到最后胜利，还准备出结束号，精神始终不懈。第五，文协全国都有分会，如广州、昆明、成都、西安、长沙、……各地都有。木刻家、音乐家、画家也都加入，范围广阔，差不多成为文化协会。第六，作家上前线去的很多，安徽河南一带的作家，都到那离前线很近的地方去。在战争中他们的生活不能安定，我相信将来总有人能产生纪念碑一样的作品。……'"①

---

①赵景深：《文坛忆旧》，上海：北新书局，1948 年 4 月，第 152—159 页。

　　抗战结束后，国共两党发生内战。这期间上海的文艺期刊主要有：1946 年 1 月创刊，郑振铎、李健吾主编的《文艺复兴》，共出 23 期，于 1949 年 8 月停刊；1946 年 1 月创刊，茅盾、叶以群主编的《文联》，共出 7 期，于同年 6 月停刊；1947 年 6 月复刊，朱光潜主编的《文学杂志》，共出 22 期，于 1948 年 11 月停刊。赵景深在《文坛忆旧》中记述："抗战胜利，我终于回到上海来了。主办《文化新闻》的鲁莽兄我们又见面了。他告诉我，《文化新闻》，就要在上海出版，而且要改进作风。朱文罗洪夫妇和曹聚仁也回来了，许多朋友们也回到上海来了。我参加了好些次文艺界的聚餐和茶会，上海又将逐渐成为文艺界的中心。我是非常地高兴，多年不见的老友又可以重相聚首。但是，再一想到实际的出版情形，又并不怎么高兴。别国都已和平了，我们中国还在内战，交通还不能迅速恢复，报纸还是这样贵，生活程度还是这样高。除开明书店、文化生活出版社、时代出版社、万叶书店等每家稍出了几本文艺书以外，就很少看见有出版文艺书的。"①

　　国共内战历经四年，国民党战败，于 1949 年 12 月退守台湾；共产党于 1949 年 10 月 1 日建立政权，成立中华人民共和国。中国作家大部分留在大陆，一部分去了台湾，少部分漂流海外。

　　内战爆发前后至中华人民共和国成立的这一时期，文学的主题与题材"大体上沿着前一时期的开拓继续发展，而又更集中于两个领域：对黑暗的诅咒与对腐朽的现实政治的否定，以及知识分子在新旧时代交接之前的反思与内省"②。此外，这时期又一次出现了大批引进西方文学作品的潮流。如屠格涅夫的《处女地》

---

　　①赵景深：《文坛忆旧》，上海：北新书局，1948 年 4 月，第 150—151 页。
　　②钱理群、温儒敏、吴福辉：《中国现代文学三十年（修订本）》，北京：北京大学出版社，1998 年 7 月，第 386 页。

（巴金译，桂林文化生活出版社，1944 年 5 月）、斯丹达尔的《红与黑》（赵瑞蕻译，重庆作家书屋，1944 年）、巴尔扎克的《高老头》（傅雷译，上海骆驼书店，1946 年 8 月）、托尔斯泰的《战争与和平》（郭沫若、高地译，上海骆驼书店，1947 年 1 月）、《莎士比亚戏剧全集》（朱生豪译，上海世界书局，1947 年）、陀思妥耶夫斯基的《卡拉马助夫兄弟们（四册）》（耿济之译，上海晨光出版公司，1947 年 8 月—1947 年 10 月）、雨果的《巴黎圣母院》（陈敬容译，上海骆驼书店，1949 年 4 月）等。

（二）解放区文坛时局与潮流趋向

七七事变以后，抗日民族统一战线迅速扩大，全国人民奋起抗战，许多进步的文艺工作者先后来到延安地区。如何其芳、丁玲、萧军、罗烽（1909—1991）、白朗（1912—1990）、成仿吾、艾青（1910—1996）、田间（1916—1985）、沙汀、王实味（1906—1947）、吴伯箫、舒群等。随着抗战形势发展的需要，文艺干部培养的问题引起了毛泽东同志等中共领导的关注。在这样的背景下，鲁迅艺术学院（简称"鲁艺"）在延安成立，并于 1938 年 4 月 10 日举行隆重的开学典礼。

《鲁迅艺术学院创立缘起》记载："为了民族的生存和解放，为了抵抗日本帝国主义强盗的侵略，把它从中国赶出去；为了巩固世界和平，全中国人民自芦沟桥事变以来一致奋起，各党各派团结在抗日民族统一战线之下，进行神圣的抗日民族革命战争，直至取得最终胜利。在这抗战时期中，我们不仅要为了抗日动员与利用一切现有的力量，并且应该去寻求和准备新的力量，这也就是说：我们应注意抗战急需的干部培养问题。'干部决定一切'！这不仅在平时，而且在战时也是非常迫切的问题。在前线和日寇作浴血战斗的干部和在后方动员工作中都需要军事、政治、经济、文化各方面的成千成万的有力的干部，这是毫无疑义的。艺术——

戏剧、音乐、美术、文学是宣传、鼓动与组织群众有力的武器。艺术工作者——这是对于目前抗战不可缺少的力量。因之，培养抗战的艺术工作干部，在目前也是不容稍缓的工作。我们边区对于抗战教育的实施积极进行，已建立了许多培养适合于抗战需要的一般政治军事干部的学校（如中国抗日军政大学，陕北公学等），而专门关于艺术方面的学校尚付阙如；因此，我们决定创立这艺术学院，并且以已故的中国最大的文豪鲁迅先生为名，这不仅是为了纪念我们这位伟大的导师，并且表示我们要向着他所开辟的道路大踏步前进。我们深知，这鲁迅艺术学院的建立是件艰巨的工作，决非我们少数人有限的力量所能完全达到，因之，我们迫切地希望全国各界人士予以同情与援助，使其迅速成长。这也就是帮助了我国英勇的抗战更胜利的进展，以至获得最后的胜利，把日寇赶出中国！发起人：毛泽东、周恩来、林伯渠、徐特立、成仿吾、艾思奇、周扬。"①

1943 年 4 月，"鲁艺"并入延安大学。抗战胜利后"鲁艺"部分师生于 1945 年 9 月奔赴解放区，组成东北文艺工作团和华北文艺工作团。解放后，前者转入东北电影制片厂，后者转入中央美术学院和中央音乐学院。1945 年 11 月，延安大学各学院（含"鲁艺"在内）迁往东北办学。"鲁艺"迁校后的留守处人员并入 1946 年 7 月成立的中央管弦乐团。

此外，1939 年 5 月 14 日，中华全国文艺界抗敌协会延安分会（简称"文抗"）在延安成立。"鲁艺"和"文抗"两大文学团体及其所创办的《草叶》《谷雨》期刊，与其他一些团体及其期刊共同构筑起解放区文学创作的繁荣景象。

---

①《鲁迅艺术学院创立缘起》，载钟敬之《延安鲁艺——我党创办的一所艺术学院》，北京：文物出版社，1981 年 8 月，插图 1。

　　1942 年 5 月 2 日至 23 日，中共中央在党内整风的基础上召开了延安文艺工作座谈会。会上，毛泽东同志以党的最高领导人身份做了题为《在延安文艺座谈会上的讲话——一九四二年五月》（1943 年 10 月 19 日《解放日报》）的发言。《在延安文艺座谈会上的讲话——一九四二年五月》不同于一般性文学论文，而是中国共产党制定文艺政策、指导文艺工作的根本方针。

　　《在延安文艺座谈会上的讲话——一九四二年五月》"结论"节选："那末，什么是我们的问题的中心呢？我以为，我们的问题基本上是一个为群众与如何为群众的问题。不解决这个问题，或这个问题解决得不适当，就会使得我们的文艺工作者与自己的环境任务不协调，就使得我们的文艺工作者从外部从内部碰到一联串的问题。我的结论，就以这个问题为中心加以说明，同时也讲到一些与此有关的其他问题。（一）第一个问题：我们的文艺是为什么人的？……在我们，文艺不是为上述种种人，而是为人民的。……那末，什么是人民大众呢？最广大的人民，占全人口百分之九十以上的人民，是工人、农民、兵士与小资产阶级。所以我们的文艺，第一是为工人的，这是领导革命的阶级。第二是为农民的，他们是革命中最广大最坚决的同盟军。第三是为武装起来了的工农即八路军、新四军及其他人民武装队伍的，这是战争的主力。第四是为小资产阶级的，他们也是革命的同盟者，他们是能够长期地和我们合作的。这四种人，就是中华民族的最大部份，就是最广大的人民大众。……（二）为什么人的问题解决了，如何为法，这是第二个问题。用同志们的话来说，就是：努力于提高呢？还是努力于普及呢？有些同志，在过去，是相当地或是严重地轻视了和忽视了普及，他们不适当地太强调了提高。提高是应该强调的，强调到不适当的程度，那就错了。我前面说的没有明确地解决为什么人的问题，在这个问题上也表现出来了。因为没有弄清楚为什么人，他们所说的普及和提高就都没有正确的标准，当然更找不到两者的正确关系。我们的文艺，既然基本上是为工农兵，那末所谓普及，也就是向工农兵普及，所谓提高，也就是从工农兵提高。……中国的革命的文学家艺术家，有出息的文学家艺术家，必须到群众中去，必须长期地无条件地全身心地到工农兵群众中去，到火热的斗争中去，到唯一的最广大最丰富的源泉中去，观察、体验、研究、分析一切人，一切阶级，一切群众，一切生动的生活形式和斗争形式，一切自然形态的文学和艺术，然后才有可能进入加工过程即创作过程，这样地把原料与生产，把研究过程与创作过程统一起来。否则你的劳动就没有对象，没有原料或半制品，你就无从加工，你就只能做鲁迅在他的遗嘱里所谆谆嘱咐他的儿子万不可做的那种空头文学家或空头艺术家。……（三）我们的文艺既然是为人民大众的，那末，我们就可以进而讨论一个党内关系的问题，党的文艺工作与党的整个工作的关系问题，和另一个党外关系的问题，党的文艺工作与非党的文艺工作的关系问题——文艺界统一战线问题。先说第一个问题。在现在世界上，一切文化或文艺都是属于一定的阶级，一定的党，即一定的政治路线的。为艺术的艺术，超阶级超党的艺术，与政治并行或互相独立的艺术，实际上是不存在的。在有阶级有党的社会里，艺术既然服从阶级，服从党，当然就要服从阶级与党的政治要求，服从一定革命时期的革命任务，离开了这个，就离开了群众的根本的需要。无产阶级的文学艺术是无产阶级整个革命事业的一部份，如同列宁所说，是'整个机器中的螺丝钉'。因此，党的文艺工作，在党的整个革命工作中的位置，是确定了的，摆好了的。反对这个摆法，一定要走到二元论或多元论，而其实质就像托洛茨基那样：'政治——马克思主义的；艺术——资产阶级的。'我们不赞成把文艺的重要性过分强调，但也不赞成把文艺的重要性估计不足。文艺是从属于政治的，但又反转来给伟大影响于政治。革命文艺是整个革命事业的一部份，是螺丝钉，与别的部份比较起来，自然有轻重缓急第一第二之分，但它是对于整个机器不可缺少的螺丝钉，对于整个革命事业不可缺少的一部份。如果连最广义最普通的文学艺术也没有，那革命就不能进行，就不能胜利，不认识这一点，是不对的。还有，我们所说的文艺服从于政治，这政治是指阶级的政治、群众的政治而言，不是所谓少数政治家的政治。政治，不论革命的与反革命的，都是阶级对阶级的斗争，不是少数个人的行为。思想战争与艺术战争，尤其革命的思想战争与革命的艺术战争，必须服从于政治战争，因为只有经过政治，阶级与群众的需要才能集中地表现出来。革命的政治家们，懂得革命的政治科学或政治艺术的政治专门家们，他们只是千千万万的群众政治家的领袖，他们的任务在于把群众政治家的意见集中起来，加以提炼，再使之回到群众中去，为群众所领受，所实践，而不是闭门造车，自作聪明，只此一家，并无分店的那种贵族式的所谓'政治家'，——这是无产阶级政治家与有产阶级政治家的原则区别，也是无产阶级政治与有产阶级政治的原则区别。不认识这一点，把无产阶级政治与政治家狭隘化，庸俗化，也是不对的。再说文艺界的统一战线问题。文艺服从于政治，今天中国政治的第一个根本问题是抗日，因此党的文艺工作者首先应该在抗日这一点上与党外的一切文学家艺术家（从党的同情份子、小资产阶级的文艺家到资产阶级地主阶级的文艺家）团结起来。其次，应该在民主一点上团结起来，在这一点上，有一部份文艺家就不赞成，因此团结的范围就不免要小一些。再其次，应该在文艺界的特殊问题——艺术作风一点上团结起来。我们是主张无产阶级现实主义的，又有一部份人不赞成，这个团结的范围大概会更小些。在一个问题上有团结，在另一个问题上就有斗争，有批评。各个问题是彼此分开而又联系的，因而就在产生团结的问题譬如抗日的问题上也就同时有斗争，有批评。在一个统一战线里面，只有团结而无斗争，或者只有斗争而无团结，而实行如过去某些同志所实行的右倾的投降主义、尾巴主义，或者‘左’倾的排外主义、宗派主义，都是列宁所谓跛了脚的政策。政治上如此，艺术上也是如此。在文艺界统一战线的各种力量里面，小资产阶级文艺家在中国是一个重要的力量。他们的思想与作品都有很多缺点，但是他们比较地倾向于革命，比较地接近于工农兵。因此，帮助他们克服缺点，争取他们到为工农兵大众服务的战线上来，是一个特别重要的任务。（四）文艺界的主要斗争方法之一，就是文艺批评。文艺批评应该发展，过去这方面工作做得不够，同志们指出这一点是对的。文艺批评是一个复杂的问题，需要许多专门的研究。我这里只谈一个基本的批评标准问题，此外对于有些同志所提出的一些零星问题和一些不正确的观点，也来略为说一说我的意见。文艺批评有两个标准，一个是政治标准，一个是艺术标准。按照政治标准来说，一切利于抗战团结的，鼓励群众同心同德的，反对倒退，促成进步的东西，都是好的或较好的；而一切不利于抗战团结的，鼓动群众离心离德的，反对进步，拉着人们倒退的东西，都是坏的，或较坏的。这里所说的好坏，究竟是看动机（主观愿望）？还是看效果（社会实践）呢？唯心论者是强调动机否认效果的，机械唯物论者是强调效果否认动机的，我们与这两者相反，我们是辩证唯物主义的动机与效果的统一论者。为大众的动机与被大众欢迎的效果，是分不开的，必须使二者统一起来。为个人的动机与狭隘集团的动机是不好的，为大众的动机但无被大众欢迎对大众有益的效果，也是不好的。检验一个作家的主观愿望，即其动机是否正确，是否善良，不是看他的宣言，而是看他的行为（作品）在社会大众中产生的效果。

社会实践是检验主观愿望的标准，效果是检验动机的标准。我们的文艺批评是不要宗派主义的，在抗战团结的大原则下，我们应该容许包含各种各色政治态度的文艺作品；但是我们的批评又是坚持原则立场的，对于一切包含反民族、反科学、反大众、反共的观点的文艺作品必须给以严格的批评，因为这些所谓文艺，其动机，其效果，都是破坏抗战团结的。按照艺术标准来说，一切艺术性较高的，是好的，或较好的；艺术性较低的，则是坏的，或较坏的。这种分别，当然也要看社会效果。文艺家几乎没有不以为自己的作品是美的，我们的批评，也应该容许各种各色艺术品的自由竞争；但是按照艺术科学的标准给以正确的批判，使较低级的艺术逐渐提高成为较高级的艺术，使不适合广大群众斗争要求的艺术（即使是很高级的艺术）改变到适合广大群众斗争要求的艺术，也是完全必要的。又是政治标准，又是艺术标准，这两者的关系怎么样呢？政治并不等于艺术，一般的世界观也并不等于艺术创作的方法论。我们不但否认抽象的绝对不变的政治标准，也否认抽象的绝对不变的艺术标准，各个阶级社会与各个阶级社会中的各别阶级都有不同的政治标准与不同的艺术标准。但是无论什么样的阶级社会与无论什么阶级社会中的各别阶级，总是以政治标准放在第一位，以艺术标准放在第二位的。资产阶级对无产阶级的文学艺术作品，不管其艺术程度怎样高，总是排斥的。无产阶级对于资产阶级的文学艺术作品，也必须排斥其反动的政治性，而只批判地吸收其艺术性。有些政治上根本反动的东西，也可能有某种艺术性，例如，法西斯的文艺就是这样。内容愈反动的作品愈带艺术性，就愈能毒害人民，就愈应该排斥。没落时期一切剥削阶级文艺的共同特点，就是其反动政治内容与其艺术形式的矛盾。我们的要求则是政治与艺术的统一，内容与形式的统一，革命的政治内容与尽可能高度的艺术形式的统一。缺乏艺术性的艺术品，无论政治上怎样进步，也是没有力量的。因此我们既反对内容有害的艺术品，也反对只讲内容不讲形式的所谓'标语口号式'的倾向，我们应该进行文艺问题上的两条战线斗争。这两种倾向，在我们的许多同志中是存在着的。许多同志有着忽视艺术的倾向，因此应该注意艺术的提高。但是现在更成为问题的，我以为还是在政治方面。有些同志缺乏基本的政治常识，所以发生了各种糊涂观念。让我举一些延安的例子。'人性论。'……'文艺的基本出发点是爱，是人类之爱。'……'从来的文艺作品都是写光明与黑暗并重，一半对一半。'……'从来文艺的任务就在于暴露。'……'还是杂文时代，还是鲁迅笔法。'……'我是不歌功颂德的，歌颂光明者其作品未必伟大，刻划黑暗者其作品未必渺小。'……'不是立场问题，立场是对的，心是好的，意思是懂得的，只是表现不好，结果反而起了坏作用。'……'学习马列主义就是重复辩证唯物论的创作方法的错误，就要妨害创作情绪。'……"①

在中国共产党的领导下，解放区"红色政权"的实行，封建土地制度的废除，政治经济文化的变革，以及阶级斗争的长期存在等，使得文学具有浓厚的现实性与政策性，主题与题材主要集中在对新社会、新制度、新生活、新风貌的颂扬描绘。

（三）上海"孤岛"和沦陷区文坛时局与潮流趋向

自 1937 年 11 月上海沦陷至 1941 年 12 月日军进入租界止，留在上海"孤岛"（上海沦陷后的外国租界区域）的作家们在特殊的政治环境中坚持创作，积极参与支持抗日救亡活动，史称上海"孤岛文学"。1941 年 12 月太平洋战争爆发，上海文学整体被纳入沦陷区文学范畴。此外，沦陷区文学还包括 1931 年九一八事变后

---

① 毛泽东：《在延安文艺座谈会上的讲话——一九四二年五月》，载《毛泽东选集》（卷六），哈尔滨：东北书店，1948 年 5 月，第 975—992 页。

的东北沦陷区文学，1937年七七事变后的华北沦陷区文学。

蓝海在《中国抗战文艺史》中描述了1939年下半年至1940年整年的上海"孤岛"文坛："在孤岛的上海上，那里有特殊的政治环境，给那里的文艺战士们以特殊的任务：和汉奸们肉搏，在敌伪的压制恫吓下奋斗。在那里《鲁迅全集》和郑振铎编的《中国板画史》的出版，不能不说是抗战期间文艺界的大事。一些较为大部头的书也仍然在上海出版。期刊中，茅盾适夷主编的《文艺阵地》，出版到五卷二期，于八月间停刊。锡金主编的《文艺新潮》是一个颇具战斗性的刊物；此外还有《戏剧与文学》，和章泯主编，在重庆编辑，上海排印的《新演剧》，以及反映南洋文艺生活的《文艺长城》及唐弢主编的《文艺界》。还曾有过杂文刊物《鲁迅风》，是一个极泼辣的期刊，可惜不久便停刊了。"①

赵景深在《文坛忆旧》中分三个阶段追忆了全面抗战八年间的上海文坛，其中从八一三以后的第三、四、五年到太平洋战争爆发写道："在第三四五年英美势力很大，每每可以挂起洋招牌，从事大胆地写作。可是在出版界方面，因为物价高涨，印刷成本昂贵，也都很紧缩。当时除世界书局出版一部文艺丛刊之外，其他书局，没有什么书出版。当时报纸文学最活跃的就是文汇报上的副刊《世纪风》，由柯灵主编，专刊杂感和小品。后来由常写稿子的浙东作家六人，出版了一本《边鼓集》，又出版刊物《鲁迅风》，因为他们都受鲁迅杂感文的影响。太平洋战争爆发以后，敌人的势力浸澈了租界，欧美人一律没有了自由，正言、中美、大美等报相率停刊，编辑人员被捕，许多文人都是惶惶不安，迫于日本人淫威之下，有的跑到大后方去，也有的变节了。"②

---

①蓝海：《中国抗战文艺史》，上海：现代出版社，1947年9月，第50—51页。

②赵景深：《文坛忆旧》，上海：北新书局，1948年4月，第133—134页。

从八一三以后的第六年到抗战结束写道："这三年上海文坛已经非常的沉寂。所有有骨气的文人，因家累过重，无法离开上海，都是搁笔辞稿，闭门杜客。我个人就抱了三不主义，就是：'一不写稿，二不演讲，三不教书。'其实书是可以教的，在上海的私立大学，日军和伪方仍无法统制。当时闭门著书的大有人在，有的为了生活问题，大半都到开明书店当编辑去了，因为有一个时期开明书店在桂林的生意很好，可以能够尽量地维持一般文人的生活。他们预备编一部新的《辞源》，大约文字部分，徐调孚编音义方面，此外夏丏尊编文学部分，周予同王伯祥编史地方面。耿济之替开明译了一本高尔基的《俄罗斯漫游记》，此外他还在翻译杜思退益夫斯基的作品，也许有译全集的企图。朝鲜张赫宙的《朝鲜之春》也由范泉译出来了。郑振铎也许有编清人文选的计划，因为他搜集了很多的清人文集，约数百种。此外也有在邮局或银行工作的，也有开旧书店藉以谋生的，例如耿济之和施蛰存。"[1]

在上海文坛的沉寂之中，部分作家以及出版业的工作者们惨遭牢狱之灾。赵景深在《文坛忆旧》中记述："当时许景宋、朱维基二位首先被捕，这是文人蒙难的开端。……夏丏尊被捕的消息曾传到大后方去，与他同时被捕的有四个小学、四个中学和圣约翰大学里面的校长和教员。书店方面有中华书局的营业部主任潘公望，开明书店的经理章锡琛，世界书局的赵侣青，还有我的内人李希同。从被捕到释放，始终不知道为了什么原故，大约是犯了思想罪，一共关了十天。外传二百多人，其实只有三十九人。此后柯灵、李健吾、刘大杰、孔另境等都曾被捕过。"[2]

由于日伪统治政治的限制，上海"孤岛"和沦陷区文学，几

---

①赵景深：《文坛忆旧》，上海：北新书局，1948年4月，第134—135页。
②同上，第134—136页。

乎被迫丧失了民族救亡的显著功能。市场需求成为其发展的重要推动力，这也促成通俗文学的繁荣与进步。文学作品的主题与题材主要集中在反映沉重时代背景下普通民众的日常生活、生存困境及其表现出的民族意志。雅俗两大文学潮流在对立中趋向统一，呈现出雅俗共赏的时代美学特征。

二　文学批评

"我们如今站在一个漩涡里。时代和政治不容我们具有艺术家的公平（不是人的公平）。我们处在一个神人共怒的时代，情感比理智旺，热比冷要容易。我们正义的感觉加强我们的情感，却没有增进一个艺术家所需要的平静的心境。"① 这段刘西渭《八月的乡村》里的文字，正阐释了这一时期文学批评的面目：一切艺术的尺度在绵延战争的时代背景面前显得是那么的苍白无力，受伦理和政治因素影响，文学批评往往呈现出敏感复杂之态。

这时期的文学批评大事件主要有："与抗战无关"的论争、"民族形式"问题的论争、文学与生活关系问题的论争、文学与政治关系问题的论争、现实主义与主观问题的论争。文学批评者代表有：艾青、朱自清、朱光潜、刘西渭（李健吾）、李长之、沈从文。

（一）文学批评大事件

1. "与抗战无关"的论争

梁实秋接编国民党中央机关报《中央日报》副刊《平明（重庆）》，在带有征稿启事性质的《编者的话》（《中央日报副刊〈平明〉》1938 年 12 月 1 日）中写有这样一段文字："报馆的人请副刊编辑是用什么眼光，我不知道，我揣测报馆请人编副刊总不免

---

①刘西渭：《八月的乡村》，载《咀华二集》，上海：文化生活出版社，1947 年 4 月再版，第 36 页。

是以为某某人有'拉稿'的能力。编而至于要'拉'，则好稿之来，其难可知。这个'拉'即是'拉夫'之'拉'，其费手脚，其不讨好而且招怨，亦可想而知。拉稿能力较大者即是平夙交游较广的人。我老实承认，我的交游不广，所谓'文坛'我就根本不知其坐落何处，至于'文坛'上谁是盟主，谁是大将，我更是茫然。所以要想拉名家的稿子来给我撑场面，我未曾无此想，而实无此能力。我的朋友中也有能写点文章的，我当然要特别的请他们供给一点稿子。但不是'拉'。我不'拉'。自己既不能写，又不能'拉'，然则此后的副刊稿件将要靠谁呢？靠诸位读者。……我们希望读者不要永远做读者，让这小小篇幅做为读者公共发表文字的场所。文字的性质并不拘定。不过我有几点意见。现在抗战高于一切，所以有人一下笔就忘不了抗战。我的意见稍为不同。于抗战有关的材料，我们最为欢迎，但是与抗战无关的材料，只要真实流畅，也是好的，不必勉强把抗战截搭上去。至于空洞的'抗战八股'，那是对谁都没有益处的。此其一。"①

　　这段《编者的话》引起了一场被命名为"与抗战无关"的论争。罗荪的《"与抗战无关"》（《大公报》1938年12月5日）、宋之的的《谈"抗战八股"》（《抗战文艺》1938年第3卷第2期）、张天翼的《论"无关"抗战的题材》（《文学月报》1940年第1卷第6期）等文对梁实秋的言论提出驳斥。

　　其中，《论"无关"抗战的题材》写道："艺术至上主义的大爷们并不是忽然大发慈悲，要替我们解决什么写作上的问题。……比如现在罢，他们自己是不是办到了真正与抗战无关呢？如果他们真正说得到做得到，如果他〔们〕真正修炼到了这一步功夫，那他们就什

---

①梁实秋：《编者的话》，载《梁实秋文集》（第七卷），厦门：鹭江出版社，2002年10月，第485—486页。

么话也不会说，什么文章也不会写，什么高论也不会有。……他们假装着已经躲到了象牙之塔，把天鹅绒的铐子挡起来，似乎是对世俗的事都不闻不问的了。但还是要指导青年们，唱出一些高论，要想在这个时代里，在这个现实世界里起一点作用，而挽回狂澜。他们正与什么时代呀现实呀密切有关，而且他们也是在从事一种斗争。说是真正得到了什么艺术的正果，超脱出现实界，这连他们自己也未必真正相信，不过彼此心照不宣而已。……在现在，不但与抗战无关的中国人不存在，就是他要对抗战守中立——都也是不可能的：事实上他总会影响到抗战，会起一定的作用。那些躲在象牙之塔里的无关抗战论者，老实说，他们对抗战当然有某种影响，起了某种作用的。所以我们应该把他们的高论提出来谈谈，提醒我们自己，一方面也希望他们不要再摆出那付雅面孔，而毅然决然走出象牙之塔。"①

《"文协"给〈中央日报〉的公开信》写道："……本年十二月一日，贵报《平明》副刊，梁实秋先生之《编者的话》中，竟有不知文坛坐落何处，大将盟主是谁等语，态度轻佻，出语儇薄，为抗战以来文艺刊物上所仅见。值此民族生死关头，文艺者之天职在为真理而争辩，在为激发士气民气而写作，以共同争取最后胜利。文艺者宜先自问有否拥护抗战之热诚，与有否与文艺尽力抗战宣传之忠实表现，以自策自励。至若于抽象名词隶属于谁之争议，显然无关重要，故本会虽事实上代表全国文艺界，但决不为争取'文坛座落'所在而申辩，致引起无谓之争论，有失宽大严肃之态度。本会全体会员之相互策勉者，为本爱祖国爱民族之热诚，各尽全力，以建设文坛，文坛即在每个文艺者之良心上，

----

①张天翼：《论"无关"抗战的题材》，载《文学月报》1940 年第 1 卷第 6 期，第 300—303 页。

其他则非所知。副刊所载虽非军政要闻可比，但极端文字影响非浅，不可不慎。今日之事，团结唯恐不坚，何堪再事挑拨离间，如梁实秋先生所言者？贵报用人，权有所在，本会无从过问。梁实秋先生个人行为，有自由之权，本会也无从干涉。唯对于'文坛座落何处'等语之居心设词，实未敢一笑置之。在梁实秋先生个人，容或因一时逞才，蔑视一切，暂忘团结之重要，独蹈文人相轻之陋习，本会不欲加以指斥。不过，此种玩弄笔墨之风气一开，则以文艺为儿戏者流，行将盈篇累牍争为交相诤诟之文字，破坏抗战以来一致对外之文风，有碍抗战文艺之发展，关系甚重；目前一切，必须与抗战有关，文艺为军民精神食粮，断难舍抗战而从事琐细之争辩；本会未便以缄默代宽大，贵报当有同感。谨此函陈，敬希本素来公正之精神，杜病弊于开始，抗战前途，实利赖焉。"①

在有上述驳斥的同时亦有支持的声音，如沈从文的《一般或特殊》（《今日评论》1939年第1卷第4期）和陶亢德的《关于"无关抗战的文字"》（《鲁迅风》1939年第7期）等。梁实秋本人仅撰写同名文章《"与抗战无关"》（《中央日报副刊〈平明〉》1938年12月6日）辩驳罗荪的批评。

1939年5月，梁实秋随国立编译馆迁移北碚而辞去《平明（重庆）》的编辑职务，他在《梁实秋告辞》（《中央日报副刊〈平明〉》1939年4月1日）中写道："我不说话，不是我自认理屈，是因为我以为我没有说错话。四个月的《平明》摆在这里，其中的文章十之八九是'我们最为欢迎'的'于抗战有关的材料'，十

---

①《"文协"给〈中央日报〉的公开信》，载文天行等编《中华全国文艺界抗敌协会资料汇编》，成都：四川省社会科学院出版社，1983年12月，第281—282页。

之一二是我认为'也是好的'的'真实流畅'的'与抗战无关的材料.'文章究竟好不好是另一问题,我四个月来的编辑标准没有改变。所有的误会,无需解释,自然消除。所有的批评与讨论,无需答辩,自然明朗。所有的谩骂与诬蔑,并没有伤害着了我的什么,而因了我的半句话惹得不少人消耗了许多或者可以成为有用的精神,这是我很觉得抱歉的!"[1]

2. "民族形式"问题的论争

毛泽东同志在《中国共产党在民族战争中的地位——一九三八年十一月在扩大的六中全会的报告》(《文献》1938年第2卷第4期)中指出:"学习我们的历史遗产,用马克思主义的方法给以批判的总结,是我们学习的另一任务。我们这个大民族数千年的历史,有它的发展法则,有它的民族特点,有它的许多珍贵品。对于这个,我们还是小学生。今天的中国是历史的中国之一发展,我们是马克思主义的历史主义者,我们不应该割断历史。从孔夫子到孙中山,我们应该给以总结,我们要承继这一份珍贵的遗产。承继遗产,转过来就变为方法,对于指导当前的伟大运动,是有着重要的帮助的。共产党员是国际主义的马克思主义者,但马克思主义必须通过民族形式才能实现。没有抽象的马克思主义,只有具体的马克思主义。所谓具体的马克思主义,就是通过民族形式的马克思主义,就是把马克思主义应用到中国具体环境的具体斗争中去,而不是抽象地应用它。成为伟大中华民族之一部份而与这个民族血肉相联的共产党员,离开中国特点来谈马克思主义,只是抽象的空洞的马克思主义。因此,马克思主义的中国化,使之在其每一表现中带着中国的特性,即是说,按照中国的特点去

---

①梁实秋:《梁实秋告辞》,载《梁实秋文集》(第七卷),厦门:鹭江出版社,2002年10月,第517页。

应用它，成为全党亟待了解并亟须解决的问题。洋八股必须废止，空洞抽象的调头必须少唱，教条主义必须休息，而代替之以新鲜活泼的，为中国老百姓所喜闻乐见的中国作风与中国气派。把国际主义的内容与民族形式分离起来，是一点也不懂国际主义的人们的干法，我们则要把二者紧密地结合起来。在这个问题上，我们队伍中存在着的一些严重的缺点，是应该认真除掉的。"①

　　毛泽东同志又在《新民主主义论——一九四〇年一月十九日》（《中国文化》1940年第1卷第1期发表时题为《新民主主义的政治与新民主主义的文化》）中进一步指出："这种新民主主义的文化是民族的。它是反对帝国主义压迫，主张中华民族的尊严与独立的。它是我们这个民族的，带有我们民族的特性。它同一切别的民族的社会主义文化与新民主主义文化相联合，建立互相吸收与互相发展的关系，互相作为世界新文化的一部份。但是决不能与任何别的民族的帝国主义反动文化相联合，因为我们的文化是革命的民族文化。中国应该大量吸收外国的进步文化，作为自己文化食粮的原料，这种工作过去还做得很不够。这不但是当前的社会主义文化与新民主主义文化，还有外国的古代文化，例如各资本主义国家启蒙时代的文化，凡属我们今天用得着的东西，都应该吸收。但是一切外国的东西，如同我们对于食物一样，必须经过自己的口腔咀嚼与胃肠运动，送进唾液胃液肠液，把它分解为精华与糟粕两部份，然后排泄其糟粕，吸收其精华，才能作为自己的营养分，决不能生吞活剥的毫无批判的吸收。所谓'全盘西化'的主张，乃是一种错误的观点。形式主义地吸收外国，在

---

　　①毛泽东：《中国共产党在民族战争中的地位——一九三八年十一月在扩大的六中全会的报告》，载《毛泽东选集》（卷六），哈尔滨：东北书店，1948年5月，第927—928页。

中国过去是吃过大亏的。中国共产主义者对于马克思主义在中国的应用也是这样，必须将马克思主义的普遍真理与中国革命的具体实践完全的恰当的统一起来，就是说，取得民族形式，才有用处，决不能主观地公式地应月它。公式的马克思主义者，只是对于马克思主义与中国革命开玩笑，在中国革命队伍中是没有他们的位置的。中国文化应有自己的形式，这就是民族形式。民族的形式，新民主主义的内容——这就是我们今天的新文化。这种新民主主义的文化是科学的，它是反对一切封建思想与迷信思想，主张实事求是，主张客观真理，主张理论与实践一致的。在这点上，中国无产阶级的科学思想能够与中国还有进步性的资产阶级的唯物论与自然科学思想，建立反帝反封建反迷信的统一战线。但是决不能与任何反动的唯心论建立统一战线。共产党员可以与某些唯心论者甚至宗教徒建立在政治行动上的反帝的统一战线，但是决不能赞同他们的唯心论或宗教教义。中国的长期封建社会中，创造了灿烂的古代文化。因此清理古代文化的发展过程，剔除其封建性的糟粕，吸收其民主性的精华，是发展民族新文化提高民族自信心的必要条件。但是决不能无批判的兼收并蓄。必须将古代封建统治阶级的一切腐朽的东西和古代优秀的民间文化即多少带有民主性与革命性的东西区别开来。中国现时的新政治新经济是从古代的旧政治旧经济发展而来的，中国现时的新文化也是从古代的旧文化发展而来，因此，我们必须尊重自己的历史，决不能割断历史。但是这种尊重，是给历史以一定的科学的地位，是尊重历史的辩证法的发展，而不是颂古非今，不是赞扬任何封建的毒素。因此，对于人民群众与青年学生，主要的不是要引导他们向后看，而是要引导他们向前看。这种新民主主义的文化是大众的，因而即是民主的。它应为全民族中百分之九十以上的工农劳苦民众服务，并逐渐成为他们的文化。要把教育革命干部的知识与教育革命大众的知识在程度上互相区别又互相联结起来，把提高与普及互相区别又互相联结起来。……民族的科学的大众的文化，就是人民大众反帝反封建的文化，就是新民主主义的文化，就是新三民主义的文化，就是中华民族的新文化。"[1]

上述两篇毛泽东同志的文论指导和推进了"民族形式"问题的探讨。自1939年起，延安等解放区的文艺工作者们先后发表文章，学习领会毛泽东同志关于"民族形式"的思想。如何其芳的《论文学上的民族形式》（《文艺战线》1939年第1卷第5期）、柯仲平的《论文艺上的中国民族形式》（《文艺战线》1939年第1卷第5期）、沙汀的《民族形式问题》（《文艺战线》1939年第1卷第5期）、力扬的《关于诗的民族形式》（《文学月报》1940年第1卷第3期）等。

其中，艾思奇（1910—1966）的《旧形式运用的基本原则》（《文艺战线》1939年第1卷第3期）主张："运用旧形式的目的是在于反映新的现实，所以不能只限于形式本身的运用，基础仍在内容。形式必须适合于内容的构造，是怎样的内容，我们就怎样来运用形式。因此，要真正能驾驭旧形式，更重要的问题却在于认识民众的生活，而五四以来文艺运动中的缺点，就在于不能深刻认识广大民众的生活，因此大多数徒有写实的外表形式，而无现实的内容。要这样说时，我们的文艺人，一方面是民众的教育者，而另一方面却又要同时向民众学习，学习他们的生活，思想，以及言谈。"[2]

陈伯达（1904—1989）的《关于文艺的民族形式问题杂记》

①毛泽东：《新民主主义论——一九四〇年一月十九日》，载《毛泽东选集》（卷二），哈尔滨：东北书店，1948年5月，第271—273页。

②艾思奇：《旧形式运用的基本原则》，载胡风编《民族形式讨论集》，重庆：华中图书公司，1941年5月，第8页。

（《文艺战线》1939年第1卷第3期）主张："不是要为旧形式所束缚，而是要从旧形式的活用中，屈服旧形式，使旧形式服从于新内容，去掉其不合理的部分，增进其合理的部分，并从旧形式的活用中，创造出新形式。不是要为旧习惯所束缚，而是要活用旧习惯来克服旧习惯，即所谓'以子之矛，攻子之盾'。"①

　　周扬的《对旧形式利用在文学上的一个看法》（《中国文化》1940年第1期）指出："民族新形式之建立，并不能单纯依靠于旧形式，而主要地还是依靠对于自己民族现在生活的各方面的绵密认真的研究，对人民的语言、风习、信仰、趣味等等的深刻了解，而尤其是对目前民族抗日战争的实际生活的艰苦的实践。离开现实主义的方针，一切关于形式的论辩都将会成为烦琐主义与空谈。"②

　　到了1940年，国统区在开展"民族形式"问题的讨论中出现了关于"民族形式"的中心来源的论争。向林冰（1905—1982）是主张"民间形式"的一方代表，他在《论"民族形式"的中心源泉》（《大公报副刊〈战线〉》1940年3月4日）中主张："新质发生于旧质的胎内，通过了旧质的自己否定过程而成为独立的存在。因此，民族形式的创造，便不能是中国文艺运动的'外铄'的范畴，而应该以先行存在的文艺形式的自己否定为地质。……民族形式的中心源泉，实在于中国老百姓所习见常闻的自己作风与自己气派的民间形式之中。至于'五四'以来的新兴文艺形式，由于是缺乏口头告白性质的'畸形发展的都市的产物'，是'大学教授，银行经理，舞女，政客以及其他小"布尔"的适切的形式'，……所以在

———————
　　①陈伯达：《关于文艺的民族形式问题杂记》，载胡风编《民族形式讨论集》，重庆：华中图书公司，1941年5月，第10—11页。
　　②周扬：《对旧形式利用在文字上的一个看法》，载胡风编《民族形式讨论集》，重庆：华中图书公司，1941年5月，第23页。

创造民族形式的起点上，只应置于副次的地位；即以大众现阶段的欣赏力为基准，而分别的采入于民间形式中，以丰富民间形式自身。"①

　　向林冰的观点引起了以葛一虹（1913—2005）为代表、旨在捍卫"五四"以来新文艺的一方的反对。葛一虹在《民族形式的中心源泉是在所谓"民间形式"吗?》（重庆《新蜀报》1940年4月10日）中主张："对于'五四'以来艰苦斗争的新文艺作着这样的看法，实在是一种含有侮辱的偏见。新文艺在普遍性上不及旧形式，是不容讳言的。其原因，固然新文艺工作者不能全都卸下他的责任，但主要还是在于精神劳动与体力劳动长期分家以致造成一般人民大众的智识程度低下的缘故。旧形式之所以仍能激引观众和读者的原因也在此。所以，目前我们迫切的课题是怎样提高大众的文化水平，而不是怎样放弃了已经获得的比旧形式'进步与完整'的新形式，降低水准的从'大众欣赏形态'的地方利用旧形式开始来做什么，而是继续了'五四'以来新文艺艰苦斗争的道路，更坚决地站在已经获得的劳迹上，来完成表现我们新思想新感情的新形式——民族形式。而这样的形式才是真正的新鲜活泼为老百姓喜见乐闻的中国作风与中国气派。"②

　　到1940年下半年，论争继续向深广发展。郭沫若的《"民族形式"商兑》（重庆《大公报》1940年6月9—10日）、茅盾的《旧形式、民间形式与民族形式》（《中国文化》1940年第2卷第1期）、胡风的《论民族形式问题底提出和争点》（《中苏文化》1940年第7卷第5期）、胡风的《论民族形式问题底实践意义》（《理论

---

①向林冰：《论"民族形式"的中心源泉》，载胡风编《民族形式讨论集》，重庆：华中图书公司，1941年5月，第96—98页。
②葛一虹：《民族形式的中心源泉是在所谓"民间形式"吗?》，载胡风编《民族形式讨论集》，重庆：华中图书公司，1941年5月，第111页。

与现实》1941年第2卷第3期）等文论都有着重要的参考价值。

郭沫若在《"民族形式"商兑》中指出："万物是进化的，历史是不重复的，一个时代有一个时代的形式，凡是过去时代的形式即使是永不磨灭的典型也无法再兴。因为产生它的那个时代的一切条件是消失了。……'民族形式'的这个新要求，并不是要求本民族在过去时代所已造出的任何既成形式的复活，它是要求适合于民族今日的新形式的创造。民族形式的中心源泉，毫无可议的，是现实生活。今日的民族现实的反映，便自然成为今日的民族文艺的形式。它并不是民间形式的延长，也并不是士大夫形式的转变，从这两种的遗产中它是尽可以摄取些营养的。"①

茅盾在《旧形式、民间形式与民族形式》中指出："新中国文艺的民族形式的建立，是一伡艰巨而久长的工作，要吸收过去民族文艺的优秀的传统，更要学习外国古典文艺以及新现实主义的伟大作品的典范，要继续发展'五四'以来的优秀作风，更要深入于今日的民族现实，提炼镕铸其新鲜活泼的质素。是故民族形式的建立的任务，新文艺作家们固应当仁不让，但是一切看清了前程，求进步，忠实于祖国文艺事业的任何作家和艺人，都应当仁不让，贡献他们的经验智慧，在这一大事业中起积极的作用。"②

胡风在《论民族形式问题——问题底提出·争点和实践意义》中主张："'民族形式'不能是独立发展的形式，而是反映了民族现实的新民主主义的内容所要求的、所包含的形式。既然是内容所要求的、所包含的，对于形式的把握就不能不从对于内容的把握出发，或者说，对于形式的把握正是对于内容的把握底一条通

①郭沫若：《"民族形式"商兑》，载胡风编《民族形式讨论集》，重庆：华中图书公司，1941年5月，第156—164页。
②茅盾：《旧形式、民间形式与民族形式》，载《戏剧春秋》1940年第1卷第2期，第4页。

路。如果说现实底发展不能不通过人类主观实践力量，那么，对于内容（形式）的真实的把握当然得通过作为主观实践力量的正确的方法，那就是现实主义。现实主义，是人类历史累积下来的科学的世界观反映在文艺上的特殊的面貌，所以我们应该积极地接受世界革命文学底经验。现实主义，是认识民族现实的导线，所以我们应该在具体的活的面貌上深入生活。前者是把握对象的方法，后者是被方法把握的对象。前者被融化在后者里面，使国际的东西变成民族的东西，后者被贯穿在前者里面，使民族的东西变成国际的东西。如果说'新民主主义的内容'是前者通过后者而给与的，那么，'民族的形式'是后者通过前者而给与的。为了反映'新民主主义的内容'的'民族的形式'，原来是国际的东西和民族的东西的矛盾和统一的、现实主义的合理的艺术表现。它底提出，正是为了争取这一合理表现底发展。"①

3. 文学与生活关系问题的论争

周扬发表《文学与生活漫谈》（《解放日报》1941 年 7 月 17—19 日）一文，主张："关于文学与生活两者的关系，我总是把后者看得高于前者的。在美学上，我是车尔尼雪夫斯基的忠实信奉者。他的'美即生活'的有名公式包含着深刻的真理。'哪里有生活，哪里就有文学'这句话自然也说了一部份的真实，这就是，文学从生活中产生，离了生活，就不能有文学。然而文学和生活到底是两个东西：在创作过程上讲，还是互相矛盾互相斗争的两极。创作就是一个作家与生活格斗的过程。……有了生活，不一定就能写出作品；作品中写了生活，也还不一定就是好的作品。因为文学的任务，不只是在如实地描写生活，而且是在说出关于生活

---

①胡风：《论民族形式问题——问题底提出·争点和实践意义》，载《论民族形式问题》，上海：海燕书店，1947 年 4 月，第 73—74 页。

的真理。关于作家与生活的关系，王国维在他的《人间词话》有一段话是最透辟的了，他说：'诗人对宇宙人生，须入乎其内，又须出乎其外。入乎其内，故能写之；出乎其外，故能观之。入乎其内，故有生气，出乎其外，故有高致。'艺术和生活的关系就是如此。要能'入'，又要能'出'，这正是一个微妙的辩证的关系。深入到生活里面去，而又能超越于生活之上，这两者是不可分的，后者只能是前者的结果，或者说极致。但如若潜没于生活的真实的海里，不能从一定的思想的高度窥取人生全貌，探其真髓，这就是所谓'只见树木，不见森林'，在哲学上是狭隘经验主义，在文学上是自然主义，都为我们所不取的。……人进入到一种未知的生活，开头总是感觉得新奇的；但几经接触之后，实际便渐渐露出它本来面目，被你借幻想所渲染上的辉煌色彩很快地褪去，一切都显得平淡，甚至厌烦了。你看见了你不愿看的东西。战争中有血，有死亡，有残酷。肮脏、愚昧、黑暗仍然在农村中占有势力。于是你感到了痛苦，但是这种生活原是你曾认为有意义，而努力追求过来的，你又不能且不愿马上脱离它。你努力克制自己，使自己慢慢适应于这种生活。然而适应不是一下子能够做到的。这需要生活一个相当时期。……和周围的人们打成一片，向他们学习，请教他们。不怨他们不理解自己，倒是自己必需要理解他们。尝味各种生活，努力去理解各种样式的人，这就是为创作必需储蓄的资本。然而要经过多少的，甚至还意想不到的麻烦呵。……我们是在参加着民族解放战争，参加着新的社会的建设。即不为写作，我们也应当使自己适应于我们所过的生活。应当有这样的决心：不要让生活迁就我，让我来迁就生活。……所以作家和延安的生活，即使有些许扞格不入的地方，因为基本方向是一致的，而又两方都在力求进步，是终会完满地互相拥抱起来的。现在正是毛泽东同志所特别称呼的'在山上的'和'在亭子间的'两股

洪流汇合的过程。……作家在这里写不出东西，生活和心情自然
并不是唯一的，甚至也不是最重要的原因；有关创作本身的一个
问题，写甚么的问题，我想有很大的关系。这不是延安单独的问
题。抗战以后，许多作家都碰着了这样一个难关：写抗战吧，不
熟悉；写过去的事情，又觉得现在不是时候。而到了延安，我们
更觉得应当写一些新的，有意义的题材。……在题材、样式、手
法等等上必需容许最广泛的范围。在延安，创作自由的口号应当
变成一种实际。写，大胆地写，写不出来书要呼吸一点新鲜空气
的时候，就去生活。一切心情的不安都扫除净尽吧。"①

　　周扬文章中的"不要让生活迁就我，让我来迁就生活"等观
点在延安作家群里引起了强烈反响。丁玲、艾青、刘白羽
（1916—2005）、萧军等人相继进行文学创作，揭露批评延安革命队
伍中存在的问题，旨在捍卫"五四"启蒙文学的尊严，主张新文
学作家主体精神的独立性，以及发扬鲁迅勇于批评的文学精神。
小说作品有丁玲的《在医院中》（原名《在医院中时》，《谷雨》
1941年第1卷第1期，《文艺阵地》1942年第7卷第1期转载时改
为现名），刘白羽的《陆康的歌声》（《解放日报》1942年3月24
日—25日）；杂文作品有丁玲的《我们需要杂文》（《解放日报》
1941年10月23日），王实味的《政治家·艺术家》（《谷雨》1942
年第1卷第4期）和《野百合花》（《解放日报》1942年3月13、
23日），萧军的《杂文还废不得说》（《谷雨》1942年第1卷第5
期），艾青的《了解作家，尊重作家》（《解放日报》1942年3月11
日），罗烽的《还是杂文的时代》（《解放日报》1942年3月12日）
等。上述文学创作所体现的理论倾向，在延安整风运动中受到了

①周扬：《文学与生活漫谈》，载《解放日报》1941年7月17—19日，第
二版。

严厉批评。

其中，艾青的杂文《了解作家，尊重作家》因对文学功用价值和作家独立地位的论述，常被文学史书提及，其主张："作家是一个民族或一个阶段的感觉器官，思想神经或是智慧的瞳孔。作家是从精神上——即情感，感觉，思想，心理的活动上——守卫他所属的民族或阶级的忠实的兵士。作家的工作就是把自己的或他所选择的人物的感觉，情感，思想凝结成形象的语言，通过这语言，去团结和组织他的民族或阶级的全体。一首诗，一篇小说或一个剧本，它们的目的，或是使自己的民族或阶级给自己的省察，或是提高民族或阶级的自尊，或是从心理上增加战胜敌人的力量。……作家并不是百灵鸟，也不是专门唱歌娱乐人的歌妓。他的竭尽心血的作品，是通过他的心的膊动而完成的。他不能欺瞒他的感情去写一篇东西，他只知道根据自己的世界观去看事物，去描写事物，去批判事物。在他创作的时候，就只求忠实于他的情感，因为不这样，他的作品就成了虚伪的，没有生命的。……假如医生的工作是保卫人类肉体的健康，那末，作家的工作是保卫人类精神的健康——而后者的作用则更普遍，持久，深刻。作家除了自由写作之外，不要求其他的特权。他们用生命去拥护民主政治的理由之一，就因为民主政治能保障他们的艺术创作的独立的精神。因为只有给艺术创作以自由独立的精神，艺术才能对社会改革的事业起推进的作用。"①

4. 文学与政治关系问题的论争

1945年下半年，茅盾的《清明前后》和夏衍的《芳草天涯》两部话剧先后在重庆上演，引起了很大反响，文艺家们对此做出

---

① 艾青：《了解作家，尊重作家》，载《解放日报》1942年3月11日，第四版。

了褒贬不一的批评。彼时从延安来重庆任职于《新华日报》的何其芳在《〈清明前后〉的现实意义》（《周报》1945年第8期）中对《清明前后》给予肯定评价："茅盾先生在一九四五年的清明前后，在重庆，选取了一个'大时代的小插曲'来作题材。他写了那个轰动一时的黄金案中的几个人物的活动。在这些'大人物'和小人物的喜怒哀乐中间，一个民族工业家的矛盾和挣扎是中心。这个剧本提出了并解决了民族工业的出路问题。然而它所展开的图画并不局限于此。这里面还走过了悲惨的小职员的生活，某些上层人物的代表（从'俨然存在'的金澹庵到无耻之尤的余为民），乃至难民的呻吟，劳动者的合唱也作为一种背景而出现。总之，俨然就是这个重庆。就是这个人为的雾比天然的雾更暗澹、更阴惨的重庆。这个旧中国的首都。茅盾先生的创作所接触的范围一直是比较广泛的。这就是一个值得我们学习的优点。而这个剧本毫不含糊的提出问题，说明问题，更告诉我们一个创作家需要有明确的立场和观点。没有人民大众的立场，没有科学的观点，我们无法使我们的艺术与真理相结合。茅盾先生对于处在控制，管制，限价等等脚镣手铐中的民族工业家，不是简单地空洞地仅仅寄与同情，而是既沉痛地控诉了他所遭受的客观压迫，替他作了有力的呼吁，又更深入地刻画了他本身的软弱，动摇，替他找到了真正的出路。"[1]

何其芳又在《评〈芳草天涯〉》中对《芳草天涯》持否定的批评立场："可以用几句话来叙述《芳草天涯》的故事。一个普通的进步知识分子，与他的较落后的太太家庭生活过得不和睦，爱上了另外一个年青的女孩子，然而后来由于他的太太为此很痛苦，

---

①何其芳：《〈清明前后〉的现实意义》，载《周报》1945年第8期，第19页。

他和那个女孩子就中止了这种恋爱关系的发展。作者夏衍先生的用意是很明白的：反对那种'踏过别人的痛苦而走向自己的幸福'的恋爱观。而又由于陷入这种纠纷的是一个进步知识分子，作者更企图解决这一个问题，进步的工作者应该如何处理恋爱纠纷。……对于今日中国的一般知识分子，最重要的问题是在政治上觉悟；对于已经倾向革命的知识分子，最重要的问题是认识自己的思想还需要经过一番经过改造，并从理论的学习与社会实践去实行这改造。因为政治上觉悟在知识分子本身是一个迷失抑寻得人生道路的问题，并在这条道路上少犯错误，少给与革命事业以损失的问题。至于恋爱纠纷，则处理得好也吧，坏也吧，一般地说，对于知识分子没有什么决定性的影响。而且假若他政治上已经觉悟，思想上又经过了相当的改造，处理这种私人生活的问题也并没有什么太困难。……所以，在《芳草天涯》中流露出来的作者的好心也好，以及在故事与细节上作者所费的苦心也好，都并不能补救这个致命的弱点：把一个小问题夸张成为很大的问题，而又企图用一种不能从根本上解决它的方法去解决。"①

1945 年 11 月 10 日，《新华日报》社组织召开《清明前后》与《芳草天涯》两个话剧的座谈会。《新华日报》1945 年 11 月 28 日第四版刊载《〈清明前后〉与〈芳草天涯〉两个话剧的座谈》一文，文章对座谈会发言人的真实姓名以英文字母代替。其中，C 发言人有这样一段批评："……进一步说，今天后方所要反对的主要倾向，究竟是标语口号的倾向，还是非政治的倾向？有人以为主要的倾向是标语口号，公式主义，我以为这种批评本身，就正是一种标语口号或公式主义的批评，因为它只知道反公式主义的公式，

---

①何其芳：《评〈芳草天涯〉》，载《中原·文艺杂志·希望·文哨联合特刊》1946 年第 1 卷第 1 期，第 30—32 页。

而不知道今天严重地普遍地泛滥于文艺界的倾向，乃是更有害的非政治的倾向（这是常识的说法，当然它根本上还是一种政治的倾向）。有一些人正在用反公式主义掩盖反政治主义，用反客观主义掩盖反理性主义，用反教条主义掩盖反马克思主义，——反马克思主义成了合法的，马克思主义成了非法的，这个非法的思想已此调不弹久矣！有些人说生活就是政治，自然，广义的说，一切生活都离不了政治，但因此就把政治还原为非政治的日常琐事，把阶级斗争还原为个人对个人的态度，否则就派定为公式主义，客观主义，教条主义，却是非常危险的。假如说《清明前后》是公式主义，我们宁可多有一些这种所谓'公式主义'，而不愿有所谓'非公式主义'的《芳草天涯》或其他莫名其妙的让人糊涂而不让人清醒的东西。"①

　　1945年12月19日，《新华日报》刊出王戎的文章《从〈清明前后〉说起》，其"编者的话"载："自上月二十八日本刊发表关于《清明前后》与《芳草天涯》的座谈记录后，我们听到一些不同的意见，下面王戎先生的文章，就是其中之一。但在不同的意见中间，彼此又互有出入。……这里面，实际上是包含着一个更重要的问题，即艺术与政治的关系如何和近年来大后方文艺倾向的问题。这个问题如果能在争论中得到一个正确的解决，那将是非常有意义的。"② 王戎在文中主张："……这种说法我不同意，首先我们要知道反对标语口号公式主义不等于肯定或拥护非政治倾向的剧作，现实主义的批评是既反对只写花花草草趣味噱头的'无'政治倾向的作品，同时也要反对用个人情感狂喊口号的

　　①《〈清明前后〉与〈芳草天涯〉两个话剧的座谈》，载《新华日报》1945年11月28日，第四版。
　　②王戎：《从〈清明前后〉说起》，载《新华日报》1945年12月19日，第四版，编者的话。

'唯'政治倾向的作品。现实主义的批评要求'是政治与艺术的统一，内容与形式的统一，革命的政治内容与尽可能高度的艺术形式的统一。缺乏艺术性的艺术品，无论政治上怎样进步，也是没有力量的'。（毛泽东：文艺问题）如果说我们今天要反对的主要对象是非政治倾向的作品，那么我们拿什么东西去反对呢？用标语口号公式主义的唯政治倾向的作品吗？它决不能完成这个任务，只有我们要求自己具有政治与艺术紧密结合溶化为一体的现实主义的作品才行。如果因为非政治倾向的作品泛滥而只要求另一种唯政治倾向的作品来取而代之，那不过是把艺术从这个象牙之塔送到那一个象牙之塔里去罢了。"①

对于王戎的观点，邵荃麟撰文《略论文艺的政治倾向》（《新华日报》1945 年 12 月 26 日）加以驳斥，王戎又撰文《"主观精神"和"政治倾向"》（《新华日报》1946 年 1 月 9 日）予以回应。此外，画室在《题外的话》（《新华日报》1946 年 1 月 23 日）中提出将政治性和艺术性统一起来批评文学作品的观点："新华副刊文艺版的编者，几次要我在'文艺与政治'的题目之下写一点短论，这是最近因两个剧本而引起论争的题目。但论争的几篇文章，我都没有细读，而对于两个剧本也没有什么话想说，这里就说几句与争论的问题不相干的话罢。我觉得对文艺作品有两种不妥当的看法或说法，现在还是很流行。其一是说：'某一作品虽缺乏艺术性，但政治性很强'。其二是相反，说：'某一作品虽然没有政治性，但它的艺术性很高呀'。我觉得这两种说法都应该放弃了。理由很简单，就是这样的说法不但使人听了觉得反而不明了起来，而且再说下去，怕连所谓政治性或艺术性也将越见空虚起来了。……

①王戎：《从〈清明前后〉说起》，载《新华日报》1945 年 12 月 19 日，第四版。

我想，我们到了现在，不仅应该有统一的看法，而且也应该有进一步的要求。这首先就不要再这样说法，再这样设立问题。研究或评价具体作品，用什么抽象的‘政治性’‘艺术性’的代数学式的说法，可说是什么都弄糟了。如果这样地去指导创作，则更坏。……因此，我提议停止这一类说法，而换另一类说法。所谓统一的看法，就是对于作品不仅不要将艺术的价值和它的社会的政治的意义分开，并且更不能从艺术的体现之外去求社会的政治的价值。对于社会的政治的东西之艺术的体现或生产有高低，因此艺术价值有高低，因此社会的或政治的价值也有高低。所谓政治的价值（或革命的价值），一般说是社会的价值，不是狭窄的而是广义的，这须对象是艺术的（无论水平高低总须是艺术的）作品，即指那作品所带来的一切意义之总和而说的。这是作品的客观价值。从艺术方面说，这就叫艺术的价值，因为它是必须从艺术产生的，必须借艺术的方法、的机能、的力量所带来的。而假如艺术不能带来所说的社会的价值，则它又有什么‘艺术价值’呢？反之，艺术水平或艺术手腕虽不高，但它分明属于新生的发展中的艺术，反映着社会生活，则在肯定着它应有的社会价值的时候，为什么不也同时肯定了它的艺术的价值呢？”[1]

　　最后，何其芳撰写长文《关于现实主义》（《新华日报》1946年2月13日）对上述讨论中王戎、画室等不同意见做总结回应。全文分“今天大后方的文艺上的中心问题到底在哪里？”“从创作过程说到对于《清明前后》的估价”“批评一个作品是否可以从政治性与艺术性这两方面来考察”三节，文中写道：“徐迟先生还把这问题提到创作过程的规律上来。他说：应该从‘愿意’出发，不应该从‘应该’出发。而且他把《芳草天涯》作为前者的例子，

①画室：《题外的话》，载《新华日报》1946年1月23日，第四版。

把《清明前后》作为后者的例子。这就应用到批评了。徐迟先生在旁的地方不同意王戎先生，但在对于《清明前后》的创作过程的估计上，虽说程度不同，意见却颇相似。徐迟先生说：'茅盾先生是认为他应该写这个戏而写了《清明前后》。他并不是全部愿意的，因为他知道在细节特殊上，他还没有全盘抓紧。'王戎先生说：'我们所要表现的民主，一定是从实际生活斗争中的呼声和要求以及争取的目标，决不应该是用来勉强凑合事实的空洞口号。'而《清明前后》中作者的表现和呼喊却'不是生动而感人的，是失去了生活基础的抽象概念'。……应该与愿意并不是两个冤家，硬是不能见面。相反地，假若我们真是深深地觉得应该的时候，那我们也就愿意了。徐迟先生自己也说：'我们从愿意出发，到达应该。'为什么就不可以从应该出发，到达愿意呢？……画室先生所主张的那种统一的说法，看它的社会价值如何，我也并不反对。但是，我们从什么地方去判断一个作品的社会价值的高低呢？假若要进行具体的分析，又为什么不可以从两方面来考察，先看它的政治内容的正确或错误的程度如何，再看它的艺术手段对于这种内容的表达或完成的程度如何，然后去得到一个综合的判断呢？……其实批评一个作品，从政治性与艺术性两方面来考察，而且政治标准第一，艺术标准第二，无产阶级的艺术理论的最初建立人也就是这样进行着批评的。马克思与恩格斯给拉萨尔的信就是一个显著的例子。……毛泽东同志在讲文艺批评的标准问题时，把马克思、恩格斯的这种精神和方法更发展了，更系统化了。然而这还是一个次要的问题。毛泽东同志对于无产阶级的艺术理论的最大的发展与最大的贡献乃在于那样明确地，系统地提出了艺术群众化的新方向，与从根本上建立艺术工作者的新的人生观。从这以后，我们才知道无论什么好的事物，艺术也好，五四以来的新文艺也好，左翼文艺也好，现实主义也好，甚至于就是马克思主义也好，假若它不能和人民群众结合，假若它不能与人民群众及其实际斗争的需要相符合，它就不但不能发展，而且还可能形成宗派主义的倾向。以上是我对于最近两个月来新华副刊文艺版上所发表的几位朋友的文章的主要意见。由于篇幅的限制，我只接触到几个我所不赞同的论点……"①

5. 现实主义与主观问题的论争

《希望》于 1945 年 12 月在上海创刊，胡风为主编兼发行人。1945 年第 1 卷第 1 期同时刊载了舒芜（1922—2009）的《论主观》和胡风的《置身在为民主的斗争里面》两篇文章。1945 年第 1 卷第 2 期又刊出舒芜的《论中庸》一文。

《论主观》对"主观"有如下诠释："所谓'主观'，是一种物质性的作用，而只为人类所具有。它的性质，是能动的而非被动的，是变革的而非保守的，是创造的而非因循的，是役物的而非役于物的，是为了自己和同类的生存而非为了灭亡的；简言之，即是一种能动的用变革创造的方式来制用万物以达到保卫生存和发展生存之目的的作用。这就是我们对于'主观'这一范畴的概括的说明。"②

《置身在为民主的斗争里面》主张："说是作家要深入人民，说是作家要与人民结合。然而怎样深入，又怎样结合呢？首先，当然要求一个战斗的实践立场，和人民共命运的实践立场，只有这个伦理学上（战斗道德上）的反客观主义，才能够杜绝艺术创造上的客观主义底根源。但这还只是解决问题的基本条件，犹如游泳须在水里，但在水里并不就等于游泳一样。作家应该去深入或结合的人民，并不是抽象的概念，而是活生生的感性的存在。那么，他们底生活

---

① 何其芳：《关于现实主义》，载《新华日报》1946 年 2 月 13 日，第四版。
② 舒芜：《论主观》，载《希望》1945 年第 1 卷第 1 期，第 68 页。

欲求或生活斗争，虽然体现着历史的要求，但却是取着千变万化的形态和复杂曲折的路径；他们底精神要求虽然伸向着解放，但随时随地都潜伏着或扩展着几千年的精神奴役的创伤。作家深入他们，要不被这种感性存在的海洋所淹没，就得有和他们底生活内容搏斗的批判的力量。一般地说，这就是思想的武装。然而，这里且不论这思想的武装是怎样形成，但要着重说明的有一点：它并不等于凭借'思辨的头脑'去把握世界（马克思），它底搏斗过程始终不能超脱感性的机能，或者说，它一定得化合为感性的机能。我们把这叫做实践的生活意志，或者叫做被那些以贩卖公式为生的市侩们所不喜的人格力量，也可以的。但实际上，作家正是各各带着他底'思想武装'深入人民，与人民结合的。或者是一些抽象的理论教条，或者是一些熟悉的感情习性，或者是一些强烈的处世愿望……当然，最多的是这些的复杂的结合形态。作家就各各带着了这样的'思想武装'。从这里，和人民的结合过程，对于对象的体现和克服过程，就必然要转变为作家自己底分解和再建过程，这就出现了前面所提出的深刻的自我斗争。"①

　　以上文章的主张掀起轩然大波，引发了持续数年的论争。黄药眠的《论约瑟夫的外套》（《文艺生活》1946年光复版第3期）、胡绳的《评路翎的短篇小说》（《大众文艺丛刊》1948年第1期）、乔木的《文艺创作与主观》（《大众文艺丛刊》1948年第2期）、萧恺的《文艺统一战线的几个问题》（《大众文艺丛刊》1948年第3期），以及邵荃麟的《论主观问题》（收入1949年6月北平新中国书局出版的《〈大众文艺丛刊〉批评论文选集》）等系列文章对胡风等的文学主张做了详尽分析和严正批评。

---

　　①胡风：《置身在为民主的斗争里面》，载《希望》1945年第1卷第1期，第4—5页。

　　面对争议，1948 年 9 月 17 日，胡风创作完成文学理论著作
《论现实主义的路——对于主观公式主义和客观主义的、粗略的再
批判，并以纪念鲁迅先生逝世十二周年》，由上海青林社出版。

　　（二）文学批评者代表

　　1. 艾青

　　艾青这时期的文学批评著作主要是《诗论》（桂林三户图书
社，1941 年 9 月），收录《诗论》《诗的散文美》《诗与宣传》《诗
与时代》《诗人论》5 篇文论。

　　其中，《诗论》是全书精华所在，分"出发""诗""诗的精
神""美学""思想""生活""主题与题材""形式""技术"等十五
节，"美学"之七："艺术的规律是在变化里取得统一，是在参错
里取得和谐，是在运动里取得均衡，是在繁杂里取得单纯，自由
而自己成了约束。"① "美学"之十九："格律是文字对于思想与情
感的控制，是诗的防止散文的芜杂与发散的一种羁勒；但当格律
已成了仅只囚禁思想与情感的刑具时，格律已是诗的障碍与绞杀
了。"② "美学"之二十六："人类无论如何也不致于临到了一个可
以离弃情感而生活的日子：既然如此，'抒情'在诗里存在，将有
如'情感'之在人类里存在；是永久的。有人误解'抒情的'即
是'感伤的'，所以有了'感伤主义'的同义语'抒情主义'的称
呼。这是由于这世纪的苦闷压抑下，智识阶级普遍的感到心理衰
惫的结果。"③ "美学"之二十七："抒情是一种饱含水分的植物。
但如今有人爱矿物，厌恶了抒情，甚至会说出：'只有矿物才是物

————————

　　①艾青：《诗论》，载《诗论》，桂林：三户图书社，1942 年 4 月再版，第
10 页。

　　②同上，第 13 页。

　　③同上，第 14—15 页。

质'。这话是天真的。"① "美学"之二十八："说科学可以放逐抒情，无异于说科学可以放逐生活。这是非常不科学的见解。"② "生活"之一："我生活着，故我歌唱。"③ "生活"之四："只有忠实于生活的，才说得上忠实于艺术。"④ "生活"之八："诗——永远是生活的牧歌。"⑤ "主题与题材"之二："制胜一切的主题，使它们成为驯服：假如是岩石，用铁锤和凿击开它；假如是钢，用白热的火镕软它；假如是泥土，用水调和，使它在你的手指里揉出形体；假如是棉花，理出它的纤维，纺织它，再在它的上面，印上图案。"⑥ "主题与题材"之三："在对于题材的征服上，扩大艺术世界的统治：凡你眼睛所见的，耳朵所听的，都必须组织在你思想的系统里，使它们随时等待你的调遣。使你的感觉与思维在每一个题材袭击的时候，给以一致的搏斗，直到那题材完全屈服为止。"⑦ "主题与题材"之六："我们永远不能停止对于自然的歌唱，因为我们永远不会停止从自然取得财富的缘故——这有如我们永远爱着哺育我们的母亲一样。"⑧

《诗的散文美》节选："自从我们发现了韵文的虚伪，发现了韵文的人工气，发现了韵文的雕琢，我们就敌视了它；而当我们熟视了散文的不修饰的美，不经过脂粉的涂抹的颜色，充满了生的气息的健康，它就肉体地诱惑了我们。……口语是美的，它存

①艾青：《诗论》，载《诗论》，桂林：三户图书社，1942年4月再版，第15页。
②同上。
③同上，第20页。
④同上。
⑤同上，第21页。
⑥同上，第23页。
⑦同上，第24页。
⑧同上，第25页。

在于人的日常生活里。它富有人间味，它使我们感到无比的亲切。而口语是最散文的。……散文的自由性，给文学的形象以表现的便利；而那种洗炼的散文，崇高的散文，健康的或是柔美的散文之被用于诗人者，就因为它们是形象之表达的最完善的工具。"①

《诗与宣传》节选："文学是人类精神活动方向之一；人类借它'反映'，'批判'，'创造'自己的生活。它永远不可能逃遁它对生活所发生的作用。它应该把自己的根发放植在生活里——生活是一切艺术的最肥沃的土壤。……我们，是悲苦的种族之最悲苦的一代，多少年月积压下来的耻辱与愤恨，将都在我们这一代来清算。我们是担载了历史的多重的使命的。不错，我们写诗；但是，我们首先却更应该知道自己是'中国人'。我们写诗，是作为一个悲苦的种族争取解放，排脱枷锁的歌手而写诗。诗与自由，是我们生命的两种最可贵的东西，只有今日的中国诗人最能了解它们的价值。诗，由于时代所课给它的任务，它的主题是改变了：一切个人的哀叹，与自得的小欢喜，已是多余的了；诗人不再沉湎于空虚的遐想里了；对于花，月，女人等等的赞美，诗人已感到羞愧了；个人主义的英雄也失去尊敬了。"②

《诗与时代》节选："我常常听到人家说起，某某人反对'抗战诗'，某某人说'抗战诗'是'八股'，某某人说：'我不写"抗战诗"。'等等。在这里，我不想给抗战诗这一词下一种容易被误解为给它辩护的界说，我只是要指明，诗人能忠实于自己所生活的时代是应该的。最伟大的诗人，永远是他所生活的时代的最忠实的代言人；最高的艺术品永远是产生它的时代的情感、风尚、

---

①艾青：《诗的散文美》，载《诗论》，上海：新新出版社，1947年7月三版，第71—73页。

②艾青：《诗与宣传》，载《诗论》，桂林：三户图书社，1942年4月再版，第75—79页。

趣味等等之最真实的记录。亢战在今天的中国，在今天的世界，都是最大的事件，不论诗人对于这事件的态度如何，假如诗人尚有感官的话，他总不能隐瞒这事件之触目惊心的存在。"①

2. 朱自清

朱自清，新文学先驱诗人之一，后以散文驰誉文坛。其文学批评作品在上个时期相对较少，主要有编选的《中国新文学大系（第八集：诗集）》（上海良友图书印刷公司，1935 年 10 月），以及该书收录的"导言""选诗杂记"等文论。

朱自清这时期的文学批评论著丰硕，主要有《精读指导举隅》（与叶圣陶合编，上海中华书局，1941 年 2 月）、《略读指导举隅》（与叶圣陶合著，重庆商务印书馆，1943 年 1 月）、《国文教学》（与叶圣陶合著，上海开明书店，1945 年 4 月）、《诗言志辨》（上海开明书店，1947 年 8 月）、《新诗杂话》（上海作家书屋，1947 年 12 月）、《语文零拾》（上海名山书局，1948 年 4 月）、《标准与尺度》（上海文光书店，1948 年 4 月）、《论雅俗共赏》（上海观察社，1948 年 5 月）。

《新诗杂话》收录《新诗的进步》《解诗》《诗与感觉》《诗与哲理》等 16 篇文论。《诗的形式》节选："诗随时代发展，外在的形式的复沓渐减，内在的意义的复沓渐增，于是乎讲求经济的表现——还是为了说得少而强烈些。任外在的和内在的复沓，比例尽管变化，却相依为用，相得益彰。要得到强烈的表现，复沓的形式是有力的帮手。就是写自由诗，诗行也得短些，紧凑些；而且不宜过分参差，跟散文相混。短些，紧凑些，总可以让内在的复沓多些。新诗的初期重在旧形式的破坏，那些白话调都趋向于散文化。陆志韦先生虽然主张用韵，但还觉得长短句最好，也可见当时的

---

①艾青：《诗与时代》，载《诗论》，桂林：三户图书社，1942 年 4 月再版，第 88—89 页。

风气。其实就中外的诗体（包括词曲）而论，长短句都不是主要的形式；就一般人的诗感而论，也是如此。现在新诗已经发展到一个程度，使我们感觉到'匀称'和'均齐'还是诗的主要的条件；这些正是外在的复沓的形式。但所谓'匀称'和'均齐'并不要像旧诗——尤其是律诗——那样凝成定型。写诗只须注意形式上的几个原则，尽可'相体裁衣'而且必须'相体裁衣'。归纳各位作家试验的成果，所谓原则也还不外乎'段的匀称'和'行的均齐'两目。段的匀称并不一定要各段形式相同。尽可甲段和丙段相同，乙段和丁段相同；或甲乙丙段依次跟丁戊己段相同。但间隔三段的复沓（就是甲乙丙丁段依次跟戊己庚辛段相同）便似乎太远或太琐碎些。所谓相同，指的是各段的行数，各行的长短，和韵脚的位置等。行的均奇主要在音节（就是音尺）。中国语在文言里似乎以单音节和双音节为主，在白话里似乎以双音节和三音节为主。顾亭林说过，古诗句最长不过十个字；据卞之琳先生的经验，新诗每行也只该到十个字左右，每行最多五个音节。我读过不少新诗，也觉得这是诗行最适当的长度，再长就拗口了。这里得注重轻音字，如'我的'的'的'字，'鸟儿'的'儿'字等。这种字不妨作为半个音，可以调整音节和诗行；行里有轻音字，就不妨多一个两个字的。点号却多少有些相反的作用；行里有点号，不妨少一两个字。这样，各行就不会像刀切的一般齐了。各行音节的数目，当然并不必相同，但得匀称的安排着。一行至少似乎得有两个音节。韵脚的安排有种种式样，但不外连韵和间韵两大类，这里不能详论。此外句中韵（内韵），双声叠韵，阴声阳声，开齐合撮四呼等，如能注意，自然更多帮助。这些也不难分辨。一般人难分辨的是平仄声；但平仄声的分别在新诗里并不占什么地位。"[1]

---

[1]朱自清：《诗的形式》，载《新诗杂话》，上海：作家书屋，1947年12月，第144—146页。

　　《论雅俗共赏》收录《论雅俗共赏》《论百读不厌》《论逼真与如画》《论书生的酸气》《论朔诵诗》《论老实话》等 14 篇文论。《论雅俗共赏》节选："陶渊明有'奇文共欣赏，疑义相与析'的诗句，那是一些'素心人'的乐事，'素心人'当然是雅人，也就是士大夫。这两句诗后来凝结成'赏奇析疑'一个成语，'赏奇析疑'是一种雅事，俗人的小市民和农家子弟是没有份儿的。然而又出现了'雅俗共赏'这一个成语，'共赏'显然是'共欣赏'的简化，可是这是雅人和俗人或俗人跟雅人一同在欣赏，那欣赏的大概不会还是'奇文'罢。这句成语不知道起于什么时代，从语气看来，似乎雅人多少得理会到甚至迁就着俗人的样子，这大概是在宋朝或者更后罢。……单就玩艺儿而论，'雅俗共赏'虽然是以雅化的标准为主，'共赏'者却以俗人为主。固然，这在雅方得降低一些，在俗方也得提高一些，要'俗不伤雅'才成；雅方看来太俗，以至于'俗不可耐'的，是不能'共赏'的。但是在甚么条件之下才会让俗人所'赏'的，雅人也能来'共赏'呢？我们想起了'有目共赏'这句话。孟子说过'不知子都之姣者，无目者也'，'有目'是反过来说，'共赏'还是陶诗'共欣赏'的意思。子都的美貌，有眼睛的都容易辨别，自然也就能'共赏'了。孟子接着说：'口之于味也，有同嗜焉；耳之于声也，有同听焉；目之于色也，有同美焉。'这说的是人之常情，也就是所谓人情不相远。但是这不相远似乎只限于一些具体的、常识的、现实的事物和趣味。"①

　　3. 朱光潜

　　朱光潜这时期的文学批评著作主要有《谈修养》（重庆中周出

---

　　①朱自清：《论雅俗共赏》，载《论雅俗共赏》，上海：观察社，1948 年 7 月再版，第 1—6 页。

版社，1943 年 5 月）、《诗论》（重庆国民图书出版社，1943 年 6
月）、《谈文学》（上海开明书店，1946 年 5 月）。

　　《谈文学》收录《文学与人生》《资禀与修养》《文学的趣味》
《写作练习》《作文与运思》《选择与安排》《咬文嚼字》《情与辞》
等 16 篇文论。《资禀与修养》全文："拉丁文中有一句名言：'诗人
是天生的，不是造作的。'这句话本有不可磨灭的真理，但是往往
被不努力者援为口实。迟钝人说，文学必须靠天才，我既没有天
才，就生来与文学无缘，纵然努力，也是无补费精神。聪明人说，
我有天才，这就够了，努力不但是多余的，而且显得天才还有缺
陷，天才之所以为天才，正在它不费力而有过人的成就。这两种
心理都很普遍，误人也很不浅。文学的门本是大开的。迟钝者误
认为它关得很严密，不敢去问津；聪明者误认为自己生来就在门
里，用不着摸索。他们都同样地懒怠下来，也同样地被关在门外。
从前有许多迷信和神秘色彩附丽在'天才'一个名词上面，一般
人以为天才是神灵的凭借，与人力全无关系。近代学者有人说它
是一种精神病，也有人说它是'长久的耐苦'。这个名词似颇不易
用科学解释。我以为与其说'天才'，不如说'资禀'。资禀是与
生俱来的良知良能，只有程度上的等差，没有绝对的分别，有人
多得一点，有人少得一点。所谓'天才'不过是在资禀方面得天
独厚，并没有什么神奇。莎士比亚和你我相去虽不可以道里计，
他所有的资禀你和我并非完全没有，只是他有的多，我们有的少。
若不然，他和我们在知能上就没有公同点，我们也就无从了解他，
欣赏他了。除白痴以外，人人都多少可以了解欣赏文学，也就多
少具有文学所必需的资禀。不单是了解欣赏，创作也还是一理。
文学是用语言文字表现思想情感的艺术，一个人只要有思想情感，
只要能运用语言文字，也就具有创作文学所必需的资禀。就资禀
说，人人本都可以致力文学；不过资禀有高有低，每个人成为文

学家的可能性和在文学上的成就也就有大有小。我们不能对于每件事都能登峰造极，有几分欣赏和创作文学的能力，总比完全没有好。要每个人都成为第一流文学家，这不但是不可能，而且也大可不必；要每个人都能欣赏文学，都能运用语言文字表现思想情感，这不但是很好的理想，而且是可以实现和应该实现的理想。一个人所应该考虑的，不是我究竟应否在文学上下一番功夫（这不成为问题，一个人不能欣赏文学，不能发表思想情感，无疑地算不得一个受教育的人），而是我究竟还是专门做文学家，还是只要一个受教育的人所应有的欣赏文学和表现思想情感的能力？这第二个问题确值得考虑。如果只要有一个受教育的人所应有的欣赏文学和表现思想情感的能力，每个人只须经过相当的努力，都可以达到，不能拿没有天才做借口；如果要专门做文学家，他就要自问对于文学是否有特优的资禀。近代心理学家研究资禀，常把普遍智力和特殊智力分开。普遍智力是施诸一切对象而都灵验的，像一把同时可以打开许多种锁的钥匙；特殊智力是施诸某一种特殊对象而才灵验的，像一把只能打开一种锁的钥匙。比如说，一个人的普遍智力高，无论读书、处事或作战、经商，都比低能人要强；可是读书、处事、作战、经商各需要一种特殊智力。尽管一个人件件都行，如果他的特殊智力在经商，他在经商方面的成就必比做其它事业都强。对于某一项有特殊智力，我们通常说那一项为'性之所近'。一个人如果要专门做文学家，就非性近于文学不可。如果性不相近而勉强去做文学家，成功的固然并非绝对没有，究竟是用违其才；不成功的却居多数，那就是精力的浪费了。世间有许多人走错门路，性不近于文学而强作文学家，耽误了他们在别方面可以有为的才力，实在很可惜。'诗人是天生的，不是造作的'一句话，对于这种人确是一个很好的当头棒。但是这句话终有语病。天生的资禀只是潜能，要潜能现为事实，不能不假人力造作。好比花果的种子，天生就有一种资禀可以发芽成树，开花结实，但是种子有很多不发芽成树开花结实的，因为缺乏人工的培养。种子能发芽成树开花结实，有一大半要靠人力，尽管它天资如何优良。人的资禀能否实现于学问事功的成就，也是如此。一个人纵然生来就有文学的特优资禀，如果他不下工夫修养，他必定是苗而不秀，华而不实。天才愈卓越，修养愈深厚，成就也就愈伟大。比如说李白、杜甫对于诗不能说是无天才，可是读过他们的诗集的人都知道这两位大诗人所下的工夫。李白在人生哲学方面有道家的底子，在文学方面从《诗经》《楚辞》直到齐梁体诗，他没有不费苦心模拟过。杜诗无一字无来历，世所共知。他自述经验说，'读书破万卷，下笔如有神'。西方大诗人像但丁、莎士比亚、哥德诸人，也没有一个不是修养出来的。莎士比亚是一般人公评为天才多于学问的，但是谁能测量他的学问的浅深？医生说，只有医生才能写出他的某一幕；律师说，只有学过法律的人才能了解他的某一剧的术语。你说他没有下工夫研究过医学、法学等等？我们都惊讶他的成熟作品的伟大，却忘记他的大半生精力都费在改编前人的剧本，在其中讨诀窍。这只是随便举几个例。完全是'天生的'而不经'造作'的诗人在历史上却无先例。孔子有一段论学问的话最为人所称道：'或生而知之，或学而知之，或困而知之，及其知之一也。'这话确有至理，但亦看'知'的对象为何。如果所知的是文学，我相信'生而知之'者没有，'困而知之'者也没有，大部分文学家是有'生知'的资禀，再加上'困学'的工夫，'生知'的资禀多一点，'困学'的工夫也许可以少一点。牛顿说：'天才是长久的耐苦。'这话也须用逻辑眼光去看，长久的耐苦不一定造成天才，天才却有赖于长久的耐苦。一切的成就都如此，文学只是一例。天生的是资禀，造作的是修养；资禀是潜能，是种子；修养使潜能实现，使种子发芽成树，开花结实。资禀不是我们自己力量所能控制的，修养却全靠自家的努力。在文学方面，修养包涵极广，举其大要，约有三端。第一是人品的修养。人品与文品的关系是美学家争辩最烈的问题，我们在这里只能说一个梗概。从一方面说，人品与文品似无必然的关系。魏文帝早已说过：'古今文人类不护细行。'刘彦和在《〈文心雕龙〉程器》篇里一口气就数了一二十个没有品行的文人，齐梁以后有许多更显著的例，像冯延巳、严嵩、阮大铖之流还不在内。在克罗齐派美学家看，这也并不足为奇。艺术的活动出于直觉，道德的活动出于意志；一为超实用的；一为实用的，二者实不相谋。因此，一个人在道德上的成就不能裨益也不能妨害他在艺术上的成就，批评家也不应从他的生平事迹推论他的艺术的人格。但是从另一方面说，言为心声，文如其人。思想情感为文艺的渊源，性情品格又为思想情感的型范；思想情感真纯则文艺华实相称，性情品格深厚则思想情感亦自真纯。'仁者之言霭如''诐辞知其所蔽'。屈原的忠贞耿介，陶潜的冲虚高远，李白的徜徉自恣，杜甫的每饭不忘君国，都表现在他们的作品里面。他们之所以伟大，就因为他们的一篇一什都不仅为某一时会即景生情偶然兴到的成就，而是整个人格的表现。不了解他们的人格，就决不能彻底了解他们的文艺。从这个观点看，培养文品在基础上下工夫就必须培养人品。这是中国先儒的一致主张，'文以载道'说也就是从这个看法出来的。人是有机体，直觉与意志，艺术的活动与道德的活动恐怕都不能像克罗齐分得那样清楚。古今尽管有人品很卑鄙而文艺却很优越的，究竟是占少数，我们可以用心理学上的'双重人格'去解释。在甲重人格（日常的）中一个人尽管不矜细行，在乙重人格（文艺的）中他却谨严真诚。这种双重人格究竟是一种变态，如论常例，文品表现人品是千真万确的事实。所以一个人如果想在文艺上有真正伟大的成就，他必须有道德的修养。我们并非鼓励他去做狭隘的古板的道学家，我们也并不主张一切文学家在品格上都走上一条路。文品需要努力创造，各有独到，人品亦如此，一个文学家必须有真挚的性情和高远的胸襟，但是每个人的性情中可以特有一种天地，每个人的胸襟中可以特有一副丘壑，不必强同而且也决不能强同。其次是一般学识经验的修养。文艺不单是作者人格的表现，也是一般人生世相的返照。培养人格是一套工夫，对于一般人生世相积蓄丰富而正确的学识经验又另是一套工夫。这可以分两层说。一是读书。从前中国文人以能镕经铸史为贵，韩愈在《进学解》里发挥这个意思，最为详尽。读书的功用在储知蓄理，扩充眼界，改变气质。读的范围愈广，知识愈丰富，审辨愈精当，胸襟也愈恢阔。在近代，一个文人不但要博习本国古典，还要涉猎近代各科学问，否则见解难免偏蔽。这事固然很难。我们第一要精选，不浪费精力于无用之书；第二要持恒，日积月累，涓涓终可成江河；第三要有哲学的高瞻远瞩，科学的客观剖判，否则食而不化，学问反足以梏没性灵。其次是实地观察体验。这对于文艺创作或比读书还更重要。从前中国文人喜游名山大川，一则增长阅历，一则吸纳自然界瑰奇壮丽之气与幽深玄渺之趣。其实这种'气'与'趣'不只在自然中可以见出，在一般人生世相中也可得到。许多著名的悲喜剧与近代小说所表现的精神气魄正不让于名山大川。观察体验的最大的功用还不仅在此，尤其在洞达人情物理。文学超现实而却不能离现实，它所创造的世界尽管有时是理想的，却不能不有现实世界的真实性。近代写实主义者主张文学须有'凭证'，就因为这个道理。你想写某一种社会或某一种人物，你必须对于那种社会那种人物的外在生活与内心生活都有彻底的了解，这非多观察多体验不可。要观察得正确，体验得深刻，你最好投身他们中间，和他们过同样的生活。你过的生活愈丰富，对于人性的了解愈深广，你的作品自然愈有真实性，不致如雾里看花。第三是文学本身的修养。'工欲善其事，必先利其器'。文学的器具是语言文字。我们第一须认识语言文字，其次须有运用语言文字的技巧。这事看来似很容易，因为一般人日常都在运用语言文字；但是实在极难，因为文学要用平常的语言文字产生不平常的效果。文学家对于语言文字的了解必须比一般人都较精确，然后可以运用自如。他必须懂得字的形声义，字的组织以及音义与组织对于读者所生的影响。这要包涵语文学、逻辑学、文法、美学和心理学各科知识。从前人做文言文很重视小学（即语文学），就已看出工具的重要。我们现在做语体文比较做文言文更难。一则语言文字有它的历史渊源，我们不能因为做语体文而不研究文言文所用的语文，同时又要特别研究流行的语文；一则文言文所需要的语文知识有许多专书可供给，流行的语文的研究还在草创，大半还靠作者自己努力去摸索。在现代中国，一个人想做出第一流文学作品，别的条件不用说，单说语文研究一项，他必须有深厚的修养，他必须达到有话都可说出，而且说得好的程度。运用语言文字的技巧一半根据对于语言文字的认识，一半也要靠虚心模仿前人的范作。文艺必止于创造，却必始于模仿，模仿就是学习。最简捷的办法是精选模范文百篇左右（能多固好；不能多，百篇就很够），细心研究每篇的命意布局分段造句和用字，务求透懂，不放过一字一句，然后把它熟读成诵，玩味其中声音节奏与神理气韵，使它不但沈到心灵里去，还须沈到筋肉里去。这一步做到了，再拿这些模范来模仿（从前人所谓'拟'），模仿可以由有意的渐变为无意的，习惯就成了自然。入手不妨尝试各种不同的风格，再在最合宜于自己的风格上多下工夫，然后融合各家风格的长处，成就一种自己独创的风格。从前做古文的人大半经过这种训练，依我想，做语体文也不能有一个更好的学习方法。以上谈文学修养，仅就其大者略举几端，并非说这就尽了文学修养的能事。我们只要想一想这几点所需要的工夫，就知道文学并非易事，不是全靠天才所能成功的。"[1]

《情与辞》全文："一切艺术都是抒情的，都必表现一种心灵上的感触，显著的如喜、怒、爱、恶、哀、愁等情绪，微妙的如兴奋、颓唐、忧郁、宁静以及种种不易名状的飘来忽去的心境。文学当作一种艺术看，也是如此。不表现任何情致的文字就不算是文学作品。文字有言情、说理、叙事、状物四大功用，在文学的文字中，无论是说理、叙事、状物，都必须流露一种情致，若不然，那就成为枯燥的没有生趣的日常应用文字，如帐簿、图表、数理化教科书之类。不过这种界线也很不容易划清，因为人是有情感的动物，而情感是容易为理、事、物所触动的。许多哲学的、史学的甚至于科学的著作都带有几分文学性，就是因为这个道理。我们不运用言辞则已，一运用言辞，就难免要表现几分主观的心理倾向，至少也要有一种'理智的信念'（intellectual conviction），这仍是一种心情。情感和思想通常被人认为对立的两种心理活动。文字所表现的不是思想，就是情感。其实情感和思想常互相影响，互相融会。除掉惊叹语和谐声语之外，情感无法直接表现于文字，都必借事、理、物烘托出来，这就是说，都必须化成思想。这道理在中国古代有刘彦和说得最透辟。《文心雕龙》的《镕裁》篇里有这几句话：'草创鸿笔，先标三准。履端于始，则设情以位体；举正于中，则酌事以取类；归余于终，则撮辞以举要。'用现代话来说，行文有三个步骤，第一步要心中先有一种情致，其次要找出具体的事物可以烘托出这种情致，这就是思想分内的事，最后

---

[1] 朱光潜：《资禀与修养》，载《谈文学》，上海：开明书店，1947年2月再版，第12—22页。

要找出适当的文辞把这内在的情思化合体表达出来。近代美学家克罗齐的看法恰与刘彦和的一致。文艺先须有要表现的情感，这情感必融会于一种完整的具体意象（刘彦和所谓'事'），即借那个意象得表现，然后用语言把它记载下来。我特别提出这一个中外不谋而合的学说来，用意是在着重这三个步骤中的第二个步骤。这是一般人所常忽略的。一般人常以为由'情'可以直接到'辞'，不想到中间须经过一个'思'的阶段，尤其是十九世纪浪漫派理论家主张'文学为情感的自然流露'，很容易使人发生这种误解。在这里我们不妨略谈艺术与自然的关系和分别。艺术（art）原义为'人为'，自然是不假人为的；所以艺术与自然处在对立的地位，是自然就不是艺术，是艺术就不是自然。说艺术是'人为的'就无异于说它是'创造的'。创造也并非无中生有，它必有所本，自然就是艺术所本。艺术根据自然，加以镕铸雕琢，选择安排，结果乃是一种超自然的世界。换句话说，自然须通过作者的心灵，在里面经过一番意匠经营，才变成艺术。艺术之所以为艺术，全在'自然'之上加这一番'人为'。这番话并非题外话。我们要了解情与辞的道理，必先了解这一点艺术与自然的道理。情是自然，融情于思，达之于辞，才是文学的艺术。在文学的艺术中，情感须经过意象化和文辞化，才算得到表现。人人都知道文学不能没有真正的情感，不过如果只有真正的情感，还是无济于事。你和我何尝没有过真正的情感？何尝不自觉平生经验有不少的诗和小说的材料？但是诗在那里？小说在那里？浑身都是情感不能保障一个人成为文学家，犹如满山都是大理石不能保障那座山有雕刻，是同样的道理。一个作家如果信赖他的生糙的情感，让它'自然流露'，结果会像一个掘石匠而不能像一个雕刻家。雕刻家的任务在把一块顽石雕成一个石像，这就是说，给那块顽石一个完整的形式，一条有灵有肉的生命。文学家对于情感也是如此。英国诗人华兹华司有一句名言：'诗起于在沈静中回味过来的情绪。'在沈静中加过一番回味，情感才由主观的感触变成客观的观照对象，才能受思想的洗炼与润色，思想才能为依稀隐约不易捉摸的情感造出一个完整的可捉摸的形式和生命。这个诗的原理可以应用于一切文学作品。这一番话是偏就作者自己的情感说。从情感须经过观照与思索而言，通常所谓'主观的'就必须化为'客观的'，我必须跳开小我的圈套，站在客观的地位，来观照我自己，检讨我自己，把我自己的情感思想和行动姿态当作一幅画或是一幕戏来点染烘托。古人有'痛定思痛'的说法，不只是'痛'，写自己的一切的切身经验都必须从追忆着手，这就是说，都必须把过去的我当作另一个人去看。我们需要客观的冷静的态度。明白这个道理，我们也就应该明白在文艺上通常所说的'主观的'与'客观的'分别是粗浅的，一切文学创作都必须是'客观的'，连写'主观的经验'也是如此。但是一个文学家不应只在写自传，独角演不成戏，虽然写自传，他也要写到旁人，也要表现旁人的内心生活和外表行动。许多大文学家向来不轻易暴露自己，而专写自身以外的人物，莎士比亚便是著例。形形色色的人物的心理变化在他们手中都可以写得唯妙唯肖，淋漓尽致。他们所以能做到这一点，因为他们会设身处地去想像，钻进所写人物的心窍，和他们同样想，同样感，过同样的内心生活。写哈姆雷特，作者自己在想像中就变成哈姆雷特，写林黛玉，作者自己在想像中也就要变成林黛玉。明白这个道理，我们也就应该明白一切文学创作都必须是'主观的'，所写的材料尽管是通常所谓'客观的'，作者也必须在想像中把它化成亲身经验。总之，作者对于所要表现的情感，无论是自己的或旁人的，都必须能'入乎其内，出乎其外'，体验过也观照过；热烈地尝过滋味，也沈静地回味过，在沈静中经过回味，情感便受思想镕铸，由此附丽到具体的意象，也由此产生传达的语言（即所谓'辞'），艺术作用就全在这过程上面。在另一篇文章里我已讨论过情感思想与语文的关系，在这里我不再作哲理的剖析，只就情与辞在分量上的分配略谈一谈。就大概说，文学作品可分为三种，'情尽乎辞''情溢乎辞'，或是'辞溢乎情'。心里感觉到十分，口里也就说出十分，那是'情尽乎辞'；心里感觉到十分，口里只说出七八分，那是'情溢乎辞'；心里只感觉到七八分，口里却说出十分，那是'辞溢乎情'。德国哲学家赫格尔曾经指出与此类似的分别，不过他把'情'叫做'精神'，'辞'叫做'物质'。艺术以物质表现精神，物质恰足表现精神的是'古典艺术'，例如希腊雕刻，体肤恰足以表现心灵；精神溢于物质的是'浪漫艺术'，例如中世纪'高惕式'雕刻和建筑，热烈的情感与崇高的希望似乎不能受具体形相的限制，旁礴四射；物质溢于精神的是'象征艺术'（注：赫格尔的'象征'与法国象征派诗人所谓'象征'绝不相同），例如埃及金字塔，以极笨重庞大的物质堆积在那里，我们只能依稀隐约地见出它所要表现的精神。赫格尔最推尊古典艺术，就常识说，情尽乎辞也应该是文学的理想。'无情者不得尽其辞'，'和顺积中，英华外发'，'修辞立其诚'，我们的古圣古贤也是如此主张。不过概括立论，都难免有毛病。'情溢乎辞'也未尝没有它的好处。语文有它的限度，尽情吐露有时不可能，纵使可能，意味也不能很深永。艺术的作用不在陈述而在暗示，古人所谓'言有尽而意无穷'。含蓄不尽，意味才显得闳深婉约，读者才可自由驰骋想像，举一反三。把所有的话都说尽了，读者的想像就没有发挥的机会，虽然'观止于此'，究竟'不过尔尔'。拿绘画来打比，描写人物，用工笔画法仔细描绘点染，把一切形色，无论巨细，都尽量地和盘托出，结果反不如用大笔头画法，寥寥数笔，略现轮廓，更来得生动有趣。画家和画匠的分别就在此。画匠多着笔墨不如画家少着笔墨，这中间妙诀在选择与安排之中能以有限寓无限，抓住精要而排去秕糠。赫格尔以为古典艺术的特色在物质恰足表现精神，其实这要看怎样解释，如果当作'情尽乎辞'解，那就显然不很正确，古典艺术的理想是'节制'（restraint）与'静穆'（serenity），也着重中国人所说的'弦外之响'，'不着一字，尽得风流'。在普通情境之下，'辞溢乎情'总不免是一个大毛病，它很容易流于空洞、腐滥、芜冗。它有些像纸折的花卉，金叶剪成的楼台，缊烂夺目，却不能真正产生一点春意或是富贵气象。我们看到一大堆漂亮的辞藻，期望在里面玩味出来和它相称的情感思想，略经咀嚼，就知道它索然乏味，心里仿佛觉得受了一回骗，作者原来是一个穷人要摆富贵架子！这个毛病是许多老老少少的人所最容易犯的。许多叫做'辞章'的作品，旧诗赋也好，新'美术文'也好，实在是空无所有。不过'辞溢乎情'也有时别有胜境。汉魏六朝的骈俪文就大体说，都是'辞溢乎情'。固然也有一派人骂那些作品一文不值，可是真正爱好文艺而不夹成见的虚心读者，必能感觉到它们自有一种特殊的风味。我曾平心静气地玩味庾子山的赋、温飞卿的词、李义山的诗、莎士比亚的悲剧和商籁，密尔敦的长短诗，以及近代新诗试验者如斯文邦、马拉麦和罗威尔诸人的作品，觉得他们的好处有一大半在辞藻的高华与精妙，而里面所表现的情趣往往却很普通。这对于我最初是一个大疑团，我无法在理论上找到一个圆满的解释。我放眼看一看大自然，天上灿烂的繁星，大地在盛夏时所呈现葱茏的花卉与锦绣的河山，大都会中所铺陈的高楼大道，红墙碧瓦，车如流水马如龙，说它们有所表现固无不可，不当作它们有所表现，我们就不能借它们娱目赏心么？我再看一看艺术，中国古瓷上的花鸟，刺绣上的凤翅龙鳞，波斯地毡上的以及近代建筑上的图案，贝多芬和瓦格勒的交响曲，不也都够得上说'美丽'，都能令人欣喜？我们欣赏它们所表现的情趣居多呢，还是欣赏它们的形相居多呢？我因而想起，辞藻也可以组成图案画和交响曲，也可以和灿烂繁星、青山绿水同样地供人欣赏。'辞溢乎情'的文章如遇能做到这地步，我们似也无庸反对。刘彦和本有'为情造文'与'为文造情'的说法，我觉得后起的'因情生文，因文生情'的说法比较圆满，一般的文字大半'因情生文'，上段所举的例可以说是'因文生情'。'因情生文'的作品一般人有时可以办得到，'因文生情'的作品就非极大的艺术家不办。在平地起楼阁是寻常事，在空中架楼阁就有赖于神斤鬼斧。虽是在空中，它必须是楼阁，是完整的有机体。一般'辞溢乎情'的文章所以要不得，因为它根本不成为楼阁。不成为楼阁而又悬空，想拿旁人的空中楼阁来替自己辩护，那是狂妄愚蠢，为初学者说法，脚踏实地最稳妥，只求'因情生文'，'情见于辞'，这一步做到了，然后再作高一层的企图。"[1]

4. 刘西渭（李健吾）

刘西渭此时期的文学批评著作主要有《咀华二集》（上海文化生活出版社，1942 年 1 月），收录《朱大柟的诗》《里门拾记》《八月的乡村》《叶紫的小说》《上海屋檐下》《清明前后》《三个中篇》《陆蠡的散文》8 篇文论。他在《〈咀华二集〉跋》中自述："一个批评者有他的自由。他不是一个清客，伺候东家的脸色；他的政治信仰加强他的认识与理解，因为真正的政治信仰并非一面哈哈镜，歪扭当前的现象。他的主子是一切，……一切影响他的批判。他接受一切，一切渗透心灵，然后扬簸糠秕，汲取精英，提供一己与人类两相参考。他的自由是以尊重人之自由为自由。他明白人与社会的关联，他尊重人的社会背景；他知道个性是文学的独

---

①朱光潜：《情与辞》，载《谈文学》，上海：开明书店，1947 年 2 月再版，第 173—182 页。

特所在，他尊重个性。他不诽谤，他不攻讦，他不应征。属于社会，然而独立。没有是非可以说服他，摧毁他，除非他承认人类的幸福有所赖于改进。不幸是一个批评者又有他的限制。若干作家，由于伟大，由于隐晦，由于特殊生活，由于地方色彩，由于种种原因，例如心性不投，超出他的理解能力以外，他虽欲执笔论列，每苦无以应命。……钟嵘并不因为贬黜陶渊明而减色，他有他的限制：他是自己的限制。又如机缘凑巧，失之交臂，更是常有的事。他有自由去选择，他有限制去选择。二者相克相长，形成一个批评者的存在。对象是文学作品，他以文学的尺度去衡量；这里的表现属于人生，他批评的根据也是人生。人生是浩瀚的，变化的，它的表现是无穷的；人容易在人海迷失，作家容易在经验中迷失，批评者同样容易在摸索中迷失。作人必须慎重，创造必须慎重，批评同样必须慎重。对象是作品，作品并非目的。一个作家为全人类服役，一个批评者亦然：他们全不巴结。批评者注意大作家，假如他有不为人所了然者在；他更注意无名，唯恐他们遭受社会埋没，永世不得翻身。他爱真理，真理如耶稣所云，在显地方也在隐地方存在。他是街头的测字先生，十九不灵验，但是，有一中焉，他就不算落空，他不计较别人的赞誉，他关切的是不言则已，言必有物。"[1]

《咀华二集》延续着《咀华集》的文学批评风范，穗青的《脱缰的马》、郁茹的《遥远的爱》、路翎（1923—1994）的《饥饿的郭素娥》等无名之作即是刘西渭"唯恐他们遭受社会埋没"的批评实践。而对他惯有的既不失谦和又"以文学的尺度去衡量"的风范，我们可从他批评茅盾的《清明前后》中再次赏鉴，其主张：

---

①刘西渭：《〈咀华二集〉跋》，载《咀华二集》，上海：文化生活出版社，1947 年 4 月再版，第 161—163 页。

"文学是时代的反映，最好的说明可以到书摊寻找。曹禺先生的《蜕变》，在抗战初期问世，是一面明照万里的镜子，也正象征一般人心的向上。现在读到的茅盾先生的《清明前后》，发表在胜利前夕，犹如一九三〇年的《子夜》，把现代社会的重心现象，也就是悠关着国家民族命脉的工业问题，源源本本，揭露无遗，和《蜕变》正好前后辉映。一种兴奋的抒情的心境流露在《蜕变》的对话中间。这个老大的民族不再逃避它的责任。后退是死，前进富有可能。战火是破坏，也是建设。原先做为口号在呐喊的，一霎时成了铁石似的现实。一个旧的中国有可能在炮灰之中倾圮，一个新的中国有可能应运而生。……曹禺先生沈默着。他一再延宕他的作品问世的日期。我们这位诗人，有时候如易卜生般对于社会有认识（《日出》），有时候如柴霍甫般追求生命的真髓（《北京人》），敏感而深挚，陷入苦闷的泥淖。外国有一个比喻，诗人好似一只小鸟，迎着黎明歌唱。从尘世出来的一颗心，永远望着光明的灵氛。茅盾先生，我们这位体弱多病的小说巨匠，有若干点和他的后辈相似，然而生长是地上的人，看见的一直是地。四周是罪恶，他看见罪恶，揭发罪恶。他是质直的，从来不往作品里面安排虚境，用颜色吸引，用字句煊染。他要的是本色。……这是茅盾先生第一次从事于戏剧写作。我们时时感到我们的小说巨匠用心在摸索他所不熟悉的道路。太小心，太拘泥，因而行动之间不免沾著。近看雕琢，远看缺乏距离。……这是我们近乎多余的吹求，但是，茅盾先生不比职业的剧作家，用他自己的比喻，他使惯了枪，一时兴起要耍刀，会耐着心，笑着他的会心的忧悒的微笑，把勇敢传染给每一个勤奋的后进。"[1]

---

①刘西渭：《清明前后》，载《咀华二集》，上海：文化生活出版社，1947年4月再版，第133—146页。

5. 李长之

李长之这时期的文学论著主要有《道教徒的诗人李白及其痛苦》（长沙商务印书馆，1940 年 8 月）、《苦雾集》（重庆商务印书馆，1942 年 10 月）、《批评精神》（重庆南方印书馆，1943 年 6 月）、《迎中国的文艺复兴》（重庆商务印书馆，1944 年 8 月）、《司马迁之人格与风格》（上海开明书店，1948 年 9 月）。

《苦雾集》是论文、散文、杂感、诗的合集。其中，散文收录《黑暗与光明》《厚与薄》《悼季鸾先生》3 篇，他在写于 1941 年 9 月 8 日的《悼季鸾先生》中自述："吾生平自矢者有二语，一曰与愚妄战，一曰为理性争自由。"[1] 论文收录《文学研究中之科学精神》《艺术领域中的绝对性必然性与强迫性》《孔子与屈原》《批评家的孟轲》《论曹禺及其新作〈北京人〉》《产生批评文学的条件》《释美育并论及中国美育之今昔及其未来——为纪念蔡子民先生逝世作》等 14 篇。

《产生批评文学的条件》（1939 年 3 月 8 日）节选："批评是反奴性的。凡是屈服于权威，屈服于时代，屈服于欲望（例如虚荣和金钱），屈服于舆论，屈服于传说，屈服于多数，屈服偏见成见（不论是得自他人，或自己创造），这都是奴性，这都是反批评的。千篇一律的文章，应景的文章，其中决不能有批评精神。批评是从理性来的，理性高于一切。所以真正批评家，大都无所顾忌，无所屈服，理性之是者是之，理性之非者非之。'所谓不直则道不见，虽得罪于世之君子，所不辞也'，这是严羽；……"[2]

《批评家的孟轲》（1940 年 8 月 15 日）节选："什末是批评精

---

[1] 李长之：《悼季鸾先生》，载《苦雾集》，重庆：商务印书馆，1943 年 12 月二版，第 148 页。

[2] 李长之：《产生批评文学的条件》，载《苦雾集》，重庆：商务印书馆，1943 年 12 月二版，第 30—31 页。

神呢？就是正义感；就是对是非不能模糊，不能放过的判断力和
追根究底性；就是对美好的事物，有一种深入的了解要求并欲其
普遍于人人的宣扬热诚；反之，对于邪恶，却又不能容忍，必须
用万钧之力，击毁之；他的表现，是坦白，是直爽，是刚健，是
笃实，是勇猛，是决断，是简明，是丰富的生命力；他自己是有
进无退地战斗着，也领导人有进无退地战斗着。孟子是这样的。"①

　　《释美育并论及中国美育之今昔及其未来——为纪念蔡子民先
生逝世作》（1940 年 3 月 28 日）一文突显出李氏深湛的古典文学
修养，文中评孟子的"他之了解古人，皆深入而具同情"的言语
移赠给作者自己是最恰当不过的了。全文共六节，第一节"美育
之本质"载："美育是什么？美育是审美的教育。不懂美学，不懂
教育，没法谈审美的教育。中国古代的美育很好，这是因为那时
有极健康，极正确，极博大精深的美底概念，而教育的建设又那
末美备之故。近代不然，旧的审美观念（那背后有一种系统的美
学，虽然古人不会系统地写出来）破坏了，新的却没有建设起来，
至于教育，又是流入于狭义的只知道传授技术之一途，所以美育
遂也在似存似亡之间了。要建设美育，只有先建设美学。——美
学不发达是美育不能推行的最大原因！现在一般人对于美学，还
没有普遍深切的认识，大家知道美学是研究美的，但是向什么地
方去研究美？美学何以成为一种科学？美学之高深处何在？美学
之切于人生日用处又何在？这在一般人还是很模糊的。现在简单
地说，美学向四个方面去研究美：她要研究自然底美，她要研究
艺术底美，她要研究人类在主观上构成美感时（无论创作或鉴赏）
的心理状态，她要研究那成了抽象原理的美底概念。自然底美和

----

　　①李长之：《批评家的孟轲》，或《苦雾集》，重庆：商务印书馆，1943 年
12 月二版，第 105 页。

艺术底美，都有其共同而普遍的律则，所以成为科学（美学）的对象。人类主观上美感的构成亦然。但是美学并不只此而止，这样就还是散漫的，就还是好像没有源头的死水一样的，然而不然，她有一线穿成者在，她有作了深厚的源头和根柢者在，这是什么呢？这就是形上学。由形上学，她于是研究到了那成为抽象原理的美底概念。可说每一种美学，都有一种相当的形上学为之基础（实验美学是例外，但实验美学只是物理学或心理学的一支，不够称美学；美学论价值，而实验美学却只讲现象）。凡创造一派美学的人（除了实验美学），也都是有创造一种形上学的能力和气魄的人，远之如柏拉图，近之如黑格耳。因此，美学不是点点滴滴的饾饤之学，也不是蜻蜓点水式的浮面之学，她有贯穿着的伟大系统，她有创造性的深厚的根源，这就是美学的高度和深度。至于美学是不是专让哲学家作运思的对象，与一般人生日用没有关系呢？绝对不是的。美学上的原理，大而关系整个民族的世界观，人生观；小而关系各个国民的起居饮食。……况且美学的真精神是在反功利，在忘却自己，在理想之追求。这是成功任何大事业所必不可少的精神。在美学里，让你知道内容与形式之一致，抽象与具体之相符，肉体与灵魂之不可分，有限与无限之综合为一；在美学里，让你知道理智与情感之如何调和，神性与兽性之如何各得其所，社会与个人的冲突之如何得到公平的解决；在美学里，让你知道应如何赋予生命力以优美之形式，人在生活中当如何入乎其中而又出乎其所，当如何积极而不执着，失败而不颓丧，并如何无时无地而不游刃有余；在美学里，更让你知道如何就人类的伟大成就——艺术——中而得到互相认识，互相信赖，由心灵深处的互相交流而人类之真正福利与真正和平乃自天国而降在地上。这其中艺术的原理也就是人生的原理，美的极致也就是善的极致，现在理论的极峰也就是将来人类在建造新社会时实践的极峰。这些是美学的神髓，也就是美育的真正内容。教育是什么？凡是使人类全体或分子在精神上扩大而充实，其效力系永久而非一时者，都是教育。在这样意义之下，教育实在本质上是期待着美学的。从此可知美育不止是多种教育中之一种，而且是最重要之一种，甚而可说是最符合教育本义之惟一的一种。何者？知识的教育是偏枯的，道德的教育是空洞而薄弱的，技能的教育更根本与精神的扩大和充实不相干的，却只有审美的教育可以以全代偏，以深代浅，以内代外，可以铸造新个人，可以铸造新人类。教育所涉及的是整个生活，而不是生活的一部分，是打入于生活之中，而不是附加于生活之外，这也只有美育可以负荷了这种任务的。但是现在符合这种意义的教育何在呢？美育又何在呢?"①

第二节"古代人美底概念与其形上学"载："现在没有，古代有。美育以美学为基础，因为古代有健全的美学，所以有完善的美育。何以知道古代有健全的美学？这是因为古代有健全的美底概念，孟子说：'充实之谓美。'（《尽心》下），这可说是再好也没有的美底定义。但这不是孟子一人的私见，你看荀子也说：'君子知夫不全不粹之不足以为美。'（《劝学》篇），主张'全之尽之，然后学者也'，全之尽之，实即等于孟子所谓充实。更从老子看，他说：'美者不信，信者不美。'（据俞樾校勘），这是一个反证。老子常常故作反案文章，一般人说天地之仁，他就偏说天地不仁，现在他说美者不信，便可知当时一般人是认为'美者信'了。信是什么？信也就是充实。所以我说像'充实之谓美'这样精彩，这样健全的美底概念，在古代乃是一般的。美学关系于形上学。古

---

① 李长之：《释美育并论及中国美育之今昔及其未来——为纪念蔡子民先生逝世作》，载《苦雾集》，重庆：商务印书馆，1943 年 12 月二版，第 45—48 页。

人对于美底概念之能有如此健全的认识者，正由于古人另有一种深厚雄健的形上学为之基础故，现代人的精神已浅薄脆弱到了极点，生活不过耳目声色之欲，所看宇宙自是干燥而枯窘的空气而已，石头而已，灰尘而已。古人不然，他觉得宇宙是一个伦理的间架，所有仁义礼智，都秩然地安排在那里，他俯仰呼吸之间，便有一个大我在与他息息相通着。宇宙是'为物不二，生物不测'的，在空间上'博也，厚也'，在时间上'悠也，久也'，在性质上'高也，明也'。这是何等壮阔的世界观！宇宙是动的，是生生不已的，生活于其间的人便也是'自强不息'的了。宇宙的创造，就是他的创造，所以说：'赞天地之化育'，所以说：'与天地参'。他自己生命的扩张，就是宇宙生命的扩张。所以说：'上下与天地同流'（《孟子》），所以说：'天地与我并生，万物与我为一'（《庄子》）。在这种世界观之下，所以他们见了'源泉滚滚，不舍昼夜'的流水，就赞叹不止了，因为那同样是生命力的洋溢充盈呵！甚于这种一贯的形上的世界观，如何不觉得'充实之为美'呢?"①

第三节"孔子的古典精神——其美学理论与实践"载："作为中国思想正统的儒家哲学，尤其是孔孟，所贡献最大的，即是审美教育。中国文化的精华在此，孔孟思想极峰在此。先说孔子。孔子说：'兴于诗，立于礼，成于乐'，这就是他的美育之实施的步骤。我一再说过，美育以美学为基础。孔子的美学是古典精神的。他一则说：'诗三百，一言以蔽之，思无邪'。二则说：'关雎乐而不淫，哀而不伤'，三则说：'质胜文则野，文胜质则史，文质彬彬，然后君子'，这都是古典主义者一贯的立场，古典精神原

---

① 李长之：《释美育并论及中国美育之今昔及其未来——为纪念蔡子民先生逝世作》，载《苦雾集》，重庆：商务印书馆，1943 年 12 月二版，第 48—49 页。

是无可非议的，古典精神乃是艺术并人生的极则。孔子不讲怪力乱神，这也是古典精神的表现，反之，如浪漫精神的代表人物屈原就满篇是怪力乱神了。能够代表古典精神的，中国有一个很好的字，这就是'雅'，孔子正常常注意及之，所以有'子所雅言，诗书执礼，皆雅言也'的话。孔子自己深深地浸润于审美的生活之中。他喜欢音乐，在齐闻韶，有三月不知肉味，他高兴地说：'不图为乐之至于斯也?'他对于音乐很能欣赏，他有一回形容道：'乐其可知也，始作，翕如也，从之，纯如也，皦如也，绎如也，以成。'知道他是很能心领神会的。不但音乐，唱歌他也有浓厚的兴趣，假若他和别人唱得高兴了，他一定让那人重唱一遍，而自己也再陪着唱一遍。他是多么会欣取人生呢！孔子有积极不已，精勤奋发的一方面，但也有床适恬淡的一方面。所谓'君子坦荡荡，小人常戚戚'，他实在是作到了'坦荡荡'的一方面的。他说过：'饭疏食，饮水，曲肱而枕之，乐亦在其中矣。'因此，无怪乎他赞美颜回的'一箪食，一瓢饮，在陋巷，人不堪其忧，回也不改其乐'；无怪他推许公西华的'莫春者，春服既成，冠者五六人，童子六七人，浴乎沂，风乎舞雩，咏而归'；更无怪乎在他的教化之下，后来出了许多闲适的大诗人，大词人了。这是他自己审美的陶冶之成功，并影响后世之成功。子贡有言：'夫子之文章，可得而闻也，夫子之言性与天道，不可得而闻也。'这里所谓文章，并不是后世所谓文字，却是一切精神的表现。就时代讲，是一时的典章制度，就个人讲，就是一个人的风度威仪。孔子的风度威仪是好极了的，我们只要吟味他底弟子所记的'温而厉，威而不猛，恭而安'十个字好了，俨然一个庄严刚健的雕像屹立在那里！孔子的作人，是作到了像一件极名贵的艺术品的地步。只此一端，已足千秋。孔子是知道美学的真精神的，美学的精神在反功利，在忘却自己，在理想之追求。孔子对小人君子之别，即一刀两截地从功利与否上划分，他的话是：'小人喻于利，君子喻于义。'喻字很妙，喻就是说否则便听不明白的意思。你和'小人'说三话四，都是枉然，只有一说到'利'，他便立刻恍然领悟了。现在是'小人'的世界呵，也就是'喻于利'的世界呵，无怪乎反功利的主张总为人所不省了。孔子自己一生却秉着反功利的精神——也就是美学的真精神，'知其不可而为之'地奋斗下去。孔子又是确切知道美育的功效了的，他说：'知之者不如好之者，好之者不如乐之者。'他又说：'惟仁者能好人，能恶人。'为什么？只因为从好恶的味觉上，亦即趣味上，去辨是非恶善，是较从知识上直接得多，自然得多，也根本得多。此种趣味之养成，正美学的教养所有事。孔子一生的成功，是美学教养的成功。他四十年进德修业的收获（从'三十而立'算起至七十），是'从心所欲，不逾矩'。一个人的性格的完成就像一件伟大的艺术品的完成一样，是几经奋斗，几经失败，最后才终底于成的。孔子以一个古典精神的大师，其最后成就者如此其崇高完美，是无足怪的。'从心所欲，不逾矩'是所有艺术天才所遵循的律则，同时也是所有伦理家所表现的最高的实践，最美与最善，融合为一了。美学的理想，不能再高了！美育的成功，不能再大了！孔子之可以为人类永久的导师者正在此。"①

　　第四节"孟子的审美态度"载："孟子是传孔子之学的，特以性格之故，孟子尤有艺术家的气分。因此，其审美态度乃尤纯粹而鲜明。美学的精神在反功利，孟子一生却便以反功利为事业的大端，照他看，纯粹功利思想，非至国家灭亡不可，当以仁义救之。个人的行为，他也认为当不计成败，他说：'若夫成功则天

---

　　①李长之：《释美育并论及中国美育之今昔及其未来——为纪念蔡子民先生逝世作》，载《苦雾集》，重庆：商务印书馆，1943年12月二版，第49—52页。

也，君如彼何哉？强为善而已矣。'‘强为善’，就是孔子‘知其不可而为之’的气魄，这不是埋首于耳目声色之欲的唯物主义者所能的，必须有审美的陶冶的人才行，孔子以‘君子喻于义，小人喻于利’为言，孟子也说：‘鸡鸣而起，孳孳为善者，舜之徒也；鸡鸣而起，孳孳为利者，跖之徒也。欲知舜与跖之分，无他，利与善之间。'他们同是反功利的，而孟子的态度尤为澈底。在把伦理与美感打成一片上，孟子更有特殊的贡献。他说：‘至于味，天下期于易牙，是天下之口相似也。惟耳亦然。至于声，天下期于师旷，是天下之耳相似也。惟目亦然。至于子都，天下莫不知其姣也。不知子都之姣者，无目者也。故曰：口之于味也，有同耆焉，耳之于声也，有同听焉，目之于色也，有同美焉。至于心，独无所同然乎？心之所同然者何也？谓理也，义也。圣人先得我心之所同然耳，故理义之悦我心，犹刍豢之悦我口。'把理义之可爱，比作好吃的肉之可爱，宛然是柏拉图形容理念之可爱之意，孟子之把伦理与美感打成一片，又不止此一端，他说：‘规矩，方圆之至也；圣人，人伦之至也。'这就是直以圣人在人伦上的成功，视若几何上完美的圆形然。他对于礼乐的解释，也是直从艺术作用与艺术表现去解释，而撇开那些繁文末节的典章制度，他说：‘仁之实，事亲是也；义之实，从兄是也；智之实，知斯二者，弗去是也；礼之实，节文斯二者是也；乐之实，乐斯二者乐则生矣，生则恶可已也？恶可已则不知足之蹈之，手之舞之。'照这样讲，仁义不过是父子手足的感情，而礼乐只是父子手足的感情之艺术的表现而已。这看法最简单明了了，但也最和悦近人，却也最博大精微。在艺术上，有材料与命意的斗争。在人生上，有人欲与天理的对立。放纵人欲，必至于若洪水猛兽，不可收拾，高扬天理而压抑人欲，必至于奄奄待毙，全无生趣。杨朱固然错，墨翟也未必对。后来的程朱，陆王，末流所至，几乎是杨墨的各走极端的重演。但是孟子的话是卓绝千古的，他说：'形色天性也，惟圣人然后可以践形。'原来圣人乃是像一个艺术家一样，他不能废弃这些材料，他却是战胜之，而且善用之。人欲不能废弃，却即在人欲之中而表现天理。这就是圣人之可以践形处。纵欲与窒欲都不对，对于欲只有加以适当的处理。战胜材料，而即以材料作为表现命意之具，战胜人欲，而即以人欲作为表现天理之具，这其中有一种美学的原理之运用在。讲审美即须讲选择。同是一个场所，在写生的画家或摄影的艺术家来看，便会发现那特别富有意趣的一面。在人生里何尝不可如此？为什末不选择那最美的一片段去欣取呢？孟子是懂得这道理的，所以他说：'观水有术，必观其澜，日月有明，容光必照焉。'倘若拿观水观澜的态度去观照一切，怕处处都是生趣盎然，无入而不自得的吧！讲审美即须对所有值得欣赏的对象都平等视之。这在孟子是作到的，你看他对伯夷伊尹柳下惠孔子的了解，他认为都已达到人伦的极致，都已够上所谓圣，只是：'伯夷圣之清者也，伊尹圣之任者也，柳下惠圣之和者也。孔子圣之时者也。'各有个性而已。正如艺术品然，有的是浪漫主义中的杰作，有的是古典主义中的杰作，有的是写实主义中的杰作，有的是象征主义中的杰作，只要是杰作，就是平等的了，我们就可平等地去欣赏。孟子是持这个态度的，所以他有'尚友古之人'的胸襟，他之了解古人，皆深入而具同情。这也是审美的教养使然。其次，他对美学上的味觉，趣味，或所谓审美能力也贡献了很好的学说。一是他解释了审美能力的普遍性之例外之故，他说：'饥者甘食，渴者甘饮，是未得饥渴〔饮食〕之正也，是饥渴害之也。'对一切恶趣味的流行，都可作如是观。二是他解释了审美能力之普遍性与批评之可以存在之并无冲突，这就是他所谓：'口之于味有同耆也，易牙先得我口之所耆者也。''同耆'是审美能力的普遍性。'先得我口之所耆'就是批评之所以存在处。美学上的一般立法，无非赶到一般人所嗜的前头去，但终于却又为一般人所能够承认而已。其实，推之一切价值范畴之与一切价值意识的关系皆然。孟子真不能不说是斯学功臣。至于他所谓‘充实之为美’，也是极值得推许的，因已详前，不再赘。总之，孟子为孔子后惟一有创造性的美学大师，实践与理论，均极可观。中国古代的美育，即在孔孟二人的辉光下而发挥着，作用着，灌溉着。”①

第五节“玉的文化”载：“中国古代人美感的最佳代表是玉。玉是一种德性的象征。《白虎通》上说：‘玉者德美之至也。’《礼记·玉藻》篇有：‘君子无故玉不去身，君子于玉比德焉。’玉是致密的，刚硬的，却又是温润的，确可以用来象征一种人格。这种人格也的确是值得敬爱的。在《礼记·聘义》上有很好的分析，说道：‘君子比德于玉焉，温润而泽，仁也；缜密以栗，知也；廉而不刿，义也；垂之如队，礼也；叩之其声清越以长，其终诎然，乐也；瑕不掩瑜，瑜不掩瑕，忠也；孚尹旁达，信也；气如白虹，天也；精神见于山川，地也；圭璋特达，德也；天下莫不贵者，道也。《诗》云，言念君子，温其如玉。故君子贵之也。’《说文》上也说：‘玉，石之美；有五德，润泽以温，仁之方也；䚡理自外，可以知中，义之方也；其声好〔舒〕扬，敷以远闻，智之方也；不桡而折，勇之方也；锐廉而不忮，洁之方也。’这其中诚然有不少理论化的成分，但是无论如何，玉是一种美感的对象，并作了许多德性的象征。在这里构成了一种玉的文化，表示着审美教育的成功。《玉藻》篇上说：‘古之君子必佩玉，左〔右〕徵角，右〔左〕宫羽，趋以采齐，行以肆夏，周还中规，折还中矩，进

①李长之：《释美育并论及中国美育之今昔及其未来——为纪念蔡子民先生逝世作》，载《苦雾集》，重庆：商务印书馆，1943年12月二版，第52—55页。

则揖之，退则扬之，然后玉锵鸣也。故君子在车则闻鸾和之声，行则鸣佩玉，是以非辟之心，无自入也。'这是多末美的呢！一举一动，前后左右，都是唤起人美感的对象。这表示这个民族是如何爱美，又如何爱德性。真是一个诗底国家！玉所代表的美感是颇高等的，不稚弱，不琐碎，不浅薄，不单调，不暂时，不变动不居，不死滞不前。在人格上能与之符合者，也恐怕只有孔子而已。所以宋儒也都常拿玉来形容孔子。玉和孔子代表了美育发达的古代中国。后来玉虽然少了，但玉的文化曾经变而为晋人书法，玉的文化曾经变而为元人文人画。那简净淡雅而有力的壮美感，始终陶冶着中国读书人的趣味。中国人的美感教育，其由来久矣。在《尚书·舜典》中就已经有：'帝曰：夔！命汝典乐，教胄子，直而温，宽而栗，刚而无虐，简而无傲。'这都是以一种美学原理而要求于伦理者。即在反抗性最强的《老子》书中，也仍然不掩美感教育的痕迹，他说什末'直而不肆，光而不耀'（五十八章），他说什末'味而〔无〕味'（六十三章），这都道着了美学上极精微的原理。至于《乐记》上所谓'大乐必易，大礼必简'，所谓'大乐与天地同和，大礼与天地同节'，所谓'先王之制礼乐也，非以极口腹耳目心欲也，将以教民平好恶，而反人道之正也'，字字精当，更是美学上的不刊之名言。这些美学的理论，都结晶为一点，这就是玉的文化。从君子必佩玉的一句古语中可以想见古代人美育的设施的全部。希腊是值得向往的，周秦何尝不值得向往？周秦的流风余韵，从玉到铜器，到书法，到绘画，到瓷器，又哪样不值得我们赞叹和欣赏！在这种文化中所陶铸的人物，若孔子，若孟子，若阮籍，若王羲之，若陶潜，若苏轼，若倪云林，又哪一个不值得我们拜倒和神往！"①

---

　　① 李长之：《释美育并论及中国美育之今昔及其未来——为纪念蔡子民先生逝世作》，载《苦雾集》，重庆：商务印书馆，1943年12月二版，第55—57页。

第六节"对于新美学之期待"载:"美育必以美学为基础。美学又往往建筑在一种作为一时代的人底世界观之根底的形上学上。要推行美育,须建设美学,要建设美学,须建设形上学——这是根本的看法,否则枝枝节节,都是徒劳。旧的文化,在现在看,的确已经告了一个段落了。我们现在只可以欣赏,只可借镜,只可以采取了而作为创造新文化的材料的一部分,但不能重演。旧的文化,自成一个体系,这个体系是已经完成,已经过去了。因此,我们没法希望再有古人的形上学,再有古人的世界观,再有古人的美感,再有古人的美感教育。但,继续发展可以的。继续发展并不是依样重抄。继续发展与新成分相交融。直接了当地说,新文化的姿态是西洋的。虽然地方在中国,但性质上却是欧洲的。文化是一个有机物,它有整个性,补缀式的文化吸收和补缀式的文化复兴,毫无是处。美育是文化底整个体系下的一支,她不会单独孤立地发展。我们现在的文化运动,还在移植时代,只因西洋的文化还没移植完毕,所以我们新文化的容貌还没有整个显豁出来。现在第一步还在澈底吸收,充分吸收,猛烈吸收。自然,像一颗植物一样,虽然是外国种子,只要栽在本国的土壤里,受了传统的雨露灌溉以后,它会有一种不同于原来的样子。文化是一种有机物,所以它必须滋长起来才行,倘若硬硬地折来,插入瓶子里,不到几天还是会枯萎的。五四运动前后的新文化,为什么没有太大的力量?为什末一些前进的思想,后来反而萎缩了绝迹了?这只因为那时的文化运动是插在瓶子里的花朵,而不是根深蒂固地种在地上的缘故。这是时间问题,也是努力问题。在这种意义之下,我期待新美学,我期待新美育。中国很幸运,在新国家的建立时的第一任教育部长,是提倡美育的蔡元培先生。他的专业,颇像德国的宏保耳特(W. von Humboldt),宏保耳特也研究美学,也主持过当时的大学——柏林大学,并任过当时的教育部长。宏保耳特是当时新人文主义摇旗呐喊的人，新人文主义的主要思想之一即美感教育。中国在近代是太走入于急功近利之一途了，一般人只知道纵耳目口腹之欲，学术界也只知道坚甲利兵，或者作饾饤的考据，为什么不看远一些呢？不要辜负蔡先生在新国家初立时为教育所打下的广大而健全的基础。建立新的美育，建立新的美学，建立新的世界观和形上学！"①

6. 沈从文

沈从文这时期的文论著作主要有《昆明冬景》（上海文化生活出版社，1939 年 9 月）和《烛虚》（上海文化生活出版社，1941 年 8 月）。前者收录《真俗人和假道学》《谈朗诵诗》《谈保守》《一般或特殊》4 篇文论，同名文章《昆明冬景》系散文；后者分两辑，第一辑收录《烛虚》等 4 篇散文，第二辑收录《新的文学运动与新的文学观》《白话文问题》《小说作者和读者》《文运的重建》4 篇文论。

《谈朗诵诗》一文因同时记载新月社、北京《晨报副刊〈诗刊〉》、读诗会、中国风谣学会四个诗会而有着重要的文史价值。节选如下："谈新诗和新诗运动的人，不会忘掉徐志摩先生。我头一次见到这个体面作家时，是在北平松树胡同新月社院子里，他就很有兴致当着陌生客人面前读他的新作。那时节正是秋天，沿墙壁的爬墙虎叶子五色斑斓，鲜明照眼。他坐在墙边石条子上念诗。同听的还有一个王赓先生。环境好，声音清而轻，读来很成功（新诗用诵读方式来欣赏，在我记忆中只有这次完全成功）。在客厅里读诗供多数人听，这种试验在新月社即已有过，成绩如何我不知道。较后的试验，是在闻一多先生家举行的。他正从国外

---

①李长之：《释美育并论及中国美育之今昔及其未来——为纪念蔡孑民先生逝世作》，载《苦雾集》，重庆：商务印书馆，1943 年 12 月二版，第57—59 页。

学画归来，在旧北京美术专门学校任教务长职，住家在学校附近京畿道某号房子。那时的〔他〕还正存心作画师，预备用中国历史故事作油画，还有些孩子兴趣或摩登幻想。把家中一间客厅墙壁表糊得黑黑的（除了窗子完全用黑纸糊上）！拦腰还嵌了一道金边。晨报社要办个诗刊，当时京派诗人有徐志摩、闻一多、朱湘、刘梦苇、孙大雨、饶孟侃、杨子惠、朱大枬诸先生。为办《诗刊》，大家齐集在闻先生家那间小黑房子里，高高兴兴的读诗。或读他人的，或读自己的。不特很高兴，而且很认真。结果所得经验是，凡看过的诗，可以从本人诵读中多得到一点妙处，以及用字措词的轻重得失。凡不曾看过的诗，读起来字句就不大容易明白，更难望明白它的好坏。闻先生的《死水》《卖樱桃老头子》《闻一多的书桌》，朱先生的《采莲曲》，刘梦苇先生的《轨道行》以及徐志摩先生的许多诗篇，就是在那种能看能读的试验中写成的。这个试验既成就了一个原则，因此当时的作品，比较起前一时所谓五四运动时代的作品，稍稍不同。修正了前期的'自由'，那种毫无拘束的自由，给形式留下一点地位。对文学'革命'言，有点走回头路，稍稍回头。刘梦苇先生的诗，是在新的歌行情绪中写成的。饶孟侃先生的诗，因从唐人绝句上得到暗示，看来就清清白白，读来也节奏顺口。朱湘先生的诗，更从词上继续传统，完全用长短句形式制作白话诗。新诗写作原则是赖形式和音节作传达表现，因此几个人的新诗，都可读可诵。……北方《诗刊》结束十余年，当时的诗人如徐志摩、朱湘、刘梦苇、朱大枬、杨子惠、胡也频、方玮德、刘半农诸先生全都死了。闻一多先生改了业，放下了他诗人兼画家的幻想，诚诚恳恳的去做他的古文学爬梳整理工作。饶孟侃作了中央政校军校的教官。北平地方又有了一群新诗人和几个好事者，产生了一个读诗会。这个集会在北平后门朱光潜先生家中按时举行，参加的人实在不少。计北大梁宗岱，冯至，孙大雨，罗念生，周作人，叶公超，废名，卞之琳，何其芳，徐芳，……诸先生，清华有朱自清，俞平伯，王了一，李健吾，林庚，曹葆华诸先生，此外尚有林徽因女士，周煦良先生等等。这些人或曾在读诗会上作过有关于诗的谈话，或者曾把新诗，旧诗，外国诗，当众诵过，读过，说过，哼过。大家兴致所集中的一件事，就是新诗在诵读上，有多少成功可能？……这个集会在我这个旁观者的印象上，得来一个结论，就是：新诗若要极端'自由'，就完全得放弃某种形式上由听觉得来的成功。但是这种'新'很容易成为'晦'，为不可解。废名的诗是一个极端的例子。何其芳，卞之琳几人的诗，用分行排比增加视觉的效果，来救听觉的损失，另是一例。若不然，想要从听觉上成功，那就得牺牲一点自由，无妨稍稍向后走，走回头路，在辞藻与形式上多注点意，得到诵读时传达的便利，林徽因、冯至、林庚几人的诗，可以作例。……比读诗会稍慢一点，以北大歌谣学会，燕大通俗读物编刊社，北平研究院历史语言系作中心，有个中国风谣学会产生。这团体目的顾名思义即可知是着力于民间诗歌的。集会时系在北平中南海北平研究院戏剧陈列馆，参加者有胡适之、顾颉刚、罗常培、容肇祖、常惠、佟晶心、吴世昌……诸先生，杨刚、徐芳、李素英诸女士。集会中有新诗民歌的诵读，以及将民间小曲用新式乐器作种种和声演奏试验。集会过后还共同到北平说书唱曲集中地的天桥地方，去考察现代技艺人表演各种口舌技艺的情形。并参观通俗读物编刊社所编鼓词唱本表演情形。当时这个组织，正准备一面征集调查，一面与说书人用某种形式合作，来大规模编制新抗日爱国适用于民间的小册子，可惜这个计划，因卢沟桥事变便中止了。"①

---

① 沈从文：《谈朗诵诗》，载《昆明冬景》，上海：文化生活出版社，1939年9月，第18—26页。

《谈保守》审视了二十年来的新文学运动:"五四运动之起,可说是少数四十岁以上的读书人,与多数年青人,对于中国人'顺天委命'行为之抗议,以及'重新做人'之觉醒。伴同五四而来的新文学运动,便是这种抗议与自觉的表现。拿笔的多有用真理教育他人的意识。惟理论多而杂,作者亦龙蛇不一,因此二十年来新文学作家在中国成一特殊阶级,有一希奇成就:年事较长的,视之为捣乱份子,满怀无端厌恶与恐惧,以为社会一切坏处统由此等人生事。年事较轻的,又视之为唯一指导者,盲目崇拜与重视,以为未来中国全得这种人负责。两方面对文学作者的功用与能力估计得都过分了一点。加上文学作者自身对于社会的态度,因外来影响,一部分成为实际政治的附庸,能力不足者则反复取巧,以遂其意;另一部分却与社会分离,以嘲风调笑为事,另一部分又结合浪漫情绪与宗教情绪而为一,对于常态人生不甚注意,对于男女爱欲却夸大其辞。教育他人的,渐渐忘了教育自己,结果二十年来的新文学运动,虽促进了某一方面的解放与进步,同时也就增加某一方面的纷乱和堕落。文字所能建设的抽象信仰,得失参半。"①

此外,沈从文在《从现实学习》(天津《〈大公报〉星期文艺》1946年11月3日、10日第4—5期)长文中自述追随中国文坛现实学习的四段心路历程。文前小序载:"——近年来常有人说我不懂'现实',追求'抽象',勇气虽若热烈实无边际。在杨墨并进时代,不免近于无所归依,因之落伍。这个结论不错,平常而自然。极不幸即我所明白的现实,和从温室中培养长大的知识分子所明白的全不一样,和另一种出身小城市自以为是属于工农分子明白的也不一样,所以不仅目下和一般人所谓现实脱节,即追求

---

① 沈从文:《谈保守》,载《昆明冬景》,上海:文化生活出版社,1939年9月,第37—38页。

抽象方式，恐亦不免和其他方面脱节了。试疏理个人游离于杨墨以外种种，写一个小文章，用作对于一切陌生访问和通信所寄托的责备与希望的回答。"① 文中，就第一段心路历程写道："我第一次听到'现实'两个字，距如今已二十五年。我原是个不折不扣的乡巴老，辗转于川黔湘鄂二十八县一片土地上。耳目经验所及，属于人事一方面，好和坏都若离奇不经。这分教育对于一个生于现代城市中的年青人，实在太荒唐了。可是若把它和目下还存在于中国许多事情对照对照，便又会觉得极平常了。当时正因为所看到的好的农村种种逐渐崩毁，只是大小武力割据统治作成的最愚蠢的争夺打杀，对于一个年青人教育意义是现实，一种混合愚蠢与堕落的现实，流注浸润，实在太可怕了，方从那个半军半匪部队中走出。不意一走便撞进了住有一百五十万市民的北京城。第一回和一个亲戚见面时，他很关心的问我：'你来北京，作什么的?'我即天真烂漫地回答说：'我来寻找理想，读点书。''嘻，读书。你有什么理想，怎么读书? 你可知道，北京城目下就有一万大学生，毕业后无事可做，愁眉苦脸不知何以为计。大学教授薪水十折一，只三十六块钱一月，还是打拱作揖联合罢教软硬并用争来的。大小书呆子不是读死书就是读书死，那有你在乡下作老总有出息!''可是我怎么作下去? 六年中我眼看在脚边杀了上万无辜平民，除对被杀的和杀人的留下个愚蠢残忍印象，什么都学不到! 做官的有不少聪明人，人越聪明也就越纵容愚蠢气质抬头，而自己俨然高高在上，以万物为刍狗。被杀的临死时的沉默，恰像是一种抗议："你杀了我肉体，我就腐烂你灵魂。"灵魂是个看不见的东西，可是它存在，它将从另外许多方面能证明存在。这

---

① 沈从文：《从现实学习》，载《沈从文全集》（第十三卷），太原：北岳文艺出版社，2002 年 12 月，第 373 页。

种腐烂是有传染性的，于是军官就相互传染下去，越来越堕落，越变越坏。你可想得到，一个机关三百职员有百五十支烟枪，是个什么光景？我实在呆不下了，才跑出来！……我想来读点书，半工半读，读好书救救国家。这个国家这么下去实在要不得！'我于是依照当时《新青年》《新潮》《改造》等等刊物所提出的文学运动社会运动原则意见，引用了些使我发迷的美丽词令，以为社会必须重造，这工作得由文学重造起始。文学革命后，就可以用它燃起这个民族被权势萎缩了的情感，和财富压瘪扭曲了的理性。两者必需解放，新文学应负责任极多。我还相信人类热忱和正义终必抬头，爱能重新黏合人的关系，这一点明天的新文学也必须勇敢担当。我要那么从外面给社会的影响，或从内里本身的学习进步，证实生命的意义和生命的可能。说去说来直到自己也觉得不知所谓时，方带怔止住。事实上呢，只需几句话即已足够了。'我厌恶了我接触的好的日益消失坏的支配一切那个丑恶现实。若承认它，并好好适应它，我即可慢慢升科长，改县长，作厅长。但我已因为厌恶而离开了。'至于文学呢，我还不会标点符号！我承认应当从这个学起，且丝毫不觉得惭愧。因为我相信报纸上说的，一个人肯勤学，总有办法的。亲戚为人本富于幽默感，听过我的荒谬绝伦抒情议论后，完全明白了我的来意，充满善心对我笑笑地说：'好，好，你来得好。人家带了弓箭药弩入山中猎取虎豹，你倒赤手空拳带了一脑子不切实际幻想入北京城作这分买卖。你这个古怪乡下人，胆气真好！凭你这点胆气，就有资格来北京城住下，学习一切经验一切了。可是我得告你，既为信仰而来，千万不要把信仰失去！因为除了它，你什么也没有！'我当真就那么住下来了。摸摸身边，剩余七块六毛钱。五四运动以后第三年。怎么向新的现实学习？先是在一个小公寓湿霉霉的房间，零下十二度的寒气中，学习不用火炉过冬的耐寒力。再其次是三天两天不吃东西，学习空空洞洞腹中的耐饥力，并其次是从饥寒交迫无望无助状况中，学习进图书馆自行摸索的阅读力。再其次是起始用一支笔，无日无夜写下去，把所有作品寄给各报章杂志，在毫无结果等待中，学习对于工作失败的抵抗力与适应力。各方面的测验，间或不免使得头脑有点儿乱，实在支撑不住时，便跟随什么奉系直系募兵委员手上摇摇晃晃那一面小小三角白布旗，和五七个面黄肌瘦不相识同胞，在天桥杂耍棚附近转了几转，心中浮起一派悲愤和混乱。到快要点名填志愿书发饭费时，那亲戚说的话，在心上忽然有了回音，'可千万别忘了信仰！'这是我唯一老本，我那能忘掉？便依然从现实所作成的混乱情感中逃出，把一双饿得昏花朦胧的眼睛，看定远处，借故离开了那个委员，那群同胞，回转我那'窄而霉小斋'，用空气和阳光作知己，照旧等待下来了。记得郁达夫先生第一次到我住处来看看，在口上，随后在文章上，都带着感慨劝我向亲戚家顺手偷一点什么，即可从从容容过一年时，我只笑笑。为的是他只看到我的生活，不明白我在为什么而如此生活。这就是我到北方来追求抽象跟现实学习，起始走的第一段长路，共约四年光景。年青人欢喜说'学习'和'争斗'，可有人想得到这是一种什么学习和争斗！这个时节个人以外的中国社会呢，代表武力有大帅、巡阅使、督军……马弁。代表文治有内阁和以下官吏到传达。代表人民有议会参众两院到乡约保长，代表知识有大学教授到小学教员。武人的理想为多讨几个女戏子，增加家庭欢乐。派人和大土匪和小军阀招安撤伙，膨胀实力。在会馆衙门做寿唱堂会，增加收入并表示阔气。再其次即和有实力的地方军人，与有才气的国会文人，换谱打亲家，企图稳定局面或扩大局面。凡属武力一直到伙夫马夫，还可向人民作威作福，要马料柴火时，吓得县长越墙而走。至于高级官吏和那个全民代表，则高踞病态社会组织最上层，不外三件事娱乐开心：一是逛窑子，二是上馆子，三是听乐子。最高理想是讨几个小婊子，找一个好厨子。（五子登科原来也是接收过来的！）若兼作某某军阀驻京代表时，住处即必然成为一个有政治性的俱乐部，可以唱京戏，推牌九，随心所欲，京兆尹和京师警察总监绝不会派人捉赌。会议中照报上记载看来，却只闻相骂，相打，打到后来且互相上法院起诉。两派议员开会，席次相距较远，神经兴奋无从交手时，便依照《封神演义》上作战方式，一面大骂一面祭起手边的铜墨盒法宝，远远抛去，弄得个墨汁淋漓。一切情景恰恰像《红楼梦》顽童茗烟闹学，不过在庄严议会表演而已。相形之下，会议中的文治派，在报上发表的宪法约法主张，自然见得黯然无色。任何理论都不如现实具体，但这却是一种什么现实！在这么一个统治机构下，穷是普遍的事实。因之解决它即各自着手。管理市政的卖城砖，管理庙坛的卖柏树，管理宫殿的且因偷盗事物过多难于报销，为省事计，即索兴放一把火将那座大殿烧掉，无可对证。一直到管理教育的一部之长，也未能免俗，把京师图书馆的善本书，提出来抵押给银行，用为发给部员的月薪。总之，凡典守保管的都可以随意处理。即自己性命还不能好好保管的大兵，住在西苑时，也异想天开，把圆明园附近大路路面的黄麻石，一块块撬起卖给附近学校人家起墙造房子。卖来卖去，政府当然就卖倒了。一团腐烂，终于完事。但促成其崩毁的新的一群，一部分既那么贴进这个腐烂堆积物，就已经看出一点征象，于不小心中沾上了些有毒细菌。当时既不曾好好消毒防止，当然便有相互传染之一日。"①

---

　　①沈从文：《从现实学习》，载《沈从文全集》（第十三卷），太原：北岳文艺出版社，2002 年 12 月，第 373—378 页。

第十二章　小说（三）

　　写小说应当是个故事，让故事自身去说明，比拟定了主题去
编故事要好些。许多留到现在的伟大作品，原来的主题往往不再
被读者注意，因为事过境迁之后，原来的主题早已不使我们感觉
兴趣，倒是随时从故事本身发见了新的启示，使那作品成为永生
的。……现代文学作品和过去不同的地方，似乎也就在这一点上，
不再那么强调主题，却是让故事自身给它所能给的，而让读者取
得他所能取得的。

　　　　　　　　　　　　　　　　　　——张爱玲《自己的文章》

　　1937 年 7 月至 1949 年 9 月的中国新小说，深受连绵战争的影
响。前一时期形成的左翼、京派、海派三个小说流派，随全面抗
战风流云散，起而代之的是以国统区的纪实与讽刺、体验与追忆
小说，沦陷区的通俗与先锋小说，解放区的现实与民间小说为主
的格局塑成。而旧小说在文学统一抗战的促进下越发走向雅俗
合流。

　　一　国统区的纪实与讽刺小说

　　全面抗战初期的小说成果，代表作有及时反映抗日前线境况
的《华北的烽火》（《救亡日报》1938 年 2 月 8 日至 4 月 28 日），由
沙汀、艾芜、周文、舒群、蒋牧良、聂绀弩、张天翼、陈百尘、

罗烽等合著；描写淞沪抗战题材的丘东平（1910—1941）的《一个连长的战斗遭遇》（《七月》1938 年第 3 卷第 1—2 期）；表现战乱中人的成长的姚雪垠（1910—1999）的《差半车麦秸》（桂林远方书店，1943 年 9 月）；反映抗战初期农村手工业复苏景象的艾芜的《纺车复活的时候》（《文学月报》1940 年第 1 卷第 5 期）；写全面抗战初期农民爱国热情与传统观念心理变化的吴组缃的《山洪》（1943 年 3 月重庆文艺奖助金管理委员会出版部初版时名为《鸭嘴涝》，1946 年 4 月上海星群出版社版改为现名）。

随着全面抗战进入相持阶段，作家们的视线转向讽刺与暴露，对政治积弊和历史陈垢进行社会批判。张天翼收入短篇集《速写三篇》（重庆文化生活出版社，1943 年 1 月）的《谭九先生的工作》《华威先生》和《新生》可谓此类小说的代表，而《华威先生》更是其中的杰作。

《华威先生》（《文艺阵地》1938 年第 1 卷第 1 期），刻画了全面抗战初期一位庸碌猥琐而又专横跋扈的政客形象。文中描绘华威先生的肖像图："他永远夹着他的公文皮包。并且永远带着他那根老粗老粗的黑油油的手杖。左手无名指上带着他的结婚戒指。拿着雪茄的时候就叫这根无名指微微地弯着，而小指翘得高高的，构成一朵兰花的图样。"[1]

描述华威先生的忙碌："而——据这里有几位抗战工作者的上层分子的统计，跑得顶快的是那位华威先生的包车。他的时间很要紧。他说过——'我恨不得取消晚上睡觉的制度。我还希望一天不止二十四小时。抗战工作实在太多了。'接着掏出表来看一看，他那一脸丰满的肌肉立刻紧张了起来。眉毛皱着，嘴唇使劲

---

① 张天翼：《华威先生》，载《速写三篇》，上海：文化生活出版社，1946 年 11 月，第 45 页。

撮着，好像他在把全身的精力都要收敛到脸上似的，他立刻就走：他要到难民救济会去开会。……他每天都这么忙着。要到刘主任那里去联络。要到各学校去演讲。要到各团体去开会。而且每天——不是别人请他吃饭，就是他请人吃饭。华威太太每次遇到我，总是代替华威先生诉苦。'唉，他真苦死了！工作这么多，连吃饭的工夫都没有。'"①

对照描写华威先生在参加"难民救济会"和"文化界抗敌总会"两个分属下级和上级组织会议时的不同丑态。参加下级组织的会议节选："照例——会场里的人全到齐了坐在那里等着他。他在门口下车的时候总要顺便把踏铃踏它一下：当！同志们彼此看看：唔，华威先生到会了。有几位透了一口气。有几位可就拉长了脸瞧着会场门口。有一位甚至于要准备决斗似的——抓着拳头瞪着眼。华威先生的态度很庄严，用种从容的步子走进去，他先前那付忙劲儿好像被他自己的庄严态度消解掉了。他在门口稍为停了一会儿让大家好把他看个清楚，仿佛要唤起同志的一种信任心，仿佛要给同志一种担保——什么困难的大事也都可以放下心来。他并且还点点头。他眼睛并不对着谁，只看着天花板。他是在对整个集体打招呼。……"②

参加上级组织的会议节选："五点三刻他到了文化界抗敌总会的会议室。这回他脸上堆上了笑容，并且对每一个人点头。'对不住得很：对不住得很：迟到了三刻钟。'主席对他微笑一下，他还笑着伸了伸舌头，好像闯了祸怕挨骂似的。他四面瞧瞧形势，就捡在一个小胡子的旁边坐下来。……"③

————

①张天翼：《华威先生》，载《速写三篇》，上海：文化生活出版社，1946年11月，第46—54页。

②同上，第46—47页。

③同上，第52页。

沙汀，以革命现实主义创作手法揭露中国四川农村和小城镇的社会丑恶现象。短篇小说《防空——在"堪察加"的一角》（《文艺阵地》1938年第1卷第5期），描写某县城上层分子角逐防空协会主任头衔而演出的丑剧；短篇小说《在其香居茶馆里》（《抗战文艺》1940年第6卷第4期），通过某小镇兵役黑幕的揭开暴露抗战中国统区基层政权的腐烂；长篇小说《淘金记》（重庆文化生活出版社，1943年5月），以开采北斗镇筲箕背金矿为线索展开地主绅士们因发国难财而扰起的内讧，从而暴露出国统区统治下社会的昏暗；短篇集《呼嚎》（上海新群出版社，1947年），收录《访问》《范老老师》《呼嚎》《苏大个子》《催粮》《烦恼》6篇小说，通过揭示社会矛盾的深刻性来表达人民群众对发动解放战争的强烈愿望。

艾芜的暴露小说，以《故乡》《丰饶的原野》《山野》三部长篇小说为主。《故乡》（上海自强出版社，1947年4月），借抒写大学生余峻庭回到家乡见到的灰暗世界来批判战乱时期人们的病态心理；《丰饶的原野》（重庆自强出版社，1946年元月），通过奴性的邵安娃和正直无私敢于反抗强暴的刘老九以及兼有服从反抗二重性的赵长生三个农民形象的塑造来解剖民族性格，以期探讨以农立国的中国命运；《山野》（上海文化生活出版社，1948年11月），描写广西吉丁村在抗战中展现出的各种斗争，进而暴露农村内部错综复杂的民族矛盾和阶级矛盾。

此外，艾芜的部分作品聚焦于在贫苦中挣扎的农村妇女。短篇小说《石青嫂子》（《文艺春秋》1947年第5卷第3期），表现一个劳动妇女艰辛的生活道路和坚韧的生活意志，揭露了社会制度下的农村罪恶；中篇小说《一个女人的悲剧》（《小说（香港）》1949年第2卷第1—3期，香港新中国书局，1949年3月），写一个独自抚养子女的妇女周四嫂受尽种种压迫欺诈，儿子病死，绝望的她抱着两个女儿跳崖自杀的故事，小说通过对周家悲惨遭遇的描写控诉社会制度的血腥和黑暗。

靳以（章靳以）的《圣型》（上海现代书局，1933 年 10 月）和《群鸦》（上海新中国书局，1934 年 2 月）等早期小说集，大都抒写小市民的生活故事。全面抗战后的作品增加了社会讽刺，有《遥远的城》（上海文化生活出版社，1941 年 8 月）和《众神》（重庆文化生活出版社，1944 年 12 月）等短篇集；有《春草》（上海文化生活出版社，1946 年 4 月）和《前夕》（上海文化生活出版社，1942 年 1 月）等中长篇小说。

《前夕》通过描写一个大家庭众多成员在大时代里不同的经历遭遇，反映全面抗战前夕中国社会的激烈动荡。靳以在《〈前夕〉前言》（1941 年 9 月 28 日于桂林）中自述：“我用了三年的时日，描画三年间时代的变化，我只是一个苦作的人，我下了力，我总算把它完成了。对于作者，它是一点辛勤工作后小小的收获；对于读者，我不敢饶舌，它自己会告诉你一切。但是在这里，一个简短的说明是必须的：与其说我怀着深烈的憎恨，莫如说，我寄与无比的热爱；与其说我刻绘一幅无望的毁灭，莫如说我勾出一幅将来的自由而幸福的新生。不要埋怨作者的残酷，那责任该由这个时代来负。死去的只是那些被这个时代所遗弃的，踏着大步走向前去的是那些不甘屈伏的好儿女。……如果这部书还能有一分的价值，我就该用它来纪念那些沉默的不为人知的殉身的勇士们，他们的生存将是全民族一根良好的支柱，他们的死，也成为一方坚固的基石，驮定了我们这个从耻辱和苦难中站起来的国家。”①

钱锺书（1910—1998），1929 年入读清华大学，1935 年赴英国

---

① 靳以：《〈前夕〉前言》，载《前夕》，上海：文化生活出版社，1942 年 1 月，第 1—2 页。

牛津大学留学，1938 年回国先后在西南联合大学、蓝田师范学院等任教。有别于前述左翼作家的政治暴露性讽刺，钱锺书的小说通过揭露全面抗战期间中上知识阶层的众生相，进而洞穿受到封建传统文明与现代西方文明夹击的中国知识分子的精神病态。代表作有短篇集《人·兽·鬼》（上海开明书店，1946 年 6 月）和长篇小说《围城》（上海晨光出版公司，1947 年 5 月）。

　　《人·兽·鬼》收录《上帝的梦》《猫》《灵感》《纪念》4 篇小说。钱锺书在《〈人·兽·鬼〉序》（1944 年 4 月 1 日）中自述："假使这部稿子没有遗失或烧毁，这本书有一天能够出版，序是免不了的。节省人工的方法愈加进步，往往有人甘心承认为小说或剧本中角色的原身，借以不费事的自登广告。为防免这种冒名顶替，我特此照例声明，书里的人物情事都是凭空臆造的。不但人是安分守法的良民，兽是驯服的家畜，而且鬼也并非没管束的野鬼；他们都只在本书范围里生活，决不越规溜出书外。假如有人顶认自己是这本集子里的人，兽或鬼，这等于说我理想幻拟的书中角色，竟会走出书，别具血肉，心灵和生命，变成了他，在现实里自由活动。从黄土抟人以来，怕没有这样创造的奇迹。我不敢梦想我的艺术会那么成功，惟有事先否认，并且敬谢他抬举我的雅意。"①

　　整篇序就这样用来写了上述看似奇怪的声明，待我们读完《猫》，或许就懂得了其用意何在。摘录文中介绍女主人公出场的文字："要讲这位李太太，我们非得用国语文法家所谓最上级形容词不可。在一切有名的太太里，她长相最好看，她为人最风流豪爽，她客厅的陈设最讲究，她请客的次数最多，请客的菜和茶点

　　①钱锺书：《〈人·兽·鬼〉序》，载《人·兽·鬼》，上海：开明书店，1946 年 6 月，第 1 页。

最精致丰富，她的交游最广。并且，她的丈夫最驯良，最不碍事。假使我们在这些才具之外，更申明她住在战前的北平，你便知道她是全世界文明顶古的国家里第一位高雅华贵的太太。"①

钱锺书在此篇中用一段有趣的文字对白表达了如下爱情观："最能得男人爱的并不是美人。我们该提心吊胆防备的倒是相貌平常，中等姿色的女人。见了有名的美人，我们只能仰慕她，不敢爱她。我们这种未老已丑的臭男人自惭形秽，知道没希望，决不做癞蛤蟆吃天鹅肉的梦。她的美貌增进她跟我们心理上的距离，仿佛是危险记号，使我们胆怯，害怕，不敢接近。就是我们爱她，我们好比敢死冒险的勇士，抱有明知故犯的心思。反过来，我们碰见普通女人，至多觉得她长得还不讨厌，来往的时候全不放在眼里，吓！忽然一天发现自己糊里糊涂的爱上了她，不知什么时候她在我们心里做了小窝。这真叫恋爱得不明不白，恋爱得冤枉。美人像敌人的正规军队；你知道戒惧，即使打败了，也有个交代。平常女子像这次西班牙内战里弗朗哥的'第五纵队'，做间谍工作，把你颠倒了，你还没知道。像我们家里的太太，或其他我们爱过的女人，一个都算不得美，可是我们当初求爱的时候，也曾为她们睡不著，吃不下——这位齐先生年纪虽轻，想来也饱有经验？哈哈！"②

《围城》通过描写抗战环境下中国一部分知识分子的精神困境，突显他们深刻的孤独感和荒诞感。钱锺书在《〈围城〉序》（1946年12月15日）开篇自述："在这本书里，我想写现代中国某一部分社会，某一类人物。写这类人，我没忘记他们是人类，还

①钱锺书：《猫》，载《人·兽·鬼》，上海：开明书店，1946年6月，第23页。

②同上，第63—64页。

是人类，具有无毛两足动物的基本根性。人物当然是虚构的，有历史癖的人不用费心考订。"① 小说的主题意蕴除用书名"围城"二字点明外，故事情节中的人情世态的演变和人物心理及其转折的挖掘等，都有着精致入微的表现。文中讨论婚姻的一段对白可谓主题意蕴的直接诠释："慎明道：'关于苏蒂结婚离婚的事，我也跟他谈过。他引一句英国古话，说结婚仿佛金漆的鸟笼，笼子外面的鸟想住进去，笼内的鸟想飞出来；所以结而离，离而结，没有了局。'苏小姐道：'法国也有这末一句话。不过，不说是鸟笼，说是被围困的城堡（Fortresseassiégée），城外的人想冲进去，城里的人想逃出来。鸿渐，是不是？'鸿渐摇头表示不知道。"②

此外，文中妙语连篇，摘录一段以见其概："鸿渐闷闷回房。难得一团高兴，找朋友扫尽了兴。天生人是教他们孤独的，一个个该各归各，老死不相往来。身体里容不下的东西，或消化，或排泄，是个人的事；为什么心里容不下的情感，要找同伴来分摊？聚在一起，动不动自己冒犯人，或者人开罪自己，好像一只只刺猬，只好保持着彼此间的距离，要亲密团结，不是你刺痛我的肉，就是我擦破你的皮。"③

二　国统区的体验与追忆小说

原左翼、京派以及其他独立作家们，在绵延的战争洗礼下，小说创作呈现出体验与追忆的风格——透过现实生活来表现个人心理体验，以及对乡土、民族乃至人生的回忆与思索。

路翎，有长篇小说《财主底儿女们》（上海希望社第一部再

---

① 钱锺书：《〈围城〉序》，载《围城》，上海：晨光出版公司，1949 年 3 月三版，第 1 页。

② 钱锺书：《围城》，上海：晨光出版公司，1949 年 3 月三版，第 127 页。

③ 同上，第 285 页。

版，第二部初版，1948年2月）；中篇小说《饥饿的郭素娥》（桂林希望社，1943年3月）；中篇小说《蜗牛在荆棘上》（上海新新出版社，1946年3月）；短篇集《青春的祝福》（重庆希望社，1945年7月），收录《家》《何绍德被捕了》《卸煤台下》《谷》等8篇小说；短篇集《求爱》（上海海燕书店，1946年12月），收录《悲愤的生涯》《老的和小的》《旅途》《人权》等14篇小说；短篇集《在铁链中》（上海海燕书店，1949年8月），收录《罗大斗底一生》《王兴发夫妇》《两个流浪汉》《破灭》等7篇小说。路翎的小说多数被编入"七月文丛"，由胡风亲自撰写序文。

胡风在《〈饥饿的郭素娥〉序》（1942年6月7日于桂林）中写道："路翎这个名字底出现，是在前年的这个时候，但从那时到现在，他完成了十个左右的短篇，一个寄到香港在这次战争里面被丢掉了的长篇，以及现在这个中篇。在这些里面，路翎君创造了一长列的形象：没落的封建贵族，已经成了'社会演员'的知识份子，纯真的青年，小军官，兵士，小地主，小商人，农村恶棍……，但最多的而且最特色的却是在劳动世界里面受着锤炼的，以及被运命鞭打到了这劳动世界底周围来的，形形色色的男女。在这些里面，不是表相上的标志，也不是所谓'意识'上的符号，他从生活本身底泥海似的广袤和铁蒺藜似的错综里面展示了人生诸相，而且，这广袤和错综还正用着蠢蠢跃跃的力量澎涨在这些不算太小的篇幅里面，随时随地都要向外伸展，向外突破。因为，既然透过社会结构底表皮去发掘人物性格底根苗，那就牵一发而动全身，生活底一个触手纠缠着另一些触手，而它们又必然各各和另外的触手绞在一起了。由于这，在路翎君这里，新文学里面原已存在了的某些人物得到了不同的面貌，而现实人生早已向新文学要求分配坐位的另一些人物，终于带着活的意欲登场了。向时代底步调突进，路翎君替新文学底主题开拓了疆土。在现在这一篇里面，他展开了用劳动、人欲、饥饿、痛苦、嫉妒、欺骗、残酷、犯罪，但也有追求、反抗、友爱、梦想所织成的世界；在这中间，站着郭素娥和围绕着她的，由于她底命运而更鲜明地现出了本性的生灵。关于她，作者自己有过这样的表白："郭素娥，不是内在地压碎在旧社会里的女人，我企图'浪费'地寻求的，是人民底原始的强力，个性底积极解放。但我也许迷惑于强悍，蒙住了古国底根本的一面，像在鲁迅先生底作品里所显现的。我只是竭力扰动，想在作品里'革'生活底'命'。"①

胡风又在《〈财主底儿女们〉序》（1945 年 7 月 3 日于重庆）中评曰："作者路翎所追求的是以青年知识份子为辐射中心点的现代中国历史底动态。然而，路翎所要的并不是历史事变底纪录，而是历史事变下面的精神世界底汹涌的波澜和它们底来根去向，是那些火辣辣的心灵在历史运命这个无情的审判者前面搏斗的经验。真实性愈高的精神状态（即使是，或者说尤其是向着未来的精神状态），它底产生和成长就愈是和历史的传统、和现实的人生纠结得深，不能不远到所谓'牵起葫芦根也动'的结果，那么，整个现在中国历史能够颤动在这部史诗所创造的世界里面，就并不是不能理解的了。"②

袁犀（1920—1979），有长篇小说《贝壳》（北京新民印书馆，1943 年 5 月）和《面纱》（北京新民印书馆，1945 年 5 月）；短篇集《森林的寂寞》（华北作家协会，1944 年 8 月），收录《镇上的人们》《虫》《一个做母亲的》《露台》《一个人的一生》等 10 篇小说；短篇集《时间》（北京文昌书店，1945 年 6 月），收录《手杖》

---

① 胡风：《〈饥饿的郭素娥〉序》，载《饥饿的郭素娥》，上海：希望社，1947 年四版，第 1—3 页。
② 胡风：《〈财主底儿女们〉序》，载《财主底儿女们（上）》，上海：希望社，1948 年 2 月，第 1 页。

《蜘蛛》《暗春》《红裙》《绝色》5 篇小说。

短篇集《时间》，旨在运用具体的故事阐释现代人的人生观念。袁犀在《〈时间〉卷末记》（1945 年 4 月 24 日）中写道："我们常常喜好说的'历史'，原不过是时间的堆积。我这一本小书，是我的生命的记录，生命也只是时间的连续。而我们都在受时间的试炼，想要超越了它是不可能的。然则，时间是苦恼而已。苦恼的自觉便是时间赋与生命的意义。"[1]

冯至，有历史题材诗化叙事体小说《伍子胥》（上海文化生活出版社，1946 年 9 月）。作者在《〈伍子胥〉后记》（1944 年冬）中自述："我们常常看见有人拾起一个有分量的东西，一块石片或是一个球，无所谓地向远方一抛，那东西从抛出到落下，在空中便画出一个美丽的弧。这弧形一瞬间就不见了，但是在这中间却有无数的刹那，每一刹那都有停留，每一刹那都有陨落：古人在'镞矢之疾'，在'飞鸟之影'的上边似乎早已看得出这停留与陨落所结成的连锁。若是把这个弧表示一个有弹性的人生，一件完美的事的开端与结束，确是一个很恰当的图像。因为一段美的生活，不管为了爱或是为了恨，不管为了生或是为了死，都无异于这样的一个抛掷：在停留中有坚持，在陨落中有克服。这故事里的主人为了父兄的仇恨，不得不离开熟识的家乡，投入一个辽远的，生疏的国土，从城父到吴市，中间有许多意外的遭逢，有的使他坚持，有的使他克服，是他一生中最有意义的一段。在少年时，我喜爱这段故事，有如天空中的一道虹彩，如今它在我面前又好似地上的一架长桥——二者同样弯弯地，负担着它们所应负

---

[1] 袁犀：《〈时间〉卷末记》，载《时间》，北京：文昌书店，1945 年 6 月，第 197—198 页。

担的事物。"①

　　沈从文，生平最后的长篇小说《长河》（上海开明书店，1948年8月），是部只有第一卷的未完成的作品。沈氏墓地石头上刻有两句话："照我思索，能理解'我'。照我思索，可认识'人'。"那么，我们就从沈从文的思索——《〈长河〉题记》中寻找他笔下湘西文学的内容和旨趣："民国二十三年的冬天，我因事从北平回湘西，由沅水坐船上行，转到家乡凤凰县。去乡已经十八年，一入辰河流域，什么都不同了。表面上看来，事事物物自然都有了极大进步，试仔细注意注意，便见出在变化中堕落趋势。最明显的事，即农村社会所保有那点正直素朴人情美，几几乎快要消失无余，代替而来的却是近二十年实际社会培养成功的一种唯实唯利庸俗人生观。敬鬼神畏天命的迷信固然已经被常识所摧毁，然而做人时的义利取舍是非辨别也随同泯没了。'现代'二字已到了湘西，可是具体的东西，不过是点缀都市文明的奢侈品，大量输入，上等纸烟和各样罐头，在各阶层间作广泛的消费。抽象的东西，竟只有流行政治中的公文八股和交际世故。大家都仿佛用个谦虚而诚恳的态度来接受一切，来学习一切，能学习能接受的终不外如彼或如此。地方上年事较长的，体力日渐衰竭，情感已近于凝固，自有不可免的保守性，唯其如此，多少尚保留一些治事作人的优美崇高风度。所谓时髦青年，便只能给人痛苦印象，他若是个公子哥儿，衣襟上必插两支自来水笔，手腕上带个白金手表，稍有太阳，便赶忙戴上大黑眼镜，表示知道爱重目光，衣冠必十分入时，材料且异常讲究，特别长处是会吹口琴，唱京戏，闭目吸大炮台或三五字香烟，能在呼吸间辨别出牌号优劣，玩扑克时

――――――――――

　　①冯至：《〈伍子胥〉后记》，载《伍子胥》，上海：文化生活出版社，1947年3月再版，第107—108页。

会十多种花样。既有钱而无知。大白天有时还拿个大电筒或极小手电筒，因为牌号新光亮足即可满足主有者莫大虚荣，并俨然可将社会地位提高。他若是个普通学生，有点思想，必以能读什么前进书店出的政治经济小册子，知道些文坛消息名人轶事或体育明星为已足。这些人都共同对现状表示不满，可是国家社会问题何在，进步的实现必须如何努力，照例全不明白。（即以地方而论，前一代固有的优点，尤其是长辈中妇女，祖母或老姑母行勤俭治生忠厚待人处，以及在素朴自然景物下衬托简单信仰蕴蓄了多少抒情诗气分，这些东西又如何被外来洋布煤油逐渐破坏，年青人几几乎全不认识，也毫无希望可以从学习中去认识。）一面不满现状，一面用求学名分，向大都市里跑去，在上海或南京，武汉或长沙，从从容容住下来，挥霍家中前一辈的积蓄，享受腐烂的现实。并用'时代轮子''帝国主义'一类空洞字句，写点现实论文和诗歌，情书或家信。末了是毕业，结婚，回家，回到原有那个现实里，等待完事。就中少数真有志气，有理想，无从使用家中财产，或不屑使用家中财产，想要好好的努力奋斗一番的，也只是就学校读书时所得到的简单文化概念，以为世界上除了'政治'，再无别的事物。所谓政治又只是许多人混在一处，相信这个，主张那个，打倒这个，拥护那个，人多即可上台，上台即算成功。终生事业目标，不是打量入政治学校，干部训练班，就是糊糊涂涂往某处一跑，对历史社会的发展，既缺少较深刻的认识，对个人生命的意义，也缺少较深刻的理解。个人出路和国家幻想，都完全寄托在一种依附性的打算中，结果到社会里一滚，自然就消失了。十年来这些人本身虽若依旧好好存在，而且有好些或许都做了小官，发了小财，日子过得很好，但是那点年青人的壮志和雄心，从事业中有以自见，从学术上有以自立的气概，可完全消失净尽了。当时我认为唯一有希望的，是几个年富力强，单纯头脑中还可培养点高尚理想的年青军官。然而在他们那个环境中，竟像是什么事都无从作。地方明日的困难，必须应付，大家看得明明白白，可毫无方法预先在人事上有所准备。因此我写了个小说，取名《边城》，写了个游记，取名《湘行散记》，两个作品中都有军人露面，在《边城》题记上，且曾提起一个问题，即拟将'过去'和'当前'对照，所谓民族品德的消失与重造，可能从什么方面着手。《边城》中人物的正直和热情，虽然已经成为过去了，应当还保留些本质在年青人的血里或梦里，相宜环境中，即可重新燃起年青人的自尊心和自信心。我还将继续《边城》，在另外一个作品中，把最近二十年来当地农民性格灵魂被时代大力压扁扭屈失去了原有的素朴所表现的式样，加以解剖与描绘。其实这个工作，在《湘行散记》上就试验过了。因为还有另外一种忌讳，虽属小说游记，对当前事情亦不能畅所欲言，只好寄无限希望于未来。中日战事发生后，二十六年的冬天，我又有机会回到湘西，并且在沅水中部一个县城里住了约四个月。住处恰当水陆冲要，耳目见闻复多，湘西在战争发展中的种种变迁，以及地方问题如何由混乱中除旧布新，渐上轨道，我都有机会知道得清清楚楚。还有那个无可克服的根本弱点，问题何在，我也完全明白。和我同住的，是一个在嘉善国防线上受伤回来的小兄弟。从他和他的部下若干小军官接触中，我得以知道战前一年他们在这个地方的情形，以及战争起后他们人生观的如何逐渐改变。过不久，这些年青军官，随同我那小兄弟，用'荣誉军团'名分重新开往江西前线保卫南昌去了。一个阴云沈沈的下午，当我眼看到几只帆船顺流而下，我那兄弟和一群小军官站在船头默默的向我挥手时，我独自在干涸河滩上，不知不觉眼睛已被热泪浸湿。因为四年前一点杞忧，无不陆续成为事实，四年前一点梦想，又差不多全在这一群军官行为上得到证明。一面是受过去所束缚的事实，在在令人痛苦，一面却是某种向上理想，好好移植到年青生命中，似乎还能发芽生根，然而刚到能发芽生根时又不免被急风猛雨摧折。那时节湘省政府正拟试派几千年青学生下乡，推行民训工作，技术上相当麻烦。武汉局势转紧，公私机关和各省难民向湘西疏散的日益增多。一般人士对于湘西实缺少认识，常拢统概括名为'匪区'。地方保甲制度本不大健全，兵役进行又因'贷役制'纠纷相当多。所以我又写了两本小书，一本取名《湘西》，一本取名《长河》。当时敌人正企图向武汉进犯，战事有转入洞庭湖泽地带可能。地方种种与战事既不可分，我可写的虽很多，能写出的当然并不多。就沅水流域人事琐琐小处，将作证明，希望它能给外来者一种比较近实的印象，更希望的还是可以燃起行将下乡的学生一点克服困难的勇气和信心！另外却又用辰河流域一个小小的水码头作背景，就我所熟习的人事作题材，来写写这个地方一些平凡人物生活上的'常'与'变'，以及在两相乘除中所有的哀乐。问题在分析现实，所以忠忠实实和问题接触时，心中不免痛苦，唯恐作品和读者对面，给读者也只是一个痛苦印象，还特意加上一点牧歌的谐趣，取得人事上的调和。作品起始写到的，即是习惯下的种种存在；事事都受习惯控制，所以货币和物产，于这一片小小地方活动流转时所形成的各种生活式样与生活理想，都若在一个无可避免的情形中发展。人事上的对立，人事上的相左，更仿佛无不各有它宿命的结局。作品设计注重在将常与变错综，写出'过去''当前'与那个发展中的'未来'，因此前一部分所能见到的，除了自然景物的明朗，和生长于这个环境中几个小儿女性情上的天真纯粹，还可见出一点希望，其余笔下所涉及的人和事，自然便不免黯淡无光。尤其是叙述到地方特权者时，一支笔即再残忍也不能写下去，有意作成的乡村幽默，终无从中和那点沈痛感慨。然而就我所想到的看来，一个有良心的读者，是会承认这个作品不失其为庄严与认真的。虽然这只是湘西一隅的事情，说不定它正和西南好些地方差不多。虽然这些现象的存在，战争一来都给淹没了，可是和这些类似的问题，也许会在别一地方发生。或者战争已完全净化了中国，然而把这点近于历史陈迹的社会风景，月文字好好的保留下来，与'当前'崭新的局面对照，似乎也很可以帮助我们对社会多有一点新的认识，即在战争中一个地方的进步的过程，必然包含若干人情的冲突与人和人关系的重造。我们大多数人，战前虽活在那么一个过程中，然而从目下检审制度的原则来衡量它时，作品的忠实，便不免多触忌讳，转容易成为无益之业了。因此作品最先在香港发表，即被删节了一部分，致前后始终不一致。去年重写分章发表时，又有部分篇章不能刊载。到预备在桂林印行送审时，且被检查处认为思想不妥，全部扣留，幸得朋友为辗转交涉，径送重庆覆审，重加删节，方能发还付印。国家既在战争中，出版物各个管理制度，个人实完全表示同意。因为这个制度若运用得法，不特能消极的限止不良作品出版，还可望进一步鼓励优秀作品产生，制度有益于国家，情形显明。惟一面是个人为此谨慎认真的来处理一个问题，所遇到的恰好也就是那么一种谨慎认真的检审制度。另外在社会上又似乎只要作者不过于谨慎认真，便也可以随处随时得到种种不认真的便利。（最近本人把所有作品重新整理付印时，每个集子必有几篇'免登'，另外却又有人得到特许，用造谣言方式作小文章侮辱本人，如像某某小刊物上的玩意儿，不算犯罪。）两相对照，虽对现状不免有点迷惑，但又多少看出一点消息，即当前社会有些还是过去的继续。国家在进步过程中，我们还得容忍随同习惯而存在的许多事实，读书人所盼望的合理与公正，恐还得各方面各部门'专家'真正抬头时，方有希望。记得八年前《边城》付印时，在那本小书题记上，我曾说过：所希望的读者，应当是身在学校以外，或文坛消息，文学论战，以及各种批评所达不到的地方，在各种事业里低头努力，很寂寞的从事于民族复兴大业的人。作品所能给他们的，也许是一点有会于心的快乐，也许只是痛苦，……现在这本小书，我能说些什么？我很明白，我的读者在八年来人生经验上，对于国家所遭遇的挫折，以及这个民族忧患所自来的根本原因，还有那个多数在共同目的下所有的挣扎向上方式，从中所获得的教训，……都一定比我知道的还要多还要深。个人所能作的，十年前是一个平常故事，过了将近十年，还依然只是一个平常故事。过去写的也许还能给他们一点启示或认识，目下可什么全说不上了。想起我的读者在沈默中所忍受的困难，以及为战胜困难所表现的坚韧和勇敢，我觉得我应当沈默，一切话都是多余了。在我能给他们什么以前，他们已先给了我许多许多了。横在我们面前许多事都使人痛苦，可是却不用悲观。骤然而来的风雨，说不定会把许多人的高尚理想，卷扫摧残，弄得无踪无迹。然而一个人对于人类前途的热忱，和工作的虔敬态度，是应当永远存在，且必然能给后来者以极大鼓励！在我所熟习的读者一部分人表现上，我已看到了人类最高品德的另一面。事如可能，最近便将继续在一个平常故事中来写出我对于这类人的颂歌。"[1]

老舍，有长篇小说《火葬》（上海新丰出版公司，1946年1月），中篇小说《我这一辈子》（上海惠群出版社，1946年8月）和长篇小说《四世同堂》。

《四世同堂》分为《惶惑》《偷生》《饥荒》三部，其中《惶惑》于1946年11月由上海晨光出版公司印行；《偷生》于1946年

---

[1] 沈从文：《〈长河〉题记》，载《长河》，上海：开明书店，1948年8月，第1—8页。

11月由上海晨光出版公司印行；《饥荒》的单行本，老舍生前未有出版。全书表现全面抗日战争期间沦陷区北平城一条胡同里人们的生活图象，深刻展示了普通人在大时代历史进程中艰难曲折的道路。

《惶惑》开篇写道："祁老太爷什么也不怕，只怕庆不了八十大寿。在他的壮年，他亲眼看见八国联军怎样攻进北京城。后来，他看见了清朝的皇帝怎样退位，和接续不断的内战；一会儿九城的城门紧闭，枪声与炮声日夜不绝；一会儿城门开了，马路上又飞驰着得胜的军阀的高车大马。战争没有吓倒他，和平也没使他怎样狂悦。逢节他要过节，遇年他要祭祖，他只是个安分守己的公民，只求消消停停的过着不至于愁吃愁穿的日子。即使赶上兵荒马乱，他也自有办法：最值得说的是他的家里老存着全家够吃三个月的粮食与咸菜。这样，即使炮弹在空中飞，兵在街上乱跑，他会关上大门，再用装满石头的破缸顶上，便足以消灾避难。"①

芦焚（师陀），有中篇小说《无望村的馆主》（上海开明书店，1941年7月）和短篇集《果园城记》（上海出版公司，1946年5月）。前者通过对地主土豪从发家到败家的三世描述，展现一个村庄、一个家族的盛衰史；后者收录《桃红》《邮差先生》《一吻》等18篇小说，写一个小城的一段历史和小人物们的命运，将普通的生活感叹提炼成命运的哲理思悟。师陀在《〈果园城记〉序》（1946年5月4日于上海）中自述创作旨趣："我有意把这小城写成中国一切小城的代表，它在我心目中有生命，有性格，有思想，有见解，有情感，有寿命，像一个活的人。我从它的寿命中切取我顶熟悉的一段：从前清末年到民国二十五年，凡我能了解的合

---

①老舍：《惶惑》，上海：晨光出版公司，1947年5月再版，第1页。

乎它的材料，我全放进去。"①

汪曾祺，有短篇集《邂逅集》（上海文化生活出版社，1949年4月），收录《复仇》《老鲁》《艺术家》《落魂》《囚犯》《邂逅》等8篇小说。

《邂逅》节选："接口接得真好，一点不露痕迹，没有夺占，没有缝隙，水流云驻，叶落花开，相契莫逆，自自在在，当他末一声的有余将尽，她的第一字恰恰出口，不领首，不送目，不轻轻咳嗽，看不出一点点暗示和预备的动作。……这两个声音本身已经连成一个单位。——不是连成，本是一体，如藕于花，如花于镜，无所凭借，亦无落著，在虚空中，在天地水土之间。……"②

唐湜（1920—2005）写于1948年2月的《虔诚的纳蕤思——谈汪曾祺的小说》一文，分五节对汪曾祺的文学作品做详细评述。其中，第二节载："安诺德（M. Arnold）在他的著名论文里说起：德意志精神的代表者是伟大的歌德与崇高的尼采，实在，歌德的广阔与尼采的高昂，一种宏远的气度与一种生命力的高扬正好构成了所谓德意志意识形态的立体，一个精神十字架。这情形，在任何一个繁荣的文艺时代都应该有：在俄国，有托尔斯泰的广阔宏伟与杜斯妥也夫斯基的深远卓越的对比：一个融和万物的胸襟与一个坚苦卓绝的意志，一个博大的和谐与一个遗世的独立，一个外向与一个内向，一个相吸与一个相斥，一个趋向于生命的凝炼与融和，而另一个则趋向于生命的激扬与孤傲的挺拔。这就产生了两种重要的艺术风格：柔和的与崇高的。由高峻的山地到迤逦的平原，由生命的青年的激越到思想的中晚年的成熟，几乎是

①师陀：《〈果园城记〉序》，载《果园城记》，上海：上海出版公司，1946年5月，第5页。

②汪曾祺：《邂逅》，载《邂逅集》，上海：文化生活出版社，1949年4月，第175—176页。

每一个天才所必经的；由无意识的自然的感兴到有意识的自觉的
表现，是每一个创作者生命的发展与进步，也就是从浪漫精神到
古典精神的进展。强烈的风暴最后必定止息于平静的海晏，这是
历史的道路，也是文艺的道路。现世纪的文学正就是这样自觉的
文学，继承一切优良的传统，发扬而光大之。所以古怪的天才如
T. S. 艾略特最后必到达于《四个四重奏》那样淳美的哲理气氛很
浓的境界。在中国文坛上，目前有两个最可注意的年轻作家，路
翎与汪曾祺，有最不同的天赋，却又走向同一个方向，经过同一
的历程。路翎有轻灵如雪莱的气质；而汪曾祺则更深沉、朴实。
路翎以博大如卢梭那样清新的爱心拥抱一切小小的人世悲欢，给
以向上的诗的引伸与亲切的想像的飞扬；汪曾祺则以集中的细致
分析深切地剖示一切人世的面貌风尘，有最深刻的现实主义的探
索与心理分析及捕捉意识流的手法。两人间：一个善于以博大的
心灵超越他所处理的细琐题材的表象；一个善于以深沉的胸怀寻
觅他所处理的一点一滴生活的根源，却同趋向于艺术的完成与引
伸。不拘泥于表面的事物，也不满足于表象的现实，却都像行云
流水般潇洒自如，给读者以丰富的暗示与言外之意；言近而意远。
由一点的挥毫触动全般的人生，装模作样的虚饰被扫除一空，没
有真实感的虚浮公式也给撇得远远的，人生就是人生，一个息息
相关的电力圈，彼此时时相互感应。最奇怪的还是他们创作的发
展道路，都是由比较生硬的亮度走向比较柔和的委婉，由生命爆
裂的自然发展走向精湛大方、炉火纯青的自觉表达，由高亢走向
广阔，由高卓的孤拔走向凝练的融和，由内向的多悲剧意味的独
白走向外向的生命的和歌，一种'神秘的合唱'如《浮士德》最
后的终结，一种超越的大和谐。前一阶段适应着青年时期烈火似
的感情的燃烧，而后一阶段则适应着中年与晚年时期博大如洪水
的大爱（自觉的）的泛滥。读路翎最初的作品《饥饿的郭素娥》，

会有一种烫手的灼热的感觉，一种几近于生硬的表现里却有一种绝大的生命的冲进力，一种绝望的斗争里有着浓重的悲剧意味；但读他的《求爱》却只感到一种使人从心底发笑出来的宽厚的喜悦，一种透明的生命的和缓节奏，使人想起风清月白的夜在碧绿的平原上散步，背诵着莎士比亚的《仲夏夜之梦》。汪曾祺最初的短篇《复仇》给人以跳荡的旋风似的感觉，音步或思绪急促如暗夜风雨的袭击，一些高亢的雨点，一些高音的键子敲过去。一连串跳跃使人有窒息里的尖叫与不连续的颤音呻吟的印象；但他往后的短篇与散文，如《戴车匠》，却给人一种沉静的印象，如漫步于一些北方的小城，在漫天的风尘里拨弄一些人性的音弦。不像路翎那样给人以灵异的动人醉意，却给人以妥贴的质朴风貌，一种无可非议的真实而广阔的沉潜。路翎的大爱是扩张到物象之外的，而汪曾祺的大爱则收缩于物象之内，一举手一投足之间，不任意泛滥，如溪流潺潺，不事挥霍。迄今为止，汪曾祺与路翎都没有在这阶段创造出杜斯妥也夫斯基般的伟大作品来，但却都能早熟地超越这一阶段，趋向于可喜的成熟，给我们一些可爱的小果实：一个是晶莹夺目，另一个则分量沉重，全能溶化人生于一丘一树间。"[1]

第五节载："T. S. 艾略特在论及传统与个人才能时曾说：'没有诗人，没有任何艺术部门的艺术家会单独有他完整的意义。他的重要，对他的欣赏是对他与死去的诗人与艺术家间的关连的欣赏。'的确，没有人能离开传统而独来独往。'诗人该能觉察到主流，……他该知道欧洲的心——他祖国的心——一个他该及时地懂得，比他自己个人的心更重要得多的心，是一个会变化的心，

---

①唐湜：《虔诚的纳蕤思——谈汪曾祺的小说》，载《新意度集》，北京：生活·读书·新知三联书店，1990年9月，第123—126页。

而这变动是一个发展，不会抛掉什么在路上，不会丢开莎士比亚或荷马，或马达林画家的石画'。(《*Point of View*》) 任何艺术都脱不开祖国的传统，一切继续存在着的生活风格。一个艺术家该有溶和一切传统而别创新意的心胸。奇怪的是我们的新文学却少有中国气派与中国精神，少有人们所喜闻乐见的风格。汪曾祺的一个最显著的特点正是新文学中的一个奇迹：他的中国风格；正如黄永玉的童话风的木刻杂在纯西洋风的作品中能给人一个流云似的生动亲切的印象，他的作品也在显示了中国传统的思想风格对他的感染力。不过黄是清新的，有年轻的幻想力与单纯的色调；而汪则是纯熟的，对人事世故有过东方式的参悟与澄澈的思索。我知道现代欧洲文学，特别是'意识流'与心理分析派的小说对汪有过很大影响，他主要的是该归入现代主义者群（Modernists）里的，他的小说的理想，随处是象征而没有一点象征'意味'，正是现代主义的小说理想，然而这一切是通过纯粹中国的气派与风格来表现的。我知道他在大学里念的是中文，而他的一篇小说《绿猫》告诉了我他对中国文学的理解与修养，对魏晋六朝人的为人与文学的风格也曾有过向往，《世说》与《文心雕龙》也许是他最喜爱的两部古书。他有魏晋人的那份潇洒自如，也有中国式的实事求是的现实主义精神。他是娴熟世态的，却又有自觉的超拔力与透视力，堕污泥而不染，不，他竟能变污泥为晶莹的宝石。他浮沉于平凡的世事，竟能使平凡都变为神奇。他的文字，不，他的语言是洗炼的，几几乎全是纯粹京白，间也有一些生动的古文词。我很少读到过比他的文字更能传神的东西，在他的作品里，几乎字字都尽了最大的功能，精纯已极。他的文题风格里少有西洋风的痕迹，有的也已是变成中国人所习见了的，他这风格，显然是从废名、沈从文处转化来的，可是比起他们的拙朴，他的却似乎更有光采华辉，更有得心应手之妙：从容、诚挚，却又有丰富的机智与讽喻。他的恬淡的文字风格正表现了他的恬淡的思想风格，一个中国传统的哲学观念，调节情感，归于中和。新文学运动开始以来，有两个相互不同的系列在向前发展，茅盾先生用西洋风的调子表现了中国社会的半殖民地的一面，而老舍先生用东方风、富于人情味的幽默表现了中国社会的半封建的一面，二者都表现了巨大的社会面，沈从文先生与他的学生汪曾祺却表现了中国的'人'——'人'与他背负着的感情的传统、思想的传统。在这方面，他们给新文学打开了一个新的天地，树立了一个光辉的起点。"①

　　鹿桥（1919—2002），本名吴讷孙，生于北京，先后在燕京大学和西南联合大学求学。1954年获耶鲁大学博士学位，之后在旧金山大学、耶鲁大学等校执教。其文学作品在海外华人圈有着广泛的流传度。创作于1940年代的长篇小说《未央歌》，以全面抗战时期西南联合大学为背景，通过铺陈友谊爱情、思索高校精神等，记述一代青春学子在烽火中的成长岁月。

　　鹿桥在《〈未央歌〉前奏曲》（1943年12月16日于重庆郊外山洞）中写道："在学生生活才结束了不久的时候，那种又像诗篇又像论文似的日子所留的印象已经渐渐地黯淡下来了。虽然仍是生活在同一个学校里，只因为是做了先生，不再是学生的原故，已无力挽住这行将退尽的梦潮了。为了一向珍视那真的，曾经有过的生活，我很想把每一片段在我心上所创作的全留下来，不让他们一齐混进所谓分析过的生活经验里，而成了所谓锤炼过的思想。又为了过去的生活是那么特殊；一面热心地崇景着本国先哲的思想学术，一面又注射着西方的文化，饱享着自由的读书空气，

---

　　①唐湜：《虔诚的纳蕤思——谈汪曾祺的小说》，载《新意度集》，北京：生活·读书·新知三联书店，1990年9月，第140—141页。

起居弦诵于美丽的昆明及淳厚古朴的昆明人之中，所以现在记载时所采用的形式也是一样特殊的。这精神甚至已跳出了故事、体例之外而泛滥于用字、选词和造句之中。看罢！为了记载那造形的印象，音响的节奏，和那些不成熟的思想生活，这叙述中是多么荒唐地把这些感觉托付给词句了呵！以致弄成这么一种离奇的结构、腔调，甚至文法！最后为了懒，挑了个小说的外表，又在命题时莫名其妙地带了个'歌'字。'懒'也是那时的一位好友，现在已失去了，是实在值得纪念的。能够无所顾忌地，认真地懒是多么可骄傲呀！我们知道小说的外表往往只是一个为紫罗兰缠绕的花架子并不是花本身，又像是盛事物的器皿，而不是事物本身。所以这里所说的故事很可以是毫无所指的。不过这么一来话就绕弯了。盛事物的器皿，和紫罗兰花的木架，是可见的，而事物本身，和那可爱的紫罗兰花却逃脱了我们的观察，这岂不是个大笑话吗？二十世纪的人是太忙了。没有工夫去读谈思想的书。可是却有空闲去读一本五六十万字的小说，再从那里淘炼出那一句半句带点哲学味儿的话来，岂不更是大笑话吗？"[①]

《未央歌》"第三章"节选："每年上课时的学生们都是同样地匆忙又快乐地从事一个学生应有的活动。新舍南北区，昆中南北院，多少学生，一天之中要走多少来回，没有人计算得出。新的人，旧的人，都一天一天地把对校舍有关的景物的印象加深。又一天一天地，习惯了，认识了，爱好了，这校舍中的空气，送他们出进校舍的铃声，早上课室内的窗影，公路上成行的杨树，城墙缺口外一望的青山。一片季候风，一丝及时雨，草木逐渐长大，又随了季节的变换而更替着荣枯。他们也因了忙碌，一天天地发

---

① 鹿桥：《〈未央歌〉前奏曲》，载《未央歌》，合肥：黄山书社，2008年1月，第1—2页。

展他们求知的结果，终于最末一场考试的铃声送他们出了校门。一任他们在辛勤艰苦的人生旅程中去回想，去恋慕这校中的一切。他们熟悉了先生，师长的面颜，又认识了同窗、同室的学友，或是同队打球的伙伴，同程远足的游侣。吵过架的，拌过嘴的，笑容相对的，瞪眼相同〔向〕的，都是一样，走出校门时，只要有机会再遇上，便都是至亲密友，竟似脉管里流着同样的血，宛若亲骨肉。师长同学也还罢了，他们甚至要想到那呆慢的摇铃老工役，那表情比他手中的铃的外表其冷酷，或无情皆不在以下。而同一铃声常是表示不同的情感的。他们也记得那送粉笔的老婆婆，她每当看见了一支粉笔是断作两截时，她心痛的样子直令人以为是她头上一枝玉簪折断了。学生糟蹋粉笔若被她看见了，她就会走过来，伸了手，要了去，收起。她那无声的步子，沉默的手，慈颜的怒，谁都觉得是在受祖母的责备，便会惭愧地把粉笔头给她。然而祖母是爱淘气的孩子的。所以学生们偏爱在她看不到时用粉笔乱画，使她到处去捉。她便想：'这些孩子多顽皮！不过他们会写多少字了呵！'她便觉得不寂寞。还有那衣服不合身的警卫。门口匆忙准备早点的小贩。还有呢，还有洗衣妇和她身后的大筐子。球场上划白线的小球童。甚至偶然捉到的小偷儿。还有，还有，他们都无法忘记。他们一天一天地叫这浓烈，芳馥的学府中的一切浸润了个透！终于，谁也免不了那么一天，被送出校门了。笑着送出去，淌着泪送出去。甚至，是在另外一种原因下，不得不走，也许是无声无息地偷偷走掉了。从那一天起，他便要重新去感觉人生了。那时谁能没有感触呢？有人要大哭一场。有人要拼命工作来增加这可爱的学校的光荣。也有人就呜咽出一些美丽的文字来，让它去激荡每一个有同感的人的心。让他们时时不忘那些黄金似的日子。叫他们躲避引诱，尊重自己心上一片美感，逃免堕落的陷阱。然而这些感觉都是离了校才发生的。在学校中时那年轻的心对学问都是又贪婪、又无厌如幼小的狮子，又喜爱寻乐、游玩如蝴蝶，更爱一天到晚的笑，笑得那么没有个样儿，像黑猩猩！这也难怪，想想那年月，那生活，本来是快乐的。"①

《未央歌》"第四章"节选："环境是环境，作不作还是在自己。宋捷军寒假后考试成绩发表，大家一看他缺考及不及格的功课过了所限的分数。开除了。去看他时他早已不在校里。冯新衔晓得，后来才讲出来，原来他在学期开始之时早已念不下书去了。因为这时通缅甸的一条公路贸易正发达。混水好摸鱼，乱七八糟的白手成家人真不少。有野心而不想走正路的年轻人就趋之若鹜。宋捷军在校中时为了找工作便到一家贸易行去。没有多久，茶馆中就看不到他了。他衣裳也穿得漂亮了，课也不常上了。口袋里似乎有掏不完的钱，并且常有新东西送人。金先生和他沾点远亲的关系的，有时很严厉地问他将来打算怎样？是否从此不用再上学了？他只说现在完全是一种作事补助学费的意思。这里比校内许多工作省事，而且挣钱多。不料麻醉人的享乐日子过惯了，他便走上了投机商人的路子，有时竟旷课远去，到缅甸去经营贸易。他对求知的欲望也不强。对学问的目的及需求，也茫然得很。校中除了打球之外，也没有他得意的事。开学之初，他的功课便已是一塌糊涂，英文尤其坏，冯新衔还有一门社会科学与他同班，便追着他要给他补习。他却和冯新衔说：'不用补了。补也白补。念完四年毕了业，能够挣多少钱一月？现在教授们的收入还及不上一个汽车夫。你再跟他们学能学到多少?'冯新衔听了气得想打他。他又说：'运输贸易是个新兴事业，三百六十行，行行出状元。什么事不能做?'冯新衔便由他去了。后来大学听说他弄得不错，自己有点钱，有些辆车，并且常川住在仰光，有事才坐飞

①鹿桥：《未央歌》，合肥：黄山书社，2008年1月，第86—88页。

机走上一趟，又弄了个公务员的名义。学校里的朋友本来还很惦记他。金先生说这又是关乎性情的事，说他是心思浮浅，思想不能出奇，只会模仿不会创造，并且不能刻苦。这好像很成功的局面完全是环境趋势所造成。同时是个没有根基的幻象。而且以他不能创业的缺点来说，想他能成功地守业也不大可能。所以常说给别的意志不坚强的学生们听，劝大家别为外面繁华景象所欺，误了自己脚跟下大事。他说：'做事要挑阻力大的路走。事业大小，便几乎以做起来时之难易来分。同时人要抵抗引诱。而引诱是永远付不出抵抗引诱那么大的酬劳的。宋捷军顺了引诱，你们已经看见的酬劳是如此。你们试试抵抗引诱看！也许那时才懂得什么是真值得追求的。如今缅甸公路上遍地黄金。俯拾即是。这太容易了。倒是不肯弯这一下腰的，难能可贵。'现在寒假快到完结的时候。已近旧年了，谁也不理会这个半途思凡的和尚了。三个月在用功，与三个月的改行，其中差别有多大呢！'为学如逆水行舟，不进则退。'"①

《未央歌》"第七章"节选："昆明雨季的雨真是和游戏一样，跑过来惹你一下，等你发现了她，伸手去招她时，她又溜掉了。她是有几分女人性格的。像是年轻的女人。她又像醉汉。醉汉的作风是男子性格中少有的可爱的成分，而年轻女人正有着丰盛的这种成分。她是多么会闹！多么肆无忌惮地闹啊！她在晴明的白日忽然骤马似的赶到了，又像是没来由的一点排解不开的悲愁袭击了她，她就又像是跺着脚，又像是打着滚儿尽兴地大哭了一阵。泪水浸透了人家的新衣裳，躲也躲不及地全身被她打湿得往下淌水。颈子后面顺了衣领，淌了下来冰冷了走路人汗热的脊背，斜飘过来的雨点儿更把那支握紧了帽檐的手上的表也泡湿了。她是

---

① 鹿桥：《未央歌》，合肥：黄山书社，2008年1月，第107—108页。

带了风来的。她'呜，呜！'地哭得好不伤心！谁也会忘了自己的狼狈反而要去安慰她了，她偏是穷凶极恶放声大哭，再也不肯停住。忽然，你又发觉她已经收声止泪了。抬头找她时，除了一点泪痕外什么也看不出来了，青山绿水，鸟语花香。大哭过后的女孩子谁不知道是分外娇美？她在梳发她在施脂。对了镜子快乐地笑着。偶而回顾你一下，皓齿明眸，使你眼睛也明亮起来了。草木山林，路上的石板，溪里的波纹都又轻快又明净了。田野便那么悄悄地静寂可爱，耳边只有轻轻的水滴的声音，从自己的衣服上，滴落在路上的碎叶上，细沙上。被淋得手无足措的人，恼也恼不起来，笑也笑不成功。她是无知的，无害的，无机心的。她更是美丽的呀！这一点恼只有贮在眉梢成为轻轻地一蹙，这一点喜也只好浮上嘴角成为淡淡的一丝笑，天色又晴好如初。到了雨季最高潮，那身段姿势就又不同了。她伏枕一哭就是一天！饭也不肯吃，觉也不肯睡！一天不尽兴，就是两天，两天还不尽兴，那么就再多哭一天。三天以上不断的雨水就比较少了。除非有时实在太委曲了，那就休息一下，梳洗一下，吃点精致的点心，再接着来上个把星期给你一点颜色看看！虽然说是这样，她也有时在早晚无人知晓时，偷偷休息一下。那时，那体贴的阳光，无倦无怠地守候着的，便露出和煦的笑脸来劝慰一下。昆明是永远不愁没有好阳光的。但是这一劝，窥穿了她底秘密，就惹起了更难缠的大哭大号啦！她披头散发地闹将起来，又把阳光吓走。跑得远远儿地，连影子也不敢露，心上'别别！'地跳！可怜的太阳！这样一度大激动之后，她便感觉到疲倦了，她慢慢地哭得和缓了，眼皮儿慢慢地垂了下来，沉重地压住了泪水。泪珠儿还挂在腮上，她便已经安睡了。这时的雨景便如梦如画。细密的雨丝如窗纱、如丝幂。横飞着的云雾乘了风斜插进来又如纱窗门幕外的烟云幻景。濛濛一片里山村，城镇，都有无限醉人的韵致。走在这样的雨中，慢慢地被清凉的雨水把烈火燥气消磨尽了之后就感觉出她的无微不至的体贴，无大不包的温柔来了。浸润在这一片无语的爱中时，昆明各处那无名的热带丛草便疯狂地长高长大了。看雨景要在白天。看她跨峰越岭而来，看她排山倒海而来，看她横扫着青松的斜叶而来，看她摇撼着油加利树高大的躯干而来。再看她无阻无拦，任心随兴飘然而去。听雨要在深夜。要听远处的雨声，近处的雨声。山里的泉鸣，屋前的水流。要分别落在卷心菜上的雨，滴在沙土上的雨，敲在纸窗上的雨，打在芭蕉上的雨。要用如纱的雨来滤清思考，要用急骤的雨催出深远瑰丽的思想之花，更要用连绵的雨来安抚颠踬的灵魂。"①

　　《未央歌》"第十一章"节选："有时人在旅行的时候心上想着将要到的地方，那么就或是急躁，或是欢喜，也许疑虑。有时又会想念着将离开的地方那就多半是留恋，自然也可感觉到解放，无论如何，总似乎心上有一根弦与才离开的地方系在一起，越走得远越扯得紧。这两种情形皆不及第三种难堪，就是两头都不喜欢，恨不得就永远这么流连在路上。离开的地方，我们回过头去，看它不见，便好当它不存在，将去的地方，向前也找不到，谁能证明它是实有？我们无可奈何地，欺骗着自己，贪婪地一分一秒地磨这两幕剧间换景的时光。虽然我们明知道下一幕早晚要出场。固然，也有不少人，胆怯些，或是天分中秉有了太多那种'可赞扬的懒惰'，像一位法国作家所歌诵的，他们就会一直在流浪中逃避着，甚至这样逃完了一生的时光。他们如果真能侥幸成功，因为世事有时从海角天涯把他们抓回来，倒也是难以评论的。不是吗，他们固然没有成就什么，他们也没有毁坏什么。他们无功，他们也免于在某些可能之下，作了大过错。我们既然很难有任何

---

　　①鹿桥：《未央歌》，合肥：黄山书社，2008年1月，第216—217页。

看法可令所有的人同意，于是我们也常听见另外一种说法，如果不能做得好，既然是顺了天性走的，也不妨就做错，如果不能成功，那何如做点失败的事？失败的事，和错的事，也要人做。如果什么也不做，便是一种罪恶，他不能说：'没有成就什么，至少不会毁坏什么'。他毁了一个人生。至于逃避，也是罪恶。这个看法也是比较容易接受的。尤其是：'失败的事……也要人来做'一句，多少带点浪漫色彩，更常鼓励许多年轻又尊贵的气质作出多少非凡人肯为的事来。"[①]

《未央歌》"第十七章"节选："这天西山华亭寺的履善和尚下山来找他闲谈，两人烹起一壶上好的十里香名茶，坐在柏树荫下，横论这几年校中风云变幻。二人谈到会心处，会相顾笑乐一阵。幻莲因为身离学校近了，又常和学生们往来，眼光便全在学校之中。履善远居山上，看法自有不同。他说：'这个看来竟像个起头，不像个结束。不见这些学生渐渐都毕业，分散到社会上去了么？他们今日爱校，明日爱人，今日是尽心为校风，明日协力为国誉。我们只消静观就是了。'幻莲听了点头。眼见庭院寂静，日暖生烟，手掌大的厚树叶，偶而团团转着落下一两片，阶前的花，鲜红艳紫迎了阳光，欣欣向荣，不觉心上怡悦，坐在那里，竟睡着了。"[②]

萧红，有长篇小说《马伯乐》（重庆大时代书局，1941年1月）和《呼兰河传》（桂林河山出版社，1943年6月）；短篇小说《小城三月》（香港海洋书屋，1948年1月）；短篇集《旷野的呼喊》（上海杂志公司，1946年5月），收录《朦胧的期待》《旷野的呼喊》《逃难》《山下》《莲花泡》《孩子的讲演》6篇小说。

《呼兰河传》（1940年12月20日于香港）以作者童年故乡记

---

① 鹿桥：《未央歌》，合肥：黄山书社，2008年1月，第436—437页。
② 同上，第642—643页。

忆为线索，描绘呼兰河小城当年的社会风貌。萧红在小说结尾自述："以上我所写的并没有什么幽美的故事，只因他们充满我幼年的记忆，忘却不了，难以忘却。就记在这里了。"[1] 摘录书中一段描写火烧云的文字："这地方的火烧云变化极多，一会红堂堂的了，一会金洞洞的了，一会半紫半黄的，一会半灰半百合色。葡萄灰，大黄梨，紫茄子，这些颜色天空上边都有。还有些说也说不出来的，见也未曾见过的，诸多种的颜色。五秒钟之内，天空里有一匹马，马头向南，马尾向西。那马是跪着的，像是在等着有人骑到它的背上，它才站起来。在过一秒钟。没有什么变化。再过两三秒钟，那匹马加大了，马腿也伸开了，马脖子也长了，但是一条马尾巴却不见了。看的人，正在寻找马尾巴的时候，那马就变靡了。忽然又来了一条大狗，这条狗十分凶猛，它在前边跑着，它的后边似乎还跟了好几条小狗仔。跑着跑着，小狗仔不知跑到那里去了，大狗也不见了。又找到了一个大狮子，和娘娘庙门前的大石头狮子一模一样的，也是那么大，也是那样的蹲着，很威武的，很镇静的蹲着，它表示着抹视一切的样子，似乎眼睛连什么也不采，看着看着的，一不谨慎，同时又看到了别一个什么。这时候，可就麻烦了，人的眼睛不能同时又看东，又看西。这样子会活活把那个大狮子糟蹋了。一转眼，一低头，那天空的东西就变了。若是再找，怕是看瞎了眼睛也找不到。大狮子既然找不到，另外的那什么：比方就是一个猴子吧，猴子虽不如大狮子，可同时也没有了。一时恍恍惚惚的，满天空里又像这个，又像那个，其实是什么也不像，什么也没有了。必须是低下头去。把眼睛揉一揉，或者是沉静一会再来看。可是天空偏偏又不常常

---

[1] 萧红：《呼兰河传》，桂林：河山出版社，1943 年 6 月，第 260 页。

等待着那些爱好它的孩子。一会工夫火烧云下去了。"①

端木蕻良，有长篇小说《大地的海》（上海生活书店，1938年5月）、《科尔沁旗草原》（上海开明书店，1939年5月）、《大江》（桂林良友复兴图书印刷公司，1944年4月）、《新都花絮》（上海知识出版社，1946年5月）；短篇集《江南风景》（重庆大时代公司，1940年5月），收录《江南风景》《柳条边外》两篇小说；短篇集《风陵渡》（上海杂志公司，1939年12月），收录《嘴唇》《青弟》《风陵渡》《螺蛳谷》等9篇小说。鸿篇巨制《科尔沁旗草原》与萧红的《呼兰河传》较之，两者相同的是皆以作者童年故乡记忆为线索，不同的是前者通过讲述关东首户丁家几代人的兴衰史来表现该地区的历史变迁。

骆宾基（1917—1994），有处女小说《边陲线上》（桂林文化生活社，1939年10月）；中篇小说《吴非有》（桂林文化供应社，1942年1月）；中篇小说《罪证》（上海民声书店，1946年8月）；短篇集《北望园的春天》（上海星群出版公司，1946年1月），收录《生活的意义》《庄户人家的孩子》《乡亲——康天刚》《北望园的春天》《红玻璃的故事》《老爷们的故事》《一九四四年的事件》《一个坦白人的自述》《老女仆》《贺大杰的家宅》10篇小说。代表作为长篇自传体小说《姜步畏家史——第一部（幼年）》（桂林三户图书社，1944年5月），1947年上海新群出版社出版第一、二部合集，改名为《混沌——姜步畏家史》，作品从童年少年时期的姜步畏的视角，写出边境小城珲春的社会家庭变迁史。

夏衍的《春寒》（香港人间书屋，1947年）、李广田的《引力》（上海晨光出版公司，1947年5月）、严文井（1915—2005）的《一个人的烦恼》（重庆当今文艺，1944年3月），这三部长篇小说皆

---

① 萧红：《呼兰河传》，桂林：河山出版社，1943年6月，第36—37页。

是写知识青年的，前两部讲述知识青年们走上革命的坚实道路，后一部叙述富有热情但缺乏坚定信念的知识青年刘明，从毅然参加抗战到废然而返的生命历程。

王西彦（1914—1999）的作品主要叙写战时农民知识分子的命运，代表作有长篇小说"追寻三部曲"：《古屋》（《文艺杂志》1942年第1卷第2期）、《神的失落》（永安新禾社，1945年10月）、《寻梦者》（上海中原出版社，1948年6月）。

三 沦陷区的通俗与先锋小说

以上海为首的沦陷区都市，小说作品兼有通俗与先锋风格。代表作有施济美（1920—1968）的短篇集《凤仪园》（上海大地出版社，1947年5月），收录《小三的惆怅》《爱的胜利》《寻梦人》等12篇小说；潘柳黛（1920—2001）的长篇自传体小说《退职夫人自传》（上海新奇出版社，1949年5月）；东方蝃蝀（李君维，1922—2015）的《绅士淑女图》（上海正风文化出版社，1948年8月），收录《春愁》《河传》《惜余春赋》《绅士淑女》《忏情》《骡车上的少年》《牡丹花与蒲公英》7篇小说。此外，巴金、张爱玲（1920—1995）、苏青（1917—1982）、梅娘（1920—2013）、徐訏（1908—1980）、无名氏（1917—2002）可谓沦陷区作家代表。

巴金，这时期的小说创作更趋圆熟，代表作有素有"人间三部曲"之称的《憩园》《第四病室》《寒夜》。《憩园》（重庆文化生活出版社，1944年10月），通过一位重归故土、寄居在友人官邸"憩园"的作家的所见所闻所感，展示一所大公馆新旧两代主人共同的悲剧命运。由《家》开启的揭示封建制度及其伦理观念的罪恶本质的主题意旨通过《憩园》得到更全面地补充和拓展。从《家》到《憩园》较为完整地展现了中国旧家庭变迁的图景。《第四病室》（上海晨光出版公司，1946年11月），以一个住院病人写的病房日记映现出当日中国社会的众生相：因买不起药而死去的病友；见钱行事的工友老郑；没钱请工友以致被大便憋得够呛的病友；温柔善良的医生杨木华等。

巴金在《后记》(1960年2月29日) 中自述："《憩园》的背景在成都。我一九四一年和一九四二年两次回成都的见闻帮助我写成这部小说。杨公馆就是我们老家的房子。我一九二三年离开它以后就不曾再见到它。我是根据我的记忆写成的。杨老三就是我的一个叔父，我一九四一年一月回到成都，听说他刚刚在监牢里死去，那情形和我在小说中所写的差不多。他花光了家产和妻子的嫁妆，后来被妻儿赶出来，靠偷盗乞讨过日子，这都是真事。他的小老婆离开他另外嫁给军阀，后来送钱给他，也是真事。连老文和李老头都是真人。然而我凭空捏造了一个早熟的、沉溺在病态的个人感情里面的'杨家小孩'，把本来简单的事情写得更复杂、更曲折了。我写了《憩园》的旧主人的必然的灭亡和新主人的必然的没落，可是我并没有无情地揭露和严厉地鞭挞那些腐朽的东西，在我的叙述中却常常流露出叹息甚至惋惜的调子。我不应当悲惜那些注定灭亡和没落的人的命运。衷心愉快地唱起新生活的凯歌，这才是我的职责。我知道当医生的首先要认清楚病，我却忘记了医生的责任是开方和治好病人。看出社会的病，不指出正确的出路，就等于医生诊病不开方。我没有正确的世界观，所以我开不出药方来。至于《第四病室》，它是在重庆沙坪坝写成的。小说的背景在贵阳。这是我自己的亲身经历。我一九四四年六月在贵阳中央医院一个三等病房'第三病室'里住了十几天，第二年我用日记体裁把我的见闻如实地写了出来。病人、医生和护士们全是真人，事情也全是真的（不用说，姓名都是假的），我只有在杨大夫的身上加了好些东西。第六床那天早晨真的搬到内科病房去了，他究竟是死是活，我并不知道。进院来割胆囊的是睡在我旁边病床上的病人，给我看病的也不是女医生，虽然在这个病房里常常看得见像杨大夫那样的一个年轻女医生（我指的是相貌和动作）。我躺在病床上观察在我周围发生的一切，看见人们怎样受苦，怎样死亡，我联想到当时的旧社会，我有很深的感受。对那个烧伤工人的受苦和死亡，我感到极大的愤怒，关于他我写的全是真事。他的烧伤面积比丘财康同志的小得多。可是公司不出钱给他治病，公立医院也因为他没有钱不好好给他治疗，让他受尽痛苦而死亡。别的病人也因为没有钱买药耽误了治病。这些都是真的事实。只有那个'善良、热情的年轻女医生'的形象是我凭空造出来的。这是病人们的希望。至少我躺在病床上受苦的时候，盼望着有这么一个医生来给我一点点安慰和鼓舞。《第四病室》跟《憩园》和《寒夜》不同。它没有《憩园》的那种挽歌的调子，也没有《寒夜》的那种悲愤的哭诉。然而它的'一线光明'也只是那个同情贫苦病人、想减轻他们痛苦的'善良热情的女医生'，再没有别的了。但是在那个环境里她能够做什么呢？她也只好让那些本来可以不死的贫苦病人一个跟一个呻吟、哀号地死亡。别的话，用不着我在这里多说了。"①

《寒夜》（上海晨光出版公司，1947年3月），描写自由恋爱的知识分子新式家庭在现实生活的重压下走向破裂，叙述人到中年的境遇与无助：青春的流逝、理想的破灭、家庭的负重……在此摘录"第五章"夫妻俩的一段压抑对白："'这个地方我还是头一回来，'他说不出别的话，就这样说了。她的脸上现出了怜悯的表情，她低声说：'拿你那一点薪水，哪里能常到咖啡店啊！'他觉得一根针往心上刺，便低下头来，自语似地说：'从前我也常坐咖

---

① 巴金：《后记》，载《巴金选集》（第六卷），成都：四川人民出版社，1996年9月二版，第198—200页。

啡店。''那是八九年前的事。从前我们都不是这样过日子的。这两年大家都变了,'她也自语似地说。她又小声叹了一口气,她也许还有话说,可是茶房过来把她的话打断了。她向茶房要了两杯咖啡。'以后不晓得还要苦到怎样。从前在上海的时候我们做梦也想不到会过今天这样的生活。那个时候我们脑子里满是理想,我们的教育事业,我们的乡村化、家庭化的学堂。'他做梦似地微微一笑,但是马上又皱起眉头来,接下去:'奇怪的是,不单是生活,我觉得连我们的心也变了,我也说不出是怎样变起来的,'他带了点怨愤的口气说。茶房端上两杯咖啡来,他揭开装糖的玻璃缸,用茶匙把白糖放进她面前的咖啡杯里,她温和地看了他一眼。'从前的事真像是一场梦。我们有理想,也有为理想工作的勇气。现在……其实为什么我们不能够再像从前那样过日子呢?'她说。余音相当长,这几句话显然是从她的心里吐出来的。他很感动,他觉得她和他中间的距离缩短了。他的勇气突然间又大大地增加了。他说,仍然带着颤音:'那么你今天跟我回家去吧。'她并不答话,却望着他,眼里有一点惊讶的表情,又带一点喜悦。他看出她的眼睛在发亮,但是过了片刻,光又灭了。她把头掉开去看窗外,只一分钟,她又回过头,叹息地说:'你还没有过够这种日子吗?'她的眼圈红了。'过去都是我不好,'他埋下头负罪似地说;'我不知道为什么我的脾气变得这样……''这不怪你,'她不能忍耐地打岔说。'在这个年头谁还有好脾气啊?这又不是你一个人的错。我的脾气也不好。''我想我们以后总可以过点好日子,'他鼓起勇气说。'以后更渺茫了。我觉得活着真没有意思。说实话,我真不想在大川做下去。可是不做又怎么生活呢?我一个学教育的人到银行里去做个小职员,让人家欺负,也够可怜了!'她说到这里,眼圈都红了,便略略埋下头去。'那么我又怎样说呢?我整天校对那些似通非通的文章。树生,你不要讲这些话,你原谅我这一次，今天就跟我回家去，我以后决不再跟你吵架，'他失掉了控制自己的力量，哀求地说了。'你镇静点，人家在看我们啊！'她把头朝着他伸过来，小声警告说。她拿起杯子放在唇边，慢慢地喝着咖啡。他觉得一瓢冷水泼到他的头上，立刻连心里也冰凉了。他也端起杯子喝着，今天的咖啡特别苦。'很好，越苦越好，'他暗暗地对自己说。他把满杯咖啡喝光了。'你不要难过，我并不是不可以跟你回去。不过你想想，我回去以后又是怎样的情形。你母亲那样顽固，她看不惯我这样的媳妇，她又不高兴别人分去她儿子的爱；我呢，我也受不了她的气。以后还不是照样吵着过日子，只有使你更苦。而且生活这样高，有我在，反而增加你的负担。你也该想明白点，像这样分开，我们还可以做个好朋友……'她心平气和地说，可是声音里泄露出来一种极力忍住的酸苦。'可是小宣——'他痛苦地说出这四个字。'小宣跟他祖母合得来，他有祖母喜欢，有父亲爱护，也是一样。反正他跟我在一起的时间并不多，现在年纪也不小了，用不着我这样的母亲了，'她一字一字十分清晰地说。'但是我需要你——'他还在要求。'你母亲更需要你。我也不能赶走她。有她在，我怎么能回去！'她坚决地说。'那么我怎么办？我还不如不活着好！'他两手捧着头悲苦地说。'我们还是走吧，你也该回去吃饭了，'她短短地叹了一口气，柔声说，便提高声音叫茶房来收钱，一面把钞票放在桌上，自己先站起来，推开椅子走了一步。他也只得默默地站起来跟着她走了。他们走出咖啡店，夜已经来了。寒气迎面扑来，他打了一个冷噤。'那么，再见吧，'她温和地说，便掉转了身子。'不！'他不能自主地吐出这个字。他看见她回转身来，抑制不住，终于吐出了这个整天都在他的脑子里打转的疑问：'请你坦白告诉我，是不是还有第三个人，我不是说我母亲。'她的脸色和态度似乎都没有改变。他的问话并不曾激怒她，却只引起她的怜悯。她明白他的意思,她忧郁地笑了笑。'第三个人可以说有,也可以说没有。不过请你放心,我今年三十四岁了,我晓得管住我自己。'她点了点头,便撇下他,毅然朝另一个方向走了。他呆呆地站在原地方望着她的背影。其实他什么也看不见,他的眼里只有一个景象:她同那个穿漂亮大衣的年轻男子在前面走着,永远在前面走着。'失败了,谈了许多话,一点结果也没有。我真不晓得她究竟是什么心思。我应该怎么办呢?'他这样想道,他觉得眼前只是一片黑。'回家吧,'他好像听见自己的声音在他的耳边说。他没精打采地转过身走了。'家,我有的是一个怎样的家啊!'他一路上不断地念着这句话。"①

张爱玲,出生于上海,1939 年入读香港大学文学系,后因太平洋战争爆发学校停办而辍学。其小说大都表现上海、香港两地男女间千疮百孔的生命体验,正如她的散文《天才梦》(《西风》1940 年第 48 期)最末一句:"生命是一袭华美的袍,爬满了虱子。"② 代表作有长篇小说《沉香屑·第一炉香》(《紫罗兰》1943 年第 2—4 期)、《倾城之恋》(《杂志》1943 年第 11 卷第 6 期—第 12 卷第 1 期)、《金锁记》(《杂志》1943 年第 12 卷第 2—3 期)、《连环套》(《万象》1944 年第 3 卷第 7—12 期)和《红玫瑰与白玫瑰》(《杂志》1944 年第 13 卷第 2—4 期)。

对于创作,张爱玲在《自己的文章》中自述:"我虽然在写小说和散文,可是不大注意到理论。近来忽然觉得有些话要说,就写在下面。我以为文学理论是出在文学作品之后的,过去如此,现在如此,将来恐怕还是如此。倘要提高作者的自觉,则从作品中汲取理论,而以之为作品的再生产的衡量,自然是有益处的。

---

① 巴金:《寒夜》,载《巴金选集》(第六卷),成都:四川人民出版社,1996 年 9 月二版,第 224—228 页。

② 张爱玲:《天才梦》,载《西风》1940 年第 48 期,第 543 页。

但在这样衡量之际，须得记住在文学的发展过程中作品与理论乃如马之两骖，或前或后，互相推进。理论并非高高坐在上头，手执鞭子的御者。现在似乎是文学作品贫乏，理论也贫乏。我发现弄文学的人向来是注重人生飞扬的一面，而忽视人生安稳的一面。其实，后者正是前者的底子。又如，他们多是注重人生的斗争，而忽略和谐的一面。其实，人是为了要求和谐的一面才斗争的。强调人生飞扬的一面，多少有点超人的气质。超人是生在一个时代里的。而人生安稳的一面则有着永恒的意味，虽然这种安稳常是不安全的，而且每隔多少时候就要破坏一次，但仍然是永恒的。它存在于一切时代。它是人的神性，也可以说是妇人性。文学史上素朴地歌咏人生的安稳的作品很少，倒是强调人生的飞扬的作品多，但好的作品，还是在于它是以人生的安稳做底子来描写人生的飞扬的。没有这底子，飞扬只能是浮沫。许多强有力的作品只予人以兴奋，不能予人以启示，就是失败在不知道把握这底子。斗争是动人的，因为它是强大的，而同时是酸楚的。斗争者失去了人生的和谐，寻求着新的和谐。倘使为斗争而斗争，便缺少回味，写了出来也不能成为好的作品。我发觉许多作品里力的成份大于美的成份。力是快乐的，美却是悲哀的，两者不能独立存生。'死生契阔，与子成说；执子之手，与子偕老'是一首悲哀的诗，然而它的人生态度又是何等肯定。我不喜欢壮烈。我是喜欢悲壮，更喜欢苍凉。壮烈只有力，没有美，似乎缺少人性。悲壮则如大红大绿的配色，是一种强烈的对照。但它的刺激性还是大于启发性。苍凉之所以有更深长的回味，就因为它像葱绿配桃红，是一种参差的对照。我喜欢参差的对照的写法，因为它是较近事实的。《倾城之恋》里，从腐旧的家庭里走出来的流苏，香港之战的洗礼并不曾将她感化成为革命女性；香港之战影响范柳原，使他转向平实的生活，终于结婚了，但结婚并不使他变为圣人，完全放弃往日的生活习惯与作风。因之柳原与流苏的结局，虽然多少是健康的，仍旧是庸俗；就事论事，他们也只能如此。极端病态与极端觉悟的人究竟不多。时代是这么沉重，不容那么容易就大澈大悟。这些年来，人类倒底也这么生活了下来，可见疯狂是疯狂，还是有分寸的。所以我的小说里，除了《金锁记》里的曹七巧，全是些不澈底的人物。他们不是英雄，他们可是这时代的广大的负荷者。因为他们虽然不澈底，但究竟是认真的。他们没有悲壮，只有苍凉。悲壮是一种完成，而苍凉则是一种启示。我知道人们急于要求完成，不然就要求刺激来满足自己都好。他们对于仅仅是启示，似乎不耐烦。但我还是只能这样写。我以为这样写是更真实的。我知道我的作品里缺少力，但既然是个写小说的，就只能尽量表现小说里人物的力，不能代替他们创造出力来。而且我相信，他们虽然不过是软弱的凡人，不及英雄的有力，但正是这些凡人比英雄更能代表这时代的总量。这时代，旧的东西在崩坏，新的在滋长中。但在时代的高潮来到之前，斩钉截铁的事物不过是例外。人们只是感觉日常的一切都有点儿不对，不对到恐怖的程度。人是生活于一个时代里的，可是这时代却在影子似地沉没下去，人觉得自己是被抛弃了。为要证实自己的存在，抓住一点真实的，最基本的东西，不能不求助于古老的记忆，人类在一切时代之中生活过的记忆，这比瞭望将来要更明晰，亲切。于是他对于周围的现实发生了一种奇异的感觉，疑心这是个荒唐的，古代的世界，阴暗而明亮的。回忆与现实之间时时发现尴尬的不和谐，因而发生了郑重而轻微的骚动，认真而未有名目的斗争。Michael Angelo 的一个未完工的石像，题名'黎明'的，只是一个粗糙的人形，面目都不清楚，却正是大气滂薄的，象征一个将要到的新时代。倘若现在也有那样的作品，自然是使人神往的，可是没有，也不能有，因为人们还不能挣脱时代的梦魇。我写作的题材便是这么一个时代，我以为用参差的对照的手法是比较适宜的。我用这手法描写人类在一切时代之中生活下来的记忆。而以此给予周围的现实一个启示。我存着这个心，可不知道做得好做不好。一般所说'时代的纪念碑'那样的作品。我是写不出来的，也不打算尝试，因为现在似乎还没有这样集中的客观题材。我甚至只是写些男女间的小事情，我的作品里没有战争，也没有革命。我以为人在恋爱的时候，是比在战争或革命的时候更素朴，也更放恣的。战争与革命，由于事件本身的性质，往往要求才智比要求感情的支持更迫切。而描写战争与革命的作品也往往失败在技术的成份大于艺术的成份。和恋爱的放恣相比，战争是被驱使的，而革命则有时候多少有点强迫自己。真的革命与革命的战争，在情调上我想应当和恋爱是近亲，和恋爱一样是放恣的渗透于人生的全面，而对于自己是和谐。我喜欢素朴，可是我只能从描写现代人的机智与装饰中去衬出人生的素朴的底子。因此我的文章容易被人看做过于华靡。但我以为用《旧约》那样单纯的写法是做不通的，托尔斯泰晚年就是被这个牺牲了。我也并不赞成唯美派。但我以为唯美派的缺点不在于它的美，而在于它的美没有底子。溪涧之水的浪花是轻佻的，但倘是海水，则看来虽似一般的微波粼粼，也仍然饱蓄着洪涛大浪的气象的。美的东西不一定伟大，但伟大的东西总是美的。只是我不把虚伪与真实写成强烈的对照，却是用参差的对照的手法写出现代人的虚伪之中有真实，浮华之中有素朴，因此容易被人看做我是有所耽溺，流连忘返了。虽然如此，我还是保持我的作风，只是自己惭愧写得不到家。而我也不过是一个文学的习作者。我的作品，旧派的人看了觉得还轻松，可是嫌它不够舒服。新派的人看了觉得还有些意思，可是嫌它不够严肃。但我只能做到这样，而且自信也并非折衷派。我只求自己能够写得真实些。还有，因为我用的是参差的对照的写法，不喜欢采取善与恶，灵与肉的斩钉截铁的冲突那种古典的写法，所以我的作品有时候主题欠分明。但我以为，文学的主题论或者是可以改进一下。写小说应当是个故事，让故事自身去说明，比拟定了主题去编故事要好些。许多留到现在的伟大作品，原来的主题往往不再被读者注意，因为事过境迁之后，原来的主题早已不使我们感觉兴趣，倒是随时从故事本身发见了新的启示，使那作品成为永生的。就说《战争与和平》罢，托尔斯泰原来是想归结到当时流行的一种宗教团体的人生态度的，结果却是故事自身的展开战胜了预定的主题。这作品修改七次之多，每次修改都使预定的主题受到了惩罚。终于剩下来的主题只占插话的地位，而且是全书中安放得最不舒服的部份，但也没有新的主题去代替它。因此写成之后，托尔斯泰自己还觉得若有所失。和《复活》比较，《战争与和平》的主题果然是很模糊的，但后者仍然是更伟大的作品。至今我们读它，依然一寸寸都是活的。现代文学作品和过去不同的地方，似乎也就在这一点上，不再那么强调主题，却是让故事自身给它所能给的，而让读者取得他所能取得的。《连环套》就是这样子写下来的，现在也还在继续写下去。在那作品里，欠注意到主题是真，但我希望这故事本身有人喜欢。我的本意很简单：既然有这样的事情，我就来描写它。……至于《连环套》里有许多地方袭用旧小说的词句——五十年前的广东人与外国人，语气像《金瓶梅》中的人物；赛珍珠小说中的中国人，说话带有英国旧文学气息，同属迁就的借用，原是不足为训的。我当初的用意是这样：写上海人心目中的浪漫气氛的香港，已经隔有相当的距离；五十年前的香港，更多了一重时间上的距离，因此特地采用一种过了时的辞汇来代表这双重距离。有时候未免刻意做作，所以有些过份了。我想将来是可以改掉一点的。"[1]

①张爱玲：《自己的文章》，载《流言》，上海：五洲书社，1945年4月再版，第11—16页。

苏青的代表作是自传体小说《结婚十年》（上海天地出版社，1944 年 7 月）。作者在《〈结婚十年〉后记》（1944 年 6 月 15 日）中自述："书中的女主角，在结婚十年中几乎不曾过合理的生活。到头来还是离婚了，我相信她以后仍旧不会好的。生在这个世界中，女人真是悲惨，嫁人也不好，不嫁人也不好，嫁了人再离婚出走更不好，但是不走又不行，这是环境逼着她如此。……本书中男女主角其实都不是什么大坏人，而且其实也没有什么必须分离的理由，然而因为现代的社会环境太容易使得青年男女离婚了，于是他们便离了婚。以后男的也许会放荡几时，玩得厌了，另外结婚。女的也许致力于事业方面，也许很快就嫁了人，是祸是福且不去管它，总之他们都还是会活下去的。所可怜者无非是这几个孩子，……我带着十二分婉惜与同情之感来写完这篇《结婚十年》，希望普天下夫妇都能够互相迁就些，可过的还是马马虎虎过下去吧，看在孩子份上，别再像本文中男女这般不幸。"[1]

苏青的小说世俗却不失真诚，张爱玲在《童言无忌》中评曰："关于职业女性，苏青说过这样的话：'我自己看看，房间里每一样东西，连一粒钉，也是我自己买的。可是，这又有什么快乐可言呢？'这是至理名言，多回味几遍，方才觉得其中的苍凉。"[2]

梅娘的代表作是有"水族系列"之称的《一个蚌》《鱼》《蟹》，前两篇被收入 1943 年 6 月由北京新民印书馆发行的短篇集《鱼》，后一篇连载于《华文大阪每日》1941 年第 7 卷第 5 至 12 期。

这三篇小说的特色在于揭示宦商封建大家庭知识女性的三种生命处境：《一个蚌》中女主梅丽的学业、工作、婚姻等全都身不由

---

[1] 苏青：《〈结婚十年〉后记》，载《结婚十年》，上海：天地出版社，1944 年 11 月九版，第 230—233 页。

[2] 张爱玲：《童言无忌》，载《流言》，上海：五洲书社，1945 年 4 月再版，第 3 页。

己，其命运如同蚌一般无路可走，诚如小说开篇的题辞："潮把她掷在滩上/干晒着/她/忍耐不了——/才一开壳/肉仁就被啄去——蚌。"①《鱼》里的芬勇敢地逃出封建家庭的父权束缚，又盲目地跌入夫权束缚的泥沼。其命运虽好过蚌，但却像鱼一样挣扎。正如书中所述："我，我看破了，网里的鱼只有自己找窟窿蹿出去，等着已经网上来的人再把它放在水里，那是比梦还飘渺的事，幸而能蹿出去，管它是落在水里，落在地上都好，第二步是后来的事。若怕起来，那就只好等在网里被提去杀头，不然就郁死。"②《蟹》里的孙玲为了追求独立的人格敢于同封建大家庭决裂，较之蚌和鱼，蟹的行走能力更强，但仍逃不出固有的命运，确如小说开篇的题辞"捕蟹的故事"："捕蟹的人在船上挂着灯，蟹自己便奔着灯光来了，于是，蟹落在已经摆好了的网里。"③

徐訏，1931 年北京大学哲学系毕业，1936 年赴法国留学，1938 年年初回国，在上海"孤岛"从事写作。成名作《鬼恋》（《宇宙风》1937 年第 32—33 期），确立了他的小说创作基调：浪漫主义手法和富有传奇色彩的哲学韵味。《吉布赛的诱惑——法国的情调》（《西风》1939 年第 34—35 期）、《荒谬的英法海峡》（《世界杰作精华》1940 年第 6 期）、《精神病患者的悲歌》（《西风》1941 年第 51—58 期）三篇小说有着浓郁的异域浪漫情调。短篇集《烟圈》（上海夜窗书屋，1946 年 11 月），收录《犹太的慧星》《赌窟里的花魂》《气氛艺术的天才》《烟圈》4 篇小说，通过故事诠释人生哲理。

长篇小说《风萧萧》（上海怀正文化社，1946 年 10 月）的发

---

① 梅娘：《一个蚌》，载《鱼》，北京：新民印书馆，1943 年 6 月，第 125 页。
② 梅娘：《鱼》，载《鱼》，北京：新民印书馆，1943 年 6 月，第 32 页。
③ 梅娘：《蟹》，载《华文大阪每日》1941 年第 7 卷第 5 期，第 45 页。

行，一时洛阳纸贵。小说用一个浪漫的间谍故事来探索严肃的生命哲学。"'……需要一个独身主义者的爱吗？它属于精神，而不专一；它抽象，而空虚；它永远是赠与而不计算收受，它属于整个的人类与历史，它与大自然合而为一，与上帝的胸怀相等。''这当然只是我的理想，我的解释，我自然没有做到，也许永远做不到，但是在最近以前我总在努力。''人类的可贵就因为有理想，而理想属于上帝，向着理想努力，那就是在接近真接近美与接近善。'"① 男主人公"我"带着上述给海伦的信中所阐述的爱情观，与舞女白苹、交际花梅瀛子和海伦小姐三位代表着不同人生态度的女性展开了"兴趣只限于有距离的欣赏"② 的情爱纠葛。文中对男主人公抱独身主义的解释如下："因为有一天我忽然发觉自己没有爱过一个人，爱的只是我自己的想像；而也没有一个人爱过我，她们爱的也只是自己的想像。"③ "女人给我的想像是很可笑的，有的像是一块奶油蛋糕，只是觉得在饥饿时需要点吧了；有的像是口香糖，在空闲无味，随口嚼嚼就是；有的像是一朵鲜花，我想着看她一眼，留恋片刻而已。"④ "你需要的可是神，是一个宗教，可以让你崇拜，可以让你信仰。她美，她真，她善，她慈爱，她安详，她聪敏，她……"⑤

作者在《〈风萧萧〉后记》（1946 年 9 月 13 日于上海）中写道："我是一个企慕于美，企慕于真，企慕于善的人，在艺术与人生上，我有同样的企慕；但是在工作与生活上，我能有的并不能如我所想有，我想有的并不能如我所能有。限于时，限于地，限

①徐訏：《风萧萧》，上海：怀正文化社，1946 年 10 月，第 679 页。
②同上，第 45 页。
③同上，第 46 页。
④同上，第 81 页。
⑤同上。

于环境与对象，我寂寞，我孤独，在黑暗里摸索，把蛇睛当作星光，把瘴雾当作云彩，把地下霜当作天上月，我勇敢过，大胆过，暗弹痛苦的泪，用带锈的小刀，割去我身上的疮毒与腐肉。于是我露着傲慢的笑，走过通衢大道，我悯怜万千以臃肿为肥胖的人，踏进黯淡的墓地，致祭于因我同样的疮毒而伤生的青年。我想到她们流于颠沛呻吟于黑暗，颓废消沉，为人人所不齿，而无人知道其心中与胸中的烙刑，这烙刑，可以来自一个诌媚的妓女，一场激烈的战役，一个微小的失望。"①

无名氏，原名卜宝南，后改名卜宁。早期作品有短篇集《露西亚之恋》（重庆中国编译出版社，1942 年 2 月），收录《日耳曼的忧郁》《海边的故事》《古城篇》《鞭尸》《骑士的哀怨》《露西亚之恋》6 篇小说。成名作是长篇小说《北极风情画》（西安无名书屋，1944 年 7 月）和中篇小说《塔里的女人》（西安无名书屋，1944 年 10 月）。前者写韩国军官林与波兰姑娘奥蕾利亚奇异哀婉的爱情，因林接到上级命令须随部队离开西伯利亚回国且不能带她同行，奥蕾利亚因此殉情自杀；后者写南京医生兼提琴家罗圣提与名媛黎薇悲伤凄凉的爱情，罗圣提有包办婚姻在身，他选择妥协于已婚的镣铐而辜负和葬送了与黎薇的美好幸福。在这两个悲剧爱情故事中，无名氏将女性对待爱情的纯粹彻底与男性对此的现实妥协进行对比，通过两种截然不同的爱情观发生冲撞而导致从美好走向幻灭的阐述，升华为男女生命的哲理探索。这些探索可用《塔里的女人》中两段文字来总括，第一段："我在人生大海里所捕得的仅有四尾小鱼（我在这大海里捕了四十多年鱼，只捕得这四条。）：第一条鱼——当幸福在你身边时，你并不知道它，也不珍惜它。当你知道它，珍惜它，寻找它时，它已经没有了！

---

①徐訏：《〈风萧萧〉后记》，上海：怀正文化社，1946 年 10 月，第 699 页。

也再找不到了。第二条鱼——为别人牺牲太大了，别人不仅不会得到幸福，反而得到痛苦。第三条鱼——在生命中，'偶然'虽然可怕，但比'偶然'更可怕的是'自我意识'，（也可以解释做自尊心）。这'自我意识'或'自尊心'是悲剧的主要因素。第四条鱼——真正的幸福是刹那的，短暂的，不是永久的。"[1] 第二段："我的唯一结论是：'女人永远在塔里，这塔或许由别人造成，或许由她自己造成，或〔许〕由人所不知道的力量造成！'"[2]

历时十五年完成的《无名书初稿》，原计划包括《荒漠里的人》等七卷，成书六卷分别为 1940 年代创作的《野兽·野兽·野兽》《海艳》《金色的蛇夜》和 1950 年至 1960 年创作的《死的岩层》《开花在星云以外》《创世纪大菩提》。这部连续性的长篇小说，以 1920 年代到 1940 年代中国重大社会事件为背景，叙述主人公印蒂，一位有着强烈自我生命意识的知识分子，为寻找"生命的圆全"而历经革命、爱情、欲望、信仰的种种磨难，表现出不懈探索生命历程的全部复杂性和矛盾性。此书宏大繁复的主题旨趣，可见于无名氏 1950 年、1951 年致其兄卜少夫的两封信中所写："……如能预期完成这个多年计划（按：指《无名书》七卷），我相信无论在艺术上、思想上，对中国和世界总有涓滴之献。——我主要野心实在探讨未来人类的信仰和理想：由感觉——思想——信仰——社会问题及政治经济。我相信一个伟大的新宗教、新信仰即将出现于地球上，……"[3]，"此生夙愿是调和儒、释、耶三教，

①无名氏：《塔里的女人》，北京：中国华侨出版公司，1989 年 5 月，第 125—126 页。

②同上，第 129 页。

③转引自司马长风：《中国新文学史》（下卷），香港：昭明出版社，1978 年 12 月，第 108 页。

建立一个新信仰"。①

司马长风在《中国新文学史》一书中谈及无名氏的这部巨作时写道："无名氏小说的特点和魅力，笔者在《〈野兽·野兽·野兽〉读后》中有如下的描述：'我们熟悉的小说，是以叙事文为主的文学作品；可是这部小说，绝大部份则是形象化的描写；景象和气氛都十分不同。我们惯见的小说，都有密实的故事情节，这部小说，只是无数缥缈的感觉，恍惚的臆想，藕断丝连的缀合。我们看过的小说，充满角色的行动和对话；这部小说主要是作者的旁白，角色的独白，全书近五百页，自始至终好像全是絮语和梦呓。通常的小说，都写几个角色的悲欢离合，即使写社会和时代，也透过角色的行动来表现；可是，本书则全凭直接的描写，来表现历史的峡谷，时代的急流，国家的浮沉，社会的风雨。读来，只感到无数巨幅的画卷，飞掠心脑。……突破了古今中外一切小说的框框，开创了不大像小说的小说，以诗、散文诗，散文和类小说的叙事，混成的新文学品种。叫它小说也可以，叫它散文诗也可以，叫它诗和散文的编织也可以，叫它散文诗风的小说也可以。他打破了传统文学品种的疆界，蹂躏了小说的故垒残阙；这个人真野，真狂，在艺术天地里简直有我无人！'"②

四　解放区的现实与民间小说

解放区小说呈现出革命现实主义与西北农村相结合的风格，主题与题材则以敌我斗争和人民内部先进与落后冲突为主。作家代表有从国统区、沦陷区前往解放区的已成名作家，如丁玲、周

---

①转引自司马长风：《中国新文学史》（下卷），香港：昭明出版社，1978年12月，第108页。

②同上，第105—106页。

立波（1908—1979）、萧军、茅盾、沙汀等，也有在根据地成长起来的青年作家，如赵树理（1906—1970）、孙犁（1913—2002）等。

茅盾，这时期的长篇小说有《腐蚀》（上海华夏书店，1941年10月），以日记体裁写女特工赵惠明的一段经历；《第一阶段的故事》（重庆联益出版社，1946年1月），写上海各阶层市民在抗日战争全面爆发以后所采取的不同态度而呈现出的众生相；《霜叶红似二月花（第一部）》（上海华华书店，1946年3月），以"五四"前夕江南某村镇为背景，叙述民族资产阶级与封建没落地主以及农民之间的故事；《锻炼》（1948年9月9日至12月19日香港《文汇报》，北京文化艺术出版社，1981年5月），描写上海淞沪抗战时的整个社会风貌。

赵树理，生于山西省沁水县尉迟村的一个农民家庭，1925年考入山西省立长治第四师范学校，毕业后曾任小学教师。赵氏的文学主张可从《〈三里湾〉写作前后》（1955年10月4日）、《决心到群众中去》（《光明日报副刊〈收获〉》1952年5月24日）、《当前创作中的几个问题》（1959年3月13日）三篇文论中略见。分别节选如下："我写的东西，大部分是想写给农村中的识字人读，并且想通过他们介绍给不识字人听的，所以在写法上对传统的那一套照顾得多一些。"[①] "我已写出的作品，其题材全部是农村的事。要写什么就得了解什么。我和我写的那些旧人物（自然不是那些个别的真人），到田地里作活在一块作，休息同在一株树下休息，吃饭同在一个广场吃饭；他们每个人的环境、思想和那思想所支配的生活方式、前途打算，我无所不晓。当他们一个人刚要开口说话，我大体上能推测出他要说什么——有时候和他开玩笑，

① 赵树理：《〈三里湾〉写作前后》，载《赵树理文集》（第四卷），北京：工人出版社，1980年10月，第1486页。

能预先替他说出或接他的后半句话。我既然这样了解他们，自然就能描写他们。"① "我的作品，我自己常常叫它是'问题小说'。为什么叫这个名字，就是因为我写的小说，都是我下乡工作时在工作中所碰到的问题，感到那个问题不解决会妨碍我们工作的进展，应该把它提出来。"②

正是基于上述文学观，赵树理小说的特征在于忠实地描写农民的思想和情感，既有对在改革进步力量推动下人物成长的歌颂，又有对实践建设工作中问题的揭露。短篇小说《小二黑结婚》（华北新华书店，1943 年 9 月），通过讲述解放区新一代青年男女自由恋爱的故事，旨在批判传统婚姻制度的同时揭示农村新老两代人的意识冲突与变迁。书前扉页有彭德怀（1898—1974）的亲笔题词："像这种从群众调查研究中写出来的通俗故事还不多见。"③ 中篇小说《李有才板话》（华北新华书店，1943 年 12 月），正面展开农民和地主关于村政权与减租等问题的斗争。中篇小说《李家庄的变迁》（华北新华书店，1946 年 1 月），以山西农村李家庄木匠张铁锁的遭遇为线索，叙述近二十年间历史进程中农村社会的变迁，旨在歌颂推动这些变迁的改革。

赵树理以民俗风情展开现实主义的文学风格，开创了富有地域文化特征的当代文学流派——"山药蛋派"。摘录短篇小说《孟祥英翻身》（华北新华书店，1945 年 3 月）中一段带有地域气息的文字："这地方是个山野地方，从前人们说：'山高皇帝远'，现在也可以说是'山高政府远'吧，离区公所还有四五十里。为这个

①赵树理：《决心到群众中去》，载《赵树理文集》（第四卷），北京：工人出版社，1980 年 10 月，第 1452 页。

②赵树理：《当前创作中的几个问题》，载《赵树理文集》（第四卷），北京：工人出版社，1980 年 10 月，第 1651 页。

③赵树理：《小二黑结婚》，黎城：华北新华书店，1946 年 7 月三版，扉页。

原因，这里的风俗还和前清光绪年间差不多：婆媳们的老规矩是当媳妇时候挨打受骂，一当了婆婆就得会打骂媳妇，不然的话，就不像个婆婆派头；男人对付女人的老规矩是'娶到的媳妇买到的马，由人骑来由人打'，谁没有打过老婆就证明谁怕老婆。"①

孙犁，高中毕业后曾在北平做小职员，1936 年在白洋淀地区一个小学教书，后参加革命工作。小说主题特色是歌颂在新的改革进步力量推动下的农民尤其是农村妇女的觉醒和成长，表现他们既有坚贞勇敢的革命热情又有温柔善良的美好人性的品格特征。代表作有收入短篇集《荷花淀》（东北书店，1946 年 9 月）的同名小说《荷花淀》，短篇集《芦花荡》（重庆群益出版社，1949 年 7 月），收录《芦花荡》《丈夫》等 8 篇小说。

孙犁作品中呈现出散文诗化的小说风格，开创了当代文学流派——"荷花淀派"。摘录《荷花淀》中对白洋淀水乡美的描写："月亮升起来，院子里凉爽得很，干净得很，白天破好的苇眉子潮润润的，正好编席。女人坐在小院当中，手指上缠绞着柔滑修长的苇眉子，苇眉子又薄又细，在她怀里跳跃着。要问白洋淀有多少苇地？不知道。每年出多少苇子？不知道。只晓得每年芦花飘飞苇叶黄的时候，全淀的芦苇收割，垛起垛来，在白洋淀周围的广场上，就成了一条苇子的长城。女人们，在场里院里编着席。编成了多少席？六月里，淀水涨满，有无数的船只，运输银白雪亮的席子出口，不久，各地的城市村庄，又全有了花纹又密，又精致的席子用了。大家争着买：'好席子，白洋淀席！'这女人编着席。不久，在她的身子下面，就编成了一大片。她像坐在一片洁白的雪地上，也像坐在一片洁白的云彩上，她有时望望淀里，淀里也像是一片银白世界。水面笼起一层薄薄透明的雾，风吹过

---

① 赵树理：《孟祥英翻身》，黎城：华北新华书店，1945 年 3 月，第 1—2 页。

来，带着新鲜的荷花荷叶香。"①

　　与赵树理、孙犁一样，描写农村生活题材的作家，还有康濯
（1920—1991）和孔厥（1914—1966）。前者代表作有短篇集《我的
两家房东》（香港海洋书屋，1947 年 11 月），收录《我的两家房
东》《初春》《灾难的明天》3 篇小说。后者代表作有短篇集《受苦
人》（上海海燕书屋，1947 年 1 月），收录《老人》《受苦人》《一
个女人翻身的故事》等 13 篇小说。

　　除上述农村生活题材外，军事题材作品的作家代表是刘白羽，
有短篇集《战火纷飞》（新华书店，1949 年 6 月），收录《政治委
员》《勇敢的人》《一间房子里》《无敌三勇士》《不死的英雄》《百
战百胜》《血缘》《红旗》《战火纷飞》《回家》10 篇小说，以饱满
的热情记叙了人民军队的英勇无敌，诚如作者在《我们在胜利高
潮中前进——代序》（1948 年 12 月）中所述："从昨天，从今天，
我们都可以看出人民军队优良的品质。伟大的时代考验了他们，
因为他们是从人民当中来的，所以个个英勇无比，纯洁可爱，在
为人民利益而战的时候，他们能以牺牲自我，忠实于斗争。他们
从激战中，总结经验，提高自己，他们不但是勇敢的部队，而且
是有思想、有教育、有高超作战技术的优良的人民部队。"②

　　解放区知识分子题材的作品，着重体现在知识分子与工农结
合过程中的自我批判与思想改造。代表作有韦君宜（1917—2002）
的短篇小说《三个朋友》（《人民日报》晋察冀版 1945 年 10 月 2 日
转载）、方纪（1919—1998）的短篇小说《纺车的力量》（《解放日
报》1945 年 5 月 20—21 日）和思基（1920—2003）的短篇小说

---

　　①孙犁：《荷花淀》，载孙犁等《荷花淀》，沈阳：东北书店，1946 年 9
月，第 1 页。
　　②刘白羽：《我们在胜利高潮中前进——代序》，载《战火纷飞》，新华书
店，1949 年 6 月，第 3 页。

《我的师傅》（《小说（香港）》1949年第2卷第6期）。《纺车的力量》中就主人公大学电机工程专业毕业生沈平对于思想改造备受煎熬的心理描写如下："他发现自己所热中于以劳动改造思想的努力，却正是自己原来思想的另一形式的表现。这使他觉得可怕——他所要竭力否定的东西，却以一种肯定的形式在他身上出现了！当他揭去自己所加给纺车的那层神秘的外衣，开始坐在纺车前把学习技术的努力来代替'体验劳动'的时候，他对纺车的那种视为神圣劳动工具的情感一点也没有了。纺车对他，也变成了只不过用以完成生产任务的普通工具。他对它冷淡，但却极力想接近它……在他底淡漠的空虚情感里，包藏着一种辛辣的不安和烦躁。"①

思基的短篇集《生长》（哈尔滨光华书店，1948年5月），收录《我的师傅》《信》《生长》《解放时候》《校长》《那边》6篇小说。作者在《〈生长〉后记》（1947年9月20日于哈尔滨）中自述："这样的时代，对于每个人的要求是很严格的。呼吸，饮食，歌唱和言谈，都要求符合一个战斗员的身份。去跟着中国生长，和帮助中国生长。不然，他就要和旧中国一起坠落，一起毁灭！中间是没有的。我在部队，工厂和农村走了一趟，所接触到的人，他们都有形和无形的证明了这一点。人要脱掉旧胎，生长，成熟，阻碍是很多的。但必须忍耐坚持改造自己。一个人生活的忍受能力，是决定生命的成长和败落的。"②

不同于上述作品对知识分子的自我批判，丁玲的短篇小说《在医院中》和舒群的短篇小说《快乐的人》（《谷雨》1942年第1

①方纪：《纺车的力量》，载《解放日报》1945年5月21日，第四版。
②思基：《〈生长〉后记》，载《生长》，哈尔滨：光华书店，1948年5月，第103页。

卷第 2/3 期），则更多地强调知识分子与农民截然不同的审美情趣、思想意识、思维方式等。《在医院中》写上海一个产科学校毕业的女学生陆萍，怀着理想热情奔赴延安，融入革命环境的心路历程。《快乐的人》中写有一段表露知识分子情怀的文字："我理解一个作家创作的过程，很怕一些不足道的小事情，扰乱了那神圣的沉默和思想。虽说，在这雪的天地间，仿佛只有他是唯一的异样颜色，唯一的活动形影；同时也唯有他显得那样寂寞而困苦，有如孤独的受难者。可是最终，有谁的真正作品，不是受难的结果呢?"[①]

描写解放区土地改革的题材的代表作是丁玲的长篇小说《太阳照在桑干河上》（哈尔滨光华书店，1948 年 9 月）与周立波的长篇小说《暴风骤雨》（东北书后，1948 年 4 月上卷，1949 年 5 月下卷）。两者较之，前者更忠实地叙写农村错综复杂的阶级关联，不仅阐述各阶级之间的斗争，而且渗透到不同阶级内部的斗争的刻画；后者则相对简单化，整体构思似乎是建立在政策条文里规定的阶级状态上，使得事实的真相存在一定程度的缺乏。在典型人物的形象塑造方面，前者擅长把人物置于土地改革的历史变动中考察，表现他们心理状态的深刻变化；后者见长于通过农村生活本身的丰富性与生动性，表现农民幽默活泼的生活情趣与性格特征。

除上述作品外，解放区的小说作品代表还有欧阳山（1908—2000）的长篇小说《高干大》（华北新华书店，1947 年 8 月），通过任家沟合作社的不同发展道路，反映实事求是与官僚主义两种党内干部作风的冲突。柳青（1916—1978）的长篇小说《种谷记》（新华书店，1949 年 5 月），以王家沟组织集体种谷的事件为线索，

---

① 转引自李洁非、杨劼：《从小说看"转换"（上）》，载《小说评论》2009 年第 4 期，第 29 页。

展示解放区农民生产关系改变时的最初状况。草明（1913—2002）的中篇小说《原动力》（东北书店，1948 年 9 月），通过东北一个水力发电厂复工过程的描写，展现工人阶级是新中国建设的重要力量。

五 旧小说（三）

抗日战争的全面爆发，驱使各文学流派在爱国热情的触动下走向统一的抗敌文学战线。张恨水在 1938 年 3 月成立的中华全国文艺界抗敌协会上被推举为理事，这对旧小说作家和新文学作家之间的联合起到了极大的促进作用。言情、武侠等小说的"雅""俗"文学融和与合流的程度越发得以加强。

张恨水，代表作有"抗战＋言情"小说《大江东去》（南京新民报社）、战役纪实小说《虎贲万岁》（上海百新书店）、社会讽刺小说《八十一梦》（南京新民报社）。

刘云若（1903—1950），代表作有长篇小说《旧巷斜阳》（天津文华出版社）、《红杏出墙记》（奉天艺光书店）、《粉墨筝琶》（北平一四七画报社，1946 年 12 月），主要写现代市民在复杂社会中的世态人情。

秦瘦鸥（1908—1993），以长篇章回小说《孽海涛》（上海爱光书店）起步，1936 年翻译德龄郡主记录慈禧宫廷生活的英文著作《御香缥缈录》（上海申报馆，1936 年 3 月）。代表作是素有"民国第一言情小说"之称的《秋海棠》（奉天东方书店，1943 年 10 月），讲述京剧花旦秋海棠因与军阀姨太太罗湘绮相好而惨遭军阀毁容而自杀的悲剧故事。

予且（1902—1989），有长篇小说《小菊》（上海中华书局，1934 年 4 月）、《如意珠》（上海中华书局，1934 年 12 月）、《乳娘曲》（上海万象书屋，1946 年 7 月）；短篇集《妻的艺术》（上海中华书局，1935 年 1 月），收录《妻的艺术》《木马》《老赵的悲哀》《山坡羊》《妙知》5 篇小说；短篇集《两间房》（上海中华书局，1937 年 2 月），收录《两间房》《辞职》《案壁之间》《秋》《信》《竹如小姐》《脂粉》《诱惑》《被头》《热水袋》10 篇小说；短篇集《予且短篇小说集》（上海太平书局，1943 年 7 月），收录《雪茄》《君子契约》《伞》《酒》《考虑》《微波》《照像》《求婚》8 篇小说；短篇集《七女书》（上海太平书局，1945 年 7 月），收录《解凌睿》（《小说月报》1943 年第 30 期发表时题为《无声的悲剧》）、《夏丹华》（《文友》1943 年第 1 卷第 5 期发表时题为《移情记》）、《黄心织》《向曲眉》《过彩贞》《郭香雪》《钟含秀》7 篇展示七位女性如何在都市生活面对生存困境的小说。

予且的小说主要写上海男女婚恋与弄堂生活及其衍生的生存哲学。他在成名作《小菊》的开篇写道："现在，我要讲的是几个平凡的人，和几件平凡的事。平凡的人，是不值得说的，平凡的事，也是不值得记载的。但是社会上平凡的人太多了，我们舍去他们，倒反而无话可说，若单为几个所谓伟大的人物，称功颂德，这是那些瘟臭的史家所做的事，我不愿做！"[1]

《我怎样写七女书》中载有予且的创作自述："我觉得有些对不起书中的人。像她们有这样的聪明，却把她们放在一个与她们不适合的环境里。可是我们再反观自己，谁又是在一个最适合的环境里呢？我们只是这样的做了，说了，用了我们认为比较好的方法。结果我们还是愚笨，懦弱，轻率，狂妄。在清晨，在夜间，当我们回想着自己所做的一件得意事的时节，其中仍免不了含着一把辛酸泪！人生好像一只船。这船是在茫茫黑夜中渡着的。我们凭着自己的一点光，去照明这黑暗的路。我们觉得自己总算是

---

①予且：《小菊》，上海：中华书局，1934 年 4 月，第 1 页。

清醒的了。但是自己清醒，觉不了别人的迷。清醒人仍在迷惘群中，还不是随着他们去叫嚣，呼喊，歌舞，颠狂么。时光是不待人的，它用大力去推动我们的船。前进着！前进着！借问这前途是'风平浪静'呢？是'白浪滔天'呢？究竟是谁在做着主？上帝吗？还是你，我，他？还是你们我们和他们呢？人到世上来，似乎每人手中都有一个'幸福杯'，这幸福杯中的酒，是甜，是苦，是酸，是辣，又只有亲尝的人，才知其中况味了。但是这一杯幸福之酒，我们怎样去饮它？是独酌还是共饮？是用幽闲的态度，还是一口吞入？似乎还不能让我们自由决定。这是生活上的波澜，还是生活上的苦闷？是上帝的命令，还是我们自己的境遇？我们是人，人是被称为万物之灵的。这被称为万物之灵的人，是可以有崇高伦理思想的。但有时为了吃一碗饭，爱一个人，什么都会做出来，想出来，我们有百倍的勇气，但是也会万分的怯弱。一分聪明里还含了半分的愚笨。我们既难以做到苏格拉底所说的'知道自己'，又找不出像柏拉图的'理想国'。更不能照亚里士多德把世界一切事物排成一个等第推升的序别，而自己在上面做一个理智的主宰，我们还是照斯托亚派去做一个'无情的圣贤'呢？还是照伊壁鸠鲁派连'死亡'都看成一种感觉呢？我们每个人都是有个灵魂的，宗教家特别把灵魂看得重。祈祷上帝予我们以大力，俾我们的灵魂不致沦落于深渊。但有时因为物质上的需要，我们无暇顾及我们的灵魂了。而灵魂却又忘不了我们。他轻轻地向我们说：'就堕落一点罢！'于是我们就堕落一点。他还是用上帝的面孔安慰着我们，说这一点不要紧，这是'生存的道路呵！'诚然的。上帝所要救的是活人，决不是等活人成为死者再行拯救的。于是我们为保存我们这个宝贵的'生'，我们就堕落一点罢！这是灵魂向我们说的话，而且是个好灵魂，好灵魂用好面孔叫我们堕落一点，我们于是就堕落一点罢！我们不要以为在堕落的程

途中充满了快乐的，魔鬼虽然能引导我们去看那满眼的繁华，但
不能保证我们在繁华的当中能享受着快乐。所以在堕落一点点的
当儿，是会感得到痛苦的。这种苦痛每使我们感到是无边无际。
佛家的话，于是显现在我们心头了。回头罢！回头罢！'苦海无
边，回头是岸。'但岸上是不是桃花林呢？不是的，那是鲁滨孙所
说的'荒岛'呵！鲁滨孙是可以生活的，你又为什么不能呢？但
是鲁滨孙的聪明，智慧，毅力，勇气，技巧以及他那种生活向上
的热情，你缺了一件终究是弄不好的。于是你在岸上还是感到孤
独和空虚。'下海，还是下海！'你的好灵魂，仍旧用上帝的脸向
你说的。你在神疲力倦之际，还是想到海中去飘流一次。结果你
又开始堕落一点点了。但是苦海无边的话，仍在你脑中飘浮着，
只怕你不回头，回头仍是有个岸，这岸并不是桃花林，还是鲁滨
孙的'荒岛'。"①

　　白羽（1899—1966），原名宫万选，改名宫竹心。"武林"一词
最早用作书名，见于（宋）周密的《武林旧事》，但此"武林"与
苏轼"沙漠回看清禁月，湖山应梦武林春"（《送子由使契丹》）
诗句中所指一样，皆系杭州的别称。而今天所指武术界的"武林"
一词的发明人，则是白羽。白羽的小说以社会反讽武侠为著，旨
在揭示武侠精神与现实社会的矛盾而提出对"侠"的现代思索。
代表作有长篇小说《白刃青衫》（初连载于《〈世界日报〉明珠》，
1947 年 6 月上海协和书店发行单行本定名为《青衫豪侠》）、《十
二金钱镖》（初连载于天津《庸报》，1940 年 6 月天津正华出版部
发行单行本）、《联镖记》（天津正华出版部）、《武林争雄记》（天津
正华出版部，1940 年 8 月—1941 年 11 月）、《偷拳》（天津正华出版
部，1940 年 10 月）。

①予且：《我怎样写七女书》，载《风雨谈》1945 年第 19 期，第 1—2 页。

郑证因（1900—1960），以帮会技击武侠著。熟习武学，曾为白羽作技击顾问。自创多种拳法掌法、轻功以及兵器种类。代表作有长篇小说《鹰爪王》（初连载于《三六九画报》，1949年上海励力出版社发行单行本）、《武林侠踪》（上海励力出版社）、《龙虎斗三湘》（上海正气书局）、《七剑下辽东》（上海育才书局，1948年6月）、《五凤朝阳刀》（上海励力出版社，1948年5月）。

王度庐（1909—1977），以悲剧侠情武侠著。代表作是由上海励力出版社在1940年代陆续发行的既互有联系又各自独立的长篇小说"鹤—铁系列"五部曲：《鹤惊昆仑》（原题为《舞鹤鸣鸾记》）、《宝剑金钗》（原题为《宝剑金钗记》）、《剑气珠光》（原题为《剑气珠光录》）、《卧虎藏龙》（原题为《卧虎藏龙传》）、《铁骑银瓶》（原题为《铁骑银瓶传》）。五部小说用三个悲剧侠情故事勾勒出四代人的人生与情感历程：江小鹤（后称江南鹤）与鲍阿鸾因"世仇"酿成的悲剧；李慕白与俞秀莲因"伦理""道义"的压抑以及"侠"的精神合成的悲剧；罗小虎与玉娇龙因"门户"生成的爱情悲剧演变为下一代亲情的残杀。友情、爱情、亲情在这个系列故事里交织演绎出人的社会、命运、性格等悲剧。

朱贞木（1895—1955），以奇情推理武侠著。代表作有长篇小说《虎啸龙吟》（天津正大书局）、《罗刹夫人》（雕龙出版社）、《七杀碑》（上海正气书局）。

武侠小说经"奇幻仙侠派"还珠楼主、"社会反讽派"白羽、"帮会技击派"郑证因、"悲剧侠情派"王度庐、"奇情推理派"朱贞木的创作，不仅在内容上体现出武侠"义"与"情"的现代理解，而且在形式结构上也呈现出章回体式的逐渐消解。"北派五大家"之后，以金庸、古龙、梁羽生等为代表的武侠小说家们又撑起另一个江湖时代。

由于受当时中国法制不全、科技滞后等条件限制，这时期仍旧只有程小青、孙了红等少数作家在写侦探小说。孙了红采用侦探与武侠结合创作的短篇集《侠盗鲁平奇案》（上海万象书屋，1943 年 10 月），收录《鬼手》《窃齿记》《血纸人》《三十三号屋》4篇小说。

前述那些有着市场影响力的小说，大都得以改编成电影、电视剧、话剧等艺术形式。如 1924 年由郑正秋改编，张石川、徐琥执导，王汉伦、杨耐梅等主演，上海明星影片股份有限公司出品的电影《玉梨魂》；1932 年由张石川执导，郑小秋主演，上海明星影片股份有限公司出品的电影《啼笑因缘》；1942 年由费穆、顾仲彝、黄佐临执导，石挥、沈敏等主演，上海艺术剧团公演的话剧《秋海棠》；1943 年由马徐维邦执导，李丽华、吕玉堃等主演，中华电影联合股份有限公司出品的电影《秋海棠》；2000 年由王度庐、王蕙玲改编，李安执导，周润发、杨紫琼和章子怡等主演，中国电影合作制片公司出品的电影《卧虎藏龙》；2003 年由刘国权、韩小汐、王军改编，李大为执导，陈坤、董洁、刘亦菲等主演，中国中央电视台影视部等出品的电视剧《金粉世家》；2009 年由邹静之、刘亚玲改编，梦继执导，陈数、黄觉等主演，浙江华策影视股份有限公司出品的电视剧《倾城之恋》。

第十三章　新诗（三）

　　关于这种"现代化"的实质和表现，……说得简单一点，无非是两条。第一，在思想倾向上，既坚持反映重大社会问题的主张，又保留抒写个人心绪的自由；而且力求个人感受与大众心志相沟通，强调社会性与个人性，反映论与表现论的有机统一；这就使他们与西方现代派和学院派有区别，也使他们与单纯强调社会功能的人们有区别。第二，在诗艺上，要求发挥形象思维的特点，追求知性和感性的融合，注重象征和联想，让幻想与现实交织渗透，强调继承与创新、民族传统与外来影响的结合，这又使他们与在诗艺上墨守成规或机械模仿西方现代派者有区别。

　　　　　　——袁可嘉《诗人穆旦的位置——纪念穆旦逝世十周年》

　　1937 年 7 月至 1949 年 9 月的中国新诗，主要在三个方向上展开：一是写实主义诗歌从全面抗战初期的"同声歌唱"到发展为既有时代民族特色又不失个性的"七月派"；二是以冯至为代表的校园诗人以及在此基础上拓展延伸的"中国新诗派"诗人，将民族时代的个人体验融合中西方现代诗艺而进行的诗歌试验；三是革命根据地的诗歌创作，充分利用民间传统文化积累丰富经验并收获相当瞩目的成绩。

一　从"同声歌唱"到"七月派"

　　1937 年七七事变时卢沟桥的一声炮响后，中国诗人们一同唱起民族解放战歌。新月派、现代派等不同流派的诗人都走向了中国诗歌会所倡导的具有强烈时代性、战斗性的写实主义诗风。现代派诗人徐迟在《抒情的放逐》（《顶点》1939 年第 1 卷第 1 期）中写道："千百年来，我们从未缺乏过风雅和抒情，从未有人敢诋辱风雅，敢对抒情主义有所不敬。可是在这战时，你也反对感伤的生命了。即使亡命天涯亲人罹难家产悉数毁于炮火了，人们的反应也是忿恨或其他的感情，而决不是感伤。因为若然你是感伤，便尚存的一口气也快要没有了。也许在逃亡道上，前所未见的山水风景使你叫绝，可是这次战争的范围与程度之广大而猛烈，再三再四地逼死了我们的抒情的兴致。你总觉得山水虽如此富于抒情意味，然而这一切是毫没有道理的。所以轰炸已炸死了许多人，又炸死了抒情，而炸不死的诗，她负的责任是要描写我们的炸不死的精神的，你想想这诗该是怎样的诗呢。"①

应时诞生的期刊有《时调》《诗时代》等。《时调》1937 年 11 月创刊于湖北武昌，由穆木天、锡金主编，发行 3 期停刊。《时调》创刊号上刊出冯乃超的诗篇《宣言》（曾以《诗歌的宣言》为题载于《文艺》1937 年第 5 卷第 3 期）："听！抗战的号角吹响了，民族解放的黎明逼近了。/悠长的黑夜走完了它的尽头，奴隶的滋味我们已经尝够，曙光驱散了中古黑暗的梦，鲜血写成中华民族的平等自由！/昨夜里我们千万人有千万颗心，今天大家只知道一个民族的命运。钢铁般的意志已经铸成，除掉了它我们还有什么可以歌咏？/摔掉你手里的绣花针，脱掉你身上的美衣裳，不要关在沙龙里再逞幻想，诗歌的世界就是现实的疆场。/拨动手上的竖琴，我们整队作跋涉的游吟，让大众的意志得到语言的表现，让我们唤醒每颗睡着的心。/让诗歌的触手伸到街头，伸到穷乡，让

①徐迟：《抒情的放逐》，载《顶点》1939 年第 1 卷第 1 期，第 50—51 页。

它吸收埋藏土里未经发掘的营养，让它哑了的嗓音润泽，断了的声带重张，让我们用活的语言作民族解放的歌唱。／听！抗战的号角已经吹响，诗人们，起来，保卫我们的家乡！"①

为适应诗歌民族化、大众化的新要求，诗人们以极大的热情进行诗歌形式的探索试验。胡风在《略观战争以来的诗》（《抗战文艺》1939年第3卷第7期）中写道："至于说到抗战以来的诗，在积极方面的特征是什么，很难列举，可说的一是诗人的参加实际活动的斗争情形，二是诗人为了把诗更和大众结合而表现的特殊的新方向。……为了要更广泛更深入的接近民众，诗人得找各种的方法：一是诗的朗诵，一是街头诗，一是诗画展览，一是旧形式的利用，一是多做歌。开辟了许多的道路。"②

诗歌试验的杰出代表作是田间于1937年12月24日在武昌创作的《给战斗者》（《七月》1938年第6期）。诗篇采用鼓点节奏式的创新，全诗共七节，第二节："是开始了伟大战斗的七月呵！／七月，我们起来了。／我们起来了，抚摩悲愤的眼睛呀；／我们起来了，揉擦红色的脚跟，与黑色的手指呀！／我们起来了，在血的场上，在血的沙漠上，在血的水流上，守望着中部、边疆。／经过冰雪，经过烟雾，遥远地遥远地我们呼唤着爱与幸福，自由和解放……／七月我们起来了，呼啸的河流呵，叛变的土地呵，爆烈的火焰呵，和应该激动在这悽惨的地上的复活的歌呵！因为我们是生长在中国／在中国，人民的幼儿需要饲养呀，人民的牲群需要畜牧呀，人民的树木需要砍伐呀，人民的禾麦需要收获呀！／在中国，我们怀爱着——五月的麦酒，九月的米粉，十月的燃料，十二月的芋草，

---

①冯乃超：《诗歌的宣言》，载《冯乃超文集》，广州：中山大学出版社，1986年9月，第102—103页。

②胡风：《略观战争以来的诗》，载《抗战文艺》1939年第3卷第7期，第101页。

从村落底家里，从四万万五千万灵魂底幻想的领域里，漂散着祖国的热情，祖国的芬芳。/每天，每天，我们要收藏——在自己的大地上纺织着的祖国的白麻，祖国的蓝布，/…………/因为我们要活着，永远地活着，欢喜地活着，在中国。"①

第五节："我们必须战争了，昨天是懦弱的，是惨呼的，是挣扎的，四万万五千万呵！/斗争或者死……/我们必需拔出敌人的刀刃，从自己的血管。/我们人性的呼吸，不能停止；血肉的行列，不能拆散；复仇的枪，不能扭断；因为我们不能屈辱地活着，也不能屈辱地死去呀。……/…………/太阳被掩覆了，疆土的烽火，在生长着；/堡垒被破坏了，兄弟的尸骸，在堆积着；/亲爱的人民，让我们战争，更顽强，更坚韧。"②

闻一多称赞田间为"时代的鼓手"，他在《时代的鼓手——读田间的诗》（《生活导报》1943年11月）中评曰："鼓——这种韵律的乐品〔器〕，是一切乐器的祖宗，也是一切乐器中之王。音乐不能离韵律而存在，它便也不能离鼓的作用而存在。鼓象征了音乐的生命。提起鼓，我们便想到了一串形容词：整肃，庄严，雄壮，刚毅和粗暴，急躁，阴郁，深沈……鼓是男性的，原始男性的，它蕴藏着整个原始男性的神秘。它是最原始的乐器，也是最原始的生命情调的喘息。如其鼓的声律是音乐的生命，鼓的情绪便是生命的音乐。音乐不能离鼓的声律而存在，生命也不能离鼓的情绪而存在。诗与乐一向是平行发展着的。正如从敲击乐器到管弦乐器是韵律的音乐发展到旋律的音乐，从三四言到五七言也是韵律的诗发展到旋律的诗。音乐也好，诗也好，就声律说，这

---

① 田间：《给战斗者》，载《给战斗者》，上海：希望社，1947年1月再版，第33—42页。

② 同上，第48—53页。

是进步。可痛惜的是，声律进步的代价是情绪的萎顿。在诗里，一如在音乐里，从此以后以管弦的情绪代替了鼓的情绪，结果都是'靡靡之音'。这感觉的愈趋细致，乃是感情愈趋脆弱的表征，而脆弱感情不也就是生命疲困，甚或衰竭的朕兆吗？二千年来古旧的历史，说来太冗长。单说新诗的历史，打头不是没有一阵朴质而健康的鼓的声律与情绪，接着依然是'靡靡之音'的传统，在舶来品的商标的伪装之下，支配了不少的年月。疲困与衰竭的半音，似乎比历史上任何时期都变本加厉了的风行着。那是宿命，是历史发展的必然阶段吗？也许。但谁又叫新生与震奋的时代来得那样突然！箫声，琴声（甚至是无弦琴），自然配合不上流血与流汗的工作。于是忙乱中，新派，旧派，人人都设法拖出一面鼓来，你可以想像一片潮湿而发霉的声响，在那壮烈的场面中，显得如何的滑稽！它给你的印象仍然是疲困与衰竭。它不是激励，而是揶揄，侮蔑这战争。于是，忽然碰到这样的声响，你便不免吃一惊：'"多一颗粮食，就多一颗消灭敌人的枪弹！"听到吗/这是好话哩！/听到吗/我们/要赶快鼓励自己底心/到地里去！/要地里/长出麦子；/要地里/长出小米；/拿这东西/当做/持久战的武器。/（多一些！/多一些!）/多点粮食，/就多点胜利。'（田间：《多一些》）这里没有'弦外之音'，没有'绕梁三日'的余韵，没有半音，没有玩任何'花头'，只是一句句朴质，干脆，真诚的话，（多么有斤两的话!）简短而坚实的句子，就是一声声的'鼓点'，单调，但是响亮而沈重，打入你耳中，打在你心上。你说这不是诗，因为你的耳朵太熟习于'弦外之音'……那一套，你的耳朵太细了。'你看，——/他们底/仇恨的/力，/他们底/仇恨的/血，/他们底/仇恨的/歌，/握在/手里。/握在/手里，/要洒出来……/几十个，/很响地，——在一块；/几十个/达达地，——在一块/回旋……/狂蹈……/耸起的/筋骨/凸出的/皮肉，/挑负着/——种族

的/疯狂/种族的/咆哮，……'（田间：《人民底舞》）这里便不只
鼓的声律，还有鼓的情绪。这是鞍之战中晋解张用他那流着鲜血
的手，抢过主帅手中的槌来擂出的鼓声，是弥衡那喷着怒火的
'渔阳掺挝'，甚至是，如诗人 Robert Lindsey 在《刚果》中，剧作
家 Eugene O'Neil 在《琼斯皇帝》中所描写的，那非洲土人的原
始鼓，疯狂，野蛮，爆炸着生命的热与力。这些都不算成功的诗。
（据一位懂诗的朋友说，作者还有较成功的诗，可惜我没见到。）
但它所成就的那点，却是诗的先决条件——那便是生活欲，积极
的，绝对的生活欲。它摆脱了一切诗艺的传统手法，不排解，也
不粉饰，不抚慰，也不麻醉，它不是那捧着你在幻想中上升的迷
魂音乐。它只是一片沈着的鼓声，鼓舞你爱，鼓动你恨，鼓励你
活着，用最高限度的热与力活着，在这大地上。当这民族历史行
程的大拐弯中，我们得一鼓作气来渡过危机，完成大业。这是一
个需要鼓手的时代，让我们期待着更多的'时代的鼓手'出现。
至于琴师，乃是第二步的需要，而且目前我们有的是绝妙的琴师。"[1]

　　老舍的长篇叙事诗《剑北篇》（重庆文艺奖助金管理委员会出
版部，1942 年 5 月），也是此类诗歌试验的代表作。他在《〈剑北
篇〉序》（1941 年 11 月 30 日）中自述："草此诗时，文艺界对'民
族形式'问题，讨论甚烈，故用韵设词，多取法旧规，为新旧相
融的试验。诗中音节，或有可取之处，词汇则嫌陈语过多，失去
不少新诗的气味。行行用韵，最为笨拙：为了韵，每每不能畅所
欲言，时有呆滞之处。为了韵，乃写得很慢，费力而不讨好。句
句行韵，弊已如此，而每段又一韵到底，更足使读者透不过气；

---

　　[1] 闻一多：《时代的鼓手——读田间的诗》，载《闻一多全集》（丁集：诗
与批评），上海：开明书店，1948 年 8 月，第 233—238 页。

变化既少，自乏跌宕之致。"① 又在《三年写作自述》（《抗战文艺1941年第7卷第1期》）中写道："《国家至上》写完，我开始写诗——《剑北篇》。我有没有诗的天才？绝不出于谦虚客气的，我回答：没有。写小说，我不善写短篇；据我看，短篇是更富于诗的成分的。小品文，我也写不好；为什么？我缺乏着诗人的明敏犀利，不会以短短的小文一针见血的杀敌致果。我只会迟笨的包围，不会冒险用奇。我也不会写抒情诗。凡此种种，都足证明我不能诗，那么，为什么要写诗呢？主观的，我愿意练习练习。客观的，我由西北旅行得来的那一些材料，除了作游记，只够作叙述诗用的。游记之难，难在精详；我并没有锐利精细的观察力。好吧，我就以诗代替游记吧。没有诗才，我却有些作诗的准备。我作过旧诗、鼓词。以我自己的办法及语言和这两种东西化合起来，就是我的诗的形式。形式，在这里包括着句法、音节、用语、韵律等项。大体上，我是用我所惯用的白话，但在必不得已时也借用旧体诗或通俗文艺中的词汇，句法长短不定，但句句要有韵，句句要好听，希望通体都能朗诵。"②

　　上述全面抗战时期诗歌的创新试验，既表现出语言的通俗化与散文化，又体现着音韵的节奏感。诚如朱自清在《诗的形式》中所述："但格律运动实在已经留下了不灭的影响。只看抗战以来的诗，一面虽然趋向散文化，一面却也注意'匀称'和'均齐'，不过并不一定使各行的字数相等罢了。"③

　　①老舍：《〈剑北篇〉序》，载《剑北篇》，重庆：文艺奖助金管理委员会出版部，1942年5月，第1页。
　　②老舍：《三年写作自述》，载胡絜青编《老舍论创作》，上海：上海文艺出版社，1980年2月，第114页。
　　③朱自清：《诗的形式》，载《新诗杂话》，上海：作家书屋，1947年12月，第142页。

朱自清在《抗战与诗》中对此有更详细的论述："抗战以来的诗，注重明白晓畅，暂时偏向自由的形式。这是为了诉诸大众，为了诗的普及。抗战以来，一切文艺型式为了配合抗战的需要，都朝普及的方向走，诗作者也就从象牙塔里走上十字街头。他们可也用格律；就是用自由的形式，一般诗行也比自由诗派来得整齐些。他们的新的努力是在组织和词句方面容纳了许多散文成分。艾青先生和臧克家先生的长诗最容易见出。就连卞之琳先生的《慰劳信集》，何其芳先生的近诗，也都表示这种倾向。这时代诗里的散文成分是有意为之，不像初期自由诗派的只是自然的趋势。而这时代的诗采用的散文成分比自由诗派的似乎规模还要大些。这也可以说是民间化的趋势。抗战以来文坛上对于利用民间旧形式有过热烈的讨论。整个儿利用似乎已经证明不成，但是民间化这个意念却发生了很广大的影响。民间化自然得注重明白和流畅，散文化是必然的。而朗诵诗的提倡更是诗的散文化的一个显著的节日。不过话说回来，民间形式暗示格律的需要，朗诵诗虽在散文化，但为了便于朗诵，也多少需要格律。所以散文化民间化同时还促进了格律的发展。这正是所谓矛盾的发展。"①

随着全面抗战进入相持阶段，如何丰富与提高写实主义诗歌的艺术表现力，如何深入探寻新诗的发展方向等问题，引起了诗歌批评者的关注与思考。诗学著作和论文相继问世，如艾青的《诗论》(桂林三户图书社，1941 年 9 月)、胡风的《涉及诗学的若干问题》(《诗创作》1942 年第 15 期)、茅盾的《〈诗论〉管窥》(《诗创作》1942 年第 15 期)、朱光潜的《诗论》(重庆国民图书出版社，1943 年 6 月)、李广田的《诗的艺术》(重庆开明书店，1943

---

① 朱自清：《抗战与诗》，载《新诗杂话》，上海：作家书屋，1947 年 12 月，第 57—58 页。

年 12 月）、朱自清的《新诗杂话》（上海作家书屋，1947 年 12 月）等。

其中，力扬的《我们底收获与耕耘》（《诗创作》1942 年第 15 期）一文，分"我们是怎样耕耘收获过来的?""我们的田地里长着些什么芜草?""再耕耘——向生活的密林突击"三节。第一节开篇即对 1927 年以来的中国新诗做总述："我们如果循着一九二七年以后的中国政治现实的踪迹，而寻找新诗发展的脉络；我们很可以看见她是分派着两只河流，向中国新文艺的原野上流淌着的。一只是震响着工、农、士兵以及进步的智识份子，市民底愿望，意志与呼喊。自然，也有他们底血泪和白骨，但是却被时代的沉重的气流所压抑，沉淀到河底里去了；不曾激荡成巨大的悲壮的吼声。沿着这河岸走过来，我们听见五卅时代的殷夫，蒋光慈等的呼喊，以及'一·二八'后《新诗歌》与《春光》杂志上那些诗人们的歌唱。在另一只河流上，我们听见：上层份子和动摇的小资产者们底偏窄，颓废与幻灭的悲诉和呻吟。从内容的贫乏到形式的游戏，从感情的享乐到魔术的玩艺，跟着他们所依附的阶层一起，他们不曾也不能开拓出他们理想的港口；只是一钩苍白的'新月'映照在一潭污积着的'死水'上面。而他们的卓越的作家之一的朱湘先生，且自沉于这只悲哀的河流里去了。我这样说着，并不是对他们存着菲薄的意思；相反的，对于他们所给予新诗的相当的功绩，如翻译介绍等功绩，我们是应该表示尊敬，而且要向他们学习的。我这样说着，是说明抗战新诗所沿以发展的河流，是前者而不是后者。可是，这两只河流，还并不像长江、黄河一样：南北分流，丝毫没有脉息相通的地方；而有着许多互相渗透、互相影响的交点，这是许多人早已罗列过的。抗战后，随着民族革命战争的新形势的发展——绝对多数的人民，起来为实现一个自由、独立、幸福的新国家的理想而战斗。作为表现人民底意志、愿望与感情的新诗，继承她进步的革命的传统，而空前地汹涌着，繁荣着，是很自然的。她不仅挣脱了自身的束缚，丢弃了不良的影响（如象征主义的，唯美主义的）；而且把题材扩展到一切被允许表现的抗战现实上去，同时，在创作方法上，也随着创作实践的深入，而愈能把握住现实主义的道路。如果说，我们的诗人，在抗战初期，止于过份地被抗战的烽火所燃烧，对胜利抱着廉价的乐观，对现实只是直觉的皮面的观察，因之，在作品里面大半还充溢着粗浅的，叫嚣的浪漫主义的倾向；那么，自从抗战进入相持阶段起，直至现在为止，我们的诗人们由于能够剖视现实的复杂性与残酷性，对于所选择的题材能有更正确的理解，更细心的咀嚼，和更有深度的刻划与描绘，使表现的方法更能密切地怀抱着现实主义的了。"①

与诗学批评并行的是，诗歌创作的探索收获。力扬的长篇叙事诗《射虎者及其家族》（《文艺阵地》1942 年第 7 卷第 1 期），即是有着强烈时代心理与深沉民族情感诗风的代表作。此外，卞之琳、臧克家、戴望舒、艾青等，已然成长为既有鲜明的时代与民族属性，又不缺失自己个性特征的诗人。

卞之琳的《十年诗草》（桂林明日社，1942 年 5 月），是本诗歌汇集。李广田在《诗的艺术——论卞之琳的〈十年诗草〉》中写道："卞之琳在《十年诗草》中一共收入了七十六首诗，这七十六首诗分属于四个分集：音尘集，音尘集外，装饰集，慰劳信集。编辑的次序完全是按照写作的先后：始自一九三〇，终于一九三九。……由内容上说，《十年诗草》自有其与众不同的地方，而尤其值得特别称赞的是那些多变的形式，那些新鲜的表现方法。作者在题记中说这集子的出版是为了纪念徐志摩的，他说：'……为

---

①力扬：《我们底收获与耕耘》，载《诗创作》1942 年第 15 期，第 9 页。

了他对于中国新诗的贡献——提倡的热诚和推进技术底于一个成熟的新阶段以及为表现方法开了不少新门径的功绩……'我想，我们不会否认徐志摩的这一功绩的，但我们从《十年诗草》中也许还得承认：卞之琳在技术上或表现方法上，比徐志摩该是又进了一步，那内容之不同当然更是很显著的。作为一个诗人，作者在其思维方式上，感觉方式上，不但是承受了中国的，而且也承受了外国的，不但是今日的，而且还有那昨日的，所以，在作品内容上可以说是古今中外，融会贯通的。正因为其内容的丰富与复杂，表现起来自然就有了那变化多端的形式。那形式与内容之不可分性，在这里也许可以看得更清楚些，因为那所谓形式者并不只是外的形式，而是内在的，譬如节奏，那思想或理智的本身是有节奏的，感情本身也是有节奏的，所以作者在表现上并不只是用了那文字表面上的逻辑作为'因为……所以……'之类的平叙，而是用了想像的逻辑，使一情一境跳跃地向前发展。有时在文字的表面上可以说是简单到了极点，然而那象征的内涵却更其丰富而有暗示的力量。也就是正为了这情形，诗人在其作品中创造了特别的章法与句法，格式与韵法，以及特殊的用字与意象。（一）章法与句法。首先，我们就发觉，作者最惯于先由某一点说起，然后渐渐地向前扩伸，进一步又由有限的推衍到无限的。在这情形，作者仿佛只给读者开了一个窗户，一切境界都在那窗子后边，而那境界又仿佛是无尽的。在《雨同我》一首，就可以说明这种章法，而且还可以说明诗人的情怀，我们由此可以认识诗人的情感与怀抱。第一二两句是分写两个朋友在埋怨雨，第三句就由自己大量地一口承当：'两地友人雨我乐意负责'，从两个朋友又想到第三点：'第三处没消息寄一把伞去？'就当句笑话说吧，我想断章取义地引用下面的话来作为说明，就是：'一生二，二生三，三生万物。'一个人应当为多少人担心呢？于是'我的忧愁随草绿天涯'，'民吾同胞，物吾兴也'，我所关心的岂止人，一切有生我都担心它在'雨'中的情况，'雨'，自然就是雨，但也可以说是那'不已'的'风雨'，世界上不尽的苦难都是的，故曰：'鸟安于巢吗？人安于客枕？'真是，一草一木，一角一落，都分得我的忧愁。无可如何，我只好把一只杯子放在天井里，明朝看普天下的雨落了几寸。一叶落而知天下秋，从我的小杯子里我可以看见普天下淋成了甚么样子。"①

关于《雨同我》这首诗，冯文炳在《十年诗草》中有不同视角的解读："《雨同我》：'天天下雨，自从我走了。自从我来了，天天下雨。两地友人雨，我乐意负责。第三处没消息，寄一把伞去？/我的忧愁随草绿天涯：鸟安于巢吗？人安于客枕？想在天井里盛一只玻璃杯，明朝看天下雨今夜落几寸。'我讲前一首诗说'无我'，这一首诗偏偏说'雨同我'，其实雨同你有什么关系呢？你的诗却是写得太好了，天下雨便让你去负责。首两句句子该是多好，也是平常可有的事情，我在这里，这里不下雨，我走了天天下雨；我没有来，那里不下雨，我来了天天下雨。对于两地友人我很抱歉。其实两地友人未必怎样介意这件事情，诗人自己多情罢了，或者自己心里烦，不喜欢雨，于是雨真是美丽了，因为写了这一首绝妙好诗。'第三处没消息'，第三处当然是情人，然而无奈没消息何！那么寄一把伞去。因为天下雨。究竟那里下雨了没有呢？你不还是没消息么？这把伞真是太可爱了，这个诗情真是太可爱了，太美丽了，比写这讲义的人一向所喜欢的'细雨梦回鸡塞远'还要好，因为卞之琳的这句诗一定来得很快，是真的心情，不是想象了，故我们更应该爱惜它。究竟还只有雨同诗

---

①李广田：《诗的艺术——论卞之琳的〈十年诗草〉》，载《诗的艺术》，重庆：开明书店，1943年12月，第13—15页。

人有关系，朋友未必要你负责，各有各的生活，各有各的甜蜜，或者还如古诗说的'入门各自媚，谁肯相为言！'第三处没消息倒是自己的事。自己大约寄住在朋友家里罢，或者住旅馆罢，故曰'客枕'。于是要在天井里盛一只玻璃杯，明朝看天下雨今夜落几寸。这个玻璃杯里所盛的不是水，是天下雨，是诗人一切的意思了，否则世界太抽象了。'明朝看天下雨今夜落几寸。'这个句子真是神乎其神。这个思想真是具体得很，是大家都可以看得见的几寸雨了，然而谁能有这一份美丽呢？李商隐有一句诗写雨真是写得奇怪，这句诗是：'雨不厌青苔。'这雨该是多干净！卞之琳的天下雨也一点不拖泥带水了。新诗还不是美丽的溢露，是一座雕像，是整个的庄严。"①

臧克家的《泥土的歌》（桂林今日文艺社，1943年6月），是继《烙印》之后的又一力作。诗集分"土气息""人型""大自然的风貌"三辑，共收录52首诗。集子前附有序文两篇，其中《序句》载："我用一支淡墨笔速写乡村，一笔自然的风景，一笔农民生活的缩影：有愁苦，有悲愤，有希望，也有新生，我给了它一个活栩栩的生命，连带着我湛深的感情。"②

《当中隔一段战争》（1945年9月21日于重庆歌乐山）载："《泥土的歌》是从我深心里发出来的一种最真挚的声音，我媚爱、偏爱着中国的乡村，爱得心痴、心痛、爱得要死，就像拜伦爱他的祖国的大地一样，我知道，我最合适于唱这样一支歌，竟或许也只能唱这样一支歌。但是，喜悦我而为我所喜悦的大自然的风光，不是随着时代与心情在改变它的颜色吗？但是，一合眼即幢

①冯文炳：《十年诗草》，载《谈新诗》，北京：人民文学出版社，1984年2月，第176—177页。

②臧克家：《序句》，载《泥土的歌》，上海：星群出版公司，1946年2月，第1页。

幢于眼前如一张动人的画片，栩栩然欲活起来的那些我所挚爱的如同家人的农民，不也正在挣扎、奋斗、翻身，而且已经脱壳新生了！几时，不再让我为他们的悲惨命运发愁、悲伤、愤怒，不再唱这样令人不快的歌？几时，让我替他们——中国的农民，出自真情如同他们唱悲哀的歌一样唱一支快乐的、解放的歌？他们的这一天，将要到了，而且已经到了；我自己的这一天应该快到了，快到了，但是我的心为什么却这样烦扰不安呢？这本诗集，曾在桂林出版，不久因为该地撤守，书籍的命运也就可想而知了。今再重印于上海，当中已经隔一段战争了。"①

诗篇《手的巨人》："农民——手的巨人。我有一支歌，歌唱你的命运。你的嘴笨拙得可怜，说句话比铸造还难，你的脸上：有泥土，有风云，直泅到生命的海底，你的心！谁说生路窄？你有硬的手掌，命运是铁，身子是钢，你的眼睛，那一双小明镜，叫每个'高贵'的人去认识他的原形。"②

诗篇《沉默》："青山不说话，我也沉默，时间停了脚，我们只是相对。我把眼波投给流水，流水把眼波投给我，红了眼睛的夕阳，你不要把这神秘说破。"③

戴望舒的诗集《灾难的岁月》（上海星群出版社，1948 年 2 月），雄浑悲壮，深厚凝重。所录 25 首诗篇中，《元日祝福》《我用残损的手掌》等充溢着浓郁的爱国主义激情，《狱中题壁》《等待（二）》等倾述牢狱酷刑的灾难，《过旧居初稿》《过旧居》《示长

---

① 臧克家：《当中隔一段战争》，载《泥土的歌》，上海：星群出版公司，1946 年 2 月，第 7—8 页。

② 臧克家：《手的巨人》，载《泥土的歌》，上海：星群出版公司，1946 年 2 月，第 14—15 页。

③ 臧克家：《沉默》，载《泥土的歌》，上海：星群出版公司，1946 年 2 月，第 65 页。

女》等则是对妻女的深情感怀。

诗篇《元日祝福》（1939年元旦）："新的年岁带给我们新的希望。祝福！我们的土地，血染的土地，焦裂的土地，更坚强的生命将从而滋长。新的年岁带给我们新的力量。祝福！我们的人民，坚苦的人民，英勇的人民，苦难会带来自由解放。"①

诗篇《我用残损的手掌》（1942年7月3日）："我用残损的手掌，摸索这广大的土地：这一角已变成灰烬，那一角只是血和泥；这一片湖该是我的家乡，（春天，堤上繁花如锦障，嫩柳枝折断有奇异的芬芳），我触到荇藻和水的微凉；这长白山的雪峰冷到彻骨，这黄河的水夹泥沙在指间滑出；江南的水田，你当年新生的禾草，是那么细，那么软……现在只有蓬蒿；岭南的荔枝花寂寞地憔悴，尽那边，我蘸着南海没有渔船的苦水……无形的手掌掠过无限的江山，手指沾了血和灰，手掌黏了阴暗，只有那辽远的一角依然完整，温暖，明朗，坚固而蓬勃生春。在那上面，我用残损的手掌轻抚，像恋人的柔发，婴孩手中乳。我把全部的力量运在手掌，贴在上面，寄与爱和一切希望，因为只有那里是太阳，是春，将驱逐阴暗，带来苏生，因为只有那里我们不像牲口一样活，蝼蚁一样死……那里，永恒的中国！"②

诗篇《赠内》（1944年6月9日）："空白的诗帖，幸福的年岁；因为我苦涩的诗节，只为灾难树里程碑。／即使清丽的词华，也会消失它的光鲜，恰如你鬓边憔悴的花，映着明媚的朱颜。／不如寂寂地过一世，爱着你光彩的薰沐，一旦为后人说起时，但叫

---

①戴望舒：《元日祝福》，载《灾难的岁月》，上海：星群出版社，1948年2月，第38—39页。

②戴望舒：《我用残损的手掌》，载《灾难的岁月》，上海：星群出版社，1948年2月，第49—52页。

人说往昔某人最幸福。"①

卞之琳在《〈戴望舒诗集〉序》（1980 年 3 月 2 日于北京）中写道："新的转折点出现于堇舒的最后一个诗集。《灾难的岁月》正是他诗艺发展上第二和第三阶段的交汇处。里边所收的是他在 1934 年和 1945 年之间所写的诗，一共二十五首。头九首可以看作是他的第二时期的余绪。其中，即使表现了趋于解体的倾向，却也已经显出了形式感的复苏；《小曲》这首诗是这方面的最好例证。抗日战争正好来促成戴望舒终于实现了朝健康方向的转化。经过了一年半的沉默，他写出了一首不仅在主题和情调上而且在艺术处理上截然不同的小诗《元日祝福》（1939）。虽然诗本身算不上优秀作品，它却在诗人的发展中，不仅仅在思想上，成了最后阶段的明确无误的前奏。接着陆续产生的诗篇是自由体和近于格律体并用，试图协调旧的个人哀乐和新的民族和社会意识，也试图使它的艺术适应开拓了的思想和感情的视野。要达到类似这样的目标，对于一般诗作者都决非一朝一夕的事情。望舒生前也毕竟没有完成他前两个多少是对立的艺术时期的最终统一。尽管如此，这个新的尝试时期也产生了一些新的成就而没有失去他自己富有特色的个人格调，例如《过旧居》两稿和最后一首诗《偶成》（都是押韵的格律体或近于格律体）。《我用残损的手掌》（押韵的半自由体）则应算是戴望舒生平各时期所写的十来首最好的诗篇之一，即使单从艺术上看也是如此。"②

艾青，1928 年入杭州国立艺术院绘画系学习，1929 年赴法国巴黎留学，1932 年归国加入"中国左翼美术家联盟"，从事革命文

---

①戴望舒：《赠内》，载《灾难的岁月》，上海：星群出版社，1948 年 2 月，第 81—82 页。

②卞之琳：《〈戴望舒诗集〉序》，载戴望舒《戴望舒诗集》，成都：四川人民出版社，1981 年 1 月，第 7—8 页。

艺活动。

骆寒超《艾青论》一书第一章"大堰河乳汁哺育的诗心"写道："一九一〇年的阴历二月十七日，浙江省金华县所属的一个小山庄——畈田蒋村里，出生了一个男孩子，他就是日后被人誉之为'中国诗坛泰斗'的艾青。未来的诗人诞生在一户蒋姓人家。这是一个以出租土地兼营商业相传的富有家庭。到艾青的父亲手上，还有房间十余间，水田二百多亩；而在傅村和孝顺两个集镇上，又有与人合股经营的'永福祥'酱酒坊和'蒋贤兴'南货店。……艾青就出生在这样一个父亲统治着的家庭里。摆在他面前的，将会是怎么样的道路呢？要么是在革命先驱的启迪下，做一个家庭和父亲的叛逆者；要么像父亲一样，中庸、保守、自满、自私，做一个地主家庭的忠实继承者。艾青选择了前一条道路。这是什么缘故呢？让我们从艾青生命的黎明期一个异乎常人的因素谈起。这里不妨引述艾青自己的一段回忆：'……我的家很富有，别人有理由把我这样的人叫作地主少爷；"可惜"，这个头衔我却实在"没福气"占有。因为我生下来以后，家里叫算命先生来排过八字，说我命"硬"，要"克"父母的，所以家里就作了两项决定：一项是绝对不许我叫父母为"爸爸""妈妈"，只许叫"叔叔""婶婶"——这使得我长到今天这么大岁数，也还是发不准叫"爸爸""妈妈"的声音；另一项是把我送给同村一个贫农妇女去哺乳寄养。这位做我奶娘的贫农妇女原是童养媳，连名字也没有的；因为她娘家在邻近的大叶荷村，所以大家就叫她大叶荷。大叶荷养我时，已是第五个孩子的母亲，奶水不多，加上自己还奶着一个和我差不多大的女孩，不多的奶水分给两个孩子，就更不够了。于是，她只得把自己的女孩溺死，专来哺育我。我觉得自己的生命，是从另外的一个孩子那里抢夺来的，一直总是十分愧疚和痛苦。这也使我很早就感染了农民的忧郁，成了个人道主义者。五岁后，我被领回到自己家里。但我是那么地不习惯于地主家庭的生活；总觉得这只是我做客的人家，我的家就是大叶荷的家，所以常常偷偷儿溜到村边去看自己的奶娘。还记得领回家以后不久，我就进了本村的一所蒙馆读书。我很爱画画儿，有一次乱涂了一张关云长的像，我把它带着偷偷儿去送给奶娘，而她竟十分骄傲地把这幅大红大绿的画贴在灶边的墙壁上，奖赏我吃炒米糖。这种真诚的鼓励，既使我对画画儿发生了更大的兴趣，也使我幼小的心灵感受了大叶荷的善良，淳朴和真挚。我对大叶荷及她一家人产生了一种亲母子和亲兄弟般的深情厚意。后来我在国民党的监狱里写的诗《大堰河——我的保姆》，就是献给我这位奶娘——我的母亲的，只不过我用上海话的谐音，把"大叶荷"改成了"大堰河"了。'"①

地主阶级出生的儿子艾青在狱中写颂歌献给他的奶娘，该颂歌使得艾青成为最早走向世界的中国新诗人之一。作于1933年1月14日的诗篇《大堰河——我的保姆》（《春光》1934年第1卷第3期）："大堰河，是我的保姆。她的名字就是生她的村庄的名字，她是童养媳，大堰河，是我的保姆。/我是地主的儿子；也是吃了大堰河的奶而长大了的，大堰河的儿子。大堰河以养育我而养育她的家，而我，是吃了你的奶而被养育了的，大堰河啊，我的保姆。/大堰河，今天我看到雪使我想起了你：你的被雪压着的草盖的坟墓，你的关闭了的故居檐头的枯死的瓦菲，你的被典押了的一丈平方的园地，你的门前的长了青苔的石椅，大堰河，今天我看到雪使我想起了你。/你用你厚大的手掌把我抱在怀里，抚摸我；在你搭好了灶火之后，在你拍去了围裙上的炭灰之后，在你

---

①骆寒超：《艾青论》，杭州：浙江人民出版社，1982年10月，第1—5页。

尝到饭已煮熟了之后，在你把乌黑的酱碗放到乌黑的桌子上之后，在你补好了儿子们的，为山腰的荆棘扯破的衣服之后，在你把小儿被柴刀砍伤了的手包好之后，在你把夫儿们的衬衣上的虱子一颗颗的掐死之后，在你拿起了今天的第一颗鸡蛋之后，你用你厚大的手掌把我抱在怀里，抚摸我。/我是地主的儿子，在我吃光了你大堰河的奶之后，我被生我的父母领回到自己的家里。啊，大堰河，你为什么要哭？/我做了生我的父母家里的新客了！我摸着红漆雕花的家具，我摸着父母的睡床上金色的花纹，我呆呆的看檐头的写着我不认得的'天伦叙乐'的匾，我摸着新换上的衣服的丝的和贝壳的纽扣，我看着母亲怀里的不熟识的妹妹，我坐着油漆过的安了火钵的坑凳，我吃着研了三番的白米的饭，但，我是这般忸怩不安！因为我，我做了生我的父母家里的新客了。/大堰河，为了生活，在她流尽了她的乳汁之后，她就开始用抱过我的两臂劳动了；她含着笑，洗着我们的衣服，她含着笑，提着菜篮到村边的结冰的池塘去，她含着笑，切着冰屑悉索的萝卜，她含着笑，用手掏着猪吃的麦糟，她含着笑，扇着炖肉的炉子的火，她含着笑，背了团箕到广场上去，晒好那些大豆和小麦，大堰河，为了生活，在她流尽了她的乳液之后，她就用抱过我的两臂，劳动了。/大堰河，深爱着她的乳儿；在年节里，为了他，忙着切那冬米的糖，为了他，常悄悄的走到村边的她的家里去，为了他，走到她的身边叫一声'妈'，大堰河，把他画的大红大绿的关云长贴在灶边的墙上，大堰河，会对她的邻居夸口赞美她的乳儿；大堰河曾做了一个不能对人说的梦：在梦里，她吃着她的乳儿的婚酒，坐在辉煌的结采的堂上，而她的娇美的媳妇亲切的叫她'婆婆'。……大堰河，深爱她的乳儿！/大堰河，在她的梦没有做醒的时候已死了。她死时，乳儿不在她的旁侧，她死时，平时打骂她的丈夫也为她流泪，五个儿子，个个哭得很悲，她死时，轻轻的呼着她的乳儿的名字，大堰河，已死了，她死时，乳儿不在她的旁侧。/大堰河，含泪的去了！同着四十几年的人世生活的凌侮，同着数不尽的奴隶的悽苦，同着四块钱的棺材和几束稻草，同着几尺长方的埋棺材的土地，同着一手把的纸钱的灰，大堰河，她含泪的去了。/这是大堰河所不知道的：她的醉酒的丈夫已死去，大儿做了土匪，第二个死在炮火的烟里，第三，第四，第五在师傅和地主的叱骂声里过着日子。而我，我是在写着给予这不公道的世界的咒语。当我经了长长的飘泊回到故土时，在山腰里，田野上，兄弟们碰见时，是比六七年前更要亲密！这，这是为你，静静的睡着的大堰河所不知道的啊！/大堰河，今天，你的乳儿是在狱里，写着一首呈给你的赞美诗，呈给你黄土下紫色的灵魂，呈给你拥抱过我的直伸着的手，呈给你吻过我的唇，呈给你泥黑的温柔的脸颜，呈给你养育了我的乳房，呈给你的儿子们，我的兄弟们，呈给大地上一切的，我的大堰河般的保姆和她们的儿子，呈给爱我如爱她自己的儿子般的大堰河。/大堰河，我是吃了你的奶而长大了的你的儿子，我敬你爱你！"[1]

艾青这时期的诗集主要有《大堰河》（上海群众杂志公司，1936年11月）、《向太阳》（香港海燕书店，1940年6月）、《旷野》（上海生活书店，1940年9月）、《北方》（上海文化生活出版社，1942年1月）、《愿春天早点来》（桂林诗艺社，1944年8月）、《反法西斯》（上海读书出版社，1946年4月）、《火把》（重庆文化生活出版社，1941年6月）。

以绘画起步的艾青，擅长将自然形象的色彩美以象征的手法积淀出哲学、社会、历史等意蕴入诗。诚如他在《诗论掇拾（一）》

①艾青：《大堰河——我的保姆》，载《大堰河》，上海：上海群众杂志公司，1936年11月，第1—6页。

（《七月》1938 年第 3 卷第 5 期）中自述："一首诗里面，没有新鲜，没有色调，没有光彩，没有形象——艺术的生命在哪里呢?"①

"土地"与"太阳"是艾青诗歌的中心意象，凝聚着诗人对生活的观察认识与思想情感。前者在"土地"基础上兼有"农民""民族""国家"相互叠加的凝重深厚的意象网络，表达诗人对这片大地和生于斯长于斯的劳动人民以及这个民族国家的深沉挚爱。代表诗篇有《复活的土地》《我爱这土地》《农夫》《雪落在中国的土地上》等。后者在"太阳"基础上兼有"春天""黎明""火焰"等相互叠加的朴素博大的意象网络，表达诗人对美好、光明、理想的追求与向往。代表诗篇有《向太阳》《愿春天早点来》《黎明的通知》《火把》等。

诗篇《我爱这土地》（1938 年 11 月 17 日）："假如我是一只鸟，我也应该用嘶哑的喉咙歌唱：这被暴风雨所打击着的土地，这永远汹涌着我们的悲愤的河流，这无止息地吹刮着的激怒的风，和那来自林间的无比温柔的黎明……——然后我死了，连羽毛也腐烂在土地里面。为什么我的眼里常含泪水？因为我对这土地爱得深沉……"②

在艾青诗学影响下，胡风主持的《七月》《希望》等刊物培育形成，全面抗战时期有着较大影响的诗歌流派——七月诗派。2000 年 7 月，北京人民文学出版社出版由七月诗派诗人绿原（1922—2009）、牛汉（1923—2013）编的《白色花》一书，书的扉页上写道："《白色花》收'七月派'诗人阿垅、鲁藜、孙钿、彭燕郊、方然、冀汸、钟瑄、郑思、曾卓、杜谷、绿原、胡征、芒

①艾青：《诗论掇拾（一）》，载《艾青论创作》，上海：上海文艺出版社，1985 年 10 月，第 355 页。
②艾青：《我爱这土地》，载《北方》，上海：文化生活出版社，1949 年 6 月三版，第 50—51 页。

甸、徐放、牛汉、鲁煤、化铁、朱健、牛谷怀、罗洛等二十位诗人的一百一十九首诗作，他们绝大多数都是四十年代步入诗坛的。在一种共同的时代氛围下，他们表现出较为一致的批判现实的写作倾向和自由舒展的叙述风格，在各自气质、理想和写作抱负相似的基础上，他们'相互吸引、相互感染、相互激励'而终于形成一个充满朝气的诗歌流派，对四十年代的中国诗歌施加了重要的影响。"[①]

绿原在《〈白色花〉序》(1980 年 11 月 30 日)中对七月诗派有总括论述："这二十位作者除个别情况外，大都是在四十年代初开始写作的，或者说是同四十年代的抗战文艺一同成长起来的。……四十年代的现实生活空前动荡而又空前广阔，他们有的在解放区，有的在国统区，有的在前线，有的在后方，有的在农村，有的在城市，有的在公开的战斗行列中，有的在秘密的艰苦的地下。不论他们的处境如何相异，他们都生活在中国的苦难的土地上，生活在中国人民的炽烈的斗争中。他们在政治上有共同的信仰和向往，坚信并热望共产党所领导的人民革命斗争的最后胜利；他们多数是共产党员，同时又是普通人民的一分子。……当然，每个诗人都有自己独特的风格，这二十位作者也不例外，他们在艺术上都只能是他们自己。但不妨指出，他们尽管风格各异，在创作态度和创作方法上却又有基本的一致性。那就是，努力把诗和人联系起来，把诗所体现的美学上的斗争和人的社会职责和战斗任务联系起来，以及因此而来的对于中国自由诗传统的肯定和继承。中国的自由诗从'五四'发源，经历了曲折的探索过程，到三十年代才由诗人艾青等人开拓成为一条壮阔的河流。把诗从沉寂的书斋里，从肃穆的讲坛上呼喊出来，让它在人民的

---

①绿原、牛汉编：《白色花》，北京：人民文学出版社，2000 年 7 月，扉页。

苦难和斗争中接受磨练，用朴素、自然、明朗的真诚的声音为人民的今天和明天歌唱：这便是中国自由诗的战斗传统。本集的作者们作为这个传统的自觉的追随者，始终欣然承认，他们大多数人是在艾青的影响下成长起来的。不过，接受影响决不等于模仿和因袭；相反，他们从艾青学到的，毋宁说是诗的独创性。……此外，如众所周知，胡风先生作为文艺理论家，他对于诗的敏感和卓识，以及他作为刊物（《七月》《希望》）编者所表现的热忱和组织能力，对于这个流派的形成和壮大起过了不容抹煞的诱导作用，这一点也是可以由四十年代的文学史料来作证的。……他们坚定地相信，在自己的创作过程中，只有依靠时代的真实，加上诗人自己对于时代真实的立场和态度的真实，才能产生艺术的真实。脱离了前者，即脱离了自己所处时代的血肉内容——中国人民在共产党的号召和领导下同国内外敌人进行生死搏斗的血肉内容，是不可能产生真正的诗的；同样，脱离了后者，即脱离了诗人为人民斗争献身的忠诚态度、把人民大众的解放愿望当作自己的艺术理想的忠诚态度，也是不可能产生真正的诗的；而且，如果不把两者结合起来，没有达到主客观的高度一致，包括政治和艺术的高度一致，同样也不可能产生真正的诗。要研究这个流派——一般称之为'七月派'——在文学史上的特色，这种创作态度应当说是他们的最基本的特色之一。"①

七月诗派的代表作有阿垅（1907—1967）的《纤夫》《琴的献祭》、鲁藜（1914—1999）的《泥土》《红的雪花》、冀汸（1920—2013）的《跃动的夜》《我不哭泣》、绿原的《诗与真》《给天真的乐观主义者们》等。

----

① 绿原：《〈白色花〉序》，载绿原、牛汉编《白色花》，北京：人民文学出版社，2000年7月，第1—5页。

这里抄录《白色花》书名的来源诗篇，阿垅写于 1944 年 9 月 9 日的《无题》："不要踏着露水——因为有过人夜哭。……/哦，我底人啊，我记得极清楚，右白鱼烛光里为你读过《雅歌》。/但是不要这样为我祷告，不要！我无罪，我会赤裸着你这身体去见上帝。……/但是不要计算星和星间的空间吧，不要用光年；用万有引力，用相照的光。/要开作一枝白色花——因为我要这样宣告，我们无罪，然后我们凋谢。"[①]

抗日战争取得胜利以后，历史进入解放战争时期。社会讽刺诗与政治抒情诗成为创作主潮，代表作有郭沫若的诗篇《进步赞》（《文萃》1945 年第 12 期）和臧克家的诗集《宝贝儿》（上海万叶书店，1946 年 5 月）等。有着"第二战场"之称的学生运动，诗朗诵成为其主要形式。艾青与七月派的诗歌，以及袁水拍（1916—1982）创作的兼有民间歌谣传统的《马凡陀的山歌》（上海生活书店，1946 年 10 月）等是诗朗诵运动中最受欢迎的诗作。

二　从校园诗歌到"中国新诗派"

在遍地硝烟之中，相对宁静的校园坚守着象牙塔式的诗歌艺术试验。北方沦陷区里的燕京大学、辅仁大学、北京大学等，以校园刊物为主要阵地，培育了南星（1910—1996）的《呼唤》（《文学集刊》1944 年第 1 期）、黄雨（1916—1991）的《陶然亭畔》（《辅仁文苑》1941 年第 9 期）、沈宝基（1908—2002）的《出塞》（《辅仁文苑》1941 年第 8 期）等诗作。

吴兴华（1921—1966）无疑是这一时期北方校园中最有影响力的诗人，长诗《柳毅和洞庭龙女》（《燕京文学》1940 年第 1 卷

---

①阿垅：《无题》，载绿原、牛汉编《白色花》，北京：人民文学出版社，2000 年 7 月，第 21 页。

第 1 期）、《大梁辞》（《文艺时代》1946 年第 1 卷第 2 期）、《听梅花调宝玉探病》（《文艺时代》1946 年第 1 卷第 2 期）、《吴王夫差女小玉》（《文艺时代》1946 年第 1 卷第 1 期）等系"古题新咏"的代表作，而以"十四行诗体"创作的《西珈》（《新语》1945 年第 5 期）则与身处西南联大的冯至创作的《十四行集》一起，共同呈现出这一西方古老诗体在中国诗坛的艺术生命力。

　　地处昆明的西南联合大学校园里，朱自清、闻一多、冯至、卞之琳以及英国文学批评家兼诗人威廉·燕卜荪等老师辈的中年人，与穆旦（1918—1977）、杜运燮（1918—2002）、袁可嘉（1921—2008）、王佐良（1916—1995）、郑敏（1920—　）等学生辈的青年人，在经历着战争带来的心灵激荡的时代背景中，在汲取着古今中西诗学的共同养料下，形成了一场对后世中国新诗发展产生深远影响的革新思潮。

　　关于这一诗潮，袁可嘉在《诗人穆旦的位置——纪念穆旦逝世十周年》（1987 年 4 月于北京）中有概述："穆旦诗的抒情方式和语言艺术都是现代化的，表达了 40 年代一部分知识分子的现代意识和在诗艺上进行革新的意识。这种现代意识既有外来的影响，更有内在的传统和实际的需要。中国 30 年代的新诗运动经过前辈诗人戴望舒、卞之琳、艾青、冯至等的努力，已在借鉴西方现代诗艺方面开辟出一条道路。他们结合着实际生活（国家的和个人的）和民族传统（古典的和新诗本身的），又溶合西方现代诗艺，正日益丰富着五四以来的新诗。当穆旦和一批青年诗人，在 30 年代末、40 年代初在昆明西南联大开始创作的时候，他们既受到前辈诗人们的影响，又受到西方现代派诗人里尔克、叶芝、艾略特和奥登等人的薰陶。联大校园内的空气是活跃而自由的。青年诗人们既读卞之琳的《十年诗草》和冯至的《十四行集》，也看意象派诗选和奥登的《战场行》。他们有的参加诗社，也办壁报，不少新作在当地的《文聚》杂志以及桂林的《明日文艺》、香港大公报副刊等报刊上发表。闻一多先生在《现代诗钞》中收了他们的作品，更是对他们的极大鼓舞。英国著名批评家和诗人燕卜荪教授在当时所发挥的影响当然是必须给以充分估计的。现在看来，那一场诗歌界的新思潮好象是很自然地形成的，似乎也没有提出什么新理论或标榜什么新流派。但就在这个时期（40 年代前半叶）穆旦已写出相当成熟的作品，如上面提到的《赞美》《春》和《诗八首》等，杜运燮和郑敏也发表了他们各自的力作如《滇缅公路》《追物价的人》《月》《夜》以及《金黄的稻束》《寂寞》《树》等。这一新诗潮的重要作品可以说已经出现了。1946 年西南联大师生复员回到北平和天津。当时天津大公报的《星期文艺》（先后由沈从文、朱光潜、冯至先生主编，最后半年由我收场）、天津益世报的《文学周刊》（沈从文主编）、商务印书馆的《文学杂志》（朱光潜主编）和北平《经世日报》的文学副刊（先由杨振声先生、后由我主持编务），经常刊出这群诗人的作品。我是迟到者，只是在这个时候（1946 年秋天）才开始在'新诗现代化'的口号下评论穆旦、杜运燮、郑敏的诗作，试图从理论批评方面对新诗潮做些说明。与此同时，上海方面以《诗创造》《中国新诗》为中心，辛笛、杭约赫、陈敬容、唐祈、唐湜等诗友也在理论、创作和译介方面作出了基本方向一致的重大努力，而在 1947、1948 年他们与北方四位年轻诗人取得了合作，扩大了影响。然后是 33 年的停顿。1981年九位诗人的合选本以《九叶集》之名出版，因有'九叶诗派'之称。"①

---

①袁可嘉：《诗人穆旦的位置——纪念穆旦逝世十周年》，载杜运燮、袁可嘉、周与良编《一个民族已经起来——怀念诗人、翻译家穆旦》，南京：江苏人民出版社，1987 年 11 月，第 16—17 页。

　　老师辈的杰出代表是冯至，其代表作《十四行集》（桂林明日社，1942年5月），收录27首无标题的十四行体诗，以及附录6首杂诗。冯至在《〈十四行集〉再版自序》（1948年2月5日于北平）中自述："一九四一年我住在昆明附近的一座山里，每星期要进城两次，十五里的路程，走去走回，是很好的散步。一人在山径上，田埂间，总不免要看，要想，看的好像比往日看的格外多，想的也比往日想的格外丰富。那时，我早已不惯于写诗了，——从一九三一到一九四零十年内我写的诗总计也不过十几首，——但是有一次，在一个冬天的下午，望着几架银色的飞机在蓝得像结晶体一般的天空里飞翔，想到古人的鹏鸟梦，我就随着脚步的节奏，信口说出一首有韵的诗，回家写在纸上，正巧是一首变体的十四行。这是集中的第八首，是最早也是最生涩的一首，因为我是那样久不曾写诗了。这开端是偶然的，但是自己的内心里渐渐感到一个责任：有些体验，永久在我的脑里再现；有些人物，我不断地从他们那里吸收养分；有些自然现象，它们给我许多启示：我为什么不给他们留下一些感谢的纪念呢？由于这个念头，于是从历史上不朽的精神到无名的村童农妇，从远方的千古的名城到山坡上的飞虫小草，从个人的一小段生活到许多人共同的遭遇，凡是和我的生命发生深切的关连的，对于每件事物我都写出一首诗：有时一天写出两三首，有时写出半首便搁浅了，过了一个长久的时间才能续成。这样一共写了二十七首。到秋天生了一场大病，病后孑然一身，好像一无所有，但等到体力渐渐恢复，取出这二十七首诗重新整理誊录时，精神上感到一种轻松，因为我完成了一个责任。至于我采用了十四行体，并没有想把这个形式移植到中国来的用意，纯然是为了自己的方便。我用这形式，只因为这形式帮助了我。正如李广田先生在论《十四行集》时所说的，'由于它的层层上升而又下降，渐渐集中而又解开，以及它的错综而又整齐，它的韵法之穿来而又插去'，它正宜于表现我所要表现的事物。它不曾限制了我活动的思想，只是把我的思想接过来，给一个适当的安排。如今距离我起始写十四行时已经整整七年，北平的天空和昆明的是同样蓝得像结晶体一般，天空里仍然时常看见银色的飞机飞过，但对着这景象再也不能想到古人的鹏鸟梦，而能想到的却是地上无边的苦难。可是看见几个降生不久的小狗，仍然要情不自禁地说出一句：'你们在深夜吠出光明。'在纷杂而又不真实的社会里更要说出这迫切的要求：'给我狭窄的心，一个大的宇宙！'一本诗本来应该和一座雕刻或一幅画一样，除却它本身外不需要其他的说明，所以这个集子于一九四二年在桂林《明日社》初版时，集前集后并没有序或跋一类的文字，如今再版，我感到有略加说明的必要。所要说明的，就是上边的这几句话。"[1]

李广田在《沉思的诗——论冯至的〈十四行集〉》中评曰："'何处有生命，何处有诗。'柏林斯基（V. G. Belinsky）曾一再地说过这句话。真的，甚么地方没有诗呢？到处有诗，而惟有诗人才能发见它，并且表现它。我们忽视了多少诗，正如我们忽视了多少真理，有多少诗在我们眼里却只是散文，都等于不存在。我们是凡人，我们很不幸。诗在日常生活中，在平常现象中，却不一定是在血与火里，泪与海里，或是爱与死亡里。那在平凡中发见了最深的东西的，是最好的诗人。那些一时的东西终要过去。那假借了一点雨雾而暂得湿润的也终将干枯。花的颜色是妍丽的，然而它很快就要败；果子的滋味也最甘脆，然而它很快地也就要堕。也许叶子还较长久，它郁然一枝，自春徂秋，甚且经霜而不雕，因为它朴素。然而叶子也许还不如根柢。是的，根柢，它不

---

①冯至：《〈十四行集〉再版自序》，载《十四行集》，上海：文化生活出版社，1949 年 1 月再版，第 1—4 页。

为人所见，它深深埋藏。它不在阳光中自耀，也不在风雨中弄姿。它在最深处一直支持到最高处，直到最高的枝杪。有人在人生中追求空华，有人在人生中寻摘果实，还有些人则只在人生中拾取那些枝枝叶叶。但生活得最好的、最理解生命的人，也许就是那只发掘了最深最远的，那所可发掘的却并不在别处，而只在我们的脚所践履的地下，那就是生长一切也埋葬一切的土里，谁若发掘到了，而且又表现了出来，他不但是诗人，而且是哲人。《十四行集》的作者冯至先生，是第一个把里尔克（Rainer Maria Rilke，1875—1926）介绍到中国来的。他译了里尔克的诗，和里尔克的书简，他曾经在论里尔克的文章中写道：'他——里尔克——开始观看：他怀着纯洁的爱观看宇宙间的万物。他观看玫瑰花瓣，罂粟花，豹，犀，天鹅，红鹤，黑猫；他观看囚犯，病后的成熟的女子，旗手，娼妇，疯人，老妇，盲人；他观看镜，美丽的花边，女子的命运，童年：他虚心侍奉他们，静听他们的有声或无语，分担他们人人都漠然视之的命运。一件件的事物在他周围，都像是刚从上帝的手里作成；他呢，赤裸裸地脱去文化的衣裳，用原始的眼睛来观看。这时他深深感到，人类有史以来的几千年是过于浪费了，他这样问："我们到底是发现了些什么呢？围绕我们的一切不都几乎像是不曾说过，多半甚至于不曾见过吗？对着每个我们真实地观察的物体，我们不是第一个人吗？"里尔克就这样小心翼翼地发现许多物体的灵魂，见到许多物体的姿态；他要把他所把握到的这一些——这一些是自有生以来，从来还不曾被人注意到的，——在文学里表现出来。……'这里，冯至先生不但向我们介绍了里尔克，在某些点上，实在也等于向我们说明了他自己。'他虚心侍奉他们，静听他们的有声或无语，分担他们人人都漠然视之的命运。一件件的事物在他周围，都像是刚从上帝的手里作成，……对着每个我们真实地观察的物体，我们不是第一个人吗？'当我们读过冯至先生的《十四行集》时，我们就有着同样的感想，正如他在诗里所说：'我们的身边有多少事物，在向我们要求新的发现。'（《十四行集》，第二十六首）而《十四行集》的作者也就在那最日常的道路与林子中发见他的诗，他发见了，表现给我们，在我们，那平凡的事物竟是那末'又深邃，又生疏'，我们就抱怨自己：为什么我们看不到，想不到，而他却是像里尔克所说的是那'第一个'发现的人。……有人说，最好的作品是'深入浅出'。然而冯至先生的诗却不能这么说，他并不是先深入了而又去找了那最浅的语言来表现。他是沈思的诗人，他默察，他体认，他把他在宇宙人生中所体验出来的印证于日常印象，他看出那真实的诗或哲学于我们所看不到的地方。……那末，诗人为什么完全采用了'十四行体'呢？那就正是因为，像《十四行集》中最后一首所写的：'从一片泛滥无形的水里，取水人取来椭圆的一瓶，这点水就得到一个定形；看，在秋风里飘扬的风旗，/它把住些把不住的事体，让远方的光，远方的黑夜，和些远方的草木的荣谢，还有个奔向无穷的心意，/都保留一些在这面旗上。我们空空听过一夜风声，空看了一天的草黄叶红，/向何处安排我们的思，想？但愿这些诗像一面风旗，把住一些把不住的事体。'像一个水瓶，可以给那无形的水一个定形，像一面风旗，可以把住些把不住的事体。而十四行体，也就是诗人给自己的'思，想'所设的水瓶与风旗，何况，十四行体，这一外来的形式，由于他的层层上升而又下降，渐渐集中而又渐渐解开，以及它的错综而又整齐，他的韵法之穿来而又插去，……它本来是最宜于表现沈思的诗的，而我们的诗人却又能运用得这么妥贴，这么自然，这么委婉而尽致，叫我们不能不相信诗人在他一篇文章里引用过的，哥德在一首十四行里所写的，如下的句子：'谁要伟大，必须聚精会神，在限制中才能显出来身手，只有法则能给我们自由。'"①

哲理诗篇《〈十四行集〉二》："什么能从我们身上脱落，我们都让它化作尘埃：我们安排我们在这时代，像秋日的树木一棵棵，/把树叶和些过迟的花朵，都交给秋风，好舒开树身，伸入严冬；我们安排我们，在自然里，像蜕化的蝉蛾，/把残壳都丢在泥里土里；我们把我们安排给那个，未来的死亡，像一段歌曲，/歌声从音乐的身上脱落，归终剩下了音乐的身躯，化作一脉的青山默默。"②

该诗篇颇能体现李广田在《沉思的诗——冯至的〈十四行集〉》中所诠释的"刹那亦永恒"："那'刹那亦永恒'的观念，也就是把时间，把历史，看作了一道永远向前的不断的洪流。从纵的方面说是如此。而从横的方面，如前面所说，就融合了那人与人，人与物的生命，这就是所谓：天地与我并生，万物与我为一。而时间与空间又是不能分开的，这就是宇宙人生的本体。在这整个的大生命中，任何一部分的变化，死亡或新生，都互相牵涉，互相作用，万物如此，更何况那'只有一个祖母，同一祖父的血液在我们身内固流'（《十四行集》附录《给秋心之二》的你和我。"③

老师辈给予学生辈以深刻的诗学影响，而学生辈则站在老师辈的肩膀上，有了更深远的艺术探索。1947年7月，《诗创造》在上海创刊，主要撰稿人有曹辛之（杭约赫，1917—1995）、陈敬容（1917—1989）、唐湜、辛笛（1912—2004）、唐祈（1920—1990）。

①李广田：《沉思的诗——论冯至的〈十四行集〉》，载《诗的艺术》，上海：开明书店，1946年1月再版，第75—107页。

②冯至：《〈十四行集〉二》，载《十四行集》，桂林：明日社，1942年5月，第11—12页。

③李广田：《沉思的诗——冯至的〈十四行集〉》，载《诗的艺术》，上海：开明书店，1946年1月再版，第90页。

后因理念问题，他们从《诗创造》分离出来，于 1948 年 6 月在上海创办《中国新诗》，并与北方的穆旦、郑敏、杜运燮、袁可嘉四人联合起来，提倡新诗现代化。1948 年 11 月，《中国新诗》因被查封而停刊。

《中国新诗》创刊号上刊出《我们呼唤（代序）》，文中写道："我们现在是站在旷野上感受风云的变化。我们必须以血肉似的感情抒说我们的思想的探索。我们应该把握整个时代的声音在心里化为一片严肃，严肃地思想一切，首先思想自己，思想自己与一切历史生活的严肃的关连。一片庞大的繁复的历史景色使我们不能不学习坚忍的挣扎，在中心坚持，也向前突破，对生活也对诗艺术作不断的搏斗。我们的工作要求一份真诚的原则，毅然不动的塑像似的凝聚，也要求一个份量恰当又正确无误的全局的把握。我们应该有一份浑然的人的时代的风格与历史的超越的目光，也应该允许有各自贴切的个人的突出与沉潜的深切的个人的投掷。我们首先要求在历史的河流里形成自己的人的风度，也即在艺术的创造里形成诗的风格，而我们必须进一步要求在个人光耀之上创造一片无我的光耀———一个真实世界处处息息相通，心心相印，一个圣洁的大欢跃，一份严肃的工作，新人类早晨的辛勤的耕耘。历史使我们活在生活的激流里，历史使我们活在人民的搏斗里，我们都是人民中间的一员，让我们团结一切诚挚的心作共同的努力。一切荣耀归于人民！"[1]

成辉（陈敬容）的《和唐祈谈诗》（《诗创造》1947 年第 6 期）主张："我想我们并不要去写古老生硬的所谓'哲理的诗'，但至少我们所写的东西，总得提出点叫人能够想想的什么。生活自然是重要的，生活里就有丰富的哲学。但我想我们不能只给生活画

---

[1]《我们呼唤（代序）》，载《中国新诗》1948 年第 1 期，第 2 页。

脸谱，我们还得要画它的背面和侧面，而尤其是：内面。所以，现实二字，照我看来是有引伸意义的。你说起你怀疑'永恒'与'不朽'，是的，这些字，我直到几年前都曾被它们迷住过。现在我也并不就是对它们失掉信心，但这却已不复是我首先着意探求的了。我们不是为'永恒'与'不朽'而写，我们是为'真实'而写，前者是包括在后者里面的，求得后者，即得到前者，反之如先着意于求得前者，那就是舍本逐末，结果也许会适得其反。现代的诗，更该着重于人性的和科学的（包括社会科学和自然科学）的真实。"①

　　袁可嘉的《新诗戏剧化》（《诗创造》1948 年第 12 期）主张："有一个重要的观念早就该在一年以前辨正的，却由于笔者的疏忽，一直忘了提起，那即是，我所说的新诗现代化并不与新诗西洋化同义：新诗一开始就接受西洋诗的影响，使它现代化的要求更是我们研习现代西洋诗及现代西洋文学批评的结果，关系纵然如此密切，我们却绝无理由把'现代化'与'西洋化'混而为一。从最表面的意义说，'现代化'指时间上的成长，'西洋化'指空间上的变易；新诗之不必或不可能西洋化正如这个空间不是也不可能变为那个空间，而新诗之可以或必须现代化正如一件有机生长的事物已接近某一蜕变的自然程序，是向前发展而非连根拔起。……与这极相类似的另一个误解是将'现代化'解释为'晦涩化'的代名词。显然的，晦涩是现代西洋诗核心性质之一，卅年来批评家们对它毁誉不一，我们新诗产生这个问题正与它的来源密切相关。对于晦涩，如对于其它许多问题，大家的看法可以大有不同，最公平的说法是不把晦涩作为批评诗篇的标准，它不足以成为好诗的标记，也不是予诗恶评的根据；作者们固然要负

---

①成辉：《和唐祈谈诗》，载《诗创造》1947 年第 6 期，第 20—21 页。

责任，读者评者也未尝不然。至于'为晦涩而晦涩'的心理状态，无论在那一方面，都只是感伤形式之一，徒然损人害己，自更不在论列之中。这里有一个区分值得我们注意：'晦涩'与'模棱'的不同：晦涩（Obscurity）常常来自诗人想像的本质，属于结构的意义多于表现的方法，是内在的而非外铄的。诗人们晦涩的程度虽有深浅大小的分别，但诗想像必然多少带点晦涩似是无可否认的事实，从民歌到里尔克到处是证明。许多我们自己觉得透澈了解的短篇抒情诗，在最后的分析里都还是颇多疑问的。模棱（Ambiguity）则多数属于文法等表现手法方面，常常只是某一时代或一部份诗人的特殊爱好，如英国十七世纪的玄学诗人与现代诗人都把它作为表现上的一种习惯；晦涩的特点在半透明或'不明'，模棱的特点则在多方面或'两可'；前者是想像的，结构的，后者是文法的，表现的。虽然二者都有特殊的用处，我们对于晦涩的责难却势必需要我们更多的考虑。前面是二点解释，下面我们谈谈戏剧化的问题。在目前我们所读到的多数诗作，大致不出二大类型：一类是说明自己强烈的意志或信仰，希望通过诗篇有效地影响别人的意志或信仰的，另一类是表现自己某一种狂热的感情，同样希望通过诗作来感染别人的；说明意志的作者多数有确定不易的信仰，开门见山用强烈的语言，粗厉的声调呼喊'我要……'或'我们不要……'或'我们拥护……''我们反对……'，表现激情的作者也多数有明确的爱憎对象作赤裸裸的陈述控诉。说明意志和表现情感都是人生中的大事，因此也就是诗的大事，完全是必需的而且是值得赞美的。因此这二类诗的通病——或者说，它们多数失败的原因——不在出发的起点，因为起点并无弊病，也不在终点，因为诗篇在最终总给我们极确定明白的印象，够强烈而有时不免太清楚，而在把意志或情感化作诗经验的过程。而诗的唯一的致命的重要处却正在过程！一个把材料化为成品的过程；对于别的事物，开始与结束也许即足以代表一切，在诗里它们的比重却轻微得可以撇开不计。正如一个富有崇高情感而又有崇高行为表现的人未必成为诗人——更不必说好诗人或大诗人——这些表示强烈感情或明确意志的作品也就未必成诗，它们只证实一些可贵的质素而非诗人的质素。由于这个转化过程的欠缺，新诗的毛病表现为平行的二种：说明意志的最后都成为说教的（Didactic），表现情感的则沦为感伤的（Sentimental），二者都只是自我描写，都不足以说明读者或感动他人。这儿也许有人发问：'难道意志与情感不都属于经验或是若干经验的结晶？'他们自然都是生活经验，可能是但未必即是诗经验，在极多数的例子里，意志都只是一串认识的抽象结论，几个短句即足清晰说明，情绪也不外一堆黑热的冲动，几声呐喊即足以渲泄无余的。从这个角度来看，当前新诗的问题既不纯粹是内容的，更不纯粹是技巧的，而是超过二者包括二者的转化问题。那末，如何使这些意志和情感转化为诗的经验？笔者的答覆即是本文的题目：'新诗戏剧化'，即是设法使意志与情感都得着戏剧的表现，而闪避说教或感伤的恶劣倾向。它的要点包含下面几个认识：一、尽量避免直接了当的正面陈诉而以相当的外界事物寄托作者的意志与情感；戏剧效果的第一个大原则即是表现上的客观性与间接性，……二、就我们学习现代西洋诗的经验作根据，我们相信诗的戏剧化至少有三个不同的方向：有一类比较内向的作者，尽力追求自己的内心，而把思想感觉的波动借对于客观事物的精神的认识而得到表现的，这类作者可以里尔克为代表。里尔克把搜索自己内心的所得与外界的事物的本质（或动的，或静的）打成一片，而予以诗的表现，初看诗里绝无里尔克自己，实际却表现了最完整不过的诗人的灵魂。这里对于事物的本质（或精神，Essence）的了解十分重要，因为离开本质，诗人所得往往止于描写，顶多也只是照相式的写实，不会引起任何精神上的感染。里尔克的《画像集》（*The book of pictures' the first and the second*）是这类诗作的极品，展开我们眼前的是一片深沈的，静止的，雕像的美，不问我们听到的是音乐，风声，看到的是秋景，黄昏，想到的是邻居，天使，在最深处激动我们的始终是一个纯净崇高的心灵抖动的痕迹。第二类诗的戏剧化常被比较外向的诗人所采用，奥登是杰出的例子。他的习惯的方法是通过心理的了解把诗作的对象搬上纸面，利用诗人的机智，聪明及运用文字的特殊才能把他们写得活栩如生，而诗人对处理对象的同情，厌恶，仇恨，讽刺都只从语气及比喻得着部分表现，而从不袒然赤裸。正如前一类诗注重对事物的本质的了解，此处我们着眼心理隐微的探索；里尔克代表沈潜的，深厚的，静止的雕像美，奥登则是活泼的，广泛的，机动的流体美的最好样本，前者有深度，后者则有广度。这也许就是为什么奥登能在那么大的诗的天地中来往自如；如纯从诗题材接触面的广度来说，奥登确定地超过梵乐希，里尔克和艾略特。只要一打开他的诗总集，你便得钦佩他在这方面的特殊才能。因为手边有好的译作可以借用，我们试举一例为证。《小说家》……奥登写过不少类似这样的题目，他写过作曲家，模特儿，旅行者，巴斯格尔，给福斯特等等，所用手法大致如前面所描叙的。他总是从对方的心理着手，而借思想的跳动，表现的灵敏来产生轻松，愉快。我们粗粗读来，很容易觉得它只是浅易近人，而忽略其中的亲切，机智等好处；奥登原是有名的诗坛的顽童。此外还有一类使诗戏剧化的方法是干脆写诗剧。在另一个场合里我曾经说过，一九三五年左右现代诗剧的崛起是一桩极为重要的事情。诗剧的突趋活跃完全基于技术上的理由。我们一再说过现代诗的主潮是追求一个现实，象征，玄学的综合传统，而诗剧正配合这个要求，一方面因为现代诗人的综合意识内涵强烈的社会意义，而诗剧形式给予作者在处理题材时空间，时间，广度，深度诸方面的自由与弹性都远比其他诗的体裁为多，以诗剧为媒介，现代诗人的社会意识才可得到充分表现，而争取现实倾向的效果，另一方面诗剧又利用历史做背景，使作者面对现实时有一不可或缺的透视或距离，使它有象征的功用，不至粘于现实世界，而产生过度的现实写法（Overdone Realism）。不过显而易见，诗剧的创作既包含诗与剧的双重才能，自更较诗的创作为难。眼前我们恐怕只能把它保留为次一步的工作，而不易立见成就。三、无论想从那一个方向使诗戏剧化，以为诗只是激情流露的迷信必须击破。没有一种理论危害诗比放任感情更为厉害，不论你旨在意志的说明或热情的表现，不问你控诉的对象是个人或集体，你必须融和思想的成分，从事物的深处，本质中转化自己的经验，否则纵然板起面孔或散发捶胸，都难以引起诗的反应。四、照笔者的想法，朗诵诗与秧歌舞应该是很好的诗戏剧化的开始；二者都很接近戏剧和舞蹈，都显然注重动的戏剧的效果。朗诵诗重节奏，语调，表情，秧歌舞也是如此。唯一可虑的是若干人们太迷信热情的一泻无余，而不愿略加节制，把它转化到思想的深潜处，感觉的灵敏处，而一味以原始做标准，单调的反复为满足。这问题显然不是单纯的文学问题，我还须仔细想过，以后有机会再作讨论。"①

默弓的《真诚的声音——略论郑敏、穆旦、杜运燮》（《诗创造》1948年第12期）主张："中国新诗虽还只有短短一二十年的历史，无形中却已经有了两个传统：就是说，两个极端。一个尽唱的是'梦呀，玫瑰呀，眼泪呀'，一个尽吼的是'愤怒呀，热血呀，光明呀'，结果是前者走出了人生，后者走出了艺术，把它应有的将人生和艺术综合交错起来的神圣任务，反倒搁置一旁。这

①袁可嘉：《新诗戏剧化》，载《诗创造》1948年第12期，第1—6页。

是说一般情形，但一般之中也常常总有一些例外，否则近年来的新诗还说得上什么收获！现代是一个复杂的时代，无论在政治、文化、以及人们的生活上，思想上，和感情上，作为一个现代人，总不可能怎么样单纯。而诗，这文学的精华，更不可能单纯到仅仅叫喊一阵，或高唱一阵，或啼哭一阵，或怒骂一阵，或嘲笑一阵，或呻吟一阵。那末要怎么样？我们姑且概括地说：要这一切的综合。牧歌的时代过去了，史诗的时代过去了，浪漫派，象征派，以及骎骎主义，超现实主义，和许许多多的名目也都再不能完全适合现代的需要。现代的诗（以及一切艺术作品），首先得要扎根在现实里，但又要不给现实绑住。我们对于现代诗有太多的苛求，正因为这个时代对我们有太多的苛求。所谓诗的现代性（Modernity），据我个人的理解，是强调对于现代诸般现象的深刻而实在的感受：无论是诉诸听觉的，视觉的，内在和外在生活的。本来好的作品，不仅当时读起来新鲜，它还经得起时间的考验。因为人性中主要部分还是自古如斯，所以从前的好诗，现在读起来依然好。屈原，杜甫，莎士比亚，但丁，哥德，里尔克……这些大诗人的作品，从好坏的标准上讲，又有什么远近新旧之别？读到这三位青年诗人的作品，我们不但震惊于他们的丰富和新鲜，同时也感受了道破一些纷纭繁复的现象的那一份真实。"①

　　袁可嘉在《诗人穆旦的位置——纪念穆旦逝世十周年》中对诗学"现代化"总括为："关于这种'现代化'的实质和表现，我在《九叶集》序和《西方现代派诗与九叶诗人》两文里都已有所阐述。说得简单一点，无非是两条。第一，在思想倾向上，既坚持反映重大社会问题的主张，又保留抒写个人心绪的自由；而且

----

　　①默弓：《真诚的声音——略论郑敏、穆旦、杜运燮》，载《诗创造》1948年第12期，第27—28页。

力求个人感受与大众心志相沟通，强调社会性与个人性，反映论与表现论的有机统一；这就使他们与西方现代派和学院派有区别，也使他们与单纯强调社会功能的人们有区别。第二，在诗艺上，要求发挥形象思维的特点，追求知性和感性的融合，注重象征和联想，让幻想与现实交织渗透，强调继承与创新、民族传统与外来影响的结合，这又使他们与在诗艺上墨守成规或机械模仿西方现代派者有区别。"①

中国新诗派代表诗人的诗作践行着上述诗学观。郑敏有《诗集（一九四二——一九四七）》（上海文化生活出版社，1949 年 4 月），收录《晚会》《音乐》《云彩》《寂寞》等 62 首诗作。

诗篇《荷花（观张大千氏画）》："这一朵，用它仿佛永不会凋零的杯，盛满了开花的快乐，才立在那里像耸直的山峰，载着人们忘言的永恒。／那一卷，不急于舒展的稚叶，在纯净的心里保藏了期望，才穿过水上的朦胧，望着世界，拒绝也穿上陈旧而褪色的衣裳。／但，什么才是那真正的主题，在这一场痛苦的演奏里？这弯着的，一枝荷梗，把花朵深深垂向／你们的根里，不是说风的催打，雨的痕迹，却因为它从创造者的手里承受了更多的生，这严肃的负担。"②

诗篇《兽（一幅画）》："在它们身后森林是荒漠的城市，用那特殊的风度饲养着居民，贯穿它的阴沈是风的呼吸，那里的夜没有光来撕裂，它们／是忍受一个生命，更其寒冷恐惧，这渗透坚韧的脉管，循环在咸涩的鲜血里，直到它们忧郁的眼睛映出整个

---

①袁可嘉：《诗人穆旦的位置——纪念穆旦逝世十周年》，载杜运燮、袁可嘉、周与良编《一个民族已经起来——怀念诗人、翻译家穆旦》，南京：江苏人民出版社，1987 年 11 月，第 17 页。

②郑敏：《荷花（观张大千氏画）》，载《诗集（一九四二——一九四七）》，上海：文化生活出版社，1949 年 4 月，第 134—135 页。

荒野的寂寞。/使你羞耻的是你的狭窄和多变，言语只遗漏了思想，知识带来了偏见，还不如让粗犷的风吹遍/和不怜悯的寒冷来鞭策，而后注入拙笨的形态里，一个生命的新鲜强烈。"①

杜运燮，有长诗《滇缅公路》，为滇西各族人民在全面抗战时期用血肉筑成的中国与外界联系的唯一生命之路留下了不朽的时代歌唱；诗集《诗四十首》（上海文化生活出版社，1946 年 10 月），抄录两首如下。

诗篇《追物价的人》："'物价'已是抗战的红人，从前同我一样，用腿走，现在不但有汽车，还有飞机，还结识了不少要人，阔人，他们都捧他，提拔他，搂他，他的身体便如灰一般轻，飞，但我得赶上他，不能落伍，'抗战'是伟大的时代，不能落伍，虽然我已经把温暖的家丢掉，把祖传的美好田园丢掉，把好衣服厚衣服，把肉丢掉，还把妻子儿女的嫩肉丢掉，而我还是太重，太重，走不动，让'物价'在报纸上，陈列窗里，统计家的笔下随便嘲笑我，啊，是我不行，我还存有太多的肉，还有菜色的妻子儿女，她们也有肉，还有重重补绽的破衣，它们也太重，这些都应该丢掉；为了抗战，为了抗战，我们都应该不落伍，看看人家物价在飞，赶快迎头赶上，即使是轻如鸿毛的死，也不要计较，就是不要落伍。"②

诗篇《井》："我是静默。几片草叶，小小的天空飘几朵浮云，便是我完整和谐的世界。/是你们在饥渴的时候，离开了温暖，前来淘汲，才瞥见你们满面的烦忧。/但我只好被摒弃于温暖之外，满足于荒凉的寂寞：有孤独才能保持永远澄澈的丰满。/你们只汲

①郑敏：《兽（一幅画）》，载《诗集（一九四二——一九四七）》，上海：文化生活出版社，1949 年 4 月，第 136—137 页。
②杜运燮：《追物价的人》，载《诗四十首》，上海：文化生活出版社，1948 年 2 月再版，第 107—109 页。

取我的表面，剩下冷寂的心灵深处，让四方飘落的花叶腐烂。／你们也只能扰乱我的表面，我的生命来自黑暗的地层，那里我才与无边的宇宙相联。／你们可用垃圾来使我被遗弃，但我将默默地承受一切，洗涤它们，我将永远还是我自己：／静默，清澈，简单而虔诚，绝不逃避，也不兴奋，微雨来的时候，也苦笑几声。"①

穆旦，原名查良铮，与查良镛系亲戚。他们二人的笔名颇为有趣，前者把"查"上下分开取作"穆旦"，后者把"镛"左右分开取作"金庸"。穆旦这时期诗集有《探险队》（昆明崇文印书馆，1945 年 1 月）、《穆旦诗集（1939—1945）》（1947 年 5 月发行）、《旗》（上海文化生活出版社，1948 年 2 月）。

诗篇《被围者》（1945 年 2 月）节选："一个圆，多少年的人工，我们的绝望将使它完整。毁坏它，朋友！让我们自己，就是它的残缺，比平庸要坏：闪电和雨，新的气温和希望才会来灌注：推倒一切的尊敬！因为我们已是被围的一群，我们翻转，才有新的土地觉醒。"②

诗篇《先导》（1945 年 7 月）："伟大的导师们，不死的苦痛，你们的灰尘安息了，你们的时代却复生，你们的牺牲忘却了，一向以欢乐崇奉，而巨烈的东风吹来把我们摇醒；／当春日的火焰熏暗了今天，明天是美丽的，而又容易把我们欺骗，那醒来的我们知道是你们的灵魂，那刺在我们心里的是你们永在的伤痕，／在无尽的斗争里，我们的一切已经赤裸，那不情愿的，也被迫在反省或者背弃中，我们最需要的，他们已经流血而去，把未完成的痛苦留给他们的子孙，／不灭的光辉！虽然不断的讽笑在伴随，因为

---

① 杜运燮：《井》，载《诗四十首》，上海：文化生活出版社，1948 年 2 月再版，第 87—89 页。

② 穆旦：《被围者》，载《穆旦诗集（1939—1945）》，出版单位不详，1947 年 5 月，第 125 页。

你们只曾给与，呵，至高的欢欣！你们唯一的遗嘱是我们，这醒来的一群，穿着你们燃烧的衣服，向着地面降临。"[1]

袁可嘉在《诗人穆旦的位置——纪念穆旦逝世十周年》中评曰："穆旦是站在40年代新诗潮的前列，他是名副其实的旗手之一。在抒情方式和语言艺术'现代化'的问题上，他比谁都做得彻底。当然，这样的'彻底性'难免在某些尚不成熟的诗作中带来一定程度的生硬和晦涩。这使穆旦的作品到今天还不能为更多的人所理解和欣赏，也是我们应当吸取的教训。"[2]

王佐良在《穆旦：由来与归宿》中评价穆旦诗的语言："他的诗歌语言最无旧诗词味道，同过去一样是当代口语而去其芜杂，是平常白话而又有形象的色彩和韵律的乐音。"[3]

郑敏在《诗人与矛盾》中评曰："穆旦的诗，或不如说穆旦的精神世界是建立在矛盾的张力上，没有得到解决的和谐的情况上。穆旦不喜欢平衡。平衡只能是暂时的，否则就意味着静止，停顿。穆旦象不少现代作家，认识到突破平衡的困难和痛苦，但也象现代英雄主义者一样他并不梦想古典式的胜利的光荣，他准备忍受希望和幻灭的循环，一直到'……时间的沉重的呻吟就要坠落在/于诅咒里成形的/日光闪耀的岸沿上'。这里时间的呻吟和诅咒与日光闪耀的岸沿组成矛盾的张力，相反相成，在其上诗人忍受着'希望，幻灭'的磨炼，但他坚持要'再活下去'（《活下去》），也

---

①穆旦：《先导》，载《穆旦诗集（1939—1945）》，出版单位不详，1947年5月，第155—156页。

②袁可嘉：《诗人穆旦的位置——纪念穆旦逝世十周年》，载杜运燮、袁可嘉、周与良编《一个民族已经起来——怀念诗人、翻译家穆旦》，南京：江苏人民出版社，1987年11月，第17页。

③王佐良：《穆旦：由来与归宿》，载杜运燮、袁可嘉、周与良编《一个民族已经起来——怀念诗人、翻译家穆旦》，南京：江苏人民出版社，1987年11月，第7页。

许这正是现代英雄主义和古典英雄主义的差别吧。英雄不再带有金色的光环，而是在现实的压力下变形，但坚持'活下去'。穆旦在这首诗的结尾写道：'孩子们呀，请看黑夜中的我们正怎样孕育/难产的圣洁的感情。'圣洁的感情在经过黑夜和难产后也许不能像圣母像那样平静吧。穆旦很少享受平静。他活下去，却是在一片'危险的土地上'，'他追求而跌进黑暗/四壁是传统'，他时时感到生的冲动和死的威胁并存，点燃和熄灭并存。年轻的诗人强烈地感到'新生的希望被压制，被扭转'，传统的扼制使他象一只'泥土做成的鸟'，他的歌怎样才能飞出喉咙？时间在创造，而时间又在毁灭，他的使命是改变现状，是追求明天，但他的追求使他跌进黑暗。他惊呼：'那改变明天的已为今天所改变'（《裂纹》，1944），多么触目惊心的发现！诗人举着危险信号的红灯，向一切面临转变的时代，送出警告。穆旦的诗充满了他的时代，主要是40年代，一个有良知的知识分子所尝到的各种矛盾和苦恼的滋味，惆怅和迷惘，感情的繁复和强烈形成诗的语言的缠扭，紧结。也许有人认为他的语言不符合汉语的典范。但是'形式是内容的延伸'（罗伯特·克利莱），没有理由要求一个为痛苦痉挛的心灵，一个包容着火山预震的思维和心态在语言中却化成欢唱、流畅的小溪，穆旦的语言只能是诗人界临疯狂边缘的强烈的痛苦、热情的化身。它扭曲，多节，内涵几乎要突破文字，满载到几乎超载，然而这正是艺术的协调。"①

三　革命根据地的诗歌创作

　　延安等革命根据地的诗歌创作，主要以吸收民间传统资源注

---

①郑敏：《诗人与矛盾》，载杜运燮、袁可嘉、周与良编《一个民族已经起来——怀念诗人、翻译家穆旦》，南京：江苏人民出版社，1987年11月，第32—33页。

入对革命政权新生活的歌颂为主题。其中，以民间曲调入诗的代表诗作有陕北民歌编的《移民歌》（后经专业改编成广为流传的《东方红》）。

以讲述现实生活入诗的叙事长诗代表作有李季（1922—1980）的《王贵与李香香——陕甘宁边区民间革命历史故事》（华北新华书店，1946年12月）、张志民（1926—1998）的《王九诉苦》（《战友》1947年第2期）与《死不着》（川北通俗读物出版社）、艾青的《雪里钻》（重庆新群出版社，1944年11月）与《吴满有》（新华书店，1943年12月）、田间的《戎冠秀》（东北书报社，1946年9月）与《赶车传》（新华书店，1949年10月）、阮章竞（1914—2000）的《漳河水》（《太行文艺》1949年第1期）。

何其芳的诗集《夜歌》（重庆诗文学社，1945年5月）和革命烈士诗人陈辉（1920—1945）的诗集《十月的歌》（北京作家出版社，1958年6月）则是抒情诗作的代表。

何其芳的诗篇《生活是多么广阔》："生活是多么广阔，生活是海洋。凡是有生活的地方就有快乐和宝藏。/去参加歌咏队，去演戏，去建设铁路，去作飞行师，去坐在实验室里，去写诗，去高山上滑雪，去驾一只船颠簸在波涛上，去北极探险，去热带搜集植物，去带一个帐篷在星光下露宿。/云过极寻常的日子，去在平凡的事物中睁大你的眼睛，去以自己的火点燃旁人的火，去以心发现心。/生活是多么广阔。生活又多么芬芳。凡是有生活的地方就有快乐和宝藏。"[1]

何其芳的诗篇《河》："我散步时的伴侣，我的河，你在歌唱着什么？我这是多么无意识的话呵。但是我知道没有水的地方就是沙漠。你从我们居住的小市镇流过。我们在你的水里洗衣服，洗脚。我们在沉默的群山中间听着你，像听着大地的脉搏。我爱人的歌，也爱自然的歌，我知道没有声音的地方就是寂寞。"[1]

何其芳的诗篇《夜歌（二）》："我的身体睡着，我的心却醒着。——《雅歌》而且我的脑子是一个开着的窗子，而且我的思想，我的众多的云，向我纷乱地飘来，/而且五月，白天有太好太好的阳光，晚上有太好太好的月亮，/而且我不能像莫泊桑小说里的，一位神父，因为失眠而绞手指：'主呵，你创造黑夜是为了睡眠，为什么又创造这月光，这群星，这漂浮在唇边的酒一样地空气？'/我不能从床上起来，走进树林里，说每棵树有一个美丽的灵魂，而且和他们一起哭泣。/而且我不能像你呵，雪莱！我不能说我是 Ariel，一个会飞的小精灵，飞在原野上，飞在山谷里，我不能像你一样坐在海边叹息：'Alasl I have nor hope, nor health…Nor fame, nor power, nor Love, nor leisure.' 我不能像你一样单纯地歌唱爱情：'I arise from dreams of thee.' 你仿佛一天什么也不做，只是躺在夏夜的草地上，睡了一个热带的睡眠。/'但是，何其芳同志，你说你不喜欢自然，为什么在你的书里面，你把自然写得那样美丽？'是的，我要谈论自然。我总是把自然当作一个背景，一个装饰，如同我有时在原野上散步，有时插一朵花在我的扣子的小孔里，因为比较自然，我更爱人类。/我们已经丧失了十九世纪的单纯。我们是现代人。而且我要谈论战争。人类的内战正在可怕地进行。在法兰西的边境，两百万军队正在互相撞击，互相吞噬。坦克车的出游三千辆一次。国际联盟像倒闭了的百货店，正在收拾文件，遣散人员，每个人发一点遣散费。而且你赶快滚进去吧，意大利！/你们都赶快滚进去，滚进去！谁也拉不住你们的，

---

① 何其芳：《河》，载《夜歌》，重庆：诗文学社，1945 年 5 月，第 141—142 页。

谁也拉不住你们这些火车头，疯狂地开驶到你们的末日去！/多少活生生的人，多少有着优秀的头脑的人，多少善良的单纯的人，多少可以为这个世界和它的未来工作的人，被迫去作你们的殉葬的物品！而且我呵，我多么愿意去拥抱他们！然而我并不哭泣。我知道他们将要觉醒，将要把一种性质的战争变为另一种性质的战争。而且从死亡里，将要长出一个新的欧罗巴，新的世界！而且我要谈论列宁。而且我看见他了，我看见他在抚摩着小孩子们的头顶：'他们的生活将要好起来吧，不像我们生活一样充满着残酷吧。'我看见他坐在清晨的窗子前：'我在给一个在乡下工作的同志写信。他感到寂寞。他疲倦了。我不能不安慰他。因为心境并不是小事情呀。'而且我仿佛收到了他写的那封信。/而且我仿佛听见了，他在一个会议上发出的宏大的声音：'我们必须梦想！'/是呵，我是如此喜欢做着一点一滴的工作，而又如此喜欢梦想，/我是如此快活地爱好我自己，而又如此痛苦地想突破我自己，提高我自己！"①

田间在《〈十月的歌〉引言》中写道："在这十月革命节的前夕，我想起了一位年轻的人。我正在阅读他的一本诗稿。这厚厚的一本诗册，封皮是用草绿色的土布装订的，由于几经岁月，和渡过了枪火连天的日子，绿色的布，变成土黄。诗页上也染着战地的尘土。那泥土的气息，和作者的诗句，似乎难以区分了。作者在诗页上，曾经记下许多美丽的题目：'红高粱'、'平原手记'、'新的伊甸园记'等，但在封面上，并没有写下一个字。于是，我想在这绿色的布上，为作者补写几个字，把他的这本诗册，叫作'十月的歌'。因为他是一位共产党员，因为他是十月革命的孩子。他在二十四岁的时候，为共产主义事业，流尽自己最后的一滴血。

①何其芳：《夜歌（二）》，载《夜歌》，重庆：诗文学社，1945年5月，第30—37页。

他含着笑容，倒在我们的身边。他的手上，拿的是枪、手榴弹和诗歌。他年轻的一生，完全投入了战斗。为人民、为祖国、为世界、写了一首崇高的赞美词。他的坟，距离北京并不远，就在北京的邻近地区（在抗日战争期间叫做'平西'的地区）。我在这里，仿佛听到拒马河的水声，伴着他的歌声，向我们流来。……我还大致记得，陈辉 1920 年生于湖南常德县，1938 年到延安，1939 年 5 月 22 日来到晋察冀敌后抗日根据地；1941 年响应党的号召，下乡做群众工作，曾在平汉路和高、易支路的三角地带，一个对敌斗争极残酷的地区——涞涿平原工作，担任过青救会主任、区委书记，武工队政委等。被群众称为'文武双才'。他具有刚毅、果敢、不怕任何艰辛的作风。在林立的碉堡群中，领导反勒索、反抢粮、反抓丁的各种斗争。在敌人的合击和围剿中，他带领着一支武工队，进行抗击。1944 年的春天，他和一位游击队员，到达韩村，敌伪二十多人将陈辉包围在一间房子里，陈辉机警的举枪还击，打死一个敌人，打伤了几个敌人，在冲出门外的时候，被预伏的两个特务，环腰抱住。这时候，他拉断挎在身边的手榴弹弦，手榴弹轰然一声，吓退了敌人，但也就在这一次战斗中，他英勇牺牲。年轻的兄弟，年轻的战士，年轻的诗，——陈辉呵，你虽然年轻，心灵是多么的坚强，语言是多么的健壮，肺腑是多么的清洁，思想是多么的正直。你已经走进一个广大的诗的境界，深入到生活的基层和要塞。如果你活到现在，有足够的机会和时间，提炼你的生活，琢磨你的语言，你会写出多少好的诗篇。……陈辉呵，为了读者便于了解你，为了你的诗集《十月的歌》，有你自己的一个注解，请让我摘录你自己的一段忠诚的自白吧：——马克思列宁主义，它营救了我，也告诉我现在的世界是一个人吃人的血腥的世界；它也启示了我，只有以眼还眼以牙还牙，在这可咒诅的地方击退可咒诅的时代。一九三五年，我才十五岁，我就许身于社会主义的斗争。然而，我是很幼稚的啊。谢谢旧社会的黑色的鞭子，在 1938 年把我赶出了我的故乡，推进了时代的熔炉——延安，我的斗争的国土。我坚定地走上了我自己的路，成为一个斗争者。我看见了一个全新的世界，这新的光明而圣洁的土地，鼓舞了我。我开始写诗，用那简短的小诗，抒写我自己的一腔热情，正如田间说：'陈辉是一个热情的孩子。'我开始了我的诗的道路。五年来，我始终坚定地走着自己的路。回顾起来，我是很兴奋的，在这斗争的大风暴里也有我的歌唱！在斗争的路上，也打下我的印章：同志呵，你从这短短的七八十首诗里，你可看见在这斗争的路上，陈辉也洒下了他的血液和汗水啊！我知道，我的诗，还有着很大的缺点。但那缺点，不要紧，我要用我的生命去克服它！正象打垮在我们面前的敌人一样！而胜利无论如何是属于和太阳站在一起的人的。我的诗呵，我知道，五年来，我很对不起你，我没有给你很好的营养，不论是技术的，或者生活的。你还太年青，你没有建立自己的风格，你还缺乏对新的现实更好的自由的讴歌的能力，你还唱不出工农兵大众的感情，你还在摸索的道路上。但不要紧，我已确定了我的任务：更深入地手触生活、投入斗争，把新的血的战争的现实写入诗里，我要给诗以火星一样的句子，大风暴一样的声音，炸弹炸裂的旋律，火辣辣的情感，粗壮的节拍，为了更好地为世界，为斗争着的世界而歌！前进吧！鼓起勇气，唾弃一切困难与阻碍，耻笑一切敌人与讥笑者！"①

《十月的歌》全集分"浅酱色的诗""二月""平原小唱""平原手记""黑夜之歌""新的伊甸园记""战士诗抄"七辑。抄录两首如下。

---

① 田间：《〈十月的歌〉引言》，载陈辉《十月的歌》，北京：作家出版社，1958 年 6 月，第 1—4 页。

诗篇《守住我的战斗的岗位》（1938年11月10日于延安柳树店）："月光下，我紧握着枪，守住我的，战斗的岗位。／（看，月光下的田野，山峦，听，嘶叫着的延水。）／月夜，太美丽了哟！（倚在墙角）我，想起了家，想起了故乡的月光，月光下的城墙。／也许母亲，（独个儿）坐在门旁，在叹息。／……一群乳燕，南方，北方，飞到那里去了呢？／拭干吧，母亲，泪是无用的。……／月光下，烈焰在我心里燃烧，延水，象一条闪光的带子，在远方吼叫。我握着枪，守着我的，战斗的岗位。"①

诗篇《献诗——为伊甸园而歌》："那是谁说'北方是悲哀的'呢？／不！我的晋察冀呵，你的简陋的田园，你的质朴的农村，你的燃着战火的土地，它比天上的伊甸园，还要美丽！／呵，你——我们的新的伊甸园呀，我为你高亢的歌唱。／我的晋察冀呵，你是在战火里新生的土地，你是我们新的农村。每一条山谷里，都闪烁着毛泽东的光辉。低矮的茅屋，就是我们的殿堂。生活——革命，人民——上帝！／人民就是上帝！而我的歌呀，它将是伊甸园门前守卫者的枪枝。／我的歌呀，你呵，要更顽强有力地唱起，虽然我的歌呵，是粗糙的，而且没有光辉……我的晋察冀呀，也许吧，我的歌声明天不幸停止，我的生命被敌人撕碎，然而，我的血肉呵，它将化作芬芳的花朵，开在你的路上。那花儿呀——红的是忠贞，黄的是纯洁，白的是爱情，绿的是幸福，紫的是顽强。"②

章节的最后，我们来了解一批史诗代表作和一位诗人。这时期风靡全国的史诗创作倾向在北方沦陷区的情况：林丛的《古城颂》（《东亚联盟》1941年第2卷第5期）、毕基初的《幸福的灯》

---

① 陈辉：《守住我的战斗的岗位》，载《十月的歌》，北京：作家出版社，1958年6月，第1—3页。

② 陈辉：《献诗——为伊甸园而歌》，载《十月的歌》，北京：作家出版社，1958年6月，第75—77页。

（《艺术与生活》1941 年第 18 期）、金音的《塞外梦》（新京学艺刊行会，1941 年 7 月）、田芜的《马嵬的哀歌》（《艺术与生活》1943 年第 37 期）、蓝苓的《科尔沁草原的牧者》（《青年文化》1944 年第 1 卷第 3 期）、黄雨的《孤竹君之二子》（《文学集刊》1944 年第 1 期）。

徐訏，1948 年时值四十岁，上海怀正出版社发行了他的五本诗集：《进香集》《待绿集》《借火集》《灯笼集》《鞭痕集》，总称《四十诗综》，共辑 423 首诗。作者在《〈四十诗综〉后记》中写道："我有带狂的勇敢，带羞的恇懦，不宁的自卑与永挂着寂寞的自尊。"①

诗篇《隐藏》（1945 年 1 月 20 日于纽约）："多少年不见天日，蚌壳内珍珠才发异光，如许的森林变成泥土，但埋在山深中都是煤矿。/往昔太阳在混沌中运行，结万年的哀怨、隐恨、悲伤，如今他在无际的宇宙里遨游，多少星球在依赖他的光芒。/那么且忍受那疲倦饥渴，还有那羞辱、讪笑与毁谤，暗拊我身上的鞭痕血迹，在浮世的笑容里隐藏。/待黑夜从海上沉去，天边应有未泯的曙光，那时我今夜的低诉，应换取全世界的歌唱。"②

①转引自司马长风《中国新文学史》（下卷），香港：昭明出版社有限公司，1978 年 12 月，第 222 页。

②同上。

第十四章　散文（三）

　　自己背着因袭的重担，肩住了黑暗的闸门，放他们到宽阔光明的地方去；此后幸福的度日，合理的做人。

　　　　　　　　　　　　　　　——鲁迅《我们现在怎样做父亲》

　　1937 年 7 月至 1949 年 9 月的中国现代散文，一方面从全面抗战初期纪实功用的报告文学勃兴进而到相持阶段偏重社会效应的杂文，另一方面以抒情叙事为主的小品散文则呈现出圆熟多样的风致。

一　报告文学与杂文

　　七七事变的爆发激起全民族的爱国热情。在救亡图存的艰难时刻，偏重纪实功用的报告文学成为散文创作的主流文体。以群在《抗战以来的报告文学（代序）》（曾以《抗战以来的中国报告文学》发表在《中苏文化杂志》1941 年第 9 卷第 1 期）中指出："中国报告文学从'九一八'起，是随着反日运动底发展而在发展中；从'七七'起，中国报告文学则随着抗日战争开展而开始了异常的发达。……报告文学填充了一切杂志或报纸底文艺篇幅；一切的文艺刊物都以最大的地位（十分之七八）发表报告文学；读者以最大的热忱期待着每一篇新的报告文学底刊布；既成的作家（不论小说家或诗人或散文家或评论家），十分之八九都写过几篇报告。在这样的情形之下，报告文学就成为中国文学底主流了！报告文学在抗战以后，所以能一跃而为中国文学底主流，其最主要的原因，如前所述，就是作家底生活随着现实底激变而发生了剧烈的变化，他们感受着纷繁复杂的生活印象和经验，激起了炽烈的热情；这炽烈的热情和丰富的生活印象，逼着他们选取最直截而单纯的形式，迅速而敏捷地记录出生活底事实！并企图使这种记录直接地影响社会底改革，发生社会的效果，而报告就是最适合于完成这种任务的文学形式。这是抗战以后，报告文学特别发达的一个基本原因。"[1]

纪实小说兼报告文学性质的代表作有丘东平的短篇集《第七连》（桂林希望社，1944 年 2 月），收录《第七连》《我们在那里打了败仗》《我认识了这样的敌人》《暴风雨的一天》《一个连长的战斗遭遇》《红花地之守御》《通讯员》《中校副官》《慈善家》9 篇小说；骆宾基的短篇小说《救护车里的血》（《烽火》1937 年第 2 期）、《"我有右胳膊就行"》（《呐喊》1937 年第 5 期）、《在夜的交通线上》（《烽火》1937 年第 4 期）以及中篇小说《东战场别动队》（大地社，1940 年 5 月）。

职业记者的报告文学代表作有范长江的《台儿庄血战经过》（《战地通信》1938 年第 25 期；萧乾的报告文学集《南德的暮秋》（上海文化生活出版社，1946 年 3 月）和《人生采访》（上海文化生活出版社，1947 年 4 月），前者收录《由伦敦到法兰克福》《纽伦堡访狱》《仆仆风尘到慕尼黑》《阿尔卑斯雪岭》4 篇报告文学，后者分"国外""国内"两部，收录《灰烬》《三个检查员》《血肉筑成的滇缅路》《银风筝下的伦敦》《矛盾交响曲》《血红的九月》

---

[1] 以群：《抗战以来的报告文学（代序）》，载以群选编《南京的虐杀——抗战以来报告选集》，上海：作家书屋，1946 年 2 月，第 6—7 页。

等 36 篇报告文学。

战地人物报告文学代表作有沙汀的《随军散记》（上海知识出版社，1940 年 11 月）、卞之琳的《第七七二团在太行山一带》、马寒冰的《王震南征记》（中国出版社，1947 年 1 月）、刘白羽和王余杞合著的《八路军七将领》（上海杂志公司，1938 年 3 月）。

其他报告文学代表作有以群选编的报告文学集《南京的虐杀——抗战以来报告选集》（上海作家书屋，1946 年 2 月），收录慧珠的《在伤兵医院中》、曹白的《杨可中》、东平的《第七连》、8m 的《斜交遭遇战》、倪受乾的《我怎样退出南京的》、汝尚的《当南京被虐杀的时候》、于逢的《溃退》、黄钢的《开麦拉之前的汪精卫》、荆有麟的《火焰下的一天》、夏蕾的《生产插曲》、沙汀的《通过封锁线》、魏伯的《塞行小记》12 篇报告文学。

碧野的报告文学集《北方的原野》（上海杂志公司，1938 年 5 月），收录《一支火箭》《血辙》《牛车上的病号》《午汲的高原》4 篇报告文学；《太行山边》（汉口大众出版社，1938 年 5 月），分“太行山边”“道清线东”两部，收录《滹沱河夜战》《西铜冶——这森林浓密的幽美地带》《病号车》《入营之夜》《用全速力，开赴火线去!》《滑县的火炬》6 篇报告文学。

蹇先艾的《塘沽的三天》（《烽火》1938 年第 19 期）、S. M. 的《闸北打了起来》（《七月》1938 年第 3 卷第 3—4 期）、草明的《遭难者的葬礼》（《七月》1938 年第 6 期）、宋之的的《从仇恨生长出来的》（《七月》1939 年第 4 卷第 1 期）、老舍的《五四之夜》（《七月》1939 年第 4 卷第 1 期）、田涛的《中条山下》（《现代文艺》1940 年第 1 卷第 5 期）、沈起予的《人性的恢复》（《文艺阵地》1941 年第 6 卷第 2—4 期）等。

当全面抗战进入相持阶段，以偏重社会效应的杂文遂成为主流创作文体。《野草》于 1940 年 8 月在桂林创刊，后经停刊以及迁往香港、上海复刊。围绕该刊物承续鲁迅杂文风的作家代表有夏衍、孟超、秦似（1917—1986）、聂绀弩、宋云彬等人。

夏衍，有杂文集《此时此地集》（桂林文献出版社，1941 年 5 月）、《长途》（桂林集美书店，1942 年 12 月）、《劫余随笔》（香港海洋书屋，1948 年 3 月）、《蜗楼随笔》（香港人间书屋，1949 年 5 月）。

孟超，有杂文集《长夜集》（桂林文献出版社，1941 年 10 月）、《未偃草》（桂林集美书店，1943 年 2 月）。

秦似，有杂文集《感觉的音响》（桂林文献出版社，1941 年 7 月）、《时恋集》（桂林春草书店，1943 年 6 月）。

聂绀弩，有杂文集《历史的奥秘》（桂林文献出版社，1941 年 6 月）、《蛇与塔》（桂林文献出版社，1941 年 8 月）、《血书》（上海群益出版社，1949 年 8 月）、《二鸦杂文》（香港求实出版社，1949 年 8 月）。

宋云彬，有杂文集《破戒草》（桂林创作出版社，1940 年 8 月）、《鲁迅语录》（桂林文化供应社，1940 年 10 月）、《骨鲠集》（桂林文献出版社，1942 年 9 月）。

冯雪峰，有杂文集《乡风与市风》（重庆作家书屋，1944 年 11 月）、《有进无退》（上海国际文化服务社，1945 年 12 月）、《跨的日子》（上海国际文化服务社，1946 年 9 月）。

围绕 1939 年 1 月创刊于上海的《鲁迅风》等刊物的杂文作家代表有唐弢、巴人（王任叔，1901—1972）、周木斋（1910—1941）、柯灵（1909—2000）等人。《横眉集》（上海世界书局，1939 年 7 月），系孔另境（1904—1972）、王任叔、文载道（金性尧，1916—2007）、周木斋、周黎庵（1916—2003）、风子（唐弢）、柯灵 7 位作家的杂文合集。

唐弢，有杂文集《投影集》（上海文化生活出版社，1940 年 4 月）、《识小录》（上海出版公司，1947 年 12 月）、《落帆集》（上文化生活出版社，1948 年 10 月）。

巴人，有杂文集《扪虱谈》（上海世界书局，1939 年 7 月）、《窄门集》（香港海燕书店，1941 年 5 月）。

周木斋，有杂文集《消长集》（上海北社，1940 年 10 月）。柯灵，有杂文集《市楼独唱》（上海北社，1940 年 11 月）。孔另境，有杂文集《秋窗集》（上海泰山出版社，1937 年 6 月）。

北京大学因全面抗战南迁之时，滞留北京的周作人"曾出任日本人控制的伪职"。[1] 这时期杂文集主要有《秉烛谈》（上海北新书局，1940 年 2 月）、《药堂语录》（天津庸报社，1941 年 5 月）、《药味集》（北京新民印书馆，1942 年 3 月）、《药堂杂文》（北京新民印书馆，1944 年 1 月）、《书房一角》（北京新民印书馆，1944 年 5 月）、《秉烛后谈》（北京新民印书馆，1944 年 9 月）、《苦口甘口》（上海太平书局，1944 年 11 月）。

周氏在《〈药味集〉序》（1942 年 1 月 24 日）中自述："拙文貌似闲适，往往误人，唯一二旧友知其苦味，废名昔日文中曾约略说及，近见日本友人议论拙文，谓有时读之颇感苦闷，鄙人甚感其言。今以药味为题，不自讳言其苦，若云有利于病，盖未必然，此处所选亦本是以近于闲适之文为多也。"[2] "苦"是周作人自觉追求的艺术形象与境界，而"药"则作为苦的变体存在：号"药堂""苦雨翁"，居所"苦雨斋""苦雨庵"，散文名篇《苦雨》，散文集《苦竹杂记》《药堂语录》等。

循着周作人散文风格的作家有文载道和纪庸（纪果庵，1909—1965），前者有散文集《文抄》（北京新民印书馆，1944 年

---

[1] 钱理群、温儒敏、吴福辉：《中国现代文学三十年（修订本）》，北京：北京大学出版社，1998 年 7 月，第 518 页。

[2] 周作人：《〈药味集〉序》，载《药味集》，北京：新民印书馆，1942 年 3 月，第 2 页。

11 月)、《风土小记》（上海太平书局，1944 年 6 月），后者有散文集《两都集》（上海太平书局，1944 年 4 月）。

二　小品散文

当报告文学和杂文在全国范围内兴起创作热潮的同时，小品散文的创作则呈现出圆熟多样的风致。

萧红，有散文集《萧红散文》（重庆大时代书局，1940 年 6 月），收录《一天》《皮球》《三个无聊人》《搬家》《黑夜》《初冬》《访问》《夏夜》等 17 篇散文；《回忆鲁迅先生》（重庆妇女生活社，1940 年 7 月），收录《回忆鲁迅先生》一文，与《鲁迅的生活》《鲁迅和青年们》2 篇附录。

《回忆鲁迅先生》节选："鲁迅先生的笑声是明朗的，是从心里的欢喜。若有人说了什么可笑的话，鲁迅先生笑得连烟卷都拿不住了，常常是笑得咳嗽起来。鲁迅先生走路很轻捷，尤其使人记得清楚的，是他刚抓起帽子来往头上一扣，同时左腿就伸出去了，仿佛不顾一切的走去。……鲁迅先生备有两种纸烟，一种价钱贵的，一种便宜的，便宜的是绿听子的，我不认识那是什么牌子，只记得烟头上带着黄纸的嘴，每五十枝的价钱大概是四角到五角，是鲁迅先生自己平日用的。另一种是白听子的，是前门烟，用来招待客人的，白烟听放在鲁迅先生书桌的抽屉里。来客人鲁迅先生下楼，把它带到楼下去，客人走了，又带回楼上来照样放在抽屉里。而绿听子的永远放在书桌上，是鲁迅先生随时吸着的。"①

《鲁迅的生活》系鲁迅昔日海外窗友许寿裳所写，节选如下："关于鲁迅容貌的印象：我在此引一个英国人的话，颇觉简而得

---

① 萧红：《回忆鲁迅先生》，载《回忆鲁迅先生》，上海：生活书店，1945 年 10 月，第 1—18 页。

要，这见于 H. E. Shadick 的'对鲁迅的景仰'文中。他是燕大英文系主任教授，不曾会见过鲁迅，只是从照相上观察，说道：'在我的面前呈现着一张脸，从耸立的头发到他的有力的颚骨，无处不洋溢出坚决和刚毅。一种坦然之貌，惟有是完美的诚恳的人才具备的。前额之下，双眼是尖锐的，而又是忧郁的。眼睛和嘴都呈露出他的仁慈心和深切的同情，一抹胡须却好像把他的仁慈掩盖过去。这些特质同样地表现在他的作品中，在他的生命里……'（原文见燕大周刊丛书之一《纪念中国文化巨人鲁迅》）"[1]

《鲁迅和青年们》系景宋所写，作者回忆鲁迅上课的情形："当鲁迅先生来上课的瞬间，人们震于他的声名，每个学生都怀着研究这新先生的一种好奇心。在钟声还没有住余音，同学照往常积习还没就案坐定之际，突然，一个黑影子投进教室来了。首先惹人注意的便是他那大约有两寸长的头发，粗而且硬，笔挺的竖立着，真当得'怒发冲冠'的一个'冲'字。一向以为这句话有点夸大，看到了这，也就恍然大悟了。退色的暗绿夹袍，退色的黑马褂，差不多打成一片。手弯上衣身上的许多补钉，则炫着异样的新鲜色彩，好似特制的花纹。皮鞋的四周也满是补钉，人又鹘落，常从讲坛跳上跳下，因此两膝盖的大补钉，也掩盖不住了。一句话说完：一团的黑。那补钉呢，就是黑夜的星星，特别熠耀人眼。小姐们哗笑了！'怪物，有似出丧时那乞丐的头儿。'也许有人这么想。讲授功课，在迅速的进行。当那笑声还没有停止的一刹那，人们不知为什么全都肃然了。没有一个人逃课，也没有一个人听讲之外拿出什么东西来偷偷做。钟声刚止，还来不及包围着请教，人不见了，那真是'神龙见首不见尾'。许久许久，同

---

[1]许寿裳：《鲁迅的生活》，载萧红《回忆鲁迅先生》，上海：生活书店，1945年10月，第58页。

学醒过来了，那是初春的和风，新从冰冷的世界吹拂着人们，阴森森中感到一丝丝暖气。不约而同的大家吐一口气回转过来了，一致爱护的鲁迅先生，在学生中找不出一句恶评。也曾经有过一次辞职的事，大家也一个不缺的，挤到教务处，包围他，使他团团地转，满都是人的城墙，肉身做的堡垒。这城堡不是预备做来攻击他，正相反，是卫护他的铁壁铜墙。接受了这一批青年热诚的先生，终于重又执掌教务。"[①]

何其芳，1938 年 6 月赴延安参加革命工作，文风由浪漫抒情转向革命写实。这时期作品有散文集《刻意集》（上海文化生活出版社，1938 年 10 月）、《还乡日记》（上海良友复兴图书印刷公司，1939 年 8 月）、《还乡杂记》（上海文化生活出版社，1949 年 1 月）；杂文集《星火集》（重庆群益出版社，1945 年 9 月）和《星火集续编》（上海群益出版社，1949 年 11 月）。

《我和散文（代序）》载有何其芳从事散文创作的心路历程，其中"我是怎样写起散文来的呢？"写道："我们常常谈论着这种渺小的工作，觉得在中国新文学的部门中，散文的生长不能说很荒芜，很孱弱，但除去那些说理的，讽刺的，或者说偏重智慧的之外，抒情的多半流入身边杂事的叙述和感伤的个人遭遇的告白。我愿意以微薄的努力来证明每篇散文应该是一个纯粹的独立的创作，不是一段未完篇的小说，也不是一首短诗的放大。"[②]"关于画梦录和那篇代序"写道："我的工作是在为抒情的散文找出一个新的方向。我企图以很少的文字制造出一种新的情调：有时叙述着一个可以引起许多想像的小故事，有时是一阵伴着深思的情感的

---

①景宋：《鲁迅和青年们》，载萧红《回忆鲁迅先生》，上海：生活书店，1945 年 10 月，第 85—87 页。

②何其芳：《我和散文（代序）》，载《还乡日记》，上海：上海良友复兴图书印刷公司，1940 年 4 月再版，第 4 页。

波动。正如以前我写诗时一样入迷，我追求着纯粹的柔和，纯粹的美丽。一篇两三千字的文章的完成往往耗费两三天的苦心经营，几乎其中每个字都经过我的精神的手指的抚摩。"① "关于还乡杂记"写道："当我陆续写着，陆续读着它们的时候，我很惊讶。出乎自己的意料之外，我的情感粗起来了。它们和《画梦录》中的那些雕饰幻想的东西是多么不同呵。"②

巴金，有散文集《梦与醉》（上海开明书店，1938 年 9 月）、《龙·虎·狗》（上海文化生活出版社，1941 年 12 月）、《怀念》（上海开明书店，1947 年 8 月）、《静夜的悲剧》（上海文化生活出版社，1948 年 9 月）。

《寂静的园子》（1940 年 10 月 11 日）借寂静的园子描绘战时图景，全文如下："没有听见房东家的狗的声音。现在园子里非常静。那株不知名的五瓣的白色小花仍还寂寞地开着。阳光照在松枝和盆中的花树上，给那些绿叶涂上一点黄色。天是晴朗的。我不用抬起眼睛就知道头上是晴空万里。忽然我听见洋铁瓦沟上有铃子响声，抬起头，正看见两只松鼠从屋瓦上溜下来，这两只小生物在松枝上互相追逐来取乐。它们的绒线球似的大尾巴，它们的可爱的小黑眼睛，它们的颈项上的小铃子吸引了我的注意。我索性不转睛地望着窗外。但是它们跑了两三转，又从藤萝架回到屋瓦上，一瞬间就消失了。依旧把这个寂寞的园子留给我。我刚刚埋下头，又听见小鸟的叫声。我再看。那株桂树枝上立着一只青灰色的白头小鸟，昂起头得意地在歌唱。还有，横在屋顶的电灯线上，有一对麻雀在那里吱吱喳喳地讲话。我不了解这样的语

---

①何其芳：《我和散文（代序）》，载《还乡日记》，上海：上海良友复兴图书印刷公司，1940 年 4 月再版，第 10 页。

②同上，第 17 页。

言。但是我在那些声音里面听出了一种安闲的快乐。它们要告诉我的一定是它们的喜悦的感情。可惜我不能回答它们。我只把手一挥，它们就飞走了。我的话语不能使它们留住。它们留下一个园子的静寂。不过我知道它们过一阵又会回来的。现在我觉得我是这园子里唯一的生物了。我坐在书桌前俯下头写字，没有一点声音来打岔我。我正可以把整个心放在纸上。但是我却渐渐地烦躁起来。这静寂像一只手慢慢地挨近我的咽喉。我感到呼吸不畅快了。这是不自然的静寂。这是一种灾祸的预兆，就像暴雨到来前那种沈闷静止的空气一般。我似乎在等待什么东西。我有一种不安定的感觉，我不能够静下心来。我一定是在等待什么东西。我在等待空袭警报。或者我在等待房东家的狗的声音，这就是说，预行警报已经解除，不会有空袭警报响起来，我用不着准备听见那凄厉的汽笛声（空袭警报）就锁门出去。近半月来晴天有警报差不多成了常例。可是我的等待并没有结果。小鸟回来后又走了；松鼠们也来过一次，但又追逐地跑上屋顶，我不知道它们消失在什么地方。从我看不见的正面楼房屋顶上送过来一阵咶咶的乌鸦叫。这些小生物不知道人间的事情，它们不会带给我什么信息。我写到上面的一段，空袭警报就响了。这等待果然没有落空。这时我觉得空气在动了。我听见巷外大街中汽车的叫声。我又听见飞机的发动机声，这大概是民航机飞出去躲警报。有时我们的驱逐机也会在这种时候排队飞出，等着攻击敌机。我不能再写了，便拿了一本书锁上园门，匆匆走出外面。在城门口经过一阵可怕的拥挤终于到了郊外。在那里耽搁了两个多钟头，和几个朋友在一起，还在草地上吃了他们带出去的午餐。警报解除后我回来，打开锁，推开园门，迎面扑来的仍还是一个园子的静寂。我回到房间，回到书桌前面，打开玻璃窗，在继续提笔前还看看窗外，树上地上，满个园子都是阳光。墙角一丛观音竹微微地在飘动它们的尖叶。一只大苍蝇带着嗡嗡声从开着的窗飞进房来，在我的头上盘旋。一两只乌鸦在我看不见的地方叫。一只黄色小蝴蝶在白色小花间飞舞。忽然一阵奇怪的声音在对面屋瓦上响起来，又是那两只松鼠从高墙沿着那洋铁滴水管溜下来。它们跑到那个支持松树的木架上，又跑到架子脚边有假山的水池的石栏杆上，在那里追逐了一回，又沿着木架跑上松枝，隐在松叶后面了。松叶动起来，桂树的小枝也动了，一只绿色小鸟刚歇在那上面。狗的声音还是听不见。我向右边偏着身子去看那条没有阳光的窄小通道。房东家的小门紧紧闭着。这些时候那里就没有一点声音。我想大概这家人大清早就到城外躲警报去了，现在还不曾回来。他们回来恐怕要在太阳落坡的时候。那条肥壮的黄狗一定也跟着他们'疏散'了，否则会有狗抓门的声音送进我的耳里来。我又坐在窗前写了这许多字。还是只有乌鸦和小鸟的叫声陪伴我。苍蝇的嗡嗡声早已寂灭了。现在在屋角又起了老鼠啃东西的声音。都是响一回又静一回的。在这个受着轰炸威胁的城市里我感到了寂寞。然而像一把刀要划破万里晴空似的，嘹亮的机声突然响起来。这是我们自己的飞机。那声音多么雄壮，它扫除了这园子的静寂。我要放下笔到院庭中去看天空，看那些背负着金色阳光在蓝空里闪耀的灰色大蜻蜓。那是多么美丽的景象。"[1]

缪崇群，有散文集《废墟集》（上海文化生活出版社，1939年9月）、《夏虫集》（上海文化生活出版社，1940年7月）、《石屏随笔》（上海文化生活出版社，1942年1月）、《眷眷草》（重庆文化生活出版社，1942年8月）、《晞露新收》（上海国际文化服务社，1946年2月）、《碑下随笔》（上海文化生活出版社，1948年11月）。

---

①巴金：《寂静的园子》，载《龙·虎·狗》，上海：文化生活出版社，1947年8月再版，第3—7页。

《太阳》节选："为了太阳，我来到云南，来到石屏，这里的太阳果然是美好的。虽然有几个雨天，太阳被暗云遮住，但是她依旧的美好，反而像灌沐过后的新鲜与美好。我已经不是一个孩子，我为什么说出这样'孩子气'的话呢？是的，孩气，我不知道我究竟还有多少孩气！也不知有多少个大人还有孩气？……谢谢太阳，今天照耀了我整整一日，我忘记了昨天的烦躁，我忘记了前天的忧郁，也忘记了过去的雨日……我知道我还在生着，还在憧憬着，我还有一对眼睛相和着太阳的光辉而闪耀……谢谢太阳，今夜她还会给我带来了美好的梦。我的梦也是光明的，闪耀的。……太阳只有一个，她是一切美好的象征，因为她光明，她从不偏私！今夜的梦也许在一个雨天里，一个大人也许会流出了孩子的泪珠。像黄昏的春雨，它是慰人的，润人的。我铭感着人间还有薰风，还有灵雨，还有同情，还有自然的流露，还有爱——不，还有太阳，太阳贴近我的面颊，太阳也需要用心的流露去灌沐吧？"[①]

李广田，有散文集《雀蓑记》（上海文化生活出版社，1939 年 5 月）、《圈外》（重庆国民图书出版社，1942 年 3 月）、《回声》（桂林春潮社，1943 年 5 月）、《灌木集》（上海开明书店，1944 年 2 月）、《日边随笔》（上海文化生活出版社，1948 年 5 月）、《文艺书简》（上海开明书店，1949 年 5 月）。

其中，《灌木集》是本散文选集，收录《种菜将军》《道旁的智慧》《花鸟舅爷》《井》《树》《荷叶伞》《绿》《雾》《江边夜话》等 36 篇散文。李广田在《〈灌木集〉序》（1943 年 8 月 20 日于昆明）中自述："这是我的散文选集。这些文章是从已经出版的几个集子里选出来的。……我常常在私心里藏着这样一个比喻：比之

---

①缪崇群：《太阳》，载《石屏随笔》，上海：文化生活出版社，1942 年 1 月，第 48—50 页。

于那高大而坚实的乔木，我这些小文章也不过是些丛杂的灌木罢
了。灌木是矮矮的，生在地面，春来自生，秋去自枯，没有矗天
的枝柯，也不会蔚为丰林，自然也没有栋梁舟车之材，甚至连一
树嘉荫也没有，更不必说什末开花与结果。顶多，也不过在水边，
山崖，道旁，塚畔，作一种风景的点缀，可以让倦飞的小鸟暂时
栖息，给昆虫们作为住家而已。我想，我这些文章也不过如此罢
了，因名曰《灌木集》。"①

　　芦焚，有散文集《黄花苔》（上海良友图书印刷公司，1937年
3月）、《江湖集》（上海开明书店，1938年11月）、《看人集》（上
海开明书店，1939年10月）。

　　芦焚在《〈黄花苔〉序》（1936年12月21日）中自述："我是
从乡下来的人，说来可怜，除却一点泥土气息，带到身边的真亦
可谓空空如也。假如世界不妨比作旷野，人生也好算作路，那么，
我正是带着这样一颗空空的心，在芸芸众生的路上慢慢走着的人。
这中间，有时望望道旁，有时听听天籁，有时又歇脚在路畔的石
上，瞅一瞅过往行人，想一想同伴和非同伴，也想一想自己。自
然，有时少不得也遭逢着小小的悲剧，说起悲剧，文明过火了的
世间也真有那么多，纵然舞台上的喜剧也罢，不也大抵以揭示了
愚蠢或呈现出含泪的笑容收梢的吗。然而这些都不算什么，因为
人是还要活下去，且在走着路。在人生的路上，我偶尔也捉住一
些零碎的幻象和见闻，记了下来，但只是出自随随便便，……文
坛也有如花坛，因为上面时常生出'奇葩'和'杂草'，而我写的
犹其这里所收，却是坛下的东西，是野生植物；假如也好比做花，
那便是既不美观，也无大用的黄花苔。黄花苔就是蒲公英，是我

------

　　①李广田：《〈灌木集〉序》，载《灌木集》，上海：开明书店，1944年2
月，第1—2页。

们乡下的名目，据说也是地丁的一种，不大清楚。但为这集散文命名的时候，我不取驰名海内的蒲公英，也不取较为新鲜悦目的地丁，取的却是不为世人所知的'黄花苔'。原因是：我是从乡下来的人，而黄花苔乃暗暗的开，暗暗的败，然后又暗暗的腐烂，不为世人闻问的花。自然，也未尝不想取一个漂亮点的名目，仿照我们乡下的办法冲一冲喜的，但我想，那运气大约依旧未必会好，结果也许将要更坏，倒不如这样来得老实。这算序。"①

冯至，有散文集《山水》（重庆国民图书出版社，1943 年 9月），收录《蒙古的歌》《赛因河畔的无名少女》《两句诗》《怀爱西卡卜村》《罗迦诺的乡村》《在赣江上》《放牛的老人》《一个消逝了的山村》《人的高歌》9 篇散文。1947 年 5 月，上海文化生活出版社发行他的同名散文集《山水》，在 1943 年版基础上增收《赤塔以西》《山村的墓碣》《动物园》《忆平乐》4 篇散文以及《后记》，并将《怀爱西卡卜村》改名为《怀爱西卡卜》，《放牛的老人》改名为《一棵老树》，《赛因河畔的无名少女》改名为《赛纳河畔的无名少女》。

李广田在《谈散文》中评曰："冯至先生，他近年来写了若干散文，实在都是诗的，那么明净，那么含蓄，在平凡事物中见出崇高，在朴素文字中见出华美，实在是散文中的精品。"②

冯至在《〈山水〉后记》中自述："至于这小册子里所写的，都不是世人所谓的名胜。地壳构成时，因为偶然的遇合，产生出不寻常的现象，如某处的山洞，某处的石林，只能使我们一新眼界，却不能使我们惊讶造物的神奇。真实的造化之工却在平凡的

①芦焚：《〈黄花苔〉序》，载《黄花苔》，上海：上海良友图书印刷公司，1937 年 3 月，第 2—3 页。

②李广田：《谈散文》，载《文艺书简》，上海：开明书店，1949 年 5 月，第 42 页。

原野上，一棵树的姿态，一株草的生长，一只鸟的飞翔，这里边含有无限的永恒的美。所谓探奇访胜，不过是人的一种好奇心，正如菜蔬之外还想尝一尝山珍海味；可是给我们生命的滋养最多的并不是那些石林山涧，而是碧绿的原野。自然本身不晓得夸张，人又何必把夸张传染给自然呢。我爱树下水滨明心见性的思想者，却不爱访奇探胜的奇士。因为自然里无所谓奇，无所谓胜，纵使有些异乎寻常的现象，但在永恒的美中并不能显出什么特殊的意义。对于山水，我们还给它们本来的面目吧。我们不应该把些人事掺杂在自然里面：宋、元以来的山水画家就很理解这种态度。在人事里，我们尽可以怀念过去；在自然里，我们却愿意它万古长新。最使人不能忍耐的是杭州的西湖，人们既不顾虑到适宜不适宜，也不顾虑这有限的一湖湖水能有多少容量，把些历史的糟粕尽其可能地堆在湖的周围，一片完美的湖山变得支离破裂，成为一堆东拼西凑的杂景。——我是怎样爱慕那些还没有被人类的历史所点染过的自然：带有原始气氛的树林，只有樵夫和猎人所攀登的山坡，船渐渐远了剩下的一片湖水，这里，自然才在我们面前矗立起来，我们同时也会感到我们应该怎样生长。"[1]

《赛纳河畔的无名少女》节选："这时从热闹场中走出一个人来，他正在想为神做一件工作。他想雕一个天使，放在礼拜堂里的神的身边。他曾经悬想过，天使是应该雕成什么模样——他想，天使是从没有离开过神的国土，不像人们已经被神逐出了乐园，又百方设计地想往神那里走去。天使不但不懂得人间的机巧同悲苦，就是所谓快乐，他也无从体验。雪白的衣裳，轻软的双翅，能够代表天使吗？那不过是天使的装饰罢了，不能表示天使的本

　　①冯至：《〈山水〉后记》，载《山水》，上海：文化生活出版社，1947年5月，第94—95页。

质。他想来想去，最重要的还是天使的面庞。没有苦乐的表情，只洋溢着一种超凡的微笑，同时又像是人间一切的升华。这微笑是鹅毛一般轻。而它所包含的又比整个的世界还重——世界在他的微笑中变得轻而又轻了。但它又不是冷冷地毫不关情，人人都能从它那里懂得一点事物，无论是关于生，或是关于死……"①

《罗迦诺的乡村》节选：'乘车穿过了郭塔尔得山洞，便走入瑞士东南的特精省，这是意大利人种的瑞士，一切风物也是南欧的了。最惹人注意的，房屋在山北都是灰色，忽然变为耀目的粉白色——但白色里处处透露着衰老腐旧，反不及北方的灰色那样新鲜。特精省的南端是罗迦诺城，临着一座爪形的湖，这座湖由意大利和瑞士两国分领。若是坐在汽船上，绕湖一周，左边一站是意大利的，右边一站是瑞士的，虽然居民都说着意大利话，可是一边热狂于法西斯主义，一边是自由和平，百余年不知干戈，对比起来，煞是有趣。我在湖边的一个小村落里住过一个晚夏的八月。……在这些人们中间住不上几天，大家便熟识了，自己也不知不觉把皮鞋脱去，换上家乡的布鞋，把领带抛开，换上反领的衬衫，时表也用不着，锁在箱子里，自有那日出日落给我们正确的时间——人、动物、植物好像站在一个行列上，人人守着自己的既不能减损，也不能扩张的范围：各自有他的勤勉，他的懒惰，但是没有欺骗。这样，湖山才露出它们的雄壮。一片湖水，四围是默默无语的青山，山间的云，层出不穷地在变幻。有时远远驶来一只汽船，转个圈子，不久又不见了，与这里的世界好像不发生一点关系。"②

《一个消逝了的山村》节选："最可爱的是那条小溪的水源，

①冯至：《赛纳河畔的无名少女》，载《山水》，上海：文化生活出版社，1947年5月，第14—15页。

②冯至：《罗迦诺的乡村》，载《山水》，上海：文化生活出版社，1947年5月，第33—41页。

从我们对面山的山脚下涌出的泉水；它不分昼夜地在那儿流，几棵树环绕着它，形成一个阴凉的所在。我们感谢它，若是没有它，我们就不能在这里居住，那山村也不会曾经在这里滋长。这清洌的泉水，养育我们，同时也养育过往日那村里的人们。人和人，只要是共同吃过一棵树上的果实，共同饮过一条河里的水，或是共同担受过一个地方的风雨，不管是时间或空间把它们隔离得有多么远，彼此都会感到几分亲切，彼此的生命都有些声息相通的地方。我深深理解了古人一首情诗里的句子：'日日思君不见君，共饮长江水。'其次就是鼠曲草。这种在欧洲非登上阿尔卑斯山的高处不容易采撷得到的名贵的小草。在这里每逢暮春和初秋却一年两季地开遍了山坡。我爱它那从叶子演变成的，有白色茸毛的花朵，谦虚地掺杂在乱草的中间。但是在这谦虚里没有卑躬，只有纯洁，没有矜持，只有坚强。有谁要认识这小草的意义吗？我愿意指给他看：在夕阳里一座山丘的顶上，坐着一个村女，她聚精会神地在那里缝什么，一任她的羊在远远近近的山坡上吃草，四面是山，四面是树，她从不抬起头来张望一下，陪伴着她的是一丛一丛的鼠曲从杂草中露出头来。这时我正从城里来，我看见这幅图像，觉得我随身带来的纷扰都变成深秋的黄叶，自然而然地凋落了。这使我知道，一个小生命是怎样鄙弃了一切浮夸，孑然一身担当着一个大宇宙。那消逝了的村庄必定也曾经像是这个少女，抱着自己的朴质，春秋佳日，被这些白色的小草围绕着，在山腰里一言不语地负担着一切。后来一个横来的运命使它骤然死去，不留下一些夸耀后人的事迹。"[1]

丰子恺，有散文集《艺术修养基础》（桂林文化供应社，1941

---

[1]冯至：《一个消逝了的山村》，载《山水》，上海：文化生活出版社，1947 年 5 月，第 58—60 页。

年7月)、《教师日记》(重庆万光书局，1944年6月)、《率真集》
(上海万叶书店，1946年10月)。

　　《为青年说弘一法师》(弘一法师逝世后第一百六十七日作于
四川五通桥旅舍)节选："我接到泉州开元寺性常师打来的报告法
师'生西'(就是往生西方，就是死)的电报时，正是去年十月十
八日早晨，我正在贵州遵义的寓楼中整理行装，要把全家迁到重
庆去。当时坐在窗下沈默了几十分钟，发了一个愿：为法师造像
(就是画像)一百尊，分寄各省信仰他的人，勒石立碑，以垂永
久，预定到重庆后动笔。发愿毕，依旧吃早粥，整行装，觅车子。
弘一法师是我的老师，而且是我生平最崇拜的人。……他的受人崇
敬使人真心地折服，是另有背景的。背景是什么呢？就是他的人格。
他的人格，值得我们崇敬的有两点：第一点是凡事认真，第二点是
多才多艺。先讲第一点：李先生一生的最大特点，是'凡事认真'。
他对于一件事，不做则已，要做就非做得彻底不可。……如上所述，
弘一法师由翩翩公子一变而为留学生，又变而为教师，三变而为
道人，四变而为和尚。每做一种人，都十分认真，十分像样。他
的做人，好比全能的优伶，起老生像个老生，起小生像个小生，
起花旦又很像个花旦……都是'凡事认真'的原故。以上已经说
明了李先生人格上的第一特点。李先生人格上的第二特点是'多
才多艺'。……李先生不但能作曲，能作歌，又能作画，作文，吟
诗，填词，写字，治金石，演剧。他对于艺术，差不多全般皆能。
而且每种都很出色。专门一种的艺术家大都不及他，要向他学习。
作曲和作歌，读者可在开明书店出版的《中文名歌五十曲》中窥
见。这集子中载著李先生的作品不少。每曲都脍炙人口。他的油
画，大部分寄存在北平美专，现在大概还在北平。写实风而兼印
象派笔调，每幅都很稳健，精到，为我国洋画界难得的佳作。他
的诗词文章，载在从前出版的《南社文集》中，典雅秀丽，不亚

于苏曼殊。他的字，工夫尤深，早年学黄山谷，中年专研北碑，得力于《张猛龙碑》尤多。晚年写佛经，脱胎化骨，自成一家，轻描淡写，毫无烟火气。他的金石，同字一样秀美。出家前，他的友人把他所刻的印章集合起来，藏在西湖上西泠印社的石壁的洞里。洞口用水泥封好，题著'息翁印藏'四字（现在也许已被日本人偷去）。他的演剧，前已说过，是中国话剧的鼻祖。总之，在艺术上，他是无所不精的一个作家。艺术之外，他又曾研究理学（阳明、程、朱之学，他都做过工夫。后来由此转入道教，又转入佛教的）。研究外国文……李先生多才多艺，一通百通。"[①]

《"艺术的逃难"》（1946年4月29日于重庆）全文："那年日本军在广西南宁登陆，向北攻陷宾阳。浙江大学正在宾阳附近的宜山，学生，教师，扶老携幼，仓皇向贵州逃命。道路崎岖，交通阻塞，大家吃尽千辛万苦，到得安全地带。我正是其中之一人，带了从一岁到七十二岁的眷属十人，和行李十余件，好容易来到遵义。看见比我早到的张其昀先生，他幽默地说：'听说你这次逃难很是艺术的？'我不禁失笑，就承认了'艺术的逃难'。其实，与其称为'艺术的逃难'，不如称为'宗教的逃难'。因为如果没有'缘'，艺术是根本无用的。且让我告诉你这逃难的经过：那时我还在浙江大学任教。因为宜山每天两次警报，不胜奔命之苦。我把老弱者六人送到百里外的思恩的学生家里。自己和十六岁以上的儿女四人（三女一男）住在宜山；我是为了教课，儿女是为了读书。敌兵在南宁登陆之后，宜山的人，大家忧心悄悄，计划逃难。然因学校当局未有决议，大家无所适从。我每天逃两个警报，吃一顿酒，迁延度日。现在回想，真是糊里糊涂！不久宾阳

[①]丰子恺：《为青年说弘一法师》，载《率真集》，上海：万叶书店，1946年10月，第34—44页。

沦陷了！宜山空气极度紧张。汽车大敲竹杠。'大难到来各自飞'，不管学校如何，大家各自设法向贵州逃。我家分两处，呼应不灵，如之奈何！幸有一位朋友，代我及其他两家合雇一辆汽车，竹杠敲得不重，一千二百圆（廿八年的）送到都匀。言定经过离此九十里的得胜站时，添载我在思恩的老弱六人。同时打长途电话到思恩，叫他们连夜收拾，明晨一早雇滑竿到四十里外的得胜站，等候我的汽车来载。讵料到了开车的那一天，大家一早来到约定地点，而汽车杳无影踪。等到上午，车还是不来，却挂了一个预报球！行李尽在路旁，逃也不好，不逃也不好，大家捏两把汗。幸而警报不来，但汽车也不来！直到下午，始知被骗。丢了定洋一百块钱（廿八年的），站了一天公路。这一天真是狼狈之极！找旅馆住了一夜。第二日我决定办法：叫儿女四人分别携带轻便行李，各自去找车子，以都匀为目的地。谁先到目的地，就在车站及邮局门口贴个字条，说明住处，以便相会。这样，化整为零，较为轻便了。我记惦著得胜路旁候我汽车的老弱六人，想找短路汽车先到得胜。找了一个朝晨，找不到。却来了一个警报。我便向得胜的公路上走。息下脚来，已经走了数里。我向来车招手，他们都不睬，管自开过。一看表还只八点钟。我想，求人不如求己，我决定徒步四十五里到怀远站，然后再找车子到得胜。拔脚迈进，果然走到了怀远。怀远我曾到过，是很热闹的一个镇。但这一天很奇怪，我走上长街，店门都关，不见人影。正在纳罕，猛忆'岂非在警报中？'连忙逃出长街，一口气走了三四里路，看见公路旁树下有人卖团子，方才息足。一问，才知道是紧急警报！看表，是下午一点钟。问问吃团子的两个兵，知道此去得胜，还有四十里，他们是要步行赴得胜的。我打听得汽车滑竿都无希望，便再下一个决心，继续步行。我吃了一碗团子，用毛巾填在一只鞋子底里，又脱下头上的毛线帽子来，填在另一只鞋子底里。一个兵送我一根绳，我用绳将鞋和脚札住，使不脱落。然后跟了这两个兵，再上长途。我准拟在这一天走九十里路，打破我平生走路的记录。路上和两个兵闲谈，知道前面某处常有盗匪路劫。我身上有钞票八百余圆（廿八年的），耽起心来。我把八百圆整数票子从袋里摸出，用破纸裹好，握在手里。倘遇盗匪，可把钞票抛在草里，过后再找回来。幸而不曾遇见盗匪，天黑，居然走到了得胜。到区公所一问，知道我家老弱六人昨天一早就到，住在某伙铺里。我找到伙铺，相见互相惊讶，谈话不尽。此时我两足酸痛，动弹不得。伙铺老板原是熟识的，为我沽酒弄菜。我坐在被窝里，一边饮酒，一边谈话，感到一种特殊的愉快。颠沛流离的生活，也有其温暖的一面。次日得宜山友人电话，知道我的儿女四人中，三人于当日找到车子出发。啊！原来在我步行九十里的途中，他们三人就在我身旁驶过的车子里，早已疾行先长者而去了！我这里有七十二岁的老岳母，我的老姊，老妻，十一岁的男孩，十岁的女孩，以及一岁多的婴孩，外加十余件行李。这些人物，如何运往贵州呢？到车站问问，失望而回。又次日。再到车站，见一车中有浙大学生。蒙他们帮忙，将我老姊及一男孩带走，但不能带行李。于是留在得胜的，还有老小五人，和行李十余件，这五人不能再行分班，找车愈加困难。而战事日益逼近，警报每天两次。我的头发，便是在这种时光不知不觉地变白的！在得胜空住了数天，决定坐滑竿，雇挑夫，到河池，再觅汽车。这早上来了十二名广西苦力，四乘滑竿，四个挑夫，把人连物，一齐扛走。迤逦而西，晓行夜宿，三天才到河池。这三天生活，竟是古风。旧小说中所写的关山行旅之状，如今更能理解了。河池地方很繁盛，旅馆也很漂亮。我赁居某旅馆，楼上一室，镜台，痰盂，茶具，蚊帐，一切俱全，竟像杭州的三等旅馆。老板是读书人，知道我的'大名'，招待得很客气；但问起向贵州的汽车，他只有摇头。我起个大早，破晓就到汽车站去找车子，但见仓皇，拥挤，混乱之状，不可向迩，废然而返。第二天又破晓到车站，我手里拿了一大束钞票而找司机。有的看看我手中的钞票，抱歉地说，人满了，搭不上了！有的问我有几个人，我说人三个，行李八件（其实是五个，十二件），他好像吓了一跳，掉头就走。如是者，凡数次。我颓唐地回旅馆。站在楼窗前怅望，南国的冬天，骄阳艳艳，青天漫漫，而予怀渺渺，后事茫茫，这一群老幼，流落道旁，如何是好呢？传闻，敌将先攻河池，包围宜山，柳州。又传闻，河池日内将有大空袭。这清明的日子，正是标准的空袭天气。一有警报，我们这位七十二岁的老太太怎样逃呢？万一突然打到河池来，那更不堪设想了！这样提心吊胆地过了好几天，前途似乎已经绝望。旅馆老板安慰我说：'先生还是暂时不走，在这里休息一下，等时局稍定再说。'我说：'你真是一片好心！但是，万一打到这里来，我人地生疏，如之奈何？'他说：'我有家在山中，可请先生同去避乱。'我说：'你真是义士！我多蒙照拂了。但流亡之人，何以为报呢？'他说：'若得先生到乡，趁避乱之暇，写些书画，给我子孙世代宝藏，我便受赐不浅了！'在这样的交谈之下，我们便成了朋友。我心中已有七分跟老板入山，三分还想觅车向都匀走。次日，老板拿出一副大红闪金纸对联来，要我写字。说：'老父今年七十，蜇居山中。做儿子的糊口四方，不能奉觞上寿，欲乞名家写联一副，托人带去，聊表寸草之心，可使蓬壁生辉！'我满口答应。就到楼下客厅中写对。墨早已磨好，浓淡恰到好处，我提笔就写。普通庆寿的八言联，文句也不值得记述了。那闪金纸是不吸水的，墨沈堆积，历久不干。门外马路边太阳光作金黄色。他的管帐提议：抬出门外去晒。老板反对，说怕被人踏损了。管帐说：'我坐著看管！'就由茶房帮同，把墨迹淋漓的一副大红对联抬了出去。我写字时，暂时忘怀了逃难。这时候又带了一颗沈重的心，上楼去休息，岂知一线生机，就在这里发现。老板亲自上楼来，说有一位赵站长要见我。我想下楼，一位穿皮上衣的壮年男子已经走上楼梯来了。他握住我的手，连称'久仰'，'难得'。我听他的口音，是无锡常州之类，乡音入耳，分外可亲。就请他在楼上客间里坐谈。他是此地汽车加油站的站长，来的不久。适才路过这旅馆，看见门口晒的红对子，是我写的，而墨迹未干，料想我一定在旅馆内，便来访问。我向他诉说了来由和苦衷，他慷慨地说：'我有办法。也是先生运道太好：明天正有一辆运汽油的车子开都匀。所有空位，原是运送我的家眷的。如今我让先生先走。途中只说我的眷属是了。'我说：'那么你自己呢？'他说：'我另有办法。况且战事尚未十分逼近，我是要到最后才好走的。'讲定了，他起身就走，说晚上再同司机来看我。我好比暗中忽见灯光，惊喜之下，几乎雀跃起来。但一刹那间，我又消沈，颓唐，以至于绝望，因为过去种种忧患，伤害了我的神经，使它由过敏而变成衰弱。我对人事都怀疑。这江苏人与我萍水相逢，他的话岂可尽信？况在找车难于上青天的今日，我岂敢盼望这种侥幸！他的话多分是不负责的。我没有把这事告诉我的家人，免得她们空欢喜。岂知这天晚上，赵君果然带了司机来了。问明人数，点明行李，叮嘱司机。之后，他拿出一卷纸来，要我作画。我就在灯光之下，替他画了一幅墨画。这件事我很乐愿，同时又很苦痛。赵君慷慨乐助，救我一家出险，我写一幅画送他留个永念，是很乐愿的。但在作画这件事说，我一向欢喜自动。兴到落笔，毫无外力强迫，为作画而作画，这才是艺术品，如果为了敷衍应酬，为了交换条件，为了某种目的或作用而作画，我的手就不自然，觉得画出来的笔笔没有意味，我这个人也毫无意味。故凡笔债——平时友好请求的，和开画展时重订的——我认为一件苦痛的事。为避免这苦痛，把纸整理清楚，叠在手边。

待兴到时，拉一张来就画。过后补题上款，送给请求者。总之，我欢喜画的时候不知道为谁而画，或为若干润笔而画，而只知道为画而画。这才有艺术的意味。这掩耳盗铃之计，在平时日行，在那时候却行不通。为了一个情不可却的请求，为了交换一辆汽车，我不得不在疲劳忧伤之余，昏昏灯火之下，用恶劣的纸笔作画。这在艺术上是一件最苦痛，最不合理的事！但我当晚勉力执行了。次日一早，赵局长亲来送行，汽车顺利地开走。次日的下午，我的老幼五人及行李十二件，安全地到达了目的地都匀。汽车站壁上，贴著我的老姊及儿女们的住址，他们都已先到了。全家十一人，在离散了十六天之后，在安全地带重行团聚，老幼俱各无恙。我们找到了他们的时候，大家笑得合不拢嘴来。正是'人世难逢开口笑，茅台须饮两千杯！'这晚上十一人在中华饭店聚餐，我饮茅台酒大醉。一个普通平民，要在战事紧张的区域内舒泰地运出老幼五人和十余件行李，确是难得的事。我全靠一副对联的因缘，居然得到了这权利。当时朋友们夸饰为美谈。这就是张其昀先生所谓'艺术的逃难'。但当时那副对联倘不拿出去晒，赵君无由和我相见，我就无法得到这权利，我这逃难就得另换一种情状。也许更好；但也许更坏；死在铁蹄下，转乎沟壑……都是可能的事。人真是可怜的动物！极细微的一个'缘'，例如晒对联，可以左右你的运命，操纵你的生死。而这些'缘'都是天造地设，全非人力所能把握的。寒山子诗云：'碌碌群汉子，万事由天公。'人生的最高境界，只有宗教。所以我说，我的逃难，与其说是艺术的，不如说是宗教的。人的一切生活，都可说是宗教的。赵君名正民，最近还和我通信。"[1]

---

①丰子恺：《"艺术的逃难"》，载《率真集》，上海：万叶书店，1946 年 10 月，第 58—64 页。

梁实秋，有散文集《雅舍小品》（台北正中书局，1949 年 10月），收录《雅舍》《孩子》《音乐》《信》《女人》《男人》《洋罪》《谦让》《衣裳》《结婚典礼》《病》《匿名信》《第六伦》《狗》《客》《握手》《下棋》《写字》《画展》《脸谱》《中年》《送行》《旅行》《"旁若无人"》《诗人》《汽车》《讲价》《猪》《理发》《鸟》《乞丐》《运动》《医生》《穷》34 篇散文。

　　《雅舍》全文："到四川来，觉得此地人建造房屋最是经济。火烧过的砖，常常用来做柱子，孤零零地砌起四根砖柱，上面盖上一个木头架子，看上去瘦骨嶙峋，单薄得可怜；但是顶上铺了瓦，四面编了竹篾墙，墙上敷了泥灰，远远地看过去，没有人能说不像是座房子。我现在住的'雅舍'正是这样一座典型的房子。不消说，这房子有砖柱，有竹篾墙，一切特点都应有尽有。讲到住房，我的经验不算少，什么'上支下摘''前廊后厦''一楼一底''三上三下''亭子间''茅草棚''琼楼玉宇'和'摩天大厦'，各式各样，我都尝试过。我不论住在哪里，只要住得稍久，对那房子便发生感情，非不得已我还舍不得搬。这'雅舍'，我初来时仅求其能蔽风雨，并不敢存奢望，现在住了两个多月，我的好感油然而生。虽然我已渐渐感觉它并不能蔽风雨，因为有窗而无玻璃，风来则洞若凉亭，有瓦而空隙不少，雨来则渗如滴漏。纵然不能蔽风雨，'雅舍'还是自有它的个性。有个性就可爱。'雅舍'的位置在半山腰，下距马路有七八十层的土阶，前面是阡陌螺旋的稻田。再远望过去是几抹葱翠的远山，旁边有高粱地，有竹林，有水池，有粪坑，后面是荒僻的榛莽未除的土山坡。若说地点荒凉，则月明之夕，或风雨之日，亦常有客到，大抵好友不嫌路远，路远乃见情谊。客来则先爬几十级的土阶，进得屋来仍须上坡，因为屋内地板乃依山势而铺，一面高，一面低，坡度甚大，客来无不惊叹，我则久而安之，每日由书房走到饭厅是上坡，饭后鼓

腹而出是下坡，亦不觉有大不便处。'雅舍'共是六间，我居其
二。篦墙不固，门窗不严，故我与邻人彼此均可互通声息。邻人
轰饮作乐，咿唔诗章，喁喁细语，以及鼾声、喷嚏声、吮汤声、
撕纸声、脱皮鞋声，均随时由门窗户壁的隙处荡漾而来，破我岑
寂。入夜则鼠子瞰灯，才一合眼，鼠子便自由行动，或搬核桃在
地板上顺坡而下，或吸灯油而推翻烛台，或攀缘而上帐顶，或在
门框桌脚上磨牙，使人不得安枕。但是对于鼠子，我很惭愧地承
认，我'没有法子'。'没有法子'一语是被外国人常常引用着的，
以为这话最足代表中国人的懒惰隐忍的态度。其实我对付鼠子并
不懒惰。窗上糊纸，纸一戳就破；门户关紧，而相鼠有牙，一阵
咬便是一个洞洞。试问还有什么法子？洋鬼子住到'雅舍'里，
不也是'没有法子'？比鼠子更骚扰的是蚊子。'雅舍'的蚊风之
盛，是我前所未见的。'聚蚊成雷'真有其事！每当黄昏时候，满
屋里磕头碰脑的全是蚊子，又黑又大，骨骼都像是硬的。在别处
蚊子早已肃清的时候，在'雅舍'则格外猖獗，来客偶不留心，
则两腿伤处累累隆起如玉蜀黍，但是我仍安之。冬天一到，蚊子
自然绝迹，明年夏天——谁知道我还是否住在'雅舍'！'雅舍'
最宜月夜——地势较高，得月较先。看山头吐月，红盘乍涌，一
霎间，清光四射，天空皎洁，四野无声，微闻犬吠，坐客无不悄
然！舍前有两株梨树，等到月升中天，清光从树间筛洒而下，地
上阴影斑斓，此时尤为幽绝。直到兴阑人散，归房就寝，月光仍
然逼进窗来，助我凄凉。细雨濛濛之际，'雅舍'亦复有趣。推窗
展望，俨然米氏章法，若云若雾，一片弥漫。但若大雨滂沱，我
就又惶悚不安了，屋顶湿印到处都有，起初如碗大，俄而扩大如
盆，继则滴水乃不绝，终乃屋顶灰泥突然崩裂，如奇葩初绽，砉
然一声而泥水下注，此刻满室狼藉，抢救无及。此种经验，已数
见不鲜。'雅舍'之陈设，只当得简朴二字，但洒扫拂拭，不使有

纤尘。我非显要，故名公巨卿之照片不得入我室；我非牙医，故无博士文凭张挂壁间；我不业理发，故丝织西湖十景以及电影明星之照片亦均不能张我四壁。我有一几一椅一榻，酣睡写读，均已有着，我亦不复他求。但是陈设虽简，我却喜欢翻新布置。西人常常讥笑妇人喜欢变更桌椅位置，以为这是妇人天性喜变之一征。诬否且不论，我是喜欢改变的。中国旧式家庭，陈设千篇一律，正厅上是一条案，前面一张八仙桌，一边一把靠椅，两旁是两把靠椅夹一只茶几。我以为陈设宜求疏落参差之致，最忌排偶。'雅舍'所有，毫无新奇，但一物一事之安排布置俱不从俗。人入我室，即知此是我室。笠翁《闲情偶寄》之所论，正合我意。'雅舍'非我所有，我仅是房客之一。但思'天地者万物之逆旅'，人生本来如寄，我住'雅舍'一日，'雅舍'即一日为我所有。即使此一日亦不能算是我有，至少此一日'雅舍'所能给予之苦辣酸甜，我实躬受亲尝。刘克庄词：'客里似家家似寄。'我此时此刻卜居'雅舍'，'雅舍'即似我家。其实似家似寄，我亦分辨不清。长日无俚，写作自遣，随想随写，不拘篇章，冠以'雅舍小品'四字，以示写作所在，且志因缘。"[1]

《诗人》全文："有人说：'在历史里一个诗人似乎是神圣的，但是一个诗人在隔壁便是个笑话。'这话不错。看看古代诗人画像，一个个的都是宽衣博带，飘飘欲仙，好像不食人间烟火的样子，《辋川图》里的人物，弈棋饮酒，投壶流觞，一个个的都是儒冠羽衣，意态萧然，我们只觉得摩诘当年，千古风流，而他在苦吟时堕入醋瓮里的那副尴尬相，并没有人给他写画流传。我们凭吊浣花溪畔的工部草堂，遥想杜陵野老典衣易酒卜居茅茨之状，

---

① 梁实秋：《雅舍》，载《雅舍小品》，北京：中国妇女出版社，2019 年 7月，第 2—4 页。

吟哦沧浪，主管风骚，而他在耒阳狂啖牛炙白酒胀饫而死的景象，却不雅观。我们对于死人，照例是隐恶扬善，何况是古代诗人，篇章遗传，好像是痰唾珠玑，纵然有些小小乖僻，自当加以美化，更可资为谈助。王摩诘堕入醋瓮，是他自己的醋瓮，不是我们家的水缸，杜工部旅中困顿，累的是耒阳知县，不是向我家叨扰。一般人读诗，犹如观剧，只是在前台欣赏，并无须厕身后台打听优伶身世，即使刺听得多少奇闻逸事，也只合作为梨园掌故而已。假如一个诗人住在隔壁，便不同了。虽然几乎家家门口都写着'诗书继世长'，懂得诗的人并不多。如果我是一个名利中人，而隔壁住着一个诗人，他的大作永远不会给我看，我看了也必以为不值一文钱，他会给我以白眼，我看他一定也不顺眼。诗人没有常光顾理发店的，他的头发做飞蓬状，做狮子狗状，作艺术家状。他如果是穿中装的，一定像是算命瞎子，两脚泥；他如果是穿西装的，一定是像卖毛毯子的白俄，一身灰；他游手好闲，他白昼做梦，他无病呻吟；他有时深居简出，闭门谢客；他有时终年流浪，到处为家；他哭笑无常，他饮食无度；他有时贫无立锥；他有时挥金似土；如果是个女诗人，她口里可以衔支大雪茄；如果是男的，他向各形各色的女人去膜拜；他喜欢烟、酒、小孩、花草、小动物——他看见一只老鼠可以作一首诗；他在胸口上摸出一只虱子也会作成一首诗。他的生活习惯有许多与人不同的地方。有一个人告诉我，他曾和一个诗人比邻，有一次同出远游，诗人未带牙刷，据云留在家里为太太使用，问之曰：'你们原来共用一把吗?'诗人大惊曰：'难道你们是各用一把吗?'诗人住在隔壁，是个怪物，走在街上尤易引起误会。勃朗宁有一首诗《当代人对诗人的观感》，描写一个西班牙的诗人性好观察社会人生，以致被人误认为是一个特务，这是何等的讥讽！他穿的是一身破旧的黑衣服，手杖敲着地，后面跟着一条秃瞎老狗，看着鞋匠修理皮鞋，看人切柠檬片放在饮料里，看焙咖啡的火盆，用半只眼睛看书摊，谁虐打牲畜谁咒骂女人都逃不了他的注意——所以他大概是个特务，把观察所得呈报国王。看他那个模样儿，上了点年纪，那两道眉毛，亏他的眼睛在下面住着！鼻子的形状和颜色都像鹰爪。某甲遇难，某乙失踪，某丙得到他的情妇——还不都是他干下的事？他费这样大的心机，也不知得多少报酬。大家都说他回家用晚膳的时候，灯火辉煌，墙上挂着四张名画，二十名裸体女人给他捧盘换盏。其实，这可怜的人过的乃是另一种生活，他就住在芒桥边第三家，新油刷的一幢房子，全街的人都可以看见他交叉着腿，把脚放在狗背上，和他的女仆在打纸牌，吃的是酪饼水果，十点钟就上床睡了。他死的时候还穿着那件破大衣，没膝的泥，吃的是面包壳，脏得像一条熏鱼！这位西班牙的诗人还算是幸运的，被人当作特务，在另一个国度里，这样一个形迹可疑的诗人可能成为特务的对象。变戏法的总要念几句咒，故弄玄虚，增加他的神秘，诗人也不免几分江湖气，不是谪仙，就是鬼才，再不就是梦笔生花，总有几分阴阳怪气。外国诗人更厉害，作诗时能直接地祷求神助，好像是仙灵附体的样子。'一颗沙里看出一个世界，一朵野花里看出一个天堂，把无限抓在你的手掌里，把永恒放进一刹那的时光。'若是没有一点慧根的人，能说出这样的鬼话吗？你不懂？你是蠢材！你说你懂，你便可跻身于风雅之林，你究竟懂不懂，天知道。大概每个人都曾经有过做诗人的一段经验。在'怨黄莺儿作对，怪粉蝶儿成双'的时节，看花谢也心惊，听猫叫也难过，诗就会来了，如枝头舒叶那么自然。但是入世稍深，渐渐煎熬成为一颗'煮硬了的蛋'，散文从门口进来，诗从窗口出去了。'嘴唇在不能亲吻的时候才肯唱歌'。一个人如果达到相当年龄，还不失赤子之心，经风吹雨打，方寸间还能诗意盎然，他是得天独厚，他是诗人。诗不能卖钱。一首新诗，如捻断数根须即能脱稿，那成本还是轻的，怕的是像牡蛎肚里的一颗明珠，那本是一块病，经过多久的滋润涵养才能磨炼孕育成功，写出来到哪里去找顾主？诗不能给富人客厅里摆设做装潢，诗不能给广大的读者以娱乐。富人要的是字画珍玩，大众要的是小说戏剧，诗，短短一橛，充篇幅都不中用。诗是这样无用的东西，所以以诗为业的诗人，如果住在你的隔壁，自然个笑话。将来在历史上能否就成为神圣，也很渺茫。"① 文中所引威廉·布莱克的诗句，如今有了另一种很美的译文："一沙见世界，一花窥天堂。手心握无限，须臾纳永恒。"

钱锺书，有散文集《写在人生边上》（上海开明书店，1941 年12 月），收录《魔鬼夜访钱锺书先生》《窗》《论快乐》《说笑》《吃饭》《读伊索寓言》《谈教训》《一个偏见》《释文盲》《论文人》10篇散文。

《论快乐》全文："在旧书铺里买回来维尼（Vigny）的《诗人日记》（*Journal d'un Poète*），信手翻开，就看见有趣的一条。他说，在法文里，喜乐一个名词（Bonheur）是'好'跟'钟点'两字拼成，可见好事多磨，只是个把钟头的玩意儿。我们联想到我们本国话的说法，也同样的意味深永，譬如快活或快乐的快字，就把人生一切乐事的飘瞥难留，极清楚的指示出来。所以我们又慨叹说：欢娱嫌夜短！因为人在高兴的时候，活得太快，一到困苦无聊，愈觉得日脚像跛了似的，走得特别慢。德文沈闷一字（Langeweile），据字面上直译，就是长时间的意思。《西游记》里小猴子对孙行者说，天上一日，下界一年。这种神话，确反映着人类的心理。天上比人间舒服欢乐，所以神仙活得快，人间一年在天上只当一日过。从此类推，地狱里比人间世更痛苦，日子一

---

① 梁实秋：《诗人》，载《雅舍小品》，北京：中国妇女出版社，2019 年 7月，第 44—46 页。

定愈加难度；段成式《酉阳杂俎》便说，鬼言三年，人间三日。嫌人生短促的人，真是最快活的人；反过来说，真快活的人，不管活到多少岁死，只能算是短命夭折。所以，做神仙也并不值得，在凡间已经三十年做了一世的人，在天上还是个初满月的小孩。但是这种'天算'，也有占便宜的地方：譬如戴君孚《广异记》载崔参军捉狐妖，以桃枝决五下，长孙无忌嫌少，崔谓五下是人间五百下，殊非小刑。可见卖老祝寿等等，在地上最为相宜，而刑罚呢，应该到天上去受。'永远快乐'这句话，不但渺茫得不能实现，并且荒谬得不能成立。快过的决不会永久；我们说永远快乐，正好像说四方的圆形，静止的动作，有思想的民众一样的自相矛盾。在高兴的时候，我们的生命加添了迅速，增进了油滑。跟浮士德一样，我们空对瞬息即逝的时间（Augenblick），喊着说：逗留一会儿罢！你太美了！那有什么用？你要永久，你该向痛苦里去找。不讲别的，只要一个失眠的晚上，或者有约不来的下午，或者一课沈闷的听讲——这许多，比一切宗教信仰更有效力，能使你尝到什么叫做永生的滋味。人生的刺，就在这里，留恋着不肯快走的，偏是你所不留恋的东西。快乐在人生里，好比引小孩子吃药的方糖，更像跑狗场里诱狗赛跑的电兔子。几分钟或者几天的快乐赚我们活了一世，忍受着许多痛苦。我们希望它来，希望它留，希望它再来——这三句话该〔概〕括了整个人类努力的历史。在我们追求和等候的时候，生命又不知不觉的偷度过去。也许我们只是时间消费的筹码，活了一世不过是跟那一世的岁月做个殉葬品，根本不会享到快乐。但是我们到死也不明白是上了当，我们还理想死后有个天堂，在那里——谢上帝，也有这一天！我们终久享受到永远的快乐。你看，快乐的引诱，不仅像电兔子和方糖，使我们忍受了人生，竟彷佛钓钩上的鱼饵，并且使我们甘心去死。这样说来，人生虽然痛苦，而并不悲观，因为它终抱着快乐的希望；现在的账，我们预支了将来去付。为了快活，我们甚至于愿意慢死。穆勒曾把痛苦的苏格拉底（Socrates on the rack）和快乐的猪（Pig content）比较。假使猪真知道快活，那末猪跟苏格拉底地位相去也无几了。猪是否能快乐得像人，我们不知道；但是人会容易满足得像猪，我们是常看见的。把快乐分为肉体的跟精神的，这是最糊涂的分析。一切快乐的享受，都是精神的，尽管快乐的原因是肉体上的物质刺激。小孩子初生下来，吃饱了奶就乖乖的睡，并不知道什么是快活，虽然它身体上有舒服的感觉。缘故是在小孩子时代，精神和肉体还没有分化，只是混沌的星云状态。洗一个澡，嗅一朵花，吃一顿饭，假使你觉得快活，并非全因为澡洗得干净，花开得好，或者菜合你口味，那因为你心上没有挂碍，轻松的灵魂可以专注着肉体的感觉，来欣赏，来审定。若你精神不痛快，像将离别时的筵席，随它怎样烹调得好，吃来毫无快感。那时的灵魂，可比害病的眼，怕见阳光，撕去皮的伤口，怕接触空气，虽然空气跟阳光都是好东西。在快乐的时候，你一定心无愧怍。假使你谋财害命而真觉快乐，你那时心境上一定比克己自守的道学家平静得多。所以，有最清白的良心，跟全无良心，效果是一样的。发现了快乐要精神来决定，人类文化又进一步。这个发现，跟发现是非善恶有公理，不能把强弱胜负来判别，一样重要。公理发现以后，从此世界上没有可被武力所完全屈服的人。发现了精神是一切快乐的根据，从此痛苦失掉它们的可怕，肉体减少了专制。精神的炼金术能使肉体痛苦都变成快乐的资料。于是，烧了房子，有庆贺的人；一箪食，一瓢饮，有不改其乐的人；千灾百毒，有谈笑自若的人。所以我们前面说，人生虽不快乐，而乃能乐观。譬如从写先知书（Ecclesiastes）的所罗门直到做海风诗（Brise Marine）的马拉梅（Mallarmé），都觉得文明人的痛苦，是身体疲弱。但是偏有人能苦中作乐，从病痛里滤出快活来，使健康的消失有种赔偿。苏东坡诗就说：'因病得闲殊不恶，安心是药更无方。'王丹麓《今世说》也记毛稚黄善病，人以为忧，毛曰：'病味亦佳，第不堪为躁热人道耳！'在着重体育的西洋，我们也可以找着同样达观的人。工愁善病的诺梵利史（Novalis）在《碎金集》（*Fragmente*）里建立一种病的哲学，说病是教人怎样休息的女先生（Eine Erzieherin zur Ruhe）。罗登巴煦（Rodenbach）的诗集《禁锢的生活》（*Les Vies Encloses*）里有专咏病味的一卷，说病是灵魂的洗涤（Epuration）。身体结实喜欢活动的人，假使抱了这个观点，对于病痛也就感到另有风味。顽健粗壮的十八世纪德国诗人白洛柯斯（B. H. Brockes）第一次害病，觉得是一个可惊异的大发现（Eine Bewunderungswürdige Erfindung）。对于此等人，人生还有什么威胁？这种快乐，把忍受变为享受，是精神对于物质最大的胜利。从此，灵魂可以自主——不过同时也许是自欺。能一贯抱这种态度的人，当然是大哲学家，但是谁知道他不也是个大傻子？是的，这有点矛盾。矛盾是智慧的代价。这是人生对于人生观开的玩笑。"①

王力（1900—1986），字了一，中国现代语言学奠基人之一，清华国学研究院毕业，1927 年赴法国留学，1932 年归国先后在清华大学、燕京大学、广西大学、西南联合大学等任教。有散文集《龙虫并雕斋琐语》（上海观察社，1949 年 1 月），分"瓮牖剩墨""龙虫并雕斋琐语——《生活导报》时期""棕榈轩詹言""龙虫并雕斋琐语——《自由论坛》时期""清呓集"五部分，共收录《姓名》《乡下人》《迷信》《劝菜》《路有冻死骨》《苦尽甘来》《天高皇帝远》《应付环境和改变自己》等 63 篇散文。

---

① 钱锺书：《论快乐》，载《写在人生边上》，上海：开明书店，1949 年 1 月五版，第 17—22 页。

《说话》全文："说话是最容易的事，也是最难的事。最容易，因为三岁孩子也会说话；最难，因为擅长辞令的外交家也有说错话的时候。会说话的人不止一种；言之有物，实为心声，一謦一欬，俱带感情，这是梁启超式；长江大河，源远莫寻，牛溲马勃，悉成黄金，这是吴稚晖式；科学逻辑，字字推敲，无懈可击，井井有条，这是胡适之式；嘻笑怒骂，旁若无人，庄谐杂出，四座皆春，这是钱玄同式；默然端坐，以逸待劳，片言偶发，快如霜刀，这是黄旭初式；期期艾艾，隐蕴词锋，似讷实辩，以守为攻，这是冯友兰式。这些人的派别虽不相同，实有异曲同工之妙。普通喜欢用'口若悬河'四个字来形容会说话的人，其实这是很不恰当的形容语。泼妇骂街往往口若悬河，走江湖卖膏药的人，更能口若悬河，然而我们并不承认他们会说话，因为我们把这'会'字的标准定得和一般人所定的不同的缘故。应酬的话另有一套，有人专门擅长此术。捧人捧得有分寸，骂人骂得有含蓄，自夸夸得很像自谦，这些技巧都是可以意会，而不可以言传的。尽管有人讨厌'油嘴'的人，但是实际上有几个人能不上油嘴的当？和油嘴相反的是说话不知进退，不识眉眼高低。想要自抬身份，不知不觉地把别人的身份压低；想要恭维别人，不知不觉地使用了些得罪人的语句。这种人的毛病在于冒充会说话，终于吃了说话的亏。我有一次听见某先生恭维一位新娘子说：'人家都说新娘子长得难看，我觉得并不难看。'这种人应该研究十年心理学，再来开口恭维人！有些人太不爱说话了，大约因为怕说错了话，有时候又因为专拣有用的话来说。其实这种人虽是慎言，也未必得计。越不说话，就越不会说，于是在寥寥几句话当中，错误的地方未必比别人高谈阔论里的错误少些。至于专拣有用的话来说，这也是错误的见解。会说话的人，其妙处正在于化无用为有用，利用一些闲话去达到他的企图。会着棋的人没有闲着，会说话的人也没有闲话。有些人却又太爱说话了，非但自己要多说，而且不许别人多说。这样，就变成了抢说。喜欢抢说的人常常叫人家让他说完，其实看他那滔滔不绝的样子，若等他说完真是待河之清！这种人似乎把说话看做一种很大的权利，硬要垄断一切，不肯让人家利益均沾。偶然遇着对话的人也喜欢抢说，就弄成了僵局。结果是谁也不让谁，大家都只管说，不肯听，于是说话的意义完全丧失了。打岔子和兜圈子都是说话的艺术。打岔子往往是变相的不理或拒绝。'王顾左右而言他'，梁惠王就这样地给孟子碰过一回钉子。兜圈子往往是使言语变为委婉，但有时候也可以兜圈子骂人。兜圈子骂人就是'挖苦'人；说挖苦话的人自以为绝顶聪明，事后还喜欢和别人说起，表示自己的说话艺术。但是，喜欢'挖苦'的人毕竟近于小人，因为既不大方，又不痛快。说话的另一艺术是捉把柄。人家说过了什么话，就跟着他那话来做自己的论据。这叫做'以子之矛，刺子之盾'，往往能使对方闭口无言。不过，如果断章取义，或故意曲解，也就变为无聊了。上面所说的打岔子，兜圈子和捉把柄，相骂的时候都用得着。打岔子是躲避，兜圈子是摆阵，捉把柄是还击。可惜的是：相骂的人大多数是怒气冲冲，不甘心打岔子，不耐烦兜圈子，忘了捉把柄。由此看来，骂人决胜的条件是保持冷静的头脑。泼妇和人相骂往往得胜，并不一定因为她特别会说话，只因她把相骂当做一种娱乐，故能'好整以暇'，不至于被怒气减低了她平日说话的技能。说话比写文章容易，因为不必查字典，不必耽心写白字；同时，说话又比写文章难，因为没有精细考虑和推敲的余暇。基于这后一个理由，像我这么一个极端不会说话的人，居然也写起一篇《说话》来了。"①

---

①王了一：《说话》，载《龙虫并雕斋琐语》，上海：观察社，1949 年 1 月，第 58—60 页。

沈从文，这时期有散文集《湘西》（上海商务印书馆，1939 年 8 月），系 1937 年还乡之作，收录《常德的船》《沅陵的人》《白河流域几个码头》《泸溪·浦市·箱子岩》《沅水上游几个县份》《苗民问题》《辰溪的煤》《凤凰》8 篇散文；文学合集《烛虚》（上海文化生活出版社，1941 年 8 月），分两辑，第一辑收录《烛虚》《潜渊》《长庚》《生命》4 篇散文，第二辑收录《新的文学运动与新的文学观》等 4 篇文论。

汪曾祺在《沈从文的寂寞——浅谈他的散文》（1982 年 11 月 3 日）中评曰："寂寞是一种境界，一种很美的境界。沈先生笔下的湘西，总是那么安安静静的。边城是这样，长河是这样，鸭窠围、杨家岨也是这样。静中有动，静中有人。沈先生善长用一些颜色、一些声音来描绘这种安静的诗境。在这方面，他在近代散文作家中可称圣手。"[①]

《沅陵的人》节选："凡到过沅陵的人，在好奇心失望后，依然可从自然风物的秀美上得到补偿。由沅陵南岸看北岸山城，房屋接瓦连椽，较高处露出雉堞，沿山围绕，丛树点缀其间，风光入眼，实在俗气。由北岸向南望，则河边小山间，竹园、树人、庙宇、高塔、民居，仿佛各个都位置在最适当处。山后较远处群峰罗列，如屏如障，烟云变幻，颜色积翠堆蓝。早晚相对，令人想象其中必有帝子天神，驾螭乘蜺，驰骤其间。绕城长河，每年三四月春水发后，洪江油船颜色鲜明，在摇橹歌呼中连翩下驶。长方形大木筏，数十精壮汉子，各据筏上一角，举桡激水，乘流而下。就中最令人感动处，是小船半渡，游目四瞩，俨然四围是山，山外重山，一切如画。水深流速，弄船女子，腰腿劲健，胆

———————

①汪曾祺：《沈从文的寂寞——浅谈他的散文》，载《读书》1984 年第 8 期，第 65 页。

大心平，危立船头，视若无事。同一渡船，大多数都是妇人，划船的是妇女，过渡的也是妇女较多。有些卖柴卖炭的，来回跑五六十里路，上城卖一担柴，换两斤盐，或带回一点红绿纸张同竹篾作成的简陋船只，小小香烛，问她时，就会笑笑的回答：'拿回家去做土地会。'你或许不明白土地会的意义，事实上就是酬谢《楚辞》中提到的那种云中君——山鬼。这些女子一看都那么和善，那么朴素，年纪四十以下的，无一不在胸前土蓝布或葱绿布围裙上绣上一片花，且差不多每个人都是别出心裁，把它处置得十分美观，不拘写实或抽象的花朵，总那么妥贴而雅相。在轻烟细雨里，一个外来人眼见到这种情形，必不免在赞美中轻轻叹息。天时常常是那么把山和水和人都笼罩在一种似雨似雾使人微感凄凉的情调里，然而却无处不可以见出'生命'在这个地方有光辉的那一面。"[1]

《生命》节选："我好像为什么事情很悲哀，我想起'生命'。每个活人都像是有一个生命，生命是什么，居多人是不曾想起的，就是'生活'也不常想起。我说的是离开自己生活来检视自己生活这样事情，活人中就很少那么作，因为这么作不是一个哲人，便是一个傻子了。'哲人'不是生物中的人的本性，与生物本性那点兽性离得太远了，数目稀少正见出自然的巧妙与庄严。因为自然需要的是人不离动物，方能传种。虽有苦乐，多由生活小小得失而来，也可望从小小得失得到补偿与调整。一个人若尽向抽象追究，结果纵不至于违反自然，亦不可免疏忽自然，观念将痛苦自己，混乱社会。因为追究生命'意义'时，即不可免与一切习惯秩序冲突。在同样情形下，这个人脑与手能相互为用，或可成

---

①沈从文：《沅陵的人》，载《湘行散记》，北京：中国妇女出版社，2018年11月，第146—147页。

为一思想家，艺术家，脑与行为能相互为用，或可成为一革命者。若不能相互为用，引起分裂现象，末了这个人就变成疯子。其实哲人或疯子，在违反生物原则，否认自然秩序上，将脑子向抽象思索，意义完全相同。我正在发疯。为抽象而发疯。我看到一些符号，一片形，一把线，一种无声的音乐，无文字的诗歌。我看到生命一种最完整的形式，这一切都在抽象中好好存在，在事实前反而消灭。有什么人能用绿竹作弓矢，射入云空，永不落下？我之想像，犹如长箭，向云空射去，去即不返。长箭所注，在碧蓝而明静之广大虚空。"①

吴伯箫，北京师范大学毕业，后在青岛、济南等地任教。有散文集《羽书》（上海文化生活出版社，1941年5月），收录《山屋》《话故都》《岛上的季节》《马》《野孩子》《夜谈》《羽书》《几棵大树》《萤》等18篇散文。

《马》节选："家乡的日子是有趣的。大年初三四，人正闲，衣裳正新，春联的颜色与小孩的兴致正浓。村里有马的人家，都相将牵出了马来。雪掩春田，正好驰骤竞赛呢。总也有三五匹罢，骑师是各自当家的。我们底，例由比我大不了几岁的叔父负责，叔父骑腻了，就是我的事。观众不少啊：合村的祖伯叔，兄弟行辈，年老的太太，较小的邻舍侄妹，一凑就是近百的数目。崭新的年衣，咳笑的乱语，是同了那头上亮着的一碧晴空比着光彩的。骑马的人自然更是鼓舞有加喽。一鞭扬起，真像霹雳弦惊，飕飕的那耳边风丝，恰应着一个满心的矜持与欢快。驰骋往返，非到了马放大汗不歇。毕剥的鞭炮声中，马打着响鼻，像是凯旋，人散了。那是一幅春郊试马图。那样直到上元，总是有马骑的。亲

---

①沈从文：《生命》，载《烛虚》，上海：文化生活出版社，1941年8月，第52—53页。

戚家人来人往，驴骡而外，代步的就是马。那些日子，家里最热闹，年轻人也正蓬勃有生气。姑表堆里，不是常常少不了戏谑么？春酒筵后，不下象棋的，就出门溜几趟马。孟春雨霁，滑沷的道上，骑了马看卷去的凉云，麦苗承着残滴，草木吐着新翠，那一脉清鲜的泥土气息，直会沁人心脾。残虹拂马鞍，景致也是宜人的。端阳，正是初夏，天气多少热了起来。穿了单衣，戴着箬笠，骑马去看戚友，在途中，偶尔河边停步，攀着柳条，乘乘凉，顺便也数数清流的游鱼，听三两渔父，应着活浪活浪的水声，哼着小调儿，这境界一品尚书是不换的。不然，远道归来，恰当日衔半山，残照红于榴花，驱马过三家村边，酒旗飘处，斜睨着'闻香下马'那么几个斗方大字，你不馋得口流涎么？才怪！鞭子垂在身边，摇摆着，狗咬也不怕。'小妞！吃饭啦，还不给我回家！'你瞧，已是吃大家饭的黄昏时分了呢。把缰绳一提，我也赶我的路。到家掌灯了，最喜那满天星斗。真是家乡的日子是有趣的。"[1]

张爱玲，有散文集《流言》（上海五洲书社，1944 年 12 月），收录《童言无忌》《自己的文章》《公寓生活记趣》《夜营的喇叭》《必也正名乎》《烬余录》《到底是上海人》《道路以目》《更衣记》《爱》《谈女人》《借银灯》《走！走到楼上去》《银宫就学记》《洋人看京戏及其他》《说胡萝卜》《炎樱语录》《存稿》《写什么》《造人》《打人》《诗与胡说》《有女同车》《私语》《忘不了的画》《雨伞下》《谈跳舞》《谈画》《〈传奇〉再版序》《谈音乐》30 篇散文。

《到底是上海人》节选："上海人之'通'并不限于文理清顺，世故练达。到处我们可以找到真正的性灵文字。……上海人是传统的中国人加上近代高压生活的磨练。新旧文化种种畸形产物的

---

①吴伯箫：《马》，载《羽书》，上海：文化生活出版社，1941 年 5 月，第 22—24 页。

交流，结果也许是不甚健康的，但是这里有一种奇异的智慧。谁都说上海人坏，可是坏得有分寸。上海人会奉承，会趋炎附势，会混水里摸鱼，然而，因为他们有处世艺术，他们演得不过火。关于'坏'，别的我不知道，只知道一切的小说都离不了坏人。好人爱听坏人的故事，坏人可不爱听好人的故事。因此我写的故事里没有一个主角是个'完人'。只有一个女孩子可以说是合乎理想的，善良，慈悲，正大，但是，如果她不是长得美的话，只怕她有三分讨人厌。美虽美，也许读者们还是要向她叱道：'回到童话里去！'在'白雪公主'与'玻璃鞋'里，她有她的地盘。上海人不那么幼稚。我为上海人写了一本香港传奇，包括《沉香屑》《一炉香》《二炉香》《茉莉香片》《心经》《琉璃瓦》《封锁》《倾城之恋》七篇。写它的时候，无时无刻不想到上海人，因为我是试着用上海人的观点来察看香港的。只有上海人能够懂得我的文不达意的地方。我喜欢上海人，我希望上海人喜欢我的书。"[①]

《更衣记》节选："如果当初世代相传的衣服没有大批卖给收旧货的，一年一度六月里晒衣裳，该是一件辉煌热闹的事罢。你在竹竿与竹竿之间走过，两边拦着绫罗绸缎的墙——那是埋在地底下的古代宫室里发掘出的甬道。你把额角贴在织金的花绣上。太阳在这边的时候，将金线晒得滚烫，然而现在已经冷了。从前的人吃力地过了一辈子，所作所为，渐渐蒙上了灰尘；子孙晾衣裳的时候又把灰尘给抖了下来，在黄色的太阳里飞舞着。回忆这东西若是有气味的话。那就是樟脑的香，甜而稳妥，像记得分明的快乐，甜而怅惘，像忘却了的忧愁。……近年来最重要的变化是衣袖的废除（那似乎是极其艰难危险的工作，小心翼翼地，费

---

①张爱玲：《到底是上海人》，载《流言》，上海：五洲书社，1945 年 4 月再版，第 41—42 页。

了二十年的工夫方才完全剪去）。同时衣领矮了，袍身短了，装饰性质的镶滚也免了，改用盘花钮扣来代替，不久连钮扣也被捐弃了，改用揿钮。总之，这笔账完全是减法——所有的点缀品，无论有用没用，一概剔去。剩下的只有一件紧身背心，露出颈项，两臂与小腿。现在要紧的是人，旗袍的作用不外乎烘云托月忠实地将人体轮廓曲曲勾出。革命前的装束却反之，人属次要，单只注重诗意的线条，于是女人的体格公式化，不脱衣服不知道她与她有什么不同。"①

苏青，有散文集《浣锦集》（上海天地出版社，1944 年 4 月），分两辑，共收录《谈女人》《我国的女子教育》《生男与育女》《现代母性》《论女子交友》《论夫妻吵架》《论红颜薄命》《论离婚》《恋爱结婚养孩子的职业化》《真情善意和美容》《道德论》《论言语不通》《科学育儿经验谈》《做媳妇的经验》《户长的苦处》《写字间的女性》《红叶》等 50 余篇散文。

从上述题目可见，苏青散文多以妇女生活的感知为主题，诚如她在《自己的文章》（《风雨谈》1943 年第 6 期）中所述："我的文章做得不好，我自己是知道的。这不好的原因，第一是生活经验太不丰富，第二是写作技术的低劣。关于第二点我想或者还比较容易改正些，只要多看些古今中外的名家大作便行了；但是增加生活经验，这却大半要听老天爷安排，……于是我的文章材料便仅限于家庭学校方面的了，就是偶而涉及职业圈子，也不外乎报馆，杂志社，电影戏剧界之类。至于人物，自然更非父母孩子丈夫同学等辈莫属，写来写去，老实便觉得腻烦。"②

①张爱玲：《更衣记》，载《流言》，上海：五洲书社，1945 年 4 月再版，第 49—54 页。

②苏青：《自己的文章》，载《风雨谈》1943 年第 6 期，第 11—12 页。

　　张爱玲的《我看苏青》(《天地》1945 年第 19 期) 开篇写道：
"苏青与我，不是像一般人所想的那样密切的朋友，我们其实很少
见面。也不是像有些人可以想像到的，互相敌视着。同行相妒，
似乎是不可避免的，何况都是女人——所有的女人都是同行。可
是我想这里有点特殊情形。即使从纯粹自私的观点看来，我也愿
意有苏青这么一个人存在，愿意她多写，愿意有许多人知道她的
好处，因为，低估了苏青的文章的价值，就是低估了现地的文化
水准。如果必需把女作者特别分作一栏来评论的话，那么，把我
同冰心、白薇她们来比较，我实在不能引以为荣，只有和苏青相
提并论我是甘心情愿的。"①

　　《苏青张爱玲对谈记——关于妇女、家庭、婚姻诸问题》(《杂
志》1945 年第 14 卷第 6 期) 一文系苏青与张爱玲于 1945 年 2 月
27 日下午在张爱玲寓所接受《杂志》社记者采访的访谈录，全文
分"职业妇女的苦闷""用丈夫的钱是一种快乐""职业女性的威
胁——丈夫被别人夺去""科学育儿法""母亲的感情""被屈抑的
快活""女人最怕'失嫁'""大家庭与小家庭""同居问题""谁是
标准丈夫？"十节。

　　"职业妇女的苦闷"节选："记者：所谓职业妇女的痛苦是不
是指工作的辛苦？苏青：是呀，工作辛苦是一端，精神上也很痛
苦。职业妇女，除了天天出去办公外，还得兼做抱小孩洗尿巾生
煤球炉子等家庭工作，不像男人般出去工作了，家里事务都可以
交给妻子，因此职业妇女太辛苦了，再者，社会人士对于职业妇
女又决不会因为她是女人而加以原谅的，譬如女人去经商，男人
们还是要千方百计赚她的钱，抢她的帽子，想来的确很苦痛。还
要顾到家庭，确很辛苦。张爱玲：不过我觉得，社会上人心险恶，

①张爱玲：《我看苏青》，载《天地》1945 年第 19 期，第 5 页。

那本来是这样的，那是真实。如果因为家庭里的空气甜甜蜜蜜，是一个比较舒适的小天地，所以说家里比社会上好，那不是有点像逃避现实么？苏青：从感情上讲，在家里受了气，似乎无关紧要，一回儿就恢复了，但在社会上受了气，心里便觉得非常难过，决不会容易忘怀的。张爱玲：嗳，真的！有一次我看见个阿妈打她的小孩，小孩大哭，阿妈说：'不许哭！'他抽抽噎噎，渐渐静下来了。母子之间，僵了一会，他慢慢地又忘了刚才那一幕，'姆妈'这样，'姆妈'那样，问长问短起来。闹过一场，感情像经过水洗的一样。骨肉至亲到底是两样的。苏青：不知怎样，在家里即使吃了亏，似乎可以宽恕，在社会上吃了亏，就记得很牢。张爱玲：我并不是根据这一点就主张女子应当到社会上去，不应当留在家庭里。我不过是说：如果因为社会上人心坏而不出去做事，似乎是不能接受现实。"①

"用丈夫的钱是一种快乐"节选："苏青：用母亲或是儿子辛苦赚来的钱固然不见得快活，但用丈夫的钱，便似乎觉得是应该的。因为我们多担任着一种叫做生育的工作。故我觉得女子就职业倒决不是因为不该用丈夫的钱，而是丈夫的钱不够或不肯给她花了，她须另想办法，或向国家要求保护。张爱玲：用别人的钱，即使是父母的遗产，也不如用自己赚来的钱来得自由自在，良心上非常痛快。可是用丈夫的钱，如果爱他的话，那却是一种快乐，愿意想自己是吃他的饭，穿他的衣服。那是女人的传统的权利，即使女人现在有了职业，还是舍不得放弃的。苏青：女人有了职业，还有一个好处，就是离婚时或是寡居时，小孩可以有保障，譬如我从小就没有父亲，母亲又没有职业，所以生活不大好，假

---

①记者：《苏青张爱玲对谈记——关于妇女、家庭、婚姻诸问题》，载《杂志》1945年第14卷第6期，第78—79页。

使母亲当时是职业女性也许就生活得更好。"①

"被屈抑的快活"节选："记者：苏女士是不是觉得男女一切方面都该完全平等？苏青：假使女人在职业及经济上与男人太平等了，我恐怕她们将失去被屈抑的快乐，这是有失阴阳互济之道的，……这并不是女人自己不争气，而是因为男女有天然（生理的）不平等，……张爱玲：一般人总是怕把女人的程度提高，一提高了，女人就会看不起男人。其实用不着担忧到这一点。如果男女的知识程度一样高（如果是纯正的而不是清教徒式的知识），女人在男人之前还是会有谦虚，因为那是女性的本质，因为女人要崇拜才快乐，男人要被崇拜才快乐。苏青：假使女人的程度太提高了，男的却低，女人还是悲哀的，我就独怕做女皇，做了女皇谁又配做我的配偶呢？"②

李健吾，有散文集《切梦刀》（上海文化生活出版社，1948年11月），收录《案头的悲哀》《北平》《大祭》《乡土》《悼"五四"》《说一叶知秋》《说领教》《说人之患在好为人师》等20余篇散文。

《说一叶知秋》全文："'一叶知秋'这句话说得有意思。淮南王头一个说这句话，挺像一个得道的人，窗明几净，忽然庵檐之下飘来一片似黄未黄的叶子，触微知机，恍然于时令潜移，有添夹衣的必要了。显然这片叶子不是人力摇落的，因为凡是沾着一点点人力味道的变化，我想远一个字来说明它的内容，那也许就是'命'。我虽不是测字先生，可是'命'这个字的形成，由于'人一叩'，我一下就看出来了。中国文学的妙处，从我这个例子

---

①记者：《苏青张爱玲对谈记——关于妇女、家庭、婚姻诸问题》，载《杂志》1945年第14卷第6期，第80—81页。

②同上，第82页。

可以明白，就是能够契合宇宙，把它的隐秘用形象点破，外国文字偶而得到传声的巧妙，然而说到传声，欧阳修的《秋声赋》，李清照的《凄凄切切》，两千多年了，没有一首外国诗能够让我忘记它们的音响。外国文字和中国文字一比，确乎是落在我们中国人的宇宙生命之外的。让我把话拉回来，我们是在说那片叶子，在人不知鬼不觉的时候，离开了树枝，辞谢了生命，好像有一种什么违抗不了的力量，可又决不是人力，加在它的身上；于是它的脸色苍白了，打了一个寒噤，就轻飘飘地任风吹扬了——那是一点点小风，比春天什么风也小，然而没有一点点它们的温暖，假如这不是'命'，又该是什么呢？先生，你不好帮我找一个字，说明这种自然力，里面没有人的存在，只是自然本身的法则？我倒想出来了一个，好像一辆车在滚动，没有人乘，没有马曳，两只轮子自己就旋转：我想一个字，那是'运'。人生的悲喜剧是由于'命'和'运'连了起来。用一个数学公式罢，命＋运＝人生。连了起来，所以宇宙就陷入混沌了。混沌这两个字是没有法子解释的，'命'有人力作祟，'运'有自然力作祟，人力和自然力乱作一团，理想和现实互为牵制，是进击，是消蚀，是挣扎冲突之外加上挣扎冲突，我们也许勉强可以拿颜色来象征它的面貌。你一定问我'混沌属于什么颜色？'那是……算了罢，什么颜色也是，本来就五颜六色看不清楚。于是有人看清楚了，窗明几净，忽然院中飞来落叶，他轻轻对寂寞嘘出一句：'见一叶落而知岁之将暮。'这句话到了唐朝诗人口中，便有了'山僧不解数甲子，一叶落知天下秋'的诗行，可是味道两样了，和帝尧治下的那个倔强的老人一样，击壤而歌：'日出而作，日入而息，凿井而饮，耕田而食，帝力何有于我哉！'山僧和老人为了表扬自然的法力，拿蔑视人力来做陪衬。这里虽然不谈政治，政治性依旧不免浓厚，所幸他们全是古人，我无所用其担忧。我说'一叶知秋'这句话有意思，因为它以无限深厚的文学的暗示说明了人类知识增进的另一方式。譬如我多知道一点东西，一方面是'求'来的，有人力在内，一方面也有'悟'出的，得之于刹那间的。求到的往往显出崇高，由于经过了一番挣扎，可是悟到的也不示弱，往往远比崇高更为圆通，因为接近宇宙，更为接近一般法则。牛顿看见苹果落地，悟出了地心吸力的大道理。研究科学最最需要上力，有些重要发明偏又仰仗触机。我不晓得别人怎么样了解这两个字，但是'机'本身没有意义，悟的重要在'触'，正如苹果熟了随时随地在落，偏偏牛顿看进眼去，而且就在那一次看进眼去，这才悟了出来。'一叶知秋'是相对论的一个注解，爱因士坦想必和我一样喜欢这句话，他因为它说明了一个科学现象，我因为它给了我一点点诗意。历史上多的是因小悟大的实例，远例不说，且听那老人一击那壤，帝尧的宝座就动摇了。不过要像这句话这样不带政治性，这样纯洁，不含一丝人世的丑恶，让我恍然于人的渺小，那样自自然然把我带到一个宏远的境界，悠悠然又让我回来体味人的伟大，似乎还不太多，所以我写下我精神上的喜悦。"[1]

无名氏，有散文集《火烧的都门》（上海真善美图书出版公司，1947年9月）和《沉思试验》（上海真善美图书出版公司，1948年7月），前者分四辑，收录《烽火篇》《诅咒集》《大宗师》《火烧的都门》《诉》《宝剑篇》《梦北平》《雾》《拉丁之凋落》《崩溃》《绝望的呼吁》《月下风景》《林达与希绿断片》《天真》《水之恋》《残简》《默想集》《沉思录》等27篇散文，后者分"一九四三""一九四四""一九四五""一九四六""画论二篇"五辑。

《梦北平》（1940年12月7日）共十节，节选其中四节。第二

---

[1] 李健吾：《说一叶知秋》，载《切梦刀》，上海：文化生活出版社，1948年11月，第111—114页。

节："唉，我怎么说才好呢？首先，必须在我们面前，铺起一片金碧辉煌的琉璃瓦，一片懵腾腾如黄雾的风沙，一棵棵没有尽头的古槐，一群群灵活的，燕子似的自行车，……"① 第五节："我还记得，初踏上御桥'金鳌玉栋'的白石身子时，似乎还听见古帝王脱去龙袍的声音，一个璀璨如花的梦是凋落了，……"② 第八节："一根槐蚕的游丝在长长的夏日中长长的拖着，长长的，长长的，……"③ 第十节："不再弹忧郁的曲子吧。三十年来，这座古城是与每个进步事象同呼吸的。在这古城的衰老的身上，涂染过数不清的猩红的鲜血与酸辛的眼泪，埋藏着无数善良人的热情语句与悲愤的吼叫。不要看轻它是如一株老树样的衰颓而伛偻了，时候来了，正与过去许多次一样，这株老树会变成一条年青而愤怒的红龙，周身满涂红血，它将引颈长啸发出令统治者发抖的咆哮！我们期待着这伟大的咆哮！"④

《沉思试验》系哲理散文集，"一九四三"节选："许多人活了一辈子，交了许多朋友，却忽略了他最要紧的一个朋友，他自己。在一生中，他们从不检点自己，犹如一个人永不照镜子，形貌上种种污点因此也就看不见，拭不掉。这样，越来越不像样，所谓'忘形'，即指此。故内省是一个人最好的镜子！"⑤ "尼采的精神三变，由狮子而骆驼而婴儿，其最后境界是老庄境界。"⑥ "老子庄子是真智者，缺少仁，故不为人重视。墨子是真仁者，缺少智，人

---

①无名氏：《梦北平》，载《火烧的都门》，上海：真善美图书出版公司，1947年9月，第46页。

②同上，第48页。

③同上，第49页。

④同上，第50页。

⑤无名氏：《沉思试验》，上海：真善美图书出版公司，1948年7月，第4页。

⑥同上。

们觉得太不近情，故亦不重视。唯孔子则智仁兼具，故最合大家胃口。"① "中国文化在吸收西洋文化后，一定可以产生新文化，正如唐宋吸收佛教思想后，能产生唐代艺术与宋代哲学一样。因为中国人最具有黏液性，也最懂得配合。正如蛤蜊，它吸收了一切天地之水气，阳光，而终于造成珍珠。蛤蜊为何最具有创造珍珠的力量，因其最具有黏液性及配合力。化学上有一种药剂，专门使各种化合物产生化学作用的，中国人最具有这种药性。"②

"一九四五年"节选："时间是意识的动的感觉，空间是意识的静的感觉。"③ "哲学的意义不仅在思辩，分析，最要紧的是融会贯通，达到这一步，其方式为思辩，分析，终点是个综合的悟，由悟才能产生综合性的智慧。"④

"一九四六年"节选："正义是突发的，不是经常的，假如一个人从早到晚，每一分每一秒都充满庄严正义感，这是不可能的。同时，假如每一分钟每一秒都悲愤填膺，一个人也活不了几天。人能活下去，且活得久，并不靠突发的超人的英雄式的感情，而靠人性的感情。换言之，只有一种常态的自然的感情，一个人才有韧性，才能持久。（就这一点言，中国民族能支持四五千年，确有它的道理了。）所谓'飘风不终日〔朝〕，骤雨不终朝〔日〕'即是此意。就此点说，生活的最高意义可以是正义，至上善，或真理，但生活的基础必须是正常的健全的合理的感情。"⑤ "认识的

---

①无名氏：《沉思试验》，上海：真善美图书出版公司，1948 年 7 月，第 26 页。

②同上，第 29 页。

③同上，第 61 页。

④同上，第 64 页。

⑤同上，第 108 页。

最高境界必然是整个人性的综合，不只是直觉，不只是分析，不只是理性，或经验，而是诸般的综合。认识的最高境界在于能预感这种综合，并能对这综合作最后判断。这是一种真智，亦可谓无上智慧，比佛家阿赖耶识还要完整的一种'识。'它似乎是一种理智的或智慧的灵感，不常出现，但每一出现，必为理智已有最大飞跃的一种证明。"① "真正的智慧不只是理解力，也是实践力，也唯有这两种力量的综合，才能算是完全的智慧。知道是智慧开始，做到是智慧完成。"②

朱自清，有散文集《伦敦杂记》（上海开明书店，1943年4月），收录《三家书店》《文人宅》《博物院》《公园》《圣诞节》《房东太太》等9篇游记；散文集《语文影及其他》（中国文联出版公司，1985年10月），系朱自清生前编订，因他病逝而未及印行，分"语文影"和"人生的一角"两辑，前者收录《说话》《沉默》《撩天儿》《如面谈》《人话》《论废话》《很好》《是喽嘛》《不知道》《话中有鬼》10篇散文；后者收录《正义》《论自己》《论别人》《论诚意》《论做作》《论青年》《论轰炸》《论东西》8篇散文。

《正义》节选："人间的正义究竟是在那里呢？满藏在我们心里！为什么不取出来呢？它没有优先权！在我们心里，第一个尖儿是自私，其余就是威权，势力，亲疏，情面等等；等到这些角色一一演毕，才轮得到我们可怜的正义。你想，时候已经晚了，它还有出台的机会么？没有！所以你要正义出台，你就得排除一切，让它做第一个尖儿。你得凭着它自己的名字叫它出台。你还得抖擞精神，准备一副好身手，因为它是初出台的角儿，捣乱的

---

① 无名氏：《沉思试验》，上海：真善美图书出版公司，1948年7月，第153页。

② 同上，第161页。

人必多，你得准备着打——不打不成相识呀！打得站住了脚携住了手，那时我们就能从容的瞻仰正义的面目了。"①

①朱自清：《正义》，载《语文影及其他》，北京：中国文联出版公司，1985年10月，第64页。

第十五章 戏剧（三）

演员四亿人，战线一万里。全球作观众，看我大史剧。

——田汉（抗敌演剧队赋诗明志）

1937 年 7 月至 1949 年 9 月的中国现代戏剧，主要由全民族的抗日救亡、革命根据地新生活的歌颂、"第二条战线"的学生运动等催生的广场戏剧的高潮，以及由商业化职业化等催生的剧场戏剧的繁荣，共同促成这时期戏剧在漫天烽火的大地上万卉齐放走向成熟。

一 广场戏剧的高潮

1937 年七七事变发生后，中国剧作者协会快速启动，在上海集体创作了三幕剧《保卫芦沟桥》（上海戏剧时代出版社，1937 年 7 月）。全剧分为"暴风雨的前夕""芦沟桥是我们的坟墓""全民的抗战"三部。《〈保卫芦沟桥〉代序》写道："我们——中国剧作者协会——愿意和每一个戏剧工作者相联合更迫切的希冀着任何戏剧形式的从业员来与我们合作。在全民总动员的口号下，加紧我们民族复兴的信号，暴露敌人侵略的阴谋，更号召落后的同胞们觉醒。我们有笔的时候用笔，有嘴的时候用嘴，到嘴笔都来不及用的时候，便势将以血肉和敌人相搏于战场。我们不甘心做奴隶，我们愿以鲜血向敌人保证我们民族的永存。《保卫芦沟桥》是我们在战时工作的开始，我们热烈的希望这个剧本能够广泛的上演于前后方，我们更希望看过这个戏的观众，能和我们——和剧中所有的民众士官们相共鸣，高呼：保卫芦沟桥！保卫华北！保卫祖国！一切不愿作奴隶的人们，起来呀！"①

郑伯奇的《略谈三年来的抗战文艺》（《中苏文化杂志》1940年抗战三周年纪念特刊）记载："记得七七事变发生的第二天，上海方面盛传我军在芦沟桥英勇抗战的消息，人心是兴奋极了。住在上海的一群剧作者深感到伟大的抗战时代的责任，经了几度自发的集会讨论之后，很快地成立了中国剧作者协会并决定由协会在沪会员中推举章泯、尤兢、张季纯、崔嵬、马彦祥、姚时晓、姚莘农、凌鹤、宋之的、陈白尘、阿英、塞克、夏衍、张庚、郑伯奇、孙师毅等十六人，用集体创作的方法写出了第一部抗战剧本《保卫芦沟桥》的三幕剧。剧本尚未完全告成的时候，上海几个较大的剧团，如业余实验剧社，四十年代剧团，中国旅行剧团等几个团体，莫不争先恐后地要求该剧的演出权。各方面协议的结果，各剧团分次担任演出。演出的地点，因为租界内的剧院都不敢接受，乃决定在南市的蓬莱大剧院上演。这可以说〔是〕抗战剧的第一次演出，马上轰动了全上海。……不幸的是，当各剧团尚未轮流演完，群众拥护的热情正达到最高潮的时间，这空前盛况的演出，被八一三的炮火打得不得不长此辍演了。"②

淞沪抗战爆发后，随着战局的变化，由剧作家和演剧界人士共同组成的上海戏剧界救亡协会，立即组成十几个救亡演剧队分赴各地演出。1937年11月，上海沦陷，《抗战戏剧》在汉口创刊，

①中国剧作者协会：《〈保卫芦沟桥〉代序》，载《保卫芦沟桥》，上海：戏剧时代出版社，1937年9月再版，第1—2页。

②郑伯奇：《略谈三年来的抗战文艺》，载《中苏文化杂志》1940年抗战三周年纪念特刊，第194页。

先后经田汉、马彦祥、洪深三任主编。1937 年 12 月 31 日，中华全国戏剧界抗敌协会在汉口成立，机关刊物《戏剧新闻》于 1938 年 5 月在汉口创刊。

《中华全国戏剧界抗敌协会成立宣言》（《抗战戏剧》1938 年第 1 卷第 4 期）载："在首都失陷华中危迫的今日，集合于武汉的全国戏剧界同人动于共同的要求有中华全国戏剧界抗敌协会之组织，并在光明大戏院举行成立大会。在这样盛大的开始，敢举数点告我全国同志：第一、我们的团结是为着抗敌。中国对日寇抗战已进到最危险的阶段。非使每一民众了然于抗战意义，挺身而起以其一切贡献于国家，不足以突破这一危险。而对于全国广大民众作抗敌宣传，其最有效的武器无疑的是戏剧——各种各样的戏剧。因此，动员全国戏剧界人士奋发其热诚与天才为伟大壮烈的民族战争服务实为当务之急。我们全国戏剧工作者应迅速通过戏剧对广大工人、农民、小市民及学生群众作援助抗战参加抗战的号召，应鼓励前线的将士奋勇杀敌，应与后防〔方〕伤兵与难民以充分之慰安与指示。通过我们各种各样的形式将对于壮烈牺牲的将士和队伍以最大的褒扬，对于每一汉奸、敌探、和民族败类以无情的揭破。……这一些是我们每一抗敌剧人须臾不忘的主要任务。第二、只有抗敌使我们团结。过去中国戏剧界也和其他文化部门一样，有着种种政治的、职业的、地域的分派，甚至同一团体之间仍不免有无原则的纠纷和隔阂。常常会使我们宝贵的精力浪费在第二义的斗争。这实在是极可戒的事。今日的中国不怕敌人的深入，而怕的是民族内部的团结发生动摇；同样，今日中国的戏剧艺术界不怕不能发挥伟大的抗敌宣传力量，而怕的是这一团结不能充分巩固。在这样的局面，我们岂能再有任何门户之见？派别之争？在敌人眼中，京派海派同为亡国之音；在朝在野同在屠杀之列。因此我们不能不要求我国有血性有觉悟的戏剧界人士，捐除一切成见，巩固这一超派系超职业超地域的团结。第三、我们虽不是技术至上论者，但我们相信中国戏剧艺术必因和抗敌任务结合能摒弃过去的积弊，开拓新的境地。在内容上，由于中国整个社会生活受着战争的影响，由于我们民族的抗战达到前所未有的壮烈，由于我们对于建设自由幸福的新国家抱着同样的志愿，我们戏剧的素材必然无尽藏的丰富，我们创作上的史诗的成果必然无比的伟大。在形式上，由于我们断然由大都会灰色的舞台，走向日光，走向农村，走向血肉相搏的民族战场，这一舞台的转变和广大抗战观众的要求，必然使我们戏剧艺术获得新的生命。同时由于官民的合作，演出上取得更顺利的条件，由于各种新的旧的地方的戏剧之互相影响互相援助，必能使中国戏剧艺术在相当年月后达到更高的完成。因此我们在为抗战服务的过程中不忘记对于新艺术形式壮烈的追求。也相信相当艺术完成的戏剧必能更有力地达成推动抗战的目的。第四、中国已经不是一个自给自足的'天下'，也不是一个孤立现世界的荒岛。他已经是文明世界重要的一环，他的运命不仅影响其他主要国家，尤其给世界上被压迫民族，被侵略的国家以绝大的暗示。我们民族的一切奋斗已受到全世界爱自由爱和平的人士密切的关怀。他们过去受着种种欺骗宣传，现在也仍旧处在强暴者所制造的诬蔑的烟瘴中。他们□希望我们能冲破这一烟瘴，告诉他们以日寇的残忍与横暴和中华民族在苦难中的挣扎与要求。我们不可忘记把我们的戏剧艺术作为国际宣传的工具，因为获得全世界的同情和援助而使敌人孤立实为我们争取胜利的一个重要条件。以上所陈，在事急寇深的今日，殆为极平凡的要求。但我们迫切地要求全国戏剧界人士以群策群力为这些平凡要求的实现而奋斗。这儿已不容有一刻的踌躇，一毫的猜疑。艺术重真诚。'不诚无物'。请大家以最大的真诚与毅力巩固这一抗战中模范的合作。中华民族幸甚！中国戏剧艺术幸甚！"①

蓝海在《中国抗战文艺史》中记述："到八一三后，上海的十几个戏剧团体和许多戏剧工作者组织了十几个救亡演剧队，洪深、王莹、金山等所领导的第二队，曾赴华北战区工作，后来在武汉一带活动，其中主要的工作者王莹、金山等更率领着到南洋演出。此外，为适应客观的需要，各地的青年也都组织了宣传队，用演剧作宣传的武器，到农村中从事动员民众的工作。前线上和敌后游击区中各战地服务团，也都有他们的演剧的组织。据一九三九年统计，从事戏剧工作者已有十三万人之多，以后几年当然更不止此数，因为兵士农民工人也都参加了演剧，甚而有些地区，儿童和老太婆也都有了他们的剧团。政府为了训练戏剧干部人才，除国立戏剧学校改为专科外，并一度设了四川省立戏剧音乐学校，云南省立戏剧职业学校。国立艺术专门学校，鲁迅艺术学院，民族革命艺术学院也都曾设有戏剧系，各省市并有关于戏剧的训练班。戏剧运动一时现出蓬蓬勃勃的形势。"②

葛一虹的《战时演剧论》（新演剧社，1938年12月）"抗战剧作编目"一章，收录三幕剧《八百壮士》（王震之、崔嵬著，上海杂志公司）、三幕剧《中华民族的子孙》（熊佛西著，华中图书公司）、五幕剧《民族万岁》（陈白尘、宋之的著，上海杂志公司）、四幕剧《塞上风云》（阳翰笙著，华中图书公司）、新歌剧《梁红玉》（欧阳予倩著，上海杂志公司）等共计142个剧目。彼时，距抗战全面爆发仅一年多时间。

田汉在《谈戏剧运动》（《人民文艺》1946年第4期）中自述：

---

①《中华全国戏剧界抗敌协会成立宣言》，载《抗战戏剧》1938年第1卷第4期，第151—152页。补注：因原文字迹模糊，故用"□"表示缺字。下同。

②蓝海：《中国抗战文艺史》，上海：现代出版社，1947年9月，第47—48页。

"武汉撤退以前那段时期，是中国戏剧运动的极峰，当时政治部组织有十个抗战演剧队，两个孩子剧团，另外还有十个抗战宣传队（工作重心也在演剧），教育部组有两三队有力的剧教队，至于其他各军师政治部直属的演剧队更是数不胜数。当时曾有人作过统计，总计共有二千五百多个剧队，直接参加从事工作者不下六万余人，真是空前未有，盛极一时。旧剧（包括平剧与各种地方戏）当时也曾发展到极其壮盛的阶段，……至于八年来戏剧工作者的吃苦受难以至丧失生命者，比比皆是，如湘剧当中最优秀的演员，中兴湘剧团的吴绍芝等人，因为不愿作顺民，就在奔向自由中国的湘桂撤退途中倒下了，该团的优秀演员十分之六七是这样惨死的，一般人至今无从知道！至于大多数的青年朋友，在这抗战八年当中，一方面献出了青年朋友们最宝贵的一段时光，同时大多成了肺病的俘虏，据调查，每个剧队肺病患者均占十分之二以上！在山西的演剧队已经在战线上倒下了五个，又被当地政府抓走了十个！去年桂林举办西南剧展时，有人统计共死去了四十多人，都是有名有姓的！"①

在民族危难之时，为鼓舞士气民心，戏剧从业者们付出了极大的热情乃至牺牲。具有政治教化和宣传功能的广场戏剧，在汲取锣鼓、杂耍、曲艺等民间艺术养料的同时，不仅加速了话剧的民族化进程，也推动了传统戏曲的改造。而对于促进传统戏剧与话剧融合以及戏剧运动诸领域做出突出贡献的代表无疑非田汉莫属。

1938年，时任分管艺术宣传的六处（国共合作军事委员会政治部第三厅下设机构）处长的田汉，在组编九个抗敌演剧队分赴各战区巡回演出时赋诗明志："演员四亿人，战线一万里。全球作

①田汉：《谈戏剧运动》，载《人民文艺》1946年第4期，第86—87页。

观众，看我大史剧。"① 这四句诗和中华人民共和国国歌《义勇军进行曲》的歌词一样，彰显出田汉精湛的艺术才华和豪放的爱国热情。全面抗战期间，田汉先后在武汉、长沙、桂林等地创导了规模庞大的戏剧运动。

时任分管宣传的国共合作军事委员会政治部第三厅厅长的郭沫若在《洪波曲——抗日战争回忆录》第八章"推进"中对抗敌演剧队以及田汉在武汉的戏剧运动追述："在武汉撤守以前，我们陆续送出了九个抗敌演剧队，四个抗敌宣传队，训练着四个电影放映队，而让孩子剧团不断地在后方流动。……抗敌演剧队成立了九队，也是'七七'周年以后的事。这是六处田寿昌、洪深、张曙他们的工作。主要是把各地流亡到武汉来的救亡团体的演剧队改编成的，由上海流亡出来的占多数。……他们在编成之后到分发到战区之前，在昙花林受过两个月的军事训练。这些大抵都是意志坚决、富有自我牺牲精神的青年，待遇不用说也是非常菲薄的，然而也一样地甘之如饴。他们在分发到战区以后，所经历的各种艰难痛苦，那真是罄笔难书。他们有的在前线上阵亡了，有的病死了，有的整个队坐过牢，……附带着我想叙述到寿昌所组织的地方剧训练班。无论到什么地方去便能和民间艺人搞得很熟，这是寿昌的大本领。在'七七'周年纪念以后，为了保卫大武汉，他竟把武汉三镇的主要的民间艺人组织起来了。楚剧班、汉剧班、京剧班、评剧班和杂耍，都集中了起来，经受过一个时间的训练。一方面把时势问题和抗战意义向他们灌输，另一方面也想改造他们的习惯，让他们了解一些新的戏剧艺术。"②

①转引自司马长风：《中国新文学史》（下卷），香港：昭明出版社，1978年12月，第263—264页。

②郭沫若：《洪波曲——抗日战争回忆录》，载《洪波曲》，北京：人民文学出版社，1979年3月，第96—104页。

除组织戏剧运动外，田汉还借历史题材改编传统戏曲创作新剧本。代表作有以南宋渔民武装起义为题材创作的新歌剧《江汉渔歌》（《抗战文艺》1939 第 5 卷第 2/3 期—1940 年第 5 卷第 4/5 期，上海杂志公司，1940 年 4 月），以明代英雄荡平倭寇为题材创作的京剧《新儿女英雄传》（《抗战文艺》1941 年第 7 卷第 1 期）等。

1943 年，在中国共产党领导下的延安、晋察冀等革命根据地则广泛开展新秧歌运动。鲁迅艺术学院师生们带动广大的工农兵群众，采用花鼓、小车、高台、旱船、高跷等民间形式演出秧歌，创作出以《夫妻识字》（马克著，中原新华书店）、《一朵红花》（周戈原作，萧汀改编，东北书店）为代表的一批新秧歌剧。

1944 年 3 月 21 日，周扬在《解放日报》发表《表现新的群众的时代——看了春节秧歌以后》，文中写道："延安春节秧歌把新年变成群众的艺术节了，真是闹得'热火朝天'！出动的秧歌队有二十七队之多，这些秧歌队是由延安的群众、工厂、部队、机关、学校组织起来的，……他们创造了一百五十种以上的节目，从秧歌剧，秧歌舞到花鼓、旱船、小车、高跷、高台等，各色齐全。这些节目都是新的内容，反映了边区的实际生活，反映了生产和战斗，劳动的主题取得了它在新艺术中应有的地位。……这次春节的秧歌成了既为工农兵群众所欣赏而又为他们所参加创造的真正群众的艺术行动。创作者、剧中人和观众三者从来没有像在秧歌中结合得这么密切。这就是秧歌的广大群众性的特点，它的力量就在这里。秧歌本来是农民固有的一种艺术，农村条件之下的产物。新的秧歌从形式上看是旧的秧歌的继续和发展，但在实质上已是和旧的秧歌完全不同的东西了。现在的秧歌虽仍然是农民的艺术，仍然是农村条件下的产物，但却是解放了的，而且开始集体化了的新的农民的艺术，是已经消灭了或至少削弱了封建剥削的新的农村条件之下的产物；我们要保持农民的特色，但却是新的农民的特色。新的秧歌必须表现'新的群众的时代'。"①

在新秧歌剧的创作演剧实践基础上，出现了一种融诗歌、音乐、舞蹈、戏剧等为一体并广泛吸取民族文化传统的新歌剧的实验创造。1945年，鲁迅艺术学院演出由贺敬之、丁一、王斌编剧，马克、张鲁、瞿维作曲的《白毛女》（新华书店，1946年6月），成为现代民族歌剧的奠基之作。全剧歌颂新政权的时代主题具有强烈的革命意识形态性，同时坚持"五四"新文学彰显人的解放的现代文学传统，以及保留了人鬼互变的民间传统文学的基本模式。革命文化、"五四"新文化与民间文化三者的大融合造就了《白毛女》剧作强大且持久的艺术生命力。

1947年5月30日，《新华社》刊出毛泽东同志撰写的评论《蒋介石政府已处在全民的包围中》，文中提出："中国境内已有了两条战线。蒋介石进犯军和人民解放军的战争，这是第一条战线。现在又出现了第二条战线，这就是伟大的正义的学生运动和蒋介石反动政府之间的尖锐斗争。学生运动的口号是要饭吃，要和平，要自由，亦即反饥饿，反内战，反迫害。"②

"第二条战线"的学生运动热潮在全国范围内此起彼伏，以应时性、时事性为特征的广场活报剧成为学生运动采取的主要文艺形式之一。清华剧艺社针对1948年4月6日北平罢教、罢职、罢工、罢研、罢诊、罢课事件而编排的独幕剧《控诉》，燕大燕剧社根据1948年7月5日军警镇压东北流亡学生造成流血事件而创作的《大江流日夜》等为此类广场活报剧的代表作。

此外，学生剧团演出的剧目常见的还有吴祖光的三幕剧《捉

①周扬：《表现新的群众的时代——看了春节秧歌以后》，载《解放日报》1944年3月21日，第四版。

②毛泽东：《蒋介石政府已处在全民的包围中》，载《毛泽东选集》（第四卷），北京：人民文学出版社，1964年，第1223页。

鬼传》（上海开明书店，1947 年 4 月）、宋之的的独幕剧《群猴》（收入剧集《人与畜》，哈尔滨光华书店，1948 年）、瞿白音的独幕剧《南下列车》（《文艺生活》1949 年第 14 期）等。

吴祖光（1917—2003），1936 年毕业于北平中法大学，1937 年入职国立戏剧专科学校。处女作抗日剧《凤凰城》（《战时演剧》1939 年第 1 卷第 1 期）一举成名。后陆续创作四幕剧《正气歌》（重庆文艺奖助金管理委员会出版部，1942 年 6 月）、三幕剧《风雪夜归人》（重庆新联出版公司，1944 年 10 月）、四幕剧《牛郎织女》（诗剧版上海开明书店 1946 年 4 月发行，话剧版上海星群出版公司 1946 年 5 月发行）、三幕剧《少年游》（重庆开明书店，1945 年 5 月）、三幕剧《嫦娥奔月》（上海开明书店，1947 年 8 月）、四幕剧《夜奔》（重庆未林出版社，1944 年 10 月）等。

吴祖光的戏剧创作体现出他对中国传统文化的厚爱。《〈嫦娥奔月〉序》自述："中国的流传于民间的神话都是美丽素朴而极富于人情味的。尽管它被讲述于农民村妇之口，表演在乡间的草台班里，庸俗而肤浅；但在你厌心地解释它发掘它的内容的时候，是常常可能在其中发现真理的，会发现这极通俗的传说里有着惊人的深度的。"[①]

《记〈风雪夜归人〉》写道："有人说文艺作品是为了发抒心中苦闷，苦闷也许也可算作忧愁罢？我很爱辛稼轩的一首小词，是：'少年不识愁滋味，爱上层楼，爱上层楼；为赋新词强说愁。而今识得愁滋味，欲说还休，欲说还休，却道天凉好个秋。'说起来我该还是'不识愁滋味'的年纪，朋友们也常笑着说：'年纪轻轻，那儿来的这一脑一门子官司？'这在我也正是无可奈何而又莫

---

①吴祖光：《〈嫦娥奔月〉序》，载《嫦娥奔月》，上海：开明书店，1949 年 1 月再版，第 1 页。

名其妙的事；然而都是很自然的，我自信没有造作，在写我今日之所见所感耳。说不定比起十五六岁时的作些什么'寂寞'呀，'悲哀'呀之类的无病而呻的文章，并没有甚么进步；但是我可能进步的，因为我还会很久很久地活下去，我也正准备好好地，结结实实地活下去，我安着去找更多的朋友，去接近更真的世相，去承受更大的痛苦，相信总有'识得愁滋味'的一天。最后，关于这本戏的名字，是引自唐诗：'日暮苍山远，天寒白屋贫；柴门闻犬吠，风雪夜归人。'的最后一句；只为了它适合于这情调，而且字面巧合，使用了它。假使硬来附会一些道理，我们也不该不承认现世界还是个'日暮苍山远，天寒白屋贫'的世界；我们又何等企盼着听一声'柴门'外的犬吠，期待那'风雪夜'里的'归人'呵！"[1]

《〈牛郎织女〉自序》写道："同是这样的草地，同是这样的星、月与风，然而我们的童年与童心却在这年年的风月中悄悄地溜走了，谁都有他的童年，谁都爱惜他自己的童年，当我跨进我记忆的国土时，我似乎觉得，重新把失去的童年捉住了。捉住了么？真捉住了么？没有啊，永远也不会再回来了啊！'旧时天气旧时衣，只有情怀，不似旧家时'，成人的罪恶，难解难说的心事，那里再匀得出一点点地方来容纳下清得像水一般的童年呢？然而我再也不会忘记的，在早已过去的那许多夏晚，坐在草地上，同祖母，同父亲，同母亲，同姐姐弟弟妹妹们在一起的时光，看着没遮拦没边没沿的天空，看着乳白色的柔软的银河，看着像顽皮孩子眨着的眼睛的星斗，曾经引起多少说不出的遐想。祖母念着唐诗：'天阶夜色凉如水，卧看牵牛织女星'，便指着天上的星群，

---

①吴祖光：《记〈风雪夜归人〉》，载《风雪夜归人》，重庆：新联出版公司，1944年10月，第195—196页。

顺口讲述牵牛郎同天孙织女的故事，讲着太白星的故事，北斗七星的故事，孩子们就都睁大了眼睛听得出了神，想着天有多高啊！多深啊！多远啊！又是多好玩啊！"①

二　剧场戏剧的繁荣

在广场戏剧迎来前述发展高潮的同时，剧场戏剧的创作亦如火如荼。随着抗战进入相持阶段，大批活跃在前线宣传阵地的戏剧工作者又陆续集中到大后方的城市。1941 年，应云卫、陈百尘等在重庆创办中华剧艺社。1942 年，夏衍、宋之的、金山等在重庆创办中国艺术剧社。上海先后成立众多职业剧团，遂促成剧场戏剧的繁荣。

1944 年，刘念渠在《战时中国的演剧》(《戏剧时代》1944 年第 1 卷第 3 期) 中总述："无论是反映着现实或历史，剧作在这六年间是进步的。剧作家在追求并把握现实主义的创作方法上，差不多是一致的，虽然他们所到达的程度并不相等。这是一。题材与主题是被从种种不同角度去发掘的，并且达到了相当的深度。这是二。编剧技术的渐趋圆熟，就个别的剧作者说，就全般的发展说，都是如此。这是三。典型人物的创造，有着颇大的成就，他们给与了现实的和历史的生动形像。这是四。在千百种剧本里，实不乏生活的，有性格的，精炼的语言创造。这是五。自然，综观诸作，也仍然存在着比较幼稚的，未成熟的产物，虽然被印行着和演出着。就在优秀之作中，也仍然存在着若干瑕疵。但是，由二十几年前的《终身大事》的问世到现在，不过只有一世纪的四分之一，抗战迄今也不过七年，历史还是短暂的；我们的剧作

---

　　①吴祖光：《〈牛郎织女〉自序》，载《牛郎织女》，上海：星群出版公司，1946 年 5 月，第 1—2 页。

家以及更年青的一群习作者，已经将份内的职责勇敢的担负起来并且光荣的完成了。今后，他们还会有更多的进步。"①

戏剧创作题材从初期以激情抗战为主，转向趋于历史剧和讽刺剧等多方面的深入发展。田进的《抗战八年来的戏剧创作——一个统计资料》（《文联》1946年第1卷第3期）一文将125部多幕剧分1937年—1941年与1941年—1945年两个时期作统计学的分析，文中写道："我拿一九四一年春来做分界线，不仅由于那是抗战期中一个转戾点，即以剧运本身来说，战地演剧的减退，后方大都市营业演剧的兴起，戏剧审查的加严，市侩主义的勃发，都是从这一年开始，或从这一年建下根苗的。而且从这分界线来比较其前后，我们才能看出这几年来戏剧创作的主要倾向是什么，因而也才能看出我们目前所应该反对的，究竟是什么一种倾向。……那末，在大体上，前期与后期相较是：（一）前期直接描写抗战者占百分之四十二，后期直接及间接描写抗战者占百分之八。（二）前期描写后方而有积极性者占百分之二十四弱。后期描写后方而不一定有积极性者占百分之二十七点五。（三）前期写历史者占百分之十四，后期写历史及半历史性者占百分之三十三。（四）前期与抗战无关者占百分之七，后期与抗战无关者占百分之二十。这就是说，直接描写抗战的作品锐减，描写后方尤其是描写历史和与抗战无关之作骤增！"②

历史题材剧的代表作有阳翰笙的四幕剧《李秀成之死》（汉口华中图书公司，1938年1月）、四幕剧《塞上风云》（汉口华中图书公司，1938年4月）、六幕剧《天国春秋》（《抗战文艺》1942年

———————

①刘念渠：《战时中国的演剧》，载《戏剧时代》1944年第1卷第3期，第23页。

②田进：《抗战八年来的戏剧创作——一个统计资料》，载《文联》1946年第1卷第3期，第26—27页。

第 7 卷第 6 期，第 8 卷第 1/2 期，1943 年第 8 卷第 3 期）、五幕剧《草莽英雄》（重庆群益出版社，1946 年 2 月）；欧阳予倩的五幕剧《忠王李秀成》（桂林文化供应社，1941 年 10 月）与三幕剧《桃花扇》（新中国剧社，1947 年 2 月）；阿英的三大南明史剧：三幕剧《葛嫩娘》（一名《明末遗恨》，又名《碧血花》，上海国民书店，1940 年 2 月）、四幕剧《海国英雄——郑成功》（上海国民书店，1941 年 2 月）、四幕剧《杨娥传》（上海晨光出版公司，1941 年 3 月），以及太平天国史五幕剧《洪宣娇》（上海国民书店，1941 年 8 月）；于伶的五幕剧《大明英烈传》（上海杂志公司，1941 年 7 月）等。

郭沫若无疑是历史剧作家中的佼佼者。早在《女神》集里便收录有第一篇试写剧作《棠棣之花》的其中一幕，另一幕发表在《创造季刊》创刊号 1922 年第 1 卷第 1 期。之后陆续创作童话独幕剧《广寒宫》（《创造季刊》1922 年第 1 卷第 2 期）和独幕剧《孤竹君之二子》（《创造季刊》1923 年第 1 卷第 4 期），以及戏剧集《三个叛逆的女性》（上海光华书局，1926 年 4 月），收录二幕剧《聂嫈》、三景剧《卓文君》、二幕剧《王昭君》3 个剧本。

《〈孤竹君之二子〉幕前序话》中一段对白文字写有郭沫若作历史剧的旨趣："同志：那有不读的道理！……晤，你一说起骸骨来，我倒连想起一句毒评来了。近来有人说你是'迷恋骸骨'的，你听见说过没有？我想来怕是因为你爱做古事剧的原故罢。作家：我早就知道了，说我尽他说，我不能做万人喜悦的乡愿！宇宙中一切的森罗万象，斡旋无已，转相替禅；一切无形的能和有形的质，从古以来，只有变形，没有增减。植物吸收动物的死骸以为营养；动物也摄取植物的死骸以维持生存。大冶造器，溶化许多古铜烂铁而成新钟。造物生人，只把陈死的原素来辗转抟拟。天地间没有绝对的新，也没有绝对的旧。一切新旧今古等等文字，只是相对的，假定的，不能作为价值批判的标准，我要借古人的骸骨来，另行吹嘘些生命进去，他们不能禁止我，他们也没有那种权力来禁止我。他们如说我做的古事剧不好，他们能够指摘出我的不好处来，那还可以佩服。如说是我做了古事剧便不好，那一只譬如盲犬在深夜里狂吠，我只好替他可怜了。——同志：老实，我要问你一句。我觉得做古事剧好像有两种倾向。一种是把自己去替古人说话，譬如沙士比的史剧之类。还有一种是借古人来说自己的话，譬如歌德的《浮士德》之类。我读你从前做的一些古事剧，你好像是受了歌德的影响呢？作家：也不尽然，便是歌德自身，他的《浮士德》虽是如你所说，是一种自传的史剧，但是他的《依斐更尼》'Iphegeni'便不然了，我自己的态度，对于古人的心理是想力求正当的解释；于我所解释得的古人的心理中，我能寻出深厚的同情，内部的一致时，我受着一种不能止遏的动机，便造出一种不能自己的表现。譬如我这篇独幕剧，这伯夷叔齐两位古人，我们如是不善读《史记》的人，便容易把他们误解。……在我们眼中，他们这样古人才是永远有生命的新人，而我们现代一些高视阔步空无所有的自命为新人的青年，才是枯槁待朽的骸骨呢！"①

　　在全面抗战时期，郭沫若更是以极大的革命热情创作了六部历史剧：五幕剧《屈原》（重庆文林出版社，1942年3月）、五幕剧《棠棣之花》（重庆作家书屋，1942年7月）、五幕剧《虎符》（重庆群益出版社，1942年10月）、五幕剧《筑》（又名《高渐离》，重庆群益出版社，1946年5月）、四幕剧《孔雀胆》（重庆群益出版社，1943年12月）、五幕剧《南冠草》（重庆群益出版社，1944年3月）。

---

　　①郭沫若：《〈孤竹君之二子〉幕前序话》，载《沫若全集》，上海：新文化书局，1931年11月，第102—108页。

作于 1942 年 2 月的五幕剧《虎符》取材自《〈史记〉魏公子列传》，讲述信陵君窃符救赵的故事。全剧加插多首歌谣，其中一首是剧末为加深悲剧气氛，群众在窃符自杀的如姬坟墓前合唱哀歌："信陵公子，如姬夫人，耿烈呀太阳，皎洁呀太阴。/铁槌一击，匕首三寸，舍生而取义。杀身以成仁。/生者不死，死者永生，该做就快做，把人当成人。/千秋并耀，万古流芬，大公呵无私，仁至呀义尽。"①

抗战、讽刺及其他题材的剧作代表有陈白尘的三幕剧《岁寒图》（重庆群益出版社，1945 年 2 月）和三幕剧《升官图》（重庆群益出版社，1946 年 4 月）；田汉的多幕剧《丽人行》（1947 年春创作，中国戏剧出版社，1959 年 7 月）；夏衍的四幕剧《一年间》（汉口生活书店，1939 年 1 月）、五幕剧《法西斯细菌》（上海开明书店，1946 年 1 月）、四幕剧《芳草天涯》（重庆美学出版社，1945 年 10 月）、四幕剧《心防》（桂林新知书店，1940 年 8 月）、四幕剧《愁城记》（剧场艺术社，1941 年 5 月）、四幕剧《离离草》（山东新华书店，1946 年 5 月）；丁西林的四幕剧《妙峰山》（桂林戏剧春秋月刊社，1941 年 11 月）、独幕剧《三块钱国币》（收入《西林独幕剧集》，上海文化生活出版社，1947 年 2 月）；袁俊（张骏祥，1910—1996）的五幕剧《小城故事》（上海文化生活出版社，1941 年 5 月）、五幕剧《边城故事》（上海文化生活出版社，1941 年 8 月）、三幕剧《山城故事》（上海文化生活出版社，1944 年 11 月）、四幕剧《万世师表》（重庆新联出版社，1944 年 10 月）等。

夏衍的《一年间》是全面抗战初期较有影响力的抗日剧，刘西渭在《上海屋檐下》中评曰："我们有了风起云涌的抗战文学。剧本和报告，由于普遍的需要，就量而言，几乎成了'八一三'

_____

① 郭沫若：《虎符》，重庆：群益出版社，1942 年 10 月，第 180—181 页。

以来文学上唯一富裕的收获。《一年间》是其中最有光辉的一个剧本。在这抗战的第一年，毁了无数城市，失了无数州县，死了无数军民，伤了无限元气，在这浩大的劫运的废墟之中，我们的民族以自力更生。我们不复忧郁了，我们蔑弃现时，因为最后胜利是我们的信仰，和殉教者一样，我们相信未来。《一年间》是现实的，和《上海屋檐下》同样现实，然而就它的使命来看，我们简直可以把它归入象征剧。为了象征新生的意义，作者差遣新妇怀了足足十二个月的孕，忘记在对话之中稍稍加以说明。这里是一个空军将士的亲族，父亲携着他的新妇，带着一家大小，辗转流离，逃在上海避难。在艺术上，夏衍先生依然慎重将事，他不夸张他的情绪，一切依据人情，不求过分，不作无益的呐喊。我们很少从对话发见几句演说。它们忠实于性格，忠实于环境，同时，语语恰切，属于生活，因而也就如出肺腑，属于我们寻常然而英勇的人性。这里表现的是一种清醒的现实，敌人要是不相信我们这些老百姓怎样坚持抗战，《一年间》值得他们一读。他们会发见他们所赞美的一位忧郁气质的作家，往日努力于介绍他们的文学，经过一年的颠沛与磨炼，来到平静然而有为的现实主义。"[1]

丁西林在《〈妙峰山〉前言》中自述："这一篇剧本里的人物和情节，完全是凭空虚构。这是一篇喜剧。一篇喜剧，是少不了幽默和夸张的，剧词之中，对于社会的各方面，也多少含有讽刺的意味。可是这些讽刺都是善意的，都是热忱的。我希望聪明的读者和将来的考据家，不要牵强附会，深文周纳。"[2]

袁俊，1931年清华大学毕业留校任教，1936年赴美国耶鲁大

---

①刘西渭：《上海屋檐下》，载《咀华二集》，上海：文化生活出版社，1947年4月再版，第100—101页。

②丁西林：《〈妙峰山〉前言》，载《妙峰山》，桂林：戏剧春秋月刊社，1941年11月，第2页。

学留学，1939年回国任教于匡立戏剧专科学校。因战时师生流亡随校迁徙的事例频多，四幕剧《万世师表》突显出鲜明的时代特征。剧本以"五四"至全面抗战期间长达二十五年的时间跨度，塑造了大学老师林桐甘于清苦、谨于守成的为人师表形象，他在战火中历尽颠沛流离、痛失亲人的苦楚，率领学生们两次徒步迁校，兢兢业业奉献于教育事业，也因此蜡烛精神受到人们的尊敬和爱戴。

当大后方的广场戏剧在向剧场戏剧转移之时，沦陷区在市场商业化的操纵下出现了剧场戏剧的繁荣。骁夫的《故都的剧坛》（《杂志》1943年第12卷第1期）一文论及"南北剧人的往来"时记录了当日剧坛境况："故都的戏剧运动家也承认：上海的话剧，比北方进步，尤其是事变后几年来，沪上金融业的畸形发展，辅助着戏剧工作的苏生，因此戏剧界颇有突飞猛晋之势。北国的人们，纷纷的跑到遥远的南方来，投师学艺，力求深造，由于投资有人，编导有人，观剧有人，所以剧团的组成，剧本的演出，如春雨后的嫩笋一样地竞相苗长，造成一时缤纷的剧坛盛况。连银幕上的红星们也都陆续惊起了，'到舞台上去'的呼声，霎时便高唱入云，纷纷投身剧坛。北方的剧团，跟南方的剧团不同。'苦干'中的一员健将白文，北上云曾加以一番恰当的分析。他认为有些地方比上海好，有些地方就不如上海。譬如说：他们有许多地方还带些业余性质，很注意'艺术'和'剧运'，但在管理上，技术上，就差得多了，反而不及上海带些商业化的剧团来得迅速和认真。"[①]

"商业化的剧团"使得戏剧创作题材大都集中在市民阶层的兴趣热点。如以姚克的四幕剧《清宫苑》（上海世界书局，1944年1

---

①骁夫：《故都的剧坛》，载《杂志》1943年第12卷第1期，第138页。

月）为代表的宫廷历史剧；以据秦瘦鸥同名小说改编的五幕剧
《秋海棠》（李云子、张健之编剧，北京四一剧社，1943 年 5 月；
顾仲彝、佐临、费穆编剧，上海百新书店，1946 年）为代表的写
民间艺人故事的戏剧；以费穆据沈复同名小说编导的四幕剧《浮
生六记》为代表的家庭伦理剧；以董每戡的三幕剧《天罗地网》
（成都铁风出版社，1941 年 3 月）为代表的防空剧；以顾仲彝的四
幕剧《八仙外传》（上海世界书局，1945 年 6 月）为代表的神话
剧等。

除上述迎合市场需求而作的通俗戏剧外，有杨绛（1911—
2016）"喜剧双璧"之称的四幕剧《称心如意》（上海世界书局，
1944 年 1 月）和五幕剧《弄真成假》（上海世界书局，1945 年 1
月）则属于雅俗共赏的戏剧代表作。

1944 年 12 月，张爱玲据其同名小说改编的四幕剧《倾城之
恋》，在上海新光大剧院上演，场场爆满，轰动全城。她在《关于
〈倾城之恋〉的老实话》（上海《海报》1944 年 12 月 9 日）中自述：
"《倾城之恋》，因为是一年前写的，现在看看，看出许多毛病来，
但也许不是一般的批评认为是毛病的地方。《倾城之恋》似乎很普
遍的被喜欢，主要的原因大概是报仇罢？旧式家庭里地位低的年
轻人，寄人篱下的亲族，都觉得流苏的'得意缘'，间接给他们出
了一口气。年纪大一点的女人也高兴，因为向来中国故事里的美
女总是二八佳人，二九年华，而流苏已经近三十了。同时，一班
少女在范柳原里找到她们的理想丈夫，豪富，聪明，漂亮，外国
派。而普通的读者最感到兴趣的恐怕是这一点，书中人还是先奸
后娶呢？还是始乱终弃？先结婚，或是始终很斯文，这两个可能
性在这里是不可能的，因为太使人失望。我并没有怪读者的意思，
也不怪故事的取材。我的情节向来是归它自己发展，只有处理方
面是由我支配的。男女主角的个性表现得不够。流苏实在是一个

相当厉害的人，有决断，有口才，柔弱的部分只是她的教养与阅历。这仿佛需要说明似的。我从她的观点写这故事，而她始终没有彻底懂得柳原的为人，因此我也用不着十分懂得他。现在想起来，他是因为思想上没有传统的背景，所以年轻时候的理想禁不起一点摧毁就完结了，终身躲在浪荡油滑的空壳里。在现代中国实在很普通，倒也不一定是华乔。写《倾城之恋》，当时的心理我还记得很清楚。除了我所要表现的那苍凉的人生的情义，此外我要人家要什么有什么，华美的罗曼思，对白，颜色，诗意，连'意识'都给预备下了：（就像要堵住人的嘴）艰苦的环境中应有的自觉……我讨厌这些顾忌，但《倾城之恋》我想还是不坏的，是一个动听的而又近人情的故事。结局的积极性仿佛很可疑，这我在'自己的文章'里试着加以解释了。因为我用的是参差的对照的写法，不喜欢采取善与恶，灵与肉的斩钉截铁的冲突那种古典的写法，所以我的作品有时候主题欠分明……我喜欢参差的对照的写法，因为它是较近事实的。《倾城之恋》里，从腐旧的家庭里走出来的流苏，香港之战的洗礼并不会将她感化成为革命女性；香港之战影响范柳原，使他转向平实的生活，终于结婚了，但结婚并不使他变为圣人，完全放弃往日的生活习惯与作风。因之柳原与流苏的结局，虽然多少是健康的，仍旧是庸俗；就事论事，他们也只能如此。极端的病态与极端觉悟的人究竟不多。时代是这么沉重，不容易那么容易就大彻大悟。这些年来，人类到底也这么生活了下来，可见疯狂是疯狂，还是有分寸。编成戏，因为是我第一次的尝试，极力求其平稳，总希望它顺当地演出，能够接近许多人。"①

　　此外，沦陷区的外文改编剧作也取得了不俗的成绩，代表作

---

　　①张爱玲：关于《〈倾城之恋〉的老实话》，载《对照记》，广州：花城出版社，1997年3月，第88—89页。

有李健吾据法国萨都的《杜司克》改编的四幕剧《金小玉》（上海万叶书店，1946年2月）；李健吾据莎士比亚的《麦克白》改编的六幕悲剧《王德明》（《文章》1946年第1卷第1—4期）；师陀据安德烈耶夫的《吃耳光的人》改编的四幕剧《大马戏团》（上海文化生活出版社，1948年6月）；师陀与柯灵合作据高尔基的《底层》改编的四幕剧《夜店》（上海出版公司，1946年6月）；佐临据莫纳的《律师》改编的三幕剧《梁上君子》（上海世界书局，1944年12月）等。

李健吾，这时期在上海曾遭遇被日本宪兵逮捕入狱的困境，尽管如此，他仍完成了多部剧本的创作。如据美国费齐的《真话》改编的四幕剧《撒谎世家》（上海文化生活出版社，1939年8月）；据法国司克芮布的《Adrienne Leconvreur》改编的五幕剧《云彩霞》（上海寰星图书杂志社，1947年8月）；五幕剧《青春》（上海文化生活出版社，1948年11月）；三幕剧《黄花》（重庆文化生活出版社，1944年4月）。

李健吾在《〈黄花〉跋》中自述："要是有人问我：这出小戏的对象是什么，我说：是寂寞，是孤独，是奋斗。我不要勉强人性。我要它平常而又平常。我不要把她写做一个言辞激昂的英雄：她儿子的父亲是我们英勇的空军将士就够了。呈现她的形式似乎很对不住她，平而又平，不夸张，也不热闹，一个速写而已。一个小东西。有谁把这当做戏吗？那是一种错误。有谁以为我存心侮蔑吗？我不想多所解释。我是一个书生。我要的是公允：人生以及艺术的公允。问我多要些，我没有编造的本领；要我少来些，我担心我的情感。我唯一的畏惧是自己和人生隔膜。"[1]

---

①李健吾：《〈黄花〉跋》，载《黄花》，上海：文化生活出版社，1945年11月再版，第114页。

　　章节的最后，我们来简要了解一所学校。1935 年秋，"国立戏剧学校"在南京成立，又称"南京国立戏剧专科学校"，全面抗日战争期间校址几经迁徙，在长达十四年有着余上沅、曹禺、吴祖光、应云卫等教学师资的办学历程中，为中国培养了包括谢晋、任德耀等在内的大量的戏剧人才。1949 年 12 月，该校与原华北大学艺校、东北鲁艺学院合并组成中央戏剧学院。

参考文献

钱理群，温儒敏，吴福辉．中国现代文学三十年（修订本）[M]．北京：北京大学出版社，1998．